读客®

读客三个圈经典文库

经典就读三个圈　导读解读样样全

Бра́тья Карама́зовы

卡拉马佐夫兄弟

（上）

[俄] 陀思妥耶夫斯基 著

(1821—1881)

耿济之 译

读客三个圈经典文库

经典就读三个圈 导读解读样样全

江苏凤凰文艺出版社
JIANGSU PHOENIX LITERATURE AND ART PUBLISHING

《卡拉马佐夫兄弟》主要人物介绍

- **费多尔·巴夫洛维奇·卡拉马佐夫：**老卡拉马佐夫。

- **德米特里·费多罗维奇·卡拉马佐夫（德米特里、米卡）：**老卡拉马佐夫的长子。

- **伊凡·费多罗维奇·卡拉马佐夫（伊凡）：**老卡拉马佐夫的次子。他是狂热的理性主义者，总困惑于莫名感受到的痛苦。

- **阿历克赛·费多罗维奇·卡拉马佐夫（阿辽沙）：**老卡拉马佐夫最小的儿子。

- **斯麦尔佳科夫：**街坊都传他是老卡拉马佐夫的私生子，故事一开始他便在老卡拉马佐夫家当仆人和厨子。

- **阿格拉菲娜·阿历山德罗芙娜（格鲁申卡）：**是当地有名的女人，对于异性有着难以解释的吸引力。

- **卡捷琳娜·伊凡诺芙娜：**德米特里的未婚妻。

- **丽萨·霍赫拉柯娃：**富有的寡妇霍赫拉柯娃的独生女，也是阿辽沙的青梅竹马。

- **佐西马神父：**阿辽沙在小镇修道院时的老师，修道院中的长老。

- **伊留莎：**当地的学童，同时也是小说副情节的主要人物。

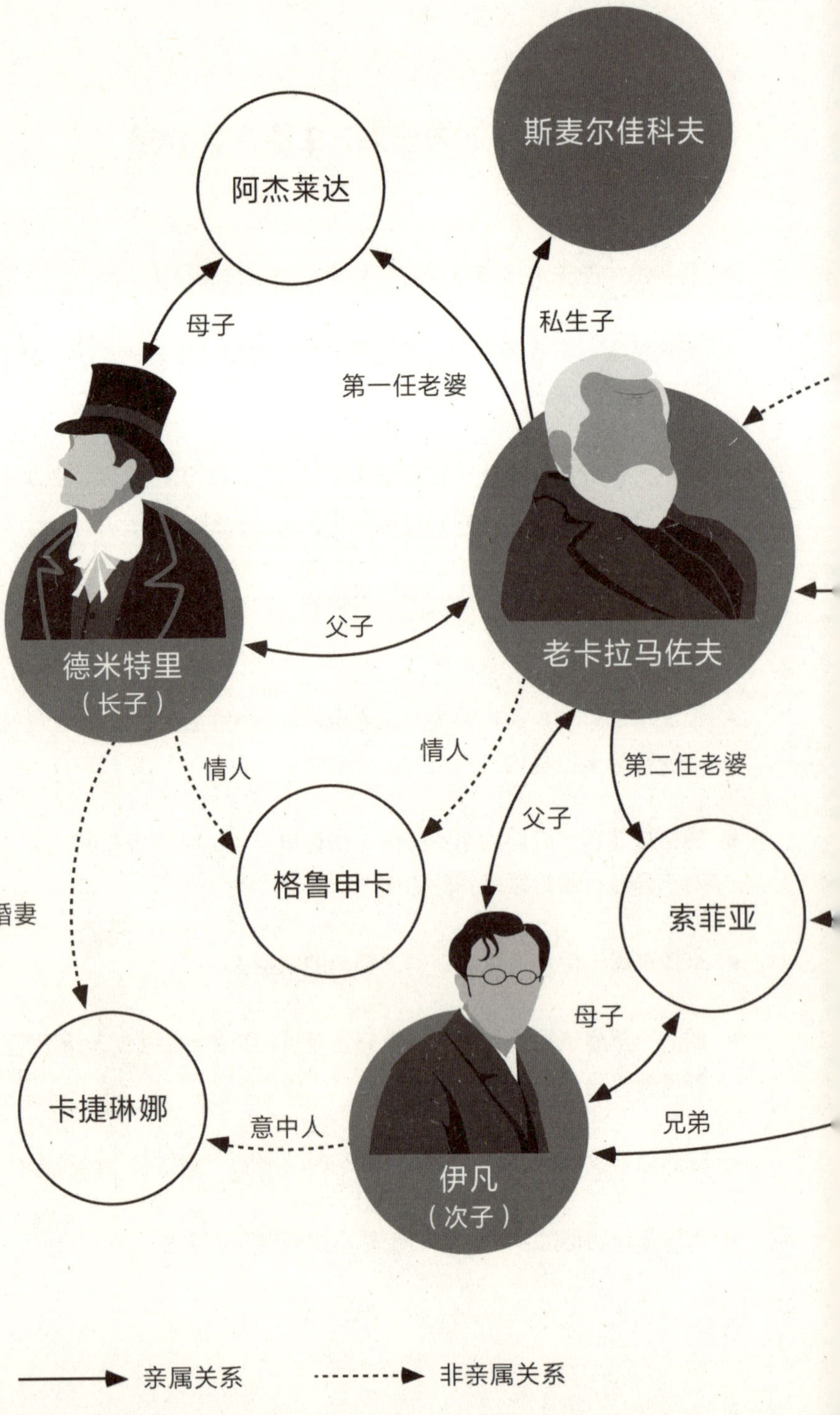
斯麦尔佳科夫
阿杰莱达
母子
私生子
第一任老婆
父子
德米特里
（长子）
老卡拉马佐夫
情人
情人
第二任老婆
父子
格鲁申卡
索菲亚
未婚妻
母子
卡捷琳娜
意中人
兄弟
伊凡
（次子）
亲属关系
非亲属关系

《卡拉马佐夫兄弟》主要人物关系图谱

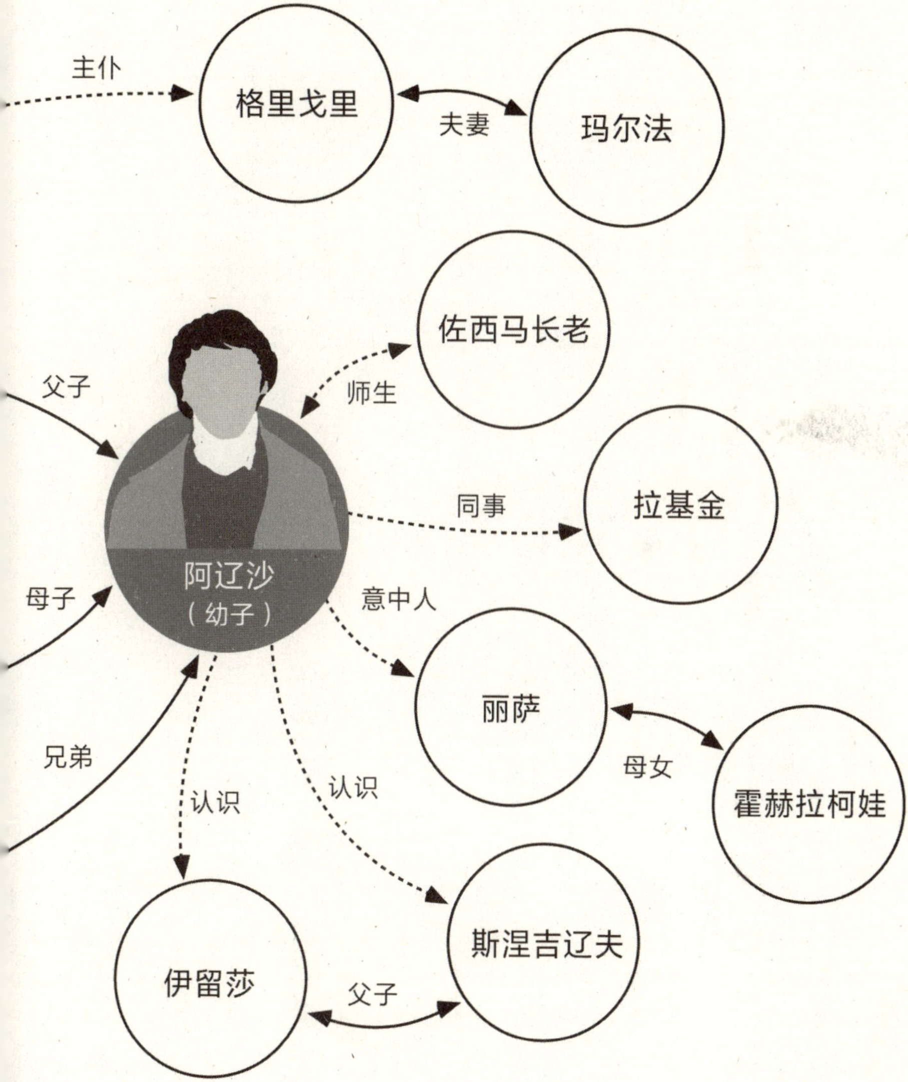

献给安娜·格里戈里耶芙娜·
陀思妥耶夫斯卡娅

我实实在在地告诉你们：一粒麦子不落在地里死了，仍旧是一粒；若是死了，就结出许多籽粒来。

（《约翰福音》第十二章第二十四节）

目 录

第二卷　不适当的聚会

第三卷　好色之徒

第二部

第一卷　折　磨

第二卷　赞成和反对

第三卷　俄罗斯教士

作者的话

在开始描写我的主角阿历克赛·费多罗维奇·卡拉马佐夫的时候，我感到有点惶惑。事情是这样的：虽然我把阿历克赛·费多罗维奇称作我的主角，但是，连我自己也知道，他绝不是一个大人物，因此预料不免会有人提出这类的问题——你的阿历克赛·费多罗维奇究竟有什么特殊的地方，使你选他做主角？他做了什么事情？谁知道他？他在哪些人心目中、由于什么而出的名？我这读者为什么应该浪费时间去研究他的生平事迹？

最后一个问题顶要命了，因为我对这个问题只能回答："也许你们自己可以从这部小说里看到的。"可如果大家读完这部小说，并没有看到，也不同意我的主角阿历克赛·费多罗维奇有什么出奇的地方，那又怎样呢？我之所以这样说，是因为我很悲痛地预见到了这点。对于我来说，他是很出奇的，然而我很担心自己不能够向读者证明这一点。问题是：他也许是一个活动家，但他还是个令人捉摸不透的、并不明确的活动家。但话又说回来，在我们这样一个时代，要求人家明确，那也未免太奇怪。也许只有一点是没有什么疑问的：他是一个奇特的人，甚至是个怪物。不过，奇特与古怪只会令人生厌，不会博得人们的青睐，尤其是当大家全都想把个别凑成一致，以便在普遍的混乱之中，竭力求得某种整个的含义的时候。而怪物大多是个别和特殊的现象。不是吗？

假使各位不同意这最后的论点，而回答说"不是"或者"不尽然”，那么，关于我的主角阿历克赛·费多罗维奇的意义，我倒可以放下心来了。因为，不但怪物“不尽”个别和特殊，而且相反地有时恰恰成为整个社会的核心，而和他同时代的其他人，好像遭到一阵狂风似的，不知为什么这阵风却被暂时从他身边吹散了……

我本来可以不做这种极为平庸和含糊的解释，开门见山，直入正题，反正只要你喜欢，就会凑合把它看完的；但是糟糕的是，我所写的传记虽然只有一个，而小说却有两部。第二部小说是主要的，写的是我的主角在我们时代，即我们目前的活动。第一部小说写的是在十三年以前发生的事，几乎还算不上小说，而只是写我的主角青春时代某一刹那。我不能略去这第一部小说，因为如果略去，第二部小说里的许多事情就会令人不可理解。不过，这样一来，我最初的困难处境就更为糟糕了。因为，既然我这个写传记的人本身都认为给这样一个微不足道而令人捉摸不透的主人公写一部小说也许还嫌浪费笔墨，那就更不必说再写一部了，而我又如何解释自己的不自量力呢？

既难于解决这些问题，我就决定听任它去，不做任何的解决。显然，目光锐利的读者早已猜到我从一开始就怀着这个打算，只是恨我为什么尽说废话，耽误宝贵的时间。对于这个问题，我可以很确切地回答：我之所以浪费笔墨和耽误宝贵的时间，首先是由于礼貌，其次是出于狡狯。因为我可以说：反正我已经预先做过声明啦。不过，我甚至还庆幸我的小说“在整体的基本一致中”，自然而然地分成两个故事。读者看了第一个故事，可以自行确定第二部有没有一读的价值。当然啦，谁也没有非读不可的义务，他也可以只读了第一篇故事的一两页，就把书一丢，再也不去打开它。不过须知也有一些客气点的读者一定要读完它，以便准确无误地做出公正的评价，譬如，所有俄国的文艺批评家就都是这样的。正是在这一类人面前，不管怎样，预先说清楚，心情总会轻松一点：无论他们怎样认真和诚恳，我还是想使他们有充分的理由在刚读这部小说的头一段时就把它抛开不读。序言至此打住。我完全同意说它是多余的，不过既然写了，那就留在卷首吧。

现在言归正传。

第一部

第一卷　一个家庭的历史

一

费多尔·巴夫洛维奇·卡拉马佐夫

阿历克赛·费多罗维奇·卡拉马佐夫是我县地主费多尔·巴夫洛维奇·卡拉马佐夫的第三个儿子。老费多尔在整整十三年以前就莫名其妙地惨死了，那段公案曾使他名闻一时（我们县里至今还有人记得他哩）。关于那个案子，请容我以后再细讲。现在我所要叙述的，就是这位“地主”（我们县里这样称呼他，虽然他几乎有生以来从来也没有在自己的领地上住过），这是一个虽然古里古怪但是时常可以遇见的人物，是一个既恶劣又荒唐，同时又头脑糊涂的人的典型。不过，他这类糊涂人却会非常高明地经营他自己的财产，而且大概也只有在这类事情上十分在行。譬如说吧，费多尔·巴夫洛维奇起初差不多什么也没有，他是个最起码的小地主，常跑到别人家去吃闲饭，抢着做人家的食客，但在他死的时候，却积攒了十万卢布的现钱。不过尽管如此，他仍旧一辈子都可以说是我们全县中一个最头脑不清的狂人。我还要重复一句：他并不愚蠢；这类狂人大都是十分聪明和狡猾的。他只是浑噩，还是一种特别的、带有民族特色的浑噩。

他结过两次婚，有三个儿子，长子德米特里·费多罗维奇，第一位太太生的，其余两个，伊凡和阿列克赛，是第二位太太生的。费多尔·巴夫洛维奇的第一位太太出身于有财有势的贵族米乌索夫家，也是我们县里的地主。一个富有嫁资，既聪明美丽，又活泼快乐的小姐，怎么竟会嫁给这种像人们常叫的、不值钱的“废物”，我也不多说了，因为这种事在我们这一代里并不稀罕，过去时代也发生过。我还认识一个女孩子，也是属于过去的“浪漫派”一代的，她暗暗爱了一位先生好几年，本来可以用极安静的方式嫁给他的，结果却因为自己臆想出的障碍无法克服，在一个狂风暴雨的夜里，从巉岩般的高岸上投入很深很急的河里自杀了。她这样做也是由于一种怪念头，那就是为了模仿莎士比亚的奥菲莉亚[1]。假使她早就看中的那个心爱的岩石并不是多了不起的好景致，假使这一带是平淡无奇的平坦河岸，那么，她也许根本就不会自杀。这是千真万确的实事，我们应该想到，在我们俄罗斯的生活中，在最近几十年里，这一类的事情的确发生了不少。所以阿杰莱达·伊凡诺芙娜·米乌索娃的行为无疑是受了流风的影响，也是气愤所致。她也许想表示妇女的独立，反对社会的压迫，反对自己宗族和家庭的专制，而容易唤起的幻想又使她相信（哪怕只是在一瞬间），费多尔·巴夫洛维奇尽管被人叫作食客，仍是日趋进步的时代里一个大胆和最好嘲弄的人，而其实，他只不过是一个恶毒的丑角，别的什么也不是。更有意思的是这事居然落到了私奔的结果，而阿杰莱达·伊凡诺芙娜却觉得十分荣幸。费多尔·巴夫洛维奇对于这类意外奇遇，即使从他的社会地位来说，当时也是求之不得的，因为他巴不得早日成家立业，为此甚至可以不择手段；攀一门好亲戚又能取得嫁资，是一件十分诱人的事情。至于说到双方的爱情，无论是新娘方面还是他这方面，大概是全都没有的，尽管阿杰莱达·伊凡诺芙娜还很有几分姿色。所以这个事件在费多尔·巴夫洛维奇一生中，也许可以说是唯一的一件特殊事件，因为他一辈子最为好色，只要女人一招手，就会马上拜倒在任何一条石榴裙下，可是偏偏只有这个女人在色情方面却一点也不能使他感兴趣。

阿杰莱达·伊凡诺芙娜在出奔后立刻发觉她对于丈夫只有轻蔑，并无其他感情，所以婚姻的后果很快就暴露了出来。虽然家里居然很快地默认下来这件事，给出奔的姑娘分出了一笔嫁资，但是夫妇之间

---

1 莎士比亚悲剧《哈姆雷特》中的女主人公。

开始了最无秩序的生活和没完没了的争吵。有人说，年轻的夫人当时所表现的尊贵和高尚，是费多尔·巴夫洛维奇万万比不上的。现在才知道，在她拿到钱以后，他把数达两万五千卢布之多的款子立刻一下子全部抓了过去，所以对她来说，这几万卢布从那时候起简直就等于扔到了水里。在她的嫁资中，还有一个小庄园和一所相当好的、城里的房子，长时间以来，他千方百计想通过办成一种相当的手续，弄到自己的名下；只要凭着他无时无刻不使用的那种无耻的勒索和苦求的手段，来引起自己夫人对他的轻蔑和厌恶，好在她精神疲劳时为了摆脱他而答应下来了事，他原是可以达到自己的目的的。但是阿杰莱达·伊凡诺芙娜娘家出来干涉了，终于万幸限制了强夺的行为。人们都清楚，他们夫妇之间时常发生恶斗，但是，据说动手殴打的不是费多尔·巴夫洛维奇，却是阿杰莱达·伊凡诺芙娜，一个暴躁、敢作敢为而缺乏耐性、身强力壮而脸色微黑的太太。最后，她终于抛弃了家庭，离开费多尔·巴夫洛维奇，同一个穷得快要活不下去的宗教学校的教员私奔了，给费多尔·巴夫洛维奇留下了三岁的米卡。费多尔·巴夫洛维奇马上就在家里养了一大群女人，大肆酗酒放荡。间或清醒时，他就走遍全省，含着眼泪对一切人抱怨抛开他的阿杰莱达·伊凡诺芙娜，还说出一些做丈夫的羞于出口的闺房琐事。这主要是因为他对于在众人面前扮演一个可笑的受了辱的丈夫的角色，有声有色地描写关于自己所受耻辱的细节，似乎感到愉快，甚至引以为荣。有些好嘲笑人的人对他说："人家以为您，费多尔·巴夫洛维奇，加官进爵了，所以您不管怎样悲痛，还是十分得意。"许多人甚至补充说，他喜欢以丑角的新姿态出现，为了招笑，故意装出这副样子，似乎毫不在意自己的滑稽处境。谁知道呢，也许他那种样子确是出乎天真。他后来发现了私奔女人的踪迹。这不幸的女人同她的宗教学校教员到了彼得堡，在那里肆无忌惮地彻底"解放"起来。费多尔·巴夫洛维奇立刻张罗着，预备动身到彼得堡去。为了什么？自然连他自己也不知道。也许他当时果真会去的，但是一做出这样的决定以后，他立刻认为自己有一种特别的权利来重新不顾一切地纵酒豪饮一番，据说这是为了在旅行以前，壮壮胆量。就在这个时候，他夫人的娘家接到了她在彼得堡去世的消息。她好像死得很突然，就在一间阁楼上，有些人传说是由于伤寒，另一些人传说是饿死的。费多尔·巴夫洛维奇听见他夫人噩耗的时候正喝醉了酒，据说当时他跑到街上，快乐得双手朝天，开始呼喊："这可好了！"还有的说他像一个小孩子似的痛哭了一场，而且听说哭得连对他十二分厌恶的人看了也要觉得可怜。实际上也许两种情形都有，一方面是为自己获得自由而喜悦，另一方面则为对方痛哭，两者兼而有之。在大多数情况下，一般人，甚至坏蛋，也常常比我们通常所认为的要天真烂漫得多。包括我们自己也是这样。

二

被扔在一边的长子

这种人能够成为怎样的导师和父亲，自然可以猜想得到。在他这种父亲身上，该发生的事自然也就发生了，那就是说他完全抛弃了和阿杰莱达·伊凡诺芙娜所生的孩子，这倒不是因为恨他，也不是由于什么夫妻反目，而仅仅是因为完全忘掉了他。在他用眼泪和诉苦惹大家讨厌，同时把自己的住宅变为淫窟的时候，这三岁的男孩米卡由这家的忠仆格里戈里照管着，假使当时没有他来关心，也许都没有人来替这小孩换衬衣。偏巧，最初孩子姥姥家的亲属好像也忘记了他。他的外祖父，就是米乌索夫先生，阿杰莱达·伊凡诺芙娜的父亲，当时已经不在人世；他的守寡的夫人，米卡的外祖母，搬到莫斯科去了，病得很厉害，姊妹们又都出阁，所以差不多整整有一年工夫，米卡只好待在仆人格里戈里那里，住在仆人住的木屋里面。其实就算爸爸想起他来（真的，爸爸是不能不知道有他这个人的），也会再把他送进木屋里去的，因为小孩终究会妨碍他胡作非为。但是结果发生了这样的事：死者阿杰莱达·伊凡诺芙娜的堂兄彼得·阿历山德罗维奇·米乌索夫从巴黎回来了。他后来曾一连在国外流寓多年，在当时还很年轻，但却是米乌索夫家的一个突出人物，很文明，有都市气，外国派，而且终身有欧洲习惯，晚年时成为四十年代到五十年代的自由派。他在自己长期的经历中，经常和那个时代国内外许多思想最自由的人来往，亲身见过蒲鲁东和巴枯宁。到他漂泊一生的晚年，特别爱回忆和讲述一八四八年巴黎二月革命三天里的情形，还暗示说他自己也几乎参加了街垒战。这是他年轻时代的一个回忆，想起来就特别愉快。他有自己的产业，照以前的算法，大约有一千个农奴。他肥美的领地就在我们的小城外面，和我们修道院的田地毗连。彼得·阿历山德罗维奇还很年轻，刚刚取得遗产的时候，就一下子和修道院打起了永远没法完结的官司，争夺什么在河里捕鱼或者在森林中砍柴之类的权利，到底是怎么回事我也不知道，但是和“教权主义者”打官司，他甚至认为是作为一个国民的文明义务。在他听了关于阿杰莱达·伊凡诺芙娜的全部情况（当然这是他记得，甚至有一个时候很注意的），又打听出还有米卡留下来以后，虽然他对于费多尔·巴夫洛维奇新添了极大的愤怒和蔑视，还是立刻过问了这件事。他当时和费多尔·巴夫洛维奇初次见面，他对他率直地说，愿意把这孩子领去由自己教养。以后有好久，他把当时的情况当作新鲜事向人讲述，说他同费多尔·巴夫洛维奇提起米卡的时候，对方曾一度装作完全不明白讲的是什么孩子的样子，而且好像有点奇怪，在他家里居然还有一个小儿子。虽然说彼得·阿历山德罗维奇的叙述有点夸大，那也总该有一些是实情。实际上，费多尔·巴夫洛维奇生平就爱做戏，他会无缘无故在你面前扮演一个意外的角色，特别是这种做法有时并没有任何必要，甚至对自己也不利，譬如目前那件事就是这样。不过这类特性确是大多数人，甚至是十分聪明的人所共有的，不仅费多尔·巴夫洛维奇如此。彼得·阿历山德罗维奇热心地进行着这件事情，甚至和费多尔·巴夫洛维奇一起充当小孩的监护人，因为小孩的母亲身后总还遗留下小小的财产、房屋和领地需要处理。米卡确曾到这位舅舅家去住过，但是后者没有自己的家庭，又因为他刚刚把事办妥，自己庄园的银钱收益有了保障，就立刻又忙着去巴黎久居，所以就把孩子委托给了他的堂婶，一位莫斯科的太太。恰巧他在巴黎住得很久，竟忘记了这个孩子，尤其是在二月革命来临的时候——那次的革命给他留下了深刻的印象，他一辈子也不能忘记。后来莫斯科的太太死了，他把米卡转到她已出阁的一个女儿手里。大概他以后还曾第四次换地方。对于这，我现在先不谈它，况且关于费多尔·巴夫洛维奇的这位长子还有许多话要讲，现在只能先说一点他身上最必要的情况，不说这类情况，我这部小说就没法开头。

第一，在费多尔·巴夫洛维奇三个儿子当中，唯有这位德米特里·费多罗维奇从小就相信他父亲总还多少会有点财产，让他一到成年，就可独立。他的幼年和青年漫无秩序地过去了；中学没有读完就进了军事学校，以后到高加索服军职，因决斗降了级，服满军职后，时常酗酒，糟蹋了不少银钱。在成年以后才从费多尔·巴夫洛维奇那里拿到一些钱，在这以前却欠了许多债。第一次和他父亲费多尔·巴夫洛维奇认识和见面，是在成年后特地到我们这里来和他父亲清算财产的时候。大概他当时并不喜欢父亲；他住在父亲家不久，拿到了一点点款子，并且和父亲约好以后领取庄园收入的办法，很快就走了。至于这庄园究竟有多少收入、值多少钱，他这次却始终也没能从费多尔·巴夫洛维奇那里得到确实的回答——这是一个值得注意的事实。费多尔·巴夫洛维奇当时一下子就注意到——这也是应该记住的，米卡对于自己的财产抱着虚夸的、不正确的观念。费多尔·巴夫洛维奇很满意这一点，因为他另有打算。他只觉得这年轻人轻浮、暴躁、无耐性、有欲望、爱喝酒玩乐，只要能抓到一点什么，马上会安静下去，当然安静的时间不会长久。费多尔·巴夫洛维奇开始利用这一点，用一些小赠予，偶尔寄去一点款子应付他。后来终于发生了一件事情：过了四年之后，米卡失去了耐性，第二次又到我们小城里来，准备和他父亲算清一切，但是使他万分惊讶的是，他忽然发现自己已经什么也没有了，甚至都很难算清，他早已向费多尔·巴夫洛维奇取尽了他财产的全部价值，支完了钱款，也许反倒欠着他父亲一些；又根据某年某月他自愿签订的那几件契约，他已经没有再要求任何钱款的权利了。年轻人很惊讶，疑心内中有诡计和欺骗的情形，几乎发起火来，好像失去了理智。就是这件事引起了一个大惨剧，对于这惨剧的描写将成为我这第一部序幕性质的小说的主要内容，或者说是这部小说的轮廓。但是在转到正文以前，必须再讲讲费多尔·巴夫洛维奇另外两个儿子——米卡的兄弟，并且说明他们是从哪里钻出来的。

三

续弦和续弦生的子女

费多尔·巴夫洛维奇把四岁的米卡脱出手去以后，很快就续了弦。这一段婚姻生活过了八年。他这第二位太太索菲亚·伊凡诺芙娜也很年轻，是从别省娶来的，他为了一桩包工的小事情，和一个犹太人结伴到那边去了一趟。费多尔·巴夫洛维奇虽然荒淫、酗酒、闹事，却从不耽误各项投资，事情总是办得挺顺利，虽然差不多永远带点卑鄙。索菲亚·伊凡诺芙娜是"孤女"出身，从小就失去了双亲，是一个愚蠢的教堂执事的女儿，成长在恩人养母，同时也是折磨者，有名望的老将军夫人，伏洛霍夫将军之寡妻的富有家庭中。详情我不知道，只听说这温良贤淑、天真无邪的养女有一次曾在阁楼的钉子上系绳上吊，被人家救了下来，可见她是怎样地难于忍受这位老妇人的任性和没完没了的责备了。其实老妇人并不见得多么凶恶，只是因为闲着没事干，才成了一个使人受不了的女阎王。费多尔·巴夫洛维奇前去求婚，人家打听清楚他的来历，就把他赶走了。于是他又照第一次结婚的办法，向孤女提议私奔。假使她当时对他的行为知道得详细些，她一定无论如何也不肯嫁给他的。然而因为是隔了一省，再说一个十六岁的闺女又能明白多少事情？况且她待在恩人的家里，本来就不如投河死了的好。于是这可怜的女人就把恩人换成了男恩人。费多尔·巴夫洛维奇这一次一个钱也没有弄到手，因为老将军夫人非常生气，不但没有给予任何东西，而且把他们俩臭骂了一顿；不过这次他本来也不指望捞到什么，这清白的女孩的非凡美貌就使他相当满意了，主要是她的天真无邪的态度使他这个以前只知罪恶地玩赏粗俗的女性美的好色之徒为之惊愕不止。“这双天真无邪的眼睛当时在我心灵上像剃刀似的划了一刀。”他后来说，无耻地、怪模怪样地嬉笑着。但是对于荒唐的人，连这也只是色情的冲动。费多尔·巴夫洛维奇既没有得到一点好处，就和他的夫人不讲客气了，凭着她在他面前似乎是有“短处”，又几乎是他把她“从吊绳上救下来”的，此外又利用她那种少见的温顺和口拙的性格，居然连最寻常的夫妇礼貌也完全不顾。一些坏女人就当着夫人的面，聚到家里来狂饮乱闹，胡作非为。我要当作一种特性报告的是，那个阴沉、愚蠢、固执、好讲理的仆人格里戈里，他和以前的太太阿杰莱达·伊凡诺芙娜是死对头，这回却站在新女主人的一边维护她，用仆人不应有的方式，去为她和费多尔·巴夫洛维奇相骂，有一次他甚至搅散了狂饮乱闹的场面，把所有聚拢来胡闹的女人赶走了。这个不幸的、从小吓怕了的年轻女人犯起了类似神经病的女人病，这种病在普通乡下女人身上常见，得这种病的人被称作“害疯癫病的女人”。得了这个病，会发作凶险的、歇斯底里性的痉挛，有时甚至失去神志。然而她给费多尔·巴夫洛维奇生下两个儿子——伊凡和阿历克赛，第一个生在结婚的第一年，第二个生在三年以后。她死时，小阿历克赛刚刚四岁，虽然很奇怪，但是我知道他以后一辈子都记得母亲，自然是恍如梦中一般。她死后两个小孩的遭遇正和第一个孩子米卡一模一样：他们完全被父亲抛弃、遗忘了，也落在了格里戈里的手里，而且也是住到他的木屋里去。专制老妇人，那个将军夫人，他们的母亲的恩人和养母，就在木屋里找到了他们。她那时还活在世上，八年来始终没能忘记她所受的侮辱。在这八年中，她经常能得到关于“索菲亚”的生活最精确的消息，听到她生了病，而且有许多丑事包围着她，老妇人曾经两三次对自己的女食客们高声说：“她这是活该，这是因为她忘恩负义，上帝才这样罚她。”

索菲亚·伊凡诺芙娜死后整整三个月的时候，将军夫人忽然亲自驾临我们小城，一直来到费多尔·巴夫洛维奇的住宅，只在小城里一共留了半点钟，却做了许多事情。当时正是暮色苍茫的时候。费多尔·巴夫洛维奇醉醺醺地迎接她。她有八年没有见到他了。据说，她一言不发，刚一见到他，就上去给了他两下扎实、响亮的耳光，拉住他的头发使劲揪了三下，然后还是不吭一声，一直冲到木屋里去看两个小孩。一眼看到他们脸也不洗，穿着脏衣服，她立刻又给了格里戈里一记耳光，对他宣布，这两个小孩由她带走，随后就领他们出来，让他们还穿着原有的服装，外面用羊毛花毯裹住，坐上马车，回自己的城市去了。格里戈里挨了这一下打，像一个驯服的奴隶似的，没敢说一句粗话，还送老妇人到车旁，朝她弯腰鞠躬，恭敬地说，她“照顾孤儿将得到上帝的酬报”。“你真是一个饭桶！”将军夫人临走对他吆喝了这么一句。费多尔·巴夫洛维奇把这事情全盘考虑一遍以后，认为这是一件好事，所以对正式同意孩子们归将军夫人教养的问题，以后也从未加以反对。至于说到所受的几记耳光，他自己还走遍全城，到处去说呢。

恰巧将军夫人不久就死了，在遗嘱里指定给两个孩子每人一千卢布，“做他们的教育费。这笔款子必须用在他们身上，用钱多少以用到他们成年时为度，因为对于这类孩子赠送这一点钱已是绰绰有余，假使有人愿意慷慨解囊，那就随他们便好了”，等等。我自己没有读到遗嘱，但是听说其中的确有诸如此类的古怪内容，而且词句十分别致。老夫人的主要继承人是一个诚实的人，那个省里的首席贵族，叶菲姆·彼得罗维奇·波列诺夫。他和费多尔·巴夫洛维奇通了几次信，当时就猜到从他那里是挤不出他的孩子们的教育费来的，虽然他从不干脆拒绝，遇到这类事情时永远只是想法拖延，有时甚至说得很动人。于是波列诺夫亲自关心起这两个孤儿来，特别是爱上了最小的一个——阿历克赛，所以把他收养在家里很长时间，几乎直至成人。这一点我要请读者最先加以注意，如果问这两个青年人所得的教育和学问应该终身感激谁，我要说，应该感激这个叶菲姆·彼得罗维奇，最高贵而且讲究人道的人，这类人是很少见的。他把将军夫人遗下的两千卢布款子保存起来不动，到他们成年的时候加上利息，每人竟有两千了。教育他们则完全花自己的钱，而且数目远远超过每人一千。他们的童年和少年时代，我还是不去多讲，只想指出些最重要的事情。关于大的伊凡我所要报告的只是他长大时，成了一个阴沉而有心计的孩子，并不很懦怯，却似乎从十岁起，就透彻了解他们到底是住在别人家里，他们的父亲是那类连提起来都嫌丢人的人，等等。这个男孩从很早，几乎在婴孩时代（至少是这样传说），就显露了一种不寻常的、研究学问的才能。我不大知道底细，不知怎么，他几乎在十三岁就离开叶菲姆·彼得罗维奇的家，进入莫斯科的一个中学，到一个有经验的、当时极有名气的教育家，叶菲姆·彼得罗维奇幼时的好友家中去住宿。伊凡以后自己提到这一切时说，这都是由于叶菲姆·彼得罗维奇的“勇于行善”，他有一个想法，就是有天才的儿童应该跟天才的教育家学习。但是当青年人中学毕业，进入大学的时候，叶菲姆·彼得罗维奇和这位有天才的教育家全都去世了。因为叶菲姆·彼得罗维奇临死没有吩咐清楚，那位专制的将军夫人所遗给孩子们的钱，虽然已经利上加利每人增到了两千，但由于我们这里完全不可避免的各种手续拖延，迟迟领不到手，所以青年人在大学的最初两年内吃了点苦，他被迫半工半读。值得注意的是他当时根本没有同他父亲通过一封信——也许由于矜持，由于看不起他，但也许是因为经过冷静明智的考虑以后，明白从父亲那里是得不到一点点正当接济的。无论怎样，这位青年人总算一点也没慌张，到底找到了工作，起初是每小时两角钱的教课，以后向各报馆投十行左右的小文章，讲些街头发生的事件，署名“目击者”。这些小文章听说总是写得十分有趣而隽永，很快地受到大家欢迎。单从这一点说，这位青年人在经验和知识方面就都远胜过了大多数永远受穷的、不幸的男女学生，那些人在都市里照例从早到晚踏破报馆和杂志社的门槛，永远重复着关于翻译法文或抄写稿件之类的老一套请求，此外就想不出任何较好的办法。伊凡·费多罗维奇和报馆编辑认识以后，就没有同他们断过关系，到了大学的最后几年，开始发表评论各种专门书籍的十分有才气的文章，因此在文学界居然也逐渐知名了。不过直到最近，他才偶然在广大读者中突如其来地引起了注意，有许多人当时就马上留心到他，还记住了他。这是一个很有趣的事件。当时伊凡·费多罗维奇从大学毕业后，正在准备用自己的两千卢布出国游学，这时他忽然在某大报上刊出了一篇奇怪的文章，甚至不是专家也都大为注意，更主要的是，文章谈的是他显然并不熟悉的问题，因为他研究的是自然科学，这篇文章讨论的是当时各处都在纷纷议论的关于宗教法庭的问题。他一面批评几种以前人家发表的关于这个问题的意见，一面表示了自己的见解，特别是语气和结论不同凡响。当时有许多教会中人简直把他当作了自己人。但突然间不但平民派，甚至无神论者也同样表示赞许，鼓掌称快。终于有些聪明的人断定，全篇文章只不过是一个玩笑、一出粗鲁的闹剧罢了。我特别提起这件事，因为这篇文章当时也曾传到了我们市镇附近的著名修道院，那里的人对于大家议论的关于宗教法庭的问题是十分注意的。这篇文章到了那里，便引起了很大的惶惑。他们一看作者的名字，知道他就是我们城里的人，“就是那个费多尔·巴夫洛维奇的儿子”。突然，就在这当儿，作者亲自到我们城里来了。

伊凡·费多罗维奇当时为什么到我们这里来？我记得我在当时就曾带着一种近乎不安的心情这样思忖过。这次不幸的驾临，引起了许多严重的后果，后来长时间甚至几乎永远成了我弄不明白的一个问题。就一般推断，这位十分有学问、态度非常骄傲而又谨慎的青年，竟会忽然走进这样不堪的家庭，去找这样的父亲，真是件怪事。他的父亲一辈子也不理会他、不认识他、不想到他，而且即使儿子向他提出请求，也无论如何，在任何情况下都不会给他钱，却仍然一辈子提心吊胆，唯恐儿子们——伊凡和阿历克赛——会突然跑来，向他要钱用。但是这个青年人竟搬进这样的父亲家里，和他一个月又一个月地同住在一起，而且生活得不用提多么安谧。最后这一点不但使我特别惊奇，而且许多别的人也为之诧异。我上面提起过的彼得·阿历山德罗维奇·米乌索夫，是费多尔·巴夫洛维奇前妻那边的远亲，当时恰巧从他长期定居的巴黎回来，光临故土，耽搁在小城附近的一所庄园里。我记得他就是诧异得最厉害的一个人。他和这青年人认识以后，十分注意他，有时还不免以稍受刺痛的心情和他唇枪舌剑，争论关于知识见闻方面的问题。“他很骄傲，”那时候他对我们这样谈论他，“永远能挣到钱，现在他就已经有钱到国外去了。那么他在这里干什么呢？大家都知道他到父亲家来，并不是为了金钱，因为无论如何父亲是不会给他钱的。他并不喜好酒色，然而老人却离不开他，两个人处得挺投机！”这是实在情形。青年人甚至对老人具有明显的影响；虽然老人十分任性，常常近乎存心取闹，但有时却几乎好像是还肯听他的话；甚至他的行为有时也开始显得规矩了……

以后才弄明白，伊凡·费多罗维奇来到这里，部分是由于长兄德米特里·费多罗维奇的请求，是为他的事情来的。伊凡从出生以来，几乎也就是在这次到这个城里来的时候，才跟德米特里第一次认识和相见，但为了一件多半是跟德米特里·费多罗维奇有重大关系的事情，还在他离开莫斯科到此地来以前，他们就已经开始书信往来了。至于那究竟是什么事情，读者以后自然会详细知道。话虽如此，就是在我已经知道了这个特殊情节的时候，我也还是觉得伊凡·费多罗维奇像一个谜，对于他的降临此地实在无法解释。

我还要补充一点：伊凡·费多罗维奇在父亲和长兄之间当时是以一个中间人和调解者的身份出现的，长兄当时已和父亲发生了很大的争执，甚至提出了正式的诉讼。

再重复一下：这个小家庭的成员当时是有生以来第一次团聚，有几个人甚至还是生平初次见面，只有幼子阿历克赛·费多罗维奇住在我们那里已有一年光景，比两个哥哥来得早些。对于这个阿历克赛，我很难在把他引上小说正文以前先来一次像现在这样序幕性的叙述。但是也必须先介绍几句，至少是为了预先说明很奇怪的一点，那就是我在这部关于他的小说的第一幕里，就不得不把我未来的主人公穿上修士的长袍，介绍给读者。是的，他住在我们的修道院里已经一年了，而且好像准备在这里住一辈子。

四

幼子阿辽沙

他还只有二十岁——他的哥哥伊凡当时二十四岁，长兄德米特里二十八岁了。最先要说明的是这个青年阿辽沙并不是宗教的狂信者，至少据我看来，甚至也绝不是个神秘主义的信徒。我先把我的意见说完全吧：他只是一个早熟的博爱者，所以撞到修道院的路上来，只是因为那时候唯有这条路打动了他的心，向他提供了一个使他的心灵能从世俗仇恨的黑暗里超升到爱的光明中去的最高理想。这条路之所以打动了他，只是因为他在这里遇见了一位据他看来非同等闲的人物——我们的著名的修道院长老佐西马。他在自己那如饥似渴的心灵里对长老产生了一种初恋般的热爱。其实，要说他在当时就已经十分奇特，甚至从摇篮时代起就不同于常人，我也并不反对。再说，我已经提过，他在母亲死时还只四岁，但以后却一辈子记住了她，她的脸庞，她的和蔼的样子，“就像她活生生地站在我面前一般”。大家知道，这样的记忆即使再小些，即使在两岁的时候也有可能记住的，只不过在以后一生中重现时，往往只好像黑暗中的光斑，又好像一张大画上撕下来的一角那样，除去这一角以外的画面都隐没了，消失了。他的情形也正是这样：他还记得夏天的一个寂静的晚上，从打开的窗户射进了落日的斜晖——斜晖记得最真切。屋里一角有个神像，前面点燃着神灯，母亲跪在神像面前，歇斯底里地痛哭着，有时还叫唤和呼喊，两手抓住他，紧紧地抱住，勒得他感到疼痛；她为他祷告圣母，两手捧着他，伸到神像跟前，好像求圣母的庇护。……突然，奶娘跑了进来，惊慌地把他从她手里抢走。真像一幅画！阿辽沙马上就能想起母亲的脸来：他说据他的记忆，那张脸是疯狂却又美丽的。但是他不大爱把这个回忆讲给什么人听。他在童年和少年时不好动，甚至不大说话，这倒不是由于不信任人，不是由于怕生，或者性情阴郁，不善于跟人交往；恰恰相反，是由于一种别的情形，好像是由于一种个人的、内心的思虑，和别人不相干而对他很重要，以致为此似乎忘掉了别人。然而他对人是友爱相处的：他好像终身完全信赖别人，却从来没有人把他当作头脑简单或幼稚的人。他身上有点什么表明着、暗示着——以后一辈子都是这样——他不愿意做人们的裁判官，不愿意责备，也决不去责备人家。他甚至好像对一切都容忍，毫不怨人，虽然时常感到很痛心。不但如此，在这方面他甚至到了什么人也不能使他惊奇、恐惧的地步，这情形在他很小的时候就有了。童贞、纯洁的他二十岁时到了父亲家里，一直走进龌龊的淫窟，到了实在看不下去的时候，唯有默默地退出去，没有一点点轻蔑或责备任何人的神色。父亲做过人家的食客，因此，对于受气十分敏感、十分小心眼。他起初不信任这个孩子，并且阴沉地接待他（说他“总是沉默着，在自己心里打主意”），但最多过了两个星期光景，就竟然开始时常拥抱他、吻他了。尽管是带着醉汉的眼泪，出于酒后的多愁善感，但不用说，像这样的一位父亲，显然还从来没有用这样真挚、深沉的爱去爱过任何人……

大家全都喜爱这个青年人，无论他出现在什么地方，甚至从他的儿童时代起就是这样。他到了恩人和养父叶菲姆·彼得罗维奇·波列诺夫家里以后，这家里所有的人都十分爱他，把他看作是自己家的孩子。他到这家去的时候还是个婴孩，人们绝不能在婴孩身上发现什么狡黠的算计，机诈，或谄媚、讨好的艺术，招人喜爱的手腕。所以这种引起人家对他特别喜爱的因素，是蕴藏在他自己身上的，所谓出自天性，并无虚假，或者做作。他在学校里也是这样，尽管看起来他仿佛正是那一类引起同学不信任、有时被嘲笑、或许招嫉恨的孩子。

例如，他常常闷闷不乐，好像离群索居似的。他儿童时代就爱躲在角落里读书，然而同学们却十分爱他，他在整个在校期间简直可以被称为大众的宠儿。他不大淘气，甚至不大快乐，但是大家看他一眼，立刻发现这并不是因为他心里阴沉，相反地，他的心情是平静、明朗的。在和他年龄相仿的人中间，他从来不爱显出优越的样子。也许就因为这个，他从来不怕什么人，而男孩子们也立即明白，他并不因他的无畏自豪，他的神气好像不知道自己勇敢无畏似的。他受了气，从不记仇。有时在受气刚一个钟头以后就搭理冒犯自己的人，或是带着信任和谅解的神情，主动同对方先说话，好像他们之间并未发生任何事情，同时还不显得这是偶然忘记了，或故意饶恕别人的冒犯，而干脆只是不把它当作冒犯，这就使孩子们既欢喜又心折。他只有一个特点，使他在中学里从低年级到高年级，一直引得同学们时常想要取笑他，但并不是恶意地嘲笑，而只是因为他们觉得这样开心。他这特点是一种特别的、极端的害羞和贞洁：他不能听谈论女人的某种言语、某种说法。可惜，这“某种”言语和说法在学校内是无法断绝的。那些心地纯洁的男孩子，还几乎是小孩，就已经时常爱在教室里互相嘀咕，甚至高声谈论某些连大兵们都不常说起的事情、场面和景象。不仅如此，我们知识阶级和上等社会里的幼龄儿童们所早已熟知的这一类事情中，有许多还是大兵们所全然不知的。这也许还不是道德的败坏，也并非真正的、腐败的、发自内心的玩世不恭，而只是表面的东西，但正是这种表面的东西，却往往被他们当作甚至是优雅、机灵、勇敢的，值得模仿的行为。他们看见“小阿辽沙·卡拉马佐夫”在大家谈起“这件事”的时候，赶快用手指塞住耳朵，有时就故意围在他身旁，强行把他的手扳开，冲着他的两只耳朵喊脏话。他挣脱着，蹲在地板上，躺下来，蜷着身子，老是不说一句话，也不骂一声，默默地忍受欺凌。但是后来人家就不再去缠他了，也不再用“小姑娘”的称呼逗他，而且还对他露出同情的目光。此外，他的功课在全班中也永远是优秀的，但却从不名列第一。

叶非姆·彼得罗维奇死后，阿辽沙又在省立中学读了两年书。

寂寞无聊的叶菲姆·彼得罗维奇的夫人在丈夫死后，立刻带着都是女性的全家到意大利去长期居住，阿辽沙就到了另两位太太的家里。这两位太太他以前从未见过，是叶菲姆·彼得罗维奇的远亲，他凭什么到她们家里去，他自己也不知道。他的一个特点，甚至是很突出的特点，就是他从不过问自己是靠谁的钱生活的。在这点上，他和他的哥哥伊凡·费多罗维奇完全相反，伊凡在大学里的最初两年吃够了苦，自食其力地生活着，并且从儿童时代就痛心地感到是在受人家的恩惠，吃别人的饭。但是阿历克赛性格上的这种奇怪特点，好像也不能过分严加责备，因为每一个人，只要稍稍熟悉了他，在一旦产生这类疑问时，就会立即相信，阿历克赛一定是那种近似疯僧一类的青年人，即使一旦有了万贯家财，只要人家一开口对他有所请求，或者为了拿去做善事，或者只是碰到甚至一个老滑头向他伸手索取，他也会毫不为难地交出去的。总而言之，他似乎完全不知道钱的价值，自然这话不是从字面的含义来说的。在人家给他一点零用钱的时候（他自己是从来没有请求过的），他不是一连几星期不知怎样把它花掉，就是毫不珍惜，一下子就弄得一文不剩了。彼得·阿历山德罗维奇·米乌索夫是个对于钱财和资产阶级的信用十分看重的人，在注意观察了阿历克赛以后，有一次对人说过这样一段妙语："也许这种人是世界上独一无二的，你可以不给他一个钱把他放在一个百万人口的都市的广场上，他也绝不会丧命，不会冻饿而死，因为马上就会有人给他食物，把他安排好，即使安排不好，他自己也会很快给自己安排好的，并且这样做他并不需要做多大努力、受任何屈辱，照顾他的人也不感到什么困难，相反地，也许还会觉得这是件乐事。"

他在中学里没有毕业；还剩一年，他忽然对太太们说，他想到一件事，要到父亲那里去。太太们很怜惜他，舍不得放他走。车票不很贵，他要把表（这是恩人的家属出国以前送给他的）拿去当掉做路费，太太们不许他这样做，便给了他充裕的盘费，还有新的衣裳和内衣。但是他把钱还了她们一半，说他决定要坐三等车。到了我们的小城以后，父亲第一句话就是："没有毕业，回来干什么？"他没有直接回答，据说当时不同往常，露出了沉思的样子。不久发现他在寻找母亲的坟墓。他当时甚至打算承认就是为了这件事来的。但是他回来的原因不见得只限于此。大概，他当时连自己也不知道，更不能解释：究竟是什么东西使他心血来潮，把他引到一条陌生的却已经不可避免的新道路上去，无论如何也拦挡不住。费多尔·巴夫洛维奇不能给他指出第二位夫人的葬身处，因为在棺材入土以后，他从未到她的坟上去过，加上年代久远，已完全记不清她当时葬在何处了……

这里顺便谈谈费多尔·巴夫洛维奇吧。他有过好长时间没有住在我们城里。第二位妻子死后，过了三四年，他到南俄去，最后到了敖德萨，在那里一连住了几年。据他自己说，他在那里起初认识了“许多犹太佬，女犹太佬，小犹太佬和犹太崽子”，可是后来却不但受到了犹太佬，而且也受到了“犹太人的接待”。可以想见，他正是在一生中的这个时期发展了赚钱捞钱的特别本领。他重返我们城里来久居，不过是在阿辽沙回来以前三年的事，他的老熟人发现他苍老得多了，虽然他年纪并不怎么老。他一举一动不但未显得比从前高尚，却反而更厚颜无耻。譬如说，除了像从前那样自演小丑以外，现在又无耻地一心想把别人也弄得像个小丑。不但仍跟从前一样爱和女人胡缠，甚至好像比以前更加恶劣了。不久他在县里开办了许多新酒店。显然他已经有十万家私，也许稍微少些。很快就有许多本市的、县里的居民来向他告借，自然是有可靠的抵押品的。最近一个时期，他似乎有点老态毕露了，似乎有点丧失了平衡和自觉，甚至流于轻狂浮躁，做事有始无终，行动随心所欲，越来越频繁地狂饮烂醉，如果没有那个仆人格里戈里——那时候也已十分老迈，有时像家庭教师那样服侍着他，也许费多尔·巴夫洛维奇的生活不免会碰到各种特别的麻烦。阿辽沙的归来，似乎甚至在道德方面也对他产生了影响，在这早衰的老人久已枯萎的心灵里，似乎有什么东西又重新苏醒了过来。“你知道不知道，”他时常注视着阿辽沙说，“你很像她，那个害疯癫病的女人！”他这样称呼自己去世的妻子——阿辽沙的母亲。“害疯癫病的女人”的坟墓终于由仆人格里戈里指给阿辽沙看了。他领他到我们城市的公墓上去，在远远的一个角落里，指给他看一块虽不贵重却还体面的铁制墓石，上面刻着死者的姓名、身份、年龄和死亡年份，底下还刻着四行诗，是古体的中等人家墓石上常用的诗句。令人惊叹的是这块墓石是格里戈里做的。他自己把它立在可怜的“害疯癫病女人”的坟上，而且是自掏腰包做的，他屡次不厌其烦地向费多尔·巴夫洛维奇提起这坟上的事，而主人不但摇头不管，还挥手赶跑一切回忆，径自动身到了敖德萨。阿辽沙在母亲坟上并没有显出任何特别的伤感；他只是倾听了格里戈里关于立这块墓石的既郑重又有条理的叙述，垂头站了一会儿，一言不发地走开了。从那以后，阿辽沙几乎整年没有再到坟上去过。但是他上坟的这件小事也对费多尔·巴夫洛维奇产生了很奇妙的影响。他忽然掏出一千卢布捐给我们的修道院，以追荐亡妻的灵魂，但是他追荐的不是续弦的妻子，不是阿辽沙的母亲，不是“害疯癫病的女人”，而是他的发妻阿杰莱达·伊凡诺芙娜，常打他的那个。那天晚上，他喝醉了酒，当着阿辽沙痛骂修士。他自己绝不是虔信的人；也许他从来就没有在神像面前插过五分钱的蜡烛。这类人物身上常会奇怪地爆发出种种突如其来的情感和突如其来的思想。

我已经说过，他显得老态毕露了。当时他那副面貌清楚地标志出他所过的全部生活的特征和实质来。除了他那永远傲慢、多疑、嘲弄的小眼睛底下一长条肥肿的眼袋和小胖脸上的许多深深的皱纹以外，在尖尖的下颏下面还挂着一个大喉结，厚肉皮，椭圆形，像一只钱袋似的给他添上一种难看的、色情的样子。再加上一张食肉兽形的长嘴，厚嘴唇，嘴里露出乌黑的、几乎蛀尽了的残牙，一说话唾沫四溅。他自己也喜欢嘲笑自己的脸，虽然他对它基本上是满意的。他特别指出自己的鼻子，又细又不很大，鼻梁很高。“真正罗马式的，”他说，“和喉结连在一起，地道是一副古罗马衰落时期贵族的面貌。”他似乎还很引以为傲。

阿辽沙在找到了母亲的坟墓不久以后，忽然对他说，想进修道院去，修士们也肯收他做见习修士。他又解释这是他的迫切愿望，所以郑重地请求做父亲的许可。老人早就知道，当时正在修道院里修行的佐西马长老已经在他这位“安静的孩子”的心目中产生了很深的影响。

“这位长老自然是他们那里最诚实的修士。”在默默沉思地倾听了阿辽沙的话以后，他说，对于儿子的请求几乎完全不感到惊奇。“嗯，那么说，原来你是想到那里去，我的安静的孩子！”他已经喝得半醉，这时忽然露出了长时间的微笑，笑容中虽带着几分酒意，却仍不失机智和醉后的狡狯。“我早就感觉到你会落到这个结局，你知道不知道？你一直就在指望着上那个地方去！那好吧，你自己名下大概还有两千卢布，这就是你的嫁妆费。我的天使，我是永远不会把你抛开不管的，只要那里开口要多少，我立时就可以替你付出去。要是他们不开口要，我们何必自己送上门呢，对不对？你花钱就像金丝雀似的，一星期吃两粒米。嗯，你知道，有一种修道院在市外单有一个村镇，大家都知道那里住着的全是所谓‘修道院的妻子’，我看，一共有三十多个，我去过，你知道，那里很有意思，就是说，别有风味。所差的只是带着浓厚的俄罗斯味，完全没有法国女人，本来可以有的，资本并不少，只要开了头，就会来的。但是此地却什么也没有，有二百多名修士，却并没有修道院的妻子。很纯洁，吃素，这我承认……嗯。那么你真的要到修士那里去吗？阿辽沙，我真舍不得你，相信不相信，我真是爱你。不过这也是个合适的机会：你可以替我们有罪的人祷告，我们坐在这里，作孽作得太多了。我时常想：将来谁会替我祷告呢？世界上有没有这样的人呢？你这可爱的孩子，我在这方面真是愚蠢的，你也许不相信吧？这真可怕。你看没看见：我无论怎样愚蠢，对这类问题，总还是思索的，自然是偶然一想，不是永远想。我心想：我死的时候，鬼一定会用钩子来把我拉走的。可我又想：钩子吗？他们是从哪里弄来的？什么做成的？铁的吗？在哪里打的？他们那里还有工厂吗？修道院里的修士一定以为地狱里，譬如说，也有天花板。我准备相信有地狱，可是最好没有天花板。这样显得雅致些、文明些，那就是说：照马丁·路德的派头。实际上有没有天花板不都是一样的吗？可你要知道，这一点正是讨厌的问题的关键！假使没有天花板，就没有钩子；假使没有钩子，那就一切都滚他的蛋吧！这么说来，就又拿不准了：究竟谁用钩子拉我？因为假使没有人拉我，那么怎么办呢？世界上有没有真理呢？这些钩子应该造（虚构）出来[1]，特意为了我，为我一个人，因为你要知道，阿辽沙，我是多么无赖！"

"在那里是没有钩子的。"阿辽沙看了父亲一眼，轻声而且严肃地说。

"是的，是的，只有一些钩子的影儿。我知道的，我知道的。有个法国人描写地狱说：'我看见车夫的影，他用刷子的影擦净马车的影[2]。'你，亲爱的，怎么会知道没有钩子？你到修士那里住上几天，就不会这样说了。好了，你去吧，等你找到了真理，再来告诉我，因为如果能确实知道阴间是怎么回事，那也就可以更安心点到那个世界里去了。再说你在修士那里也比在我这里适合些，我这里只有一个老醉鬼和一些女孩子……虽然对你这样的安琪儿来说，什么都触动不了你。也许在那里也什么都触动不了你，我之所以答应你，就是因为抱着这样一个希望。你的智慧并没被鬼吃掉。你一阵热火劲过去以后，毛病治好了，就会回来的。我要等着你：我觉得你是世上唯一的不责备我的人，你是我的亲爱的孩子，我感觉到这一点，我不能不感觉到这一点！"

他甚至痛哭流涕了。他心情感伤。既恼恨，又感伤。

---

1 原文为法语：Il faudrait les inventer. 法国著名作家伏尔泰在《致一本关于三个老师误人子弟的书的作者》的回复信中说过"即使没有上帝，也要创造一个上帝出来"。

2 原文为法语：J'ai vu l'ombre d'un cocher, qui avec l'ombre d'une brosse frottait l'ombre d'une carrosse.

五

长老们

也许读者里有人会猜想，我的这位青年人具有病态的、狂热的、畸形发展的天性，是一个面容惨白的幻想家、痨病鬼或是酒鬼一样的人。然而实际完全相反，阿辽沙这个十九岁的青年，当时却是身材匀称，脸色红润，目光清澈，全身健康。在那时候，他甚至很漂亮，体态端庄，中等个子，深褐色头发，端正而略长的椭圆脸，两只离得很开的、发亮的暗灰色眼睛。人很深沉，显然也很宁静。也许有人说，尽管脸颊红润，也同样可能是狂信和神秘主义的；但是我却觉得阿辽沙甚至比什么人都现实。自然，他在修道院里笃信奇迹，但是据我看来，奇迹是永远不会使现实派感到不安的。倒不是说奇迹会使现实派接受信仰。真正的现实派，如果他没有信仰，一定会在自己身上找到不信奇迹的力量，即使奇迹摆在他面前，成为不可推翻的事实，他也宁愿不信自己的感觉，而不去承认事实。即使承认，也只是把它当作一件自然的事实，只是在这以前他不知道罢了。在现实派身上，信仰不是从奇迹里产生，而是奇迹从信仰里产生的。如果现实派一有了信仰，则正由于自己的现实主义，他势必也同时会承认奇迹。使徒多马说，只要不是亲眼得见的他就不相信，但是看到了以后便说“我的神，我的上帝”，是不是奇迹使他有了信仰呢？大概不是的，他之所以相信，只是因为自己愿意相信，也许还在他说“未看到以前不能相信”的时候，在他的内心深处就已经完全相信了哩。

有人也许要说，阿辽沙性情迟钝，知识不广，中学没有毕业，等等。他中学没毕业，那是不假，但是说他迟钝，或者愚蠢，就未免太不公了。我再说一遍上面已经说过的话：他走到这条路上来，只是因为当时只有这条路打动了他的心，代表他的心灵从黑暗超升到光明的出路的全部理想。此外，他已经多少有了我们这个时代的青年人的气质，这就是说：本性诚实，渴望真理，寻求它又信仰它，一旦信仰了以后就全心全意献身于它，要求迅速建立功绩，抱着为此甘愿牺牲一切甚至性命的坚定不移的决心。然而，不幸的是这些青年人往往不明白在许多这类事情上牺牲性命也许是一切牺牲中最容易的一种；譬如说，从青春洋溢的生命之中，牺牲五六年光阴去从事艰难困苦的学习，钻研科学，哪怕只是为了增强自身的力量，以便服务于自己所爱的真理和甘愿完成的苦行，这样的牺牲就有许多人完全办不到。阿辽沙虽选择了和大家完全相反的道路，但仍带着同样的渴求迅速立功的心情。他经过严肃的思索后，突然对灵魂不死和上帝的存在产生了确信，就立刻毫无做作地对自己说："我愿为探寻灵魂不死而生活，决不半心半意。"同样地，如果他一经决定相信灵魂和上帝是没有的，那他也会立刻成为无神论者和社会主义者（因为社会主义不单单是工人问题，或所谓第四种阶级的问题，主要还是个无神论问题，无神论在现代的具体化的问题，建筑巴别塔[1]的问题，建筑这个高塔正是不靠上帝，不为了从地上上升到天堂，而是为了把天堂搬到地面）。阿辽沙甚至觉得再照以前那样生活是奇怪而不可能的。《圣经》上说："你若愿意做完全人，可去舍掉你所有的……跟从我。"阿辽沙对自己说："我不能只舍弃两个卢布，以代替'所有的'，也不能止于做做晚祷，以代替'跟从我'。"在他的幼年时代的回忆里，也许还保存着关于我们的市郊修道院的一点影子——当时他母亲也许曾领他到那里去做晚祷。也许神像前落日斜晖的情景对他产生了影响——当时他的

1 《旧约全书》中的故事。一群说同样语言的人决定共同修建一座能通天的高塔，上帝见状，打乱了他们的语言，并把他们分散到了世界各地。——编者注

害疯癫病的母亲曾把他高举到神像的跟前。他这次带着沉思的神情到我们这里来，也许就为了看一看：这里是否真舍弃“所有的”，或者也仅仅舍弃“两个卢布”，于是在修道院里遇见了这位长老。

这位长老，我前面已经交代过，就是佐西马长老。但是在这里必须说一下我们的修道院里的“长老”究竟是怎么回事，可惜我感觉自己在这方面不够内行，也不够自信。尽管如此，我还是试试用极少的几句话来做一个皮毛的叙述。第一，专门的、内行的人说长老和长老制度出现在俄国修道院里还不很久，还不到一百年，而在所有信奉正教的东方，尤其是在西奈和阿索斯，却已存在了一千多年。有人说，在古时候，我们俄罗斯也有长老制度，或者说按理应该存在的，但是由于俄罗斯的灾难，由于鞑靼的侵略，叛乱，君士坦丁堡被征服后与东方关系的断绝，这个制度被我们遗忘了，长老也绝迹了。从上世纪末起，一个人们称为伟大的苦修者的巴伊西·魏里契科夫斯基和他的门徒们，才重新恢复了这个制度，但是直到现在，甚至过了差不多一百年，它还只不过在很少几个修道院里得到恢复，而且有时几乎还被当作俄罗斯国内前所未闻的新鲜事而遭到压制。在我们俄罗斯国内，在一个著名的修道院——柯泽尔斯克·奥普廷修道院里，这个制度特别发达。在我们市郊的修道院里，什么时候、是谁建立这个制度的，我说不出，但是到最近的一个长老佐西马已经是第三代了，不过他衰弱多病，已经离死不远，而代替他的还不知道是谁。这在我们的修道院来说是很重要的问题，因为我们的修道院，直到那个时候为止，还没有什么特别著名的地方：里面既没有圣徒的骸骨，也没有显灵的神像，甚至没有同我们的历史有关的著名的传说，也数不出什么历史上的功绩和对于祖国的贡献。它的兴盛而且闻名全俄，完全是长老的缘故；香客们成群地从全俄罗斯各地，不远千里赶来看他们，听他们讲道。可是，长老是什么呢？长老就是把你的灵魂吞没在自己灵魂里，把你的意志吞没在自己意志里的人。你选定了一位长老，就要放弃自己的意志，自行弃绝一切，完全听从他。对于这种修炼，对于这个可怕的生活的学校，人们是甘愿接受、立志献身的，他们希望在长久的修炼之后战胜自己，克制自己，以便通过一辈子的修持，终于达到完全的自由，那就是自我解悟，避免那活了一辈子还不能在自己身上找到真正自我的人的命运。这种长老制的创立，并不是基于理论，而是基于东方一千多年的实践。受业于长老，可跟我们俄国修道院里一向就有的普通“修持”不同。这里规定一切受业于长老的人要经常不断地向他忏悔，授业者和受业者之间保持着一种牢不可破的约束。举个例子吧，传说有一次，在基督教的远古时代，有一个见习修士没有遵照他的长老的指示完成某种修持而离开修道院出国，从叙利亚到埃及去了。在那里，经过长期重大的苦行以后，终于熬尽磨难，殉道而死。在教会把他尊作圣者，埋葬他的躯壳的时候，教堂执事正喊着：“尚待受洗的人，走出教堂！”忽然那口棺材连同躺在里面的殉道者的躯体离开原地，仿佛被人推出了教堂，抬回来又推出去一连三次。后来才知道这位殉道的圣者曾破坏了修持，离开了长老，因此不经长老给他解除，他是不能被赦免的，不管他有多大的功行也不行。等到原来的长老解除了他的修持以后，这才完成了他的葬礼。自然，这是古代的传说，但还有一个最近的故事：我们现在的一个修士在阿索斯修行，这地方他衷心喜爱，把它当作圣地，当作安静的隐身处，忽然他的长老命令他离开阿索斯，先到耶路撒冷朝拜圣地，再回到俄罗斯北方西伯利亚：“那才是你该去的地方，不是这里。”那个修士满心忧郁、垂头丧气地到君士坦丁堡去见总主教，央求他解除他的修持，总主教回答他说，不但他总主教不能解除他，就是在全世界也没有谁，并且不会有谁拥有可以解除他的修持的权力。这修持既由一个长老加在他的身上，就只有这个长老自己才有解除的权力。所以长老制在某些情况下具有无止境而又不可思议的权力。在我国的许多修道院里，长老制之所以在最初几乎遭到压制，就是这个原因。但是在民间，长老们立刻受到了极大的尊敬。比方说，普通人和最高贵的人全都到我们修道院的长老那里，膜拜他们，向他们忏悔自身的疑虑，自身的罪孽，自身的痛苦，央求他们给予忠告和训示。看到这种情况，反对长老制的人们除了别种攻击外，叫嚷说，这样一来，等于独断而轻率地把忏悔的圣礼贬低了。其实修士或俗人对长老不断地忏悔自己的灵魂，本来就完全不是把它当作圣礼来看待的。然而尽管如此，长老制仍旧维持了下来，而且渐渐地在俄国的修道院里奠定了基础。固然也许不错，这种使人类精神上从受奴役转变到自由和心灵完美的、已经试用过一千年的利器，可能会变成一把也能伤害自身的双刃利剑，也许不会把有的人引向驯顺和完全地克己，而是相反，引向魔鬼般骄傲，那就是说，不是得到自由，却是得到了锁链。

佐西马长老六十五岁了，出身地主家庭，在很年轻的时候曾是个军人，在高加索当过尉官。毫无疑问，他有某种心灵的特色使阿辽沙深为惊佩。阿辽沙就住在长老的修道室里，长老很爱他，让他和自己同住。应该注意的是阿辽沙当时住在修道院里，还没有受什么约束，整天都可以随便出去，穿修道服也是出于自愿，为的是在院内所有的人当中不显得特殊。自然，他自己也喜欢这样，也许经常显示在长老身上的那种力量和声誉强烈地影响到阿辽沙年轻的头脑。大家都说佐西马长老多年接待许多人到他那里去忏悔自己的心事，向他渴求忠告和治病的祝词，大量的剖白、痛悔、自白，进入他的心灵，使他终于获得了十分微妙的慧性，只要朝来见他的陌生人脸上看一眼，就会猜出：这人是为什么来的，需要什么，甚至猜得出是什么痛苦刺伤着他的良心。他在来见的人开口以前，先知道了人家的秘密，这使那人惊讶，惭愧，有时几乎使那人害怕。但是阿辽沙看到许多人，几乎是所有的人，第一次到长老那里去密谈，进去的时候怀着恐怖和不安，出来的时候差不多永远是明朗而快乐的，最阴郁的脸会变成幸福的脸。使阿辽沙特别惊讶的是长老并不严厉，待人接物差不多永远是笑吟吟的。修士们说他的心灵专门亲近罪孽较多的人，而凡是作孽最多的人，他也爱得最深。到了长老临去世的时候，修士们里面还有恨他和嫉妒他的人，但是显得少了，只能保持缄默，虽然在他们中也有几个修道院里很著名的重要人物，例如一个老修士，伟大的寡言者和不寻常的吃素人。然而到底有大多数人毫无疑问地拥护佐西马长老，其中很多人是全心全意、热烈而诚恳地爱他；有几个人甚至近于狂信地依恋着他。这类人干脆地，但并不十分大声地说他是圣徒，说这是毫无疑义的事，并且由于看出他已接近死亡，因此期待着将会显示的奇迹，以便在最近的将来使修道院获得伟大的名声。对于长老奇迹的力量，阿辽沙是完全相信的，正和他完全相信关于棺材从教堂里飞出去的故事一样。他看见有许多人带来了有病的儿童和成年的亲属，恳求长老抚他们的头顶，为他们读祷词，后来很快地就回家了，有的人第二天就回来，含着眼泪在长老面前跪下，感谢他治愈了他们的病人。到底是真的治愈还是只是病情自然好转，在阿辽沙心目中是不存在这个问题的，因为他已经完全相信师父的精神力量，师父的荣誉似乎成了他自身的胜利。特别使他心跳激动、喜气洋洋的，是每当长老出来接见等在修道院大门口的一群普通香客时的情景，这是些从全俄罗斯各处赶来，特意要见一见长老，求他祝福的人。他们匍匐在他面前，哭泣，吻他的脚，吻他站着的土地，大声哭喊，女人们把自己的孩子捧到他的面前，把害抽风病的女人领来。长老同他们说话，读简短的祷告词，为他们祝福，把他们打发走了。近来他由于时时发病，有时显得十分衰弱，无力从修道室里走出来，于是香客们在修道院里等他出来一等就是几天。他们为什么这样爱他？他们为什么在他面前匍匐，只要见到他的脸，便感动得落泪？这对阿辽沙是不成问题的。噢！他也很明白，对于俄罗斯普通人的温顺的灵魂，对于被劳累和忧愁所折磨，特别是被永远的不公平和永远的罪孽（自身的和世上的）所折磨的人们，见到圣物或圣者，跪在他的面前膜拜，是一种无比强烈的需要和最巨大的安慰。他们觉得："尽管我们有罪孽，不诚实，易受诱惑，但无论如何，世上某处总还有一位圣者和高人；他有真理，他知道真理；那么真理在地上就还没有灭绝，将来迟早会转到我们这里来，像预期的那样在整个大地上获胜。"阿辽沙知道，人民就是这样感觉、这样推想的，他明白这一点。至于说在人民眼中，长老是否就是那个保持上帝真理的圣者，他对这一点丝毫没有疑惑，正和那些哭泣的乡下人，把孩子捧向长老的病女人一样。长老圆寂将使修道院得到不平凡的盛誉的信念在阿辽沙心灵里起统治作用，也许甚至比修道院里的任何人都要强烈。总之，最近以来，一种深刻的、火焰般的内心的喜悦在他的心里燃烧得越来越强烈。至于这位出现在他面前的长老毕竟不过是一个个别的人这一点，丝毫也没有使他感到不安："不管怎么说，他是圣徒，他的心里有使一切人更新的秘诀，有一种力量，足以最后奠定地上的真理，于是一切人都成为圣者，互相友爱，不分贫富，没有高低，大家全是上帝的儿子，真正的基督的天国降临了。"这就是阿辽沙心中的梦想。

两位兄长的归来似乎给阿辽沙留下了极强烈的印象，他以前完全不认识他们。他和德米特里·费多罗维奇哥哥比和另一位同母兄长伊凡·费多罗维奇熟悉得更快，相处得更投机，虽然德米特里还回来得较迟些。他极想亲近兄长伊凡，可是伊凡已经住了两个月，他们虽然朝夕相见，但却仍旧怎么也处不来。阿辽沙也是个沉默寡言的人，似乎总在期待着什么，老有点腼腆；而兄长伊凡呢，尽管阿辽沙起初也曾发觉他用深长、好奇的眼光注视过自己，但不久就好像完全不加注意了。阿辽沙觉察到这种情况，心里感到很困惑。他认为兄长的冷淡是由于他们年龄不同，特别是文化差得太多。但是，阿辽沙还有另外一个念头：伊凡对他的好奇和同情这样少，也许是出于一种阿辽沙完全不知道的原因。不知道为什么，他总觉得伊凡在操心着什么，牵挂着某种内心的、重要的事情，努力追求某种目标，也许是很难达到的目标，所以才顾不到他，这就是他冷淡地对待阿辽沙的唯一的原因。阿辽沙也想到：有没有看不起他的成分呢？一个有学问的无神派很可能看不起一个愚蠢的小修士。他深知他的哥哥是无神派。如果真的有这种蔑视的话，他本来也不至于生气的，但是他到底怀着一种自己也不明白的、惊惶的不安，期待着兄长愿意和他更为接近的时候到来。兄长德米特里·费多罗维奇带着相当的敬意评论伊凡哥哥，谈到他时总带着一种特别的情感。阿辽沙从他那里得知最近使两位兄长关系密切起来的那件重要事情的细节。德米特里对于伊凡哥哥的盛赞在阿辽沙的眼中之所以显得特别，是因为德米特里这个人和伊凡比起来，差不多可以说是个白丁，两人放在一起，在个性和禀赋方面，显然成为一个鲜明的对比，也许再也不能想象比这两人更为互相不同的了。

就在这个时候，发生了这个不和谐的家庭的全体成员在长老的修道室内相晤，或者说，开了一次家庭会议的事情，这个会议给予阿辽沙特别大的影响。这次聚会的借口，老实说是捏造出来的。就在那个时候，德米特里·费多罗维奇由于和他父亲费多尔·巴夫洛维奇闹遗产和财务上的纠纷，双方的不和谐显然已经达到了极点。关系尖锐了，已经无法再忍耐。费多尔·巴夫洛维奇首先好像开玩笑似的出了主意，就是大家全到佐西马长老的修道室里去谈。这样一来尽管没求长老出面直接调停，却到底可以比较得体地谈出点结果来，在这中间长老的职位和面子，也许会起点劝诱和促成和解的作用。德米特里·费多罗维奇从来没到长老那里去过，甚至没有见过他，自然以为他们想用长老来吓唬他；但是因为他自己对于近来同父亲争论时所做的许多决裂的举动，暗地里正在深自谴责，所以也接受了这个建议。另外应该注意的是，他并没有像伊凡·费多罗维奇那样住在父亲家中，却另外住在城市的另一端。刚巧当时住在我们城里的彼得·阿历山德罗维奇·米乌索夫也特别中意费多尔·巴夫洛维奇的这种想法。一个四五十年代的自由派，自由思想者和无神派，也许由于烦闷，或者出于轻浮的逢场作戏，竟积极地要参与这件事。他忽然想看一看修道院和“圣徒”。因为他同修道院的长期争论还在继续，关于两方田地疆界、林中伐木、河里捕鱼的权利的诉讼还在拖延着，所以他赶紧利用这点，借口说他愿意亲自和院长谈判，看能不能设法和平了结这个争论。一个怀着这种好意的宾客，自然会比普通好奇的游人受到更殷勤有礼的接待。出于这样的考虑，修道院可能对近来由于害病差不多不出修道室一步，甚至拒绝接见普通访客的长老，施加了一些内部的影响。最后长老同意了，并且定好日子。“是谁让我替他们分家产的？”他只是含着微笑这样对阿辽沙说了一句。

阿辽沙听说了会晤的事情，显得十分不安。据他了解，涉讼和争论的两造中郑重对待这次聚会的，无疑地只有兄长德米特里一个人；其余的人照阿辽沙看来，都是出于轻浮的逢场作戏，也许是为了羞辱长老而来的。兄长伊凡和米乌索夫的到来是为了最粗鲁的好奇心，至于他父亲，也许是为了来演一出丑角戏。是的，阿辽沙虽然嘴里不说，却已充分而深刻地了解了自己的父亲。我重复一句：这个孩子并不像大家所认为的那样头脑简单。他怀着沉重的心情，等候约定的日子。无疑地，他自己在心里很想使这一切家庭纠纷从速了结。然而他最关心的还是长老：他为长老的名誉发急，生怕有人侮辱他，尤其是米乌索夫巧妙的、有礼貌的嘲笑，和有学问的伊凡话语里高傲的弦外之音，这一切都是阿辽沙脑子里在转的东西。他甚至想冒昧地警告长老一声，对他说几句关于这些就要光临的人的话，但是想了一下，就忍住了。他只在预定日子的前一天托一个朋友转达德米特里哥哥，说自己十分敬重他，希望他履行预先答应的话。德米特里思索了一阵，因为他一点也想不起自己答应过什么，不过还是回了一封信，说他将用全力自制，不对“卑劣的举动”发火，虽然他深深敬佩长老和伊凡弟弟，却认为内中必定设下了一种陷阱，或是不值一笑的滑稽戏。“但无论如何，我宁愿咬破自己的舌头，也决不对你万分尊敬的圣者有所冒犯。”德米特里这样结束了那封短信。阿辽沙看过这封信，并没有得到很大的鼓舞。

第二卷　不适当的聚会

一

来到修道院

八月底的一天是个晴朗暖和的好日子。约定就在做完晚弥撒以后，大约十一点半的时候，和长老会晤。然而，我们的客人并没有来参加弥撒，而是刚好在散场的时候来到的。他们乘了两辆马车。第一辆车十分漂亮，套着一对名贵的马，彼得·阿历山德罗维奇·米乌索夫坐在里面，还带着一个很年轻的远亲——二十来岁的彼得·福米奇·卡尔干诺夫。这个青年人准备考大学，不知为什么暂时住在米乌索夫家；米乌索夫劝他一同出国，到苏黎世或耶拿去上大学，完成学业。青年人还没有决定。他好做凝思，一副心不在焉的样子。他面孔漂亮，体格强壮，身材魁梧。他的眼神奇怪，常显得呆板：像所有心不在焉的人一样，他有时盯着看你，看了半天，却完全没有看见你。他沉默寡言，举止有点拙笨，然而有时候——而且准是在同谁单独面对面的时候——他会突然变得特别爱说话，举止急躁，动不动就笑，有时候不知道笑的是什么。但是，他会突然兴奋，他的兴奋也会突然消失。他总是穿得很好，甚至很讲究；他已经有了一笔能自己独立做主的财产，而且还可望得到更多的财产。他同阿辽沙是朋友。

一辆破旧得轧轧作响但车厢很宽大的出租马车，拉来了费多尔·巴夫洛维奇和他的儿子伊凡·费多罗维奇，这辆车套着一对灰红色的老马，被米乌索夫的马车远远抛在了后面。头一天就把日子和钟点通知了德米特里·费多罗维奇，但是他迟迟未到。客人们把马车停在院墙外面的客店里，步行走进修道院的大门。除了费多尔·巴夫洛维奇外，其余的三个人好像从来没有看见过哪一个修道院；米乌索夫更是三十来年也许连教堂都没有进过。他东张西望，带着几分好奇心，却仍然装出一副毫不在意的神情。但是对他那善于观察分析的头脑来说，除了看到一些极平常的教堂和供生活事务用途的建筑物以外，修道院的内部景象一点也没有留下什么印象。最后一批人摘下帽子、画着十字从教堂里走出来。在一些平民中间，也夹有几个较上层社会里的人物，有两三位太太，一个很老的将军；他们全住在客店里。乞丐立刻包围了我们这几位来客，但是谁也没有施舍。只有彼得·卡尔干诺夫从钱包里掏出一个十戈比的银币，不知为什么，慌张而不好意思地赶快塞给了一个乡下女人，急速地说了一句："你们分一下吧。"其实他的同伴谁也没有注意这件事，他本来完全用不着不好意思；但是觉察到这一点之后，他反倒更加不好意思起来了。

可是很奇怪，按理应该有人迎接他们，也许甚至应隆重相待，因为在他们里面有一位不久以前还捐过一千个卢布，另一位是最有钱的地主，又很有学问，而且关于河里捕鱼的事，在官司打赢以后，所有的人都要受他的节制。但是，主要人员却一个也没出来迎接他们。米乌索夫心不在焉地望着教堂附近的墓碑，想说这些坟墓所属的人家大概花了不少钱才取得在"圣"地下葬的权利，但是他没有说出来，他那种通常的自由派的讽刺几乎很快就要变成了愤怒。

"见鬼！到了这种莫名其妙的地方问谁去？这应该解决一下，时间已经不早了。"他忽然说出口来，好像自言自语似的。

忽然，一位秃头的老先生走了过来，那人穿着宽大的夏季大衣，一双小眼睛带着谄媚的笑意。他举起帽子，嘴里咬字不清，自我介绍说他就是图拉的地主马克西莫夫。他马上就明白了我们这几个客人想要打听什么。

"佐西马长老住在隐修庵里，闭门不出，那儿离修道院四百步远，穿过小树林，穿过小树林。"

"我也知道要穿过一个小树林，"费多尔·巴夫洛维奇回答说，

“可就是不记得路了，好久没有来了。”

“进这个大门，一直穿过林子，穿过林子。走吧。我亲自……我领你们去……好不好？走这边，走这边。”

他们走出大门，向树林走去。地主马克西莫夫是个六十多岁的人，可以说不是在那里走路，而是在旁边跑，带着一阵阵急不可待的好奇心，观察他们大家。他的眼睛仿佛鼓了出来。

“您知道，我们是为了私事来见这位长老，”米乌索夫板着脸说，“那就是说，我们是来觐见这位‘人物’的，所以，虽然我们对于您的引路十分感谢，却不能请您一同进去。”

“我去过了，去过了，我已经去过了，一个十足的骑士！[1]”这位地主说着，用手指朝空中打了个榧子。

“这骑士[2]是谁？”米乌索夫问。

“长老，出色的长老，长老，修道院的荣誉和骄傲。佐西马。这真是位了不起的长老。”

但是，有一个戴着头巾、个子不高、面色惨白、身体羸瘦的小修士，追上客人们，打断了地主那番杂乱无章的话。费多尔·巴夫洛维奇和米乌索夫站住了。修士极有礼貌地鞠了一个几乎九十度的大躬，说道：“诸位到庵舍里拜访以后，院长敬请诸位先生到他那里吃点东西。时间是一点钟，不要过晚。”

“请您也去。”他对马克西莫夫说。

“我一定遵命！”费多尔·巴夫洛维奇大声说，对于这个邀请大为高兴，“一定去。您知道，我们大家约定，在这里一切都要按规矩办事。彼得·阿历山德罗维奇，您去不去？”

“还能不去吗？要不是为看一看他们这儿的各种习俗，我到这儿来干什么？我感到为难的，恰恰是我现在必须陪着您，费多尔·巴夫洛维奇。”

1 原文为法语：Un chevalier parfait!

2 原文为法语：chevalier.

“是啊，德米特里·费多罗维奇还没有来。”

“他要是爽约才好呢。您以为我对你们那套把戏，外加跟您在一块儿做伴，会感兴趣吗？好吧，我们会去吃饭的，请您替我向院长道谢。”他朝小修士说。

“不，我应当替诸位引路，去见长老。”修士回答说。

“既然这样，我就上院长那儿去，我现在就去。”地主马克西莫夫嘟嘟囔囔地说。

“院长现在很忙，不过随您的便吧。”修士迟疑地说。

“小老头真讨厌！”在地主马克西莫夫跑回修道院去以后，米乌索夫大声说。

“像封·佐恩一样。”费多尔·巴夫洛维奇忽然说。

“您只知道这类事情。他为什么像封·佐恩呢？你亲眼看见过封·佐恩吗？”

“看见过他的小像。虽然脸型不像，但是有一种说不出来的相像的地方。简直是封·佐恩第二。我只要看见一回脸，就总也忘不了。”

“也许是这样，您在这方面是内行。不过有一点，费多尔·巴夫洛维奇，您自己刚才说过，我们约好按规矩办事，您可要记住这一点。我先警告您，您要忍耐点。您如果又出洋相，我可不喜欢叫这里的人把我和您同样看待。您瞧，他是怎样的人，”他对修士说，“我就怕同他一块儿去见体面人。”

在修士没有血色的嘴唇上隐现出一抹无言的微笑，多少还带着一点狡狯的意味，然而他一句话也没有回答，他的沉默显然是出于自视清高的心情。米乌索夫更皱紧了眉头。

“让这些人全都见鬼去吧，表面上永远装模作样，实际上全是招摇撞骗、胡说八道！”他的脑子里这样想着。

“我们到了，这就是庵舍！”费多尔·巴夫洛维奇大声说，“围墙挡道，大门紧闭。”

他走到大门上边和大门旁边画着的圣徒像前画了几个大十字。

“人可要入国问禁、入乡问俗啊。”他说，“这座庵舍里有二十五位圣徒在修行，整天面面相觑，一块儿吃白菜。女人一概不准走进这个大门，真真了不起。这是一点也不假。不过，我听说长老也接见太太们，这是怎么回事？”他忽然对修士说。

“来的平民里也有妇女，您瞧那边，在回廊旁边躺着，等候着。为上等社会的太太们专在回廊里，不过还是在围墙外面，修了两间小屋，那几个窗户就是，长老在健康的时候，从里面的一条通道走出来见她们，换句话说，还是在围墙外面。现在就正有一位哈尔科夫来的地主太太——霍赫拉柯娃夫人，带着一个病弱的女儿在等着见他。大概他已经答应接见她们了，虽然他近来身子极为衰弱，甚至偶尔在大众前露露面都办不到。”

“这么说，到底有一道缺口，可以从庵舍通到太太们那里去。神父，您不要以为我有所指，我只是随便说说罢了。您听说没有，在阿索斯不但不许妇女前来随喜，而且一切女性，甚至连阴性的生物，像母鸡、雌火鸡、母牛等，都根本不许存在。”

“费多尔·巴夫洛维奇，我要回去了，把您一个人扔在这儿，您没有了我，一定会被人倒揪着手撵出去的，我预先警告您。”

“这又碍你什么事啦，彼得·阿历山德罗维奇？你瞧，”他忽然喊着，走进庵舍围墙里，“你们瞧，他们住在多么美丽的玫瑰花丛里啊！”

真的，虽然现在并没有玫瑰花，可是有许多稀奇的、美丽的秋花，只要可以栽植的地方，全都栽满了。显然有内行人在侍弄。在教堂的围墙周围，墓地中间，都开辟了花坛。长老修道室所在的那所有门廊的木板平房四周，也都栽满了花卉。

“以前的长老瓦尔索诺菲在世时，有没有这些东西？听说那位长老不喜欢美丽的东西，时常甚至会跳起来用手杖打女人。”费多尔·巴夫洛维奇在迈上台阶的时候说。

“瓦尔索诺菲长老有时的确显得好像有点癫狂，不过，大家的传说多半是胡说八道。他从来没有用手杖打过任何人。”小修士回答说，“现在，先生们，请等一会儿，我去通报一下。”

“费多尔·巴夫洛维奇，我再一次提醒您自己答应过的条件，听见没有？请您自加检点，要不然我可要对您不起。”米乌索夫赶紧又低声说了一句。

“我真莫名其妙，您干吗着这么大的急？”费多尔·巴夫洛维奇嘲笑着说，“是不是担心所犯的罪孽？据说，他一看眼睛，就知道哪一个人为什么事来的。可您何必把人们的话这样当真？您这位巴黎人，先进的人士，您真叫人奇怪，真的！”

还没容米乌索夫回答这些讽刺话，已经有人来请他们进去了。他进去的时候，感到有点被激怒。

“嗯，现在我自己可以料到，我会生气，争辩，发起脾气来，既降低身份，又贬低原则。”他脑海里闪过了这个念头。

二

老丑角

他们差不多是和长老同时进屋的，长老一看见他们，马上就从卧室里走了出来。修道室里，有两位隐修庵的司祭比他们先来等候长老，一位是管图书室的神父，另一位是有病的佩西神父，他年纪虽不大，但据说很有学问。此外，还有一个小伙子，二十一二岁光景，站在角落里等候，后来他一直站在那里。他穿着常礼服，是宗教学校的学生，未来的神学者，不知什么原因受到修道院和修士团的培植。他身材很高，宽阔的脸，气色很好，有一双聪明而专注的、细窄的栗色眼睛。脸上神情毕恭毕敬，但却还得体，并不显得阿谀逢迎。尽管他与走进来的客人身份并不平等，相反地，还是处于从属依赖的地位，但他却并不对他们鞠躬表示欢迎。

一个见习修士和阿辽沙陪着佐西马长老走出来。司祭们站起来，深深地向他鞠躬致敬，手指触地，祝福以后，又吻他的手。长老为他们祝福以后，也是深深地对每个人鞠躬，手指触地，并且向他们每人请求为自己祝福。全部的礼节做得一丝不苟，全不像完成日常的礼仪形式，而几乎是带有感情的。但是米乌索夫觉得，这一切都是有意做出来的，含有一种暗示的用意。他站在一同进来的同伴们的最前面。按理说（他甚至昨天晚上就已经仔细想过了），不管他抱有什么样的思想观念，单单为了普通的礼貌（这里的规矩就是这样），他也应该走到长老面前，请求为他祝福，哪怕不是吻手，至少也要接受祝福。

但是现在，看过司祭们这一套鞠躬和吻手以后，他马上变了主意：他一本正经地还了一个很深的、世俗式的鞠躬，就向椅子走去了。费多尔·巴夫洛维奇像猴子般地完全模仿米乌索夫，也这样做了。伊凡·费多罗维奇很郑重、很有礼貌地鞠躬，两手也是放在裤缝上面，卡尔干诺夫却慌张得忘了鞠躬。长老把原准备举起来祝福的手放了下来，又向他们鞠了一次躬，请大家坐下。阿辽沙两颊绯红，他觉得惭愧。他的不好的预感应验了。

长老坐在样式十分古老的红木皮沙发上，请宾客们，除了两位司祭以外，都坐在对面靠墙四把包着已磨得很光的黑皮的红木椅子上，四个人并排坐在一起。司祭坐在两旁，一个在门边，另一个在窗前。宗教学校学生、阿辽沙和见习修士全站着。修道室不很宽绰，有一种灰颓的气氛。家具陈设只有最必需的几件，粗糙而又寒酸。窗台上放着两盆花，一个角落里有许多神像，其中一个是圣母像，画幅极大，大概还是在教派分裂以前好久画成的。圣母像面前点着油灯。油灯旁边另有两个穿鲜艳袈裟的神像，附近放着一些雕刻的天使、瓷蛋、象牙制成的天主教十字架，还有抱着尸体哀悼的圣母像[1]和几幅前几世纪意大利大艺术家的版画。在这些美丽珍贵的版画旁边，还挂了几张极通俗的俄国石印圣徒、殉道者、圣僧等的像，这种像在任何市集上都可以花几戈比买到。还有几幅俄国现代和以前的主教的石印像，挂在另外几面墙上。米乌索夫很快扫视了一下这一切“老调调”，便用专注的眼光打量起长老来。他很相信自己的眼光，这种弱点无论如何是可以原谅的，因为他已经有五十岁了，到了这个年龄，一般富裕而交游广阔的聪明人永远会变得越来越自信，有时甚至是身不由己的。

一开始他不喜欢长老。事实上，长老的脸上也的确有一种不只使米乌索夫，同样也会使别的许多人都不大喜欢的东西。他身材不高，哈腰屈背，两条细腿，只有六十五岁，但是因为闹病，显得苍老得多，至少要老十岁。他的干瘦脸上布满了细皱纹，眼旁尤其多。眼睛

1 原文为拉丁文：Mater dolorosa.

不大，眼珠浅色，敏捷，炯炯有神，好像两个发亮的光点。只两鬓上还有几根白发，一撮稀疏的小胡须，作楔子形，时常发出冷笑的嘴唇细薄得像两条线。鼻子并不长，却尖得像鸟鼻一般。

“从一切表征看来，这是一个恶狠的、褊狭而傲慢的灵魂。”米乌索夫在脑海里闪过了这个念头。总之，他感到心情很不痛快。

时钟报时声帮助打开了话头。一个廉价的锤摆小挂钟迅速地敲了整整十二下。

“正是我们说定的时间，”费多尔·巴夫洛维奇大声说，“我的儿子德米特里·费多罗维奇却还没有来。我替他道歉，神圣的长老！（阿辽沙听了这声‘神圣的长老’，浑身哆嗦了一下）我自己永远守时间，一分也不差，懂得守时刻是国王的礼貌。”

“不过，您总还不是国王。”米乌索夫按捺不住，立刻插了一句。

“对，是那样，我并不是国王。您瞧，彼得·阿历山德罗维奇，连我自己也知道，一点也不错！我说话总不对劲！尊师！”他突然慷慨激昂地喊了起来，“您看到在您面前的是一个真正的小丑！我自己就这样介绍。唉，这是老习惯了！有时候我猛不丁地撒个什么谎，那是有用意的，是想博人们一笑，讨人喜欢。应该做一个讨人喜欢的人，对不对？七八年以前，我为点小事，到一个小城里去，在那里结识了几个商人。我们去见警察局长，因为想求他一点事情，请他跟我们一起吃饭。警察局长出来了，这是个又高又胖、浅黄头发、脸色阴郁的人，在这类事情上最危险的家伙，好犯肝气，肝气很盛。我一直走到他面前，您知道，带着外场人那种满不在乎的神气说：‘警察局长先生，请您做我们的纳普拉甫尼克[1]好不好？’他说：‘什么纳普拉甫尼克？’我一下子就看出事情坏了，他一本正经地板着脸站在那儿。我说：‘我是想开一个玩笑，逗大家一乐，因为纳普拉甫尼克先生是我们俄国著名的乐队指挥，我们为了把我们的生意搞好，也必须有一位乐队指挥。’我对他这样解释，而且比喻得很有道理，对不对？他

1 警察局长俄语读如伊斯普拉甫尼克（исправник），与“纳普拉甫尼克”音相近。

说：‘对不起，我是警察局长，我不允许人家拿我的职位编双关的俏皮话。’当时扭身就走出去了。我忙跟在他后面喊：‘对，对，您是伊斯普拉甫尼克，而不是纳普拉甫尼克。’他说：‘不，既然叫我纳普拉甫尼克，那我就算是纳普拉甫尼克吧。’您瞧，我们的那桩生意就这样弄糟了！我老是这样，永远这样。我这种殷勤好意经常会坑害自己！有一次，许多年以前，我对一个有势力的人说：‘您的夫人是一位怕人碰的女人。’意思是说，她很贞洁，所谓品行端正。但是他听了突然对我说：‘那么您碰过她吗？’我忍不住，心血来潮地想献献殷勤，我说：‘是的，碰过。’他当时就使劲‘碰’了我几下。不过，这事情已经发生了很久，所以讲出来我也不怕害臊；我老是会这样自己害自己！”

“您现在就正在这样。”米乌索夫厌恶之极地低声说。

长老默默地观察着这两个人。

“是啊！您瞧，我连这个也知道，彼得·阿历山德罗维奇；瞧，我甚至刚一开口就预感到自己要这样做；您知道，我甚至还预感到您会首先对我这样说。尊师，当我一看出我的玩笑没有开灵，我的下牙床旁的两颊就会觉得发干，差不多好像要抽筋似的；这情形我从青年时就有，那时我在贵族人家当食客，吃闲饭混日子。尊师，我是一个地道的小丑，从出生那一天起就是的，就好像害疯癫病的人一样。我不否认，我身上也许附着不洁的魔鬼，但只是不大的角色，稍微重要些的角色就会找别的寄居所，不过绝不是您，彼得·阿历山德罗维奇，您也是个不值价的住所。但是我有信仰，我信仰上帝。我最近才有了点疑惑，可是现在我坐在这里，等待伟大的训导。尊师，我就像哲学家狄德罗[1]一样。圣父，您知道不知道哲学家狄德罗在叶卡捷琳娜时代晋见总主教普拉东的情形？他一进去，开门见山地说：‘没有上帝。’伟大的主教举起一只手指来回答：‘连最地道的疯子的心里也有

1 狄德罗，法国启蒙思想家、唯物主义哲学家，他最大的成就是主编《百科全书》，此书是十八世纪启蒙运动的最高成就之一。——编者注

上帝！’狄德罗马上跪下来，喊道：‘我信仰了，愿意接受洗礼。’当时他就受了洗。公爵夫人达什科娃做了教母，波将金做了教父。”

“费多尔·巴夫洛维奇，这真受不了！您自己也知道，您是在说谎，这个愚蠢的故事是没根据的，您干吗要这么装疯卖傻？”米乌索夫声音发颤，完全克制不住自己了。

“我早就知道这是没根据的！”费多尔·巴夫洛维奇十分起劲地嚷着说，“诸位，我现在对你们说实话。伟大的长老！请原谅我，最后那几句关于狄德罗受洗的话，是我刚才编出来的，顺口胡诌，以前脑子里连想都没有想到过。为了逗趣编的。彼得·阿历山德罗维奇，我之所以装疯卖傻，就是为了显得讨人喜欢些。但是有时候，连自己也不知道为了什么。至于说到狄德罗，那么说他是个‘最地道的疯子’的话，我年轻时代在此地的地主家里寄食，就听见他们说过几十遍了；彼得·阿历山德罗维奇，我也曾在令婶玛芙拉·福米尼什娜那里听到过这话。他们至今还相信无神论者狄德罗曾到普拉东总主教那里去辩论过上帝问题。”

米乌索夫站起身来，不但失掉了耐性，甚至好像已控制不住自己。他气得发狂，而且感到自己的样子也一定显得十分可笑。的确，这时修道室里出现的情景简直叫人难以相信。四五十年来，在这个修道室里，在以前的长老们在世的时候，就有宾客会聚，人们永远保持着极深的景仰，绝没有别的心情。人们被请进修道室的时候，几乎全明白他们是得到一种极大的荣幸。许多人在整个晋谒的时间内都匍匐在地，一直不起来。许多“上等”人物，连极有学问的人，甚至有些为好奇或别种原因而来的有自由思想的人，和大家同进修道室或单独晋谒时，也毫无例外，都首先要求自己在晋谒的全部时间应有极深的尊敬和礼貌。这主要是因为这里双方都不考虑金钱问题，一方只是出于爱和仁慈，另一方是出于忏悔和渴求解决某种心灵上的困难问题或自己精神生活中的某种危机。因此，费多尔·巴夫洛维奇突然表演出来的这种对他所在环境毫不恭敬的滑稽行为，在旁观者，至少是其中几个人身上，引起了惶惑和惊异。仍旧不动声色的司祭一边严肃地注意听长老说什么话，一边好像也准备像米乌索夫似的站起身来。阿辽沙低头站着，几乎要哭出来。他觉得最奇怪的是自己寄以唯一希望的，也唯一有力量阻止父亲的伊凡·费多罗维奇哥哥，现在竟坐在椅子上，一动不动，低垂着眼睛，显然带着一种想寻根究底的好奇心，等着看这一切会有什么结果，好像他自己在这儿完全是一个局外人似的。那个宗教学校学生拉基金，也是阿辽沙素来熟识而且很接近的，阿辽沙连看也不敢看他一下；他知道拉基金的想法，全修道院里也只有他一个人知道拉基金的想法。

“请原谅……”米乌索夫对长老说，“您可能以为我也跟这个不庄重的玩笑有关。我的错误是，我相信了即使像费多尔·巴夫洛维奇这样的人在谒见如此可敬的人物时，也总会懂得点自己的本分。我没想到，正因为自己是和他一同来的，所以最终不得不向您道歉……”

彼得·阿历山德罗维奇没有说完，十分惭愧地正想离屋。

“请您不要着急，”长老忽然支着枯瘦的腿从座位上站起来，拉住彼得·阿历山德罗维奇的两只手，让他重新在椅子上坐下来，“请您安心。我十分诚心地请您做我的客人。”他鞠了一躬，转身又坐到自己的小沙发上。

“伟大的长老，请您说一句，我的活泼举动是不是得罪了您？”费多尔·巴夫洛维奇忽然喊起来，两手抓住椅子扶手，好像根据回答的情况随时准备从椅子里跳起来似的。

“我诚恳地请求您也不要着急，不要拘束，”长老庄重地对他说，“您不要拘束，就像在家里一样。主要的是不要那么自惭形秽，因为一切都是由此而起的。”

“就像在家里一样！就是说，保持本色吗？啊，那未免太过分了，不过我还是愿意领情的！您要知道，崇高的圣父，您可别叫我保持本色，别冒这个险，连我自己也不敢走到完全保持本色那一步。我这样警告您是为了您好。至于其他一切情况，那至今还没有真相大白哩，虽然有几个人已经乐意把我描得一团漆黑了。这话是指着您说的，彼得·阿历山德罗维奇。对于您，神圣的人，我只能说：我要表示满腔的喜悦！”他站起身来，举起双手大声说，“怀你的肚子和喂你的奶头是有福的，特别是奶头！您刚才对我说：‘不要那么自惭形秽，因为一切都是由此而起的。’您这句话真好像看穿了我的心，如见肺腑。每当我跟人们来往时就正是这样，老觉得我比一切人都低贱，大家全把我当小丑看待，所以我就想：‘那我就真的扮演小丑吧。我不怕你们的看法，因为你们一个个全比我还卑鄙！’因此我才成了小丑，因羞耻而扮演的小丑，伟大的长老，因羞耻而扮演的。我就是因为神经过敏而胡闹的。如果我跟人来往时，我能相信，大家都把我当作极可爱极聪明的人看待，老天爷！那我一定会成为一个多么善良的人啊！导师！”他忽然跪了下来：“我怎样做才能得到永生呢？”

这时候仍很难断定他到底是在开玩笑，还是真的心情激动。

长老抬眼看他，含笑说：“您早就知道应该怎样做，您是很聪明的：不要酗酒和信口开河，不要放纵淫欲，尤其不要迷恋金钱。关闭您的酒店，如果不能全关，关两三家也好。可主要的，最主要的是不要说谎。”

“是不是关于狄德罗？”

“不，并不是关于狄德罗。主要的是不要骗自己。骗自己和相信自己的谎话的人，会落到无论对自己还是对周围都分辨不出真理来的地步，那就会引起对自己和对他人的不尊敬。人既不尊敬任何人，就没有了爱，既没有爱，又要让自己消磨时光，就放纵淫欲和耽于粗野的享乐，以致在不断的恶行中完全落到兽性的境地，而这全是由于对人对己不断说谎。对自己说谎的人会比别人更容易觉得受委屈。因为有时觉得受委屈是很有趣的，对不对？他也知道并没有人委屈他，是他自认为受了委屈，为了面子就说谎，夸大其词，装腔作势，斤斤计较片言只语，小题大做，拿一粒豌豆当成山，这他自己全知道，却还是一碰就自觉受委屈，感到这样很愉快，甚至有很大的乐趣，于是就弄到真的产生了怨恨。……请您站起来，坐下，请求您，要知道这也是虚伪的做作。”

“有福的人！请让我吻吻手。”费多尔·巴夫洛维奇跳起来，很快吻了一下长老的瘦手，“真的这样，觉得受委屈真是很愉快的。您说得真好，我从来没有听人说得这么好过。真的这样，我正是一辈子都在因自觉受屈而愉快，为美感而自觉受屈，因为做受屈的人不但愉快，而且有时很美；您忘记的正是这一点，伟大的长老：很美！我要把这一点记在本子里！是的，我说谎，简直说了一辈子谎，每天每点钟都说谎。我的确本身就是谎话，说谎的父亲！不过也许不是说谎的父亲，我老是措辞不当，说我是说谎的儿子也就够了。不过，我的天使，说说狄德罗有时还是可以的！说狄德罗没有什么害处，至于别的话有时是有害的。顺便说起，伟大的长老，我偶然忘了，我从前年起就决定到这里来了解一下，真的想到这里来打听一下，问一件事。但是请您不要让彼得·阿历山德罗维奇打断我的话。我要问的是那是不是真的：伟大的长老，在《圣者传》里有个地方讲到有位显灵的圣者为信仰受难，当他最后被人砍下脑袋以后，他站了起来，捡起自己的头，‘亲切地吻它’，又长时间地捧在手里，‘亲切地吻它’。这话对不对，尊敬的神父？”

“不，不对。”长老说。

“在所有的《圣者传》里绝没有这类的东西。您说，书里写的是哪一位圣徒的事迹？”掌理图书的司祭问。

“我也不知道是哪一位。不知道，也不明白。别人说的，我受了骗。我听人家说的。您知道是谁说的？就是彼得·阿历山德罗维奇·米乌索夫，就是这个刚才为了狄德罗生气的人讲的。”

“我从来没有对您讲过这话，而且我压根儿从来不同您说什么话。”

“的确，您没有对我讲；但您是当许多人的面讲的，当时我也在场，那是三年前的事。我之所以提到它，是因为您这个可笑的故事动摇了我的信仰，彼得·阿历山德罗维奇。您不知道，也不明白，可我却是带着被动摇了的信仰回家的，而且从此以后越来越动摇了。是的，彼得·阿历山德罗维奇，就是因为您我才堕落的。这可不同于狄德罗！”

费多尔·巴夫洛维奇慷慨激昂，激动非凡，虽然大家完全明白他又在做戏，但这到底还是大大刺伤了米乌索夫。

“真是胡说八道，全是胡说八道，”他嘟嘟囔囔地说，“我也许的确在什么时候说过，可没有对您说。我自己也是听人家讲的。我在巴黎听见一个法国人说，好像我们在晚祷时常读《圣者传》里的这段故事。他是一位极有学问的人，专门研究俄国的统计，在俄国住过很久，我自己并没有读过《圣者传》，也不想读，在吃饭的时候还免得了闲聊吗？我们当时正在吃饭。”

“是啊，您当时在吃饭，我可却丧失了信仰。”费多尔·巴夫洛维奇逗他。

“您的信仰关我什么事！”米乌索夫想喊出来，但是忽然忍住了，带着轻蔑的神情说，“您真是碰到什么就糟蹋什么。”

长老忽然站了起来。

“诸位，对不起，我要暂时告退几分钟，”他对全体客人说，“还有比你们先来的人在等着我。您可无论如何不要说谎啊！”他朝费多尔·巴夫洛维奇笑着说。

他从修道室里走出去，阿辽沙和见习修士赶忙奔过去搀他下台阶。阿辽沙气喘吁吁的，他很高兴离开这里，同时也高兴长老并没生气，还很快乐。长老是到回廊那儿去为等候他的人祝福。但是费多尔·巴夫洛维奇仍旧硬在修道室的门前拦住了他。

“有福的人！”他热情洋溢地大声说，“请允许我再亲一次您的手！不，同您还是可以说话，可以相处的！您以为我永远说谎，永远装小丑吗？您知道我是故意这样，这是为了考察您。我是老在试探着可以不可以同您相处。以您这样高贵，能不能给我这个卑微的人一个容身之地？我愿意给您开个‘考察证明’，说同您是可以相处的！现在我要沉默了，永远不出声了。坐在躺椅上，一声不响。现在该您来说话了，彼得·阿历山德罗维奇，现在让您来当最重要的人物：当十分钟。”

三

有信仰的村妇们

台阶下，在贴着院墙的木板回廊旁边，这一次围聚着二十来个女人，全都是村妇。有人通知她们，长老很快就会出来，所以她们聚在那里等候。女地主霍赫拉柯娃也来到了走廊上，她也同样在等候着长老接见，不过她是住在为上等宾客预备的房间里面。她们是母女两人。母亲霍赫拉柯娃太太是一位有钱而且老是穿得很雅致的夫人，年纪还很轻，长得很好看，面色有点苍白，有一双几乎是深黑色的很活泼的眼睛。她最多三十三岁，已经守了五年的寡。十四岁的女儿两腿瘫痪。可怜的女孩已有半年不能走路，坐在带轮的长安乐椅上被人推来推去。一张小脸蛋长得很美，因为闹病略显清瘦些，但却兴致勃勃。在她那长着长睫毛的大大的黑眼睛里带着一点淘气的神色。母亲从春天起就预备带她出国，但是夏天因为办理田产的事耽误了。她们住在我们城里已经有一星期，主要是为了处理事务，而不是为了朝圣，但是三天以前已经见过长老一次。现在她们忽然又来了，尽管明知长老几乎不能接见任何人，却还是迫切地恳求着，请再给她们一次“见一见伟大的治病者的幸福”。

母亲坐在椅子上，在女儿的安乐椅旁边，等候长老出来，离她两步远的地方站着一个老修士，他不是这个修道院里的人，而是从遥远的北方一个不很有名的修道院来的。他也想向长老祈求祝福。但是长老在回廊上出现后，首先向众人走去。一群人挤在三级的台阶旁边，这台阶把不高的走廊和外面空地连接起来。长老站在最高一级上，戴了肩带，开始为拥挤在他身旁的女人们祝福。一个疯癫病女人被人拉着两手牵到长老面前。她刚看到长老，忽然尖声叫起来，喉咙哽噎，全身哆嗦，活像产妇惊厥似的。长老把肩带放在她的头上，祷告了几句，她立刻不出声，安静了下来。我不知道现在怎样，在我做小孩子的时候经常在乡下和修道院里看见和听人讲到这类疯癫病女人。别人带她们去做晚祷，她们尖叫或者像狗一样狂叫得整个教堂都听得见，但是等圣餐端了出来，她们被引到圣餐跟前时，“疯癫”就立刻停止，病人总会安静好一会儿。这使我这个孩子很惊讶而且奇怪。然而当我向人探听究竟时，我就听到过有的地主，特别是那些教我的城里学校的教师回答说，这全是装假，是因为不愿工作才这样，只要用相当严厉的手段就一定可以根治，并且还引了各种笑话故事作为证明。可是以后我从医学专家方面得知，这里面根本没有什么装假的地方，这是一种妇女（而且好像特别是我们俄国妇女）常犯的可怕的疾病，它说明着我们乡村妇女的悲苦命运。这种疾病是在痛苦的、没有一点医学帮助的不正常生产以后立刻做繁重工作而引起的；还有的是由于绝望的忧愁和挨打；等等。对此总有一些妇女由于性格关系无法像别的大多数妇女那样逆来顺受。发着狂、颤抖着的女人只要一被引到圣餐的旁边，就会突然得到治愈。有的人对我说这是弄虚作假，是“那些教士”自己玩的戏法，其实大概也是极其自然的。领她到圣餐跟前去的村妇们，特别是病人本身，全当作一种确定不移的真理似的相信：附在病人身上的魔鬼，在病人被领到圣餐前面俯身领用的时候，是绝对坚持不住的。因此在这俯身就圣餐的那一瞬间，在神经质的、当然精神上也不正常的女人身上，经常会发生——而且也应该发生——整个机体上的震撼，一种由于期待必定会有的治愈奇迹，而且深信这奇迹即将出现而产生的震撼。于是这奇迹真的出现了，虽然只有一分钟的工夫。同样地，如今当长老刚刚把肩带放在病人身上的时候，这种奇迹果然也出现了。

有许多挤在他身旁的女人由于一时的效果而流出了感动和欢欣的

眼泪；另一些人奔过去吻他的衣角；有的人在那里哭泣赞叹。他祝福着大家，还同一些人谈话。这个疯癫病女人他早已认识，是从离修道院不远、只有六俄里[1]路的村子里领来的，以前也曾领她来过。

“还有远地来的！”他指着另一个女人说。她还相当年轻，但却又干又瘦，不受日晒，却满脸黧黑。她跪在那里，眼睛直勾勾地望着长老。她的眼光里似乎有一种狂乱的神色。

“远地来的，老爷子，远地来的，离这里三百俄里。远地来的，神父，是远地来的。”女人拉长声音说，平稳地左右摇晃着脑袋，用一只手托着腮帮子。她说话像在哭诉。老百姓中间有一种沉默无言、逆来顺受的忧愁，它深藏内心，毫不显露。但也有一种难忍难熬的忧愁，它一旦流泪发作出来以后，便转入了哭诉。女人们尤其是这样。它并不比沉默的忧愁轻松。哭诉所能给人的慰藉，只能是更痛苦地撕裂心胸。这类的忧愁甚至不希望得到慰藉，它正是以无法慰藉之感来作为自己的滋养料。哭诉只不过是一种不断地刺激创伤的需要罢了。

“是小生意人家的吗？”长老继续说，好奇地打量她。

“我们是城里的，神父，城里的，我们务农，却是城里人，住在城里。神父，我是来看您的。老听人讲起您，老爷子，讲起您。我埋葬了小儿子就出来进香。到过三个修道院，人家指点我说：‘娜斯塔秀斯卡，你上那儿去吧。’那就是说，上您这儿来，亲爱的，上您这儿来。我就来了。昨天住了一宿，今天到您这里来了。”

“你哭什么？”

“舍不得小儿子，老爷子，他快三岁了，三岁只差两个月。我想念儿子想得真苦啊，神父，想念儿子。这是最后的一个儿子，同尼基图什卡生了四个孩子，可孩子老留不住，老留不住，好人，老留不住。我埋了头三个并不很可惜，把最后的一个埋了，却让我忘不掉。好像他就在我面前站着，不走开。我的心都被撕碎了。看着他的小衣裳、小衬衫、小靴子，就哭一场。我把他死后遗留下的一切东西全摆

1 俄制长度单位，1俄里≈1.0668公里。

了出来，一面看，一面哭。我对丈夫尼基图什卡说，你放我出去进香吧，当家的。他赶马车，我们不穷，神父，我们不穷，赶自己的车，马和车全是自己的。可现在我们要财产有什么用？他，我那个尼基图什卡，只要我一不在家就开始喝酒，这是一定的，以前也是这样：只要我一转身，他就走下坡道。现在我连想也不去想他了。已经离家三个月。我忘记了，什么都忘了，也不愿意再去想他，我现在同他在一块儿有什么意思？我已经和他完事了，一切都完了。我现在不愿意看见自己的房子、自己的家产，我什么也不想看！”

“是这样的，做母亲的，”长老说，“有一天，一位古代伟大的圣徒在教堂里看见了一个和你一样哭泣的母亲，也是哭自己的孩子，自己的独生子，孩子也是被上帝召唤去了。圣徒对她说：‘难道你不知道，这些孩子在上帝的宝座前面是多么胆大？在天国里简直没有比他们更胆大的了。他们对上帝说：“主，你赐给了我们生命，我们刚刚看了看它，你就又把它收回去了。”他们那么大胆地不断请求，上帝只好立刻赐给他们天使的名号。’圣徒接着说：‘所以，女人，你应该快乐，不必哭泣。你的小儿子现在也成了上帝的天使中的一个了。’这就是古时候圣徒对一个哭泣的女人所说的话。他是一个伟大的圣徒，不可能对她说假话。所以你要知道，做母亲的，你的孩子现在也一定站在上帝的宝座前面，快乐，喜欢，为你祈祷。所以你也一样不必哭泣，应该欢喜。”

女人听着他说话，手托着面颊，垂着眼睛。她深深地叹息了一声。

“尼基图什卡也这样安慰我，跟您说的一模一样。他说：‘你这傻女人，哭什么，我们的小儿子现在一定同天使一块儿在上帝面前唱歌。’他对我说这话时，自己也哭了，我看见他和我一样，也在哭。我说：‘尼基图什卡，我知道，他不在上帝那里，又能在哪儿呢？不过他现在却在我们这里，尼基图什卡，不，他就在跟前，还跟以前似的坐在那儿！’哪怕只让我看他一眼，只让我再看他一眼也好，我可以不走近他的身边，在一边躲着不吭一声，只要能有一分钟再看看他，听听他怎样在院子里玩，有时走进来细声细气地喊：‘妈妈，你在哪儿？’只要让我再听到一次他怎样在屋里迈着小腿走路，只要再听到一次小腿噔噔走路的声音就好了。我常常，常常记得，他跑到我的面前，又喊又笑。我只要听到他的小腿走路的声音，只要一听到，就能认出来的！但是他不在了，老爷子，不在了，再也听不见他的声音了！这是他的小腰带，他却不在了，我现在永远看不到他，听不到他了！”

她从怀里掏出一根她的男孩的线织小腰带，刚刚看了一眼，就抽噎得浑身颤动。她用手蒙着眼睛，泪水像突然奔涌的泉水那样从指缝中流出来。

“这就是，”长老说，“这就是古代的‘拉结哭她儿女，不肯受安慰，因为他们都不在了’。[1]这是你们做母亲的在世上注定的命运。你不必自行宽慰，你不要宽慰，不必宽慰，尽管哭，只是每次哭的时候一定要想到，你的儿子是上帝的天使中的一个，在那里望着你，看到你，看着你的眼泪，快乐地指给上帝看。你将长久流着伟大的慈母之泪，这哭泣最终将变为平静的喜悦，你的悲苦的眼泪将成为平静的感动之泪，能使人从罪恶中获救的净化心灵之泪。在做安息祷告的时候，我将提到你的孩子，他叫什么名字？”

“叫阿列克赛，老爷子。”

“可爱的名字。是照上帝的人阿历克赛的名字起的吗？”

“上帝的，上帝的，上帝的人阿历克赛！”

“多么好的一个圣徒！我要提到的，做母亲的，要提到的，我将在祷词里提起你的忧愁，祈祷你的丈夫的健康。但是你离开他是一桩罪孽。你该回到丈夫那里，照顾他。你的孩子在天上看见你抛弃了他的父亲，就将为你痛哭。为什么破坏他的安宁？他是活着的，活着的，因为灵魂是永生的。他不在屋里，但是他就在你们的身旁，只是看不见。既然你说你仇恨你的家，他还怎么到你家去呢？既然你们做父母的不在一起，叫他回来找谁呢？你现在梦见他感到痛苦，将来他

1 见《马太福音》第二章十八节。

会给你送来温暖的梦。你回丈夫那里去吧，做母亲的，今天就去。”

“我就去，亲人，照你的话回家去。你把我的心琢磨得清清楚楚。尼基图什卡，我的尼基图什卡，你等着我，好人，你等着我吧！”女人开始哀哭，但是长老已经跟一个服装不像香客而是城里人打扮的老妇人说话去了。从她的眼睛里可以看出她有什么事情跑来申诉。她自称是个士官的寡妇，住得不远，就是我们城里的人。她的儿子瓦先卡在某个警察机关服务，到西伯利亚的伊尔库茨克去了。他从那里来过两封信，但最近已有一年没有信来。她曾打听他的消息，可究竟应该上哪儿去打听才好，她却不知道。

“不久前一个有钱的商人家的太太斯捷潘尼达·伊里尼什娜·别德列金娜对我说，普罗霍罗芙娜，你把你儿子的名字写在追荐帖里，送到教堂去，拿他当死者那样做安息的祷告。她说，他的灵魂一发了烦，就会写信来的。斯捷潘尼达·伊里尼什娜说，试验过多次了，这是很灵的。不过我有点疑惑。你是我们的光明，这究竟是真是假，这样做好不好？”

“连想也不要想，问这样的问题都是可耻的。为一个活人的灵魂做安息祈祷，而且还由他亲生的母亲来做，那怎么可能呢？这是大罪孽，和行妖术一样，只因为你无知才能加以饶恕。你最好还是向救苦救难的圣母祈祷，祈祷你儿子的健康，并且求她饶恕你的邪念。我还要对你说，普罗霍罗芙娜，你的儿子如果不是很快就回来，也一定会寄信回来的。你要记住这个。你回去吧。从此以后你要安下心来。我对你说，你的儿子是活着的。”

“亲爱的，愿上帝降恩给你，你是我的恩人，你替我们大家祈祷，饶恕我们的罪孽。”

可是长老已经注意到人群中有一个虽还年轻却疲惫不堪、像是害痨病的农妇，正在用两道燃烧般的目光盯着他看。她默默地看着，眼神中有所请求，但是又似乎怕走近来。

“你有什么事，亲爱的？”

“请你解救我的灵魂。”她不慌不忙地轻声说，跪下来，在他的脚下叩头。

“我犯了罪，亲生的父，我担心我的罪孽。”

长老在最下面的一级台阶上坐下，女人挨近过来，仍旧跪着不起来。

“我守寡两年多了，”她用极低的声音说，浑身像在哆嗦，“出嫁后境况很苦，丈夫是个老头子，他毒打我。后来他病倒在床上，我瞧着他，心想：要是他病好了，重新起床，可又怎么办呢？我当时就生出那个念头……”

“你等一等。”长老说，把耳朵一直凑到她的嘴唇边。女人继续轻声低语，几乎一点都听不见。她很快地说完了。

“两年多了吗？”长老问。

“两年多了。起初不想，现在开始闹病，烦恼钉在我的身上。”

“从远处来的吗？”

“离这儿五百俄里。”

“在忏悔的时候说过没有？”

“说过的，说了两次。”

“让你领过圣餐吗？”

“领过的，我害怕，怕死。”

“什么也不要害怕，永远也不要害怕，不要生烦恼。只要你心里不断忏悔，上帝会饶恕一切。只要真心忏悔，在整个世界上没有也不会有一种罪孽上帝不加饶恕的。一个人也绝不可能犯那么大的罪孽，甚至都无法再享有上帝那博大无边的爱。难道还能有连上帝的爱都无法包容的罪吗？你只管一心忏悔，把害怕通通赶走。你要相信，上帝爱你，爱得超乎你的想象，哪怕你带着罪孽，对有罪的你也还是爱的。天上对一个忏悔的人，比对十个循规蹈矩的人还喜欢，这是早就说过的。你去吧，不要害怕。不要迁怒于人，不要为受耻辱而生气。死者侮辱过你，你在心中饶恕他的一切，同他真正地和解吧。你既能忏悔，就能爱。你能爱，就是上帝的人了，爱是可以赎回一切、拯救一切的。连像我这样和你一般有罪的人都怜惜了你，上帝还用说吗？

爱是无价之宝，可以赎回全世界的一切，不仅能清偿你的罪孽，同样也能清偿别人的罪孽。你去吧，不要害怕。”

他朝她画了三次十字，从颈上摘下小神像，给她戴上。她默默地向他鞠躬及地。他站起身来，愉快地看着一个手上抱着吃奶孩子的健壮的农妇。

“从高山村来的，亲爱的。”

“可是你抱着孩子吃力地跑六里路赶来，有什么事吗？”

“我来看一看你。我到你这里来过，你忘记了吗？你的记性不大好，竟忘记我了。我们那里传说你有病，我心想，好吧，我自己来看看他。现在看见你了，你哪里有病啊？你还能活二十年，真的，上帝保佑你！替你祈祷的人还能少吗？你怎么会生病？”

“全心地感谢你，亲爱的。”

“顺便说起，我有一个小小的请求：这里有六十戈比，请你舍给比我还穷苦的人吧。我到这里来时，一路上想：不如把钱交给他吧，他是知道应该舍给谁的。”

“谢谢你，亲爱的；谢谢你，好心的人。我爱你。我一定办到。抱着的是女孩吗？”

“女孩，亲爱的，叫丽萨维塔。”

“愿上帝祝福你们，你和小宝宝丽萨维塔。你让我心里快乐极了，大娘。再见吧，亲爱的人们，再见吧，可敬可爱的人。”

他向所有的人祝福，深深地向大家鞠了一躬。

四

信念不坚的太太

外地来的地主太太看着长老同平民谈话和祝福他们的情景，静静地流泪，用手绢擦着。她是一位多愁善感的上流社会太太，许多方面带着诚恳善良的倾向。当长老最后走到她的跟前来时，她兴奋地迎着他说：

“我看到这种感动人的场面，心里真是说不出地……”她心情激动得说不成句了，“哎，我知道农民们爱您，我自己也爱他们，我愿意爱他们，再说，怎么能不爱我们这些出色的、伟大又朴实的俄罗斯农民呢？！”

“令爱的健康怎么样？您希望再同我谈谈吗？”

“哎呀，我坚决地请求，我恳求，我准备跪下来，哪怕在您的窗前跪三天，求您许我进见。伟大的良医，我们到您这里来，表示我们衷心的感谢。您把我的丽萨治好了，完全治好了，怎么治好的？就是因为星期四您替她祷告，把您的手放在她头上。我们忙着来吻这只手，表明我们的激动和我们的崇拜！”

“怎么治好了？看，她不是还躺在安乐椅上吗？”

“但是夜间的发冷发热完全没有了，从星期四那天起，已经有两夜没有了。”那位太太神经质地忙着说，“不但这样，她的腿也硬朗起来。今天早晨她起床时身体很好，她睡了一整夜，您看她脸上红彤彤、眼睛亮晶晶的。以前老哭，现在却又笑，又高兴，又快乐。今天一定要让她站在地上，结果她居然自己站了一分钟，什么也不扶。她和我打赌，两星期以后就要跳‘卡德里尔’舞。我请此地的赫尔岑斯图勃大夫来看；他耸耸肩说，我真奇怪，实在莫名其妙。您还要我们不来打搅您，不飞也似的赶来感谢您吗？丽萨，你谢呀，道谢呀！”

丽萨笑容可掬的可爱脸庞忽然变得一本正经，她竭力在椅子上坐直身体，小手合在胸前，望着长老，但是忍不住，忽然笑开了。

“我是笑他，笑他！”她指着阿辽沙说。她因为忍不住笑出了声，孩子气得对自己生起气来。如果有人看见站在长老后面一步的阿辽沙，就会觉察到他的脸上突然显出一块红晕，迅速布满两颊。他的眼睛闪耀了一下，连忙低垂下来。

“阿历克赛·费多罗维奇，您好！她有东西带给您……”母亲忽然转向阿辽沙说，把戴着漂亮的长手套的手伸出来给他。长老回头一望，忽然认真地端详起阿辽沙来。阿辽沙走近丽萨跟前，带着有点不好意思的奇怪的微笑跟她握手。丽萨显出郑重其事的神气。

“卡捷琳娜·伊凡诺芙娜托我交给您的。”她递给他一封小小的信，“她特别请求您到她那里去一趟，快点去，越快越好，不要骗人，一定要去的。”

“她请我去吗？请我到她家……为什么？”阿辽沙非常惊讶地说。他的脸上忽然露出十分担心的样子。

“哦，这都是为了跟德米特里·费多罗维奇有关的事情，和最近发生的那些事。”母亲匆匆地解释说，“卡捷琳娜·伊凡诺芙娜现在拿定了主意，但是为这事，她一定要见您一次。为什么？我自然不知道，但是她请您越快越好。您应该照办，一定照办，这甚至可以说是基督徒的责任。”

“我总共才见过她一次。”阿辽沙还是疑惑不解地说。

“噢，这是一个多么高尚无比的人啊！即使单凭她所受的那些苦难……您想一想，她遭受过什么，现在还在遭受着什么。再想一想，她正在面临的是什么。这一切真可怕，真可怕！”

“好吧，我会去的。”阿辽沙匆匆读了那张莫名其妙的、除了坚请前去、什么理由也没有说明的短字条以后，打定主意说。

“哎呀，您那么做多好心、多大方呀！”丽萨忽然兴高采烈地大声说，“可我还对妈妈说过，他绝不会去的，他正在修行哩。您真是，真是好极了！我一直认为您这人真好，我现在对您说这话，心里真高兴！”

“丽萨！”母亲严肃地喝了一声，但是立刻就微笑了。

“您把我们忘记了，阿历克赛·费多罗维奇，您一点也不想到我们家去，可是丽萨却一再对我说，她只有跟您在一块儿才感到舒服。”阿辽沙抬起低垂的眼睛，突然又脸红了，一会儿又突然微笑起来，自己也不知道笑什么。但是长老已经不再注意。他在同外地来的修士谈话，这修士，我们上面已经说过，一直在丽萨的椅子附近等候着长老出来。这显然是一个极卑微的修士，那就是说出身卑微，具有狭隘而牢不可破的世界观，但是信仰坚定，而且百折不挠。他自称从辽远的北方，从奥勃多尔斯克的圣西尔维斯特修道院——一个只有九个修士的穷修道院里来的。长老为他祝福，请他随便什么时候到他的修道室里去。

“您怎么能做到这样的事情？”修士忽然问，郑重、严肃地指着丽萨，意思是指她的“痊愈”。

“这话自然说得过早。减轻还不等于完全治愈，由于别的原因也会发生这种情形的。但是如果说真是痊愈，那么除去上帝的意旨以外，就不可能是借着任何人的力量。一切都在于上帝。请您来看我吧，神父，”他对修士补充说，“我并不能随时接见客人；我有病，我知道我的日子是有限的了。”

“唉，不，不，上帝不会把您从我们手里夺走的，您还会活得很长久、很长久。”母亲嚷着说，“再说您有什么病？您的样子是那么健康、快乐、幸福。”

“今天我特别轻松，但是我已经知道，这只是一会儿的事。我现在对自己的病知道得很清楚。假使您觉得我很快乐，那么再也没有比您说这样的话更使我喜欢的了。因为人是为幸福而生的。谁十分幸福，谁就完全有资格对自己说：‘我在这世上履行了上帝的约言。’所有虔诚的人、所有圣者、所有神圣的苦修者全是幸福的。”

“哎呀，您说得多好，说得多么勇敢、高尚！”母亲大声说，“您的话好像透到了别人的心坎里。可是幸福，幸福，幸福究竟在哪里？谁能自己说他是幸福的？唉，既然您这样善心，许我们今天再见您一面，那么请您听完我上次没有说，不敢说出来的一切，好久、好久以来就使我感到痛苦的一切吧！我很痛苦，请饶恕我，我很痛苦……”她带着一种激烈而冲动的感情，两手紧握在一起，站在他的面前。

“您有什么特别感到痛苦的？”

“我的痛苦是……没有信仰……”

“不信上帝吗？”

“哦，不，不，这是我想也不敢想的；但是我觉得来世是一个谜！谁也不能，谁也不能解开这个谜！您听我说，您能治疗百病，您熟知人类的心灵；我自然不敢希望您完全相信我，但是我可以用最庄严的话向您保证，我现在绝不是信口开河，关于来世的这种念头使我不安到既痛苦又害怕又恐怖的程度。我不知道去问谁好，一辈子也不敢。可我现在竟大胆来问您。唉，现在您会把我当作什么人呀！”她激动地把两手一拍。

“您不必担心我会怎样想，”长老回答说，“我完全相信您的烦恼是真诚的。”

“唉，我实在感谢您！您瞧，我常闭上眼睛，心里想：如果大家全相信这个，那么这是怎么产生的？有人说，这最初是从对可怕的自然现象的恐惧产生的，其实这一切都是没有的。但是我心想，我一辈子都相信这个，可现在一旦死去，就马上什么也没有了，只有‘在坟墓上长满了牛蒡草’，像一个作家所说的那样。这真是可怕！要怎样——怎样才能恢复信仰呢？不过，我只是在小孩的时候才这样相信，机械地相信，一点也不用脑子想，究竟用什么，用什么来证明这个呢？所以我现在跑来恭敬地向您请教。如果我错过了现在的机会，那么这一生就没有人来回答我了。有什么来证明，用什么来使我相信呢？唉，这真是我的不幸！我站在这里，看看四周，发现大家都觉得无所谓，没有人考虑这个问题，只有我一个人不能忍受。这真是可怕，这真是可怕！”

“无疑是可怕的。但是这种事情无法证明，却可以确信。”

“根据什么？靠什么？”

“靠积极地爱的经验。您应该积极地、不倦地努力去爱您周围的人，您能在爱里做出几分成绩，就能对于上帝的存在和您的灵魂的不死获得几分信仰。如果您对于邻人的爱能达到完全克己的境地，那就一定可以得到坚定的信仰，任何疑惑都不能进入您的灵魂里去。这是屡试不爽的，也是确凿不移的。”

“积极地爱吗？现在还有一个问题，而且是那么重要的问题！您知道：我很爱人类，您相信不相信，我有时幻想着抛弃所有的一切，离开丽萨，去当护士。我闭上眼睛，心里幻想着，在这种时候我感到自己具有无法战胜的力量。任何创伤、任何脓疮都不能使我害怕。我可以换绷带，亲手去洗涤，我可以做这些受痛苦的人的看护妇，我准备吻这些脓疮。”

“您的脑子里能幻想这些，不想别的，就很好，很不容易。碰上机会，也许真的会做点好事出来。”

“是的，但是我能长久忍受这种生活吗？”这位太太激动到近乎狂热地继续说，“这是最紧要的问题！这是我最感到痛苦的一个问题。我闭上眼睛，自己问自己：你能不能在这条路上支撑很久？假使你给他洗疮的那个病人不立即报答你的好意，反而做些任性的行为使你伤心，对于你的仁爱的服务不加珍重，不予注意，朝你吆喝，提出粗暴的要求，甚至在上司面前抱怨你，这是痛苦难忍的人们常有的事——那时会怎样呢？你的爱能继续下去吗？您知道，我已经心惊胆战地预料到：如果说有什么东西会使我对人类积极的爱马上冷却，那就是忘恩负义。一句话，我是一个需要报酬的工作者，我要求立即获得报答，那就是给我夸奖和以爱来报答我的爱。要不然我是不能爱哪一个人的！”

她带着真诚地自我谴责的狂热心情说着，说完，用挑战般的坚决神情看着长老。

“很早的时候，有一个医生就已经对我说过一模一样的话。”长老说，“这人年纪不轻，确是一个聪明人。他说得很坦白，和您一样，虽然带点玩笑口气，却是辛酸的玩笑。他说：‘我爱人类，但是自己觉得奇怪的是我对全人类爱得越深，对单独的人，也就是说对一个个个别的人就爱得越少。’他说：‘我在幻想中屡次产生为人类服务的热望，也许真的会为了人类走上十字架，如果忽然有这个需要的话，然而经验证明，我不能同任何一个人在一间屋里住上两天。他刚刚和我接近一点，他的个性就立即妨碍我的自爱，束缚我的自由。我会在一昼夜之间甚至恨起最好的人来：恨这人，因为吃饭太慢；恨那人，因为他伤风，不断地擤鼻涕。’他说：‘只要人们稍微碰我一下，我就会视他们为仇敌。然而事情常常是我对于个别的人越恨得深，那么我对于整个人类的爱就越见炽烈。’”

“那怎么办呢？在这种情形下应该怎么办呢？是不是应该为此感到绝望呢？”

“不必，既然您已经对这事感到难过，这就够了。您只要尽您所能地去做，就算是好事。您已经做得不错，能够那么深刻而且诚恳地反省自己。假使您连现在这样诚恳地同我说话，也只不过是为了希望我夸奖您的诚实的话，那么不用说，您在积极去爱人这一方面就自然会一无所成；一切就会只限于幻想，您的整个一生也就只会像幻影般白白逝去。显然，这样您就会连来世的问题也忘得一干二净，最后就会自己模模糊糊地心安理得起来了。”

“您真说中了我的要害！我只是在现在，在您说这些话的时候，才意识到我对您讲我不能忍受人家忘恩负义的时候，我的确只不过是在期待您夸奖我的诚恳。您把我的真面貌给指了出来，您看透了我，让我明白了我自己！”

“您说的是真心话吗？那好，在您现在这样坦率承认以后，我相信您是诚恳的，您的心是善良的。即使您达不到幸福的境地，您也应该永远记住，您走的路是正确的，千万不要从这条路上离开。主要的是避免说谎，不说一切谎言，特别是不对自己说谎。留心提防自己的虚伪，每时每刻都小心监视它。还要避免对别人和自己苛求；凡是您觉得自己内心里似乎是恶劣的东西，只要您一旦在自己身上觉察到了，也就等于已经洗干净了。您还应该避免恐惧，虽然恐惧只是一切虚伪的必然后果。您永远不必害怕自己在努力爱别人时所表现的畏缩，甚至也不必过分惧怕在这样做时所犯的错误行为。我很遗憾，不能对您说些比较轻松愉快的话，因为积极的爱和幻想的爱相比，原是一件冷酷和令人生畏的事。幻想的爱急于求成，渴望很快得到圆满的功绩，并引起众人的注视。有时甚至肯于牺牲性命，只求不必旷日持久，而能像演戏那样轻易实现，并且引起大家的喝彩。至于积极的爱，那是一种工作和耐心，对于某些人也许是整整一门科学。但是我可以预言，就在您大惊失色地看到无论您如何努力也没能走近目的，甚至似乎反倒离它愈远的时候，就在那个时候，我可以预言，您会突然达到了目的，清楚地看到冥冥中上帝的奇迹般的力量，那永远爱您、永远在暗中引导您的上帝的力量。请原谅我不能再同您多谈一会儿，有人在等着我。再见吧。”

那位太太哭了。

“丽萨，丽萨，请您祝福她！祝福她！”她突然慌乱地张罗着。

“她是不值得爱的。我看见她一直在那里淘气。”长老开玩笑似的说，“您为什么尽在取笑阿历克赛？”

丽萨确实一直在干这个。她从前一回开始就早已注意到，阿历克赛在她面前很怕羞，尽量不看她，这使她觉得非常有趣。她聚精会神地等候着捕捉他的眼光。阿辽沙受不住紧盯着他的眼光，自己时不时地会突然身不由己，像被一种无法抑制的力量支配似的，偷眼看她，于是她会立即直盯着他的眼睛，发出胜利的微笑。阿辽沙感到害羞，更加不安了。后来他索性掉过脸去，藏到长老的背后。过了几分钟，当他被那种无法抑制的力量所引诱，又回过身来看她是不是还在看着他时，却发现丽萨差不多全身挂在椅外，斜眼瞟他，全神贯注地正在等着他来看她；在捕捉到他的眼光以后，她又哈哈大笑起来，连长老都忍俊不禁地说：

“淘气包，为什么要这样惹他害羞？”

丽萨突然完全出人意料地涨红了脸，小眼睛闪耀了一下，脸色变得十分严肃，她忽然激烈而又不满地抱怨起来，神经质地飞快说：

“但是他干吗把什么都忘了呢？我小时候他抱过我，我跟他一块儿玩。他常到我家来教我念书，您知道吗？两年前，他临别时曾说他永远不会忘记，我们永远是好朋友，永远，永远！可他现在忽然怕起我来，难道我会吃了他怎么的？为什么他不愿意走近来？为什么他不说话？为什么他不愿意到我们家来？难道您不放他来吗？我们知道他是到处都去的。要我先请他去可不大合适，要是他没有忘记，他应该首先想着来。哦，他才不哩，他现在是在修行啦！您干吗要让他穿上这么长的修道服，他一跑准会栽跟头的。”

她忽然憋不住，手捂着脸，发出止不住的大笑，长长的、神经质的、抖颤的、无声的大笑。长老含着微笑听她说话，温柔地为她祝福；等到她吻他的手时，她忽然把他的手按在自己的眼睛上，哭了起来：

“您不要生我的气，我是傻子，一点也没有价值，阿辽沙也许是对的，他不到我这样可笑的人那里去是很对的。”

“我一定要叫他去。”长老肯定地说。

五

将来一定会这样，一定会这样！

长老离开修道室大约有二十五分钟。已经十二点半了，可是大家为他而聚会的德米特里·费多罗维奇竟还没有来。但人们几乎也好像把他忘记了，等到长老重新走进修道室的时候，看见宾客间正谈得十分热闹。谈得最起劲的是伊凡·费多罗维奇和两位司祭。米乌索夫显然也很热烈地参加了谈话，但是他又不走运，显然处于次要地位，别人甚至不大理睬他的话，这个新情况更增加了他越来越大的火气。原来在此以前，他就已经在知识见闻方面和伊凡·费多罗维奇唇枪舌剑地交过几次锋，对于他对自己那种有点满不在意的神气不能不往心里去。他暗地想："到现在为止，至少我还没有落在一切欧洲进步潮流的后面，但是这新的一代却根本不把我们这些人放在眼里。"费多尔·巴夫洛维奇自己曾说过要坐在椅子上默不作声，实际也果真沉默了一些时候，但却带着嘲弄的微笑，观察着邻座的彼得·阿历山德罗维奇，显然对他的发火极为高兴。他早已为了一些事想报复他一下，现在不愿错过机会，最后终于忍不住向邻座的肩头弯过身去，再一次低声逗起他来：

"您刚才为什么在'亲热地吻手'以后不马上离开，却愿意继续留在这伙不体面的人中间呢？那是因为您感到自己受了气，受了侮辱，所以要留下来翻本，显示一下自己的才情。现在您在没有显显自己的才情以前是不会走的。"

“您又来了？正相反，我马上就走。”

“您要走得比任何人都晚，都晚些！”费多尔·巴夫洛维奇又挖苦了一句。这时正好长老回来了。

辩论停了一会儿，但是长老在原先的座位上坐定以后，朝大家看了一下，似乎客气地请大家继续谈。阿辽沙对于长老的各种脸色差不多都心中有数，因此明显地看出他已经十分疲倦，在勉强支持着。他最近生病以来，由于无力，时常有昏倒的情形。昏晕前那种惨白的神色，现在差不多又出现在他的脸上，他的嘴唇已经发白了。但是他显然不愿让聚会散去，这里面他似乎自有他的目的。到底是什么目的呢？阿辽沙留心观察着。

“我们正在议论他那篇十分有趣的文章，”掌管图书的司祭约西夫指着伊凡·费多罗维奇对长老说，“他提出许多新的见解，但是思想似乎是两面的。关于宗教社会法庭和它的权限范围的问题，曾有一位教会人士写了一大本书，他发表在杂志上的这篇文章就是就这个问题作答的。”

“可惜我没有读到大作，但是听说过的。”长老回答，目光锐利地盯着伊凡·费多罗维奇。

“他的见解十分有趣，”掌管图书的神父继续说，“在关于宗教社会法庭的问题上，他显然完全反对教会和国家分离。”

“这很有意思，但理由是什么呢？”长老问伊凡·费多罗维奇。

他终于回答了长老，但是并没有露出那种高傲客气的神气，像阿辽沙头一天担心的那样，却是谦逊、持重，显然极有礼貌，而丝毫没有话中有话的意味。

“我的论据是，把两种因素，也就是把国家和教会两者各自的实质掺合在一起的做法，自然还将长久存在，尽管它毫不可能，而且不但无法处于正常状态，甚至连使它处于起码的和谐状态都不可能，因为这种事从根本上就隐藏着虚伪。据我看来，国家和教会之间在司法这类问题上的折中，从纯粹、根本的实质上来看就是不可能有的。我所反驳的那位教会人士断定，教会在国家里占有一定的明确位置。我却反驳他说，正相反，教会本身应该把整个国家包括在里面，而不应该只在后者中占据一个角落，即使它在目前由于某种原因办不到，那它实际上也无疑应当成为基督教社会进一步发展的一个直接的、主要的目的。”

“完全有理！”佩西神父，那位有学问而沉默寡言的司祭坚决而神经质地说。

“这是纯粹的教皇全权论！”米乌索夫嚷了起来，不耐烦地把架着的两腿交替了一下。

“咳，可我们这里根本就没有什么山！”[1]约西夫神父大声说了一句，接着又对长老说，“您看，他还反驳了那个教会人士的这样一些‘基本和主要’的主张：第一，‘无论哪一种社会团体不能也不应自行僭取权力，来支配其成员的各种民事和政治权利’。第二，‘刑事和民事诉讼权不应属于同它本质不相容的教会，因为教会是神的机构，人们为了宗教目的组成的团体’。第三，‘教会是世外的天国’。”

“教会人士像这样玩弄词句未免太无聊了！”佩西神父忍不住又插嘴道。“我读过您所反驳的那本书，”他对伊凡·费多罗维奇说，“对于一个教会人士说出‘教会是世外的天国’来，我很感到惊讶。既然是世外，那就根本不能在地上存在。这是把福音书里那句‘世外’的话引用得和原意不合了。这样玩弄词句是不行的。我们的主耶稣基督就是降到地上来设立教会的。天国自然不在世上，而在天上，但必须经过建立在地上的教会才能走到那里去。所以把世俗的双关语用在这个意义上是无聊而不合适的。教会是真正的天国，是有责任统治人的，而到后来它也无疑终将以整个大地上的天国而出现，——这是我们的誓愿。”

他忽然沉默了，似乎抑制住了自己。伊凡·费多罗维奇恭敬而且专注地听完了他的话，用十分安详的态度朝着长老，依旧愉快而坦白

1 “教皇全权论”一词源于拉丁语，其本义为“住在山那边的人”，指的是阿尔卑斯山在意大利的一边。后逐渐被用来指主张神权与俗世政权集于教皇一身的教皇全权论主义。

地继续说：

“我那篇文章的整个主旨是这样的：在古代，基督教最初的三个世纪里，基督教在地上只是教会。但当罗马的异端国家想要成为基督教国家时，结果自然出现了这样的情况，就是它在成为基督教国家之后，只是把教会包含在内，而它自己在许多机能上仍旧像以前一样，继续是一个异端的国家。实际上出现这种情况也是必然的。但这样，在罗马这个国家里，也就保留了许多属于异教徒的文明和异端的智慧的东西，甚至包括国家的目的和基础在内。基督教会包括在国家以内，无疑地，不能从自己的基础上——自己所站立的那块磐石上有所让步，只能奔向自己的目的，也就是上帝坚决树立并指示给教会的目的，其中包括把全世界——自然古代的异教国家也在内——都转变为教会。因此，作为未来的目的，并不是教会应在国家里求得一定的位置，像那个被我反驳的作者所形容似的，只成为‘某种社会团体’或‘人们为了宗教目的组成的团体’，而是恰恰相反，一切地上的国家以后应该完全转变为教会，只成为教会，摒弃同教会不相容的一切目的。这一切一点也不降低它作为伟大国家的地位，一点也不剥夺它的荣誉，只是使它离开虚伪的、异端的、错误的道路，走到正确的、真正的、唯一引向永恒目的的道路上去罢了。所以，《宗教社会法庭原理论》一书的作者，假如在探索和提出这些原理时，把它们看作临时的、在现在这罪孽重重一无成就的时代必要的折中办法，而没有别的意思，那么他的判断是对的。但是这些原理的制造者只要敢说他现在所提出的原理——也包括刚才约西夫神父列举的一部分——是一些不可动摇的、天然的、永恒的真理，那就是直接反对教会，反对它的神圣的、永恒的、不可动摇的使命。这就是我的那篇文章的全部内容。”

“用两句话来说，”佩西神父字斟句酌地又说，“根据我们十九世纪明确宣扬的某些学说，教会应该逐渐化为国家，仿佛由低级形态上升为高级形态，随即在里面消失，让位给科学、时代精神和文明。如果它不愿而且抗拒，那就只在国家内另腾出一个角落给它，还要加以监督，现在欧洲各国就到处是这样的情形。但是照俄国人的见解和希望，却并不是要让教会像由低级形态升为高级形态似的转化为国家，相反地，是国家最终不应成为别的，而恰恰应该只成为教会。这是会来的，肯定会来的！”

“好吧，老实说，您现在使我放心了些，”米乌索夫冷笑一声，又把架着的两腿替换了一下，“那么据我理解，这是要实现一种无限辽远的理想，在基督再度降临时的事情。那就听便吧。一种再没有一切战争、外交官、银行等的美妙的、乌托邦式的幻想。甚至有点像社会主义。我还以为这一切是认真的，譬如说，现在教会就要裁判刑事案件，判决鞭笞和徒刑，甚至死刑。”

“即使现在就只有宗教社会法庭，教会也不会把人流放出去，或判决死刑的。而且犯罪和对于犯罪的眼光到那时一定会改变，自然是渐渐地改变，不是突然一下子立刻就变，但是会很快的。”伊凡·费多罗维奇连眼睛都不眨一下，平静地说。

“您说的这是真话吗？”米乌索夫盯着他说。

“假使一切都是教会的，那么教会就一定会把犯罪和不服从的人开除出去，而不会杀他的头的。”伊凡·费多罗维奇继续说，“我问您，被开除出去的人到哪里去呢？那时他不但应该像现在似的离开人们，而且要离开基督。他一犯罪，不但是对于人类的反叛，也是背叛了基督教会。自然，严格地讲，现在也是如此，但到底还没有明确地加以宣告，因此，现在的罪人常常想自己欺骗自己的良心：‘我偷了东西，却没有存心反对教会，我没有与基督为敌。’现在的罪人老是这样自己对自己说，但是一旦教会代替了国家，他就很难再说这种话了，除非否认地上的一切教会：‘所有的人都是错的，大家都迷了道，大家都属于虚伪的教会，只有我这杀人犯和小偷，才代表真正的基督教会。’这当然是很难自己承认的，需要有重大的条件，那就是百年不遇的特殊情况。再从另一方面讲，教会自身对于犯罪也应该抛弃现在那种近乎异端的看法，由机械地除掉被染污的分子，像现在为了保护社会所做的那样，完全而切实地改变为拯救人，让人重新获得复活、再生的观念。”

“这又是怎么回事？我又不明白了。”米乌索夫插嘴说，“这又是一种幻想。一种无形的、无法捉摸的东西。什么开除？开除是什么意思？我疑心您简直是在那里开玩笑，伊凡·费多罗维奇。”

“实际上现在就是这样的，”长老忽然说，大家马上全都转脸朝着他，“假使现在没有基督教会，那么罪人作恶就将没有任何阻挡，甚至事后没有对他的惩罚。这里说的是真正的惩罚，不是像他们现在所说的那种机械的、在大多数情况下只能使心灵更加痛苦的惩罚，而是真正的惩罚，唯一实在的，唯一令人生畏、使人安分、教人良心发现的惩罚。”

“请问，怎么会这样的呢？”米乌索夫十分好奇地问道。

“那是因为，”长老开始说，“现在所判的一切流放、罚充苦役，以及从前还要加上的鞭笞等，都不能改造任何人，而且主要的是几乎也不能使任何罪人产生畏惧，犯罪的数目不但不减少，反倒越来越多。您应该承认这一点。结果，社会丝毫没有因此而得到保障，因为有害分子虽然已经被机械地割除，而且流放远方，不在眼前了，但是，接着马上会出现另一个罪人来递补他，也许两个。如果有什么东西即使在我们这个时代也能起保障社会的作用，甚至能使罪人本身得到改造，重新做人，那就唯有反映在人的良心中的基督的法则。只有认识到自己作为基督的社会（教会）的儿子所犯的罪孽，他才能对社会，也就是对教会承认自己有罪。因此，现代的罪人只有在教会面前，而不是在国家面前，才可能承认自己有罪。如果法庭属于作为教会的社会，那时候它就会知道应该把什么人从开除中挽救过来，重新容纳。但现在的教会并没有任何有效的法庭，只能做道义的制裁，而且自行放弃对罪人的积极惩罚。教会不是把犯罪人开除出去，而只是永远对他进行慈父般的监督。不但如此，它甚至努力同罪人保持一切基督教会的联系：许他参加教会的礼拜，领圣餐，给他赐物，对待他像俘虏，而不像犯人。假使基督的社会，也就是教会，也排斥他，像民事法律排斥他、弃绝他一样，那么，上帝啊，罪人将何以自处呢？

假使教会也跟在国法的惩罚后面，立刻并且每次都用开除的办法惩罚他，那么会有什么结果呢？再也没有比这更令人绝望的了，至少对俄国的罪人会是这样，因为俄国的罪人还有信仰。但是谁知道呢？那时候也许会发生可怕的事情，也许在罪人的绝望的心里会丧失信仰。那时候还怎么办呢？但是教会好比慈爱的母亲，自行放弃积极的惩罚，因为即使它不加惩罚，罪人也已被国家的法庭惩罚得够厉害了，应该有人来怜惜他一下。所以要放弃积极的惩罚，主要因为教会的法庭是唯一拥有真理的法庭，因此绝不能和任何别的法庭从实质上和道德上相互配合，即使作为临时折中的办法也不行。这中间无法妥协。据说，外国的罪人很少忏悔，因为种种甚至是最新的学说都竭力使他相信，他的犯罪并不是犯罪，而是对压迫者横行霸道的反抗。社会依仗那种机械地压服对手的力量使他和自己完全割断关系，并且——至少他们欧洲人自己是这样讲的——在实行这种摒弃的时候，还对他怀着仇恨，以及对于他这个弟兄的未来命运，抱着完全冷漠和淡忘的态度。因此，在这事的进行过程中，丝毫也没有教会方面所给予的怜悯，因为那里在大多数情况下已经根本没有什么教会，而只剩下教会人员和教会的宏丽大厦。至于教会本身，早就在力求从教会这种低级形态转变到国家这种高级形态中去，以便最后完全消失在国家里面。至少在信路德教的各国是这样。至于在罗马，宣告以国家取代教会已经有一千年了。因此罪人自己已经不认为他是教会的一分子，而被摒弃以后，就陷入绝望状态。即使回到社会里，也总是怀着极大的仇恨，好像自绝于社会一样。这样最后会弄到什么样的结果，你们自己可以想象得到。在许多情况下，好像我国也是这样的；但问题是，除了已设立的法庭以外，我们这里还有教会在，它永远也不和罪人断绝联系，始终还把他当作可爱的、仍值得珍贵的儿子看待，不但如此，我们还保存着教会的法庭，哪怕只是在思想中保存着，这法庭现在虽不活跃，但它仍旧为未来而存在，哪怕是存在于理想中，而且也一定为罪人自身、为他的心灵本能所承认。刚才在这里所说的话也是对的，如果真的成立了教会的法庭，拥有全部力量，也就是说，整个社会都成了教会，那么不但教会的法庭将以目前绝不会有的影响力量，促使罪人改过自新，甚至犯罪本身也真的会减少到难以相信的程度。毫无疑问，教会对于未来的罪人和未来的犯罪的看法，在许多情况下也会和现在迥然不同，而且一定能让被摒弃的人重新回来，对心怀恶念的人及早警告，使堕落的人得到新生。不错（长老苦笑了一下），现在连基督教的社会本身还没有建立好，仅仅靠着七位使徒存在；但是既然这样的使徒尚未绝迹，所以它还是可以毫不动摇地指望着从目前几乎还属于异端性质的社会团体，完全转变为全世界单一的、统治一切的教会。将来一定会这样，一定会这样，哪怕是到了千年万代之后，因为这是注定要实现的！用不着为时间和期限着急，因为时间和期限的秘密存在于上帝的智慧里，存在于他的预见里、他的爱里。照人们的预计也许还很遥远的事，按上帝的预定，也许已到了出现的前夜，已经近在眼前了。最后一定会这样，一定会这样。”

“将来一定会这样！一定会这样！”佩西神父虔诚而庄严地说。

“奇怪！太奇怪了！”米乌索夫说，神情并不激烈，但似乎隐含着怒气。

“您为什么觉得这样奇怪？”约西夫神父谨慎地询问。

“这到底成了什么东西？”米乌索夫好像忽然爆发了似的嚷道，“地上取消了国家，教会升到国家的地位！这不但是教皇全权论，而且是超教皇全权论！这是连教皇格列高利七世[1]都梦想不到的！”

“您理解得完全相反！”佩西神父厉声说，“并不是教会变成国家，您要明白！那是罗马和它的幻想。那是第三种魔鬼的诱惑！相反地，是国家变为教会，升到教会的地位上去，成为整个地球上的教会，这和教皇全权论、罗马以及您的解释全都相反，这只不过是正教在地上的伟大使命。灿烂的星星会从东方升起来。”

米乌索夫威严地沉默着，全身表现出一种不寻常的自尊感。他

1 格列高利七世（约1021—1085），意大利人，罗马教皇；积极反对皇权，一生为天主教会摆脱神圣罗马帝国的统治而斗争。

的嘴唇上浮现出高傲而带宽容意味的微笑。阿辽沙怀着剧烈跳动的心看着这一切。整个这一场谈话把他的心神彻底搅乱了。他偶然瞧了拉基金一眼。拉基金仍在门旁原来的地方站着不动，认真地倾听和观察着，尽管低垂着眼睛。但是从他的脸色一会儿红一会儿白看来，阿辽沙猜出拉基金心乱得也不亚于他；阿辽沙知道他为什么心神纷乱。

“诸位，请听我讲一段小故事。”米乌索夫忽然一本正经地说，显出一种特别威严的神气，“几年前，在巴黎，正当十二月叛乱以后不久的时候，有一天，我去访问一位当时很重要很有势力的人物，遇到了一位十分有趣的先生。这个家伙不只是个密探，而且好像是一大批政治密探的头目，这在某种意义上说也是个很有势力的职位。我碰到这个机会，由于非常好奇，就和他谈起话来。他受接待不是由于交情，而是以下属的身份来报告什么事情的，因此看见我受到他的上司的招待，就跟我多少开诚布公地谈了起来，自然只限于一定的程度，与其说是真正地开诚布公，还不如说是客气，本来法国人很讲究客气，况且他又看见我是一个外国人。但是我很了解他话中的意思。谈论的话题是当时正在追查的社会主义革命党。我先不说谈话的主要情节，只说这位先生忽然脱口说出的一句极有趣的话，他说：‘说实在的，我们对于所有这些机会主义者，像那些无政府派呀，无神派呀，革命党呀，倒并不怎么害怕；我们监视着他们，知道他们的动向。但是他们中间有几个人，虽然不多，却很特别：他们是信仰上帝的基督徒，同时又是社会主义者。对于这类人我们最伤脑筋，他们是可怕的人！社会主义者兼基督徒，比社会主义者兼无神论者要可怕得多。’这几句话当时就使我很吃惊，现在听了你们的话，各位，我好像不由得突然又记了起来。”

“那就是说，您想把这些话硬安在我们身上，把我们当作社会主义者，是不是？”佩西神父直截了当、老实不客气地问。但是在彼得·阿历山德罗维奇想出答话以前，门开了，姗姗来迟的德米特里·费多罗维奇走了进来。大家好像真的已经不再等他，所以他突然出现，甚至引起了一些惊异。

六

这样的人活着有什么用！

德米特里·费多罗维奇是个二十八岁的青年人，中等身材，面目可人，但却好像比他实际岁数老得多。他肌肉发达，可以想到他体力十分强大，但脸上似乎露着一点病态。他的脸很消瘦，两颊陷进去，带一点不健康的灰黄色。大大的、凸出的黑眼睛虽然看来显得坚定而固执，却似乎带点不可捉摸的神色。即使在他心里着急，带着气说话的时候，他的眼睛也好像不服从他内心的情绪，表示出一种别样的、有时完全与现时情况不相适应的神色。“谁也猜不透他心里在想什么。”同他谈过话的人有时这样议论他。有的人刚从他的眼睛里看到一种沉思、忧郁的神情，却常会忽然又被他突如其来的笑声弄得吃了一惊，这笑声说明正当他显出这样忧郁的神色的时候，心里却怀着愉快、戏谑的念头。然而他脸上所带的一点病态在目前倒是可以理解的：大家都知道，最少也听说最近他在我们这里所过的那种令人异常不安的“纵酒作乐”的生活。同样地，大家也都知道他同父亲为了银钱问题发生口角，达到了十分激烈的程度。关于这事城里已经流行着几种笑谈。确实，他的好生气是出于天性，像我们的调解法官谢苗恩·伊凡诺维奇·卡恰尔尼科夫在一个集会上对他所做的生动描写那样，他有着一种“既无条理又好冲动的脑筋”。他走进来时，穿得整齐而时髦，常礼服扣上了纽子，戴着黑手套，手里拿着高礼帽。因为他刚刚退伍不久，只留着上髭，下面的胡须刮得光光的。他的深黄色的头发剪得很短，在鬓角那里往前梳着。他的步伐坚定，步幅大，还有军人风格。他在门槛上停了片刻，看了大家一眼，一直走到长老面前，猜到他就是主人。他深深地鞠了一躬，请求祝福。长老站起来，给他祝福。德米特里·费多罗维奇恭敬地吻他的手，显出不寻常的激动心情，差不多带着气恼地说：

“请您宽恕我，让您等了这么久。我叮问家父打发来的仆人斯麦尔佳科夫，他两次用极坚决的口气回答，说是约好了一点钟。现在我才知道……”

“您不要着急，”长老止住他说，“不要紧的，迟了一点，没有关系。”

“非常感谢，我知道您一向是十分好意的。”德米特里·费多罗维奇接口说，又鞠了一躬，然后忽然转身向他的父亲也恭敬地深深鞠了一躬。显然，这个躬是他预先想好的，并且是出于诚意，认为理应借此表示自己的敬意和好心。费多尔·巴夫洛维奇虽然感到突然，却立刻以他自己的方式不慌不忙地随机应付：为了回答德米特里·费多罗维奇的鞠躬，他从椅子上跳起来，向儿子做同样深度的鞠躬。他的脸忽然变得郑重而且庄严，但这却使他显得格外凶狠。德米特里·费多罗维奇随后默默地向屋里在座的众人总的鞠了一躬，就坚定地大步走向窗前，在离佩西神父不远唯一空着的椅子上坐了下来，俯身向前，立刻准备接着听被他打断了的谈话。

德米特里·费多罗维奇的到来只占去了不到两分钟，因此谈话自然马上就恢复了。但是这一次，彼得·阿历山德罗维奇并不想去回答佩西神父那固执而近于恼怒的问话。

“请允许我不再谈这个话题，”他用社交场上那种漫不经心的口气说，“再说这也是一个很高深的问题。伊凡·费多罗维奇正在那边笑我们；大概他在这个问题上也有些很有意思的话要说。您可以问问他。”

“没什么特别的话要说，只有一个小意见，”伊凡·费多罗维奇立刻回答，“那就是：整个说来，欧洲的自由主义，甚至我们俄国的一点自由主义皮毛，都早已把社会主义和基督教的最终目标混为一谈了。这种粗野的推断自然只说明某些人的特性。但是把社会主义和基督教搅和在一起的，不仅是自由主义者和那些略知皮毛的人，在很多情况下，连宪兵——自然是外国的——也都这样。您的那段巴黎的故事是很有代表性的，彼得·阿历山德罗维奇。”

“关于这个题目我还是建议不必再谈了，”彼得·阿历山德罗维奇说，“我倒想对诸位另外讲一段关于伊凡·费多罗维奇自己的、十分有趣而又别致的故事。约莫五天以前，他在这里的一次大半是女士们在场的聚会上跟人辩论时，郑重声明，世界上根本没有什么能使人们爱自己的同类；所谓‘人爱人类’的那种自然法则是根本不存在的，世界上到现在为止，如果有过爱，并且现在还有，那也并不是由于自然的法则，而唯一的原因是人们相信自己的不死。伊凡·费多罗维奇还特别加以补充，说整个的自然法则也仅仅在于此，所以人们对自己不死的信仰一被打破，就不仅是爱情，连使尘世生活继续下去的一切活力都将立即灭绝。不但如此，那时也将没有所谓不道德，一切都是可以做的，甚至吃人肉的事情也一样。这还不算，他最后还下结论说，对于每个像我们现在这样既不信上帝也不信灵魂不死的人，道德的自然法则应该立刻变到和以前的宗教法则完全相反的方向去，而利己主义，即使到了作恶的地步，也不但应该容许人去实行，而且还应该认为这在他的地位上是必要的，最合理的，几乎是最高尚的一种出路。诸位，根据这种奇谈怪论，你们就可以推想我们这位亲爱的奇人和怪论家伊凡·费多罗维奇所宣扬和打算宣扬的其余一切论调了。”

“对不起，”德米特里·费多罗维奇忽然大声说，“如果我听得不错的话：‘恶行不但应该被容许，而且还被认为对于一切无神派来说是最必要、最聪明的出路！’是不是这样？”

“正是这样。”佩西神父说。

“我要记住。”

德米特里·费多罗维奇说了这句话，马上就沉默了，和他的插话一样突然。大家好奇地望着他。

“难道您果真认为人们丧失了灵魂不灭的信仰后会得到这样的结果吗？”长老忽然问伊凡·费多罗维奇。

“是的，我曾说过这话。假使没有不死，就没有道德。”

“您这样想，是感到愉快呢，或是很不幸？”

“为什么不幸？”伊凡·费多罗维奇微笑着说。

“因为您大概自己就既不相信自己的灵魂不死，甚至，也不相信您关于教会和教会问题所写的那些言论。”

“也许您是对的！但不管怎样我总不是完全开玩笑。”伊凡·费多罗维奇忽然奇怪地承认，而且很快地脸红了。

“不完全开玩笑，这是真的。这观念在您的心里还没有解决，还在折磨着您的心。但是受折磨的人有时也常爱以绝望自娱，而且这似乎也正是由绝望所驱使。您眼下就正在用给杂志写文章、在社交场合辩论等方式，以绝望来自娱，自己却并不相信自己的论证，还怀着痛苦的心情自己暗中笑它。这个问题在您的心中还没有解决，您的最大悲哀就在这里，因为这是必须解决的。”

“能不能在我心里解决，并且向肯定的方面解决呢？”伊凡·费多罗维奇继续奇怪地问，还是带着一种不可捉摸的微笑望着长老。

“假使不能做肯定解决，那么同样也永远不会做否定解决，您是自己知道您的心的特点的，而您的心灵的全部痛苦也就在这里。但是您应该感谢上苍，他给您一颗能忍受这种痛苦的高超的心，能够去‘思考和探索崇高的事物，因为我们的住所位于天上’。愿上帝赐福给您，使您的心在地上就得到解答，愿上帝祝福您的行程！”

长老举手，想从座位上对伊凡·费多罗维奇画十字。但是伊凡·费多罗维奇忽然离开椅子站起来，走到他面前，接受他的祝福，吻他的手，然后默默地回到自己的座位上去。他的态度坚定而严肃。这一举动以及在此以前伊凡·费多罗维奇同长老的一番料想不到的谈话，其中那种神秘甚至庄严的意味似乎使大家十分惊愕，所以有一会儿大家都沉默不语，阿辽沙的脸上出现了近乎畏惧的神情。但是米乌索夫忽然耸耸肩，同时费多尔·巴夫洛维奇也从椅子上跳起来。

“神圣的长老！”他指着伊凡·费多罗维奇叫道，“这是我的儿子，我的亲生骨肉，我最心爱的骨肉！他是我的最尊敬的卡尔·穆尔，而刚才走进来的儿子德米特里·费多罗维奇，也就是我现在要请您代加管束的儿子，他就是我的最不尊敬的弗朗兹·穆尔[1]，两个人都是席勒的《强盗》里的人物，而我，我自己在这种场合下就成了当权的封·穆尔伯爵[2]！请您判断，并且加以拯救！我们不但需要您的祈祷，而且还需要您的预言。”

“您说话不要这样滑稽，不要一开头就侮辱自己的家人。”长老用微弱而疲乏的声音回答。他显然越来越累，看得出已经筋疲力尽了。

“一出不体面的滑稽戏，我到这里来时就预感到了。”德米特里·费多罗维奇愤怒地说，也从位子上跳起来。“对不起，尊崇的神父，”他对长老说，“我是没有学识的人，甚至不知道怎样称呼您，但是您受了骗，允许我们在这里聚会，您的心肠是太好了。家父所需要的只是出乱子，至于为什么，他自有他的打算。他永远有自己的打算的。不过我现在也大致知道为什么了。”

“他们大家全责备我。”费多尔·巴夫洛维奇也叫嚷道，“连彼得·阿历山德罗维奇也责备我。您是责备我了，彼得·阿历山德罗维奇，责备我了！”他忽然转身向米乌索夫说，虽然米乌索夫并没有想打断他的话。“他们责备我，说我把孩子们的钱藏在靴子里面，欺骗他们。但是请问：难道没有法庭了吗？到那里可以给你算清楚的，德米特里·费多罗维奇，根据你的收据、信件和契约，你该有多少，花去多少，还剩多少！为什么彼得·阿历山德罗维奇不发表意见呢？德米特里·费多罗维奇并不是他不了解的人。这是因为大家联合起来反对我。其实算起总账来，德米特里·费多罗维奇还欠着我的，并且不只欠一点，欠着好几千，我掌握着一切凭据！因为他的胡闹，弄得

---

1 卡尔·穆尔与弗朗兹·穆尔都是席勒作品《强盗》中的人物，卡尔为长子，弗朗兹为次子。

2 原文为德语：Regierender Graf von Moor.

满城风雨。他在以前服役的那个地方，花了一两千卢布勾搭良家小姐，对于这类事情，德米特里·费多罗维奇，我们连最秘密的细节都知道，我可以提出证明的。神父，您相信不相信，他获得了一个出身世家的高贵小姐的爱情？她有财产，她父亲是他老上司，一个勇敢的立过战功的上校，脖子上挂着带宝剑图案的安娜勋章。他拿婚约玷污了女郎的名誉。现在她就在这里，他的这位未婚妻眼下已经是孤女，但是他就在她眼前，到这里的一个招人爱的美人家去走动。这位美人虽然同一个可敬的人物同居，但是具有独立自主的性格，如同谁也攻不破的堡垒，完全像一位正式的太太一样，因为她品德高尚，是的！神父，她品德高尚！可是德米特里·费多罗维奇想用金钱打开这个堡垒，所以他现在跟我这样胡搅蛮缠，想从我身上勒索金钱，到目前为止已经在这个美人身上花了几千卢布；就为了这个，还不断地借钱，而且您以为问谁借？说不说，米卡？”

“住嘴！”德米特里·费多罗维奇嚷叫说，“您等我出去了再说，在我面前可不许您污辱一位高贵的女郎。只要您胆敢提到她一句，对于她就是一种耻辱，我决不允许！”

他喘着气。

“米卡！米卡！”费多尔·巴夫洛维奇神经质地叫着，还挤出了眼泪，“父母的祝福你都不在乎吗？如果我诅咒你又该怎样呢？”

“无耻的、虚伪的人！”德米特里·费多罗维奇疯狂地大喊。

“他就这样对待他的父亲，他的父亲！对别人更不知怎样了！诸位，你们请听：这里有一个可敬的穷人，退伍的上尉，他遭到不幸，被革了职，却不是公开的，不是经法庭裁决的，仍旧保持着一切名誉。他家中人口众多，负担沉重。可三个星期以前，我们的德米特里·费多罗维奇在酒店里抓住他的胡须，把他拉到街上，当众痛打了一顿，就因为他担任了为我办小事情的私人代表。”

“这全是谎话！像有那么回事，其实都是假话！”德米特里·费多罗维奇气得浑身哆嗦，“爸爸！我不想为我做的事辩白；是的，我可以当众承认，我对这位上尉的举动像野兽一样，现在我对于这野兽般的怒气感到遗憾，而且十分惭愧，但是那个上尉，您的代表，曾到一位太太，就是被您称为招人爱的美人的家里，代表您向她提议，叫她收下您手里的几张由我署名的期票，向法院控诉，好在我坚持逼您算账的时候，可以根据那几张期票把我关进监狱。您现在责备我转这位太太的念头，可是同时自己又教她来引我上钩！她当面对我讲了，亲自对我讲的，还讥笑了您！您想叫我下狱，完全是因为您为了她吃我的醋，因为您自己在向这个女人求爱，这一切我也知道了，这也是她不住笑着，您听见没有，一面笑您，一面讲给我听的。神父们，现在在你们面前的就是这个人，这个责备荒唐儿子的父亲！诸位见证人，请你们原谅我动火，可是我早就知道这个狡猾的老人是要把你们大家找来瞧乱子。我到这里来是准备只要他对我伸手我就饶恕一切的，我饶恕别人，也请别人饶恕。但是因为他现在侮辱的不光是我，还带上了那位十分高贵的小姐，由于对她的崇拜，我连她的名字都不敢无故地叫出来，所以决定把他的一切阴谋诡计当众抖搂出来，尽管他是我的父亲。”

他再说不下去了。他的眼睛冒火，呼吸急促。但是在修道室里的人也全都慌乱了，除去长老以外，大家全不安地从座位上站起来。司祭们脸色严峻，但仍等着长老来表态。长老坐在那里，脸色煞白，不过并不是因为心慌意乱，而是由于病体无力。他的唇上闪出恳求的微笑；有一两次他举起手来，似乎想阻止发疯的人们，自然，只要他一挥手，就足以使这出戏收场；但是他自己仿佛还在期待着什么，凝神瞧着，想有所了解，好像自己心里还有些不明白的事情。后来，彼得·阿历山德罗维奇·米乌索夫感觉自己实在受了屈辱，丢了面子。

“对于刚才闹的这场乱子我们大家都有责任！”他热烈地说，“但是我到这里来的时候没想到会这样，虽然也知道是和什么人打交道。这是应该马上结束的！大师，请您相信，这里揭发出来的一切详细情节我过去都知道得不大确切，也不愿意相信，现在才初次听说。父亲为了一个坏女人吃儿子的醋，自己还同那个畜生商量把儿子关进狱里去。现在我被卷到这样的一伙里，我受了欺骗，我对大家声明，我受骗的程度不在别人以下。”

“德米特里·费多罗维奇！”费多尔·巴夫洛维奇忽然用一种不像自己的声音大喊起来，“如果你不是我的儿子，我立刻要叫你出去决斗，用手枪，隔三步距离，蒙上手帕，蒙上手帕！”他说到最后连连跺着脚。

那些一辈子演戏似的装腔作势的老撒谎鬼，有时演得过火，会真的激动到哆嗦、哭泣起来，虽然甚至就在同时，或者刚过一秒钟，他们就会暗自对自己说：“你是在撒谎，你这老不要脸的家伙，你现在也还是在演戏，尽管你在这‘神圣’的愤怒时刻全身发着‘神圣’的愤怒。”

德米特里·费多罗维奇皱紧眉头，露出无法形容的轻蔑的神气看了父亲一眼。

“我原想……我原想，”他克制着自己轻声地说，“同着我心上的天使，我的未婚妻，回到家乡，侍奉他的晚年，谁知道只看到了一个荒唐的淫棍和卑贱的小丑！”

“决斗！”那老头子又喊叫起来，喘着气，说每句话都唾沫四溅，“而您，彼得·阿历山德罗维奇·米乌索夫，您要知道，先生，也许在你们的全族里过去和现在都从来没有过比您刚才把她叫作畜生的那个女人再高尚、再贞洁的女人，听见没有，再贞洁一点的女人！至于您，德米特里·费多罗维奇，既然把你的未婚妻换了这个‘畜生’，那就等于自己认定，你的未婚妻还不如她的一个脚后跟。瞧瞧你们所说的那个‘畜生’究竟是个什么样的人！”

“可耻呀！”约西夫神父忽然忍不住脱口而出。

“可耻又可羞！”一直没开口的卡尔干诺夫突然用激动得发抖的少年人的嗓音喊起来，整个脸都涨红了。

“这样的人活着有什么用！”德米特里·费多罗维奇哑着嗓子喊道，气得几乎发狂，因为高高地耸起肩膀，几乎像个驼背。“你们说，还能再让他玷污大地吗？”他用手指着老头子，看着大家，慢吞吞地、一字一句地说。

“你们听见没有，修士们，你们听见这忤逆子的话没有？”费多尔·巴夫洛维奇朝约西夫神父发作道，“这就是对您那句‘可耻！’的回答！有什么可耻？这个‘畜生’，这个‘坏女人’，也许比你们自己还神圣些，诸位修行的司祭先生！她也许在青年时代失过足，受了环境的引诱，但她有‘广博的爱’，而有广博的爱的女人是连基督也宽恕过的。”

“基督所宽恕的不是这样的爱。”温和的约西夫神父也忍不住脱口说。

“不对，是宽恕这样的爱，就是这种爱，修士们，这种爱！你们在这里吃素修行，自以为是有德行的人！你们吃船钉鱼，每天吃一条船钉鱼，想用船钉鱼买上帝！”

“太不像话了！太不像话了！”修道室里四面八方都嚷嚷起来。

然而这出越闹越不像样的丑剧最后完全出人意料地中止了。长老忽然从座位上站了起来。由于替他和替大家担忧，几乎弄得完全不知所措的阿辽沙，刚刚来得及扶住他的胳膊。长老朝德米特里·费多罗维奇走去，一直走到他跟前，在他身前跪了下来。阿辽沙还以为他是因为无力才倒下的，但是完全不是。长老跪下来，在德米特里·费多罗维奇的脚前完全清醒地全身俯伏、一丝不苟地叩了一个头，甚至额角都触到了地。阿辽沙惊得目瞪口呆，当长老起来的时候，竟来不及去扶他。长老的嘴角隐约地挂着一抹无力的微笑。

“请原谅吧，请原谅一切！”他说，向四周的客人们鞠躬。

德米特里·费多罗维奇有一会儿像惊呆了似的站在那里：对他下跪，这是什么意思？最后他忽然喊了一声：“唉，我的天！”手捂住脸，从屋里跑了出去。所有的客人也都跟着他一拥而出，由于心情惶乱，甚至没有对主人鞠躬道别。只有司祭们还走上前去接受祝福。

“他为什么下跪？这里面是不是有什么含义？”不知什么原因忽然安静下来的费多尔·巴夫洛维奇试着想开口，却不敢单独朝任何人说话。他们大家这时正从隐修庵的围墙里走出来。

“我不能对疯人院和疯人们负责，”米乌索夫立刻恶狠狠地回答，“但是可以离您远远的，费多尔·巴夫洛维奇，告诉您吧，永远离您远远的。刚才那位修士上哪儿去了？”

但是“那位修士”，就是刚才请他们到院长那里去吃饭的那一位，并没有让人家久等。客人们刚从长老修道室的台阶上走下来，他立刻就来迎接客人，好像一直在等候他们似的。

“费心，可敬的神父，请您代我向院长致最深的敬意，并且替我米乌索夫道歉，因为突然发生了没有预料到的事，我无论如何不能参加他的盛筵，虽然我是诚恳地希望去的。”彼得·阿历山德罗维奇对修士气恼地说。

“这个没有预料到的事——当然是指我喽！”费多尔·巴夫洛维奇立刻接嘴说，“您听见了吗，神父，彼得·阿历山德罗维奇是不愿和我在一起，要不然他是立刻会去的。您就去吧，彼得·阿历山德罗维奇，请您就上院长那里去，并且祝您努力加餐！您要知道，谢绝的不是您，应该是我！回家，回家吧，回家去吃饭，我自己觉得留在这儿不合适，彼得·阿历山德罗维奇，我的亲爱的亲戚。”

“我不是您的亲戚，从来也不是，您这个下贱的人！”

“我故意这样说，好叫您发疯，因为您总是不承认这门亲戚。不过无论您怎样躲闪，您到底还是我的亲戚；我可以从教历上找出证明来的。伊凡·费多罗维奇，你如果愿意，也可以留在这里，我回头会打发马车来接你；至于您，彼得·阿历山德罗维奇，甚至为了礼貌，现在也应该到院长那里去，为咱们在那里闹的事，应该去道一下歉……”

“您是真的想走？不是说谎吗？”

“彼得·阿历山德罗维奇，在发生了这一切事情以后，我怎么还敢！请原谅。诸位，我是一时忘乎所以，忘乎所以。再说，我现在心里也是又乱又惭愧。诸位，有些人的心像亚历山大·马其顿，另有些人的心像小狗菲台里加。我的心就像小狗菲台里加。我觉得心虚了！在干了这么场把戏以后，怎么还能去吃饭，去狼吞虎咽修道院的汤菜？真是难为情，我办不到。对不起！”

“鬼知道，要是他在骗人呢！”米乌索夫沉思着停住脚，用困惑的眼光注视着正在离开的小丑。那一位转过头来，看见彼得·阿历山德罗维奇注视着他，便用手向他送了一个飞吻。

“您去院长那儿吗？”米乌索夫冲口而出地问伊凡·费多罗维奇。

“为什么不去呢？再说院长昨天就特地邀请过我了。”

“很不幸，我的确感到自己几乎义不容辞地必须去吃这顿倒霉的饭。”米乌索夫还是带着那种难耐的恼怒心情继续说，甚至毫不理会那小修士就在旁边听着，“至少要为我们在这里所干的这些事情去道个歉，并且去解释一下这不怨我们，您以为怎样？”

“是的，应该去解释一下这不怨我们。再说家父也不会到场。”伊凡·费多罗维奇说。

“要是令尊大人到场，那更难堪了！这顿倒霉的饭！”

尽管这样，大家还是都去了。小修士听着他们的话，默不作声，只在通过小树林的路上说了一句：院长早就在等着，已经迟了半个多钟头。没有人答他话。米乌索夫恨恨地朝伊凡·费多罗维奇瞥了一眼。

“居然像没事人似的跑去吃饭，”他想，“真是木头脑袋和卡拉马佐夫式的良心。”

七

向上爬的宗教学校学生

阿辽沙把长老搀进了卧室，让他坐在床上。这是一间很小的屋子，仅有必要的几件家具。床是狭窄的铁床，上面没有垫褥，只有毛毡。角落里神像旁摆着一个诵经台，上面放着十字架和福音书。长老无力地在床上坐下来；眼睛灼灼发光，困难地喘着气。坐下后他凝神看了阿辽沙一眼，似乎在寻思着什么。

“你去吧，亲爱的，你去吧。我有普罗菲里就够了。你快去。那里需要你。你到院长那里去，吃饭的时候在旁侍候一下。”

“让我留在这儿吧。”阿辽沙用恳求的声音说。

“你在那里有用些。那里还不会和睦。你去侍候一下，是有用处的。等魔鬼一抬头，你就读祷词。你要知道，好孩子（长老爱这么称呼他），将来这里也不是你久居之地。一等到上帝把我招了去，你就离开修道院吧，彻底离开。”

阿辽沙哆嗦了一下。

“你怎么啦？这里暂时不是你的地方，我祝福你到尘世去修伟大的功行。你还要走很长的历程。你还应该娶妻，应该的。在回到这里来以前，你应该经历一切，还要做好多事情。但是我毫不怀疑你，所以送你出去。愿基督和你同在。你不抛弃上帝，上帝也不会抛弃你。你会看到极大的痛苦，并且会在这种痛苦中得到幸福。我对你的遗言就是：要在痛苦中寻找幸福。你去工作，不眠不休地工作吧。永远记住我刚才的话，因为虽然我还会同你谈话，但是我还能活着的时间不但要论天，甚至要论钟点的了。”

阿辽沙的脸上又显示出强烈激动的表情。他的嘴角哆嗦着。

“你怎么又来了？”长老温和地微笑了一下，“让俗世的人们用眼泪去送他们的死者吧，我们这里对于升天的神父是为他感到欣慰。感到欣慰，而且为他祷告。你离开我吧。我该祷告了。走吧，快去。待在你的哥哥们身边。不是一个，要尽量离两个人都近些。”

长老举手祝福。再不同意是不可能的了，虽然阿辽沙极想留下来。他还想问一下，问题甚至都已经到了嘴边：“向德米特里大哥下跪叩头究竟是什么意思？”然而他不敢问。他知道如果可以的话，长老会不等他发问，自动向他解释的。然而，他显然不想这样做。但阿辽沙对这一跪感到十分惊愕。他盲目地相信这里面有神秘的含义，神秘的也许是可怕的含义。当他走出庵舍的围墙，忙着想在院长请客吃饭开始以前赶到修道院的时候（当然只是去在桌旁侍候一下），他突然感到心里难受得一阵发紧，立时停下步来：长老预言自己将死的话似乎又在他的耳边响了起来。长老既然预言过，而又说得那么确凿的事，是无疑一定要发生的。阿辽沙对这抱着神圣般的信仰。但是如果没有了长老，他将怎么办呢：他怎么能看不见他，听不到他呢？他将到哪里去？长老嘱咐他不要哭，而且离开修道院。天哪！阿辽沙长久没有感到过这样厉害的烦恼了。他加紧步子穿过庵舍和修道院之间的那个树林，为了逃避这些念头在心上的重压，他开始观看林中小路两旁参天的古松。路并不长，五百步远，不会再多。在这种时候是不会碰见谁的，但是在小路的第一个拐弯处，他看见了拉基金。拉基金正在等候着什么人。

“你是在等我吗？”阿辽沙赶上前问。

“正是等你，”拉基金冷笑了一下，“你忙着到院长那里去。我知道，那里有饭吃。自从招待主教和帕哈托夫将军以来，你记得不记得，这样的筵席还没有过呢。我不到那里去，你去吧，去端汤送菜。阿历克赛，你告诉我：那场梦幻是什么意思？我正想问你这件事。”

“什么梦幻？”

“就是朝你哥哥德米特里·费多罗维奇下跪的事。而且还用额头碰地！”

“你说的是佐西马神父吗？”

“是的，是说佐西马神父。”

“额头碰地？”

“啊，说得有些不敬！就让它不敬吧。总之，那场梦幻是什么意思？”

“我不知道是什么意思，米沙。”

“我早知道他是不会对你解释的。这里自然没有什么奥妙的东西，好像只是老一套的故弄玄虚。但是这个把戏是有意识要的。这一来，城里所有那班善男信女就会议论起来，会弄到全省都议论纷纷：‘这场梦幻究竟是什么意思？’据我看来，老人的目光真是十分锐利：他嗅到了犯罪的气味。你们那里发出臭味来了。”

“什么犯罪？”

拉基金显然肚里憋着一些话很想说出来。

“你们那小小的一家子中间会发生这事——发生犯罪。它会在你的哥哥们和你那有钱的父亲之间发生。长老就因为这个用额头碰一下地，以防将来万一发生什么事情。以后只要出点什么事情，人们就会说：‘哎呀，这正是那个神圣的长老早已料到并且预言过的。’其实他额头碰一下地，这里面有什么预言呢？可是不，他们会说这是一种象征，一种比喻，还有鬼知道是什么！这样他就会声名远扬，永远留在人们心里：人们会说，他预见到了犯罪，也点出了犯人。狂人都是这样的：他们对酒店画十字，朝教堂扔石头。你的长老也是这样：把正经人用棒子赶走，对凶手叩头。”

“犯什么罪？哪一个凶手？你在说些什么啊？”阿辽沙一下子呆住不走了，拉基金也停住了脚步。

“哪一个？好像你不知道似的。我敢打赌，你自己也已经想到过这一层。说起来这倒很有意思。你听着，阿辽沙，虽然你总是脚踏两只船，可是你永远说实话，你回答我：你想到过这件事没有？”

“想到过的。”阿辽沙低声回答。连拉基金也感到有点发窘了。

“你怎么啦？难道你真的想到过吗？”他叫道。

“我……我倒不是真的想到过，”阿辽沙嗫嚅地说，“是你刚才开始那样奇怪地说起这件事情来的时候，我才觉得我自己也已经想到过了。”

“你瞧，你的话说得很明白，你瞧见没有？是不是在今天看见了你父亲和米钦卡哥哥的时候，就想到了犯罪？这么说来，我没有弄错吗？”

“等等，等等，”阿辽沙惊慌地打断他的话说，“你是从哪儿看出这个来的？而且首先的问题是，你为什么对这桩事这么关心？”

“两个问题各不相关，却是自然的。让我来分别回答吧。为什么我看了出来？要不是我今天忽然完全了解了你大哥德米特里·费多罗维奇，一下子，忽然完全了解了他的整个为人，我是一点也不会看出来的。从某个特点上，我把这人一下子整个地抓住了。这类十分直率而又欲念极强的人身上，有一种特点是万万不可忽视的。弄得不好——弄得不好，他甚至会用刀子捅自己的父亲。而你的父亲又是一个酒色无度的荒唐鬼，从来不知深浅好歹，一下子拦不住，两个人都会掉进泥坑里去的。”

“不，米沙，不，如果只是这一点，那么你倒使我放心了。事情还不至于弄到这一步。”

“那你又为什么浑身发抖呢？你明白那里面的奥妙吗？尽管他，米钦卡，是一个直爽的人（他愚蠢，但却直爽），然而他是个好色之徒。这是他的特点，也是他的整个内在实质。这种下贱的淫念是父亲遗传给他的。阿辽沙，我就是感到奇怪，奇怪的是你怎么会是那么个童男子？你不也姓卡拉马佐夫吗？在你们这一家人身上，色欲的强烈已达到了发烧的程度。现在这三个好色之徒眼睛互相盯着，怀里揣着刀子。三个人已经冤家路窄了，你也可能是第四个呢。”

“你是看错这个女人了。德米特里……是瞧不起她的。”阿辽沙说，似乎打了个冷战。

“你说格鲁申卡吗？不对，老弟，并不是瞧不起。他既公然放弃自己的未婚妻去追她，那就绝不会瞧不起。这里面……这里面，老弟，有点你现在还不懂的东西。一个男人爱上了某种的美，女人的身体，甚至只是女人身体的某一部分（这是好色之徒会了解的），是会为了她出卖亲生儿女、出卖父母、出卖俄罗斯的。本来是老实的，会去偷东西；本来是温和的，会杀人；本来是忠诚的，会叛变。女人小脚的歌颂者普希金常在诗篇里歌颂小脚；有的人不歌颂，但一见着小脚就不能不浑身发颤。而且不仅限于小脚。老弟，这里单单瞧不起是没有用的，即使他真的瞧不起格鲁申卡。一面瞧不起，一面还是离不开。”

“这点我懂。”阿辽沙忽然脱口而出。

“真的吗？既然你一开口就说你懂，那么可见你是真懂得了，”拉基金带着幸灾乐祸的口气说，“你这是不经意地说出来的，这是脱口而出的。这样的承认就更显得重要：这就说明，你对这类事已经是熟悉的了，你已经想过，想过情欲的事了。好一个童男子！阿辽沙，你是不大说话的，你是圣徒，我承认；你虽不大说话，但鬼知道你肚皮里什么事情不明白，什么事情没想过！一个童男子，却鬼心眼儿那么多，我早就在观察着你了。你不愧姓卡拉马佐夫，你是地道的卡拉马佐夫，由此看来，血统和遗传真有关系啊！从父亲方面传来的是好色，母亲方面传来的是疯狂般地虔信。你为什么哆嗦？我说的不是实话吗？你知道不知道，格鲁申卡请求我：‘你领他来。’这个‘他’就是指你，‘让我把他身上的修道服剥下来’。她还不住地恳求：‘你领他来呀，你领他来呀！’我老是想：她为什么对你这样感兴趣？你知道，她也是一个不寻常的女人啊！”

“你替我向她致意，说我不能去。”阿辽沙勉强微笑了一下，“米哈伊尔，你把开头说的话说完了，我再把我的想法告诉你。”

“有什么说完不说完，一切都明明白白，老弟，这全是老生常谈了。如果连你心底里也好色，那还用说你的胞兄伊凡吗？他也姓卡拉马佐夫。你们卡拉马佐夫一家的全部问题就在于好色、贪财和发疯！现在你的哥哥伊凡不知为了什么莫名其妙的愚蠢打算，在那里开玩笑，发表神学的文章，尽管自己是无神派，而且这种行为之卑鄙也是他，你的这位哥哥伊凡自己所承认的。此外，他还想抢夺他哥哥米卡的未婚妻。这个目的大概也是会达到的。不但如此，还得到米钦卡本人的同意，因为是米钦卡自己想把未婚妻让给他，以便把她甩脱，好赶紧去找格鲁申卡。而这一切都是在高尚和公正无私的外表底下做出来的，你要注意这一点。这些人可真是糟糕透顶了！鬼才搞得清你们是怎么回事：自己意识到卑鄙，可又自己往卑鄙里钻！你再听下去：现在你父亲这老头子又正在跟米钦卡作对。因为他忽然对格鲁申卡着了迷，只要一看到她，就口水直流。他刚才就是因为她，才在修道室里闹出这么大一场乱子，只因为米乌索夫叫了她一声'淫荡的畜生'。他追求得比雄猫叫春还厉害。以前她只受雇替他干点酒店里的暧昧的小差事，现在他忽然摸透了、看清了她，就发起狂来，向她提出许多建议，自然不是干净的建议。他们父子两人一定会狭路相逢的。格鲁申卡现在对两个人都没有答应，暂时还是两面摇摆，逗弄着两个人，看一看跟谁更有好处，因为从父亲那里虽然可以捞到许多钱，但是他不会娶她，到最后也许会把钱袋扎得紧紧的。在这方面，米钦卡也有他的长处：他没有钱，却能娶她。是的，会娶她的！他会抛弃未婚妻，高贵有钱、上校的女儿，美貌无双的卡捷琳娜·伊凡诺芙娜，去娶那个市议长、淫荡的粗人、老商人萨姆索诺夫以前的姘妇格鲁申卡。这团乱麻，真的会弄出刑事纠纷来的。你的胞兄伊凡就等着这个机会，好吃到甜头：得到他苦苦思慕的卡捷琳娜·伊凡诺芙娜，同时又弄到她的六万卢布嫁资。这作为一个开头，对于像他这样的小人物、穷光蛋来说，也就够美的了。你还要注意：这不但不得罪米钦卡，反倒会使他终生感激不尽。我确切知道，还在上个星期，米钦卡在酒店里和吉卜赛女人一起喝醉了酒时，就自己高声叫嚷过，说他不配和未婚妻卡捷琳娜结合，只有兄弟伊凡才配得上。至于卡捷琳娜·伊凡诺芙娜本人，对于像伊凡·费多罗维奇那样迷人的男子最终总是无法拒绝的；她现在已经开始在他们两弟兄之间犹豫不决了。这个伊凡是用什么把你们大家迷惑得对他五体投地地崇拜的呢？他还笑你们，仿佛说：‘我多得意，你们破钞，我得甜头。’”

“你怎么会知道这些事情？为什么说得这样肯定？”阿辽沙忽然皱起眉头，严厉地问。

“但是为什么你要这样问，而且预先就怕我回答呢？那就是说，你自己也承认我说的是实话。”

“你对伊凡没有好感。伊凡是不会受金钱诱惑的。”

“真的吗？那么卡捷琳娜·伊凡诺芙娜的美貌呢？这里还不单单是钱的问题，尽管六万卢布嫁资也是很诱惑人的东西。”

“伊凡的眼光要比这远大些。伊凡不会为了几万卢布受诱惑。伊凡追求的不是金钱，不是安静。他也许是在寻求苦难。”

“这又是什么怪念头？唉，你们……真是贵族！”

“米沙，你知道他的心灵乱。他的脑子着了迷。他有重大的思想问题没能解决。他是不需要百万家私而需要解决思想问题的那种人。”

“阿辽沙，你是个文抄公[1]，你说的是长老的话。这是伊凡给你们出的谜语！”拉基金怀着显然的恶意大声说。他甚至变了脸色，嘴角也扭歪了：“而且是一个愚蠢的谜语，犯不上去猜。动一动脑筋就可以明白。他的文章既可笑又荒唐。刚才听到他那段愚蠢的学说了吗：‘既没有灵魂不死，就没有道德，一切都可以做。’顺便说一说，你记不记得，你的哥哥米钦卡还大声说：‘我要记住！’这是一个诱惑人的学说，为浑蛋们预备的……我骂起人来，这很不好，不是为浑蛋们预备的，是给一般装腔作势的学究、怀着‘无法解决的思想难题’的人们预备的。他是一个夸夸其谈的人，全部论点只是‘一方面不能不承认，另一方面又不能不自行意识到！’。他的整个学说是卑鄙的！人类自己会找到力量，为了美德而生活，即使并不信仰灵魂不死也无妨！在爱自由，爱平等，友善之中可以找到它……”

1 指抄袭他人文章的人。

拉基金说得激动起来，几乎不能自制，但是忽然好像想起了什么，突然住了口。

“嗯，够了。”他比刚才更加勉强地微笑了一下，“你笑什么？你以为我是一个庸人吗？”

“不，我根本不认为你是个庸人。你聪明，但是……别往心里去，我这是没来由地笑了一声。我明白你会激动起来，米沙。从你激昂的样子，我猜到你自己对于卡捷琳娜·伊凡诺芙娜并不是无动于衷的，我早就疑惑着，所以你不喜欢伊凡哥哥。你是吃他的醋吧？”

“你再加上一句：你还为了她的金钱吃醋。好不好？”

“不，我并不加上关于金钱的话，我不想气你。”

“我相信，既然你这样说了。但是不管怎样，你和你的哥哥伊凡都见鬼去吧！你们全都不会明白，不管有没有卡捷琳娜·伊凡诺芙娜，人们也可以对他没有好感的。我为什么要对他有好感呢？真莫名其妙！他曾经赏光骂过我。我为什么没有权利骂他呢？”

“我从来没有听见他曾说过你什么话，好话坏话都没有；他完全没有说到你。”

“我可听说前天他在卡捷琳娜·伊凡诺芙娜那里把我编排得一钱不值。哼，你瞧他对鄙人是多么关注。老弟，既有这样的事情，我就不知道究竟是谁吃谁的醋了！据他的高见，在最近的将来，如果我不决心剪发就任大司祭的职务，就一定会到彼得堡去，加入一家大杂志社，而且一定会参加批评栏，写上十几年的文章，最后把这家杂志社转到自己手里。然后，当我重新发行这家杂志的时候，一定会走自由主义和无神派的路子，带点社会主义的色彩，甚至发出一两点社会主义的火花，但是要十分小心，也就是说，实际上两边都不得罪，只瞒过愚人的耳目。根据你这位哥哥的说法，我的最终成就是：尽管有社会主义的色彩，却并不妨碍我把杂志预订费存在自己的名下，碰到机会在某个犹太人指导之下搞点买卖，直到在彼得堡盖起一所大厦，把杂志社也搬进去，把剩下的几层楼租给房客。他甚至连大厦的地点都给定好了：就在涅瓦河的新石桥附近，这桥听说最近正在计划修筑，是从锻造厂大街通到维堡区的。”

“哎呀，米沙，这一切也许真会应验的，甚至会一字不差哩！”阿辽沙忽然大声说，忍不住快乐地发笑。

“您也嘲弄起我来了，阿历克赛·费多罗维奇。”

“不，我是说笑话，对不起。我想的可完全是另外一回事。但是对不起：谁会对你转告得这么详细？你从谁那里听来的？当他谈论你的时候，你总不会亲自在卡捷琳娜·伊凡诺芙娜家里吧？”

“我不在那里，可是德米特里·费多罗维奇在场，我亲耳听见德米特里·费多罗维奇说的。既然你愿意知道，我也可以告诉你，他不是直接对我说的，是我偷听来的，自然并不是有意要这样，因为当德米特里·费多罗维奇在隔壁屋里的时候，我一直坐在格鲁申卡的卧室里不敢出来。”

“啊，是的，我忘了她是你的亲戚。”

“亲戚？格鲁申卡是我的亲戚？”拉基金忽然叫起来，脸涨得通红，“你发疯了吗？神经有毛病吧！”

“怎么？难道不是亲戚吗？我听人说是这样的……”

“你会从哪儿听说这样的事？哼，你们这些卡拉马佐夫家的先生，自己夸耀是家世久远的大贵族，可是你父亲却跑来跑去在人家饭桌旁当小丑，求人家恩赐，在厨房里找碗饭吃。就算我只是牧师的儿子，在你们贵族面前连草芥也不如，但是不必这样快乐而又放肆地侮辱我吧。我也有名誉，阿历克赛·费多罗维奇。我不可能是格鲁申卡的亲戚，一个娼妓的亲戚，请你明白这一点！”

拉基金真气极了。

“请原谅，看在上帝的面上，我万想不到你会这样生气。再说，她怎么是娼妓呢？难道她是……这类的女人吗？”阿辽沙忽然脸红了，“我再对你说一遍：我真的听人家说你们是亲戚。你常到她家去，又自己对我说你同她没有爱情的关系。我从来没有想到，你竟会这样瞧不起她！难道她真的该受轻视吗？”

“我到她家去自有原因，这不干你的事。关于亲戚一层，不是你的哥哥就是你的父亲，倒说不定会把她和你拉成亲戚关系的，可不是和我。哦，我们到了。你最好到厨房里去吧。哎哟！什么事情？那边出了什么事情？来晚了吗？他们大概不至于吃得这样快吧？是不是又是卡拉马佐夫家的人捣起乱来了？一定是这样。那不是你父亲？在他后面的是伊凡·费多罗维奇。他们从院长屋里冲出来挤着往外走。伊西多尔神父从台阶上朝他们的背后吼叫。你的父亲也吼叫着，还挥舞着手。一定在骂人。噢，你瞧，米乌索夫也坐上马车要走了，你瞧，已经走了。连马克西莫夫地主都在跑。一定出了乱子，这么说，根本没有吃饭！是不是他们把院长给揍了？要不然也许是他们挨了揍了！这才该哩！”

拉基金并没说错。真的出了乱子了，一个前所未闻、出人意料的乱子。而一切都出于“灵机一动”。

八

乱子

当米乌索夫和伊凡·费多罗维奇一道走进院长房间的时候，他这个真正体面而高雅的人心里，很快地产生了一种特殊的高雅心理，他开始觉得生气很可耻。他暗地感到，既然自己实际上早该对这个卑贱的费多尔·巴夫洛维奇轻视到极点了，那又何必在长老的修道室里为他失去冷静，以致弄到像刚才那样不能自制。“至少修士们是没有什么错处的，”他在院长屋外的台阶上忽然决定，“如果这里也都是些体面人，这位当院长的尼古拉神父大概也出身贵族，为什么不对他们和气些，亲热些，客气些呢？我不再辩论了，甚至准备唯唯诺诺，用和气来吸引人，并且……并且……最后向他们证明，我不是这个伊索、这个小丑、这个滑稽戏子的同伙，我和他们大家一样，是上了当。”

关于争论中的伐木、捕鱼这些事（林子和河究竟在哪里连他自己也不知道），他决定对他们完全让步，一劳永逸，今天就了结，再说这一切也根本不值几个钱，于是决计撤回对修道院提出的诉讼。

所有这些善意，在他们走进院长的餐室的时候，更加确定了。其实院长并没有餐室，因为实际上这所房子只有两个房间，当然，比起长老那里来，要宽敞而且方便得多。但是屋内的陈设也没有特别舒适的地方：家具包着皮子，是红木的，二十年代的旧式样，连地板都没有漆过。然而一切都干干净净，窗台上有许多珍贵的花草。此刻显得最奢侈的自然还是一张陈设豪华的饭桌，虽然这也只是相对地讲：桌毯是清洁的，餐具是亮晶晶的；有三种烤得很好的面包，两瓶葡萄酒，两瓶修道院里出产的出色的蜜，一大玻璃瓶修道院里自制的、附近闻名的酸汽水。但没有伏特加酒。据拉基金后来讲，这次的这顿饭预备了五道菜：鲟鱼汤外加鱼馅油酥饺，做得似乎十分别致的美味白煮鱼，随后是红鱼丸子、冰激凌和什锦煮水果，最后是凉粉冻。这是拉基金忍不住，特地到院长的厨房里转了一下才打听出来的。他同厨房里也有关系，他到处有熟人，到处有人给他提供消息。他有一颗很不安静的、忌妒的心。他完全意识到自己有相当的能力，但由于自视过高，把这种能力神经质地夸大了。他确切知道自己将做出某种事业，但使十分爱他的阿辽沙感到痛苦的是他的好友拉基金并不诚实，却又毫无自知之明，相反地，还因为自知不会偷窃桌上的钱，就完全肯定自己是最最诚实的人。在这一点上，不但阿辽沙，就是世上任何人也无能为力。

拉基金是小人物，没资格赴宴，但约西夫神父和佩西神父，还有另一位司祭，都接到邀请了。彼得·阿历山德罗维奇、卡尔干诺夫和伊凡·费多罗维奇走进来的时候，他们已经在院长的餐室里等着了。地主马克西莫夫也在一旁等候。院长走到屋子的中央来接客人。他是一个细高个子但还很强壮的老人，黑发里夹着许多银丝，一张长形的、苦修士一般的严肃的脸。他默默地向客人们鞠躬致意，但是他们这一次却走近前去接受祝福。米乌索夫甚至索性想去吻吻他的手，但是院长不知怎么在那一刹那缩回了手，结果没有吻成。但伊凡·费多罗维奇和卡尔干诺夫这一次却行了全套的祝福礼，老老实实，照普通农民的样子吻手作声。

“我们应该深深地道歉，大师，”彼得·阿历山德罗维奇开始说，殷勤地露齿微笑，语调却还是严肃而恭敬的，“道歉的是只有我们几个人前来，而您邀请的我们那个同伴——费多尔·巴夫洛维奇却不能来；他不能不辞谢您的赏赐，并且不是没有原因的。他在佐西马神父的修道室里，在同他儿子发生不幸的家庭争执时弄得忘乎所以，说了几句很不适当的话，总而言之，是十分不体面的话，关于这事（他望了望司祭们），大概大师也知道了。因此，他自己承认不对，深为后悔，感到羞耻，觉得不好意思，所以请我们，我和他的公子伊凡·费多罗维奇，对您表示真诚的遗憾、痛心和忏悔。总而言之，他希望而且打算以后再设法补救，现在他恳求您为他祝福，请您忘记已发生的事情。”

米乌索夫沉默了。他说完这一大套话的最后几句时，自己十分满意，心里连刚刚发火的一点痕迹都没有了。他又重新完全诚恳地爱人类了。院长严肃地听完他的话，微微低下头，回答说：

“对他的不到场，我深表惋惜。也许他如果跟我们在一起吃饭，他就会爱我们，正和我们爱他一样。请吧，诸位，请入席用饭。”

他站到神像的面前，开始朗诵祷词。大家恭敬地低下头，地主马克西莫夫甚至特别抢前一步，两手交叉在胸前，显得格外虔诚。

可是就在这时，费多尔·巴夫洛维奇又闹了一次最后的恶作剧。应该注意到，他确乎想走，而且实在感到在长老的修道室内做出这样可耻的行为以后，不能仍像没事人似的到院长那里去吃饭。他倒不是自觉惭愧，深自谴责，也许甚至完全相反，但是他总觉得去吃饭却有点不体面。然而，等到他那辆轧轧作响的马车开到客店台阶旁边的时候，他本来已经在上车，却忽然止住了。他想起了他在长老那里所说的话：“每当我跟人们来往时就正是这样，老觉得我比一切人都低贱，大家全把我当小丑看待，所以我就想：‘那我就真的扮演小丑吧，因为你们一个个全比我还愚蠢、还卑鄙！’”他是想为自己的丑行而向所有的人复仇。这时他忽然想起，还在以前的时候，有一次有人问他：“你为什么这样恨这个人？”他当时就以小丑式的厚颜无耻信口答道：“为什么吗？的确，他并没有对我做过什么坏事，但是我却对他做过一桩最没良心的坏事，而一旦做了，就正为了这个而立刻恨上他了。”现在想起这事，他在片刻的沉思中又恶毒地暗笑了。他的眼睛闪光，甚至嘴唇都颤动起来。“既然开了头，就一不做二不休吧。”他突然下了决心。这时他心灵深处的感觉可以归结为下面的几句话：

“现在既已无法恢复自己的名誉，那就让我再无耻地朝他们脸上吐一口唾沫，表示我对你们毫不在乎，这就完了！”他吩咐马车夫等一等，自己快步回到修道院，一直走到院长那里。他还没十分明确自己要做什么事，但知道已经控制不住自己，只要稍微有个由头，就立刻会做出某种极端的丑行来。但是也就止于丑行，绝不会是什么犯罪，或者会受到法律制裁的行动。在最后关头，他永远会自行克制，有的时候甚至自己对这一点也感到惊奇。当他在院长的餐室里出现时，祷词刚刚念完，大家正要入座。他站在门槛边，看了这伙人一眼，发出恶毒而无礼的长笑，毫不畏惧地看着大家的眼睛。

“这些人还以为我走了，可我不是就在这儿吗？！”他朝整个大厅嚷了一声。

有一会儿大家都瞠目直视着他，默不作声，忽然间大家都预感到，他马上就要闹出荒唐讨厌的事，闹出真正的乱子来了。彼得·阿历山德罗维奇从最温和宽容的情绪立刻转为最愤恨的情绪。他的心里已经平息、宁静下来的一切，一下子又全都复活过来，涌了上来。

“不行，我不能忍受这个！”他嚷道，“我绝对不能……我再也不能！”

血冲上他的头脑。他连话都说不清了，不过，这时已经顾不上什么言辞。他抓起了自己的帽子。

“他说‘我绝对不能，我再也不能’，可是，他究竟不能什么呀？”费多尔·巴夫洛维奇大声说，“大师，我可以进来吗？您能接待我做座上客吗？”

“我诚恳地邀请，”院长回答说，“诸位！请许我，”他忽然补充说：“出于至诚地恳请你们忘掉偶然的口角，在我们这简慢的饭席上恢复爱和亲人间的和睦，并且祈祷上帝……”

“不，不，不可能。”彼得·阿历山德罗维奇似乎心不在焉地喊道。

“既然彼得·阿历山德罗维奇不能，那么我也不能，我也不准备留下吃饭。我是打定了这个主意来的。现在我要到处跟着彼得·阿历山德罗维奇：您要是走，彼得·阿历山德罗维奇，我也走；您要是留下，我也留下。院长，您说‘亲人间的和睦’这句话特别刺痛他的心，因为他不承认他是我的亲戚！对不对，封·佐恩？原来封·佐恩也在这里。您好呀，封·佐恩。”

“您……这是对我说话吗？”地主马克西莫夫吃了一惊，喃喃地说。

“自然是对你说，”费多尔·巴夫洛维奇喊道，“不对你对谁，院长总不会是封·佐恩吧！”

“可是我也不是封·佐恩，我是马克西莫夫。”

“不，你是封·佐恩。大师，您知道封·佐恩是什么东西吗？有这么一个刑事案件：他在一个淫窟里——你们这里好像对于这种地方是这样称呼的，遭别人谋财害命，尽管他已经德高望重，却仍旧被别人装箱密封，编上号码，放在行李车里从彼得堡运到莫斯科去。钉箱子的时候，淫妇们还唱着歌，奏着竖琴，不对，是奏钢琴。这一位就是那个封·佐恩。你是从死里复活了过来，对不对，封·佐恩？”

“这是怎么回事？这是什么话？”司祭们中间传出了这样的语声。

“我们走吧！”彼得·阿历山德罗维奇朝卡尔干诺夫大声喊道。

“不，等一等！”费多尔·巴夫洛维奇尖声地接口说，又向屋里走了一步，“容我也把话说完了。在修道室里我得了好名声，好像我有不敬行为，就因为我说到了船钉鱼。我的亲戚彼得·阿历山德罗维奇喜欢在说话中高贵更多于诚实[1]，相反地，我却喜欢在我的话里诚实更多于高贵[2]，而且看不起高贵[3]！对不对，封·佐恩？院长，我虽然是小丑，而且也正在演小丑，但是我是正直的骑士，愿意有话直说。是的，我是正直的骑士，彼得·阿历山德罗维奇却只想受伤的自尊心，别的什么也不想。我前几天就想到这里来了，来看一看，说说我的心里话。我有一个儿子——阿历克赛在这里修行；我是父亲，我关心他

1 原文为法语：plus de noblesse que de sincerité.

2 原文为法语：plus de sincerité que de noblesse.

3 原文为法语：noblesse.

的命运，也应该关心。我总是一面听着，一面做戏，但暗地里也悄悄地在看，现在我要对你们表演最后的一幕。我们这里是怎么个情形呢？我们这里，凡是倒下的就让他躺着去。我们这里，只要一旦倒了下去，就永世不得翻身。这不行！我愿意站起来。神父们，我对你们很愤怒。忏悔是一种伟大的圣礼，连我也对它万分崇敬，顶礼膜拜，可是现在大家忽然都在修道室里跪下，出声地忏悔。难道可以准许出声忏悔吗？圣父们规定忏悔应该对着耳朵进行，那样你的忏悔才能成为圣礼，自古以来就是这样的。要不然，叫我怎么当着众人对他说明，譬如说，我做了什么什么，也就是说，我做了这个那个，您明白了吗？有时候这是连话都不好意思说出口来的。要是说出来那就真成了乱子了！不行，神父们，这样下去，我们要被你们拉到鞭身教里去了。我只要有机会，就要上书宗教会议，同时我也要把我的儿子阿历克赛领回家去。”

这里应该下个注脚：费多尔·巴夫洛维奇是善于辨识风向的。曾经有个恶毒的谣言，甚至还传到了主教那里（这谣言不但涉及我们的修道院，也牵涉到实行长老制的别的修道院），说是长老过于受尊崇甚至损害了院长的地位，又说长老们滥用忏悔的圣礼，等等。这是一种无稽的指责，当时在我们这里和其他地方都渐渐地自行消灭了。但是愚蠢的魔鬼抓住了费多尔·巴夫洛维奇，引诱他沿着神经质的道路愈来愈深地陷到无耻的深渊里去，把费多尔·巴夫洛维奇自己一点也不懂的那个已经过时的责备附耳告诉了他。他本来就说不清这个问题，加上这一次也没有人在长老的修道室里跪下，高声地忏悔，所以费多尔·巴夫洛维奇自己并没有具体眼见这类事情，只是凭着记得的老谣言和传说胡诌一气罢了。但是在说完了这些蠢话以后，他自己也感到说得未免太离奇，忽然又想立刻对听话的人，尤其是对自己证明，他说的并不是胡诌。虽然他深知继续往下说的每句话，都将更离奇地把同样的胡诌加到已经说过的胡诌上去，但是他像从山上滚下的石头一般，已经不由自己了。

“真可耻！”彼得·阿历山德罗维奇嚷道。

“对不起，”院长忽然说，“古话说得好：‘有人对我大说坏话，甚至说些极难听的话。但我听了以后自语道：这是耶稣的惩戒，是他遣来医治我虚妄自大的灵魂的。’因此，我们万分地感谢您，尊贵的客人。”

说着他朝费多尔·巴夫洛维奇深深地鞠了一躬。

“得啦，得啦！假道学，老一套！老调调，老手法！老一套的虚情假意，千篇一律的点头哈腰！我们知道这一类的点头哈腰！‘口蜜腹剑’，像席勒的剧本《强盗》里说的那样。神父们，我不爱虚伪，只求真理！然而真理不在船钉鱼里面，这一点我公开说过！修士们，你们为什么吃斋？你们为什么希望靠这个取得天上的赏赐？这样可以取得赏赐，我也要吃斋的！不，修士，你应该立身行善，做有益社会的事情，不要关在修道院里吃现成饭，不要期待天上的赏赐，这要困难得多。院长，我也会有条有理地说的。你们这里预备了什么东西？”他走到桌旁说，“老牌陈葡萄酒，叶利谢耶夫兄弟公司的散装蜜酒。哎呀，神父们！这可不像小船钉鱼。神父们真摆出了一些好酒，哈，哈，哈！可这都是谁供给的？是俄罗斯的农民和做工的，他们硬从家庭和国库收入中抠出自己用长满老茧的双手挣到的几文小钱，送到了这里！神父们，你们在喝人民的血！”

“您说这种话实在太不成体统了。”约西夫神父说。佩西神父始终保持着沉默。米乌索夫从屋里冲了出去，卡尔干诺夫跟在后面。

“神父们，我也跟彼得·阿历山德罗维奇走！我再也不到你们这里来，跪着请我也不来了。我曾捐过一千卢布，你们又鼓出眼珠想要更多的，哈，哈，哈！不，我再也不捐了。我要为我已经失去的青春、为我所受的一切侮辱报仇！”他带着一种装腔作势的激动情绪拍着桌子，“这个修道院对我的生活起过很大的影响！它曾经使得我流了许多悲苦的眼泪！你们嗾使我的妻子、疯癫病的女人起来反对我。你们在大小教堂里诅咒我，在四郊各处散播我的坏话！够了，神父们，现在是自由主义的时代、轮船铁路的时代。不要说几千卢布、几百卢布，连几百个戈比，你们也不要想再从我手里拿到了！”

这里又应该下个注脚：我们的修道院根本就从来没有对他的生活起过什么特别的影响，也从来不曾使得他流过什么悲苦的眼泪。但是他被自己装出来的眼泪弄得入了迷，一时间几乎自己也相信是真的，甚至差一点感动得要哭；但是就在这一刹那，他感到现在是该转圜的时候了。院长听了他那恶毒的谎话，低着头，又一次庄严地说：

“《圣经》又说：‘只是我告诉你们……诅咒你们的要为他祝福，凌辱你们的要为他祷告。’我们也要照这样去做。”

“得啦，得啦，得啦！又是反省自己呀等那一套无聊的废话！你们去反省吧，神父们，我可要走了。我还要行使我做父亲的权利，把我的儿子阿历克赛叫回去，永不再来。伊凡·费多罗维奇，我的可敬的儿子，请容我命令你跟我回去！封·佐恩，你留在这里做什么？立刻跟我进城去。我家里要快乐得多。只有一俄里路，我不给你吃素油，会给你一盘小猪肉饭的，我们好好儿吃一顿，喝白兰地、蜜酒，还有草莓酒。喂，封·佐恩，不要放过自己的幸福！”

他一边喊，一边指手画脚地走出了门。就在这个时候，拉基金看见他走了出来，便指给阿辽沙看。

“阿历克赛！”父亲看见了他，远远地喊叫，“今天就搬到我家去，全都搬回来，把枕头和被褥都带着，以后不许你再来。”

阿历克赛一下子呆住了，他一声不响留心观察着这出戏。这时费多尔·巴夫洛维奇已经钻进了马车，伊凡·费多罗维奇在后面跟着，沉默而阴郁地坐到车里，甚至没有转身向阿辽沙道别。但是这里又发生了一个滑稽的、近乎不可思议的场面，作为这出戏的尾声。地主马克西莫夫忽然赶到马车踏脚板旁边来。他生怕迟到，是喘着气跑来的。拉基金和阿辽沙看见他跑着的样子。伊凡·费多罗维奇的左脚还踩在踏板上，他竟慌忙得急不可待地把一只脚踏上去，一手抓住马车夫的座台，就要跳进马车里去。

“我也跟你们去，我也跟你们去！”他嚷着，一面跳，一面发出咯咯的、快乐的笑声，脸上放光，露出不顾一切的样子，“把我也带去吧！”

“我不是说过，”费多尔·巴夫洛维奇高兴地说，“这就是封·佐恩！这是死里逃生的真正的封·佐恩！你是怎么从那里挣脱出来的？你怎么在那儿活像是个封·佐恩，可又能逃开不吃那顿饭？你真长着个铜脑壳哩！我也有个硬脑壳，老弟，可是，对你的脑壳我还是感到惊奇！跳上来，快跳上来！放他进来，伊凡，会有乐子瞧的。他可以对付着躺在我们的脚底下。你可以躺下的，是不是，封·佐恩？要不然让他跟车夫一块儿坐在赶车座上。跳到赶车座上去，封·佐恩！”

但是已经坐下的伊凡·费多罗维奇一声不吭，忽然用全力朝马克西莫夫的胸前击了一拳，打得他飞出一丈开外，只是运气好才没有倒在地上。

“快走！”伊凡·费多罗维奇恶狠狠地对马车夫喝道。

“你干吗？你干吗？你为什么对他这样？”费多尔·巴夫洛维奇发起火来，但是马车已经走了。伊凡·费多罗维奇没有回答。

“你这人呀！”费多尔·巴夫洛维奇沉默了两分钟，朝儿子斜了一眼，又说起来，“到修道院来这件事是你自己发动的。你自己怂恿的，自己赞成的。为什么你现在又生气？”

“您说够废话了，现在休息一会儿吧。”伊凡·费多罗维奇厉声说。

费多尔·巴夫洛维奇又沉默了有两分钟光景。

“现在喝一点白兰地才好呢。”他像劝诱似的说。但是伊凡·费多罗维奇没有理他。

“到家以后，你也喝一点。”

伊凡·费多罗维奇还是默不作声。

费多尔·巴夫洛维奇又等了两分钟：“我一定要把阿辽沙从修道院里叫回来，尽管你们会很不痛快，敬爱的卡尔·冯·穆尔。”

伊凡·费多罗维奇轻蔑地耸耸肩膀，转过身去，开始眺望道路。两人接下来一直到家也没有说话。

第三卷　好色之徒

一

下房

费多尔·巴夫洛维奇·卡拉马佐夫的住宅并不在市中心，但也不十分偏僻，房子很旧，却具有悦目的外表：是带阁楼的平房，粉刷成灰色，带着红色的铁皮屋顶。然而它还能支持很久，房子开间极大，也很舒适，有各种各样的贮藏室，有各种各样的暗间和意料不到的小楼梯。里面老鼠成群，然而费多尔·巴夫洛维奇并不特别讨厌它们："晚上独自在家的时候不至于那么寂寞。"再说他也确乎有到晚上打发仆人们到厢房去，整夜关着门独自一人待在屋子里的习惯。那所厢房在院子里，宽敞而且坚固；费多尔·巴夫洛维奇把做饭的地方也安排在那里，虽然正房里也有厨房。他不爱闻厨房的味儿，食物无分冬夏全从院子里端来。本来，这所住宅是为大家庭建筑的，主仆一起再加五倍都住得下。但是在我们讲这段故事的时候，正房只住有费多尔·巴夫洛维奇和伊凡·费多罗维奇两人，而下人住的厢房里只住着三个仆人：老头儿格里戈里、他的妻子老太婆玛尔法，还有年轻的男仆斯麦尔佳科夫。关于这三个仆人必须说得稍为详细些。关于老头儿格里戈里·瓦西里耶维奇·库图佐夫，我们已经说了很多。他是一个坚定倔强的人，会固执而不屈不挠地追求自己的目的，只要这个目的由于某种原因（虽然这个原因往往很不合理）在他看来是一种不可推翻的真理。总而言之，他是正直不阿的。他的妻子玛尔法·伊格纳奇耶芙娜，虽然一辈子在丈夫的意志面前表示无条件地服从，有时却也对他提出固执的要求，例如要求在农民刚刚解放以后马上离开费多尔·巴夫洛维奇到莫斯科去，开始做个什么小生意，因为他们积攒了一些钱。但是格里戈里当时不容分说地断定女人是在那里胡说，“因为所有女人都不忠实”，他们不应该离开旧主人，无论这主人为人怎样，“因为现在这是他们应尽的责任”。

“你明白不明白什么叫作责任？”他问玛尔法·伊格纳奇耶芙娜。

“关于责任我明白。格里戈里·瓦西里耶维奇，但是我们有什么责任留在这里？我真不明白。”玛尔法·伊格纳奇耶芙娜坚定地回答。

“不明白就不明白，但事情就这样决定。以后不许再说。”

结果果然这样，他们没有走，费多尔·巴夫洛维奇给他们定了工资，并不多，却按时清付。格里戈里也知道他对于主人有一种不可辩驳的势力。他感到了这个，而这也是理所应当的：这个狡猾固执的小丑费多尔·巴夫洛维奇，像他自己说的那样，在“某些生活上的事情”里，有很坚定的性格，而在另一些“生活上的事情”里，他的性格就大大软弱，这让他自己也感到惊奇。他自己也知道是哪些事情，正是因为知道，所以很害怕。在有些生活上的事情里，应该特别警惕，如果没有忠实可靠的人在旁边，就会十分困难，而格里戈里正是最忠实可靠的人。费多尔·巴夫洛维奇生平有许多次甚至发生过可能挨打，而且会被痛打一顿的危险，总是由格里戈里加以解救，虽然事后每次总要挨这位老仆的一番训诫。然而单单挨打还不致使费多尔·巴夫洛维奇害怕；另外还常发生一些更为严重的，甚至十分微妙复杂的情况，到那时候，大概连费多尔·巴夫洛维奇自己也说不清对于忠实、亲近的人有多么异乎寻常的需要，这种需要是他有时会突然一下子无法理解地自行感觉到的。这是一种近乎病态的情况：费多尔·巴夫洛维奇是个十分淫荡而且在情欲方面时常残忍得像恶魔的人，但是忽然有时会在酒醉的时候自行感到精神上的恐怖和道德上的震动，对他的心灵几乎会产生一种甚至可以说是生理上的影响。他有时说：“我的心在这时候就好像是哆嗦着提到了喉咙里似的。”就在这种时候，他希望在他的附近，离他不远，倒不一定在一所房子里，但至少在厢房里，有一个忠实坚定的、和他迥然不同、毫不荒唐的人，这个人虽然看见了他所做的一切恶行丑事，知道了一切秘密，却还是由于忠心而容忍这一切，并不反对，主要是不加责备，不说关于今生或死后的威吓话，而且在需要的时候还要保护他，保护他免受某个不相识的、可怕而危险的人的威胁。重要的是身边必须有另外一个人，一个相处多年的、友善的人，以便在痛苦的时候可以招他前来，只为可以看看他的脸，或者搭讪几句话，甚至完全不相干的话，如果这个人不表示什么意见，并不生气，他心上好像会轻松些；如果这个人生气，那么就更加愁闷些也行。曾有过这样的事——自然是稀有的：费多尔·巴夫洛维奇甚至夜里走到厢房去把格里戈里唤醒，叫他到他那里去一下。格里戈里去了，费多尔·巴夫洛维奇谈了些完全不相干的话，然后立刻打发他走，有时甚至加上嘲弄和玩笑，然后自己啐口唾沫，躺下睡觉，无牵无挂，安然入梦。阿辽沙回来后，费多尔·巴夫洛维奇也曾有过这一类的情况。阿辽沙完全“打动了他的心”，因为他“生活着，一切都看见却不加任何责备”。不但如此，他还带来了从未遇到过的东西：对于他这老头子完全不加轻蔑，相反地，倒流露出永远不变的亲切以及真诚而毫不做作的依恋，对于他这样一个不值得依恋的人的依恋。这一切对于老放荡鬼和不顾家的人，是完全的意外，对于至今只爱“作孽”的他，完全出乎意料。阿辽沙离开后，他自己承认他明白了一点至今不愿明白的东西。

我在这篇小说开头时已经提过，格里戈里恨阿杰莱达·伊凡诺芙娜——费多尔·巴夫洛维奇的第一位夫人、长子德米特里·费多罗维奇的母亲，相反地却保护第二位夫人——疯癫病人索菲亚·伊凡诺芙娜，他反对自己的主人，反对一切偶然说她一句坏话或轻浮的话的人。他对于这不幸的女人的同情竟变成了一种神圣的东西。因此，二十年来，无论什么人对她说一句甚至只是不好的暗示，他也受不了，立刻要对施加侮辱的人进行驳斥。格里戈里外表上是冷静、威严的人，不爱多嘴，要说就说有分量的、不轻浮的话。同样，猛一看去也摸不准他究竟爱不爱自己那个温顺的妻子，但是他实在是爱她的，而她自然也明白这一点。这个玛尔法·伊格纳奇耶芙娜不但不是个蠢女人，也许比她的丈夫还要聪明，至少在日常生活方面比他有主意，但是从结婚那一天起，她就毫无怨言而且十分柔顺地服从他，认为他精神上比自己优越，毫无二话地尊敬他。值得注意的是他们两人一辈子很少谈心，至多谈些极必要的日常琐事。傲慢庄严的格里戈里总是独自考虑一切，操心一切，所以玛尔法·伊格纳奇耶芙娜早就明白他完全不需要她的劝告。她感到丈夫十分欣赏她的沉默，认为她这样做是聪明的。他从来没有真正打过她，只有过一次，也只是轻轻揍了几下。在阿杰莱达·伊凡诺芙娜和费多尔·巴夫洛维奇婚后的第一年，有一次在村庄里，一些当时还是农奴的乡下姑娘和村妇到主人的院里来唱歌跳舞。她们跳起了“牧场”舞，忽然，那时还是个少妇的玛尔法·伊格纳奇耶芙娜跳到合唱队的前面，用特别的姿势跳起“俄罗斯”舞来，并不照乡村的样子像村妇那样跳，而是照她在有钱的米乌索夫家地主剧场里充当家奴时的跳法，这剧场里有从莫斯科聘请来专教演员们跳舞的舞蹈教师。格里戈里看见他的妻子这样跳舞，一小时以后，在自己家那个木屋里轻轻地揪住她头发教训了她一顿。但是殴打的事情从此根绝了，一辈子再也没有重新发生过，而玛尔法·伊格纳奇耶芙娜也从此戒了跳舞。

上帝没有赐给他们儿女，有过一个婴孩也死去了。但格里戈里显然爱孩子，甚至并不隐瞒这一点，也就是说并不觉得不好意思流露出来。阿杰莱达·伊凡诺芙娜逃走以后，他把三岁的德米特里·费多罗维奇领来，照管了差不多一年光景，自己拿木梳给他梳头，甚至自己在洗衣盆里给他洗澡。后来他既照料过伊凡·费多罗维奇又照料过阿辽沙，为这个还挨过一记耳光；但这些我都已经讲过了。至于自己的小孩，那么唯有当玛尔法·伊格纳奇耶芙娜怀孕的时候，他在期望中喜欢了一下。等到生下以后，他就既感到伤心又感到恐怖。因为这男孩生下来就是六指的。格里戈里看见了这个，懊丧得不得了，不但一直到受洗的那天始终一言不发，还故意默默地躲到菜园里去。那时候是春天，他在花园里的菜地上整掘了三天菜畦。第三天早上，必须给婴孩施洗了；格里戈里当时已经想好了主意。他走进木屋，神父和宾客们都已聚在那里，最后费多尔·巴夫洛维奇也亲自驾临，来当教父。格里戈里忽然声明，婴孩“根本不应该受洗”。他这声明声音不高，话也不多，一个字一个字地吐出来，只是呆呆地凝神望着神父。

“这又是为什么？”神父带着好玩的惊奇神色问道。

“因为这……是条龙……”格里戈里喃喃地说。

“怎么是龙？什么龙？”

格里戈里沉默了一会儿。

“发生了自然的错乱……”他嘟囔着说，虽然很不清楚，却极坚定，显然不愿再多说。

大家笑了一阵，自然还是给可怜的婴孩行了洗礼。格里戈里在圣水盘旁边热心地祷告，却没有改变对这个初生婴儿的看法。不过他什么都不去干涉，在有病的男孩活着的两星期内，差不多没有看他一下，甚至不愿理会他，而且大半时间都不在家。但是过了两星期男孩生了鹅口疮死去以后，他亲自把他放在小棺材里，带着深沉的忧伤望着他。等到往不深的小坟坑里填土的时候，他跪下来，朝小坟叩了头。从那时起，有许多年他一次也没有提起过自己的孩子，而玛尔法·伊格纳奇耶芙娜也一次没有当他的面回忆孩子，在遇到要同什么人谈起自己的“小宝贝”的时候，就把声音压低下来，虽然格里戈里·瓦西里耶维奇并不在旁边。据玛尔法·伊格纳奇耶芙娜说，他自从埋葬了婴孩以来，特别热心钻研“神事”了，读《圣者传》，多半是默念，每次戴上大圆银边眼镜一个人念。除去在四旬斋[1]的时候以外，他不大声朗读。他爱读《约伯书》，不知从哪里弄来了“我们符合神意的神父伊萨克·西林”的语录和信条抄本，拼命地念着，多年如一日，几乎完全不明白其中的意义，但是也许正是因为这样，才更加珍爱这本书。最近，他在邻近地方偶然接触到了鞭身教，开始对其留意并且研究起来。他显然十分震动，但是觉得转而皈依另一种新信

1 又称大斋节、封斋节，是基督教的斋戒节期，为每年复活节前的40天。

仰还是不合适的。他对于“神学”的渊博自然更使他的面貌平添了几分严肃气派。

也许，他本性倾向于神秘主义。好像故意似的，六指婴孩的出世和死亡又恰巧和另一桩很奇怪的、出乎意料的新鲜事赶在一起。这事据他以后有一次自己表示，在他的心灵里留下了“深深的印迹”。就在埋葬六指婴孩的那天，玛尔法·伊格纳奇耶芙娜夜里醒来，听见好像有新生婴孩的哭声。她害怕了，叫醒丈夫。他细听了一下，说多半有人在呻吟，“好像是女人”。他穿衣起床。那时是很暖和的五月之夜。他走出房门，清晰地听出呻吟声是从花园里传来的。但是从院子通向花园的门夜里是锁着的，除去这个门以外就没法进去，因为花园的四周有坚固高厚的围墙。格里戈里回到屋里，点上玻璃灯，取了花园的钥匙，没理会他的妻子歇斯底里的恐怖（她老是咬定说听见了孩子的哭声，一定是她的男孩哭着唤她），默默地走进园里去了。他立刻听清呻吟声是从园中小门旁边的澡堂里传出来的，而且呻吟的一定是女人，他开了澡堂的门，看见了一番把他惊呆了的景象：一个流浪街头、全城闻名的、绰号叫丽萨维塔·斯麦尔佳莎娅（臭丽萨维塔）的本城疯女人钻进了他们的澡堂，刚刚生养了一个婴孩。婴孩躺在她的近旁，她在他的身边快要死了。她一句话也不说，因为她不会说话。但是所有这一切应该特别说明一下。

二

丽萨维塔·斯麦尔佳莎娅

这里有一段特别的情节，使格里戈里受到极大的震撼，把他以前的一个不痛快的、讨厌的疑心完全证实了。这个丽萨维塔·斯麦尔佳莎娅是一个身材异常短小的女人，像我们小城里许多进香老妇人在她死后感叹回忆时所说的那样：是个“三寸丁”。她二十岁，脸庞健康、宽阔而红润，却带着一副白痴相。眼神驯顺，却呆板而叫人不愉快。她一辈子无分冬夏永远赤脚走路，穿着一件麻衬衫。一头黑发特别浓厚，蜷曲得像绵羊毛，覆在头上好像一顶大帽子。此外，她的头发永远沾满泥土和脏东西，粘着树叶、草棍木屑之类，因为她永远就地睡在烂泥里。她的父亲伊里亚是个没家没业又长年害病的小市民，他拼命喝酒，多年寄住在一些有钱的主人家（也是小市民）充当佣工一类的角色。丽萨维塔的母亲早已去世。病不离身以致性格变坏的伊里亚，每逢丽萨维塔回家，就惨无人道地毒打她。但是她不大回家，因为她靠全城的人活着，他们把她看作疯狂的、上帝的人。伊里亚的主人们、伊里亚自己，甚至还有许多城里的善心人，特别是男女商人，屡次想给丽萨维塔穿点衣裳，要她比单穿件衬衫体面些，到冬天往往有人给她穿一件皮袄，给她在脚上套一双皮靴，她照例毫不抗拒地让人家替她穿上；但是她一定很快走到什么地方去，多半是在教堂的门廊上，脱下一切舍给她的东西——头巾呀，裙子呀，皮袄和皮靴呀，留在当地，照旧光着脚，单穿着一件衬衫，径自走开了。有一次发生了这样的事情：我们省里一位新省长亲自来视察我们的小城，看见了丽萨维塔，使他在好心情中感到老大的不痛快，虽然听了人家报告，明白她是“癫狂人”，还是指出一个年轻的姑娘穿了衬衫游荡，有碍观瞻，所以以后不应再有这种情形。但是省长一走，丽萨维塔还是老样子。后来她的父亲死了，她作为一个孤女，更得到城里信神的人们的怜惜。实际上大家甚至好像都很爱她，连男孩子们也不逗弄她，不给她气受，而我们那班男孩子，尤其是上学的，本来是最好恶作剧的人。她到不认识的人家去，谁也不赶她，相反地，竭力和气待她，还给她几个钱。有人给她钱，她收了下来，立刻拿去放进了某个教堂的或者监狱的捐献箱。在市场上有人给她面包卷或甜点心，她一定拿去送给路上首先遇到的孩子，有时竟会拦住某一位极有钱的太太，把它送给她；而太太们甚至会高兴地接受。她自己却只是用黑面包就水糊口。她有时走进一家阔气的铺子里去坐下来，尽管铺子里放着贵重的货物，还有银钱，主人们却从来不防她，知道哪怕当她面把几千卢布掏出来，忘在那里，她也决不会取其中一个戈比的。她不大进教堂，却睡在教堂的门廊上，或是跳过篱笆（我们这里直到现在还有许多篱笆当围墙用），到某家的菜园里去睡。她大概每星期回家一次，就是说到她去世的父亲所寄住的主人们家里去，但是到了冬天就每天去，却只是夜里去，不是在穿堂里，就是在牛圈里过夜。人们对于她能受得住这样的生活大为惊奇，但是她已经习惯了；她身材虽小，体格却非常结实。有些老爷甚至断定她做这一切只是由于骄傲，然而好像不见得：她连什么话也不会说，偶尔只是动一动舌头，吼叫一两声，这怎么还能谈得上骄傲呢？后来出了下面的一件事情（这已经是很久以前的事了）。在一个九月间明亮而且温和的夜里，圆圆的月亮照耀着，在我们这里看来已经算很晚了，一群喝得醉醺醺的寻欢作乐的老爷，一共有五六个好汉，从俱乐部出来，抄小路回家。胡同两面全是篱笆，里面连绵不绝尽是各家宅旁的菜园；这胡同通一座小桥，桥下是一条发臭的长沟，我们这里有时把它叫作小河。他们这一群人在篱笆旁边看见了睡在荨麻和牛蒡草上的丽萨维塔。喝醉了酒的老爷们站在她的前面，嘻嘻哈哈地笑着，开始用一切说得出口的下流话开玩笑。有一位年轻老爷心血来潮，突然就一个不可想象的题目提出了个十分怪诞的问题：“能不能有谁把这样一只野兽当作女人，并且现在就对她如此这般……”大家带着骄傲的厌恶心，肯定地说这是不可能的。但是恰巧费多尔·巴夫洛维奇也在这群人里面，他顿时跳出来，说可以把她当作女人，而且很可以，甚至还别有风味，等等。说实话他在那时候就已经带着十二分做作的样子，抢着充当小丑的角色，爱跳出来引老爷们一笑，外表上自然是平等的，但其实在他们面前却完全是个十足的下贱人。这正是他从莫斯科接到了他的第一位夫人阿杰莱达·伊凡诺芙娜死耗的时候，这时他却不顾帽子上带着黑纱，仍一味狂嫖滥饮，城里有些人，甚至是最荒唐的人都对他瞧不入眼。这伙人对于他出乎意料的说法自然哈哈地笑了起来；其中一个人甚至开始鼓动费多尔·巴夫洛维奇，但是其余的人都更加不以为然，尽管仍过分地一味嬉笑作乐。最后大家终于各自走散了。以后费多尔·巴夫洛维奇起誓说他当时也和大家一样地回家了；也许就是这个样子，没有人确切知道，而且也永远不会知道的。但是过了五六个月，全城的人都发自真心而且异常愤怒地谈论起丽萨维塔怀了孕，大家全在探询、追查：谁犯的罪？是谁凌辱她的？当时忽然全城散布着可怕的传闻，说凌辱她的就是这个费多尔·巴夫洛维奇。这传闻从哪里来的呢？在夜游的那伙老爷里面，当时还留在本城的恰巧只剩一个人了，这个人还是位年轻可敬的五等文官，有家室和几个已成年的女儿，即使确有其事，也决不会去张扬的；其余参与的人一共有五个，当时都走散了。但是传闻一直肯定是费多尔·巴夫洛维奇，而且还继续钉着他。自然他对于这事也根本不大在意，他连反驳那些商人或小市民都感到不屑。他当时很骄傲，只在自己交往的一般官员和贵族的圈子里才讲话，并且很得他们的欢心。就在这时候，格里戈里却不惜一切地在努力维护自己的主人，不但为他辩护，反驳一切流言蜚语，还为他跟人相骂和争吵，竟使许多人都不再信这谣言。“她这下贱女人，是自己不好。”他肯定地说，凌辱她的不是别人，一定是

“螺钉卡尔伯”，叫这个名字的是一个当时全城无人不知的可怕的罪犯，从省城监狱里逃出来秘密住在我们城里的。这个猜测好像是很合情理的，大家都记起了卡尔伯，突然记起他来，因为他恰巧在去年初秋的那几个夜里在城里游荡，还抢劫了三个人。但是这件事情和所有这些议论不但没有使大家对这可怜的疯女人减少同情，大家反而更加保护她、关心她了。一个富裕的寡妇——女商人康德拉奇耶娃甚至安排好一切，到四月底就把丽萨维塔领到自己家里，想不放她出去，一直到分娩后为止。有人小心地看着她，然而结果是不管怎样小心，丽萨维塔在最后一天的晚上，还是突然偷偷地离开了康德拉奇耶娃家，出现在费多尔·巴夫洛维奇的花园里。她怀着孕，怎么能爬过花园坚厚的高墙，始终是个谜。有些人认为准是有人把她“抬过去”的，另一些人却说是什么精灵“抬过去”的。但最可能的还是：这一切的发生虽然显得奇妙，却极自然，丽萨维塔本来会爬别人家菜园的篱笆，到里面去住宿，这次准又设法爬上了费多尔·巴夫洛维奇的围墙，尽管有孕在身，却不顾会给自己造成伤害，冒险跳进了园子。格里戈里连忙跑去找玛尔法·伊格纳奇耶芙娜，叫她到丽萨维塔那里去帮忙，自己又跑出去找一个当产婆的小市民，这个女人恰巧住得很近。婴孩得救了，但是丽萨维塔到黎明时就咽了气。格里戈里把婴孩抱到屋里，让他妻子坐下，把婴孩搁在她膝上，直接放在她的怀里：“孤儿是上帝的孩子，谁都应该爱他，咱们更加不用说了。咱们死去的孩子把他送给我们，他是魔鬼的儿子和圣女生的。你喂着他吧，以后不要再哭了。”于是玛尔法·伊格纳奇耶芙娜抚养起这个婴孩来了。他受了洗礼，起名巴维尔，至于父名，大家竟不约而同地叫他费多罗维奇。费多尔·巴夫洛维奇丝也毫不反对，甚至觉得这一切很有意思，尽管继续竭力否认各种谣言。城里对他收留弃儿一事很满意。费多尔·巴夫洛维奇后来还给这个弃儿起了姓：叫斯麦尔佳科夫，是按他母亲的诨名丽萨维塔·斯麦尔佳莎娅起的。这个斯麦尔佳科夫长大后就成了费多尔·巴夫洛维奇的第二个仆人，在我们的故事开头时同老人格里戈里和老妇人玛尔法一块儿住在厢房里。他还充当着厨子。本应该专门介绍他几句，但是为这种寻常的仆人来耗费读者的精神，我觉得未免不好意思，因此现在我就转到我的故事的正文上去，不过在事件进一步发展下去时，自然而然还会再讲到斯麦尔佳科夫的。

三

热心的忏悔（诗体）

阿辽沙听到父亲离开修道院时从马车里喊着给他下的命令，一时感到十分惶惑。他并没有像木头似的呆立在那里，他是从来不会这样的。相反地，他尽管满心不安，还是立刻到院长的厨房里去了一下，打听他父亲在上面干出了什么事。接着他就动身，希望在进城的路上好歹总能想出办法解决使他烦恼的难题。首先要说明：对于父亲的大叫大嚷和“连枕头褥子”一齐搬回家去的命令，他一点也不怕。他十分清楚，高声而且装腔作势嚷着要他搬回家的命令，是在“忘形”中发出的，甚至可以说只是为了面子，好像最近城里一个喝酒太多的小市民，在自己过命名日的那天，因为别人当着客人们的面不让他再喝酒而生气，忽然打碎自己的器皿，撕破自己和妻子的衣裳，摔坏自己的家具，甚至猛砸屋里的玻璃，这完全是为了面子，和刚才父亲的情形相同。不用说，那个喝酒过多的小市民第二天酒醒后，很痛惜那些已摔破的碗碟。阿辽沙知道老头儿明天也一定会再放他回修道院去，甚至今天就会放的。他并且深信，父亲即使会侮辱任何人也不愿侮辱他。阿辽沙相信全世界永远没有人愿意侮辱他，甚至不但不愿，而且不能。在他看来，这是永久不变、无可置疑的定理，他抱着这个信念往前走，没有一点怀疑。

但是这时候有另一种惧怕萦绕在他心头，一种完全不同的惧怕，而且使他更痛苦的是连他自己也说不清是什么，其实那就是惧怕女人，具体点就是惧怕卡捷琳娜·伊凡诺芙娜，刚才托霍赫拉柯娃夫人带来一封信，不知为什么坚决请他去一趟的那个女人。这一要求和必须前去的感觉立即使他的心里产生了一种苦恼的情绪，从早晨以来这种苦恼心情越来越厉害，之后在修道院里，以及刚才在院长屋里等接二连三出现的种种奇闻丑事，也都没有冲淡这种心情。他所惧怕的并不是不知道她将对他说什么话，他将怎样回答她。他怕她，也不只因为她是个女人；他自然不大了解女人，但不管怎样，他有生以来，从孩提的时候起一直到入修道院为止，也曾长期净跟女人们在一起过活。他怕的就是这个女人，就是卡捷琳娜·伊凡诺芙娜。他从第一次见她的面起就怕她。他一共只见过她一两次，最多只有三次，甚至只有一次偶然同她讲过几句话。在他记忆里，她的形象是一个美丽、骄傲、意志很强的女郎。但是使他苦恼的也不是美貌，而是别的东西。正因为他这种恐惧模糊不清，所以此刻更加剧了他心中的恐惧感。这位女郎的用意是高尚的，他知道这个：她努力拯救他的哥哥德米特里，尽管他已经对她犯有过错，这样做完全是出于心胸宽大。然而，虽然他承认，而且也能公正对待这些美好而宽大的情感，但是在他走近她的住所的时候，他的脊背上还是一阵阵发凉。

他估计在她家里是不会遇到同她很接近的伊凡·费多罗维奇哥哥的，因为伊凡哥哥现在一定同父亲在一起。至于德米特里，他估计更加不会在那里，而且也预见到是什么原因。因此，他们的谈话可能会单独进行。他很希望在开始这场不祥的谈话以前先见一见德米特里哥哥，到他那里去一趟。他不想把那封信给他看，却可以向他稍微透露几句。但是德米特里哥哥住得很远，现在一定也不会在家。他站定下来，犹豫了一分钟，终于下了最后的决心。他像惯常那样匆忙地给自己画了个十字，马上又不知为什么微笑了一下，就坚定地动身到他心目中这位可怕的女郎家去了。

他认识她的家。要从这里走到大街，然后再经过市场等等，路是不很近的。我们这不算大的小城布局很散，各处间的距离相当远。再说父亲正等着他，也许还没忘记自己的命令，会发起牛脾气来，所以必须赶快，以便两处都赶得及。考虑到这一切，他决定缩短路程，抄近路，而城里的这些近路他可以说是了如指掌。所谓近路，其实是没有路，需要顺着荒凉的围墙根，有时甚至要跨过别人家的篱笆，经过别人家的院子，不过那些地方随便什么人都认识他，而且都同他打招呼问好的。他抄这条路到大街去，要近一半。有一个地方他甚至还会很靠近地走过父亲家的房子，也就是说经过和父亲的房子相邻的一所花园，那花园是附属于一所旧得歪斜了的、有四扇窗户的小房子的。阿辽沙知道这所房子的主人是本城的一个小市民，一个断了腿的老妇人，同居的还有她女儿。她女儿过去是首都里文雅的女仆，最近还在几位将军家做事，为了母亲的病回家来有一年光景了，常穿着漂亮的衣服在人前显耀。但是母女俩陷入了可怕的贫困境地，弄得甚至每天到隔壁费多尔·巴夫洛维奇家的厨房里去要菜汤和面包。玛尔法·伊格纳奇耶芙娜很愿意救济她们。但是这位女儿一面要汤吃，一面却连一件衣裳也不肯卖，其中一件甚至还拖着极长的衣裙。最后这件事，阿辽沙当然完全是从他那位对本城的事无所不晓的好友拉基金那里偶然听说的，而且不用说，知道了以后当时就忘掉了。但是现在走到邻家的花园跟前时，他忽然想起了衣裙的事，很快地抬起了原来正在沉思中低垂着的头，突然间……这是一个最出人意料的巧遇。

他的哥哥德米特里·费多罗维奇在邻家花园的篱笆里，脚蹬在什么东西上面，上身探出来，正在拼命向他招手叫他，显然怕人家听见，不但不敢大声喊，甚至不敢出声说话。阿辽沙立刻跑到了篱笆跟前。

“幸亏你自己抬头看了一下，要不然，我差点要出声喊你了，”德米特里·费多罗维奇高兴而匆促地低声说，“你爬过来！快些！唉，你来得真好。我刚想起你。”

阿辽沙自己也很高兴，只是在犹豫怎样才能跨过篱笆。但是米卡用大力士般的手抓住了他的胳膊，帮他跳篱笆。阿辽沙撩起了修士服，用城里赤脚顽童似的灵巧姿势跳了过去。

“好了，咱们走！”米卡兴奋地急忙低声说。

“到哪儿去？”阿辽沙也低声说。他朝四面打量了一下，看见自己在一个完全空旷的花园中，里面除他们俩以外，没有一个人。花园虽小，但是园主的小屋到底还离他们足有五十步远。“这里什么人也没有，你干吗要低声说话？”

“干吗低声说话？哎呀，见鬼！”德米特里·费多罗维奇忽然用本来的嗓门大声说了起来，“我真是，干吗要低声说呢？你看，有时候人的本性会突然发生什么样的错乱。我偷偷地躲在这里，侦伺着一个秘密，这一点以后再告诉你，但是想到这是秘密，我就忽然连说话也小声起来了，像傻子似的悄声说着，其实本来用不着这样。走吧！到那边去！暂时不要作声。我真想吻你一下！……刚才在你没来以前，我坐在这里，反复念着：

赞扬上帝在世界上。
赞扬上帝在我心里！

花园面积有一俄亩光景，也许稍微大些，只在周围沿着四面围墙栽有树木，有苹果树、枫树、菩提树、白桦树。花园中央是空旷的草场，夏天可以收割几普特干草。园子每逢春天由女主人租给别人，收几个卢布。园里还种着覆盆子、醋栗、茶藨子，也都种在围墙旁边；紧靠着屋子有菜畦，是新近才开的。德米特里·费多罗维奇把客人领到园中离房屋最远的一个角上。那里，在密密的菩提树和一片种着醋栗和接骨木、木绣球和丁香树之类的老灌木林中间，突然出现了一个旧得近乎成了废墟的绿色凉亭。这凉亭颜色发黑了，东倒西歪，亭壁是栅栏围成的，但上面还有顶子，可以在里面躲一躲雨。天知道凉亭建成于何年何月，据说还是五十年以前由当时的屋主——退伍的中校亚历山大·卡尔洛维奇·冯·史密特修建的。现在一切都已朽坏，地板霉烂了，每一条木板都已松动，木头发出潮味。亭子里有一张绿色的木桌，固定在地里，周围有木头长凳，也是绿色的，还可以在上面坐坐。阿辽沙一眼就看出了哥哥处于兴奋状态，但一走进凉亭时，就看见了桌上有一小瓶白兰地和一只杯子。

“这是白兰地！”米卡哈哈笑了，“你的眼光已经在说：‘他又在酗酒了！’但是你不要相信幻影。

切勿相信空虚和虚伪的人群，
要忘却自己的疑惑。

“我不是酗酒，只是‘解解馋’，像你的那只蠢猪拉基金所说的，他将来会当五品文官，净说些‘解解馋’之类的话。你坐下吧。我真想一把抱住你。阿辽沙，把你搂在胸前，抱得紧紧的，因为在整个世界上我真正地……真正地……（你要明白！你要明白！）爱着的只有你一个人！”

他在近乎疯狂的状态中说完最后一句话。

“只有你一个人，另外还恋着一个‘下贱’女人，我恋上了她，自己也就完蛋了。但是恋着并不就等于是爱。一面恋着一面也可以切齿痛恨。你记住这个话！现在我还能快乐地说话！你坐下来，就坐在这桌旁，我挨着你，我要看着你，一直自己说下去。你别作声，让我一直说下去，因为现在是时候了。可是你知道，我觉得真的应该说得轻声些，因为在这里……在这里……说不定会隔墙有耳的。我要把一切都对你说明白，刚才已说过：且听下回分解。这些日子以来（我已经在这里抛锚似的待了五天了），一直到现在，我为什么这样急于要找你，渴望你来呢？为什么一连这些天呢？因为我要把所有的话对你一个人说出来，因为必须这样，因为你是我所需要的，因为明天我就要从云端坠落，因为明天生活就要完结，并且同时开始。你经历过、梦见过从山上掉进深坑里的情景吗？现在我可并不是在梦中坠落。可是我不怕，你也不必怕。其实我是怕的，但是我心里很甜。其实也并不是甜，而是兴奋，……去他的吧，不管是什么，反正都一样。坚强的精神，软弱的精神，娘儿们的精神，不管什么都一样！让我们赞美大自然吧！你瞧，太阳多么好，天多么晴朗，树叶多么绿，还正是夏天，下午三点多钟，万籁俱寂！你到哪儿去？”

“我到父亲那里去，还想先到卡捷琳娜·伊凡诺芙娜那里去一趟。”

“到她那里，还到父亲那里！哎！真是巧极了！我为什么叫你？为什么事希望你来？为什么事从心里，甚至从肋骨里渴望着见你呢？就为的是想让你代表我到父亲那里去，然后再到她——卡捷琳娜·伊凡诺芙娜那里去，就此同她、同父亲做个了结。打发一个天使去。本来派任何人都可以，但是我一定要一个天使去。恰好你自己也要找她，还要到父亲那里去。”

“你果真想派我去吗？”阿辽沙脱口说出来，脸上显出苦恼的神色。

“等等，你是知道这个的。我看出你一下子全都明白了。但是你不要作声，暂时不要作声。不要怜悯，也不要哭！”

德米特里·费多罗维奇站起来，手指按在额头上凝想了一下：“她一定是自己叫你去，自己给你写了一封信，或是别的什么东西，所以你才到她那里去，要不然，你怎么会去呢？”

“就是这张字条。”阿辽沙从口袋里掏出字条来说。米卡很快地看了一遍。

“你竟抄小路前去！唉！上帝呀！谢谢您把他领到小路上来，他才落到我的手里，像在童话里讲到一条金鱼落在傻渔翁的手里一样。阿辽沙，你听着，兄弟，你听我说。现在我打算把一切都说出来。因为事情总得要对什么人说说才好。我已经对天上的天使说过，也应该对地上的天使说一说。你是地上的天使，你会倾听，会评判，会宽恕的。我就是要让比我高超些的人宽恕我。你听着，假使有两个人忽然要离开尘世的一切，飞到不寻常的世界里去，或者至少其中有一个人要这样，而且他在这以前，就是在飞升或灭亡以前，到另一个人那里去，说：你替我做一件事情吧，这件事是任何时候都绝不能请求别人去做的，只有在垂死的时候才可以，那么假使对方是好友或弟兄，难道他会不去做吗？”

“我会去做的。但是请你告诉我那是什么事情，快说！”阿辽沙说。

“快说……嗯。你别急，阿辽沙，你心里又急又不安。现在不必那样忙。现在世上的风气已经变了。唉，阿辽沙，真可惜，你不能理解欢乐！可是我这是对你说些什么呀？你会不理解！我这傻瓜，还在说什么：

人呀，你应该正直！

这是谁的诗句？”

阿辽沙决定等着。他觉得眼前他该做的事也许确实就是待在这里。米卡沉思了一会儿，胳膊肘支在桌子上，手掌托着头。两人都沉默着。

“阿辽沙，”米卡说，“只有你一个人不至于发笑！我想用席勒的《欢乐颂》来开始……我的忏悔。欢乐颂[1]！但是我不懂德文，只知道欢乐颂这个题目。你别以为我又在说醉话。完全不是醉话。白兰地确实是白兰地，但是我必须喝两瓶才能醉。

面孔通红的西勒诺斯，
骑着一头跌跌撞撞的驴子。

我连四分之一瓶都没有喝，所以也不是西勒诺斯。我不是西勒诺斯，却意志刚强[2]，因为我做了一劳永逸的决定。请原谅我说了个双关语，你今天应该原谅我许多事情，还不只是双关语。你别着急，我不是在瞎扯淡，我是正正经经说的，马上就要转到正事上去。我不会叫你心焦难熬的。你等一等，那首诗……”

他抬头想了一下，忽然高兴地念了起来：

---

1 原文为德语：An die Freude. 也是席勒《欢乐颂》的德文原题目。

2 西勒诺斯，古希腊酒神名，俄文中与“刚强”谐音。

赤裸、野蛮而胆小的原始人，
躲藏在岩石的洞窟。
游牧民族在旷野里游荡，
使肥沃的田地荒芜。
狩猎人持着弓箭刀枪，
恶狠狠在森林中驰逐。
最可怜在风浪中漂泊的人们，
被抛到荒岸上找不到归宿！

从高高的奥林匹斯巅峰，
母亲色列斯[1]走下山来，
寻找被抢走的女儿普罗塞尔平娜[2]：
在她面前的是个野蛮的世界，
既没有住处，也没有美食
把这位女神款待；
到处都看不到一座庙宇，
表明人们对神的崇拜。

桌面上空无一物，
不论是甜葡萄还是五谷；
只有牺牲的遗骸，
把祭坛染成血污。
色列斯悲切的眼光，
不管投向何处，
都只见人们在堕落中
陷入了深深的屈辱。

1 色列斯，罗马神话中的农业和丰收女神，罗马十二主神之一。
2 普罗塞尔平娜，色列斯与朱庇特之女，后被冥王抢去地狱，成为冥后。

突然米卡像从心底里迸发出来似的失声痛哭，他一把抓住阿辽沙的手。

“好友，好友，深深的屈辱，现在也还在屈辱之中。今天世界上受苦的人是太多了，所遭的灾难太多了！你不要以为我不过是个披着军官制服的禽兽，终日饮酒荒唐。兄弟，我差不多一直在想这个，想着这受屈辱的人，但愿我不是说谎。上帝保佑我现在不是在扯谎，也不是在自吹自夸。我想着这种人，因为我自己就是这样的人。

要使自己的灵魂，
从卑贱走向崇高，
就应当永远投身于古老的
大地母亲的怀抱。

但问题就在于：我怎样永远投身于大地的怀抱呢？我既不吻地，也不劈开它的胸膛；难道叫我去做农民或者牧童吗？我只顾往前走，也不知道是走进了污秽和耻辱还是走进了光明和快乐。糟就糟在这儿，因为世上的一切全是一个谜！每逢我陷入最深、最深的荒淫无耻之中时，我是经常发生这种情况的，我总是读这首关于色列斯和人的诗。它使我改恶从善了吗？根本没有！因为我是卡拉马佐夫。因为如果我要掉进深渊的话，那就索性头朝地、脚朝天，一直掉下去，我甚至会因为堕落得这样可耻而感到高兴，会把它当作自己光彩的事。而且就在这样的耻辱中，我会忽然唱起赞美诗来。尽管我是可诅咒的，尽管我下贱而卑劣，但让我也吻一吻我的上帝身上的法衣的衣边吧；尽管与此同时我在追随着魔鬼，然而上帝呀，我到底也是你的儿子，我爱着你，也感受着欢乐，没有欢乐，世界是既不能存在也无法支持下去的。

是欢乐永远抚育着
上帝的造物的心灵，
它用强烈的神秘动力，

使生命的酒杯沸腾；
它诱引小草追求光明，
它充塞在连星占家也目力难及的
无边无垠的太空。

在亲切的大自然怀抱里，
会呼吸的一切全把欢乐痛饮；
一切生物，一切民族，
都被它的魅力所吸引；
它使我们在不幸中得到良友，
并把葡萄汁和花冠赠给我们；
它给昆虫以情欲，……
使天使们梦见上帝的身影。

但是诗已经读够了！我泪水满眶，你让我哭个痛快吧。即使这很愚蠢，会被大家讪笑，但你是不会的。你看连你的眼睛也在燃烧。诗已经够了。我现在想对你说几句关于‘昆虫’的话，就是关于上帝给予情欲的‘昆虫’。

给昆虫以情欲……

兄弟，我就是那只昆虫，这话就是专门说我的。我们卡拉马佐夫家的人全是这样的，就是在你这天使的身上也有这样的昆虫，它会使你的血里掀起暴风雨。这真是暴风雨，因为情欲就是暴风雨，比暴风雨还要厉害！美是一种可怕的东西！可怕是因为无从捉摸。而且也不可能捉摸，因为上帝设下的本来就是一些谜。在这里，两岸可以合拢，一切矛盾可以同时并存。兄弟，我没有什么学问，但是我对这些事情想得很多。神秘的东西真是太多了！有许许多多的谜压在世人的头上。你尽量去试解这些谜吧，看你能不能出淤泥而不染。美啊！我最不忍看一个心地善良、绝顶聪明的人，从圣母马利亚的理想开始，而以索多玛城[1]的理想告终。更有些人心灵里具有索多玛城的理想，而又不否认圣母马利亚的理想，而且他的心还为了这理想而燃烧，像还在天真无邪的年代里那么真正地燃烧，这样的人就更加可怕。不，人是宽广莫测的，甚至太宽广了，我宁愿它狭窄一些。鬼知道究竟是怎么回事，真是的！理智上认为是丑恶的，感情上却会当作是美。美是在索多玛城里吗？请你相信，对绝大多数人来说它正是在索多玛城里。你知不知道这个秘密？可怕的是美不只是可怕的东西，而且也是神秘的东西。这里，魔鬼同上帝在进行斗争，而斗争的战场就是人心。可是话又说回来，谁身上有什么病，谁就忍不住偏要说它。你听着，现在我们就要说到正题了。”

---

1 据《旧约圣经》记载，索多玛城是一座淫乱之城，最终被上帝的天火所烧毁。

四

热心的忏悔（故事）

“我在那里过着荒唐的生活。刚才父亲说我花几千卢布，勾引女人。这是一个下流的捏造，根本没有过的事。至于真正有过的事，那么‘那个’，也是绝不需要花钱的。我的钱等于舞台的道具和布景，能表现一时乘兴的豪举。今天她是我的意中人，明天一个野妓就能代替她。不管对哪一位我都尽量让她们开心，大把花钱，听音乐，叫吉卜赛女人。有必要的时候，我也给她们钱，因为她们是要钱的，说实话，贪婪地要钱，而且很满足、很感激。太太们爱我，倒不是全这样，但是偶尔有之，偶尔有之。但我总是最喜欢小胡同，冷僻幽暗的小巷，在广场的后面，那里有奇遇，那里有意料不到的事，那里有落在污泥里的璞玉。兄弟，我这是做譬喻。我们小城里像这样有形的小胡同是没有的，但精神上的无形的小胡同是有的。如果你是像我这样的人，你就会明白那是怎么回事。我爱淫荡，也爱淫荡招来的耻辱。我爱残忍；难道我不是只臭虫，不是一只恶毒的昆虫吗？早就说过，是个卡拉马佐夫嘛！有一次，我们许多人坐了七辆三套马车到郊外去野餐，冬天，在雪橇上，我在黑暗里握住邻座一个姑娘的手，强迫这女郎接吻，这是个官员的女儿，可怜又可爱，既温柔，又驯顺。她答应了我，在黑暗里她还容许我做更放肆的事。可怜的姑娘，她还以为我第二天就会去向她求婚的，这里别人看重我主要因为我是个不错的未婚夫；可是之后我一直没有搭理她，五个月没有对她说过一句话。

在跳舞的时候（我们那里是时常举行舞会的），我看见她的眼睛在大厅的一个角落里盯着我，看见她的眼睛发出火花——温和的愤怒的火花。这种恶作剧，不过是为了挑逗一下在我身上寄生着的那只昆虫的淫欲罢了。五个月以后，她嫁给一个官吏，离开了那个地方，一面生气，一面也许还在爱着。现在他们过着幸福的生活。你要注意，我对谁也没有说过，我对谁也没有讲过她的坏话；我的欲望固然下流，我也爱下流，但是我不是个不正直的人。你脸红，你的眼睛发光。这种丑行在你看来已经够瞧的了。但是这还只不过是Paul de Kock[1]式的花朵，虽然残忍的昆虫已经在心灵里越来越成长壮大了。兄弟，这儿埋藏着大批的往事前尘哩。愿上帝保佑这些可爱的人儿健康。我在断绝关系的时候，不爱争论。我永远不泄露，永远不讲任何一个女人的坏话。但是够了。难道你以为我只是为了讲这么点屁事叫你来的吗？不是的，我要对你讲一些比这更有意思点的事情；但是你不必惊讶我在你面前不但不害臊，甚至还好像很乐意讲这些似的。”

“大概是因为我脸红，你才这样说的吧，”阿辽沙忽然说，“我可并不是因为你的话脸红的，而是因为我也和你一样。”

“你？你这话可说得太过分了！”

“不，不过分。”阿辽沙热烈地说（显然他心里早已产生了这样的想法），“我们完全是在顺着同样的阶梯往上走。我还在最下一层，而你是在上面，大概是第十三层吧。这是我的看法。但不管怎样我们是一样的，完全类似的情况。谁只要一踏上最低的一层，就一定会升到最高的一层上去的。”

“那么说，应该根本不踏上去？”

“谁只要能做到——就应该根本不踏上去。”

“你呢，你能吗？”

“大概不能。”

“别说了，阿辽沙，别说了，亲爱的，我真想吻你的手，感动得

---

1 保罗·德·柯克，法国十九世纪作家，写过许多渲染小市民生活习尚和庸俗趣味的小说。

吻你的手。格鲁申卡那个调皮鬼很会识人，有一次对我说，她迟早一定会把你吞下去的。我不说了，我不说了！还是从这类肮脏事，从那些苍蝇成堆的领域转到我的悲剧上去，转到同样也是苍蝇成堆的，也就是种种下贱事成堆的领域上去吧。事实是老头子说我勾引良家妇女虽然是造谣，但实际上，在我的悲剧里，这倒实在是有的，尽管只有一次，而且那一次也并没有真正实行。老头子捏造一些事情责备我，却并不知道这件实事；我从来没对任何人说过，现在我对你说出来是第一次，自然伊凡除外，伊凡什么都知道。他在你之前老早就知道了。可是伊凡是守口如瓶的。”

“伊凡守口如瓶吗？”

“是的。”

阿辽沙异常专注地听着。

“我虽然在常备军的一个营里当准尉，但是好像受人家的监督，和流放的人差不多。可是我在那个小城里倒受到极好的接待。我挥霍了许多钱，大家相信我有钱，我自己也这样认为。不过我也许还有别的什么得到他们的欢心。虽然同他们还只是点头之交，却都爱我。我的中校已经是个老头子了，他忽然不喜欢起我来，净找我的碴儿；但是因为我有后台，而且全城的人都支持我，所以也抓不住什么错处。也怨我自己不好，故意没有对他表示应有的敬意。我有点骄傲。这个老顽固是一个脾气很不坏，而且善意好客的人。他曾娶过两位太太，两位都死了。第一位太太是朴实人家出身，留下一个女儿也是朴实脾气。我见到她时已经有二十四五岁，和父亲、姨母——她已故母亲的妹子住在一起。这姨母，是不言不语的朴实；而侄女，这位中校的长女，却是直爽麻利的朴实。我在回忆的时候喜欢说好话：我还从来没有碰见过一个女子有像这位女郎那样可爱的性格，她的名字叫阿加菲亚，你瞧，多别致——阿加菲亚·伊凡诺芙娜。她长得也挺不错，合俄国人的口味，身高体壮，身材丰满，眼睛极美，脸似乎有点粗蠢。她还没出嫁，虽然有两家求婚的，她都拒绝了，也并没为此烦恼。我和她混熟了，可不是搞那种关系，而是纯洁地友好相处。我是常常跟女人们在一起毫无歹意地、友好地厮混的。我向她瞎扯一些十分露骨的事情，嘿！她只是嘻嘻地笑。你知道，许多女人喜欢听露骨的话，何况她又是一位姑娘，所以使我感到特别有趣。还有，怎么也不能把她称作是名门闺秀。她和她姨母住在她父亲家里，好像甘愿降低身份，不和别的人处于同等地位似的。大家爱她，需要她，因为她是一个有名的女裁缝：她很有才能，为了交情，义务替人家帮忙，但是人家送她礼物她也并不拒绝。中校呢，却完全不同！他是我们这里第一流人物。他的生活十分阔绰，招待全城的客人吃晚餐、跳舞。在我刚到那儿进入营里的时候，满城都在议论，说中校的第二个女儿快要从首都里来到了。她是美人中的美人，刚从首都某贵族学校毕业。这位次女就是卡捷琳娜·伊凡诺芙娜，是中校的第二位夫人生的，第二位夫人也已去世，她出身于有名望的某将军的大家庭，不过我确切知道，她也并没有给中校带来什么钱。那就是说，她有高贵的亲族，但也仅此而已；或者还可以有点希望，至于现款是没有的。可是话虽如此，那个女学生到来以后（她是来做客的，不准备久住），我们的小城好像焕然一新，最高贵的太太们，包括两位将军夫人、一位上校夫人，还有她们以下的那班人马上全体出动来捧她，安排了消遣的节目，选她为舞会和野餐会的皇后，还扮演‘活画’[1]，替某些家庭女教师筹款。我一声不响，只管喝酒，就在这时候，我玩了一手把戏，弄得满城风雨。我看见她有一次打量了我一眼，那是在炮兵连长家里，但是我当时没走近前去：意思是我不屑结识她。过了几天，也是在一次晚会上，我才走到她面前，开口跟她攀谈，她爱理不理地看了一眼，噘起轻蔑的嘴唇。我心想，你等着吧，我是要报仇的！当时在许多场合我显得是个十分粗野的家伙，我自己也感到这一点。更主要的是，我感到这位卡钦卡并不是那种天真烂漫的女学生，而是个有性格的、骄傲而确实有品德的人，不仅如此，她还既聪明又有学问，我

1 又称造型剧，是一种由人体姿态和服装表现特定场景的造型艺术，几乎没有台词动作，与静物画类似，故又称“活画”。

却什么都没有。你大概以为，我是想求婚吧？完全不是，我只是因为我是这么个好小伙子，而她竟毫不理会，想加以报复。我当时继续酗酒、胡闹。最后弄到中校把我禁闭了三天。那时候，刚好父亲给我寄来了六千卢布，事先我给他寄去了以后一切都没有我的份的字据，就是说我们已经‘算清了账’，我不得再有什么要求。我当时完全弄不清楚；兄弟，我在回到这里来以前，甚至直到最近也许甚至到今天为止，我一点也不清楚我们同父亲在银钱上有什么争执。但是这不去管它，以后再说。当时在我收到了六千卢布以后，我忽然从朋友给我的一封信上预先得知一件我十分感兴趣的事情。那就是上边不满意我们的中校，疑心他有不法行为，总而言之，他的仇敌们准备给他吃点苦头。不久师长果真来到，给了他好一顿申斥。过不了几天，就命令他自行辞职。我不来对你细讲这事的前因后果，他确实有些仇人。只不过这样一来，城里就忽然对他和他的全家十分冷淡起来，大家对他们都好像一下子转过了背去。这时，我的第一手把戏来了。我见到了一直保持友谊的阿加菲亚·伊凡诺芙娜，对她说：‘令尊大人那里短了四千五百卢布。’‘您这是什么话？为什么这么说？将军新近来过，一点也没有短……’‘那时是没有短，现在却短了。’她吓得要命，说：‘请您不要吓唬我，您听谁说的？’我说：‘您别着急，我对谁也不说，您知道，对于这类事情我是守口如瓶的，我只想再补充一句，以备“万一”；一旦别人向令尊大人追讨四千五百卢布，而他恰巧拿不出来的时候，与其让他出庭受审，然后在这么大年纪时还罚去当兵，不如把你们那位女学生暗地给我送来，我恰好收到了汇款，也许可以分给她四千卢布，并且神圣地保守秘密。’她说：‘唉，您真是个无赖！（她当时就那么说的。）您真是穷凶极恶的无赖！您怎么敢这样！’她异常气愤地走了。我还朝她背后喊了一句，说一定神圣地牢牢保守秘密。阿加菲亚和她的姨母这两个女人，我预先说一句，在这段故事里确是纯粹的天使，真诚地崇拜这位骄傲的妹子卡嘉，她们在她面前甘愿低声下气，充当她的女仆。我渴望阿加菲亚当时把这把戏，就是我们的谈话对她传过去。后来我全都打听了出来。她没有隐瞒，我呢，自然巴不得这样。

“一位新的少校忽然前来接收队伍。要办交代了，老中校忽然害了病，不能动，在家里待了两天两夜，没有交出公款。我们的军医克拉夫钦柯说他真的有病。只有我知道其中一切秘密，而且早就知道了：那笔款子，每当上司查过账以后，就暂告失踪。四年以来，每年如此。中校把这款子借给一个十分靠得住的商人，一个名叫特里弗诺夫的、戴金丝眼镜、留大胡子的老鳏夫。他到市集上去，随意拣对他有利的生意做，然后很快就把款子如数交还中校，同时从市集上给他带来了些礼物，除礼物外还加上利息。但是这一次（我当时是从特里弗诺夫的儿子和继承人，一个流涎水的青年，世上少见的荒唐透顶的小伙子那里偶然听来的），我是说，唯有这一次，特里弗诺夫从市集上回来以后，一文钱也没有还。中校连忙跑到他那里去，得到的回答是：‘我从来没有拿到您什么钱，而且也根本不可能拿到。’于是我们的中校只好躺在家里，头上包着毛巾，她们三个人忙着把冰敷在他的额头上。忽然传令兵带着签收簿送来一道命令：‘限即刻，两小时以内，交出公款。’他签了字（之后我看到过那本簿子上的签字），站起身来，说去换军服，接着跑进卧室，拿起自己的双筒猎枪，上好弹药，装进了一粒军用子弹，右脚脱去靴子，枪口顶在胸前，开始用脚趾找扳机。阿加菲亚当时起了疑心，想起了我曾说过的话，就踮着脚走过去，恰巧看到了这个情形。她闯进房去，从后面扑到他身上，抱住了他，子弹射到天花板上去了，谁也没有受伤。大家全都跑进来，抓住他，夺去了枪，拉住他的手。这一切情形，后来我详详细细全打听到了。我当时正坐在家中，黄昏时候，我穿上衣服，梳好头发，手绢洒了香水，拿起军帽，刚刚想出去，忽然门一开，有人来到我的住所里，出现在我面前的是卡捷琳娜·伊凡诺芙娜。

“也真有这样奇怪的事：街上当时并没有人看到她溜进我的屋里来，所以城里一点风声也没有漏出去。我是向两个老婆婆——官吏的妻子租的房子，她们还顺带着侍候我，那两个女人态度很恭谨，对我是唯命是从，遵照我的吩咐，两人事后都像哑巴似的一句也没说。当时，我自然一下子全都明白了。她走了进来，两眼直盯着我，黑色的眼睛露出坚决的神气，甚至带着挑衅的样子，但是在唇边嘴角上，我却看出了踌躇不决的心情。

“‘姐姐对我说，您能借给四千五百卢布，如果我来……我亲自到您这里来取的话。我来了，您给我钱吧！’她控制不住，喘着气，害怕起来，说不下去了，嘴角和唇边的纹路都在颤动。阿辽沙，你在听着，还是睡着了？”

“米卡，我知道你会把全部实情都说出来的。”阿辽沙激动地说。

“我就是要说出全部实情。既然说，就照所发生的原原本本全说出来，我决不怜惜我自己。当时我第一个念头就是卡拉马佐夫式的。兄弟，有一次一条蜈蚣咬了我一口，我躺在床上发了两个星期的烧；当时我觉得也有一条蜈蚣，就是那条恶毒的昆虫，突然在我的心上咬了一口，你明白吗？我用眼睛打量了她一下。你看见过她吗？确实长得美。可当时她的美不在那上面。当时她的美，美在她的高尚，而我是个无赖，她为父亲慷慨牺牲显得伟大，而我是只臭虫。现在，整个的她全得受我这只臭虫和无赖支配了，整个的她，包括精神和肉体。她被包围住了。我对你坦白说：这念头，蜈蚣的念头，牢牢地攫住了我的心，使我苦恼得几乎发晕。看来，似乎不可能再有什么犹豫：只能像臭虫、像大毒蜘蛛一般地做去，不加任何怜悯。我甚至气都喘不过来了。你要知道，我自然可以第二天就到他们家去求婚，以便使这一切都以所谓最体面的方式圆满结束，那就没有人知道，也不会有人知道这事了。因为我这人虽然具有下流欲望，却十分诚实。谁知在那一刹那间忽然好像有人对我耳语：‘到了明天，等到你去求婚的时候，这个女人会根本不出来见你，而只吩咐马夫把你赶出院子。’意思是说：‘随你到全城去张扬吧，我不怕你！’我瞧了女郎一眼，这个耳语声说得不假：当然，一定会是这个样子。人家会掐着我脖子赶我出去，从现在的脸上就可以判断出来。我心里涌起了恶意，很想要出一个最最下贱的、蠢猪式的、商人的把戏来：嘲弄地看她一眼，对准她的面孔用只有商人才会说得出口的语调给她一个意料不到的打击。

“‘什么四千卢布！那是我说着玩的。您这是怎么啦？您算计得太美了，小姐。二百卢布我也许可以借给您，甚至还很乐意、很高兴，至于四千卢布，小姐，那可不是能随随便便轻易扔出去的。您白跑了一趟。’

“你瞧，那样一来我自然会一切都落空，她一定会跑出去的。但是这就达到了我狠毒地复仇的目的。不管怎么都值得，不管以后我会一辈子痛心忏悔，只要现在能要出这个把戏就行。你信不信，我还从来没有对哪一个女人像这一刹那那么用仇恨的眼光直盯着她，我可以凭十字架起誓：我当时怀着可怕的仇恨，看了她三秒钟，或五秒钟，从那种仇恨到爱，到最疯狂的爱，中间只隔着一根头发！我走近窗子，额头贴在冻了冰的玻璃上，我记得冰像火一般烧疼了我的额头。我没有久停，你不要着急，我当时回过身来，走到桌旁，拉开抽屉，取出放在一本法文字典里的一张票额五千卢布、利息五厘的不记名票据，默默地给她看了一下，然后折好，交给她，自己替她打开外屋的门，倒退一步，对她深深地行了一个极其恭敬、极其诚挚的鞠躬礼。你相信不相信？她全身哆嗦了一下，凝神看了我一秒钟，脸色煞白，像桌布一样，忽然也一言不发，不慌不忙，柔和地、默默地、深深地全身俯伏下去，直接跪倒在我的脚前，额头碰到了地，不像女学生那样，而是照俄国人的样子！她跳起身来，跑走了。她跑出去的时候，我身上正佩着剑；我抽出剑来，想立刻自杀，为了什么？我不知道，这自然是极愚蠢的事，但大概是因为高兴才这样的。你明白吗？人可以因为某种高兴的事而自杀。不过我并没有自杀，只是吻了吻剑，又把它插进鞘里，这话其实不必对你提了。甚至刚才我讲述这一场斗争的时候，为了炫耀自己，大概也有点渲染的地方。但是随它去吧，让一切人性的探索者见他的鬼去！这就是我同卡捷琳娜·伊凡诺芙娜的一段‘往事’。现在只有伊凡弟弟知道这件事，还有你，此外再没有别的人了！”

德米特里·费多罗维奇站起身来，兴奋地踱了几步，掏出手绢，擦干额上的汗，然后又坐下来，但是没有坐在原来的位置上，却在另一个地方——靠着另一处亭壁对面的一条长凳上，以致阿辽沙不得不重新掉转身子来对着他。

五

热心的忏悔（“脚跟朝上”）

“现在，”阿辽沙说，“这件事情的前半段我已经知道了。”

“前半段你明白了。那是一出戏，发生在那边。后半段却是悲剧，就发生在这里。”

“后半段的情节我至今一点也不明白。”阿辽沙说。

“我呢？我难道明白吗？”

“等等，德米特里，这里有一句关键的话。请你告诉我：你是未婚夫，现在还是吗？”

“我并不是当时就成为未婚夫的，直到那件事发生以后，过了三个月才是。这件事发生后第二天，我自己对自己说，这个故事就到此为止，不会再有下文了。我觉得跑去求婚是卑鄙行为。至于她呢，在她此后住在我们城里的六个星期当中也从此消息全无。自然，只有一件事情除外：在她拜访以后的第二天，她家的女仆悄悄溜到我这里来，一言不发，交给我一封信。信上写着：某某君收。打开来一看，里面是五千卢布票据兑现后的找零。总共只需要四千五百，那张五千卢布的期票贴水损失二百几十卢布。她一共送还我二百六十卢布，大概是这个数，我不大记得清了，里面只有钱，没有信，没有一句话，没有一点解释。我在信封里外寻找铅笔的字迹，一点也没有！我暂时只好用我余下的钱纵酒作乐，以致新上任的少校也不得不对我下令申斥。至于中校，他却顺顺当当地把公款交了出来，使大家都吃了一惊，因为谁也没有料到他的钱会如数不缺。交出以后，他就生了病，躺了下来，睡了三个星期，后来忽然得了大脑软化病，只过了五天就死了。大家用军礼安葬了他，因为他还没来得及请准辞职。卡捷琳娜·伊凡诺芙娜和她的姐姐刚葬好了父亲，十天以后就同姨母动身到莫斯科去了。只是在临动身以前，她们走的当天（我没有见她们，也没有送她们），我才接到一封小小的蓝色的信，一张带花纹的小纸条上面只有铅笔写的一行字：'我将写信给您，请等候着。卡。'全部情况就是这样。

"现在只用简单的几句话给你说一下。到了莫斯科，她们的情况变化得像闪电那样快，像阿拉伯神话那样出乎意料。她的近亲将军夫人，忽然一下子丧失了两个最近的继承人——两个最亲的侄女，两人在同一星期内出天花死了。深受打击的老妇人看见卡捷琳娜，喜欢得像亲生女儿，像出现了救星，立刻拉住她，改立遗嘱，指定她为继承人，但是那是以后的事情，现在先一下子给了她八万现款，说这是给你的嫁资，你随自己的意思去支配吧。这个老妇人是个歇斯底里的女人，我后来在莫斯科看见过她。当时我忽然从邮局接到四千五百卢布，自然大惑不解，诧异得话也说不出来。过了三天，我收到她答应给我的信。这封信现在就在我这里，我永远带在身边，死也带着它，要不要给你看？你一定要读一下：她在信里提议做我的未婚妻，她自己主动提议的。她说：'我疯狂地爱您，不管您爱不爱我都是一样，只要您做我的丈夫就行。您不必担心，我决不使您受到拘束，我愿意做您的家具，做您踏脚的地毯。我要永远爱您，从您自己手里拯救您自己……'阿辽沙，我甚至不配用我粗鄙的话和我那经常带在口头老也改不掉的粗鄙的腔调，来复述上面的这段话！这封信到现在还刺痛我的心，你以为我现在心里已经轻松了？今天心里已经轻松了吗？我当时立刻给她写了回信，我实在无法亲自到莫斯科去。我用眼泪写了那封信。只有一点使我永远觉得惭愧：我提到她现在有钱，还有嫁资，而我只是个贫困的大老粗——我居然提起了金钱！我本该忍住的，但它从笔尖上滑了出来。我当时还立刻给在莫斯科的伊凡写了信，尽可能在信里把一切都告诉了他，一共写了六张纸，并且打发他到她那里去。你干吗露出这种眼色？干吗瞧着我？是的，伊凡爱上了她，现在还爱着，这我是知道的，据你们看来，按照世俗的见解看来，我做了一桩蠢事。但是也许这蠢事现在却救了我们大家！唉！难道你看不出她如何尊敬他，如何看重他吗？难道她把我们两人加以比较，尤其是在这里发生了这种种事情以后，还能爱像我这样的人吗？”

“但是我相信她爱的是像你这样的人，而不是像他那样的人。”

“她爱的是自己的贞节，而不是我。”德米特里·费多罗维奇忽然近乎恶意地无意间脱口说了出来。他笑了，但是只过了一刹那，他两眼发光，满脸通红，用拳头重重地敲着桌子。

“我发誓，阿辽沙，”他带着十分恼恨自己的真实心情嚷道，“信不信由你，但是就像上帝是神圣的、基督是神一样，我敢发誓我虽然现在嘲笑她高尚的情感，然而我知道自己的灵魂要比她低贱几百万倍，她高尚的情感像天使般真诚！悲剧就在于我对这一点完全明白。一个人稍有点装腔又有什么关系呢？难道我不装腔吗？但要知道我是真诚的，真诚的。至于伊凡，我也明白他现在对人性是多么憎恶，尤其因为他是那样聪明！看中了哪一个人呢？看中的是一个坏蛋，在这里，订了婚以后，在众目睽睽之下，还不能止住荒淫的行为，而且还是当着未婚妻的面，当着未婚妻的面！像我这样一个人，居然被看中了，而他却遭到摈弃。为什么呢？就因为一个姑娘出于感恩，情愿强奸自己的生活和命运！这真荒唐！这样的意思我从来没有对伊凡说起过，伊凡也自然没有对我说过一句话，做过半点暗示。但命定的事总是会实现的，有价值的人将占有他应有的位置，而无价值的人将永远躲进小胡同，躲进他肮脏的小胡同、他心爱而且正适合于他的小胡同，并且就在那污秽和臭气中，心甘情愿而且愉快地结束他的生命。我似乎有点胡说八道，全是废话，好像是信口胡说的，但是事情一定会像我所说的那样。我将在胡同里淹没，而她将嫁给伊凡。”

“哥哥，等一等，”阿辽沙又极为不安地打断他的话，“这里面总还是有一件事情你到现在还没有对我解释清楚。你是未婚夫，不管怎么你总还是未婚夫吧？既然未婚妻不愿意，那你怎么可以解除婚约呢？”

“我是正正式式的、受过祝福的未婚夫。这一切都发生在莫斯科，我到了那里以后，举行了隆重的仪式，还用了神像，搞得很体面。将军夫人祝了福，你信不信，她甚至还给卡捷琳娜道喜，说‘你选的对象很好，我看透了他’。而且你信不信，她不喜欢伊凡，也不向他道贺。我在莫斯科同卡嘉谈了许多次，我把我自己的情况老老实实、毫不走样、诚诚恳恳地讲给她听。她倾听了一切。曾有过可爱的娇羞，有过温柔的安慰。当然，也有过高傲的话。她当时强迫我郑重起誓，表示改过自新，我照做了。而现在……”

“现在怎样？”

“现在我叫你来，今天（记住，今天！）我把你拉来，是想打发你去，今天就去找卡捷琳娜·伊凡诺芙娜，并且……”

“干什么？”

“告诉她说，我从此再也不到她那儿去了，对她说，我嘱咐你向她致意。”

“难道这说得出口吗？”

“我之所以派你去，而不自己去，就是因为说不出口，要是我自己去，怎么对她说呢？”

“那么你上哪儿去呢？”

“到胡同里去。”

“那就是说到格鲁申卡那里去！”阿辽沙两手一拍，悲痛地说，“难道拉基金说的果真是实话吗？我以为你只是到她那里去走动走动就完了。”

“一个订了婚的人应该去走动吗？当着这样的未婚妻，还当着大家，难道能这样吗？我总还有良心吧。我一旦到格鲁申卡家中走动，也就不能被称为未婚夫和诚实的人了，这点我很明白。你看我做什么？你知道，我起初是想去揍她的。我打听出来，而且现在已经确实知道，那个上尉，父亲的代理人，把我的一张借据转给了格鲁申卡，让她出面追索，那样一来我就可以老老实实地罢手了。他们想把我唬住。我跑去打格鲁申卡。我以前曾偶然瞧见过她。她没有特别打动人的地方。我也知道那个年老的商人，他如今病恹恹地躺在床上，可是将来会留给她一大笔可观的资产。我也知道她贪财，拼命捞钱，放高利贷，是一个毫无怜悯心的骗子和奸诈的女人。我跑去打她，却留在她那里了。瘟疫像暴风雨般袭来，从此我受了传染，至今无法恢复。我知道一切全完了，我永远不会再有别的出路。因果报应已经完成。这就是我的情形。当时仿佛鬼使神差似的，我这个穷人的口袋里忽然有了三千卢布。我就同她去到离这里有二十五俄里的莫克洛叶，找来一帮吉卜赛男人、吉卜赛女人，还有香槟酒，把所有的农民、所有的村妇村女全用香槟酒灌得醺醺大醉，凭那几千卢布大显威风。过了三天，我挥霍得一干二净，却成了一个英雄。你以为英雄达到什么目的了吗？她甚至一点点指望也不给你。我对你说：她有曲线。那个坏东西格鲁申卡身上有那么一种曲线，这曲线也显示在她那小小的脚上，甚至也反映在她左脚的小脚趾上。我看到过，亲吻过，也只是如此而已，我敢赌咒！她说：'如果你愿意，我可以嫁给你。要知道你是个穷人。如果你答应不打我，许我爱干什么就干什么，那么我也许会嫁给你。'说着，笑了。现在还笑着！"

德米特里·费多罗维奇几乎狂怒般地站起身来，好像忽然喝醉了酒似的。他的眼珠突然充满了血。

"你果真打算娶她吗？"

"只要她肯，我立刻娶她；如果不肯，我也要留在那里，做她家看院子的。你……你……阿辽沙……"他忽然站在他面前，抓住他的肩膀，突然用力地摇撼他，"你知道不知道，你这天真烂漫的孩子，这一切全是噩梦，荒唐的噩梦，因为这里面包含着一场悲剧！你要知道，阿历克赛，我可能是下贱的人，具有下贱腐败的欲望，却永远不会做贼做小偷，掏人家腰包，溜进人家前室去偷东西，我德米特里·卡拉马佐夫是永远做不出来。但是现在告诉你吧，我已经是一个小偷、一个溜门掏包的贼了！恰巧在我跑去打格鲁申卡以前，就在那天早上，卡捷琳娜·伊凡诺芙娜叫我去，请我暂时不让任何人知道，极端秘密地（究竟为什么，我不知道，显然她自有原因）到省城里去一趟，从邮局往莫斯科汇三千卢布，汇给阿加菲亚·伊凡诺芙娜，之所以要到省城去汇，就为了不让本地的人知道这件事。我当时口袋里就是装着这三千卢布，到了格鲁申卡家，然后又拿着这钱到莫克洛叶去了。事后我假装已去过省城，却没有把邮局收条给她，只说钱已经汇出，收据就送来。至今没有送，忘掉了。现在，你看怎么样，你今天就去，告诉她：'他嘱我向您致意。'她问你：'钱呢？'你不妨对她说：'他是个下流的色鬼，是色胆包天的卑鄙畜生。他当时并没有把钱汇出去，却把它胡花了，因为他像禽兽那样不能自制。'不过你也还可以再补充一句：'但是他不是贼，这是您那三千卢布，他叫我送还给您的，您自己汇给阿加菲亚·伊凡诺芙娜吧，他嘱我向您致意。'但那时候如果她突然问：'那么钱呢？'"

"米卡，你确实不幸！但也并不像你自己所想的那样严重，千万别绝望到活不下去，千万别！"

"你以为我还不出三千卢布，就会自杀吗？问题就在于：我决不会自杀。现在我做不到，以后也许会，现在我要到格鲁申卡那里去……别的我都顾不上！"

"到她那里做什么？"

"做她的丈夫，荣任她的'外子'。情人来了，我会躲到别的屋里去。我会替她的朋友们洗脏套鞋、生茶炊、跑腿办事。"

"卡捷琳娜·伊凡诺芙娜会理解一切的，"阿辽沙突然郑重其事地说，"她会理解这一切不幸并加以原谅的。她心地善良，她自己会看出，再也没有比你更不幸的了。"

"她完全不会原谅的，"米卡咧嘴笑了笑，"兄弟，在这方面有些事是任何女人都不会原谅的。你知道最好应当怎么办吗？"

"怎么？"

"还给她三千卢布。"

“你从哪里去弄这笔钱呢？这么吧，我有两千卢布，伊凡也可以拿出一千，这就够三千了，你拿去还了吧。”

“可你这三千卢布什么时候可以凑齐呢？再说你还是个未成年人！而你又必须，必须今天就去向她传话诀别，不管有钱没有钱，因为我再也不能拖延下去，事情已到了这种地步。明天就晚了，晚了。你替我到父亲那里去一趟。”

“到父亲那里去？”

“是的，在见她以前先到父亲那里去。你向他要三千卢布。”

“可是米卡，他绝不肯给的。”

“怎么肯给呢？我知道他绝不肯给的。可阿历克赛，你知道什么叫作绝望吗？”

“我知道。”

“你要晓得：在法律上，他一文钱都不欠我。我全从他那里取清了，全取清了，这我知道。但是在道义上，他还欠我，对不对？他是用母亲的二万八千卢布做本钱，赚到十万卢布的。只要他从二万八千卢布里给我三千，只要三千，就可以把我的灵魂从地狱里救出来，这可以赎清他许多罪恶！我呢，只要这三千卢布就算完了，我可以对你起个重誓，从今以后决不会再去啰唆他。我最后一次给他一个做父亲的机会。你对他说，那是上帝亲自赐给他的一个机会。”

“米卡，他无论如何不会给的。”

“我知道他不会给，我完全知道。尤其是现在。不但这样，我还知道：现在，才不多久，也许只是昨天，他刚刚正式打听出来（注意这‘正式’两个字），格鲁申卡也许确实不是开玩笑，真的想嫁给我。他知道她的性格，知道这只猫的脾气，这样，正当他自己也在疯狂地迷恋她的时候难道他还会额外再给我钱，来促成这件事吗？这还不说，我还可以再给你举出一件事实：我知道他在五天以前取出三千卢布，换成一百卢布一张的钞票，封在一个大信封里，打上三颗印，上面用红丝带十字捆好。你看，我知道得多详细！信封上写着：‘如愿亲来，当以此献与我的天使格鲁申卡。’这几个字是他背着人悄悄地写的。除掉仆人斯麦尔佳科夫以外，谁也不知道他身边有钱，他相信这仆人的诚实，和相信自己一样。他已经等了格鲁申卡三四天了，希望她会来取那个信封；他曾叫人通知格鲁申卡，她也叫人回复：‘也许会去。’如果她真到了老头子那里，那么我还能娶她吗？现在你明白了，我为什么秘密地坐在这里，在守候什么。”

“守候她吗？”

“就是她。有一个叫弗马的人在这两个脏货——这里的女主人家里租着一间小屋。他是从我们那个地方来的，在我们队伍里当过兵。他现在侍候她们，夜里守更，白天出外猎松鸡，就靠这生活。我就待在他那里，他和女主人们全不知道这秘密，不知道我在这里守候着谁。”

“只有斯麦尔佳科夫一个人知道吗？”

“他一个人知道。只要她到老头子那里去，他会来通知我的。”

“关于信封的事是他告诉你的吗？”

“正是他。一个极大的秘密。甚至伊凡都不知道这笔钱和其他的事情。老头子想把伊凡支到契尔马什涅去两三天。有个买树林的主儿，想用八千卢布的代价换得采伐一片树林的权利，所以老头子求伊凡：‘你帮帮忙，亲自去一趟吧。’那就是说要去两三天。他这样是为了使格鲁申卡到他家去的时候伊凡不在家。”

“这么说，他今天就在等候格鲁申卡吗？”

“不，今天她不会去，看得出苗头来的。她一定不会去！”米卡忽然大声说，“斯麦尔佳科夫也是这样猜想。父亲现在正在喝酒，同伊凡哥哥一道坐在餐桌旁。去吧，阿历克赛，去问他要这三千卢布。”

“米卡，亲爱的，你是怎么回事？！”阿辽沙嚷着，跳起来望着德米特里·费多罗维奇狂乱的神气。这一瞬间他简直以为德米特里发疯了。

“你怎么啦？我并没有发疯，”德米特里·费多罗维奇聚精会神地，甚至有些庄严地望着他，说道，“我既然派你去见父亲，我知道我说的是什么话，我相信奇迹。”

“奇迹？”

“天意安排的奇迹。上帝知道我的心。他完全看到我的绝望。他看到了这全部情景。难道他会听任可怕的事情发生吗？阿辽沙，我相信奇迹，去吧！”

“我去。告诉我，你是在这里等着我吗？”

“我等着。我明白这不会很快，不能一到那里就直捅出来！他现在喝醉了。我甚至可以等候三个钟头，四个，五个，六个，七个，但是记住，你一定要在今天，哪怕是半夜里，也要到卡捷琳娜·伊凡诺芙娜那里去，带钱也好不带钱也好，并且对她说：‘他嘱我向您致意。’我一定要你说出这句话：‘嘱我向您致意。’”

“米卡！万一格鲁申卡今天去了……即使不是今天，也许明天，或者后天去了呢？”

“格鲁申卡吗？我要窥探，闯进去，阻止他们……”

“假如……”

“假如那样，我就杀人。那是我决不能忍受的。”

“杀谁？”

“杀死老头子。不会杀死她。”

“哥哥，你说的是什么话？”

“我实在不知道，不知道。也许不会杀，但也说不定会杀。我怕正在那时候他的脸会忽然引起我的痛恨。我恨他的喉结、他的鼻子、他的眼睛、他的无耻的嘲笑。我感到有一种生理上的厌恶。我怕的就是这个。就怕我会按捺不住……”

“我要去了，米卡。我相信上帝会安排得十分妥当，绝不致出现可怕的事情。”

“我要坐在这里，等候奇迹。如果它不出现，那么……”

阿辽沙心事重重地动身到父亲那里去了。

六

斯麦尔佳科夫

他进去的时候，父亲果真还在吃饭。饭桌照例摆在大厅里，虽然家里本来有正式餐室。这间大厅是整个住宅里最大的一间屋子，陈设得古香古色。家具极古，白色，蒙着旧的、半丝织品的红色料子。窗户之间的墙壁上挂着镜子，镶着古式雕刻的、精致的、白色和金色的镜框。在糊着白纸但许多地方已经破裂的墙壁上，赫然悬挂着两幅大肖像：一幅是三十年前做过本地总督的公爵的像，另一幅是已过世多年的某主教像。正对厅门的角上供着几个神像，入夜就在像前点上油灯，与其说是为了敬神，不如说是为在夜里照亮这间屋子。费多尔·巴夫洛维奇夜里睡觉极晚，三四点钟才上床，在这时间以前老在屋里踱步，或坐在椅子上沉思。他这样已成了习惯。他有不少时候只是自己一个人睡在一所房子里，打发仆人们都回厢房去，但是大部分时候留仆人斯麦尔佳科夫在他那里宿夜，睡在穿堂里的长凳上。阿辽沙来到时，午饭已吃完，正端上果酱和咖啡。费多尔·巴夫洛维奇爱在饭后就白兰地酒吃点甜的。伊凡·费多罗维奇也坐在桌旁喝咖啡。仆人们——格里戈里和斯麦尔佳科夫，站在一旁。主仆显然都处于十分兴高采烈的状态。费多尔·巴夫洛维奇不断高声大笑；阿辽沙从外屋里就听见他那尖厉的、一向十分熟悉的笑声，并且马上从笑声中猜到父亲眼下还只在喝酒消遣，还远远没到醺醺大醉的地步。

“他来了，他来了！”费多尔·巴夫洛维奇大叫起来，突然对阿辽沙的到来十分高兴，“你快来跟我们坐到一起，坐下来，喝杯咖啡，素的，这是素的，很烫，味道好极了！白兰地酒不请你喝，你是吃斋的人。但是你想来点吗？来点吗？不，我看不如给你来点利口酒，上等的！斯麦尔佳科夫，你到橱柜去取一下，在第二格，靠右面，钥匙拿去，快点！”

阿辽沙表示不喝。

“反正也要取来的，你不喝，我们也要喝，”费多尔·巴夫洛维奇满脸露出笑容，“等一等，你吃过饭没有？”

“吃过了，”阿辽沙说，实际上只是在院长的厨房里吃了一块面包，喝了一杯酸汽水，“热咖啡我倒是很想喝一杯。”

“亲爱的！好孩子！他要喝一杯咖啡。要不要热一热？不要紧，现在还滚烫。咖啡煮得好极了，斯麦尔佳科夫的手艺。我的斯麦尔佳科夫是煮咖啡做松饼的好手，当然，还有鱼汤也是。等什么时候你来吃鱼汤，预先通知一声……哦，等一等，等一等，我刚才不是吩咐过你今天完全搬回来，连被褥和枕头都搬回来吗？被褥拿来没有？嘻，嘻，嘻！”

“不，没有拿来。”阿辽沙也微笑了一下。

“可是你吓坏了？刚才吓坏了？吓坏了吗？唉，我的宝贝，我是不能让你受委屈的。伊凡，你知道，我不能看他那种瞧着人笑的样子。我不能。我会从心里对他发笑，我真爱他！阿辽沙，让我给你做父亲的祝福。”

阿辽沙站起来，但是费多尔·巴夫洛维奇马上变了主意。

“不，不，我现在只对你画十字，好，就这样，你坐下来吧。嗯，现在讲件你会高兴的事，又正是你喜欢的话题。你可以尽量笑一笑。我们那个巴兰的驴[1]开口说话了，而且一说起来就没个完！”

巴兰的驴原来是指仆人斯麦尔佳科夫。他还是个年轻人，只有

---

1 一种戏称，指平时沉默少言、一旦说起来就没完或者能够语惊众人的人。《旧约·民数记》第二十二章记述了巴兰用杖打他所骑的驴，于是上帝让驴开口说话的故事。

二十四岁。他出奇地孤僻，沉默寡言，并不是怕生或为了什么事害臊，相反地，却是性格高傲，似乎看不起任何人。但说到这里，我们就不能不乘此讲几句关于他的话。他是由玛尔法·伊格纳奇耶芙娜和格里戈里·瓦西里耶维奇抚养大的，但是这孩子长大以后，正像格里戈里说他的那样，并“没有半点感恩的心思”。他成了一个孤僻的孩子，仿佛躲在角落里冷眼看世上的一切。小时候，他就很喜欢把猫吊死，然后再为它举行葬礼。他披上一条被单，作为法衣，一面唱，一面拿件什么东西在死猫的头上舞动，仿佛那就是牧师拿着的香炉。他十分秘密地悄悄做着这一切。格里戈里有一次撞见他正在干这勾当，就用鞭子狠狠教训了他一顿。有一个多星期他躲在屋角里斜眼看着人。“他不爱你也不爱我，这个坏蛋，”格里戈里对玛尔法·伊格纳奇耶芙娜说，“什么人他也不爱。”“你算是个人吗？”他忽然朝着斯麦尔佳科夫说，“你不是人，你是从澡堂的霉菌里长出来的，你就是这种东西。”事后证明，斯麦尔佳科夫永远也不肯原谅他说的这几句话。格里戈里教他识字，等他到了十二岁，开始教他读《圣经》。但是这事很快就落空了。有一天，刚刚在教第二课或第三课的时候，这孩子忽然冷笑了一下。

“你笑什么？”格里戈里问，从眼镜底下狠狠地看着他。

“没什么。上帝在第一天创造了世界，在第四天创造了太阳、月亮和星星。那么第一天的光亮是从哪里来的呢？”

格里戈里呆住了。孩子嘲笑地看着教师。他的眼光里甚至带点傲慢的神色。格里戈里受不住了。“就是从这儿来的！”他大喊一声，狠狠地打了学生一个耳光。孩子忍着揍，一句话也不分辩，却又一连躲进角落里好几天。恰好过了一星期，他生平第一次犯了羊癫风，这病以后一辈子也没离身。费多尔·巴夫洛维奇得知了这事，似乎忽然改了对这孩子的态度。以前他对这孩子很冷淡，虽然从未骂过他，而且遇见的时候，总是给他一个戈比，遇到心里高兴的时候，有时还从饭桌上送点甜东西给这孩子吃。但知道他生了这病以后，就立刻热心关切他起来，延请医生来治疗，但是结果弄明白这病是治不好的。他的羊癫风平均每月发作一次，发一次时间有长有短。每次犯病程度也不同：有时轻些，有时很厉害。费多尔·巴夫洛维奇严禁格里戈里责打这孩子，并且开始允许他到自己屋里来。同时也暂且不让教他读什么书。但是有一次，当孩子已经十五岁的时候，费多尔·巴夫洛维奇看见他在书橱旁边徘徊，并且隔着玻璃读书名。费多尔·巴夫洛维奇的书不少，有成百本，不过谁也没有看见他读过书。他立刻把书橱的钥匙交给斯麦尔佳科夫："你念吧。就叫你管图书，比在院子里闲逛好得多。你坐下来念吧。你念这一本。"费多尔·巴夫洛维奇给他抽出一本《狄康卡近乡夜话》[1]来。

孩子读了，却不喜欢，一次也没笑，相反地，是皱着眉头读完的。

"怎么样？没有意思吗？"费多尔·巴夫洛维奇问。

斯麦尔佳科夫一声不响。

"说话呀，傻子。"

"写的全是些不实在的事。"斯麦尔佳科夫含糊地说，得意地笑笑。

"去你的吧，你这奴才坯子。等等，给你一本斯马拉格多夫著的《世界通史》，这里写的全是实事，你念吧。"

但斯马拉格多夫的书斯麦尔佳科夫没念上十页就厌倦了。于是书橱又锁了起来。不久，玛尔法和格里戈里报告费多尔·巴夫洛维奇说，斯麦尔佳科夫身上忽然渐渐地出现一种可怕的洁癖：他坐下喝汤，先拿起勺子，在汤里仔细寻找，弯下身子，细细地观察，用勺子舀出一点来，放在亮处看。

"难道有蟑螂吗？"格里戈里有时候问。

"也许是苍蝇吧。"玛尔法说。

这位爱干净的少年从来不回答，只是对面包、牛肉和其他一切食物也全都这样：用叉子举起一块来，放在亮处，好像照显微镜似的端详着，犹豫半天才终于决定往嘴里送。"你看，竟出现了一个少

1 果戈理的一部小说。

爷。”格里戈里瞧着他，喃喃地说。费多尔·巴夫洛维奇听说了斯麦尔佳科夫这种新脾气，立刻认为他应该做一个厨子，就送他到莫斯科去学习。他学习了几年，回来的时候脸上变得很厉害。他似乎突然异乎寻常地变老了，甚至完全和年龄不相称地生出了皱纹，脸色发黄，像个太监。在性情方面，他回来时却和到莫斯科去以前几乎完全一样，一样孤僻，觉得毫无必要跟任何人交往。以后听人说，他在莫斯科也永远一言不发；对莫斯科本身，他好像十分不感兴趣，因此他在那里或许也知道了一些事，但对除此以外的事却全不注意。甚至还上过一次戏院，但看完回来不高兴地一声不响。然而他从莫斯科回来时却打扮得很好，穿起了干净的常礼服和白内衣，自己用刷子刷衣裳，刷得十分仔细，每天一定要刷两次，漂亮的小牛皮的长靴最爱用特制的英国鞋油擦拭，擦得像镜子一般光亮。他成了一个出色的厨师。费多尔·巴夫洛维奇给他定了工资，这工资斯麦尔佳科夫几乎全用在衣裳、雪花膏和香水这类东西上了。但是对女人他好像和对男人同样轻视，对待她们十分稳重，几乎是毫不侵犯。费多尔·巴夫洛维奇开始另眼看待他。原来他的羊癫风发作的次数逐渐增加了，每逢这些日子，饭食由玛尔法·伊格纳奇耶芙娜预备，而费多尔·巴夫洛维奇总是觉得不对口味。

“为什么你的病更常发了？”他有时斜着眼看看新厨师，打量着他的脸，“你最好娶一个老婆，要不要我给你娶？”

但是斯麦尔佳科夫对这类的话只是气得脸色发白，却一句话也不回答。费多尔·巴夫洛维奇摆摆手，走开了。最重要的是，他相信他的诚实，相信他决不会拿一点东西，不会偷。有一次，费多尔·巴夫洛维奇喝醉了酒，把三张刚刚取到的一百卢布的钞票掉在了自家院子的烂泥里，第二天才想起来；正急忙想去摸索口袋，猛然发现那三张钞票已经一张不少摆在他桌子上了。哪里来的呢？是斯麦尔佳科夫捡的，昨天就送来了。“哦，孩子，像你这样的人我还从来没有看见过。”费多尔·巴夫洛维奇当时说了这样一句，赏了他十个卢布。应该补充的是他不但相信他的诚实，不知为什么，甚至还很爱他，虽然这小伙子总是也像对别人那样地白眼看他，整天默不作声。他难得开口说话。假使当时有人看着他，想知道这小伙子到底关心些什么，他心里经常想些什么，那么只是瞧他的样子是无论如何也没法判断的。而且他有时在屋里，或者在院子里和街上，会突然站住沉思起来，甚至站在那儿十分钟之久。相法家端详过他以后，一定会说他既不是沉思，也不是默想，而是一种冥想。画家克拉姆斯柯依[1]有一幅出色的名画，题目是《冥想者》，画的是冬日的林景，林中大道上孤零零地站着一个身披破烂长衣、脚穿树皮鞋、在极端的孤寂中陷入狂想的农夫。他站在那里，好像正在沉思，但他并不是在思索，而是在"冥想"着什么。如果推他一下，他一定会打个哆嗦，好像刚刚睡醒过来似的望着你，但是什么也不明白。自然，他会立刻清醒的，但如果问他站在那里想什么，他一定一点也不记得，一定会把在冥想时所得的印象隐藏在心里。这些印象对他来说是珍贵的，他一定会不知不觉地甚至自己毫无意识地不断把它们积聚起来。为什么，要达到什么目的，自然也不知道。把这些印象积聚多年以后，他也许会忽然抛弃一切，到耶路撒冷去朝圣、修行，也许会把自己出生的村庄纵火烧掉，也许两件事都会做出来。民间有很多冥想的人。斯麦尔佳科夫一定也就是这种冥想者中的一个，他一定也在贪婪地积聚印象，甚至自己也不知道为什么要这样做。

1 伊·尼·克拉姆斯柯依（1837—1887），俄国杰出的写生画家。

七

争论的问题

但是巴兰的驴忽然开口说话了。话题很奇怪：格里戈里早晨到商人鲁吉扬诺夫的小铺里购物时，听他说有一个俄罗斯士兵在辽远的亚细亚的国境上，被亚细亚人掳去，人们强迫他放弃基督教，转信伊斯兰教，不然立即就要折磨死他，但是他不答应改变信仰，甘心承受非刑，被剥去身上的皮，在颂扬基督的声音中死去。这件事被登载在当天收到的报纸上面。格里戈里在饭桌旁讲起了这件事。费多尔·巴夫洛维奇以前也爱在每次饭后吃甜食的时候说说笑笑，即使跟格里戈里扯几句也是好的。这一次他正处在轻松欢畅的心情下。他喝了点白兰地酒，听别人讲了这段新闻以后，说这样的士兵应该立即超升圣徒，把剥下来的皮送到某个修道院去："让人和金钱全流水般地涌来该多好。"格里戈里看见费多尔·巴夫洛维奇一点也没受感动，还照着老脾气开始亵渎神明，就皱起了眉头。正在这时，站在门旁的斯麦尔佳科夫忽然冷笑了一声。过去也一向让斯麦尔佳科夫时常到饭桌旁来侍候，自然是在饭快要吃完的时候。自从伊凡·费多罗维奇来到我们城里以后，他更差不多每次都在饭桌旁边侍立着。

"你笑什么？"费多尔·巴夫洛维奇问，他立刻注意到这冷笑，自然明白这是对格里戈里而发的。

"我是在想，"斯麦尔佳科夫忽然出乎意料地大声说了起来，"虽说这位可敬的士兵的事迹很伟大，但是据我看来，发生这种意外情形，就是放弃基督的名和自身的洗礼，保住自己的性命，以后极力行善，积多年的善行来赎自己的畏怯，也不见得有什么罪孽。”

“怎么没有罪孽？你在胡说。为这句话你就得下地狱，叫你像炮羊肉一样受烙刑。”费多尔·巴夫洛维奇接口说。

就在这个时候，阿辽沙进来了。费多尔·巴夫洛维奇，像我们已经知道的那样，对阿辽沙的到来非常高兴。

“正好是你的话题，正好是你的话题！”他快乐得笑出声，叫阿辽沙坐下来听。

“说到炮羊肉嘛，那是不对的，那里是绝不会为了这事就那样的，而且也不该那样，如果说句公道话……”斯麦尔佳科夫一本正经地坚持着说。

“竟讲起什么‘如果说句公道话’来了！”费多尔·巴夫洛维奇更加高兴地嚷起来，用膝头碰了阿辽沙一下。

“他是个浑蛋，一点也不假！”格里戈里忽然脱口而出，用眼睛恶狠狠地直瞪着斯麦尔佳科夫。

“至于浑蛋么，还是请您等一等再说，格里戈里·瓦西里耶维奇，”斯麦尔佳科夫安静而沉着地反唇相讥，“您自己想想吧，如果我落在折磨基督徒的人手里，做了俘虏，他们要求我咒骂神明，背弃神圣的洗礼，既然这里面并没有什么罪孽可言，那么我自然有全权凭自己的理性做主。”

“这个你已经说过了，用不着再三渲染，只要拿出论据来！”费多尔·巴夫洛维奇说。

“小伙夫！”格里戈里轻蔑地嘀咕说。

“说到小伙夫嘛，也请您等一等再说，格里戈里·瓦西里耶维奇，您不必骂人，自己想一想吧。因为只要我对那些折磨者说：‘不，我不是基督徒，我咒骂我真正的上帝。’那么我当时就会受到最高的上帝的裁判，立即遭到革出教门的特别诅咒，像异教徒那样被神圣的教会所开除，而且甚至在那一刹那——不是在开口的时候，而是在刚一动念的时候，甚至连四分之一秒钟的时间也不到，我就已经被开除了。是不是那样，格里戈里·瓦西里耶维奇？”

他带着毫不掩饰的愉快心情对格里戈里说，实际上完全是在回答费多尔·巴夫洛维奇的问题，而且自己肚里也十分明白，但却故意装得这些问题好像是格里戈里对他提出来的。

“伊凡！”费多尔·巴夫洛维奇忽然嚷道，“你附耳过来。他这一套都是闹出来让你看的，想要你夸奖他。你就夸奖吧。”

伊凡·费多罗维奇完全认真地听着父亲这个兴奋的提示。

“等一等，斯麦尔佳科夫，暂时不要说话，”费多尔·巴夫洛维奇又嚷道，“伊凡，你再附耳过来。”

伊凡·费多罗维奇重又带着很认真的态度弯过身去。

“我爱你，和爱阿辽沙一样。你不要以为我不爱你。要不要白兰地酒？”

“给我吧。”伊凡·费多罗维奇认真地望着父亲，心想：“但是你自己喝得已经很不少了。”同时，他怀着极大的好奇心观察着斯麦尔佳科夫。

“你现在已经受诅咒了，”格里戈里忽然爆发了，“你这浑蛋，居然还敢这样大发议论，如果……”

“你不要骂人，格里戈里，你不要骂人！”费多尔·巴夫洛维奇打断他的话。

“您等一等，格里戈里·瓦西里耶维奇，哪怕再等一小会儿，继续听下去，因为我还没有说完。因为就在我立即受到上帝诅咒的时候，就在那个最崇高的一刹那，我反正已经成了一个异教徒，我的洗礼已经从我的身上被解除掉，完全不再有效了，对不对？”

“说结论，小伙子，快说结论。”费多尔·巴夫洛维奇催着他，津津有味地从酒杯里喝了一口。

“既然我已不是基督徒，那么在他们问我是不是基督徒的时候，我并没有对折磨者们撒谎，因为我在对折磨者开口以前，仅仅由于动了念头，就已经被上帝亲自除去了我的基督教籍。既然我已遭到开除，那么人家能用什么方式，凭什么道理，像对一个基督徒那样地向我追究背叛基督的罪名呢？难道我不是只因为起了一点念头，还在背叛以前就已经解除了我的洗礼吗？我既已不是基督徒，也就不可能背叛基督，因为我已经没有什么可背叛的了。格里戈里·瓦西里耶维奇，哪怕是在天上，谁还能因为肮脏的鞑靼人生来就是非基督徒而追究他？谁还能为了这个而惩罚他呢？他们也知道，总不能硬要从鸡蛋里挑出骨头来的。等鞑靼人死后，就是全能的上帝还要究问，不能完全不惩罚他，那么，我想也只会给他一些极轻的惩罚，因为明知他被肮脏的父母生下来时就是肮脏的，这一层并不是他的错。难道上帝还会硬揪住一个鞑靼人，说他也曾经是一个基督徒吗？要是那样便等于全能的上帝说了真正的谎话。难道天上和地上的全能的主能说谎话，哪怕是一个半个字的谎话吗？”

格里戈里愣住了，目瞪口呆地望着这位雄辩家。他虽然不大明白人家说了些什么话，但是从这一切胡说八道里还是突然明白了一点什么，因此他站在那里，好像被人迎头打了一闷棍。费多尔·巴夫洛维奇一口喝干了杯里的酒，发出尖声的大笑。

“阿辽沙，阿辽沙，你瞧怎么样？唉，你这个诡辩家！他准是在什么地方加入过耶稣会了，伊凡。哎，你呀，你这个臭耶稣会教士，谁教会你的？但你是在胡说，诡辩家，你在胡说，完全是胡说！你不要哭，格里戈里，我们会立刻把他驳得体无完肤的。你听我说，驴子：就算你在折磨者面前理直气壮了，但是你自己在心里到底背弃了自己的信仰，你也承认当时就已受了革出教门的诅咒，既然是革出教门，那么在地狱里不会有人为这个抚摸你的头的。这一点你以为怎样，我的漂亮的耶稣会教士？”

“这是没有疑问的，我在自己心里是背弃了，但那并没有什么特别的罪，就算有点小罪，也是最平常的。”

“竟还说是最平常的！”

“胡说八道，你这该死的。”格里戈里哑声说。

“您自己想一下吧，格里戈里·瓦西里耶维奇，”斯麦尔佳科夫沉着而且泰然地继续说，感到自己已经胜利，似乎对被击败的敌人表示宽容似的，“您自己想想，格里戈里·瓦西里耶维奇，《圣经》里不是说过只要对哪怕是极小的一粒芥菜籽有了坚定的信仰，那么就是对一座山说，你挪到海里去，它在一奉到了你的命令以后，也是决不会怠慢的。好吧，格里戈里·瓦西里耶维奇，既然我没有信仰，而您那么有信仰，所以竟那样不断地骂我，那么您自己叫山挪动一下看，也不必叫它挪到海里去，因为这里离海太远，只要叫它挪到我们的臭河沟里去，就是到我们花园后面的那条河里去，您就马上可以看到，它是决不会动一动的，它还会完整地照旧待在那里，无论您怎样叫喊也没用。那就是说连您也没有真正坚定的信仰，格里戈里·瓦西里耶维奇，您只不过是千方百计地骂别人没有信仰。还要弄清楚，在我们这个时代，无论什么人，不但是您，甚至从最高的人物起，到最低的农民止，所有的人也都不能把山推到海里去，也许全世界只有一个人，至多是两个人例外，而这一两个人可能也正在埃及沙漠中的什么地方隐身潜修，根本就没法找到他们。既然这样，既然其余的人全都没有信仰，那么对这其余的一切人，也就是全世界的人，除去两个沙漠里的隐士以外，上帝是不是将全加以诅咒呢？以他那样有名的仁慈，是不是对其中任何人都不加以饶恕呢？所以我相信，尽管发生过动摇，只要后来痛流忏悔之泪，就会被宽恕的。”

“等一等！”费多尔·巴夫洛维奇高兴得发狂似的尖叫起来，“那么那两个能移山的人，你到底认为还是真有的了？伊凡，刻一个记号，记载下来：整个俄罗斯人的气质就在这里显示出来了！”

“你说得很对，这就是人民在信仰方面的特点。”伊凡·费多罗维奇带着表示赞许的微笑同意说。

“你同意吗？既然你同意，那就是对的！阿辽沙，对吗？这不就是地道的俄罗斯人的信仰吗？”

“不对，斯麦尔佳科夫完全不是俄罗斯人的信仰。”阿辽沙严正而且坚决地说。

“我说的不是他的信仰，我讲的是这特点，讲的是那两个沙漠里的修行者，只就这一点来说，这岂不是俄罗斯式的，完全俄罗斯式的吗？”

“是的，这特点完全是俄罗斯式的。”阿辽沙微笑了。

“你的话值一个金币，驴儿，我今天就赏给你，但是所有其他的方面你到底是在那里胡说，胡说，胡说。你要知道，傻瓜，我们这里大家不信仰上帝只是由于疏忽，因为我们没有时间：第一层，事情多得烦死人；第二层，上帝给我们的时间太少，一天只规定了二十四小时，所以不但忏悔，连好好睡觉的时间都没有。可是你在折磨者面前，正当除了信仰再也没有别的可想，又正当你应该表现自己的信仰的时候，却放弃了信仰！是这样吗？小伙子，我想得对不对？”

“是倒是这样，但是您自己想一下，格里戈里·瓦西里耶维奇，正因为这样，才更使人的罪责减轻了。如果我当时像应有的那样坚信那个真理，那么不为自己的信仰忍受痛苦而改信了肮脏的伊斯兰教，那的确是有罪的。但如果真是那样，那也就根本不会吃什么苦头了，因为只要我在那一刹那朝那座山说：‘你挪动一下，把折磨者压碎。’这座山居然挪动了，立刻像压死一只蟑螂那样压扁了他，我就可以没事似的歌颂着上帝走开。假使我真在那个时候试验这一切，诚心对山说：‘快把那些折磨者压死。’可是它并不去压，那么请问：那时候，尤其还正当处在生死关头这样极其恐怖的时刻，叫我怎么能不疑惑它？就不疑惑我也早知道我进不了天国（因为山既不照我的话移动，那就是说上天并不怎么相信我的信仰，也没有很大的奖赏在等待着我），那么我为什么还要毫无益处地让人家剥我身上的皮呢？因为即使我背上的皮让人家剥去一半，那座山也仍旧不会照我的一句话或一声呼喊移动的。到了那个时候，不但会发生疑惑，甚至会由于恐怖而丧失理智，那就连考虑也完全不可能了。这样说来，假使我无论在哪儿都看不出会得到什么利益和奖赏，因而只求至少能把自己的皮肉保住，这样做我究竟有什么特别的错处呢？所以我十分信赖上帝的慈悲，相信我一定会得到完全的宽恕。”

八

喝着白兰地的时候

辩论结束了，但奇怪的是，本来十分快活的费多尔·巴夫洛维奇到最后忽然皱起了眉头。他皱着眉一口喝干了白兰地。这已经是过量的一杯了。

“滚开吧，你们这些耶稣会教士，”他对仆人们喊道，“走吧，斯麦尔佳科夫！我答应给的一个金币，今天就给你，你快走吧。你不要哭，格里戈里，到玛尔法那里去，她会安慰你，打发你睡觉。这些浑蛋，不让人家在饭后安安静静地坐一会儿。”在仆人们奉了他的命令立刻退出去以后，他忽然恼恨地对伊凡·费多罗维奇说：“斯麦尔佳科夫现在每次开饭的时候总要钻到这里来，这是因为你太吸引他了。你用什么方法使他这样和你要好的？”

“根本没什么，”他回答，“是他自己忽然想起了要尊敬我，他是个奴才和下贱人。在日子到来的时候是一块打冲锋的活肉。”

“打冲锋的吗？”

“也有另一类好些的，却也有这类的人。打头的是这类人，然后才出现好些的。”

“那么日子什么时候到来呢？”

“信号弹会燃起来的，但也许燃不到底。老百姓目前还不十分爱听这些小伙夫的话。”

“所以，孩子，这头巴兰的驴一个劲在想呀，想呀，鬼知道他独自在肚里会想出些什么花样来。”

“他在积蓄思想。”伊凡失笑地说。

“你瞧，我知道他十分看我不入眼，看所有的人也一样；对你也差不多，虽然你觉得他‘自己忽然想起了要尊敬’你。阿辽沙更不用提，他看不起阿辽沙。但是他不偷东西，不造谣言，不多说话，不把家里的丑事张扬出去。他会烤极好的鱼肉馅饼。其他一切管他个屁。老实说，还值得提他的事吗？”

“自然不值得。”

“至于说到他心里在胡想些什么，那么总的说来，俄罗斯的农民都该挨打。我永远是这样的主张。我们的农民全是骗子手，犯不上怜惜他们，幸而现在有时还可以打他们几顿。俄国的土地之所以肥，是因为桦树多。树木伐尽，俄国的土地就完了。我赞成聪明人的话。我们停止殴打农民，是明智的，而他们还继续自相殴打，也是好事。‘你们用什么量器量给人，也必用什么量器量给你们’，或者诸如此类的说法……总而言之，会量给我们的。俄罗斯是肮脏的。我的朋友，你要知道我多么恨俄罗斯，并不是恨俄罗斯，而是恨所有这些罪恶，或许也是恨俄罗斯。一切都是肮脏的[1]。你知道我爱什么吗？我爱的是机智。”

“你又喝了一杯。够了。”

“等一等，我再来一杯，然后再来一杯，以后就不喝了。不，你别忙，你打断了我的话头。有次路过莫克洛叶的时候，我问过一位老头子，他对我说：‘我们最爱揍被判罚打的姑娘，还让年轻小伙子去揍。今天揍了这个姑娘，明天那小伙子就会把她娶来做媳妇，所以姑娘们自己对这个还挺满意。这不就像是那些德·萨德[2]侯爵笔下写的故事吗？不管怎么说，那总是蛮风趣的。哪天我们也去看看怎么样？阿辽沙，你脸红了吗？别害臊，小娃娃。可惜我刚才没在院长那里坐下

1 原文为法语：Tout cela c’est de la cochonnerie.

2 德·萨德（1740—1814），法国贵族，一系列色情和哲学书籍的作者，因其所写的色情小说和导致的社会绯闻而出名。

吃饭，不能把莫克洛叶的姑娘们的故事讲给修士们听。阿辽沙，你别生气，因为刚才把你的院长得罪了。孩子，我是心头一时火起。假使上帝是有的、存在的，我自然不对，应该受过。假使根本没有上帝，那么还要他们，要你的那些神父干什么呢？那时候把他们的脑袋瓜子揪下来还算是轻的，因为他们妨碍进步。伊凡，你信不信？这一切都使我的心里苦恼。不，你是不相信的，因为我从你的眼睛里就看得出来。你相信人家说我只是一个丑角。阿辽沙，你相信我不单是一个丑角吗？”

“我相信您不单是一个丑角。”

“我也相信你真是这样相信，而且是诚恳地这样说的。你诚恳地看人，诚恳地说话。伊凡却不是。伊凡很傲慢。不过尽管这样，我还是很想叫你的修道院那一套彻底完蛋。应该把这套神秘玩意儿在整个俄罗斯各地一下子全清除掉，让所有的傻瓜都彻底醒悟过来。那会有多少金银送到造币厂去！”

“为什么清除呢？”伊凡问。

“就为了使真理赶快抬头，就为了这个。”

“可要是这真理抬了头，首先第一个就要把您抢劫一空，然后……再清除掉。”

“啊！你的话也许很对。我真是一头笨驴。”费多尔·巴夫洛维奇忽然大声嚷起来，轻轻地敲敲自己的脑袋。

“好吧，阿辽沙，既然这样，那就让你的修道院待在那里好了。我们聪明人可以坐在暖和地方，享受享受白兰地酒。你知道，伊凡，这一定是上帝自己故意这样安排的吧？伊凡，你说，到底有没有上帝？等一等，你必须确切地说，认真地说！你干吗又笑？”

“我笑您刚才自己还对斯麦尔佳科夫相信有两个会移山的长老存在的事，说过很机智的话。”

“那么现在我也像他吗？”

“很像。”

“这么说，我也是俄罗斯人，我也有俄罗斯人的特点，而你这哲学家，也同样可以抓住你有这一类的特点。如果你愿意，我就可以抓住。我敢打赌，明天就可以抓住。可是你到底说一句，有没有上帝？要正正经经地说！我现在希望说正经话。”

“不，没有上帝。”

“阿辽沙，有上帝吗？”

“有上帝。”

“伊凡，那么有没有灵魂不死的事，哪怕是很小的，一点点？”

“也没有灵魂不死的事。”

“一点也没有吗？”

“一点也没有。”

“你是说绝对的零，还是稍稍有一点。也许稍稍有一点吧？总不是一点也没有呀！”

“绝对的零。”

“阿辽沙，有灵魂不死么？”

“有的。”

“上帝和灵魂不死都有的吗？”

“有上帝，也有灵魂不死。灵魂不死就在上帝里面。”

“嗯。伊凡大概是对的。天哪，只要想一想，人们献出了多少信仰，有多少各种各样的力量白白费在这幻想上面，而且一连几千年！是谁在这样开人的玩笑？伊凡，我最后一次坚决地问：有上帝没有？我这是最后一次问！”

“我也最后一次说没有。”

“谁在开人的玩笑呢，伊凡？”

“大概是鬼吧。”伊凡·费多罗维奇笑了笑。

“那么有鬼吗？”

“不，鬼也没有。”

“可惜。见他的鬼，如果这样，我真对那个第一个想出上帝来的人什么也干得出来！把他吊死在苦杨树上还嫌便宜了他。”

“如果没想出上帝来，就完全不会有文明的。”

"不会有的吗？没有上帝就不会有文明吗？"

"是的。连白兰地酒也不会有。不过这瓶白兰地酒实在应该从您那里拿开了。"

"等一等，等一等，等一等，亲爱的，再喝一小杯。我得罪了阿辽沙。你不生气吗，阿历克赛？我的亲爱的阿历克赛，小阿历克赛！"

"不，我不生气。我知道您的意思。您的心肠比脑子好。"

"我的心肠比脑子好吗？天哪，这话是谁说的呀？伊凡，你爱阿辽沙吗？"

"我爱的。"

"你应该爱他。"费多尔·巴夫洛维奇已经醉得很厉害了，"我刚才对你的长老做出粗野的举动。但是我当时心里很乱。这位长老有点风趣，你以为怎样，伊凡？"

"大概有的。"

"有的，有的，他有点皮龙的味道[1]。他是个耶稣会教士，自然是俄国式的。他是个高尚的人，心里一定在暗暗痛恨着自己必须做戏，……必须披上一件神圣的外衣。"

"但是他是信上帝呀。"

"一点也不信。你还不知道吗？他自己就在对大家说，自然不是对大家，而是对所有到他那儿去的聪明人说。他对省长舒尔茨就直截了当说过我信仰[2]，但我不知道他信仰什么。"

"真的吗？"

"一点也不错。但是我尊敬他。他这人有点靡非斯特菲勒士[3]的味道，或者不如说，有点像《当代英雄》[4]里的角色，叫阿尔白宁，还是什么，那就是说，你知道，他是好色之徒；他好色到了极点，如

1 原文为法语：il y a du Piron là-dedans. 皮龙（1689—1773），法国诗人、讽刺作家。

2 原文为拉丁文：credo.

3 德国文学家歌德（1749—1832）所著诗剧《浮士德》中的魔鬼名。

4 俄国诗人莱蒙托夫（1814—1841）的名著。

果现在我的女儿或妻子到他面前去忏悔，我都要替她们担忧。你知道，他讲起故事来可真……前年他叫我们到他那里去喝茶，还备有利口酒（太太们常送给他利口酒），他天花乱坠地讲起从前的事情来，我们的肚子都笑破了，特别是讲起他怎么治好一个虚弱的女人。他说：'如果不是脚痛，我可以给你跳一个舞。'你瞧他多行！'我年轻时玩过的把戏真不少。'他从商人杰米多夫那里弄到过六万卢布。"

"怎么，偷的吗？"

"那个商人把他当成好人，把钱送到他那里来，说：'老兄，请你保存一下，我家里明天有人来搜查。'他就收下来保存了。后来他说：'你是捐给教会的呀。'我对他说：'你真无耻。'他说：'不，我不是无耻，我是豪放……'不过我想起来了，这不是他，是另外一个人。我错搅到另一个人身上去了，没有注意。让我再喝一杯就够了，你把瓶子拿开吧，伊凡。我在胡说，你为什么不拦阻我呢，伊凡？……你为什么不说我在胡说？"

"我知道您自己会停止的。"

"你胡说，你这是因为恨我，完全是出于恨。你瞧不起我。你到我家里来，就在我的家里轻视我。"

"我会离开的，白兰地酒把您灌迷糊了。"

"我用上帝基督的名义请求你到契尔马什涅去一趟，只要一两天工夫，你偏不肯去。"

"既然您这样坚持，我明天就去。"

"你不会去的，你要在这里监视我，这是你心里打的主意，你这坏心眼儿的家伙，所以你不肯去吧？"

老人还不肯罢休。他已经醉到那样的程度，即使平素沉静的人，这时候也一定会突然想要发脾气、显威风。

"你看着我干什么？看你的眼睛什么样子？你的眼睛望着我，在那里说：'你真是一副醉汉嘴脸。'你的眼神可疑，你的眼神显出轻蔑……你到这里来是有你自己的算盘的。你瞧，阿辽沙看人的时候，他的眼睛是发亮的。阿辽沙不轻视我。阿历克赛，你不要爱伊凡……”

“您别对哥哥发脾气了！不要再去气他。”阿辽沙忽然坚决地说。

“哦，那好吧。唉，头真痛。伊凡，你把白兰地拿开，我说了三遍了。”他沉思了一下，忽然露出长时间的诡诈的微笑，“伊凡，不要对衰弱的老人生气。我知道你不爱我，但不管怎样不要生气吧。我确实也没有什么可爱的地方。你到契尔马什涅去一趟，我自己随后也要去，给你送个小礼物。我要到那里指给你看一个姑娘，我早就看上她了。现在她还是一个赤脚姑娘。不要怕赤脚姑娘，不要看不起她们，她们是珍珠！”

他咂吻了一下自己的手。

“对我来说，”他忽然全身活跃起来，刚刚提到一个心爱的话题，就似乎一下子清醒了，“对我来说……唉，你们这些小孩子！你们这些小把戏、小猪崽！对我来说……甚至一辈子也没感觉过哪一个女人是丑八怪，这是我的准则！你们能明白吗？你们哪儿能明白？！你们的血管里流的不是血，还是奶，你们还没有脱皮去壳哩！根据我的准则，每个女人身上，见他的鬼，都可以找到一点极有趣的东西，是别的女人身上所没有的，不过必须会找，巧妙就在这里！这是一种天才！对我来说没有丑女人。只要她是一个女的，那就已经有了一半，你们哪里明白这个？！即使在老处女身上也可以找到一点东西，会让你对那些傻瓜发生惊奇：怎么会让她老到如今竟没有注意到？赤脚姑娘和丑女人应该先使她们吃一惊，这是向她们动手的一种方法。你不知道吗？应该让她吃惊到狂喜、心乱、害羞的地步，因为想到居然有一个老爷会爱上像她这样的丑女人。十分有趣的是世界上永远有奴隶和主人，那就永远有擦地板的女人，永远有她的主人，而人生的幸福也就在这里！等一等……阿辽沙，你听着，我永远会让你那去世的母亲吃惊，不过那是另一种方式。我从来不和她亲热，只是一到了适当时间就忽然全身软瘫在她面前，跪在地上爬着，吻她的脚，弄得她总是，总是——现在我还记得很清楚，总是发出一种轻笑声，一种断续而清晰的、不高的、神经质的、特别的笑声。只有她才会发出这样的笑声。我知道她一这样就准要犯病了，第二天她就会大喊大叫地发起抽风病来，目前的这种轻轻的笑声不见得有什么欢乐，不过哪怕就是一种假象也总算是欢乐。这就是所谓懂得在一切东西里找出特点来！有一个家道富有的美男子别里亚夫斯基追求她，常到我家里来。有一次，他忽然在我家里，而且还当着她的面，打了我一个嘴巴。她这个本来像绵羊般的人竟那么厉害地向我发起火来，我甚至以为她为了这个要动手打我了。她说：‘现在你是个挨过揍的人，挨过揍的人，你挨了他一巴掌！你把我卖给他了。他怎么敢当着我的面打你！你永远也不要到我身边来，永远也不要到我身边来了！你马上就去，叫他出来决斗。’当时为了使她安静下来，我把她带到修道院里去，由神父们开导了一下。上帝在上，阿辽沙，我从来没有欺侮得罪过我的疯癫女人！最多只有那么一次，那还是在结婚的第一年里。她当时祷告得十分勤，特别严守圣母节的斋戒，还把我赶到书房里去睡。我心想，让我把她身上这种宗教神秘主义赶走吧！我说：‘你瞧，你瞧，这是你的神像，就在这里，现在我把它摘下来。你瞧，你把它看作奇迹创造者，可我现在就当着你的面朝它吐唾沫，我也决不会因此出什么事情的！’当她看到我这样做时，天哪，我想她现在一定要打死我了，可是她只是跳了起来，两手紧握在一起，后来忽然用手捂着脸，全身发抖，倒在地板上，一下子倒了下去，阿辽沙，阿辽沙！你怎么啦，你怎么啦！”

老人吓得跳了起来。阿辽沙自从父亲开始讲起他的母亲来时，就渐渐变了脸色。他脸发红，眼睛冒火，嘴唇哆嗦。……喝醉了的老人说得唾沫四溅，一点也没有觉察出来，直到发现阿辽沙身上忽然出现了某种很奇怪的现象，也就是忽然做出跟他刚才所讲的“疯癫女人”完全相同的举动来。阿辽沙忽然从桌旁跳起来，和他母亲一模一样地两手紧握在一起，然后用手捂住脸，一下倒在椅子上，像被砍倒似的，并且忽然在歇斯底里地发作的一阵突如其来的、战栗的、无声的饮泣中，全身剧烈地哆嗦起来。这种和他母亲异乎寻常地相像的情景，使老人特别吃惊。

“伊凡，伊凡！赶快给他喷水。这很像她，简直一模一样，和他母亲当时完全一样，你用嘴朝他喷水，我对那一位也是这么做的。他这是为了他的母亲难过，为了他的母亲……”他对伊凡叨唠着。

“据我想，他的母亲也就是我的母亲吧，您以为对不对？”伊凡带着愤怒的轻蔑心情突然发作起来。

老人看见他冒火的眼光，哆嗦了一下。但这时发生了一件很奇怪的事情，尽管只是一刹那的事：老人似乎确实忘记了阿辽沙的母亲就是伊凡的母亲。

“怎么是你的母亲？”他莫名其妙地嘟囔着，“你这是干吗？你讲的是哪一个母亲？难道她就是……哎呀，见鬼！她可不就是你的母亲吗！哎呀，见鬼！这是一时的糊涂，从来还没有这样过，对不起，我还以为，伊凡……哈，哈，哈！”他住了口，一阵长时间的醉醺醺的、近于无意义的冷笑扭歪了他的脸。就在这一刹那，外屋忽然大声喧嚷起来，传来疯狂的喊声，门砰然打开了，德米特里·费多罗维奇闯进大厅里来。老人吓得跑到伊凡身旁。

“他要杀死我，他要杀死我！你不要让他，不要让他杀我！”他叫喊着，两手抓住伊凡·费多罗维奇衣服的下摆。

九

色鬼

紧随着德米特里·费多罗维奇，格里戈里和斯麦尔佳科夫也跑进了大厅。他们在外屋就纠缠着他，不放他进来（这是因为前几天费多尔·巴夫洛维奇就亲自下过命令）。格里戈里利用德米特里·费多罗维奇闯进大厅时站下来向四周张望的机会，绕着桌子跑过去，把和外屋门相对的两扇通到内室去的门关上，站在关紧的门前，叉开两手，准备守卫门口，直到所谓流尽最后的一滴血为止。德米特里见了这情形，不只是喊嚷，甚至似乎尖叫起来，向格里戈里冲去。

“这么说，她在里面！把她藏在里面了！滚开，浑蛋！”他想拉开格里戈里，但是格里戈里推开了他。德米特里气得无法自制，挥起拳头用全力打了格里戈里一下。老人像一堵墙似的倒了下去，德米特里跨过他的身子，抢进门里去。斯麦尔佳科夫正待在大厅的另一头，脸色惨白，身体战栗，紧挨着站在费多尔·巴夫洛维奇身旁。

“她在这里，”德米特里·费多罗维奇嚷着，“我刚才亲眼看见她拐弯朝着这座房子走来，只不过我没有追上。她在哪儿？她在哪儿？”

刚才的“她在这里”这一声喊，在费多尔·巴夫洛维奇身上产生了不可思议的作用。他的全部惧怕都似乎突然消失了。

“抓住他，抓住他！”他咆哮起来，跟在德米特里·费多罗维奇身后冲了出去。格里戈里这时已经从地板上爬起来，却还好像没有清醒过来似的。伊凡·费多罗维奇和阿辽沙跑去追父亲，从第三间屋内忽然传来响声，似乎有什么东西掉在地板上，砸碎了；原来在大理石的木架上有一个大玻璃花瓶（不很值钱的），被德米特里·费多罗维奇跑过时撞倒了。

"把他抓住，"老人喊叫，"救命呀！"

伊凡·费多罗维奇和阿辽沙终于赶上了老人，用力把他拉回大厅来。

"你为什么追他！他真的会杀死你的！"伊凡·费多罗维奇向父亲生气地嚷着说。

"伊凡、阿辽沙，那么说她一定在这里。格鲁申卡一定在这里，他说他亲眼看见她跑过来的。"

他气都喘不上来了。他没指望格鲁申卡这时候会来，忽然听说她在这里，一下子使他的脑筋错乱了。他浑身打战，似乎发狂的样子。

"但是您自己看见她并没有来呀！"伊凡叫道。

"也许从那个门进来的。"

"可那个门锁上了，钥匙在您那里。"

德米特里忽然又出现在大厅里。他自然发觉了那扇门是锁着的，而门的钥匙的确是在费多尔·巴夫洛维奇的口袋里。各屋的窗户也全都关着；所以格鲁申卡既没法进来，也不能跳出去。

"抓住他！"费多尔·巴夫洛维奇一眼又看见了德米特里，就尖叫起来，"他在我的卧室里把钱偷走了！"他挣脱伊凡的手，重又向德米特里冲去。但是德米特里举起两手，忽然抓住老人的两绺鬓边仅有的头发，拽了一下，砰的一声把他摔倒在地板上，然后还用靴后跟朝躺下的人脸上踹了两三脚。老人刺耳地尖叫起来。伊凡·费多罗维奇虽然没有像他哥哥德米特里那样有劲，还是两手抱住他，用全力拉他离开老人。阿辽沙也用尽气力帮忙从前面抱住哥哥。

"疯子，你打死他了！"伊凡喊道。

"这是他活该！"德米特里气喘吁吁地嚷着，"这次没有打死他，下次还要打的。你们防备不了。"

“德米特里！马上离开这儿！”阿辽沙威严地喝道。

“阿历克赛！你独自对我说，我相信你一个人：她刚才到这里来没有？我亲自看见她刚才从胡同里沿着篱笆旁边溜到这里来。我喊了一声，她跑了。”

“我对你起誓，她没到这里来过，这里也根本没人在等她。”

“但是我看见她……那么说她……我马上就能打听出她在哪儿。再见吧，阿历克赛！现在一个字也不必再对伊索提钱的事了，但卡捷琳娜·伊凡诺芙娜那里你却必须立刻就去一趟！‘嘱我致意，嘱我致意，致意！正是致意和道别！’把刚刚这出戏也讲给她听。”

这时伊凡和格里戈里已把老人扶起来，坐在躺椅上面。他的脸上血迹斑斑，人却很清醒，贪婪地倾听着德米特里的嚷叫声。他始终还以为格鲁申卡真的是在屋里的什么地方哩。德米特里·费多罗维奇临走时怨恨地看了他一眼。

“使你流血我并不后悔！”他大声说，“你当心点，老头子。你应该小心收起你的幻想，因为我也有幻想！我亲口诅咒你，完全和你断绝关系。”

他从屋里跑了出去。

“她在这里，她一定在这里！斯麦尔佳科夫，斯麦尔佳科夫。”老人微弱地哑声说，伸着一只手指召唤斯麦尔佳科夫过去。

“她没在这里，你这疯老头子。”伊凡恨恨地朝他嚷道，“他晕过去了！拿水来，手巾。快去，斯麦尔佳科夫！”

斯麦尔佳科夫跑去取水。大家最后给老人脱掉了衣裳，抬到卧室里，放在床上。用湿手巾裹住他的头。他喝了白兰地酒，经历了强烈的激动，又挨了一顿打，身体十分衰弱，头刚刚挨枕头，立刻闭上眼睛，昏昏入睡。伊凡·费多罗维奇和阿辽沙回到大厅里。斯麦尔佳科夫把打碎的花瓶收拾出去，格里戈里站在桌旁，阴沉地垂下眼皮。

“你要不要也头上裹上湿毛巾，上床去躺一会儿？”阿辽沙问格里戈里，“我们会在这里照看他的；我哥哥打得你很痛，打你的脑袋。”

“他对我无礼！”格里戈里阴沉而一字一顿地说。

“他连对父亲也‘无礼’，不要说你啦！”伊凡·费多罗维奇苦笑着说。

“我曾在盆里给他洗澡，他竟对我无礼！”格里戈里又反复地说。

“见鬼，我要是不拉开他，也许他真会杀死他的。这位伊索还禁得住多大劲？”伊凡·费多罗维奇对阿辽沙低声说。

“上帝保佑！”阿辽沙说。

“保佑什么？”伊凡继续低声地说，恨恨地做了个鬼脸，“一条毒蛇咬另一条毒蛇，两个人都是活该！”

阿辽沙哆嗦了一下。

“我当然不能让他们弄出凶杀案来，就像刚才那样。阿辽沙，你留在这里，我到院子里去走一走，头痛起来了。”

阿辽沙走进父亲的卧室里去，在屏风后面床头边坐了大约有一个小时。老人忽然睁开眼睛，长时间沉默地望着阿辽沙，显然在那里回忆和思索。突然他的脸上出现了不寻常的激动神情。

“阿辽沙，”他畏畏缩缩地小声说，“伊凡在哪儿？”

“在院子里，他头痛。他在替我们守卫。”

“你把小镜子给我，就在那边放着，拿来给我！”

阿辽沙把放在抽屉柜上的一面能合上的小圆镜拿来递给他。老人照了一下：鼻子肿得很厉害，左眉上面额头上有一大块紫血印。

“伊凡说什么？阿辽沙，亲爱的，我唯一的儿子，我怕伊凡；我怕伊凡，比怕那个人还厉害。只有你一个人我不怕。”

“你也用不着怕伊凡，伊凡发了脾气，但是他会保护你的。”

“阿辽沙，那个人呢？他跑到格鲁申卡那里去了！亲爱的天使，你说实话！刚才格鲁申卡来过没有？”

“谁也没看见她。那是误会，她没有来！”

“可米卡真打算娶她，娶她！”

“她不会嫁给他的。”

“不会的，不会的，不会的，不会的，无论如何不会的！”老人喜欢得浑身精神一振，似乎在这时候再不能比对他说这样的话更令他高兴的了。他喜欢得抓住阿辽沙的手，紧紧地把它贴在自己胸前。他的眼睛里甚至闪出泪光："我刚才讲过的那个圣母像你拿去吧，你带走吧。我也准你回到修道院去。……刚才我是开玩笑，你不要生气。我头痛，阿辽沙……阿辽沙，请你安安我的心，做做好事，说句实话吧！"

"你还要问她来过没有吗？"阿辽沙悲伤地说。

"不，不，不，我相信你，另外有一件事情：你亲自到格鲁申卡那里去一趟，或是怎样见她一面；你尽快向她问问明白，越快越好，你自己亲眼判断一下，她到底愿意跟谁，跟我，还是跟他？好不好？怎么样？你能不能办到？"

"只要我见到她，会问的。"阿辽沙发窘地支吾着说。

"不行，她不会对你说的，"老人抢过话头说，"她是个不安分的人。她会吻起你来，说她想嫁给你。她是个骗子，没廉耻的女人。不，你绝不能到她那里去，绝不能去！"

"再说，那样也不合适，爸爸，很不合适。"

"刚才他跑开的时候喊着'你去一趟'，他打发你到哪里去？"

"打发我到卡捷琳娜·伊凡诺芙娜那里去。"

"为钱吗？向她要钱？"

"不，不是为钱。"

"她没有钱，一个钱也没有。阿辽沙，让我躺一夜，仔细想一想，你现在先走吧。你也有可能会遇见她。不过明天早晨你一定要到我这里来；一定要来的。我明天要对你说一句要紧话，你来不来？"

"来。"

"你如果来，要做出自己要来的样子，自己来看我。不要对谁说是我叫你来的。对伊凡也一句都不要说。"

"好吧。"

"再见吧，天使，刚才你替我出头，我是一辈子也忘不了的。我明天要对你说一句话，不过还要想一想。"

“你现在觉得怎样？”

“明天，明天就起床下地，完全健康，完全健康，完全健康！”

阿辽沙走过院子，看见伊凡哥哥坐在大门边长椅上：他在那里用铅笔在一本记事簿上写着。阿辽沙告诉伊凡，老人醒了，神志很清，打发他回到修道院去睡。

“阿辽沙，我很想和你明天早晨见一面。”伊凡欠身起来，客气地说，这种客气甚至有点完全出乎阿辽沙的意料。

“我明天要到霍赫拉柯娃家里去，”阿辽沙回答，“如果现在会不着卡捷琳娜·伊凡诺芙娜的话，也许明天还要到她那里去。”

“你这会儿到底还是要到卡捷琳娜·伊凡诺芙娜那里去？是去‘道别，道别’吗？”伊凡忽然微笑了。阿辽沙不好意思起来。

“刚才喊叫的话我好像全都明白了，以前的事也多少明白了一些。德米特里大概是请你到她那里去一趟，传一句话，说他……嗯……嗯……总而言之，是‘告别’的意思，对不对？”

“哥哥！父亲和德米特里两人这些可怕的事情会弄成什么结局呢？”阿辽沙大声感叹说。

“谁也说不准。也许什么事也没有，这件事情就不了了之了。这个女人是一只野兽。无论如何，应该把老头子留在家里，不让德米特里进屋来。”

“哥哥，容我再问一句：难道每个人都有权利决定别的人谁值得活下去、谁不值得再活下去吗？”

“为什么要扯到决定值得不值得的问题呢？人们的心里在决定这个问题时，时常不是根据价值，而是根据其他比这更直截了当得多的原因。至于说到权利，那么谁没有希望的权利呢？”

“怕不能包括希望别人死吧？”

“即使是死又怎样呢？为什么当大家全这样生活，也许根本不大能照另一种样子生活的时候，要自己欺骗自己呢？你这样问，是跟我刚才所说‘两条毒蛇相咬’的话有关的，是不是？那么让我也问你：你是不是认为我也和德米特里一样，能够使伊索流血——杀死他呢？”

“你怎么啦，伊凡！我的脑子里从来没有生过这种念头！就是德米特里我也不认为……”

“谢谢你至少还肯说这句话，”伊凡笑了笑，“告诉你，我永远准备保护他。可是就愿望来说，我却保留着充分的自由。明天见吧。不要责备我，不要把我看作是坏蛋。”他微笑地补充说。

他们互相紧紧地握手，这是以前从来没有过的。阿辽沙感到哥哥首先主动向他靠拢一步，是有所为而发的，这里面一定有某种用意。

十

两人在一起

阿辽沙从父亲家里出来，心情比刚才走进父亲家时更加失望和懊丧。他的脑子里也似乎千头万绪，一片零乱，同时又感到自己怕理清这些头绪，怕从今天所感受到的一切痛苦的矛盾中得到一个总的概念来。几乎有点近于绝望，这是阿辽沙的心里从来没有过的。首先像一座山似的高踞在一切之上的，是一个解决不了的致命问题：为了这个可怕的女人，父亲和德米特里哥哥的事会弄到什么结局？现在他自己已做了见证人。他自己身临其境，亲自看见他们狭路相逢。但是最后遭到不幸、成为彻底而可怕的不幸者的只会是德米特里哥哥，确定无疑的灾难正在等着他。这一切还会牵连到许多别的人，也许比阿辽沙以前可能想象到的还要多得多。甚至发生了某种近乎神秘的事。伊凡哥哥向他靠近了一步，这本是阿辽沙早就十分渴望的，可是现在他自己不知怎么会感到，这接近的一步竟使他感到惧怕。至于那些女人呢？真奇怪：他刚才特别怕到卡捷琳娜·伊凡诺芙娜那里去，现在却毫不害怕了；相反地，还自己忙着到她那里去，好像早就想向她寻求指示。但尽管如此，现在把受托的事转达给她，显然已比刚才更困难了：三千卢布的事已成定局，德米特里哥哥现在既感到自己毫无信用，又失掉了一切希望，自然任何堕落的举动都会干得出来的。况且他还叫他把刚才在父亲那里所发生的那幕戏也讲给卡捷琳娜·伊凡诺芙娜听。

阿辽沙走到卡捷琳娜·伊凡诺芙娜那里时已经七点钟，天色黑了下来。她在大街上租了一所很宽敞舒适的房子。阿辽沙知道她和两位姨母同住，其中一位只是她姐姐阿加菲亚·伊凡诺芙娜的姨母，平时在她父亲家中是个不大作声的角色，当她从学校回家时曾同她姐姐一块儿服侍过她。另一位姨母虽然也是贫寒出身，却是一位风度高雅、神态俨然的莫斯科太太。听说她们两人对卡捷琳娜·伊凡诺芙娜什么事都百依百顺，伴在她身边只是出于礼仪的需要。卡捷琳娜·伊凡诺芙娜只服从自己的恩主——将军夫人。将军夫人因病留在莫斯科，卡捷琳娜·伊凡诺芙娜必须每星期寄两封信给她，详细报告自己的一切情况。

阿辽沙走进前室，请替他开门的女仆通报的时候，大厅里显然已经知道他的到来（也许从窗里看到的），但阿辽沙还是忽然听见一阵忙乱，听见女人跑动的脚步声、衣裳的窸窣声，也许有两三个女人跑了出去。阿辽沙觉得奇怪的是他的到来竟能引起这么大的骚动。但尽管这样，他还是立刻就被引进了大厅。那间屋子很大，摆设着华美而且件数极多的家具，完全不是外省的气派。有许多沙发、躺椅和软凳，大小茶几；墙上挂着画，桌上放着花瓶和灯台，有许多花，窗台上还放着一只金鱼缸，暮色中屋里有一点暗。阿辽沙瞧见在显然刚刚有人坐过的长沙发上搭着一件丝绸短外套，沙发前面桌上有两杯没有喝完的巧克力茶，饼干，一只玻璃盘里放着蓝色的葡萄干，另一只放着糖果。她们在款待什么人。阿辽沙猜到他正碰上了有客，就皱了皱眉头。但正在这时帘子一掀，卡捷琳娜·伊凡诺芙娜急急地快步走了进来，带着欢欣快乐的微笑朝阿辽沙伸出双手。就在这时候女仆拿进两支点着的蜡烛，放在桌上。

"谢天谢地，您到底来了！我整天向上帝祷告，希望您来。请坐呀。"

卡捷琳娜·伊凡诺芙娜的美貌以前就曾使阿辽沙感到惊讶，那是在三个星期以前，在卡捷琳娜·伊凡诺芙娜自己的特别要求之下，德米特里哥哥曾初次把他带到她家来，介绍他和她相见。可是那次会面时，他们俩没怎么谈起来。卡捷琳娜·伊凡诺芙娜因为估计阿辽沙是十分害羞，所以似乎有意饶了他，一直同德米特里·费多罗维奇说话。阿辽沙不作声，但却清楚地看到了很多事情。使他惊讶的是这位傲慢的女郎的那种骄横放肆和自以为是。而这一切都是明白无疑的。阿辽沙觉得自己并没有夸张。他发现她那发光的黑色大眼睛十分美丽，同她那张苍白得甚至有点发黄的椭圆形脸配起来特别相称。但是在这双眼睛里，正和在美丽的嘴唇的曲线里一样，有一点尽管可以使他的哥哥陶醉迷恋却也许不能长久热爱的东西。德米特里在那次访问后曾缠住他，恳求他不要隐瞒他见到这位未婚妻后所得到的印象，他当时差不多很直率地对德米特里说出了自己的看法。

“你同她会幸福的，但是，也许……是不安静的幸福。”

“对呀，弟弟，有些人本来怎样就永远是怎样，他们不会向命运屈服的。那么你以为我不会永远地爱她吗？”

“不，也许你会永远地爱她，但是同她也许不会永远有幸福……”

阿辽沙当时说出自己的意见时，涨红了脸，不满意自己到底屈从于哥哥的请求，讲出了这样“愚蠢”的想法。因为他在说出来以后，立刻连自己都觉得这意见愚蠢到极点。而且这样武断地发表对一个女人的意见他觉得也未免有些惭愧。正因为这样他现在乍一看到向他跑过来的卡捷琳娜·伊凡诺芙娜的时候就更为惊惶地感到也许他当时的看法是很错误的。这一次她的脸上流露出朴质而毫不虚假的善意和坦率而热烈的真诚。以前使阿辽沙十分惊讶的“骄横和傲慢”，现在却只不过表现为一种勇敢而高贵的毅力和某种明显而有力的自信。阿辽沙刚一看到她，听她说出头几句话来，就明白她在与她如此爱恋的男人的关系方面所处地位的悲剧性，在她来说已不是秘密，她也许已经完全知道，肯定完全知道。但虽然这样，在她的脸上仍然闪耀着光明，充满着对未来的信心。阿辽沙感到自己在她面前突然显得仿佛是蓄意犯了严重过错的人。他一下子就被征服了，被迷住了。除了这一切之外，他还从她说出的第一句话里就看出她处于十分强烈的兴奋状态，也许在她身上是很不寻常的兴奋状态，甚至近于某种兴高采烈的心情。

“我所以那么期待您来，是因为我现在只有从您、从您一个人那里才能打听出一切实话来，从别人那里是无论如何得不到的！”

“我来……”阿辽沙讷讷地说，弄得语无伦次了，“我是……他打发我来的……”

“啊，他打发您来的，我早就预感到了。现在我全都明白，全都明白了！”卡捷琳娜·伊凡诺芙娜大声说，眼睛里突然闪出了光芒，“您等一等，阿历克赛·费多罗维奇，我先对您说清楚，为什么我这样期待着您来。您看，我也许甚至比您自己还远远知道得更多；我并不需要您告诉我一些情况。我要求于您的是：我需要知道您本身对他最近的个人印象是什么。我需要您用极直爽而不加修饰的，甚至是粗鲁（唉，不管怎么粗鲁都行！）的形式对我说说，您自己现在对他怎样看，在同他今天相遇以后，对他的状况怎样看。这也许比我这个他已不愿意再见面的人自己去找他谈好一些。您明白了我希望您做的是什么了吗？现在，请告诉我他为什么事打发您到我这里来（我早就知道他会打发您来的！），请您简单扼要地说，只说他最要紧的话！”

“他嘱咐我向您……致意，他说，再也不到您这里来了……向您致意！”

“致意？他就是这样说的，用这样的话吗？”

“是的。”

“也许是一时不经意地说错了话，用了不合适的词吧？”

“不，他正是嘱咐我一定要转达‘致意’这个词儿。还要求了我三次，请我不要忘记转达。”

卡捷琳娜·伊凡诺芙娜的脸一下子涨得通红。

“现在请您帮我的忙，阿历克赛·费多罗维奇，现在我正需要您的帮助！我把我的想法对您说一说，您一定要告诉我，我想得对不对。假使他叫您向我致意是偶然的，并不坚持转达这句话，不强调这句话，那么一切都完了，一切都无可挽回！但是假使他特别坚持这句话，假使他特别要您不要忘记转达这个致意，那么，他也许是处在兴奋的心情下，是一时冲动吧？做出了决定，却又害怕自己的决定！他不是迈着坚定的脚步离开我，而是从山上跳下去的。强调这个词儿，只能说明是逞英雄。”

“对，对！”阿辽沙热烈地表示同意，“我自己现在也这样想。”

“既然这样，他还不是无可救药！他只是处在绝望的境地，可是我还能救他。等一等，他没有告诉您关于钱的事情——三千卢布的事情吗？”

“不但说过，而且这也许还是最使他绝望丧气的事。他说他现在已经丧失了名誉，什么都无所谓了。”阿辽沙热烈地回答，从心底里感到自己的心里又充满了希望，他的哥哥也许真的还有出路和救星。“可是，难道您……已经知道关于钱的事情了吗？”他补充说，忽然呆住了。

“我早就知道，知道得很清楚。我曾发电报到莫斯科询问，早就知道钱没有收到。他没有汇出去，但是我没有吭一声。上个星期我又打听出来，他一直需要钱，现在还需要。我这样做所抱的唯一目的是让他知道，应该向谁开口，谁是他最忠实的朋友。可是不，他不愿意相信我是他最忠实的朋友，不愿了解我，他只把我当作一个女人看待。整整一个星期里我都在焦灼地思虑着：用什么方法才能使他不为了花去三千卢布而在我面前感到害臊？也就是说，他可以对所有的人，对自己感到害臊，却不必对我感到害臊。他对上帝不是会和盘托出而毫不感到羞惭吗？那他为什么至今还不知道我可以为他而忍受一切呢？他为什么，为什么还不了解我，在经历过去的那些事以后，他怎么还竟敢不了解我？我打算救他的一生。他应该忘记我只是他的未婚妻！可他却居然在我面前为自己的名誉担忧！他不是对您，阿历克赛·费多罗维奇，并不怕开诚布公吗？为什么我至今还够不上这个资格呢？”

最后的几句话是她噙着眼泪说的——泪水已从她的眼睛里溢了出来。

“我应该告诉您，”阿辽沙也同样用发颤的声音说，“刚才他同父亲中间发生的一桩事情。”他于是描述了那场戏，讲他怎样被打发去要钱，德米特里怎样闯了进来打了父亲一顿，那以后又特别坚持地要求他阿辽沙来向她“致意”。“他到那个女人那里去了……”阿辽沙最后轻声补充了一句。

“您以为我不能忍受这个女人吗？他以为我不能忍受吗？但是他不会娶她的，”她忽然神经质地笑了起来，“难道一个卡拉马佐夫家的人燃烧起这样的情欲后能够维持长久吗？这是欲，不是爱。他不会娶她，因为她根本不会嫁给他……”卡捷琳娜·伊凡诺芙娜忽然又奇怪地笑了一笑。

“他也说不定会娶她。”阿辽沙忧伤地说，低垂着眼睛。

“他不会娶的，我对您说！这个姑娘是个天使，您知道吗？您知道吗？”卡捷琳娜·伊凡诺芙娜忽然异常热烈地大声说，“她是一个世上最奇妙的人物！我知道她十分迷人，但我也知道她善良、坚定，而且高尚。您为什么这样看着我，阿历克赛·费多罗维奇？也许您对我的话感到奇怪，也许您不相信我吗？阿格拉菲娜·阿历山德罗芙娜，我的天使！”她忽然对另一间屋子，对什么人喊起来：“您快到我们这里来。这个可爱的人阿辽沙来了。他对我们的一切事情全知道。您出来见见他吧！”

“我就是在帘后等您叫我哩。”一个温柔的，甚至有点甜蜜的女人的声音说。

帘子掀了起来，于是……正是那个格鲁申卡本人，喜滋滋地带着微笑走到了桌子跟前。阿辽沙的心里好像突然抽搐了一下。他牢牢地死盯着她，简直不能移开眼睛。啊，这就是她，那个可怕的女人，那只“野兽”，像半小时以前伊凡哥哥想到她时脱口说出来的那样。可是谁想到在他面前站着的，猛一看来竟好像是一个极普通、极寻常的人物——一个善良、可爱的女人，也许是美丽的，但完全跟所有其他美丽而又“寻常”的女人一模一样！她的确好看，甚至很好看——俄罗斯式的美，使许多人为之倾倒的美。这个女人身材相当高，但却比卡捷琳娜·伊凡诺芙娜矮些（卡捷琳娜完全是个高个子）。她的肌肉丰满，行动轻柔，几乎无声无息，仿佛温柔到一种特别甜蜜蜜的程度，也像她的声音一样。她走进来时，不像卡捷琳娜·伊凡诺芙娜那样迈着爽快有力的步子，相反地，是不声不响的。她的脚踏在地板上完全没有声音。她轻轻地坐在椅子上，轻轻地牵动华丽的黑绸衫发出一阵窸窣声，温柔地用一条贵重的黑羊毛围巾裹住自己像水沫般洁白丰满的脖颈儿和宽阔的肩。她二十二岁，从面容看来也恰巧是这个年龄。她脸色很白，带着两朵粉色的红晕。她的面部轮廓似乎稍阔了些，下颏甚至有点凸出。上唇薄，下嘴唇微微噘起，分外饱满，好像有点发肿。但是十分美丽而浓密的深褐色头发，乌黑的眉毛，带着长长睫毛的美妙的蓝灰色眸子，一定会使最冷淡和心不在焉的人甚至在人丛中、闲步时，在人头拥挤处，也会在这张脸的面前突然止步，并且长久地记住它。最使阿辽沙惊讶的是这张脸上那种孩子般天真无邪的神情。她像孩子似的看人，像孩子似的为了什么而喜悦，她正是“喜滋滋地”走到桌子跟前来，似乎正在怀着完全像孩子般迫不及待的、信任的好奇心，期待着立刻出现一件什么事情。她的眼神可以使人心灵欢悦——阿辽沙感到了这一点。她的身上还有一种东西他却不能，或者说他没法加以理解，但也许不知不觉间对他也产生了影响，那就是她躯体的一举一动间那种娇弱和温柔，以及行动时那种猫一般的无声无息。但尽管如此她的躯体却是强健丰满的。围巾下隐约可见那宽阔丰满的肩头、高耸而还十分年轻的乳房。这躯体也许预示着将会重现维纳斯女神的风姿，虽然毫无疑问现在看来就已经有些比例过大之嫌——这是一眼可以看出的。俄国女性美的行家看了格鲁申卡，一定能正确地预言，这种新鲜的、还年轻的美，到了三十岁的时候就会丧失和谐，身子发胖，连脸也变得肥肿，眼边额头将很快地出现皱纹，脸皮变得粗糙，也许发紫。总而言之，那是短暂的美、转眼即逝的美，正是一切俄国女人身上所常见的。阿辽沙自然没有想到这层，但是他虽然着了迷，却还是怀着一种不愉快的感觉，仿佛深为惋惜似的自问：她为什么要这样拉长腔调，不能自自然然地说话呢？她这样做，显然是在这音节和字音的拉长以及做作的甜蜜腔调里发现了美。这自然只是一种醉心于不良风度的不良习惯，说明着所受教育的低下，以及从小就养成的对于文雅的庸俗理解。但虽然如此，这样的口音和语调在阿辽沙看来，跟脸上那种孩子般天真喜悦的神情，和眼里那种像婴孩般宁静幸福的目光，简直是一种不可思议的矛盾！卡捷琳娜·伊凡诺芙娜立刻把她让在阿辽沙对面的沙发上，好几次欢欣地吻她的嬉笑的嘴唇，简直好像爱上了她。

“我们是初次相见，阿历克赛·费多罗维奇，”女主人狂喜地说，“我想认识她，见见她，我想到她那里去，但是我刚一表示了这种愿望，她就自己先来了。我早就知道我同她可以解决一切，解决一切的！我的心里有这样的预感。有人劝我不要走这一步，但是我预感到了结果，而且果然并没有弄错。格鲁申卡对我解释了一切和她的全部打算；她像善良的天使那样飞到这里，带来了安宁和喜悦……”

“您竟不嫌弃我，亲爱的、高贵的小姐。”格鲁申卡像唱歌似的拉长着调子说，脸上一直带着可爱的、喜悦的微笑。

“不准您对我说这种话，您这女魔法师，您这美人儿！能够嫌弃您吗？我再吻一下您的下嘴唇。您的嘴唇好像有点发肿似的，那现在就让它再肿些，再肿些，再肿些吧。您瞧，她笑得多可爱，阿历克赛·费多罗维奇，瞧着这样的天使，真是从心里高兴……”阿辽沙脸红了，发出看不出的、轻微的颤抖。

“您宠爱我，亲爱的小姐，可也许我根本不配消受您的爱。”

“不配！她竟会不配！”卡捷琳娜·伊凡诺芙娜又热烈地叫了起来，“您要知道，阿历克赛·费多罗维奇，我们有着爱幻想的头脑，我们有着任性但却非常非常骄傲的心！我们高尚，我们宽宏，阿历克赛·费多罗维奇，这您知道不知道？我们只是不幸。我们太轻易地就对一个也许毫无价值的或轻浮的人做出任何牺牲。有这么一个人，也是军官，我们爱上了他，我们把一切都献给了他，那是很久以前，五年以前的事了，但是他却忘掉了我们，另娶了妻子。现在他成了鳏夫，他写信来说要到这里来，可是您知道吗，我们直到现在还是只爱着他一个人，而且终身爱着他！他一来，格鲁申卡就又会有幸福了，而这整整五年中她是不幸的。不过谁能责备她，谁能自夸得到过她的青睐呢？只有那个瘸腿的老头子，那个老商人，可是他实际上还不如说是我们的父亲，我们的朋友、保护人。他遇见我们时，正当我们处在绝望和痛苦中，被我们所爱的人遗弃的时候，要知道她当时甚至想投水自杀，是那个老人救她的，是他救她的呀！”

“您真会替我辩护，亲爱的小姐，您在一切事情上都是那么性急。”格鲁申卡又拉长调子说。

“我在辩护？难道我们有资格来辩护？再说我们这会儿还敢替您辩护吗？格鲁申卡，天使，请您把手伸给我，您瞧这只胖胖的、美丽的小手。阿历克赛·费多罗维奇，您看见这只手了吗？是它带来了幸福，它使我复活，我现在要吻它，手腕，手心，这样，这样，这样！”她仿佛陶醉了似的接连三次吻着格鲁申卡那只确实极美的、也许太肥胖的手。而那一位呢，在伸出这只手来以后，轻轻发出神经质的、清脆动人的笑声，望着这位“亲爱的小姐”，对于自己的手被人家这样吻着，显然感到很愉快。“也许，太兴高采烈了吧。”阿辽沙的头脑里闪出这个念头。他脸红了。他的心一直似乎特别地不安。

“您当着阿历克赛·费多罗维奇的面这样吻我的手，亲爱的小姐，真使我感到羞惭。”

“难道我这样做是想羞您吗？”卡捷琳娜·伊凡诺芙娜有点奇怪地说，“唉，亲爱的，您真是太不理解我了！”

“可您也一样可能还并不十分了解我啊，亲爱的小姐，我也许比您表面看到的要坏得多。我心里是坏的，我喜欢任性。当时我把可怜的德米特里·费多罗维奇迷住，只是为了嘲笑嘲笑他。”

“但现在您不又在救他了吗？您已经答应过，您要使他醒悟，您要对他直说，您早就爱上了别人，现在那人正向您求婚。”

“哦，不，我并没有答应这样说。这一切都是您自己对我说的，我并没有答应。”

“这么说，我没有了解您的意思，”卡捷琳娜·伊凡诺芙娜轻声说，脸上似乎有点发白，“您答应过……”

“哦，不，天使小姐，我一点也没有答应过您什么事情。”格鲁申卡仍然带着那快乐和天真无邪的神情，不慌不忙地轻轻打断她的话头，“现在就看得出了，高贵的小姐，在您面前的我这个人是个脾气多么坏和多么一意孤行的女人。我想怎样做就怎样做。我刚才也许答应过您什么，可现在又想：也许我突然又有点喜欢起他，喜欢起米卡来了，我已经喜欢过他一次，甚至喜欢了几乎一个钟头哩。也许现在我会立刻走去对他说，让他从今天起就留在我的家里，瞧我是个多没有常性的人。”

“您刚才……完全不是这样说的……”卡捷琳娜·伊凡诺芙娜勉强低声挤出一句话来。

“哦，刚才！可是我是个软心肠的蠢女人。只要想一想，他为我受了多少罪！我回家后忽然怜惜他起来，那可怎么办呢？”

“我料不到……”

“唉，小姐，您对待我真好，您真是高尚。可现在，由于我这种脾气，您也许要不爱我这傻女人了。请您把您可爱的小手伸给我，天使似的小姐。”她温柔地请求，仿佛带着崇拜的神情，握住卡捷琳娜·伊凡诺芙娜的手，“亲爱的小姐，我现在握住您的手，也要像您对我那样地亲吻它。您吻了我的手三次，我得吻您三百次才算还清。就这么办吧。以后的事全听上帝的安排，也许我会成为您真正的奴隶，乐意一切都奴隶似的听您的吩咐。上帝决定怎样就怎样吧，我们彼此根本用不着预先约定什么，答应什么！小手啊，您的小手真可爱极啦！您这可爱的小姐，您这让人无法相信的美人儿！”

她轻轻地把那只手端到自己的嘴唇边，真的怀着那个奇怪的目的：在接吻上“还清欠账”。卡捷琳娜·伊凡诺芙娜并没有挣脱手，她怯生生地怀着一线希望听到了格鲁申卡最后所说的那句尽管也说得非常古怪的诺言：乐意“奴隶似的”听她的吩咐。她紧盯着她的眼睛，她在这双眼睛里看到的仍旧是那种坦白、信任的表情，那种明朗的愉快心情。“她也许太天真烂漫了！”卡捷琳娜·伊凡诺芙娜心里闪出了希望。这时候格鲁申卡正在仿佛陶醉于那只“可爱的小手”似的，慢慢地把它举近自己的唇边。但是刚要到唇边的时候，她忽然捏住那只手停了两三秒钟，似乎在那里思索着什么。

“您猜怎么着，天使小姐，”她突然用最最温柔、甜蜜的声音拉长着调子说，“您猜怎么着，我偏不来吻您的小手。”她异常快乐地轻轻笑了起来。

“随您的便……您怎么啦？”卡捷琳娜·伊凡诺芙娜吃了一惊。

“请您留着这事当个纪念，那就是您吻过我的手，可是我没有吻您的手。”她的眼睛里突然闪出光来。她可怕地紧紧盯着卡捷琳娜·伊凡诺芙娜。

“您这蛮不讲理的女人！”卡捷琳娜·伊凡诺芙娜忽然说，似乎一下子明白了是怎么回事，从座位上一跃而起，满脸通红。格鲁申卡不慌不忙地站起身来。

“我还要马上去告诉米卡听，说您怎样吻我的手，我却完全没有吻您的。他真会笑得不可开交呢！”

“贱货！滚！”

“哎哟，真不害臊，小姐，真不害臊，您说出这样的话来，未免太不像样了，亲爱的小姐。”

“滚出去，出卖肉体的畜生！”卡捷琳娜·伊凡诺芙娜吼叫了起来。她那完全扭曲了的脸上，每一根线条都在发抖。

“还讲起什么出卖肉体的来了。您这个千金小姐在黄昏的时候跑到男人家里去要钱，亲自送上门去出卖色相，我是知道的。”

卡捷琳娜·伊凡诺芙娜喊了一声，正想朝她扑过去，但是阿辽沙拼命地拦住了她：“一步也别动，一个字也别说！您什么也不要说，什么也不要回答。她会走的，马上会走的！”

正在这当儿，卡捷琳娜·伊凡诺芙娜的两位亲戚听到喊声跑进屋来，女仆也跑来了。大家都连忙奔到她身边去。

“我是要走了，”格鲁申卡说，从长沙发上拿起了短外套，“阿辽沙，亲爱的，送我一下！”

“走吧，您快些走吧！”阿辽沙在她面前合着双手恳求她说。

“亲爱的阿辽沙，送送我吧！我在路上要对您说一句很好听、很好听的话！阿辽沙，我是为了您才闹出这场戏来的。送送我吧，宝贝儿，以后您会喜欢我的。”

阿辽沙绞着两只手，扭过身去。格鲁申卡清脆地朗声笑着，从屋里跑出去了。

卡捷琳娜·伊凡诺芙娜犯起病来。她号啕大哭，痉挛得死去活来。大家都在她身边忙作一团。

“我警告过您的，”大姨母对她说，“我不让您走这一步，您太火暴了，怎么能决心走这样一步呢？！您不知道这类东西的性子，这女人听说比别的人更坏。……不行，您真是太任性了！”

“她是一只老虎！”卡捷琳娜·伊凡诺芙娜嚷道，“您为什么拦阻我，阿历克赛·费多罗维奇？我要狠狠打她一顿，打她一顿！”

她在阿辽沙面前也控制不住自己了，也许是根本不想控制。

“应该抽她一顿鞭子，送到断头台上，交给刽子手，当着众人面前！”

阿辽沙退到门旁。

“但是上帝啊！”卡捷琳娜·伊凡诺芙娜忽然嚷叫起来，两手一拍，“他呢！他竟会那么不正直、那么没人性！他竟对这东西讲那件事情，在倒霉的、永远可诅咒的那天所发生的事情！‘送上门去出卖色相！’她竟知道了！您的哥哥真是浑蛋，阿历克赛·费多罗维奇！”

阿辽沙想说点什么，但是没有找出一句话来。他的心难受得都疼痛了。

“您走吧，阿历克赛·费多罗维奇！我觉得羞耻，我觉得可怕！明天……我跪着哀求您明天来一趟。您不要怪我，饶恕我吧，我不知道下一步拿自己怎么办！”

阿辽沙走到街上，仿佛连脚步都迈不稳了似的。他也想和她那样哭一场。一个女仆忽然追上前来。

“小姐忘记把霍赫拉柯娃太太的信转交给您，这信从午饭的时候就在我们这里了。”

阿辽沙机械地收下那个玫瑰色的小信封，下意识地塞进自己的口袋里。

十一

又一个失去了的名誉

从城里到修道院只有一俄里路多一点。阿辽沙在这时已经行人稀少的路上匆匆地走着。天快黑了，三十步外就已看不清东西。在中途有一个十字路口。十字路口一棵孤零零的柳树底下看得出有一个人的身影。阿辽沙刚刚走到十字路口，那个人就一下冲出来，跑到他身旁，用凶狠的声音喝道："掏出钱包来，不然就要你的命！"

"原来是你呀，米卡！"阿辽沙惊奇地说，被他吓了一大跳。

"哈，哈，哈！你没有料到吗？我心想：上哪儿等你好呢？在她家附近吗？从那里出来有三条路，我会找不到你的。后来才想到上这儿来等，因为心想你一定会经过这里，到修道院去是没有别的路的。嗯，你有什么话直说吧。你压扁我吧，像压死一只蟑螂似的……可是你怎么啦？"

"没什么，哥哥，我是被吓坏了。唉，德米特里，刚才父亲流的血……"阿辽沙哭了，他早就想哭，现在他的心里忽然好像决了口，"你几乎杀死他，还诅咒他，而现在……刚刚……你还开玩笑，'掏出钱包来，不然就要你的命！'。"

"那有什么？不正经吗？不合时宜吗？"

"不是的，我只是……"

"等等。你瞧这黑夜，你瞧，这是多么阴沉的黑夜，满天乌云，起了多大的风！我躲在这棵柳树底下等你，忽然心想（上帝做证！）：为什么还要这样受苦下去，还等候什么？这是一棵柳树，有手帕，还有衬衫，立刻可以拧成一根绳子，还可以加上一条背带，干吗不让世界少一个累赘，不再为了我这下贱生命丢脸？！就在这时候，我听见你走了过来，天哪！真好像有什么东西忽然从天外飞来。这么说，到底还有一个人是我所爱的，现在走来的正是他，正是这个小人儿，我的亲爱的小兄弟，这是我在这世上最爱的，也是唯一爱着的人！我是那么爱你，我在那一刻是那么爱你，所以我就心想：让我立刻扑上去搂住他的脖子！可这时突然心生一个愚蠢的念头：'让我逗他笑笑，吓唬他一下子。'这样我就像傻子似的喊起'掏出钱包来！'，请你原谅我这种愚蠢举动，这不过是胡闹，其实我的心里……也是很正经的。算了吧。还是请你说说，那里的情形怎么样？她是怎么说的？刀劈也好！斧锯也好！不要怜惜我！她气极了吗？"

"不，不是的。那里完全不是你想的这种情况，米卡。那里……我在那里刚才碰见了她们两个人在一块儿。"

"哪两个人？"

"格鲁申卡到卡捷琳娜·伊凡诺芙娜家去了。"

德米特里·费多罗维奇惊呆了。

"不可能！"他嚷道，"你说梦话！格鲁申卡会在她家里！"

阿辽沙把从他走进卡捷琳娜·伊凡诺芙娜家的时候起所发生的一切事情讲述了一遍。他讲了十分钟左右，不能说讲得十分流畅和有条有理，但似乎传达得很明白，把握住了那些最主要的话和最主要的行动，而且还常常通过一言半语鲜明地传达出了自己的感受。哥哥德米特里默默地听着，两眼吓人地直勾勾凝视着。但是阿辽沙明白他已经全都了解，已经领会了全部事实。不过随着故事的进展，他的脸色不但越来越阴沉，而且仿佛还越来越可怕。他皱紧眉头，咬紧牙根，他那呆板的目光显得更加呆板、固执和可怕。最出人意料的是他的整个的脸，本来显出愤恨和狂怒，一下子忽然又变了，变得那么快，让人完全想不到，紧闭的嘴唇松开了，德米特里·费多罗维奇忽然之间发出了最毫不抑制而又毫不做作的大笑。他简直被笑声噎住了，笑得甚至许久都说不出话来。

“结果还是没有吻手！还是没有吻，就这么跑走了！”他终于喊了出来，带着一种病态的狂喜神情，如果这种狂喜不是这样自然真率，那么也可以称之为无礼的狂喜——“她竟大声叫她老虎！真是母老虎！应该把她送上断头台去吗？是的，是的。应该，应该，我自己就是这个意见，早就应该！你瞧，弟弟，送她上断头台是可以的，但是首先自己应该恢复健康。我了解这位蛮横无理的女王，她的整个面目，整个面目全在这件吻手的事情上显露出来了，这女魔！她是世界上可以想象得出来的一切女魔中的女王！这也能让人感到一种特殊的痛快！那么她跑回家去了吗？我立刻去……嗯……我要立刻跑去找她！阿辽沙，你不要骂我，我不是也同意，把她绞死都还嫌轻吗？”

“可是卡捷琳娜·伊凡诺芙娜呢？”阿辽沙伤心地叫道。

“那一位我也看透了，那一位我也从里到外彻底看透了，而且从来没有看得这样清楚过！这简直等于是发现全球的四大洲，说错了，五大洲！走了这样的一步！这正是那个女学生卡钦卡的本色，她为了拯救父亲这样一个慷慨的念头，竟不怕跑到一个粗野无礼的军官家里去，甘冒被人家侮辱的危险！真是充满骄傲，渴望冒险，渴望对命运挑战，向无边的深渊挑战！你说那位姨母曾经阻拦过她吗？你知道，她那位姨母自己就是个专横的人，她原是莫斯科的那位将军夫人的亲姐姐，她的鼻子翘得比别人还要高，但是丈夫被揭露侵吞公款，丧失了一切，连同田产和其他一切，于是这位骄傲的太太忽然降低了调门，至今也没有提高起来。那么说她曾阻拦卡捷琳娜，可是卡捷琳娜不听。‘我能战胜一切，一切都由我支配；只要我愿意，也可以引诱格鲁申卡上钩。’结果是……她过于自信，自负太甚，那怨谁？你以为，她是故意首先吻格鲁申卡的手，是有狡猾打算的吗？不，她是当真的，她是真的爱上了格鲁申卡，不是格鲁申卡，而是自己的幻想、自己的美梦，因为这是我的幻想、我的美梦！好阿辽沙，你是怎么脱身逃出她们这些人的掌心的？是不是撩起修士服，溜之大吉？哈，哈，哈！”

“哥哥，可是你却好像毫不在意你对格鲁申卡讲了那天发生的事，而格鲁申卡刚才竟当面冲着她说：‘您自己私下到男人家里去出卖色相！’这是多么对不起卡捷琳娜·伊凡诺芙娜！哥哥，还有比这侮辱更厉害的吗？”使阿辽沙感到最痛苦的一个念头，是哥哥似乎为卡捷琳娜·伊凡诺芙娜受辱而高兴，尽管这自然是不可能的。

“哎呀！”德米特里·费多罗维奇忽然可怕地皱紧眉头，举手拍了一下自己的额头。虽然阿辽沙刚才已把卡捷琳娜·伊凡诺芙娜怎么委屈、怎么喊“你的哥哥真是个浑蛋！”这一切事情全讲了出来，可是他似乎现在才注意到。“真的，也许我确实对格鲁申卡讲过卡捷琳娜所说的那个‘倒霉’的日子的事情。对，是那样，是讲过的，我现在想起来了！那是在莫克洛叶，我喝醉了酒，吉卜赛女人在唱歌，但是我哭着，当时我痛哭着，跪在地上，向自己心头卡嘉的形象祈祷，格鲁申卡是明白这意思的。她当时全都明白，我记得，她自己也哭着。哎，见鬼！现在还能不这样吗？当时哭泣，现在呢？现在是‘当胸一剑’，女人都是这样的。”

他垂下头，沉思起来。

“是的，我是浑蛋，毫无疑问是浑蛋，”他忽然用阴沉的声音说，“不管哭不哭，总是一个浑蛋！你可以转告她，我接受这个称呼，如果这能使她解恨的话。够了，再见吧，有什么可谈的？没有快乐的事情。你走你的路，我走我的路。我也不愿意再跟你相见，除非到某一个最后的时刻。别了，阿历克赛！”他紧紧握了握阿辽沙的手，还是低垂着眼皮，头也不抬，仿佛一下挣脱开一般，大踏步向城里走去了。阿辽沙目送着他，简直不相信他会这样突然永远离开了。

“等等，阿历克赛，还要坦白一点，只对你一个人说！”德米特里·费多罗维奇忽然又回过头来，“你看我，仔细看我。你瞧，这里，这里，这里还正在孕育着一件可怕的不名誉的事情。”德米特里·费多罗维奇一面说着“这里，这里”，一面用拳头捶着胸脯，神情很奇特，好像这不名誉的事情就潜藏在他的胸脯里面，或是在某一地方，也许在口袋里，或是密缝后挂在脖子上。“你已经知道我：我是坏蛋，公认的坏蛋！但是你要知道，无论我从前、现在或将来做了什么事，它和现在、和眼前这一刻藏在我心头的这件不名誉的事比起来，在卑劣的程度上是简直无法相比的。这件事就藏在这里，这里，它正在酝酿实现，而我本来是完全可以停止这事的进行的，既可以停止，也可以实行，你要记住这一点！但是我告诉你，我一定要实行它，决不停止。我刚才对你什么都讲了，却没有讲这件事，因为连我也没有那么厚的脸皮说出它来！我还能停止；我一停止，明天就可以挽回整整一半已失去的名誉，但我不停止，我要实行卑劣的计划，你可以预先做我的证人，证明我事先就清醒地对你说过这事！毁灭和黑暗！用不着再解释，到那时候你自会知道。恶臭的胡同和女魔！别了。不必为我祈祷，我不配，也完全用不着，完全用不着，我完全不需要！走吧！”

他突然走了，这一次是完全走了。阿辽沙也朝着修道院走去。“我怎么会，怎么会再见不到他了？他说的是什么话？”他觉得奇怪极了，“明天我一定要去看他，寻找他，专门寻找他。他说的是什么话！”

他绕过修道院，穿过松树林，一直走进庵舍。虽然这时已到了不放人进门的时候，可是人家还是给他开了门。当他走进长老的修道室的时候，他的心战栗了：“为什么，为什么他要走出去？为什么长老要打发他进入‘人世’？这儿一片静寂，这儿是神圣的地方，而那里，却扰攘不安，那里是一片黑暗，会使人立即迷失方向，误入歧途。”

见习修士波尔菲里正在修道室里，还有司祭佩西神父也在，他整天每隔一小时就来打听一下佐西马长老的健康。阿辽沙惊恐地听到长老的病况愈来愈严重了。甚至通常晚上和修士们的谈话今天也不能举行。照例每天晚上，做完功课以后，临睡以前，修道院的全体修士都聚到长老的修道室里，每人朗声向他忏悔今天自己的过失，罪孽的幻想、念头，一切诱惑，甚至相互间的口角，如果有这类事发生了的话。有的人竟跪下来忏悔。长老加以宽赦，调解，训示，判处悔罪，给予祝福，然后让他们回去。反对长老制的人们所不满意的也就是修士间的“忏悔”，说这是对作为一种圣礼的忏悔的亵渎，几乎犯了渎圣罪，实际这完全是两回事。他们甚至向教区主管方面提出，说这样的忏悔不但不能达到良好的目的，而且确实会有意地把人引到罪孽和引诱中去。他们说修士中有许多人觉得到长老那里去是桩苦事，只是因为大家都去，不愿意使人家认为他们骄傲和具有反叛思想才勉强去的。有人说，修士中有些人在晚间去忏悔的时候，彼此事先约定：“我说我早晨对你发过脾气，你就给我证实。”这是为了有话可说，为了能敷衍了事。阿辽沙知道，有时确曾发生过这类事情。他也知道修士里有人还最恨按照惯例，甚至隐修者所收到的家信，也必须先送到长老那里去，由他拆开来先看。自然，原来设想，这一切都应该自由、热诚而真挚地进行，以求达到自愿地服从和拯救性地施行训诫的目的，然而实际上发生的情况却是，有时非但弄得很不诚恳，相反地，只显得做作和虚假。但是修士中辈分高的和有经验的一些人坚持自己的主见，认为凡是诚恳地走进这墙里来修行的，这类修持和苦行肯定可以使他们得救，给予他们极大的利益；但是相反地，如有人引以为苦，产生埋怨，那么反正他们就好像已经不是修士了，本来就不应当来进修道院，这类人的位置是在俗世间。罪孽和魔鬼，不但在俗世里，即使在教堂里，也是无法回避的，所以完全不该对它们纵容姑息。

“他衰弱得很，净要睡觉，”佩西神父为阿辽沙祝福以后，轻声告诉他，“很难叫醒他。不过也用不着去叫醒了。刚才醒过五分钟，请求向修士们转致祝福；请他们为他做晚祷。还打算明早受一次圣秘礼。又想起了你，阿历克赛，问你出去了没有，我们回答他说在城里。‘我就是祝福他要他这样的；他的位置是在那里，目前还不是在这里。’这就是他提到你时所说的话。他想到你时总是流露着爱和关心。你明白自己是受到多大的恩惠吗？不过他为什么决定你暂时应该到尘世里去呢？他一定对你的命运预见到了什么！你要明白，阿历克赛，即使你真回到尘世去，那也应当把它作为是去修长老指定给你的功课，而并不是去投身于空虚的浪游，不是去追求尘世的享乐。”

佩西神父出去了。长老即将逝世这一点，对于阿辽沙来说是毫无疑义的，虽然他也许还能活上一两天。阿辽沙坚定而且热烈地决定，虽然他曾答应和父亲、霍赫拉柯娃母女、哥哥，以及卡捷琳娜·伊凡诺芙娜等人会面，明天也决计不出修道院一步，一定要留在长老身旁，直到他去世为止。他的心中充满了热烈的爱，他痛心地责备自己，竟会在城里有一个短暂的时间完全忘记了那个被自己遗留在修道院中的垂死的人，那个自己平素在世上最最敬爱的人。他走进长老的卧室，跪下来，向睡着的人叩头。长老静静地、动也不动地睡着，轻微地呼吸着，均匀而且几乎觉不出来。他的脸是安静的。

阿辽沙回到另一间屋子，就是长老早晨接见宾客的那间，脱下皮靴，几乎和衣躺在坚硬狭窄的皮沙发上，长久以来他就每夜经常睡在这里，只加上一个枕头。刚才他的父亲叫嚷着提到过的褥子，他早已忘记了铺垫。他只脱下修士袍，盖在身上，代替被子。今天在临睡之前，他急忙跪下来，祈祷了很长时间。他在热烈的祷词中，不求上帝为他消释他的不安，只求给他那种欣悦的感动心情，以前，在他赞颂过上帝以后（这是他临睡前祷词照例的内容），时常有这样的心情降到他心灵里来。降临他身上的这种快乐心情引他进入轻松安静的梦乡。今天也正在这样祈祷的时候，他偶然间在衣袋里摸到那封小小的、玫瑰色的信，就是卡捷琳娜·伊凡诺芙娜的女仆在中途追上来转交给他的。他感到有点困惑不安，但仍旧念完了祷词。接着在迟疑了一会儿以后，便打开了信封。里面有一封短信，署名“丽萨”，就是早上当着长老那样取笑他的霍赫拉柯娃太太的那个年轻的女儿。

“阿历克赛·费多罗维奇，”她写道，“我瞒着一切人，也瞒着妈妈给您写信，我知道这是很不好的。但是如果不对您说出我心里产生的一切话，我就活不下去，这些话除去您我两人以外，事先不能让任何人知道。但是叫我怎样对您说出我十分渴想要对您说的话呢？据说，纸张不会脸红，告诉您，这是不对的，纸张也脸红得和我现在一样。亲爱的阿辽沙，我爱您，从儿童时代起就爱，从莫斯科起，那时您还完全不是现在的这个样子。我终身爱您。我的心选中了您，我愿意和您结合，白头到老，同生共死。自然先决条件是您必须脱离修道院。关于年龄一层，我们可以等待法律允许的时候。到那时候我一定会恢复健康，可以走路、跳舞。这是用不着多说的。

“您看，我是一切都想到了，只有一件事不能猜想，那就是您读了这封信以后，会对我怎么想？我爱笑，好淘气，我刚才惹您生气，但是我对您说实话，我在执笔以前，曾向圣母像祷告，现在还在祷告，几乎哭泣。

“我的秘密现在掌握在您的手里了，明天您来时我不知道怎样看您。阿历克赛·费多罗维奇，假使我像刚才那样，看到您的脸时，又像傻瓜一样按捺不住，大笑起来，那可怎么办呢？您一定会认为我是好取笑的坏女人，不再相信我这封信。因此我恳求您，亲爱的，如果您对我有一点同情，在您明天走进来的时候，不要过于正面看我的眼睛，因为我的眼神和您相遇的时候，我一定会忽然大笑起来，何况您又穿着这种长袍。现在，我想到这一点的时候，就全身发冷，所以您走进来的时候，暂时请您不要看我，可以看母亲或窗外……

“我居然给您写了情书，我的天，我做出了什么事情！阿辽沙，请您不要瞧不起我。如果我做了很坏的事，使您生气，那么请您饶恕我。现在，我的也许会永远使我失去了名誉的秘密在您的手中了。

“我今天一定要哭。再见吧，直到那可怕的再见时刻。丽萨。

“又及。阿辽沙，请您一定，一定，一定要来！丽萨。”

阿辽沙不胜惊奇地读完这封信，读了两遍，想了想，忽然轻声而甜蜜地笑了。他不禁打了个哆嗦，在他看来这笑声是有罪的。但是过了一会儿，他又那样轻声地、幸福地笑了。他慢吞吞地把信装进信封，画了十字，躺下来。他心灵的纷扰忽然过去了。“上帝，愿你宽恕这些人，保佑这些不幸的、心情不安的人，给他们以指引。你掌握着道路，指给他们道路使他们得救吧！你就是爱。你给一切人送来欢乐！”阿辽沙喃喃地说，画着十字，渐渐沉入了静谧的梦乡。

第二部

第一卷　折磨

一

费拉庞特神父

阿辽沙在清早天还没亮时被叫醒了。长老醒来，感到很软弱，却仍想离开床坐到靠椅上去。他神志极清；脸色虽然非常憔悴，却是清朗的，几乎是快乐的，眼神也是愉快、和蔼而恳切的。他对阿辽沙说："也许我活不过今天了。"后来他想忏悔，并且立刻行受圣餐礼。他像往常一样向佩西神父做了忏悔。在完成这两种圣礼以后，就开始行临终涂油礼。司祭们到齐了，修道室渐渐聚满了在隐修庵里修行的修士们。这时天已大亮。修道院里的人也陆续来了。仪式结束后，长老想和大家告别，一一同他们亲吻。因为修道室里挤不下，先来的人陆续出去，好让别的人进来。阿辽沙站在长老旁边，长老这时又在靠椅上坐好了。他力所能及地说话、讲道，他的嗓音虽然很低，但还十分坚定。"我给你们讲道讲了多少年，也就是出声说了多少年的话，好像已经养成了动辄就说话，一说话就给你们讲道的习惯，现在弄得沉默对我来说倒比讲话似乎还要更难些，即使是现在，亲爱的神父们和修士们，在我身体非常衰弱的时候也是这样。"他说着笑话，亲切地环视着聚在他身旁的人们。阿辽沙后来记住了一些他当时所说的话。但尽管说得很清晰，嗓音也相当坚定，他的话却很不连贯。他讲了许多事情，似乎想在临死以前，把一生中没有全说出来的一切一下子倾吐出来，再说一次，并且不单是为了说教，而且仿佛是渴望无一例外地跟一切人分享自己内心的喜悦和欢欣，在自己一生中再一次吐露自己的胸臆……

“你们应该彼此相爱，神父们，”长老教诲说（据阿辽沙后来所能回忆起来的），“爱上帝的人民。我们并不因为自己来到了这里，关在这个院子里，因此就比俗世的人们神圣些，正相反，凡是来到这里的人，正因为他来到这里，就已经自己意识到他比所有俗世的人、比地上的一切人都坏些，一个修士以后住在这个院子里越久，就应该越加深切地意识到这一点。因为如果不是这样，那他就根本没有必要到这里来。只有当他意识到他不但比一切俗世的人坏，而且应该在世界上的一切人面前为人类的一切罪恶——不管是全体的或是个人的罪恶负责，那时我们才算达到了隐修的目的。因为你们要知道，亲爱的，我们每个人都应该对世上一切人和一切事物负责，这一点是毫无疑义的，这不但是因为大家都参与了整个世界的罪恶，也是因为个人本来就应当为世上的一切人和每一个人负责。这种认识不只是修道的人，而且也是世上一切人生活道路的终极目标。因为修士并不是特殊的人，而不过是世上一切人都应该做的那种人。唯有到了那个时候，我们的心才得到了感动，滋生了广博无垠、充塞天地、不知餍足的爱。那时候你们每个人就会有力量用爱获得全世界，用泪洗净全世界的罪恶。……你们每人应该省察自己的心，不断自行忏悔。不要怕自己的罪恶，即使已经觉察了以后也不要怕，只要有悔悟心就行，但是不应该和上帝讲条件。我再说一遍，你们不应该骄傲。在小人物面前不要骄傲，在大人物面前也不要骄傲。不要憎恨排斥你、侮辱你、责骂你、诽谤你的人。不要憎恨无神派、教唆坏事的人和唯物论者，对他们中善良的人，甚至对其中的恶人也不要恨，因为即使在他们里面，也有许多的好人，尤其是在我们这个时代。你们要在祈祷中这样提到他们：主，救一切无人替他们祈祷的人吧，甚至也救救那些不愿向你祈祷的人。而且还应该马上补充说：主啊，我并不是因为高傲自大才这样祈祷的，因为我自己比一切人都还要低劣。你们应该爱上帝的人民，不要让外来的人搅乱羊群，因为如果你们沉迷在怠惰和洁身自好的骄傲之中，尤其是陷在贪婪之中，就会有人从四面八方前来掠夺你们的羊群。要不断地给人民讲解福音，不要敲诈勒索，不要爱金银，不要收聚它们。你们应该信仰，举起旗帜，高高地举着。”

长老说的话比在这里转述的和阿辽沙后来记下来的要凌乱得多。他有时完全中断了说话，似乎要歇一歇力，喘口气，但却仿佛一直心情十分高兴。大家十分感动地听着，虽然有许多人对他的话感到奇怪，觉得它暧昧晦涩，以后大家才又重新记起他的这些话来。阿辽沙中间偶尔从修道室走出来一会儿，他对于聚在屋内屋外的修士们普遍的激动和期待的神情感到很惊讶。有些人的期待几乎是惊惶不安的，另一些人则是庄严肃穆的。大家全期待在长老圆寂后立刻会有伟大的事情发生。这期待从某种观点看来几乎是浅薄的，但是甚至最严肃的长老们也受了这种影响。其中司祭佩西神父的脸最为严肃。阿辽沙走出修道室，是因为拉基金从城里回来了，暗地叫一个修士请他出来，交给他一封霍赫拉柯娃太太写来的古怪的信。她告诉阿辽沙一件来得十分凑巧的很有意思的新闻，原来昨天曾来向长老膜拜、求他祝福的虔诚的平民妇女中有一个住在城里的老妇人——普罗霍罗芙娜，是个士官的寡妇。她的儿子瓦先卡由于职务关系远行到西伯利亚的伊尔库茨克去了，她已经有一年没有接到任何信息。她问长老：可不可以把她儿子作为死者在教堂里追荐，祈祷他的亡魂安息？长老严峻地回答她，不准她做这样的祈祷，说这等于是施行妖术。但接着因她的无知而宽恕了她，并解释说这“好像看预言书一样”（霍赫拉柯娃太太信里这样说），同时还安慰了她：“说她的儿子瓦先卡一定活着，他不是自己快要回来，就是快要寄信回来，所以她应该回家去等着。”结果怎样呢？霍赫拉柯娃太太兴高采烈地补充说：“预言竟一字不差地实现了，甚至还多些。老太太刚回家，人家就交给她一封已在等着她的从西伯利亚寄来的信。不但这样，瓦先卡在这封他中途从叶卡捷琳堡写来的信里还通知他的母亲，说他本人正在随同一位长官一起在返俄途中，在接到此信后三星期内即可‘指望拥抱自己的母亲’。”霍赫拉柯娃太太坚决而且热烈地请求阿辽沙立刻把这新出现的“预言的奇迹”通知院长和全体修士，因为“这是应该使所有的人，使大家都知道的！”，她在信的末尾这样感叹地说。这封信写得匆忙潦草，每一行里都流露出写信人的激动的心情。但是阿辽沙已经用不着通知修士们了，因为大家已经全都知道：拉基金在打发修士去找阿辽沙的时候，还托他“恭敬地禀知佩西神父阁下说拉基金有事报告，但因极为重要，所以一分钟也不敢延搁，为此惶恐地请求原谅他的冒昧”。因为修士在通知阿辽沙之前已先把拉基金的请求向佩西神父报告过了，所以阿辽沙出来读了信以后，所能做的只不过是立刻把信转交给佩西神父，作为一个证据罢了。连这位态度严峻、不肯轻信的人，皱着眉头读完关于“奇迹”的报告以后，也不能完全抑制住自己内心的激动。他的两眼放光，嘴角忽然露出了庄严而热切的微笑。

“我们竟还能见到这样的事吗？”他好像情不自禁地脱口说了出来。

“我们还能见到这样的事，还能见到这样的事！”四周的修士们重复地说着，但是佩西神父又皱起眉头，请大家至少暂时不要向任何人声张，“现在还有待于进一步证实，因为世俗人士中轻率的举动太多了，况且现在这件事情也有可能是偶尔自然地发生的。”他谨慎地补充了一句，似乎是为了使自己安心，但几乎连自己也不大相信自己所持的保留态度，这是旁边听着的人看得十分清楚的。与此同时，这“奇迹”自然也已传遍了整个修道院，甚至传到许多到修道院来参与弥撒的人那里。其中对这个新发生的奇迹最感到吃惊的，是昨天才从极北的奥勃多尔斯克地方来到这里挂单的那个圣西尔维斯特修道院的修士。他昨天站在霍赫拉柯娃太太身旁，向长老膜拜，曾指着那位太太的被“治愈”了的女儿，热切地问长老：“您怎么竟能做出这样的事情？”

问题是：现在他已经有点困惑不解，几乎不知道该相信什么了。还在昨天晚上的时候，他去见了修道院的神父费拉庞特。这位神父住在蜂房后面一间单独的修道室里。这次拜访很使他吃惊，引起他强烈的、可怕的印象。费拉庞特老神父就是那个虔心持斋和发愿保持缄默的年老修士，我们已经说到过他是反对佐西马长老——主要是反对长老制的人，他认为长老制是一种轻浮而有害的新花样。这位反对者虽然是缄默者，几乎同谁也不说一句话，但却是很危险的。他的危险主要在于有许多修士十分同情他，连到这里来的世俗人士里面也有很多人尊敬他，把他看作伟大的苦修者和有德行的人，尽管也无疑地看出他是一个疯僧。但是正是这种疯劲使人着迷。费拉庞特神父从不去见佐西马长老。他虽住在庵舍里，却没有人用庵舍的规矩去约束他，这也正是因为他的一切举止常显出疯狂的样子。他大约有七十五岁了，也许还要大些。他住在院墙角上蜂房后面一间差不多要倒塌的旧木头修道室里。这修道室是在多年以前，还在前一个世纪，为一个也是很伟大的持斋者和缄默者约纳神父修建的。那个神父活到一百零五岁，关于他的苦行至今在修道院里以及附近一带还流传着许多有趣的传说。费拉庞特神父在七年以前设法也搬到这个僻静的小修道室里来住，这修道室简直就是一间农舍，但是又很像钟楼，因为里面有许多捐献的神像，神像前面还点着捐献的长明灯，好像费拉庞特神父就是被派在那里负责看管它们和点燃油灯的。听说他三天只吃两磅面包，绝不再多，这是一点也不假的；一个就住在养蜂场里看守蜂房的人每三天给他送一趟，但他就连跟侍候他的这个看蜂房的人也很少讲话。四磅面包连同礼拜天晚弥撒后院长准派人给这位疯僧送来的圣饼，就是他一星期的全部食粮。罐里的凉水每天给他换一次。他很少出来做弥撒。到修道院来膜拜的人们看见他有时整天跪着祈祷，不起身，也不朝旁边看。有时即使同这些人对答几句，也极简单凌乱，古里古怪，而且常常近于粗鲁。在极偶尔的情况下，他也会同外来的人谈天。但多半只说些奇特的字眼，给访客一个哑谜，然后不管人家怎样请求，也绝不再加以解释。他没有教职，只是一个普通的修士。在一些无知无识的人中间流传着一种很奇怪的谣言，说费拉庞特神父和天神们有来往，只同他们谈话，所以对人们沉默不语。偶然闯进养蜂场的那个奥勃多尔斯克来的修士，按照养蜂人（也是个十分沉默阴郁的修士）的指点，向院墙边费拉庞特神父的修道室里走去。养蜂的人曾预先说过：“他也许会像同外来的人一样跟你说话，也许完全不理你。”这位修士去的时候，正像他以后自己所说，心里十分害怕。时间已经很晚。费拉庞特神父这次坐在修道室门旁一个矮长凳上。一棵很大的老榆树在他的头上簌簌作响。夜晚的寒气袭来。奥勃多尔斯克的修士跪在这位疯僧面前磕头，请求祝福。

“修士，你要我也跪在你面前磕头吗？”费拉庞特神父说，“快起来！”

修士起来了。

“你赐给祝福，也受了祝福。坐在旁边吧。从哪儿跑来的？”

最使这可怜的修士吃惊的是费拉庞特神父尽管无疑从事着艰巨的苦行，年纪又那样老迈，样子却还是魁梧有力，腰背挺得笔直，并不弯曲，气色极好，虽然显得瘦削，却很健旺，身上显然也还有极大的精力。他具有大力士般的体格。他岁数虽大，头发甚至还没有全白，过去是深黑色的须发现在还很浓密。他的眼睛是灰色的，大而发光，却凸出得很厉害，能让人吓一跳。说起话来“O”字的音特别重。他穿着栗色的衣褂，是用以前叫作囚衣料子的粗呢做的，腰里系着一条粗绳子。露着脖子和胸口。长褂里面露出厚麻布做的几乎完全发黑的衬衫，大概好几个月没有换洗了。听说他在长褂里面身上系着三十磅重的铁链。赤脚穿着破烂的旧鞋。

“从奥勃多尔斯克的小修道院——圣西尔维斯特修道院来的。”外来的修士低声下气地回答，用好奇而有点畏怯的小眼睛匆匆打量着这个隐修者。

“我到过你的西尔维斯特那里。在那儿耽搁过。西尔维斯特身体好吗？”

修士目瞪口呆。

“你们全是些糊涂人！守的什么斋？”

“我们的斋按照古代修院的规则。在四旬斋的时候每逢星期一三五不开饭。星期二和星期四给修士们吃白面包、蜜饯水果、野杨梅或者腌白菜外加燕麦糊糊。星期六是白菜汤、豌豆煮面条、麦片稀粥，全加奶油。星期日那天，菜汤加上干鱼和煮麦片。在复活节前的一礼拜，从星期一直到星期六，一连六天都只吃清水和面包，什么煮熟的东西都没有，就连面包和水也吃得极少；在可能的范围内不每天进食，和四旬斋的第一星期完全一样。在圣星期五的那天，不许吃一点东西。在星期六，我们也要持斋到三点钟为止，以后才吃一点面包和水，喝一杯酒。在圣星期四，我们吃不放油的菜，喝点酒，或者就吃点干粮。因为洛迪西雅宗教会议对圣星期四的规定是这样的：'不应在星期四松懈持斋，以玷辱整个的四旬斋。'这就是我们那边持斋的情形。但是这怎么能和您相比，伟大的神父，"修士补充说，胆子壮了一些，"您整年只吃面包和水，甚至在圣复活节的时候也是这样，而且我们两天的面包够您吃七天了。您这样伟大的斋戒真是惊人。"

"蘑菇呢？"费拉庞特神父忽然问，带着浓重的土话口音。

"蘑菇吗？"修士惊讶地反问。

"是呀。我可以离开他们的面包，完全不需要它，哪怕到树林里去靠蘑菇或野果就可以生活。他们这里却离不开面包，所以就被魔鬼拴住了。现在有些肮脏的人说持斋是不必要的事。他们这种议论是骄傲的、肮脏的。"

"不错呀。"修士叹息说。

"你在他们中间看到魔鬼没有？"费拉庞特神父问。

"在谁中间？"修士畏畏缩缩地问。

"我在去年三一节[1]的星期日到院长那里去过，以后再没有去。我看见有鬼坐在一个人的胸脯上面，藏在修士服底下，只有头上的角露在外面；还有鬼从一个人的口袋里往外张望，眼睛闪闪烁烁，惧怕我；还有鬼住在一个人的身子里，最不清洁的肚子里，还有悬挂在脖子上的，抓住脖子带着走，可是自己看不见。"

"您……看得见吗？"修士问。

"我对你说，我能看见，看得清清楚楚。我离开院长走出来的

1 五旬节（复活节后第50日）后的星期日，庆祝基督教三位一体的教义。

时候，看见有一个鬼藏在门背后躲着我，身子很高，有一俄尺半[1]，也许还高些，深棕色的尾巴又粗又长，尾巴尖恰巧落在门缝里，我并不傻，突然把门一关，就夹住了它的尾巴。它尖叫着，想要挣脱，我朝它身上画了三次十字，就把它镇住了。它当场就断了气，像个压扁的蜘蛛似的。现在大概已经在角落里腐烂发臭了，可他们却看不见，闻不出来。我有一年没去了。我只是告诉你一个人，因为你是外来的。”

“您的话真可怕！伟大圣洁的神父！”修士越来越胆壮起来，“您的名声很大，连远处都知道，据说您同天神不断地有来往，真的吗？”

“他有时飞下来的。”

“怎么飞下来的？什么样子？”

“像鸟的样子！”

“天神现身为鸽子吗？”

“有天神，也有圣灵。圣灵也可以现身为别种鸟儿降下地来；有像燕子的，有像金丝雀的，也有像山雀的。”

“但是您怎样把他跟山雀分辨开呢？”

“他能说话。”

“怎么说的？说哪种话？”

“人的话。”

“他对您说什么？”

“今天他通知说，有一个傻瓜来见我，问些不相干的话。你想知道的事情太多了，修士。”

“您的话真可怕，神圣、高贵的神父。”修士摇摇头，在他的畏惧的眼睛里露出不信任的神情。

“你看见这棵树没有？”费拉庞特神父沉默了一会儿，问道。

“看见的，高贵的神父。”

---

1 俄制长度单位，1俄尺≈0.71米。

“你瞧是榆树，我看来却是另外一种景象。”

“什么景象？”修士默然空等了一会儿后，问道。

“那是在夜里发现的。你看见那两根树枝吗？在夜里，那是基督的手向我伸来，用那两只手寻找我。我看得很清楚，不由得哆嗦起来。可怕，真可怕。”

“既然是基督，有什么可怕的？”

“会抓住你，带着飞走。”

“活活带走吗？”

“关于伊里亚的神灵和名声，难道你没有听见过吗？他会抱住带走的。”

这位奥勃多尔斯克的修士在谈完话回到分派给他和一位修士同住的修道室里的时候，虽然心里甚至感到很困惑，但是他的心无疑地更倾向费拉庞特神父，而不是佐西马长老。这位奥勃多尔斯克来的修士主张持斋最力，所以觉得像费拉庞特神父那样一位伟大的持斋者能够“看见奇迹”，似乎也并不奇怪。他的话尽管听来很荒诞，但是上帝知道他的话里含有什么意义，而且迄今一切虔敬基督的疯僧的言行中，还没有看见过像他那样的。对于夹住小鬼尾巴一事，他真心诚意地乐于相信它不仅是一种比喻，而且的确是事实。此外，他过去还没来到修道院时，就对长老制有极大的成见，虽然在这以前他只不过听说过，却就已经随着别的许多人一同把这制度完全看作是危险的新鲜玩意儿。到修道院后才过了一天，他就注意到几个轻浮的、不赞成长老制的修士背后所发的牢骚。尤其因为他天性机灵而好管闲事，对一切事情都极为好奇，所以那桩重大的消息，说是长老佐西马做出了一个新的“奇迹”，弄得他心乱如麻。阿辽沙以后记起，在挤到长老身边和围在修道室外边的那些修士中间，这位好奇的奥勃多尔斯克来的客人的身影曾经在他面前闪现过好多次，他在各处人堆里钻进钻出，什么都留心，什么都打听。但是他当时没大注意他，只是到了以后才全想了起来。他当时也没有工夫理会这事情，因为佐西马长老又感到了疲乏，重新躺上床去，已经闭上眼睛，却突然又想起他来，叫他到面前去。阿辽沙立刻跑过去。当时只有佩西神父、司祭约西夫神父和见习修士波尔菲里三人在长老身边。长老睁开了疲乏的眼睛，仔细地瞧了阿辽沙一眼，忽然问他："你家里的人在等着你吗，孩子？"

阿辽沙一时答不上话来。

"有没有需要你的地方？昨天答应过人家今天再去吗？"

"答应过……父亲、两位哥哥，还有别人。"

"你看。你一定要去的。不必难过。你知道，我不等你在场听我在世上所说的最后一句话是不会死的。我要对你说这句话，孩子，把它作为我对你的最后遗言。对你，亲爱的孩子，因为你爱我。现在你先到你答应过的那些人那里去吧。"

阿辽沙立刻服从了，虽然离开他心里感到很难过。但是长老答应对他说出在世上的最后一句话，而且更重要的是，把它作为对他的最后遗言，这使他的心欢欣得战栗起来。他匆匆忙忙地出门，想一等到城里事情办完就赶紧回来。恰巧佩西神父也对他说了几句临别嘱咐式的话，使他产生了意料不到的强烈印象。这是在他们两人走出长老的修道室的时候说的。

"你要经常记住，小伙子，"佩西神父并没拐弯，开门见山地说，"世间的科学集结成一股巨大的力量，特别是在最近的一世纪里，把《圣经》里给我们遗下来的一切天国的事物分析得清清楚楚，经过这个世界的学者残酷的分析以后，以前一切神圣的东西全都一扫而光了。但是他们一部分一部分地加以分析，却盲目得令人惊奇地完全忽略整体。然而这整体仍像先前一样不可动摇地屹立在他们眼前，连地狱的门都挡不住它。难道它不已经存在了十几个世纪，至今还存在于每个人的心灵里和民众的行动里吗？甚至就在破坏一切的无神派自己的心灵里，它也仍旧不可动摇地存在着！因为即使是那些抛弃基督教反抗基督教的人自己，实质上也仍然保持着他们过去一直保持的基督的面貌，因为直到现在无论是他们的智慧或者他们的热情，都还没有力量创造出另一个比古基督所规定的形象更高超的人和道德的形象来。即使做过尝试，结果也只弄出了一些畸形的东西。你要特别记住这点，年轻人，因为你已经被你那即将去世的长老派到尘世里去。也许当你想起今天这个重大的日子来的时候，也不会忘记我作为衷心的临别赠言对你所说的这些话的，因为你岁数还轻，而世上的诱惑很大，不是你的力量所能经受的。现在去吧，我的孤儿。”

佩西神父说完这些话以后，为他祝福。阿辽沙走出修道院，玩味着这些突如其来的话时，忽然意识到这位一向对他不假辞色的严肃的修士，竟是他的一个料想不到的新朋友和热爱他的新导师，就好像佐西马长老在临死以前把他遗交给他了。阿辽沙忽然想：“也许他们之间真的做了这样的约定。”他刚才听到的出乎意料的、有学问的议论，偏偏是这样一种而不是别种议论，正足以证明佩西神父用心之热诚：他已经忙着想武装少年的头脑以便和诱惑斗争，为遗交给他的少年的心灵修筑一道他自己所能想象得到的最最坚固的长城。

二

在父亲家里

阿辽沙最先到父亲家去。走到的时候他想起父亲昨天曾特别嘱咐他要设法避开伊凡哥哥，悄悄地进来。“什么缘故呢？”阿辽沙这时忽然想了起来，“假使父亲打算私下对我一个人说点什么，那也用不着叫我非悄悄儿进来不可呀？他昨天一定是在心慌意乱中原想说另一句话，没有说上来。”他这样判断着。但尽管这样，当玛尔法·伊格纳奇耶芙娜出来替他开门（格里戈里生了病，躺在厢房里），他问她，她回答说伊凡·费多罗维奇已经出门两个多钟头时，他心里还是很高兴。

“父亲呢？”

“起来了，正喝着咖啡。”玛尔法·伊格纳奇耶芙娜有点冷淡地回答道。

阿辽沙走了进去。老人独自坐在桌旁，穿着睡鞋和旧外套，不大经意地审阅着一些账目来消磨时间。只有他一个人在家里（斯麦尔佳科夫也出去买中饭的菜了）。然而他的心并不在账目上。他虽然一清早就起床，竭力振作精神，但面容还是显得疲劳和衰弱。他的额头上过了一夜肿起了几个大紫血疱，现在用红手绢包着。鼻子也在一夜间肿得很厉害，上面也有几块紫血斑，虽然不很大，却显然使整个的脸增加了一种特别凶狠和气恼的神色。老人自己也知道这一点，他对走进来的阿辽沙带着敌意地看了一眼。

“咖啡是冷的，”他厉声说，“我不能请你喝。我自己，老弟，今天也只拿持斋时吃的清鱼汤当饭，不想请任何客人。你光临有什么事情？”

“看看您身体怎样。”阿辽沙说。

“对。说起来昨天是我自己嘱咐你来的。可那全是废话。你白劳驾跑了一趟。不过我也知道你会赶紧闯来的。”

他带着深恶痛绝的心情说这些话。同时从座位上站起来，烦恼地朝镜子里看自己的鼻子（也许从早晨起已经看了四十次了），又动手把额头上的红手绢整理得美观些。

“红色好看些，包白色的就像住医院，”他像在说格言似的，“你那里怎么样？长老怎样了？”

“他很不好，也许今天就会死的。”阿辽沙回答，但是父亲竟没有听到，把自己问的话立刻忘掉了。

“伊凡出去了，”他忽然说，“他拼命夺取米卡的未婚妻，就为了这事才住在这里的。”他狠狠地补充说，撇了一下嘴，向阿辽沙望望。

“难道是他自己对你说的吗？”阿辽沙问。

“是的，而且早就说过了。两星期前就说过了。他到这里来总不见得是为了来偷偷地暗杀我，那他总得是为了点什么才到这儿来的吧？”

“您怎么啦？您干吗说这种话？”阿辽沙感到异常困惑。

“不错，他没有向我要钱，可是他从我这儿就是要也一个子儿都得不到的。亲爱的阿历克赛·费多罗维奇，我还想尽量在世上多活几天，你最好知道这点，所以每一个戈比都是我所需要的，而且越活得长，就越加需要它。”他继续说，在屋里从这个角落踱到另一个角落，手插在用黄色厚麻布夏衣料子做的肥大油污的外套口袋里，“现在我总还算是个汉子，只有五十五岁，但是我愿意再做二十年的汉子，等到老了，我会显得丑陋可厌，她们不会甘愿到我这里来的，到那时候我就需要钱了。所以现在我专门为了我自己拼命地攒钱，越多越好，我亲爱的儿子阿历克赛·费多罗维奇，你最好知道这点，因为我愿意过我这种龌龊生活一直过到底，你最好知道这一点。过龌龊生活比较甜蜜；大家咒骂它，可是谁都在过这种生活，只不过人家是偷偷地，而我是公开地。正因为我坦白，那些做龌龊事的家伙就大肆攻击起我来了。至于到你那天堂里去，阿历克赛·费多罗维奇，我是不愿意的，你最好知道这一点，就算是真有天堂，体面的人到那里去也不合适。照我看来，一觉睡去，从此不醒，就一切都完了，你们愿意，就追荐我，不愿意，就见你们的鬼去好了。这是我的哲学。昨天伊凡在这里说得很好，尽管我们当时都喝醉了。伊凡爱吹牛，其实并没有什么学问，也没有受过什么特别教育，一言不发，默默地讪笑你，他就是靠着这个唬人。”

阿辽沙默默地听他说话。

“为什么他不大同我说话？即使说话的时候也总是装腔作势。你那个伊凡真是个卑鄙东西！我只要愿意，立时就可以娶格鲁申卡。因为有了钱，阿历克赛·费多罗维奇，想要什么，就有什么。伊凡怕的正是这个，所以看守着我，生怕我娶亲，并且因此在后面鼓动米卡，让他娶格鲁申卡：想用这个方法让我没法再打格鲁申卡的主意（他还以为我不要格鲁申卡，就可以把钱遗留给他！），另一方面，如果米卡娶了格鲁申卡，那么伊凡就可以把他的有钱的未婚妻抢到手，你看他的算盘多精！你那个伊凡真是个卑鄙东西！”

“您真是爱找气生。这是为了昨天的事情。您最好静静地躺一下。”阿辽沙说。

“这是你在说这个话，”老人忽然好像刚刚想起来似的说，“你这样说，我并不生你的气，可是对伊凡，假如他对我说这句话，我是会生气的。我只有同你在一块儿才偶尔有心平气和的时候，除此以外我完全是个性情毒辣的人。”

“您不是性情毒辣的人，是脾气越变越坏了。”阿辽沙微笑着说。

“你听着，我今天就想把米卡这个强盗关到监狱里去，只是还没最后拿定主意要不要这样做。自然，在现在这个摩登的时代，连提起父母来都被看作只不过是成见，但是从法律上讲，就是现在好像也不许就在父亲的家里，抓住父亲老人家的头发按在地板上，用脚后跟朝脸上踹，甚至还夸海口说要再来杀死他，而这一切还都是在众人的目睹之下。我只要愿意，就可以让他吃不消，可以为了昨天的事立刻把他关进牢里。”

“那么您并不想去告状，对吗？”

“伊凡劝住了我。其实我可以不理伊凡那一套。不过我自己肚里明白一件事……”

他向阿辽沙弯过身去，推心置腹地压低了声音继续说：“假使我把那个浑蛋关进牢里，她听说是我把他关进去的，就会马上跑到他那里去。但如果今天听说他把我这衰弱的老头子打了个半死，说不定就会抛弃他，反而跑来看我。我们都是天生这一路性格，总是爱拧着性子干相反的事。我对她可了解得透彻哩！怎么样，你不喝点白兰地吗？来一杯凉咖啡吧，我给你掺上小半盅酒，这是很不错的，老弟，可以添滋味。”

“不，不用，谢谢您。如果可以的话，我拿一个小面包吧。”阿辽沙说，拿了一个单价三戈比的法国式小面包，放进修道服的口袋里。“白兰地您最好也不要喝。”他望着老人的脸，畏怯地劝告说。

“你说的老实话只能惹人生气，不能带来安慰。只不过喝一小杯，我到柜里去取。”

他用钥匙打开食柜，倒了一小杯，喝下去，又把柜子锁上，钥匙重新放在口袋里。

“够了。喝一杯不会要命的。”

“您现在这样就显得和善多了。”阿辽沙微笑着说。

“嗯！我没有白兰地也是爱你的。可是一碰到浑蛋，我也就是浑蛋。伊凡不到契尔马什涅去是为什么？他是想窥探我的事情：假使格鲁申卡来了的话，看我给她多少钱。全都是浑蛋！伊凡完全不像我的儿子。这样的人不知是从哪儿钻出来的，心肠完全跟我们不一样。好像我真会给他遗下什么似的！我连遗嘱也不留下来，你最好知道这一点！至于米卡，我要把他像蟑螂一样碾死。夜里我用睡鞋碾死黑蟑螂：一踩下去，就吱吱地发响。你的米卡也会吱吱地发响的。说‘你的’米卡，因为你爱他。尽管你爱他，我却不怕你爱他。假使伊凡爱他，我就会为这点而替自己担心。但是伊凡谁也不爱，伊凡不是我们的人，像伊凡那样的人，老弟，可和我们不一样，那都是些扬起来的灰尘，风一吹，灰尘就没有了。昨天我吩咐你今天来一趟的时候，我是头脑里起了一个蠢念头：我想通过你了解一下米卡的意思，如果我立时付给他一千卢布，哪怕两千也行，这个乞丐和下流坯肯不肯完全答应离开这里，离开五年，最好是三十五年，不跟格鲁申卡在一起，完全和她分手？”

“我……我去问问他，”阿辽沙喃喃地说，“如果有三千卢布，他也许……”

“胡说！现在你不用再去问，完全用不着！我改变主意了。我昨天是一时糊涂脑子里钻进了傻念头。我一个钱也不给，一个小钱也不能给，我的钱我自己需要，”老人摆着手，“不用这个我也会把他像蟑螂似的压扁的。你什么话也不要对他说，要不然他又要生出希望来了。你在我这里也没有什么事情了，你走吧。那个被她藏得那样严密、不让我看见的未婚妻卡捷琳娜·伊凡诺芙娜，肯不肯嫁他呢？你好像昨天到她家里去过了？”

“她是怎么也不肯离开他的。”

“你瞧，那些温柔的小姐总是爱这类人，浪荡鬼和浑蛋！我对你说，这些娇弱的小姐都是贱骨头，要是，嗯，我要是有他年轻，加上我那时的面貌（我在二十八岁时可比他长得好看），我也会像他那样情场得意的。他真是个骗子手！可是不管怎样格鲁申卡他总弄不到手，弄不到手！我要把他捣成肉酱！”

说到最后几句他又变得怒气冲冲了。

“你也走吧。我这儿今天没有你什么事情了。”他厉声地说。

阿辽沙走过去辞别，吻了吻他的肩。

“你这是什么意思？”老人有点奇怪，“我们还会相见的。你以为我们不能见面了吗？”

“完全没这个意思。我只是随便，出于无心的。”

“我也没有什么，我只是随便……”老人瞧了他一眼。“你听着，听着，”他朝他的背后大声说，“你过几天就来，来吃鱼羹，我要做一个鱼羹，特别的，不是今天那样的。你一定要来的呀！最好明天，你听见了吗？明天就来！”

阿辽沙刚一出门，他就走到柜子前面，又喝了半杯。

“再也不喝了！”他嘟囔说，清了清嗓子，又把柜门锁好，仍把钥匙放在口袋里，然后回到卧室，疲乏地躺到床上，马上睡着了。

三

和小学生们相遇

“谢天谢地，他没有问我关于格鲁申卡的事情，”阿辽沙离开父亲的家，向霍赫拉柯娃太太家走去的时候，心里这样想，“要不然也许就要说出昨天同格鲁申卡相遇的事了。”阿辽沙痛苦地感到，经过一夜，战士们积蓄了新的力量，随着白天的来到，他们的心肠变得更硬了：父亲既气恼又凶狠，他想出了什么主意，坚决想贯彻它。德米特里又怎样呢？他过了一夜也坚强起来，也一定既气恼又凶狠，自然也想出了某种主意。啊，今天我无论如何要想法子找到他……

然而阿辽沙没能长时间思索下去：他在途中忽然碰到了一件事情，看来虽不很重要，却使他十分震惊。他刚刚走过广场，拐进胡同，预备走到和大街平行的米哈依洛夫街上去，这条街和大街只隔一条小河——我们城里这样的小河纵横交错，这时他望见下面小桥跟前有一小堆学生，全是幼龄孩子，小的九岁，大的最多十二岁。他们放学回家，有的背着书包，有的挂着皮书包，用一条皮带挎在肩上，有的只穿短袄，有的穿大衣，有的还穿着脚踝上起褶的高筒靴子，这类靴子是有钱的父亲娇惯的孩子们特别喜欢穿着出出风头的。这一堆人在那里讨论得很热闹，显然在商量什么事情。阿辽沙从来不能漠然地从小孩子们旁边走过，在莫斯科的时候就时常发生这种情形，而且他虽然最爱三岁左右的孩童，但是十一二岁的小学生他也非常喜欢。所以现在他心里无论有怎样烦恼的事，还是忽然想拐到他们那里去，和他们聊聊。他走近去的时候，注视着他们活泼红润的小脸庞，忽然看见他们每人手里都捏着一块石头，有的还捏着两块。河那面，离这群小孩大约三十步远，还有一个小孩站在围墙旁边，也是小学生，身上也背着一个书包，看他的身材，不过十岁，或者甚至还要小些，他脸色苍白，带有病态，小黑眼睛闪闪发光。他留神地专心盯着那结成一伙的六个小学生，不用说，这全是他的同学，和他一起刚刚走出学校，但他显然同他们有什么仇隙。阿辽沙走近前去，对一个金色头发、脸蛋红润、身上穿着黑短褂的男孩打量了一眼，开口说："在我背着像你们这样的书包的时候，我们是背在左边的，好用右手立刻拿出东西来，可是你的书包却背在右边，这样拿起来不大方便。"

阿辽沙丝毫不用故意拐弯抹角的手段，开门见山就从这个实际的意见说起。大人如果想一下子就获得小孩的信任，特别是一大堆小孩的信任，就非得这样开头不可的。一定要一开始就用正经和实际的态度谈话，完全和他们站在平等的地位上；阿辽沙本能地懂得这一点。

"可他是个左撇子。"另一个十一二岁伶俐健壮的男孩马上回答。其余五个男孩都一眼不眨地盯着阿辽沙。

"他扔石子也用左手。"第三个孩子说。这时正巧一块石头落到人群里，稍微擦着了一点那个左撇子男孩的身体，飞到一边去了，虽然扔得还是很准、很有力。这是河那面的那个男孩扔过来的。

"狠揍他，瞄准他，斯穆罗夫！"大家全乱嚷起来。但是左撇子斯穆罗夫用不着大家叫嚷也不会怠慢的，当时就进行了反击：他把石子朝隔河的男孩掷去，却没有掷准，石子落在了地上。隔河的男孩立刻又朝这一群人扔来一块石头，这一次是直接对准了阿辽沙，并且打中了他的肩，打得十分痛。隔河男孩的口袋里装满了预备好的石子。他的大衣口袋鼓着，在三十步以外都看得很清楚。

"他这是朝您，朝您，故意朝您扔的！因为您是卡拉马佐夫，您是不是卡拉马佐夫？"男孩们哈哈大笑地喊起来，"喂，大家一齐朝他扔，放排炮！"

大块石子一下子从这堆人里飞了出去。有一块击中了男孩的脑袋，他倒在地上，可是立刻又跳起来，咬牙切齿地用石子朝这群人还击。双方开始连续不断地开起火来，原来这群孩子里许多人的口袋里也预备了不少石子。

“你们怎么啦？！不害臊吗，先生们？！六个打一个。你们会打死他的！”阿辽沙大声喊道。

他跳过去，迎着横飞的石子站着，想用自己的身子挡住河那面的孩子。三四个男孩稍微停了一下手。

“是他先开始的！”一个穿红衬衫的男孩用生气的孩子嗓音嚷道，“他是个浑蛋。他刚才在教室里用铅笔刀扎克拉索特金，都流了血。克拉索特金只是不愿意去告发。但是这家伙是该挨揍的。”

“为什么？你们一定先惹他了吧？”

“你瞧他现在又朝您的背后扔石子了。他认识您，”孩子们嚷叫说，“他现在在朝您扔，不是朝我们扔。喂，大家再一起朝他扔！不要扔偏呀，斯穆罗夫！”

又开始了互击，这一次打得特别凶。隔河的男孩被石子击中胸脯，“啊”的一声哭了，向坡上的米哈依洛夫街跑去。孩子群里乱嚷起来：“哈哈，他胆小了，跑了，这个树皮擦子！”

“您还不知道，卡拉马佐夫，他可坏啦，打死他都便宜了他。”穿短褂的男孩小眼睛里冒着火，看样子比大家都年长。

“他是怎么个人？”阿辽沙问，“是不是好告状的？”

男孩们互相对看了一眼，似乎在讪笑。

“您也往米哈依洛夫街那边去吗？”这个男孩继续说，“那么您可以追上他。您瞧，他又站住了，在那里等着，瞧着您。”

“瞧着您呢！瞧着您呢！”男孩们附和着说。

“您可以问他，他喜欢不喜欢搓澡用的树皮擦子，乱作一团的。听见了吗？您就这样问他。”

掀起一阵哄笑。阿辽沙瞧着他们，他们也瞧着他。

“您不要去，他会伤害您的。”斯穆罗夫大声警告他说。

“先生们，我不去问他是不是树皮擦子，因为你们大概就是用这个去惹他的，我反倒要向他打听打听，为什么你们这样恨他。”

“您去打听吧，您去打听吧。”男孩们笑了。

阿辽沙走过小桥，顺着围墙上坡，一直向那个被人排挤的男孩走去。

“您小心点，”大家在后面警告他，“他不会怕您的，他会暗地里突然扎您一下，像扎克拉索特金似的……”

那男孩等着他，一动不动。阿辽沙走得很近的时候，看清这孩子最多不过九岁，属于瘦小枯干的一类，小小的长脸蛋苍白而消瘦，乌黑的大眼睛恶狠狠地望着他。他穿着一件相当破烂的旧大衣，因为已经太小而显得怪难看。两手都赤露在袖子外面。裤子的右膝上有一块大补丁，左脚的靴面上，就在大脚趾的地方，有一个大窟窿，看得出曾用浓浓的墨水涂抹过。他的大衣的两个口袋鼓鼓地装满了石子。阿辽沙走到离他面前两步的地方站住，带着疑问的神色看着他。这男孩从阿辽沙的眼神里立即猜到这人是不会打他的，所以也放下了气势汹汹的架势，居然还自己先开了口。

“我一个人，他们有六个，我一个人能把他们大伙儿全打垮。”他眼睛闪着光突然说。

“有一块石子大概把你打得很痛。”阿辽沙说。

“可是我打中了斯穆罗夫的头！”男孩嚷道。

“他们对我说你认识我，为了不知什么事要向我扔石子，是吗？”阿辽沙问。

男孩阴沉地看了他一眼。

“我不认识你。难道你认识我吗？”阿辽沙追问。

“别缠着我！”男孩忽然发火地喊道，但还是站着不动，似乎一直在防备着什么，眼睛又恶狠狠地闪烁起来。

“好吧，我就走，”阿辽沙说，“不过我不认识你，并没有惹你。他们告诉我，他们怎么惹你，但是我不想惹你，再见吧！”

“穿绸裤子的修士！”男孩叫着说，还是用恶意和挑衅的眼光瞧着阿辽沙，而且拿好了架势，以为这下子阿辽沙一定要扑上去的，谁知阿辽沙回身看了他一眼，仍旧走开了。但是他还没有来得及走上三步，男孩就把口袋里最大的一块石头扔了过来，重重地打在他的背上。

“你居然从后面下手？他们说你会下黑手，原来是真话！”阿辽沙又转过脸来说。但这时男孩又凶恶地朝阿辽沙扔了一块石子，这次是一直冲他的脸上扔来，但阿辽沙连忙用胳膊挡住，挡得正是时候，石子击中了他的胳膊肘。

“你怎么不知道害臊！我对你做了什么不对的事？”他喊了起来。

男孩一言不发，只是一味好斗地等着，以为阿辽沙这回一定要向他扑去了；当他见阿辽沙甚至现在也仍旧不扑上去时，就简直气得像一只小野兽似的：他自己蹿了过去，朝阿辽沙身上扑来。阿辽沙还没来得及动一动身子，那个凶恶的男孩竟低下头去，两手抓住他的左手，狠狠地咬了他的中指一口。他的牙齿咬紧手指足有十秒钟不放。阿辽沙痛得叫起来，拼命用力抽回手指。男孩终于放开了他，跳回到原来的距离上。手指正好在指甲的旁边被很厉害地咬破了，咬得很深，一直咬到骨头，血流如注。阿辽沙掏出手绢，紧紧地扎住伤手。他差不多包扎了整整一分钟。男孩一直站在那里等着。阿辽沙终于抬起平静的眼光来看着他。

“好吧，”他说，“你瞧，你把我咬得这样厉害，大概总满足了吧，对不对？现在你说一说，我对你做了什么不好的事情？”

男孩惊异地看着他。

“我虽然一点也不认识你，才头一回看见你，”阿辽沙继续平静地说，“但看来我不会没有对你做过不对的事情，不然你决不会无缘无故地让我吃这么大的苦头。那么究竟我做了什么事？什么地方对不起你了呢？请你说一说吧！”

男孩并不回答，竟忽然放声大哭起来，并且突然转身离开阿辽沙跑了。阿辽沙静静地跟着他往米哈依洛夫街走去，他很长时间还远远看见男孩头也不回毫不停步地向前跑去，显然一直还在放声痛哭着。他打定主意只要自己有时间，一定要去找到他，弄清这个使他异常惊愕的哑谜。但现在他没有工夫。

四

在霍赫拉柯娃家

他很快走到了霍赫拉柯娃太太家，那是座石头建的两层楼私家住宅，式样美丽，是本城最好的房子之一。虽然霍赫拉柯娃太太大部分时间住在她有大片地产的另一省里，或是住在她有自己的房子的莫斯科，但她在我们城里也有祖传的房子。她在本县拥有的地产还是她所有的三处地产中最大的，可是到现在为止她却一直很少到我们省里来。当阿辽沙走进外屋的时候，她就跑了出来。

“您接到了没有，接到关于新奇迹的信没有？”她神经质地急急地说。

“是的，收到了。”

“宣传过，给大家看过没有？他把儿子交还给母亲了！”

“他今天就要死了。”阿辽沙说。

“我听说过，我知道的。唉，我真想找您谈谈！同您或是别的什么人谈谈关于这一切事情。不，我要同您谈，同您谈！可惜我怎么也没法去见他！满城的人全都很兴奋，大家全期待着。但是现在……您知道不知道，卡捷琳娜·伊凡诺芙娜现在就在我们这里？”

“啊，这真是好运气！”阿辽沙叫了起来，“我可以在府上同她见面了，她昨天曾吩咐我今天一定要到她家里去一趟。”

“我全知道，全知道。昨天在她家里出的事情，同那个……贱人发生的可怕的事情，我已经详细地听说了。这真是悲剧[1]，如果我处在她的地位上，我真不知道我处在她的地位上该怎么办！令兄德米特里·费多罗维奇这人也真是，唉，我的天！阿历克赛·费多罗维奇，可真把我弄糊涂了，您想想，令兄现在正在那里，并不是那一个，昨天坏透了的那一个，而是另外一位——伊凡·费多罗维奇，正在同她谈，他们正在郑重其事地谈话。您绝想不到他们中间现在正在发生的是什么事，那真可怕，我对您说，那简直是折磨，简直是叫人没法相信的可怕的怪事：两人都在无缘无故地毁灭自己，他们自己也明白，可偏高兴这样。我在等着您！我真盼着您来！主要的是我不能忍受这种样子。我马上把一切讲给您听，可是现在先要讲另一件最要紧的事，唉，我甚至竟忘记了这才是最要紧的事。您告诉我，为什么丽萨犯起歇斯底里病来了？她刚听到您走进来，就立刻犯了歇斯底里病。”

“妈妈，您才正在那儿犯歇斯底里病，可不是我。”丽萨娇细的声音忽然从旁边屋子的门缝里传了出来。门缝极小，声音有些发颤，就好像极想笑出来却又竭力忍住的样子。阿辽沙立刻看见了那门缝，丽萨一定是正坐在大椅子上从门缝里朝他窥视，只是他看不见。

“这也不奇怪，丽萨，也不奇怪，就为你闹的这些恶作剧，我也要犯歇斯底里病的。但是她真是有病，阿历克赛·费多罗维奇，她闹了一整夜，发烧，呻吟！我好容易才耐心等到天亮以后赫尔岑斯图勃来。他说他一点也不明白是怎么回事，得观察些时候再说。这个赫尔岑斯图勃跑来总是说他什么也不明白。您刚走近这房子，她就喊了一声，犯了毛病，叫把她搬到她原来住的这间屋子里来。……”

“妈妈，我根本不知道他来，我完全不是为了他才想搬到这间屋里来。”

“这不是真话，丽萨，尤里亚跑来告诉你说阿历克赛·费多罗维奇来了，她是替你在外面望着风的。”

1 原文为法语：C'est tragique.

“亲爱的妈妈，您这可说得太不聪明了。如果您想要补救一下，马上说几句很聪明的话，亲爱的妈妈，那就请您对刚来的这位阿历克赛·费多罗维奇先生说，他在发生了昨天的事情以后，不顾大家的笑话，今天还敢到我们这里来，光凭这一点就可以证明他这人太不机灵。”

“丽萨，你太放肆了，我告诉你，我可早晚一定要给你点厉害看看了。谁在笑话他？我很高兴他来，我正需要他，非常用得着他。唉，阿历克赛·费多罗维奇，我是多么不幸啊！”

“您这是怎么啦，亲爱的妈妈？”

“唉，就为你这种任性的行为，丽萨，你的没有常性，你的闹病，那可怕的发烧的一夜，还有那个可怕的、老是这样的赫尔岑斯图勃，主要的是老是这样，老是这样，老是这样！还有一切一切……甚至还有那奇迹！哦，这奇迹是多么使我惊愕，使我震动，亲爱的阿历克赛·费多罗维奇！现在还有客厅里的这出悲剧，我真是不能忍受，预先告诉您说，我真不能忍受。也许是喜剧，不是悲剧。请问您，佐西马长老还能活到明天吗？活得到吗？哦，我的天！我不知道我是怎么回事，我常常闭上眼睛，就看出这一切全是瞎胡闹，全是瞎胡闹。”

“我想请求您，”阿辽沙忽然插嘴说，“给我一块干净的布，好让我包扎手指头。我把它弄伤得很厉害，现在痛得不得了。”

阿辽沙打开被咬的指头。手帕上全都是血。霍赫拉柯娃太太叫了一声，眯起了眼睛。

“哎呀，好厉害的伤，这真可怕！”

但丽萨刚刚在门缝里看见了阿辽沙的手指，就立刻用力把门推开了。

“快进来，快到我这里来，”她以命令的口气坚决叫道，“现在别再说那些蠢话了！哎呀，老天爷，您为什么这么长时间站在那里一声不响？他会流血过多的，妈妈！您是在哪儿，是怎么搞成这样的？先取水来，先取水来！应该洗一洗伤，直接浸进冷水里，就会止痛的，要浸着，老浸着。快些，快拿水来，妈妈，盛在洗茶杯的盆子里。快点呀。”她焦急不安地说。阿辽沙的伤使她大吃一惊，她完全吓慌了。

“要不要叫人去请赫尔岑斯图勃来？”霍赫拉柯娃太太嚷道。

“妈妈，您真是要我的命了。您的那位赫尔岑斯图勃一来，就一定会说一点也不明白！水呀，水呀！妈妈，看上帝的分上，您自己去一趟，催尤里亚一下，她也不知道在哪儿耽搁住了，老是不能快一点！快些，妈妈，要不然我要死了……”

“可是这算不了什么呀！”阿辽沙被她们的惊慌吓坏了，连忙大声说。

尤里亚端着水跑来了。阿辽沙把手指浸进水里。

“妈妈，看上帝的分上，您去拿棉纱团[1]来，拿棉纱团来。还有那种抹刀伤用的混浊刺鼻的药水，叫什么名字？我们家里有的，有的，有的。妈妈，您自己知道那个瓶子在哪里，就在您卧室里靠右面的柜子里。一个大玻璃瓶和棉纱都在那里。”

“我马上都拿来，丽萨，只是你别嚷，别着急。你瞧阿历克赛·费多罗维奇对他遭到的祸事多么镇定。您是在哪儿弄出这么厉害的伤来的呀，阿历克赛·费多罗维奇？”

霍赫拉柯娃太太匆忙地出去了。丽萨早就在等着这样一个时间。

“首先请您回答这个问题，”她急忙地对阿辽沙说，“您是在哪儿把自己伤成这样的？然后我还要问您另一件事。喂！”

阿辽沙本能地感到，此刻她母亲还没有回来的这段时间，对她是十分宝贵的，就连忙把他奇怪地同小学生们相遇的情景讲给她听，讲得十分简单扼要，但却很准确明了。丽萨听了他的话，把两手一拍。

“您怎么能，怎么能同小学生们打交道，尤其是还穿着这种衣裳！”她气冲冲地说，好像对他已经有了某种权利似的，“您做出这

1 在棉花纱布被普遍使用前，俄国人从旧布上扯下软麻布或棉布条子，用以蘸上药物包裹伤口。

种事情来说明您自己就是个孩子，世上最小最小的孩子！但是您一定要给我打听出这个坏孩子的来由，详详细细地告诉我，因为这里面一定有什么秘密。现在，第二件事情。但是我先问您，阿历克赛·费多罗维奇，您痛得这样厉害，还能不能谈论完全无关紧要的事情，而且谈得清清楚楚？”

“完全可以，再说我现在也不感到怎么痛了。”

“这是因为您的手指浸在水里。应该立刻换水，因为它很快就会变热的。尤里亚，快到地窖里去取一块冰来，再另外去拿一盆水来。现在她走了，我可以谈正事：亲爱的阿历克赛·费多罗维奇，请您立刻把我昨天给您的那封信还给我，快些，因为妈妈一会儿就要进来，我不愿意……”

“我身边没带着信。”

“不对，这封信在您身上。我早就知道您要这样回答。它就在您的口袋里。我为这个愚蠢的玩笑后悔了一夜。请您立刻把信还给我，立刻还我！”

“那封信留在那里了。”

“但是在我写了这封信，开了这样愚蠢的玩笑以后，您不能再把我看作是一个小姑娘，一个很小很小的小姑娘了！我请求您原谅我开了这个愚蠢的玩笑，但是那封信请您一定送还给我，如果真不在您身边的话，今天就送来，一定的，一定的！”

“今天无论如何办不到，我回到修道院里去，要有两三天，也许四天不能到这里来，因为佐西马长老……”

“四天，真是胡闹！喂，您狠狠嘲笑我了吗？”

“我一点也没笑。”

“为什么呢？”

“因为我完全相信这一切。”

“您在侮辱我！”

“一点也不。我一读完后立刻就想到，事情正是会那样的，因为佐西马长老一死，我就要立刻离开修道院。以后我将继续完成学业，一到合法年龄，我们就结婚。我会很爱您的。虽然我还没有工夫细想，但是我觉得再也找不到比您更好的妻子了，而长老嘱咐我一定要结婚。”

“可是我有残疾，要靠人家用椅子推来推去的呀！”丽萨笑了，脸涨得通红。

“我要亲自用椅子推您，可我相信到那个时候您会痊愈的。”

“可您是一个疯子，”丽萨神经质地说，“从一句玩笑话忽然引出这么多胡说八道来！……哎呀，母亲来了，也许来得正巧。妈妈，您怎么总是那么慢腾腾的，怎么能耽搁那么长时间呢？瞧，尤里亚也取冰来了！”

“唉，丽萨，你不要嚷，千万千万不要嚷。你一嚷我就……那有什么办法，你自己把棉纱团塞到别处去了，我拼命找呀，找呀，我疑心这是你故意搞的。”

“我总不可能知道他一定会捧着一只被咬伤的手指头来的吧，如果那样，倒也许真的是我故意这样做的。好妈妈，您说的话实在太聪明了。”

“就算是太聪明吧，但是为了阿历克赛·费多罗维奇的手指和一切别的事，丽萨，我的心情是多么激动啊！唉，亲爱的阿历克赛·费多罗维奇，使我要命的不是某一桩别的事情，也不是什么赫尔岑斯图勃，而是所有这一切，整个的一切，我不能忍受的是这个。”

“算了吧，妈妈，别再提赫尔岑斯图勃的事了，”丽萨快活地笑了，“快拿棉纱团来，妈妈，还有药水。这就叫醋酸铅罨敷药水，阿历克赛·费多罗维奇，现在我想起它的名字来了，这是很好的罨敷液剂。妈妈，您想得到吗，他半路上同小孩子们在街上打起架来了，这是一个男孩咬伤的。您瞧他不是个小孩子，他自己不也是个小孩子吗？这个样子，妈妈，他还能和人家结婚吗？因为您猜怎么，妈妈，他还想结婚呢！您想想，他这样要是结了婚，不是很可笑、很可怕吗？”

丽萨一边说一边不断发出神经质的、咯咯的笑声，狡黠地望着阿辽沙。

“什么结婚不结婚的，丽萨，干吗说这些？你这话说得完全不合适……那个男孩也许不过是发了疯。”

“唉，妈妈！难道孩子有发疯的吗？”

“怎么会没有，丽萨，好像我说的是蠢话似的。您那个男孩也许是被疯狗咬过，他就成了疯孩子，自己也咬起他附近的人来。瞧她给您包扎得多好，阿历克赛·费多罗维奇，我就从来包不到这个样子。您现在还痛吗？”

“现在不大痛了。”

“您不觉得有点怕水吗？”丽萨问。

“行了，丽萨！我也许刚刚确实不假思索地说了几句关于疯孩子的话，你马上抓住做起文章来了。阿历克赛·费多罗维奇，卡捷琳娜·伊凡诺芙娜刚听说您来了，简直就要扑到我身上来。她正急着想见您，急着想见您。”

“哎哟，妈妈！您一个人先去吧，他现在不能去，他难受着哩。”

“我一点也不难受，完全可以去。”阿辽沙说。

“怎么！您就走吗？您竟这样？您竟这样？”

“那有什么？我等到那边的事情一完，马上就来，我们可以再谈，谈多少都行。我很想赶快去见见卡捷琳娜·伊凡诺芙娜，因为我今天无论如何想尽可能早点回修道院。”

“妈妈，请您把他带走，赶快带走。阿历克赛·费多罗维奇，您在见了卡捷琳娜·伊凡诺芙娜以后就不必劳驾到我这里来了，径直回您的修道院去吧，您就配这样！现在我想睡觉，我整夜没有睡觉呢！”

“丽萨，你这自然只是开玩笑罢了。不过要是你果真睡一会儿该多好！”霍赫拉柯娃太太大声说。

“我不知道我到底怎么……那我再留两三分钟吧，如果您愿意，甚至五分钟。”阿辽沙喃喃地说。

“甚至五分钟！您快把他带走，妈妈，这人是个怪物！”

“丽萨，你发疯了。我们去吧，阿历克赛·费多罗维奇，她今天太任性了。我怕惹她。哎呀，跟神经质的女人在一起真要命，阿历克赛·费多罗维奇！她也许真的要您在跟前才睡得着觉了。您怎么这样快就能使她想睡了呢？这真是幸运！”

“妈妈，您可真会说话，为了这，妈妈，我要吻吻您。”

“我也要吻你，丽萨！喂，阿历克赛·费多罗维奇，”霍赫拉柯娃太太在同阿辽沙走出去的时候，显出神秘而郑重其事的神气急促地低声说，“我并不想给您什么暗示，也不想去揭那个底。可是您一进去自己就会看出那里所发生的一切，这真是可怕，这真是难以想象的喜剧：她爱着令兄伊凡·费多罗维奇，却拼命让自己相信爱的是令兄德米特里·费多罗维奇。这真是可怕！我同您一块儿进去，如果他们不赶我走，我要等着看结局。”

五

客厅里的折磨

但是客厅里的谈话，已经告终；卡捷琳娜·伊凡诺芙娜心情极为激动，尽管看来神色很坚决。阿辽沙和霍赫拉柯娃太太走进来的当儿，伊凡·费多罗维奇正站起来，预备出去。他的脸有点发白，阿辽沙不安地望着他。因为阿辽沙心里的一个疑团，一个若干时间来一直在折磨着他的不安的哑谜现在终于就要解决了。还在一个月以前，已经从四面八方有人多次向他暗示，说伊凡哥哥爱卡捷琳娜·伊凡诺芙娜，而且更要紧的是，他决心想从米卡手里把她“抢夺”过去。直到最近以前，虽然阿辽沙对这事很觉不安，但却觉得这是荒唐无稽的。他爱两位兄长，他们中间这样的竞争使他感到可怕。德米特里·费多罗维奇昨天忽然对他坦白说，他甚至很喜欢伊凡哥哥的竞争，这样反倒对他，对德米特里，有很大帮助。帮助什么？帮助他娶格鲁申卡吗？但是阿辽沙认为这事情是极坏的下策。此外，阿辽沙显然直到昨天晚上还毫不怀疑地相信——不过只是在昨天晚上以前这样相信——卡捷琳娜·伊凡诺芙娜自己是强烈而执着地爱他的德米特里哥哥的。而且不知为什么，他总觉得她不会爱像伊凡那样的人，而只能爱他的长兄德米特里，爱的就是他那种本来面目，虽然这爱情是很离奇的。但昨天，在目睹了格鲁申卡的那一幕以后，他似乎忽然有了新的看法。霍赫拉柯娃太太刚才说出“折磨”这个字眼，使他几乎浑身一哆嗦，因为就在昨天夜里黎明前还在蒙眬中的时候，他忽然好像针对自己的梦境似的说出："折磨，折磨！"他整夜梦见的都是昨天在卡捷琳娜·伊凡诺芙娜家发生的那幕戏。现在霍赫拉柯娃太太又忽然直率而固执地坚持说卡捷琳娜·伊凡诺芙娜爱的是伊凡哥哥，只是为了装腔，为了自找折磨，才故意自己哄骗自己，用似乎出于感恩而对德米特里所抱的造作的爱情来折磨自己。这些话使阿辽沙大吃一惊："也许这话真的完全是事实！"但如果是这样，那么伊凡哥哥的处境又将如何呢？阿辽沙从某种本能上感到像卡捷琳娜·伊凡诺芙娜这样的性格是好发号施令的。但是她只能对像德米特里那样的人发号施令，而绝不能对伊凡。因为唯有德米特里才能"为了自己的幸福"（这甚至是阿辽沙所希望的）在她面前俯首就范，虽然这需要很长时间，但是伊凡却不能，他决不会在她面前甘心顺从，何况这顺从也不能给他带来幸福。阿辽沙不知为什么，不由自主地对伊凡产生了这样的看法。现在在他走进客厅的一刹那，所有这些疑惑和想法全都在他的脑际飞快地闪过。突然，他又不由自主地闪过另一个念头："也说不定她谁都不爱，既不爱这一个，也不爱那一个吧？"应该说明的是，阿辽沙对于自己有这些念头似乎感到不好意思，在最近一个月来每逢想到这些，就谴责自己。"我对爱情和女人懂得什么？我怎么能下这样的断语。"他在每次生出这样的念头或猜疑以后，就总要这样自责，然而又无法不想。他本能地了解到，现在，对这两位兄长的命运来说，这竞争是关系十分重大的问题，许多事情要受到它的影响。伊凡哥哥昨天在气愤中谈起父亲和长兄的时候，曾经说过："一条毒蛇咬另一条毒蛇。"这么说，德米特里在他的眼睛里是一条毒蛇，也许早就认为是一条毒蛇了吧？是不是从伊凡哥哥认识卡捷琳娜·伊凡诺芙娜的时候开始的呢？这句话自然是伊凡昨天无意中脱口而出的，但是正因为无意，就更显得重要。既然如此，那还怎么谈得到和解呢？相反地，这不正是增加了他们家庭里仇恨和憎恶的借口吗？重要问题是阿辽沙应该同情谁？希望他们俩每一个人怎么样呢？他对两人都爱，但当他们彼此发生这样可怕的矛盾时，他能希望他们每一个人怎么样呢？这一团乱麻，会使人完全不知如何才好，而阿辽沙的心是不能忍受暧昧不明状态的，因为他的爱永远是积极地爱。他不能消极地爱，一有了爱，就要立刻动手去帮助。但是要这样就必须先确定一个目标，应该明确地知道，他们每人需要的是什么，什么对他有好处，自然必须先确信目标是准确的，然后才能去帮助他们每个人。然而现在一切只显得暧昧和混乱，却没有确定的目标。现在说出了“折磨”这个词！但是就是对这种折磨，他又懂得什么呢？对这整个乱七八糟的哑谜，他甚至连一个字也不懂！

卡捷琳娜·伊凡诺芙娜看见了阿辽沙，欣喜地急急对已经从座位上站起来想走的伊凡·费多罗维奇说：“等一会儿！再待一会儿。我想听听这个人的意见，他是我衷心信任的。

“卡捷琳娜·奥西波芙娜，您也不要走。”她又对霍赫拉柯娃太太说。她让阿辽沙坐在自己的身旁，霍赫拉柯娃太太坐在对面，和伊凡·费多罗维奇并坐。

“这里全是我的好朋友，在这世界上我仅有的好友，亲爱的朋友们！”她热烈地说了起来，声音中饱含着真诚而痛苦的眼泪。阿辽沙的心一下子马上又充满了对她的同情。“您，阿历克赛·费多罗维奇，您昨天是那件……那件可怕的事情的证人，看到了我当时的情景。您没有看见，伊凡·费多罗维奇，他是看见的。昨天他对我有怎样的看法，我不知道，我只知道一点，那就是如果今天，现在，再重复同样的事，那么我也一定会显示出和昨天同样的感情：同样的感情，同样的话语，同样的行动。您总该记得我的行动，阿历克赛·费多罗维奇，您自己还曾阻止过我的一个行动……”说这话的时候，她脸涨红了，眼睛闪出光来，“阿历克赛·费多罗维奇，我对您声明，我不能甘心忍受这一切。告诉您，阿历克赛·费多罗维奇，我甚至说不准现在我爱不爱他。我开始可怜他，这是爱情有问题的证明。假使我爱他，继续爱他，我也许现在不会怜惜他，相反地会恨他……”

她的嗓音颤抖了，泪珠在她的睫毛上闪光。阿辽沙在内心里哆嗦了一下。“这位姑娘是率直而诚恳的，”他心想，“她……她再也不爱德米特里了！”

“这是对的！这是对的！”霍赫拉柯娃太太大声说。

“等一等，亲爱的卡捷琳娜·奥西波芙娜，我还没有说出主要的事情，没有完全说出我昨天决定的一切。我感到也许我的决定是可怕的，对我来说是可怕的，但是我预感到我无论如何，无论如何也不会再改变主意，一辈子也不再改变，就这样了。我的亲爱的、善良的、永远忠实而好心肠的顾问和善于体察人心的朋友，我在全世界上仅有的、唯一的好友伊凡·费多罗维奇，他也完全同意我，并且称赞我的决定，他知道这个决定。”

“是的，我赞成这个决定。”伊凡·费多罗维奇用沉静而坚定的声音说。

“但是我希望阿辽沙——哎呀，阿历克赛·费多罗维奇，对不起，我不客气地管您叫阿辽沙了，我也希望阿历克赛·费多罗维奇现在就当着我的两个好友的面，对我说我对不对。我有一种出于本能的预感，那就是您，阿辽沙，我亲爱的兄弟，——因为您就是我的亲爱的兄弟，”她再一次满心欢喜地说，并且用发烫的手一把抓住了他冰凉的手，“我预感到，您的决定、您的赞成，不管我受了多少痛苦，都会使我得到宽慰，因为在您说过话以后，我就会平静下来，甘心顺从一切，我有这个预感！”

“我不知您是在问我什么，”阿辽沙涨红着脸说，“我只知道我爱您，并且在这个时刻希望您有幸福胜过希望我自己！但是我对这类事情实在是一点也不懂的。”他突然不知为什么急忙补充了最后这句话。

“在这类事情里，阿历克赛·费多罗维奇，在这类事情里，现在主要的是名誉和义务，此外不知还有什么，但也许还有一种东西甚至比义务还要崇高。我的心觉察到这种无法拒绝的情感，这种情感无比强烈地支配着我。不过可以用两句话就说完这一切。我已经决定了，即使他甚至娶了那个……畜生，”她用郑重其事的神气说，“那个我永远永远也不能宽恕的畜生，我也决不丢弃他！从今以后，我永远永远也不丢弃他！”她竭力露出惨淡的强颜欢笑的神情说：“我并不要钉在他的后面，时时刻刻待在他眼前，折磨他，不，我要离开，走到随便什么别的城市去，但是我将一辈子、一辈子不断地关注他。他和那个女人一定很快就会相处得很不愉快的，那时候他可以到我这里来，他可以遇到一个朋友，一个姊妹，自然只是姊妹，而且永远这样，但是他最后总会明白，这个姊妹确是一个爱他，而且终生为他牺牲的姊妹。我一定要做到这样，我一定要使他最后终于理解我是怎样的人，愿意毫不羞愧地对我倾吐一切！”她几乎疯狂地喊了起来：“我将成为他崇拜祈祷的上帝，这至少是他为了自己的变心，和为了昨天我为他所遭受的一切而欠我的债。让他一辈子看到，尽管他不忠实，变了心，我却仍然将终生忠实于他，忠实于我当时曾一度给予他的诺言。我将成为……我将变为他的幸福的手段，怎么说呢，变为他的幸福的工具，机器，而且终生不渝，终生不渝，让他一辈子看着吧。这就是我的全部决心！伊凡·费多罗维奇是完全赞成我的意见的。”

她说得气都喘不上来。她也许想把自己的意思表达得更高尚些、巧妙些，而且自然些，但结果说得太急躁、太露骨了。话中充满年轻、沉不住气的意味，许多地方显得只出于昨天的余怒，出于想表示她的自豪，这是她自己也感觉得到的。她的脸似乎忽然阴沉了，眼神显得极不愉快。阿辽沙立刻注意到这一切，他的心里产生了怜悯。偏巧伊凡哥哥又在这时候开了口。

“我只是表示了我的想法，”他说，“在任何一个别的女人身上，这一切都会显得矫揉造作，在您身上可不是这样。换了别的女人就会显得无理，而您却有理。我不知道应该如何来说明这一点，但是我明白，您是十分真诚的，因此您是有理的。”

“但这只不过是现在一时的念头。一时的念头算得了什么！这都是因为昨天的侮辱，才产生这种一时的念头！”霍赫拉柯娃太太忽然忍不住了。她显然不愿插嘴，但是一时忍不住，忽然说出了很正确的想法。

“是的，是的，”伊凡突然急躁地拦住她说，对于人家打断他的话显然很恼火，“是的，然而如果是别的女人，这一时的念头只不过是昨天的余波，仅仅只是一时而已，但对卡捷琳娜·伊凡诺芙娜的性格来说，这一时却将要持续终生。在别人只是口头的允诺，在她却是永恒而沉重的，也许阴郁但却永不中止的义务。她将靠自己履行了这个义务这样一种感觉而活着！您的一生，卡捷琳娜·伊凡诺芙娜，从今将在痛苦地反省自身的情感、自身的苦行、自身的忧愁之中度过。但最后这痛苦终将减轻，而您的余生，将从此用来欣慰地反省自己那已经彻底履行了的坚定而骄傲的志愿。这种志愿固然是骄傲的，至少可以说是破釜沉舟的，但它却被您克服了，而这种感觉，最终将会使您得到极大的满足，使您能和其余一切事物融洽地相处下去。”

他说这些话时显然带着某种恶意，看来是有意这样说的，而且也许还毫不想掩饰自己的动机，那就是故意要说这些话来加以讪笑。

“哎呀，上帝，这可多么不对头啊！”霍赫拉柯娃太太又嚷起来。

“阿历克赛·费多罗维奇，您说吧！我非常想知道您会对我说什么话！”卡捷琳娜·伊凡诺芙娜大声说，忽然流下眼泪。阿辽沙从沙发上站了起来。

“这不要紧，不要紧！”她一面哭一面说，“这是由于心情紊乱，由于昨晚的激动，但是在您和令兄这样两个好朋友身边，我还感到自己很坚强，因为我知道……你们两位是永远不会抛开我的。”

“不幸的是我明天也许就要到莫斯科去，离开您很久，而且不幸，这是不可能改变的。”伊凡·费多罗维奇忽然说。

“明天到莫斯科去！”卡捷琳娜·伊凡诺芙娜的脸忽然整个变了样，“但是……但是我的天，这真是谢天谢地！”她喊了起来，一下子声音全变了，刹那间眼泪全干了，连一点痕迹也没留下。就在这一刹那她心里发生的奇怪的变化，使阿辽沙十分惊讶：刚才还因内心饱受折磨而痛哭的那个受了委屈的可怜姑娘，忽然一下子成了一位完全镇定自若，甚至十分心满意足，仿佛突然为了什么而显得兴高采烈的女人。

“啾，我说谢天谢地，并不是因为我将和您离别，自然不是的，”她忽然带着那种社交场上的可爱的微笑更正说，“像您这样一位好朋友是不会这样想的。正相反，我丧失您是很不幸的。”她突然急急地走到伊凡·费多罗维奇面前，拉住他的两手，热烈地紧握着：“谢天谢地的是您可以在莫斯科当面对舅母和阿加莎讲我在这里的情形，我现在的可怕的境况，对阿加莎可以完全坦率地讲，对亲爱的舅母应该说得和缓些，这您自己是一定知道怎样应付的。您简直不能想象，我昨天和今天早晨是多么不幸，真不知道该怎样写这封可怕的信，因为这事在信里是无论如何没法说清的。……现在我却很容易下笔了，因为您可以到她们那里去，当面说明一切。哎呀，我真是高兴！但是我只是为这一点感到高兴，我再一次请您相信我的话。当然您本人的离开，对我来说是别人没法抵补的。我现在就跑回去写信。”她突然结束了自己的话，甚至举步就想离开屋子。

“那么阿辽沙呢？阿历克赛·费多罗维奇的意见不是您特别想倾听的吗？”霍赫拉柯娃太太大声说，她的话里流露出嘲笑和恼怒的语气。

“我没有忘记。”卡捷琳娜·伊凡诺芙娜忽然站住说，“为什么您在现在这样的时刻这么仇视我，卡捷琳娜·奥西波芙娜？”她带着辛酸而强烈的责备说出这句话来：“我说过的话永远算数的。我需要他的意见，不但这样，我还需要他的决定！他说什么，就照他说的办。您瞧我跟她所说的正相反，是多么渴望听到您的意见，阿历克赛·费多罗维奇。可您是怎么啦？”

“我从来没有想到，也简直想不到会有这样的事！”阿辽沙忽然悲痛地喊道。

“什么，想不到什么？”

“他到莫斯科去，您竟会嚷着说您很高兴，这是您故意这样说的！以后又立刻解释说，您并不是高兴这事，而是相反地，十分惋惜……您丧失了好朋友，但是这也是您故意装出来的，像在戏院里演喜剧一样！”

“像在戏院里？怎么？这是什么意思？”卡捷琳娜·伊凡诺芙娜惊讶地叫了起来，满脸通红，紧皱眉头。

“您尽管对他说，您惋惜丧失了他这个良友，但您却还是坚决当面对他表示，他离开这里对您而言是幸运的事。”阿辽沙几乎完全喘不过气地说着。他站在桌旁，不坐下来。

“您说的是什么呀？我不明白……”

“我自己也不知道，我好像恍然大悟似的。我知道我这样说不大好，但是我一定要完全说出来。”阿辽沙仍旧用断断续续的发抖的声音说下去，“我恍然大悟，您也许完全不爱德米特里哥哥，从一开始就这样，而德米特里也许也同样根本不爱您，从一开始就这样，而只是尊敬您。我真不知道我现在怎么敢这样说，但是总该有人说出老实话来，因为这里谁也不愿意说实话……”

“什么实话？”卡捷琳娜·伊凡诺芙娜喊了起来，声音里有一种歇斯底里的味道。

“实话就是这样，”阿辽沙口齿不清地匆忙说，仿佛下狠心从屋顶上跳了下来似的，“您现在把德米特里叫来，我会找到他的，让他到这里来，拉住您的手，再拉住伊凡哥哥的手，把你们的手联结起来。因为您在折磨伊凡，只是因为您爱他。您之所以折磨他，是因为您出于自我折磨而硬要爱德米特里……并不是真正的爱……而是您自己硬要自己相信您在爱……”

阿辽沙的话中断了，沉默了下来。

“您……您……您是一个小疯子，您就是这种人！”卡捷琳娜·伊凡诺芙娜突然迸出这句话，脸色煞白，嘴角都气歪了，伊凡·费多罗维奇忽然笑了，从椅子上站了起来。帽子已经拿在手里。

“你弄错了，我的好心的阿辽沙，”他说话时，脸上带着一种阿辽沙从来没有看见过的神情，其中流露出某种年轻人的真挚、强烈而抑制不住的坦白心情，“卡捷琳娜·伊凡诺芙娜从来没有爱过我！她早就知道我爱她，虽然我从来没有对她说过一句这样的话，她知道，但是她却并不爱我。我也从来没有做过她的好朋友，连一天也没有；这位骄傲的女人并不需要我的友谊。她把我放在身边，只是为了不断地报复。她对我报复，在我身上报复她长时期以来每时每刻从德米特里那里不断受到的一切侮辱，从他们两人相遇的时候起就受到的侮辱，因为就连他们最初的那次相遇，她也是把它作为一次侮辱藏在自己的心头的。她的心就是这样！我一向在她那里只听得她讲自己如何如何爱他的话。我现在快走了，但请您相信，卡捷琳娜·伊凡诺芙娜，您确实只爱他。而且他越是侮辱您，您越是爱他。您内心的折磨就在这儿。您就是爱他现在这个样子，您爱他正是为了他侮辱您。假使他改过自新，您就会马上抛弃他，不再爱他。但您是需要他的，因为借此可以不断地默察自己坚守忠实的苦行，同时责备他的不忠实。而这一切全是出于您的骄傲。是的，这需要甘受许多委屈和轻视，但是这完全是出于骄傲。我年纪太轻，爱您太深。我知道我不应该对您说这种话，对我来说，简单地离开您还显得更恰当一些，那样不至于使您感到这样受辱。但是我将要远远地离开，而且永远不再回来，永生永世不再回来。我不想老是呆呆地守在折磨的旁边。不过，我真是不会说话，我全都说完了。别了，卡捷琳娜·伊凡诺芙娜，您不应该生我的气，因为我所受的惩罚比您还厉害百倍：只拿从此不再能看见您这一点来说，就够受惩罚的了。别了，我不想跟您握手。您那样有意识地折磨着我，眼前我实在没法宽恕您。以后会宽恕的，现在用不着握手。

“太太，我并不需要得到报酬！”[1]

他强笑着补充了这样一句，证明他也能出人意料地把席勒的诗背得烂熟，这是阿辽沙以前怎么也不会相信的事。他走出房间，甚至同女主人霍赫拉柯娃太太也没有告别。阿辽沙激动得把两手一拍。

“伊凡，”他失魂落魄地在他身后喊着，“伊凡，快回来！哎，哎，他现在怎么也不会回来的了！”他又痛心地恍然大悟说：“可是这全是我，全怪我，是我起的头！伊凡的话说得很恶毒、很不好。既不公平，又很恶毒。”阿辽沙像疯了似的大声喊着。

卡捷琳娜·伊凡诺芙娜突然走到另外一间屋里去了。

“您并没有做错什么事，您的举动非常出色，像天使似的。”霍

1 原文为德语：Den Dank, Dame, begehr ich nicht! 是德国诗人席勒的作品《手套》中结尾部分的一句。

赫拉柯娃太太对悲苦的阿辽沙急促而高兴地低声说，“我要想尽办法让伊凡·费多罗维奇不离开……”

她脸上的喜色，使阿辽沙十分苦恼；但是卡捷琳娜·伊凡诺芙娜忽然回来了，她的手里拿着两张一百卢布的钞票。

“我拜托您一件事情，阿历克赛·费多罗维奇，”她用显然是十分平静而且不慌不忙的语调直接对阿辽沙开口说，仿佛刚才实际上并没发生什么事，“一个星期——对，大概是一个星期以前，德米特里·费多罗维奇做了一件暴躁而毫无道理的事，很丢脸的事。此地有个名声不大好的地方，一家小酒店。他在那里遇见了那个退职军官，就是令尊常常利用他办什么事情的那个上尉。德米特里·费多罗维奇不知为什么对这上尉发起火来，一把揪住了他的胡须，当众就这样十分作践人地把他拉到街上，还拉着他在街上走了好长一段路，听说这时一个在此地一所小学里读书的还很小的男孩——就是那个上尉的儿子，看见了这情形，就一直跟在他们旁边跑着，大声哭泣，替父亲哀告，扑向每个人，请求他们出来解救，可是大家全嘻嘻地笑着。对不起，阿历克赛·费多罗维奇，他这种可耻的举动，我想起来就不能不气愤，这种举动只有德米特里·费多罗维奇一个人在愤怒中，并且是为了色情，才能做得出来！我简直没法讲清这件事，我办不到，说得都有点前言不搭后语了。我之后打听过受侮辱的人的情形，他是个很穷的人。他姓斯涅吉辽夫。他犯了什么过失被撤职了，我不大讲得清楚。现在他带着他那可怜的一家子人，其中有害病的小孩和大概是疯子的妻子，一家大小正陷在可怕的贫困的境况里。他已经住在这个城里很久了，干着点什么工作，在什么地方当录事，现在忽然一个工资也不发了！我瞧着您……我心想——不知怎么回事，我说话有点乱了——您瞧，我想求您，阿历克赛·费多罗维奇，我的善心的阿历克赛·费多罗维奇，求您到他那里去一趟，找一个借口上他们家里，到这个上尉家，唉，我的天！我说得多乱，客气地，谨慎地，正像唯有您能做到的那样（阿辽沙突然脸红了），想法子把这点救济款子——二百卢布交给他。他一定会收下的，就是说要劝他收下来，哦，不，该怎么说呢？您明白，这并不是买他和解，让他不告状的代价（因为他似乎打算控告），这只是一点同情、一点帮忙的意思，这是我，是我，德米特里·费多罗维奇的未婚妻给他的，而不是从他那方面来的。总而言之，您是会说的。我本来可以自己去，但是您会办得比我好得多。他住在湖滨路，小市民女人卡尔梅科娃的家里。看在上帝的分上，阿历克赛·费多罗维奇，您替我办这件事吧。现在……现在我有点……累了。再见吧。”

她忽然迅速地转过身去，又隐到帷幔后面去了，使阿辽沙都来不及说一句话，而他本来是很想说几句的。他想请求原谅，责备自己，总之想要说点什么，因为他有满肚子的话，他没说出来，决不愿意离开这屋子。但是霍赫拉柯娃太太拉住他的手，亲自引他出去。在外屋里，她又让他站住，和刚才一样。

“她很骄傲，自己鞭策着自己，但却是一个善良、优雅而宽宏的人！”霍赫拉柯娃太太用压低了的声音赞叹说，“唉，我真是爱她，特别是在某些时候，现在我对一切事情又感到非常高兴了！亲爱的阿历克赛·费多罗维奇，您还不知道，告诉您吧，我们大家，我，她的两位姨母，以及所有的人，甚至连丽萨在内，整整一个月来都在一心希望并且祈祷，但愿她同您所爱的那个既不想理解她，也一点不爱她的德米特里·费多罗维奇分手，就让她和这个品学兼优、爱她胜过世上一切的青年人伊凡·费多罗维奇结婚吧。我们还在这件事上定出了整整的一套计划，我到今天还不离开这里，也许就是为了这件事……”

“但是她哭了，又受了侮辱！”阿辽沙说。

“您不要信女人的眼泪，阿历克赛·费多罗维奇，在这类事情上，我永远反对女人，赞成男人。”

“妈妈，您是在那里引他学坏哩！”丽萨娇细的嗓音从门后传了过来。

“不，这一切都怨我，我真该死！”仍然于心不安的阿辽沙又重复说，对于自己的行为猛感到一阵痛苦的羞愧，羞愧得甚至用手捂住了脸。

“正相反，您的行为像天使一样，像天使一样，这话我准备反复说上几千、几万遍。”

“妈妈，为什么说他的行为像天使一样？”又传来了丽萨的声音。

“看了眼前这一切，”阿辽沙继续说，似乎没有听见丽萨的话，“我不知为什么忽然觉得她是爱伊凡的，因此我就说了这么一句蠢话。现在会发生什么事情呢？”

“你们说谁？谁？”丽萨嚷着问，“妈妈，您一定是想憋死我啦。我问您，您不回答我。”

正在这时女仆跑了进来。

“卡捷琳娜·伊凡诺芙娜很不好……她哭着……犯了歇斯底里，浑身发抖。”

“怎么回事？”丽萨喊了起来，声音里已经充满了惊惶，“妈妈，倒是我就要犯歇斯底里了，不是她！”

“丽萨，看上帝分上，不要嚷，别要了我的命。你的年纪还轻，有些大人们知道的事，你还不应该知道，我马上就来，凡是可以告诉你的事情都会讲给你听的。唉，我的天哪！我马上去，马上去。歇斯底里——这是吉兆，阿历克赛·费多罗维奇，她犯了歇斯底里，这是最好不过的事。这完全是意料之中的。我在这类事情上永远反对女人，反对这一切歇斯底里和女人的眼泪。尤里亚，你快去说，我立刻就来。说到伊凡·费多罗维奇这样子离开，那得怨她自己。但是他不会走的。丽萨，看上帝分上，不要嚷！哦，对，你并没有嚷，这是我在嚷，你原谅你的妈妈吧。但是我是高兴极了，高兴极了，高兴极了！阿历克赛·费多罗维奇，您注意到了没有，伊凡·费多罗维奇刚才出去的时候，显得是个多么年轻的人，说完那些话，立刻就走了！我原以为他是一个那么有学问的人，一位大学者，谁想他突然那么激烈、坦率而年轻，又没经验，又年轻，而这一切都多么好，多么好，就跟您一样。还背出那首德文诗，也跟您一样！但是我要走了，我要走了。阿历克赛·费多罗维奇，您快去办那件托您的事，快点回来。丽萨，你没有什么事吧，看上帝分上，一分钟也不要耽搁阿历克赛·费多罗维奇，他很快就会回来看你的。”

霍赫拉柯娃太太终于走了，阿辽沙临走以前想开门上丽萨那儿去一下。

“千万别进来！”丽萨叫道，“现在千万别进来！您可以隔着门说话。我只要知道，您干了什么突然会成了天使了。”

“就因为干了可怕的蠢事，丽萨！再见吧。”

“不许您就这样走了！”丽萨嚷道。

“丽萨，我正有十分苦恼的事情！我很快就会回来的，但是我现在有十分、十分苦恼的事情！”

他从屋里跑了出去。

六

农舍里的折磨

他心里真的有十分苦恼的事情，这是他以前很少感到的。他冒冒失失跳出来，“做了蠢事”，而且不是在别的问题，偏偏是在关于爱情的问题上！“可我在这类问题上懂得什么？在这类事情上我能弄得清什么？”他红着脸，几百次在自己心里反复地说，“唉，羞愧倒不算什么，那只是我应得的惩罚，最坏的是现在无疑地将因为我而造成新的不幸。长老是打发我来给大家调解，使大家团结的。这样能使他们团结吗？”想到这里他又忽然记起自己是怎样想要“联结人们的手”的，这时他又感到羞愧极了。“虽然我做这一切都是出于诚意，但是以后还是应该更聪明些。”他忽然下了结论，对这结论甚至一点不觉得可笑。

卡捷琳娜·伊凡诺芙娜委托的事情得到湖滨路去办，德米特里哥哥就住在离湖滨路不远的胡同里，恰巧是顺路。阿辽沙决定在到上尉家去以前，无论如何先上他那里去一下，虽然预感到他将见不到他。他疑心德米特里现在也许会故意竭力躲开他，但是不管怎么样，他必须找到他。时间十分紧迫；对将圆寂的长老的挂念，他从离开修道院的时候起，一分、一秒钟也没有放下过。

在卡捷琳娜·伊凡诺芙娜托他办的事情里隐约出现了一个他自己也十分关心的情况：卡捷琳娜·伊凡诺芙娜提起有一个很小的男孩，小学生，上尉的儿子，跟在父亲身边边跑边哭，阿辽沙当时就闪过了一个念头，猜想这男孩大概就是那个小学生，刚才在阿辽沙问他什么事情得罪过他的时候，竟咬了他的手指头。现在阿辽沙几乎完全确信是他了，虽然自己还不知道为了什么。就这样，他借着沉浸于其他的念头来排遣心事，并且决心不去“思考”刚才他闯下的“祸事”，不用悔恨来折磨自己，一心办实际事情，至于那件事，就听其自然吧。想到这里，他又振作起精神来了。他拐到胡同里去找德米特里哥哥的时候，感到饿了，就顺便从口袋里掏出从父亲那里取来的面包，一路吃着。这使他增添了力量。

德米特里不在家。那所小屋子的房东——一个老木匠，他年老的妻子和他的儿子，甚至带着怀疑的神色瞧着阿辽沙。“已经有三天没有在这里住宿，也许出门去了。”老人对阿辽沙的再三追问这样回答。阿辽沙明白，他是接受嘱咐才这样回答的。他问：“他是不是在格鲁申卡家，或者又藏在弗马那里了？”（阿辽沙故意挑明了说，）几个房主人甚至惊惧地看着他。“这么说他们还爱他，他们在为他出力，”阿辽沙心想，“这是很好的。”

他终于在湖滨路找到了小市民女人卡尔梅科娃的房子。这是一所旧得东倒西歪的小屋，临街只有三个窗子，院子极脏，院子中间孤零零地站着一头母牛。从院里走进门是穿堂，穿堂的左手边住着老房东太太和她的女儿——也是个老太婆，两个人好像都是聋子。他反复问了几遍上尉家住在哪里。其中一个女人终于明白问的是房客，这才伸出手指朝穿堂的那一面一点，指了指一间整洁的农舍式屋子的门。上尉的住宅的确只是一间普通的农舍。阿辽沙的手抓住铁门闩，正预备开门，忽然察觉门里边特别寂静，感到很惊奇。不过他听卡捷琳娜·伊凡诺芙娜说过，退伍上尉是有家眷的人，他想：“不是他们全都睡了，就是他们或许听见我来了，正等着我开门进去；最好我先敲一下门。”他敲了一下。听到了答应，但却不是马上就应的。而是也许足足过了有十秒钟。

“谁呀？”有人用特别生气的声音大声喊道。

于是阿辽沙开了门，跨进门槛。他来到了一间农舍里，这农舍虽相当宽敞，却被人和一切家用的器具挤得满满的。左边有一个俄国式大炉子。从炉子到左边的窗户那里横过整个屋子系着一根绳子，绳子上挂着各式各样的破烂衣服。靠左右两边墙各放有一张床，上面蒙着毯子。左边那张床上摞着四个花布枕头搭成的小山，一个比一个小。右面那张床上只看见一个很小的枕头。屋子冲门的正上方有一小块地方用布幔或被单拦着，布幔也是搭在一根横过屋子系着的绳子上面。可以看到在这布幔后面也搭着一张铺，是用长凳和椅子支起来的。一张简陋的、农民用的木方桌被从屋子正上方推到了靠近中间窗户的地方。三个窗户，每个有四块乌黑发霉的小块绿玻璃，都关得严严实实，因此屋里十分闷热，也显得阴暗无光。桌上放着一个锅，里面盛着吃剩下来的煎鸡蛋，还有一片咬过的面包，此外还放着一个小瓶，瓶里剩下了一点点烧酒。左面床旁边的椅子上坐着一个女人，穿着花布衣裳，模样很像个上等女人。她的脸又瘦又黄，两颊深陷，使人一下子就可以看出她的病态。但是最使阿辽沙惊讶的是这个可怜的太太的眼神，一种满含疑问而又傲慢得可怕的眼神。当她自己还没有开口，阿辽沙正在向男主人说明来意的时候，她一直带着傲慢和疑问的神情，一双栗色的大眼睛不住轮流看着两个说话的人。在这位太太身旁靠近左边窗户站着一位面貌长得很不好看的年轻女人，头发稀疏，栗色，衣服穿得很差，却还整洁。她厌恶地望着走进来的阿辽沙。右边床旁还坐着一位女性。那是一个很可怜的人，也是年轻的姑娘，有二十岁模样，驼背，瘸腿，据以后别人对阿辽沙说，是双足瘫痪。她的拐杖放在附近床和墙中间的角落里。这个可怜的女郎那对十分美丽而善良的眼睛带着一种安静而温顺的神情瞧着阿辽沙。一位四十五岁的男人坐在桌旁，正在吃剩下的煎鸡蛋。他身材不高，体格孱弱，骨瘦如柴，浅栗色头发，长满稀疏的栗色胡须，很像一团乱糟糟的树皮擦子（阿辽沙后来想起，不知为什么他一看到这团胡子，脑子里就马上闪现出这个比喻，尤其是“树皮擦子”这个词）。大概就是这位先生从门里喊的“谁呀！”，因为此外屋里没有别的男人。但是当阿辽沙走进来的时候，他仿佛从桌旁的板凳上一下跳了起来，赶忙用一块有破洞的饭巾擦着嘴，跑到阿辽沙身旁。

“修士替修道院化缘来了，真找准了地方！”就在同时，那个站在左边角落里的姑娘大声开了口。

但是朝阿辽沙跑来的那位先生一下子转过身向着她，用激动而有点不连贯的声音反驳她说：

“不，瓦尔瓦拉·尼古拉耶芙娜，不是这么回事，您没有猜到！”“还是让我来请问一声，”他忽然又转过身来向着阿辽沙，“什么事劳您来亲自拜访……这个窝？”

阿辽沙仔细打量着他。他是第一次见到这个人。这人仿佛有点身上带刺，性急，好发火。尽管看得出他刚才喝了点酒，但并没喝醉。他的脸显得极度蛮横无理，同时又很奇怪地露出明显的胆怯。他像那种长时期服从他人，吃了许多苦头，却有时又会忽然跳起来想表现一下自己的人。或者不如说更像一个很想打击你，又生怕你来打击他的人。在他的话语和十分尖细的声音里，有一种疯疯癫癫的幽默意味，一会儿是气势汹汹的，一会儿又是畏畏葸葸的，语调常常变化，语气也不连贯。他发出那句关于“窝”的问话的时候，似乎浑身哆嗦了一下，瞪着眼睛，一直冲到阿辽沙的跟前，使他不由自主地往后退了一步。这位先生穿一件灰暗、破旧的土黄布大衣，满是补丁，油渍斑斑。他身上穿一条如今早没有人穿的颜色极浅的裤子，料子很薄，大方格，裤脚揉得皱皱巴巴，因此往上缩起，好像小孩穿着已经太小了的衣服似的。

“我是……阿历克赛·卡拉马佐夫……”阿辽沙刚要回答。

“我太知道了，”那位先生立刻打断他，让他明白不用他说，就知道他是什么人，“我是上尉斯涅吉辽夫，但我还是很想请问，究竟什么事情劳您……”

“我只是顺便来一趟。老实说，我有一句话想跟您谈谈，如果您允许的话……”

“既然这样，这里有椅子，请就座吧。这是古代的喜剧里常说的话：‘请就座吧。’”上尉于是用飞快的动作抓了一把空着的椅子——

农民用的简陋的白木椅子，放在屋子的正当中；随手给自己抓了另一把同样的椅子，坐在阿辽沙的对面，照旧紧挨着他，两人的膝盖都几乎碰到了一起。

“尼古拉·伊里奇·斯涅吉辽夫，前俄国步兵上尉，虽然犯错误丢了脸，却到底还是个上尉。不应该说是斯涅吉辽夫上尉，而应该说是低三下四上尉，因为我从后半辈子起是低三下四地说话。低三下四是在屈辱中养成的。”

“的确是这样。”阿辽沙微笑说，“但究竟是不由自主地养成的呢，还是故意那样？”

“上帝知道，那是不由自主地。我过去从来不说，一辈子没有低三下四地说话，忽然栽了跟头，爬起来的时候，就开始这样说话了。这是上天的意旨。我看出您对现代的问题很感兴趣。但究竟什么事会引起您对我这么大的兴趣的呢，因为现在我生活在连客人都无法款待的环境里。”

“我到这里来……是为了那件事情。”

“为了哪件事情？”上尉急不可待地插嘴说。

“就为了您同家兄德米特里·费多罗维奇那一次相遇的事情。”阿辽沙拙笨地回答。

“哪一次相遇？就是那次吗？跟树皮擦子有关的，澡堂里用的树皮擦子？”他忽然挪近身子，这次膝头完全撞在阿辽沙身上了。

他的嘴唇有点异乎寻常地紧紧抿成了一条细线。

“什么树皮擦子？”阿辽沙嗫嚅地问道。

“爸爸，他是来找您告我的！”阿辽沙已经熟悉的刚才那个男孩的尖细嗓音在布幔后面的角落里喊了一声，“是我刚才咬了他的手指头！”

布幔掀开了，阿辽沙看见他刚才的那个敌人正躺在角落里神像下面长凳和椅子支成的床铺上。男孩躺在那里，身上盖着他自己的大衣和一条旧棉被。他显然不舒服，从那双火灼灼的眼睛看起来，身上正发着寒热。他现在看着阿辽沙，神色毫不畏惧，不像刚才那样，好像说："我现在在家里，你不敢碰我。"

"咬了什么指头？"上尉从椅子上跳起来，"他是咬了您的手指头吗？"

"是的，咬了我的手指头。刚才他在街上同小孩子们互相抛石子；他们六个人朝他扔，他只有一个人。我走到他面前去，可他竟朝我扔了块石子，接着又有一块石子打在我的头上。我问他：我对你做了什么不好的事情？他忽然扑过来，狠狠地咬了我的手指头，不知道是为了什么。"

"我立刻就揍他！现在就揍他！"上尉已经从椅上跳了起来。

"但我完全不是来告诉这件事的，我只是说说，我并不愿意您打他。再说他现在好像有病……"

"您以为我会揍吗？我会把伊留莎拉过来，在您面前揍他一顿，让您满意吗？您想我马上这样做吗？"上尉忽然转身对阿辽沙说，那副架势就好像要向他扑过来似的，"先生，我为您的手指头感到难过，但是您要不要我在揍伊留莎以前，为了公平地使您满意，先当着您的面砍掉我这四个手指头，就用这把刀子砍？我想四个指头是够您满足复仇的渴望了，不再需要第五个了吧？"他忽然住了口，好像气都喘不过来了似的，他脸上每一根线条都在抽搐扭动，目光带着异常挑衅的神色。他似乎发狂了。

"我现在好像全都明白了，"阿辽沙平静而忧郁地回答，仍旧坐着不动，"看来，令郎是个好孩子，很爱他的父亲，他之所以攻击我，是因为我是侮辱您的人的兄弟。现在我全明白了。"他沉思地反复说着："但是家兄德米特里·费多罗维奇对于自己的行为也很后悔，这一点我是知道的，只要能到府上来，或者最好在原地方再见一面，他将当众向您请求宽恕，假使您愿意这样做。"

"那就是说，揪了胡须，然后请求原谅，意思是一切了结，大家满意，对不对？"

"不，相反地，他可以做一切您吩咐的，而且认为应该做的事情。"

“如果我请他就在那家字号叫作‘京都’的酒店里，跪在我的面前，或者跪在广场上面，他也会跪吗？”

“是的，他甚至也会跪的。”

“您真打动了我的心。您真让我感动得落泪，打动了我的心。我这人太好动感情了。现在容我好好介绍一下：这是我一家人，我的两个女儿和一个儿子——我的小家伙。我一死，有谁去怜惜他们呢？我活着的时候，除了他们以外，又有谁来爱我这个坏人呢？这是上帝为每一个像我这样的人安排下的伟大的事业。因为即使像我这样的人也总得有人来爱……”

“哦，这话对极了！”阿辽沙喊道。

“算了吧，不要装小丑了。只要有一个傻瓜到这里来，您就叫我们丢脸！”窗旁的姑娘突然带着厌恶和轻蔑的表情朝父亲嚷起来。

“您等等，瓦尔瓦拉·尼古拉耶芙娜，让我来定方向。”父亲向她喝道，虽然用命令的口气，却十分赞成地望着她。“我们就是这样的性格。”他又转身向阿辽沙说。

“对天地间的一切，
他都不愿有所赞许。[1]

应该用阴性代词：她都不愿有所赞许。不过还是让我把我的内人也给您介绍一下吧：阿里娜·彼得罗芙娜，没腿的女人，四十三岁，两条腿勉强能走，但走不了几步。她是平民出身。阿里娜·彼得罗芙娜，庄重点，这位是阿历克赛·费多罗维奇·卡拉马佐夫。站起来，阿历克赛·费多罗维奇，”他抓住他的手，用甚至料想不到会有的力气，忽然把他拉了起来，“您和太太相见，应该站起来。孩子他妈，这并不是那个卡拉马佐夫，就是……嗯，如此这般的那一个，这是他的兄弟，是位非常谦逊有德的人。阿里娜·彼得罗芙娜，让我，孩子

---

1 俄国诗人普希金所写诗篇《恶魔》中的一句。

他妈，让我先吻吻你的手。”

他恭敬甚至温柔地吻了吻他太太的手。窗旁的姑娘气得扭过脸去不看这个场面。那位太太带着骄傲的疑问神色的脸忽然显出了少见的和蔼。

“您好呀，请坐，契尔诺马佐夫先生。”她说。

“卡拉马佐夫，孩子他妈，卡拉马佐夫。我们是平民出身。”他又悄悄地对他说了一句。

“好吧，管他是卡拉马佐夫或是什么，我总觉得是契尔诺马佐夫。请坐呀。他何必要拉您起来。他说我是没腿的女人，腿是有的，但肿得像木桶，我自己却干瘪了。以前我胖得很，现在好像吃了针线似的。”

“我们是平民出身，平民出身。”上尉又再次对他解释说。

“爸爸，唉，爸爸！”一直坐在椅子上默不作声的驼背姑娘忽然开口说了一句，并且突然用手帕掩住了脸。

“小丑！”窗前的女郎脱口说。

“您瞧，我们家有了什么样的新鲜事？”母亲摊开手指着两个女儿，“好像乌云飘过；云一散，我们的老样子就又回来了。以前我们在军队里的时候，有许多那样的客人来。老爷子，我并不想做什么比喻。谁喜欢什么样的人，就让他喜欢好了。那时候教堂助祭夫人常来，说：‘亚历山大·阿历山德罗维奇是个好心肠的人，娜斯塔霞·彼得罗芙娜却是地狱里的怪物。’我回答她：‘这是各人各喜爱，你可真是喜欢无事生非的臭脾气。’她说：‘你该恭敬点。’我对她说：‘哎呀，你这黑刀子，你跑来教训谁呀？’她说：‘我要给你们放进点新鲜空气来，你这人的气味不清洁。’我回答她：‘你去问问所有的军官先生，是我身上的气味不清洁还是别的人？’从那时候起我就一直把这事记在心里。没多久以前，我就像现在这样坐在这里，看见一位将军走进来，他是到我们这里来过复活节的。我对他说：‘大人，可以对一位体面的太太说要给她放点新鲜空气进来吗？’他说：‘对，您这里应该开一开气窗或房门，因为这里的空气不很新鲜。’您瞧全是这一套！我的气味干他们什么事？死人的气味要难闻得多。我说：‘我不想染脏你们的空气，我要穿上鞋子，离开这里。’亲人们，老爷子，不要责备你们的亲妈妈！尼古拉·伊里奇，老爷子，我虽不能讨你的欢心，但是我有我的伊留莎，他从学堂回来，他爱我。昨天还拿回来一个苹果。请原谅，老爷子，请原谅，亲人们，请原谅你们的亲妈妈，请原谅我这孤孤单单的女人，为什么你们讨厌我的气味！”

可怜的女人忽然放声痛哭起来，眼泪直流。上尉急忙跑到她身边。

“孩子他妈，孩子他妈，宝贝，得啦！得啦！你不是孤单的人。大家全喜欢你，全爱你！”他又吻起她的双手来，用手掌温柔地摸她的脸；他忽然抓起饭巾，去擦她脸上的眼泪（阿辽沙甚至觉得他的眼睛里也闪烁着泪光）。“看见了没有？听见了没有？”他忽然狂怒似的回过身来向着他，手指着可怜的疯女人。

“我看见了，也听见了！”阿辽沙喃喃地说。

“爸爸，爸爸，你干吗跟他……别理他吧，爸爸！”男孩忽然喊起来，在小床上撑起身来，通红的眼睛望着父亲。

“您别再装小丑，别再装疯卖傻了，永远也得不到什么好处的！”瓦尔瓦拉·尼古拉耶芙娜仍旧从那个角落里怒气冲冲地喊叫着，甚至跺着脚。

“您这次发脾气完全有理，瓦尔瓦拉·尼古拉耶芙娜，我可以马上满足您的愿望。请您戴好您的帽子，阿历克赛·费多罗维奇，让我也拿着帽子，我们一块儿出去。有句正经话要对您说，不过要到这房子外面去。那个坐着的姑娘是我的女儿，尼娜·尼古拉耶芙娜，我忘了给您介绍——她是天使现身，下降尘凡，假使您能够明白这个……”

“您看他浑身发抖，好像害抽风病似的。”瓦尔瓦拉·尼古拉耶芙娜很不满意地继续说。

“那个现在对我跺脚说我是小丑的人，也是天使现身，骂得我极对。我们走吧，阿历克赛·费多罗维奇，应该了结一下……”

他抓住阿辽沙的手，从屋里一直把他拉到了街上。

七

在清新空气里

“空气真清新，但是在我们府上可真是不大新鲜，从各种意义上来说都是这样。先生，我们慢慢地走着。我很希望您能对我的话感兴趣。”

“我自己也有一件要紧的事要对您说，”阿辽沙说，“只是不知道怎样开头。”

“我怎么能不知道您有事找我，没有事您决不会来看我的。难道真的来告小孩吗？这当然是不可能的事。谈起那个孩子！我在家里不便对您细说，现在在这里可以对您讲讲那个场面。您看见吗，一个星期以前这团树皮擦子还要浓密些，我说的是我的胡须；人家把我的胡须叫作树皮擦子，主要是那些小学生这样叫。令兄德米特里·费多罗维奇当时抓住我的胡须，把我从酒店里拉到广场，恰巧小学生们放学出来，伊留莎也和他们在一起。他看见我那种样子，就扑到我的身边来喊道：‘爸爸，爸爸！’抓住我，抱着我，想把我拉开，对侮辱我的人喊着：‘放开他，放开他，这是我的爸爸，饶了我的爸爸吧！’他的确是那么喊的：‘饶了他吧！’他的两只小手还抓住侮辱我的人，抓住他的手，就抓住他的那一只手，吻着它。我还清楚地记得那一刹那他的小脸上的那副神情，没法忘记，也永远不会忘记！”

“我敢起誓，”阿辽沙大声说，“家兄会用极诚恳极完满的方式来表示忏悔，哪怕甚至跪在广场上也可以。我会让他这样做的，要不然他就不是我的哥哥！”

“哦，那么说这还只是一种打算。并不是直接出于他的授意，而只不过是您根据您自己的热心肠所采取的一种高尚行为。您早应该对我这样说明的。不，既然如此，那就容我再充分说说令兄当时那种十足骑士式和军官式的高尚行为吧，因为他当时就表现了这样一种行为。他抓住我那树皮擦子把我揪了一段路以后，就放了我，说道：‘你是军官，我也是军官。如果你能找到一位正经的决斗证人，你就打发他来，我可以满足你的愿望，虽然你是一个浑蛋！’他就是这么说的。真是十足的骑士风度！那时我和伊留莎两人连忙走开了，可是当时发生的景象就像世代相传的家谱图那样，将会永远铭刻在伊留莎的记忆中的。哦，不，我们哪配学贵族气派！您自己想想好了，您刚才到我家去过，看见了什么？三个女人坐在那里，一个是没有腿的疯子，另一个是没有腿的驼子，第三个有腿，可是太聪明，女学生，总是急着想再跑回彼得堡去，在涅瓦河畔探求俄国的女权。关于伊留莎我不必说，还只九岁。只有我一个人单枪匹马。假使我一死，这一家子人将怎么办呢？我只问您这一点。既然如此，如果我叫他出来决斗，而且他立刻把我打死了，那时候会怎样呢？那时候所有这些人将怎么办呢？更坏的是如果他不杀死我，只是把我弄成残废：我既不能工作，却留下了一张嘴，那么谁来喂它，喂我的嘴，谁来喂他们大家呢？是不是让伊留莎不上学，却每天出去要饭呢？所以说，找他决斗对于我没有什么意义，只是一句蠢话，不会是别的。”

“他会向您赔罪，在广场当中对您下跪的。”阿辽沙又带着燃烧的眼光喊着说。

“我想到法院去告他，”上尉继续说，“但是请您翻一翻我们的法典，我会因为自己所受的人身侮辱而得到多大的赔偿呢？而且阿格拉菲娜·阿历山德罗芙娜又忽然叫了我去，对我斥责说：‘连想也不许想！如果你到法院去告他，我会想法子让全世界都知道他打你是因为你有欺诈行为，最后会弄得你自己上法庭受审的。’可是只有上帝明白，这个欺诈行为是从谁那里来的，我这小角色是奉了谁的命令行事的，还不是奉了她自己和费多尔·巴夫洛维奇的命令？她又说：‘还有，我要永远赶走你，你往后不要想再从我手里挣一分钱。我还可以对我的商人说（她总是把她的老头子叫作“我的商人”），他也会把你赶走的。’我心想，假使商人也赶走我，那时候我到谁那里去挣饭吃呢？现在我只剩了他们两个人可以依靠了，因为令尊大人费多尔·巴夫洛维奇为了一件不相干的事不但不再信任我，还想利用我写下的收据，把我送上法庭去哩。因为这种种原因，所以我就只好软了下来，而您也看见了我那个窝里的情形。现在请问您：伊留莎刚才把您的手指头咬得厉害吗？在我那个尊府上，我不敢当他的面详细问您。”

“是的，很厉害。他很生气。他因为我姓卡拉马佐夫，所以替您报仇，我现在明白了。可是您没看见他是怎样跟那些同学互相扔石子的！那真危险，他们会把他打死的，他们是孩子，不懂事，石子飞过来，会把脑袋打破的。”

“实际已经打中了，虽不是脑袋上，却也是胸脯上，在心口上方，今天被石头打的，一片青紫，回家后就哭泣，呻吟，跟着就病倒了。”

“您知道，是他首先攻击他们大家的，他仇恨他们，他们说他刚才用铅笔刀扎了一个叫克拉索特金的孩子的腰部……”

“我也听说了，这很危险，克拉索特金的父亲是此地的官员，也许还会惹出麻烦来哩。”

“我劝您，”阿辽沙热心地继续说，“暂时完全不要让他上学去，等他冷静一些，他的怒气平息了再说……”

“怒气！”上尉接着他的话头说，“的确是怒气。一个这样的小东西身上，竟有那么大的怒气。这里面有许多情况您还不知道呢。让我来专门讲一讲这段故事。那是在发生了这件事情以后，小学校里的学生们都开始逗他，叫起他‘树皮擦子’来。学校里的小孩们是没有同情心的人，单个分开，是天使，到了一起，尤其在学校里，他们就常常变得毫无同情心了。他们开始逗他，逗得伊留莎发起性子来。换了一个平常的男孩，一个软弱的儿子，是会低声下气，为自己的父亲而感到抬不起头来的，但是这个孩子却为了父亲，一个人起来反对大家。为了父亲，还为了真理和公道。在他吻令兄的手，对他说‘饶了爸爸吧，饶了爸爸吧’的时候，他当时心里是什么样的滋味，那只有上帝知道，还有我知道。这就是我们的孩子们，不是你们的，是我们的，那些被人轻视但却心胸高尚的穷人家孩子，还在九岁的时候就知道了世界上的真理。有钱人的孩子哪里谈得到，他们一辈子也不会领悟得那样深。而我的伊留莎，就在广场上的那个时候，吻他的手的时候，就在那个时候透彻地了解了真理。这真理一进入他的心里，就永远把他压扁了。”上尉激烈而又仿佛发狂了似的说着，用右拳猛击左掌，似乎想生动地表现“真理”是怎样压扁伊留莎的。“就在那天他发了寒热，说了一夜胡话。白天一整天也不大同我说话，甚至完全默不作声，只是我发觉他从角落里不时地看我，后来却越来越经常地转过身去对着窗，好像在温习功课，但是我看出他的脑子里并没在想功课。第二天我借酒浇愁，我这作孽的人，醉得百事不知。老伴也开始哭个不停，我是很爱她的，所以更愁得把最后一文钱也拿去喝了酒。先生，您不要看不起我：在俄国，喝醉的人是最善良的。我们这里最善良的人也就喝酒喝得最凶。我躺在那里，不很记得伊留莎在那天的情形，就是那天，学校里的男孩们从早晨起来取笑他，对他叫嚷说：‘树皮擦子，人家揪住你父亲的树皮擦子把他从酒店里拉出来，你还在旁边跟着跑，请求饶恕。’第三天，他又从学校回来，我一看，他面无人色，脸色灰白。我问：‘你怎么啦？’他不作声。在我府上是没法谈话的，因为妈妈和女儿们会立刻参加进来，况且姑娘们已经全都知道，甚至在当天就知道了。瓦尔瓦拉·尼古拉耶芙娜已经开始唠叨了：‘小丑，傻子，您还能做出有理性的事来吗？’我说：‘正是那样，瓦尔瓦拉·尼古拉耶芙娜，我们还能做出什么有理性的事来吗？’我就这样把这事敷衍过去了。到晚上，我领着男孩出去玩。您要知道，我同他每天傍晚总要出去散步，就是顺着我同您现在走的这条路，从我们的家门口到那块大石头为止，那块大石头不就在篱笆旁边像孤儿似的躺着吗？从那里起就是本市的牧场——又空旷又美丽的地方。我同伊留莎走着，他的手照例被握在我的手里。他的手很小，指头是细细的、冰凉的，他的胸部有毛病。他说：‘爸爸，爸爸！’我问他：‘什么事情？’我看到他的小眼睛冒着火。‘爸爸，他那天那么对待你，爸爸！’我说：‘有什么法子呢，伊留莎？’‘你不要跟他甘休，爸爸，不要跟他甘休。小学生们说，他为这事给了你十个卢布。’我说：‘没有，伊留莎，我现在是无论如何不会接受他一文钱的。’他全身颤抖，两只小手抓住我的手，又吻起来。他说：‘爸爸，爸爸，你叫他出来决斗，学校里大家耻笑我，说你胆小，不敢叫他出来决斗，还收了他十个卢布。’我说：‘伊留莎，我不能叫他出来决斗。’当时我便简单地把刚才对您讲的那些话全说给他听。他听完了我的话，说道：‘爸爸，爸爸，一定不要和他甘休。我长大了，就自己叫他出来决斗，杀死他！’他那小眼睛冒出火花，燃烧着。不管怎样，我既然是父亲，就应该对他说老实话。我说：‘杀人是有罪的，就是决斗也一样。’他说：‘爸爸，爸爸，等我长大的时候，我要用剑打掉他手里的剑，冲上去，把他摔倒在地上，拿剑在他头上比画着，对他说“我本可以马上杀死你，但是现在饶了你，去你的吧”。’您瞧，您瞧，先生，在这两天中他那小脑袋里产生了什么样的念头，他日思夜想的正是用剑复仇的事，也许夜里说的梦话也是讲这件事。不过他一副狼狈样子从学校里回来的情形，前天我才完全知道。您说得很对，我再也不叫他到那个学校里去了。我一得知他一个人反对全班同学，主动向人家挑战，首先发怒，满肚子火气，我当时就很替他担心。我们又出去散步。他问：‘爸爸，是不是有钱的人比世界上别的人都更有力量，爸爸？’我说：‘是的，伊留莎，世界上再也没有比富人更有力量的了。’他说：‘爸爸，我会发财的，我去当军官，打败所有的敌人，沙皇会给我奖赏，我回家来，那时候就谁也不敢惹我们了。……’此后沉默了一会儿，他的嘴唇还是哆嗦着，说道：‘爸爸，我们的城市真不好，爸爸！’我说：‘是的，伊留莎，我们的城市是不大好。’他说：‘爸爸，我们搬到另一个城市里去，好的城市里去，到人家不知道我们的地方。’我说：‘我们要搬的，伊留莎，我们要搬的，只是要等我攒一些钱下来。’我很高兴得了一个使他摆脱那些阴暗心事的机会。我开始和他一块儿幻想，我们将怎样自己买一匹马、一辆车，搬到另一个城里去。我们让妈妈、姐姐们坐在车里，让她们身上盖得严严实实的，我们两人在旁边走，‘偶尔让你坐上去歇歇腿，我在旁边走’，因为我们必须珍惜我们的马，不能大家全坐上去。我们就这样出门上路。他对这个非常着迷，主要的是因为可以有自己的马，自己可以上去骑。大家全知道，俄国孩子生下来就是爱马的。我们谈了很长时间；谢天谢地，我心想，我把他的心事引开，使他安静下来了。这是前天晚上的事，昨天晚上就又出现了新的情况。早晨他又上学去了，回来的时候脸色很阴沉，阴沉极了。傍晚我拉住他的小手，领他出去散步。他沉默着，一言不发。当时起了一点微风，太阳隐没了，露出秋天的景象，天色已黑。我们走着，两个人心里都很忧郁。我说：‘孩子，我们将来怎么动身？’我想把他引到昨天的谈话上去。他默不作声。只觉得他的手指在我的手里哆嗦。我心想，坏了，又有新的情况了。我们走到那块石头那里，像现在这样，我坐在石头上。天上飞起许多风筝来，发出嗡嗡和噼噼啪啪的声音，看得见有三十个风筝。现在是风筝季节。我说：‘伊留莎，我们也该把去年的风筝放出去了。我来修理一下，你把它藏到哪儿了？’我的孩子一声不响，侧转身朝着我，眼睛看着旁边。当时风夹着沙子呼呼地响了起来。他忽然一下扑到我的身上，两手搂着我的颈子，紧紧地抱住了我。您知道，凡是平素沉默和骄傲的孩子，自己会长时间勉强憋住眼泪，在碰到特别伤心的事情时，才会一下子忍不住爆发出来，那时候眼泪不但流出来，还会像泉水似的滚滚直涌。当时他的滚滚热泪一下子把我的脸全弄湿了。他号啕痛哭得像抽风似的，全身哆嗦，紧紧地抱住我，我坐在石头上面。他嚷道：‘爸爸，爸爸，亲爱的爸爸，他真是侮辱你呀！’我也哭了起来，两人坐在那里，拥抱着，全身颤抖。他喊着：‘爸爸，爸爸！’我喊着他：‘伊留莎，伊留莎！’当时没有人看见我们，只有上帝一个人看见，也许会给我记载在履历表上。请您向令兄道谢，阿历克赛·费多罗维奇。不过，我不能为了使您满意，打我的孩子！”

他说到最后又带上了刚才那种恶毒和疯狂的口气。不过阿辽沙还是感到这人已经信任他，如果换作别人，这人绝不至于同他这样“谈话”，也不会把刚才告诉他的一番话说出来。这使阿辽沙受到鼓励，他的心由于流泪而颤抖起来。

“唉，我真想和令郎和解一下！”他大声说，“如果您能够安排……”

“当然可以。”上尉喃喃地说。

“但是现在还先谈不上这个，完全谈不上这个，”阿辽沙接着说，“您听着！我有一件别人托我的事。我的这位家兄德米特里还侮辱了他的未婚妻，一位高贵的女郎，您一定听说过她。我可以告诉您她受辱的事，我甚至必须这样做，因为她一知道您受了气，打听出您的不幸的情况，就委托我……刚刚委托我……立刻把她补助您的一点小意思送给您，但这只是她的一点意思，并不是德米特里——那个把她也抛弃了的人的，完全不是的，而且也不是我的，不是他自己的弟弟的，不是任何人的，而是她的，只是她一个人的！她恳求您接受她的帮助，你们两位受了同一个人的侮辱。她只有在从他那里受了和您所受同样的侮辱——同样厉害的侮辱的时候，才想到了您！这等于是姊妹帮弟兄的忙。她正是委托我劝您接受她的这两百个卢布，像接受一个姊妹所给的那样。谁也不会知道这件事情，绝不会发生任何不公正的谣言的。这是二百卢布，我发誓，您应该收下来，不然的话……不然的话，世界上就真的只能互相都是仇人了！但是世界上还是应该有兄弟的。您有着高尚的心灵，您应该明白这一点，应该明白的！”

接着阿辽沙递给他两张花花绿绿的一百卢布一张的新钞票。他们两人当时正站在围墙附近的大石头旁边，附近一个人也没有。钞票似乎对上尉产生了可怕的影响：他哆嗦了一下。起初似乎单单是出于惊诧：他从没有料想到会有这种事情，他决不指望会有这样的结局。有人会给他帮助，而且还是这样大的数目，这是他甚至做梦也想象不到的。他接过钞票，一下子几乎连话都答不上来，有一种全新的表情在他的脸上闪过。

“这是给我的，给我的，这是多少钱，二百卢布！老天爷！我已经有四年没见过这么些钱了，老天爷！而且说是姊妹送的，真的吗？这是真的吗？”

“我向您起誓，我对您所说的全是真话！”阿辽沙说。上尉脸红了。

“您听着，我的宝贝，您听着，假如我收下来，我不会成为下流坯吗？阿历克赛·费多罗维奇，在您眼里看来，我不会，我不会成为下流坯吗？不，阿历克赛·费多罗维奇，您听着，听着，”他急忙说，不断地用两只手碰碰阿辽沙，“您劝我收下，因为是‘姊妹’送来的，但是在我收下的时候，您内心不会暗地轻视我吗？”

“啊，不，不！我用我的得救向您起誓：决不会！永远不会有人知道，只有我们——我、您、她，此外还有一位太太，她的知己朋友。”

“什么太太！喂，您听着，阿历克赛·费多罗维奇，到了眼前这样的时刻，您该仔细听听我的话了，因为您甚至根本想象不到，现在这二百卢布对我具有什么样的意义。”这个可怜的人继续说着，渐渐地显出了一种杂乱无章、近乎狂野的兴奋心情。他似乎弄昏了头，说话忙忙乱乱，好像怕有人不让他说完话似的。“除了这是干干净净地得来的，一个这样神圣可敬的‘姊妹’送来的以外，您知道吗，我现在还可以用这笔钱来医治老伴和我那驼背的天使般的女儿尼娜了！赫尔岑斯图勃医生曾出于他的好心来过一趟，他整整地诊察了她们俩一个小时，说：‘我一点也不明白。’不过本城药房里能买到的矿泉水（他给她开了方子）还是一定会对她的身体有好处，此外，也给她开了方子，用药水泡脚。可矿泉水的价钱是三十戈比一瓶，也许要喝四十瓶。所以我只好拿了药方，放在神像下面的架子上，就让它那么放着。他让尼娜用一种药水洗澡，化在热水里洗，还要每天早晚两次。但是在我们府上，既没有仆役，也没有人帮忙，既没有澡盆，也没有热水，叫我们怎么去进行这样的治疗呢？尼娜全身患风湿痛，我还没有对您说过，夜里整个右半边身子发痛，难受极了，但是您信不信，为了不使我们着急，她竟硬挺着，不发出呻吟，怕惊醒了我们。我们平时有什么就吃什么，能弄到点什么就吃点什么，她永远取最后的一块——只该扔给狗吃的那一块，意思是说：'我连这一块都不配吃，我是剥夺了你们的口粮，我是你们的累赘。'这就是她那天使般的眼神里流露出来的话。我们侍候她，她觉得难过：'我是不配的，不配的，我是没有价值的废人，毫无一点用处。'她有什么不配的，她用那种天使般的温顺态度替我们向上帝祈祷，没有她，没有她的平静的话语，我们家将成为地狱，她甚至能使瓦尔瓦拉的性子也变柔和一些。至于瓦尔瓦拉·尼古拉耶芙娜也是不应该责备的。她也是天使，也是受气的人。她夏天到我们这里来，身上带了十六个卢布，是教书挣来，攒着做路费，预备在九月里，就是现在，用这钱到彼得堡去的。我们把她的这一点钱也拿来维持了生活，现在她没有钱回去了，您看弄成了这个样子。而且现在也不能回去了，因为她像服苦役般地在替我们干活儿，我们像给驽马硬驾上辕似的使用着她，她侍候大家，修补，洗濯，擦地板，扶妈妈睡到床上去，而妈妈又是任性的，妈妈是好流泪的，妈妈是疯狂的！现在呢，我就可以用这二百卢布雇一个女仆了，您明白不明白，阿历克赛·费多罗维奇，我可以着手给亲爱的人治病，可以打发女学生到彼得堡去，买点牛肉，改善改善饮食。老天爷，这真是梦想！"

阿辽沙很高兴，他能使他得到这么多的幸福，高兴这可怜的人已同意让人家把他变成一个幸福的人。

"等一等，阿历克赛·费多罗维奇，等一等，"上尉又抓住了一个突然出现的新幻想，又用发狂般的急促语调连珠炮似的说了起来，"您知道不知道，我同伊留莎现在真的可以实现幻想了。我们可以买一匹马、一辆车，马要栗色的，他一定要买栗色的马，我们就动身离开这里，照前天所描述的样子。我在K省有一个熟识的律师，从小的交情，他曾托可靠的人转告我，如果我去，他可以在事务所里给我一个书记的位置，谁知道，也许会给的。那就可以让妈妈坐下，让尼娜坐下，让伊留莎赶车，我徒步走路，把全家都载着走了。老天爷，要是我把一笔可以长期欠着的债要到手，也许真可以！”

“做得到的，做得到的！”阿辽沙说，“卡捷琳娜·伊凡诺芙娜还可以再送来，随便多少都行，您要知道，我也有钱，随便您要多少都可以，就当是一个兄弟、一个朋友的心意，以后再还好了。（您一定会发财的，一定会发财的！）您知道，您想到要搬到别省去，这真是再好也没有的办法了！这样一来您就可以得救了，特别是对您的小孩来说，您知道，越快越好，在冬天以前，天冷以前。您可以和我们通信，我们将成为兄弟。……不，这并不是幻想！”

阿辽沙想拥抱他，他心里满意极了。但是他瞧了对方一眼，忽然止住了：上尉站在那里，伸着脖子，噘着嘴唇，脸色狂乱而发白，嘴唇微微掀动，仿佛想说什么话；并没有发出一点声音来，嘴唇却不住地动，显得十分奇怪。

“您怎么啦？”阿辽沙不知怎么突然哆嗦了一下。

“阿历克赛·费多罗维奇，我……您……”上尉断断续续地嘟囔着，用好像一个下决心从悬崖上跳下来的人似的神情，古怪而且狂乱地死死盯着他，同时嘴唇似乎还在微笑。“我……您……要不要我马上变个戏法给您看！”他忽然用急促而坚定的语调低声说，所说的话已经不再零零乱乱了。

“什么戏法？”

“戏法，一种巧妙的戏法。”上尉仍旧低语着；他的嘴歪到左边，左眼眯缝着，一眼不眨地瞧着阿辽沙，好像钉在他身上似的。

“您怎么啦？什么戏法？”阿辽沙非常害怕，喊起来了。

“就是这个戏法，您瞧吧！”上尉突然尖声叫道。

他举起刚才谈话时一直用右手大拇指和食指小心捏着一只角的那两张一百卢布的钞票，朝阿辽沙晃晃，突然用恶狠狠的神情一把握住，揉成一团，紧紧地攥在右手拳头里。

“瞧见了吗！瞧见了吗！”他朝阿辽沙尖声喊叫着，脸色发白，露出疯狂的样子，突然把拳头高高举起，一挥手用力把两张揉皱的钞票扔到了沙地上。“瞧见了吗？”他又尖叫了一声，手指指着钞票，“就是这样！”

接着他又忽然抬起右脚，狂怒地上前去拼命用靴跟践踏它们，每踩一下，就喊一声，呼呼地喘着气。

“你们的钱！你们的钱！你们的钱！你们的钱！”他忽然往后跳了一步，笔直地挺立在阿辽沙面前。他的整个脸上显示出一种无法形容的骄傲。

“请您告诉打发您来的人，说我树皮擦子不能出卖自己的名誉！”他举起一只手来指点着，大声嚷道。然后很快地转过身去，拔脚就跑；但是还没跑出五步，又转过身来，突然对阿辽沙做了个飞吻的手势。但是再跑上五步，他又最后一次回转身来，这一次已没有那种强颜欢笑的神情，相反地，满脸都在泪水横流中抖索。他用呜呜咽咽、泣不成声的急促语调大声喊道：“如果我为我所受的耻辱拿了您的钱，叫我怎么对我的孩子说话呢？”说完了这话，他就急急跑开了，这一次再也没有回头。

阿辽沙目送着他，怀着无法形容的怅惘。唉，他明白，上尉直到最后的一刹那，也还连自己都不曾料到会把钞票揉皱扔下。奔跑的人一次也没有回头，阿辽沙也知道不会回头的。他不愿意去追他，叫他，他知道对方这么做是为了什么。在上尉的影子消失以后，阿辽沙捡起了两张钞票。钞票只是很皱，有许多折痕，陷进沙子里去，但是还完整无缺，甚至在阿辽沙把它打开来抹平的时候，还窸窣作响，像新票子一样。他把钞票抚平，折好，塞进口袋里，就动身到卡捷琳娜·伊凡诺芙娜那里去，报告她托他办的这件事情的成绩。

第二卷　赞成和反对

一

婚约

又是霍赫拉柯娃太太首先来迎接阿辽沙。她十分慌忙，发生了一件大事：卡捷琳娜·伊凡诺芙娜在犯了歇斯底里以后竟昏厥了过去。随后发生了“非常非常可怕的衰弱，她躺下来，闭上眼睛，开始说胡话。现在发了高烧，已经去请赫尔岑斯图勃，又派人去请两位姨母，姨母已到来，赫尔岑斯图勃还没有来。大家都坐在她的屋里等候。她还在昏迷之中，一定会出什么事情的。要是害了热病才糟呢”！

霍赫拉柯娃太太在这样大呼小叫的时候，显出异常惊惧的神色，每说完一句话，都加上一句：“这可真是严重！真是严重！”好像她以前碰到过的一切事情都算不上严重似的。阿辽沙带着愁容听她说完，开始把自己所遭遇的事情讲给她听，但是他刚讲了头几句就被她打断了，她没有工夫，她请他到丽萨那里去坐一会儿，在丽萨那里等她。

“丽萨，亲爱的阿历克赛·费多罗维奇，”她几乎一直凑到他的耳边轻声说，“丽萨刚才真叫我惊奇，却也使我感动，所以我心里现在已经全都宽恕她了。您想想看，您刚刚走，她忽然诚恳地表示懊悔，说昨天和今天不应该笑您，其实她并没有讥笑，只是开开玩笑罢了。可是她很正经地表示后悔，甚至差点流泪，这真使我惊奇。她以前总是开玩笑式地笑话我的时候，从来没正经地后悔过。而您也知道，她是时时刻刻在笑话我的。可是这次她却一本正经，从头到尾都一本正经。她特别重视您的意见，阿历克赛·费多罗维奇，假如可以的话，请您不要生她的气，不要对她不满。我自己也不得不时常宽恕她，因为她是那么聪明，您信不信？她刚才说，您是她幼年时代的朋友，‘我幼年时代最好的朋友’，您倒想想看，‘最好的’，那么我呢？她在这上面有着非常严肃的感情，甚至回忆，尤其是这些话，这些词句，这些完全出人意外的词句，简直是谁也料想不到，突然之间蹦出来的。比如最近关于松树的一句话就是这样。在我们的花园里，在她还很小的时候，曾经有一棵松树，也许它现在还在，所以其实用不着说‘曾经’。松树不是人，是万古长青的，阿历克赛·费多罗维奇。她说：‘妈妈，我仿佛在睡梦惺忪中记起了这棵松树。’哦，‘睡梦惺忪——松树’，好像她不是这么说的，因为这句话有点缠夹，‘松树’这个词本来是很平淡的，可是她说了一句极别致的话，我简直学不上来。而且也忘了。好了，再见吧。我激动极了，准得发疯。唉，阿历克赛·费多罗维奇，我一生里已经发了两次疯，后来都治好了。您到丽萨那里去吧。鼓舞鼓舞她的精神，这点您是永远做得很好的。”她走到她门前喊道：“丽萨，我现在把受过那么大欺侮的阿历克赛·费多罗维奇领来了，可是告诉你，他一点也不生气，反而因为你这样想，感到很惊奇！”

“谢谢，妈妈[1]，请进来吧，阿历克赛·费多罗维奇。”

阿辽沙走了进去。丽萨的神情似乎很窘，忽然满脸通红。她显然因为什么有点羞惭，所以像碰到这种情况时常有的那样，照例很快很快地讲些完全不相干的事情，好像此刻她关心的只是这件无关紧要的事似的。

“妈妈刚才忽然把那两百卢布和委托您……到那个可怜的军官那里去……的事情讲给我听，把关于他怎样受了侮辱的全部可怕的故事都讲了，虽然她讲得很不清楚，老是跳来跳去的，可是我听着竟哭了。怎么样，您把钱送到了吗？这可怜的人现在怎么样？”

“问题正是并没有送到，这事说来话长哩。”阿辽沙回答，他也

1 原文为法语：Merci, maman.

好像心里只是想着没有把钱送到这件事，但是丽萨很清楚地看出，他也是在眼望着别处，也是显然在竭力说些不相干的事。阿辽沙在桌旁坐下，开始详细讲起来，不过在说了头几句话以后，就完全不再感到发窘，同时把丽萨的注意力也完全吸引住了。他说话时，受了强烈的感情和最近的不同寻常的印象的影响，所以讲得又好又周到。他以前在莫斯科的时候，还在丽萨小的时候，就爱到她那里去，有时讲他刚刚碰到的事，有时谈他在书上念过的事，有时回忆他所度过的童年生活。有时甚至两个人一块儿幻想，一块儿编造整部的故事，但多半是快乐而且可笑的故事。现在他们俩似乎又忽然回到了过去，两年以前在莫斯科的时代。丽萨很为他的叙述所感动。阿辽沙用热烈的情感对她描述伊留莎的形象。而当他详细讲完那个不幸的人怎样践踏钞票的那个场面时，丽萨把两手一拍，抑制不住心中的激动高声嚷道："那么您竟没有把钱交给他，您竟眼看着让他跑走了！我的天，您应该亲自追上去，追上他……"

"不，丽萨，我不追上去倒好些。"阿辽沙说，从桌旁站了起来，烦恼地在屋里踱步。

"怎么好些？好什么？这样一来他们就会没有饭吃，就会饿死的。"

"不会饿死的，因为这二百卢布早晚会到他们手里去。他明天还是会收下的。明天一定会收下来的。"阿辽沙说，沉思着大步踱来踱去。"您知道，丽萨，"他忽然在她面前站住了，接着说，"我自己也犯了一个错误，但这错误却带来了好处。"

"什么错误？为什么又带来了好处？"

"是这样的，他很胆怯，是一个性格软弱的人。他受尽了折磨，却又心肠很好。我一直在想：为什么他忽然生起气来，把钱扔在地上践踏呢？因为您要知道，其实他到最后一刹那也还不曾料到会去践踏的。现在我觉得，他是因为在许多方面感到受了屈辱。这处在他的境况下也是不足为怪的。首先他就感到恼火，因为他当着我的面过分流露出见了金钱大喜过望的心情，一点也没有在我面前掩饰它。假使当时他虽喜欢而并不显得特别，丝毫不露神色，也和别人一样，一面接钱，一面装腔作势地做出为难的样子，那时候他还有可能勉强收下来，但是他过于老老实实地显露出喜欢来，这是很丢脸的。唉，丽萨，他是一个既老实又好心的人，他在这类事情上糟就糟在这里！他当时说话的时候，嗓音老是那么微弱无力，话又说得那么急促，不断小声地又笑又哭，他真的哭了，心情是那样喜悦，当他讲到他的女儿……又讲到他可以在别的城里谋到一个位置的时候。而他刚刚倾诉了一番真心话，就又忽然因为自己把整个心灵都向我袒露出来而感到了羞惭。因此他立刻恨起我来。他是那种非常害怕丢脸的可怜人。他最感到害臊的是那么快就把我当成了自己的朋友，那么快就对我放下了武器，刚刚还在攻击我、威胁我，忽然看见了钱，就拥抱起我来了。因为他确实拥抱了我，不断用手拍我。大概正因为这样，他感到自己丢了脸，恰巧这时我又犯了错误，很严重的错误。我忽然对他说，如果他搬到别的城市去钱不够用，还能给他，甚至我也可以拿出自己的钱给他，要多少都行。正是这句话使他忽然吃了一惊：干吗连我也要跳出来帮助他？您要知道，丽萨，受屈辱的人感到最难堪的就是忽然大家全以他的恩人的姿态来对待他，我听说过这种事情，长老对我说过的。我不知道怎样形容，但是我自己也常常见到过这种情形的，而且连我自己也有过这样的感觉。更重要的是，他虽然直到最后的一刹那还不曾料想到真会践踏钞票，却毕竟还是有这样的预感，这是一定的。正因为他有这样的预感，所以他特别高兴。这一切虽然很糟，却一定会有好处的。我甚至想，再好也没有了。”

“为什么？为什么再好也没有了呢？”丽萨嚷道，极为惊讶地望着阿辽沙。

“丽萨，因为假使他不践踏，却收下了钱，那么回家以后，过了一两个小时就会感到丢脸而痛哭起来，一定会这样的。哭完了以后，也许明天天一亮就会跑到我那里去，把钞票扔在我面前，加以践踏，像刚才一样。现在他带着胜利的心情走回家去，虽然也知道是‘害了自己’，却会十分自豪。那么至迟等到明天去让他收下这二百卢布，就一定会是最容易不过的事情了，因为他已经表明了自己的人格，把钱扔过了，践踏过了。他在践踏的时候是不可能知道我明天还会再送给他的。况且这钱他其实是迫切需要的。他现在虽然很自豪，但是甚至就在今天，他也会想到他是丢掉了多么大的帮助。到了夜里他会想得更加厉害，甚至做梦也会想到这事，到了明天早晨也许就会情愿跑到我这里来，请求原谅了。这时候我正好到了那里，说：'好了，您是个高傲的人，您已经用事实证明了，现在可以收下来，原谅了我们吧。'到那时候他自然会收下来的！"

阿辽沙仿佛有点陶醉似的说出"他自然会收下来的"这句话。丽萨拍起手来。

"哎呀，的确会这样，我现在完全明白了！哎，阿辽沙，您怎么会什么都知道？这样年轻，就已经了解人的心灵了。我是永远也不会想到的。"

"重要的是现在应该让他相信，虽然他用我们的钱，他还是同我们大家平等的，"阿辽沙继续陶醉地说，"不但平等，而且甚至还要高些。"

"'还要高些'，妙极了，阿历克赛·费多罗维奇，再说下去，再说下去！"

"关于'高些'这句话，我说得似乎不大适当，但是这没有什么关系，因为……"

"哎呀，没有关系，没有关系，自然没有关系！对不起，阿辽沙，亲爱的，您知道，我以前几乎不大尊敬您，尊敬是尊敬的，却是从平等的地位出发，现在我却要把您看得更高些地来尊敬您。亲爱的，您不要因为我说'俏皮话'生我的气，"她立刻极为热情地接过他的话头说，"我是可笑的孩子，可是您，您……噢，阿历克赛·费多罗维奇，在我们所谈的这些话里，那就是说，您所谈的……哦，还是不如说，我们所谈的这些话里，有没有对他，对这个不幸的人瞧不起的意思，那就是说，我们现在这么尽情地剖解他的心灵，有点居高临下似的，我们现在又这么肯定他一定会接受这笔钱，嗯？"

“不，丽萨，没有轻视的意思，”阿历克赛坚决地回答，好像对这个问题早已胸有成竹似的，“我到这里来的时候，自己已经想过这层。您想一想，这怎么会有轻视的意思呢？因为我们自己也是和他一样，大家全是和他一样。我们确实是一样的，并不更好些。就算好些，要是处在他的地位，也一定会一样的。我不知道您怎样，丽萨，我自己心里认为我在许多方面说来有着一个渺小的灵魂。而他的灵魂可并不渺小，相反地，却是十分优美的。不，丽萨，这里面没有一点对他轻视的意思！您知道，丽萨，我的长老有一次说：对待人应当像侍候小孩一样，而对某些人更应当像侍候医院里的病人一样。”

“啊，阿历克赛·费多罗维奇，亲爱的，让我们像侍候病人一样地待人吧！”

“好极了，丽萨，我准备这样做，不过我准备得还不很充分；有的时候我很不耐烦，还有的时候我辨别不清。至于您就完全不同了。”

“唉，我不相信！阿历克赛·费多罗维奇，我是多么快乐呀！”

“您这样说我真高兴，丽萨！”

“阿历克赛·费多罗维奇，您真好，但是有时候您好像是个书呆子。其实您看，您根本不是书呆子。您到门边去看一下，轻轻地推开门，看妈妈是不是在那里偷听。”丽萨忽然用一种神经质的语气急促地低声说。

阿辽沙走过去，把门打开了一点，回报说没有人在偷听。

“您走过来，阿历克赛·费多罗维奇，”丽萨继续说，脸越来越红了，“伸过您的手来，就是这样。您听着，我应该对您坦白一件重要的事：昨天我给您写那封信不是开玩笑，是正经的。”

她用手捂上了眼睛。显然她在这样坦白时觉得很害羞。忽然她抓起他的手来，迅速地吻了三下。

“哎，丽萨，这好极了，”阿辽沙快乐地叫起来，“可我却一直确信，您写信时是正经的。”

“您看，居然说一直确信！”她忽然把他的手推开一点，但却仍旧握着它没有松开，脸更加红得厉害了，轻轻地发出快乐的笑声，“我吻他的手，他竟说：‘好极了。’”

但是她责备得不公平：阿辽沙的心里也很纷乱。

“我永远希望博得您的欢心，丽萨，但是不知道怎么办好。”他喃喃地说，也脸红起来。

“阿辽沙，亲爱的，您这人真是又冷淡又无礼。瞧瞧他，选择了我做自己的夫人，就此心安理得了！还一直确信，我写那封信是一本正经的。瞧这样子！这简直是无礼极了！”

“我这样确信，难道有什么不好？”阿辽沙忽然笑了。

“唉，阿辽沙，恰恰相反，好得厉害。”丽萨带着温柔和快乐的神情望着他。

阿辽沙站在那里，手一直被握在她的手里。他忽然弯下身来，吻她的嘴唇。

“这又是怎么回事？您这是怎么啦？”丽萨叫了起来。阿辽沙完全慌乱了。

“哦，请原谅，如果有什么不对。我也许太愚蠢了。您说我冷淡，所以我马上就吻起您来。看来这事做得很蠢。”

丽萨笑了，用手捂住了脸。

“居然还在穿着这种衣裳的时候！”她边笑边说了这么一句，但是忽然不笑了，变得一本正经，近乎严肃的样子。

“阿辽沙，我们还应该先慢点接吻，因为我们两人都还不会做这种事情，我们还必须等很长时间。”她忽然不说下去了，“您最好还是告诉我，像您那样既聪明又有头脑又有眼力的人为什么要我这样一个傻瓜，这样一个有病的蠢女人？唉，阿辽沙，我真幸福，因为我是完全配不上您的呀。”

“配得上的，丽萨。我不久就要完全离开修道院。一踏进社会，就必须成家，这我是知道的。长老也这样吩咐过我。我还能娶到比您更好的人吗？而且除了您以外，谁又会要我呢？我已经仔细想过。首先，您从小就了解我。其次，您有很多我完全没有的才能。您的心比我开朗，更主要的是您比我清白，我已经沾染了许多许多不好的东西。唉，您要知道，我也是个卡拉马佐夫家里的人啊！至于您喜欢笑和开玩笑，也喜欢笑我，那又有什么关系，正相反，您尽管笑好了，我喜欢这样。不过您像小姑娘那样地笑，却像殉道者那样考虑问题。”

“像殉道者？这是怎么回事？”

“是的，丽萨，刚才您问：我们这样剖析他的内心，有没有对那个不幸的人轻视的意思？这就是殉道者问的问题。您瞧，我是决提不出这样的问题来的，不过凡是会想到这种问题的人，常常自己也容易感到痛苦。您长期坐在轮椅上，大概现在就已经考虑各种问题，考虑得很多了。”

“阿辽沙，把您的手给我，您为什么把手缩回去了？”丽萨用由于幸福显得柔弱无力的声音说，“您听着，阿辽沙，您将来离开修道院出来的时候穿什么衣服？什么式样的？您不要笑，也不要生气，这对于我是非常非常重要的问题。”

“关于服装一层，丽萨，我还没有想到，不过，您愿意我穿什么，我就穿什么好了。”

“我愿意您穿藏青色天鹅绒的上衣，白哔叽坎肩，头上戴灰色绒软帽。……您告诉我，刚才我否认昨天的信的时候，您真相信我不爱您吗？”

“不，不相信。”

“唉，您这个人真叫人受不了！真是无可救药！”

“您瞧，我知道您好像是……爱我的，但是我装出相信您不爱我的样子，好让您……觉得自在些。”

“这更加坏！更坏，但又非常好。阿辽沙，我真是爱您极了。刚才在您走进来的时候，我心里在算卦：我要向他把昨天的信要回来，如果他安然地掏出来，交还给我（他是很可能会这样做的），那就说明他根本不爱我，一点也没有感情，只是一个愚蠢的、一钱不值的少年，那么，我就算完了。但是您把信留在修道室里了，这使我得到了鼓舞。您果真是因为预感到我会向您要信，所以才把它留在修道室里，以便不交还给我，对不对？是这样的吧？”

“哎，丽萨，完全不是这么回事，这封信现在还在我身上，刚才也在我身上，就在这口袋里，您瞧！”

阿辽沙笑着把信掏出来远远地给她看。

“我可不给您，要看就由我拿着看。”

“怎么，您刚才撒谎？您是修士还撒谎吗？”

“也许是撒谎了，”阿辽沙也笑了，“为了不肯交还信，所以撒谎。这信对我是很珍贵的，”他忽然感情激动地说，脸又红了，“而且永远是珍贵的，我永远也不肯把它交给谁！”

丽萨喜悦地看着他。

“阿辽沙，”她又悄声说，“您到门口看看，母亲是不是在那里偷听？”

“好的，丽萨，我去看。不过，还是别看吧，好不好？何必疑惑您的母亲做这样卑鄙的举动？”

“怎么卑鄙？有什么卑鄙？她在门外偷听女儿的说话，那是她的权利，不是卑鄙的举动。”丽萨脸红了，“您应该明白，阿历克赛·费多罗维奇，当我自己做了母亲，有像我这样的女儿的时候，我也一定要偷听她的。”

“真的吗？丽萨，这很不好。”

“唉，我的天，这有什么卑鄙？要是一种普通的、交际场上的谈话，我去偷听，那才是卑鄙的行为，可是这是亲生的女儿和一个青年人关在一间屋子里面……听着，阿辽沙，告诉您，我们一结了婚以后，我马上也要偷听您说话的，还告诉您，您所有的来信，我也都要拆、要念的。这一点您应该早有准备。”

“那自然是的，如果……”阿辽沙嗫嚅地说，“不过这总不大好……”

“唉，多么清高！阿辽沙，亲爱的，我们不要一开始就吵嘴，我是觉得应当把心里话全对您说出来更好些，因为，偷听自然是坏事情，我的话自然不对，是您说得对，但是尽管这样，我还是要偷听的。”

“那您就这么做吧。您发现不出我什么事情来的。”阿辽沙笑了。

“阿辽沙，您会服从我吗？这也是应该预先讲定的。”

“我很愿意，丽萨，而且一定服从，不过不是在主要的问题上。关于主要的问题，即使您不同意我的意见，我还是要按我的责任所在去做的。”

“应该这样。不过告诉您，我却相反；不但在最主要的问题上准备服从，而且在一切事情上也要对您让步，现在就可以对您起誓，在一切事情上，而且一辈子，”丽萨热烈地说，“而且我这样做感到幸福，感到幸福！不但这样，我还要对您起誓，我永远不偷听您的话，一次也不偷听，并且永远不私读您一封信，因为您说得对，我不对。虽然我会非常想偷听，这我知道，但我还是不偷听，因为您认为这是不高尚的。您今后仿佛是我的良心。听着，阿历克赛·费多罗维奇，为什么您这几天这样忧愁，昨天和今天两天；我知道您有许多麻烦的、不幸的事情，但是我看出来，此外您还有一种特别的忧愁，也许是隐忧，是不是？”

“是的，丽萨，有隐忧，”阿辽沙阴郁地说，“您猜得到，可见您是爱我的。”

“什么忧愁？愁什么？可以说吗？”丽萨带着畏怯的哀求的神情问。

“以后再说，丽萨，等以后……”阿辽沙局促不安地说，“现在也许不容易说明白。也许连我自己也说不清。”

“我知道，此外您的两位哥哥、您的父亲也使您感到痛苦，是不是？”

“是的，还有两位哥哥。”阿辽沙似乎在沉思中说。

“阿辽沙，我不喜欢您的伊凡·费多罗维奇哥哥。”丽萨忽然说。

阿辽沙对这句话有点感到惊讶，却没有过分显露出来。

“哥哥们自己在害自己，”他继续说，“父亲也是的。还同时在害别人。这里有‘卡拉马佐夫式的原始力量’，像佩西神父前两天所说的，原始的，疯狂的，粗野的，甚至是不是有上天的神灵在支配着这种力量，我不知道。我只知道我自己也是卡拉马佐夫。我是修士，我是修士吗？丽萨，我是修士吗？您不是刚才说过我是修士吗？”

“是的，我说过。”

“可我也许连上帝都不信。”

“您不信？您这是怎么啦？”丽萨谨慎地轻声说。但是阿辽沙没有回答。在他这几句过于突如其来的话里，有某种十分神秘的、非常主观的东西，也许连他自己也不大清楚，但却无疑已经在使他很感苦恼。

“而现在，除了这一切以外，我的知己朋友，一个世界上最好的人就要离开我们，离开这世界了。您可知道，丽萨，您可知道，我同这个人是多么心心相印、融洽无间！现在只剩下我一个人了。……我要到您身边来，丽萨，以后我们要在一起。”

“是的，在一起，在一起！从今以后，永远一辈子在一起！喂，您吻我呀，我允许您。”

阿辽沙吻了吻她。

“现在去吧，愿基督和您同在！”她朝他画了十字，“快到他那里去，趁他还活着的时候。我看得出，我硬把您留在这里是多么残忍。我今天就要为他祷告，为您祷告。阿辽沙，我们会有幸福的！我们会有幸福的，是不是？”

“大概我们会有的，丽萨！”

阿辽沙走出丽萨房间时，不想到霍赫拉柯娃太太那里去，打算不辞而别，径自离开她家。但是刚刚开了门，走到楼梯口，就不知怎么一下看见霍赫拉柯娃太太就站在他面前。刚说了第一句话，阿辽沙就猜到她是特意在等他的。

“阿历克赛·费多罗维奇，这真可怕。这是孩子气的空话，全是胡闹。希望您千万别误以为……真愚蠢极了，愚蠢极了，愚蠢极了！”她立刻冲着他说起来。

“只是请您不要对她这样说，”阿辽沙说，“要不然，她会着急，对她目前的情况是有害的。”

“这是一个明白事理的青年人的明白话。您的意思是不是：您之所以同意她，只是因为怜悯她的病，不愿意反对她，使她生气？”

“哦不，根本不是，我同她谈的时候完全是认真的。”阿辽沙坚决地声明。

“对这件事认真是不可能的、毫无意义的。而且首先，我今后再也不接待您。其次，我要离开这里，把她也带走，您要知道这一点。”

“那又何必，”阿辽沙说，“这又不是很近的事，也许还要等待一年半载哩。”

“唉，阿历克赛·费多罗维奇，这自然是实话，一年半载的时间里你们也许会吵闹一千次，最后两人分手的。但是我真是不幸，真是不幸！就算这完全是胡闹，但是到底使我伤心。现在我好像是最后一幕里的法穆索夫，您是恰茨基，她是索菲亚，[1]而且您想想，我特地跑到楼梯上去等你，在那个戏里，也是一切不幸的事都发生在楼梯上面的。我全都听到了，我差一点没有摔倒。原来昨天一夜的可怕情景和不久前的歇斯底里发作，原因就在这里。女儿有了爱情，母亲只好死路一条，只好躺到棺材里去了。现在再说第二件事，最重要的事：她写给您的那封信是怎么回事？马上拿给我看，马上！”

“不，不必。请问卡捷琳娜·伊凡诺芙娜的身体怎样？我很想知道。”

“仍旧躺在那里说胡话，昏迷不醒；她的姨母们在这里，只会叹气，还对我摆架子，赫尔岑斯图勃来到以后，竟惊惶得连我都不知道该拿他怎么办，怎样去救他，甚至想请大夫来给他瞧瞧。后来用我的车子把他送走了。在这一切事情以外，您这里忽然又发生了这封信的事情。是的，这事情还在一年半载以后。看在一切伟大、神圣的事

1 俄国作家格里鲍耶陀夫（1795—1829）的代表作《智慧的痛苦》（又译《聪明误》）中的三个人物。

物分上，看在您垂死的长老的分上，请您把这封信拿给我看，阿历克赛·费多罗维奇，给我，给做母亲的看一下！如果您愿意，您可以用手指捏着，我只从您的手里念一下。”

“不，我不能给您看，卡捷琳娜·奥西波芙娜，即使她允许，我也不能给您看。我明天再来，假如您愿意，我可以就许多事情好好谈一谈，现在呢，再见吧！”

阿辽沙说着冲下楼梯，跑到街上去了。

二

斯麦尔佳科夫弹吉他

他实在没有工夫。还在同丽萨道别的时候，他心里就闪出了一个念头：怎样用最狡黠的方法，堵住现在显然正躲避他的德米特里哥哥。天色已经不早，下午两点多钟了。阿辽沙满心想早些赶回修道院，回到他那伟大的垂死者的身边去，但是必须见到德米特里哥哥的需要压倒了一切：在阿辽沙的脑海里，确信即将发生一种难以避免的可怕灾祸的念头一时比一时强烈。这灾祸究竟是什么，他想立刻对他哥哥说些什么，也许他自己也讲不明白。“即使我的恩人在我不在身边的时候死去，至少将来我不至于终生责备自己在也许还能挽救的时候不加挽救，竟掉头不顾，急于回去。现在我这样做，是奉了他伟大的训诲做的。”

他的计划是出其不意地见到德米特里哥哥，也就是像昨天那样，越过篱笆，走进花园，悄悄掩入凉亭里去。“假使他不在那里，”阿辽沙想，“那么就不必对弗马和女主人说，躲在凉亭里等候，哪怕一直等到天黑。如果他还像先前那样在窥察格鲁申卡的行踪，那么很可能他也会到凉亭里去的。”不过阿辽沙并没有去多考虑计划的细节，只是决定就去实行，哪怕今天不回修道院也可以。

一切都顺利进行：他差不多就在昨天那个老地方越过了篱笆，悄悄地溜进了凉亭。他不希望被人发现，因为不管女主人也好，弗马（如果他在家的话）也好，都可能会站在哥哥的一边，听他的命令，那就可能要么不放阿辽沙走进花园，要么预先告诉德米特里说有人在找他、打听他。凉亭里一个人也没有。阿辽沙坐在昨天的位置上，开始等候。他瞧了凉亭一眼，不知为什么，这次他觉得它比昨天陈旧得多，简直窳败不堪。然而天气和昨天一样晴朗。绿桌子上有一个圆印，大概是昨天那只满溢出来的白兰地酒杯留下来的。一些和正事不相干的无聊念头钻进他的脑子里来，就像在烦闷的等待中常有的情形那样，例如他为什么刚才走进来以后，就恰恰坐在那天坐过的那个地方，为什么偏不坐在别的地方，等等。最后，他终于十分愁闷起来，为令人不安的前途迷茫而感到发愁。但是还没坐到一刻钟，忽然从很近的什么地方传来一阵弹吉他的声音。有人在离他二十步远的地方，绝不会再远，在树丛里什么地方坐着，或者刚坐下来。阿辽沙忽然想起一件事，他昨天离开哥哥，从凉亭里走出来的时候，看见，或者说偶然瞥见，在左面围墙旁边的树丛中间，有一张低矮的绿色旧花园长椅。看来现在一定有人坐在那上面。谁呢？一个男人突然用甜腻腻的假声唱起一支小调来，自己弹着吉他伴奏着：

> 用无法遏制的力量，
> 我热恋着亲爱的姑娘。
> 愿上帝赐福——
> 给我又给她！
> 给我又给她！
> 给我又给她！

声音停止了。这是男仆式的歌喉和男仆式的怪腔怪调。接着，一个女人的声音忽然说起话来，语气温柔而又有点怯生生的，但却十分矫揉造作：“为什么您好久不到我们这里来，巴维尔·费多罗维奇？为什么您老是瞧不起我们？”

“没有的事。”男人的声音回答着，虽然很客气，但更明显地带着坚决的、毫不含糊的尊严口气。看来是男的占着上风，女的在逢迎他。

"那个男人大概就是斯麦尔佳科夫，"阿辽沙想，"至少从嗓音听起来是他。那个女人大概就是这所房子的女主人的女儿，从莫斯科来的，穿着长长的连衣裙，常到玛尔法·伊格纳奇耶芙娜那里去要汤……"

"我真喜欢各式各样的诗，只要合辙押韵。"女人的声音继续说，"您为什么不继续唱下去？"

男声又唱了起来：

不稀罕皇帝的冠冕，
但求我的爱人康健。
愿上帝赐福——
给她又给我！
给她又给我！
给她又给我！

"上次唱得更好一些，"女人的声音评论说，"唱到皇帝的冠冕时您唱的是：'但求我的心肝康健。'这样更加温柔些，您今天一定忘掉了。"

"诗全是胡闹。"斯麦尔佳科夫不客气地说。

"哦不，我很爱诗。"

"说到诗，那都是胡闹。您想想：世上有谁合辙押韵地说话？如果我们说话都要押韵，即使是奉了上司的命令，我们也说不出多少话来，是不是？诗不是件好事，玛丽亚·孔德拉奇耶芙娜。"

"您怎么干什么事都那么聪明，对什么都懂得那么透？"女人的声音越来越温存了。

"要不是从小就决定了我的命运，我会的还不止这一点，懂的也不止这一点哩。谁要是因为我没有父亲，是一个臭女人所生，就说我是下贱坯，我本可以和他决斗，用手枪打死他，但是他们在莫斯科竟指着鼻子这样说我，这全是格里戈里·瓦西里耶维奇从这里散布出去的。格里戈里·瓦西里耶维奇责备我，说我反抗被生养出来：‘你把她的子宫都挣破了。’别说是子宫，只要能不生到这世上来，我甚至情愿在娘肚皮里就杀死我自己的。市场上有人传说，连您的母亲也极不客气地对我说，她头上长了纠发病，而且身材只有两俄尺挂零。为什么说挂零？本可以自自然然地说两俄尺多，像一般人常说的那样！她是有意想要说得眼泪巴巴的，这就是所谓乡下人的眼泪、乡下人的感情。难道俄国的乡下人会比有知识的人更有感情吗？由于无知无识，他根本不会有任何感情。我从小只要一听到什么‘挂零’，就简直气得要在墙上一头撞死。我憎恨整个俄罗斯，玛丽亚·孔德拉奇耶芙娜。”

“如果您当了陆军士官，或者年轻的骠骑兵，您就不至于说这样的话了，那时您会拔出剑来保卫全俄罗斯的。”

“我不但不愿意做陆军、骠骑兵，玛丽亚·孔德拉奇耶芙娜，正相反，我但愿取消一切士兵。”

“但是敌人来侵犯的时候，谁来保卫我们呢？”

“根本用不着保卫。一八一二年的时候，法国皇帝拿破仑一世，现在那一位的父亲，大举进攻过俄罗斯，如果当时我们被这些法国人征服了，那才好呢：一个聪明的民族征服和吞并了一个十分愚蠢的民族。那会出现另外一种完全不同的秩序了。”

“难道他们自己的国家会比我们的好些吗？我是就算拿我们的某一个美男子去换三个年轻的英国人也不愿意的。”玛丽亚·孔德拉奇耶芙娜温柔地说，大概在说话的同时还正在施展着最能撩人的眼色。

“那要看各人的喜好了。”

“您自己就像外国人，我说句不怕丢人的话，您一点不假地就像个高贵的外国人。”

“您要知道，在伤风败德的行为上，他们那儿的人和我们的人都是一样的。大家全是骗子，不同的只是那边的人穿着油光锃亮的皮鞋，而我们的浑蛋都穷得发臭，却还满不在乎。俄国人应该挨打，这话昨天费多尔·巴夫洛维奇说得很对，虽然他和他的孩子们全是疯子。”

“您自己说过，您很尊敬伊凡·费多罗维奇。”

“但是他们把我看作臭仆人。他们认为我会造反，他们猜错了。我的口袋里如果有一笔钱，我早就不在这里了。德米特里·费多罗维奇在行为和思想方面比任何仆人都坏，也更穷，又什么也不会干，可是却得到大家的尊敬。我虽然只会煮汤，但是我只要走运，就可以在莫斯科彼得罗夫卡街上开一家咖啡馆带饭店。因为我能做一种特别的菜，在莫斯科，除了外国人，没有人会做这样的菜。德米特里·费多罗维奇是个穷光蛋，但如果他要叫一位最最高贵的伯爵的少爷出去决斗，那个人就会同他去决斗的，可是其实他比我好在什么地方呢？他愚蠢得根本不能和我相比。他白白糟蹋了多少钱呀。”

“我想决斗一定是很有趣的。”玛丽亚·孔德拉奇耶芙娜忽然说。

“怎么有趣？”

“又可怕，又勇敢，特别是年轻的军官们为了一个女人，拿着手枪，互相射击。简直是一幅图画。唉，如果让姑娘们看的话，我真想去看看呀。”

“自己瞄准人家的时候，自然很好，但是人家对您瞄准的时候，您就会觉得这真是蠢极了。您会拔脚逃走的，玛丽亚·孔德拉奇耶芙娜。”

“难道说您会逃走吗？”

但是斯麦尔佳科夫不想加以回答，沉默了一分钟以后，又传来了吉他的声音，假嗓子唱出最后的一段歌词：

无论你怎样劝说阻挡，
我也要远走他乡，
到京城去寻快乐生活，
再不会烦闷悲伤，
决不会再烦闷悲伤，
也不想再烦闷悲伤。

这时候忽然发生了一个意外：阿辽沙突然打了个喷嚏。长椅那里马上寂静了。阿辽沙站起来，向他们走去。那人确是斯麦尔佳科夫，衣服穿得整整齐齐，头发上抹过油，似乎还烫卷过，穿着双雪亮的皮鞋。吉他放在长椅上。女的就是房东的女儿玛丽亚·孔德拉奇耶芙娜，身上穿的是一件拖着两俄尺长衣裙的浅蓝色衣裳；她还是个年纪轻轻的姑娘，姿色也不坏，但是脸滚胖发圆，雀斑多得惊人。

“德米特里哥哥快回来了吧？”阿辽沙尽力显得若无其事地说。

斯麦尔佳科夫慢腾腾地从长椅上站起来。玛丽亚·孔德拉奇耶芙娜也欠身起来。

“我怎么能知道德米特里·费多罗维奇的事情呢？除非我是给他当保镖的，那还差不多。”斯麦尔佳科夫不慌不忙、清清楚楚、毫不经意地回答。

“我不过问问您知道不知道。”阿辽沙解释说。

“我一点也不知道他在哪里，也不愿意知道。”

“可是哥哥恰恰对我说，是您把家里的一切事情告诉他的，还答应等阿格拉菲娜·阿历山德罗芙娜来的时候通知他。”

斯麦尔佳科夫慢条斯理而且泰然自若地抬起眼睛看看他。

“这里的大门在一个钟头以前就闩上了，您是怎样进来的呢？”他问，凝神望着阿辽沙。

“我跳过胡同里的围墙，一直到凉亭里来的。我希望您原谅，”他对玛丽亚·孔德拉奇耶芙娜说，“我必须赶快找到哥哥。”

“哎呀，我们怎么能生您的气呢？”玛丽亚·孔德拉奇耶芙娜拉长着声调说，对阿辽沙向她道歉感到很高兴，“因为德米特里·费多罗维奇也常常用这种方式到凉亭里来，所以我们有时都不知道他已经坐在凉亭里了。”

“我现在急于找他，我急于见到他，或者从您那里打听到他现在在什么地方。有一件对他很重要的事情。”

“他没有告诉我们。”玛丽亚·孔德拉奇耶芙娜嗫嚅地说。

“尽管我是到这里来串门的，”斯麦尔佳科夫又说了起来，“他也总是不近人情地不断逼着盘问我关于主人的事情，譬如说：他那里情形怎样？谁来了？谁去了？能不能告诉他一点消息？甚至两次用死来威胁我。”

“用死来威胁？”阿辽沙很奇怪。

“难道这对他还算回事吗？他那样的性格，您自己昨天也亲自看到过。他威胁说，如果我把阿格拉菲娜·阿历山德罗芙娜放了进去，让她在家里住宿，第一个我就活不了。我很怕他，如果不是怕那样做更有危险的话，我早就该报告官府了。真不知道会闹出什么事情来！”

“他前几天曾对他说：‘我要把你放在石臼里捣得粉碎。’”玛丽亚·孔德拉奇耶芙娜补充说。

“在石臼里捣碎的话，也许只是随口说说的。”阿辽沙说，“要是我现在能够见到他，我也可以跟他谈谈这件事。”

“我只能告诉您一点，”斯麦尔佳科夫好像突然才拿定主意说出来似的，“我是因为邻居和老相识的关系到这里来的，我怎么能不来呢？不过另一方面也是因为伊凡·费多罗维奇今天天刚亮就打发我到湖滨路德米特里·费多罗维奇的住所去，没有带信，只是口头请他一定到市场上的酒店里去，一块儿吃午饭。我去了，但是德米特里·费多罗维奇没在家，那时候已经八点钟了。女房东说：‘在家过，可是又出去了。’好像在他们中间早已有什么预约似的。现在也许他正和他弟弟伊凡·费多罗维奇坐在酒店里，因为伊凡·费多罗维奇没有回家吃饭，费多尔·巴夫洛维奇一个钟头以前就一个人吃罢了饭，躺下睡觉了。但是我恳求您千万不要提到我，也不要提起我告诉您的事，因为他是无缘无故就会杀人的。”

“伊凡哥哥今天叫德米特里到酒店里去吗？”阿辽沙急急地追问。

“是的。”

“到市场上的京都酒店去吗？”

“就是那个酒店。”

“这是非常可能的！”阿辽沙十分激动地说，“谢谢您，斯麦尔佳科夫，这是很重要的消息，我立刻就去。”

“不要把我说出来呀。”斯麦尔佳科夫在他背后说。

“哦，不会的，我装作偶然到酒店里去的样子，您放心好啦。”

“您往哪里走？让我给您开门。”玛丽亚·孔德拉奇耶芙娜连忙说。

“不用，这儿近些，我还是跳过篱笆吧。”

这消息使阿辽沙十分震动。他急忙赶到酒店里去。他穿了这样的衣裳到酒店里去是不大合适的，但是他可以在楼梯上打听，叫人们出来。但他刚走近酒店，一扇窗子就突然打开了，正是伊凡哥哥从窗口里俯身朝他喊着：

“阿辽沙，你要能马上到这里来一下，那我就太感谢你了。”

“当然可以的，不过我穿着这种衣裳进来不知道好不好。”

“我正好在一个单间雅座里，你到门廊口去，我马上就来接你。”

过了一分钟，阿辽沙就同哥哥坐在一起了。原来伊凡是一个人在那里吃饭。

三

兄弟俩互相了解

但是伊凡所占的并不是单间雅座。这只是靠近窗旁，用屏风挡住的一个地方，外人总算看不见坐在屏风里面的人。这间屋子是进大门第一间，旁边靠墙有一个碗柜。侍役们不时在屋里来来去去。只有一个客人，是个退伍的老军人，在角落里喝茶。然而别的房间里却满是一般酒店里常有的忙乱景象，听得见叫人的声音、开啤酒瓶的响声、打台球的撞击声、风琴呜呜的奏乐声。阿辽沙知道伊凡差不多从来没有到这酒店来过，并且平时根本就不喜欢进酒店。“看来，”阿辽沙心里想，“他进这酒店，只是为了和德米特里哥哥约会见面。但是德米特里哥哥并没有来。”

“我给你叫一份鱼羹，或是别的什么东西，你总不能单靠喝茶过日子吧。”伊凡大声说，显然因为拉住了阿辽沙感到十分高兴。他自己已经吃完了饭，在那里喝茶了。

“来一份鱼羹，以后再来茶，我饿了。”阿辽沙快乐地说。

“樱桃酱要不要？这里有的。你记不记得，你小的时候多爱吃波列诺夫家里的樱桃果酱？”

“你还记得这个？来一点果酱吧，我现在也爱吃。”

伊凡按铃叫侍役来，叫了鱼羹、茶和果酱。

“我全记得的，阿辽沙，我记得你十一岁以前的样子，我那时候是十五岁。十五和十一，相差这个岁数的兄弟是永远不会成为朋友的。我几乎不知道我爱过你没有。我到莫斯科以后，头几年甚至一点也想不起你来。以后，你自己也到了莫斯科，我们好像只在什么地方见过一次面。现在在这里，我已经住了三个多月了，可你我两人至今没正式谈过一句话。明天我就要走了，我刚才坐在这里，正在想：我怎么能和他见一面，告别一下？恰巧这时你从这里走过。”

“你很愿意看见我吗？”

“很愿意，我很想彻底了解了解你，同时也让你了解一下我，然后分手离别。我觉得人们在临离别以前是最容易互相了解的。我看出三个月以来你老在看我，你的眼睛里有一种不断期待的神情，这最使我受不了，也正因为这个才不愿和你接近。但是到后来我学会了尊敬你，心想：这小人儿倒是坚定地站住了脚跟。你要注意，我现在虽然在笑，说的话却是认真的。你确是很坚定地站住了脚跟，是不是？我爱这样坚定的人，无论他站在什么地方，即使他是像你这样的小孩子。到了后来，我看到你期待的眼神也一点不觉得讨厌了；相反地，最后我倒爱上了你那期待的眼神。你好像为了什么原因爱着我，是不是，阿辽沙？”

“是爱你，伊凡。德米特里哥哥在谈到你的时候说‘伊凡守口如瓶’。我却说‘伊凡是个谜’。我觉得就是现在你也还是一个谜，但是我已经有一点了解你了，这是今天早晨才开始的！”

“那么你了解了我一些什么呢？”伊凡笑着问。

“你不会生气吗？”阿辽沙也笑起来了。

“说吧！”

“那就是：你是个普通的青年，和所有别的二十三岁的青年一样，同样是年轻、活泼、可爱的小伙子，实际上还是个乳臭未干的小孩子！怎么样？你听了不太生气吗？”

“相反地，真是巧得出奇！”伊凡快乐而热烈地说，“你信不信，昨天我们在她那里相见以后，我也老是自己琢磨着，我还是个二十三岁的乳臭未干的小孩子，而你这会儿也很正确地看出来了，而且还正巧是从这一点谈起。我刚刚坐在这里，你知道我在想什么：即使我不相信生活，即使我对心爱的女人失掉信心，对世间事物的秩序失掉信心，甚至相反地深信一切都是无秩序的、可诅咒的，也许是魔鬼般混乱不堪的，即使我遭到了一个人灰心失望的种种可怕心境的打击，我总还是愿意活下去，既然趴在了这个酒杯上，在完全把它喝干以前，是不愿意撒手的。但是到了三十岁的时候，即使还没完全喝干，我也一定会扔下酒杯，就此离开，往不知什么地方去。但是在三十岁以前，我深深知道，我的青春将战胜一切：一切的失望，一切对生活的厌恶。我多次反省：世上有没有一种失望，会战胜我心里对生活的这种疯狂的也许是不体面的渴求呢？每次我都断定：大概是没有的，这是说在三十岁以前，到了那时候以后，我觉得我就会自动不再渴求了。这种对生活的渴求，有些害痨病的幼稚道德家时常把它说成卑鄙，尤其是诗人们。的确，这种对生活的渴求，一定程度上是卡拉马佐夫家的特征，不管愿意不愿意，它也一定存在于你的身上，但为什么它一定是卑鄙的呢？惯性力在我们这个地球上还是很强的，阿辽沙。我渴望生活，所以我就生活着，尽管它是违反逻辑的。尽管我不信宇宙间的秩序，然而我珍重在春天萌芽的带着滋浆的嫩叶，我珍重蔚蓝的天，珍重一些人，对他们，你信不信，有时候你自己也不知道为什么会那样热爱，还珍重一些人类的业绩，对这，你也许早就不再相信，但到底由于旧印象，还是要从心中产生敬意。瞧，鱼羹端来了，你好好吃吧，这鱼羹很美，做得不错。我想到欧洲去一趟，阿辽沙，我就从这里动身；我也知道我这不过是走向坟墓，只不过这是走向极其极其珍贵的坟墓，如此而已！在那里躺着些珍贵的死人，每块碑石上都写着那过去的、灿烂的生命，那对自己的业绩、自己的真理、自己的奋斗、自己的科学所抱的狂热的信仰。我早就知道，我会匍匐在地，吻那些碑石，为它们而哭，但同时我的心里却深知这一切早已成为坟墓，仅仅不过是坟墓而已。我哭泣并不是由于绝望，而只是因为能从自己的泪水中得到快乐，为自己的伤感所沉醉。我爱春天带着滋浆的嫩叶，我爱蔚蓝的天，如此而已！这不是理智，不是逻辑，这是出于心底、发自肺腑的爱，爱自己青春的活力。你多少明白一点我的这段谬论吗，阿辽沙？明白不明白？”伊凡忽然笑了。

“我太明白了，伊凡，渴望出于心底、发自肺腑的爱，你这话说得好极了，我很高兴，你是这样渴望生活。”阿辽沙大声赞叹说，“我以为，世界上大家都应该首先爱生活。”

“爱生活本身甚于爱它的意义，是这样吗？”

“一定要这样。应该首先去爱，而不去管什么逻辑，像你刚才所说的那样，一定要首先不管它什么逻辑，那时候才能明了它的意义。我早就想到这一点了。你爱生活，伊凡，这样你的事情就已经做了一半，得到了一半。现在你应该努力做你的后一半，那样你就得救了。”

“你又来拯救我了，也许我并没有毁灭哩！而且你所说的后一半又是什么？”

“就是要使你的那些死人复活，他们也许根本就没有死。好了，拿茶来吧。我很高兴我们能这样谈谈，伊凡。”

“我瞧你是心头正充满着灵感。我最喜欢这种……见习修士的信仰的表白[1]。你是一个坚定的人，阿历克赛。你想离开修道院，真的吗？”

“真的。我的长老打发我到俗世里来。”

“这么说，我们还会在俗世里相见，到三十岁我开始抛开酒杯之前还会相遇的。父亲到了七十岁还不愿意离开自己的酒杯，甚至还想到八十岁，这是他自己说的，虽然他是一个小丑，但他说这话是一本正经的。他把色欲当作磐石来作为立脚点，不过在过了三十岁以后，也许除了这个以外，根本就没有什么东西可以作为立足点的了。可是到七十岁总不免有点卑鄙，最好是在三十岁：这样还可以自欺欺人地保持点‘高尚的色彩’。你今天没有看见德米特里吗？”

“不，没有看见，可是我看见斯麦尔佳科夫了。”于是阿辽沙匆促而又详细地把自己和斯麦尔佳科夫相遇的一段情节讲给哥哥听。伊

1 原文为法语：Professions de foi.

凡突然很关心地倾听起来，甚至还重复问了几句。

“不过他求我不要告诉德米特里说他谈起了他。”阿辽沙补充了一句。

伊凡皱起眉头，沉思了起来。

“你是为了斯麦尔佳科夫的缘故皱眉头的吗？”阿辽沙问。

“是的，为了他。见他的鬼去吧。德米特里我倒的确想见一见。但是现在不必了。”伊凡不乐意似的说。

“你真的想马上就走吗，哥哥？”

“是的。”

“德米特里和父亲怎么办呢？他们会落个什么结局？”阿辽沙担心地说。

“你老是讲这一套！那与我有什么关系呢？我是我的兄长德米特里的保镖吗？”伊凡气恼地说，却忽然又苦笑了一下，“这好像是该隐[1]关于他被杀死的兄弟向上帝所做的回答吧？也许你现在正是这样想的？但是真见鬼，我总不能老待在这儿等着他们呀！事情一了结，我就走。你大概以为我在吃德米特里的醋，以为这三个月来我一直在夺他的美女卡捷琳娜·伊凡诺芙娜。才见鬼哩，我是有我自己的事情。等事情一了结，我就走。事情刚才已经了结了，你就是证人。”

“就是指刚才在卡捷琳娜·伊凡诺芙娜那里吗？”

“是的，在她那里，一下子就彻底摆脱开了。可是那算什么？德米特里与我又有什么关系？他跟这事是毫不相干的！我和卡捷琳娜·伊凡诺芙娜之间完全是我们自己的事。你也知道，正巧相反，德米特里做得好像他是在和我同谋似的。其实我丝毫也没有请他这样做，是他自己像煞有介事地把她交给我，还为我们祝福。这真是可笑。不，阿辽沙，不，你真不知道我现在感到多么轻松！现在我坐在这里，吃着午饭，你信不信，我真想要一瓶香槟酒，来庆祝一下我刚

1 《旧约圣经·创世记》中记述，亚当的儿子该隐杀死了自己的弟弟亚伯，并最终受到了上帝惩罚，被流放。

刚得到的自由。唉，差不多有半年了，忽然一下子，一下子全都摆脱了。我甚至昨天都还想象不到，只要愿意的话，了结这事是根本不费什么的！”

“你说的是自己的爱情吗，伊凡？”

“如果你愿意这样说，就算是爱情好了。是的，我恋上了一个小姐，恋上了一个女学生。我为她受了折磨，她也折磨了我。我长期厮守着她，现在忽然一切全烟消云散了。我不久前还满腔热情，可是刚一从那里走出门来，就立刻恍然失笑了，你相信吗？是的，我说的完全是真话。”

“你连现在讲起这事时也讲得很快乐。”阿辽沙端详着他那的确忽然开朗起来的脸说。

“但是我怎么会料到我是根本不爱她的呢！哈哈！结果却证明的确是不爱她的。要知道我原先是多么喜欢她呀！甚至在我刚才说那番慷慨激昂的话的时候，也还是很喜欢她，你知道吗？就是此刻我也还是非常喜欢她，可是同时我离开她又感到那么轻松。你以为我在夸大其词吗？”

“不。不过这也许本来就不是爱情。”

“阿辽沙，”伊凡笑了，“你别开口议论起爱情来！你这样做是不合身份的。刚才，刚才你竟跳出来议论这个！哎哟！我还忘了为这事吻你一下。她真是使我吃够了苦头，我真是守在折磨的旁边。唉，她是知道我爱她的！她爱的是我，不是德米特里！”伊凡愉快地断然说：“德米特里只是折磨。我刚才对她所说的话完全是千真万确的真话。但是最主要的是，她也许需要十五年或者二十年才能觉悟到，她根本并不爱德米特里，而只爱她折磨着的我。甚至也可能永远不会觉悟，尽管取得了今天的教训。所以最好是伸伸腿站起来，从此一走了事。顺便问一声：她现在怎么样？我走后那边情形怎样？”

阿辽沙对他讲了关于犯歇斯底里的情形，又说她大概现在还不省人事，说着胡话。

“不会是霍赫拉柯娃瞎说吗？”

“好像不会。”

“应该探问一下。不过从来没有人因为犯歇斯底里而死的。犯歇斯底里就犯歇斯底里吧，上帝赐给女人歇斯底里，是给她们的一种恩惠。我根本不想到那里去。再钻到那儿去有什么意思？”

“可是你刚才对她说：她从来没有爱过你。”

“我是故意这样说的。阿辽沙，我们叫一瓶香槟酒来，为我的自由干一杯吧。哎，你真不知道我是多么高兴！”

“不，哥哥，我们还是不要喝吧，”阿辽沙忽然说，“再说我心里正有点发愁。”

“对，你早就在发愁，我早就看出来了。”

“那么你明天早晨一定要走吗？”

“早晨？我没说早晨，不过也可能是早晨。你信不信，我今天在这里吃饭，完全是因为不愿意同老头子一块儿吃，他真使我讨厌到了极点。单为了他我也早就该走了。可你干吗为我的走感到这么不安？在动身以前你我还不知道有多少时间。整整一大段时间，无穷无尽的时间！”

“如果你明天就走，哪里来的无穷无尽呢？”

“这对你我又有什么妨碍？”伊凡笑了，“我们总还来得及谈完自己的事情，谈完我们到这里来要谈的事情的，是不是？你为什么用惊奇的眼神看着我？你回答一下：我们是为什么事情到这里相见的？为的是谈对卡捷琳娜·伊凡诺芙娜的爱情？谈老头子和德米特里？谈外国？谈俄国不可救药的现状？谈拿破仑皇帝？是为了谈这些事情吗？”

“不，不是为了谈这些。”

“那么说，你自己也明白是为了谈什么。有些人需要谈某种事情，我们乳臭未干的青年却需要谈另一种事情，我们首先需要解决永恒的问题，这才是我们所关心的。所有俄国的青年人现在全一心一意在讨论永恒的问题，正当老人们忽然全忙着探究实际问题的时候。你为什么这三个月来一直露出期待的神情瞧着我呢？就是为了想盘问我：‘你到底信仰什么？还是压根儿什么也不信仰？’三个月来你的眼神不就是这个含义吗，阿历克赛·费多罗维奇，是不是这样？”

“也许是这样。”阿辽沙微笑了，“你现在不是在讥笑我吧？”

“我讥笑你？我是不想使我那三个月来一直那样期待地瞧着我的小弟弟灰心丧气。阿辽沙，你毫不客气地瞧着我：我自己就跟你一模一样，完全是幼稚的小伙子，所差的只是不是个小修士。俄国的小伙子，我指的是他们中间的一些人，是怎样在活动呢？举例来说，他们就聚集在这里的脏酒店里，坐在一个角落上。他们以前从来不相识，一出酒店，又会几十年互不相见，但那有什么，碰到在酒店相会的机会时，你看他们在讨论些什么？讨论的不是别的，而是全宇宙的问题：有没有上帝？有没有灵魂不死？而那些不信上帝的，就讲社会主义和无政府主义，还有关于怎样按照新方式改造全人类，等等；结果还是一码事，是同一个问题的两面。今天我们这里有许许多多极不寻常的俄国小伙子都在一心一意地谈论永恒的问题。不是这样吗？”

“是的，在真正的俄罗斯人心目中，有没有上帝、有没有灵魂不死的问题，或者如你所说另一面的问题，自然是最首要最严重的问题，而且这也是应当的。”阿辽沙说，还是含着平静而带有探究意味的微笑，注视他的哥哥。

“你知道，阿辽沙，做个俄罗斯人有时候就根本不是件聪明事，但再不能想象有比现在那般俄国小伙子在干的更愚蠢的事情了。不过有一个俄国小伙子阿辽沙，我却是非常喜爱的。”

“瞧你得出个多妙的结论来！”阿辽沙忽然笑了。

“好，你说吧，从哪里开始？全听你吩咐。从上帝说起？先谈上帝存在不存在，好不好？”

“你愿意从哪里说起就从哪里说起好了，即使是从‘另一面’说起也行。你昨天不是在父亲那里声明过，上帝是没有的吗？”阿辽沙探究地瞧了哥哥一眼。

“我昨天在老头子那里吃饭的时候，是故意用这话来逗你，并且看见你的小眼睛冒火了。但是现在我不反对和你详细谈一下，而且是一本正经地谈。我愿意同你取得一致，阿辽沙，因为我没有朋友，我愿意试一试。嗯，你想想看，说不定我也会承认上帝的，”伊凡笑了，“你不感觉这很突然吗？”

“自然是的，假如你现在并不是开玩笑。”

“开玩笑？昨天在长老那里人家说我是开玩笑。你知道，亲爱的，十八世纪有一个老罪人，他说如果上帝不存在，就应该把他造出来，即使没有上帝，也要创造一个上帝来[1]。而人也的确造出了上帝来。上帝果真存在倒不奇怪，不稀奇了，稀奇的是这种思想——必须有一个上帝的思想——竟能钻进像人类这样野蛮凶恶的动物的脑袋里，而这种思想是多么圣洁、多么动人、多么智慧啊，它真是人类极大的光荣。至于我呢，我是早就决定不去思考究竟是人创造了上帝还是上帝创造了人的问题了。自然我也就不想再去仔细研究俄国小伙子们关于这问题的时髦的原理，那是完全从欧洲的假设中引申出来的；因为在欧洲还只是假设的东西，到了我们俄国小伙子的心目中就立刻成了原理，不但小伙子们这样，也许连有些教授也是这样，因为我们现在俄国的教授们也往往和俄国的小伙子们完全是一回事。所以我把那些假设一概略过不提。你我现在的任务究竟是什么？那就是让我尽快向你说清楚我这个人的实质，也就是：我是什么样的人？信仰什么？抱着什么样的期望？对不对？因此我现在声明：我直接而且简单地承认上帝。但是应该注意到这一点：假如上帝存在，而且的确是他创造了大地，那么我们完全知道，他也是照欧几里得的几何学创造大地和只是有三度空间概念的人类头脑的。但是以前有过，甚至现在也还有一些几何学家和哲学家，而且还是最出色的，他们怀疑整个宇宙，说得更大一些——整个存在，是否真的只是照欧几里得的几何学创造的。他们甚至还敢幻想：按欧几里得的原理是无论如何不会在地上相交的两条平行线，也许可以在无穷远的什么地方相交。因此我决

1 原文为法语：s’il n’existait pas Dieu il faudrait l’inventer.（法国作家伏尔泰的名言，见于《致一本关于三个老师误人子弟的书的作者》一文。）

定，亲爱的，既然我连这一点都不能理解，叫我怎么能理解上帝呢？我老老实实承认，我完全没有解决这类问题的能力，我的头脑是欧几里得式的、世俗的头脑，因此我怎么能了解非世俗的事物呢？我也劝你永远不要想这类事情，好阿辽沙，尤其是关于有没有上帝的问题。所有这些问题对于生来只具有三度空间概念的脑子是完全不适合的。所以我不但十分乐意接受上帝，而且也接受我们所完全不知道的他的智慧和他的目的，信仰秩序，信仰生命的意义，信仰据说我们将来会在其中融合无间的永恒的和谐，信仰那整个宇宙所向往的约言，它'和上帝同在'，它本身就是上帝，诸如此类，不可胜数。这方面想出来的说法太多了。我的说法好像也不错，对不对？但是你要知道，归根结底，我还是不能接受上帝的世界，即使知道它是存在的，我也完全不能接受它。你要明白，我不是不接受上帝，我是不接受上帝所创造的世界，而且决不能答应去接受它。我还要附加一句：我像婴儿一般深信，创伤终会愈合和平复，一切可气可笑的人间矛盾终将作为可怜的海市蜃楼，作为无力的、原子般渺小的、欧几里得式的人类脑筋里的无聊虚构而销声匿迹，在宇宙的终局，在永恒的和谐到来的时刻，终将产生和出现某种极珍贵的东西，足以满足一切人心，慰藉一切愤懑，补偿人们所犯的一切罪恶和所流的一切鲜血，足以使我们不但可以宽恕，还可以谅解人间所曾经发生的一切。就算所有、所有这样的情景终会发生，会出现，但是我却仍旧不接受，也不愿意接受！甚至即使平行线能相交，而且我还亲眼看见而且承认说'确乎是相交了'，我还是不肯接受。这是我的本性，阿辽沙，这是我的信条。这话我是一本正经地对你说的。我有意让我们这场谈话以最笨拙不过的开场白开头，但最后终于引出了我的自白，因为你所需要的正是我的自白。你需要的不是讨论上帝，而只是需要知道你心爱的哥哥的全部精神寄托。我现在都说出来了。”

伊凡突然以一种特别的、意料不到的激动情绪，结束了他的长篇大论。

“可为什么你要用'最笨拙不过的开场白'开头呢？”阿辽沙沉

思地看着他问。

“第一，至少是为了保持一点俄罗斯语言的本色：俄国人谈论这类题目的话永远是说得很笨的。第二，越笨越接近事实。越笨越明白。笨拙就是简捷而朴质，聪明则是圆滑而又躲闪。聪明是下贱的，愚笨则直率而且诚实。我的话已经说到了绝处，所以我越说得笨拙，对我越加有利。”

“请你对我解释，为什么‘你不接受世界’？”阿辽沙说。

“自然要解释的，这并不是秘密，我原来就是要往这方面谈的。我的小弟弟，我不想把你引坏，使你离开你的立脚点，我也许是想用你来治疗我自己。”伊凡忽然微笑了，完全像一个温顺的小孩。阿辽沙还从来没有看到他有过这样的微笑。

四

叛逆

“我应该对你坦白一下，”伊凡开始说，“我一直想不通怎么能爱自己的邻人。据我看来，恰恰对邻人是没法爱的，只有离远些的人还可以爱。我有一回在什么地方读到过关于圣徒‘慈悲的约翰’的故事：有一个饥寒交迫的行路人，走到他的面前，请求给一点温暖，他竟和他同睡一床，抱住他，朝他因得了什么可怕的病而流脓发臭的嘴里吹气。我相信他这样做是出于一种虚伪的自我折磨，一种由于义务而强做出来的爱，出于硬给自己规定的赎罪苦行。要爱一个人，那个人必须隐藏起来，只要一露面，爱就消失了。”

“这话佐西马长老讲过多次，”阿辽沙说，“他也说，一个人的脸常常会妨碍许多对爱还没有经验的人去表示他们的爱。但是人类中间仍然有许多爱，几乎和基督的爱相仿，这是我亲自有所体会的，伊凡……”

“我暂时还体会不到，无法体会，而且有无数的人也和我一样。问题只在于：之所以会这样，是因为人们的坏脾气，还是因为人们的本性就是如此？据我看来，基督的爱人是一种地上不可能有的奇迹。自然他是上帝。可是我们并不是上帝。比方说，假定我能够深深地忍受痛苦，但是别人却永远不会明白我受苦到怎样的程度，因为他是别人，而不是我。此外，也很少有人肯承认别人是受苦者，就好像这是一个什么官位似的。你知道他们为什么不肯承认吗？就因为，比如说，我身上有臭味，我的脸长得蠢，我有一次踩了他的脚。并且痛苦和痛苦也不同，会使我有失尊严的那种屈辱性的痛苦，例如饥饿，还可以蒙我的恩主承认，但只要稍为高尚一点的痛苦，例如是为了一种理想，那就不成了，他很少能加以承认。因为，比如说，他会看着我，突然看出我的脸和照他想象为了某种理想而受苦的人所应有的脸根本不一样。于是他就会立即把他给我的恩惠夺走，甚至还完全并非由于心存恶意。乞丐，特别是品行端正的乞丐，应该从来不在外面露面，而是通过报纸请求施舍。抽象地爱邻人还可以，有时甚至还得离得远远的，离得近就几乎绝对不行了。如果一切都像在舞台上，像舞剧中那样，乞丐出场的时候穿着绸缎的破衣，披着撕裂的花边，优雅地跳着舞向人乞讨，那还可以欣赏他们。不过只是欣赏而已，绝不是爱。但这些话说得够了。我只是要让你明白我的观点。我本想谈一谈一般人类的痛苦，但不如先限于讲一讲小孩子的痛苦吧。这会使我的论据缩小到十分之一，但还是只限于讲讲小孩子吧。自然这对我是不太有利的。但首先，小孩子们在近处也可以爱，甚至是肮脏的、形容丑陋的都可以爱（不过我觉得小孩子是从来没有形容丑陋的）。其次，我之所以不愿谈大人，是因为他们除去令人生厌、不值得爱以外，还遭到了报应：他们偷吃了禁果，认识了善恶，开始变得'像上帝'了。而且他们现在还在继续吃。但是小孩们一点也没有吃，暂时还什么错处也没有。你爱小孩吗，阿辽沙？我知道你爱的，所以你会明白为什么我现在只想谈他们。如果他们在地上也遭到极大的痛苦，那自然是受他们的父辈们的连累，受吞食禁果的父辈们的连累而受到惩罚的。但是这种议论是非现世的议论，是现世的人心所不能理解的。无辜的人不应该替别人受苦，何况还是这样的一些无辜的人！你会觉得我很奇怪，阿辽沙，我也会十分喜爱小孩。但你要知道，残忍的人，贪婪成性、欲火如焚的卡拉马佐夫家的人，有时也很爱小孩。孩子们当他们还是孩子时，比如说，在七岁以下的时候，是同大人们有天壤之别的：他们仿佛完全是另一种生物，有着另一种天性。我认识一个在监狱里的强盗，他在干他的营生的时候，有时夜间闯进别人家里抢劫，杀死全家，同时还杀死过好几个小孩。但是在坐牢的时候，竟然出奇地爱他们。他从监狱的窗里成天望着在监狱院子里游戏的小孩子。他跟一个很小的男孩相熟了，他时常到他窗下来，结果竟和他十分要好。你不知道我干吗说这些话，是不是，阿辽沙？我的头有点痛。我觉得忧郁。”

“你说话的神色很奇怪，”阿辽沙不安地说，“好像有点精神失常似的。”

“顺便说起，不久前在莫斯科有一个保加利亚人告诉过我，”伊凡·费多罗维奇继续说下去，好像没有听到他弟弟的话，“土耳其人和切尔克斯人因为害怕斯拉夫人大规模起来造反，在他们保加利亚境内到处行凶，烧杀淫掠，凌辱妇孺，把囚犯耳朵用铁钉钉在围墙上面，一直到第二天早晨，然后再把他们绞死，还有其他种种的情形，简直没法描写。有时常听见形容人如‘野兽般’残忍，其实这对野兽很不公平，野兽也很委屈：野兽从来不会像人那样残忍，那样巧妙地、艺术化地残忍。老虎只是啃、撕，只会做这些事。它绝想不到去用钉子把人们的耳朵整夜地钉住，即使它能够这样做的话。而这些土耳其人却津津有味地折磨孩子，包括用匕首从母亲的肚子里剖出婴孩，一直到当着做母亲的面把吃奶的幼儿抛向空中，再用刺刀接住。他们最感到甜蜜有味的就是当着母亲们的面。但还有这样一个使我十分感兴趣的场面。你可以想象一下：一个吃奶的孩子抱在浑身哆嗦的母亲手里，四周围着一群闯进来的土耳其人。他们想出一个寻开心的主意：他们逗弄婴孩，笑着，引他发笑，他们成功了，婴孩笑了起来。就在这时候，一个土耳其人在离孩子的脸四俄寸的地方举起手枪朝他瞄准，男孩快乐地笑着，伸出两只小手，想抓手枪，忽然那个艺术家对准他的脸扣了扳机，把他的小脑袋打了个粉碎。很有艺术性，不是吗？顺便说起，听说土耳其人是很爱吃甜东西的。”

“哥哥，你说这些话是什么意思？”阿辽沙问。

“我是想，假如魔鬼并不存在，实际上是人创造了它，那么人准是完全照着自己的模子创造它的。”

“那么说，这也就跟创造上帝一样喽！”

“你真会抠字眼，就像《哈姆雷特》中的波罗尼亚斯[1]所说的那样，”伊凡笑着说，“你把我这句话给抓住了；好吧，我很高兴。既然人是照了自己的模子创造出上帝来的，那么你的上帝还能好到哪里去？你刚才问我，为什么我说这些话。你知道吗，我是某一类事件的爱好者和收集者。你信不信，我从各种报纸上、小说上，不管什么地方，只要碰到，便把某一些故事摘记下来，收集在一起。现在已经收集了不少了。土耳其人的事自然也在收集之列，但是他们全是外国人，我还有本国人的例子，甚至比土耳其人的还要精彩。你知道，我们这里更多的是鞭打，用树条和鞭子，这是具有民族特色的，因为用钉子钉耳朵的事在我们这里是不可想象的，我们到底是欧洲人，但是树条和鞭子却是我们的，别人无法掠美。在外国现在似乎已经完全不打人，我不知道是不是风俗变好了，或是立了一种不准许人打人的法律，但是他们用另外一种也和我们一样纯粹民族化的东西给自己找到了补偿，而且这种东西民族化到了似乎在我们这里也是不可想象的程度，不过从宗教运动时代起，好像我们这里也开始风行了起来，特别是在我们的上等社会里。我有一本有趣的小册子，从法文翻译过来的，里面说离今天不远，大约不过五年以前，在日内瓦曾经处决了一个名叫理查的坏蛋和凶手，好像还是个二十三岁的小伙子，他在临上断头台以前忏悔了自己的罪恶，信奉了基督教。这个理查是私生子，才六岁就被父母送给了瑞士山地上的一家牧人，由他们抚养他，预备养大了拿他当人手使。他在他们家像只小野兽似的长大，牧人们什么也不教他，相反地从七岁起就叫他看牲畜，天寒雨雪时也几乎不给他衣裳穿，不给他东西吃。不用说，他们这样做的时候谁也没有感到犹豫和自责，相反地，还认为自己完全有权这样，因为理查是被当作物件似的赠送给他们的，他们甚至并不觉得有养育他的必要。理查自己供出：他在那些年里像福音书里的浪子，哪怕拿给喂肥了卖钱的母猪

1 英国著名剧作家莎士比亚的悲剧代表作品《哈姆雷特》中的人物。

吃的猪食他也想吃极了，但是连这也不给他吃，当他到猪群中去偷吃的时候，就要挨打，就这样度过了他整个的童年时代，一直到完全长大，有了力气，自己出去行窃为止。这野人到了日内瓦靠做零工赚钱，赚到钱就喝酒，生活得像一只畜生，结果是图财害命，杀死了一个老人。他被捉住，经过审理，判了死刑。那里是不讲什么温情主义的。在监狱里，牧师们、各种基督教团体的会员们，还有些慈善的贵妇人等立刻把他包围了起来。他们在监狱里教他读书写字，开始给他讲解福音，感化他，说服他，纠缠不休，唠叨指责，软欺硬压，最后终于使他自己庄严地认了罪。他受了洗礼。他自己上书法院，说他做了恶徒，但终于是幸蒙上帝对他也赐给了光明，赐予了天福。这事轰动了日内瓦，所有日内瓦的慈善人士、虔诚教徒都骚动了。所有高尚的、有教养的人全跑到狱中，吻着理查，拥抱他：'你是我们的兄弟，天福降到你身上来了！'理查自己唯有感动得哭泣：'是的，天福降到我身上来了！早先我在童年的时代，一直为能吃到猪食而高兴，现在天福降到我的身上，我将在主的怀里死去！''是的，是的，理查，你应该在主的怀里死去，你流了别人的血，应该在主的怀里死去。你羡慕猪食，因为偷吃而被人痛打（你这样做很不好，因为偷窃是不容许的），那时候你完全不知道上帝，你并没有罪，但是你杀了人就应该偿命。'到了最后的一天，身体衰弱异常的理查不断地哭，不住地反复说：'这是我最好的一天，我要到上帝那里去了！''是的，'牧师们、法官们和慈善的贵妇们叫道，'这是你最幸福的一天，因为你正要到上帝那里去！'所有这班人全跟在载着理查的刑车后面，向断头台走去，有的坐着马车，有的步行。他们到了断头台那里以后，对理查叫道：'死吧，我们的兄弟，死在主的怀里，因为天福也降到了你的身上！'于是理查兄弟在饱受了一番兄弟般的亲吻之后，就被拉上断头台，放在断头刀下，最后又被兄弟般地砍下了脑袋，就为了天福也降到了他的身上。是的，这真是一件很有特色的事。这本小册子由俄国上等社会里路德教派的慈善家们译成了俄文，免费分送，供在报纸和其他出版物上刊载，以便教化俄国农民。理查这件事的好处在于它具有民族性。我们这里对于只是因为他成了我们兄弟，因为天福降到了他身上就砍去他的头一点，未免觉得离奇，但是我要重复说，我们也有我们的东西，并不比他们差。我们在殴打的时候感到一种历史性的、直接的、十分亲切的享乐。涅克拉索夫有一首诗，说到农民用鞭子抽打马的眼睛，‘朝驯服的眼睛上’抽。这是谁都读过的，这是俄罗斯的特色。他描写一匹乏力的马，因为负载太多，拉着大车陷在泥里，拉不出来了。农民打它，恶狠狠地打它，打得自己也不明白自己在做什么事情，只是一味像喝醉了酒似的不停地痛打着：‘不管你怎么没有力气也要拉，死也要拉！’那匹驽马竭力挣扎着，而他却开始朝这可怜的畜生的眼睛上，哭泣的、‘驯服的眼睛’上狠狠地抽打。它发狂般地用尽力气挣扎，到底拉了过去，并且浑身哆嗦，拼命喘着气，歪斜着身子，趺趺撞撞地用一种又不自然又很难看的姿势向前拉，涅克拉索夫的这段描写真是可怕。但这只不过是一匹马，而上帝赐给我们马本来就是让我们鞭打的。鞑靼人曾经这样教过我们，还遗赠给了我们一根鞭子作为纪念。然而人也是可以打的。一位有知识、有教养的老爷和他的太太就用树条揍过他们亲生的女儿，一个七岁的小孩子——关于这件事情我曾详细地做了记载。父亲对于树枝上有节疤这一点感到高兴，他说：‘可以揍得更结实些。’于是就结结实实地揍起他的亲生女儿来。我确切知道，有些打人的人越打越起劲，一直达到性虐狂，真正的性虐狂的地步，越多打一下，这情形就越发展。抽打了一分钟，接着又抽打了五分钟，十分钟。越打时间越长，抽得越急，揍得越结实。孩子喊着，后来喊不出了，只是喘着气喃喃着：‘爸爸，爸爸，好爸爸，好爸爸！’由于某种糟糕的偶然情况，这件事后来不体面地闹到了法庭。这位老爷雇了律师。俄国老百姓早就把我们的律师叫作‘等人出钱雇的良心’。律师大声疾呼替自己的主顾辩护说：‘父亲打女儿，这是家庭间十分普通的常事，为此竟弄到法庭上来，真是我们时代丢脸的事！’被说服了的陪审官们退庭了，做出了无罪的判决。旁听的群众因为那个折磨小孩的人被判了无罪，竟快乐得欢呼起来。唉，可惜我不在那里，要不然我倒要提一个建议，专门设立一项纪念这位折磨者的奖学金！真是有趣的场面。但是关于小孩子们，我还有更好的故事，关于俄罗斯的小孩，我收集了许多许多的材料，阿辽沙。有一对'很受尊敬的、有学问有教养的官宦人家'的父母，仇恨一个五岁的小女孩。你瞧，我还要再次坚决地说一句：许多人有一种特性，那就是嗜好虐待小孩，专门虐待小孩。这些虐待者对其他的人显得甚至十分温和而善意，很像那些有教养、讲人道的欧洲人，却特别爱虐待小孩，甚至正是如此而爱着小孩本身。正是小孩子的柔弱无告这一点引诱着虐待者，小孩子们是无路可走、无处可诉的，他们有着天使般的信任心，这恰恰使虐待者卑贱的血沸腾起来了。自然，每个人的身上都潜藏着野兽，激怒的野兽，听到被虐待的牺牲品的叫喊而情欲勃发的野兽，挣脱锁链就想横冲直撞的野兽，因生活放荡而染上痛风、肝气等疾病的野兽。这一双有教养的父母在这可怜的五岁的女儿身上施加了五花八门的虐待手段。他们棒打、鞭抽、脚踹，自己也不知道为了什么，直落得她浑身青一块紫一块。后来甚至虐待到了挖空心思的地步：在天寒地冻的时候，把她整夜关在厕所里面，又责怪她夜间不说自己要大小便（好像一个惯于做着天使般酣畅美梦的五岁孩子，这样小就能学会自己醒来说要大小便似的），就因为这事，竟将她自己的屎涂在她脸上，还逼她吃自己的屎——而这还是母亲，她的母亲逼着她干的！这位母亲夜里听着关在厕所里的可怜孩子的呻吟，竟还能睡得着觉！你明白不明白，这个甚至还不太明白人家在怎样对待她的小小的生物，在肮脏处所，在黑暗和寒冷中，用小拳头捶着痛楚异常的小胸脯，流出善良温顺的痛苦血泪，向'上帝'哭泣，求他保护她——你明白这种荒唐事情吗，我的朋友，我的兄弟，我的虔诚驯从的小修士？你明白为什么要有这样的丑事，它是怎样造成的吗？有人说，没有这，人就不能活在世上，因为那样他就会分辨不出善恶。但如果分辨善恶需要付这么大的代价，我们又要这该死的分辨善恶干什么？因为我们的全部认识也不值这婴孩向'上帝'祈求时的一滴眼泪。我不去说大人的痛苦，他们已经吃了禁果，那就随他们去吧，让魔鬼把他们捉去就是了，但是这些孩子，这些孩子！我是在折磨你，阿辽沙，你仿佛很不自在。如果你愿意，我就不说了。”

“不要紧，我也想受点折磨。”阿辽沙喃喃地说。

“还有一个场面，我只再说一个场面吧，这是很有意思、很具特色的，而且这是刚从一本讲我国古代史料的集子里读到的，不是叫《文献》，就是叫《文物》，需要查一下，我甚至忘记在哪儿读到的了。这事情发生在农奴制最黑暗的时代，还在本世纪开始的时候，农民解放者万岁！在本世纪初，有一位将军，是交游广阔的将军，又是富有资财的地主，但他是那种在年高退休以后，就几乎深信自己已经因功获得对自己子民的生死予夺之权的人，当时是有这类人的，自然这类人在当时也好像已经不多了。这将军生活在他那有两千个魂灵[1]的领地里，妄自尊大，把一些乡邻全当作自己的食客和丑角看待。狗棚里养着几百条狗，几乎有几百个狗夫，全穿着制服，骑着马。有一个农奴的男孩，还很小，只八岁，在玩耍的时候不留神抛了一块石头，把将军心爱的一只猎狗的腿弄伤了。‘为什么我心爱的狗腿瘸了？’有人禀报说，是那个孩子向它扔石头，把它的腿打伤了。‘啊，是你呀，’将军看了他一眼，‘把他抓起来！’于是把他从他母亲手里夺了去，抓了起来，整夜关在牢房里。早晨天刚亮，将军就全副排场地出外行猎，他骑在马上，许多食客、带着狗的狗夫、猎人，全簇拥在他周围，也都骑着马。全体家奴都被叫来受训，站在最前列的是那个‘犯罪’的小孩的母亲。男孩从监牢里被带了出来。这是秋天阴沉寒冷、雾气重重的日子，是行猎最相宜的天气。将军下令脱去男孩的衣服，于是他被剥得精光。他浑身哆嗦，吓得发了呆，叫都不敢叫一声。将军下令说：‘赶他！’狗夫就朝他喊：‘快跑，快跑！’男孩跑了。‘捉他呀！’将军厉声地喊着，放出所有的猎犬向他扑去。一群猎犬就在母亲的眼前捕住了猎物，把这孩子撕成了碎块！那位将军后来好像被判应受监护。嗯……应该把他怎么样？枪毙吗？为了满足道

1 即农奴。

德感而把他枪毙吗？你说，阿辽沙！”

“枪毙！”阿辽沙低声地说，带着失神的、把脸都扭曲了的惨笑，抬眼看着哥哥。

“好极了！”伊凡高兴地叫起来，“你既然这么说，那么……你这小苦行修士啊！原来你的小心眼里也藏着个小小的魔鬼哩，阿辽沙·卡拉马佐夫！”

“我这话说得荒唐，但是……”

“你这个‘但是’正好说对了，”伊凡说，“你要知道，修士，这大地上太需要荒诞了。世界就建立在荒诞上面，没有它世上也许就会一无所有了。有些事我们还是知道的！”

“你知道什么？”

“我什么也不理解，”伊凡继续说，似乎在说着谵语，“而且如今我也不想去理解什么。我只想执着于事实。我早已下决心不再去理解。如果我想去理解某一事实，我就会立刻改变这件事实，但是我决心执着于事实。”

“你干吗老拖延着让我着急？”阿辽沙忽然悲哀地叫道，“你到底对我说不说？”

“我自然会说的，我正在把话引到这上面去。你对于我是很宝贵的，我不愿意丢掉了你，把你让给你那佐西马。”

伊凡沉默了一分钟，他的脸上忽然笼罩了愁云。

“你听我说：我之所以单单谈到小孩子，就为的是明显些。关于从里到外浸透着整个地球的其他人间血泪，我一句也不说，我故意缩小了我的话题。我是一只臭虫，我谦卑地承认我一点也不理解为什么一切会这样。给了人们天堂，人们却想要自由，偷了天上的火种，他们明知道自己会遭到不幸的，可见人们是自作自受，所以也用不着怜惜他们。唉，照我看来，照我这可怜的、欧几里得式的凡俗脑子所能理解的，我只知道苦痛是有的，应对此负责的人却没有，一切都是自己连锁引起的，简单明了得很，一切都在自动进行，取得平衡，但这些全是欧几里得式的胡话，这我自己也知道，所以我不愿靠着这种胡话生活！光知道没有应该对此负责的人是不能叫我心安的，我需要报复，要不然我宁肯毁了我自己。这报复不会出现在无限远的什么地方和什么时候，而就在这地球上，就在我能够亲眼见到的时候，我对此深信不疑，我愿意自己看到，假使到了那时候我已死去，那就应该让我复活过来，因为假使一切全发生在我不在的时候，那未免太令人遗憾了。我受苦受难，可不是为了把自己、把我的罪恶和痛苦当作肥料，去给别人培育未来的和谐。我愿意亲眼看见驯鹿睡在狮子身旁，被杀的人站了起来，和杀害他的人拥抱。我愿意在大家忽然明白了为什么这一切是这样的时候，自己也在场。一切地上的宗教全建立在这个愿望上，而我是有信仰的。但是这里还有孩子的问题，我应该怎样安排他们呢？这是我不能解决的问题。我要不厌其烦地再重复一句：问题是很多的，但是我单单只提孩子的问题，这是因为它最能无可辩驳地说明我想要说的意思。你听着：假使大家都该受苦，以便用痛苦来换取永恒的和谐，那么小孩子跟这有什么相干呢？请你对我说说！我完全不明白他们为什么也应该受苦，他们为什么要用痛苦去换取和谐？为什么他们也要成了肥料，要用自己去为别人培育未来的和谐？人们对犯罪行为应共同负责我是明白的，对复仇也应共同负责我也明白，但是总不能要孩子们对犯罪行为共同负责呀，如果他们也为父辈们的一切罪行而和他们的父辈共同负责确是合理的，那么显然这个道理并非来自这个世界，而是我所无法理解的。有些爱开玩笑的人也许要说，小孩也总会长大成人，他们也来得及犯罪的，但是他并没有长成，在八岁时就被一群狗撕成碎块了。唉，阿辽沙，我并不是在亵渎神明！我也明白，一旦天上地下都齐声颂扬，所有活着的和活过的全高声赞美'你是对的，主，因为你指引的道路畅通了！'的时候，这将是多么震撼宇宙的大事！当母亲和嗾使群狗撕碎她儿子的凶手互相拥抱，三人全含着泪喊叫'你是对的，主！'的时候，不用说，人们自然是慧眼大开，一切都认识清楚了。但是难题就正出在这里：我不能接受这个。而且只要我活在世上，我就要抓紧采取我自己的措施。你瞧，阿辽沙，也许果真会发生那种情形的吧，也许当我自己活到那个盛世，或者复活过来看到那个盛世时，我自己也会看着母亲和残害她儿子的人互相拥抱，而同大家一起齐声呼喊‘你是对的，主！’的吧？但是不，我决不愿意到那时这样呼喊。只要还有时间，我就要抓紧保卫自己，所以我决不接受最高的和谐，这种和谐的价值还抵不上一个受苦的孩子的眼泪，这孩子用小拳头捶着自己的胸脯，在臭气熏天的屋子里用无法补偿的眼泪祷告着：‘我的上帝！’之所以抵不上，就因为她的眼泪是无法补偿的。它是应该得到补偿的，否则就不可能有什么和谐了。但是你用什么办法，用什么办法来补偿它呢？难道有可能补偿吗？莫非是用报复的方法？但是我要报复有什么用？使凶手入地狱对我有什么用？在已经受够了残害的时候，地狱能有什么补救呢？既然是地狱，那还有什么和谐可言呢？我愿意宽恕，我愿意拥抱，却不愿人们再多受痛苦。假使小孩子们的痛苦是用来凑足为赎买真理所必需的痛苦的总数的，那么我预先声明，这真理是不值这样的代价的。我不愿使母亲和嗾使群狗撕碎她的儿子的人最终互相拥抱！她不应该宽恕他！如果她愿意，她可以为自己宽恕，她可以宽恕折磨者给她这个做母亲的所造成的极大痛苦；但是关于她的被撕碎的孩子的痛苦，她并没有宽恕的权利，不应该宽恕折磨者，就是孩子自己宽恕了，她也不应该！既然这样，既然他们不应该宽恕，那么和谐又在哪里呢？全世界有没有一个人能够而且可以有权利宽恕？我不愿有和谐，为了对于人类的爱而不愿。我宁愿执着于未经报复的痛苦。我宁愿执着于我的未经报复的痛苦和我的未曾消失的愤怒，即使我是不对的。和谐被估价得太高了，我出不起这样多的钱来购买入场券。所以我赶紧把入场券退还。只要我是诚实的人，就理应退还，越早越好。我现在正是在这样做。我不是不接受上帝，阿辽沙，只不过是把入场券恭恭敬敬地退还给他罢了。”

“这是叛逆。”阿辽沙垂下头来轻声地说。

“叛逆吗？我不愿听你说这样的话。”伊凡十分诚挚地说，“不管一个人能不能在叛逆中过生活，但我是愿意这样生活的。请你对我直说，我要求你，请你回答：假设你自己要建筑一所人类命运的大厦，目的在于最后造福人类，给予他们和平和安谧，但是为这个目的，必须而且免不了要残害哪怕是一个小小的生物。比方说就是那个用小拳头捶胸脯的孩子吧，要在她的无法报偿的眼泪上面建造这所大厦，在这种条件下，你答应不答应做这房子的建筑师呢？请你坦白说，不要说谎！”

“不，我不能答应。”阿辽沙轻声说。

“同时你能不能那样想，就是你为他们建筑的那些人会同意在一个受残害的小孩的无辜的血上享受自己的幸福吗？而且即使同意了，又能感到永远幸福吗？”

“不，我不能那样想，哥哥，”阿辽沙突然两眼放光地说，“你刚才说：全世界有没有一个人能够宽恕而且有权利宽恕？但这样的人是有的，他能宽恕一切人和一切事，而且代表一切去宽恕，因为他曾为了一切人和一切物而流出了自己清白无辜的血。你忘记了他，而大厦正是建立在他的上面的，大家也正是对他呼喊：‘你是对的，主，因为你指引的道路畅通了。’”

“哦，这就是‘唯一的无罪的人’和他的血！不，我没有忘记他，相反地，还老觉得奇怪，怎么你许久不提出他来，因为你们在辩论的时候，照例总是首先把他提出来。喂，阿辽沙，你不要笑，一年以前我曾经创作了一首诗。如果你能跟我一起耽搁十分钟，我可以讲给你听。”

“你写了一首诗吗？”

“哦不，没有写，”伊凡笑着说，“我有生以来也没有写过两句诗。但是我想出了这首诗，而且记下来了。这是心血来潮想出来的。你是我的第一个读者，哦，应该说是听众。真的，一位作者为什么要错过唯一的听众呢？”伊凡微笑了一下：“讲不讲？”

“我很愿意听。”阿辽沙说。

“我的诗题目叫作《宗教大法官》，是一篇荒唐的东西，但是我愿意讲给你听。”

五

宗教大法官

“在这里没有序言，那就是说没有文学的序言也是不成的。”伊凡笑了，“哎！其实我算是什么作家！你瞧，我这段故事发生在十六世纪，在那个时候恰巧有在诗里把天神引到地上来的习惯，这点你从学校的课本上一定早就知道了。关于但丁我先不提。在法国，法庭职员和修道院的修士扮演整本的戏剧，把圣母、天使、圣徒基督，甚至还有上帝全搬上了舞台。当时这种场面表演得非常淳朴。雨果的《巴黎圣母院》写出了老巴黎，路易十一时代，为庆祝法国太子的生辰，在市政厅里演出一出含教训意义的、给大家免费观看的戏剧，名叫《至圣和仁爱的圣母马利亚的仁慈裁判》[1]，剧本里圣母亲身出场，宣告她的仁慈的裁判[2]。我们莫斯科在彼得大帝以前的古代，也时常演出几乎完全类似的戏，特别是从《旧约》中取材的戏。但是除了戏以外，当时还有许多小说和‘诗’流传于世，这些作品里在必要的时候也出现圣徒、天使和全体天神。我们的修道院里也翻译、传抄，甚至写作这类的诗，而且早在鞑靼人统治时代就是这样。比如，有一篇修道院的诗（自然是从希腊文翻译过来的），题目是《圣母游地狱》，它描写的场面和手法的大胆不亚于但丁的作品。圣母亲临地狱，由天

1 原文为法语：*Le bon jugement de la très sainte et gracieuse Vierge Marie.*

2 原文为法语：bon jugement.

使长米迦勒给她引路。她看到了罪人和他们所受的苦刑。其中在油煎湖上有一群极引人注目的罪人，他们中有些人已沉入湖底，再也浮不上来，‘那些人已经被上帝遗忘了’，这是一句非常深刻而有力的话。圣母惊愕而流泪了，跪在上帝的宝座前，为地狱里的大众请求赦免，不加歧视地为她所见到的一切人请求赦免。她同上帝的谈话是极有趣的。她哀求着，不肯离开，当时上帝把她的儿子被钉着的手足指给她看，问她：我怎么能赦免他的凶手呢？于是她吩咐全体圣徒、殉教者、天使和天使长们同她一齐跪下，祈求不加歧视地赦免一切人。结果是她向上帝求到每年从耶稣受难日到三一节停刑，地狱里的罪人们立刻感谢上帝，向他喊：‘主啊，你这样裁判是对的。’我的那篇诗如果在当时出现，也一定会是这类的性质。在我的诗里他也出场了，尽管他没说一句话，只是出现一下，走了过去。自从他发出必将来到自己的天国的誓言以来，已经过了十五个世纪，还在十五个世纪以前，他的预言者就记录着：‘看呀，我很快会来的。’‘关于日子和时刻甚至我也不知道，唯有我的天父知道。’这是他自己还在地上时说的话。但是人类仍怀着当年的信仰和当时的感动心情在等待着他。嗯，这信仰甚至更大了，因为人们已经有十五个世纪没再得到天上的保证：

> 没有得到天上的保证，
> 只好相信内心的声音。[1]

“也只好相信内心的话了！不错，那时还有许多奇迹出现。有些圣徒会做神奇的治疗；还有一些圣者传上说，天上的女皇曾亲身降临到他们那里。但是魔鬼决不肯打盹的，人间已开始对这些奇迹的真实性怀疑起来。恰巧当时在德国北部出现了可怕的新的邪教。‘像火炬一般’的巨星‘落在水源上，水变苦了’。巨星就是指教会。这些邪

1 诗句引自德国十八世纪著名诗人席勒的诗篇《愿望》。

教徒开始亵渎上帝，否认奇迹。但是仍坚持信仰的人们却信仰得更加热诚了。人类的眼泪照旧涌向他，照旧等待他，爱他，寄希望于他，渴求为他受苦以至死亡，和以前一样。人类怀着信仰和热情祷告了许多世纪：'主啊，快来吧。'他们向他祈求了许多世纪，到后来他怀着无边的慈悲心肠，终于亲临祈祷者面前。早先，当一些圣者、苦行者、圣隐修士还活在世上的时候，他也曾降临到他们那里过，在他们的行传里曾有记载。在我们国家里，深信自己的诗句说出了真理的丘特切夫，曾经这样宣告：

天国之王背负着沉重的十字架，
身上穿着奴服，
曾经走遍了亲爱的大地，
到处给人们赐福。[1]

"我可以对你说，这一定是真的。他想在人民面前，在那些受折磨，受痛苦，满身罪孽，却像孩子般爱他的人民面前出现片刻。我的故事发生在西班牙的塞维尔地方，在宗教裁判制度最可怕的时代，各地每天烧起火堆，颂祷上帝，在艳丽夺目的火堆上，烧死凶恶的邪教徒。

"哎，这自然并不就是他预言中当世界末日时，他将带着天上的荣耀，'像闪电从东到西照亮天边'似的突然显现在人前的那种基督降临。不，他只是想要哪怕是短时间地降临到他的孩子们那里去，而恰巧在活烧邪教徒的地方。他怀着无比的慈悲，仍旧以他十五个世纪以前在人间走动了三年时那个原来的人形，又一次在人间走动。他降临那个南方城市的'火烫的大道'上，在那里，刚刚在头一天，有国王、宫廷骑士、红衣主教们和美丽的宫廷贵妇们在场，在全塞维尔城众多人民面前，任宗教大法官的红衣主教在'艳

1 丘特切夫（1803—1873），俄国抒情诗人，文中四行诗引自其作品《可怜的乡村》。

丽夺目的火堆上’为了上帝伟大的荣誉[1]，一下子烧死了几乎上百个邪教徒。他是悄悄地、不知不觉地出现的，可是真奇怪，大家全认出了他。这应该是我那首诗里最精彩的一段，描写为什么人们会认出他来。人们以不可抗拒的力量拥到他的面前，围住他，聚集在他身边，跟随着他走。他默默地在他们中间走着，带着流露出无限同情的宁静的微笑。他的心上燃烧着爱的太阳，他的眼中闪耀出光明、智慧和力量的光芒，射到人们的身上，使他们的心里涌出感激回报的爱。他的两手伸向他们，为他们祝福。只要和他一接触，甚至只要碰到他的衣服，就发生治疗的力量。人群里一个从小就瞎了眼睛的老人呼吁道：‘主，治愈我吧，让我也能看到你。’立刻，好像一片鱼鳞从盲者的眼睛上落下，盲者看到了他。人们哭着，吻着他走过的土地。孩子们把花朵扔到他面前，唱着歌，对他喊着：‘和散那！’[2]‘这是他，这是他自己！’大家反复地说，‘这一定就是他，除了他，不会是别人。”他在塞维尔教堂的台阶上面站住了，那时正有人哭着把一个敞着盖的、装小孩的白色棺材抬进教堂，棺材里躺着一个七岁的女孩，一位名人的独生女。死孩全身躺在鲜花里。人群里有人对哭着的母亲喊道：‘他会使你的孩子复活的。’出来迎接棺材的教堂里的神父困惑不解地看着，皱起了眉头。但这时响起了死孩的母亲的痛哭声。她跪在他的脚前，向他伸出双手，呼喊说：‘如果真是你，就请你使我的孩子复活吧！’送殡的行列停住了，小棺材放在台阶上，他的脚下。他慈悲地看着，他的嘴唇轻声说出：‘塔利法，库米。’意思就是：‘起来吧，女孩。’小孩在棺材里仰起身子，坐了起来，睁大着惊讶的小眼睛微笑地张望着四周。她两手还握着她躺在棺材里时人们放在她手里的那把白玫瑰。人们骚动了，发出了喊声和哭声，就在这时候，忽然红衣主教、宗教大法官本人恰好正走过教堂旁的广场。他是个将近九十岁的老人，高大而挺直，脸庞消瘦，眼眶深陷，但眼里仍

1 原文为拉丁文：ad majorem gloriam Dei.

2 《圣经》中的赞美词，希伯来语，意为“上帝是可赞颂的”。

发出火一般的光芒，他并没有穿他那套昨天在烧死罗马教的敌人时曾在人前炫耀的红衣主教服，不，这时候他只穿着他粗糙的旧教士服。他的一些脸色阴沉的助手和奴隶，还有‘神圣’的卫队在后面跟着，保持一定的距离。他在人群前面站住了，远远地观望着。他全都看见了，他看见那口棺材怎样放在那个人的脚下，看见女孩怎样复活。他的脸上罩上了阴影。他皱紧灰色的浓眉，眼里射出了凶光。他伸出手指，吩咐卫队把这人抓住。他的威力是那么大，人们又是那么惯于对他战战兢兢、百依百顺，因此当时群众毫不怠慢地立刻给卫队让开了一条路，而那些人就在突然来临的一片死寂中，抓住这个人，把他带走了。群众立刻像一个人似的匍匐在地，朝宗教法官叩头，他默默地向人们祝福，走了过去。卫队把犯人带进了宗教法庭的古老大厦中一间带圆顶的狭窄而阴沉的监狱里，把他关在里面。白天过后，黑暗而闷热得‘透不过气来’的塞维尔的夜晚来临了。空气里充满着‘桂叶和柠檬的香味’。在一片漆黑中，监狱的铁门突然打开，年老的宗教大法官手里拿着灯，慢腾腾地走进了监狱。他独自一人，狱门立时在他身后又关上了。他站在门前，注视他的脸整整有一两分钟，然后轻轻地走近前来，把灯放在桌上，对他说道：‘真是你？真是你吗？’

“他没有得到回答，就又急速地接着说：‘别出声，别回答吧。你又能说出什么来呢？我完全知道你要说的话。你也没有权利在你以前说过的话之外再加添什么，你为什么到这里来妨碍我们？你确实是来妨碍我们的，你自己也知道。但你知道不知道明天将会发生什么？我不知道你是谁，也不愿知道真的是你还是仅仅像他，但是到了明天，我将裁判你，把你当作一个最凶恶的邪教徒放在火堆上烧死，而今天吻你的脚的那些人，明天就会在我一挥手之下，争先恐后跑到你的火堆前面添柴，这你知道吗？是的，你也许知道这个。’他在深刻的沉思中加了这句话，目不转睛地紧盯着他的囚犯。”

“我不大懂，伊凡，这是什么意思？”一直在默默地听着的阿辽沙微笑着说，“只是无边的幻想呢，还是某种老年人常犯的毛病，一种令人难耐的混乱[1]？”

“就算是后者吧，”伊凡笑了，“既然现代的现实主义已经把你的口味败坏了，弄得你不能忍受一点点幻想的东西，那就随你说它是混乱吧。这话也对，”他又笑了起来：“老人已经九十岁，他早就有可能会死抱住一个观念顽固得发了狂。他也有可能是被犯人的外貌吓坏了。最后，那也可能只是一个九十岁的老头子在离死期不远，再加上由于昨天在火堆上烧死一百个邪教徒而头脑发热时产生的梦魇和胡话。但管它是混乱还是无边的幻想，对于咱们不全是一样的吗？问题只在于老人需要说出自己的意见，九十年来第一次，讲出他在这整个九十年中沉思默想着的一切。”

“那么囚犯也仍旧沉默着，仍旧看着他而一言不发吗？”

“不管怎么说，本来就应当是这样嘛。”伊凡又笑了，“老人自己已经向他指出来，他没有权利在以前说过的话上再加什么话。要知道，至少照我的意见看来，这也正是罗马天主教最主要的特点：‘你既然已经把一切都交给了教皇，那就一切都已在教皇的手里，你现在根本不必来，至少目前你不该来碍事。’他们不但嘴里说这一类的话，还写了下来，至少耶稣会教士是这样。这是我亲自从他们的神学著作里读到的。‘你有权哪怕是向我们显示你所由来的那个世界里的一个秘密吗？’我诗里的这个老头子问他，随后又自己代替他回答说，‘不，你没有权利，因为你不应在你以前说过的话上再加添什么，你也不应夺去人们的自由，这自由当初你在地上的时候曾经那么坚决地维护过。不管你新宣示些什么，因为他们将作为奇迹出现，因此必然会侵犯人们信仰的自由，而他们的信仰自由，还在一千五百年以前，你就曾看得比一切都更为珍贵。你不是在那时候常说“我要使你们成为自由的”吗？但是你现在看到这些“自由”的人了。’老人忽然沉思地莞尔一笑，补充说：‘是的，我们曾为此花了极高的代价。’他继续说，严厉地看着对方：‘但是我们终于以你的名义完成了这件事。

1 原文为拉丁文：qui pro quo.

十五个世纪以来我们为了这自由而艰苦奋斗，现在已经完成了，完成得很彻底。你不相信完成得很彻底吗？你温和地望着我，甚至对我丝毫不加恼怒。但是你知道，现在，正是现在，这些人比任何时候都更相信他们完全自由，而实际上他们自己把他们的自由交给我们，驯顺地把它放在我们的脚前。但这是我们完成的工作，不知道你所希望的是这个，是这样的自由吗？’”

“我又不明白了，”阿辽沙打断他的话说，“他是在讽刺、嘲笑吗？”

“一点也不。他恰好认为他和他的人的功绩，就在于他们终于压制了自由，而且他们这样做，是为了使人们幸福。‘因为只是到了现在（他自然指的是有宗教裁判制的时代），才破天荒可以想到人们的幸福。人造出来就是叛逆者；难道叛逆者能有幸福吗？已经有人警告你了，’他对他说，‘你没有少受到警告和指示，但是你不肯听这警告，你不承认那条可以使人们得到幸福的唯一的道路，幸而你离开的时候，把这事情交托给了我们。你答应，你留下了话，确认你给我们系绳和解绳的权利，现在你自然不用再想从我们手里夺去这个权利。你为什么跑来妨碍我们呀？’”

“‘没有少受到警告和指示’是什么意思？”阿辽沙问。

“这正是老人想说的话的主要部分。

“‘一个可怕的、聪明的精灵，一个自我毁灭和无形的精灵，’老人继续说，‘一个伟大的精灵，曾经在旷野里同你说话，据《圣经》里告诉我们，他似乎把你“诱惑”了。对不对？但再没有比他在三个问题中对你揭示的一切更真实的了，当时你不肯接受它们，《圣经》里称它们为“诱惑”。可是，如果说什么时候地上曾出现过完全真实的伟大奇迹的话，那正是在那一天，正是提出这三种诱惑的那一天。奇迹正出现在这三个问题的提出上。如果完全为了试验和譬喻起见，设想那个可怕的精灵的三个问题已经在《圣经》里消失无踪，现在必须予以恢复，重新想出来，编出来，以便再记到《圣经》里去，为此召集地上一切智者——掌政权的人、总主教、学者、哲学家、诗人，给他们出课题：构想并编出三个问题，这三个问题不但必须适合事件的范围，而且还必须用三句话，只用三句人类语言来说出世界和人类的全部未来的历史。那么你是不是认为把地上的一切智慧合在一起，能够想出在力量和深度方面可以和那位勇敢聪明的精灵在旷野里对你实际提出的三个问题相比的东西呢？单就这些问题来说，单就这些问题的提出这个奇迹来说，就可以明白，这是我们所看到的并非人类的一般智慧，而是永恒的、绝对的智慧。因为在这三个问题中，仿佛集中预示了人类未来的全部历史，同时还显示了三个形象，其中囊括了大地上人类天性的一切无法解决的历史性矛盾。这在当时还不可能这样明显，因为未来还是不可知的，但是现在，过了十五个世纪以后，我们看见一切都已由这三个问题料到了，预言了，而且确凿地证实了，所以增添或减少都是不必要的。'

"'你现在自己判断，究竟是谁有理，是你，还是当时问你的人？你可以回想一下第一个问题，虽然不是原话，但大意是这样的："你想进入人世，空着手走去，带着某种自由的誓约，但是他们由于平庸无知和天生的粗野不驯，根本不能理解它，还对它满心畏惧，因为从来对于人类和人类社会来说，再没有比自由更难忍受的东西了！你看见这不毛的、炙人的沙漠上的石头吗？你只要把那些石头变成面包，人类就会像羊群一样跟着你跑，感激而且驯顺，尽管因为生怕你收回你的手，你的面包会马上消失而永远在胆战心惊。"但是你不愿意剥夺人类的自由，拒绝了这个提议，因为你这样想，假使驯顺是用面包换来的，那还有什么自由可言呢？你反驳说，人不能单靠面包活着。但是你可知道，大地的精灵恰恰会借这尘世的面包为名，起来反叛，同你交战，并且战胜你，而大家全会跟着他跑，喊着："谁能和这野兽相比，他从天上给我们取来了火！"你可知道，再过许多世纪，人类将用智慧和科学的嘴宣告，根本没有什么犯罪，因此也无所谓罪孽，而只有饥饿的人群。在旗帜上将写着："先给食物，再问他们道德！"人们将举起这旗帜来反对你，摧毁你的圣殿。在你的圣殿的废墟上将筑起一所新的大厦，重新造起可怕的巴比伦之塔，虽然这高塔也不会造成，和以前的那座一样，但是你总还可以防止人去造这座新的塔，而使人们的痛苦缩短千年，因为他们为这高塔吃了千年苦头以后，会走到我们这里来的！那时候他们会再寻找藏在地底下陵寝里面的我们（因为我们会重又遭到驱逐和折磨），寻到以后，就对我们哭喊："给我们食物吃吧，因为那些答应给我们天上的火的人，并没有给我们呀。"到那时候就将由我们来修完他们的高塔，因为谁能给食物吃，谁才能修完它，而能给食物吃的只有我们，用你的名义，或者假称用你的名义。哎，他们没有我们是永远永远不能喂饱自己的！在他们还有自由的时候，任何的科学也不会给予他们面包，结果是他们一定会把他们的自由送到我们的脚下，对我们说："你们尽管奴役我们吧，只要给我们食物吃。"他们终于自己会明白，自由和充分饱餐地上的面包是二者不可兼得的，因为他们永远永远也不善于在自己之间好好地进行分配！他们也将深信，他们永远不能得到自由，因为他们软弱、渺小、没有道德，他们是叛逆成性的。你答应给他们天上的面包，但是我再重复一句，在软弱而永远败德不义的人类的眼里，它还能和地上的面包相比吗？就算为了天上的面包有几千人以至几万人跟着你走，那么几百万以至几万万没有力量为了天上的面包而放弃地上的面包的，又该怎样呢？是不是只有几万伟大而强有力的人是你所珍重的，而那其余几百万人，那多得像海边沙子似的芸芸众生，那些虽软弱但却爱你的人就只能充当伟大和强有力的人脚下的泥土吗？不，我们也珍视弱者。他们没有道德，他们是叛逆，但是到了后来他们会成为驯顺的人的。他们将对我们惊叹，将把我们看作神，因为我们作为他们的领袖，竟甘愿把他们所惧怕的自由承担下来而统治着他们，因为他们到后来觉得做自由人真是太可怕了！但是我们要说，我们服从你，我们是以你的名义进行统治的。我们要继续欺骗他们，因为我们将永不放你走近我们的身边。而我们正因为要做这种欺骗而忍受着痛苦，因为我们不能不说谎。这就是沙漠里第一个问题的大意，这就是你为了你认为高于一切的自由而加以拒绝的。然而在这问题里却包含了这世界上的伟大的秘密。如果你同意采用"面包"，你就可以解决每一个人和全体人类的那种普遍的、永恒的烦恼，那就是“该崇拜什么人”的问题。人一旦得到了自由以后，他最不断关心苦恼的问题，无过于赶快找到一个可以崇拜的人。但是人们所寻找的总是已经无可争辩的崇拜对象，最好无可争辩得使一切人都会立即同意共同对他表示崇拜。因为这些可怜的生物所关心的不只是要寻找一个我自己或者另一个人所崇拜的东西，而是要寻找那可以使大家信仰它、崇拜它，而且必须大家一齐信仰和崇拜的东西。正是这种一致崇拜的需要，给每一个人以至从开天辟地以来的整个人类带来了最大的痛苦。为了达到普遍一致的崇拜，他们用刀剑互相残杀。他们创造上帝，互相挑战：“丢掉你们的上帝，过来崇拜我们的上帝，不然就立刻要你们和你们的上帝的命！”这样一直会继续到世界的末日，甚至到世界上已不再存在上帝的时候：因为人们同样还是要朝着偶像膜拜的。你已知道，你不能不知道人类天性的这个根本的秘密，但是你却拒绝了对你提出的那面可以使一切人无可争辩地对你崇拜的唯一的、绝对的旗帜，那一面地上的面包的旗帜，而且是以为了自由和天上的面包的名义而加以拒绝的。你瞧，你以后又做了什么。而且又是以自由的名义！我对你说，人们深切关心的是寻找一个对象，以便把自己这个可怜的生物与生俱来的一份自由赶快交付给他。但是能握有人们的自由的只有那个能安慰他们的良心的人。随着面包你就能得到一面无可争辩的旗帜：只要你拿出面包，人们就会崇拜你，因为面包是绝对无可争辩的东西，但与此同时，假如有人越过你而占有他的良心，唉，那时候他甚至会抛弃你的面包，去追随那掠取了他的良心的人。在这一点上你是对的。因为人类存在的秘密并不在于仅仅单纯地活着，而在于为什么活着。当对自己为什么活着缺乏坚定的信念时，人是不愿意活着的，宁可自杀，也不愿留在世上，尽管他的四周全是面包。这是对的，但是结果怎样呢？你并没有接过人们的自由，却给他们更增添了自由！难道你忘记了，安静，甚至死亡，对人来说要比自由分辨善恶更为珍贵吗？对于人是再也没有比良心的自由更为诱人的了。但同时也再也没有比它更为痛苦的了。你不去提供使人类良心一劳永逸地得到安慰的坚实基础，却宁取种种不寻常的、不确定的、含糊可疑的东西，人们力所不及的东西，因此你这样做，就好像你根本不爱他们似的，而这是谁呢？这竟是特地前来为他们献出自己的生命的人！你不接过人们的自由，却反而给他们增加些自由，使人们的精神世界永远承受着自由的折磨。你希望人们能自由地爱，使他们受你的诱惑和俘虏而自由地追随着你。取代严峻的古代法律，改为从此由人根据自由的意志来自行决定什么是善、什么是恶，只用你的形象作为自己的指导，但是难道你没有想到，一旦对于像自由选择那样可怕的负担感到苦恼时，他最终也会抛弃你的形象和你的真理，甚至会提出反驳吗？他们最后将会嚷起来，说真理并不在你这里，因为简直不可能再比像你这样做，更给他们留下许多烦恼事和无法解决的难题，使他们纷乱和痛苦的了。因此你自己就为摧毁你自己的天国打下了基础，不必再去为此责备任何人。再说，对你提出来的究竟是什么呢？有三种力量，地上仅有的三种力量，可以永远征服和俘虏这些意志薄弱的叛逆者的良心，使他们得到幸福，这三种力量就是奇迹、神秘和权威。你把这三者全部拒绝了，你这样做是自己开了先例。可怕的、绝顶智慧的精灵把你放在殿顶上，对你说："假如你想知道你是不是上帝的儿子，你可以跳下去，因为经上记着说，主会为你吩咐他的使者用手托着你，带着飞走，因此你不会落地摔死，那时你就可以知道你是不是上帝的儿子，那时你会证明你对于你的父的信仰是多么坚定。"但是你听完以后拒绝了这个建议，没有听他的话，没有跳下去。自然你这举动是骄傲而庄严的，像上帝一样，但是那些人，那个意志薄弱的叛逆种族，他们也是上帝吗？你当时明白，你只要跨一步，只要做一个跳下去的动作，你就是在考验上帝，就是丧失对他的整个信仰，就会落在你前来拯救的大地上，摔得粉身碎骨，而引诱你的聪明的精灵就将欣喜若狂。但是我要重复一句，像你这样的人多吗？难道你真会有一分钟一秒钟真能够相信别人也有力量抵挡这样的诱惑吗？人类的天性难道能拒绝奇迹，哪怕在生命的可怕时刻，在内心发生了触及根本的最最可怕而痛苦的疑问时，仍旧能只凭良心做自由的抉择吗？你知道你的苦行将被记载在《圣经》里，直到永远而且流传八荒。你指望人们跟随着你，这样就会永远留在上帝身边，并不需要奇迹。然而你不知道，人一旦抛弃了奇迹，他同时也就会抛弃了上帝，因为人寻找的与其说是上帝，还不如说是奇迹。而既然人没有奇迹就没法过下去，他就会为自己去造出新的奇迹，他自己的奇迹来，就会去崇拜巫医的奇迹，女巫的邪术，尽管他也曾做过一百次叛徒、异教徒和无神派。当人们对你讥笑，嘲弄，对你喊叫“你从十字架上下来，我们就会信仰这是你”的时候，你没有从十字架上下来。你之所以没下来，同样是因为你不愿意用奇迹降服人，你要求的是自由的信仰，而不是凭仗奇迹的信仰。渴求自由的爱，而不是囚犯面对把他永远吓呆了的权力而发出的那种奴隶般的惊叹。但是在这方面你对于人们的估价也同样过高了，因为显然他们虽然生来是叛徒，但却仍然是囚犯。你看看周围，自己想想，现在已经过了十五个世纪，你去看一看他们：你把谁提得跟你一样高了呢？我敢起誓，人类生来就比你想象的要软弱而且低贱！难道他也能够，也能够履行你所履行的事吗？由于你这样尊敬他，你所采取的行动就好像是不再怜悯他了，因为你要求他的太多了，而这是谁呢？这竟是爱他甚于自己的人！你少尊敬他、少要求他一些，那倒同爱更接近些，因为那样可以使他对你的爱更容易承受些。他是软弱而且低贱的。他现在到处反抗我们的权利，并且以反叛自豪。这有什么呢？这是孩子和小学生的骄傲。这等于小孩子们在课堂里造反，轰走老师。但是小孩们的高兴结束了，他们将付出很大的代价。他们把神殿推倒，血溅大地。但是这些愚蠢的孩子最后总会发现，他们虽然是叛徒，却是软弱无力的，对于自己的叛逆行动是禁受不住的。他们终将流着愚蠢的眼泪承认，那使他们成为叛徒的人，无疑是想开他们的玩笑。他们将在绝望中说出这句话，而他们所说的话将成为对上帝的亵渎，他们也就将因此而变得更为不幸，因为人类的天性不能忍受亵渎上帝的事，到后来会永远自行报复的。所以在你为了他们的自由受了许多苦以后，不安、骚乱和不幸却成了人们现在的命运。你的伟大的预言家在寓言和幻想里说，他看见了第一次复活的全体参加者，每族各有一万二千人。但即使有这么些人，他们也已经仿佛不是人，而成为神了。他们背负了你的十字架，他们几十年来在饥饿的、不毛的沙漠中受煎熬，拿蝗虫和树根做食物，你自然可以指着这些自由、自由的爱的孩子，自由而庄严地为了你的名而牺牲的孩子来自豪。但是不要忘记：他们总共只有几千人，而且全是神。可是其余的人呢？其余那些软弱的、不能忍受强者们所忍受的事物的人，他们又有什么错呢？无力承受这么可怕的赐予的软弱的灵魂，又有什么错呢？难道你真的只是到少数选民那里来，而且是为了少数选民而来的吗？如果是这样，那么这就是神秘，是我们所无法了解的。既然是神秘，我们也就同样有权利来宣扬神秘，并且教他们，重要的不是他们的心的自由抉择，也不是爱，而是神秘，对于这种神秘他们应该盲从，甚至违背他们的良心。我们就是这样做的。我们改正了你的事业，把它建立在奇迹、神秘和权威的上面。人们很喜欢，因为他们又像羊群一般被人带领着，从他们的心上卸去了十分可怕的赐予，给他们带来了那样多痛苦的赐予。你说吧，我们这样教训、这样做，究竟对不对？我们这样平心静气地对待人类的软弱无能，满腔热爱地减轻他们的负担，而且在我们的允许之下也让这些软弱的天性犯一下罪恶，难道我们不是爱他们吗？为什么你现在来妨碍我们？为什么你一言不发，热心地用你那温和的眼睛瞧着我？你生气吧，我不需要你的爱，因为我自己也不爱你。我有什么可隐瞒的呢？难道我不知道我是在同谁讲话吗？所有我能对你说的话，你已经全知道了，这从你的眼睛里可以看出来。我能把我们的秘密瞒住你吗？也许你只是想亲耳听到从我的嘴里说出这个秘密来吧？那么你就听着：我们拥护的不是你，而是他，这就是我们的秘密。我们早就不拥护你，而拥护他，已经有八个世纪了。整整八个世纪以前，我们从他那里接受了你愤然拒绝的东西，接受了他把地上的天国指给你看时向你呈献的最后的礼物：我们从他那里承受了罗马和恺撒的宝剑，只宣布自己是地上的王，唯一的王，虽然我们至今还没有能彻底完成我们的事业。但这是谁的错呢？唉，这事业到现在为止还只是刚开始，但毕竟已经开始了。完成它还需要等很长的时间，大地还要受许多苦，但是我们一定会达到目的，成为恺撒，到那时我们就会去考虑全世界人类的幸福。本来你当时就可以拿起恺撒的宝剑来。为什么你却拒绝了这最后的赠礼？你如果接受了伟大的精灵的这第三个劝告，就可以解决人类在地上所寻求解决的一切，那就是：向谁崇拜？把良心交给谁？大家怎样最后联结成一个无争辩的、和谐一致的蚁窝？因为要求全世界联合一致正是人们第三个，也是最后一个痛苦问题。人类永远渴望着把自己组成一个世界性的整体。有许多伟大的民族具有伟大的历史，但是这些民族越高超，就越不幸，因为他们对全人类世界性联合的要求比别的民族更强烈。伟大的侵略者帖木儿和成吉思汗，像狂飙般掠过大地，力图征服全宇宙，而他们所表现的也同样是人类对于全世界普遍联合的伟大要求，虽然他们是无意识的。如果你接受了世界和恺撒的紫袍，本来是可以建立一个全世界的王国，给全世界带来安宁的。因为能掌握人类的，不正是占有他们的良心、手里握有他们的面包的人吗？所以我们拿起了恺撒的宝剑，而一拿起以后，自然就要抛弃你，跟他走了。嗯，自由思想、他们的科学和人吃人的风俗，还要猖獗许多世纪，因为他们没有我们就动手建筑巴比伦的高塔，结果一定会弄到人吃人的地步。但正是到了那个时候，野兽就会爬到我们脚前，用嘴舔着，用眼里流出的血泪来溅湿我们的双脚。我们将骑在野兽身上，举杯庆祝，杯上将写着这样两个字："神秘！"但那时，只是到了那时，人们才会得到了安宁和幸福的王国。你为你的选民骄傲，但是你只有选民，而我们却使所有的人得到平静。还有，在这些选民里，在本可以成为选民的强有力的人们里，有多少人由于等你等得疲倦，已经或者将要把他们的精神的力量、心的热忱转移到另一个阵地去，最后终于举起他们自由的旗帜来反对你。而这旗帜本是你自己举起来的。在我们这里，大家都将得到幸福，不会再发生反叛和互相残杀，好像在你的自由里到处都在发生的那样。我们会使他们相信，他们只有在把他们的自由交给我们并且服从我们的时候，才能成为自由的人。我究竟说得有理还是在撒谎呢？他们自己会相信我们是有理的，因为他们会记得，你的自由把他们领到了多么可怕的奴役和骚乱的境地。自由、自由思想和科学会把他们引进那么令人迷惘的丛林，使他们面对着那么多奇迹和无法解释的神秘，以致有一些不驯服而狂暴的人会残害自己，另一些不驯服而意志软弱的人会互相残害，而所剩下来的其余软弱而不幸的人将会爬到我们的脚下，向我们哭诉："是的，你们是对的，只有你们掌握了他的神秘，我们现在回到你们这里，把我们从自己的手中救出来吧！"他们在接受我们的面包时，自然会明显地看到，我们是从他们那里把他们用自己的手弄到的面包取了来，然后再分给他们，并没有任何奇迹；他们将看到我们并没有把石头变成面包，但是实际上他们将的确为了能从我们手里取得面包而高兴，更甚于单单为了面包本身！因为他们深深地记得，以前没有我们的时候，他们弄到的面包一到了他们的手里只会变成了石头，而一当他们回到我们这里来时，石头在他们的手里也会变成了面包。永远服从具有何等的价值，这一点他们是太明白了，太明白了！而只要人们不了解这一点，他们就将是很不幸的。请问，是谁在那里助长这不了解？是谁搅散了羊群，把他们分别赶上了谁都不熟悉的道路？然而羊群会重新聚拢来，重新服从的，而且这一次将会永远不再改变了。那时候我们将给予他们平静而温顺的幸福、软弱无力的生物的幸福，因为他们天生就是那样的生物。我们将最终说服他们不要再骄傲，因为你把他们抬高了，因而使他们学会了骄傲；我们将向他们证明，他们是软弱无力的，他们只是可怜的小孩子，但是小孩子的幸福却比一切的幸福更甜蜜。他们会胆小起来，望着我们，害怕地紧偎在我们的身边，就像鸡雏紧偎着母鸡。他们会对我们惊讶、惧怕，而且还为了我们这样强大、聪明，竟能制服住有亿万头羊的骚乱羊群而自豪。他们对于我们的震怒将软弱地怕得发抖，他们的思想会变得胆小畏缩，他们的眼睛会像妇人小孩那样容易落泪，但是只要我们一挥手，他们也会同样容易地转为快乐而欢笑，变得兴高采烈，像小孩子似的嬉笑歌唱。是的，我们要强迫他们工作，但是在劳动之余的空闲时间，我们要把他们的生活安排得就像小孩子游戏一样，既有小孩的歌曲、合唱，又有天真烂漫的舞蹈。我们甚至也允许他们犯罪，他们是软弱无力的，他们将因为我们许他们犯罪而爱我们，就像小孩一样。我们将对他们说，一切的罪行只要经过我们的允许，都可以赎清；我们许他们犯罪，因为我们爱他们，至于这些罪行应受的惩罚，那就由我们来承担吧。我们将确实承担罪责，而他们就将崇拜我们，把我们当作在上帝面前替他们受过的恩人。他们不会有一点秘密瞒着我们。我们可以允许或禁止他们同妻子和情妇同房，生孩子或不生孩子，全看他们听话不听话，而他们会高高兴兴地服从我们。压在他们良心上的一切最苦恼的秘密，一切一切，他们都将交给我们，由我们加以解决，而他们会欣然信赖我们的决定，因为这能使他们摆脱极大的烦恼，摆脱目前他们要由自己自由地做出决定时所遭受的可怕的痛苦。这样，所有的人，亿万的人们，除去几十万统治他们的人以外，全将享受幸福。因为只有我们，只有我们这些保藏着秘密的人，才会不幸。将会有几十亿幸福的赤子和几十万承担了分辨善恶的诅咒的受苦的人。他们将无声无息地死去，他们将为了你的名悄悄地消逝，他们在棺材后面找到的只有死亡。但是我们将为了他们的幸福起见，保藏着秘密，而用永恒的天国的奖赏来引诱他们。因为其实在另一世界里即使真有什么，也绝不是为像他们那样的人准备的。人们预言，并且传说，你将带着你的选民和那些骄傲而强有力的人降临人世，重获胜利，但是我们可以说，他们只是救了自己，我们却救了芸芸众生。他们说，那个手握秘密、骑在野兽身上的娼妇将要受辱，软弱无力的人们将重行造反，撕碎她的紫袍，暴露她的“可憎”的肉体[1]。但是到了那时候，我将站起身来，把千百万不认识罪孽的赤子指给你看。而为了他们的幸福把他们的罪恶承担下来的我们，将站在你的面前说道：“裁判我们吧，只要你能，你敢。”你要知道我并不怕你。你要知道，我也到过沙漠，我也吃过蝗虫和树根，我也曾用你向人们祝福的自由来祝福过人，我也曾预备加入你的选民的行列，渴望在强有力的人们的行列中“充

1 详见《新约·启示录》第十七章，描述的是一个身骑异兽的娼妇形象。

数”。但是我醒悟了，不愿为疯狂的事献身。我回来了，参加到纠正你的事业的人们的队伍里来。我离开了骄傲的人们，为了卑微的人们的幸福而回到他们那里。我对你所说的一切全会应验，我们的王国将会建立起来。我对你再说一遍：明天你就可以看到这个驯顺的羊群在我一挥手之下，会纷纷跑来把炙热的柴火加到你的火堆上面，我将在这上面把你烧死，因为你跑来妨碍我们，因为最应该受我们的火刑的就是你。明天我要烧死你，我说[1]。’”

伊凡住了口。他说的时候情绪激昂、兴致勃勃，但说完时却突然微笑了。

阿辽沙一直默默地听着，听到后来心里十分激动，屡次想打断哥哥的话，却显然又自己克制住了，现在他忽然说了起来，好像一下冲口而出似的。

“但是……这太荒唐了！”他涨红了脸嚷道，“你的诗是对耶稣的赞美，而并不是咒骂，像你本来想做的那样。关于自由的那些话，谁能信你呢？自由能够那样理解吗？正教的见解是这样的吗？这是罗马，还不完全是罗马，简直是谎言，是天主教里的那套最坏的东西，是宗教法官，耶稣会士们的那一套！像你诗中的宗教法官那样的虚构人物是绝对不会有的。所谓自己承担下来的人类罪恶究竟是什么？为了人类的幸福而承担了诅咒的那些掌握着神秘的人究竟是谁？什么时候见过这样的人？耶稣会士我们是知道的，大家对他们的评价很坏，但是你所说的那些人是他们吗？他们完全不是那样的人，根本不是。他们只是一支为建立未来的世界王国而受驱遣的罗马军队，以皇帝——罗马教皇为首领，这就是他们的理想，并没有什么神秘和崇高的忧虑。取得权力，取得肮脏的尘世利益、对人的奴役，就像是未来的农奴制度那样，而由他们来充当地主，这就是他们想望的一切。也许他们对上帝也并不信仰。你那受苦的宗教法官只是一种幻想罢了。”

“慢着，等一等，”伊凡笑着说，“瞧你多慷慨激昂。你说是幻

1 原文为拉丁文：Dixi.

想，好吧！自然是幻想。但是请问一下，难道你果真以为，近几个世纪以来全部的天主教运动，实际上只是一种为取得肮脏的利益而谋取权力的愿望吗？是不是佩西神父这样教你的？”

“不，不，相反地，佩西神父有一次甚至说过类似你所说的……但自然不是像你所说的那样，完全不是那样。”阿辽沙忽然赶紧改口说。

“不过这还是个很宝贵的消息，尽管你加了一句‘完全不是那样’。我恰恰要问你一点，为什么你的耶稣会士和宗教法官们联合在一起，一定只是为了可鄙的物质利益呢？为什么他们中间就不会有一个热爱人类，并且为伟大的忧虑而操心的受苦者呢？你看，我们不妨假定，在所有这些单只希图肮脏的物质利益的人中间，总还会有这么一个人，就像我口中的老宗教法官那样，自己在沙漠中啃树根，发着疯劲，克制自己的肉体欲望，使自身成为自由和完美的人，但尽管一生爱着人类，他却忽然悟出，而且看到，达到能够充分发挥意志力的境界并不是极大的精神幸福，如果与此同时他明明看出其余的千百万上帝的造物始终不过是开玩笑似的创造出来的，他们永远无力运用他们的自由，从可怜的叛逆们中间永远不会产生能修成高塔的伟人，而伟大的理想家所日夜梦想的和谐绝不是这样的笨鹅所配享受的。他悟解了这一切以后，就回来参加到……聪明人的行列里去了。难道这不可能吗？”

“参加到什么人里面？是些什么样的聪明人？”阿辽沙差不多狂热地嚷起来，“他们中谁也没有像这样的思想、这样的神秘和秘密。单单是无神，这是他们的全部秘密。你的那个宗教法官不信仰上帝，这就是他的全部秘密！”

“就算是这样吧！你到底猜到了。确实是这样，全部秘密确实就在这里，但即使像他这样把终生虚掷在沙漠里的苦行上，却仍然无法抛弃，对于人类的爱的人来说，难道这还算不得是受苦吗？在他垂暮之年，他清楚地看出了唯有那个可怕的伟大精灵的劝告，才能勉强给这些软弱无力的叛徒，这些‘为了开开玩笑而创造出来的不成熟的试验品’建立起一种最起码的生活秩序。看出了这一点以后，他就明白了应该遵照那聪明的精灵、那可怕的死亡和毁灭的精灵的指示去做，而为此就应该采用谎言和欺骗，有意识地引导人们走向死亡和毁灭，而一路上却一直欺骗他们，使他们好歹不至于觉察到他们是在被引导到哪里去，这样这些可怜的盲人至少在途中还可以自认为是幸福的。你要注意，这欺骗是以他的名义，以老人终身热烈信奉着他的理想的那个人的名义进行的！难道这不是不幸吗？而哪怕只有一个这样的人偶然担当了那支'单只为了肮脏的利益而渴求权力'的军队的首脑，那么难道就这样一个人还不足以导致一场悲剧吗？不但如此，只要有一个这样的人做了首脑，就可以使整个罗马的事业——连同它的军队和耶稣会士们，终于有了真正的主导思想，有了这种事业的最高理想。我对你坦白说，我深信，在领导运动的人们中间，是永远不会缺少这种个别的人的。谁知道，也许在罗马的教皇中间也曾产生过这类个别的人。谁知道，也许这个该死的老人，那样顽固、那样特别地爱着人类的人，现在也在许多个别的老人的行列中间存在着，而且并不是偶然存在，而是早已成立了一种协议，一种秘密的联盟，以保持秘密，不使那些不幸的、软弱无力的人知道，这样好使他们能得到幸福。这种情况一定是有的，而且理该如此。我觉得，甚至在共济会员们身上，骨子里也存在着与这类秘密相近的东西，而天主教徒之所以那么恨共济会员，正是因为看出他们是竞争者，他们破坏观念的一致，而羊群本应该是一致的，牧人也应该只有一个。……不过我这样为我的思想辩护，简直有点像是一个不能接受你的批评的作者了。算了，别说了。"

"你也许自己就是个共济会员！"阿辽沙忽然脱口说道。"你不信上帝。"他又补充了一句，但已带着十分忧郁的神情。而且他还觉得哥哥在嘲笑地望着他。

"你的诗结尾是怎样的？"他忽然眼睛看着地上问，"难道它已经完了吗？"

"我想让它这样结束：当宗教法官说完后，他等待了好一会儿，看那个囚犯怎样回答。他的沉默使他感到痛苦。他看见犯人一直热心地静静听着他说话，直率地盯着他的眼睛，显然一句也不想反驳。老人希望他对他说点什么，哪怕是刺耳的、可怕的话。但是他忽然一言不发地走近老人身边，默默地吻他那没有血色的、九十岁的嘴唇。这就是全部的回答。老人打了个哆嗦。他的嘴角微微抽搐了一下。他走到门边，打开门，对犯人说：‘你去吧，不要再来，从此不要来，永远别来，永远别来！’说罢就放他到‘城市的黑暗大街上’去。于是犯人就走了。”

“老人呢？”

“那一吻在他的心上燃烧，但是老人仍旧保持着原来的思想。”

“你也同他一样吗？你也是吗？”阿辽沙悲哀地问。

伊凡笑了。

“这是随便乱说的，阿辽沙，这只是一个愚蠢的大学生的愚蠢的诗，他从来没有写过两行诗。为什么你看得这样认真？你是不是认为我现在真的会到那里去，到耶稣会士那里去，加入纠正基督事业的人的队伍？天哪，这跟我有什么相干！我不是对你说过：我只要熬到三十岁，到了那个时候就把酒杯往地上一扔！”

“但是滋润的嫩树叶呢？宝贵的坟墓呢？蔚蓝的天呢？心爱的女人呢？你将怎样生活？怎样爱它们呢？”阿辽沙悲哀地说，“胸膛和头脑里藏着这样一个地狱，那怎么过得下去呀？不，你一定会去加入他们的行列的，如果不去，你就会自杀，你是受不住的！”

“有一种力量足以使我忍受一切！”伊凡带着冷冷的嘲笑说。

“什么力量？”

“卡拉马佐夫的力量，卡拉马佐夫式下流行为的力量。”

“这就是沉迷于荒淫生活，就是使灵魂腐化堕落，是这样吗？是这样吗？”

“也许是这样，不过这……只是到三十岁为止，也许经过那样的生活我还可以幸存下来，那时候……”

“你怎么能幸存下来呢？靠什么方法幸存下来呢？有你那样的思想这是不可能的。”

“这是靠卡拉马佐夫的方法。”

“是不是靠‘一切都可以允许’？一切都可以做，对不对，对不对？”

伊凡皱起了眉头，脸上突然奇怪地变得苍白了。

“哦，你这是抓住了昨天米乌索夫听了十分生气的一句话，就是德米特里哥哥那样幼稚地跳起身来抢着说出来的那句话，是不是？”他苦笑着说，“是的，也许就靠‘一切都可以做’，既然这话已经说了出来。我不准备否认。而且米卡的说法本来也蛮不错。”

阿辽沙默默地看着他。

“我临走的时候，弟弟，心想我在这世界上总算还有你这样一个人，”伊凡忽然带着突如其来的感触心情说，“现在我明白即使在你的心上也不会有我的位置，我的亲爱的修士。我决不否认‘一切都可以做’这个原则，那么这么样，你是不是会为了这个而和我决裂呢？”

阿辽沙站起来，走到他面前，一言不发，默默地吻他的嘴唇。

“文抄公！”伊凡大声说，忽然变得高兴了，“这是你从我的诗里偷来的！不过尽管这样，还是谢谢你。好，阿辽沙，我们走吧，我该走了，你也该走了。”

他们往外走去，但是在酒店的台阶上站住了。

“还有一句话，阿辽沙，”伊凡用坚定的声音说，“假使我果真还有力量顾得上滋润的嫩树叶，那么我只要一想起你，就还会对它们产生爱的。只要你还在什么地方活着，这对于我已经足够，我还不至于不想活下去。这样你觉得够了吗？如果你愿意，把这当作爱的表白也可以。现在你往东我往西，话已经说得够了，听见没有？够了，那就是说我明天一定走，即使不走，我们还会碰巧见面，那时候你也不必再同我提起这个话题了。这是我坚决的请求。”他忽然又气恼地补充道：“至于德米特里哥哥的事也一样，我特别请求你，甚至从此再也不必同我谈到他的事了，一切都说完了，一切都谈够了，是不是？作为交换条件，我也答应你一件事：到了三十岁，当我想‘把酒杯扔在地上’的时候，无论你在什么地方，我一定会再跑来同你畅谈一次，哪怕是身在美洲也要来的。这一点你记住吧。我要特地跑来。到那时候来看看你成为怎样的一个人，也是很有意思的。你看这是个十分郑重其事的约言。我们也许会真的离别七年，甚至十年哩。好，现在到你的塞拉菲斯库神父[1]那里去吧，他快要死了；要是他在你不在身边的时候就死了，那么说不定你会因为我耽搁了你，更加生我的气的。再见吧，再吻我一次，就这样，好，快去吧。”

伊凡忽然一转身，径自走了，连头也不回。跟德米特里哥哥昨天离开阿辽沙的情形一样，虽然昨天完全是另一回事。在阿辽沙这时候忧伤、凄楚的脑海里，这个奇特的念头像箭似的飞过。他逗留了一会儿，目送着哥哥。不知为什么他忽然注意到，伊凡哥哥走路好像是摇摇摆摆的，从后面看来，他的右肩似乎比左肩低些。以前他从来没有注意到这一点。但是突然间他也转过身子，差不多跑着向修道院走去。天色已经黑得厉害，他几乎感到害怕：某种新的、他无法解释的念头在他的心里越来越增长起来。风又像昨天一样吹起来了，在他走进庵舍前的小树林的时候，古老的松树在他周围阴沉地簌簌发响。他差不多奔跑着。“‘塞拉菲斯库神父’，这名词他是从哪里引来的，从哪里来的？”阿辽沙的脑子里闪过这个念头，“伊凡，可怜的伊凡，我今后什么时候还能看到你呢？庵舍到了，谢天谢地！是的，是的，唯有这一位。唯有这位塞拉菲斯库神父能够拯救我……免受他的影响，永远不受他的影响！”

以后在一生中，他有许多次回想起来总觉得非常奇怪：当他和伊凡分手以后，怎么会忽然完全忘记了德米特里哥哥？而在当天早晨，就在几小时以前，他还曾决定无论如何要找到他，不找到决不罢休，甚至当夜不回修道院去也在所不惜哩！

1 原文为拉丁文：Pater Seraphicus. 歌德所著诗剧《浮士德》中的人物，这里伊凡用来指佐西马长老。

六

暂时还很不清楚的一章

伊凡·费多罗维奇和阿辽沙分手以后，就动身回家到费多尔·巴夫洛维奇那里去。但是奇怪的是，他心头忽然产生一种按捺不住的烦恼情绪，而且每走一步，越接近家门就越厉害。奇怪的事还不在烦恼，而在于伊凡·费多罗维奇始终弄不清烦恼的是什么。他以前也时常烦恼，它在这时候出现本来也并不稀奇，因为明天，他在突然撇下了吸引他到这里来的一切之后，又要重新来个急转弯，准备走上新的、前途未卜的道路，又成为完全孤独的人，和以前一样，抱着强烈的希望，却不知究竟希望什么，有许多甚至过多对生活的期待，却连自己也完全说不清究竟在期待什么，甚至究竟想要些什么。但尽管他的心灵里确实有一种新的无名的烦恼，此刻使他感到痛苦的却完全不是这个。"是不是对于父亲的家的厌恶呢？"他自己寻思，"好像是因为这个，我实在厌恶到虽然今天是最末一次跨进这肮脏的门槛，也还是感到厌恶。"但不，也不是这个。是不是因为和阿辽沙告别，还有刚才和他讲的一番话呢？"多少年来我对全世界保持沉默，不屑开口说话，今天却忽然说出了一堆废话。"的确，也许这正是由于天真的缺乏阅历和天真的虚荣心而引起的一种天真的懊丧心情，懊丧自己不善于发抒自己的意见，而且还是对着像阿辽沙那样一个人，对于这个人他心里无疑是抱着很大的期望的。自然，这种懊丧也是有的，甚至一定会有的，但是到底也还不是这个，不是因为这个原因。"烦恼到难受的地步，却弄不清楚究竟自己想要什么。也许最好还是不去想它吧。”

伊凡·费多罗维奇试着“不去想它”，但是仍旧没有什么用处。尤其使这烦恼显得可恨而刺激人的，是它好像具有一种完全是表面和偶然的性质；这是他感觉得到的。他感到似乎有某一个人或某一件东西老在什么地方矗立着、待着，就好像有时有什么东西老待在眼前，在做事或热烈谈话时许久不会去注意到它，然而却显然仍在使你受着它的刺激，甚至几乎受着它的折磨，一直弄到最后，才弄明白应该把某个恼人的东西去掉，而这东西却原来常常是让人觉得很无聊而且可笑的东西，例如忘了归还原处的用具、掉在地板上的手帕、没有放到架上的书籍等。伊凡·费多罗维奇在最恶劣、最气恼的心情下走到了父亲的家，忽然在离园子大约十五步远的地方，向大门一望，才终于一下子明白了原来一直在使他烦恼和心神不定的东西究竟是什么。

仆人斯麦尔佳科夫正坐在大门旁的长凳上乘凉，伊凡·费多罗维奇一见他就立刻领悟到自己一直耿耿于怀的正是仆人斯麦尔佳科夫，正是这个人使他心里简直没法忍受。忽然一切都搞通了，一切都明白了。刚才，还在阿辽沙叙说他和斯麦尔佳科夫相遇的情形时，就有某种叫人厌恶和不愉快的东西忽然钻进他的心里，立刻引起了他憎恨的反应。以后在谈话的时候，斯麦尔佳科夫虽暂时被忘却了，但却仍旧留在他的心底里，而当他刚刚和阿辽沙一分手，独自走回家去，那个被忘却了的感觉就又立即飞快地露了头。“难道这个下贱的浑蛋竟会这样使我不安吗？”他带着按捺不住的怒气想着。

事实是伊凡·费多罗维奇近来的确非常讨厌这个人，尤其是在最近的几天里。他甚至自己也开始觉察到了对这人有一种愈来愈强烈的近于仇恨的心情。也许，仇恨之所以会变得这样激化，是因为在伊凡·费多罗维奇刚来到这里的时候，情况恰恰相反。那时候伊凡·费多罗维奇对斯麦尔佳科夫有一种特别的、突如其来的好感，甚至认为他是个很独特的人。他主动让斯麦尔佳科夫习惯于和他谈话，不过常常对他的有点思想混乱，或者更确切些说是满脑子胡思乱想的情况深感惊讶，想不出有什么东西会那么经常不休地使“这个冥想者”心神不定。他们还谈论哲学问题，甚至谈到既然太阳、月亮和星星是第四天创造的，为什么第一天就有了光明，这应该怎样去理解。但是伊凡·费多罗维奇很快就认为，问题并不在于太阳、月亮和星星。太阳、月亮和星星虽然是有趣的东西，但对于斯麦尔佳科夫来说是次要的，他需要的完全是另外的东西。不管怎样，总而言之，他开始表现出或者说是暴露出一种无限的自尊心，而且是被侮辱了的自尊心。伊凡·费多罗维奇对这个很不喜欢。他就从这里产生了厌恶。以后家里出了乱子，出现了格鲁申卡，发生了关于德米特里哥哥的事情，招来了许多麻烦，他们也谈到了这些，但是尽管斯麦尔佳科夫谈起来时总是兴奋激动，却始终叫人弄不明白他自己在这些事上究竟抱什么愿望。他有时虽也不由自主地流露出来某些永远是暧昧不清的愿望，但它们的杂乱无章和不合逻辑却简直使人吃惊。斯麦尔佳科夫经常刨根问底，提出一些显然是故意想出来的拐弯抹角的问题，但究竟为了什么，他并不加以解释，而且时常在询问得最起劲的时候忽然住了口，或者完全扯到了另外的事情上去。但最后之所以会弄得伊凡·费多罗维奇完全发了火而且产生了那么强烈的厌恶，主要是因为斯麦尔佳科夫开始对他表现出一种讨厌的、特别亲昵的态度，而且越来越厉害。他倒并没有让自己放肆，露出不礼貌的样子，正相反，他永远毕恭毕敬地说话，但是事情也真怪，斯麦尔佳科夫不知为什么显然认为自己仿佛和伊凡·费多罗维奇终于成了同谋似的，只有他们俩知道，而其他在他们四周瞎忙着的凡人甚至都不能了解。但即使这样，伊凡·费多罗维奇也还是长期没弄明白引起自己日见增长的反感的这一真正的原因，只是到了最近才终于觉察到是为了什么。现在，他怀着恼怒、厌恶的心情，打算默默地不看斯麦尔佳科夫一眼就走进园门，然而斯麦尔佳科夫却已从长凳上站了起来，单从他站起来的这个举动上，伊凡·费多罗维奇就立刻猜到他是想同他做一次特别的谈话。伊凡·费多罗维奇看了他一眼，就站住了，他突然站住而并不像刚才打算好的那样扬长走过，这件事本身就使他自己气得直哆嗦。他愤怒而且厌恶地望着斯麦尔佳科夫太监般的、瘦削的脸，用木梳理齐的鬓毛和卷起的短小的发绺。他眨着微微眯缝起来的左眼，嘲弄地笑着，好像说："你干吗走着走着又停下了，可见咱们两个聪明人有话要谈哩。"伊凡·费多罗维奇哆嗦了一下。

"滚开，浑蛋，我同你是一类人吗？傻子！"这话眼看就要从他的舌尖上飞了出来，可是使他十分惊讶的是，从舌尖上飞出来的竟完全是另一种话。

"父亲现在怎么样？还在睡还是已经醒了？"他和气地轻声说，自己也觉得突如其来，接着又同样完全突如其来地竟忽然在长凳上坐了下来。事后回想起来，他当时在一刹那几乎都觉得有点害怕。斯麦尔佳科夫面对他站着，倒背着手，充满自信，几乎严厉地望着他。

"还睡着呢。"他不慌不忙地说（好像心里在说："是你自己首先开口的，不是我。"），"我觉得先生您真奇怪。"他沉默了一会儿以后，又补充了这句话，还装模作样地垂下眼皮，把右脚向前伸出，摇动着漆皮鞋的鞋尖玩。

"你觉得我哪里奇怪？"伊凡·费多罗维奇急躁而严厉地说，用全力克制着自己，同时忽然厌恶地明白，他感到了一种强烈的好奇，在没有得到满足的时候，他是无论如何不会离开这里的。

"先生，为什么您不到契尔马什涅去？"斯麦尔佳科夫忽然抬起眼睛，亲昵地微笑着说。而他的眯缝的左眼似乎在说："既然您是一个聪明人，我为什么微笑，你自己应该知道。"

"为什么我要到契尔马什涅去？"伊凡·费多罗维奇惊讶地说。

斯麦尔佳科夫又沉默了。

"费多尔·巴夫洛维奇为这事甚至亲自苦苦地求过您。"他终于开了口，口气不慌不忙地，似乎自己也不重视自己的回答，仿佛是表示：我这样用个次要的缘由搪塞一下，只是为了有话可说。

"唉，见鬼，你说明白点，你到底想要干什么？"伊凡·费多罗维奇终于生气地嚷了出来，由温和一变而为粗暴。

斯麦尔佳科夫把右脚搁在左脚上面，挺直身子，仍然用那种若无其事的态度和淡淡的微笑瞧着伊凡。

“没什么要紧的，不过是谈谈。”

双方又沉默了，几乎沉默了一分钟。伊凡·费多罗维奇知道他这时应该马上站起来，发脾气，但是斯麦尔佳科夫站在他面前，仿佛在等着他，心里说：“我看你到底生气不生气。”至少伊凡·费多罗维奇这样想。他终于摇晃了一下身子，准备站起来。斯麦尔佳科夫好像赶紧抓住时机。

“我的处境真可怕，伊凡·费多罗维奇，我简直不知道该怎样好。”他忽然用坚定的语气一字一句地说，在说到最后一句话时叹了一口气。伊凡·费多罗维奇立刻又坐了下来。

“两个人都简直好像发了疯，两个人都变得简直就像两个小孩子，”斯麦尔佳科夫继续说，“我指的是您父亲和您大哥德米特里·费多罗维奇。现在费多尔·巴夫洛维奇只要一起床，就一刻不停地缠着我问：‘怎么还没来？她为什么还不来？’这样一直到半夜，甚至过了半夜还是这样。要是阿格拉菲娜·阿历山德罗芙娜还不来（因为她也许根本不想来），那么明天早晨他又会冲着我喊：‘她为什么还不来？为什么缘故还不来？她什么时候来？’好像在这件事情上我在他面前犯了什么过错似的。另一方面，又是那么一套把戏：只要天刚一黑，甚至还没有黑，您大哥就会手里拿着枪在邻近出现，对我说：‘你听着，你这坏蛋，煮汤的厨子，如果你疏忽了，没看见她，以致她来了还不来告诉我，那我就首先要你的命！’过了一夜，第二天一早，他也会跟费多尔·巴夫洛维奇一样，又开始拼命折磨我：‘她为什么还不来？是不是快来了？’同样又好像那位太太不来是我的错处似的。他们俩一天比一天、一分钟比一分钟激怒得厉害，有时我真要害怕得自杀。先生，我真是对他们没有办法。”

“你为什么裹到这里面去？你当初为什么要替德米特里·费多罗维奇做侦探？”伊凡·费多罗维奇生气地说。

“我怎么能不裹进去？而且也根本不是我自己要裹进去，如果您想知道全部实情的话。我虽不敢驳回他，也从一开头就沉默着不敢说一个字的，可是他硬要派我做他的奴才，做他的利喀斯[1]。从那时候起他翻来覆去只说一句话：‘假如你要放了过去，我杀死你这浑蛋！’我觉得，明天我非发一次长长的羊癫风不可。”

“什么叫长长的羊癫风？”

“一种长时间的发病，特别长。一连几小时，也许延续一两天，有一次我发了三天，那时是从阁楼上摔下来。抽风停了又发，我整整有三天没清醒过来。当时费多尔·巴夫洛维奇请了这里的医生赫尔岑斯图勃来，把冰放在我的头上，还使用了另一种治疗方法。我差一点死去。”

“不过听说羊癫风预先不知道什么时候发作。你怎么知道明天发呢？”伊凡·费多罗维奇带着特别的、含怒的好奇心问。

“这确实是预先没法知道的。”

“再说你当时是因为从阁楼上摔了下来。”

“阁楼是我每天都要爬上去的，说不定明天也会从阁楼上摔下来。不是从阁楼上摔下来，就是掉进地窖里去，地窖我也是每天有事必须去的。”

伊凡·费多罗维奇看了他好一会儿。

“我知道，你是在那里瞎编，不过我还有点看不透你，”他用轻声但却带着点威吓的口气说，“你是不是在故意装腔？你是想从明天起发三天的羊癫风，是吗？”

斯麦尔佳科夫眼睛瞧着地上，又摇起右脚的鞋尖来，随后把右脚放下，换了一只左脚朝前面翘起，抬起头来，笑了笑说道：“就算我也会玩这一套，就是说会装假，因为有经验的人做起来是并不太难的，那么我也自有权利用这个方法来救我的命，因为如果生病躺下，就是阿格拉菲娜·阿历山德罗芙娜跑到了他父亲那里，他也总不能去责问病人：‘你为什么不来报告？’那样他自己会感到不好意思的。”

“唉，见鬼！”伊凡·费多罗维奇忽然大声说，脸都愤恨得变了

1 希腊神话中大力士赫拉克勒斯的仆人。

样子，“你为什么总是担心你的性命！德米特里哥哥这些威吓只是一句气话，说说罢了。他不会杀死你；就是杀，也不会杀你的！”

“他会杀的，像捻死一个苍蝇一样，而且要杀准先杀我。我最怕的还有一件事：生怕在他对他的父亲做出什么荒唐事来的时候，人家会把我当作是他的同谋。”

“为什么人家会把你当作同谋呢？”

“因为我把那套极秘密的暗号告诉了他，人家会把我当作同谋的。”

“什么暗号？告诉了谁？见你的鬼，你说得明白些！”

“我应该完全承认，”斯麦尔佳科夫用学究式的不慌不忙的态度慢慢腾腾地说，“在这件事情上我同费多尔·巴夫洛维奇两人有一个秘密。您自己也知道（要是您确实知道的话），他已经有好几天，一到夜里，甚至天刚黑，就立刻从里面把门反锁上。您最近每天很早就上楼去，昨天竟完全没有下来，所以也许您不知道，他现在开始每到夜里就小心地锁上了门。就是格里戈里·瓦西里耶维奇进来，他也一定会等听清他的口音以后，才给他开门。但是格里戈里·瓦西里耶维奇是不来的，现在只有我一个人在屋子里侍候他，这是他自从跟阿格拉菲娜·阿历山德罗芙娜搞这件勾当的时候起，就亲自规定了的。而且现在每到夜里，我也根据他的吩咐离开他，睡到厢房里去，却不准我在半夜以前入睡，叫我守着，常常起来到院子里巡行，等着阿格拉菲娜·阿历山德罗芙娜来，因为他已经等了她好几天，就像发了狂似的。他的说法是：她害怕德米特里·费多罗维奇（他叫他米卡），所以只有深夜里从后院进来找我。他说：‘你应当等她到半夜或者更晚。她一来，你就跑到门前，敲门，或者敲朝花园的窗子，先用手轻轻敲两下，这样子，一，二，接着立刻较快地叩三下，笃，笃，笃。这样我就明白她来了，马上轻轻地给你开门。’他还告诉我另一种发生紧急情况时用的暗号：先快快地敲两下，笃，笃，停一停，再重重地敲一下。这样他就明白发生了什么意外的事情，我必须见他，他就会给我开门，我再走进去报告。这是为了防备或许阿格拉菲娜·阿历山德罗芙娜自己不来，却派人来通知某种消息；还有，德米特里·费多罗维奇也或许会来，那么也应该报告他，说他已到了附近。他很怕德米特里·费多罗维奇，所以即使阿格拉菲娜·阿历山德罗芙娜已经来了，他和她两人正锁在屋里，而这时德米特里·费多罗维奇又在近处露面的话，我也必须马上报告给他，敲门三下。就这样，第一个暗号，敲五下，意思是‘阿格拉菲娜·阿历山德罗芙娜来了’；第二个暗号，敲门三下，意思是‘有亟须报告的事情’。他曾亲自反复做样子教我，给我解释。因为世上只有我和他两个人知道这种暗号，所以他会毫不犹豫，而且不用答应（他很怕出声答应）就开门的。可这些暗号现在德米特里·费多罗维奇全知道了。”

“怎么会知道的？是你告诉的吗？你怎么竟敢都给说出去？”

“就是因为害怕。我怎么敢瞒着他不说呢？德米特里·费多罗维奇天天逼着说：‘你骗我，你有什么事情瞒着我吧？我要砍断你的两条腿！’我只好把这种最秘密的暗号告诉他，让他至少看出我对他真像奴才般忠实，因此相信我并不骗他，倒是竭力向他报告一切。”

“要是你认为他真的要利用这些暗号进屋子，你不要放他进来。”

“就算我明知道他那样不顾死活，还敢不放他进来的话，可是我如果当时发病躺倒了，叫我怎么还能不放他进来呢？”

“唉，活见鬼！为什么你这样相信一定会发羊癫风呢，真是见你的鬼！你是不是在耍笑我？”

“我怎么敢耍笑您，而且在那么怕人的时候，还能顾得上玩笑吗？我是预感到一定会犯羊癫风，我有这样的预感，再说单单因为害怕，病也会发作的。”

“唉，见鬼！如果你躺倒了，格里戈里会值夜的。你可以预先警告格里戈里一声，让他别放他进来。”

“我没有老爷的话绝不敢把暗号告诉格里戈里·瓦西里耶维奇的。至于格里戈里·瓦西里耶维奇听到他来不放他进来一层，恰巧他昨天就病了。玛尔法·伊格纳奇耶芙娜打算明天给他治病。刚才他们已经说定了。他们的治法挺有意思的：玛尔法·伊格纳奇耶芙娜会泡一种药酒，平时老准备在那里，用烈性酒泡着一种药草，这是一种秘方。她就用这秘方的药酒每年给格里戈里·瓦西里耶维奇治疗三次，他每年总要犯三次病，犯起来时腰部不能动弹，好像半身不遂的样子。玛尔法·伊格纳奇耶芙娜就取一块手巾，用药酒浸湿，擦他的整个脊背，约半个钟头，然后擦干，擦得甚至完全红肿起来，随后把瓶里剩下来的酒给他喝下，还说几句祷词，但是并不让他全喝光，因为她也趁这少有的机会，给自己留下一小部分喝喝。我对您说，他们两人本来是不会喝酒的，所以当时就醉倒，沉沉地睡熟，睡得很久。等到格里戈里·瓦西里耶维奇醒来，差不多是病完全好了；但是玛尔法·伊格纳奇耶芙娜醒来后总是头痛。所以说，如果明天玛尔法·伊格纳奇耶芙娜照她原来想定的做，那么他们就不见得能听见德米特里·费多罗维奇来并且不放他进屋去。因为他们正在睡觉。”

“真是胡说八道！好像一切都故意凑在一起似的：你犯羊癫风，他们两人又都人事不知！”伊凡·费多罗维奇叫道。“该不是你自己想要安排得这样凑巧的吧？”他忽然脱口说出来，威吓地皱紧眉头。

“我怎么能这样安排？又干吗要去安排？一切事情全在于德米特里·费多罗维奇一个人，全在于他怎么想。他想干出什么来，就会干出来。如果不想，我又不能故意领他来，推他到他的父亲那里去。”

“可他干吗要到父亲那里去，还要悄悄地突然去呢？既然你自己说，阿格拉菲娜·阿历山德罗芙娜根本就不会来，”伊凡·费多罗维奇继续说，气得脸色发白，“这话是你自己说的，我在这里待了一段时间，也深信老头子只是自己幻想，那女人是绝不会到他这里来的。既然她不会来，德米特里还要闯到老头子这里来做什么？你说吧！我倒要听听你的看法。”

“您自己知道他为什么要到这里来，何必要听我的看法？他来也许纯粹是为了嫉恨，要不也许就是因为我生病而起了疑心。他疑心起来，就会迫不及待地跑来到各个屋子里寻找，像昨天那样：看她会不会趁他不注意偷偷跑来了。他也清楚地知道费多尔·巴夫洛维奇预备下了一个大信封，里面封好三千卢布，打了三个火漆印，用丝带捆着，上面亲笔写着：‘如愿亲来，当以此献与我的天使格鲁申卡。’过了三天以后，又添上几个字：‘献与我的小鸡。’这些都是可疑的地方。”

“胡说！”伊凡·费多罗维奇几乎疯狂地喊了起来，“德米特里绝不会来抢钱，更不会为了这个杀死父亲。他昨天为了格鲁申卡也许会把他杀死，像个气得发疯的傻瓜似的，但是绝不会跑来抢劫！”

“他现在十分需要钱，需要得太急了，伊凡·费多罗维奇。您简直不知道他是多么需要。”斯麦尔佳科夫非常平静地用十分明确的口气解释说，“况且他把这三千卢布简直看作就像是自己的钱一样，还曾亲自对我这样说过：‘父亲还欠我整整三千。’除了这些以外，伊凡·费多罗维奇，还要请您考虑到另外一件完全明摆着的事实，应该说，这几乎是确定无疑的：阿格拉菲娜·阿历山德罗芙娜如果自己愿意，一定可以使他，就是说老爷，也就是费多尔·巴夫洛维奇，和她结婚，只要她自己愿意，而且也许她真会愿意的。我说她不来，只是这么一说，其实她也许很愿意来，不只愿意，还简直想做这里的女主人。我确实知道，她的那位商人萨姆索诺夫曾十分坦率地当面对她说过——这事倒很不坏哩，说着还笑了。她自己也并不傻。她决不会嫁给像德米特里·费多罗维奇那样的穷光蛋。所以现在如果把这事也考虑在内，伊凡·费多罗维奇，请您自己想一下，到了那个时候，不但德米特里·费多罗维奇，连您和您的弟弟阿历克赛·费多罗维奇都会在父亲死后几乎连一个卢布也得不到，因为阿格拉菲娜·阿历山德罗芙娜肯嫁给他，就为的是要把全部财产都改归她，全部资金都转到她的名下。如果现在在这一切还没有发生时你们的父亲一死，你们就可以立刻稳稳地每人分到四万卢布，甚至他最恨的德米特里·费多罗维奇也一样，因为他还没有立下遗嘱。这些全是德米特里·费多罗维奇知道得很清楚的。”

伊凡·费多罗维奇的脸似乎有点扭曲打战，他突然满脸通红。

“那么你为什么，”他忽然打断了斯麦尔佳科夫的话，“在看清了这一切情形以后，还劝我到契尔马什涅去？你这话是什么意思？你明明知道，我一走你们这里会发生什么事情的。”伊凡·费多罗维奇气都喘不过来似的说。

“完全对。”斯麦尔佳科夫带着明理的态度轻声地说，但同时却目不转睛地盯着伊凡·费多罗维奇。

“怎么完全对？”伊凡·费多罗维奇反问，眼里冒着火，竭力控制着自己。

“我这样说是因为同情您。如果我处在您的地位，我会马上扔下一切，何必在这种情形下逗留下去。”斯麦尔佳科夫回答，带着极坦然的神色望着伊凡·费多罗维奇冒火的眼睛。两人都沉默了。

“看来，你是个大傻瓜，自然也是……可怕的坏蛋！”伊凡·费多罗维奇突然从长凳上站了起来。接着他打算立即就走进园门去，但忽然又站住了，朝着斯麦尔佳科夫回过身来。出现了一种奇怪的情景：伊凡·费多罗维奇突然之间好像抽风似的咬着嘴唇，握紧了拳头，眼看再过一刹那，就要扑到斯麦尔佳科夫身上去。斯麦尔佳科夫至少觉察了这点，哆嗦了一下，身子往后一缩。但是这一刹那对于斯麦尔佳科夫来说终于平安无事地过去了，伊凡·费多罗维奇默默地又好像有点惶惑不安地转过身，向园门走去。

“我明天到莫斯科去，如果你想知道的话，明天一清早就走，就这样！”他忽然满腔怒气、一字一句地大声说。事后自己也奇怪，他当时有什么必要要把这话告诉斯麦尔佳科夫？

“这是再好也没有了，”斯麦尔佳科夫马上说，好像就等他说这话似的，“不过要是出了什么事情，这里仍会发电报到莫斯科打搅您的。”

伊凡·费多罗维奇又站住了，飞快地又朝斯麦尔佳科夫转过身来。但情况又跟刚才完全一样。斯麦尔佳科夫身上的亲昵和满不在乎的态度一下子飞走了，他的整个脸上显出了异常专注和期待的神色，但已经是畏怯和卑躬屈节的样子：“你也许还要说什么话，补充点什么吧？”从他目不转睛一直盯在伊凡·费多罗维奇身上的眼神中可以看出这个意思来。

“难道在契尔马什涅就不会一样来叫我吗，如果……出了什么事情的话？”伊凡·费多罗维奇不知为什么忽然可怕地提高了声音，吼叫起来。

“在契尔马什涅也一样会来……打搅您的。”斯麦尔佳科夫几乎耳语似的喃喃说，似乎有点张皇失措，但却仍旧目不转睛聚精会神地直盯着伊凡·费多罗维奇的眼睛。

“只不过莫斯科远些，契尔马什涅近些，你主张我到契尔马什涅去，难道是为了怜惜盘费，或者是可怜我，怕我兜一个大圈子？”

“完全对。”斯麦尔佳科夫用抖抖索索的声音嗫嚅地说，卑贱地赔着笑脸，仍旧胆战心惊地准备随时倒退着躲避。但是使斯麦尔佳科夫奇怪的是伊凡·费多罗维奇忽然笑了，快步走进园门，继续笑着。如果有人看到他的脸，一定会断定他的笑并不是由于快乐。就连他自己也说不出他在这时候究竟发生了什么事情。他的动作和行走都好像是在抽筋似的。

七

“跟聪明人谈谈也是有好处的”

他说话也像是在抽筋似的。刚一进屋，他在大厅里遇见了费多尔·巴夫洛维奇，就突然对他挥手嚷道：“我上楼去，不是见您，再见吧。”就这样走了过去，甚至竭力连看都不看他父亲一眼。也许在这时候他真的恨透了老头子，但是这样无礼地表现出敌视情绪来，甚至连费多尔·巴夫洛维奇也感到突然。而老头子这时显然恰好很想赶快告诉他一点什么，所以特地走到大厅里来迎他，现在碰到这样“亲切”的招呼，就默默地站住了，带着嘲弄的神色目送儿子走上楼梯到顶楼上去，直到看不见为止。

“他是怎么啦？”他连忙问跟着伊凡·费多罗维奇走进来的斯麦尔佳科夫。

“在生什么气吧，谁知道是怎么回事。”他含糊地嘟囔说。

“见鬼！让他生气去吧！把茶炊拿进来，自己赶快出去。快些！有什么消息没有？”

接着就开始盘问起来，问的就是斯麦尔佳科夫刚才对伊凡·费多罗维奇诉苦的那些事，全是有关他久候着的那位女客的，在这里我们不再啰唆。过了半小时，屋门锁上了，疯狂的老人独自在各个屋子走来走去，提心吊胆地期待着五下约好的敲门声快快来到，还不时地朝黑暗的窗外窥望，但除了一片漆黑以外什么也看不到。

天已经很晚，伊凡·费多罗维奇还没有睡觉，一直在那里盘算着。这一夜他睡下时已经很晚，大约两点钟光景。但是我们不想去介绍他的整个思想活动，现在也不是深入探究他的内心的时候，将来自会轮到这一点的。而且就是我们想要试做介绍，也恐怕很难做到，因为那不是思想，而是说不出所以然的，主要是使人十分心烦意乱的东西。他自己感到丧失了方向。还有各种奇怪的，几乎完全是突如其来的愿望折磨着他，例如，已经过了半夜，他忽然坚决而按捺不住地想下楼，开门到厢房里去痛打斯麦尔佳科夫一顿，但是你如果问他为什么，他自己绝说不出任何一个确切的原因来，只是觉得这个仆人是世上最严重地侮辱他的人，实在可恨。此外，还有一种无法解释的、可耻的怯懦在这夜里一再袭上他的心头，而且他感觉到，正是由于这种懦怯，使他甚至仿佛突然之间浑身失掉了力气。他头痛而眩晕。有一种仇恨的情绪紧紧攫住了他的心，仿佛他一心想要对谁进行报复似的。他甚至恨阿辽沙，在想起刚才同他那番谈话的时候，有时他还十分痛恨自己。对卡捷琳娜·伊凡诺芙娜他几乎连想都忘记去想她，对于这一点以后他自己也感到十分奇怪，尤其是因为他深深地记得，还在昨天早晨，他在卡捷琳娜·伊凡诺芙娜面前满不在乎地夸口说他明天要到莫斯科去的时候，当时他在心里还暗自说："这是胡扯，你绝不会像你现在夸口的那样轻易摆脱的。"许久以后，伊凡·费多罗维奇回想起这一夜的时候，总带着特别厌恶的心情想起他曾怎样突然从沙发上站起来，好像生怕有人在暗中监视他似的，悄悄地打开门，走到楼梯上，倾听楼下房间里的动静，听着费多尔·巴夫洛维奇如何在楼下活动和来回踱步，听了好久，足有五六分钟，怀着一种奇特的好奇心，屏住呼吸，心扑通扑通地跳，至于他为什么要这样做，为什么倾听，当然连他自己也不知道。他以后一辈子把这"举动"叫作"卑鄙的"，一辈子暗自在自己的灵魂深处，把这看作是他一生最下流的行为。在当时那一刻，他对费多尔·巴夫洛维奇本人甚至丝毫也不感到任何怨恨，却不知为什么全神贯注地一味只觉得好奇：想知道他在楼下怎样走路，现在大概在那里做什么事。推测和想象他这时一定在楼下时时朝黑暗的窗外窥望，又突然在屋子中央站住，一直等待着，等待着有人来叩门。伊凡·费多罗维奇走到楼梯上去干这个一共有两次。到两点钟光景，当一切都已静寂，费多尔·巴夫洛维奇也已经睡下时，伊凡·费多罗维奇也躺了下来，渴望赶紧睡熟，因为他感到自己疲乏已极。果然，他很快就沉沉地睡熟了，连梦都没有做，但醒得很早，还只七点钟，天已经亮了。他睁开眼睛，忽然奇怪地感到自己身上异常地精力洋溢，他一跃下床，迅速地穿好衣服，然后就拉出自己的皮箱，毫不迟延地匆匆整理起来。衬衣恰好昨天早晨就都从洗衣妇那里取来了。伊凡·费多罗维奇想到一切都那么顺利，没有什么事耽误他突然动身，甚至不由得发出了一丝微笑。这次出门的确是突如其来。虽然伊凡·费多罗维奇昨天说过（对卡捷琳娜·伊凡诺芙娜、阿辽沙，还有斯麦尔佳科夫），说他明天要走，但是他还记得很清楚，昨天躺下的时候，他根本没有想到动身的事情，至少完全没有设想一清早醒来，第一个动作就会是赶忙去收拾皮箱。最后，皮箱和行李已经准备好了。已经将近九点，玛尔法·伊格纳奇耶芙娜走上楼来，像每天经常的那样问他："您在哪里喝茶？在这儿还是下楼去喝？"伊凡·费多罗维奇走下楼去，虽然在他身上，在他的谈话和举动中似乎有点忙忙乱乱的样子，但他的神情几乎是很愉快的。他亲切地向父亲问了好，甚至还特地询问他的健康，但是没等父亲的答话说完，就马上宣布他过一小时就要动身到莫斯科去，不再回来，请他打发人去叫马车。老头子听到这个消息一点也不感到惊奇，而且十分不近人情地忘了对儿子的出门说些惋惜的话，反而慌慌张张地恰好突然想起了一件自己的紧要事情。

"哎哟！你这个人！昨天不说，不过没什么，现在也可以安排妥的。劳你驾帮我个大忙，我的小祖宗，顺便上契尔马什涅去一趟。你只要从伏洛维耶车站向左边拐一下，只走十二俄里光景，就到了契尔马什涅。"

"对不起，我办不到。从这里到铁路有十八俄里，到莫斯科去的火车晚上七点钟就从站上开出，刚刚来得及赶上车。"

"你赶明天或者后天的车也来得及，今天先到契尔马什涅去转一转。你让我做父亲的安一下心，又费得了你什么！假使这里没有事，我早就自己去了，因为那边的事情很紧急，而我这里现在真没有工夫。你瞧，我在那儿，在白吉乔夫和贾奇金两个地区的荒地上有片树林子。商人马斯洛夫父子只肯出八千卢布伐这些树木，可去年还碰到过一个肯出一万二的买主，他不是本地的，问题就在这里。因为本地现在简直找不到销路：马斯洛夫父子是大户，百万富翁，他们定了多少价钱，就只能照这个价钱，这里的人谁也不敢跟他们去竞争。上星期四伊利英斯克的神父忽然来信说，郭尔斯特金到这里来了，他也是个商人，我认识他，好的就是他不是本地人，是从波格列鲍夫来的，所以他不会怕马斯洛夫，就因为他不是本地的。他说：'我可以给一万一买那个林子。'你听见没有？神父信上说，他在那里只准备还待一个星期。所以你最好去一趟，同他谈定下来。”

“你可以写信给神父，请他代为谈定就是了。”

“他不会干，问题就在这里。这位神父没有眼光。他真是个难得的人，我愿意马上交给他两万卢布请他保存，连收据也用不着他打一张，但是他一点也不会看人，不但是人，就连乌鸦也能骗过他。可他却是位很有学问的人，你想想看。这位郭尔斯特金样子像个乡下人，穿着件蓝布褂，但生性却是十足的坏蛋，这是我们大伙儿的倒霉事：他满口谎言，问题就在这里。有时候他撒谎撒得简直叫人奇怪他为什么要这样做。前年他撒谎说他的妻子死了，他已经续弦，可你想想看，其实完全没有这么回事。他的妻子并没有死，现在还活着，而且每隔三天就打他一顿。所以现在也应该去弄弄明白：他想买，并且给一万一，到底是说谎还是真的？”

“可是我在这类事情上也会毫无办法的，我也没有眼光。”

“等一等，别忙啊，你也会行的，因为我可以把郭尔斯特金的特点告诉你，我同他早就打过交道。你瞧，你只要看他的胡须就行。他的小胡子是栗色的，又稀又难看。如果他的胡子打战，他自己说话时怒气冲天，那就说明情况很好，他是在说实话，诚心想做生意；假如他用左手捋胡子，自己嘻嘻地笑着，那就是说，他想要手腕骗你。

你永远不要看他的眼睛，看眼睛是什么也看不透的，深奥莫测，真是个骗子手，你应该看他的胡子。我替你写个条子给他，你带着拿给他看。他名叫郭尔斯特金，其实也不是郭尔斯特金，该叫'猎狗'，可是你不要当面这样叫他，他会生气的。你要是和他讲好，看出一切都很妥当，就立刻写封信来。你只要写一句话，就说：'他并没撒谎。'你坚持要一万一，可以减去一千，再多就不行了。你想想：八千和一万一，差三千哩。这三千卢布就算我白捡，找到好买主不是很容易的，我急着等钱用哩。你只要通知我，这件事是认真的，我就自己想法子匀出一点工夫来，跑去办好一切。现在如果只是神父自以为是这样，那我何必去跑一趟呢？怎么样，你去不去？"

"唉，实在没有工夫，你免了我吧。"

"唉，替你父亲帮一次忙吧，我会记得你的好处的！你们全都没良心，就这么回事！一两天工夫对你有什么要紧？你现在要去哪儿？是不是威尼斯？你的威尼斯不会在两天以内就变成废墟的。我本可以打发阿辽沙去，但是阿辽沙能办这类事吗？我派你去，完全是因为你是个聪明人。难道我看不出吗？你并不做树林子的生意，但是你有眼光。这里所需要的只是看一看那人说话是不是当真的。我对你说，你应该朝胡须上看，小胡子一打战，那就是当真的。"

"您为什么非把我弄到这该死的契尔马什涅去不可呢？"伊凡·费多罗维奇大声嚷着说，气得苦笑。

费多尔·巴夫洛维奇没有看出，或是不愿意看出气恼的神情，却马上抓住了这微笑。

"这么说，你肯去了，你肯去了吗？我立刻就给你写便条。"

"我还不知道能不能去，我不知道，等我在路上再决定。"

"干吗要到路上，现在就决定。我的宝贝，现在就决定了吧！你一谈妥，就写两行字给我，交给神父，他立刻就会派人送到我这里来。以后我就不耽搁你了，你尽管到威尼斯去。神父会用自己的马车送你回伏洛维耶车站的。"

老人满心欢喜，写了一张便条，打发人去备马车，又吩咐取来凉菜和白兰地。老人一高兴起来总是忘乎所以的，但是这一次似乎有所克制。譬如说，关于德米特里·费多罗维奇的事，竟一句也没提。对离别更完全无动于衷，甚至好像找不出什么话来说，伊凡·费多罗维奇特别明显地觉察到这一点。“他一定很厌烦我了。”他心里想。直到在台阶上送儿子的时候，老人才好像纷乱起来，想走过去和他吻别。但伊凡·费多罗维奇赶紧伸出手去预备握手，显然想躲避亲吻。老人马上心里明白，立刻自行克制住了。

“好啦，愿上帝和你同在，愿上帝和你同在！”他站在台阶上反复地说，“你将来总还会来的吧？你来吧，我永远是欢迎的。唉，愿基督和你同在！”

伊凡·费多罗维奇钻进马车里去了。

“别了，伊凡，别过分责怪我吧！”父亲最后一次嚷着说。

家里的几个人——斯麦尔佳科夫、玛尔法和格里戈里全出来送他。伊凡·费多罗维奇赏他们每人十个卢布。当他已经在马车上坐定以后，斯麦尔佳科夫跳上去整理毯子。

“你瞧，我要到契尔马什涅去了。”伊凡·费多罗维奇突然脱口而出，又像昨天一样，不知不觉地迸出这句话来，还发出一声神经质的轻笑。

他以后长时间没忘记这个情景。

“这么说，人们说得很对，同聪明人谈谈也是有好处的。”斯麦尔佳科夫坚定地回答，热忱地看着伊凡·费多罗维奇。

马车动了，驶走了。出门人心绪十分紊乱，但是他贪婪地眺望着田地、山丘、树木和高高地在明朗的天上飞过的群雁。他忽然觉得心情舒畅起来。他试着和车夫谈谈。那个乡下人的回答里有些话引起了他极大的兴趣，但是过了一会儿，又觉得一切都只是耳旁风，他实际上并没有明白乡下人所回答的话。他不吭声了，这样也很好：空气清新凉爽，天气晴朗。阿辽沙和卡捷琳娜·伊凡诺芙娜的形象在他的脑际闪过；但是他悄声地笑了一笑，轻轻吹散这些亲爱的幻影，于是他们就飞走了。“他们的日子还长着哩。”他心想。车很快到了一个驿站，换了马后，就直奔伏洛维耶去了。“为什么同聪明人谈谈是有好处的？他这话有什么含意？”忽然他屏住了呼吸，“我又为什么要告诉他，我要到契尔马什涅去呢？”马车到了伏洛维耶站。伊凡·费多罗维奇从马车里走出来。一些车夫马上围住了他，讲好了雇私人马车到契尔马什涅去的价钱，要走十二俄里的乡间土路。他吩咐他们套车，然后走进驿站的屋子，四面看了看，望了那个驿站长的老婆一眼，忽然又回到台阶上。

“不用到契尔马什涅去了。伙计们，七点钟赶到火车站还来得及吗？”

“正好来得及。要不要套车？”

“赶快套。你们这里有人明天上城里去吗？”

“怎么没有？米特里要去的。”

“米特里，你能不能帮帮忙？你到我父亲费多尔·巴夫洛维奇·卡拉马佐夫那里去一趟，对他说我不到契尔马什涅去了。你能不能去？”

“干吗不能去？能去；我早就认识费多尔·巴夫洛维奇。”

“我给你一点酒钱，因为他也许不会给你的。”伊凡·费多罗维奇高兴地取笑着说。

“这一点也不假，”米特里也笑了，“谢谢您，先生，我一定办到。”

晚上七点钟的时候，伊凡·费多罗维奇走上火车，动身到莫斯科去了。“让以前的事都过去吧，和以前的世界一刀两断，再不想听到它的任何情况、任何消息，到一个新的世界、新的地方去，从此不再回头！”但他的心里不但不觉得欢快，却反而突然笼罩上一片阴影，一种有生以来从未感到过的哀伤在心头滋生。他一整夜都在沉思；火车飞驰着，直到清晨快到莫斯科的时候，他才似乎忽然清醒了过来。

“我是个下贱的人！”他心里暗自说。

而费多尔·巴夫洛维奇在送走了儿子以后，却一直感到心满意足。他整整有两小时慢慢地喝着白兰地，觉得自己几乎是个幸福的人。但是家里忽然发生了一桩让大家都很讨厌而且很不愉快的事，一下子就使费多尔·巴夫洛维奇感到心烦意乱：斯麦尔佳科夫不知为什么事到地窖里去，从台阶顶上掉了下去。幸好那时玛尔法·伊格纳奇耶芙娜在院子里，当时就听到了。她没有看见掉下去的情形，但是听到了喊声，一种特别的、奇怪的喊声，但却是她早就熟悉的一个羊癫风病人昏倒时的喊声。是他在走下台阶的当儿犯了病，因此自然立刻失掉知觉掉了下去，还是相反地先掉了下去，由于震动才使他这谁都知道的羊癫风病人犯了病，这已没法弄清楚，但是别人看到他的时候他已经在地窖的地上蜷曲着，浑身抽筋，不住挣扎，口吐白沫。起初以为他一定不是断腿就是折了胳膊，摔伤了身体，可是"上帝保佑"，正像玛尔法·伊格纳奇耶芙娜所说的那样：丝毫没有发生这样的事，只是很不容易把他从地窖底下抬到上帝的世界上来。但他们请了邻居帮忙，总算把这事办妥了。在办这件大事时，费多尔·巴夫洛维奇始终亲身在场，并且亲自动手帮忙，他显然骇得非同小可，几乎有点手足无措的样子。但是病人却一直没有醒过来：虽然发病曾暂时停止过一阵，以后却又复发了，大家断定这准又和他去年也是无意间从阁楼上摔下来时所发生的情形一样。有人想起，当时曾把冰敷在他头上。地窖里还有冰，玛尔法·伊格纳奇耶芙娜就照样实行起来。到了傍晚，费多尔·巴夫洛维奇打发人去请赫尔岑斯图勃医生来，他立刻就来了。他是个年高德劭的小老头子，是全省最精细、最认真的医生，他仔细检查过病人以后，断定这次发作是极厉害的，"也许会发生危险"，说他——赫尔岑斯图勃——还没完全看明白，但是现在给的药如果到明天早晨还不见效，他决定另想办法。病人被安置在厢房的一间小屋子里，就在格里戈里和玛尔法·伊格纳奇耶芙娜的住所的隔壁。以后这一整天，费多尔·巴夫洛维奇就接二连三碰到倒霉事：饭食是玛尔法·伊格纳奇耶芙娜做的，汤和斯麦尔佳科夫所做的相比，就"等于泔水一样"，小鸡炸得太老，简直怎么也嚼不动。玛尔法·伊格纳奇耶芙娜对主人虽有道理却很不客气的抱怨，反驳说鸡本来就是很老的，再说她也没有学过烹饪。到晚上发生了另一件令人心烦的事情：费多尔·巴夫洛维奇接到报告说，从前天起就得了病的格里戈里偏赶在这时病得几乎完全起不了床，背部不能动弹了。费多尔·巴夫洛维奇尽量早早地喝完了茶，一个人躲进屋里锁上了门。他怀着十分焦急不安的心情等待着。原因是正巧这天晚上他差不多蛮有把握预料格鲁申卡一定会来；至少还在清早斯麦尔佳科夫就几乎向他切实保证过“她已答应了一定来”。这个固执的老人心跳得十分厉害，他在空荡荡的房子里来回走动，侧耳倾听。应该把耳朵竖得尖尖的：德米特里·费多罗维奇也许正在那里守候着她，因此只要她一敲窗子（斯麦尔佳科夫前天就对费多尔·巴夫洛维奇说，他已把该敲哪扇门窗告诉她了），就必须尽快开门，绝不让她在穿堂里毫无必要地多耽搁一秒钟，千万可别使她因此受了惊吓而逃跑了。费多尔·巴夫洛维奇觉得心乱如麻，但是他的心还从来没有像现在这样充满着甜蜜的希望：差不多可以十拿九稳地说，这回她一定会来了！

第三卷　俄罗斯教士

一

佐西马长老和他的客人

阿辽沙焦急不安、心情痛苦地走进长老修道室的时候，几乎惊讶得站住了：他生怕见到他时，他已到了弥留之际，也许已经失去了知觉，但现在他却忽然看见他坐在安乐椅上，脸色虽衰弱疲惫，却显得愉快而振作，在客人们的簇拥中，正在同他们安静地闲谈着。其实他只是在阿辽沙回来前一刻钟才起床的。客人们老早就聚在他的修道室里，等他睡醒过来，因为佩西神父曾坚决地保证说："师父一定会起来，和跟他心意相投的人们再谈一谈，这是他在早晨亲口答应过的。"佩西神父对即将死去的长老的许诺以至他所说的每一句话总是坚信不疑的，坚信到即使看见他已经完全没有知觉，甚至不再呼吸，也会因为曾得到过还要醒过来和他作别的诺言而对死亡本身都不肯相信，仍旧一直期待死者会醒过来，履行诺言。早晨，佐西马长老在入睡以前，确实曾对他说过："在同你们、同我心爱的人们再畅谈一次，看一看你们的亲切的脸，再向你们吐露一下我的真情以前，我是不会死的。"聚拢来听这显然是长老的最后一次谈话的，都是多年来最忠实于他的朋友们，一共有四个人：司祭约西夫神父和佩西神父；司祭米哈伊尔神父，隐修庵的住持，年纪还不很老，没有多大学问，是平民出身，但是性格刚强坚定，抱有纯朴的信仰，态度严肃，内心却充满深情，但他显然有意隐藏着，甚至有些羞于流露；第四位客人是完全老迈而且憨厚的修士阿菲姆神父，出身于最贫苦的农户，几乎不大识字，平素举止安静，沉默寡言，甚至从来不大跟谁说话，是最驯顺的人中间最驯顺的人，看他的神气，就好像是曾被某种超过他的头脑所能理解的伟大而可怕的事物所永远吓呆了似的。佐西马长老很爱这个好像永远战战兢兢的人，永远对他怀着异乎寻常的敬意，但也许一辈子同他说话比谁都少些，尽管有许多年曾和他一起，两人在俄罗斯各圣地云游。这是多年以前，已经过了四十年的事情了，那时候佐西马长老刚在贫穷而不甚著名的科斯特罗马修道院里初次开始隐修的苦行，不久以后，又随同阿菲姆神父出外云游，为他们贫穷的科斯特罗马修道院募化基金。现在宾主一起聚在长老的第二间屋子——放着他的床铺的那一间屋子里，以前已经说过，这间屋子是相当狭窄的，所以四个人（不算照常在旁侍立的见习修士波尔菲里）都勉强在长老的安乐椅周围挤着，坐在从第一间屋子里端来的椅子上。天色已黑，屋子里由神像前的油灯和蜡烛照亮着。长老看见阿辽沙走进来，站在门旁，带着不安的神色，就快乐地对他微笑，伸出手来："好呀，安静的孩子，好呀，亲爱的孩子，你来了。我知道你会回来的。"

阿辽沙走到他面前，向他跪下，哭泣了。有什么东西在他的心头翻腾奔涌，他的心灵战栗，他真想号啕地哭出声来。

"你怎么啦？要哭还早哩，"长老微笑着说，右手放在他的头上，"你瞧，我坐着谈话，也许还能活二十年，就像昨天那个手里抱着小女孩丽萨维塔、从高山村赶来的可爱的善心女人对我所说的那样。愿上帝赐福给那个母亲和小女孩丽萨维塔！"他画着十字："波尔菲里，你把她的献款送到我说的地方去了吗？"

他是想起了昨天那个快乐的女信徒所捐的六十戈比献款，是请他送给"比我还穷苦的人"的。这类款子是信徒们作为自己为了某一件事自愿承受的惩罚而捐献，而且总是从自己用劳力换得的钱中拿出来的。长老派波尔菲里昨天黄昏时候到新近遭了火灾的一个小市民妇女家里去，她是寡妇，还有子女，家被烧毁后只好出外行乞。波尔菲里连忙报告说已经照办了，把款子送了去，照所吩咐的那样，说是"一个隐名善心女人"捐助的。

“你起来吧，亲爱的，”长老对阿辽沙接着说，“让我看一看你。你到过自己家里，见过你那位哥哥了吗？”

他这样坚定明确地只探问他哥哥中的一位，阿辽沙觉得很奇怪，但是到底是哪一位呢？看来，也许他昨天和今天打发他出去，都正是为了这一位哥哥。

“看到了两个哥哥中的一个。”阿辽沙回答。

“我是说昨天那个，大的，我对他叩头的。”

“我只是昨天看到了他，今天怎么也找不到。”阿辽沙说。

“你赶快去找他，明天再去，越快越好，把一切事情扔下，赶紧去。你也许还来得及阻止住发生什么可怕的事情。我昨天是向他将要遭遇的大苦难叩头。”

他忽然默不作声，似乎沉思了起来。这些话很奇怪。昨天亲眼看见长老叩头的约西夫神父和佩西神父对看了一眼。阿辽沙忍不住了。

“父亲和师父，”他十分慌乱地说，“您的话太含糊了，他将要遇到什么样的苦难？”

“你不必探问。我昨天好像觉察到了某种可怕的事情，就仿佛他的整个前途都在他的眼神中显露了出来。他有那样一种眼神，使我看了心里立刻就为这人正在替他自己酝酿的某种东西吓呆了。我一生中有过一两次看到一些人有这样的脸色，……仿佛显示出这些人的整个命运的脸色，可惜居然都应验了。我打发你到他那里去，阿历克赛，是因为我觉得你的友爱的面容也许对他会起点作用。但是一切由于天命，我们的命运也都是这样。‘一粒麦子不落在地里死了，仍旧是一粒；若是死了，就结出许多籽粒来。’你应该记住这一点。阿历克赛，你要知道，我一生有许多次心里在暗中为你的容貌祝福，”长老带着温和的微笑说，“我对你的事是这样想的：你应该离开这里，到尘世中去像修士那样地生活。你会有许多敌人，但就连你的敌人也会爱你的。生活将给你带来许多不幸，但你会恰恰为了这些不幸而感到幸福，并且祝福生活，还使别人也祝福，这是最重要的。你就是这样的人。”“我的神父和师父们，”他对客人们说，脸上带着感动的微笑，“直到今天为止，我没有说过，甚至没有对他说过，为什么这个年轻人的脸在我的心里会感到那么亲切。现在我才对你们说：他的脸对我来说就好像是一种提醒和预告。在我的早年，还是小孩的时候，我有一位哥哥，在十七岁上，还很年轻的时候，我就亲眼看见他死去了。以后，随着我的生命一年年度过，我渐渐地深信，我这位哥哥在我一生的命运里就好像是一种上天的指示和感召，因为假如他不曾在我的生活中显示，假如根本没有过他，我想，我也许永远不会当修士，走上这条宝贵的道路。这种最早的显示是出现在我的童年时代，可是到了我一生的暮年，它又仿佛在我的眼前重现了。奇怪的是，神父和师父们，阿历克赛的脸和他虽不十分相像，只有一点点近似，可是在精神上我却觉得相像极了，以致有许多次我简直就把他当作是那个年轻人——我的哥哥——在我一生将终时，作为一种提醒和感召，又神秘地来到了我的面前。我对我自己有这样奇怪的幻想，简直都感到惊奇。”“你听见吗，波尔菲里？”他朝这位平素服侍他的见习修士说，“我有许多次看见你的脸上好像有不高兴的神色，因为我爱阿历克赛胜过爱你。现在你知道这是什么缘故了，但你要知道，我也是爱你的，而且常常为了你的不高兴而感到发愁。亲爱的客人们，现在我想把这青年、我哥哥的故事讲出来，因为在我的一生中再没有另外一种显示比它更为宝贵、更为动人和富有预言意味的了。我的心深受感动。在这时候我反省我的一生，好像又一次从头经历了它。”

在这里我应该声明一下：长老同他生活中最后一天来访的客人们所做的最后一次谈话有一部分被记录了下来。那是阿历克赛·费多罗维奇·卡拉马佐夫在长老去世几天以后，凭着记忆追记的。然而这是不是完全是那天谈的，或者是阿辽沙把他的师父以前同他所谈的话也加了些进去，我没法判断。而且在这记录里，长老的话似乎是不间断的，似乎是在用说故事的形式向他的朋友们叙述他的一生，而根据以后的叙述来看，实际情况无疑并非如此，因为这天晚上是做一般的闲谈，虽然客人们不大打断主人的话，但他们也还是插进去谈自己的想法，甚至或许也讲了些自己的事情。况且这次叙述绝不会这样地不间断，因为长老有时喘不过气，说不出话来，甚至还躺到自己的床上休息过，尽管他并没有睡，客人们也仍坐在原地没有离开。有一两次谈话还被佩西神父诵读《圣经》所打断。有意思的是他们中间谁也没有想到他当夜就会死去，尤其是因为他在这自己一生的最后一晚，经过白天睡了一大觉之后，忽然似乎获得了一种新的力量，使他能够从头到尾坚持和他的朋友们所做的这次长谈。这似乎是一种最后的爱，由于它才使他维持了一种几乎不可思议的活力，但是时间极短，因为他的生命突然终止了。不过这话容后再说。现在我要声明的是我不打算把谈话的详情全写下来，而仅限于长老所讲的故事，像阿历克赛·费多罗维奇·卡拉马佐夫所记录的那样。这样可以简短些，不那么累人，虽然我还要重说一遍，有许多自然是阿辽沙从以往的谈话里取来，加在一起的。

二

已故司祭佐西马长老的生平，阿历克赛·费多罗维奇·卡拉马佐夫根据他的自述编写（传略）

1. 佐西马长老的哥哥

亲爱的神父和师父们，我生在辽远的北方某省B城，父亲家是贵族，却不是名门望族，也没有出过大官。我两岁上父亲就去世了，所以我完全不记得他。他遗给我母亲一所不大的木头房子，还有一点资财，虽然不多，却也足够她同孩子们维持生活，不致穷困。我的母亲只有两个儿子：哥哥马尔克尔和我——季诺维。哥哥比我大八岁，脾气暴躁，爱生气，但是心地善良，不会嘲笑人，沉默得出奇，在自己家里，同我，同母亲和仆人们尤其是这样。他在中学里读书很用功，但是和同学们合不来，不过也不吵架，至少据母亲说是这样的。他是十七岁死的，在他死前的半年，他开始常常拜访我们城里一个离群索居的人，他好像是个政治犯，因为怀抱自由思想，从莫斯科被流放到我们城里来的。这位被流放的人是一位大学者和著名的哲学家，在大学教书。不知为什么，他爱上了马尔克尔，开始接待他。这个青年整晚坐在他家里，一冬天全是这样，直到这个被流放的人申请获准，因为他有靠山，被重新召回彼得堡替政府服务为止。开始过四旬斋了，但是马尔克尔不愿持斋，他又骂又嘲笑，说："这全是胡说，根本就没有什么上帝。”弄得母亲和仆役们都大惊失色，连我这小家伙也不例外，我虽然只有九岁，但是听见了这话，也害怕得要命。我们的仆人都是农奴，一共四个，全是从一位我们相熟的地主的名下买下来的。我还记得，我母亲后来把其中一个叫阿菲米亚的瘸腿老厨妇以六百卢布纸币的代价卖掉了，另外雇了一个自由的农妇来代替她。在四旬斋的第六个星期上，哥哥忽然病了。他的身体一向是不健康的，胸间常隐隐作痛，体质衰弱，像有痨病的样子；他的个子并不矮，但又瘦又弱，面容倒很清秀。他大概只着了点凉，但医生来到后，立刻对母亲低声说，这是急性肺痨，活不到春天了。母亲哭哭啼啼，开始小心婉转地（主要是为了不让他吓着了）劝哥哥到教堂去忏悔，行圣秘礼，因为他在那时候还能起床。他听了以后，生起气来，痛骂上帝的殿堂，但心里却沉思起来：他立刻就猜到自己是病得很厉害，所以母亲才打发他趁还有力气的时候到教堂去忏悔和受圣秘礼。而且他自己也知道他早就有病，还在一年以前，有一次他在吃饭的时候就曾对我和母亲不动声色地说过：“我不是你们尘世上的人，也许连一年也活不到了。”谁知这话竟成了谶语。过了三天，复活节前周到了。哥哥从星期二早晨起出去忏悔。他说：“妈妈，我是为了你才这样做的，为了使你快乐，得到安慰。”母亲又喜又悲，哭了起来，说：“你忽然变了脾气，大概快要完了。”但是他到教堂去没有很久，竟卧床不起了，所以只好在家里举行忏悔和圣秘礼。那年的复活节很晚，那几天天气晴朗，空气中充满芬芳。我记得他整天咳嗽，睡不好觉，早晨总是穿起衣服来，尽量到软椅上去坐坐。我还记得，他不声不响地坐着，态度恬静，面露微笑，虽是病人，脸上却显得开朗而快乐。他精神上完全变了，在他身上好像突然发生了一种惊人的变化！老奶妈到他屋里说：“好宝贝，让我把你这里神像前的油灯也点上吧。”以前他决不答应，甚至会吹灭它。这次他却说：“点吧，亲爱的，点吧，我以前拦阻你，真是混账极了。你点上油灯，祷告上帝。我一边高兴地看着你，一边也在祷告。这样我们祷告的就是一个上帝。”我们听到这些话觉得奇怪，母亲回到自己屋里一个劲地哭，只在走进他的房间的时候才擦干眼泪，装出高兴的样子。“妈妈，亲爱的，不要哭，”他时常说，“我还要活很长时间，和你们一起快乐地过活，生活是多么快乐、多么高兴呀！”“唉，亲爱的，你还有什么快乐？整夜发烧、咳嗽，几乎咳得把你的胸脯都震裂了。”他回答说：“妈妈，你不要哭，生活就是天堂，我们大家都活在天堂里，可是我们却不愿意知道这个，如果愿意知道，那么明天全世界就都会成为天堂了。”大家都认为他的话奇怪，他是说得那样奇怪而坚决；大家都感动得哭了。朋友们到我们家里来看望，他就说：“可爱的亲人们，我有什么值得你们这样爱？你们为什么爱我这样的人？我以前又是多么不懂得珍重这个啊！”他时时刻刻对走进来的仆人们说：“亲爱的，你们为什么侍候我？我配得上受大家的侍候吗？如果上帝开恩，让我活下去，我也要亲自为你们服务，因为大家应该互相服务。”母亲听了摇摇头说：“亲爱的，你因为有病才这样说呀。”他说：“妈妈，亲爱的妈妈，既然不可能没有主人和仆人，那么让我也做我的仆人的仆人，就像他们做我的仆人一样。我对你说，妈妈，我们大家在众人面前都有过错，尤其是我比别人更有错。”母亲甚至发笑了，一面哭，一面笑，说道：“你怎么在众人面前比别人更有错？世上有的是杀人的、抢人的，你来得及干哪一件？干吗要比别人更严厉地责备你自己？”“妈妈，我的嫡亲的妈妈，”他当时出人意料地喜欢说起这些亲热的话来，“我的嫡亲的、可爱的妈妈，你要知道，每一个人的确都在众人面前对一切人和一切事担有种种罪责。我不知道怎样给你讲明白，可是我痛切地深深感到是这样的。所以我们怎么能活在那里，生着气，却一点也不自觉这一点呢？”他每天醒来以后，一天比一天更显得亲切、愉快，心中洋溢着爱，一个老德国医生埃森斯密特时常来，有时来了，他就和医生开玩笑：“怎么样，大夫，我还能在世上再活一天吗？”医生回答他：“不但一天，还能活许多天，还能活几个月、几年。”他嚷起来：“什么几年、几个月！用得着计算什么日子吗？人只要有一天就可以体会到全部的幸福。亲爱的，我们干吗要争吵，互相夸耀，互相记仇？我们大家只应该到花园里去，游玩，嬉戏，互相亲爱，互相夸奖，亲吻，为我们的生活祝福。”“您的儿子已经不是这世上的人了，”在母亲送医生到台阶上的时候，医生悄声对她说，“他因为病，变得神经不正常了。”他的房间的窗子是朝花园的。我们家的花园很阴凉，有许多老树，春天树上正在发芽，早春的小鸟飞了过来，叽叽喳喳地鸣叫，在他的窗外唱歌。他望着，欣赏着它们，突然向它们也请求起饶恕来：“上帝的小鸟，快乐的小鸟，你们也饶恕了我吧。因为我在你们面前也犯过罪孽。”当时我们家里谁也没法理解这种话，但是他却快乐得哭了。他说：“是啊，我的周围全是上帝的荣耀：小鸟，树木，草地，天空。只有我活在耻辱里，糟蹋了一切，完全没有注意到美和荣耀。”“你竟把许多罪孽往自己身上揽。”母亲说着就哭了。“我的亲爱的妈妈，我哭是因为快乐，并不是因为悲伤，只是我不知道怎样对你说才好，我是自己愿意向他们认错的，因为我不懂得应当怎样去爱他们。尽管我在大家面前有罪，大家也会饶恕我的，这就是天堂。难道我现在不在天堂上吗？”

还有许多事我都记不起来，也写不下来了。只记得我有天一个人到他屋里去，里面一个旁人也没有。那时候已将薄暮，天气清朗，太阳已快要落山，斜晖照亮了整个屋子。他看见了我，向我招手，我走近去，他两手抓住我的肩膀，温存和蔼地看着我的眼睛，不说一句话，只是看了我好大一会儿，然后说道：“好了，现在你去吧，去替我游戏、生活下去吧！”我当时走出去玩耍去了。以后我一生里有许多次含泪想起，他怎样吩咐我替他生活下去。他还说了许多像这样奇怪、美丽，但当时我们还不了解的话。他是在复活节后第三个星期去世的，死时神志清醒，虽然已不会说话，但是直到最后一刻神色也一点都没有改变：快乐地看着周围，眼睛里充满喜悦，目光寻觅着我们，向我们微笑，招呼我们。甚至城里也有不少人谈论起关于他死的事情来。这一切当时使我震撼，但并不很厉害，虽然殡葬的时候，我曾大哭一场。我那时很年轻，还是一个孩子，但是一种不可磨灭的印象、一种深藏的感情，却一直留在我的心上，到了时候全会复活过来，发出回响。后来真的应验了。

2.《圣经》与佐西马长老的一生

那时候只剩下我和母亲两个人了。不久，有些好心的朋友对她说："现在你既然只有一个儿子，你又不是穷人，有点财产，为什么不效法别人，打发令郎到彼得堡去？如果一直留在故乡，也许你会使他丧失发迹的机会的。"他们劝母亲把我送到陆军士官学校去，以便以后加入皇帝近卫军。母亲迟疑了许久，舍不得和最后一个儿子离别，但是为我的幸福着想，虽然流了许多眼泪，最后还是下了决心。她把我带到彼得堡，送进陆军士官学校，从此我再没有看到她；因为她为我们两人悲痛、思念了整整三年以后就去世了。父母的家里给我留下的完全是宝贵的回忆，因为一个人再没有比他在父母家里所度过的幼年时代留下的回忆更为宝贵的了，而且只要家庭里有一点点的爱情和和谐的气氛，就差不多永远这样。甚至从最坏的家庭里也会遗留下宝贵的回忆来，只要你的心灵本身懂得寻找宝贵的东西。在我关于家庭的种种回忆中，也包括关于《圣经》的故事的回忆，这当我在父母家里，虽然还是孩子时，就已经很感兴趣了。我当时有一本《圣经》故事书，其中附有各种精美的插图，书名是《新旧约故事一百零四则》，我就是从这本书开始学会读书的。现在这本书还放在我这里的书架上，作为珍贵的纪念品来保存。但是我记得，在我学会读书以前，还在八岁的时候，某种灵感就已经初次降临到我的身上。母亲在复活节前的星期一，领我一个人到教堂去做弥撒（我不记得当时哥哥到什么地方去了）。那天天气晴朗。我现在回忆的时候，好像还能看见薰烟怎样从香炉里升起，静悄悄地袅袅上升，阳光从圆顶上狭窄的小窗里倾泻到教堂中我们的头上，而香烟弯弯曲曲地升上去，就好像融化在阳光里一般。我感动地望着，有生以来第一次在心灵里有意识地种下了上帝的话语的种子。一位少年拿着一本大书，走到教堂中央，那本书大得我当时觉得他甚至拿着都很吃力。他把它放在诵经台上，打开来开始朗诵。当时我忽然第一次懂得了一点意思，有生以来第一次懂得了在上帝的殿堂里读的是什么。在乌恩地方有一个正直、虔信的男子，广有财产，有许多骆驼、许多驴羊，他的孩子们终日寻欢作乐，他很爱他们，替他们祷告上帝：因为他们这样寻欢也许会犯罪的。魔鬼同神子们一块儿来到上帝面前，对上帝说，他已经走遍地上和地下各处。“你看见我的奴仆约伯了吗？”上帝问他。于是上帝指着他的伟大而神圣的奴仆，对魔鬼夸奖起来。魔鬼听了上帝的话，冷笑了一声：“你把他交给我，你就可以看到你的奴仆会发出怨言，诅咒你的名。”于是上帝把他所心爱的这个恪守教规的人交给魔鬼，魔鬼杀害了他的子女和牲畜，毁尽了他的财产，一切都是那样突然，好像神的霹雳一般。于是约伯撕裂自己的衣裳，扑在地上，大声喊道：“我赤身从母胎里出来，再赤身回到大地。上帝赐予的，上帝又取了回去。愿上帝的荣名千年万世永受祝福！”神父和师父们，请你们宽恕我现在的眼泪，因为我的全部童年生活现在好像重新又出现在我的面前，我现在仿佛又像当时那样以一个八岁小孩的胸脯呼吸，又跟当时一样感到又惊又喜又敬畏。当时那些骆驼是那么轻易引起我的想象，还有那个敢同上帝那样说话的撒旦，那把自己的奴仆交出去受罪的上帝，以及他那喊着“不管你怎样惩罚我，你的荣名将永受祝福”的奴仆。随后就是教堂里那宁静而甜蜜的颂歌：“愿我的祷词得闻。”然后又是神父香炉里的薰烟和跪地的祈祷！从那时起，每逢我重读这篇圣者的故事就不能不流下泪来，甚至昨天还是这样。这里面有许多伟大、秘密、无从想象的东西！我以后听到过嘲笑者和亵渎神明的人傲慢不逊的话：上帝怎么能把他所爱的圣者交给魔鬼去供它取乐呢？还夺走他的子女，用疾病和毒疮打击他，使他用瓦片去挤身上的脓疮，这是为了什么？是不是单单为了在撒旦面前夸口说：“你瞧我的圣者能为了我受什么苦！”但是伟大之处正在于这是一种神秘，一个朝生夕死的尘世形象和永恒的真理结合在一起了。在地上的真理面前永恒的真理在显示它的作用。这里创世主就像在他创世的最初几天，每天做完后总要夸奖“我所创造的一切都是很好的”一样，他看着约伯，重新又在夸奖他自己的造物。约伯赞美上帝的时候，不仅是在为他效劳，而且也是在为他千年万世，一代又一代的造物效劳，因为他被创造出来时的天职就是如此。主啊，这一本书太好了，里面有多少宝贵的教训！《圣经》真是一部了不起的书，它带给人多么神妙的奇迹和力量！真是世界和人，以及各种人类性格的样板，一切都在这里面提到了，一切都给我们永远指示出来了。里面有多少神秘得到了解决和揭示：上帝又恢复了约伯的地位，又赐予他许多财产，又过了多少年，他又有了新的子女，另外的子女，而且他也爱他们。主啊！“在以前的那些子女已经没有，已经被夺去以后，他怎么还能爱这些新的子女呢？当想起以前的子女来的时候，尽管他也很爱新的子女，但是难道他跟他们在一起，能够感到完全幸福，像以前一样吗？”然而这是能够的，能够的：旧的悲愁，由于人生的伟大的神秘，会渐渐转化为宁静的、感人的欢乐，而年轻的、沸腾的热血将由驯顺的、明朗的暮年所取代；我祝福着每天的日出，我的心也依旧对它歌颂，但是我现在却更爱日落，爱它那长长的斜晖和随之而来的宁静，温驯，动人的回忆，整个漫长而幸福的一生中各种可爱的形象；而在这一切之上是上帝的使人感动、使人安慰并宽恕一切的真理！我的生命即将终结，我知道，也听到了，但是在剩下的每一天中，我感到我的地上的生命已和新的、无尽的、不了解的却已十分临近的生命相接触。在预感到这新的生命时，我的心灵喜悦得颤抖，我的头脑清澈，心中高兴得流泪。朋友们，师父们，我屡次听到，在最近一些时候以来更加时常听到，我们的神父们，尤其是乡村的神父们，到处哭哭啼啼诉说自己的薪俸太少、地位太低，公开地说，甚至写成文字，我就曾亲自读到过，说他们现在好像无法对人民讲解《圣经》，因为他们的薪水太薄，假使有路德教徒和异教徒前来抢夺羊群，只好让他们抢去，因为我们挣的钱太少。天哪！我心想，但愿上帝把他们认为那么宝贵的薪俸加多些吧，因为他们的抱怨也是有理的，但是说实话：如果谁在这件事上有错的话，那有一半是错在我们自己！因为即使没有时间，即使他说全部时间都忙于工作和各种圣礼确是事实，但到底总还不是全部时间，他在一个星期中至少总还可以找到一两个钟头来想想上帝的吧。而且也不是整年都有工作。他可以每星期一次，在晚上，起初只召集一些孩子前来，父亲们听到以后也会来的。做这事情也用不着建造什么房子，只要在自己的屋子里接待一下就行，用不着担心，他们不会糟蹋屋子的，因为集会总共只有一两个钟头。他可以对他们打开这本书，就诵读起来，不要讲大道理，不要装腔作势，也不要露出高高在上的样子，而是要带着亲切感动的态度，高兴自己能为他们诵读，高兴他们喜欢听，也听得懂，而且要自己也爱所读的那些话，只要偶尔停下来，把一些老百姓不大懂的话解释一下，不必着急，他们全会了解，正教徒们的心是完全了解的！你给他们读亚伯拉罕和萨拉的故事、伊萨克和丽碧卡的故事，读雅各怎样到拉朋去，梦中和上帝相斗，说道："这地方是令人敬畏的。"你就一定可以使普通老百姓虔信的心产生深刻的印象，你给他们读，尤其应该给小孩们读几弟兄如何把他们的亲弟弟——一个可爱的少年、一个爱做梦的人和伟大的预言者约瑟夫卖去做奴隶，却拿着他的血衣去对父亲说，是野兽把他的儿子撕成碎块了。给他们读，后来这几弟兄如何到埃及去找粮食，那时约瑟夫已成了伟大的帝王，可是他们没有认出来。他折磨他们，治他们的罪，把弟弟便雅悯扣住，却完全出于爱："我爱你们，一面爱，一面折磨你们。"因为他一辈子也忘不了，他怎样在酷热的沙漠中，水井旁边，被他们卖给商人，他怎样拧着双手，放声哭泣，求弟兄们不要把他卖到陌生的地方去充当奴隶，现在过了许多年以后，看到了他们，又无限热爱他们，一面爱，一面加以折磨和压迫。他后来离开他们，忍不住心中的痛苦，扑到床上哭了；后来他擦干脸，喜喜欢欢地走出来，对他们说："哥哥们，我就是约瑟夫，你们的弟弟！"然后再往下读，老雅各得悉他的可爱的小儿子还活在人世，多么喜悦，急着到埃及去，甚至抛弃了祖国，死在异乡，在遗嘱里向后世说出了伟大的预言，一生秘密地藏在他温顺畏怯的心里的预言，说他这犹太族里将出现宇宙的伟大的希望——调解人和救世主！神父和师父们，请宽恕我，不要责怪我像小孩一样谈论你们早就知道，而且会更加巧妙而动听百倍地宣讲的东西。我只是由于高兴才讲这些的。请你们宽恕我的眼泪，因为我真爱这本书！让他，上帝的牧师，也哭泣一下，他就可以看到听他诵读的人的心会怎样受到感动。只需一个小小的籽粒：只要他把它播进一个普通老百姓的心里，它就绝不会死去，而会一辈子活在他的心灵里，在黑暗和他所犯的种种罪孽的污秽中，作为一线光明，作为一种伟大的警戒而潜藏在他的身上。而且完全不必多加解释和教训，一切他全会直接了解的。你们以为普通群众不会了解吗？你们可以试试再对他们念一段动人的故事，关于美丽的以斯帖和骄傲的瓦实提的故事，或是先知约拿在鲸鱼肚里的奇妙的故事。还不要忘记读神的寓言，尤其是读《路加福音》里的（我就这样做过），以后是读《使徒行传》里圣保罗的谈话（这是一定要读的，一定要读的！），最后，也不妨读读《圣徒传》里神人阿历克赛的行述和最为伟大的快乐的殉难者、神的目睹者——埃及来的圣母马利亚的生平，你会使他们的心深深地被这些简单的故事所打动，而这样做只要每星期一个钟头就行，不管你的薪水多么少，有一小时就够了。他就会亲眼看见，我们的民众是厚道的、感恩的，会给予百倍的答谢。他们记住神父的关怀和他的感人的话，会心甘情愿地到他地里和家里来帮他的忙，而且比以前更加尊敬他，而这也就等于增加了他的薪水。事情是很简单的，有时候我们甚至都害怕说出口，因为怕人家会笑你，然而这是完全真实的！凡是不信上帝的人，也不相信上帝的人民。相信了上帝的人民，就能明察上帝的神圣，虽然以前自己并不信它。唯有人民和他们的未来的精神力量可以使我们那些脱离故土的无神派产生信仰。没有实例，基督的话还有什么用？而人民要没有上帝的话，会活不下去，因为他们的心灵迫切需要他的话和一切愉快美好的事物。在我年轻的时候，这已经是好久以前，差不多有四十年了，我曾同神父阿菲姆长时间周游全俄，为修道院募捐，有一次在一条可以通航的大河的岸旁和渔夫们一同过夜，一个面目清秀的青年农民和我们坐在一起。看他样子已有十八岁。他要在第二天赶到一个地方去给货船拉纤。我看见他用明朗柔和的目光朝前面望着。七月的夜是很明朗、宁静、温暖的。河面宽阔，水汽升上来，使我们感到凉爽，小鱼轻声戏水，小鸟沉默着，万籁俱寂，无限美妙，一切都在向上帝祈祷。只有我们两人没睡，我和这青年谈论这个上帝的世界的美丽和它的伟大的神秘。每根小草，每个昆虫、蚂蚁、金蜂全都奇怪地知道自己应走的道路，虽然它们并没有智力。它们为上帝的神秘作证，而且不断地自己显示这个神秘。我看出，这可爱的青年的心燃烧起来了。他告诉我，他爱树林，爱林中的鸟；他是捕鸟的，了解它们的每一声啼鸣，会召唤每一只小鸟。他说："我不知道还有什么比待在树林子里更好了，不过实在说，一切都很好。"我回答他："确实，一切都很好，一切都美妙，因为一切都是真理。你瞧那匹马，站在人身边的巨大的畜生，或是那头低头沉思着的牛，它们替人做工，养活着人。你瞧瞧它们的脸庞，对时常无情地痛打它们的人类是多么温顺、多么依恋，它们的脸上是多么不怀恶意、多么信任、多么美丽。甚至想想都觉得感动：它们是没有任何罪孽的，因为一切都是崇高的，除了人类以外一切都没有罪孽。基督远在我们以前就和它们同在。"青年问："难道它们也有基督吗？"我说："怎么没有呢？因为话是为大家而说的。一切创造物，一切生物，每片树叶都在倾听着它，为上帝唱颂诗，对基督哭泣，借着它们的无辜生活的神秘不自觉地完成这一切。你瞧，树林里有一只可怕的狗熊徘徊着，既吓人，又凶横，可是它这样却并没有什么错。"于是我讲给他听，有一次一只狗熊走到一位在林中小修道室里隐修的大圣徒那里去。这位伟大的圣徒可怜它，不假思索地就走到它的面前，给它一块面包，说道："你去吧，愿基督和你同在。"这只凶横的野兽竟服服帖帖地走开了，不加一点伤害。青年听见它不加一点伤害地离开，显然基督也和它同在的话，十分感动，说道："这真好极了！神的一切是多么好、多么奇妙啊！"他坐在那里，一声不响地、恬静地沉思着。我看出他悟解了。接着，他就在我的身旁纯洁无邪、无忧无虑地睡熟了。愿上帝赐福给青春！我临睡以前，为他做了祈祷。主啊，愿你赐给你的人们和平和光明！

3. 佐西马长老弃俗以前的少年时代和青年时代的回忆。决斗

我在彼得堡陆军士官学校学习时间很长，差不多有八年，新的教育把儿童时代的印象淹没了不少，虽然一点也没有忘却。学到了许多新的习惯，甚至新的看法，以致变得近乎野蛮、残忍和乖僻了。在学会法语的同时，我学会了一套浮面的客气和交际礼节，但我们却把学校里侍候我们的兵士完全当作畜生看待，我也并不例外，说不定还更加厉害些，因为我在全体同学之中对一切最为敏感。而到我们毕了业，充当了军官以后，我们就一心准备为受到侮辱的部队荣誉而流血，可是对于什么是真正的荣誉，我们里面却似乎谁也不知道，即使知道，我也一定会立即首先加以嘲笑。酗酒、闹事和大胆胡为几乎被认为是值得骄傲的事。我不说我们是蛮横恶劣的；所有这些青年人本性都是好的，但是他们的行为却十分恶劣，而我尤其比别人厉害。主要的是因为我手头有自己能动用的钱，所以尽情过愉快的生活，染上了青年人的一切嗜好，随心所欲，毫无克制。最奇怪的是我当时也读书，甚至极愉快地读着；只有《圣经》我几乎一次也没有翻过，但却永远到处携带着，从不分离，真正是“每年每月，每日每时”都在小心珍藏着这本书，尽管自己也没有注意到。我这样服役了四年以后，最后偶然来到了K城，当时我们的团驻扎在那里。那个城里的社交界人数众多，各种人物都有，都很有钱、好客，会寻欢作乐。我到处受到极好的招待，因为我生性乐观，而且人家都知道我不穷，这在社交界是个重要条件。当时发生了一件事情，一切故事都由此开端，我爱上了一位年轻貌美的女郎，她为人聪明、端庄，具有明朗而高尚的性格，父母是受尊敬的人。他们不是小户人家，有财有势，接待我的态度很和蔼亲热。我觉得这女郎也对我有意，我的心在产生这种幻想时不由得燃烧起来。以后我自己意识到，而且完全判断清楚，也许我并不多么爱她，只是钦佩她的聪明和崇高的性格，那是不能不令人起敬的。但一种自私心使我没有立刻向她求婚，因为在这样年纪轻轻的时候，加上又有钱花，就放弃自在放荡的独身生活的种种乐趣，我觉得

是痛苦而又可怕的事。固然，我曾做了一些暗示。但无论如何，我把采取决定性的步骤暂时地推迟了。可是突然，我奉命到外县出差去了两个月。两个月以后回来的时候，我忽然得知这位姑娘已经结婚，嫁给了离城不远的一位有钱的地主。这人虽比我年长几岁，却还算年轻，在首都和最上等的社会里有靠山，而我是没有的，他既有礼貌又有学问，我却完全没有学问。我听到了这个意外的消息，十分惊愕，甚至脑筋都混乱了。特别是我当时打听出这个年轻的地主早就跟她订了婚，我曾在他们家里见过他多次，却一点也没有注意到这个情况，因为自负蒙蔽了我的心。但是最使我感到难受的是：为什么几乎所有的人全知道，唯独我一个人却毫无所知呢？我忽然感到一阵按捺不住的恼怒。我面红耳赤地回想起，我有许多次几乎是对她明白吐露了我的爱情，既然她不阻止我，也不加以警告，那么我觉得，这就说明她当时是在耍笑我。当然，后来我回忆起来，也觉得她一点也没有耍笑我的意思，相反地，她曾用开玩笑似的方式打断这类的谈话，用别的话岔开，但是当时我无法去理会到这一层，只一味渴望着报复。我现在回想起来觉得很奇怪，当时我自己对我的这种盛怒和报仇心情也是感到万分的痛苦而且讨厌的，因为我生性随和，不能长时间对任何人生气，因此我只好仿佛自己有意煽动起自己的火性来似的，这样最后就变得十分荒唐可笑了。我一直在等待着时机，终于有一次在大庭广众前，我忽然借口最不相干的原因，对我的“情敌”加以羞辱。当时他对一件极重要的事件（这是一八二六年的事情）发表意见，我就对他嘲笑了一番，而且据人家说，嘲笑得十分机智巧妙。这样我就迫使他找我讲道理，在讲道理的时候我又是那么蛮横粗暴，使他只得接受我决斗的提议，尽管我们彼此相差悬殊，因为我既比他年轻，又人微言轻，官卑职小。以后我确凿地得知，他接受我决斗的提议，似乎也是由于对我有吃醋的情绪：他以前就曾为了他那当时还未成婚的妻子而嫉妒我；现在他心想，假使他太太知道他受了我的侮辱，而不敢接受决斗的提议，她也许不由得会瞧不起他，因此动摇了她的爱情。我很快地找到了公证人，是一个同事，我们团里的少尉。当时虽然严厉禁止决斗，但是军人间好像还认为这是时髦的举动，有时野蛮的偏见是十分根深蒂固的。那时是六月末，我们预定于第二天早晨七点钟在郊外相见，就在这当儿，我确实遇到了一件仿佛是命中注定的事。当晚回家时，我心情凶狠而恶劣，对我的勤务兵阿法纳西大发脾气，用全力照准他脸上狠狠揍了两下，把他的脸都打出了血来。他侍候我还不久，我以前也曾打过他，却从来没有这样野兽似的残忍过。你们信不信，亲爱的，已经过了四十年，我现在想起这事来还感到羞耻和痛苦。我躺下来睡了三小时，起身一看，天已经亮了。我突然起来，不想再睡，走过去打开了窗子，我的窗子是朝花园的，一看，太阳已经升起，天气温暖美丽，百鸟争鸣。我当时想，怎么回事，我的心灵里怎么好像有一种羞耻和卑鄙的感觉？是不是因为将要去做流血的事情？不，我心想，似乎也不是因为这个。是不是怕死，怕被杀死？不，根本不是，甚至根本不是这个。忽然一下子猜到是怎么回事：因为我昨晚打了阿法纳西！一切忽然重新在我的眼前出现，仿佛一切又重演了似的：他站在我的面前，我狠狠照着他的脸上直打，他的两手却垂直贴在裤缝上面，头挺得直直的，瞪着眼睛，保持立正姿势，每挨一下就哆嗦一下，甚至不敢举手遮挡，人居然到了那种地步，人居然可以打人！这真是罪恶！好像一根尖针穿透了我的整个心灵。我站在那里，像呆子一般，但是太阳照耀着，树叶欢跳着，闪烁着，小鸟在赞美上帝。我用双手捂住脸，倒在床上，放声痛哭起来。我当时想起了我的哥哥马尔克尔和他临死前对仆人们所说的话："亲爱的，你们为什么侍候我？我配得上受大家的侍候吗？""是的，我配得上吗？"这个念头忽然钻进了我的头脑。实在，我有什么价值，配受别的跟我一模一样的人来侍候我呢？当时这个问题从我有生以来第一次钻进我的脑子里去。"妈妈，我的嫡亲的妈妈，每一个人的确都在众人面前对一切人和一切事担有种种罪责，只是人们不知道罢了。如果知道了，立刻就成为天堂了！""天哪，难道这不也是千真万确的吗？"我一面哭，一面想，"也许我真的比起旁人来更对一切人担有罪责，我比世上的什么人都坏！"我忽然清清楚楚地意识到了全部的真实：我将要去干什么？我将要去杀死一个善良、聪明、正直而对我一点也没有过错的人，并因此永远夺去他的夫人的幸福，使她受折磨而死。我俯伏在床上，脸趴在枕头上，完全没有注意到时间的过去。突然我的同事，那位少尉，拿着手枪跑来找我了，他说："很好，你已经起床了，时间到了，我们走吧。"我当时心慌意乱起来，完全不知道该怎么好。但后来我们还是出门上了马车。"你在这里等一等，"我对他说，"我一会儿就回来，忘下了钱包。"于是独自跑回寓所，一直走进阿法纳西的小屋里，说："阿法纳西，我昨天打了你两下，你原谅我吧。"他竟哆嗦了一下，好像吓了一跳，两眼望着我。我看这还不够，很不够，就穿着全身整齐的制服，猛然向他跪下叩头，说道："饶恕我吧。"他当时完全愣住了："大人，老爷，您是怎么啦？叫我怎么承受得起……"说着自己忽然哭了，就像我刚才一样，双手捂住脸，转身向着窗子，哭得浑身发抖。我跑回到同事那里，跳上马车，叫道："走吧。""你看这胜利的人，"我对他大声说，"他就在你的面前！"我心里快活极了，一路上直笑，说呀说呀，不记得说些什么话。他看着我，说道："老弟，你真是好汉，我看你能保住我们军界的体面。"我们到了那个地方，他们已经在那里等候我们。他们把我俩两边分开，互相离开十二步远，让他先放枪，我高高兴兴地站在他面前，脸对着脸，眼睛也不眨，友爱地看着他，我知道我应该怎么办。他放了一枪，只稍微擦破了我的脸皮，擦伤了耳朵。我高声说："谢天谢地，没有杀死人！"我当时抓起手枪，回转身去，高高地把手枪一抛，扔进树林里去，叫道："滚你的蛋吧！"随后我又回过身来对仇人说："先生，请原谅我这个愚蠢的青年人。都怨我，我侮辱了您，现在又迫使您向我开枪。我比您要坏十倍，也许还要多些。请您把这话转告给您在世上最尊重的那位太太。"我刚说完这句话，他们三人全喊叫起来了。"对不起，"我的仇人说，甚至生起气来了，"既然您不打算决斗，何必又存心来挑衅呢？"我对他说："昨天我还很蠢，今天已经聪明些了。"我这样快乐地回答他。他说："关于昨天的事我相信您的说法，但是今天的事，我却很难得出像您这样的结论。”“说得对，”我鼓鼓掌对他大声说，“我也同意您这样的看法，我是罪有应得的！”“先生，您究竟准不准备开枪？”我说：“我不开枪，您如果愿意，可以再放一枪，不过最好您也别再放了。”两个公证人也嚷了起来，特别是我的那位：“站在决斗场上请求饶恕，这真是给全团丢脸。我早知道就不干了！”我站在他们面前，敛起笑容，说：“先生们，难道在目前的时代遇到一个愿意改正愚蠢举动、自己当众认错悔过的人，竟觉得这样奇怪吗？”“但是在决斗场上绝不能这样。”我的公证人又嚷了起来。“对呀，”我回答他们，“事情本来奇怪，按说在我们刚来到这里的时候，还在放枪以前，就应该自行认错，这样就不至于使他陷于不可饶恕的大罪，但正由于我们自己把我们在这世上的生活弄得那么荒唐，以致要这样办几乎是不可能的，因为必须在我让他在十二步外放过枪以后，我的话才能对他起点作用，假使在刚来到的时候，开枪以前，就那么办，那你们就只会说，这家伙胆小，害怕手枪，就会不去听他的话了。”“诸位，”我忽然诚恳地大声说，“你们四下里看看上帝的恩赐：晴朗的天，纯洁的空气，柔和的小草，鸟儿，美丽而无邪的大自然。但是我们，唯有我们不敬神，愚蠢，不明白生命就是天堂，因为只要我们愿意明白，天堂会立即美丽地出现在我们面前，我们就将互相拥抱，放声痛哭。”我还想继续说下去，但是不行，我甚至喘不过气来了，那样甜蜜，那样年轻，心里是那样幸福，简直是一生从来没有感到过的。“这些话全很明智，也很虔诚，”仇人对我说，“总之，您是一个古怪的人。”“您笑我好了，”我对他笑着说，“以后您自己会赞同的。”他说：“我现在就已经准备赞同您，请允许我和您握手，因为看来您的确是个诚实的人。”我说：“不，现在不用，等我以后变得更好些，值得您尊敬的时候，您再伸手，那就更好了。”我们大家动身回去，我的公证人一路上不住骂我，我却吻他。同事们听到了这消息，当天就聚集起来，裁判我。他们说：“他玷污了我们军官的制服，让他辞职好了。”也有替我辩护的人，说：“他到底敢于受枪击。”“是的，但是他害怕再受枪击，所以在决斗场上求饶了。”“假如他害怕枪击，”辩护的人们反驳说，“那么在请求饶恕以前，可以先开枪的，但是他竟把实弹的手枪扔到树林里去了，不，这是另一码事，新鲜古怪的事。”我听着他们说话，瞧着他们，觉得很快乐。“亲爱的朋友和伙伴们，”我说，“叫我辞职一节，你们不必操心，因为我已经做了，我已经递上去了，今天早晨已经交到了团部，等到批准以后，我准备马上就进修道院，我想辞职，也就是为了这个。”我刚说出这话，大家齐声大笑起来：“你早就该告诉我们，现在一切都解释清楚了，对修士是不能加以裁判的。”他们都忍不住笑个不停，而且并不是嘲笑，却是亲切快乐的笑，大家忽然全爱起我来，甚至连反对得最厉害的人也不例外。以后在整整的一个月里，在辞呈没有获得批准的期间，大家就好像把我捧在手心里一样。“你这个修士呀，”大家说，每人都对我说和蔼的话，开始劝阻我，甚至怜惜我，“你何必这样自寻苦恼？”他们又说：“他这人是勇敢的，他接受了枪击，本可以用枪还击的，但是他在前一天晚上做了一个梦，要他出家当修士，所以他才那样做。”城里社交场上也是同样情形。以前没有特别注意我，只是乐意招待；现在却忽然都争着和我结识，邀请我去做客。大家虽都笑我，却都爱我。还要说明的是，当时虽然大家对我们决斗的事情议论纷纷，但是上级却把这事搁下了，因为我的仇人是我们将军的近亲，既然事情并没有弄到流血的结局，似乎只是开了点玩笑，再说我又主动提出了辞呈，所以就真的把这件事当作玩笑了。我当时开始无所顾忌地高声谈论，不管人们怎样哗笑，因为到底那不是出于恶意，而是善意的笑。这一切谈话大半发生在晚间太太们的交际场中，妇女们特别爱听我谈话，并且也强迫男人们听。“怎么能叫我替大家担错呢？”每人都当面这样取笑我说，“比方说，难道我能替您担过吗？”“当然，”我回答他们说，“当整个世界早就走上了歧路，把不折不扣的谎言当作真实，并要求别人也同样地说谎的时候，你们怎么能弄得清真假呢？比如我平生偶然一次不顾一切做了件诚恳的事，你们大家竟认为我仿佛是个疯子了：因为你们虽然爱我，却总是在笑我。”“是的，像您这样的人怎么能不爱呢？”女主人对我大声笑着说，当时她家里聚集着许多客人。忽然我看见有一个年轻太太从人群里站起来，这就是我当时为了她提议决斗，不久以前还想向她求婚的那一位，我没有注意到她也到晚会上来了。她站起身来，走近我身边，伸出手来，说道："请允许我对您声明，我第一个不笑您，反而含着眼泪感谢您，并且为了您当时的举动向您致敬。"她的丈夫也走了过来，忽然大家全拥到我的身边，几乎全想吻我。我心里真快乐，但是忽然看见一位老先生也走近我的身边。我虽然以前知道他的名字，但是从来没和他交往过，一直到那天晚上为止，甚至一句话也没有和他说过。

4. 神秘的访客

他在我们的城里做官已经很久，占据着显要的位置。他广有钱财，为大家尊敬，乐善好施，给救济院和孤儿院捐过许多钱，此外还隐名做过许多慈善事情，到死后才被人发现。他有五十岁模样，态度近乎严肃，不大说话；他结婚不到十年，太太还年轻，生了三个子女，都还很小。就在第二天晚上，我正坐在自己家里，门忽然开了，这位先生走了进来。

应该说明的是我当时已经不住在以前的寓所里了，刚提出辞呈就搬了家，向一位老妇人，官员的寡妻，租下了房子，并由她的仆役照顾生活。我这次搬家完全是因为我在当天从决斗场回来以后，就把阿法纳西送回了连队，因为在我不久以前那样对待过他以后，在他面前未免觉得惭愧，一个没有修养的俗人，甚至对于极合理的事情都会感到惭愧的。

"我在不少人家里，"那位刚进来的先生对我说，"已经有好几天一直在极感兴趣地听着您的谈话，听到后来，我很想能和您当面结识，以便再跟您详细谈谈。亲爱的先生，不知道您愿意赏光吗？"我说："行，我非常乐意，而且感到十分荣幸。"但是心里却几乎有点害怕起来，他当时刚一开始就使我十分吃惊。因为虽也有人听我说话，并且感兴趣，但是谁也没有抱着这样严肃和正经的态度来找过我。而这位先生却竟然亲自跑到我的寓所里来了。他坐定以后，接着说道："我看出您具有极坚强的性格，因为您敢在这种容易受到大家普遍轻视的事情上毫无畏惧地坚持真理。""您也许过奖了。"我对他说。"不，我并不过分，"他回答我，"您要知道做这种举动比您所能想象的要困难得多。我就是为了这一点才感到惊讶，所以才跑到您这里来的。假使您对于我这种也许不太得体的好奇心不感到嫌弃的话，请您对我介绍一下，您是不是还记得，在决斗场合您决定请求饶恕的那一刹那，您究竟有什么感触？请您不要把我这样提问当作轻浮的举动；相反地，我提出这样的问题，自有我隐秘的目的，以后我也许可以对您说明原委，如果上帝愿意使我们两人再进一步接近些的话。"

他说话的时候，我一直凝神注视着他的脸，忽然对他产生了一种强烈的信任心，同时我也对他产生了异乎寻常的好奇，因为我感到他的心灵里一定有他自己的某种特殊的秘密。

"您问我在向仇人请求饶恕的时候，究竟有什么感触，"我回答他说，"但是我最好先对您讲一件还没有对别人讲过的事情。"于是我就原原本本告诉他我同阿法纳西之间发生的事，和我怎样对他叩头的情形。最后我对他说："从这上面您自己就可以看出，到了决斗的时候我是感到比较轻松的，因为我在家里就已经做出了开端，而一旦走上了这条道路，那么以后的一切就不但不会困难，甚至会显得高兴愉快。"

他听完以后，善意地看了我一会儿，说道："这一切非常有意思，我以后还想不止一次到您府上来拜访。"从那时候起差不多每天晚上他都到我这里来。假使他也对我讲一些他自己的状况，我们还会亲近得多。但是他从来一句也不提自己的事情，却老是向我盘问关于我的事情。虽然这样，我还是很喜欢他，把我心中种种情感全向他和盘托出，因为我心想：他的秘密对我有什么关系呢？就这样也可以看出他是个正直的人。更何况，他这人神态俨然，又和我年岁悬殊，却时常跑到我这年轻人的住处来，毫不嫌弃我。我从他那里已学到许多有益的东西，因为他具有很高的才智。“生命就是天堂这一点，”他忽然对我说，“我早就想到了。”接着忽然又补充说：“我一直在想的也正是这事。”他看着我，微笑说：“我比您还更加相信这一点，您以后会知道这是什么原因。”我听见他这样说，自己寻思：“他一定想对我说出什么心事来。”他说：“天堂藏在我们每人的心里，现在它就在我的心里隐伏着；只要我愿意，明天它就真的会出现，而且会终生显现在我的面前。”我看出他是在带着感动的心情说话，而且用神秘的眼色对我望着，似乎在询问我，接着又说道：“关于每个人除去自己的罪孽以外，还替别人和别的事担错一层，您的想法是完全对的，可惊叹的是您竟能突然这样完满地把握这种思想。确实不假，一旦人们了解了这种思想，那么对于他们来说，天国就不再是在幻想中来临，而是实实在在地来临了。”我当时向他伤心地感叹说：“可是这要在什么时候才能实现？还会不会实现呢？不会仅仅只是幻想吗？”他说：“瞧，您都不相信了，您自己传布着的东西，自己却不相信。您要知道，您所谓的这个幻想，是一定会实现的，这您必须相信，但还不是现在，因为一切事情都有它自己的法则。这事是属于精神方面的、心理方面的。要想重新改造世界，必须使人们自己在心理上走上另一条道路。除非你实际上成为每个人的弟兄，四海之内皆兄弟的境界是不会实现的。人类永远不会凭任何科学和任何利益轻松愉快地分享财产和权利。每人都嫌少，大家全要不断地埋怨、嫉妒，互相残害。您问，这一切什么时候才能实现？实现是会实现的，但是必须先经过一个人类孤立的时期。”“什么孤立？”我问他。“那就是现在到处统治人类精神的孤立，特别是在我们的世纪里，但是它还没有完结，它的末日还没来到。因为现在每人都想尽量让自己远离别人，愿意在自己身上感到生命的充实，但是经过一切努力，不但没有取得生命的充实，反倒走向完全的自杀，因为人们不但未能达到充分肯定自己的存在，反而陷入了完全的孤立。我们这个时代，大家各自分散成个体，每人都隐进自己的洞穴里面，每人都远离别人、躲开别人，把自己的一切藏起来，结果是一面自己被人们推开，一面自己又去推开人们。每人在独自积聚财富，心想我现在是多么有力、多么安全，而这些疯子不知道财富越积得多，就越加自己害自己地陷入软弱无力的境地。因为他已习惯于只指望自己，使自己的心灵惯于不相信他人的帮助，不相信人和人类，而只一味战战兢兢地生恐失掉了他的银钱和既得的权利。现在人类的智性已到处在带着讪笑地不愿去了解，个人真正的安全并不在于个人孤立的努力，而在于社会的合群。但是肯定总有一天，这种可怕的孤立的末日终会来到，大家都会猛然醒悟，互相孤立是多么不自然的事。等到那样的时代风气一旦形成，人们将会惊讶为什么会这样长久地待在黑暗里，看不见光明。那时候人子耶稣的旗帜就要在天上出现。但是在那个时候以前，到底还应该好生保卫这面旗帜，偶尔总还得有人哪怕是单人匹马地忽然做出榜样来，把心灵从孤独中引到博爱的事业上去，哪怕甚至被扣上'疯子'的称号。这是为了使伟大的思想不致绝迹。"

我们两人就这样一个晚上接一个晚上地连续做着这种热烈欢欣的长谈。我甚至放弃了交际，很少出外访友，同时，人人谈论我的那阵时髦风气也已渐渐成为过去。我说这话并没有责备的意思，因为人们还继续爱我，欢迎我；我的意思只是说，大家应该承认，一种时髦风气在这世上的确是常常会左右一切的。至于我对这位神秘的来客，最后真到了五体投地的地步，因为除了钦佩他的智慧以外，还渐渐预感到他心中一定怀有某种意图，也许正在预备干出某种伟大的业绩。我在外表上从不对他的秘密露出好奇，决不直接或用暗示向他探问，也许这一点也使他感到高兴。但后来我看出他自己也似乎开始露出想告诉我什么事情的迫切愿望。至少从他开始每天来造访我以后过了一个月，这种心情就已经清楚地显示出来了。"您知道不知道？"他有一天问我，"城里面对我们两人开始感到好奇，奇怪我时常到您这里来；但是随他们去吧，因为一切都会很快地水落石出了。"有时，他会忽然感到心情极度激动，发生这种情形时他差不多总是马上起来走掉了。有时，他长时间似乎是钻心透骨地注视着我，我心想："他现在马上就要说出什么来了。"但是他又忽然打断了念头，谈起已经熟悉的、寻常的话题来。他还时常说自己头痛。有一天，完全不曾意料到地，在他热烈地谈了许多话以后，我看见他忽然脸色发白，蹙额皱眉，两眼紧盯着我。

“您怎么啦？”我说，“是不是不舒服？”

他是常常抱怨头痛的。

“我……您知道不知道……我……杀死过人？”

说完以后，微笑了，脸色白得像纸一般。他干吗微笑？在我还没有弄明白是怎么回事以前，这念头忽然先钻进了我的心里。我的脸也发白了。

“您这是什么意思？”我对他嚷道。

“您瞧，”他仍旧面无人色地微笑着回答说，“我费了多大力气，才说出开头的第一句话来。现在说了出来，似乎是走上路了。我可以往前走了。”

我好长时间不相信他，后来也不是一下子就信的，只是在他连到我那里来了三天，把一切详细情节告诉我以后我才相信。我曾以为他是疯了，但是最后，显然带着极大的悲痛和惊讶，到底还是相信了他。十四年前，他曾对一个有钱的太太犯了极可怕的大罪，那是个地主的寡妻，年轻，貌美，在我们城里有自己的住宅，以备进城时居住之用。他对她极为热恋，向她表示爱慕，劝她嫁给他。但是她的心已属于另一位出身高贵、职位显赫的军官，那时他在出征，但是不久就会回来。她拒绝了他的求婚，还请他不要再到她家来。他不再前去以后，因为熟悉她家里房屋的布置，冒着被人家发觉的危险，胆大包天地黑夜里从花园爬上屋顶，溜进她的房间里去。然而正像通常的情况那样，凡是不顾一切大胆去干的罪行反而时常可以成功。他从天窗里爬进阁楼，顺着阁楼的小梯子走到下面她所住的房间里去，他很清楚，小梯子下面那扇门由于仆人的疏忽，往往并不上锁。他希望这一次也能遇到这样的疏忽，而恰巧正被他遇上了。他溜进主人的正房以后，就在黑暗里闯入她正点着灯的卧室。说来凑巧，她的两个侍女正好未经禀明主人，悄悄到本街邻居家赴命名日[1]宴会去了。其余男女仆人都睡在楼下的下房和厨房里。他一看见沉睡的情人，欲火中烧，接着又被一阵渴望复仇的嫉恨情绪控制了他的心胸。他竟不顾一切，像醉人一般，走近前去，一下子用刀子直刺进她的心口，使她连喊也没来得及喊一声。随后又用最奸狡的心计把一切布置得使人家疑心到仆人身上去，甚至故意取了她的钱包，从枕头底下掏出钥匙，打开她的五屉柜，取了一点东西，装得正像是愚蠢的仆人所做的那样，留下有价证券不取，只取现钱，又挑大的金器拿了好几件，而对价值贵重十倍但却体积较小的东西弃之不顾。他又取了一点东西，留作自己的纪念——关于这点以后再说。他干完了这件可怕的事以后，就从原路出去了。无论第二天事发以后，还是在他以后一生中的任何时候，都没有任何人对他这个真正的凶手起过疑心！况且就连他对她的爱情也没有一个人知道；因为他的性格一向就是沉默寡言，不肯向人多说的，而且他也没有可以推心置腹的知心好友。大家只是把他当作被害人的朋友，甚至还不是亲近的朋友，因为他最近两个星期中根本没到她家里去过。人们立刻怀疑到她的农奴仆人彼得，而且一切情节恰巧又都吻合，因为这个仆人知道，而且死者也不隐瞒，她看到他是单身一人，品行又不大好，想把他送去当兵，以作为她应派的农民应征壮丁。人家还听说他喝醉了酒，曾在酒店里恶狠狠地扬言要杀死她。在她被害前两天他又逃了出去，住在城里某个别人不知道的地方。凶案发生后的第二天，发现他醉得死沉沉地躺在城外的大道上，口袋里装着一把刀子，右手掌不知怎么还沾满血迹。他说是从鼻子里流出来的，但是没有人相信他。女仆们则坦白说她们曾擅自出去赴宴，直到她们回家以前门廊上的大门一直没有闩好。再加以此外还有许多诸如此类的迹象，因此竟把这无辜的仆人抓了起来。他被拘押，并开始加以审判，谁知一星期后犯人恰巧发了高烧，竟在医院里昏迷不醒地死去了。案子就算这样了结，一切归结为天命，所有的法官、上司，整

1 基督教会纪念某圣者的日子，这一天也就是和该圣者同名的信徒们的命名日。

个社会，大家全都相信这个已死的仆人就是真凶实犯。于是精神刑罚随之开始了。

这位现在已成了我的知己的神秘访客告诉我，他起初甚至完全不感到良心的责备。他曾有许多时候感到痛苦，但不是因为这个，却只是由于遗憾，因为他杀死了心爱的女人，她现在已不可复活，杀死了她，也就是断送了他的爱情，而情欲之火还留在他的血管里。然而对于流了无辜者的血，对于杀了人这一层，他当时几乎没有加以考虑。他一想到他的牺牲品竟能成为别人的太太，就感到无法忍受，因此他有很长时间衷心深信他实在不能不这样做。仆人的被捕，起初使他有点不安，但是被捕者不久得了病，随即死去，他也就安心了，因为十分显然（他当时是这样想的），他的死并不是因为被捕和惧怕，而是因为他在逃跑在外的几天里喝醉了酒，整夜睡在潮湿的地上，因此得了感冒所致。他所偷的东西和银钱也不大使他感到惭愧，因为（他也仍旧是那样想）他偷窃的动机不是为了钱财，而是为了躲避嫌疑。而且所偷的数目不大，他不久就将全部数额，甚至还外加了许多，捐给我们城里创办的救济院。他特地这样做，以便在犯了偷窃这件事上安慰自己的良心，有意思的是，据他自己对我说，他甚至有很长一个时期也的确暂时得到了安心。他当时一心扑在繁重的公事上，自己要求担任困难、麻烦的差使，这差使占去了他两年工夫，由于他性格的坚强，差不多忘掉了过去所发生的事；即使记起来的时候，也努力完全不去想它。他又动手办起慈善事业来，在我们城里创办和资助过不少慈善机构，还到首都里去活动，在莫斯科和彼得堡被选为各种慈善团体的董事。然而最后他到底还是怀着痛苦的心情沉思起来，终于没有力量支持了。他当时爱上了一位既长得美丽又明白事理的姑娘，不久就娶了她，自以为结婚可以驱走孤独的烦恼，在走上新的道路，尽心履行对妻子和儿女的义务以后，就可以摆脱旧日的回忆。但是恰巧发生了和预期相反的情形。在婚后第一个月里，一个念头就不断地困扰着他："妻子现在很爱我，但是一旦她知道了又会怎么样呢？"当她第一次怀了孕，并且告诉了他的时候，他忽然惭愧了："我诞生生命，自己却曾夺走过别人的生命。”孩子们一个接一个生下来了。“我自己做过杀人流血的事情，怎么敢去爱他们，抚养教育他们，怎么去对他们谈论道德呢？”孩子们出落得十分好看，他时常想爱抚他们：“但是我无法直望着他们那天真无邪、明朗清澈的脸：我是没有这个资格的。”后来被杀的牺牲者的血，她那年轻被害的生命和呼号着要求复仇的血，开始咄咄逼人、苦苦不休地时常出现在他的脑际。他开始做可怕的梦。但是因为他心肠坚硬，长期忍受住了痛苦的煎熬。“我将用秘密的痛苦来清赎这一切。”但是这个希望也落空了，痛苦越来越强烈。社会上因为他从事慈善事业，尽管十分惧怕他的严肃、阴郁的性格，对他还是很尊敬，但是人家越尊敬他，他越觉得无法忍受。他对我承认，他曾经产生过自杀的念头。但是，随着又产生了另一个幻想，他起初认为绝对不可能，认为是发疯，而后来竟牢牢粘在他的心上，无从摆脱。他幻想着：挺身站起来，走到民众面前，向大家宣布自己杀了人。他怀着这个幻想过了三年，在各种不同的形式里酝酿着这幻想。最后他完全相信，他在公开了自己的罪行以后，一定可以治好自己的心病，永远安静下来。但是相信了这一点以后，心里又感到恐怖：到底怎样实行呢？这时忽然发生了我在决斗时的举动。“我瞧着您，现在终于下定了决心。”我看了他一眼。

“难道说，”我举起双手一拍，对他大声说，“这样一件小事会使您下定了决心吗？”

“我的决心已经产生了三年，”他回答说，“您的事只是给它一点推动力。我看着您，既责备自己，又有点嫉妒。”他甚至沉着脸对我这样说。

“但别人不会相信您的，”我对他说，“都已经过了十四年了。”

“我有证据，很大的证据。我要把它们提出来。”

我当时哭了，吻着他。

“有一件事，只有一件事请您替我决定一下！”他对我说，好像现在一切都系在我的身上似的，“妻子和孩子们！妻子也许会伤心致死，孩子们虽然不会丧失贵族的头衔和财产，但是将永远成为罪人的孩子了。在他们的心上会留下怎样的创痕，怎样的创痕啊！”

我默不作声。

“而且要同他们分手，永远离开他们，永远，永远地离开！”

我坐在那里，默默地祈祷着。最后终于站起身来，心里觉得可怕。

“怎么样？”他望着我。

“去，”我说，“对人们宣布吧。一切都会过去，唯有真理长存。孩子们长大会明白，您的伟大的决定中包含着多少高贵的精神。”

他当时从我那里走出去，似乎确已经下了决心。但是以后有两个星期多他仍每晚连着到我家来，老是在准备做，老是不能决定。我的心被他折磨着。他来的时候意志坚决，感动地说：“我知道天堂即将对我降临，我一宣布以后，立即就会降临。我已经在地狱里过了十四年了。我愿意受痛苦。我将接受痛苦，开始真正生活。一个人可能说着谎言在这世上度过一辈子，临了再也无法追悔。现在我不但对邻人，连对我的孩子都不敢爱。主啊，孩子们也许会理解我因受苦曾付出了多少代价，因而不再来责备我！上帝不在力量里，而在真理里。”

“大家都会理解您舍身的行为，”我对他说，“即使现在不理解，以后也会理解的，因为您献身于真理，献身于最高的、非尘世的真理。”

他离开我的时候，好像得到了安慰，但是第二天又恶狠狠地来了，面色苍白，说话带刺。

“每次我走进来的时候，您总是露出好奇心看着我，似乎说：‘又没有宣布吗？’您等一等，不要太看不起人。这不像您所料想的那样轻而易举。而且我也还有可能根本不想实行哩。如果那样您会不会出面去报告？”

实际上我非但没有带着轻率的好奇心看他，甚至根本连看都怕看他。我痛苦得简直像生了病，我的心里充满了眼泪，甚至夜间都失眠了。

“我刚才从妻子那里来，”他继续说，“您明白不明白，妻子是什么？我离开的时候，孩子们对我叫道：‘再见，爸爸，快回来给我们念《儿童读物》。’不，您不明白这个！别人的灾难是不容易了解的。”

他的眼睛冒火，嘴唇打战。他突然用拳头猛敲桌子，敲得桌上的东西都跳了起来。那样和善的人，第一次发这样的脾气。

“有必要吗？”他大声嚷叫，“用得着吗？谁也没有被判罪，谁也没有因我受流放，那个仆人是病死的。至于我杀人流血，已经受到痛苦的折磨的惩罚了。再说人家也根本不会相信我的，我无论提出什么证据来也没人相信的。有宣布的必要吗？有这必要吗？为了杀人流血，我准备继续受一辈子折磨，只要不使妻子孩儿遭受打击。让他们和我一块儿毁灭是合理的吗？我们不会做错吗？真理在哪里？而且人们会了解这种真理，加以珍视和尊重吗？”

“主呀！”我心想，“到了这种时候还想到人们的尊重！”我当时开始可怜他，真愿意和他分担命运，如果能使他轻松一些的话。我看他好像疯了似的。我害怕起来，不但从理性上，而且从感性上了解这决心有多大的代价。

“您决定我的命运吧！”他又向我喊道。

“去宣布吧。”我对他低声说。我几乎连声音都发不出来了，但仍坚决地低声这样说。我从桌上拿过一本福音书，是俄文的译本，翻出《约翰福音》第十二章第二十四节给他看。

“我实实在在地告诉你们：一粒麦子不落在地里死了，仍旧是一粒；若是死了，就结出许多籽粒来。”我在他来访以前刚好读过这一节。

他读完了，说道：“说得对。”但是苦笑了一下。“是的，”沉默了一会儿，他又说，“在这种书里可以找到许多可怕的东西，把它硬塞给人家是再容易不过了。而且这些话又是谁写的？难道是人写的吗？”

“圣灵写的。”我说。

“说空话容易。”他又冷笑着说，已经差不多怀着怨恨了。我又拿起《圣经》，翻了一下，把《希伯来书》第十章第三十一节给他看。他读下去："落在永生的上帝手里真是可怕的。"

他读完后，把书一扔，甚至浑身哆嗦起来。

"可怕的一节，"他说，"没什么可说的，您真算挑准了。"他从椅子上站起来，说："别了，我也许今后不会再来，我们在天堂相见吧。这样说来，我已有十四年'落在永生的上帝手里'了，原来这十四年就是这么回事。明天我就请求这只手放了我。"

我想拥抱他，和他接吻，但是不敢，他的脸抽搐得那么厉害，看着都叫人难受。他走出去了。"主啊，"我心想，"这人就要去干出什么事来呀！"我当时跪倒在神像面前，为他向圣母哭泣，向救苦救难的圣母哭泣。我含泪跪着祈祷，足足有半个钟头，这时已经是深夜，大约十二点钟光景。门忽然开了，我一看，他又进来了。我惊讶起来。

"您到哪儿去了？"我问他。

"我……"他说，"我大概忘了什么，好像是手帕。也许什么也没有忘，您让我坐一会儿吧。"

他坐在椅子上。我站在他跟前。"请您也坐下。"他说。我坐下。坐了两分钟，他盯着我，忽然笑了笑，这一点我记得很清楚，接着他站起来，紧紧地抱我，吻我。

"你要记住，"他说，"我第二次怎样到你这里来的。喂，你要记住这一点。"

他初次用"你"字称呼我。说完，他就走了。我心想："明天哪……"

事情果真发生了。那天晚上我不知道第二天恰巧是他的生日。我在最近的几天一直没有出过门，所以一点也没有听人说起过。每年这一天他家里有许多宾客，全城都聚集到那里。这一次也是宾客满堂。就这样，吃过饭以后他走到屋子中央，手里拿着一张纸——给上级长官的正式呈文。因为既然他的上级长官全在那里，所以他就当场对全体宾客朗读了那张呈文，里面把他的犯罪的情节详细写了下来："我要把自己当作一个魔怪那样逐出人群，因为上帝降临到了我的身上。"

他结束这纸呈文时说："我甘愿受苦！"他当时把保存了十四年，自认为可以证明自己犯罪的东西拿出来全摆在桌子上：他为了脱卸嫌疑而偷走的被害人的金器，从她脖颈上摘下来，上面嵌着她未婚夫的肖像的金像章，十字架，还有一本日记，两封信：未婚夫写给她告诉她自己快要回来的信和她的复信，她刚开始写，还没有写完，放在桌上预备第二天再寄的。他把这两封信都拿走了，为了什么？他为什么把这两封信保存了十四年而不把它们作为罪证加以销毁？当时的情况是大家都十分惊讶，而且害怕，谁也不愿意相信，虽然大家带着异常的好奇听完了一切，但却都当作病人说的胡话，而且几天以后大家都断然肯定这不幸的人是发了疯。上级和法院方面不能不侦查这案件，但是不久就停止了：虽然物件和信札大有考虑的余地，但仍然认为，即使证件是确实的，也不能单单根据这些证件决定提出控诉。此外，他既是她的朋友，那么就是那些东西也有可能是她亲自给他，或者托他代为保存的。其实我听说经过被害人的许多朋友和亲属鉴定，那些东西确属于她，并无疑问。但这件案子却仍旧注定是永远得不到澄清的了。过了五天以后，大家得知这个受痛苦的人得了病，有性命之忧。他得了什么病？我说不清，听说是心律失调，但后来又听说，由于他的夫人坚持，几位医生会诊了他的精神状态，得出的结论是确有疯狂的征兆。虽然大家纷纷跑来向我探听，我一点也没有敢泄露，但当我想要见见他的时候，却很长时期遭到别人，尤其是他的夫人的禁止。"这是您把他弄得情绪失常的，"她对我说，"他以前已经十分阴郁，最近一年来大家全看出他特别烦躁不安，还常有奇怪的举动，恰巧又加上您，就把他给害苦了；那全是您向他传道的结果，他整整有一个月没有离开您左右。"真没办法，不但是他的夫人，甚至全城的人都攻击我、责备我。"这全是您弄出来的。"他们说。我沉默不响，心里却很喜欢，因为看出其中显然反映了上帝对那反抗自身、惩罚自己的人所施的恩惠。至于说他发了疯，我是决不相信的。后来他们总算允许我去见他了，因为他自己坚决要求见我，以便和我作别。我一走进去，就看出他不但活不上几天，连还能活几个钟头也屈指可数了。他很衰弱，脸色焦黄，手哆嗦着，呼吸困难，但是神态既和蔼又快乐。

“做到了，”他对我说，“我早就渴望见到你。你为什么不来？”

我没有对他说人家不许我见他。

“上帝怜悯我，召唤我去。我知道我就要死了，但是多年以来还是第一次感到了快乐和平静。我刚刚履行了应做的事，心灵里就立刻出现了天堂。我现在已经敢去爱我的孩子们，吻他们了。他们不相信我，谁也不肯相信，无论是妻子还是我的审判官都不相信。孩子们也永远不会相信。我看出这里面有上帝赐给我的孩子们的恩惠。我死后，我的名字在他们看来是没有污点的。现在我已经预感到上帝，心像在天堂上似的快乐，我尽了我的义务……”

他说不出话来了，喘着气，热烈地握我的手，一团火似的望着我。我们谈得不久，他的夫人不断进来张望。但是他还是抓紧时间悄悄对我谈了要说的话：“你记不记得，我在半夜里，第二次到你家去的情形？还嘱咐你记住，有没有？你知道我是干什么去的？我是去杀死你的！”

我打了个哆嗦。

“我那时从你家出来，走进黑暗里，在街上徘徊着，心里充满了矛盾斗争。突然我对你憎恨起来，恨到忍不住的地步。我心想：‘他现在是唯一缚住我手脚的人，是我的审判官，我已经无法不去接受明天的惩罚，因为他全都知道了。’我并不是怕你告发，连这样的念头也没有产生过，但是心想：‘假使我不自首，叫我怎么见他的面呢？’即使你远在天涯，只要还活在世上，那么每当我一想到你还活着，知道这一切，并且在那里谴责我，也总是会感到无法忍受的。我恨你，好像你是造成一切的原因，一切全都怪你。我当时回到你那里去，心里记得你的桌子上放有一把匕首。我坐下来，还请你坐下，暗自寻思了整整一分钟。假如我杀死了你，即使我不宣布以前的罪行，就为这次的谋杀我也是要完蛋的。然而我当时并没有这样想，在那个时候也不愿意想这点。我只是一味恨你，为了种种原因拼命想对你报复。然而我的上帝终于战胜了我心灵里的魔鬼。但是告诉你吧，你还从来没有那么近地面临过死亡的威胁。”

一星期后，他死了。全城的人送他的棺材直到墓地。大司祭的演说充满了感情。大家痛惜着说这是可怕的疾病使他未尽天年。但全城的人在殡葬他以后都对我很反感，甚至不再接待我。不过有几个人，起初是少数，以后越来越多，开始相信他的供词是实在的，就又开始纷纷来拜访我，带着极大的好奇和快乐的心情仔细打听，因为人们看到一个正人君子身败名裂总是幸灾乐祸的。但是我什么也没有说，不久就完全离开了这个城市，五个月以后终于蒙上帝恩准，走上了一条坚定和庄严的道路，衷心祝福着那只无形的手给我明白指出了这条光明大道。而这位受了许多苦难的上帝的奴仆米哈伊尔，也从此每天在我的祷词里被我提到。

三

佐西马长老的谈话和训言

5. 关于俄罗斯教士及其可能的意义

神父和师父们，教士是什么？在现在的文明世界里，有些人已经在以嘲笑的口吻说这两个字，另有一些人则简直把它们当作骂人的话，而且越来越多。唉，的确，教士阶层里的确是有许多游手好闲、贪吃好色的人和流氓无赖。俗世里有学问的人指着他们说："你们是懒汉和社会上的废物，你们靠别人的劳力生活，你们是些不知耻的乞丐。"然而在教士阶层里却也有许多驯良、温顺的人，他们渴求隐修，渴望热诚地独自潜心祈祷。对于这类人人们就不大加以注意，甚至还故意一字不提，而且也一定会感到奇怪，如果我说，也许就靠着这类渴求隐修祈祷的温顺的人，俄罗斯有朝一日还会得到拯救！因为他们确乎"每年每月，每日每时"在潜心提高自己的修养。眼前，他们维护着那些最早的神父、使徒和殉难者所维护的上帝的真理的纯洁性，庄严而纯正地保存着基督的形象，以备一旦需要，就把它显示在尘世的动荡不定的信念之前。这是一种伟大的思想。这颗明星将要从东方升起来。

这就是我对教士的想法，难道说这种想法是不切实际、傲慢不逊的吗？你们看一看那些凡夫俗子和凌驾于上帝的子民之上的人吧，他们不是把上帝的面貌和他的真理都给歪曲了吗？他们有科学，但是科学里所有的只是感官所及的东西。至于精神世界，人的更高尚的那一半，人们却竟带着胜利甚至仇恨的心情把它完全摒弃、赶走了。世界宣告了自由，特别是在最近时代，但是在他们的自由里我们看到了什么呢？只有奴役和自杀。因为世界说："你有了需要，就应该让它满足，因为你跟富贵的人们有同等的权利。你不必怕满足需要，甚至应该使需要不断增长。"这就是目前世界的新信条。这就是他们所认为的自由。但是这种使需要不断增长的权利会产生什么后果呢？富人方面是孤立和精神的自杀，穷人方面是嫉妒和残杀，因为只给了权利，却还没有指出满足需要的方法。有人说，世界正愈来愈趋于一致，因为距离缩短了，可以从空中传达思想，所以友善相处的局面正在形成。唉，像这样的所谓人们的一致你们不必去相信。当他们把自由就看作需要的增加和尽快满足时，他们就会迷失了自己的本性，因为那样他们就会产生出许多愚蠢无聊的愿望、习惯和荒唐的空想。他们只是为了互相嫉妒，为了纵欲和虚饰而活着。酒宴、车马、官位、奴仆，被看作是那么必不可少，以致可以不顾性命、名誉和仁爱之心，但求能满足这种需要，假使不能满足，甚至可以自杀。那些不富的人，他们的情形也是如此，至于穷人，他们需要的无由满足和嫉妒心，暂时还在借酗酒加以排遣。但是不久，血就将会代替酒的位置，他们正在被引到这条路上去。我问你们：这样的人自由吗？我认识一个"为理想奋斗的人"，他自己对我说，当他在监狱里不能吸烟时，他曾因此感到那么痛苦，以致单单为了求点烟抽，差点想出卖自己的"理想"。而这样的人却口口声声说"我要去为人类奋斗"。但这种人能往哪里去？他能干出什么事情来呢？也许能逞一时之勇，却绝不能持久。因此毫不足怪，他们不能得到自由，只会陷身奴役，不但不能为友爱和人类的一致服务，反而会陷入纷争和孤立，就像那个神秘的访客和老师在我的青年时代对我所说的那样。因此为人类服务的思想、人类博爱和团结的思想，在世上愈来愈销声匿迹，甚至被人嘲笑，因为既然一个人已习惯于满足自己想出来的无数需要，那还怎么能叫他放弃自己的习惯？这样一个身不由己的人又能走向何处？他既已孤身独处，人类的整体与他又有什么相干？结果是：财物积得越多，快乐却变得越少。

教士所走的路就完全不同了。人们对修持、守斋和祈祷甚至加以嘲笑，其实唯有通过这些才能走上真正的、实在的、自由的大道，因为只要我能戒除多余的、无用的需要，压制自私的、骄傲的意志，以修持来自行鞭策，就能借上帝的帮助达到精神的自由和随之而来的精神的快乐。真正能理解伟大的思想，实际去为它服务的，究竟是那个孤立的富翁呢，还是从物欲和习惯的摆布下解放出来的人呢？人们责备教士隐居说："你在修道院里隐居，拯救自己，而忘却了友爱地为人类服务。"但是我们还要看一看究竟是谁最为友爱尽力。实际上隐居的不是我们，而是他们，然而人们看不到这一点。古来就从我们里面产生民众的领袖，为什么现在就不会出现呢？也跟他们同样驯良温顺的持斋者和沉默者有朝一日终将会站起来，建立伟大的事业。只有人民能够拯救俄罗斯。而俄国的修道院从古以来就和人民在一起。人民隐居的时候，我们也隐居。人民像我们那样地信仰上帝，没有信仰的领袖，即使他的心很诚恳，他的智慧很出众，在我们俄国也是一点事情都做不出来的。这一点你们应该记住。人民一旦起来迎战无神派并且战胜了他们，统一的、正教的俄罗斯就会出现。你们应该珍重人民，保护他们的心，静悄悄不事张扬地教育他们。这就是你们教士的义务，因为人民的心中是有上帝的。

6. 论主与仆以及主仆间精神上能否成为兄弟

主啊，谁会否认，人民里面也有罪孽。腐败的火焰甚至眼看着随时在增加，在公开蔓延。人民里也有了孤立的现象：出现了富农和高利贷者，商人也越来越想装得体面些，实际什么也不懂，却拼命显出有学问的样子，因而卑鄙地忽视古老习俗，甚至把父辈们的信仰看作是丢人的。出入豪门，其实自己不过是一个忘了本的庄稼人。老百姓好酒贪杯，不能自拔。对待家庭、妻子，甚至孩子们十分残忍，全是由于酗酒。在工厂里，我竟看见过十来岁的孩子：弯腰驼背，瘦瘦的痨病样儿，却已经学会淫荡。闷热的厂房，喧闹的机器，整天的工作，满口的脏话，再加上酒、酒，难道这是一个小小孩子的灵魂所需要的吗？他需要的是阳光、孩子的游戏、普遍的好榜样，以及至少是一点点爱抚。上述一切现象不应该再有了，教士们，不应该再有折磨小孩的事了，你们应该挺身而出，宣讲这些，要赶快，赶快。但上帝是会拯救俄罗斯的，因为普通老百姓虽然已经腐败，无法洗手不干肮脏的罪孽，但是总还知道他们那肮脏的罪孽是受上帝诅咒的，他们的行为是不好的、有罪的。所以我们的人民仍旧相信真理、承认上帝，在感动地哭泣。上等社会的人却不是这样。他们跟在科学的后面，想单单依靠自己的智慧来建设合理的生活，而不像以前一样依靠基督，他们已经宣告犯罪是没有的，罪孽也是没有的。按他们的想法这话也对，因为如果没有上帝，还哪里有犯罪呢？在欧洲，人民用武力反对富人，人民的领袖到处领他们杀人流血，教训他们说愤怒是应该的。但是“他们的愤怒是可诅咒的，因为是残忍的”，唯有上帝能拯救俄罗斯，像他已经拯救过许多次那样。拯救将来自人民，因为他们保持着信仰和谦恭。神父和师父们，你们应该珍重人民的信仰。这不是幻想。在我们伟大的人民里面，那种庄严真实的高贵品格使我终身感到惊愕，我亲自看见过，亲自可以证明。我看见过，并且感到十分惊异。虽然他们罪孽深重、贫穷不堪，我还是看见了这一点。他们虽然做了两世纪的奴隶，却并没有奴性。态度和举止是自由的，没有一点委屈的样子，不记仇，不妒忌。“你有钱有势，你聪明而有天才，好吧，愿上帝赐福给你。我尊重你，但是我知道我也是人。仅仅我尊敬你而不加妒忌这一点，就向你显示了我做人的尊严。”实际上，即使他们不这样说（因为还不会这样说），他们也是在这样做。我自己看见过，也经历过。你们信不信：我们俄国人越穷、越低下，他们身上就越明显地表现出这种庄严的真实，因为在他们当中，有钱的富农和高利贷者多半都堕落了，而这里有大部分、大部分原因是我们的懒惰和不注意！但是上帝会拯救他的子民，因为俄罗斯谦卑，是伟大的。

我向往着看见，而且仿佛已经清楚地看见了我们的未来：将来甚至最淫荡的富人最终也会在穷人面前为他的富有感到羞惭，而穷人看到这谦卑，自会谅解，欣然对他让步，以和蔼的态度对待他的庄严的羞惭。你们应该相信，结果是会这样的，因为情况正在朝这方面演变。平等只有在人的精神品格里才能找见，而唯有我们能够懂得这一点。是弟兄，才会有友爱情谊，而在出现友爱情谊之前，是永远无法均分财产的。我们将保存基督的形象，它将像宝贵的金刚石一样，照耀着整个世界。这是会来的，这是会来的！

神父和师父们，有一次我曾遇见一件感动人的事情。我在云游的时候，有一天在K省城里遇见了我以前的勤务兵阿法纳西。我和他已经分别八年了。他在市场上偶然看见了我，辨认了出来，天哪，他是那么高兴，急忙地跑到我面前，说："老爷，是您吗？我难道看见的是您吗？"他把我领到家里去。他已经退伍，结了婚，生了两个孩子。他同他的妻子在市场上摆摊度日。他所住的房子虽然狭小简陋，却很清洁、愉快。他让我坐下，生起茶炊，打发人把妻子叫来，好像我到他家里，对他是一件值得欢庆的大事。他把孩子们叫来，说道："请您祝福他们，神父。"我回答说："我哪里能祝福，我不过是普通的、卑微的修士，我将为他们祈祷上帝。至于对你，阿法纳西·巴夫洛维奇，我从那天起，就每天为你祈祷上帝，因为一切都是从你引起的。"我就尽力对他解释这事的原委。可你们瞧，他是个什么样的人啊：他望着我，总是不能想象，我，他以前的老爷，一个军官，现在竟成了这个样子，穿上这种衣服，在他的面前出现。他最后甚至哭了。"你哭什么？"我对他说，"你这个我永远不会忘记的人，亲爱的，你应该为我高兴，因为我的道路是快乐而光明的。"他不说什么话，只一味叹气，感动地看着我摇头。"您的财产呢？"他问。我回答说："捐给修道院了，我们过着集体的生活。"喝完茶以后，我和他告别，他忽然塞给我半个卢布，是给修道院的捐款，另外又把半个卢布塞到我手里，匆匆忙忙地说："这是给您的，给游方修士的，您也许有用处。"我收了他半个卢布，对他和他的妻子鞠躬，欢欢喜喜地走了，一路心里想："现在我们两人，他在自己家里，我走着路，大概全在既叹息，又欢笑，心里很高兴，点着头回想着上帝引导我们重逢的情景。"从此以后我就再也没见过他。我曾做过他的主人，他做过我的仆人，而现在我却同他友爱地亲吻，心灵十分感动，人和人发生了伟大的人类的团结。我对于这一点想了许久，现在我这样想：这种伟大而纯朴的团结，有朝一日定会在我们俄罗斯人中间普遍出现，难道这有什么不能理解的吗？我相信一定会出现，而且时间已不远了。

关于仆人，我还要补充说几句。我在年轻的时候常对仆人发脾气："厨妇端上来的菜太烫，勤务兵没把衣裳刷干净。"但是那时候我亲爱的哥哥的一种思想突然启开了我的心窍，这就是我在童年时曾听他讲过的："我配让别人侍候我，而且就因为他们贫穷和无知无识，就该任意支使他们吗？"我当时很奇怪，为什么这样简单的思想、清楚异常的思想，在我的脑筋里会出现得这样迟。世界上固然不可能没有仆人，但是应该设法使你的仆人在精神方面比他即使不做仆人时还要更为自由些。为什么我不能做我仆人的仆人，甚至让他明白这一点，而且这样做时我没有一点傲色，在他毫不产生猜疑呢？为什么我的仆人不能就像是我的亲人一样，使我最后可以把他列为我家庭的一员，并且引以为快呢？甚至现在也可以做到这一点，作为将来的、人类伟大团结的基础，在那个时候人将不再找仆人，而且不愿再像现在的样子，把同样的人当仆人看待，相反地，将照新约的精神，尽力做大家的仆人。人最终将只在教化和慈爱的功业中寻到他的快乐，而不像现在那样在残忍的欢愉，例如贪食、淫荡、虚饰、夸耀和互相嫉妒竞争中寻找快乐，难道这只是一个梦想吗？我深信绝不是梦想，而且这样的时间就要临近了。有人会嘲笑地问：这样的时间究竟什么时候来到？而且确实像是要来到了吗？我想我们和基督在一起总会完成这伟大的事业的。在人类的历史中，世界上曾有过多少理想，甚至在十年以前还认为不可思议的，却竟能在时间悄悄来临的时候忽然出现，风行整个大地。我们这里也一定会这样，我们的人民将会赫然显现在世界面前，所有的人将会说："一块曾被建筑师嫌弃的石头竟成了基石。”我们倒要反问那些嘲笑的人：假如说我们是在那里幻想，那么你们究竟什么时候才能不靠基督，只凭自己的智慧盖起大厦，建立起合理的生活来呢？如果他们反而说他们才是在追求团结，那么实际上只有他们当中最最头脑简单的人才会相信，因此我们只能对他们的这种头脑简单感到惊讶。实际上他们比我们更爱幻想。他们想建立合理的生活，但一旦否定了基督，结果必将流血遍地，因为血可以召来血，动剑的人将被剑所伤。当初如果没有基督的约言，人们一定会互相残杀，直杀到世上只剩下最后的两个人为止。就连这最后的两人由于骄傲也不能克制，于是那最后的人将残杀那倒数第二个人，然后再自杀了事。这本来是一定会应验的，假使当初没有基督的圣约，要求为了驯顺谦卑的人们，让这种勾当早日停止下来的话。当时我在决斗以后，还穿着军服的时候，就在社交场中谈到主仆的问题，我记得大家都对我的话感到奇怪。他们说：“难道我们应该请仆人坐在沙发上，给他倒茶吗？”我当时回答说：“为什么不能呢？至少有的时候为什么不能这样呢？”当时大家都笑了。他们的问题是轻率无聊的，我的答语也是不够明确的，但是我想里面多少有点真理。

7. 论祈祷、爱和与另一世界相连的问题

青年人，不要忘记祈祷。在你的祈祷里，如果它是诚恳的话，每次必定会闪现出新的情感来，而在这种情感里，还会包含着你以前所不知道的、使你得到新的鼓励的新的思想；这样你就会明白，祈祷就是一种教育。你还要记住，每天，而且在一切可能的时候，你必须反复诵祷：“主，愿你宽恕一切今天来到你面前的人。”因为每小时、每一刹那，都会有千百人失掉他们世上的生命，他们的灵魂将来到主的面前；而其中有不少人在离开地上的时候是孤独而默默无闻的，他感到悲伤而烦恼，因为没有人惋惜他，甚至完全不知道他究竟还是不是活着。这时你为他灵魂的安息所做的祈祷，也许会从天涯海角传到上帝的座前，虽然你不知道他，他也不知道你。他那战战兢兢来到上帝

面前的灵魂在那一刹那将怎样欣慰地感到，终究还有一个为他祈祷的人，还有一个爱他的人留在地上。这样上帝也将更加慈悲地望着你们两人；因为假使你可怜他，那么慈悲和怜爱超过你无数倍的上帝就更要可怜他了。他将看在你的分上宽恕他。

兄弟们，你们不要害怕人们的罪孽，要爱那即使有罪的人，因为这接近于神的爱，是地上最崇高的爱。你们应该爱上帝创造的一切东西，它的整体和其中的每一粒沙子。爱每片树叶、每道上帝的光。爱动物，爱植物，爱一切的事物。你如果爱一切事物，就能理解存在于事物中的上帝的神秘。一次有了理解，以后你就会无止境地一天天对它有更深一步的认识。最后，你就会以笼罩全宇宙的无所不包的爱，来爱整个世界。你们要爱动物，因为上帝曾给了它们初步的思想和无忧无虑的快乐。不要去搅乱它们，不要折磨它们，不要夺去它们的快乐，不要违背上帝的意思。人，你不要对动物自高自大，因为它们并没有罪孽，而你即使伟大，却一出世就在玷污大地，并且在你的身后留下自己的污痕。唉，差不多我们每个人都是这样！你们尤其要爱小孩，因为他们也没有罪孽，像天使一般，他们活在世上，好像是对我们的一种指示，使我们感动，使我们的心变得纯净。侮辱小孩的人是可悲的。阿菲姆神父曾教导我爱小孩：他生性和蔼，在我们云游的时候沉默寡言，可是却常用募化来的零钱买糖饼分给他们，他从来不能冷漠地从小孩的身边走过而不动感情，他的性格就是这样。

一个人遇到某种思想，特别是当看见人们作孽的时候，常会十分困惑，心里自问："用强力加以制服呢，还是用温和的爱？"你永远应该决定：用温和的爱。如果你能决定永远这样做，你就能征服整个世界。温和的爱是一种可畏的力量，比一切都更为强大，没有任何东西可以和它相比。你应该每天、每小时、每分钟反省自己，留意使你的形象显得庄严。你如果怀着恨恨的心情，恶狠狠地走过小孩的身边，说出难听的话，你也许不注意他，可是他却看见了你，你那丑恶渎神的形象就会留在他嫩弱的小小心眼里。你还没有觉察这一点，可是说不定你这样就已经把不好的种子撒进了他的心里，也许它还要生根长大，而这全是因为你在孩子面前不加检点，因为你在自己身上没养成积极而慎重体贴的爱。师兄们，爱是一个教师，但是必须懂得怎样掌握它，因为它是不易掌握的，必须付出很大的代价，下极大的功夫，还要经过长久的时间；因为不应该只是偶然一时地爱，而是要始终不渝地爱。偶然一时的爱是每个人都会的，连凶手也会。我年轻的哥哥向小鸟请求饶恕，这似乎是无意义的，但却是真实的，因为万物像一片海洋，一切都在流动、汇合，在一个地方触动一下，就会在世界的另一端生出反响。就算向小鸟请求饶恕是无意义的，但是如果你能比你现在再庄重一些，哪怕是一点点也好，那么就连小鸟也会感到轻松些，孩子和在你周围的一切动物也都如此。我对你们说，万物像一片海洋。这样你就会向小鸟也虔心祈祷，满怀着无所不包的爱，怀着喜悦心情，祈求它们也赦免你的罪。你必须珍重这种喜悦，无论人们觉得它多么无意义。

我的朋友们，你们要向上帝乞求快乐。要像小孩那样，像天上的小鸟那样快乐。不要让人们的罪孽干扰你这样做。不要怕它坏了你的事，使得它无法实现。不要说："罪孽是万能的，邪恶是万能的，恶劣的环境是万能的，而我们是孤独的、无力的，恶劣的环境会妨碍我们，使我们的善行无法实现。"你们要摆脱这种气馁，孩子们。自救之道唯有保持冷静，使自己为人们的全部罪孽担负起责任。朋友，这的确是应当的，因为你只要诚心地认为自己应对一切事物和一切人负责，你就立即会看出事实确实就是这样，你确是对一切人和一切事物担有过错。相反如果你把自己的懒惰和无能推到别人的身上，结果你就一定会染上了撒旦的骄傲，对上帝产生怨艾之心。关于撒旦的骄傲，我以为我们在世上是很难看透它的，因此极容易失足，在染上它的时候还以为自己是做了一件大好事。其实我们的天性中有许多最强烈的情感和冲动，我们在地上暂时对它们还无法理解，因此你不要为它们所迷惑，以为它们可以作为你替自己辩解的理由，因为永恒的裁判者只过问你所能理解的东西，而不是你不能理解的东西，这一点你自己将来也会深信不疑的，因为那时候你已经能正确地看待事物，而不会再争论抬杠了。我们在地上确实就像是在盲目游荡，假如我们面前没有可贵的基督形象的话，我们真会完全迷路，遭到灭亡，就像洪水来临前的人类一样。地上有许多东西我们还是茫然无知的，但幸而上帝还赐予了我们一种宝贵而神秘的感觉，就是我们和另一世界、上天的崇高世界有着血肉的联系，我们的思想和情感的根子就本不是在这里，而是在另外的世界里。哲学家们说，在地上无法理解事物的本质，就是这个缘故。上帝从另外的世界取来种子，播在地上，培育了他的花园，一切可以长成的东西全都长成了，但是长起来的东西是完全依靠和神秘的另一个世界密切相连的感觉而生存的。假使这种感觉在你的心上微弱下去，或者逐渐消灭，那么你心中所长成的一切也将会逐渐灭亡。于是你就会对生活变得冷漠，甚至仇恨。我是这样想的。

8. 能不能做同类们的裁判官？论信仰到底

应该特别记住，你不能做任何人的裁判官。因为没有人能在地上裁判罪人，除非他自己觉悟到他和站在他面前的人同样有罪，而他对站在他面前的人所犯罪行的责任也许比任何人都要大。只有当一个人悟到了这一层的时候，他才能成为裁判官。这话听来虽然奇特，但却是真实的。因为假如我自己是正直的，也许就不会有站在面前的罪人了。如果你能够把在你面前受你良心裁判的罪人所犯的罪承担过来，那你就应该立刻承担下来，自己替他受苦，而把他赦免，不加责备。甚至即使法律派你做他的裁判官，你也应该在可能范围内这样做，因为他走了以后，会自行惩罚，比你们的裁判还要重。假使他受到你的亲吻后竟无动于衷地走开，并且还要笑你，那你也不必受这种现象所迷惑，因为那是说明他的期限还没有到，而期限是自然会到的；即使不到，也是一样，因为不是他，就有别人替他认罪受苦，并且责备自己、控诉自己，真理就实现了。你要相信这个，一定要相信，因为圣徒们的一切期望与信仰正是在这里。

你应该毫不间断地去做。假如夜里睡觉时想道："我没有做到应该做的事。”那就应该立即起身去做。如果你的周围都是些恶狠狠而麻木不仁的人，不愿听你的话，你就跪在他们面前，请求他们饶恕，因为他们不愿意听你的话，实际上也是你的过错。假如你实在无法同满腔怨气的人说话，可以默默地忍着羞辱为他们效劳，永远不要绝望。假如大家离开你，用强力驱逐你，那么到剩你一个人的时候，你应该跪下来，吻大地，用眼泪浸湿它。大地由于你的眼泪会生出果实，虽然你处于孤寂之中，谁也不会看见你、听见你。你应该信仰到底，即使大家在地上迷了途，只有你一个人还坚守着信仰；即使那样你也要呈上贡献，独自留在那里颂赞上帝。如果有你这样的两个人聚在一起，那就是整个世界，生动的爱的世界，你们应该感动地互相拥抱，颂赞上帝；因为虽然只有你们两个人，但是上帝的真理却已在你们身上实现了。

假如你犯了罪孽，自己在为自己的罪孽或意外的过错悲痛得要死，那么你可以替别人喜欢，替正直的人喜欢，庆幸你虽然犯罪，他的行为却是正直的，并没有犯罪。

如果人们的恶行使你悲愤得无法克制，甚至产生了想要报复作恶者的愿望，那么你应该千万对这种情感保持戒惧；你要立刻去自求受苦，就像是你自己对人们的恶行负有罪责似的。你要甘于受这种苦，耐心忍受，这样你的心就会得到安慰，你就会明白你自己确也有错，因为你本可以甚至作为世上唯一无罪的人，成为引导恶人的一线光明，但你却并没有做到。如果做到了，那么你的光本可以给别人照亮道路，作恶的人在你的光照耀下也许就不至于做坏事了。即使你做到了，却发现人们甚至在你的光照耀下也并没有得救，那么你也仍应该坚信不疑，不要怀疑天上的光明的力量；你应该相信，现在不得救，以后必将得救。即使以后不得救，他们的儿孙也必将得救，因为你虽死而你的光不死。正直的人逝去了，他的光明仍将留存下来。人们总是在拯救他们的人死后才得救的。人类不承认他们的预言者，残害他们，但是人们却总是爱他们的殉难者，尊敬受他们磨难的人。你是在为整体而工作，为未来而尽力。你永远不要要求奖赏，因为没有这个，你在地上的奖赏已经很大了。那就是唯有正直的人才能得到的精神的喜悦。你不要怕贵人豪门，而要做一个明智的人，永远保持庄重。你应该知道分寸，知道时间，要学会这个。处在孤独中时，你应该祈祷。要乐于常匍匐在地，吻它。一面吻着大地，一面无休无止地爱，爱一切人、一切物，求得那种欣喜若狂的感觉。用你欣喜的眼泪浸润大地，并且热爱你的眼泪。不要因为这种狂喜而羞惭，应该加以珍重，因为这是上帝的、伟大的赐予，它不赐予许多人，而只赐予被选择的人们。

9. 论地狱与地狱的火——神秘的议论

神父和师父们，我老在想："地狱是什么？"我以为它是"由于不能再爱而受到的痛苦"。有一次，在无穷无尽、不能用时间和空间衡量的存在里，有某一个有灵的生物，在他出现于世时被赋予一种能力，能自夸说："我在故我爱。"一次，仅仅只有一次，他曾被赋予了一瞬间的积极、热烈的爱，而且正是为此而赐给了他世上的生命，以及与此同时还有季节和时令，可是结果这幸运的生物却摈弃了无价的赏赐，不知珍爱，反加嘲笑，并变得永远冷漠无情。这个人离开世上后，也看见了天国，和亚伯拉罕谈了话，像在关于富人和拉撒路的寓言中所说的那样[1]。他也留心观察了天堂，也可以到主面前去，但是使他感到苦恼的，恰恰是当他到主面前去的时候，却明知自己从来没有爱过任何人，当他现在要去和那些曾经爱过人的人接触时，他知道自己过去曾经轻视过他们的爱。因为这时他已经明白并且心中暗自说："现在我已懂事，虽然已经渴望去爱，但是我的爱已经毫无功绩，也毫无贡献了，因为我地上的生命已经完结，亚伯拉罕再不会用一点点活命之水（那就是重新赐予以往那种积极的地上的生命）来稍稍舒解那渴求精神之爱的炽烈的火焰，这火焰现在在我心头燃烧着，

1 《圣经新约·路加福音》第十六章中记载，富人死后在地狱受难，而乞丐拉撒路在天国亚伯拉罕的怀里，富人便祈求亚伯拉罕，让拉撒路去解救他。

在地上时却曾加以轻视；现在生命已经消逝，时间也不会再有了！即使愿意为他人牺牲性命，也已不可能，因为可以为爱牺牲的生命已经过去了，现在在这生命和我目前的存在之间已存在着一道鸿沟。”人们谈起地狱的火焰时常把它看作是物质的火焰；我不去探讨这秘密，回避它，但是我以为即使那确是物质的火焰，也应该觉得高兴，因为我这样想，在物质的磨难里，他们至少可以暂时忘却那更可怕的精神的磨难。况且要使他们摆脱精神的磨难是不可能的，因为这磨难不是外在的，而是在人们的内心里的。即使能够摆脱，我以为他们也会因此更加感到不幸。因为就算天堂里正直的人们看见他们受磨难，会对他们加以宽恕，并且出于无边的慈爱，仍召唤他们到自己的身旁，但因此却将更增加他们的痛苦，因为这会反过来使他们心中燃起更强烈的火焰，渴望去从事积极的、感恩的爱，而这样的爱现在已是不可能的了。不过以我这畏怯的心灵来想，认识到这种不可能，最后也会使他们心中稍感到轻松一些，因为接受了正直者们的爱，既不能有所偿报，那么由于这种恭顺和感动心情的影响，他们终会找到以前在地上时所忽视的那种积极的爱的某种表现方式，做出某种和这种爱类似的行为。我的弟兄和朋友们，可惜我不会把这个思想明白地说出来。但是地上自己残害自己的人们是可悲的，自杀者是可悲的！我以为再没有比他们更不幸的人了。有人对我们说，为他们祈祷上帝是罪孽，教堂似乎也公开地责备他们，但是我在内心深处却认为还是可以替他们祈祷的。基督绝不会为了爱而生怒。我这一生内心里经常为他们祈祷，我对你们忏悔，神父和师父们，而且现在每天仍旧在祈祷。

唉，有的人在地狱里还是骄傲而且凶狠，虽然无疑地已经有所认识，也已经察觉了无可辩驳的真理；有些可怕的人完全接受了撒旦和他的骄傲的精神。对于这类人，地狱简直是他们心甘情愿、心向往之的；他们是自愿的殉难者。因为他们诅咒上帝和生命，因而也就自己诅咒了自己。他们依赖他们自己恶意的骄傲为生，就好像沙漠中饥饿的人喝自己身上的血。但他们永远不会餍足，他们拒绝宽恕，诅咒召唤他们的上帝。他们永远怀着怨恨看上帝，而且要求消灭创造生命的上帝，认为上帝应该消灭自身和他所创造的一切。他们将永远在自己的怒火中燃烧，他们渴求死和虚无，但是他们得不到死。

阿历克赛·费多罗维奇·卡拉马佐夫的笔记到这里完了。我再说一遍：这笔记不完整，并且是零零碎碎的。例如传记的材料只限于长老很年轻的时代。他的这些教诲和意见虽然似乎联成一个整体，但却显然是在不同时期内，出于各种不同的动机而说的。究竟哪些话是长老在死前最后的几小时内亲自说出的，没有得到确定，这次谈话的精神和性质，如果能同阿历克赛·费多罗维奇从以前的训话里所摘记下来的两相比较，就可以知道它的梗概。长老的最后去世是完全突如其来的。因为虽然那些最后一晚聚集在他身边的人十分明白他离死期已近，但也没有料想到它会来得这样突然。相反地，他的朋友们，我在上面已经说过，看到他那天晚上看来似乎那么精神饱满，娓娓健谈，甚至还以为他的健康有了显著好转，虽然也知道仅仅只能维持极短的时间。以后大家惊奇地传说着，甚至在他死前五分钟也一点看不出就要死的迹象。他似乎突然感到胸内一阵剧痛，脸色发白，两手紧紧按住心口。当时大家全从座位上站起来，奔到他的面前去；但他虽然感到痛苦，却还含笑看着他们，轻轻地从躺椅滑到地板上，跪了下来，脸伏在地上，伸开两手，似乎怀着欣慰喜悦的心情吻着地，祈祷着（正像他自己曾经教导的那样），平静而喜悦地把灵魂交给了上帝。关于他死的消息立刻传遍庵舍，传到了修道院。和死者亲近的人和按教职应该出面的人，开始依照古礼收拾他的遗体，全体教士则都聚集到大教堂里。以后听说，天还没破晓，长老逝世的消息就已传到城里。清晨时分，几乎全城的人都在谈论这件大事，有许多人纷纷拥到修道院来。但这事我们下一卷再说，现在只想预先说一句：一天还没有过去，就发生了对于大家都是出乎意料的事件，这事从它在修道院里和全城范围所产生的印象来看，似乎是那么奇怪，那么令人心慌意乱、迷惑不解，以致在过了许多年以后，直到今天，我们的城里还对这曾使许多人心神不安的日子保留着极为生动的回忆。

欢迎您从《卡拉马佐夫兄弟》走进
读客三个圈经典文库

亲爱的读者，感谢您选择读客三个圈经典文库。

我们的封面统一使用“三个圈”的设计，读者可以凭借封面上形式各异的“三个圈”找到我们，走进经典的世界。

你想成为什么样的人？

对你来说什么是重要的？

这个世界应该是什么样子？

我们在生命中遇到的这些问题，或许可以在浩如烟海的文学经典中找到答案。

跟随读客三个圈经典文库，认识世界、塑造自我，成为更好的人！

《漫长的告别》

《西西弗神话》

《人间失格》

《人类群星闪耀时》

《鼠疫》

《小王子三部曲》

《局外人》

《月亮与六便士》

《基督山伯爵》

《罗生门》

读客三个圈经典文库

精神成长树

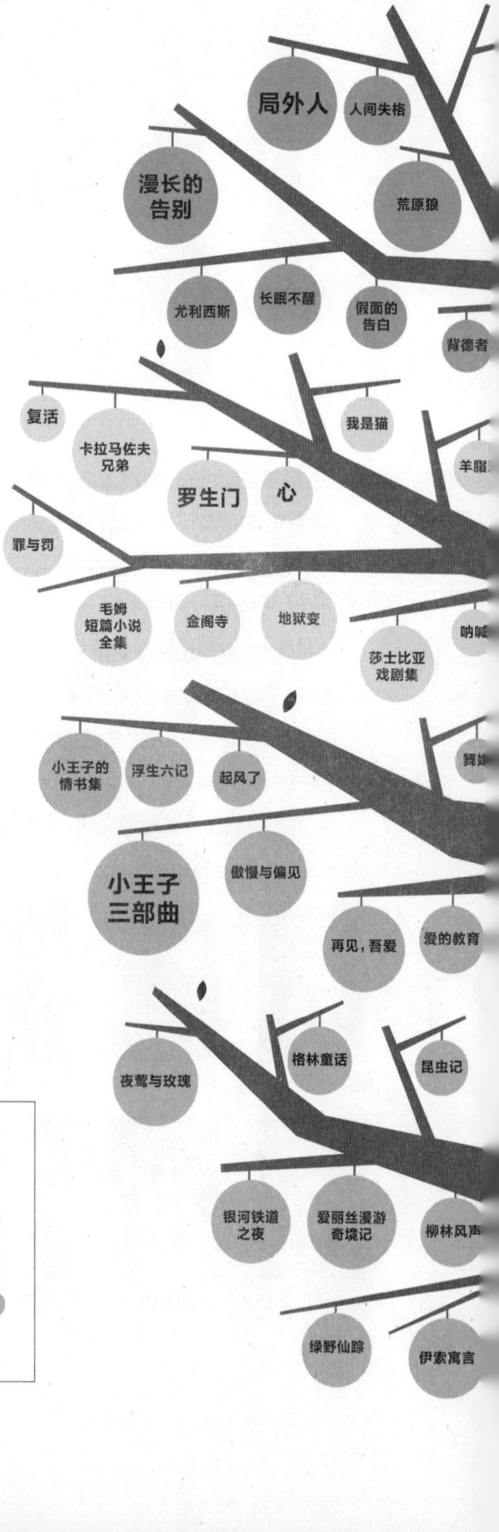

你想成为什么样的人？
对你来说什么是重要的？
这个世界应该是什么样子？

我们在生命中遇到的问题，每个时空的人都经历过，一些伟大的人留下一些伟大作品，流传下来，就成了经典。正是这些经典，共同塑造并丰富着人类的精神世界。

我们重新梳理了浩若烟海的文学经典，为您制作了精神成长树。跟随读客三个圈经典文库，汲取大师与巨匠淬炼的精神力量，完成你自己的精神成长！

树干：

不同的精神成长主题，您可以挑选任意感兴趣的主题进行深入阅读

例如：
寻找人生意义
探索自己的内心
拥有强大意志力
理解复杂的人性
…………

枝丫上的果实：

我们为您精选的经典文学作品

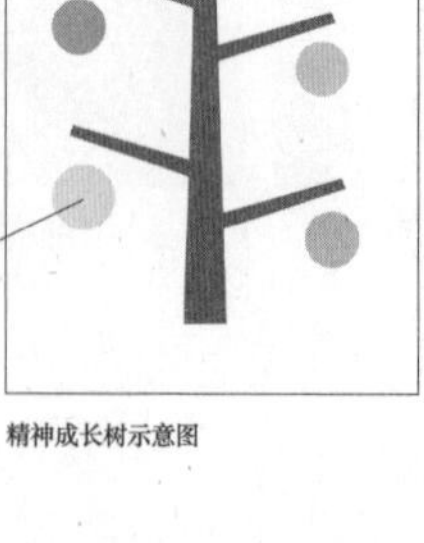

精神成长树示意图

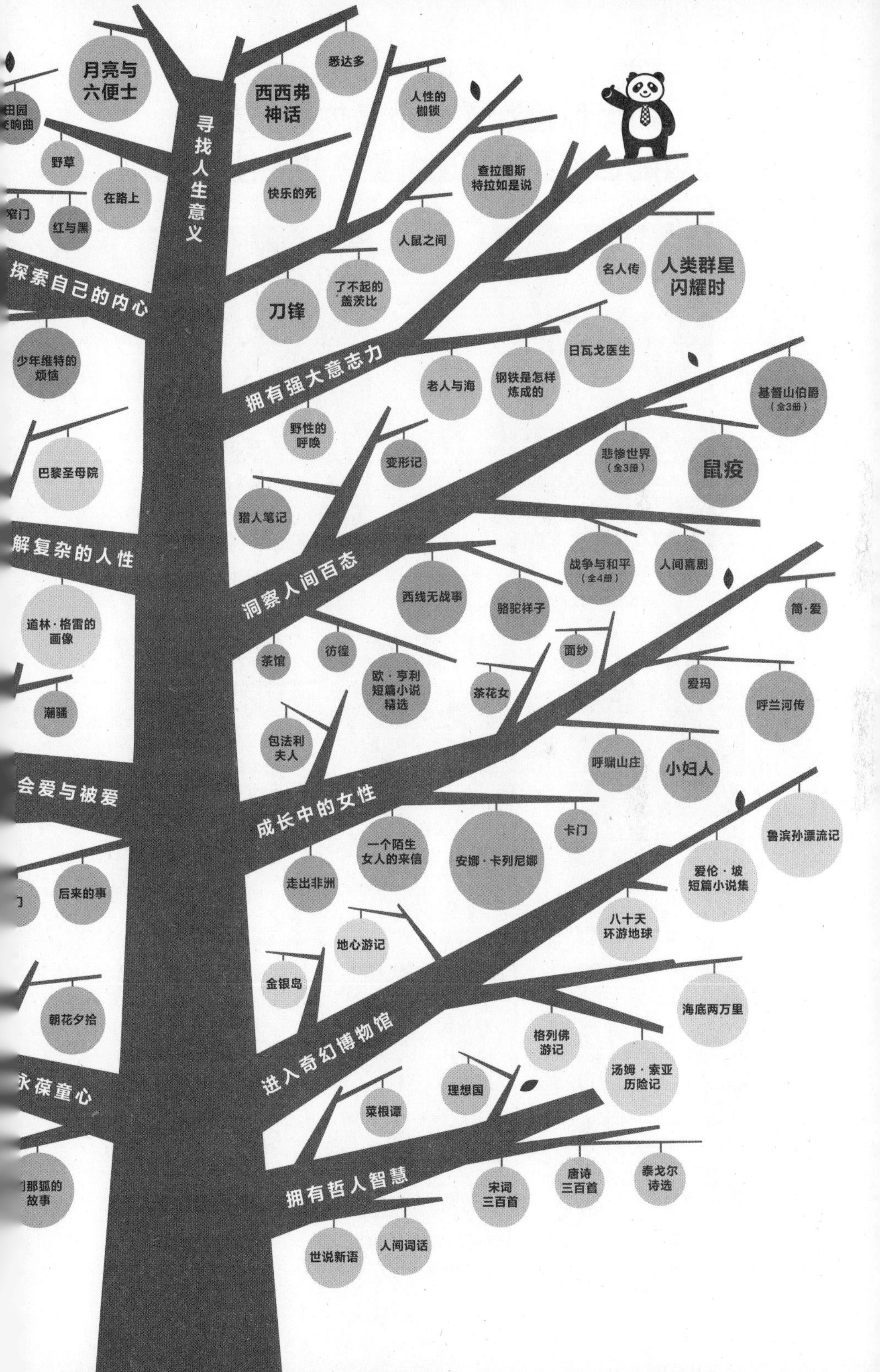
月亮与
六便士
悉达多
西西弗
神话
人性的
枷锁
寻找人生意义
田园
响曲
野草
在路上
快乐的死
查拉图斯
特拉如是说
窄门
红与黑
人鼠之间
名人传
人类群星
闪耀时
探索自己的内心
刀锋
了不起的
盖茨比
少年维特的
烦恼
拥有强大意志力
日瓦戈医生
老人与海
钢铁是怎样
炼成的
基督山伯爵
（全3册）
野性的
呼唤
变形记
巴黎圣母院
悲惨世界
（全3册）
鼠疫
猎人笔记
解复杂的人性
洞察人间百态
战争与和平
（全4册）
人间喜剧
西线无战事
骆驼祥子
简·爱
道林·格雷的
画像
茶馆
彷徨
欧·亨利
短篇小说
精选
面纱
茶花女
爱玛
呼兰河传
潮骚
包法利
夫人
呼啸山庄
小妇人
会爱与被爱
成长中的女性
卡门
一个陌生
女人的来信
安娜·卡列尼娜
鲁滨孙漂流记
走出非洲
爱伦·坡
短篇小说集
后来的事
八十天
环游地球
地心游记
金银岛
海底两万里
朝花夕拾
格列佛
游记
进入奇幻博物馆
汤姆·索亚
历险记
理想国
永葆童心
菜根谭
拥有哲人智慧
宋词
三百首
唐诗
三百首
泰戈尔
诗选
那狐的
故事
世说新语
人间词话

如果你喜欢《卡拉马佐夫兄弟》
你可能也会喜欢“理解复杂的人性”书单

《罗生门》

文库编号：023

《罪与罚》

文库编号：111

《心》

文库编号：156

《金阁寺》

文库编号：163

《我是猫》

文库编号：072

《复活》

文库编号：061

《卡拉马佐夫兄弟》

文库编号：138

《巴黎圣母院》

文库编号：036

激发个人成长

多年以来，千千万万有经验的读者，都会定期查看熊猫君家的最新书目，挑选满足自己成长需求的新书。

读客图书以“激发个人成长”为使命，在以下三个方面为您精选优质图书：

1．精神成长

熊猫君家精彩绝伦的小说文库和人文类图书，帮助你成为永远充满梦想、勇气和爱的人！

2．知识结构成长

熊猫君家的历史类、社科类图书，帮助你了解从宇宙诞生、文明演变直至今日世界之形成的方方面面。

3．工作技能成长

熊猫君家的经管类、家教类图书，指引你更好地工作、更有效率地生活，减少人生中的烦恼。

每一本读客图书都轻松好读，精彩绝伦，充满无穷阅读乐趣！

图书在版编目（CIP）数据

卡拉马佐夫兄弟：全2册 / (俄罗斯) 陀思妥耶夫斯基著；耿济之译. -- 南京：江苏凤凰文艺出版社, 2020.5（2025.3重印）
（读客经典文库）
ISBN 978-7-5594-4655-8

Ⅰ. ①卡… Ⅱ. ①陀… ②耿… Ⅲ. ①长篇小说－俄罗斯－近代 Ⅳ. ①I512.44

中国版本图书馆CIP数据核字 (2020) 第043762号

卡拉马佐夫兄弟：全2册

［俄］陀思妥耶夫斯基 著　　耿济之 译

责任编辑　丁小卉

特约编辑　岳爱华　李颖荷

封面设计　文　薇

责任印制　刘　巍

出版发行　江苏凤凰文艺出版社

南京市中央路165号，邮编：210009

网　　址　http://www.jswenyi.com

印　　刷　三河市龙大印装有限公司

开　　本　890毫米×1270毫米 1/32

印　　张　32

字　　数　862千字

版　　次　2020年5月第1版

印　　次　2025年3月第9次印刷

书　　号　ISBN 978-7-5594-4655-8

定　　价　88.00元（全2册）

读客®

读客三个圈经典文库

经典就读三个圈　导读解读样样全

Бра́тья Карама́зовы

卡拉马佐夫兄弟

（下）

[俄] 陀思妥耶夫斯基 著
（1821—1881）
耿济之 译

读客三个圈经典文库

经典就读三个圈 导读解读样样全

江苏凤凰文艺出版社
JIANGSU PHOENIX LITERATURE AND ART PUBLISHING

目 录

第三部

第三卷　预　审

第四部

第一卷　男孩子们

第二卷　伊凡·费多罗维奇哥哥

第三卷　错判的案子

尾　声

第三部

第一卷　阿辽沙

一

腐臭的气味

已故司祭佐西马长老的遗体预备照规定的仪式下葬。教士和隐修士死后照例不洗。圣礼全书上说："教士赴上帝宠召时，由被选定的（规定担任这种职司的）教士用温水擦拭他的遗体，先用天然海绵在死者额上、胸前、手足和膝上画十字，别无其他手续。"这一切都由佩西神父亲自办了。擦拭后给他穿上修士服，外面盖上教袍；为此照例先把教袍稍为剪开些，以便盖成十字形状。头上戴修士头巾，头巾上有八角形的十字架。面罩是打开的，死者的脸庞用黑纱蒙住。在他手里放了一尊救世主神像。快到清晨时就这样把他入殓了（棺材是事前早就预备好的）。灵柩打算就停在修道室里，就在去世的长老平时接见修士和俗人的外面一间大屋子里，停放一整天。因为死者职位是司祭，所以司祭和助祭们在他身边诵读的不应该是赞美诗，而应该是福音书。在做完了追悼祭以后，约西夫神父立刻开始诵读；佩西神父打算随后亲自诵读整整一昼夜，然而这时他和隐修庵住持两人既忙乱又操心，因为在修道院的教士中间和从修道院的客店里以及从城里来到的大批俗人中间，忽然开始出现一种前所未闻的，甚至"不适宜"的心情激动和急不可待的期待情绪，而且这种情绪越来越强烈。庵舍住持和佩西神父想方设法，尽可能使这些骚乱激动的人安静下来。当天已大亮的时候，从城里来的人中竟有携带病人，特别是生病的小孩子的，他们似乎专门在等待着这个时刻，期望会出现那种祛除百病的力量，并且深信它毫不迟延地马上就会出现。到了这时才显出，我们当地的人甚至在已故的长老还在世时，就已经把他看作是一位毫无疑问的伟大圣徒了。而且赶来的还远非只是普通平民。这些信徒所表现出来的强烈期待是那么急切、坦率，甚至带着迫不及待和近乎强求的样子，在佩西神父看来这无疑是一种诱惑，这种诱惑虽然事前他早已有所预感，但是实际上竟远超过了他的预期。当佩西神父和那些心情激动的教士相遇时，他甚至责备他们，对他们说："这样强烈而且急切的期待立刻出现伟大事件的情绪实在是一种儿戏，只有俗人才会这样，我们不应该如此。"但是没有人听他的，他也不安地看出了这一点，虽然就连他自己（如果一切都实话实说的话），也对那种过分急不可待的期望很感恼火，认为是轻浮和起哄的举动，但暗地里，在自己心灵的深处，却也几乎同样在期待着那些骚乱的人正在期待的东西，这是他自己不能不承认的。然而尽管如此，他所遇到的某些人还是使他感到特别不愉快，而且出于某种预感，还引起了他很大的疑惑。比如他在死者的修道室里拥挤着的人群中间，满心厌恶地（为此他马上深自责备）看见了拉基金和至今还住在修道院里的那位远方来的奥勃多尔斯克修道院的客人也混在里面。佩西神父不知道为什么突然都觉得这两人有点可疑，尽管可怀疑的其实也不止这两个人。那个奥勃多尔斯克的修士在所有骚乱的人中间显得最忙乱，到处都可以看到他：他到处询问，到处倾听，带着一种特别神秘的神色到处向人家窃窃私语。他脸上显出一种极为急躁的神气，甚至似乎有点恼火那久已期待的事至今尚未出现。至于拉基金，以后才知道是受了霍赫拉柯娃夫人的特别委托老早就到庵舍里来了。这位心善而性格软弱的女人，自己既不可能被准许走进庵舍，因此当她刚刚醒来，知道长老逝世的消息，忽然产生了热烈的好奇心以后，就立刻打发拉基金代她到这儿来，要他观察一切，并随时把所发生的种种事情立即用书面形式向她报告，每半小时左右就报告一次。她把拉基金看作是一位极虔信的青年人，因为他很善于同一切人相处，还很会依照每人的喜好加以奉承，只要看出这人多少对自己有点用处。这一天天气晴朗，许多到修道院来朝拜的人聚在庵舍的坟墓附近。这些坟墓散布庵舍各处，但比较集中地聚在教堂的周围。佩西神父在庵舍里巡视时，忽然想起了阿辽沙，他差不多从前一天夜里起，就很久没有看到阿辽沙了。但刚一想起他来，就立刻在庵舍最远的一个角落里看到了他，他坐在栅栏旁边一个久已去世、曾以苦行著名的修士的墓碑上面。他坐在那里，背朝庵舍，脸向栅栏，好像有意躲在这碑石后面似的。佩西神父走近去，看见他两手捂着脸在哭泣，虽不出声，却极悲苦，哭得全身不住震颤。佩西神父在他身前站了一会儿。

“得啦，亲爱的孩子，得啦，好朋友，”他终于满怀深情地说，“你干吗这样？你应该喜欢，而不是哭泣。你不知道今天是他的日子里最伟大的一天吗？现在，就在此刻，他在哪儿？你只要想一想就明白了！”

阿辽沙看了他一眼，露出像小孩子那样哭得发肿的脸，但是一句话也没说，立刻扭转身子，重新用两手捂住了面孔。

“也许这样也好，”佩西神父沉思地说，“你就哭吧，这眼泪是基督赐给你的。你的伤感的眼泪只会使你得到精神的休息，使你可爱的心重获快乐。”他一面这样自言自语地说着，一面从阿辽沙身边走开了，心里对他十分怜惜。但他还是赶快地离开了，因为感到再看阿辽沙，也许自己也会哭起来。同时时间也不早了，修道院的礼拜和追悼仪式依次举行。佩西神父看见约西夫神父还在灵前，就接替他继续诵读福音书。但是还没到下午三点钟，就发生了我曾在上一卷终了时提到的那件事情，这件事我们谁也没有料到，并且和大众的期望是那么背道而驰，因而，我重说一句，关于这事的详细而琐碎的情节甚至至今还生动地留在我们城里和四郊人们的回忆里。我个人在这里还要补充一句：这个无聊而令人迷惑的事件，本来只是毫无意义而又十分自然的事，我几乎都讨厌再去回想它，而且本来完全可以在我们故事里忽略过去，不去提它的。无奈它在一定程度上强烈地影响到了我们小说里最重要的，尽管是未来的主人公阿辽沙的心灵，几乎成为他心灵发生转折和激变的关键，使他的理智受到震撼，却又在此后的一生中彻底地巩固了它，使它从此确立了某种一定的目标。

现在言归正传。还在天亮以前，当长老的遗体经过殡葬前的整饰后已经入殓，被抬到第一间屋子，就是以前的会客室里的时候，在当时正在棺旁的人们中曾产生了一个问题：应该不应该开着窗子？但是这个经某人匆匆地偶然提出的问题，并没有人回答，而且几乎没有人加以注意。也许只有某几个在场的人注意到了，但也只是心里暗想：认为像这样一位死者的尸体会腐烂并发出腐烂的气味，真是万分荒唐。对于提出这个问题来的人的缺乏信仰和轻率鲁莽，甚至只能深表惋惜，如果说不是嗤之以鼻的话。因为大家期待的事完全与此相反。可是午后不久，就开始出现了某种迹象，起初进进出出的人们只是默默地放在自己心里，甚至每人显然怕把各自开始产生的念头告诉别人，但是到了下午三点钟光景，事情已经变得太明显而且没法否认了，以致这消息当时一下子就传遍整个庵舍，传进所有到庵里来的那些朝拜者的耳朵，并且立刻传到修道院里，使修道院里的全体教士十分惊讶，而在极短时间以后，也传到了城里，使所有的人无论是不是信徒，全都骚乱起来。不信上帝的人们很高兴，而信徒们中间有许多人甚至比最不信上帝的人还要高兴得多，因为“人们看到一个正人君子身败名裂总是幸灾乐祸的”——这是去世的长老在他的教诲中亲自说过的话。原来从棺材里开始渐渐发出了越来越被人们闻到的腐臭的气味，到了下午三点钟已经变得十分明显，而且越来越强烈了。这事发生之后，甚至在教士们中间也立刻出现了一种粗鲁放肆到别种情形下不可能有的迷惑，这在我们修道院的历史中是早就没有，而且根本想不起来曾经有过的事。直到后来，甚至过了许多年以后，有些明白事理的教士想起这一天的详细情节的时候，还对于迷惑竟能达到这般程度，感到深为骇异。因为在这以前，也常有敬畏上帝的长老、生前度着人所共见的虔诚生活的教士死去，而从他们的俭朴谦卑的棺材里面也和从死人身上一样发出过自然出现的腐臭气味，但这并不曾引起迷惑，甚至没有引起一点点的骚乱。自然，在我们的修道院里至今还生动地传说着，古代也有一些死者，他们的遗骸据说并不发出腐臭，这使教士们感动和发生神秘的感觉，作为一桩奇迹般庄严的事情保留在大家的记忆里，并把它看作一种誓约，预示着只要按上帝的意志，时间一到，他们的坟陵还将产生更大的荣耀。其中特别被人们纪念的是活到一百零五岁的长老约伯，著名的苦修者，伟大的持斋者和缄默者。他在本世纪的初叶就已逝世，修道院里的人时常怀着特别的尊敬把他的坟墓指给第一次来的香客们看，还神秘地暗示对它所抱的一些伟大的希望（那个坟墓就是早晨佩西神父看见阿辽沙坐在上面的）。除去这位古代的长老以外，被人们同样纪念着的还有较近逝世的伟大司祭瓦尔索诺菲长老，佐西马长老就是接替他接受了长老的名位的。他在世时，到修道院里来的香客们简直把他当作神圣的疯僧看待。据传说，以上这两位躺在棺材里就像活人一样，下葬的时候完全不朽烂，在棺材里他们的脸庞甚至好像会发出光芒。有些人甚至坚持说，从他们的身体上显然散出一阵阵的香味。但不管这些回忆多么有说服力，总还是很难用以直接解释目前这种情况：为什么佐西马长老的灵前竟会发生这种鲁莽、荒唐甚至带有恶意的现象。在我个人看来，我以为在这上面有许多同时产生着影响的种种其他原因。譬如说，其中甚至有对于长老制的根深蒂固的仇恨。在修道院许多教士的心灵深处，还仍旧暗暗把它看作是一种有害的新花样。另外，最主要的一个原因自然是对于死者的神圣所产生的嫉妒。这种神圣在他的生前就已牢牢地确立，几乎不容人们反驳。虽然去世的长老与其说是以奇迹不如说是以爱吸引许多人，在他的周围似乎建立了一个热爱他的人的圈子，但同时，而且可以说恰恰因此，也产生了许多妒忌他的人，以致出现明里和暗里激烈反对他的敌人，不但在修道院里的人中间，甚至在俗人们中间也是如此。譬如说，他并未危害到任何人，但却有人想：“为什么大家把他看得那么神圣呢？”而且单只是这一个问题，经过逐步不断的反复出现，就终于产生了无数难以消解的仇恨。我想，正因为这样，所以许多人听说他的躯体上发出了腐臭的气味，而且还发生得这样快，死去还不满一天，才会感觉无比高兴；而与此同时在忠于长老，并且始终十分尊敬他的人们中间，也有一些人几乎立刻为这事感到气恼，似乎受到了个人的屈辱。下面是这件事发生的前后经过。

腐臭的气味一被发现后，从那些走进死者的修道室里来的教士的脸上就可以看出他们是为什么来的。他们一进来，只站一会儿，就连忙出去对正成群地等在外面的人证实这个消息。等候的人们里面有的忧郁地点点头，另有些人则甚至毫不隐瞒他们在心怀恶意的眼神里所明显流露出来的喜悦。而且竟没有人责备他们，没有人出来说一句善良的话，这简直是很奇怪的事情，因为在修道院里对去世的长老怀着耿耿忠心的究竟还是多数，但看来显然是上帝自己容许少数人在这次暂时占了上风。不久，一些外面来的客人，大多是有知识的，也都摆出这样一副侦探的神气到修道室里来了。普通的老百姓虽然在庵舍门外聚了不少，进来的却不多。毫无疑问，正是在三点钟以后，外来的访客越来越多，而且这正是由于传出了这个使人迷惑的消息。有些人这一天本来也许根本不会来，也不打算来的，现在竟也特地跑了来，其中有几个还是极有地位的。但是大家表面上总算还保持着礼节，佩西神父带着严肃的脸色，也继续坚定明晰地诵读着福音，读的声音就好像全未注意到所发生的事，尽管他早就觉察到情况有些异常了。但就连他，也不由得渐渐听到了一些窃窃低语声，开始时很轻，后来就逐步变得坚定而大胆起来。“可见上帝的裁判和人类的裁判是两回事。”佩西神父突然听到了这样一句话。这是一个世俗人士、一位本城的官员最先说出来的。他已经是年迈的人，而且公认是个虔信的教徒，但他公开说这句话，其实只不过是把教士们早已在互相反复耳语着的话重复了一下而已。他们早就说出了这句极放肆的话，而且最坏的是在说出这话来以后，某种胜利的情绪几乎随时都在显示并且有所增长。不久，甚至礼节也开始不大遵守了，就好像大家都感到自己有了不遵守礼节的权利似的。“为什么会发生这种事呢？”教士中有人说，起初似乎是惋惜的意思，“他的躯体瘦小枯干，皮包骨头，怎么还会出来臭气呢？”“那就是说上帝有意要做出指示。”别的人连忙补充说。而他们的意见也立刻毫无争论地被大家接受了，因为他们以为假使和一般有罪的死人一样，自然而然地发出气味，那也总要发生得晚些，至少有一昼夜的工夫，不能这样快，但是“这位竟赶在自然的前面去了”，那一定是上帝和他有意显灵的手在起作用。他在指示着什么。这个意见显得是无可反驳的。死者生前最喜爱的掌图书的司祭、忠厚的约西夫神父开始反驳几个说坏话的人说“不见得到处都是这样看的”，高僧躯壳的不会朽坏并不是正教教会的什么教条，只是一个意见，即使在正教最盛的国家内，例如在阿索斯，对于腐臭的气味也并不怎么大惊小怪，那里的人并不把躯壳的不朽认作被拯救的人应受荣耀的主要表征，而是在他们的躯壳躺在地下多年，甚至发烂了的时候，看他们骨头的颜色来加以区别。“如果发现骨头像蜡一般黄，那才是上帝赐荣耀给去世的高僧的主要表征，如果不是黄的，而是黑的，那就是说上帝没有把这荣耀赐给他，在从古以来正教保存得毫不动摇，而且十分纯洁的伟大的阿索斯，就是这种情形。”约西夫神父最后这样说。但是这位谦逊的神父的话只是白说，丝毫没有叫人信服，甚至还引起了嘲笑的反驳。“这全是学究气和标新立异，用不着听他的。”教士们互相议论说。“我们还是守老规矩；现在出的新花样不少，能全都模仿吗？”另一个人补充说。“我们这里出的圣僧不比他们少。他们困居在土耳其人中间，什么事都忘本了。他们的正教早就混杂不纯，弄得连教堂的钟也没有了。”最好嘲笑的人也凑上去说。约西夫神父郁郁不乐地走开了，况且他自己表示的意见也并不很坚决，似乎自己也不大相信。但是他不安地看出，情况开始变得很不像样，甚至桀骜不驯也开始抬头了。一切明理的人都学着约西夫神父的样逐渐缄口不言了。就像不约而同似的，所有热爱已故的长老而且心悦诚服地支持建立长老制的人，都突然显得心慌意乱起来，彼此相遇的时候只敢提心吊胆地互相呆望望。而把长老制看作新鲜花样加以反对的人却骄傲地昂首阔步起来。“已故的瓦尔索诺菲长老身上不但没有臭味，还透出香味来，”他们幸灾乐祸地提醒说，“但他之所以能这样并不是靠长老制，而是因为他自身是圣洁的。”随之就有种种责备甚至谴责的话加到了刚逝世的长老身上。“他的说教是不正确的；他教训人说，生活是极大的喜悦，而不是含泪的驯顺。”一些十分糊涂的人说。“他信奉时髦的信仰，不承认地狱里有真的火。”另一些比他们更加糊涂的人也附和说。“他不严格持斋，吃甜东西，常拿樱桃糖酱就着茶吃，而且很爱吃，是太太们给他送来的。一个苦行修士应该喝茶吗？”有些心怀嫉妒的人这样说。“他高傲地坐在那里，”那些最幸灾乐祸的人刻薄地回忆说，“自认为是圣徒，人们跪在他面前，他当作理所应该的。”“他滥用忏悔的神秘礼。”最激烈反对长老制的人恶意地低声补充说，这句话竟出于辈分最老，对于礼拜上帝一事最严肃的教士口中。他们全是真正的持斋者和缄默者，在长老活着的时候经常保持沉默，但是现在忽然开口大讲了起来。这是十分可怕的事，因为他们的话对于年轻的，还没有判断力的教士们有巨大的影响。奥勃多尔斯克来的那个圣西尔维斯特修道院的修士也注意倾听着这些话，一面点头，一面深深地叹息，心想：“是啊，显然费拉庞特神父昨天的指摘是对的。”正在这时，费拉庞特神父又刚巧出现了。他的出现仿佛正是为了加深人们的震动。

我前面已经提到过，他很少从蜂房旁的木头修道室里出来，甚至连教堂也许久未去，大家以疯僧相待，对他一切宽容，不拿一般人普遍遵守的章程去拘束他。但是老实说，大家对他这样宽容，实在也有几分是出于不得已。因为对一位日夜祈祷的伟大的持斋者和缄默者（甚至睡着了还跪在那里），如果他自己不愿服从，而别人强要他遵守普通的规则，这简直是有点说不过去的。那时候教士们一定会说：“他比我们大家神圣得多，他修行的艰苦远超过教律所规定的。至于不到教堂里去，那是因为他自己知道什么时候该去，他有他自己的规律。”大概正因为怕引起这类议论和迷惑，所以别人对费拉庞特神父是一直听其自然。大家全都知道，费拉庞特神父最不喜欢佐西马长老。现在突然连他在自己的修道室里也听到了这样的传言：“可见上帝的裁判和人类的裁判是两回事”“竟赶在自然的前面去了”。可想而知，这是那位昨天刚去拜访过他，并且当离开时曾吓得心惊胆战的奥勃多尔斯克的客人首先跑去报告的。前面我也提到过，坚定而不动声色地站在棺材前面读着《圣经》的佩西神父虽然不能听见和看见修道室以外正在发生什么事情，但心里却已准确无误地料到了一切主要的情况，因为他对自己周围的那帮人了解得很透。他并不感到不安，却在等着看还会闹出些什么事来，心里毫不慌乱，只是用透彻的眼光注视着骚动的结果，这是凭他那内心的真知灼见早就预料得到的。忽然，过道里传来一阵公然不顾礼貌的异乎寻常的喧嚣声，使他吃了一惊。门一下大敞开来，门口出现了费拉庞特神父。在他身后，台阶下面聚集了许多跟他一起来的教士，里面还夹杂着外界的人，甚至从修道室里都看得很清楚。但跟他前来的人都没有进来，也没有走上台阶，却站在那里等着瞧费拉庞特神父往下说些什么，做些什么，因为他们虽然爹着胆子，却多少甚至有点惊恐地预感到他不是无所谓而来的。费拉庞特神父在门槛旁边站住，举起手来。那位奥勃多尔斯克的客人一双尖锐、好奇的眼睛从他的右臂下窥视着。只有他忍耐不住，在极大的好奇心支配下，随着费拉庞特神父从小台阶上走了进来。除他以外，别人在门砰的一声敞开来的时候，由于突然的惊恐，反而拥挤着往后倒退。费拉庞特神父高举双手，忽然大喝一声：

“魔鬼退避！”然后立刻依次面向四方，用手对修道室的四面墙和四角画十字。跟费拉庞特神父前来的人们立即明白了他的这种举动，因为他们知道他不管走到哪里总是这样做，在不驱走魔鬼以前，是不会坐下来说一句话的。

“撒旦，走开；撒旦，走开！”他每画一次十字，就重复一遍，接着又高声喝道，“魔鬼退避！”他穿着粗陋的修士服，用一根绳子系着腰。麻布衬衫底下露出他赤裸的胸脯，上面长满了斑白的毛。脚完全光着。他一挥动双手，在修士服里面带着的沉重的铁链就抖动起来，叮当作响。佩西神父停止了诵经，走上前去，站在他面前，等待着看他究竟要怎样做。

“你来有什么事，正直的神父？你为什么不守规矩？为什么激动驯顺的羊群？”他终于说话，严厉地看着他。

“我为什么来？你问为什么？你有什么信仰？”费拉庞特神父疯

疯癫癫地喊叫说，“我跑来赶走你的客人们，那些恶鬼。我来看看，我不在这里，他们究竟聚集了多少。我要用桦树扫帚把他们统统扫走。”

“你想驱赶不清洁的魔鬼，可是也许你自己正在为他效劳哩。”佩西神父毫不畏缩地继续说，“谁能说自己‘我是神圣的’？你能吗，神父？”

“我是不清洁的，我并不神圣。我决不坐在椅子上面，让人家像对偶像似的膜拜！”费拉庞特神父又吼叫起来。“现在有些人在破坏神圣的信仰。去世的这位，你们的圣者，”他转向人群，用手指着棺材说，“他不承认有鬼。他不驱赶恶鬼，却给人吃药。所以你们这里就聚集了这么多，像角落里的蜘蛛似的。现在他自己也发臭了。我们看出这是上帝伟大的指示。”

在佐西马长老活着的时候，他说的事是确实曾经发生过的。教士中有一个人起初梦见不洁的魔鬼，后来白天醒着的时候也看见了。当他十分恐惧地把这事对长老说出来以后，长老劝他不断地祈祷和更严格地持斋。但当这也并不见效时，他就劝他一面仍继续持斋和祈祷，一面吃某种药剂。当时许多人就大为迷惑，互相点头示意，窃窃私语，其中最厉害的是费拉庞特神父。因为当时就有几个好指摘的人连忙跑去告诉了他长老这种十分少见的措施中的“不寻常”意味。

“出去吧，神父！”佩西神父态度坚决，用命令的口气说，“能够裁判的只有上帝，而不是人。也许我们在这里看到了一种‘意旨’，它是你、我和任何人都无法理解的。出去吧，神父，不要激动驯顺的羊群！”

“他不照规矩持斋，所以出现了指示。这是很明显的，隐瞒它才是罪孽！”这个发起无法理喻的蛮劲来的狂信者不肯就此罢休，“他嗜好糖果，太太们在口袋里带来送给他吃，他又爱喝茶，崇拜肚子，用甜东西把它填满，又用骄傲的思想装满他的头脑，所以才遭到了这种丢脸的事……”

“你的话太轻率了，神父！”佩西神父也提高了嗓门，厉声喝道，“我对于你的持斋和苦行十分敬佩，但是你的话却太轻薄，像外界浮躁而幼稚的少年所说的一样。你出去吧，神父，我命令你！”

“我会出去！”费拉庞特神父说，好像有点发窘，但仍没有去掉悻悻的神色，“你们这些学者！你们靠着你们的才智轻视我的寒酸。我来时就没有什么学问，到了这里把所知道的一点也忘光了，全靠上帝自己保护我这个小人物，抵挡你们那绝顶的聪明。”

佩西神父昂然站在他面前，坚决地等候着。费拉庞特神父沉默了一会儿，突然神气沮丧地用右手的手掌抚着脸，朝已故长老的灵柩望着，拉长着调子说道：“明天他们将在他身旁唱诵美妙的赞诗‘扶助者和保护者’，可等我死的时候，对我唱诵的只是一首小小的雅歌：‘生活如何甜蜜。’[1]”他眼泪汪汪，满心不平。“你们摆着架子，神气十足。这地方可真虚荣极了！”他忽然像疯子一样地嚷起来，然后挥挥手，迅速转过身去，快步地走下了门廊前的台阶。下面等候的群众动摇了；有的人立刻跟在他后面走了，但是另外还有些人逗留不走，因为修道室的门还敞开着，佩西神父跟着费拉庞特神父走到台阶上来，站在那里观察着。然而感情激动的老人还不肯完：他走了二十步路，忽然身向落日，高举双手，好像有人把他砍倒似的猛地摔倒在地。他大声喊道：“我的主战胜了！基督战胜了落日！”他举手向着太阳，拼命地喊着，然后脸伏在地上，放声痛哭，像小孩一般，哭得浑身哆嗦，两手全趴在地上。大家立刻都奔了过去，发出了感叹和同情他的哭声。所有的人都好像发了狂似的。

“这才是神圣的人！这才是虔诚的人！”有人已经无所顾忌地喊叫着。“这个人才应该充当长老。”另一些人更恶狠狠地附和说。

“他不会做长老的。他自己会拒绝，他才不愿去为讨厌的新花样效力，不会去仿效他们的蠢事。”另一些人立刻接口说。这种情形

---

1 修士和苦修士的躯体从修道室里抬到教堂里去，在诵经以后再从教堂抬到坟地的时候，唱诵雅歌“生活如何甜蜜……”；如死者为司祭，则唱诵赞诗“扶助者和保护者……”。

最后会弄成什么结局，简直是难以想象的，但是恰巧这时候招呼做礼拜的钟声响了。大家忽然开始画十字。费拉庞特神父也站起来，向自己画着十字，头也不回地朝自己的修道室走去，一面还继续喊着，但喊的话已经完全混乱不清了。有几个人跟他走去，人数不多，但是大多数的人全纷纷走散，忙着做礼拜去了。佩西神父把诵经的事情交给约西夫神父，自己从台阶上走了下来。他是不会被狂信者的疯狂叫喊所动摇的，但是他的心却突然变得烦恼起来，似乎为了某种特别的原因而感到郁郁不乐。他自己也觉察到了这一点。他站定下来，忽然自忖道："我这种烦恼到精神颓丧的情绪是哪里来的？"接着立刻惊异地发现，他这种突如其来的烦恼，显然是由于一个极小的、特别的原因而起：原来方才他在拥挤在修道室门前的一大堆骚乱的人群中，也曾发现了阿辽沙，而现在一想起他曾看见过他，立时就感到心里似乎有某种痛苦。"难道这个年轻人会在我的心里占据着这样重要的位置吗？"他突然惊异地询问自己。这时候，阿辽沙正巧在他身边走过，好像忙着要到什么地方去，但却不是朝着教堂的方向。他们的目光相遇了。阿辽沙赶快把眼光移开，垂向地上，单单从这青年人的神色看来，佩西神父就猜到他的心里现在正在发生多大的变化。

"难道连你也受到诱惑了吗？"佩西神父忽然喊了起来，"难道你也和那些信仰不坚定的人站在一边吗？"他伤心地补充说。

阿辽沙停下了，有点迟疑不决地看了佩西神父一眼，但又很快地挪开眼睛，望着地下。他侧身站立，脸不冲着问话的人。佩西神父留心地注视着他。

"你忙着到哪儿去？正在敲钟做礼拜哩。"他又问，但是阿辽沙还是不回答。

"是不是要离开庵舍？为什么连问都不问一声，也不领受祝福呢？"

阿辽沙忽然苦笑了一下，抬起眼光古怪地、非常古怪地望了望正在发问的神父——他以前的导师、以前的心灵主宰、他的心爱的长老临死时曾将他托付给的那个人。他忽然摆了摆手，还是一句话也不回答，似乎甚至连礼貌也不想讲了，就快步走向大门，径自走出了隐修庵。

“你还会回来的！”佩西神父喃喃地说，用伤心而惊异的眼光目送着他。

二

那样的时刻

佩西神父断定他的“可爱的孩子”会再回来自然是不错的，甚至也许已经抓住了，虽不是全部却总是极敏锐地抓住了阿辽沙的精神状态的真正实质。但作者却要坦率承认，我自己现在也很难明晰地传达出这部小说里这个为我所宠爱的年轻主人公一生中这个奇怪而前途未卜的时刻的真实含义。对于佩西神父向阿辽沙提出的痛苦的问题：“难道你也和那些信仰不坚的人站在一边吗？”我自然可以替阿辽沙明确地回答：“不，他并不和信仰不坚定的人站在一边。”不但如此，甚至正好相反：他所有的不安正是由于他的信仰坚定而产生的。但是不安总还是出现了，产生了，而且十分痛苦，甚至在过了许久以后，阿辽沙还把这苦痛的一天看作是他一生中最难堪而不幸的日子。假使有人开门见山地问：“他的一切烦恼和惊慌难道只是因为长老的躯体不但没有立即显示治病救苦的奇迹，反而过早地腐烂而起的吗？”那么我可以直截了当地回答：“是的，确实是这样。”只是我要请求读者不要过于忙着去嘲笑我这位年轻人的纯洁的心。就我自己来说，不但不想替他求取原谅，不想用他年纪轻、以前读书太少等等的话来为他的幼稚的信仰辩白求恕，反倒要做相反的事，坚决地声明，我对于他的本性恰恰感到更加衷心的敬重。毫无疑问，有的青年人能小心接受内心的感受，已经善于对事物不产生热烈的爱，而只限于温和的爱，头脑虽然清楚，但从年龄上来说却有些考虑过多（因此也就显得庸碌）。我承认，这样的青年人或许可以避免我的那位青年人身上所发生的事，但是在某些情况下，一个人能够因某种情感而冲动，即使这情感是无理性的，只要从伟大的爱所产生，那么老实说，这比完全不受感情的冲动还要可敬些。在青年时代更是这样，因为经常考虑过多的青年是靠不住的，也是不值价的，这是我的意见！有理性的人们也许马上要喊起来："但是总不能让每个青年人都这样迷信呀，你的青年人是不足为训的。"对于这点，我还是这个回答：是的，我的青年人有信仰，有神圣而不可动摇的信仰，但是我还是不想替他请求宽恕。

你瞧，我上面虽曾声明（也许声明得太仓促），我不替我的主人公解释、辩白、求恕，但是我看到有些事情还是必须说明一下，以便于读者下一步理解我所讲的故事。我要说的是这里的问题并不是所谓奇迹，并不是急不可待地轻率期待着出现奇迹。阿辽沙当时并不是为了某种成见的胜利需要奇迹，完全不是如此，他并不为了以前的某种先入为主的观念而一心盼望着它尽早取得胜利，不，完全不是的；这里对他来说首先、最主要的是面子，仅仅是面子，他心爱的长老，他尊敬到崇拜地步的这位高僧的面子。问题是在于他的全部的爱。在当时和整个过去一年中深藏在这个纯洁的青年的心里的对于"万事万物"的爱，有时候，至少在热情冲动的时候，几乎全部专注在一个人（这也许甚至是不合理的）——他所衷心爱戴而现已逝世的长老的身上了。实际上，好久以来这个人在他面前已成为一个无可争辩的典范，以至于他的全部青春的力量及其憧憬不能不专注地倾注在这个典范的身上，有时候甚至到了忘掉"万事万物"的地步。他以后自己想起来，他在这痛苦的一天竟完全忘掉了他在前一天还是那样关心和思念着的长兄德米特里；还忘记了也是在前一天曾打算热心履行把二百卢布送给伊留莎的父亲的承诺这回事。然而他所需要的不是奇迹，只是"最高的公理"，他认为如今公理已经遭到了破坏，而这使他的心突然感到受了残酷的创伤。因此，哪怕仅仅是由于事态发展的需要，如果阿辽沙所一心期待的这种"公理"会表现为立刻希望从他所崇拜的导师的遗骸上产生出奇迹来，那么这又有什么可怪的呢？要知道修道院里所有的人全在这样想，这样期待着，甚至阿辽沙平日极为崇拜他们的智慧的那些人，例如佩西神父，也是这样。因此阿辽沙毫不曾用种种怀疑去苦恼自己，而使自己的幻想也采取了跟大家一样的形式。再说他整整一年的修道院生活，也早已使他的心习惯于此，如今他的心已经习惯于期待这一类的事情了。然而他所渴望的仍旧是公理，公理，而不仅是奇迹！可谁想到这个人，在他的期望中本应被推崇为高于全世界一切人之上的，现在不但没有得到他应得的名誉，却遭到了贬低和侮辱！为了什么？是谁裁判的？谁竟会做出了这样的评断？这一连串问题立刻使他那没有经验的、处女般纯洁的心受到了痛苦的煎熬。他无法不怀着怨恨的甚至满腔愤怒的心情，眼看这位高僧中的高僧竟受到那般浅薄的、品格远比他低下的群众的讪笑和恶毒的嘲弄。就算并没有奇迹，没有奇妙的现象显示，就算急切期待着的事并没有实现，但为什么要发生这样的受辱和丢脸，为什么会有这样过早的腐烂，像一些恶毒的教士所说的那样，竟“赶在自然的前面去了”？为什么要有刚才他们同费拉庞特神父那样得意扬扬地推断出来的所谓“指示”，而且为什么他们认为自己竟有权做出这样的推断？天道和神力究竟在哪里？为什么它“在最需要的时刻”（按照阿辽沙的想法）竟藏起了自己的手，就好像它自愿听命于盲目无言而残酷无情的自然法则？

就为了这，阿辽沙的心中痛苦得流着鲜血，自然，正像我先前已经说过的那样，这里面最主要的是他在世上最爱的那个人的面子，它已蒙受了“耻垢”，已遭到了“辱没”！即使我的青年人的抱怨是轻率浅薄而缺乏理智的，但是我还要第三次重复（我预先承认也许我自己这样也是轻率浅薄的）：我很高兴我的青年人在这样的时刻显得不很理智，因为只要是个不太蠢的人，总有时间会变得理智的，假如在这样不平常的时刻，青年人的心上还没有涌现出爱，那它什么时候才会涌现呢？但即使这样，我也不愿隐瞒不谈在对阿辽沙来说是混乱痛苦的那个时刻里，尽管昙花一现，却确曾出现在他的脑海中的某种怪事。这隐约地新出现的某种怪事，就是指此刻不断萦绕在阿辽沙脑际的昨天他同哥哥伊凡谈话所得的某种痛苦的印象。而且正是在此刻。哦，这并不是说他的心灵里主要的或者说根本的信仰有什么动摇。尽管对上帝突然产生了抱怨，他却仍旧爱他的上帝，毫不动摇地信仰着他。但是从回忆昨天同伊凡的谈话而来的某种模糊、痛苦而邪恶的印象，现在却突然重又在他的心灵里蠕动，在愈来愈压制不住地向上涌起。在天色已完全黑下来的时候，拉基金从隐修庵穿过松林到修道院里去，忽然看见阿辽沙趴在树下，脸伏在地上，动也不动，仿佛睡熟了。他走近去喊他。

“是你在这里吗，阿历克赛？难道你也……”他露出惊讶的神色说，但是没有说完就停住了。他本来想说：“难道你也心乱到这种地步了吗？”阿辽沙没有抬头看他，但是从阿辽沙身上的某种动作来看，拉基金立刻猜到他听见了自己的话，而且明白他话中的意思。

“你怎么啦？”他仍旧惊讶地说，但是他脸上的惊讶，已逐渐开始越来越变成带有嘲弄意味的微笑。

“你听着，我已经找了你两个多钟头。你突然从那里溜走了。你在这儿干什么？你发了什么傻劲？你倒是看一看我呀！”

阿辽沙抬起头，坐了起来，背靠在树上。他没有哭，可是他的面容显得痛苦，而目光中还含有气恼的神色。但他不瞧着拉基金，却望着一边。

“你知道吗，你的脸色完全变了。你以前那种出名的温和一点也没有了。对谁生气吗？有人欺负你吗？”

“滚你的！”阿辽沙突然开口说，仍旧不看他，无力地摆摆手。

“哎哟，我们竟变成这样了！完全像一般凡人那样大喊大叫起来。这真是天使下凡了！阿辽沙，你真叫我感到奇怪，你知道，我这是真心话。我早就对这里的一切事情都见怪不怪了。可我总还把你当作有学问的人看待的。”

阿辽沙终于望了他一眼，但却有点心不在焉的样子，好像始终还不大明白他在说些什么似的。

“难道你只是因为你的老头子发了臭所以才这样的吗？难道你原

来真的相信他会搞出什么奇迹来吗？”拉基金嚷起来，又显出当真十分惊讶的样子。

“我原来相信，现在也相信，而且愿意相信，将来还要相信，你还要什么？”阿辽沙发火地嚷道。

“什么也不要了，老弟。见鬼，现在连十三岁的小学生也不会相信这种事了。可是真见鬼，那么说现在你对你的上帝生了气，造反了：因为他没有抬举你，没有在节日赏赐给你勋章！唉，你们这些人呀！”

阿辽沙微微眯缝起眼睛，长时间地看着拉基金，目光里忽然闪烁着一点什么，但却并不是对于拉基金的愤恨。

“我并没有对我的上帝造反，我只是‘不接受他的世界’罢了。”阿辽沙忽然苦笑着说。

“什么叫不接受他的世界？”拉基金对于他的答话寻思了一下，说，“你这是说的什么胡话？”

阿辽沙没有回答。

“好，别再说空话了，现在谈正经的吧。你今天吃过东西没有？”

“我不记得……大概吃过了。”

“从你的脸色看来，你真该吃点东西了。看着你都觉得可怜。你昨晚就一夜没睡，我听说，你们那里有过聚会。以后又发生了这些乱七八糟的事。看来，你大概只吃过一小块圣餐面包。我的口袋里倒有点腊肠，是为了预备万一，刚才从城里动身到这里来的时候带在身边的，但是腊肠你准又不肯……”

“把腊肠拿来吧。”

“嘿！你居然这样了！那么说，真的造反了，真刀真枪的！好吧，老弟，这类事不应该凑凑合合的。你到我那儿去。现在我自己也想喝一点伏特加酒，真累得要命。伏特加恐怕你还不敢喝吧？或许也想喝一点吗？”

“伏特加也喝。”

“你瞧！妙极了，老弟！”拉基金诧异之极地望着他说，“好吧，管他这样那样，管他伏特加酒也好，腊肠也好，反正都是一件有劲的事，大好事，千万不能错过！我们走吧！”

阿辽沙默默地从地上站起来，跟着拉基金走了。

“要是你哥哥伊凡看见了，那才惊讶呢！真的，令兄伊凡·费多罗维奇今天早晨动身到莫斯科去了，你知道吗？”

“我知道。”阿辽沙漠不关心地说，心里突然闪过大哥德米特里的影子，但只是一下闪过，虽然使他想起仿佛有一件什么事，一件一分钟也不能再拖延的急事，一种可怕的义务和责任，但连这个念头也没有能引起他任何印象，还没有深入到他的心坎里，就立刻从脑际飞走，忘却了。阿辽沙后来过了好久还记得这件事情。

“令兄伊凡有一次议论我，说我是个‘庸碌无才的自由主义大草包’。你也有一次忍不住当面说我是个‘不诚实的人’，随他去吧！现在我倒要看一看你们的才能和诚实。”说到最后这句话，拉基金已经是在那里低声地自言自语了。“喂，你听着！”他重又开始大声地说起来，“我们绕过修道院，顺着小路一直进城去吧，嗯？我恰巧还要到霍赫拉柯娃家里去一趟。你想一想：我写了一封信，告诉她这里所发生的一切，她居然立刻就回我一封信，用铅笔写的，这位太太非常爱写信，信上说她‘真料不到像佐西马神父那样可敬的长老竟会做出这样的行为’！她的确写的就是‘行为’这两个字！看来她也发火了。你们都是这样的！等一等！”他又突然嚷了一声，忽然停步不走，抓住阿辽沙的肩膀，让他也站住了。

“你知道，阿辽沙……”他死死地看着阿辽沙的眼睛说道。他完全被自己心里忽然产生的一个突如其来的新念头迷住了，尽管表面上还在笑着，但却显然害怕公开说出这个突如其来的新念头，因为他对自己现在在阿辽沙身上所看到的那种使他感到奇怪而意料不到的情绪，始终还有点不敢信以为真。“阿辽沙，你知道我们现在最好上哪儿去？”最后他终于带着讨好的口气畏畏缩缩地说。

“随便……上哪儿去都行。”

“上格鲁申卡家去，怎么样？去不去？”拉基金终于说了出来，怀着忐忑不安的期待心情，甚至紧张得全身发抖。

“就上格鲁申卡家去吧。”阿辽沙立刻平静地回答，这个回答来得这样迅速而平静，完全出于拉基金的意料之外，以致使他几乎倒退了几步。

“真的吗？你瞧！”他惊讶得喊出来，但是突然紧紧抓住阿辽沙的手，迅速地领着他顺小路走去，心里还一直担心，害怕阿辽沙会改变决心。他们默默地走着，拉基金甚至怕开口说话。

“她一定会十分高兴，十分高兴的……”他喃喃地说，但马上又沉默了。其实他领阿辽沙到格鲁申卡家里去，根本不是想让她高兴；他是一个十分计较的人，只要对自己没利，是任何事情也不会做的。现在他是抱着双重的目的，第一是复仇，那就是要看看一个“正人君子丢脸”，看看阿辽沙无可避免地“从圣徒堕落到罪人”，这种乐趣是他现在就可以预先体味到的；第二，他还有某种对于他十分有利的物质上的目的，这等到下面再详细叙述。

“如此说来，那样的时刻来到了，”他心里暗自幸灾乐祸地想着，“我们自然要把它一把抓住，把握这个时机，因为它对于我们是十分有利的。”

三

一棵葱

格鲁申卡住在城里最热闹的地方，教堂广场附近，商人的寡妻莫罗佐娃的家里，格鲁申卡是租下了她院子里一座不是很大的木造的厢房。莫罗佐娃的房子很大，是石头建造的，两层楼，房子已陈旧，样式也很不美观。年纪已经很大的女房东自己杜门不出地住在里面，身边只有两个侄女，全是老处女，也都已上了岁数。她并不需要把院子里的厢房租出去，但是大家都知道，她在四年前收格鲁申卡做房客，完全是出于讨好格鲁申卡公开的保护人，跟老太太有亲戚关系的商人萨姆索诺夫。据说这个好吃醋的老头子把他的“宠妇”放在莫罗佐娃的家里，原意是想靠这位老太太的锐利的眼睛来监督新房客的行动。但是没过多久就表明这双锐利的眼睛根本并非必要，因此弄到后来莫罗佐娃甚至很少跟格鲁申卡见面，并且最后根本不再实行什么监督，来惹她讨厌。当然，自从老人把这十八岁的畏怯而含羞、苗条而瘦弱、忧郁而沉思的女郎从省城里送到这所房子里以来，时间已经过了四年，情况也已有了很大的变化。但我们城里对于这位女郎的来历始终知道得很少，说法也不一；而且直到最近，即使很多人已开始对阿格拉菲娜·阿历山德罗芙娜四年来变成了这样一位“绝代美人”大为注目，也仍旧没有人知道得更多些。只有一些传言，说她还在十七岁上就曾受了某人的骗，仿佛是一个军官，以后很快就被抛弃了。这军官离开了当地，后来在别处结了婚，而格鲁申卡则从此陷在耻辱和贫困的境遇中。但又有人说，格鲁申卡虽然确实是在贫困中被她的老头子所收留的，然而她的家世却很清白，似乎是神职家庭出身，一个教堂候补执事之类的人的女儿。想不到四年之间，这个多情失足，遭际可怜的孤女，却一变而成为一个丰盈健美的俄国美人，一个大胆而富于决断，高傲而无所顾忌的女人，擅长理财，善于经营，谨慎细心，钱抓得很紧，不管用正当或不正当的手段，反正像人们传说的那样，手里已经积聚了自己的一小笔资财。只有一点是人所共知的：那就是格鲁申卡这个女人很难接近，四年以来，除去她的保护人，那个老头子以外，还没有一个人能自夸博得过她的垂青。这是确凿无疑的事实，因为想获得她垂青的猎艳者，特别在最近的两年以来，为数实在不少。但是一切的尝试都白费劲，有些追求者由于受到这位性格刚强的年轻女人的坚定和嘲弄的拒绝，最后不得不自己打退堂鼓，甚至还落到了可笑和丢脸的下场。大家还知道，这个年轻女人，特别在最近一年中，还放手大干起所谓“投机生意”来，而且在这方面居然还显露了极大的才能，以致后来有许多人干脆把她称作十足的犹太人。她倒并不放高利贷，但是比如说，大家都知道她有一个时期确曾和费多尔·巴夫洛维奇·卡拉马佐夫合伙，用贱价收买期票，每一个卢布只给十戈比，后来却从其中某些期票上花十戈比赚回一个卢布。萨姆索诺夫是个病人，最近一年来双腿已肿得不能动弹。他妻子已死，对几个已成年的儿子专制得像个暴君，家财百万，却生性吝啬，毫不通融，起初对这位被保护的女人严加约束，百般苛刻，像那些嚼舌的人所说的“只用素油喂养”她，但后来却落到了被她所左右的地步。但格鲁申卡一面求得了自身的解放，一面却又让他无限信任她对他的忠贞不贰。这位能干的老商人（现在早已去世）也有着独特的性格，主要是爱钱如命，而且心如铁石，虽然格鲁申卡征服了他，没有她，他简直生活不下去，如最近两年就确实如此，然而他却仍旧不肯分给她一笔较大的资产，即使她以完全和他脱离相威胁，他也是不会改变初衷的。不过他总算给了她一小笔钱，连这事传扬出去以后，大家也觉得出乎意外。“你是个不会吃亏的女人，”在他分给她八千卢布的时候，他这样对她说，“你自己去利用这笔钱吧。但告诉你，除了每年的生活费照旧以外，在我死以前，你再也不能从我这里拿到一文钱了，而且遗嘱里也不会再分给你了。”他的话也真说了算数：他死以后，当真把全部财产都遗给了那几个连同妻儿一辈子都被他像奴仆般养着的儿子，关于格鲁申卡，遗嘱里甚至一个字也没有提到。这一切，人们是以后才知道的。不过他对格鲁申卡如何利用她这笔“私房钱”曾帮了不少的忙，给她出主意，把做生意的“路子”指点给她。费多尔·巴夫洛维奇·卡拉马佐夫最初为一件偶然的“投机生意”跟格鲁申卡有了来往，结果连他自己也意料不到，竟不顾一切地恋上了她，甚至像发了疯似的，这使当时已经病得很厉害的老人萨姆索诺夫大笑不止。值得注意的是格鲁申卡在同她的老头子相识以来的全部时间里，对他完全公开一切，甚至似乎所有心事都能向他剖白，她这样对待的大概在世上只有他一个人。到了最近，在德米特里·费多罗维奇忽然怀着他的满腔热爱出现的时候，老人不笑了。相反地，他有一次曾神情严肃一本正经地劝格鲁申卡：“如果要在父子两人中选择一个，那么应该选老头子，但是必须让这老坏蛋娶你，而且预先至少要转一笔财产到你的名下。同那上尉却不要搅在一起，决不会有好结果的。”这是那个老色鬼亲自对格鲁申卡说的，当时他已经预感到自己离死期不远，而且在做了这番劝告以后，果真只过五个月就死去了。还要顺便说一句，尽管当时在我们城里，甚至有许多人都知道卡拉马佐夫父子间以格鲁申卡为目标的这场荒唐丑恶的竞争，但是她对于他们父子俩各人所抱态度的真正实情，却很少有人了解。就连格鲁申卡的两个女仆，在发生了下面要详细叙述的惨剧以后，也在法庭上供称，阿格拉菲娜·阿历山德罗芙娜接待德米特里·费多罗维奇，仅仅是由于恐惧，因为他曾“威胁要杀死她”。她有两个女仆，一个是年迈苍苍的厨妇，还是从父母的家里带来的，身体有病，耳朵几乎也聋了；另一个是厨妇的孙女，年轻活泼的女郎，有二十岁左右，是伺候格鲁申卡的贴身侍女。格鲁申卡生活过得很节省，陈设非常俭朴。她所住的厢房只有三间屋子，摆着女房东的一堂已经很陈旧的红木家具，还是二十年代的式样。拉基金和阿辽沙走进她房里的时候，天色已经全黑了，但是房间里还没有点灯。格鲁申卡一人独自躺在客厅里一张仿红木靠背的笨重的大沙发上，这张沙发很硬，上面蒙着的皮子早就磨出了窟窿。她的头下垫着两个白色的鸭绒枕头，是从她的床上取来的。她脸朝天躺着，身子直挺挺地动也不动，两手枕着头。她打扮好了，似乎在等候什么人，穿着黑绸长衣，头上系着跟她很配称的、轻盈的花边发带，肩上披着带花边的三角围巾，用一只沉甸甸的金别针别住。她真是在等候什么人。躺在那里，她似乎感到烦闷和不耐，脸色有点苍白，嘴唇和眼睛都仿佛在发光燃烧，右脚尖不耐烦地磕着沙发上的扶手。拉基金和阿辽沙刚一到，就发生了小小的骚乱：在外屋就听见格鲁申卡连忙从沙发上跳起来，忽然惊慌地叫道："谁呀？"但是那个年轻的女仆已经迎了出来，她立刻禀报太太说：

"不是他，是另外的人，不要紧。"

"她是怎么啦？"拉基金一边嘟囔着，一边拉着阿辽沙的手走进客厅里去。格鲁申卡站在沙发旁边，似乎还心魂不定。一股粗大的深褐色发辫突然从发带下掉落下来，落在她的右肩上，但是她只顾察看着来客们，辨清他们是什么人而没有注意到，也没有去整理它。

"哎呀，是你吗，拉基金？你把我吓了一大跳。你和谁一起来了？跟你一起来的这位是谁？老天爷，你把这一位领来了！"她看清了阿辽沙，喊叫起来。

"你倒是叫她们取蜡烛来呀！"拉基金用一种非常随便的态度说，仿佛他是这家里极亲近的熟人，甚至有像主人般发号施令的权力似的。

"蜡烛，当然得点蜡烛——费尼娅，快给客人取蜡烛来呀！哎呀，你竟在这时候领他到这里来！"她看了看阿辽沙，又嚷了一句，就转身对着镜子，迅速地用两手整理发辫。她仿佛有点不高兴。

"难道我没有巴结上吗？"拉基金问，几乎立刻生了气。

"你吓了我一跳，拉基金，并不是为别的。"格鲁申卡说着又转过身来微笑着对阿辽沙说，"你不要怕我，好阿辽沙，我真是十分高兴你来，你是我意想不到的客人。拉基金，你可把我吓坏了：我还以为是米卡闯了进来。你知道，我刚才骗了他，先要他起誓相信我，可是我却对他撒了谎。我对他说，我要到我的老头子库兹马·库兹米奇家里去整整一晚上，帮他一起算账，一直要算到深夜。我是每星期要到他家里去算一晚上账的。我们锁上门，他打算盘，我坐在那里写账。他只信赖我一个人。米卡真相信我在那里，其实我却躲在家里，正坐在这儿等候一个消息。费尼娅怎么会把你们放进来的？费尼娅，费尼娅！快跑到大门口，开开门四面探望一下，上尉在不在？他也许正躲在哪里监视哩，我真怕得要死！”

“什么人也没有，阿格拉菲娜·阿历山德罗芙娜，我刚才就四面张望过了，还随时从钥匙孔里往外看看，我自己也害怕得发抖。”

“百叶窗关上了没有，费尼娅，还应该把窗帘放下来，这就对了！”她自己放下沉重的窗帘，“要不然他一看见灯光就会跑进来的。阿辽沙，我今天真怕你的哥哥米卡。”格鲁申卡虽然露出惊慌，却似乎又带着一种近乎欢欣的心情。

“为什么你今天这样怕米卡？”拉基金问，“你好像一向不怕他，他老是听你摆布的。”

“我对你说，我正在等候一个消息，一个宝贵的信息，所以这会儿不能让米卡在旁边。可他一定不会相信我是到库兹马·库兹米奇那里去了，这我料想得到的。他大概现在正一个人待在费多尔·巴夫洛维奇花园的后门外看守着我。他只要守在那里，就不会到这儿来，这样更好些！库兹马·库兹米奇家里我倒真的去过，还是米卡自己送我去的，我说我要待到半夜，让他一定在十二点的时候来陪我回家。他走了，我在老头子家里坐了十分钟，就跑了回来，哎呀，我真害怕，我拼命地跑，怕遇到他。”

“可你这么一身打扮准备上哪儿去？瞧你头上的这顶压发帽真叫人好奇！”

“你这人才真是好奇哩，拉基金！我对你说，我正在等候那么一个消息。只要这个消息一来，我就马上跳起身来，展翅高飞，立刻就从这儿跑掉。我这样打扮，就为的是事先预备好。”

“那你要飞到哪儿去呢？”

“操心越多，老得越快。”

“瞧你，真是满身喜气洋洋。我还从来没有看见过你这样。你打扮得就像是赴跳舞会似的。”拉基金上上下下地打量着她。

“你对于跳舞会真懂得不少！”

“那你懂多少呢？”

“我可是看见过跳舞会的。前年库兹马·库兹米奇娶媳妇，我一直在楼上的回廊上看着。拉基金，我怎么净同你说话，让这样的王子在一旁站着。这真是贵客哩！阿辽沙，好人儿，我瞧着你，还不敢相信这是真的；老天爷，你居然会到我家里来！我对你说实话，我过去既不敢指望，也从没料想，而且一直也不敢相信你真的会来。虽然现在已不是时候了，可是你来我还是高兴得要命！你坐到沙发上来，就坐在这儿，对了，我的小月亮。说真的，我好像到现在还不知道怎么办才好。唉，你呀，拉基金，假如你昨天，或是前天领了他来就好了！不过就是现在这样我也高兴。也许正是现在，在这时候，而不是前天来，反而更好些。”

她活跃地一下就挨着阿辽沙在沙发上坐下，带着十分喜悦的神情看着他。她是真的像她所说的那样非常高兴，并不是说谎。她的两眼放光，嘴角带笑，但这是善意的、快乐的笑。阿辽沙甚至没有料到她会有这样善良的面容。在昨天以前他很少遇见过她，对她怀有可怖的印象，前天她对卡捷琳娜·伊凡诺芙娜的那番凶恶而狡黠的举动更使他十分震惊，现在忽然看见她好像出乎意料地完全成了另外一个人，感到非常惊奇。而且不管他怎样受到自己悲苦心情的缠绕，他的眼睛还是不由自主地被她紧紧地吸引住了。她的一举一动似乎也完全变得跟昨天大不相同：语音里几乎完全没有昨天那种可憎的甜蜜味道，也没有了那种温柔做作的姿态，一切显得单纯而淳朴，她的行动轻快、直率，而且诚挚，不过她心情十分兴奋。

“说真的，老天爷，今天什么事都赶在一块儿了。”她又不停嘴地说起来，“可我为什么那么高兴你来，阿辽沙，我自己都不知道。不信你问问我看，我真是不知道。”

“你会不知道为什么高兴？”拉基金咧嘴笑笑说，“你以前总有什么原因，才一直缠住我：你领他来呀，你领他来呀。你是有用意的。”

“以前我另有用意，现在已经过去了，不是那时候了。我想请你们吃点东西。我现在心善了，拉基金。你也坐下，拉基特卡，干吗站着？你已经坐下了吗？我原说，拉基特卡是不会忘掉自己的。你瞧，阿辽沙，这会儿他正坐在我们对面生气呢：为什么我没有在请你以前先请他坐下？我的拉基特卡真是爱生气，真是爱生气！”格鲁申卡笑了，“你不要着恼，拉基特卡，今天遇到我脾气好。你为什么坐在那儿愁容满面的样子，阿辽沙，是不是怕我？”她带着快乐的嘲笑神气瞧着他的眼睛。

“他有伤心的事情。没有抬举他。”拉基金沉着嗓门说。

“什么抬举？”

“他的长老发臭了。”

“怎么发臭？你乱嚼什么舌头？你一定是想说什么难听话。闭上嘴，傻瓜！阿辽沙，你让我坐在你腿上，就这样子！”她忽然冷不防地跳了起来，笑着坐到他的膝头上，像一只跟人亲热的小猫似的，右手温柔地搂住他的脖子，“我要让你快活起来，我的敬畏上帝的小乖乖！哦，说实话，你当真让我坐在你的膝上，不生气吗？只要你一发话，我就跳下来。”

阿辽沙不吭声。他坐在那里，一动也不敢动，他听到了她说的“只要你一发话，我就跳下来”，但却一直不响，似乎呆住了。然而他的心里并不像那个坐在一旁淫猥地瞧着他的拉基金所预料或想象的那样。他心灵中的巨大悲伤吞没了在他心里可能产生的一切情感。假如此刻他头脑清楚的话，他自己也会看出自己现在是穿着最坚强的甲胄，足以抵抗任何的勾引和诱惑。但话虽如此，他的心灵虽然处于这种麻木不仁的状态，他的忧愁虽然压得这样重，他到底不由自主地对于在他心里产生的一种奇怪的新感觉深表惊讶：这个女人，这个“可怕”的女人现在不但不使他产生以前每逢他心灵中偶尔闪过关于女人的某种遐想时，总会产生的那种恐惧；相反地，此刻正坐在他膝上，拥抱着他的那个他最害怕的女人，现在忽然引起了他完全异样的、料想不到的、特别的情感，一种不寻常的、强烈而真诚的对她好奇的感觉，而且毫无惧怕，没有一点点以前所感到的恐惧，这就是最主要的而且不由自主地使他感到惊讶的地方。

“你不要净说空话，”拉基金大声嚷了起来，“最好把香槟酒拿来，你自己明白你欠着债！”

“真是欠着债！阿辽沙，我答应他，如果他把你领来的话，我首先要请他喝香槟酒。开香槟酒吧，我也想喝！费尼娅，费尼娅！把香槟酒拿来，米卡留下的那瓶，快一点！我虽然吝啬，一瓶总还请得起，并不是为你，拉基特卡，你是一个蘑菇，而他是王子！虽然现在这个时刻我的心完全在别的事情上，但是无论如何我也可以陪你们喝一点，我愿意耍耍酒疯！”

“你说的‘现在这个时刻’究竟是什么意思？到底是什么‘信息’？可以问问吗？或者这是个秘密吗？”拉基金又好奇地插进来说，尽力装出没注意对方一直给他碰的钉子。

“唉，这不是秘密，你自己也知道的，”格鲁申卡忽然心事重重地转过脸去对拉基金说，身子稍稍离开阿辽沙一点，但还继续坐在他的膝上，手抱着他的颈子，“军官快来了，拉基金，我那个军官快来了！”

“我听说已经动身，难道已经这样近了吗？”

“现在到了莫克洛叶，他会从那里打发一个专人来，我刚刚接到他的信，他自己在信里这样说的。我现在正坐在这里等着那个人来。”

“原来这样！为什么到了莫克洛叶？”

“说来话长，再说你知道这些已经够了。”

“现在米卡怎么办？唉，唉，他知道不知道呢？”

“知道什么！完全不知道！如果知道，准会杀了我的。我现在一点也不怕这个，我现在不怕他的刀子。你闭嘴吧，拉基特卡，不要对我提德米特里·费多罗维奇，他把我的心全撕碎了。而且在现在这时候我连想也不愿去想这事。我只愿意想小阿辽沙，看看小阿辽沙。你尽管笑我好了，好人儿，尽管寻快乐，笑我的傻劲，笑我的快乐，哦，真的笑了，笑了！你瞧他多么和蔼地看着人。你知道，阿辽沙，我老以为你为了前天的事，为了那位小姐生我的气了。我当时真像个畜生，一点不假。不过发生这样的事倒也很好。既糟糕，又好。”格鲁申卡忽然沉思地笑了笑，在她的笑容里突然闪过了一丝残酷的神色，“据米卡说，她叫嚷着：‘应该用藤条抽她！’那天我的确气坏了。她叫我去，想收服我，用巧克力糖哄我。是的，发生这样的事倒也很好。”她又笑了笑：“我就是怕你生气。”

“一点不假，”拉基金忽然带着真正惊奇的神情插嘴说，“她真是怕你，阿辽沙，怕你这只小鸡雏。”

“拉基特卡，对你来说，他才是只小鸡雏，告诉你！这是因为你没有心肝，告诉你！可我，你瞧，我就从心底里爱他，告诉你！你相信不相信，阿辽沙？我从心底里爱你！”

“哎呀，你这不要脸的女人！阿辽沙，她在对你谈情说爱呢！”

“怎么样，我是爱他！”

“那么军官呢？莫克洛叶来的宝贵的信息呢？”

“那是一回事，这是另一回事。”

“这真是女人的把戏！”

“你不要惹我生气，拉基特卡，”格鲁申卡立刻激烈地接口说，“那是一回事，这是另一回事。我爱阿辽沙是另外一种不同的爱。阿辽沙，我以前的确对你打过狡猾的主意。我是一个下贱的人，性子很野，但是有的时候，阿辽沙，我把你看作我的良心。时常在想：‘现在我这样坏，一定要被他看不起的。’前天我从小姐家里回来的时候，就曾这样想过。我早就注意你了，阿辽沙。米卡也知道，我对他说过的。米卡也了解这一点。你信不信，阿辽沙，真的，我有时看着你，会感到惭愧，一直为自己感到惭愧。我怎么会想你，从什么时候起的，我不知道，也不记得了。”

费尼娅走进来，端了一个盘子，放在桌上，盘子上面放着一瓶打开塞子的酒和三个斟满了酒的高脚杯。

“香槟酒拿来了！”拉基金嚷道，“你太兴奋了，阿格拉菲娜·阿历山德罗芙娜，兴奋到有点忘了形。你快干一杯，包你就会高兴得想要跳舞。唉，她们连这点事也不会做，”他端详着香槟酒说：“老太婆在厨房里就给斟好了，瓶子也没有塞上，而且也没有冰过。好了，就这样马马虎虎喝吧。”

他走近桌旁，拿起杯子，一口气喝干，再斟满一杯。

“香槟酒是不大喝得到的，”他说，咂了咂舌头，“喂，阿辽沙，端起杯子来，显一显自己的本领。我们为什么干杯？为了天堂的门，好不好？格鲁申卡，你也拿起杯子，你也为天堂的门干一杯。”

“什么天堂的门？”

她端起杯子，阿辽沙也端起来，抿了一小口，就把杯子放下了。

“不，最好还是不喝吧。”

“刚才还夸过海口呢！”拉基金叫道。

“既然这样，我也不喝，”格鲁申卡接口说，“本来我并不想喝。拉基金，你一人把整瓶喝了吧。阿辽沙喝，我才喝呢。”

“真体贴入微得有点肉麻了！”拉基金嘲笑起来，“还自己爬到他的膝上去坐着。他的心里倒是有伤心事，你有什么呢？他对他的上帝造了反，甚至还准备吃腊肠……”

“怎么啦？”

“他的长老今天死了，神圣的佐西马长老。”

“原来佐西马长老死了！”格鲁申卡叫了起来。“老天爷，我还不知道哩！”她虔诚地画着十字，“老天爷，我在干什么呀，我这会儿竟还去坐在他的膝头上！”她忽然吓坏了似的嚷着，一下子从他膝上跳下，坐到沙发上去了。阿辽沙用惊异的眼光看了她好一会儿，脸上似乎现出了一种开朗的神色。

“拉基金，”他忽然坚定地大声说，“你别老嘲弄我，说我对我的上帝造了反。我不愿对你心怀恶意，所以你也应该厚道一些。我丧失了十分珍贵的东西，那是你从来没有过的，所以你现在也没有资格来裁判我。你最好看一看她：你有没有看见她是怎样宽恕我的？我到这里来原想遇到一个邪恶的心灵，我自己这样向往着，因为我当时怀着卑鄙、邪恶的心，可是我却遇见了一个诚恳的姊妹，一个无价之宝——一个充满着爱的心灵。她刚才把我宽恕了，阿格拉菲娜·阿历山德罗芙娜，我说的是你。你现在使我的心灵复元了。”

阿辽沙的嘴唇颤抖，呼吸急促。他停住不说了。

“就好像她拯救了你似的！”拉基金恶毒地笑了起来，“她想吞吃你，你知道吗？”

“等一等，拉基特卡！”格鲁申卡忽然跳起来说，“你们两人都不要说话。现在让我全说出来：阿辽沙，你不要说话，因为你这类的话会使我感到惭愧，我是个邪恶的人，并不善良，我就是这样一个人。你呢，拉基特卡，你也不要说话，因为你净说谎。我原来确实有过坏念头，想把他吞吃了，可是现在你却在那里说谎，现在已完全不是那么回事了，我以后再也不希望听到你说那种话，拉基特卡！”格鲁申卡说这段话时带着不寻常的激动心情。

“瞧，这两个人都发疯了！”拉基金低沉地嘎声说，惊奇地打量着他们俩，“两个人都是疯子，我好像进了疯人院。两个人互相弄得多愁善感，简直马上就会哭起来！”

“我真的想哭，真的想哭！”格鲁申卡说，“他称我姊妹，我今后永远也不会忘记的！不过有一点，拉基特卡，我虽然坏，却到底还施舍过一棵葱。”

“什么葱？见鬼，真的发疯了！”

拉基金对他们的这种兴奋心情深为惊讶，而且感到生气，尽管他按理也应该能想象得到，就像生活中不常有的情况那样，他们两人现在是志同道合地恰巧遇到了使他们的心灵都感到震撼的事。但是拉基金对于牵涉到自己的一切固然感觉极为锐敏，对于理解别人的情感和感触却非常迟钝——这一部分是由于他年轻缺乏阅历，一部分也是由于他的自私。

“你瞧，阿辽沙，”格鲁申卡忽然神经质地大笑着转过脸来对他说，“我说我施舍过一棵葱，这是对拉基金夸口，但我要对你说这话，却不是对你夸口，而是另有用意。这里有一个寓言，却是个很好的寓言，还是我小时候我的玛特连娜讲给我听的，她现在还在我家里充当厨妇。这故事是这样的：从前有一个很恶很恶的农妇死了。她生前没有一件善行。鬼把她抓去，扔到火海里面。守护她的天使站在那里，心想：我得想出她的一件善行，好去对上帝说话。他记了起来，对上帝说道：‘她曾在菜园里拔过一棵葱，施舍给一个女乞丐。’上帝回答他说：‘你就拿那棵葱，到火海边去伸给她，让她抓住，拉她上来，如果能从火海里拉上来，就拉她到天堂上去；如果葱断了，那女人就只好留在火海里，仍像现在一样。’天使跑到农妇那里，把一棵葱伸给她，说道：‘喂，女人，你抓住了，等我拉你上来。’他开始小心地拉她，已经差一点就拉上来了，可是在火海里的别的罪人看见有人拉她，就都抓住她，想跟她一块儿上来。这女人是个很恶很恶的人，她用脚踢他们，说道：‘人家在那里拉我，不是拉你们，那是我的葱，不是你们的。’她刚说完这句话，葱断了。女人落进火海，直到今天还受着煎熬。天使只好哭着走了。这个寓言就是这样，阿辽沙。我记得很熟，因为我自己就是那个极坏的农妇。我对拉基金夸口说我施舍了葱，而对你就要换另一种说法：我一生只施舍了一棵葱，我的善行只有这一点点。你以后不必夸奖我，阿辽沙，不要把我当作好人，我是邪恶的，很恶很恶的，你再加夸奖，就会弄得我十分惭愧。唉，我索性向你彻底坦白了吧。告诉你，阿辽沙：我真想引诱你到我身边来，所以不住纠缠拉基特卡，假如他能把你引到我这里来，我答应给他二十五个卢布。别忙，拉基金，等一等！”她快步走近桌旁，打开抽屉，掏出皮包，从里面取出一张二十五卢布的钞票来。

“真是胡说八道！真是胡说八道！”拉基金窘极了，大声说。

“你把债款收下吧，拉基特卡。大概你总不至于拒绝，是你自己要求的。”格鲁申卡说着把那张钞票扔了过去。

“还能拒绝吗？”拉基金咕哝地说着，显然感到很窘，却还故意装出大模大样的神气来掩饰，“这钱对我大有用处。世上有傻子，就是为了使聪明人能得到好处。”

“现在不许再说话了，拉基特卡。从现在起我要说的话都不是为说给你的耳朵听的。你坐在一边，不许作声，你不爱我们，就别作声好了。”

“我干吗爱你们？”拉基金咬着牙说，已经掩饰不住恨恨的心情。他把二十五卢布的钞票塞进口袋里，在阿辽沙面前确实感到不好意思。他原来是打算事后才拿钱，好不让阿辽沙知道，但现在却弄得有点恼羞成怒了。在这以前，他虽然受了格鲁申卡许多讥刺，却认为最好不要反唇相讥，因为显然他对她是有几分惧怕的。但是现在他发火了：“爱是有所谓而发的。你们两人对我做了什么好事呀？”

“你应该无所谓而爱，像阿辽沙那样地爱人。”

“但怎么见得他爱你？他对你有什么表示，竟弄得你这样醉心？”

格鲁申卡站在屋子中央，心情激动地说了起来，话音中流露出了歇斯底里的味道：“住嘴，拉基特卡，你一点也不明白我们的事情！以后再不许你对我称呼‘你’，我不许你这样，你凭什么这样放肆起来了！你就坐在一边角落里，不许作声，就像我的仆人那样。现在，阿辽沙，我要对你一个人说出真心话，让你看清我是怎样的一个下贱坯！我这话不是对拉基特卡说的，是对你说的。我想害你，阿辽沙，这是千真万确的，已经完全打定主意了。我甚至用钱贿赂拉基特卡，让他领你来。我为什么要这样做呢？阿辽沙，你是一点也不知道的。你看见我就扭过身子，垂下眼睛，走了过去。我却望着你已经望了一百遍，一千遍，向每个人打听你的情形。你的面容深深印在我的心里。我心想：他瞧不起我，连看都不愿意看一下。后来我实在耐不住了，自己也感到奇怪：干吗我要怕这样一个小孩子？我要把他一口吞下去，再尽情嘲笑他一顿。我简直气坏了。你相信不相信，这里的人谁也不敢说他打算找阿格拉菲娜·阿历山德罗芙娜打什么坏主意，连想也不敢想。我只有老头子一个人，我只跟他在一处，卖给了他。这是魔鬼把我们结合在一起的，除他之外，再没有别的人了。但是我一看到你，就下了决心：我要吃了他。我要吃了他，再嘲笑他。你瞧，我真是条恶狗，而你竟把我称作姊妹！现在这个侮辱我的人又来了。我正坐在这里，等着消息。可你知道这侮辱我的人在我的心上曾经是怎么样一个人？五年以前，库兹马刚带我到这里来的时候，我老坐在那里，躲着人，但愿人家既看不见我，也听不见我；我瘦瘦的，傻里傻气的，坐在那里直哭，整夜整夜不睡觉。我心里想：'他现在在哪里，我的害人精？一定在跟别的女人一块儿笑我，我只要能够见到他，什么时候遇见了，一定要报复他，一定要报复他！'我在夜里暗地里趴在枕头上痛哭，翻来覆去地想，故意折磨自己的心，让它充满了愤怒：'我一定要报复他，一定要报复他！'有时我甚至在黑暗里这样喊出来。后来突然想到我根本不能把他怎么样，而他现在却正在笑我，也许根本忘掉了，不再放在心上，我就从床上滚下来扑到地板上，无可奈何地流泪痛哭，浑身哆嗦，直到天明。早晨起床的时候，心情比恶狗还狠毒，简直想撕碎整个世界。以后你猜怎么着：我开始一心攒起钱来，变得冷酷无情，身体也胖了起来，你大概以为我变聪明了，是不是？才不是哩：全世界里谁也不会看见，也不会知道，只要夜幕一降临，我就仍旧跟五年以前还是小姑娘的时候一样，时常躺在那里，咬牙切齿，整夜哭泣。净想着：'我一定要报复他，一定要报复他！'我上面这些话你都听到了吗？那么你现在听到我下面的话又会怎么理解我。一个月以前，我忽然接到了刚才说的这封信：他已经动身前来，他死了妻子，希望和我见面。老天爷，当时我就连气都透不过来了，我突然想到：他一来，对我吹着口哨唤我一声，我就会像一只挨了打的小狗一般，摇尾乞怜地连忙爬到他的面前去！想到这里，我自己也怀疑起自己来：'我到底是不是个下贱的女人？我到底跑去见他呢，还是不去？'在这整整一个月里，我自己恨透了我自己，脾气变得比五年以前更坏了。你现在明白了吧，阿辽沙，我是一个多么凶蛮狠毒的人，我现在把实在情形全对你讲了！我同米卡开开玩笑，是为了不致跑到另一个人的身边去。你不许作声，拉基特卡，你不配来裁判我，我没有对你说话。我在你们没有来以前，躺在这里等候，想着心事，考虑自己今后的命运，你们是永远不会知道我的心情的。阿辽沙，请你对你那位小姐说，请她不要为前天的事情生气！全世界没有人知道我现在是什么心情，而且也没法知道……我今天也许会带一把刀子前去，但我还下不了决心。”

格鲁申卡说出了最后一句“伤心话”，突然再也支持不住，没等说完，就用手捂住脸，投身扑到沙发的枕头上，像小孩一般号啕痛哭起来。阿辽沙从座位上站起来，走到拉基金面前。

“米沙，”他说，“你不要生气。你受了她的委屈，但是你不要生气。你听到她刚才说的话吗？不能对一个人的心灵要求得太严，应该慈悲些。”

阿辽沙在一阵抑制不住的激动心情下说了这几句话。他感到非说出自己的心情不可，所以他就对拉基金说了。假如没有拉基金，他也会独自喊出来的。但是拉基金嘲笑地看了他一眼，阿辽沙突然住了口。

“这是昨天你的长老给你装上的弹药，现在你拿你长老的弹药朝我身上乱放了，阿辽沙，你这上帝的人。”拉基金带着深恶痛绝的微笑说。

“你不要笑，拉基金，不要嘲笑，不要谈论去世的长老：他比世界上任何人都要高尚！”阿辽沙话音里带着哭声喊道，“我不是用裁判者的资格对你说这话，我自己就是被裁判者中最渺小的一个。我和她相比算得了什么呢？我抱着自暴自弃的念头到这里来，心里说：‘管他哩！随他去吧！’而这全是由于我灰心丧气的缘故。但是她在忍受了五年的折磨以后，一旦有个人主动跑来，对她说出一句诚恳的话，她就立刻宽恕了一切，忘掉了一切，哭泣起来！那个侮辱她的人回来了，召唤她，她便宽恕了他的一切，欢欢喜喜地忙着去见他，她不会拿刀子，决不会拿的！不，我就不是这样！米沙，我不知道你是不是这样，我却不是这样的！这是我今天刚刚得到的一个教训。她在爱人这一方面高于我们之上。你以前听到过她现在所讲的这一切吗？不，你没有听见过；假如你听见过，那你一定早就会完全理解她了，但愿那前天受了侮辱的另一位女人也宽恕了她吧！她只要知道就会宽恕她的，她一定会知道的。这个心灵还没有得到宁静，应该宽宥她，这个心灵里也许有宝藏……”

阿辽沙突然住了口，因为他气都喘不过来了。拉基金虽然一肚皮气，却也十分惊奇地望着他。他从来没有料到平常不大作声的阿辽沙会发出这样滔滔不绝的议论来。

“跑出一位辩护律师来了！你爱上了她，是不是？阿格拉菲娜·阿历山德罗芙娜，我们这位吃素持斋的人果真爱上你了，你把他征服了！”他猥亵地笑着大声嚷了起来。

格鲁申卡从枕头上抬起头来，看了阿辽沙一眼，在她由于刚才啼哭流泪而突然显得有点浮肿的脸上闪出一抹感动的微笑。

“你别理他，阿辽沙，我的小天使，你瞧出他是个什么样的人了吧，何必找这样的人说话。我，米哈伊尔·奥西波维奇，”她朝拉基金说，“我本来想向你请求原谅，因为我骂了你一顿，可是现在又不想了。阿辽沙，你到我这里来，坐在这里。”她带着喜悦的微笑向他招手。“就这样，就坐在这里，你告诉我，”她拉住他的手，含笑端详着他的脸，“你告诉我：我究竟爱不爱那个人？爱不爱那个侮辱我的人？你们没有来之前，我在黑暗中躺在这里，一直在追问自己的心：我究竟爱不爱他？你替我分析一下，阿辽沙。时间到了，你说该怎么样就怎么样吧。我究竟饶恕不饶恕他？”

“你不是已经饶恕了吗？”阿辽沙含笑说。

“确实已经饶恕了。”格鲁申卡忧郁地说，“多么下贱的心啊！为我的下贱的心干一杯！”她忽然从桌上抓起一只酒杯，一口气喝干，然后举起杯子，一下把它扔在地板上。酒杯砰的一声摔碎了。在她的微笑中隐约闪出了一种严酷的神情。

“但是也许我还没有饶恕呢！”她带着威胁的口气说，眼睛垂视地上，好像在自言自语，“这个心也许还只是刚刚准备要饶恕。我还要和它缠斗一番。你瞧，阿辽沙，我简直爱上了五年来没有断过的眼泪。也许我只是爱我所受的委屈，并不是爱他！”

“我可真不愿意处在他的地位上！”拉基金低声咕哝说。

“你也根本不可能，拉基特卡，你决不会处在他的地位上的。你只配给我刷鞋，拉基特卡，我只想差你去做这类事情。像我这样的人，你根本连见都不配见到，也许连他也不配。”

“连他？那你为什么还要打扮得这样漂亮？”拉基金恶意地嘲弄她。

“你不必拿打扮漂亮的话讥刺我，拉基特卡，你还没完全知道我这个人的心！只要我高兴，我会把漂亮的衣服撕掉，马上就撕，现在就撕。”她昂然地大声喊道。“你根本不知道，拉基特卡，我穿这身漂亮衣服是准备干什么？也许我会走到他跟前，对他说：‘你看见过我这种样子没有？’他丢下我的时候，我还只是个瘦伶伶像害痨病似的、好哭的十七岁小姑娘。我要坐在他身边，媚惑他，引诱得他浑身发烧，对他说：‘你看见我现在的模样吗？你这是活该，亲爱的先生。到嘴的馒头竟溜走了！’这身漂亮的打扮也许就是这个意思，拉基特卡。”格鲁申卡恶意地笑着说，“我是凶狂的，阿辽沙，狠毒的。我要把我漂亮的衣服撕掉，把自己弄残废，毁掉我的美貌，烧坏我的脸，用小刀划破，出去要饭。高兴的话，我会哪儿都不去，什么人也不去见；高兴的话，我也许明天就会把库兹马送给我的一切东西和银钱统统交还给他，自己一辈子去做零工！拉基特卡，你以为我不会这样做，不敢这样做吗？我会做的，会做的，现在就可以做，只要惹火了我……那个人我也可以赶走他，蔑视他，不见他！”

最后的那句话她是用歇斯底里的声音喊出来的，但是忍不住，又用手捂住脸，趴到枕头上，痛哭得全身哆嗦。

“是时候了，”拉基金从座位上站了起来，他说，“天色已晚，修道院里要不让人进去了。”

格鲁申卡猛然从沙发上跳了起来。

“阿辽沙，难道你想走了吗？”她又惊讶又难过地喊叫起来，

“现在你叫我怎么办？你弄得我全身激动，满心痛苦，现在又让我整夜一个人留在这里。”

“总不能让他在你这里过夜吧！不过只要他高兴——也可以的！我一个人先走也行！”拉基金恶毒地嘲弄说。

“闭嘴，你这恶鬼！”格鲁申卡愤怒地对他吆喝，“你就从来没有对我说过一句话，像他一来就对我说的那样。”

“他对你说了什么话呀？”拉基金恼火地嘟囔说。

“我不知道，一点也不明白他对我说的是什么话，但这些话一直透进心里，把我的心都翻了过来。他是世上第一个怜惜我的人，唯一的这样一个人！小天使，你为什么不早些来呀，”她忽然跪在他面前，疯狂似的说，“我一辈子等候着你这样的人，等候着，我知道早晚总会有那么一个人走来宽恕我的。我相信就是我这样下贱的人也总会有人爱的，而且不单只为了那种可耻的目的！”

“我对你说过些什么呢？”阿辽沙回答道，感动地微笑着向她俯过身去，温柔地拉住她的手，“我递给你一棵葱，一棵极小的葱，不过这样，只不过这样！”

说完，他自己哭了起来。正在这时候，过道里忽然传来响声，有人走进了外屋；格鲁申卡跳起来，好像吓坏了似的。费尼娅吵吵嚷嚷地喊着跑进屋来。

“小姐，小姐，带信的人来了！”她快乐地喊着，气都喘不过来，“一辆马车从莫克洛叶派来接您了，马夫季莫费依驾了三匹马来的，现在正在换新马哩。信，信，小姐，这里有一封信！”

信就在她的手里，可是她一面喊，一面一直不停地在空中摇晃着它。格鲁申卡从她手里一把抢下，凑近烛光去看。这只是一张便条，几行字，她一下子就读完了。

“叫我呢！”她喊出来，脸色惨白，面容被一阵苦笑弄得扭曲了，“他吹口哨了！爬过来吧，小狗！”

但是只有一小会儿她显得仿佛有些犹豫不定，接着，血突然涌上了她的头部，两颊变得通红。

“我去！”她突然嚷道，“我那五年的光阴，告别了吧！告别了吧，阿辽沙，命运决定了！去吧，去吧，你们大家全离开我吧，我不想再见你们了！格鲁申卡飞进新的生活里去了。你也不必记住我的旧恶了，拉基特卡。我也许正在走上死路！唉！我仿佛喝醉了！”

她忽然撇下他们，跑到自己卧室里去了。

“哼，她现在顾不得我们了！”拉基金抱怨地说，“我们走吧。要不然，也许又要听到那种娘儿们的大喊大嚷，我听这些哭哭啼啼的喊嚷声已经听腻了……”

阿辽沙心不在焉地任别人领着自己走出了屋子。院子里停着一辆四轮马车，马卸掉了，人们提着灯走来走去，十分忙碌。从敞开的大门外牵进来三匹新换的马。阿辽沙和拉基金刚从台阶上走下，格鲁申卡的卧室的窗突然开了，她以响亮的嗓音朝阿辽沙的背后喊道：“阿辽沙，替我向令兄米钦卡问好，告诉他，不要记我这坏女人的仇。你再把我亲口说的话转告他：‘格鲁申卡跟一个坏人走了，而没有跟你这位高尚的人！’请你再对他说，格鲁申卡只爱过他一小时，总共只爱过一小时，他应该一辈子记住这一小时。你就说，格鲁申卡嘱咐他一辈子记住！”

她泣不成声地说完了最后几句话。窗子砰的一声关上了。

“嘀嘀！”拉基金笑着用含糊的声音说，“砍了令兄米钦卡一刀，还要让他一辈子记住。真是杀人不见血！”

阿辽沙一句话也不回答，就跟没有听见似的；他在拉基金身边快步行走，好像十分匆忙；他似乎出了神，只是机械地走着。拉基金仿佛突然被什么东西扎了一下，好像有人用手指触动了他的新伤疤似的。刚才他把阿辽沙领到格鲁申卡那里去的时候，预期的情况完全不是那样；结果却发生了跟他非常想看到的情况完全不同的事。

“他是波兰人，她的那位军官，”拉基金勉强自制着，又开口说起来，“再说他现在已经不是军官了，他在西伯利亚海关上当差，在靠中国的边境上。他大概是一个瘦弱的小波兰人。听说他已经丢了差事。是听说格鲁申卡现在有了钱才回来的，全部奥妙就在这里。”

阿辽沙还是仿佛没有听见。拉基金按捺不住了。

“怎么样，拯救了那个女罪人？”他对阿辽沙恶毒地笑着说，“把娼妇引上真理的路了？赶走了七个小鬼[1]，是不是？你瞧我们这会儿正在期待着的奇迹竟在这里实现了！”

“住嘴吧，拉基金。”阿辽沙满心痛苦地回答说。

“那么你现在是为了刚才那二十五个卢布在‘蔑视’我？意思是说我把真正的朋友出卖了。可是实际上你不是基督，我也不是犹大。”

“唉，拉基金，老实说，我连有这回事都忘记了，”阿辽沙喊了起来，“现在你自己提醒我，才记得有这回事。”

但是拉基金已经怒不可遏了。

“让鬼把你们这伙人统统捉去吧！”他忽然大喊大嚷起来，“真是见鬼！我为什么同你打起交道来了，从今以后我连见都不愿意再见着你。你一个人走你的路吧！”

他猛地转身走上另一条街，把阿辽沙独自扔在黑暗里。阿辽沙走出城外，穿过田野向修道院走去。

---

1 《新约·路加福音》中记载了一位被七个恶鬼附身的娼妇玛利亚。（详见福音第8章）

四

加利利的迦拿

阿辽沙回到隐修庵时，照修道院平时的习惯来说时间已经算很晚了；看门人从另外一扇门放他进去。九点已打过，这是大家经过这纷扰的一天以后开始休息和平静下来的时候。阿辽沙畏畏缩缩地开了门，走进长老的修道室，现在他的灵柩就放在里面。除去孤零零地在灵边读福音书的佩西神父和年轻的修士波尔菲里以外，修道室里其他一个人也没有。波尔菲里由于昨天听谈话熬了一夜，今天又忙乱一天，累坏了，已在另一间屋子的地板上睡熟，做着年轻人那种沉酣酣的好梦。佩西神父虽然听见阿辽沙走了进来，却连看都不朝他看一眼。阿辽沙转身到门右首的屋子角上跪下来，开始祈祷。他的心里思潮纷繁，却似乎茫无头绪，没有哪一种感觉特别鲜明突出，相反的是各种感觉就像在那里悄悄反复循环似的，不断一个排挤取代了另一个。然而心里却是甜滋滋的，而且说来奇怪，阿辽沙自己也并不觉得诧异。他又看见这个灵柩，以及里面遮盖得严严实实的那个对他十分珍贵的死者，但是他的心灵里已没有像早晨那样的哀恸、刺心、痛苦的悲戚心情。他刚走进来，就对灵柩下跪，像朝拜圣物一样，但在他的脑海里和他的心里却洋溢着快乐。修道室的一扇窗户敞开着，空气是新鲜、冷冽的，阿辽沙想："既然决定打开窗户，想来气味一定是更加强烈了。"然而关于臭味的问题，不久前在他看来还是那样可怕而且丢脸，现在想起来却并没有勾起他刚才那种烦恼和愤慨。他开始静静地祈祷，但很快自己也感到他是在近乎机械地祈祷着。各种思绪不断在他的心灵里闪过，像小星星一般，一亮就灭，又换上另一颗小星星，但同时却也有某种坚定而使人慰藉的心情在主宰着他的心灵，而他自己也感觉到这一点。他有时开始热烈地祈祷，渴望着感谢和爱，但是刚一开始祈祷，心就突然又转到什么别的事情上，又沉思了起来，既忘了祈祷，也忘了究竟是什么打断了它。他开始听佩西神父所诵读的《圣经》，但是由于太疲倦，渐渐地打起盹来。

“第三日，在加利利的迦拿有娶亲的筵席，”佩西神父读着，“耶稣的母亲在那里。耶稣和他的门徒也被请去赴席。”

“娶亲？这是怎么回事，娶亲……”这念头像狂飙般在阿辽沙的脑海里掠过，“她也有幸福，已经赴筵席去了……不，她没有带刀子，没有带刀子。这只是一句‘伤心话’。嗯……伤心话应该被原谅，这是一定的。说说伤心话可以让心灵得到点安慰，没有它，人们的悲伤就会重得受不了。拉基金走到小胡同里去了。只要拉基金一味在想着他所受的委屈，他就总是要走进小胡同里去的。可是大路……明明有宽广、笔直、光明的，像水晶一般的，它的前面就是太阳。啊？还读着什么？”

“酒用尽了，耶稣的母亲对他说：‘他们没有酒了。’”阿辽沙听着。

“哎呀，我竟听漏了。我本来不想听漏的，我很爱这一段。这是讲加利利的迦拿，第一件奇迹。哎，这个奇迹，这个有趣的奇迹！基督在初次创造奇迹的时候，他所颁给人们的不是悲伤，而是人们的快乐，他加强了人们的快乐。‘凡爱人的必爱他们的快乐……’逝世的长老时常反复说这句话，这是他的一个最主要的思想。没有快乐是不能生活的，米卡说。说得对，米卡。所有真实和美丽的东西永远充满了宽恕一切的精神，这又是他说的……”

“耶稣说：‘妇人，这与你我有什么相干？我的时候还没有到。’他母亲对用人说：‘他告诉你们什么，你们就做什么。’”

“做什么……给予快乐，一些穷人；赤贫的人们的快乐。既然在娶亲的时候都没有酒喝，自然是穷人。历史学家说格尼萨莱斯湖旁和附近地方，当时居住着极贫穷的人民，穷得无法想象的人民。当时在场的另一个伟大的人物——他的母亲——的伟大的心知道他的降临并不单只是为了完成可怕的伟大业绩。她知道他的心也能体会那些十分愚昧无知但却胸无城府的人的天真烂漫的快乐，他们是那样和蔼地邀请他赴他们那贫乏的喜筵。‘我的时候还没有到。’他说时带着安详的微笑——他准是对她温顺地笑了一下。的确，他的降临大地，难道就是为了让穷人的筵席上增添葡萄酒吗？然而他就照着她的请求做了。哦，他又在接着读了……”

“耶稣对用人说，把缸倒满了水，他们就倒满了，直到缸口。

“耶稣又说：‘现在可以舀出来，送给管筵席的。’他们就送去了。

“管筵席的尝了那水变的酒，并不知道是哪里来的，只有舀水的用人知道。管筵席的便叫新郎来。

“对他说：‘人都是先摆上好酒；等客喝足了，才摆上次的。你倒把好酒留到如今。’”

“但是这是怎么回事，这是怎么回事？为什么屋子变得宽大起来。哦，这是在娶亲，办喜事，当然啰。这儿是来宾，这是那年轻新婚夫妇坐在那里，还有快乐的人群和……那位明智的管喜筵的在哪里呀？可他是谁呢？谁？屋子又更扩大了……是谁从大桌子后面站了起来？怎么……他也在这里？他不是在棺材里面吗，可是他也在这里，站起来，看见了我，走了过来，主啊！”

是的，他走过来了，他走到他面前来了，这位干瘪瘦小的老人，满脸细小的皱纹，愉快而安详地笑着。棺材已经没有了，他仍旧穿着昨天客人聚集在他那里谈话的时候所穿的衣服。他的脸没有遮住，眼睛闪着光。这么说来，他也在喝喜酒，也被邀请来赴加利利的迦拿的喜筵了。

“亲爱的，我也被邀请，我也被再三邀请来了，”他头上响起了一个轻柔的声音，“你为什么躲在这里，别人都看不见你，你也到我们这里来吧。”

这是他的声音，佐西马长老的声音。明明是他在那里呼唤，还能不是他吗？长老用手扶起阿辽沙，阿辽沙站了起来。

“我们在那里很快乐，”干瘪瘦小的老人继续说，“我们在喝新的酒，新的、巨大的欢乐之酒，你看，有多少客人？那边是新郎、新娘，那边是明智的管筵席的，在尝着新的酒，你为什么对我感到诧异？我舍了一棵葱，所以我也在这里。这里有许多人每人只舍了一棵葱，只有一棵小葱。我们的事业是什么？你，我的文静、温顺的孩子，你今天也给了一个饥渴的女人一棵小葱。开始吧，亲爱的，开始做你的事业吧，温顺的孩子！你看见我们的太阳，你看见他了吗？”

“我怕……我不敢看……”阿辽沙喃喃地说。

“你不要怕他。他的庄严显得可怕，他的崇高使人畏惧，然而他怀有无限的慈悲。由于爱，他显出和我们一样的形象，同我们一起快乐，为了使客人们不致扫兴，他把水化成美酒，等待新的客人，不住地召唤新的客人，而且在永恒地召唤。你瞧，又取来了新酒，取来了杯碗。”

阿辽沙感到心里火热，感到似乎突然有某种情感激动得使他的心里发痛，欢欣的眼泪从他的心灵涌出。他伸出双手，喊了一声，醒了。

还是棺材，敞开的窗，轻轻的、庄严而清晰的读《圣经》的声音，但是阿辽沙已经不去听读些什么了。说来奇怪，他是跪着睡熟的，现在却竟站立着。他忽然猛地离开原地，迅速而坚决地三脚两步，一直走到棺材旁边。他的肩头甚至碰了佩西神父一下，也没有理会。佩西神父的眼睛离开了书本，抬起来对他看了一下，但是立刻又移开了，知道这青年人的心里发生了什么怪事情。阿辽沙朝棺材看了半分钟光景，朝那个浑身盖得严严的一动不动挺卧在棺材里的死者看着，他的胸前放着圣像，头上戴着有一个八角形十字架的修士帽。他刚刚还听见过他的声音，这声音还一直在他的耳边萦绕着。他又倾听了一会儿，还在等着听见说话的声音，但突然间，他猛地转过身子，从修道室走了出去。

他在门廊上也没有停步，就迅速地走下了台阶。他那充满喜悦的心灵渴求着自由、空旷和广阔。天空布满寂静地闪烁着光芒的繁星，宽阔而望不到边地罩在他的头上。从天顶到地平线，还不很清晰的银河幻成两道。清新而万籁俱静的黑夜覆盖在大地上，教堂的白色尖塔和金黄色圆顶在青玉色的夜空中闪光。屋旁花坛里美丽的秋花沉睡着等待天明。大地的寂静似乎和天上的寂静互相融合，地上的秘密同群星的秘密彼此相通。阿辽沙站在那里看着，忽然直挺挺地扑倒在地上。

他不知道为什么要拥抱大地，他自己也弄不清楚为什么他这样抑止不住地想吻它，吻个遍，他带着哭声吻着，流下许多眼泪，而且疯狂地发誓要爱它，永远地爱它。“向大地洒下你快乐的泪，并且爱你的眼泪……”这句话在他的心灵里回响。他哭什么呢？哦，他是在欢乐中哭泣，甚至就为了在无边的天空中向他闪耀光芒的繁星而哭，而且“对自己的疯狂并不害羞”。所有从上帝的大千世界里来的一切线索仿佛全在他的心灵里汇合在一起，这心灵为“与另一个世界相沟通”而战栗不已。他渴望着宽恕一切人，宽恕一切，并且不是为自己，而是为一切人，为世上的万事万物请求宽恕，而“别人也同样会为我请求宽恕的”，他的心灵里又回响起了这句话。他时时刻刻明显而具体地感到有某种坚定的、无可摇撼的东西，就像苍穹一般深深印入了他的心灵。似乎有某种思想主宰了他的头脑，而且将会终身地、永生永世地主宰着。他倒地时是软弱的少年，站起来时却成了一生坚定的战士，在这欢欣的时刻里，他忽然意识到而且感觉到了这一点。阿辽沙以后一辈子永远、永远也不能忘却这个时刻。“有什么人在这时候走进我的心灵里去了。”他以后常常坚信不疑地这样说。

三天以后，他离开了修道院，以便履行去世的长老命令他“到尘世上去生活”的遗言。

第二卷　米卡

一

库兹马·萨姆索诺夫

格鲁申卡飞进新生活里去的时候，嘱咐阿辽沙向德米特里·费多罗维奇转致最后的问候，并且请他一辈子记住她的一小时的爱，但对她的事还一点也不知道的德米特里·费多罗维奇，那时候也正处于非常纷扰和忙乱的状态。最近两天，他的心情是那样难以形容，正像他以后自己所说的，简直差一点要得脑炎。阿辽沙昨天早晨没找到他，伊凡哥哥当天也没有能够和他在酒店里相见。他所住的小房子的房东严守他的命令，对谁也不说他的行踪。在这两天以内，他真是四面八方到处乱跑，像后来他自己所说的那样，“和他的命运奋斗，拯救自己”，甚至还出城去办一桩急事有几小时之久，虽然他怕离城一步，一分钟也不敢放松对格鲁申卡的监视。这一切以后都会在文件形式下非常详细地弄清楚的，目前我们只想具体地把那个突然出现在他命运中的可怕的惨剧的前两天，他一生中最痛心的两天中最必要的一些事情先说一说。

格鲁申卡确曾诚恳而真挚地爱过他一小时，这是事实，但与此同时，她有时折磨起他来也简直是十分残忍而不加怜悯的。最糟的是他一点也无法摸透她的真正心意，用软骗硬逼的办法都办不到：她不但决不会上钩，反而只会生气，完全不理他，这一点他当然是很明白的。他当时很正确地猜想到她自己也正处在某种内心斗争中，处于一种异常游移不决的心情下，想下某种决心，却始终拿不定主意。因此他不无理由地怀着战栗的心情猜到，有的时候她对他和他的热恋简直感到憎恨。事实也许就是这样，但是格鲁申卡究竟为着什么而烦恼，他却还是始终不曾理解。就他自己来说，他所苦恼的全部问题仅仅只在于：究竟是他米卡中选呢，还是费多尔·巴夫洛维奇。谈到这里，必须顺便说明一个肯定的事实：他完全深信费多尔·巴夫洛维奇一定会向格鲁申卡提议（说不定已经提议）和她正式结婚的，他决不认为这老色鬼会当真指望只花三千卢布了事。这个结论，是米卡因为深知格鲁申卡和她的性格才得出来的。正因为这样，所以他有时会觉得格鲁申卡的全部痛苦和迟疑不决的心情只是由于她不知道应该选择谁，谁对于她比较更有利。至于那位“军官”，也就是格鲁申卡一生命中注定的那个人快要回来，她正怀着十二分激动和恐惧的心情在等待着他的来临，说来奇怪，他在那些日子里竟连想也没有想到。固然，格鲁申卡最近几天对他绝口不谈这件事。但是她在一个月以前曾接到她那位以前的勾引者一封信，这是他听她亲口说起过的，而且也多少知道了些信中的内容。格鲁申卡当时在气头上，曾把这封信给他看。但是使她惊讶的是他对于这封信几乎毫不加以重视。很难解释为什么；也许就因为他为了这个女人和亲生父亲争锋，这件事的丑恶和可怕已把他完全压倒，使他简直不能设想有比这再可怕、更危险的事情了，至少在当时来说是如此。对于失踪五年以后不知从什么地方忽然钻出来的未婚夫，他甚至根本不相信，尤其不相信他很快就会来。而且在米卡看到的那位“军官”的第一封信上，关于这位新情敌回来的话写得也很不明确：这封信通篇很模糊，很浮夸，尽是些多愁善感的话。应该说明的是，那一次格鲁申卡把那封信的最后几行字掩住了没给他看，在那几行字里关于回来的话就说得比较确定些。再说米卡事后还记得，当时似乎看到格鲁申卡的脸上也不自觉地流露出几分骄傲的看不起西伯利亚来的那封信的意思。以后，格鲁申卡关于和这新情敌进一步联系的一切情节，就再也没有对米卡提起过。因此他渐渐地甚至完全忘却了这位军官。他心里只是想，无论发生什么事情，无论有什么变化，他和费多尔·巴夫洛维奇正在临近的最后冲突的时刻实在太近了，因此一定会比其他一切都更早地弄个水落石出。他战战兢兢地随时都在期待着格鲁申卡的决定，而且一直相信这个决定一定会心血来潮地突然做出。她会忽然对他说：“你把我拿去吧，我永远属于你了。”于是一切都会了结：他会一把抓住她，立刻带她到天涯海角。立刻带走，越远越好，即使不是天涯海角，也要到俄罗斯的尽头，和她在那里结了婚，隐姓埋名[1]地安居下来，让任何人，无论是这里的人也好，那里的人也好，或者任何别的地方的人也好，都从此不再知道他们的踪迹。到了那时候，啊，那时候，就会立即开始过崭新的生活！关于这不同的、革新的、“善良”的生活，（“一定要善良的，一定要善良的！”）他时时刻刻疯狂地幻想着。他渴望这样的复活和革新。他以往出于自己的意志而陷进去的这个污秽的泥沼，使他感到实在再也无法忍受。和很多处于这种境况的人一样，他最相信环境的变更：只要不是这些人，只要不是这个环境，只要脱离这个可诅咒的地方，一切就可以复活，一切就可以重新做起！这是他所深信的，这是他日夜向往的。

然而这只是问题的第一种解决方式，也就是圆满的解决方式。也还有另一种解决方式，那就是一种非常可怕的结局了。她会忽然对他说：“你走吧，我已经和费多尔·巴夫洛维奇商量好了，我要嫁给他，不需要你了。”到了那时候，到了那时候，但米卡并不知道到了那时候要怎么办，直到最后的一刻他还不知道，这是该替他说句老实话的。他并没有确定的打算，也并没有想到要犯罪。他只是在那里监视、侦探，自己苦恼，但又始终只指望着自己的命运能得到第一种圆满的结局。他甚至赶走了一切别的念头。然而这里又开始碰到了完全不同的另一桩糟心事，出现了另外一个枝节的，却也是事关重大而又无法解决的新问题。

假使她对他说“我是你的，你把我带走吧”，那么他将怎样把她带走呢？他哪里有钱，有必要的用费呢？多少年来一直不断地从费多

1 原文为意大利语：incognito.

尔·巴夫洛维奇所给的那笔钱中陆续支给的生活用款恰巧在这时候全部支完了。自然，格鲁申卡有钱，但是米卡在这个问题上却忽然发起可怕的骄傲脾气来：他要自己把她带走，用自己的钱和她开始过新的生活，而不愿意用她的钱；他甚至想也不愿意想他会用她的钱，一想到这里就感到苦恼而不是滋味。我在这里不想去渲染这件事，也不想去分析它，而只是指出，此时此刻，他的心情就是这样。这甚至也说不定完全是由于他偷用了卡捷琳娜·伊凡诺芙娜的钱，间接而且似乎下意识地感到良心上的隐痛所致。“已经在一个女人面前做了坏蛋，立刻又在另一个女人面前做坏蛋。”他当时想，这是他以后自己承认的，“而且格鲁申卡如果知道了，也是不会再要这样的坏蛋的。”那么究竟到哪里去筹这笔款子，从哪里去弄到这笔倒霉的钱呢？要不然，一切都将落空，什么也办不成。“仅仅因为没有钱，唉，真是丢脸呀！”

我得先说两句：问题正在于他也许知道从哪里去弄这笔钱，也许知道这钱正在什么地方现成地放着。这里我不想说得更详细了，因为以后一切都自然会弄明白的。但他的主要为难处究竟在哪里，这一点我还是要交代一下，虽然也许不见得能交代得很清楚：为了取用这笔正在什么地方现成放着的款子，为了有权去取用它，必须先把三千卢布还给卡捷琳娜·伊凡诺芙娜，要不然，“我就成了一个扒手、坏蛋，而我是不愿意作为一个坏蛋去开始新的生活的”。米卡下了这样的决心。因此，他决心在必要的时候闹他个天翻地覆，无论如何也一定要首先把三千卢布归还给卡捷琳娜·伊凡诺芙娜。他下这个决心的最后过程——就这么说吧，是发生在他生活中的最近几个小时以内，那就是两天以前的晚上，在格鲁申卡侮辱了卡捷琳娜·伊凡诺芙娜以后，他在大路上最后一次和阿辽沙相遇的时候；当时米卡听了阿辽沙对他讲述这件事，就承认他自己是一个坏蛋，还嘱咐后者把这话转告给卡捷琳娜·伊凡诺芙娜听，“假如这能使她多少轻松些的话”。就在当天夜里，他和兄弟分手以后，他在疯狂的心情下简直觉得他甚至情愿“杀人越货，也必须偿还卡捷琳娜的债”。“我宁愿在被图财害命的人面前成为凶手和强盗，宁愿使众人把我看作这种人，宁愿流放到西伯利亚去，也不愿让卡捷琳娜有权说我对她变心，偷她的钱，却用她的钱同格鲁申卡一起逃跑去过善良的生活！决不能这样！”米卡咬着牙对自己这样说，有时候真的感到自己这样下去一定要得脑炎了。但是他却还是继续在那里内心斗争着。

说来奇怪：从表面看来，一旦做出这样的决定，他除掉得到失望以外，就再不会得到别的了；因为一下子从哪儿去弄这么大一笔钱呢，更何况是像他这样的穷光蛋？然而当时他却始终指望着他可以弄到这三千卢布，以为这笔款子会自己跑到或者飞到他手里来，甚至从天上掉下来似的。不过，所有像德米特里·费多罗维奇这样的人本来也都这样，因为他们一辈子只会白白花钱，挥霍遗产，而对于怎样才能赚到钱，是一窍不通的。前天他和阿辽沙分手以后，他的脑海里立刻涌出了一大堆想入非非的念头，把他的头脑全搅乱了。结果是他首先第一步就采取了一个最最离奇的步骤。的确，也许这类人处于这样的境遇之下，恰恰会觉得最不可能、最不实际的步骤反而是必须首先去做，而且可以得出结果的。他忽然决定到格鲁申卡的保护人——商人萨姆索诺夫那里去，对他提出一个“计划”，而且就凭这个“计划”从他那里弄到全部所需的款项；从生意的观点来看，他对于自己的这个计划是毫不怀疑的，只担心萨姆索诺夫如果不愿意单从生意方面着想，对于他的举动不知会有怎样的看法。米卡虽然和这个商人见过面，却和他并不熟识，甚至一次也没有交谈过。但是不知为什么，他心里甚至早就有一个信念：那就是这个老荒唐鬼眼下已经奄奄一息，假使格鲁申卡想自己设法安排一种体面的生活，嫁给一个“靠得住的男子”，也许现在他是一点也不会反对的。他不但不会反对，反而自己也希望这样，而且如果有合适的机会，还会亲自加以促成。不知是根据某种传言呢，还是根据格鲁申卡某句话的流露，他还断定老人也许情愿他娶格鲁申卡，而不愿意费多尔·巴夫洛维奇娶她。也许，读这部小说的许多读者会以为希冀这样的帮助，打算——这样说吧，从对方的保护人手里赢得自己的新娘，这在德米特里·费多罗维奇来说，未免是太粗鲁太不择手段了。对于这一点，我只能说在米卡看来，格鲁申卡过去的一切已经完全过去了。他对这种过去抱着无限同情，并且以他烈火般的爽快脾气决定，只要格鲁申卡一旦对他说她爱他，而且准备嫁给他，那就立刻出现了一个崭新的格鲁申卡，而同时也就会出现一个崭新的德米特里·费多罗维奇，再不犯任何罪恶，只准备做种种善行：他们两人将互相饶恕，开始过全新的生活。至于库兹马·萨姆索诺夫这人，他把他看作是格鲁申卡过去一段已经完结的经历中对她发生过不幸影响的人，她从来没有爱过他，而且主要的是他自己现在已成为“过去”的人物，已经完结，因此也像其他事物一样现在已不再存在了。更何况米卡现在甚至都无法把他当作一个人看待，因为城里大家全知道他只是一个浑身是病的废物，和格鲁申卡保持着可以说是父女般的关系，已经和以前的情况完全不一样，而且早已如此，差不多已有一年了。总之，米卡在这方面有许多憨厚的地方，因为他虽有不检的行为，却还是一个十分憨厚的人。正是出于这种憨厚，他竟深信老库兹马在快要爬进棺材的时候，会为了他和格鲁申卡的那段往事而诚恳地忏悔，因而现在作为保护人和朋友，再没有比这位无害的老人对她更忠实的了。

米卡和阿辽沙在野外谈话以后，几乎整夜没有睡，第二天早晨十点钟光景就到萨姆索诺夫家去求见。这是一所很大的两层楼房，十分陈旧，显得阴郁，院里有些附属建筑物，有一所厢房。楼下住着萨姆索诺夫的两个已成婚的儿子和他们的家眷，他的老姐姐和一个没有出阁的女儿。厢房里住着他的两个伙计，其中一人的家庭也是人口繁多的。子孙和伙计们所住的房屋很拥挤，可是老人独自占了整个楼上的房间，连服侍他的女儿也不放进去住，她只好在一定的时间里，或者在他不定时的召唤下，一趟趟地从楼下跑到楼上，虽然她早已长期害着气喘病。楼上有许多堂皇的大房间，里面全是商人式的旧陈设，靠墙都单调地摆着一长排一长排笨重的安乐椅和红木椅，头上是蒙着布套的水晶挂灯，墙间嵌着阴暗的玻璃镜子。这些房间全是空的，没有人住，因为这多病的老人只躲在一间小屋里面，那是一间远在一角的小卧房，由一个包着头巾的老女仆和一个平时总坐在外屋的矮橱柜上伺候着的“小鬼”服侍他。老人因为腿肿几乎完全不能行走，只是偶尔从皮圈椅上站起来，由老太婆架着他的胳膊，领他在屋里走一两圈。他甚至对这老太婆也极严厉，而且不大说话。当仆人通报“上尉”前来拜访他时，他立刻吩附回绝。但是米卡坚持要见，因而仆人又再次去通报。库兹马·库兹米奇详细盘问小鬼：“他是个什么样子？是不是喝醉了酒？有没有撒泼胡闹？”得到的回答是：“人倒挺清醒，就是不肯走。”老人又吩咐出去回绝不见。米卡早就料到这一层，身边特地揣着纸张和铅笔，这时就在一张小纸片上整整齐齐地写了一行字：“为了和阿格拉菲娜·阿历山德罗芙娜密切相关的极重要的事请见。”由仆人把这张纸送给老人。老人思索了一会儿，吩咐小鬼领客人到大厅里去，还打发老太婆下楼叫他的小儿子立刻上来。这小儿子足有两俄尺十二俄寸高，力气极大，脸剃得光光的，一身德国式的服饰打扮（萨姆索诺夫自己却穿着俄罗斯式的长褂子，还留着胡须），他毫无二话地立刻就来了。他们大家在父亲面前都是战战兢兢的。父亲把这个大汉子叫了上来，倒并不是惧怕上尉，他不是胆小的人，只是预防万一有什么情况，可以有一个见证人在场。终于，他由小儿子和那个小鬼扶着走进大厅里来。可想而知，他也感到了相当强烈的好奇。米卡在那里等候着的大厅宽大而阴郁，使人心情烦闷，窗子有上下两排，墙壁是假大理石的，有三架水晶大挂灯，全蒙着布套。米卡坐在门旁一张小椅子上，怀着神经质的焦躁不安心情等待着决定他的命运。等到老人刚从对面的门里走出来，离米卡的椅子距离还有十俄丈时，米卡就突然跳起来，用一步跨出一俄尺远的坚定的军人式步伐迎上前去。米卡穿得很体面，常礼服的纽子扣得整整齐齐，手里拿着圆筒礼帽，还戴着黑手套，和三天以前在修道院长老那里，同费多尔·巴夫洛维奇和兄弟们相见的时候一模一样。老人站在那里，用傲慢而严厉的神情等待着他。米卡立刻感到在他走过去的时候，老人对他浑身上下打量了一番。近来浮肿得十分厉害的库兹马·库兹米奇的脸也使米卡吃了一大惊：本来很肥厚的下唇现在好像成了一块耷拉着的煎饼。他神气活现地默默对客人鞠躬，手指着长沙发旁边的圈椅请米卡坐下，自己却倚着儿子的手，一面发出痛苦的呻吟，一面慢吞吞地坐到米卡对面的沙发上。米卡看到他那种痛苦费力的样子，心里立刻为眼前自己在这位被他所打扰的庄重人物面前的猥琐渺小，感到懊悔和由衷的惭愧之情。

“先生，您有什么贵干？”老人坐下以后慢吞吞地说，字音清晰，态度既严厉又客气。

米卡哆嗦了一下，刚想跳起来，但又坐定了，接着就立刻大声说了起来，说得匆促而带神经质，指手画脚，露出一副疯狂的神气。显然这人已被逼到了绝境，走投无路，正在寻找最后一根稻草，如果寻不到，就只好立刻跳到水里沉没了事。大概，老人一下子就已看透了这个情况，尽管他的脸上仍旧冷冰冰地不动声色，像个木头人一样。

“尊贵的库兹马·库兹米奇大概已经多次听到过我同家父费多尔·巴夫洛维奇·卡拉马佐夫之间发生的争执，他剥夺了我母亲留给我的遗产，全城都已经在喋喋不休谈论这件事情，因为这里的人净爱谈些他们不应该谈论的事情。而且您也可能听格鲁申卡说起过，对不住：我是说阿格拉菲娜·阿历山德罗芙娜……我最敬爱的阿格拉菲娜·阿历山德罗芙娜……”米卡这样开始说起来，头几句话没说完就接不下去了。但我们不打算在这里逐句介绍他的原话，只想谈谈它的梗概。据说问题是这样的：米卡在三个月以前，就有意去咨询过一位省城里的律师（他用的是“有意”，而不是“特地”）。“那是一位有名的律师，巴维尔·巴夫洛维奇·柯尔涅波洛多夫，您大概听说过吧，库兹马·库兹米奇？宽宽的额头，几乎有政治家的头脑，他也认识您的，很夸奖您……”米卡第二次又接不下去了。但是他并没因此而住口，他立刻跳了过去，竭力继续说下去。这位柯尔涅波洛多夫先生在详细盘问并研究了米卡所能提出的各项文件以后（关于文件的话米卡说得很含糊，还特别匆忙），认为契尔马什涅庄园本来是母亲遗给他的，的确可以提出诉讼，使这老恶棍毫无办法。“因为世上没有打不开的门，法律永远知道怎么去找漏洞。”总而言之，还可以希望要费多尔·巴夫洛维奇补付六千卢布，甚至是七千，因为契尔马什涅不管怎么说至少总值两万五，也许是两万八，“甚至值三万，三万，库兹马·库兹米奇，但是您想想看，我从这个残忍的人手里拿到的竟还不到一万七！当时我——米卡——把这件事暂时搁下了，因为我不懂法律，可来到这里以后，却被他提出的反控弄糊涂了（说到这里，米卡又弄乱了，又跳了好几句），所以，尊贵的库兹马·库兹米奇，可否请您接受我对于这恶徒的一切权利，您只要给我三千卢布就行。您这样做，决不会吃亏的，我可以用名誉来担保，恰恰相反，您可以用三千赚到六七千。主要的是这一切‘最好在今天’就了结”。“我可以到公证人那里去，或是用别的什么办法。总而言之，您要我怎样做我就怎样做，要我立什么文书我就立什么文书，我也可以在随便什么文件上签字，我们现在就可以立一个字据，如果可能的话，只要有可能的话，最好今天早晨就立。最好请您当时就把那三千卢布付给我，因为这城里还有谁比您更有钱呢。而且这样一来，您还救了我，免得……总而言之，救了我这个可怜的傻瓜，使我可以去做一件最最高尚的事，一件可以说是非常崇高的事，因为我对于一位太太怀有极高尚的感情，这位太太是您所深知，而且像慈父那样照顾着的。如果不是像慈父那样，我也不会到这里来了。而且，如果可以这样说的话，这里面是三个脑袋顶了牛了，因为命运是可怕的东西，库兹马·库兹米奇！面对现实，库兹马·库兹米奇，只能面对现实！既然您早就应该除外，所以按我的说法，现在只剩下两个脑袋了，也许我说得太赤裸了，可是我不是文学家。那就是说一个是我的脑袋，另一个是那个恶棍的。现在请您选择吧：是选择我，还是选中一个恶棍？现在一切都掌握在您的手里了——三个人的命运，只能有两个人能得到幸福。对不住，我越说越糊涂了，但是您会明白的，我从您的可敬的眼睛里，看出您已经明白了。要是不明白，我今天就只好投河了！就是这样！”

米卡用“就是这样”这几个字中止了他的离奇的话，跳起身来，等候着对他这个愚蠢的建议的回答。说完最后的一句，他忽然失望地感到一切都弄糟了，主要的是他说了一大堆可怕的废话。“真奇怪，到这里来的时候，一切好像很有道理，现在听来竟都像是胡说八道！”他的失望的头脑里突然掠过这个念头。在他说话的整个时间里，老人一直一动不动地坐着，瞧着他，眼睛里露出冷冰冰的神情。但让他急迫地等待了一会儿以后，库兹马·库兹米奇终于用极坚决而冷淡的语气说道：“对不起，我们不做这类生意。”

米卡忽然感到他的两腿发软了。

“叫我现在怎么办，库兹马·库兹米奇？”他喃喃地说，脸上露出苦笑，“我现在完了，您明白吗？”

“对不起……”

米卡一直站在那里，瞪大眼睛呆呆地望着，忽然他觉察到老人的脸上露出了某种神色，他哆嗦了一下。

“您瞧，先生，这一类生意我们做不来，”老人慢吞吞地说，“要打官司，请律师，麻烦透了！如果您愿意，这里倒有一个人，您可以找他去。”

“我的天！这人是谁呀？您真是救了我的命，库兹马·库兹米奇。”米卡口齿不清地连忙说。

“他不是本地人，现在也不在这里。他是个庄稼人出身，经营着木材生意，外号人称‘猎狗’。他同费多尔·巴夫洛维奇接洽买你们契尔马什涅的树林子的事已经有一年了，两方面价钱总是谈不妥，也许您听说了吧。他现在恰巧又来了，住在伊利英斯克村的神父家里，离伏洛维耶驿站大概有十二俄里。他为了树林子的事也写过信给我，和我商量。费多尔·巴夫洛维奇想亲自去找他。假使您赶在费多尔·巴夫洛维奇的前面，把您刚才对我说的那件事向猎狗提出来，那么说不定他……”

“好主意！”米卡兴高采烈地打断他的话，“就是他，这对他正合适！他正在那里讨价还价，向他要的价钱很高，可现在那片地产的文书突然到了他手里，哈，哈，哈！”米卡忽然发出短促的干笑声，来得那么突然，甚至把萨姆索诺夫吓得脑袋一哆嗦。

"叫我怎么感谢您，库兹马·库兹米奇。"米卡满腔热情地说。

"没有什么。"萨姆索诺夫低下头来。

"但是您不知道，您真是救了我，哦，是一种预感使我跑来找您的。好吧，我就去找那个神父！"

"用不着道谢的。"

"我要马上飞也似的赶去。我太让您劳神了。我一辈子忘不了，这是我作为一个俄国人对您说的，库兹马·库兹米奇，俄国人！"

"好吧。"

米卡抓住老人的手，正准备紧紧握它，但是老人的眼睛里忽然闪出一种恶狠狠的神色。米卡连忙缩回手来，但立刻又责备自己多疑。"这是因为他累了。"他的脑子里闪过这样一个想法。

"为了她，为了她，库兹马·库兹米奇！您明白，这是为了她！"他忽然响彻整个大厅地嚷了一声，鞠了躬，猛然转过身去，仍旧用一步跨出一俄尺远的大步子，头也不回地迅速走出门去。他高兴得浑身哆嗦。"眼看正要走到绝路的时候，忽然竟会有一个守护天使来搭救了我！"他的脑际掠过这个念头。"这真是位极高尚的老人，多么有气派！既然是像他那样的事业家指出的道路，那么……那么自然是一定会成功的了。现在马上就赶去。不到夜里就可以回来，哪怕要到深夜才能回来，但事情是一定能办妥的了。难道老人还能和我开玩笑吗？"米卡在走回寓所去的路上这样嚷着。他的脑子里自然只会有这样的想法：要么这是一个精明的事业家的精明的劝告，他是明白生意经，深知这位猎狗先生（真是奇怪的姓名！）的为人的。要么，要么就是老人对他开玩笑！可惜，他后面那个念头恰恰是正确的！事后很久，在惨剧已经发生了以后，萨姆索诺夫老头子笑着自己承认，他当时是和"上尉"开了个玩笑。他是个冷酷、恶毒、好嘲弄人的人，而且还有着病态的爱跟人作对的脾气。老人当时的动机究竟是因为看到"上尉"的一团高兴（因为这个"放荡鬼"竟会愚蠢地深信萨姆索诺夫会被他那荒唐的"计划"骗上钩），还是因为为格鲁申卡而发的醋劲（这"臭要饭的"居然会跑上门来，用她的名义，拿出荒唐的计划来要钱），我不知道；但是在米卡站在他前面，感到两腿发软，并且无意义地叫出“完了”的时候——就在这个时候，老人怀着无比的恶意瞧着他，起了要和他开个玩笑的念头。米卡出去后，库兹马·库兹米奇气得面色发白，叫儿子吩咐下去，以后再不许这臭要饭的进来，连院子里也不许放进来，否则的话……

他没有说完他恐吓的话，但是连看惯他发怒的儿子都吓得打了个哆嗦。事后老人甚至整整有一个小时，气得浑身发抖，到了早上便发了病，不得不请医生来诊视。

二

猎狗

他必须坐马车赶去，可是就连雇马车的钱也毫无着落，一共只有两个二十戈比的硬币，过了多年舒适的生活以后，如今剩下来的竟然就只这么一点点了！不过他家里还放着一只早就不走了的旧银表。他连忙拿起它，送到一个在市场上开小钟表铺的犹太钟表匠那里。那钟表匠将它买了下来，给了他六个卢布。“连这也是出乎意外的！”兴高采烈的米卡喊了起来（他一直怀着兴高采烈的心情），拿起六个卢布就跑回家去了。回家后他又向房东借了三个卢布凑凑数。房东们是那么喜欢他，所以他们尽管拿出来的是自己最后仅有的几文钱，还是很情愿地借给了他。正在兴高采烈心情下的米卡当时就坦白告诉了他们自己的命运即将决定，还详细地自然是非常匆忙地把刚刚他向萨姆索诺夫提出的几乎整个“计划”都讲给他们听，又说起萨姆索诺夫最后怎样劝告，他的未来的希望怎样等等的话。他以前也常把他的许多秘密告诉房东们，所以他们拿他当自己人看待，完全不把他看作是一位骄傲的老爷。这样，米卡一共凑了九个卢布，就打发人去雇驿站的马车到伏洛维耶车站。但正因为这样，就显示出而且使人记住了这样一件事实，那就是：“在某一个事件发生的前夜，正午的时候，米卡身边一个小钱也没有，为了等钱用，曾卖去了表，向房东借了三个卢布，而这一切都有证人在场。”

我预先把这事实指出来，以后大家会明白，我为什么要这样做。

米卡坐马车赶到伏洛维耶车站去的时候，虽然满心高兴地预感到他终于可以解决“这一切难题”了，但是他还是心惊胆战地担心着：此刻他不在跟前的时候，不知格鲁申卡会不会出什么事情？比如说，会不会恰巧在今天终于下决心去见费多尔·巴夫洛维奇？正因为这样，所以他动身的时候没有对她说，并且吩咐房东们如果有人来找他，无论如何不要说出他到哪里去了。“今天晚上一定要回来，一定要回来，”他一面在车上颠簸着，一面反复这样说，“也许最好把这猎狗拖到这里来，以便办完手续。”米卡提心吊胆地这样幻想着，但可惜他的幻想是注定了不能照他的“计划”实现的。

首先，他离开伏洛维耶车站走上村道的时候，时间已经很晚了。那段路也不是十二俄里，而是十八俄里。其次，伊利英斯克的神父有事到邻村去了，他没有遇到。在米卡坐了原来的马车，由已经十分疲乏的马拉着动身到邻村去找他的时候，夜幕差不多已经降临了。那个神父是个矮小羞怯、面貌和蔼的人，立刻向他说明这位猎狗先生虽然最初住在他家里，但是现在已经到苏霍伊村去了。他在那里也要谈一片林子的生意，所以今天就留宿在看林人的茅舍里。米卡再三请求他立刻领他到猎狗那里去，就算是“救他一命”。神父虽然起初有点犹豫不决，可是后来终于答应领他到苏霍伊村去，显然是产生了好奇心。但倒霉的是神父竟劝他“走几步路”到那儿去，因为总共只有一俄里“多一点点”。米卡自然同意，就迈开每步一俄尺的步伐走起来，弄得可怜的神父几乎不得不一路小跑跟在他后面。这是个年纪还不算老，举止却十分谨慎的人。但米卡向他也立刻讲起自己的计划来，热烈而且神经质地请他出主意应该怎样和猎狗进行交涉，并且一路上说个没完。神父注意地听着，却不大出什么主意。对于米卡的问话，他只含含糊糊地回答些“我不知道，唉，我不知道，我怎么会知道呢”，等等的话。米卡提到他和父亲为遗产闹意见的时候，神父甚至害怕起来，因为他似乎有一些依赖费多尔·巴夫洛维奇的地方。他还惊奇地问他为什么把这个做木材生意的庄稼人郭尔斯特金叫作猎狗，并且当时就殷勤地告诫米卡说，即使他真是猎狗，也不能管他叫猎狗，因为他听到这个称号会非常生气，所以必须叫他郭尔斯特金。“要不然，您和他会什么也谈不成，他会连听也不想听的。”神父最后这样说。米卡顿时怔了一下，说这是萨姆索诺夫自己这样称呼他的。神父一听到这个缘由，就立刻岔开话头不说下去了，尽管他本来应当当时就把心里猜想的话对德米特里·费多罗维奇说出来，这就是：既然萨姆索诺夫自己打发他来找这个农民，却又教他称他为猎狗，那会不会是出于某种动机在有意跟他开玩笑，这里面是不是有点不对劲的地方？但是米卡没有工夫考虑“这种细节”。他忙着赶路，大踏步地走着，直等走到苏霍伊村的时候才明白他们准走了不止一俄里，一俄里半，而是足有三俄里路，这使他心里很恼火，但是忍耐住了。他们走进了一所农舍，看林人，神父的朋友，占了农舍的一半地方，郭尔斯特金则隔着过道，住在比较洁净的另一半。大家走进这比较洁净的农舍，点着了一支牛油蜡烛。屋里的火炉烧得很旺。一张松木桌子上放着已经熄灭了的茶炊，旁边还有一个放着几只杯子的茶盘，一个喝光了的朗姆酒瓶子、一瓶还没有完全喝光的伏特加酒，以及吃剩下来的白面面包。那个屋里的住客自己正叉手伸脚地躺在一张长凳上，把短大衣揉成一团枕在头下作为枕头，睡得鼾声如雷。米卡十分为难地站着。“自然应该把他唤醒过来，我的事情非常紧要，我很忙，今天就忙着要赶回去的。”米卡着急了。但是神父和看林人默默地站着，不表示意见。米卡走近前去，自己去唤醒他，但费了很大劲，睡觉的人却一直不醒。“他喝醉了，”米卡断定说，“可是叫我怎么办？天哪，叫我怎么办？！”他忽然急不可待地开始拉睡觉的人的手脚，摇他的头，把他架起来，让他坐在一张长椅上。可是费了九牛二虎之力所得的结果只是使那人含糊地嘟囔着，口齿不清地大声骂起人来。

“不行，您还是等一等吧，”神父终于开了口，“他好像实在醒不过来了。”

“整整喝了一天的酒。”看林人附和说。

“天哪，”米卡大声嚷着，“你们不知道我的事有多要紧，我现在真是急得走投无路！”

“不，您最好还是等到明天早晨再说吧。”神父又重复了一遍。

“等到早晨吗？发发善心吧，这是绝对不行的！”他在绝望中几乎又想扑上去叫醒醉鬼，但是明白这完全是白费劲，所以立刻就停止了。神父一言不发，没有睡醒的看林人露出阴郁的脸色。

“现实给人们安排了一个多么可怕的悲剧！”米卡在完全绝望中说出这句话来，脸上的汗直流。神父趁这个机会很有道理地譬解说：“即使能把睡觉的人叫醒，但是既然喝醉了酒，恐怕也什么都谈不清。您的事情又很重要，所以最好还是等到明天早晨再说。”米卡把两手一摊，只好同意了。

“神父，我要点亮着蜡烛留在这里坐等机会。只要他一醒，我就开始……”他对看林人说，“点的蜡烛我会付你钱的，住宿的钱也少不了你，你会记得我德米特里·卡拉马佐夫的。神父，我只是不知道怎么安置您，您在哪儿睡？”

“不，我要回家去。我就骑他的骒马回去。”他指指看林人说，“那就再见吧，希望您的事得到十二分圆满的结果。”

他们就这样决定了。神父骑了骒马回家，心里很高兴，因为总算脱了身，但却仍在那里不安地摇着头，考虑要不要明天就把这古怪的情况先报告恩人费多尔·巴夫洛维奇：“要不然万一他知道了，生起气来，会不再给我好处的。”看林人搔了搔头皮，默默地回到自己的农舍里去。米卡坐在长椅上，像他自己所说的那样坐等着机会。深沉的烦恼像浓雾一般笼罩着他的心灵。一种既深沉又可怕的烦恼！他坐在那里想着，脑子里却什么也想不进去。蜡烛上结了灯花，一只蟋蟀在啾啾悲鸣，炉火烧得很旺的屋子里闷热得难受。他脑子里突然幻想起那所花园，园外的小路，父亲家的门神秘地开了，格鲁申卡跑进了门里去。他从长椅上一下跳了起来。

“悲剧！”他咬牙切齿地说，机械地向那个睡着的人走过去，瞧着他的脸。这是一个干瘦的、年纪还不太老的农民，长长的面孔，褐色的卷发，细细的、淡黄色的胡须，身上穿着印花布衬衫，黑背心，银表的链条从背心口袋里露出来。米卡怀着切齿痛恨的心情打量这张脸，不知为什么对他长着卷发特别憎恨。最使他感到屈辱难忍的是他，米卡，做了许多牺牲，放下了许多事情，受尽辛苦，正带着刻不容缓的急事站在他面前，而这个不劳而获的懒汉，“这个现在掌握着我的全部命运的家伙，却呼呼大睡，满不在乎，好像另一个世界上的人似的。”“唉，命运实在作弄人！”米卡叫出声来，忽然按捺不住，重又拼命叫唤起那个酒醉的农民来。他像发了狂似的叫他，拉他，推他，甚至打他，但是忙乱了五分钟，仍旧毫无结果，只好灰心丧气地重又回到长椅上去坐了下来。

“愚蠢！愚蠢！”米卡叫道，不知为什么忽然又加了这么一句，“而且……这一切是多么丢脸！”他感到头痛得厉害。“要不抛下他，干脆走掉算了？”他脑子里闪过这个念头，“不，等到明天早晨再说。非留下来不可，非留下来不可！不然我为什么要到这里来呢？况且也没法走，这会儿怎么走呢，唉，真是瞎说！”

可是他的头越来越痛了。他呆呆地坐在那里，不知不觉打起盹来，忽然坐在那里就睡熟了。他似乎睡了两个钟头，也许还要多些。由于难忍的头痛，难忍到了要叫唤出来地步的头痛，他才醒了。他的太阳穴怦怦地跳，头顶心疼得胀裂；他醒来以后，好长一会儿还没能完全清醒，弄不清自己究竟是怎么了。最后才猜到这间生着火的屋子里有了很重的煤气，他差一点中毒而死。但是那个喝醉了的农民还是躺在那里打呼噜；蜡烛熔化了，快要熄灭。米卡喊了一声，摇摇晃晃地穿过过道，走到看林人的屋子里去。看林人立刻醒过来，听说另一间屋里有了煤气，虽然马上过来料理，但是对这个事故却显得出奇地无所谓，这使米卡感到又惊又气。

“他死了，他死了，那……那可怎么办呢？”米卡在他面前疯狂地嚷着。

门窗都打开了，烟囱门也打开了，米卡从过道里拖来一桶水，先把自己的头淋淋湿，然后找来一块破布，在水里浸了一浸，敷在猎狗的头上。看林人对这件事却仍旧带着几乎满不在乎的神气，把窗子打开以后，没精打采地说了声："这就行了。"他把一盏点亮了的铁灯留给米卡后就又去睡觉了。米卡忙碌了半个钟头照料这中了煤气的醉鬼，一直用湿布敷他的脑袋，已经打定主意整夜不睡了，但是实在累得精疲力尽，刚稍稍坐下来一会儿想喘一口气，眼皮就一下子合上了，接着立刻就不由自主地躺倒在长椅上，像死人一样沉睡了过去。

他醒得非常晏，大概已经是早晨九点钟了。太阳从农舍的两扇小窗上灿烂地照进来。昨天那个卷发的农民已经穿上了上衣，坐在长椅上。他面前放着一个新的茶炊和一大瓶新的酒。昨天那瓶旧酒已经喝完，新的也已经喝了一大半。米卡跳起来，顿时猜到这该死的庄稼汉又喝醉了，已经沉醉得无可救药。他瞪着眼睛，瞧了他一分钟。庄稼人却默默地、狡黠地看着他，带着一种令人气恼的镇静神色，甚至像米卡所感到的那样，还有点瞧不起人的傲慢态度。他跑到他面前。

"对不起，您瞧……我……您大概已经听这里的看林人说过，我是德米特里·卡拉马佐夫中尉，就是老卡拉马佐夫的儿子，您正想要买下他的那片树林子。"

"你这是瞎说！"庄稼人突然平静而坚决地说。

"怎么瞎说？您认识费多尔·巴夫洛维奇吗？"

"我可不认识什么费多尔·巴夫洛维奇。"庄稼人说，舌头都有点转动不灵的样子。

"树林子，您正在想买下他的一片树林子；您醒一醒，好好清醒一下吧。是伊利英斯克的巴维尔神父领我到这里来的。您还写了一封信给萨姆索诺夫，他打发我来见您。"米卡喘着气。

"你瞎说！"猎狗又一字一顿地说。

米卡的脚都有点发凉了。

"求求您，这不是开玩笑！您也许有点醉了。但您总还能说话，能听懂吧，要不……要不我可真不懂了！"

"你是漆匠！"

"求求您，我是卡拉马佐夫，德米特里·卡拉马佐夫，有一件事情找您，一个有利的提议，很有利的……也就是关于树林子的事情。”

庄稼人神气十足地捋着胡须。

“你包了工，却专门赚钱骗人。你是个坏蛋！”

“我跟您说，您弄错了！”米卡绝望地绞着自己的手。

庄稼人一直捋着胡须，忽然狡黠地眨眨眼：“不，你给我指出来，你找出来，哪一条法律许可你做偷工减料的事？你听见了吗！你是个坏蛋，你明白不明白？”

米卡垂头丧气地退后了一步，忽然，像以后他自己形容的那样，似乎“有什么东西敲了他的额头一下”，他的脑子猛地开了窍，仿佛“亮起了一根火把，我一下子全都明白了”。他站在那里，呆若木鸡，怎么也想不通：以他这样总还算是个聪明的人，怎么竟会醉心于这样的蠢事，迷恋于这种冒险的举动，还花了几乎整整一昼夜的工夫忙着照料这个猎狗，用湿布敷他的头。“瞧，这人喝醉了，喝得烂醉如泥，而且还会狂饮烂醉一个星期，那等在这里会有什么用？要是这真是萨姆索诺夫故意打发我到这里来的呢？要是她……唉，我的天，我做了多大的傻事呀！”

庄稼人坐在那里看着他，微微地笑着。如果换了一种情况，米卡也许真会由于怨恨而杀了这个傻子，但是现在他全身软弱无力得就像个婴儿一样。他静静地走到长椅跟前，拿起大衣，默默地穿上，走出屋子去了。他走到另一间屋里，看林人不在，那里什么人也没有。他从口袋里掏出五十戈比的零钱，放在桌上，作为过夜、蜡烛和打搅他的报偿。他走出农舍，看到四周全是树林，别的什么也没有。他信步向前走着，甚至不记得出了农舍该朝哪个方向拐，向右呢，还是向左？昨天夜里，他匆匆忙忙同神父赶到这里来，并没有注意道路。他此刻心里对谁也没有丝毫仇恨，甚至对萨姆索诺夫也一样。他在狭窄的林中小路上，无意识地、茫然地走着，怀着“茫然若失”的心情，根本不理会正在往哪里走。他忽然变得身心全都疲倦到了极点，对面来一个孩子就可以把他打倒。但是他总算走出了树林；突然出现在他面前的是一眼望不到边的、已被割去庄稼的光秃秃的广阔田地。“周围全是绝望，全是死亡！”他反复地说，一直大步地往前走着，走着。

过路的人救了他：一辆马车载着一个老商人在村道上驰过。马车靠近身边的时候，米卡问了一下路，原来他们也是到伏洛维耶车站去的，商量了几句，对方就让米卡顺路搭了上去。三小时以后他们到了。米卡立刻在伏洛维耶车站雇了一辆驿车进城，忽然感到自己已经饥饿到难忍的程度。在套车的时候，他叫了一份煎鸡蛋。他一口气就吃光了，还吃了一大块面包，一段现成的腊肠，喝了三杯伏特加。吃了东西以后，他的精神振作了一些，心情又开朗了。他坐车在大道上疾驰着，催车夫快赶，心里忽然想出了一个新的而且是“无可怀疑”的计划，就是如何趁今晚以前弄到“这笔该死的钱”。“想想看，只要想想看，能为了这区区三千卢布毁了一个人的命运吗！”他轻蔑地说，“今天一定解决它。”如果不是不断地想念格鲁申卡，怕她出什么事情，他也许又会十分高兴起来。但是对她的想念时时刻刻像尖刀在刺他的心。后来终于到了，米卡立刻就向格鲁申卡家跑去。

三

金矿

米卡的这次拜访就是格鲁申卡怀着那么恐惧的心情对拉基金讲起的那一次。她当时正等候着“消息”，庆幸米卡昨天和今天都没有来，而且希望老天保佑，在她动身以前也不会来，但是他竟突然闯进来了。以后的情形我们已经知道：她为了甩开他，立刻请他送她到库兹马·萨姆索诺夫家里去，推说她必须到那里去“算账”。当米卡立刻送了她去，同他在库兹马家的大门口分别的时候，她要他答应在十二点钟再来接她回家。米卡对于这个吩咐也很高兴。“她既然待在库兹马家里，那就不会到费多尔·巴夫洛维奇那里去了，只要她不是扯谎。”他立刻在心里补充了这句话。但是据他看来，大概不会是说谎。他是属于那样一类好吃醋的男人，这类人和心爱的女人分手以后，马上会造出不知道多少关于她在那里做什么事情、她怎样“变心”的可怕的想象；但是当他带着垂头丧气的样子，肯定无疑地深信她已经变了心，又跑到她的面前的时候，只要一看她的脸，那个女人的嬉笑、欢乐、和蔼的脸，就会立即又振作精神，立即抛掉了一切疑心，怀着又欢喜又惭愧的心情责骂自己太好吃醋。他送过格鲁申卡以后，就连忙跑回自己家去。哦，他今天还必须赶着办多少事情啊！但是至少他的心上已经如释重负了。“不过一定要赶紧向斯麦尔佳科夫打听一下，昨天晚上出过事情没有，说不定她真到费多尔·巴夫洛维奇家里来过了吗？唉！”他的脑筋里又闪过了这样的念头。因此他还没有走到自己家里，醋劲就已经在他的按捺不住的心里蠕动了。

醋劲！普希金说得好：“奥赛罗[1]并不好吃醋，他是信任人的。”单单这句话就可以证明我们这位伟大诗人的见解是多么异乎寻常的深刻。奥赛罗只是因为他的理想幻灭，所以他心碎了，他对事物的整个看法混乱了。但奥赛罗并不会去躲在暗中侦察、窥伺：他是信任人的。正相反，必须千方百计地引逗他，推动他，刺激他，他才会猜到变心上去。真正好吃醋的人却并不是这样。像好吃醋的人那样丝毫不感到良心谴责就能安心干出一切可耻和败德的行为，说起来简直是令人难于想象的。这些人并不一定都有一副卑鄙龌龊的心肠。相反，他们会一方面怀着高尚的心，纯洁的爱，充满自我牺牲的精神，同时另一方面却会去躲在桌子下面，收买卑鄙的人，安心地干出种种侦探和偷听之类肮脏下流的勾当。奥赛罗无论如何也不能迁就变心，不是不能饶恕，而是不能迁就，尽管他存心宽厚，天真无邪，有如赤子。真正好吃醋的人并不这样。我们简直想象不到一个好吃醋的人有多么容易甘心迁就，又多么容易饶恕！好吃醋的人最容易饶恕，这是所有的女人都知道的。他们能够，而且常常会非常之快地（自然在首先大吵大闹一场之后）饶恕例如说几乎确凿有据的变心，他已经亲眼看见的拥抱和接吻等，只要他同时能多多少少相信这是“最后一次”，他的情敌从此以后即将销声匿迹，远走天涯，或是他自己能把她带到某个地方，使那位可怕的情敌永远不能跟踪来到。自然这种相安只能维持很短的时间，因为即使那个情敌果真消失了，明天他也可能发现另一个新的，而又对这新人吃起醋来。别人会觉得，那种必须加以监视的爱情究竟有什么意思？那种必须尽力看守的爱情究竟有什么价值？但是真正好吃醋的人是永远不会明了这层的，可是说实话，他们中间甚至也不乏心地高尚的人。还有说来很有意思的是，当这类心地高尚的人们站在一间阁楼里偷听和侦探的时候，虽然“凭他们高尚的心地”也明白他们甘愿去做的事情的可耻，但是在当时，至少在站在小屋里

1 英国著名作家莎士比亚的剧作《奥赛罗》中的主人公。

的时候，是永远不会感到内疚的。米卡一见格鲁申卡就失去了醋劲，暂时变成了有信任心和高尚的人，甚至还为了庸俗的情感而鄙夷自己，然而这只是表明，在他对这女人的爱情里，还包含着一点比他自己所设想的要高尚得多的东西，不仅只是情欲，不仅只是像他对阿辽沙所讲的那种“身体的曲线”。但是只要格鲁申卡一不在眼前，米卡就立刻又会疑心她的下贱和狡黠的变心。而且在这样想时他并不感到任何良心的谴责。

就这样，醋劲又在他心里发作了。无论如何，他必须赶紧去做。头一件事是要想法至少先挪借一小笔零钱。昨天的十个卢布几乎都花在这一趟出门上了，而身边一点钱也没有自然是寸步难行的。他刚才坐在车上的时候，在琢磨新计划之外，就想到了怎样去先挪借一点钱用。他有一对决斗用的好手枪，还带有子弹，他所以至今没有把它当掉，就是因为他爱它胜过一切。他在“京都”酒店里早就和一位青年官员有一面之识，而且在酒店里就偶然知道这位有钱的单身官员酷爱武器，喜欢收买手枪、左轮枪、刀剑等物，挂在自己寓所的墙上，给朋友们观看，大肆夸耀，头头是道地讲述左轮手枪的型号、怎样装子弹、如何射击等。米卡没有多加思索，立刻到他家去，请求把他的手枪抵押十个卢布。那位官员看了很喜欢，劝他索性卖给他，但是米卡不肯答应。官员给了他十个卢布，声明他一点利息也不要。他们分别的时候已成了好朋友。米卡忙着到费多尔·巴夫洛维奇家后面的凉亭里去，想叫斯麦尔佳科夫赶快出来相见。但是因此又确定了一件事实，那就是在下面我将讲到的一件奇事发生以前的三四小时，米卡身无分文，还把心爱的东西押了十个卢布，而忽然在三个钟头以后，他的手里竟有了好几千卢布。不过这话我说得太早了些。

在费多尔·巴夫洛维奇的邻妇玛丽亚·孔德拉奇耶芙娜那里，他得到了关于斯麦尔佳科夫生了病这样一个使他十分惊讶而且不知所措的消息。他听到了一段关于掉进地窖，后来犯了羊癫病，延请医生，费多尔·巴夫洛维奇如何忙着张罗的话；又打听出兄弟伊凡·费多罗维奇已于今天早晨动身到莫斯科去了，这倒使他产生了兴趣。“大概是在我之前经过伏洛维耶车站的，”德米特里·费多罗维奇想，但是最使他担心的是斯麦尔佳科夫，“现在怎么办？谁替我守候，谁给我通报消息呢？”他迫不及待地盘问那两个女人：她们昨晚有没有发现什么情况？她们很清楚他打听的是什么，当时就给他解除了不少疑心。没有一个人来过。伊凡·费多罗维奇睡在家里。“一切都很正常。”米卡沉思了一下。今天一定还要侦察，但是在什么地方侦察呢？在这里还是在萨姆索诺夫家的大门旁边？他决定两方面都去，一切看情形而定。然而现在呢，现在呢……问题是因为现在在他面前摆着一个“计划”，刚才他在马车上想出来的那个新的、十分正确的计划，这是再也不能耽搁的了。米卡决定豁出一小时的工夫去实行它，他决定：“在一小时内完全解决，完全了解清楚，然后，然后先到萨姆索诺夫家去，打听格鲁申卡在那里没有，马上再跑回这里来，在这里待到十一点钟，然后再到萨姆索诺夫家去接她，送她回家。”他决定就这么办。

他飞似的回到住所，梳洗了一下，把衣裳刷干净，穿好，就动身到霍赫拉柯娃太太那里去了。真可叹，他的“计划”原来是建立在这里。他决定向这位太太借三千卢布。尤其特别的是他似乎异想天开地突然产生了一种特别的信心，相信她决不会拒绝他。也许有人会奇怪，既然他这样自信，那他为什么不先到这个总算是同类人的家里来，却要跑去找萨姆索诺夫，找一个气质完全不同的人，对这类人他甚至都不知道该怎么讲话。但问题是他在最近一个月以来，和霍赫拉柯娃几乎不相来往，而且以前也并不太熟识，再加以他也很明白她本人对他十分厌恶。这位太太从一开始就只因为他是卡捷琳娜·伊凡诺芙娜的未婚夫而非常憎恨他，因为她不知为什么缘故，深愿卡捷琳娜·伊凡诺芙娜抛弃他，嫁给“举止优美、和蔼可爱、像骑士般高雅的伊凡·费多罗维奇”。而对米卡的举止她最为讨厌。米卡甚至笑过她，有一次曾形容她，说这位太太“既活泼放肆，又毫无教养”。今天早晨他坐在车上，脑子里突然产生了一个很清晰的念头：“既然她那么不愿意我娶卡捷琳娜·伊凡诺芙娜，而且强烈到那样的地步（他知道她为这事甚至到了几乎发作歇斯底里的地步），那么她现在干吗不答应借给我三千卢布，使我能够用这个钱和卡捷琳娜分手，永远离开这里呢？这类娇生惯养的上流太太，一旦执意要达到一个目的，是会不惜一切来达到使她们称心的目的的。何况她还那么有钱呢！”这是米卡所想到的理由。至于说到“计划”，那还是原来的那一套，就是以他对于契尔马什涅应得的产权做交换，但已不是从做交易的角度考虑，像昨天对萨姆索诺夫所提出的那样，也不拿花三千卢布取得双倍利息（六七千卢布）的话去劝诱这位太太，像昨天对萨姆索诺夫所说的那样，而只是把它作为借款的正当保证。米卡心里发挥着这个新念头，越想越兴高采烈，但他每逢有了什么新计划，做了什么突如其来的决定，也总是这样的。他永远总是对自己的每一个新念头着迷到了极点。然而等到他登上霍赫拉柯娃太太家的台阶的时候，他突然一阵感到背上害怕得发凉：直到这一刹那间，他才完全而且像数学公式般明白地感到，这是他最后一个希望了，如果在这里也失败，那么他在这世界上就毫无别的出路了，“除非为了这三千卢布去杀人、抢人，此外再没有别的法子可想”。七点半钟的时候，他按门铃了。

起初事情好像很有眉目：他一通报，主人就特别迅速地马上接待他。“好像正在等我似的。”米卡的脑子里闪过这样一个念头。他刚被引进客室，女主人就几乎跑着走了出来，直截了当地对他说她正在等着他来。

“我正等着您，等着您！我本来决不能指望您会到我这里来的，您说对不对？但是我确实在等着您来。您对于我的直觉也许会感到惊讶，德米特里·费多罗维奇，但是一早晨我总相信您今天会到我家里来的。”

“夫人，这的确是很奇怪，”米卡说，然后笨拙地坐了下来，“但是……我到这里来是为了一件极重要的事情，重要到不能再重要的事情，当然是对我来说，夫人，对我个人来说的，因此我急于……”

“我知道是为了极重要的事情，德米特里·费多罗维奇。这倒不是什么预感，也不是顽固落后地想显示奇迹（听到佐西马长老的事情了吗？），这里是数学：您不能不来，在卡捷琳娜·伊凡诺芙娜发生了这一切事情以后，您不能不来，不能不来，这是数学。”

“实际生活的现实主义，夫人，可以这样说！不过请您听我讲……”

“的确是现实主义，德米特里·费多罗维奇。我现在完全赞成现实主义，对于奇迹我已经受够了教训。您听说没有？佐西马长老死了。”

“没有，夫人，我初次听到。”米卡有点惊讶。他的脑子里闪出阿辽沙的形象。

“是在昨天夜里，可是您可能想到……”

“夫人，”米卡打断了她的话，“我只想到，我处在绝望的境地。假使您不帮忙，那么一切都将完蛋，我首先完蛋。请您原谅我说得粗俗，但是我现在非常着急，心急如火……”

“我知道，我知道您非常着急。我全知道。您也不会有别种心情的。无论您想说什么，我都已经预先知道。我早就在考虑您的命运了，德米特里·费多罗维奇，我正在诊察、研究您的命运。哦，您要相信，我是一个有经验的治心病的医生，德米特里·费多罗维奇。”

“夫人，如果您是有经验的医生，那么我就是个有经验的病人，”米卡勉强说着客气话，“我预感到既然您这样注意我的命运，那么在它将要毁灭的时候您一定会帮忙的。但这就要请您务必让我谈一下我冒昧地跑来向您提出的一个计划，谈谈我想求您的一点事情。我到这里来，夫人……”

“不必说了，这是不重要的。至于说到帮忙，受我帮助的您不是第一个，德米特里·费多罗维奇。您大概已经听说我有一位表妹别尔麦索娃，她的丈夫遭到了失败，完蛋了，像您刚才生动地形容的那样，德米特里·费多罗维奇。好吧，我当时指点他去经营养马事业，现在他已经得意起来。您对于养马在行吗，德米特里·费多罗维奇？”

“一点也不，夫人，哦，夫人，一点也不！”米卡大声说，露出神经质的不耐烦的心情，甚至从座位上站起来了，“夫人，我只求求您听我说完话，给我两分钟畅谈的机会，让我可以首先向您讲明一切，讲清我来求您的全部计划。而且我亟须争取时间，我着急得不得了！”米卡歇斯底里地叫嚷起来，因为觉得她眼看又想说话了，因此想用更大的嗓门压过她：“我是实在无法可想，实在已经无路可走才到这儿来，想请您借给我三千卢布，是借款，但有可靠的、极为可靠的抵押品。夫人，有极可靠的保证！请您让我讲一下……”

“这个您以后再说吧，以后再说吧！”这回是霍赫拉柯娃太太朝他摆摆手打断了他，“您要说什么话，我早就知道，我已经对您说过了。您想借一笔款子，您需要三千卢布，但我要给您更多一些，多得多，我要救您，德米特里·费多罗维奇，但是您必须听从我的话！”

米卡又从座位上跳了起来。

“夫人，想不到您的心真是那么好！”他万分感动地叫道，“天哪，您救了我。您救了一个人使他不致横死，不致开枪自杀，我对您永世感激不忘。”

“我要给您的比三千卢布多得数不清，多得数不清！”霍赫拉柯娃太太大声说，露出满心高兴的微笑看着米卡欢欣的样子。

“数不清吗？但是我并不需要这许多。我只需要对我来说是性命交关的三千卢布。对于这笔款子，我可以给您保证，一方面自然对您无限感激，同时我要对您提出一个计划……”

“够了，德米特里·费多罗维奇，我说到做到。”霍赫拉柯娃太太打断了他的话头，用一位女慈善家的那种谦虚的得意神情说，“我答应救您，就一定会救的。我会救您，就像救别尔麦索娃一样。您对于金矿有什么看法，德米特里·费多罗维奇？”

“对于金矿吗，夫人？我从来没有想到过。”

“可是我却在替您想！反反复复地想着！我已经整整有一个月为这件事注意着您。每逢您走过的时候我就千百遍地看着您，心里老是对自己说：这是一个有毅力的人，应该到金矿上去。我甚至研究过您的步伐，暗自肯定：这个人是会发现许多金矿的。”

“根据步伐吗，夫人？”米卡微笑起来。

“当然，也根据步伐。怎么，难道您不承认从步伐上可以看出一个人的性格吗，德米特里·费多罗维奇？自然科学也肯定这一点。哦，现在我成为现实主义者了，德米特里·费多罗维奇。我从今天起，从修道院里那段事情伤了我的心以后，就已经成了十足的现实主义者，愿意投身到实际事业上去。我被治好了。‘够了！’——像屠格涅夫[1]所说的那样。”

“但是夫人，您那样宽宏大量，答应借给我的那三千卢布……”

“您放心好了，德米特里·费多罗维奇，”霍赫拉柯娃太太立刻打断他的话，“这三千卢布等于放在您的口袋里一样，而且不是三千，而是三百万，德米特里·费多罗维奇，在最短的时间内！我可以给您描绘一下您将来的美好理想：您会找到金矿，赚到几百万卢布，然后回来，成为一个事业家，并且激励我们也一心向上。难道可以把一切事情全让给犹太人去做吗！您可以盖房子，创立各种企业。您可以帮助穷人，让他们感谢您。现在是铁路的时代，德米特里·费多罗维奇。您会成为名人，成为财政部最需要的人物，现在它正处境十分困难。我们的钞票贬值害得我觉都睡不好，德米特里·费多罗维奇。我这方面的心情别人不大了解。”

“夫人，夫人！”德米特里·费多罗维奇又打断了她的话，心里怀着某种不安的预感，“我很可能会十分、十分愿意遵从您的劝告，您的聪明的劝告，夫人，很可能会到那边去，到金矿上去，我可以将来再来和您谈这件事，甚至谈许多次，但是现在这三千卢布，刚才您那样宽宏地……哦，这笔钱真可以解救了我。如果今天可以……您知道，现在我连一个钟头、一个钟头也不能耽搁……”

“够了，德米特里·费多罗维奇，够了！”霍赫拉柯娃太太坚决地打断他的话，“问题是您究竟去不去金矿？您是不是完全决定了？请您像数学公式那么明确地回答我。”

1 屠格涅夫（1818—1883），19世纪俄国批判现实主义作家。

“去的，夫人，以后去的。随便您吩咐我到哪里去，夫人，我都肯去，但是现在……”

“您等等！”霍赫拉柯娃太太喊了一声，跳起身来，跑到她那张有无数抽屉的漂亮的写字台边去，开始一个一个地拉抽屉，在那里寻找什么东西，十分急迫。

“三千卢布！”米卡想，连呼吸都屏住了，“而且立刻就拿出来，用不着写任何契约、文书，哦，这可真是绅士派头！真是了不起的女人，只要不是这样爱叨唠就更好了。”

“就是这个！”霍赫拉柯娃太太回到米卡的身边，高兴地喊着，“我找的就是这个东西！”

那是一个小小的银质神像，用一根带子系着，是人家有时连同贴身十字架一块儿挂在身上的那一种。

“这是从基辅请来的，德米特里·费多罗维奇，”她虔诚地继续说下去，“从大殉道者瓦尔瓦拉的骸骨上取下来的。让我亲自给您挂在脖子上，祝福您开始新生活和新事业。”

她果真把神像给他套在颈上，还要把它塞进衣服里去。米卡很窘地弯下身，帮着她一起塞，最后总算把那神像从领带和衬衫的领子里塞到了胸前。

“这样您就可以出远门了！”霍赫拉柯娃太太说，得意扬扬地重又坐了下来。

“夫人，我真感动极了，我简直不知道怎么感谢……您这样的盛意，不过……您要知道，现在时间对我来说是多么宝贵！那笔我十分指望您宽宏大量地借给我的款子……哦，夫人，既然您这么好心、令人感动地对我这样慷慨，”米卡忽然冲动地提高声音说，“那么我可以向您老实表白，不过您是早就已经知道的，我在这里爱上了一个人。我对卡嘉变了心……我是说，对卡捷琳娜·伊凡诺芙娜变了心。唉……我对她实在无情无义，但是我在这儿爱上了另外……另外一个女人，这个女人，夫人，也许是您瞧不起的，因为一切情况您早就知道，但我却怎么也抛不开她，怎么也抛不开，所以现在，这三千卢布……”

“一切都抛开它，德米特里·费多罗维奇！”霍赫拉柯娃太太用断然的口气打断他说，“抛开它，尤其是女人。您的目标是金矿，女人是不能带到那里去的。在您取得了财富和名誉回来以后，您可以在最上等的社会里找到一位心上人儿。一个现代的女郎，有知识，不迷信。到了那个时候现在刚提出的妇女问题已告解决，就会出现了新的女性……”

“夫人，问题不在这里，不在这里。”德米特里·费多罗维奇合手央求起来。

“正是在这里，德米特里·费多罗维奇，这正是您所需要的，您所渴求的，只是您自己不知道。我并不反对现在讨论的妇女问题，德米特里·费多罗维奇，妇女的发展以至于最近的将来妇女在政治上的地位，这是我的一种理想。我自己也有女儿，德米特里·费多罗维奇。我在这方面的心情别人也很少知道。关于这问题我曾写信给作家谢德林。这位作家在妇女的天职方面给了我不少指导，不少启示，因此，去年我寄了一封匿名信给他，信里只有两行：‘我为了现代的妇女拥护您，吻您，我的作家。请您继续干吧。’下面署名是：‘母亲。’我本想署名‘现代的母亲’，有点犹豫不决，但最后还是只署了‘母亲’两字，这样显得更富于道德上的美，德米特里·费多罗维奇。而且‘现代’两字也容易使他想起《现代人》[1]来，在如今的图书审查制度下，这种联想对他来说也是很不愉快的。哎哟，我的天，您这是怎么回事？”

“夫人，”米卡终于跳了起来，带着绝望的哀求神情双手合掌，面向着她，“夫人，您简直要让我哭出声来了，假使您再拖延您那样慷慨地……”

“您哭吧，德米特里·费多罗维奇，您尽管哭吧！这是高尚的感情，因为您正要走上那样一条道路！眼泪可以使您心情轻松些。将来

---

1 普希金创办的进步文学与政治杂志，1866年被迫停刊。

回来以后，就会变得非常快乐。您会特地从西伯利亚赶到我这里，和我一同分享快乐的。”

“但是请您也原谅我，”米卡忽然大叫起来，“让我最后一次央求您，请告诉我，我究竟能不能今天就从您这里拿到您答应的那笔款子？假使不能，那么究竟我什么时候可以来取？”

“什么款子，德米特里·费多罗维奇？”

“您答应借给我的三千……您那样慷慨地……”

“三千？三千卢布吗？哎呀，我并没有三千卢布。”霍赫拉柯娃太太说，露出一种平静的惊讶神情。米卡愣住了。

“那您怎么……刚才……您这样说……您甚至说这笔款子就等于在我的口袋里……”

“哎呀，您没有了解我的意思，德米特里·费多罗维奇。这样说来，您并没有了解我的意思。我说的是金矿。不错，我答应您比三千卢布还要多，多到数不清，现在我全想起来了。但是我全是指金矿说的。”

“但是钱呢？三千卢布呢？”德米特里·费多罗维奇粗鲁地嚷道。

“假如您指的是钱，那么我没有。现在我根本没有钱，德米特里·费多罗维奇，我现在正和我的总管吵架，自己不久前还向米乌索夫借了五百卢布。不，不，我没有钱。而且您知道，德米特里·费多罗维奇，就算我真的有钱，我也决不给您。第一，我向来不借钱给人家。借钱等于吵嘴。但对您，对您我尤其不愿意借。因为爱您，就更加不愿意借给您，我的不借钱是为了救您，因为您需要的只是一样东西：金矿、金矿、金矿！”

“哦，真是见鬼！”米卡忽然狂喊起来，使劲用拳头敲着桌子。

“哎呀！”霍赫拉柯娃太太吓得喊叫起来，飞也似的逃到了客厅的另一头。

米卡啐了一口，快步走出了房间，走出这所屋子，到了街上，走到了黑暗里！他像疯子一样地走着，捶着自己的胸脯，就是两天以前的晚上，在黑暗中，他和阿辽沙在大路上最后一次相见时所捶打的那个地方。这样捶自己胸部的那个地方究竟是什么意思？他想表示什么？这暂时还是一桩秘密，是世界上任何人都不知道的，他当时甚至对阿辽沙都没有说过，但是在他看来，这秘密却意味着比耻辱更糟糕的东西，意味着毁灭和自杀。如果他弄不到三千卢布去归还卡捷琳娜·伊凡诺芙娜，并借此从自己的胸脯上，“从胸部的那个地方”去掉他所怀着的、那样沉重地压迫着他的良心的那个耻辱的话，他就决心要那么做。这一切以后都会对读者做充分说明的。但是现在，在他的最后希望幻灭了以后，这个如此身强力壮的人刚刚走出霍赫拉柯娃家几步，就忽然像婴孩一样地泪流满面了。他一面走一面迷迷糊糊地用拳头擦着眼泪。他就在这种状态下一直走到广场上，突然感到他的整个身子撞到什么东西上了，一个小老太婆发出了尖锐的叫声，他几乎把她碰倒在地上。

“天哪，差一点把我撞死！你怎么这样走路？你这要饭的！”

“哎呀，原来是您呀！”米卡在黑暗中打量了一下小老太婆，喊了起来。她就是侍候库兹马·萨姆索诺夫的老女仆，昨天米卡看得很清楚。

“可您是谁呀，先生？”老太婆马上用另一种口气说，“在黑处我认不出您来了。”

“您不是在库兹马·库兹米奇家里侍候他的吗？”

“是呀，先生，我刚才到普罗霍雷奇那里去了一趟。不过我怎么还是认不出您来呀？”

“请问您，老大娘，阿格拉菲娜·阿历山德罗芙娜现在在你们家里吗？”米卡迫不及待地问，“刚才是我亲自送她来的。”

“来过了，先生，来过了，坐了一会儿就走了。”

“怎么？走了吗？”米卡嚷道，“什么时候走的？”

“当时就走了，在我们家里只待了一会儿。对库兹马·库兹米奇讲了一段故事，把他逗笑就走了。”

“你胡说，可恶的女人！”米卡大声喊道。

“哎哟！”小老太婆嚷了起来，但是米卡连影儿也不见了。他拼命向莫罗佐娃家跑去。这时候格鲁申卡正坐着车去莫克洛叶，动身还不到一刻钟，费尼娅同她的祖母厨妇玛特连娜正在厨房里坐着，“上尉”忽然闯了进来。费尼娅一看见他，就发出一声绝叫。

“你喊什么？”米卡大声吼着，“她在哪里？”但是还没容吓呆了的费尼娅回答一句话，他就突然跪倒在她的脚下：“费尼娅，看在基督的分上，告诉我，她在哪儿？”

“先生，我一点也不知道，亲爱的德米特里·费多罗维奇，我一点也不知道。您就是打死我我也不知道，”费尼娅赌咒发誓地说，“刚才您自己同她出去的。”

“她回家来了！”

“亲爱的，没有回来，我可以向上帝起誓，还没有回来！”

“你胡说！”米卡大声喊道，“单单从你害怕的神气上看来，我就知道她在哪里！”

他跑出去了。吓坏了的费尼娅非常庆幸这样便宜地就混了过去，但她心里很明白这只是因为他没有工夫的缘故，要不然，她说不定会遭殃的。但话虽如此，他跑走的时候有一个完全出人意外的举动，仍旧使费尼娅和老玛特连娜十分吃惊。桌上放着一个铜研钵，里面有一根小铜杵，只有四分之一俄尺长。米卡跑出去的时候，一手已经在开门，一手却忽然顺势抄起钵里的小杵，塞进自己旁面的口袋里去，就这样带着它跑掉了。

“哎哟，上帝，他想杀谁呀？”费尼娅紧握着双手说。

四

在黑暗里

他跑到哪里去？很明显："她不在费多尔·巴夫洛维奇那里，还能在哪里呢？现在事情已经很明白，她从萨姆索诺夫家一直跑到他那里去了。全部的阴谋，全部的欺骗现在都已经是明摆着的了。"这些念头像旋风一般在他的脑子里掠过。玛丽亚·孔德拉奇耶芙娜的院子里他没有去："用不着到那里去，完全用不着，一点也不要打草惊蛇，她马上就会去通风报信，出卖我的。玛丽亚·孔德拉奇耶芙娜显然是同谋，斯麦尔佳科夫也一样，也一样，大家都被收买了！"他脑子里想好了另一个主意：他穿过胡同，围绕费多尔·巴夫洛维奇的房子绕了一大圈。先经过德米特罗夫大街，然后跑过小桥，一直溜进后门外的那条僻静胡同里。那是一条空荡荡的、人迹罕至的胡同，一面是邻家菜园的篱笆，另一面是坚固的高围墙，把费多尔·巴夫洛维奇的花园团团围住。他当时选好了一个地方，根据他所知道的传说，好像这里就是丽萨维塔·斯麦尔佳莎娅曾经越墙而进的地方。"既然她能越过，"天知道他脑子里为什么闪出了这样一个念头，"那我为什么就不能越过呢？"果然，他跳了一下，立即设法用手抓住了墙头，接着用力提起身子，一下子就爬了上去，骑在墙头上。园内离这里稍近处有一个小澡堂挡着，但是从围墙上看得见正屋里点着灯的窗子。"果然不错，老头子的卧室里有亮光。她一定在那里！"想着，他就从围墙上跳进了花园。他虽然知道格里戈里有病，斯麦尔佳科夫也可能真的病倒了，不会有人听见他的动静，但是他还是本能地躲了起来，屏息不动，注意地倾听。四下里是死一般的沉寂，而且好像天意似的，万籁俱静，没有一点微风。

“‘只有寂静在微语’，”他的脑子里不知怎么闪出这句诗来，“但愿没有人听见我越墙的声音，大概没有人。”站了一分钟以后，他轻轻地在园里草地上走动起来。他蹑手蹑脚绕着大树和灌木丛走了半天，每走一步都要侧耳细听一下。足有五分钟，他才走到了灯火通明的窗子旁边。他记得紧靠窗前有几棵高大茂密的接骨木和雪球树。屋子左侧通到花园的门闩上了，他经过时特地去仔细察看了一下。最后他终于走到灌木丛边，躲在后面。他连大气也不敢出。“现在必须先等一会儿，”他想，“如果他们刚刚听见了我的脚步声，现在正在那里侧耳倾听，那就让他们安一安心，只是但愿不要咳嗽，不要打喷嚏。”

他静等了两分钟光景，但是他的心跳得厉害，有时候跳得简直仿佛喘不过气来。“不行，心跳老不平稳，”他想，“我实在等不下去了。”他站在灌木丛后面的黑影里，树丛的前面一部分被窗内的灯光照亮着。“雪球花果，红莓果，多么红呀！”他喃喃地说，自己也不知道为什么这样说。他悄然无声地一步步走到窗前，踮起脚。费多尔·巴夫洛维奇的卧室清清楚楚地整个显现在他的眼前。这是一间不大的房间，当中用一道红色的、费多尔·巴夫洛维奇称为“中国式”的屏风把整间屋子隔开。“中国式的屏风，”米卡的脑子里掠过这个念头，“格鲁申卡就在那屏风后面。”他开始观察费多尔·巴夫洛维奇。他穿了一件带条子的新的绸睡衣，腰间系着一根带穗的丝带，米卡还从来没有看见他穿过这件衣服。睡衣领口里露出干净、讲究的内衣，荷兰细布衬衫，上面缀着金纽扣。费多尔·巴夫洛维奇的头上还是戴着阿辽沙看见过的红头巾。“打扮了一番。”米卡想。费多尔·巴夫洛维奇站在窗旁，显然在那里凝想。他忽然抬起头稍微倾听了一会儿，没有听到什么，就走到桌边，从酒瓶里倒了半杯白兰地，喝干了。随后他发出了深深的叹息，又站了一会儿，无精打采地走到墙上的穿衣镜前，用右手把红头巾从额上微微掀起一点，开始察看他那还没有消下去的紫血印和创痕。“他一个人在家，”米卡想，“大概是一个人。”费多尔·巴夫洛维奇离开镜子，忽然转身向窗，朝外张望。米卡立刻跳到阴影里去。

“她也许在屏风后面，也许已经睡了。”他的心里像被针扎了一下。费多尔·巴夫洛维奇离开了窗子。“他是在窗前张望她，这么说，她不在里面；要不然，他为什么往黑暗里瞧呢？看来心里一定正在等得不耐烦。”米卡立刻又跳过来，朝窗里窥视。老人已经坐在小桌前面，显然露出忧郁的样子，后来胳膊肘支在桌子上，用右掌托着腮。米卡贪婪地细看着。

“一个人，一个人。”他又一次断定，“假使她在这儿，他的脸色不会这样的。”说来奇怪：他的心里突然因为她不在而涌起一种奇怪而不可思议的懊丧。“并不是因为她不在，”米卡觉察到了这种心情，立刻自己解释说，“而是因为这样就仍旧无法确切地弄明白她究竟在不在里面。”据米卡以后自己回忆，他当时的脑子是异常清楚的，对一切事情都能算得十分周到，不放过每一个细节。但是烦恼，由于看不清和捉摸不透而引起的烦恼，很快地在他的心里变得越来越强烈。“她到底在里面不在里面呢？”他的心里急得发狠。他突然下定决心，伸出手去，轻轻地敲起窗框来。他敲出老人同斯麦尔佳科夫约定的暗号：先是两下慢的，接着是三下快的：笃、笃、笃，这个暗号是表示“格鲁申卡来了”。老人哆嗦了一下，猛地抬起头，迅速跳了起来，跑到窗前。米卡立刻跳进了阴影里。费多尔·巴夫洛维奇开开窗子，把整个头都探了出来。

“格鲁申卡，是你？是你吗？”他用有点发抖的声音悄悄地说，“你在哪儿，我的小乖乖，我的天使，你在哪儿？”他激动极了，连气都喘不过来。

“是一个人！”米卡心里断定。

“你在哪儿呀？”老人又喊着，把头更探出来些，连肩膀也伸在外面，向四面八方前后左右地张望着，“快来呀。我预备好了礼物。

你快来，我给你看！”

“他指的是装着三千卢布的那个信封。”米卡闪过这个念头。

“在哪里呀？在门旁吗？我马上就来开。”

老人几乎要爬出窗子来似的，朝右面通花园的门那儿张望着，竭力向黑暗里搜寻。眼看再过一会儿，他听不到格鲁申卡的回答，就要跑去开门了。米卡一动不动地躲在一旁望着。老人那整个使他十分讨厌的侧影，那整个松垂的喉结，他那在甜蜜的期待中显露出笑意的鹰钩鼻子，以及他那两片嘴唇，这一切都被左面屋子里斜射的灯光照得清清楚楚。米卡的心中突然涌起一股可怕的狂怒：“这就是他，他的情敌，折磨他、毁掉他一生的人！”这是一种突如其来的、复仇的狂怒——对于这种怒气，四天以前他在凉亭里同阿辽沙谈话的时候，当他回答阿辽沙“你怎么能说你会杀死父亲呢”这句问话时，他就曾仿佛有所预感似的公开提到过。

“我实在不知道，不知道，”他当时说，“也许不会杀，但也说不定会杀。我怕正在那个时候他的脸会忽然引起我的痛恨。我恨他的喉结，他的鼻子，他的眼睛，他的无耻的嘲笑。我感到有一种人身的厌恶。我怕的就是这个，就怕我会按捺不住。”

这种人身的厌恶增长到了无法忍耐的地步。米卡已经失掉了自制，他突然从口袋里拿出铜杵来……

“上帝当时在看顾着我。”后来米卡自己这样说。恰巧在那个时候有病的格里戈里·瓦西里耶维奇在床上醒了过来。那天傍晚他正用斯麦尔佳科夫对伊凡·费多罗维奇讲过的那种偏方做了治疗：由他妻子帮助用伏特加酒掺一种神秘的浓汁遍擦全身，接着一边把剩下的喝下去，一边由他妻子为他低声念着“某种祷词”，然后躺下睡觉。玛尔法·伊格纳奇耶芙娜也喝了些。她本来不会喝酒，所以就在她的丈夫身旁沉沉地睡熟了。但完全出乎意料地，格里戈里忽然在夜里醒了过来，他思量了一会儿，虽然马上又感到腰际剧痛，还是在床上坐了起来。随后又思索了一下，就下了床，匆匆忙忙地穿上了衣服。也许他是因为自己在睡觉，“在这种危险的时候”家里没人看守，因而感到良心有些不安。犯了羊癫风弄得精疲力竭的斯麦尔佳科夫正躺在另一间小屋里，一动也不动。玛尔法·伊格纳奇耶芙娜也没有被惊醒。“这女人醉垮了。”格里戈里·瓦西里耶维奇看了她一眼，这样想着，就一面哼哼，一面走到了门外台阶上。自然，他只打算站在台阶上看看，因为他没有力气走路，腰间和右腿实在疼得难受。但这时他恰巧忽然想起他晚上没有把通花园的门锁上。他是个凡事认真、一丝不苟的人，严格遵守已定的规矩和多年的老习惯。他痛得一歪一瘸地从台阶上下来，向花园走去。园门完全敞开着。他不假思索地走进了花园，也许是他产生了什么幻觉，也许是因为听见了什么声音，但他往左右一望，果然看见主人房间的窗子敞开着，空洞洞的，没有人在窗前张望。

“为什么开着？现在已经不是夏天！”格里戈里想。突然，正在那个当儿，花园里有某种异常的东西在他的眼前一闪而过。在他面前四十步远的地方，黑暗中好像有一个人跑过，有一个黑影在很快地移动。“天哪！”格里戈里说着，不顾一切，也忘记了自己的腰痛，就拔脚奔过去拦截那正在跑着的人。花园里的路径显然他比那个跑着的人熟些，他找了一条捷径；那个人跑向澡堂里，绕到澡堂后面，朝墙脚下跑去。格里戈里毫不放松地两眼紧盯着他，同时不顾一切拼命地跑着。他跑到围墙脚下时，正巧那人已经在开始攀越围墙。格里戈里一声怒吼，直冲过去，两手紧紧拉住了他的腿。

果然如此，预感并没有错：格里戈里认出他来了，这正是他，那个“杀父的恶棍”！

“杀父的人！”老人声震四邻地大喊一声，但是刚刚喊出了这一声，他就像被雷殛了一般地突然倒下了。米卡重又跳到花园里，俯身去看被打倒在地的人。米卡的双手还握着铜杵，他不假思索地顺手把它扔到草地上，铜杵落在格里戈里身旁两步的地方，但并不是在草丛里，而是落在小径上最明显的地方。他对躺在他面前的人察看了好几秒钟。老人的头上血迹模糊；米卡伸出手去摸索着他的头。他后来清楚地记得，他那时候很想“弄明白”，他是砸开了老人的脑壳还是只用铜杵打中他的头把他“打蒙”了。但是血在流着，流得怕人，一股热血一下子就沾满了米卡发抖的手指。他还记得他当时从口袋里掏出自己雪白的新手帕，是为到霍赫拉柯娃家去拜访特意带在身边的，他把它按在老人的头上，毫无意义地竭力想擦干他额上和脸上的血。但是连手帕也很快就被血全都渗透了。“天哪，我这是在干什么？”米卡忽然清醒过来，“要是当真砸破了，那还怎么看得清楚，不过现在反正也都一样了！”他忽然绝望地说：“杀死了也就只好杀死了，老头子是自己碰上来，自己找死！”他突然奔向围墙，纵身跳到胡同里，拔腿就跑了。浸透了血的手帕被揉成一团捏在他的右手里，他一边跑，一边往上衣的里面口袋里塞。他拼命跑着，街上偶尔有几个过往行人，在黑暗中和他相遇，以后还记得他们在那天夜里遇见了一个没命奔跑的人。他又飞奔着回到了莫罗佐娃家的房子。刚才费尼娅在他离开以后就马上跑去找门房的头儿纳扎尔·伊凡诺维奇，哀求他“看上帝的分上”无论如何“不管是今天也好，明天也好，都不要再放上尉进门”。纳扎尔·伊凡诺维奇听完以后满口答应了，但是不巧得很，他因为太太突然叫他，所以暂时离开，上楼去了，中途遇见了他的侄子，一个二十多岁的青年，新近刚从乡里来的，便吩咐他在院里待一会儿，却忘了交代关于上尉的事情。米卡跑到大门口，敲起门来。青年马上认出了他，因为米卡曾不止一次给过他酒钱。他立刻给开了门，放米卡进来，还带着愉快的笑容，连忙殷勤地告诉米卡说：“现在阿格拉菲娜·阿历山德罗芙娜可不在家呀。”

“她在哪儿，波罗霍尔？”米卡突然站住了。

“她刚才走了，大概两个钟头以前，由季莫费依赶着车，到莫克洛叶去了。”

“干什么去？”米卡大声问。

“这个我不知道，去找一位军官，有人从那里叫她去，还打发了马车来……”

米卡扔下他，几乎像发疯似的跑去找费尼娅去了。

五

突然的决定

费尼娅正同祖母坐在厨房里，两人都准备睡觉了。她们因为信赖纳扎尔·伊凡诺维奇，所以仍旧没有在里面把门闩上。米卡冲了进去，扑到费尼娅面前，紧紧掐住了她的脖子。

“你快说，她在哪儿？现在正跟谁一起在莫克洛叶？”他疯狂地喊着。

两个女人尖叫起来。

“哎呀，我说，亲爱的德米特里·费多罗维奇，我马上都说出来，一点也不隐瞒。”吓得要死的费尼娅连声绝叫着，“她到莫克洛叶找那个军官去了。”

“找什么军官？”米卡吼道。

“以前的那个军官，就是那个，以前的那位，五年以前抛下她走的。”费尼娅又炒豆子般地连声说。

德米特里·费多罗维奇松开了掐紧她脖子的手。他站在她的面前，脸色像死人那样惨白，不出一声，但是从他的眼睛里看得出他一下子全明白了，全明白了，刚听她说了半句他就一切都已明白，一切全都猜到了。当然，这时候可怜的费尼娅是顾不上去注意他明白了没有的。他跑进来的时候，她正坐在柜子上面，现在仍旧坐在那里，浑身哆嗦着，把手挡在胸前，似乎想抵抗，一直保持着这个姿势呆住在那里。她那吓坏了的、由于害怕瞪得老大的眼睛直勾勾地死盯着他。

而他当时又恰好两手全沾满了血。他在路上跑的时候大概用手摸过额头，擦脸上的汗，因此在额头上和右颊上也留下了红色的血印。费尼娅眼看就会发作歇斯底里，而老厨妇则跳起身来，像疯子一样呆望着，几乎吓丢了魂。德米特里·费多罗维奇站了一分钟，忽然木头人似的一屁股坐在费尼娅身旁的椅子上。

他坐在那里，并不是心里在做什么盘算，却似乎是完全被惊呆了。但一切是明摆着的：这位军官——他是知道的，而且了解得很清楚，是格鲁申卡亲自告诉过他的。他也知道这位军官在一个月以前寄来过一封信。这么说，这事情直到这位新人来到以前，一个月中，整整的一个月中，一直完全瞒着他在暗中进行，而他竟连想也没有想到这位军官！但是他怎么能，怎么能不想到那个人？为什么他居然会忘却了这位军官，刚一听说就立刻忘在脑后了呢？这个问题像个怪物似的出现在他面前。他现在确实像被惊傻了似的呆望着它，简直浑身冰凉。

但突然间，他就像个安静温柔的孩子似的，温顺而小声地对费尼娅说起话来，仿佛完全忘记他刚才还那么厉害地吓唬过她，侮辱过她，折磨过她。他忽然用以他目前的处境来说显得过分而且出奇精细的样子开始盘问起费尼娅来。而费尼娅虽然吓得要命地望着他那染血的双手，却也出奇地愿意急忙回答他的每一个问题，甚至好像忙着对他掏出一切“最真实的心里话”。她逐步地、简直有点津津有味地讲起全部详情细节来，根本不想去折磨他，反而好像诚心地急于想尽力为他效劳。她十分详细地对他讲今天一天的情形，拉基金和阿辽沙如何来访，她和费尼娅怎样留心守候着，女主人怎样动身，她怎样从窗子里对阿辽沙喊着叮嘱向米卡问候：“让他永远记住她爱过他的一小时。”米卡听到关于问候的话，忽然苦笑了一下，惨白的脸上泛起红晕。这时候费尼娅已经一点也不害怕显出她的好奇心来了，她对他说道：“您的手是怎么回事，德米特里·费多罗维奇，怎么全是血呀？”

“是的。”米卡机械地回答，心不在焉地望了望自己的双手，立刻就忘掉了它们，也忘了费尼娅的问话。他又陷入了沉思。从他跑进来到现在已过了二十分钟左右。他刚才的惊惶已经过去，但看来他已充满了一种新的、不可抵抗的决心。他突然从座位上站起来，若有所思地微笑着。

“老爷，您这是怎么回事？”费尼娅又指着他的手问，而且带着怜惜的神气，就好像她现在是他遭到悲痛时最亲近的人一样。

米卡又看了看他的手。

“那是血，费尼娅，”他带着奇怪的神情望着她说。“那是人的血。可是上帝，这又是为了什么呢？不过……费尼娅，有这么一道围墙，”他望着她，好像对她说出一个谜语似的，“一道高高的围墙，样子很可怕，但是……明天黎明，‘太阳升起’的时候，米卡就会跳过这道围墙。费尼娅，你不明白那是什么样的围墙，但是不要紧，反正一样，明天你就会听到，而且全都会明白的。现在再见吧！我不想去妨碍人，我会自己走开，我还能够自己走开。好好活下去吧，我的心肝，你爱过我一小时，那就请你永远记住米钦卡·卡拉马佐夫吧。她是老管我叫米钦卡的，你记得吗？”

他说完这些话，就突然走出了厨房。费尼娅觉得他出去时的这副神色，几乎比他刚才冲进来，扑到她身上时还要使她害怕。

整整过了十分钟，德米特里·费多罗维奇来到了刚才他押手枪的那个青年官员彼得·伊里奇·彼尔霍金家里。已经八点半钟，彼得·伊里奇在家喝了茶，刚刚重新穿好上衣，准备出门到“京都”酒店去打一会儿台球。米卡正好在门口遇见了他。他一看见米卡和他那血污狼藉的脸，就惊叫了一声：“天哪！您这是怎么啦？”

“是这样的，”米卡迅速地说，“我来赎我的手枪，拿钱来了。真是感谢得很。我很忙，彼得·伊里奇。请你快些。”

彼得·伊里奇愈加感到惊奇起来：他忽然在米卡的手里看到一大把钱，更主要的是谁也不会像他这样把一大把钱在手里攥着，而且就这样走了进来。他把一整沓钞票全攥在右手里，手一直伸在前面，就好像给人家看似的。年轻官员的小男仆曾在前屋里遇见过米卡，事后回忆说，他就是这样手里握着钱径直走进屋里来的，可以想见，他在街上的时候也是这样右手握着钱伸在前面一直走来的。钞票全是花花绿绿一百卢布一张的。他用沾满血的手攥着。后来有关的人很晚才问起彼得·伊里奇一共有多少钱；他回答说当时很难一眼就估计出来，也许是两千，也许是三千，但总之是很大的一沓，“厚厚的”。他事后还做证说，德米特里·费多罗维奇自己当时“也好像完全是神不守舍的样子，但并不是喝醉，却似乎有点欢喜若狂，非常心不在焉，同时却又好像在那里聚精会神地想着，在那里思索着什么，而又拿不定主意。他很匆忙，回答别人的问话时很生硬，很古怪，有时候似乎并不发愁，却反而显得很快乐”。

“您究竟怎么啦？您现在究竟是怎么啦？”彼得·伊里奇又大声嚷着，惊奇不已地打量着客人，“您怎么会这样浑身是血？是摔倒了吗？您看看！”

彼得·伊里奇抓住米卡的胳膊肘把他拉到镜子面前。米卡看到他的血污狼藉的脸，哆嗦了一下，恼火地皱紧了眉头。

“唉，见鬼；这还不够受呀！”他恨恨地嘟囔了一句，把钞票从右手迅速地换到左手，慌乱地从口袋里抽出手帕来。但手帕上也全是血（他就是用这块手帕擦格里戈里的头和脸的），几乎没有一块白的地方，不但已经干了，而且还黏结成一团，简直打不开来。米卡恨恨地把它扔在地上。

“唉，真见鬼！您有没有抹布什么的，擦一擦……”

“这么说您只是沾来的血，并没有受伤？那您最好还是洗一洗。”彼得·伊里奇回答说，“那里有洗脸盆，我来给您淋水。”

“洗脸盆吗？那好……不过这东西放在哪儿呢？”他显出古怪的不知所措的神气让彼得·伊里奇看他那一沓一百卢布的钞票，还用询问的神气望着他，好像应该由彼得·伊里奇来决定他怎样处置自己的钱似的。

“放在口袋里，或者放在桌上，丢不了。”

“放在口袋里？对，放在口袋里。这很好。哦，不，您瞧，这全是无聊！”他大声说，似乎忽然集中了精神，“您瞧，我们应该先办正事，那对手枪请您还给我，这是给您的钱，因为我很需要，很需要，可时间，时间一点也没有。”

他从那沓钞票里拿出上面的一张一百卢布的钞票，递给官员。

“可是我找不出那么些钱呀，”官员说，“您没有小一点的票子吗？”

“没有，”米卡说。他又看了看那沓钞票，似乎对自己所说的话不大有把握似的，用手指翻了翻上面的两三张钞票。“没有，全是一样的。”他补充了一句，又带着询问的神气望了彼得·伊里奇一眼。

“您这是从哪儿发了那么大的财呀？”官员问，“您等一等，我打发我那小家伙到普洛特尼科夫的小铺里去一趟。他们关门关得很晚，也许可以换来小票。喂，米莎！”他朝前室里叫了一声。

“到普洛特尼科夫的小铺里去，那好极了！”米卡也叫了起来，似乎想到了一个什么念头。“米莎，”他对走进屋里来的小家伙说，“我说，你快到普洛特尼科夫的小铺里去，对他们说，德米特里·费多罗维奇问候他们，他自己一会儿就要去。你听着，你听着：你吩咐他们在他回头上那儿去以前预备好香槟酒，要三打，捆扎得好好的，就像那一次到莫克洛叶去那样，我那次从他们那里要了四打。”他突然朝彼得·伊里奇说：“他们是知道的。你放心，米莎。”他又对小家伙说：“你听清楚：再叫他们预备乳酪，斯特拉斯堡馅饼，熏鱼，火腿，鱼子，还有各种各样，只要是他们那里有的，一共买那么一百卢布，或是一百二十卢布的东西，就像那次那样。还叫他们不要忘记各种小吃食，糖果、梨，两三个西瓜，四个也行，哦，不必，西瓜有一个够了，还有巧克力、水果糖、太妃糖、牛奶糖，所有那一次到莫克洛叶去带过的东西，香槟酒要买三百卢布的。总之，完全要像上次一样。记住了，米莎，你是不是叫米莎，他的名字是叫米莎吗？”他又问彼得·伊里奇。

“等一等，”彼得·伊里奇插嘴说，带着不安的神色听他说话，仔细打量着他，“您最好自己去说，他会搞不清楚的。”

“会搞不清楚的，我看也会搞不清楚的！唉，米莎：你替我办了这件事，我要吻你一下。如果你不搞乱的话，我赏你十个卢布，快去。香槟酒，顶要紧的是让他们把香槟酒取出来，还要白兰地、红葡萄酒，所有上次带的那些东西。他们知道那一次带了些什么。”

“您听我说！”彼得·伊里奇不耐烦地插嘴说，“我说：让他只是去把钱换来，告诉他们不要关门，然后您自己去说好了。您把钞票给他。快走，米莎！越快越好！”彼得·伊里奇看来是在故意撵走米莎，因为他站在客人面前，瞪大眼睛呆看着他那血迹斑斑的脸和用颤抖的手指攥着一把钞票的血污狼藉的手，只顾又惊又怕地张着嘴呆站在那里发愣，一定没听进去多少米卡刚才吩咐他的话。

“哦，现在我们去洗一洗，”彼得·伊里奇严肃地说，“您把钱放在桌上，或是塞进口袋里，好，去吧。您把上衣脱下来。”

他帮米卡脱衣服，忽然又喊了出来：“您瞧，您的上衣上也全是血！”

“这个……这不是上衣上的。只是这儿在袖子旁边有一点。只是在靠着放过手帕的地方附近，从口袋里渗出来的。我在费尼娅那里的时候坐在手帕上了，血就渗出来了。”米卡立刻用一种令人惊奇的天真信任神气解释说。彼得·伊里奇皱着眉倾听着。

“您干了些什么呀？大概同什么人打架了吧？”他喃喃地说。

他们开始洗手。彼得·伊里奇拿起水罐子，倒出水来。米卡匆匆忙忙地，也没有抹多少肥皂（彼得·伊里奇以后想起：当时他的手不住哆嗦）。彼得·伊里奇立刻叫他多抹些肥皂，多擦一擦。这时候他似乎支配起米卡来，而且越往后越厉害。我们应该顺便说一句：这青年是个性格颇为刚强的人。

“您瞧，指甲下面还没洗干净；好，现在再擦一擦脸，这儿：鬓角上面，耳朵旁边，您就穿着这件衬衫去吗？您究竟要上哪儿去？瞧，您的右手袖口上全是血。”

“是的，全是血。”米卡审视着衬衫的袖口说。

“那么应该换一件内衣。”

“没有工夫。您瞧，我……”米卡还是带着那种信任的神情说，一边用手巾擦脸和手，穿上上衣，“我可以把袖口挽进去，在上衣里遮着是看不见的，您瞧！”

“现在请您告诉我，您到底干了些什么？同什么人打架了吗？是不是又在酒店里，像上次那样？是不是又同那个上尉，像那一次似的，殴打他，拖着他走？”彼得·伊里奇带着责备的意味问，“您又揍了谁一顿，要不把什么人给杀了？”

“别废话！”米卡说。

“什么废话？”

“别介意，”米卡说，突然笑了一声，“我刚才在广场上把一个老太婆压死了。”

“压死了？老太婆？”

“老头子！”米卡喊道，两眼直望着彼得·伊里奇的脸，一面笑，一面像对聋子说话似的大声嚷着。

“唉，见鬼，老头子，老太婆，究竟是真杀死人了吗？”

“讲和了。打了架——又讲和了。在一个地方。临分手成了朋友。一个傻子，他饶恕了我，现在一定饶恕了。但他要是能站起来，就不会饶恕我了。”米卡忽然挤眉弄眼然后又坚决地说道，“不过去他的，您听见没有，彼得·伊里奇，去他的，不用管他！现在我不想去谈他！”

“我的意思是说您干吗喜欢同每个人都打架，就像那次为了一点小事情同那位上尉那样。您打完了架，又跑去喝酒取乐，您就是这种性子。三打香槟酒，何必要这么多？”

“妙极了！现在把手枪交给我吧。真的，我没有工夫。我倒是很想跟你谈谈，亲爱的，可是没有时间了。而且也用不着，现在再谈已经太晚了。哎呀！钱哪儿去了，我放在哪儿了？”他叫了起来，用手在口袋里乱摸。

“您放在桌子上了，自己放的，就在那里放着。忘记了吗？您把钱真当垃圾和水一样。这是您的手枪。真奇怪，刚才六点钟的时候，还拿它抵押了十个卢布，可这会儿您手里竟有好几千，有两三千，对不对？”

“大约是三千吧。”米卡笑着说，把钱塞进裤子的旁边口袋里。

“您这样会弄丢了。您是开到了金矿还是怎么的？”

“金矿？金矿！”米卡拼命大喊着，纵声大笑起来，“您想不想上金矿，彼尔霍金？有一位太太肯马上塞给您三千卢布，只要您肯走。她就塞给我了，她是多么爱金矿啊！你认识霍赫拉柯娃吗？”

“不认识，可是听说过，也看见过。难道是她给您的三千卢布？真是她塞给您的吗？”彼得·伊里奇不大相信地看着他。

“那您等明天太阳升起的时候，当青春常在的斐勃斯神[1]起来颂祷上帝的时候，可以自己到霍赫拉柯娃太太家去，当面问她给了我三千卢布没有？您去打听一下吧。”

“我不知道你们的关系，既然您说得这样肯定，想必她是给了。但是您钱一到手，并不到西伯利亚去，却拿着所有这三千……可您现在究竟到哪儿去呀？”

“到莫克洛叶去。”

“到莫克洛叶去？现在这是夜里呀！”

“以前这家伙是应有尽有，现在是两手空空！”米卡忽然说了这么一句。

“怎么两手空空？身上带了几千卢布还说是两手空空吗？”

“我不是说那几千卢布。去他的几千卢布！我讲的是女人的脾气：女人的心朝三暮四，容易变心，又充满恶行。这是攸力栖兹[2]说的，我很同意。”

“我不明白您是什么意思。”

“我喝醉了，对吗？”

“没有喝醉，却比喝醉更糟。”

---

1 希腊神话中的太阳神。

2 古希腊神话中的英雄，是荷马史诗《奥德赛》中的主角。

“我是精神上醉了，彼得·伊里奇，精神上醉了，可是得啦，别说了。”

“您这是干吗？准备往手枪里装弹药？”

“往手枪里装弹药。”

米卡果真启开了手枪匣子，打开火药囊，仔细地往枪里装进了火药，把它填紧。随后取了一颗子弹，在装进去以前，先用两个手指捏着举起来，放在蜡烛光前检查一番。

“您看子弹做什么？”彼得·伊里奇带着不安的好奇心观察着。

“没什么。产生了一种想象。比如说如果你想把这粒子弹射进自己的脑袋里，那么在装进枪里以前，你看不看它一下？”

“为什么要看它？”

“它就要射进我的脑袋里，所以看一看它是什么样子，也很有趣。不过这是胡扯，无聊的胡扯，”在推上子弹，用麻絮塞紧以后，他又接着说，“现在完了，彼得·伊里奇，好朋友，这是胡扯，全是胡扯，您真不知道这简直是什么样的胡扯啊！现在请你给我一小块纸。”

“这儿有。”

“不行，要光洁的，写字用的。这就行了。”米卡说着从桌上抓起钢笔，很快地在纸上写了两行字，把纸叠成四折，揣在背心的口袋里。他把手枪放进匣子里去，用钥匙锁上，拿起了匣子。随后米卡长时间地、若有所思地微笑着，望了望彼得·伊里奇。

“现在我们走吧。”他说。

“到哪儿去？不，等一等。您是想把子弹送进您的脑袋里去吗？”彼得·伊里奇不安地说。

“子弹的话是胡扯！我想活，我热爱生活！你要知道这一点。我爱金发的斐勃斯和他那温暖的光芒。亲爱的彼得·伊里奇，你能自己走开吗？”

“怎么叫自己走开？”

“就是让出道路来，给可爱的人让路，也给可憎的人让路。把可憎的人也当作可爱的，给他们让路！并且对他们说：愿上帝与你们同在，你们只管自己走吧，至于我……”

“你怎样？”

“得了，走吧。”

“我真得对什么人说一下，”彼得·伊里奇看着他说，“不能让您到那边去。您现在到莫克洛叶去做什么？”

“那边有女人，女人。和你说得不少了，彼得·伊里奇。你闭上嘴吧！”

“您听着，您这人虽然很野，但是我总觉得有点喜欢您，我很担心。”

“谢谢你，老兄。你说，我很野。野蛮人，野蛮人！我自己就老这么说自己：野蛮人！哦，米莎来了！我倒把他给忘掉了。”

米莎拿着换来的一沓钞票，急急忙忙地走进来，报告说，普洛特尼科夫的小铺里大家“全忙开了”，在那里搬瓶子，还有鱼、茶叶，马上都可以准备好。米卡拿了十个卢布，递给彼得·伊里奇，另外取了十个卢布，扔给米莎。

“不行！”彼得·伊里奇大声说，“在我的家里不能这样，而且这样胡闹也很不好。请您把您的钱收好，放在这里，干什么那样乱花？到明天就会用得着了，说不定您还会来找我借十个卢布的。您为什么净往旁边口袋里塞？那样您会弄丢的！”

“你听着，亲爱的，我们一块儿到莫克洛叶去好不好？”

“我到那里去做什么？”

“喂，要不要现在就开一瓶酒，为生活干一杯！我很想喝，特别喜欢同你喝。我从来没有同你喝过酒，是不是？”

“大概是吧，一起上酒店里去喝是可以的，我们走吧，我本来自己也正想到那儿去。”

“上酒店里去没时间了，可以到普洛特尼科夫店里的后屋里去喝。我现在给你猜个谜好吗？”

“猜吧。”

米卡从背心里掏出那张纸，打开来，给彼得·伊里奇看。上面用粗大清楚的笔迹写着：“我为我整个的一生惩罚我自己，我惩罚我自己的整个一生！”

“真的，我一定要去对什么人说一说，立刻就去说。”彼得·伊里奇看完了那张纸以后说。

“你来不及了，朋友，我们去喝酒吧！开步走！”

普洛特尼科夫的小铺和彼得·伊里奇家只隔一所房子，在大街的拐角上。那是我们城里的阔商人所开的一家主要的食品铺，铺子里的货色很不坏。京城里任何商店出售的食品，像“叶里赛兄弟公司经销”的酒、水果、雪茄、茶叶、糖、咖啡等，这里应有尽有。经常有三个伙计应付门市，两个小伙计送货。我们这一带地方虽然已经衰落，地主们四散迁离，商业不振，但是食品业却仍旧繁荣，每年的营业反而日见兴隆，因为这类货品是不愁缺少买主的。店里的人正在急不可待地等候着米卡。他们很记得他在三四个星期以前也像这回那样一下子买了几百卢布各色各样的货品和酒，用的全是现钱（自然，要赊账卖给他任何东西店里是决不放心的），也记得当时正和现在一样，他的手里攥着大把一百卢布一张的钞票，胡花乱扔，毫不还价，不假思索而且也不愿去费心思索，他买这许多食物、这许多酒有什么用。以后全城哄传他当时和格鲁申卡两人到莫克洛叶去，“一昼夜间一下子用去了三千卢布，狂饮作乐完了回来时身上分文不剩”。他当时召集了一大帮恰巧游荡到这里来的茨冈人，他们两天中间从他这个醉鬼身上偷走了无数的钱，喝掉了无数名贵的美酒。有人笑米卡，说他在莫克洛叶用香槟酒灌粗蠢的乡下人，拿糖果和斯特拉斯堡馅饼给乡下姑娘和村妇们吃。还有人，特别是在酒店里，笑米卡（自然不是当面笑，当面笑他是有点危险的）自己当时曾当众做过的公开自白，就是：他搞了这么一场“无遮大会”，结果从格鲁申卡身上得到的却只是“允许他吻吻她的脚，别的一概不准”。

当米卡同彼得·伊里奇到小铺的时候，看见门前已预备好了一辆三套车，车上盖着毯子，马身上挂着大大小小的铃铛，车夫安德列正候着米卡。店里差不多已经把一木箱的货物完全“配齐”了，只等米卡一来就准备钉上箱子，装上马车。彼得·伊里奇感到很诧异。

“怎么你连三套马车也准备妥了？”他问米卡。

“我到你家里去的时候，遇见了安德列，就让他把车一直赶到铺子门前来。时间不能浪费！上回我是坐季莫费依的马车去的，这一次季莫费依已经嘘——的一声，拉着一位女妖先走了。安德列，我们已经耽误得太久了吗？”

“估计他只会比我早到一个钟头，也许还不到，至多一个钟头！”安德列连忙应声说，“是我给季莫费依套的车，我知道他是怎样的走法。德米特里·费多罗维奇，他们的走法不能跟我们的走法比，哪能像我们这么快。他们早到不了一个钟头的！”他是个年纪还不算老的马夫，淡褐色头发，瘦瘦的个子，穿一件束腰的长褂，左臂上搭着一件粗呢外套。

“假如只差一个钟头，我给你五十卢布的酒钱。”

“一个钟头的时间我是可以保证的，德米特里·费多罗维奇。嘿，也许不会让他先到半个钟头，更不用说一个钟头了。”

米卡虽然忙忙乱乱地张罗着，但是说话和吩咐的样子有点奇特，东拉西扯，毫无条理，说了前面，忘了后面。彼得·伊里奇觉得应当插手帮他安排一下。

“要四百卢布的东西，不能再少，要跟上次完全一样。”米卡吩咐着，“四打香槟酒，一瓶也不能少。”

“你为什么要这么多？要那么些干吗？慢着！”彼得·伊里奇叫了起来，“这是一箱子什么？都放了些什么？难道这里有四百卢布的东西吗？”

正在忙着的伙计们立刻满脸赔笑地向他解释，在这第一个箱子里只有半打香槟酒和“各种需要先上的食品”，如冷盘菜、糖果等。至于主要的“必需品”，和上次一样，弄好以后立刻单独用另外一辆专门的马车送去，也是套三匹马的，一定会准时赶到，“至多只比德米特里·费多罗维奇晚到一小时”。

“不要过一小时，不许过一小时。太妃糖和牛奶糖尽量多放些。那里的姑娘们爱吃的。”米卡起劲地强调说。

“牛奶糖多些就多些吧。可你要四打香槟酒干什么？一打就够了！”彼得·伊里奇几乎生起气来。

他开始跟他们讲价钱，要他们开发票，争个不休。但结果也只省下了一百卢布。最后的结论是所供全部货品的价值不应当超过三百卢布。

“见你们的鬼去吧！”彼得·伊里奇仿佛突然醒悟了过来似的嚷着说，“这同我有什么相干？你尽管乱扔你的钱去吧，既然是白挣来的！”

“到这里来，经济学家，到这里来，别生气。”米卡把他拖进了店铺的后屋里，“他们马上会给我们开一瓶来的，我们来喝它几杯。哎，彼得·伊里奇，我们一起去吧，因为你真是个可爱的人，我就爱这样的人。”

米卡在铺着一块肮脏桌布的小茶几旁的一张柳条椅子上坐了下来。彼得·伊里奇勉强安顿在他的对面，香槟酒马上送了过来。伙计们又问老爷们要不要吃蛎黄，“最好的蛎黄，刚刚运到的”。

“滚它的蛎黄，我不吃。什么东西也不要。”彼得·伊里奇近乎发火似的悻悻说。

“没有工夫吃蛎黄，也吃不下去。你要知道，好朋友，”米卡忽然感叹地说，“我从来就不喜欢这种乱七八糟毫无秩序的事。”

“谁喜欢呀！开三打香槟给乡下人喝，对不起，这真有点叫人冒火。”

“我不是说这个。我是说那种最高的秩序。我心里就没有秩序，最高的秩序。不过，这一切反正都过去了，犯不着再去追悔。已经晚了，那就见它的鬼去吧！我整个一生就是乱七八糟毫无秩序，现在该恢复秩序了。我是在说俏皮话，对吗？”

“你是在说胡话，不是俏皮话。”

“赞美世上最崇高的人！

“赞美我心中最崇高的人！

“这首小诗是从前某个时候发自我内心的肺腑之言。这不是诗，而是泪，我自己作的，但不是在我揪住上尉的胡须的时候。”

“为什么你忽然提起他来了？”

“真的，我为什么忽然提起他来？真是胡扯！一切都会过去，一切都会变得无所谓的。就是这么回事。”

“说真的，我一直在想着你那两把手枪。”

“手枪也是胡扯！喝酒吧，不用胡思乱想了。我爱生活，太爱生活，爱得太过分了，到了不知羞耻的地步。够了！为了生活，朋友，让我们为了生活干一杯。我提议为生活干杯！我为什么自满？我是卑鄙的，可是我对于自己感到满足。但尽管这样，我却因为我的卑鄙和自满而感到痛苦。我赞美造物，随时都乐意赞美上帝和他的造物，但是……应该杀死一条毒虫，免得它爬来爬去妨碍他人的生活。让我们为生活干杯吧，亲爱的老兄！还有什么比生活更可贵的呢？没有了，没有了！为生活，为一位女王中的女王干杯。”

“那就为生活也为你的女王干杯吧。”

他们各自干了一杯。米卡虽然兴高采烈，而且感情洋溢，但同时却又有点忧郁，好像总有一种无法抑制的沉重心事梗在他的心里。

“米莎……走进来的是你的米莎吗？米莎，好米莎，你来，你给我喝了这杯酒，为明天早上金黄卷发的斐勃斯干杯。”

“你干吗要他喝！”彼得·伊里奇生气地嚷起来。

“让他喝吧，就让他喝吧。我高兴这样。”

“唉！”

米莎喝了一杯，鞠了一躬，跑出去了。

“他会记得长久些的。”米卡说，“我爱女人，女人！女人是什么？地上的女王！我很忧伤，十分忧伤，彼得·伊里奇。你记得不记得哈姆雷特的话：‘我真是忧伤，真是忧伤，荷拉修，唉，可怜的悠里克啊！’[1]也许我就是悠里克。现在我是悠里克，以后就成了骷髅。”

---

1 莎士比亚剧作《哈姆雷特》中的台词。

彼得·伊里奇听着，一言不发，米卡也沉默了。

“你们的这只狗是什么品种？”他看见角落里有一只好看的、黑眼睛的小哈巴狗，忽然用心不在焉的口气问那个伙计。

“这是我们女东家瓦尔瓦拉·阿历克赛耶芙娜的小哈巴狗，”伙计回答说，“刚才她自己带来的，忘在我们这里了。一会儿得给她送回去。”

“我也看见过这样一只，在团里的时候，”米卡沉思着说，“不过那只狗的后腿坏了。彼得·伊里奇，我想顺便问你一句：你生平曾经偷过东西没有？”

“这是什么话？”

“不，我是随便问问。比如从别人的口袋里，拿过人家的东西没有？我不是指公款，公款是谁都在捞的，你自然也……”

“滚你的吧。”

“我说的是别人的钱：直接从口袋里、从钱包里偷。嗯？”

“我有一次偷过母亲二十戈比的钱，那时候九岁，从桌子上偷的，悄悄拿了，紧紧攥在手心里。”

“以后怎样了呢？”

“没什么。在身边藏了三天，感到羞耻，自己承认了，把钱交了出来。”

“后来怎么样了呢？”

“自然挨了一顿打。可你问这干吗？你自己没有偷过吗？”

“偷过的。”米卡狡黠地眨了眨眼睛。

“偷什么？”彼得·伊里奇好奇起来。

“偷母亲的二十戈比，九岁的时候，三天以后交了出来。”

米卡说完这话，突然从座位上站了起来。

“德米特里·费多罗维奇，现在该走了吧？”安德列忽然在店门外喊了一声。

“预备好了吗？走吧！”米卡忙乱起来，“还有最后的几句话，就……马上给安德列来一杯伏特加，喝了好上路！除了伏特加，再给他一杯白兰地！那个匣子，装手枪的，给我放在座位底下。别了，彼得·伊里奇，有什么得罪的地方，别放在心上吧！”

“可你不是明天就回来吗？”

“当然。”

“那笔账请现在付一付好吗？”伙计忙赶了过来。

“哦，是的，那笔账！当然！”

他又从口袋里拿出那一沓钞票，抽了三张，扔在柜台上，就急急走出了店门。大家全跟着他出来，鞠躬送别，祝他一路顺风。安德列刚喝下白兰地，清了清喉咙就跳上了驾车座。但米卡刚要坐上车去，完全出人意外地，费尼娅突然在他的面前出现了。她气喘吁吁着跑了过来，朝着地两手一合，喊了一声，就扑通跪倒在他的脚前。

“我的好德米特里·费多罗维奇，好人，可千万别害我的女主人！是我对您全讲出来的！也不要害他，他可是她以前的旧情人啊！他现在肯娶阿格拉菲娜·阿历山德罗芙娜了，特地为这个从西伯利亚回来的……我的好德米特里·费多罗维奇，您可别害人家的性命呀！”

“哎呀，啧啧，原来是这么回事！现在你到那边会闯出什么样的祸来呀！”彼得·伊里奇自己嘟囔说，“现在一切全明白了，还有什么不明白呢。德米特里·费多罗维奇，假如你还愿意做一个人的话，请你立刻把手枪给我。”他对米卡大声喊着，“你听见没有，德米特里！”

“手枪吗？等一等，老兄，我到路上扔到水坑里去。”米卡回答说。“费尼娅，站起来，你不要趴在我的面前。米卡决不会害人的，从此以后这个愚蠢的家伙再不会伤害任何人了。还有一件事情，费尼娅，”他已经坐上了车，大声对她说，“我刚才侮辱了你，请你原谅我，饶恕了我吧，饶恕了我这个坏蛋。如果你不饶恕，也无所谓！因为反正现在一切都无所谓了！走吧，安德列，快点赶！”

安德列赶动马车，小铃铛响了起来。

“别了，彼得·伊里奇！对你流了最后的眼泪！”

“并没有醉，却净在那儿满口胡言！”彼得·伊里奇目送着他，心里想。他本想留在那里，看他们怎样把其余的食品和酒装上三套马车，因为他预感到他们会通过克扣货物来蒙骗米卡。但是他忽然对自己生起气来，啐了一口，就自顾到酒店里打台球去了。

“一个傻子，尽管倒是个好人。”他在路上嘟囔着，“格鲁申卡的‘旧情人’，那个军官，我是听说过的。假如他来了，那么……唉，这一对手枪！可是见鬼，我是什么人，是他的老保姆还是怎么着？让他去好了！再说也不会出什么事的。只是好说大话，没有别的。喝醉了酒，打一场，打完了架，又讲和了。这些人能认真干出什么事情来？什么‘我要走开’‘惩罚自己’，都是不会有的事！喝醉了会在酒店里上千遍地嚷这种话。现在倒是没有喝醉。‘精神上醉了’，这类厚脸皮的人就爱说漂亮话。我是他的老保姆吗？他不会没打架，满脸全是血。同谁呢？我到酒店去会打听出来的。手帕上也满是血……哎，见鬼，现在还扔在我的地板上，管他哩！”

他到酒店的时候心情很不好，立刻就打起球来。打球使他高兴。打了两盘，忽然同他的对手谈起，德米特里·卡拉马佐夫又有了钱，足有三千卢布，他亲眼看见的，所以又坐车到莫克洛叶和格鲁申卡喝酒作乐去了。这消息使听到的人产生了意外的好奇。他们大家都谈论起来，毫不嬉笑，倒有点严肃得出奇，甚至连打球也停止了。

“三千吗？他从哪儿来的三千卢布？”

大家进一步打听起来。他们对关于霍赫拉柯娃的说法都觉得可疑。

“会不会是抢了他老头子的，问题在这里！”

“三千！这可有点不大对劲。”

“他公开夸过口说要杀死他父亲，这里的人都听见过的。他当时也恰恰说起过三千卢布。”

彼得·伊里奇听着，忽然对于人们的盘问支吾起来，不大愿意作答，关于米卡脸上和手上有血这一层，连一个字也没有提，而他到这里来的时候本来是想对人讲的。开始打第三盘球了，关于米卡的谈论渐渐平息下去，但是彼得·伊里奇打完第三盘以后再也不想打了，放了球杆，没有像原来打算的那样在这里吃晚饭，就离开了酒店。走到广场上，他困惑地站住了，甚至对自己感到惊奇起来。他突然意识到自己此刻是正想到费多尔·巴夫洛维奇家去，打听是不是出了什么事情。“眼看只是胡说，我竟为了这事跑到别人家去把人吵醒，会闹出笑话来的。呸，真见鬼，我是他们的老保姆还是怎么的？”

他满心不痛快地径自回家，忽然想起了费尼娅。“哎呀，见鬼，我刚才应该仔细问问她的，”他懊恼地想，“那就一切全都知道了。”他的心里忽然执拗而且迫不及待地强烈渴望着想同她谈一谈，以便打听一下，于是半路上一下转向莫罗佐娃家，就是格鲁申卡租住的房子走去。他走到大门口，敲了一下门。在静寂的黑夜里传出的敲门声忽然又好像使他清醒过来，而且引起了他的气恼。加以房子里大家全睡熟了，也没有人答应。“我又要在这里闹出笑话来了！”他已经怀着一种痛苦的心情这样想。但是他不但没有转身离开，反而忽然用全副力量重新又敲了起来。敲门的吵声响彻了整条街。“不行，我一定要敲门，敲到使他们听见！”他嘟囔说，每敲一下就更加发狂般地恼恨自己，但同时却又更加使劲地猛敲起来。

六

我也来了！

德米特里·费多罗维奇的马车在大道上飞驰。从城里到莫克洛叶有二十多俄里远，但安德列的三套马车跑得很快，一个钟头零一刻就可以赶到。乘车疾驰似乎忽然使米卡恢复了精神。空气清新而带点凉意，一颗颗明亮的星星在明净的天空中照耀。就是在这个夜晚，也许就是在这个时刻，阿辽沙正扑倒在地上，“疯狂地起誓要永远地爱它”，而这时米卡的心里却正感到混乱，十分混乱。尽管现在有许多事情在使他苦恼，但是此时此刻，他的全身心却只是不可抗拒地渴望着到她的身边，到他的女王那里去，现在他正飞也似的赶去，为的就是要最后看她一眼。我可以断言的只有一点，就是他的心甚至连一分钟也没有踌躇过。如果我说这位爱吃醋的人对于这位新人，对这位从地里钻出来的新情敌，对这位“军官”并不感到丝毫醋意，也许没有人会相信。要是有任何别的人像这样出现在他面前，他肯定会马上对他大发醋劲，说不定还会再一次血染他可怕的双手，但是对于这位，对于这位“第一个旧情人”，他此刻在马车上飞驰的时候，不但不感到嫉恨，甚至连一点敌意也没有，固然，他现在还没有见到那位军官。“这是没话可讲的事，这是她和他的权利；这是她的初恋，五年来一直没忘；由此可见，五年来她心里爱的只是他，那我为什么，我为什么要插身其间呢？我这是算什么，又是为了什么？走开吧，米卡，让开路吧！再说现在我又算得了什么？现在即使没有那个军官也一切都完了，即使他根本没有来，也照样会完结的。”

假如他还能清楚思考问题，那么他大致也会用上面这段话来表达自己的心情的。然而他当时已经什么问题也不能思考了。他目前的整个打算是没有经过考虑突然决定的，是方才在费尼娅那里，她刚刚说出第一句话的时候他就猛然想到而且连同其一应后果全部决定下来的。然而尽管他做出了决定，他的心里仍旧十分混乱，混乱到痛苦的地步；他的决定并没有使他完全平静下来。有太多的往事横在他的心上，折磨着他。有时候他简直感到奇怪：他自己不是早已白纸黑字给自己写下了判决书：“我惩罚我自己，并惩罚我自己的一生。”而那张纸已经准备停当，放在他的口袋里；手枪早已装上了子弹，他已决定自己明天将怎样迎接“金发的斐勃斯”的第一道暖洋洋的光线；然而尽管如此，他却还是不能同以往的一切，同已成过去但仍在折磨他的一切彻底分手，他痛苦地感到这一点，这个念头无可奈何地牢牢纠缠在他的心头。在途中有一刹那，他忽然想叫住安德列，从车上跳下来，拿起已装上子弹的手枪就此了结一切，不再等候黎明。但是这一刹那就像火星那样一闪就逝去了。而且马车也正在向前飞驰，“吞噬着空间”，随着离目的地越来越近，想念她的心情，想念她一个人的心情又越来越强烈地攫住他的心灵，从他的心上赶走其他一切可怕的幻影。唉，他真想再看她一眼，哪怕是短促的一瞥，哪怕只是在远处！“她现在同他在一起，我要看一看她现在同他、同以前那位情人究竟是怎样的情形，这也就是我现在唯一的心愿。”他心里还从来没有对他命中注定的这个女人涌起过如此强烈的爱，如此新颖的、从未体味过的感情，简直连他自己都料想不到的感情，温柔到了崇拜甚至在她面前仿佛自我消亡的感情。“而我也确实就要消亡了！”他忽然说，沉浸在一种歇斯底里的欢欣心情中。

他们已经走了将近一小时光景。米卡沉默着，安德列虽然是个爱说话的汉子，也不发一言，好像不敢开口似的，只是拼命地赶着他的“瘦鬼”——那三匹虽然羸瘦却极烈性的枣红马。米卡忽然怀着极度不安的心情喊道：“安德列！要是他们睡了可怎么办？”

这念头是忽然出现在他的脑子里的，在这以前他完全没有想到过这一点。

“想来已经睡觉了，德米特里·费多罗维奇。”

米卡痛苦地皱起了眉头：真的，他何苦飞奔似的赶了去，怀着那么强烈的情感，可是他们却只管自己在那里睡觉，也许她也在那里一同睡着。一股怒火在他的心里腾起。

“快赶，安德列，快一些，安德列，使劲赶！”他疯狂地喊了起来。

“也说不定还没睡哩。”安德列沉默了一会儿，议论说，“刚才季莫费依说他们在那里聚了许多人。”

“在站上吗？”

“不是在驿站上，是在普拉斯图诺夫的客栈里，那也等于就是私人的驿站。”

“我知道。怎么你又说有许多人？哪里来的许多人？什么人？”米卡嚷着。他听到了这个突如其来的消息，感到非常不安。

“听季莫费依说，都是老爷们：有城里来的两位老爷，是什么人，我不知道，季莫费依只说有两位是本城的，还有两位好像是外地来的，也许还有什么人，我没有详细问他。他说，他们在那里打牌。”

“打牌吗？”

“所以说，既然打起牌来，也许还不会就睡觉的。现在好像还不到十一点钟，不会再晚了。”

“赶吧，安德列，快赶吧！”米卡又神经质地叫嚷说。

“老爷，我想问您，那是什么意思？”安德列沉默了一会儿以后，重又开口说，“只是我怕惹您生气，老爷。”

“你指的是什么？”

“刚才费尼娅跪在您跟前，求您不要伤害她的女主人和别的什么人。您瞧，老爷，现在是我把您送到那儿去的。老爷，请您饶恕我，我是因为良心关系所以说这个话，也许说得有点愚蠢。”

米卡忽然从后面抓住他的肩膀。

“你是马车夫吗？你是赶车的吗？”他疯狂似的问。

“是赶车的。”

“你知道应该给别人让路吗？假如一个赶车的对谁也不肯让路，只顾说，我的车来了，轧死人不管，那么这个赶车的算个什么样的人呢？不，赶车的，不能轧死人！决不能轧死人，不能伤害别人的生命；如果伤害了生命，就应该惩罚自己，只要伤害了别人的生命，毁了别人的生命，就应该自己惩罚自己，就此走开。”

米卡喊出这些话来的神气，就好像是发了歇斯底里病似的。安德列虽然觉得这老爷有点奇怪，但还是继续说下去：“这是真话，好德米特里·费多罗维奇，您说得对，不应该轧死人，也不应该折磨人，对不管什么畜生也是一样。因为一切畜生全是上帝创造的，就拿马来说也不应该这样，因为有的人就爱无缘无故地虐待它，连我们赶车的也有这样的人，什么也管不住他，就这么赶着车猛闯，不管你三七二十一就这么硬闯。”

“忙着下地狱吗？”米卡忽然插嘴说，并且突如其来地咯咯干笑了起来。“安德列，你这个爽直的人，”他又紧紧地抓住安德列的肩膀，“你说，德米特里·费多罗维奇·卡拉马佐夫会不会下地狱，据你看？”

“我不知道，亲爱的，一切全由您自己决定，因为您是……您瞧，老爷，当上帝的儿子被钉在十字架上死去以后，他从十字架上走下来，径直就走到地狱里，把正在受难的罪人全都释放了。地狱直叹气，因为它以为今后不会再有罪人到它那里来了。于是主对地狱说：‘你不必叹气，地狱往后会有许多大官、帝王、审判长和财主们到你这里来，挤满你的地方，就像自古以来常有的那样，直到我再来的时候为止。’这是实话，他就是这么说的。”

“乡下人的传说，妙极了！把左边的马抽一下，安德列！”

“所以您瞧，老爷，地狱就是为这班人设立的，”安德列用鞭子抽了一下左边的马，“可是您，老爷，简直就跟小孩一样，我们是这样看您的。尽管您确实好发脾气，老爷，但是上帝会看到您爽直的心而饶恕您的。”

“可是你呢，你饶恕我吗，安德列？”

“我饶恕您什么，您并没有对我做什么坏事呀。”

“不，我是说你一个人，替大家，替大家，现在，就在这里，路上，能替大家饶恕我吗？你说吧，老实的庄稼人！”

“哦，老爷！我给您赶着车都觉得害怕，您的话有点奇怪。”

但是米卡已经不在听安德列说话。他疯狂地祷告，狂热地自言自语着。

“主，尽管我这么无法无天，把我接受下来吧，千万不要裁判我。不加裁判，就放过我吧。不要裁判我，因为我自己裁判了自己，不要裁判我，因为我爱你，主啊！我是个下贱的人，但是我爱你。就是你把我送进地狱，我在那里也仍旧会爱你，我会从那里大声呼喊，说我永生永世地爱你。但是你让我爱到底吧，就在这里，现在，爱到底，总共只不过五个小时，到你的温暖的阳光出来以前。因为我爱我心中的女王。我爱，我不能不爱。你是看透了我的心的。我将要赶去，跪倒在她的面前，说：‘你离开我是对的，别了，忘记你的牺牲品吧，永远不必心怀不安！’”

“莫克洛叶到了！”安德列用鞭子向前一指大声叫道。

透过夜晚惨淡的黑幕，忽然隐约可见在广大的原野上散布着一大堆黑压压的建筑物。莫克洛叶村有两千人，但这时候都已经入睡，只是有些地方还偶尔有几点灯火在黑暗里闪耀着。

“快赶，快赶，安德列！我来了！”米卡大喊起来，像发着疟子似的。

“他们还没有睡！”安德列又说，用鞭子指着普拉斯图诺夫的客栈。这客栈就在村口上，六扇临街的窗户灯光通明。

“没有睡！”米卡快乐地接口说，“大声赶过去，安德列，让马快跑，响起铃铛，轰隆隆地赶到门口。让大家全知道谁来了！我来了！我也来了！”米卡疯狂地嚷着。

安德列拼命赶着疲乏的三匹马，果真带着极大的响声赶到了高台阶前面，勒住那几匹冒着热气、累得半死的马。米卡从车上跳下，这时本来已经打算去睡的客栈老板正巧好奇地跑到台阶上来，看看到底是谁这么热闹地坐车来到了。

“特里丰·鲍里赛奇，是你吗？”

老板俯身细看了一下，连忙从台阶上跑下来，显出谄媚而兴高采烈的神气跑到客人前面。

“我的爷，好德米特里·费多罗维奇！居然又见到您啦！”

这个特里丰·鲍里赛奇是个身强力壮的汉子，中等的身材，脸有点发胖，神色严峻，毫不宽容，特别是对待莫克洛叶的乡下人，但却善于在嗅到有利可图的时候，很快地改变面色，换上一副极谄媚的表情。他穿着俄国式的衣裳，带斜领的衬衫和紧腰的长外褂。他手里很有几文钱，但是还不断地幻想着再爬高些。此地乡下人多半在他的掌握之中，周围一带的人全欠他的债。他向地主租地，自己也收买，由乡下人替他种，折钱抵债，而这债是永远还不清的。他的妻子已死，留下四个成年的女儿；有一个已经守了寡，带着两个小外孙女住在他的家里，像帮工似的替他干活儿。还有一个女儿嫁给一个小官吏，供职多年的录事员，在客栈一间屋子里的墙上挂着的一些亲族的小照之中，也可以看得到这位小官吏穿着制服，戴着文官肩章的照片。两位小女儿每逢教堂节日，或到别人家去做客的时候，就穿上天蓝色或绿色的时髦衣裳，后面束得紧紧的，还带着足有一俄尺长的拖地的衣裾。但一到第二天早晨，就和往常一样，她们天刚亮就起身，拿着桦树枝扎的笤帚，打扫房间，倾倒脏水，在店里客人走后清除垃圾。特里丰·鲍里赛奇虽然已经赚到了好几千卢布，还是很喜欢在大摆酒筵的客人身上敲竹杠。因为他还记得不到一个月之前，他曾从德米特里·费多罗维奇手里，在他同格鲁申卡一块儿酗酒的时候，一昼夜赚到过没有三百也足有二百多卢布，所以现在高高兴兴、急急忙忙地迎接他，只要从米卡这样神气活现地乘马车来到他的台阶前面这一点，就可以料到又能大捞一把了。

"好德米特里·费多罗维奇，我们又见着您了！"

"等一等，特里丰·鲍里赛奇，"米卡开口说，"先弄清一件最重要的事：她在哪里？"

"阿格拉菲娜·阿历山德罗芙娜吗？"老板立即明白，锐利地望着米卡的脸，"是的，她……她在这里。"

"同谁？同谁？"

"外地来的客人。一个是官吏，从谈话的口音听来，大概是波兰人，从这里打发马车接她来的就是他；另外一个同他一起来的是他的同事，或者是同路的人，谁弄得清，他们都穿的是便服。"

"怎么样？摆酒了吗？有钱吗？"

"摆什么酒？不大的角色，德米特里·费多罗维奇。"

"不大的吗？还有另外的人是谁？"

"还有两位先生是城里的，从契尔涅依回来，耽搁在这里。有一位年轻的，好像是米乌索夫先生的亲戚，他的名字我给忘记了；另外一位大概您也认识，就是地主马克西莫夫。他说，他刚到我们城里的修道院里去朝拜过，现在和那位青年——米乌索夫先生的亲戚同路。"

"就是这几个人吗？"

"就是这几个。"

"行啦，别说了，特里丰·鲍里赛奇，你现在只告诉我最主要的事：她怎么样？在干什么？"

"她刚才来到，同他们坐着呢。"

"快活吗？笑吗？"

"不，好像不大笑。坐在那儿甚至很烦闷，给青年人梳梳头发。"

"给那个波兰人，军官吗？"

"他算什么青年人，而且也根本不是军官；不，老爷，不是给他梳，是给那个青年人，米乌索夫的侄子梳，偏偏把名字忘记了。"

"卡尔干诺夫吗？"

"正是卡尔干诺夫。"

“好啦，让我自己来看着办吧。他们打牌没有？”

“打了一会儿就散了，喝了点茶，官吏要了杯甜酒。”

“行啦，特里丰·鲍里赛奇，行啦，好人儿，让我自己来看着办吧。现在你回答最主要的事情：有茨冈人吗？”

“现在完全看不到茨冈人了，德米特里·费多罗维奇，官厅把他们赶走了。但是犹太人这里倒有，在洛日杰斯文施克村，能奏小提琴和钢琴，这会儿去叫他们都行。他们会来的。”

“去叫，给我去叫！”米卡嚷着说，“另外也像上次那样，把姑娘们也叫来，特别要玛丽亚，还有斯捷潘尼达和阿里娜来。我出二百卢布，组成合唱队！”

“花这许多钱我可以把整个村上的人都给您召来，尽管他们这会儿都已经躺下睡大觉了。可是德米特里·费多罗维奇老爷，这里的乡下人，还有那些乡下姑娘，犯得上给他们这么大甜头吗？那种低贱和愚蠢的样子，还值得给这么些钱吗？这些乡下人哪里配抽雪茄烟，可是您却送给他们抽。那些强盗坯，他们身上臭气熏天。那些姑娘，不管哪一个，身上全长着虱子。我可以把我的女儿们叫来，不用您花费，更不用说给这么多钱了。尽管她们现在已经睡下了，我也可以用脚踢醒她们，让她们唱歌给您听。您上一次竟拿香槟酒给乡下人喝，真可惜！”

特里丰·鲍里赛奇替米卡惋惜是没有道理的：那一次他自己也偷藏起了半打香槟酒，还在桌子底下捡到一张一百卢布的钞票，悄悄攥在手心里。后来那张钞票就这样一直留在他的手里没有交出来。

“特里丰·鲍里赛奇，那一次我花了不止一千卢布吧，你记得吗？”

“是花了，亲爱的，我怎么能不记得，大概您在我们这里总共花了有三千卢布。”

“好吧，现在我又带着这个数目来了，你瞧。”

他说着掏出那沓钞票来，一直送到主人的鼻子前面晃了一晃。

“现在你好生听着：一小时以后，酒呀，凉菜呀，馅饼呀，糖果呀，都要送来了，你立刻全都送到楼上去。安德列车上的那个木箱子，你现在也马上搬上去，打开它，立刻把香槟酒端上来。最要紧的是一定要把姑娘们，姑娘们，尤其是那个玛丽亚……”

他转身回到车旁，从座位下面取出他那只装手枪的匣子。

“安德列，把车钱拿去！给你十五卢布的车钱，还有五十卢布的酒钱，酬谢你做事的殷勤和对我的好意。你好生记住卡拉马佐夫老爷！”

“我怕，老爷……”安德列心神不安地说，“五个卢布的酒钱就承您的情啦，多了我不敢收。特里丰·鲍里赛奇可以做见证。请您原谅我的话说得蠢。”

“你怕什么？”米卡朝他打量了一下。“既然这样，那就随你见鬼去吧！”他大声说，扔给他五个卢布，“现在，特里丰·鲍里赛奇，你轻轻领我进去，让我先悄悄地看他们一眼，不要让他们发现我。他们在哪里？在天蓝色的屋子里吗？”

特里丰·鲍里赛奇担心地看了米卡一眼，但立刻就驯顺地服从要求：小心地把他领到穿堂里，自己先走进跟客人们坐着的里间相邻的那个外间大屋子，把那里的蜡烛取了出来。随后他悄悄地领米卡进去，把他安置在一个暗角落里，使他可以从那里随意地细细察看那几个谈话的客人，却不致被他们看见。但是米卡看得并不久，而且他也根本无法细细察看：他一望见她，心就怦怦跳了起来，眼前一片模糊。她侧身坐在桌旁的安乐椅上，那个面孔漂亮、年纪还很轻的卡尔干诺夫坐在紧靠着她的一张沙发上。她拉着他的手，大概在那里笑，但卡尔干诺夫并没有瞧她，却似乎有点尴尬似的在那里对隔着桌子坐在格鲁申卡对面的马克西莫夫大声说话，而马克西莫夫不知为什么正在大笑。“他”坐在沙发上，另外有一个不相识的人坐在沙发旁边靠墙的椅子上。懒洋洋仰靠在沙发上的那个人正在那里抽烟斗，米卡只匆匆得到个印象，仿佛他是个胖胖的、宽脸盘的小个儿，身材大概不很高，似乎正在为什么事情生气。这个人的同事，另外那个不相识的人，米卡觉得身材仿佛又特别高；但是除此以外他实在无心细看了。

他感到呼吸急促，简直连一分钟也忍耐不住了，就把匣子放在一个五屉柜上，打着冷战，屏住呼吸，径自走进那间天蓝色的屋子，向那几个正在闲谈的人走去。

“哎哟！”格鲁申卡首先看见他，吓得尖叫了一声。

七

无可争议的旧情人

米卡迈开又快又大的步子径直走到桌子面前。

“诸位，”他大声地开口说，几乎像是喊叫，但是每一个字都是结结巴巴地出口的，“我……我没有什么！你们不要怕。我没有什么，没有什么。”他突然转身向着格鲁申卡，她在安乐椅上正侧身紧偎在卡尔干诺夫的身边，紧紧地抓住他的胳膊。他说：“我……我也来了。我在这儿待到早晨。诸位，一个过路的旅客……可以不可以同你们在一起待到早晨？最后一次，就在这间屋子里，直到早晨为止。”

最后一句话他是对坐在沙发上面叼着烟斗的小胖子说的。胖子神气十足地从嘴边取下烟斗，板着面孔说：“诸位，我们是自己人在这里谈谈。另外还有别的屋子哩。”

“是您呀，德米特里·费多罗维奇，您干吗这样说啊？”卡尔干诺夫忽然接口说，“请一块儿坐下吧，您好呀！”

“您好，亲爱的……可贵的人！我一直非常敬重您。”米卡迫不及待地欣然回答，立刻隔着桌子跟他握手。

“哎哟，您握得太紧了！简直把我手指都要捏断了。”卡尔干诺夫笑了起来。

“他永远是这样握手的，永远是这样的！”格鲁申卡似乎突然从米卡的神色上料定他不至于闹事，一面脸上还带着畏怯的微笑，快乐地应声说，一面带着极度的好奇和不安端详着他。他的身上有点什么使她异常惊愕，同时她也完全料不到他会在这时候这样走进来，而且这样说话。

“您好呀。”地主马克西莫夫也从左面谄媚地搭了话。米卡也跑到他面前。

“您好呀，您也在这里。我真高兴，您也在这里！诸位先生，诸位先生，我……”他又朝叼烟斗的波兰人说，显然把他当作了这儿的主要人物。“我是飞也似的赶来的，我愿意我最后的一天，最后的一小时，在这间屋子里度过，就在这间屋子里……我曾经热爱过……我的女王！对不住，先生们！”他疯狂似的说，“我一面飞也似的赶路，一面发誓……哦，你们不要害怕，这是我的最后的一夜！先生们，我们喝亲善的酒！酒立刻就送来。我带来了这个。”他忽然不知为什么用手掏出他那把钞票：“请容许我，先生们，我需要音乐、唱歌、喧闹，一切以前有过的东西。可是这条蛆虫，这条没用的蛆虫在地上爬过，以后就不会再有它了！我要在我最后的一夜，纪念我快乐的日子！”

他几乎噎住了；他想说许多许多话，但说出的只是一些奇怪的感叹，波兰人呆呆地看着他，看着他的一把钞票，又看看格鲁申卡，显然有点疑惑不解。

“如果我的‘宇王’允许……”他刚开口说。

“什么‘宇王’，是不是女王？”格鲁申卡突然打断了他，“您说话我老觉得好笑。坐下吧，米卡。你在说些什么？请你不要吓唬人。你不会吓唬人吧，不会吧？如果你不吓唬人，我就很高兴……”

“我吓唬人，吓唬人吗？”米卡忽然举起双手叫道，“哦，你们只管从旁边走过去吧，别管我，我不会来妨碍的！”他忽然完全出乎大家意料，也是出乎本人意料地扑倒在一张椅子上，掉转头面朝对面的墙壁痛哭流涕起来，双手紧紧抓住椅背，好像在紧抱着它似的。

“好啦，好啦，你这个人呀！”格鲁申卡带着责备的口气说，“他时常这样跑到我这儿来，突然说一些话，我一点也不懂是什么意思。有一次也这样哭了起来，现在又是一次，真不嫌害臊！你哭什么？仿佛有什么事值得你哭似的？”她最后忽然好像含着某种深意，生气地一个字一个字说。

“我……我不哭了。哦，晚上好呀！”他一下子在椅子上转过身来，突然笑了，却不是他平时那种干涩短促的笑，而是一种听不见的、神经质的浑身颤动的长笑。

“瞧，这下又……好啦，快乐一下吧，快乐一下吧！”格鲁申卡劝着他，“我很高兴你来了，米卡，我很高兴，你听见没有，我很高兴！我要他和我们一块儿待着。”她用断然的口气，好像对大家说似的，其实显然是在对坐在沙发上的人说：“我要，我要！他如果走了，我也要走，就是这样！”她又加了这么一句，眼里突然闪出光来。

“我的女王既然说了，就是法律！”波兰人说，并且做出优雅的姿态吻着格鲁申卡的手。“请这位先生跟我做伴吧！”他客气地对米卡说。米卡又跳起来，显然想再发表一通高论，但结果满不是这么回事：“我们来喝酒，诸位！”他并没有说出什么长篇大论，却突然冒出这么一句。大家全笑了起来。

“天哪！我以为他又要来了哩！”格鲁申卡神经质地叫起来。“你听着，米卡，”她认真地说，“你不要再这么跳起来。你带来了香槟酒，那好极了。我也要喝，我喝甜酒已经喝腻了。尤其高兴的是你自己跑来了，要不然真是太闷得慌。你又跑来大摆酒筵了吗？你把钱装到口袋里去吧！哪里来的这么多钱？”

米卡的手里攥着钞票，当时引得大家，特别是那两个波兰人十分注意，这时他连忙不好意思地把它们塞进了口袋。他脸红起来。这时正好老板托着盘子，送进一瓶开了塞的香槟酒和几只杯子来。米卡一把抓起酒瓶，可是因为心里正十分发窘，一时竟不知该怎么办才好。卡尔干诺夫从他手里接过瓶子，替他斟了酒。

“再来一瓶，再来一瓶！”米卡对老板吆喝着，也忘了同正在郑重其事地请他一起干一杯亲善酒的波兰人碰杯，忽然不等别人，独自先一口把自己的那杯喝了下去。他的脸完全变了样子。他走进来时那副庄严、悲壮的神气完全不见了，脸上显出了仿佛孩子般的表情。他似乎忽然变得完全安静而谦卑起来。他畏怯而快乐地看着大家，时常神经质地嘻嘻笑着，做出一只犯了错的小狗又被放进屋来受人抚爱时那种感恩的态度。他好像什么都忘了，只一味带着孩子气的微笑兴高采烈地看着大家。他望着格鲁申卡，不断地笑着，把椅子一直移到了她的安乐椅旁边。他也逐渐细细地打量了一下两个波兰人，虽然还是不大看得透他们。坐在沙发上的波兰人，那副神气的派头，波兰口音，特别是他的烟斗，引起了米卡的注意。“那有什么呢？他抽烟斗，也不错。”米卡心想。这波兰人的带点浮肿的、近四十岁的脸，很小的鼻子，鼻子底下两撇俗不可耐地染了色的极细、样式粗野的溜尖小胡子，同样地也暂时还丝毫没有使米卡感到有什么不对头。甚至他那在西伯利亚制成的蹩脚的假发和鬓角上难看地梳得向前面翘起的鬈发也并没有特别使米卡感到惊愕：“既然戴假发，总是这副样子的。”他继续好心地寻思着。靠墙坐着的另一个波兰人，比沙发上的那一位年轻一些，老用横蛮挑衅的神情看着大家，还带着瞧不起人的样子默默地听大家谈话。他使米卡吃惊的也只是个子特别高，和坐在沙发上的那一位很不相配。“要是站起来，总有两俄尺十一俄寸高。”米卡的脑子里闪过这个念头。他还想到，这位高个子波兰人大概是沙发上那一位的朋友兼跟班，就仿佛是“他的保镖”，那个叼烟斗的小个子波兰人自然可以指挥这个高个子波兰人。但是这一切在米卡看来也都是很好的，理所应当的。在小狗身上一切醋意都消失了，他对于格鲁申卡，对她跟他说的那几句话里的神秘意味，还一点也没有理解：他只知道一件事情，而且使他的心弦震颤，那就是她对他很和蔼，她“原谅”了他，并且让他坐在她的身旁。看见她端起杯子来喝酒，他就心花怒放，忘掉了一切。但尽管如此，在座的人的普遍沉默却似乎突然引起了他的注意，他用仿佛期待着什么的目光朝大家环视了一下。“为什么净坐着？你们为什么不做点什么，先生们？”他那笑盈盈的眼神似乎在这样说。

“他净在那儿瞎扯，招得我们大家全笑个不停。”卡尔干诺夫似乎猜到了他的意思，忽然开口指着马克西莫夫说。

米卡连忙瞧瞧卡尔干诺夫，接着又看看马克西莫夫。

“他在瞎扯吗？”他马上似乎高兴起来，发出干巴巴的短促笑声，“哈，哈！”

“是啊，您想想看，他竟说，我们的骑兵在二十年代的时候，全都娶波兰人做妻子。这完全是信口开河，是不是？”

“娶波兰女人吗？”米卡又接口说，简直开心极了。

卡尔干诺夫很明白米卡和格鲁申卡的关系，也猜测到波兰人的情况，但是他对这一切并没有多大兴趣，甚至也许完全不感兴趣，他最感兴趣的是马克西莫夫。他同马克西莫夫是偶然一起到这里来的，也是生平第一次在客栈里遇见了这两个波兰人。格鲁申卡是他以前就认识的，甚至还同某人到她家去过一次；当时她并不喜欢他。但是她在这里竟十分温存地望着他，在米卡没有来到时甚至还对他很亲热，而他却似乎始终无动于衷。他还是个很年轻的人，最多不过二十岁，衣服穿得很时髦，一张白白的、十分清秀的脸庞，一头漂亮而浓密的淡褐色头发。但这张白白的小脸蛋上那一双美丽的浅蓝色眼睛，却有一种聪明的、有时甚至是很深刻的表情，简直和他的年龄不大相称，尽管他说话和看人的神气有时却完全像一个小孩，而且即使他自己明知这一点，也丝毫不觉得不好意思。总而言之，他这人性格很特别，甚至有些任性，虽然态度总是和蔼的。有时他的脸上会显出一种固执死板的神气：他望着你，听你说话，却好像老在固执地想着自己的那一套。有时候显得懒懒散散，有时候又会突然激动起来，而且常常显然是出于十分无谓的原因。

“您想想，我已经把他拖在身边四天了，”他继续说，似乎有点懒洋洋地拉长着声调，但是毫不装腔作势，完全是自然的，“您记得，自从令弟那一天把他从马车里推出去摔得老远以后，我就因此对他产生了很大兴趣，带着他一起到乡下去。可是他现在竟不停地胡说八道起来，弄得我同他在一起都感到害臊。我现在要把他带回去。”

“您没有见过波兰女人，所以净说些不可能的事。”叼烟斗的波兰人对马克西莫夫说。

叼烟斗的波兰人俄国话说得并不坏，至少比他故意装出来的程度要好得多。他是在说俄国话的时候，偏偏要把它变成波兰语的腔调。

“但是我自己就娶了波兰女人呀。”马克西莫夫吃吃地笑着回答。

“那么难道您当时是在当骑兵吗？因为您讲的是骑兵呀。难道您是个骑兵吗？”卡尔干诺夫立刻截住他说。

“是呀，当然啰，难道他是个骑兵吗？哈，哈！”米卡嚷道，他一直在贪婪地听着，谁一开口他就赶快把好奇的眼光转向他，好像期待着从每个人口中听到不知多少有趣的事情。

“不是的，您瞧，”马克西莫夫朝他说，“我的意思是说……那些美丽的波兰小姐……同我们的枪骑兵拼命跳玛祖卡舞，她同他跳完了玛祖卡舞以后，就马上跳到他的膝上，像一只小猫，……白白的，她的父母看着，竟允许她这样做，竟许她这样做，第二天枪骑兵就跑去求婚，是的，就跑去求婚了！嘻，嘻！”马克西莫夫说到最后嘻嘻地笑起来。

“真是个无赖！”坐在椅子上的高个子波兰人忽然嘟囔着说，跷起一条腿来架在另一条腿上。米卡只瞥见了他那双抹了油的大靴子和肮脏的厚靴底。总的看来，两位波兰先生身上的衣服都够油腻的了。

“居然说起无赖来了！他干吗要骂人呢？”格鲁申卡突然生气了。

“阿格利皮娜小姐，那位先生在波兰见到的是些女仆，绝不是出身高贵的小姐。”叼烟斗的波兰人对格鲁申卡说。

“可以想到的！”坐在椅子上的高个子波兰人轻蔑地说。

“又来了！总该让他说话啊。人家说话为什么去妨碍他！同他们谈谈叫人高兴。”格鲁申卡发脾气地说。

“我并没有妨碍呀，小姐。”戴假发的波兰人含着深意地说，对格鲁申卡长时间地看了一眼，拿腔作势地闭口静默一会儿，重新又抽起烟斗来。

“哦，不，不，那位先生刚才说的是实话。”卡尔干诺夫又兴奋起来，仿佛在谈什么了不起的大事似的，“他并没有到波兰去过，怎么能说波兰的事情？我问您，您总不是在波兰娶的亲吧？”

“不是的，是在斯摩棱斯克省。不过是有个枪骑兵先把她，把我的太太，未来的太太，从老家波兰连同她的母亲、婶子还有一个女亲戚和她的成年的儿子，一块儿带出来，后来再让给我的。他是我们的中尉，一个很好的年轻人。起初他自己想娶，但是没有娶，因为她是个瘸腿。”

“那么您娶的是瘸子吗？”卡尔干诺夫叫了起来。

“是瘸子。当时是他们俩一块儿瞒哄了我。我还以为她是喜欢跳跳蹦蹦，她老是跳跳蹦蹦的，我还以为这是因为她心里高兴。”

“因为高兴，所以嫁给了您吗？”卡尔干诺夫用一种像孩子似的响亮声音大声嚷道。

“是的，因为高兴。但结果发现完全不是这么回事。后来我们结婚的时候，她在成亲的当晚就对我坦白出来，而且用很动人的神情求我原谅，说是在年轻的时候有一次因为跳过一个水坑，伤了脚，嘻，嘻！”

卡尔干诺夫发出完全像小孩子一般的笑声，几乎摔倒在沙发上。格鲁申卡也笑了。米卡感到无上的幸福。

“您知道，您知道，他现在说的倒确实是实话，他现在不是撒谎啦！”卡尔干诺夫对米卡大声说，“您知道，他曾娶过两回亲，他现在讲的是第一个妻子，他的第二个妻子逃走了，至今还活着，您知道吗？”

“真的吗？”米卡迅速地转向马克西莫夫，脸上显出异常惊讶的样子。

“是的，逃走了，我确实有过这种不愉快的事。”马克西莫夫谦卑地承认，“同一个法国人。更糟的是开头就把我的整个村子转归到她一个人的名下。她说，你是有学问的人，你自己会找到一碗饭吃的。她就这样把我弄得毫无办法。有一次一位可敬的主教对我说：‘你的太太一位是瘸腿，另一位腿太长了。’嘻，嘻，嘻！”

“你们听着，听着，”卡尔干诺夫兴奋得手舞足蹈地说，“即使他撒谎，他是时常撒谎的，那么他的撒谎也只是为了逗大家高兴：这并不算下流，并不算下流吧？您知道，我有时很喜欢他。他是很下流的，但是他下流得很自然，对不对？你们觉得对不对？有的人做下流的事情，总是为了一点什么，为了得到好处，但是他是自然的，他是出于天性。比方说，他昨天跟我争论了一路，硬说果戈理在《死魂灵》里写的是他。你们记得不记得，那本书里有一位地主，名叫马克西莫夫，挨了诺慈特莱夫的打，后来这人被告到法庭：'为他在酒醉下用鞭子对地主马克西莫夫进行人身侮辱。'记得吗？你们瞧，他居然硬说那就是他，挨打的就是他！这可能吗？乞乞科夫的出游最晚也总在二十年代的初期，所以从年代来说就完全不对。他总不可能那时就挨了打。决不可能的，决不可能的吧？"

很难设想卡尔干诺夫干吗要那么激动，但是他的激动是真诚的。米卡热诚地附和着他。

"但是既然人家确实挨了打……"他一边大笑，一边嚷着。

"并不是挨了打，是这么回事……"马克西莫夫忽然插嘴说。

"怎么回事？究竟挨了打没有？"

"几点钟了？"叼烟斗的波兰人带着厌烦的神色问坐在椅子上的高个子波兰人。那一位耸了耸肩作为回答，两人全没有表。

"干吗不聊聊天呢？总该让人家聊聊。难道你觉得厌烦，别人也不应该说话了？"格鲁申卡又嚷了起来，显然是故意找碴儿。似乎有什么东西初次在米卡的脑子里闪过。这一次波兰人带着明显的气愤回答："小姐，我不反对。我一句话也没说呀。"

"那好吧。你讲下去呀。"格鲁申卡对马克西莫夫叫道，"为什么你们大家都不作声了？"

"其实也没有什么值得讲的，因为这全是无聊的事，"马克西莫夫马上接口说了起来，带着显然十分高兴，而且有点装腔作势的神气，"本来果戈理书里用的都是隐喻手法，因为他所起的那些姓名全是有所隐射的：诺慈特莱夫原来并不姓诺慈特莱夫，而是姓诺索夫，库夫申尼洛夫甚至完全不像，因为他是施克沃尔涅夫。费拿提倒确实是费拿提，不过不是意大利人，而是俄罗斯人，姓彼得罗夫。费拿提小姐容貌很美，腿上套着紧身裤，两条腿十分漂亮，裙子是短短的，缀满亮晶晶的‘鬼眨眼’。当众飞快旋转的就是她，但并不曾旋转四小时，只转了四分钟，就使大家都着了迷。”

“但是你究竟为什么挨揍，人家揍你到底是因为什么事情呀？”卡尔干诺夫大声嚷着。

“因为皮龙[1]呗。”马克西莫夫回答。

“什么皮龙？”米卡问。

“就是法国的著名作家皮龙呀。当时我们有许多人聚在一起，就在这儿集市上的酒店里喝酒。他们也请了我去。一开始我先念了段讽刺短诗：‘是你吗，布瓦洛[2]？多么可笑的服装。’布瓦洛回答说，他正要去参加化装舞会，实际上就是要去澡堂，嘻，嘻！他们竟认为我是在讽刺他们。我赶紧念了另外几句辛辣的诗句，这是一般有学问的人都十分熟悉的。

> 你是沙乎，我是法翁，
> 我不加争论，
> 使我发愁的是，
> 你不知入海之门。

“他们更加生气，并因此用很难听的话骂起我来。该着我倒霉，为了挽回局面，说了一段关于皮龙的很文雅的故事，说人家如何不允许他入法兰西学士院，他为了复仇，写了这样两句短诗作为自己的墓志铭：

> 此处皮龙长眠，他不值一文钱，甚至比学士院院士还要低贱。[3]

---

1 法国诗人。

2 法国诗人、文学批评家，代表作《诗艺》。

3 原文为法语：Ci-glt Piron qui ne fut rien Pas même académicien.

“他们动手就打了我一顿。”

“为什么？为什么？”

“就因为我的学识丰富。人想打人还会缺少理由吗？”马克西莫夫简短地用格言式的话回答。

“唉，够了，这些事全无聊透顶，我不想再听了。我原来还以为一定挺有趣的哩。”格鲁申卡忽然打断了话头。米卡惊跳了一下，立刻不再发笑。高个子波兰人从座位上站起来，带着不屑为伍的傲慢神态，开始背着手在屋里来回踱步。

“哼，踱起步来了！”格鲁申卡轻蔑地看了他一眼说。米卡不安起来，同时又发觉沙发上的波兰人带着气恼的神色看他。

“先生，”米卡高声说，“我们来干一杯，诸位。请那一位先生也一起来干一杯，诸位！”他一下子把三个杯子凑在一起，斟上香槟酒。

“为了波兰，诸位。我们为波兰，为波兰那个地方，干杯！”米卡嚷着。

“这使我感到很愉快，诸位，我们干一杯。”沙发上的波兰人神气地带着赏脸的样子拿起杯子说。

“另外那位波兰先生，他姓什么？喂，阁下，拿起杯子来。”米卡招呼着。

“佛罗勃莱夫斯基先生。”沙发上的波兰人插口说。

佛罗勃莱夫斯基摇摇摆摆地走到桌旁，站着拿起酒杯。

“为了波兰，先生们，乌拉！”米卡举起杯子高呼道。

三个人全喝干了。米卡抓起酒瓶，立刻又斟满三杯。

“现在为了俄罗斯，先生们，祝我们亲如兄弟！”

“给我们也斟上，”格鲁申卡说，“我也要为俄罗斯干一杯。”

“我也要。”卡尔干诺夫说。

“我也想要……为俄罗斯，为我们这位老祖母干一杯。”马克西莫夫嘻嘻地笑着说。

“大家都喝，大家都喝！”米卡嚷道，“老板，再来一瓶！”

米卡方才带来的酒还剩三瓶，全拿来了。米卡逐一地斟满杯子。

“为俄罗斯，乌拉！”他又举杯祝酒。除了两个波兰人以外，全都喝了。格鲁申卡也一口气喝干了她的那一杯。可是波兰人竟动也没有动自己的杯子。

“你们是怎么回事，先生们？”米卡叫了起来，“你们怎么这样？”

佛罗勃莱夫斯基拿起杯子举了一举，用响亮的声音说：“为一千七百七十二年以前疆域的俄罗斯干杯！”

“这才对呀！”另一个波兰人高声嚷着，两人一下子干了杯。

“你们真是傻瓜！”米卡忽然脱口而出。

“先生！”两个波兰人像公鸡似的冲着米卡威吓地喊着，佛罗勃莱夫斯基特别冒火。

“难道可以不爱自己的祖国吗？”他大声说。

“住嘴！别吵了！不许吵架！”格鲁申卡用命令的口气叫道，小脚顿着地板。她的脸通红！眼睛闪亮。刚喝下去的那杯酒在她身上发作起来。米卡给吓坏了。

“先生，对不起！这是我不好，我下次不这样了。佛罗勃莱夫斯基，佛罗勃莱夫斯基先生，再不这样了。”

“你给我住嘴吧，坐下来，真蠢！”格鲁申卡带着恼怒和不以为然的口气截住他说。

大家坐下来，面面相觑，都不言语了。

“诸位，这一切都怨我！”米卡又说了起来，一点也没有领会格鲁申卡那句话里的含意，“哎，我们干吗坐着？我们该干点什么，让我们快乐起来，再快乐起来，好不好？”

“唉，真闹得不痛快。”卡尔干诺夫懒洋洋地咕噜说。

“最好打牌，玩‘坐庄’，像刚才那样……”马克西莫夫忽然嘻嘻地笑着说。

“玩‘坐庄’吗？妙极了！”米卡附和着说，“只要两位先生……”

“太安了，诸位。”沙发上的波兰人似乎不大乐意地答道。

“这是实话。”佛罗勃莱夫斯基附和说。

“太安了？什么叫太安了？”格鲁申卡问。

“那就是太晏了，小姐，太晏了，时间晏了。”沙发上的波兰人解释着。

“他们老是嫌太晏，老是说什么也不能干！”格鲁申卡恼恨得几乎尖叫起来，“他们自己坐在那里发烦，也要让别人发烦。米卡，你没有来以前，他们就老是这样一言不发，找我的碴儿。”

“我的女神！我看得出您对我不大满意，所以我才发愁。”沙发上的波兰人高声说，然后又转过脸来向米卡，“我可以加入，诸位。”

“来吧，先生。”米卡接口说，从口袋里掏出钞票，把两张一百卢布的票子放在桌上。

“先生，我准备输许多钱给你。你拿着牌坐庄吧！”

“应该用老板的牌，先生们。”小个子波兰人坚决而认真地说。

“那是最好的办法。”佛罗勃莱夫斯基也随声附和说。

“向老板要吗？好的，我明白，就向老板要吧，你们说得对，先生们！拿牌来！”米卡吩咐老板。

老板取来一副还没有拆开过的纸牌，并对米卡说，姑娘们来了，奏钢琴的犹太人大概也快来了，但是载食品的马车还没有赶到。米卡从桌旁站起来，立刻跑到隔壁屋子去安排。但是只到了三个姑娘，玛丽亚还没有来。而且他自己也不知道该怎么办，自己跑过来又干什么；他只吩咐他们从箱子里取出水果糖和牛奶糖之类的，分给姑娘们吃。“给安德列喝点伏特加，拿点伏特加来给安德列喝！”他匆忙地吩咐，“我方才得罪了安德列！”正说着，跟在他后面跑来的马克西莫夫突然碰了碰他的肩膀。

“给我五个卢布，”他悄悄对米卡说，“我也想冒险赌一下子。”

“好啊，妙极了！拿十个卢布去吧！”他又从口袋里掏出全部钞票，捡出了十个卢布，“输掉了再来取，再来取。”

“好吧。”马克西莫夫高高兴兴地低声说，然后跑进大厅里去了。米卡也马上回到里面，道歉说他让大家久等了。两个波兰人已经坐下，拆开纸牌。他们的态度客气得多了，几乎是和蔼的。沙发上的波兰人重新装了烟斗点上，准备分牌；他的脸上甚至显出一种郑重其事的样子。

“坐下来，诸位！”佛罗勃莱夫斯基宣布。

“不，我不赌了，”卡尔干诺夫说，“我刚才已经输了五十卢布给他们。”

“先生刚才运气不好，现在会转运的。”沙发上的波兰人对着他说。

“下多少钱的赌本？双方对等吗？”米卡兴奋起来。

“听便，先生们，一百也行，二百也行，随你下多少。”

“一百万！”米卡哈哈大笑说。

“上尉先生也许听说过波特维索茨基的事情吧？”

“哪一个波特维索茨基？”

“在华沙有人摆着庄，庄家和押方赌本对等。波特维索茨基跑了去，看见庄上有几千块金币的本，就押了个满注。庄家说：‘波特维索茨基先生，您押现金呢，还是凭信誉？’波特维索茨基说：‘凭信誉。’庄家说：‘那更好，先生。’说完掷了骰子，波特维索茨基赢了。‘拿去吧，先生。’庄家说着，就拉开抽屉，取出一百万块金币来，‘拿去吧，先生，这是你赢的钱。’原来这是一百万块金币的庄。波特维索茨基说：‘我原先不知道。’庄家说：‘波特维索茨基先生，你押注是凭信誉，我们赔你也凭信誉。’波特维索茨基就拿到了一百万块金币。”

“这是说瞎话。”卡尔干诺夫说。

“卡尔干诺夫先生，在体面人中间是不宜说这样的话的。”

“好像波兰的赌徒会拿出一百万块金币来似的！”米卡说道，但是马上又醒悟过来，“对不起，先生，失言了，我又失言了，会给一百万块金币的，会给的，凭信誉，凭了波兰的信誉！你瞧，我的波兰话说得怎样，哈，哈！我现在押十个卢布，押杰克。”

“我出一个卢布押皇后，红心皇后，美丽的皇后，波兰太太，嘻，嘻！”马克西莫夫嘻嘻地笑着说，他拿到了一张皇后，好像要瞒住大家似的，把身子紧靠在桌上，急忙在桌子底下画了个十字。米卡赢了。押一个卢布的这位也赢了。

“押二十五个卢布！”

“我再来一个卢布，我押的是孤注，小小的、小小的孤注。”马克西莫夫快乐地嘟囔说，因为赢了一个卢布兴高采烈。

“输了！”米卡喊道，“押七点，赌注加倍！”

又输了。

“不要再押了吧。”卡尔干诺夫忽然说。

“再加倍，再加倍，”米卡接连加倍押注，每次加倍，每次都输了。但是押一个卢布的却总是赢。

“再加倍！”米卡发狠地大喊。

“二百卢布全输了，先生，再下二百的本吗？”沙发上的波兰人问道。

“怎么，二百卢布已经输光了？再来二百！一次全押上！”米卡从口袋里掏出钱，扔下二百卢布押“皇后”。卡尔干诺夫突然用手把它按住了。

“算了！”他用他那清亮的嗓子喊了一声。

“您这是什么意思？”米卡望着他。

“算了，我不愿意看这种样子，您不必再赌了。”

“为什么？”

“有原因。您啐口唾沫，走开吧。这就是原因。我不让您再赌下去了！”

米卡惊讶地看着他。

“算了吧，米卡，他也许说得对；再说你已经输了不少了。”格鲁申卡说，话音里有一种奇怪的调子。两个波兰人突然从座位上站起来，好像感到受了奇耻大辱的样子。

“您开玩笑吗，先生？”小个子波兰人严厉地盯着卡尔干诺夫说。

“您怎么敢这样？”佛罗勃莱夫斯基也朝卡尔干诺夫嚷叫。

“不许嚷，不许大吵大嚷！”格鲁申卡喊道，“你们这些火鸡！”

米卡挨个儿地望着他们，但是格鲁申卡的脸上有一种什么神情突然使他吃了一惊，同时在他的脑海里闪过了一个意外的新念头，一种古怪的新的想法！

“阿格利皮娜小姐！”小个子波兰人气得满脸通红，刚要开口说话，米卡忽然走近他的身边，拍拍他的肩。

“阁下，跟你说两句话。”

“你有什么事，先生？”

“到那间房里去，上那间屋里去，对你说两句好话，最好的话。你会满意的。”

小个子波兰人惊讶起来，害怕地瞧了米卡一眼，但还是立刻答应了，不过必须附带一个条件，就是佛罗勃莱夫斯基也要同去。

“保镖吗？让他也去，他也应当去！甚至非有他不可！”米卡大声说，“开步走，先生！”

“你们到哪里去？”格鲁申卡惊慌地问。

“我们马上就回来。”米卡回答。他脸上显出一种勇气，一种意料不到的胆量，跟一小时以前他走进这屋子来的时候完全不同。他领两个波兰人到右首的屋里去，不是合唱队的姑娘们正在聚集并且正在那里摆餐桌的那间大屋子，而是另外一间卧室，里面放着箱笼衣柜和两张大床，每张床上有像小山似的花洋布枕头。角落里一张木板小茶几上点着一根蜡烛。波兰人和米卡面对面坐在桌旁，大个子波兰人佛罗勃莱夫斯基在他们的身边，倒背着手。两个波兰人态度严峻，却显然带着好奇的神情。

“有什么事情吩咐？”小个子波兰人嘟囔说。

“有一点事情，先生，我不必多说什么话，我给你钱，”他掏出钞票来，“想不想要三千卢布？你拿了以后，立刻离开这里，走你的路。”

波兰人探究地望着，两眼瞪得老大，目光死死地盯着米卡的脸。

“三千吗，先生？”他同佛罗勃莱夫斯基对看了一下。

“三千，先生，三千！你听着，先生，我看你是一个懂事的人。你拿了这三千卢布，就给我滚蛋，把佛罗勃莱夫斯基也带走，听见没有？但要现在就走，立刻就走，而且永远走开，明白了吗，先生，直接就从这扇门里出去，永远离开。你在那边还有什么东西：外套，皮大衣？我给你拿。马上给你套好马车，然后就——再见吧，先生！好不好？”

米卡信心十足地等待着回答。他毫不怀疑。波兰人的脸上出现了一种非常坚决的神情。

“卢布呢，先生？”

“卢布吗？先生，那好办：马上先给你五百卢布供你付车钱和作为定钱，另外两千五百卢布明天在城里交清，我可以用名誉担保，一定会有的，我就是上天入地也一定要把它弄到！”米卡大声说。

两个波兰人又对看了一眼，小个子波兰人脸色变得很难看。

“七百，七百，不是五百，立刻交到你手里！”米卡感到有一点不妙，马上增加了数目。“你怎么啦，先生？你信不过吗？总不能把三千卢布一下子全给你呀。我交了给你，你明天又回到她身边来了。……再说现在我手边也不够三千，钱在城里，在我家里放着，”米卡结结巴巴地说，越说下去越胆怯，越感到泄气，“真的放在那里，藏着。”

小个子波兰人的脸上显出了一种特别自尊的神气。

“还有什么话？”他用讽刺的语调问，“呸，真不害臊！”他啐了一口。佛罗勃莱夫斯基也啐了一口。

“你所以啐唾沫，先生，”米卡已经感到一切都完了，不顾一切地说，“就因为你想从格鲁申卡身上弄到更多的钱。你们两人全是阉鸡，告诉你们！”

“我受了极大的侮辱！”小个子波兰人忽然脸涨得通红，活像只龙虾，怒气冲天，好像不愿意再听下去似的，很快地就从屋里走了出去。佛罗勃莱夫斯基摇摇摆摆地跟在他后面，米卡也跟着走了出来，满脸惭愧和沮丧的神气。他怕格鲁申卡，他预感到波兰人马上会大喊大嚷起来。果真是这样。波兰人走进大厅，像演戏似的站在格鲁申卡面前。

“阿格利皮娜小姐，我受了极大的侮辱！”他刚要大声嚷叫，但是格鲁申卡似乎忽然完全忍不住了，好像有人触动了她最疼的伤疤。

“俄国话，说俄国话，一句波兰话也不许说！”她朝他叫道，“你以前会说俄国话，难道过了五年竟忘了吗！”她恼怒得满脸通红。

“阿格利皮娜小姐……”

“我叫阿格拉菲娜，我叫格鲁申卡，你说俄国话，要不然我不听！”

波兰人因为丢了面子，气得呼呼直喘，快速地用怪腔怪调的俄语傲慢地说：“阿格拉菲娜小姐，我跑来是为了忘掉过去的旧事，饶恕一切，忘掉今天以前所发生的一切。”

“怎么是饶恕？你跑来饶恕我吗？”格鲁申卡打断他的话，从座位上跳了起来。

“正是这样，小姐。我不是软弱，而是慷慨。但是我看见了你的情人，不免感到惊奇。米卡先生在那间屋子里给我三千卢布，叫我离开。我照准他脸上啐了一口。”

“怎么？他给你钱买我吗？”格鲁申卡歇斯底里地叫了起来，“真的吗，米卡？你怎么敢这样？我是能花钱买卖的商品吗？”

“先生，先生，”米卡大声喊道，“她是光明纯洁的，我也从来不是她的情人！你这是胡说……”

“谁叫你在他面前替我辩护？”格鲁申卡大嚷，“我纯洁不是为了道德，也不是怕库兹马，而是要在遇到他时能对他昂头挺胸，有权利骂他一声浑蛋。难道他竟没有收你的钱？”

“收了，收了！”米卡说，“不过想一下子拿到三千卢布，可是我只肯交七百定钱。”

“不用说，他一定是听说我有了钱，所以才跑来跟我结婚的！”

“阿格利皮娜小姐！”波兰人叫道，“我是骑士，我是贵族，我不是无赖！我跑来娶你，可是看到的是一个新的女人，不像以前那样了，成了又任性又无耻的了。”

“你从哪儿来，还是滚回哪儿去吧！我叫人马上赶走你，他们会把你赶走的！”格鲁申卡疯狂地喊着，“傻瓜，我真是傻瓜，竟折磨了自己五年！而且也并不是为了他折磨自己，而是由于愤怒折磨自己！再说这也根本不是他了！难道他是这样的吗？这倒像是他的父亲！你从哪儿买来了这么副假发？那一个是鹰，这一个是蠢鸭。那一个是老逗我笑，老给我唱歌的。我，我还流了五年眼泪哩，我这个该死的傻瓜，我这个下贱、不害臊的女人！”

她倒在椅子上，用手捂住了脸。正在这时，左首房间忽然传来终于聚齐了的莫克洛叶的姑娘们的合唱声，一支热闹泼辣的舞曲。

“简直是瞎闹！”佛罗勃莱夫斯基突然气冲冲地大吼起来，“老板，把那些无耻的女人赶走！”

老板听到喊叫的声音，知道客人们吵了嘴，早就在门外好奇地张望，现在立刻走进屋里来了。

“你嚷什么？想嚷破嗓子吗？”他用简直叫人诧异的不客气的态度对佛罗勃莱夫斯基说。

“畜生！”佛罗勃莱夫斯基刚开口要骂。

“畜生吗？我问你刚才赌的是什么牌？我递给你一副牌，你把它藏起来！你用作假的牌赌钱！告诉你，为了使用假牌我可以把你送到西伯利亚去，因为这跟造假钞票一样。”

他走到沙发边，把手指伸进沙发背和靠垫中间，从那里掏出一副没有拆开过的纸牌。

“这就是我的那副牌，还没有拆开过！”他举起牌来，给周围的人看，“我在那边看到他把我的这副牌塞进缝里，拿出自己的一副来顶替。你是骗子，不是上等人！”

“我还两次看见那位先生偷换牌哩。”卡尔干诺夫大声说。

“真可耻，真可耻！”格鲁申卡紧握双手，喊了起来，真的羞愧得脸都红了，“天哪，怎么成了这样的人了！”

“我也想到过。”米卡大声说。但是他刚说完这句，就见佛罗勃莱夫斯基恼羞成怒地朝格鲁申卡举拳威吓并喊了起来：“你这婊子！”但是他的话刚出口，米卡立刻冲到他面前，两手抓住他，举了起来，一转眼就把他从大厅里送进了右首的屋子，就是刚才他领他们两人进去的那一间。

“我把他摔倒在地了！”他很快回进屋来这样宣布，由于激动而喘着气，“这浑蛋，居然还敢打架。但是他回不来了！”他关了一扇门，把另一扇开着，对那个小个子波兰人喝道：“阁下，劳驾也到那里去吧！请吧！”

“德米特里·费多罗维奇，我的老爷子，”特里丰·鲍里赛奇说，“你把你输给他们的钱收回来呀！那就等于是从你身上偷去的一样。”

“我不想收回我那五十卢布了。”卡尔干诺夫忽然说。

“我的二百也一样，我不要了！”米卡说，“我无论如何不想收回了，让他留着算作自我安慰吧。”

“妙极了，米卡，真是好样的，米卡！”格鲁申卡叫道。她的声音里露出十分愤恨的语气。小个子波兰人气得脸色发紫，却一点也没有放下他那副架子，他刚要向门里走去，又停下来，忽然对格鲁申卡说：“小姐，假如你愿意跟我走，就一块儿去。你要是不愿意，那就再见吧！”

说着，他一面由于恼怒和自觉伤了面子而不住喘着气，一面大摇大摆地走进门里去。这人的性格很特别，他在发生了这一切以后还没有断绝格鲁申卡会跟他走的指望，他对自己的估计竟有那么高。米卡等他走进去以后，砰的一声把门关上了。

“把门锁锁上。”卡尔干诺夫说。但是从里面发出嗒的一声，他们自己把门锁锁上了。

“妙极了！”格鲁申卡因愤恨而毫不留情地嚷道，“妙极了！就该得到这样的下场！”

八

梦呓

一场几乎是狂欢豪饮，谁都可以参加的宴会开始了。格鲁申卡首先嚷着要酒喝：“我要喝酒，喝得烂醉，像上次一样，你记得，米卡，你记得，上次我们在这里是怎样交上朋友的！”米卡自己也好像在梦呓一样，预感到了“自己的幸福”。然而格鲁申卡不时赶他：“去吧，去快乐一下，对他们说，让他们跳舞，大家快乐一下，‘茅屋，你也跳吧，火炉，你也跳吧’，像上次一样，像上次一样！”她继续叫嚷着，兴奋得要命。米卡连忙跑去吩咐。合唱队聚在隔壁的屋子里。他们自己一直坐着的这一间本来就不大，而且用花布的帘子隔成两半，帘子里面也放了一张大床，床上铺着鸭绒褥子，同样高高地堆着那样的花洋布枕头。这所房子里的四个“上等”房间里都有床铺。格鲁申卡紧靠门坐着，米卡把安乐椅给她移了过来：她“当时”第一次和他一起在这里豪饮的那一天也是这样坐的，她就坐在这里听唱歌看跳舞。召来的姑娘们和上次一样。奏小提琴和三角琴的犹太人也来了，最后望眼欲穿的，载着酒和食品的马车也终于赶到了。米卡忙乱起来。闲人也陆续走进屋来张望，这是一些农民和村妇，他们已经睡下，却被吵醒了过来，料到跟一个月以前一样，又有难得的美味在等着他们了。米卡回忆一个个人的脸，同相识的人打招呼，拥抱，打开酒瓶，给所有来的人都斟上酒。只有姑娘们最贪喝香槟酒，男人们更喜欢喝朗姆酒和白兰地，尤其是滚烫的潘趣酒[1]。米卡吩咐给全体姑娘煮可可茶，整夜不断地烧旺着三只茶炊，给每个来参加的人煮茶和潘趣酒：谁想喝就尽管喝。总而言之，出现了一个荒唐的、乱糟糟的场面，但是米卡却正好像如鱼得水，越是荒唐他的兴致越高。任何一个农民如果在这时候向他借钱，他都会立即掏出他那一大把钞票来，数也不数就随手分散。大概正因为这样，所以那个老板特里丰·鲍里赛奇为了保护米卡，差不多寸步不离地一直围着米卡的身边转，好像已打定主意一夜不睡觉，但同时却也不大喝酒——只喝了一小杯潘趣酒，决定按他自己的想法来密切照顾米卡的利益。他在必要的时候会和蔼而且谄媚地阻止他，劝他，不让他像“上次”那样，随便分给农民们“雪茄烟和莱茵葡萄酒”，尤其是钱。他看见姑娘们喝利口酒、吃糖果，非常生气。“她们全是些生虱子的贱货，德米特里·费多罗维奇，”他说，“如果我踢她们每个人一脚，她们还要看作是荣幸，她们就是这样的贱货！”米卡又想起了安德列，吩咐给他送一杯潘趣酒去。“我刚才侮辱了他。”他用变得微弱而温和的声音反复这样说。卡尔干诺夫不想喝酒，而且起初很不喜欢姑娘们的合唱，但喝过两杯香槟酒以后，竟十分快乐起来，到各个屋子里转来转去，不住地笑，对一切人和一切事都赞不绝口，既夸奖歌唱，也夸奖音乐。醉醺醺、乐呵呵的马克西莫夫不离他左右。格鲁申卡也有点醉了，指着卡尔干诺夫对米卡说：“他是个多可爱、多有趣的孩子啊！”米卡听了就连忙兴高采烈地跑去跟卡尔干诺夫和马克西莫夫接吻。哦，他已经预感到了很大的希望。她还没有对他说过什么要紧的话，甚至显然故意迟延着不说，只是用温和然而热烈的眼光偶然对他看一眼，后来她终于忽然紧紧地抓住了他的手，用力拉他到身边来。她当时还坐在门旁的安乐椅上。

“你知道你刚才走进来时是什么样子吗？你是带着一副什么神气进来的啊！我真害怕。你是想把我让给他吗？真的这样想吗？”

---

1 即Punch，一种果汁鸡尾酒的名字。

“我不想破坏你的幸福！”米卡快乐得口齿不清地对她说。但她其实也并不需要他回答。

“嗯，你走吧……去快乐一下吧，”她又赶他走，“你不要哭，我会再叫你的。”

他就跑开了，而她又开始一边听歌唱，看跳舞，一边不管他在什么地方，始终用目光紧随着他，但过了一刻钟她又会叫他，他又连忙跑过来。

“嗯，现在你坐在旁边，告诉我，你昨天听说我到这里来，他们是怎样对你说的？是首先从谁那里听到的？”

米卡就开始详尽地讲了起来，毫无次序，也不相连贯，讲得十分热烈，但却显得有点古怪，时常忽然皱紧眉毛住口不说。

“你为什么皱眉？”她问。

“没有什么，把一个病人留在那里了。假如他能好起来，假如知道他已经在好起来，我宁愿自己少活十年！”

“既然是病人，那就愿上帝保佑他吧。难道你真想到明天自杀吗，你这傻瓜？到底为了什么呢？可是像你这种不管三七二十一的人，我倒真是爱。”她转着有点沉重的舌头喃喃地说，“那么你为了我，什么事情都办得出来，是吗？你这傻瓜，难道真想明天自杀吗？不，你别忙，明天我也许要对你说一句话，今天不说，明天再说。你希望今天就说吗？不，我今天不愿意。好，去吧，现在去吧，去快乐一下。”然而有一次她招呼他过来，似乎带着疑惑和关心的样子。

“你为什么发愁？我看出你心里在发愁。不，我看得出来的。”她又重复了一句，探索地盯着他的眼睛，“虽然你同农民们又接吻又叫嚷，但是我看得出来的。别这样，你快乐一下吧。我很快乐，你也应该快乐才对。我在这里爱一个人，你猜是谁？哎呀，你瞧：我的孩子睡着了，我的小心肝喝醉了。”

她指的是卡尔干诺夫。他喝了一杯酒，真的坐在沙发上一下子就睡熟了。他打瞌睡并不单是因为喝醉，他是不知为什么忽然感到悲哀，或是像他所说的“厌烦”起来。姑娘们唱的歌随着闹酒的程度变得越来越猥亵、放荡，这也弄得他十分头昏脑胀。她们的舞蹈也是这样：两个女子装扮狗熊，活泼的姑娘斯捷潘尼达手拿棍子，扮作耍狗熊的人，开始把她们“耍给大家看”。“起劲些，玛丽亚，”她吆喝说，“不然我要用棍子揍你了！”后来狗熊们全倒在地板上，露出很不雅观的样子，周围紧紧围住的一群农民和村妇哄堂大笑。“随他们去吧，随他们去吧，”格鲁申卡脸上露出乐呵呵的神情解说，“他们好容易遇到了一个可以快乐快乐的日子，为什么不让他们乐个痛快呢？”卡尔干诺夫却望着，好像沾上了什么脏东西似的。“这全都下流极了，全是乡下土风俗，”他一边走开，一边说，“这是他们在夏天通夜明亮的时候搞的那种春赛会式的东西。”但是使他特别不喜欢的是一首配上热闹的舞曲调子的“新”歌，歌词中唱到一位老爷怎样跑来探问姑娘们的心意：

老爷跑来探问，
姑娘们爱他不爱？

但是姑娘们觉得老爷是爱不得的：

老爷会将人痛打，
我可不能爱他。

接着来了一个茨冈人，他也探问姑娘们：

茨冈人跑来探问，
姑娘们爱他不爱？

但茨冈人也是爱不得的：

茨冈人爱偷窃，

那更使我发愁。

还有许多人跑来探问姑娘们，甚至也有兵士：

兵士跑来探问，
姑娘们爱他不爱？

但兵士也遭到了轻蔑的拒绝：

兵士成天背着背包，
我跟在他后面跑……

底下是几句极其淫秽的词，竟公开地唱了出来，还引起了听众的喝彩。最后唱到了商人的头上：

商人探问姑娘，
姑娘们爱他不爱？

原来她们是很爱的，因为：

商人经商赚钱，
我就能神气活现。

卡尔干诺夫甚至发火了。

“这完全是陈腐不堪的歌曲，”他高声说，“也不知是谁替她们编的！可惜铁路人员和犹太人没有跑来试探；他们准会大获全胜的。”他仿佛受了冒犯似的，立即说他有些烦闷，坐在沙发上一会儿就打起盹来。他那漂亮的小脸蛋有点发白，歪在沙发的靠垫上面。

“你瞧，他多么好看，”格鲁申卡领着米卡到他的身边说，“我刚才给他梳头，他的头发像亚麻一样，又光又密。”

她温存地向他俯下身去，吻了吻他的额头。卡尔干诺夫立刻睁开了眼睛，瞧了瞧她，站起来，用极关切的神情问：“马克西莫夫在哪里？”

“他原来需要的是这个人。”格鲁申卡笑了起来，“你同我坐一会儿。米卡，你跑去把他的马克西莫夫找来。”

马克西莫夫竟离不开姑娘们了，他只偶尔才跑去斟一杯利口酒，另外还喝了两杯可可，他脸通红，鼻子发紫，眼睛变得湿润。他跑了来，说他一会儿将“在一个小曲儿的伴奏下”跳“萨波奇叶”舞。

“这些高雅文明的舞蹈我是从小就学会了的。”

“去吧，你跟他一起去吧，米卡，我就坐在这里等着看他怎么跳舞。”

“不，我也去，我也去看。”卡尔干诺夫嚷着，用十分自然的方式拒绝了格鲁申卡请他同坐一会儿的提议。大家全都去看了。马克西莫夫真的跳了一个舞，但是除去米卡以外，谁也不感到特别有趣。舞蹈从头到尾只是一面跳一面两腿往旁边踢，脚底朝上。马克西莫夫每跳一次，就用手掌拍一下脚底。卡尔干诺夫完全不喜欢，但是米卡喜欢得甚至和跳舞的人接了个吻。

“谢谢你。跳累了吧？你找什么？想吃糖吗？也许抽一支雪茄？”

“纸烟。”

“不想喝一点酒吗？”

“我刚喝了点利口酒。您没有巧克力糖吗？”

“桌上放着一大堆呢，你随便挑选！我的可爱的人！”

“不，我是要那样一种……有香草味的……老人吃的……嘻，嘻！”

“没有，老兄，这种特别的没有。”

“您听着！”小老头儿忽然弯过身来把嘴一直凑到米卡的耳朵边，“那个小姑娘，玛丽亚，嘻，嘻！如果可能的话，我很想跟她结识一下，劳您的驾……”

“瞧你居然想这种事！不行，老兄，你这是胡说八道。”

“我从来也没有对不起谁的地方。”马克西莫夫没精打采地喃喃说。

“好了，好了。老兄，这儿只兴唱唱歌，跳跳舞。不过，见鬼，管他呢！你等一等……这会儿先吃一点，喝一点，快乐一下。你不用钱吗？”

“以后也许要用的。”马克西莫夫笑着说。

“好吧，好吧。”

米卡感到头昏脑胀。他经过穿堂，走到这幢房子内侧俯临院子的木头围廊上。新鲜空气使他清醒了些。他独自站在一个暗角落里，突然用双手捧住了自己的头。各种零乱的思想忽然连贯了起来，各种感觉融合在一起，仿佛一道光似的照亮了他的头脑。但这是一道可怕的、难堪的光啊！“假如自杀，现在不动手还等到什么时候？”他的脑海里闪过这个念头，“去把手枪拿来，就在这里，就在这个肮脏漆黑的角落里了结了吧。”他待在那里差不多有一分钟之久，心里犹豫不定。不久前，当他飞奔到这里来的时候，他背负着耻辱，他已经偷窃了钱，还有那血，血……但是当时还比较轻松些，唉，轻松得多！因为当时一切都已经完了：他丧失了她，让给别人了。她对于他来说已经不在这世上，消失了，唉，当时死亡的判决对他来说还显得轻松些，至少看起来那是必要的，避免不掉的了，因为他留在这世界上干什么呢？然而现在啊！难道现在的情况能够和当时相比吗？现在至少一个幽灵，一个可怕的怪物消失了：她的那个“以前”的人，她的那个命中注定、无可争议的人消失了，没有留下一点痕迹。可怕的幽灵忽然变成了渺小而滑稽可笑的东西！他被人抓住关进卧室，锁了起来。他永远不再回来了。她感到羞惭，现在他已从她的眼睛里明显地看出她爱的是谁。哦，现在真想活下去，想……然而不能活下去，不能。这真是可诅咒的事啊！“上帝，愿你使在围墙旁被打倒的人复活吧！把这杯可怕的苦酒从我嘴边移开吧！主，你不是也对像我这般的罪人行过奇迹吗！假如，假如老人活着呢？哦，那时我将把其他丑事带来的耻辱湔洗干净，我要归还偷来的钱，哪怕上天入地也要弄到这笔钱，把它交回失主。除了永远铭记在我的心头以外，耻辱的痕迹一点也不会留下！但是，不，不可能，唉，这全是些不可能实现的怯懦的幻想！唉，真可诅咒呀！”

但尽管这样，他觉得黑暗中在他眼前似乎仍然闪现着一线光辉的希望。他急忙离开那儿，回到屋子里去，回到她那里，重新回到她那里，永远回到他的女王的身边去！“即使处在耻辱的折磨之下，她的一小时、一分钟的爱情，不是也抵得过其余的全部生命了吗？”这个荒唐的念头紧紧抓住了他的心，“到她那里去，到她一个人身边去，看着她，听她说话，什么也不想，忘却一切，哪怕只有这一夜，一小时，一刹那！”他尚未跨进穿堂的门，还在围廊上面就迎面碰见了老板特里丰·鲍里赛奇。米卡觉得他带着阴郁和担心的样子，好像是走出来寻找他的。

“你怎么啦，鲍里赛奇？你是来找我吗？”

“不是的，不是找您，”老板好像突然着了慌，“我找您干什么？可您……刚才到哪儿去了？”

“你怎么这样闷闷不乐的？你是不是在生气？再等一会儿，你就可以去睡觉了。现在几点钟？”

“已经三点钟了。甚至三点都过了。”

“我们就完，我们就完。”

“不要紧的。随便到什么时候都可以。”

“他是怎么回事啊？”米卡想了一下，就跑进姑娘们跳舞的屋子里去了。但是她不在里面。天蓝色的房间里也没有；只有卡尔干诺夫一人在沙发上打盹。米卡朝帘后张望了一下，她在里面。她坐在屋角的箱子上面，头埋在手里扑在旁边的床上，哀哀地哭着，竭力克制着，压低嗓音，不让别人听见。她看见了米卡，就招手叫他走过去，等他跑到跟前，紧紧地抓住了他的手。

“米卡，米卡，我是爱过他的呀！”她悄声地向他说起来，“深深地爱着他，整整五年，一直，一直爱着他！我不是爱他，只是爱我自己的怨恨吗？不，是爱他！唉，是爱他！我说我只是爱我的怨恨，并不爱他，那是昧心话！米卡，我当时只有十七岁，他当时对我多么温存，多么快乐！还唱歌给我听。也许那时不过是我这傻姑娘觉得这样。但是现在呢？天哪，现在这个人不是他，完全不是他。就连那张脸也不是他，完全不是他了。我从脸上都已经认不出他来。我坐季莫费依的马车到这里来时，心里尽在想，一路上尽在想：'怎么跟他见面，说几句什么话，我们怎样互相你瞧着我，我瞧着你……'我的心都紧张得揪起来了，可是谁料到他竟好像把一盆脏水泼到了我的身上。他像个老师似的说话：说的全是些文绉绉的、一本正经的话，而且摆出一副一本正经的神气来见我，弄得我不知怎么好。跟他连一句话都搭不上。我起初以为这是他在那个高个子波兰人面前感到拘谨的缘故。我坐在那里，看着他们，心里想：为什么我现在竟一句话也不会同他说了呢？你要知道，这是他的妻子把他弄坏的，就是他当时抛下我娶了的那个女人。她把他改造过了。米卡，真是羞愧极了！唉，我真觉得羞愧，米卡，真是羞愧！唉，我要羞愧一辈子！真可诅咒呀，这五年是多么可诅咒，多么可诅咒呀！"她的眼泪又流了下来，但是没有放开米卡的手，紧紧地抓着他。

"米卡，亲爱的，你等一等，不要走，我想对你说一句话，"她轻声说，忽然抬起脸朝着他。"你听着，你对我说，我爱谁？我爱着这里的一个人。这人是谁？你对我说呀。"在她哭肿了的脸上显出了微笑，眼睛在半明半暗的朦胧中闪闪发光，"刚才一只鹰突然走了进来，我的心猛然一沉，马上悄悄地对我说：'你这傻瓜，你爱的就是这个人呀。'你一走进来，就使一切都变得明朗了。'可是他在怕什么呀？'我心想。看得出你在怕，非常怕，连话也不会说了。我心想，他怕的不是他们，难道你还能惧怕什么人吗？我心想，他怕的是我，只有我。费尼娅一定已经对你这小傻瓜说过，我怎样隔窗对阿辽沙呼喊，说我爱了米卡一小时，现在动身去爱……另一个人了。米卡，米卡，我这傻子怎么会想到，在爱你以后还能爱另一个人！你原谅我吗，米卡？原谅不原谅我？你爱吗？你爱吗？”

她跳起身来，两手抓住他的肩膀。米卡喜悦得说不出话来，呆呆地望着她的眼睛、脸庞，她的微笑，接着突然紧紧地抱住了她，拼命吻起她来。

“你饶恕我折磨你吗？我是由于怨恨才折磨你们大家的。我为了怨恨故意惹得那个小老头子急得要发疯。记不记得，你有一次在我家里喝酒，砸碎了酒杯？我清楚地记得这件事，今天我也砸碎了酒杯，我‘为我这下贱的心’喝了酒。米卡，你这个雄鹰，你怎么不吻我？吻了一次，就放开了，只是望着我，听着我。听我说话做什么？你吻我，使劲地吻，就是这样子。要爱，就真正地爱吧！现在我将做你的奴仆，一辈子做你的奴仆！做奴仆多么甜蜜啊！吻我！打我，折磨我，随便你怎样对待我。唉，真应该折磨我。慢着！你等一等，以后再说，我不想这样……”她突然推开他，“你走开吧，米卡。我现在要去喝酒，要喝得烂醉，醉了就去跳舞。我要去，我要去！”

她从帘子后面挣脱他跑了出来。米卡像醉人似的跟着她出来。“随便吧，现在爱发生什么事情就发生什么事情，为了这样的一分钟，我可以交出整个世界。”他的脑海里这样想着。格鲁申卡果真一口气又喝干了一杯香槟酒，突然大醉了。她坐在原来的那把安乐椅上，带着幸福的微笑。她的两颊绯红，嘴唇火烫，发亮的眼睛水汪汪的，目光中充满热情，使人心醉。连卡尔干诺夫也觉得心里仿佛有什么东西扎了一下，他走到她身边来了。

“刚才你睡觉的时候，我吻了你一下，别人告诉你了吗？”她口齿有点含糊地对他说，“我现在喝醉了，你瞧……你没有醉吗？米卡为什么不喝？为什么你不喝，米卡？我喝醉了，你倒不喝。”

“我醉了，不喝就已经醉了，我为你而醉，现在还想喝酒来醉一下。”

他又喝了一杯，立刻，连他自己也觉得奇怪，他直到喝了这最后的一杯才感到醉了，突然地醉了，在这以前他一直是清醒的，他自己记得这一点。从这个时候起，一切在他的周围旋转，像梦呓一般。他走动，欢笑，同大家说话，而这一切都好像是不知不觉做出来的，另有一种牢牢不去的、火辣辣的感情在他的心里不断冒出来，据他以后回忆说，“就仿佛心里有一团烧红的炭似的”。他走到她跟前，坐在她的身旁，看她，听她说话。她变得异常好说话，不断招呼各式各样的人到她的身边来；又忽然会把合唱队里的某个姑娘叫到跟前，或者吻吻她，就放她走；或者有时还举手给她画个十字。可是过一分钟她却又会哭起来。引得她十分高兴的是那个“小老头子”，她这样称呼马克西莫夫。他不时地跑来吻她的手和“每一个手指”，后来还自己唱着一首老的歌作为伴奏，又跳了一个舞。每唱到下面这段副歌的时候，他跳得特别起劲：

小猪儿说：吱，吱，吱，吱，
小牛儿说：哞，哞，哞，哞，
小鸭儿说：嘎，嘎，嘎，嘎，
小鹅儿说：呷，呷，呷，呷。
小鸡儿在穿堂里走，
啾，啾，啾，啾地说开了话，
啾，啾，啾，啾地说开了话！

“给他点什么，米卡，”格鲁申卡说，“送点什么给他，他很穷。唉，那些可怜的受侮辱的人呀！你知道吗，米卡，我要进修道院。不，真的，我总有一天要进修道院。今天阿辽沙对我说了些话，值得记住一辈子。是啊。不过今天让我们跳一下舞。明天进修道院，今天先跳一下。好人们，我想淘一淘气。那有什么关系，上帝会饶恕的。要是我当上帝，我会饶恕一切人：‘我的亲爱的罪人们，从今天起我饶恕大家。’我也要去请求饶恕：‘好人们，饶恕我吧，我是个愚蠢的女人，这是实话。’我是畜生，这是实话。但是我愿意祈祷。我舍了一棵葱。像我这样的坏女人也是愿意祈祷的！米卡，让他们去跳舞，你不必拦阻。世界上所有的人全是好的，一律是好的。这世上真好。我们人虽然坏，可是世界是好的。我们又是坏的，又是好的，又是坏的，又是好的。你们说说，我问你们，大家全走过来，我问一下：你们倒给我说说看，为什么我这样好？我是好人，我是很好的人，那么我为什么这样好呢？”格鲁申卡嘟嘟囔囔说着，越来越醉了，最后还当众宣布她要亲自跳舞。她从椅子上站起来，就摇晃了一下。“米卡，你不要再给我酒喝，我要喝，你也不要给。酒不让人安静。一切全旋转起来，连火炉也在转，一切全在转。我要跳舞。让大家看我怎样跳，看我跳得多好，多美。”

这个念头还是很认真的：她从口袋里掏出一条白麻纱的小手绢，右手握住它的一角，预备跳舞时挥动。米卡张罗着，姑娘们静了下来，预备只等一招手就齐声伴唱起舞曲来。马克西莫夫听说格鲁申卡自己想跳舞，高兴得尖叫起来，走到她面前连跳带唱：

腿儿圆，腰儿细，
小尾巴绷得紧紧的。

但是格鲁申卡朝他挥挥手绢，把他赶走了。

“嘘，嘘！米卡，他们为什么不来？让大家全来……看一看。把那两个关着的人也叫来。为什么你关起他们来？你对他们说，我要跳舞，让他们也来看一看我怎样跳舞。”

米卡醉醺醺地走到锁着的门前，举拳敲门。

“喂，你们呀……波特维索茨基先生们！你们出来呀，她要跳舞，叫你们出来。”

“浑蛋！”波兰人中有一个骂了一声。

“你是个小浑蛋！你是下贱的小人，一点不错。”

“您别再拿波兰人开玩笑了吧。”卡尔干诺夫规劝地说，他也醉得动不了了。

“住嘴，孩子！我骂他浑蛋，并不是骂所有的波兰人浑蛋。波兰不单是由浑蛋组成的。你别多嘴了，漂亮的孩子，吃糖果去吧。”

“唉，这是些什么人呀！他们简直好像不是人，为什么他们不想和解呢？”格鲁申卡说着就走过去跳舞去了。

歌唱队一下子齐声唱了起来：“唉，穿堂呀，我的穿堂。”格鲁申卡仰起头来，嘴唇半闭半开地微笑了一下，刚挥了一下手绢，身子就猛烈地摇晃了一下，突然在房间中央站住了，脸上显出惊愕的样子。

“身子软了……”她用一种疲惫不堪的声音说，“对不起，身子软得很，不能跳了。对不起。”

她向歌唱队鞠躬，又朝四面逐一鞠躬：

“对不起，请原谅。”

“喝了点酒，这位太太喝了点酒，美丽的太太。”人们这样议论着。

“她喝醉了。”马克西莫夫对姑娘们嘻嘻地笑着解释说。

“米卡，领我走，把我弄走吧……米卡。”格鲁申卡娇弱无力地说。

米卡急忙跑到她面前，双手抱起她，就捧着他这个珍贵的猎获物一块儿到帘子里面去了。“我现在该走了。”卡尔干诺夫想着，就从天蓝色的屋子里走了出来，把身后的两扇门全关上了。但是大厅里的酒筵还在继续，而且更加热闹了。米卡把格鲁申卡放在床上，紧紧地吻着她的嘴唇。

“别动我……”她用哀求的声音对他喃喃说，“不要动我，现在我还不是你的。我已经说过是你的，但现在别动我，饶了我吧。在他们面前，在他们旁边是不能这样的。他在这里。在这里太肮脏了……”

“我服从！我什么也不想……我崇拜你！”米卡喃喃地说，“是的，这里很脏，这里是可耻的。”他抱住她不放，跪倒在床旁地板上。

“我知道，你虽然是野兽，但是你是正直的。”格鲁申卡费劲地说着，“这应该做得诚诚实实，以后什么事都应当诚诚实实，我们也必须做诚实的人，必须做好人，不要做野兽，而要做好人。你带我走开，带得远远的，你听见没有？我不愿意在这里，我愿意走得远远的。”

“哦，是的，是的，一定！”米卡用力搂紧她，“我带你走，我们远走高飞。唉，我情愿用整个一生来换取一年，只要能知道关于那血的事情！”

“什么血？”格鲁申卡诧异地问。

“没有什么！”米卡咬着牙回答说，“格鲁申卡，你要一切都诚实，但是我是贼。我偷了卡嘉的钱。真可耻，真可耻。”

“卡嘉的钱吗？那位小姐的钱吗？不，你没有偷。你还给她，拿我的钱去。……你嚷什么？现在我的一切全是你的。钱对我们算得了什么？我们反正要把它花光的。……我们这样的人还能不花光吗？咱们俩不如去种地。我要用这两只手来掘土。我们应当劳动，你听见没有？这是阿辽沙吩咐的。我将来不是做你的情妇，我要对你忠实，做你的奴仆，替你干活儿。我们要走到卡嘉小姐面前，两人一齐鞠躬，请她饶恕，然后就离开这里。她不饶恕，我们也要离开。你把钱给她送去，你应该爱我，不要爱她。再也不要爱她。如果你爱她，我要把她掐死。我用针把她的两只眼睛戳瞎。”

“我爱你，只爱你一个人，到了西伯利亚也要爱你。”

“为什么到西伯利亚去？也好，你要到西伯利亚去，那就去吧，反正一样，我们可以在那里工作。西伯利亚有雪。我爱在雪地上坐车赶路，最好有小铃铛。听见没有，铃响了。这是哪里铃响？有人坐马车来了，现在不响了。”

她筋疲力尽地闭上了眼睛，突然仿佛睡熟了一分钟。远处果然有小铃铛的声音在响，忽然又不响了。米卡把头枕在她的胸前。他并没有注意铃铛停止不响了，但同时他也没有注意到歌声也突然停止，整个房子里歌声和酗酒的喧闹声忽然一变而为死一般的寂静。格鲁申卡睁开了眼睛。

“怎么，我睡着了吗？是的……那小铃……我睡着了，做了一个梦：好像我坐着马车在大雪里走，小铃铛响着，我打着盹。好像是同亲爱的人儿，同你一块儿在坐车。走到很远很远的地方去。我抱着你，吻你，紧偎在你的身边。我好像觉得冷，雪光耀眼。你知道，像这样夜晚雪光耀眼、月亮照人的时候，我简直好像不在人世间似的。我醒了，亲爱的人就在身旁，真好呀！”

“在身旁哩。”米卡喃喃说，吻她的衣裳、胸口和手。突然他感到有点奇怪：他觉得她的眼睛直视着前面，但不是看他，不是看着他的脸，却是望着他的头顶上面，而且目光凝聚、呆板得特别。她的脸上忽然现出诧异甚至几乎是惊恐的神色。

“米卡，谁在外面张望我们？”她忽然低声说。米卡回头一看，果真有人拉开了帘子，似乎在打量他们，好像还不止一个人。他跳起身来，赶紧走到张望的人面前。

“来，请到我们这里来。”有一个人声音不大，但却用坚定而且不由分说的语气对他说。

米卡从帘子里走了出去，一动不动地站着。整个屋子都挤满了人，但不是刚才那伙，却全是新到的人。突然间他感到背上一阵冰凉，全身打了个哆嗦。这些人他都一眼就认了出来。那个又高又胖的老人，穿着大衣，戴着带徽章的制帽的是警察局长米哈伊尔·马卡雷奇。那个“痨病腔的”，打扮得衣冠楚楚，“永远穿着刷得干干净净的皮靴”的，是副检察官。“他有一个值四百卢布的表，曾给我看过的。”这个年轻的小个子，戴着眼镜的，米卡忘了他的姓名，但是他也知道他，见过他；他是预审推事[1]，“司法界人士”，新近到差的。那个区警察所长，马弗里基·马弗里基奇，他认识他，是很熟的朋友。可那几个衣服上挂着小铜牌的人是做什么的？他们来干什么？还有两个庄稼人。卡尔干诺夫和特里丰·鲍里赛奇站在门口。

“诸位……你们这是干什么，诸位？”米卡刚开口说，但忽然好像身不由己的，自己也无法禁止似的高声大喊起来，放开嗓子大喊道，“我明白了！”

---

1 俄国检察制度中，案件公判前进行预审的官员成为预审推事，而起诉后进行预审的是检察官。

戴眼镜的青年人忽然跨步向前，走到米卡面前，虽极威严，却似乎有点匆忙似的开始说："我们找您……一句话，请到这边来，这边，沙发这儿。有一点紧急的事情，必须请您说明一下。"

"老人！"米卡疯狂地叫道，"老人和他的血！我明白了！"

他像猛然被斧子砍倒似的，一屁股坐到旁边的椅子上了。

"你明白吗？你明白了！杀父的禽兽！你的老父亲的血把你告发了！"老警察局长走近米卡的身旁，突然大声喊了起来。他气得无法自制，脸涨得通红，浑身哆嗦。

"这是不可能的！"小个子青年人说，"米哈伊尔·马卡雷奇，米哈伊尔·马卡雷奇！这不对，这不对，请您让我一个人说话。我怎么也想不到您会弄出这么个场面来。"

"可是这简直是噩梦，先生们，简直是噩梦！"警察局长叫嚷说，"你们看一看他：深更半夜，喝醉了酒，同淫荡的女人在一起，手染着父亲的血。噩梦！真是噩梦！"

"我全心全意请求您，亲爱的米哈伊尔·马卡雷奇，请暂且控制您的感情，"副检察官急速地对老人低声说，"要不然我不能不采取……"

但是这个小预审推事没有等他说完话，就用坚决、洪亮而且威严的声音对米卡说："退伍中尉卡拉马佐夫先生，我有责任向您宣布，您被控谋杀父亲费多尔·巴夫洛维奇·卡拉马佐夫，事情就发生在今天夜里。"

他还说了几句什么话，检察官也似乎插了几句话，但是米卡已经听不懂了，他睁大眼睛诧异地望着他们大家。

第三卷　预 审

一

彼尔霍金官运的开端

前文已经提到彼得·伊里奇·彼尔霍金用全力敲莫罗佐娃家紧闭的大门，结果自然是敲开了。在两小时以前曾经受过惊吓，由于心神不宁和“放心不下”还没有上床睡觉的费尼娅，听见有人这样拼命敲门，又吓得几乎要发作歇斯底里的地步：她还以为是德米特里·费多罗维奇又来打门，虽然她是亲眼看见他走的，因为除了他以外，谁也不会像这样“鲁莽”地敲门的。她连忙跑到看门人那里，看门人已经醒了，正应声来到大门前，她求他不要放人进来。但是看门人盘问了叩门的人一番，问明白了是谁，知道他有极重要的事情要见费尼娅·马尔科芙娜，终于决定给他开门。彼得·伊里奇仍旧走进了前文提到过的那个厨房，见到了费尼娅。由于“心中惊疑”，费尼娅要求彼得·伊里奇同意让看门人也一同进来。彼得·伊里奇开始盘问她，一开头就打听到了最主要的事情，那就是德米特里·费多罗维奇跑去找格鲁申卡的时候，曾从铜臼里抄走了小杵，回来时却不见了小杵，满手是血。“血还直往下滴，就从手上滴下来，滴下来！”费尼娅大声说，这显然是她那混乱的头脑里自己想象出来的情节。但是血污狼藉的手，尽管并没有血直滴下来，是彼得·伊里奇自己也已经见到过，还是由自己帮他洗干净的，而且问题也不在于手上的血究竟干了没干，而在于德米特里·费多罗维奇抄了小杵到底是往哪里去，是否一定是到费多尔·巴夫洛维奇那里去，而且凭什么能得出那么肯定的结论。彼得·伊里奇再三坚持追问这一点，虽然结果没有打听出任何确实的消息，但是终于可以深信，德米特里·费多罗维奇除了到他父亲家去以外，不会跑到别的地方去，所以那里一定是发生了一点什么。“当他重新回来，”费尼娅激动地补充说，“我把一切都告诉了他以后，我问他：‘德米特里·费多罗维奇，为什么您的两手全是血呀？’他仿佛曾经回答我说：‘这是人血，我刚刚杀了人。’他说得很坦白，对我忏悔了一切，忽然又像疯子一般跑出去了。我坐在那里，开始想：他现在像疯子似的跑到哪里去呀？我想：他一定到莫克洛叶去杀女主人了。我就连忙跑到他家去哀求他不要杀女主人，刚走到普洛特尼科夫的小铺那里，看见他已经就要动身，手上没有血了。”最后一点费尼娅当时曾注意到而且清楚地记得。费尼娅的老奶奶尽她力之所及，极力证明小孙女说的一切属实。彼得·伊里奇又盘问了几句，就走了出来，心里比方才进来时还要纷扰不安。

看来，最直截了当的办法似乎是现在就到费多尔·巴夫洛维奇家里去，打听出了什么事没有，如果出了事，究竟是什么，在一切都已确有把握以后，再按彼得·伊里奇坚决要做的那样，去找警察局长。然而夜是那么黑，费多尔·巴夫洛维奇家的大门那么笨重结实，又必须去敲门，再说他和费多尔·巴夫洛维奇又不大熟。如果他敲应了，人家给他开了门，却发现什么事也没有，那样一来好嘲笑人的费多尔·巴夫洛维奇明天一定会将此事向全城当笑话散布，说半夜里有一个不相识的官员彼尔霍金闯进他家里来，打听他是不是被人谋杀了。那可真是出丑！彼得·伊里奇在世界上最怕的是出丑。但是那股使他入了迷的感情是那么强烈，所以他恨恨地跺了跺脚，又骂了自己一声，还是马上重新又上了路，但却不是到费多尔·巴夫洛维奇家去，而是到霍赫拉柯娃太太家去。他想，他要问她：她是不是曾在什么时候给过德米特里·费多罗维奇三千卢布？如果回答是否定的，他就立刻去见警察局长，不必再先到费多尔·巴夫洛维奇家去了；如果情况相反，那就把一切事情搁到明天再说，径自回家去。这里，读者虽然马上会想到，一个青年人深更半夜，差不多十一点钟时候，跑到一个完全不相识的上流社会的太太家里去，甚至说不定要把她从床上叫起来，就为了问她一个在当时情况下显得十分离奇的问题，做这样一个决定，其中包含的出丑的可能，也许比到费多尔·巴夫洛维奇家去还要多。但是最精细冷静的人，有时却往往会做出这样的决定来，特别在当时那种情况之下。彼得·伊里奇在当时那一刹那，简直完全不是冷静的人了！他以后一辈子都记得，当时有一种抑制不住的不安心情逐渐地支配了他，最后折磨得他万分痛苦，甚至会使他干出不顾一切的事来。当然，尽管这样，他一路还是一直为自己到这位太太家里去而责骂自己，但是“我要做到底，做到底”，他成十遍地咬着牙这样说，而且最后终于实行了自己的决心，做到了底。

他到霍赫拉柯娃太太家时，正好十一点。他很快地被放进院里去。但当他问：太太睡下了没有？看门人却不能确切地回答，只说在这样的时刻照例是已经睡下了。“您可以到楼上去找人通报，如果肯接见您，就会接见；如果不肯，就不会接见。”彼得·伊里奇走上楼去，但是到了这里比较困难了。仆人不愿意进去通报，后来总算唤了一个女仆出来。彼得·伊里奇用客气而坚决的口气请她报告太太，说本地的一个官员彼尔霍金有特别要紧的事求见，如果不是这样要紧的事，是不敢来的。“您就用这几句话向她通报。”他求女仆说。她去了。他留在前室里等候。霍赫拉柯娃太太本人虽然还没睡下，却已经进了卧室。她自从刚才米卡来访以后，就感到心情不快，已经预感到在夜里她免不了要发作偏头痛，经常遇到这种情形时总是这样的。她听了女仆的通报，十分惊诧，虽然一个她不相识的“本地官员”在这种时候突然造访，大大引起了她那太太们常有的好奇心，但她还是生气地吩咐女仆说她不能接见。但是这次彼得·伊里奇竟固执得像一头驴；他听到拒绝接见以后，十分坚持地请女仆再去通报一声，而且一定要转达他“自己的原话”，那就是说他有“异常重要的事情，假使她现在不接见他，以后自己会感到惋惜的”。他以后自己对人说：“我当时真是破釜沉舟不顾一切了。”女仆惊异地向他打量了一眼，又再一次去通报。霍赫拉柯娃太太很惊愕，想了一下，问这人是什么样子，知道“他穿得很体面，年轻，而且非常客气”。在这里要顺便插一句，彼得·伊里奇是个十分漂亮的青年，而且他自己也知道。于是，霍赫拉柯娃太太决定出去见他。她已经穿上家常的便服和睡鞋，但是在肩上披了一条黑色围巾。当时请“官员”到客厅里去，就是不久前接见米卡的那间屋子。女主人用带着疑问的严肃神态出来见客，也不请他坐下，一开口就问：“有什么贵干？”

“我决定来打搅您，太太，是为了我们两人都熟识的德米特里·费多罗维奇·卡拉马佐夫的事情。”彼尔霍金开口说，但是这名字刚一出口，女主人的脸上就忽然露出了十分气恼的样子。她几乎尖声叫起来，愤恨地打断了他的话。

“我为了这可怕的人受的折磨还不够吗？还不够吗？”她疯狂地嚷道，“您怎么敢，先生，您怎么竟决定在这样的时候，到一个不相识的太太家里来打搅她，而且所谈的是这样一个人。他就在这个客厅里，刚在三小时以前，简直要杀死我，最后跺着脚走了出去，从来还没有人这样离开一个体面的家庭的。跟您说，先生，我会去告您，不跟您善罢甘休的，请您立刻离开这里。我是做母亲的，我马上就……我……我……”

“杀死吗？他连您也想杀死吗？”

“难道他已经杀死了什么人吗？”霍赫拉柯娃太太连忙问。

“请您听半分钟，太太，我用两句话就可以对您说明一切。”彼尔霍金用断然的口气回答说，“今天下午五点钟，卡拉马佐夫先生凭交情向我借去了十个卢布，因此我清楚地知道他没有钱，可今天九点钟的时候他到舍间来，手里却明晃晃地攥着一把一百卢布一张的钞票，大概有两千或者甚至三千卢布。他满手满脸全沾着血，神气就像是发了疯似的。我问他，这许多钱从哪里来的？他明确地回答说是刚刚从您这里拿到的，您借给他三千卢布，好像让他到金矿上去……”

霍赫拉柯娃太太的脸上忽然现出异乎寻常的、病态的激动神情。

“主啊！他这是杀死了自己的父亲！”她举起两手紧紧握着叫道，“我没有给过他一分钱，一点也没有给过！唉，快跑，快跑！什么也别说了！快去救老头子，快去看他的父亲，快跑！”

“太太，这么说，您没有给他钱吗？您的确记得您没有给他一点钱吗？”

“没有给，没有给！我拒绝了他，因为他不知好歹。他发狂似的走出去，跺着脚。他向我扑过来，我躲开了。我还要对您说，因为我现在对您什么也不想隐瞒了，他甚至朝我、朝我啐唾沫，您能想得到吗？可是我们干吗老站着？哎呀，请坐呀，对不起，我……不过您最好快去，快去，您应该跑去把可怜的老人从可怕的死亡里救出来！”

“要是他已经杀死了他的父亲呢？”

“唉，我的天，是呀！那么现在我们怎么办？您想，现在该怎么办？”

她说着让彼得·伊里奇坐下，自己坐在他的对面。彼得·伊里奇简单而十分明白地对她讲了事情的经过，至少是今天他目击的那一段经过，还谈到刚刚找过费尼娅，提到关于小杵的事。这一切细节使这位情绪激动的夫人万分震惊，不时地手捂住眼睛叫喊起来。

“您瞧，这一切我全都预感到了！我有这种本领，无论我料想到什么，结果总会真的发生的。我有多少次，多少次见到这个可怕的人，心里总是想：这个人早晚会杀死我的。现在果然就发生了。我是说，即使他现在杀死的不是我，却是他的父亲，那也是因为显然有上帝的手在保护着我，再说他自己也觉得杀死我未免惭愧，因为我还亲自在这里，就在这个地方，给他在脖子上挂上了一个从大殉道者瓦尔瓦拉遗体上取下来的肖像。那一会儿我的性命真是太危险了，我当时一直走到他面前，紧挨着他站着，他还把脖子伸得长长的好让我挂哩！您知道，彼得·伊里奇（对不起，您好像说过您的名字是彼得·伊里奇吧），您知道，我并不相信奇迹，但是这个神像，现在我所遇到的明显的奇迹，真使我十分震惊，让我又要对不管什么都愿意相信了。您听见佐西马长老的事吗？哦，我真不知道我现在在说些什么。您瞧，他居然戴着脖子上的神像对我啐唾沫。自然只是啐唾沫，没有杀死我，接着……接着就一下不知跑到哪儿去了！但是我们上哪儿去，现在我们该上哪儿去，您怎样打算的？”

彼得·伊里奇站起身来，宣布他现在要直接去找警察局长，把什么全告诉他，以后怎么办，他会知道的。

“对，他是好人，很好的人，我认识米哈伊尔·马卡雷奇的。当然，正应该去找他，您真是会想主意，彼得·伊里奇，您真是想得好；您知道，要是换了我不会想到这层！”

“因为说起来我跟警察局长也是很熟的朋友。”彼得·伊里奇说，还站在那里，显然想设法赶紧离开这位一直不让他有机会告辞的感情冲动的太太。

“您记着，您记着，”她嘟嘟囔囔地说，“您一定要就来告诉我，您在那里见到和打听到些什么，发现了什么，怎样处置他，判他流放到哪儿。请问，我们不是没有死刑了吗？不管怎样请您一定马上来，哪怕半夜三点也行，哪怕四点钟也行，甚至四点半也行。您叫人把我唤醒，假如我不醒，把我推醒。唉，天哪，我压根儿也睡不着了。您说要不要，我也同您一块儿去？”

“不必了，但是如果您现在亲笔写两三行字准备着，声明您并没有借给德米特里·费多罗维奇任何钱款，那倒也许不会多余的，有备无患。”

“完全对！”霍赫拉柯娃太太欢欣地跳到书桌旁边，“您知道，您在这类事情上那样会出主意，那样能干，真叫我惊奇，简直是使我吃惊。您在本地任职吗？听到您在这里任职，真是太令人高兴了。”

她一面继续说话，一面迅速地在半页信笺上草草写了下面几行粗大的字：

> 我一生从未将今天的三千卢布借与不幸的德米特里·费多罗维奇·卡拉马佐夫（因为不管怎样他现在总是不幸的），而且从来，从来不曾借给过他任何其他款项！我可以以世上最神圣的一切的名义起誓。
>
> 霍赫拉柯娃

“这是我写的字条！”她迅速转身朝着彼得·伊里奇说，“快去救他吧。这是您的伟大的功绩。”

她朝他画了三次十字。她甚至跑出去一直送他到前屋。

“我真感谢您！您简直不会相信，我现在是多么感谢您，因为您首先到我这里来。怎么我们以前没有见到过？以后如果您能常到我这里来，我会感到非常荣幸。您就在本地任职，这真叫人高兴。您办事那样精细，那样会出主意。不过他们应该器重您，迟早应该了解您，只要我能替您帮忙，请您相信……哦，我真是喜爱青年人！我简直爱上了青年人。青年人是现在我们这个苦难的俄罗斯的支柱，是它的全部希望。哦，您去吧，您去吧！”

但彼得·伊里奇其实已经在往外跑了，要不然她还不会这样快放他走的。不过霍赫拉柯娃太太还是给他留下了极愉快的印象，甚至使他因为牵连进这样糟糕的事而产生的恐慌心情也减轻了些。人们的趣味是各不相同的，这一点大家都知道。“她并不怎样老，”他愉快地想，“相反地，我简直会错把她当成了她的女儿。”

至于霍赫拉柯娃太太，她简直是被这青年人迷住了。“多么能干，多么井井有条，在我们的时代有这样的青年人！还加上那种举止和外表。有人说现在的青年人什么事也不会做，这就是给他的一个反证”，等等，等等。因为尽这样想着，她甚至连这个“可怕的事件”几乎都忘却了，直到她躺在床上，忽然重新想起自己当时“性命多么危险”的时候，才又感叹道：“这真是可怕，这真是可怕！”但是说着立刻就沉入了十分深沉和甜蜜的梦乡。不过，假如方才我描写的一个青年官员和年纪还不算老的寡妇两人间这次奇妙的相遇，以后不成为这个规矩细心的青年人一生事业的基础的话，我是不会提这些不相干的细枝末节的。这在我们的小城里至今回想起来还使人不胜惊叹，而下文，在我们快要讲完这个关于卡拉马佐夫兄弟的长长的故事时，也许我们也还要特别就这件事说两句话。

二

报警

我们的警察局长米哈伊尔·马卡罗维奇·马卡罗夫，以中校军阶退伍，改任七品文官，是一个死了妻子的老好人。他到我们这里才来了三年，却已经博得了普遍的好感，主要由于他“会联络人”。他家里座上客不断，好像没有他们，他自己就不能生活下去似的。每天一定要有人在他家里吃饭，哪怕只有两个，甚至一个客人也行，没有客人，他是不上桌子吃饭的。他还时常假借一切名目，甚至有时是意料不到的名目正式宴客。上的菜虽不精致，却很丰盛。鱼馅饼做得极好，酒虽不能以质炫耀，但能以量取胜。一进门屋里放着一张台球案子，陈设得很体面，墙上甚至还挂着英国赛马的图画，用黑框装着，大家知道，这是每个单身汉家里的台球房所必不可少的点缀。每天晚上都有牌局，虽然只有一桌。但不仅如此，本城最上等的人物还时常带着太太和姑娘们聚在这里跳舞。米哈伊尔·马卡罗维奇的妻子已经死去，但是他过的是家庭生活，身边有一个早已守寡的女儿，她自己也有两个姑娘，这就是米哈伊尔·马卡罗维奇的两个外孙女。姑娘们已经成人，修完了学业，外貌并不难看，天性活泼，虽然大家知道她们出门不会有什么嫁资，却还是能吸引我们城里一些上等社会的青年人到家里来。米哈伊尔·马卡罗维奇在工作上能力并不强，但是尽职不比别的许多人差。坦白说，他是个不大有教养的人，甚至在理解自己的职权范围上，也是随心所欲，不求甚解的。目前当局所进行的某些改革他不但不能充分理解，而且还常用有时明显是十分错误的看法去理解它们，这倒不是因为他特别无能，只是由于生性粗疏，老是没有工夫去深入体会。正如他自己所说："诸位，我的生性更适于当军人，而不适于当文官。"甚至关于农民改革的确切原则，他好像也还没有根本的明确认识，而可以说只是一年一年地在实际中不由自主地在逐步增添关于这方面的知识，而他却还是一个地主哩！彼得·伊里奇准知道，他今天晚上会在米哈伊尔·马卡罗维奇的家里碰见客人的，只是还料不定究竟是谁而已。可想不到这时候在局长家打牌的正巧是检察官和县医生瓦尔文斯基——刚从彼得堡来的一位青年人，彼得堡医学院的优秀毕业生。检察官伊波利特·基里洛维奇（其实是副检察官，但是我们大家都称他为检察官）是我们这里一个奇特的人，岁数不大，只有三十五岁，颇有害痨病的倾向，而他太太却是个极胖的、养不出孩子的女人。他很自尊，容易生气，但却很有头脑，甚至还有一颗善良的心。他的性格的全部缺点似乎在于他自视比他的真正的品德略为高些。正因为这样，所以他时常显得有点心神不宁。加以他还有些更高的，甚至是艺术上的自负，例如自认为善于分析心理，对人类心灵有专门的研究，在识别罪犯及其罪行方面有特别的才能。根据这些，他认为自己在职务方面是受了委屈的，是遭到了忽视的，总认为上峰没有能赏识他，有人跟他作对。逢到心情阴郁的时候他甚至威胁说要去开业当律师。突如其来的卡拉马佐夫杀父案似乎使他浑身振奋起来："这是一件可能会轰动全国的案子啊。"但是，这是后话，暂且不表。

我们的年轻的预审推事尼古拉·帕尔费诺维奇·涅留多夫这时也正同小姐们一起坐在隔壁房间里。他从彼得堡到此地来只有两个月。以后我们这里有人甚至引为惊讶地说，这些人就像是有意在这"犯案"的当晚，齐聚在一位行政官吏家中的。但是实际上事情很简单，而且是极自然的：伊波利特·基里洛维奇的夫人牙痛了两天，他必须到什么地方去，以便躲开她的呻吟；医生呢，实际上每晚都要到有牌可赌的什么地方去的。而尼古拉·帕尔费诺维奇·涅留多夫远在三天以前就打算好了今天晚上到米哈伊尔·马卡罗维奇家来，做出偶然串门的样子，以便忽然狡猾地使他的大小姐奥尔加·米哈伊洛芙娜大吃一惊，因为他知道她的秘密，知道今天是她的生日，可是她想故意瞒住大家，以免邀请全城的人前来跳舞。他还要在这天说出许多笑话和关于她的年龄的暗示，意思是说，她怕人发觉她的年龄，可是现在他既知道了她的秘密，明天就会对大家宣布出去云云。可爱的青年人在这方面是很会淘气的，我们的太太们就叫他作淘气鬼，他似乎也很喜欢。其实他出身于上流社会，名门望族，受过很好的教育，有很好的感情，虽然好寻欢作乐，却很天真，而且永远有礼貌。他身材瘦小，体质纤弱。柔细而白皙的手指上永远闪耀着几只极大的戒指。在执行职务时，神气显得特别庄重，似乎把自己的地位和自己的责任看得近乎神圣的地步。在审问平民中的凶手和其他恶徒的时候，他特别善于用话出其不意地把他们难住，这虽说还不足以引起他们对他的敬畏，却也确实使他们多少产生了一些惊异。

彼得·伊里奇走进警察局长家里的时候，简直完全被惊呆了：他忽然看出大家好像全都已经知道了。的确，纸牌已经扔下不打，大家都站在那里议论纷纷，甚至连尼古拉·帕尔费诺奇也从小姐们那里跑了过来，摆出一副急于行动的战斗姿态。等着彼得·伊里奇的是一个惊人的消息，那就是老人费多尔·巴夫洛维奇确确实实已于当天晚上在自己家里被杀，而且是谋财害命。大家刚刚得知这件事，经过情形是这样的：摔倒在围墙旁边的格里戈里的妻子玛尔法·伊格纳奇耶芙娜在床上睡得非常熟，本来很可能会一觉直接睡到早晨，但她却突然之间醒了过来。这是躺在隔壁失了知觉的斯麦尔佳科夫那可怕的羊癫风的吼声把她吵醒的，这吼声是他每次发作时必然出现的前奏，它一辈子都使玛尔法·伊格纳奇耶芙娜听了非常害怕，而且感到十分难受。她始终听不惯这种声音。她睡眼蒙眬地跳下床来，几乎下意识地冲到斯麦尔佳科夫的小屋里去。但是里面很黑，只听见病人已开始在大声喘气和浑身抖动。玛尔法·伊格纳奇耶芙娜一下子自己也喊了起来，刚准备叫丈夫，忽然想到她起身的时候格里戈里好像并不在床上。她跑到床边，又摸索了一阵，床上果真是空的。这么说，他出去了。但是到哪里去了呢？她跑到台阶上，畏畏缩缩地叫他，自然没有得到回答，却在黑夜的静寂中听见仿佛从花园深处传来一种呻吟声。她倾听了一下，呻吟声又响了起来，显然确是从花园里发出来的。“天哪，简直像当年丽萨维塔的情形一样！”她那乱糟糟的脑子里猛然闪过这个念头。她畏畏缩缩地走下台阶，看见园门是开着的。“哦，我的亲人，他一定在那里。”她正一面这样想着，一面向园门走去，忽然清楚地听到格里戈里在唤她，他用一种痛苦无力的可怕声音叫着：“玛尔法，玛尔法！”玛尔法·伊格纳奇耶芙娜小声嘀咕道：“上帝啊，愿你保佑我们免遭灾难吧！”连忙朝发出呼喊的地方跑去，就这样发现了格里戈里。但是他不在围墙旁边，不在他被打倒的地方，却在离开围墙二十步以外。后来知道，原来他醒过来后曾爬了一段路，大概爬了很久，中间几次丧失知觉，重新晕了过去。她立刻注意到他满身是血，就大声叫起来。格里戈里轻声地、不连贯地喃喃说着：“杀死了……把父亲杀死了，你喊什么，傻瓜，快跑，叫人去。”但是玛尔法·伊格纳奇耶芙娜抑制不住，还是一直大叫，忽然看见主人屋里窗子开着，窗里有灯光，就跑过去叫起费多尔·巴夫洛维奇来。但当她朝里一看，却看见面前是一番可怕的景象，主人仰面朝天躺在地板上，动也不动。浅色的睡服和白色的衬衫胸前溅满了血。桌子上的蜡烛把血和费多尔·巴夫洛维奇那张呆板、僵死的脸照得清清楚楚。恐怖到极点的玛尔法·伊格纳奇耶芙娜连忙离开了窗子，跑出花园，打开了大门的门闩，拼命地向后面邻居玛丽亚·孔德拉奇耶芙娜的家里跑去。邻家母女两人当时都已经睡下，但是经不起玛尔法·伊格纳奇耶芙娜发狂似的拼命敲窗板和大声呼喊，醒了过来，跑到了窗前。玛尔法·伊格纳奇耶芙娜一面大喊小叫，一面前言不搭后语地讲着，但总算还是说出了重要的情节，并且请求帮忙。恰巧那天晚上那个老在外游荡的弗马回来了，宿在她们家里。因此，她们立刻把他唤醒，三个人一起向犯罪的地方跑去。中途玛丽亚·孔德拉奇耶芙娜记起刚才在九点钟光景曾听见花园里有一阵可怕的、尖锐的喊声传出来，响彻四邻。自然这就是格里戈里的喊声，那时他正双手抓住骑在围墙上的德米特里·费多罗维奇的脚，喊着："杀父的凶手！"玛丽亚·孔德拉奇耶芙娜一面跑，一面证实："当时不知是谁孤零零喊了一声，以后就忽然停止了。"到了格里戈里躺着的地方，两个女人在弗马的帮助下，把他抬进厢房里去。点上灯，看见斯麦尔佳科夫还在小屋里不住喘着气，不断地抽搐着，眼睛发斜，嘴里流着白沫。他们用水掺着醋洗格里戈里的头。经水洗后，他完全恢复了知觉，立刻问道："老爷被杀死了没有？"两个女人和弗马这才向主人屋里跑去。他们走进园中，这一次见到不但是窗子，连从房子里通花园的门也敞开着，这道门一星期以来每天一到晚上就由主人亲自紧紧关上，甚至连格里戈里不管有什么事情也不许去打门。两个女人和弗马看见了这扇敞开的门，立刻就害怕起来，不敢走进里面去，"以免后来生出什么麻烦来"。格里戈里见他们走了回来，就吩咐他们立刻去见警察局长。于是玛丽亚·孔德拉奇耶芙娜跑来，把警察局长家里所有的人全惊动了。她比彼得·伊里奇早到五分钟，所以当他来到的时候，就并不是只有一些猜想和推论，而是一个目击的证人了，他的叙述更加证实了大家对于谁是罪犯的一致猜想（可是他自己在心灵深处却直到此刻还一直不肯相信这事）。

大家决定采取有力的行动。立刻下令本城副警长带了四名见证人，按照一切合法手续（恕我这里不做详细描写），进入费多尔·巴夫洛维奇的屋里，进行现场侦查。县医生是一个新到此地的人，火暴脾气，几乎是强求着硬要随着警察局长、检察官和预审推事一同前去。我只准备简单地说两句：费多尔·巴夫洛维奇的确被打死了，脑袋被砸开了。但是用的什么凶器？大概就是以后用来打倒格里戈里的那个凶器。而大家听了格里戈里讲的情况以后，也果真找到了凶器。当时格里戈里已经过妥善的医药治疗，说话声音虽还软弱无力，断断续续，但却仍然很有条理地说出了他怎样被打倒的一段经过。大家已点起灯来，开始到围墙旁边去寻找，结果发现一个铜杵就扔在花园的小径上面最显眼的地方。在费多尔·巴夫洛维奇躺着的屋里看不出任何特别凌乱的情形，但是在屏风后面床旁的地板上却捡到了一个像公函信封那么大的厚纸大信封，上面写着一行字！“如愿亲来，当以此献与我的天使格鲁申卡。”下面又补加了几个字：“献与我的小鸡。”大概是后来费多尔·巴夫洛维奇自己添上的。信封上有三个红色的大火漆印，但是信封已经撕破了，里面是空的，钱已经被拿走了。地板上还找到一根扎信封的玫瑰色细带。彼得·伊里奇的证词里有一桩事实留给检察官和预审推事极深的印象，就是估计德米特里·费多罗维奇到天亮时一定要自杀，那是他自己决定的，亲口对彼得·伊里奇说的，还当面把手枪上好了弹药，写了字条，放在口袋里，等等，等等。当一直还不大相信的彼得·伊里奇威吓着说他要去告诉什么人以阻止他自杀的时候，米卡曾龇牙笑着回答说：“你来不及了。”这样看来，应该赶紧赶到现场去，到莫克洛叶去，在罪犯还没有下决心真的自杀以前，先捉住他。“这是很明显的，这是很明显的！”检察官兴奋异常地反复说，“这一类胡闹的家伙总是这样：决定明天自杀，临死以前先饮酒作乐一番。”关于他怎样在小铺里要了许多酒和各种吃食的情况，只是使检察官变得更加兴奋些。“诸位，你们记得那个杀死商人奥尔苏菲耶夫的小伙子吗？他抢了一千五百卢布，立刻去烫头发，后来甚至没等藏好，也是差不多攥在手里，就去找姑娘了。”但是侦查进行得很慢，加上在费多尔·巴夫洛维奇家里搜查和其他形式上的手续等等，都需要时间，因此就派恰巧头天早晨进城来领薪俸的区警察所长马弗里基·马弗里基奇·施麦尔卓夫早两个小时先到莫克洛叶去。当时给他的训令是到了莫克洛叶以后不要声张，严密监视“罪犯”的行动，一直到主管人员来到的时候为止，此外还要预备好见证人和召集村警等等。马弗里基·马弗里基奇当时遵命而行，一切在秘密中进行，只向他的老友特里丰·鲍里赛奇一人透露了一部分秘密。这事大致就发生在米卡在黑暗的围廊上遇到了寻找他的老板，并且看见他脸上和语气忽然有点变化的时候。所以米卡和其他任何人都不知道有人监视他们；至于他的手枪匣子早被老板偷走，藏在稳妥的地方。直到四五点钟天将破晓的时候，主管人员——警察局长、检察官和预审推事等才坐了两辆三套马车来到。医生则留在费多尔·巴夫洛维奇家里，预备天明后解剖死者的尸体，但他最感兴趣的还是观察害病的仆人斯麦尔佳科夫的情况。“这样凶险，这样长时间的羊癫风，连续两昼夜不醒，是很少见的，这有待于科学方面的研究。”他兴奋地对动身出城的同事们说。他们就笑着祝贺他得到了这样重要的发现。同时检察官和预审推事很清楚地记得医生还用极坚决的口气补充说，斯麦尔佳科夫活不到早晨。

现在，经过大段看来是必要的说明以后，我们的故事就正好又到了前一卷结束时所停下来的那个地方了。

三

灵魂的苦痛——第一次磨难

前面讲到，米卡坐在那里，睁大眼睛诧异地望着在场的人，不明白他们在对他说些什么。突然，他站了起来，高高地举起双手，大声喊道："我没有犯罪！对于这个血我没有罪！对于我父亲的血，没有罪，想杀他，但是没有犯罪！不是我！"

但他刚喊出这几句话，格鲁申卡就从帘子后面冲了出来，径直跪倒在警察局长的脚下。

"这是我，是我，是我这个该杀的，这是我的罪过！"她用撕心裂肺的声音喊叫着，把手伸向大家，泪流满面，"他是为了我杀的！是我折磨他，才弄出这种事情来的。我还为了发泄怨恨，折磨那个可怜的死去的老人，才弄出这种事情来！是我的罪过，我是首先第一个有罪的人，是我的罪过！"

"是的，是你的罪过！你是主犯！你这泼妇！你这个淫荡女人！你是第一个有罪的人。"警察局长大叫大嚷着，还举手威吓她。但这次他被迅速而坚决地制止了。检察官甚至用双手紧紧抱住了他。

"这完全是胡闹，米哈伊尔·马卡罗维奇，"他大声说，"您简直在妨碍侦查的进行，把事情弄糟。"他几乎喘不过气来。

"赶快采取措施，采取措施，采取措施！"尼古拉·帕尔费诺维奇也发起急来，"要不然简直弄不下去了！"

"一块儿审判我们两人吧！"格鲁申卡继续疯狂地喊着，一直还跪在那里，“把我们一块儿判罪吧，现在哪怕是判死刑我也要同他在一块儿！”

“格鲁申卡，我的生命，我的血，我神圣的人！”米卡也扑到她身边跪下，紧紧地把她拥在怀里。“你们不要相信她，”他喊道，“她一点罪过也没有，对于任何人的血，对于一切事情她都没有罪过！”

他以后记得有几个人用强力把他从她身边拉开，又突然把她带走了，当他神志清醒过来时，发现自己已经坐在桌子旁边，一些衣服上带着小铜牌的人站在他的身旁和背后。预审推事尼古拉·帕尔费诺维奇隔着桌子，坐在他对面的沙发上，不断劝他喝点桌上茶杯里的水。“这可以使您头脑清醒，平静下来。您不要怕，不要着急。”他异常客气地补充说。米卡记得，他忽然对于他的大戒指（一只是紫晶石的，另一只鲜黄、透明而光彩夺目）产生了极大的好奇心。他事后很久还惊讶地记得，这两只戒指甚至在整个可怕的审讯过程中都不住吸引他的注意力，他不知怎么，竟总不能把眼神移开，作为与自己的处境完全不合拍的东西把它忘掉。在米卡左首，晚上刚开始时马克西莫夫坐着的地方，现在坐着检察官。米卡的右边，格鲁申卡原来坐的地方，有一个脸蛋红红的青年人坐着，身上穿着一件很旧的仿佛是猎人服式的上衣，前面摆着墨水瓶和纸张。原来他是预审推事带来的书记，警察局长现在站在房间另一端的窗前，卡尔干诺夫的旁边。卡尔干诺夫则坐在窗前的椅子上。

“喝点水吧！”预审推事第十遍这样温和地说。

“喝了，诸位，已经喝了。但是……诸位，请你们惩罚我吧，判决我吧，决定我的命运吧！”米卡叫道，用可怕的直勾勾呆瞪着的眼睛朝预审推事望着。

“那么您是断然声称，您对于您的父亲费多尔·巴夫洛维奇的死，没有罪吗？”预审推事用柔和而毫不含糊的口气问。

“没有罪！对于别人的血有罪，那是另一个老人的，不是我父亲的血。我现在为这事痛哭！我杀死了，杀死了一个老人，把他打倒在地，杀死了他。但是为了惩罚这一次流血，而要我也对另一次流血，我并没有犯罪的可怕的流血负责，那是我受不了的。这真是个可怕的罪名，诸位，就好像当头给了我一闷棍！但是谁杀死父亲的？谁杀死的？不是我，谁会杀死他呢？真是怪事，不近情理，简直不可能！”

“是的，谁会杀死……”预审推事开口道。但是，检察官伊波利特·基里洛维奇（他是副检察官，但是我们为了简便起见，也准备称他为检察官）在跟预审推事交换了一个眼色以后，对米卡说：“您不必为那个老仆人格里戈里·瓦西里耶维奇担心。告诉您，他还活在世上，醒了过来。尽管根据他的供词和您现在自己所供的话，他是遭到了您的痛打，但他一定会活下来的，至少据医生的诊断是这样的。”

“活着吗？他还活着吗？”米卡把双手一拍，突然大叫了起来。他满脸放光：“上帝，感谢你为了我的祈祷，对我这个恶徒和罪人做出了这么大的奇迹！……是的，是的，这是凭了我的祈祷，我整整祈祷了一夜！”他画了三个十字，几乎喘不过气来。

“我们就从格里戈里那里得到了跟您有关系的重要供词……”检察官正要继续说下去，可是米卡忽然从椅子上跳了起来。

“一分钟，诸位先生，看在上帝分上，只要一分钟；我到她那里去一趟。”

“对不起！这时候无论如何不成！”尼古拉·帕尔费诺维奇甚至发出尖叫，也跳起身来。胸前挂铜号牌的人抱住了米卡，但他自己已经又坐到椅子上去了。

“诸位，真可惜！我只想到她那里去一小会儿，想告诉她，整夜刺痛我的心的那个血洗净了，消失了，我现在已经不是杀人的凶手了！诸位，要知道她是我的未婚妻啊！”他突然环顾着大家，用欢欣而崇敬的口气说，“哦，多谢你们，诸位！你们一下子使我再生，使我又重新复活了！这个老人，诸位，在我还只有三岁，被大家遗弃的时候，他是亲手抱大我，在水盆里给我洗澡的，他是我的亲生父亲！”

“这么说，您……”预审推事开始说。

“劳驾，诸位，再等一分钟，”米卡又打断了他的话，把两肘支在桌上，用手捂住脸，“让我稍微定一下心，让我喘一口气，诸位。这一切对我的震动太大了，太大了，人总不是鼓皮呀，诸位！”

“您再喝一点水……”尼古拉·帕尔费诺维奇喃喃地说。

米卡把手从脸上移开，大笑了起来。他双目炯炯有神，仿佛一刹那间整个神气都完全变了样。他的语气也不同了。现在坐在这里的又是和所有这些人，所有这些他以前的朋友平等的人了，就好像昨天什么事也没有发生以前他们大家聚在某个交际场所一样。不过，我们应该顺便提一下，米卡在刚到此地时曾在警察局长家中受到热诚的接待，但是后来，特别是最近一个月以来，米卡不大上他家去了，而警察局长每遇到他，例如在街上碰见的时候，也总是皱紧眉头，只是顾全礼貌才向他答礼，这一点米卡是看得很清楚的。他同检察官关系更加疏远，不过对检察官那位有点神经质的、富于幻想的夫人，他有时却常极恭敬地前去拜访，甚至自己也不大明白为什么要上她那里去，而她也总是和蔼地接待他，不知为什么，直到最近还仍旧对他十分关心。他和预审推事还没有攀交，但是遇见过他，甚至同他说过两次话，两次都是谈女人。

“尼古拉·帕尔费诺维奇，我看您是位极高明的预审推事，”米卡忽然快乐地笑着说，“但是我现在自己来帮您的忙。哦，诸位，我真是死而复生了，所以你们不要责备我这样随便，这样直率地对你们说话。而且老实对你们说，我有点醉了。我好像有幸……曾经有幸高兴地见到过您，尼古拉·帕尔费诺维奇，在舍亲米乌索夫家里。诸位，诸位，我并不想自居平等地位，我也明白我在你们面前现在是什么人。在我身上有……如果格里戈里对我提出了指控的话，那么我的身上就有——哦，当然就有了严重的嫌疑！这真可怕，真是可怕，我是明白这个的！但是诸位，我还是愿意就谈正事，而且我们马上一下子就可以了结这件事，因为，你们听着，听着，诸位！既然我知道我没有犯罪，那当然一下子就可以了结这件事了！对不对？对不对？”

米卡急促而神经质地、滔滔不绝地说着，似乎真把听话的人都看成是他的极要好的朋友了。

“这么说，眼前我们就这样记录下来：您绝对否认加在您身上的罪名。”尼古拉·帕尔费诺维奇加重语气地说，接着就转过身去对书记轻声说明应该记录什么话。

“记录？您打算把这些话记录下来？好吧，记录吧。我同意，完全同意，诸位。不过你们瞧，等一等，等一等，你们这样记吧：‘在胡作非为方面他是有罪的，在严重殴打可怜的老人方面他是有罪的。’”此外在自己的内心里，在心灵深处是有罪的，但是这就不必写了，他突然转身对书记说，“这完全是我的私生活问题，诸位，这与你们毫无关系，我是说，这类心灵深处的问题……但是杀死老父亲一层——没有罪！这是荒唐的想法！完全是荒唐的想法！我可以向你们证明，你们立刻就会相信的。你们会笑，诸位，你们自己都会对你们的怀疑哈哈大笑！”

“您平静一点，德米特里·费多罗维奇。”预审推事提醒他，显然想用冷静的态度慑服这个疯子，“在继续审讯以前，如果您愿意回答的话，我很希望听到您自己证实下面这样一件事实，那就是您好像并不爱已故的费多尔·巴夫洛维奇，经常不断同他发生争吵。至少在这里，一刻钟以前，您好像就曾经说过甚至想杀他。您喊着说：‘没有杀，但想过要杀死他！’”

“我说过这句话吗？唉，也许是这样，诸位！是的，不幸的是我曾想要杀死他，许多次想过要杀死他，不幸得很，不幸得很！”

“您想过。您能不能解释一下，究竟是什么原因促使您对您的父亲抱着这样切身的仇恨呢？”

“有什么可解释的呢，诸位！”米卡阴郁地耸了耸肩，低下头去，“我并不掩饰我的感情，全城都知道这个，酒店里的人全都知道。新近在修道院里，在佐西马长老的修道院里还公开说过。当天晚上就打了父亲，几乎把他打死，并且起誓说一定要再来杀死他，当着证人的面这样说的。哦，证人有成百上千！整个月都在叫嚷，大家都是证人！事实是明摆着的，事实会说话，会自己叫嚷出来，但——情感，诸位，情感是另外一回事。你们瞧，诸位，”米卡皱着眉说，“我以为关于感情你们没有讯问我的权利，你们固然是执行职务，我明白这个情况，但这是我的事情，我私人的内心的事情，不过……既然我过去就没有隐瞒我的感情……比方说，在酒店里对大家，对每一个人都说过，所以……所以现在我也不再把它当作什么秘密。你们瞧，诸位，我也明白在这种情形之下，在我身上有严重的嫌疑：我对大家说，我要杀死他，正好他被杀死了，那还不是我吗？哈，哈！我可以谅解你们的，诸位，我完全谅解你们。我连自己都惊愕到极点，不是我，那么究竟是谁杀死的呢？这不是实话吗？不是我，那是谁？谁？诸位，”他突然喊了起来，“我想知道，我甚至要求你们告诉我：他在哪里被杀死的？他怎样被杀，用什么凶器？告诉我吧。”他急促地问着，目光来回地望着检察官和预审推事。

“我们发现他仰面朝天地躺在他书房的地板上，脑袋被砸破了。”检察官说。

“这真是可怕，诸位！”米卡突然哆嗦了一下，把肘头支在桌上，右手捂住脸。

“我们继续谈下去。”尼古拉·帕尔费诺维奇接口说，“那么说，究竟是什么使您产生仇恨感情的呢？您好像公开说过是吃醋的感情？”

“是的，醋意，但不单是醋意。”

“银钱上的争执？”

“是的，也为了钱。”

“好像争执的数目是三千，似乎按照遗产还有这个数目没有给够您。”

“什么三千？多些，还要多些，”米卡嚷了起来，“六千以上，也许在一万以上。我对大家这样说过，对大家这样嚷嚷过！但是我决计只要三千就算了结了吧。我急需这三千卢布，因而我知道他为格鲁申卡准备着，就藏在他枕头底下那个信封里的三千卢布，我简直根本认为那等于是从我手里偷去的，是的，诸位，认为那是我的，简直就好像是我的所有物。”

检察官意味深长地和预审推事对看了一下，还悄悄挤了挤眼。

“我们以后还要再谈这个问题的，”检察官立刻说，“眼下请您允许我们书面记录下这一点，就是：您认为那个信封里的钱简直就是自己的所有物。”

“记吧，诸位，我也明白这对我又是一个罪证，但是我不怕罪证，是我自己拿话把自己套住的。听见吗？是我自己！瞧吧，诸位，你们好像把我看作和我的本相完全不符的另一个人了。”他突然忧郁而阴沉地加了一句。“同你们说话的是一个正直的人，最正直的人，主要地——请你们不要忽略这一点——是一个做了无数卑鄙的事，却仍不失其高贵的人，是一个在内心，在心灵深处……总之，我不善于表达出这个意思。我一辈子感到痛苦就是因为我一方面渴求正直，可以说为追求正直而受难，打着灯笼寻找它，打着戴奥吉尼兹的灯笼[1]，但另一方面却一辈子只做了一些肮脏事，像我们一切人一样，哦，只是我一个人，不是一切人，诸位，是我一个人，我错了，我一个人，我一个人！诸位，我有点头痛。”他痛苦地皱着眉头，“你们瞧，诸位，我不喜欢他的外貌，毫无诚意的样子，大言不惭，轻侮一切神圣的事情，喜好嘲笑，没有信仰。真是讨厌，真是讨厌！但是现在他死了，我对他的看法不同了。”

“有什么不同？”

“并不是不同，只是惋惜，我这样仇恨他。”

“感到悔恨吗？”

“不，并不是悔恨，这个你们不必记下来。诸位，我自己也并不好，对，我自己也不是很漂亮，所以没有权利认为他可憎，就是这句话！这话是可以记录下来的。”

---

1 戴奥吉尼兹，古希腊哲学家，犬儒学派的代表人物，他曾每天白天打着灯笼在街上“寻找诚实的人”。

说完这句话，米卡忽然变得十分忧郁起来。他在回答预审推事的问题的时候，神情早就越来越显得阴沉了。恰巧这时候忽然又出现了一件突如其来的事。原来刚才虽然把格鲁申卡隔开了，但是离得并不很远，只是让她待在和现在举行审讯的天蓝色房间相隔一间的屋子里。那是一间小屋，只有一个窗户，就在夜里跳舞饮酒的大厅的隔壁。她坐在里面，只有马克西莫夫一人做伴。他受了很大的惊吓，害怕得不得了，紧紧地黏在她的身旁，好像寻找她的保护似的。他们的门前站着一个胸前挂着号牌的汉子。格鲁申卡一直哭泣着，当哭到心中实在悲痛难忍的时候，突然跳起身来，拍着手，大声喊了一句："苦命啊，我好苦命啊！"就冲出屋子，朝着他，朝着她的米卡那里跑去，而且来得那么突然，竟谁也来不及拦住她。米卡听到她的喊声，猛地哆嗦一下，跳起身来，叫嚷着，飞快地迎着她跑过去，简直什么也不顾了。但是他们虽然互相见了面，却还是到不了一块儿。几个人紧紧地抓住了他的手；他拼命挣扎，想要挣脱，三四个人好容易才把他拦住。她也被人抓住，他看见人家把她拉走的时候，她喊着向他伸出手来。在这个场面结束了以后，他又面对检察官坐在桌旁原来的地方，神志重新清醒了过来，朝他们喊道："你们想在她身上找到什么？你们干吗要折磨她？她是无辜的，无辜的！"

检察官和预审推事劝慰着他。就这样乱了大约有十分钟光景，方才离开了一会儿的米哈伊尔·马卡罗维奇又匆匆走进屋来，兴奋地对检察官大声说："她被拉走了，在楼下。诸位，请允许我对这不幸的人说一句话，好不好？当着你们，诸位，当着你们！"

"请说吧，米哈伊尔·马卡罗维奇，"预审推事回答说，"在目前的情况下，我们一点也不反对。"

"德米特里·费多罗维奇，你听我说，"米哈伊尔·马卡罗维奇开始对米卡说了起来，他的整个激动的脸上流露出对这位不幸者的热情的、几乎近于慈父般的同情，"我亲自把你的阿格拉菲娜·阿历山德罗芙娜送了下去，交给老板的女儿们，现在那个小老头儿马克西莫夫也寸步不离地和她在一起。我已经把她劝说好了，你听见吗？劝说好了，使她安静了下来，让她明白，你需要给自己辩护，所以她不应该来干扰，引起你烦恼，否则你心里一乱，也许会做出对自己不相宜的供词，你明白吗？总而言之，我一说，她就明白了。她是聪明人，老弟，是个好人，她还想来吻我这老头子的手，替你求情哩。她自己叫我来对你说，叫你不要挂念。现在，亲爱的，现在你也应该安静一下，让我能够跑去对她说，你已经安静下来，也不再替她担心了。所以你应该安静，明白吗？我方才对不起她。她有着基督徒的灵魂，是的，诸位，她有温顺的灵魂，她是清白无邪的。现在怎么说，德米特里·费多罗维奇？你能安静地坐着吗？”

这好人虽说了许多不相干的话，但是格鲁申卡的悲痛，一个人的悲痛，确实深深印入了他善良的心里，他的眼眶里甚至都含着泪水。米卡跳了起来，跑到他面前。

“对不起，诸位，允许我，哦，允许我说一下！”他大声说，“您真有天使一般的、天使一般的灵魂，米哈伊尔·马卡罗维奇！我替她向您道谢。我会安静下来，我会的，我会快乐的。您既然这样好心，就请您转告她，我很快乐，很快乐，甚至快乐得马上会笑起来，因为知道有像您这样的护身天使在她的身边。我立刻了结一下，一抽出身子，马上去找她：让她等着，她会见得着我的！诸位，”他突然对检察官和预审推事说：“现在我要完全向你们开诚布公，把全部真情都讲出来，我们一下子就会了结这件事，高高兴兴地了结它，到末了我们都会笑起来的，不是吗？不过，诸位，这个女人实在是我心中的女王！哦，请你们允许我这样说，这也是我对你们说的真心话。我看得出，我现在是在跟一些极正直的人打交道，我告诉你们：她是我的光明，她是我心头的瑰宝，这是你们简直都难以想象的！你们都听见她喊：‘哪怕是判死刑也要同你在一块儿！’可是，我这个乞丐，穷光蛋，我给了她什么？为什么她这样爱我？我这个愚蠢的、可耻的东西，丢尽了脸面，配受到她这样的爱，甚至都情愿和我一块儿流放去吗？她刚才为了我，竟对你们下跪，她是那样骄傲、那样清白的呀！我怎么能不爱她，不哭喊，不扑到她面前，像刚才那样呢？哦，诸位，请你们原谅！但是现在，现在我得到安慰了！”

他说着倒在椅子上，两手捂住脸，痛哭起来。但这是幸福的泪。他马上就控制住了自己。这使老警察局长很满意，两位司法官似乎也这样，他们感到现在审讯会进入一个新阶段了。米卡目送着警察局长走出去以后，简直显得心情十分愉快。

“好吧，诸位，现在我一切都听候吩咐。而且……要是不去扯那些琐碎事的话，我们这会儿本来都已经谈妥了。我又扯起琐碎事来了。诸位，我听候你们吩咐，但是老实说，必须要有相互间的信赖——你们对我、我对你们的信赖才行，要不然我们会永远谈不清的。我这话是为你们着想才说的。现在我们谈正事，诸位，我们谈正事。主要是请你们不要那么刨根问底探究我的内心，不要用一些不相干的事情折磨它，只问正事和实情，我马上就可以让你们满意。那些琐碎事就抛到一边去吧！”

米卡这样嚷着。审讯重又开始了。

四

第二次磨难

“您不知道，德米特里·费多罗维奇，您这么乐意答复问题，使我们也受到了极大的鼓舞。”尼古拉·帕尔费诺维奇摘下了眼镜，兴致勃勃地开口说。他那鼓出的、虽大而十分近视的浅灰色眼睛里，露出明显的愉快神色。“您刚才说我们应该相互信赖，这话很对，在这样严重的案件上，要是受嫌疑的人真正愿意、希望而且能够为自己辩白，那么我们中间如果没有互相信赖，有时简直是不行的。从我们来说，我们将尽其所能努力去做，就是现在您也可以看出我们是在怎样处理这件案子的。您同意我的话吗，伊波利特·基里洛维奇？”他忽然对检察官说。

“毫无疑问。”检察官同意说，虽然和尼古拉·帕尔费诺维奇的热情相比，显得有点冷淡。

有一点我要在这里交代清楚：新到此地的尼古拉·帕尔费诺维奇从接事之日起就对我们这位检察官伊波利特·基里洛维奇十分敬重，而且差不多和他完全情投意合。几乎唯有他绝对相信我们这位“职务上受委屈”的伊波利特·基里洛维奇具有不寻常的心理学方面和辩论方面的天才，而且也十分相信他受了委屈。他在彼得堡时就听人说起过他。另外，年轻的尼古拉·帕尔费诺维奇也是全世界唯一为我们“受委屈”的检察官所衷心喜爱的人。他们俩在到此地来的途中就已经大致交换过意见，约定好关于办案的步骤，现在两人坐在桌旁，头脑敏锐的尼古拉·帕尔费诺维奇能从一言半语、一个眼色或眼睛的一眨中，就迅速地抓住和理解他的老前辈的每一个指示和他脸上的每一种表情。

“诸位，只要让我自己讲，不要用不相干的事和我打岔，我就可以一下子全都跟你们讲出来。”米卡的精神振奋了。

“好极了。多谢您。但是在听您的陈述以前，最好请您先让我再查明一件我们觉得极有意思的小事实：听说您昨天五点钟左右，用手枪做抵押，向您的朋友彼得·伊里奇·彼尔霍金借过十个卢布。”

“是押的，诸位，押了十个卢布。还有什么呢？刚刚出门回到城里的时候押的，就是这样子。”

“您出门回来？您出城去了吗？”

“出城去了，诸位，坐了四十多俄里马车，你们竟不知道吗？”

检察官和尼古拉·帕尔费诺维奇交换了一个眼色。

“总而言之，您在开始叙述的时候，先从昨天早晨起把一整天有系统地描写出来好吗？比如，请您说说：您出城去有什么事，什么时候走的，什么时候回来的，以及一切诸如此类的事实。”

“您一开头就应该这样问了，”米卡大笑说，“假使您愿意的话，不是应该从昨天说起，而是应该从前天，从前天早晨说起，那样您就可以明白我到哪里去，怎样去的，为什么事情去的。诸位，我前天早晨到此地的商人萨姆索诺夫那儿去，向他借三千卢布，有最可靠的抵押做保证，我是突然急需，诸位，突然急需……”

“容我打断您的话，”检察官客气地说，“为什么您忽然这样需要钱，而且恰巧是那个数目，是三千卢布？”

“唉，诸位，不必扯那些不相干的事：如何，什么时候，为什么，为什么恰巧需要这么多钱，而不是那么多钱，以及诸如此类的一大堆废话。照这样三卷书也写不完，还要加上一段后跋哩！”

米卡说这些话时，用的是一个真心实意想说出全部真情来的人那种好意却又不耐烦的亲昵态度。

“诸位，”他仿佛突然醒悟了过来，“你们别怪我爱闹别扭，我再次请你们相信，我是完全尊敬你们，也明白眼前的处境的。你们不要以为我喝醉了。我现在已经完全清醒了过来。即使酒醉，也并不碍事，我这人是这样的：

酒醒后聪明些——变得傻了；
酒醉后愚笨些——变得聪明了。

“哈，哈，不过，诸位，我明白，现在在还没有解释清楚以前，就在你们面前说玩笑话是不合适的。我也应当保持自己的尊严。我完全明白眼前的差别：不管怎么说，我在你们面前总是一个犯人，和你们的地位并不平等，你们是奉命监督我的一切的，你们总不能为了格里戈里的事反而慈爱地摸摸我的头。老实说砸破老人们的头也确实是不能不加惩罚的，因为这事你们要把我送交法庭，判我蹲上半年或一年反省院，我不知道你们怎样判，恐怕总不至于剥夺公权，不会剥夺公权吧，检察官？所以，诸位，我是明白这个差别的。……但是你们也要明白，你们用这类‘这一步是在哪里跨的？怎么跨的？什么时候跨的？跨上了什么路？’等等的问话，会把上帝都弄糊涂的。如果这样下去，把我弄糊涂了，你们立刻一把抓住，记录下来，那又会有什么结果呢？不会有什么结果的！即使我现在胡说起来，也要让我说完，你们诸位既是极有教养、极正直的人，就一定会原谅我的。归根结底，我的请求还是：请你们诸位别再搞那种老一套的审讯办法了吧，就是先从一点小事情，微不足道的事情开始：怎样起床，怎样吃饭，怎样吐痰，然后，‘在麻痹了犯人的注意力以后’，突然用一个惊人的问题弄得他措手不及：‘杀死了谁？抢了谁的钱？’哈，哈，这是你们的老一套，这已成了你们的常规，你们的全部把戏就都在这里面！你们可以用这类把戏麻痹乡下人，却麻痹不了我。我懂这一套，自己也担任过公职，哈，哈，哈！诸位，请别生气，你们会原谅我的狂妄无礼吧？”他大声嚷着，用一种几乎令人惊异的憨厚态度望着他们，“这是米卡·卡拉马佐夫说的话，所以是应该原谅的，因为对聪明的人不该原谅，对米卡是应该原谅的！哈，哈！”

尼古拉·帕尔费诺维奇听着也笑了。检察官虽然不笑，却锐利地、目不转睛地端详着米卡，好像不愿意放过他的一句话、一个字、一点点动作以至脸上神情的一点点细微的变化似的。

“可是我们一开始问您，”尼古拉·帕尔费诺维奇仍旧继续笑着回答说，“就没有用您早上怎样起床、吃什么东西等等的问题来打乱您，甚至一开头就是从极重要的事情上问起的。”

“这我明白，早就明白而且十分珍视，尤其珍视你们目前对待我的无比的好意，这正说明了你们心灵的无比高尚。我们现在是三个高尚的人碰在一起了，让我们把一切都建立在有教养、有共同的高尚出身和名誉的上流社会人士之间的相互信赖上吧。无论如何，请容许我把你们看作是在我一生的这一时刻，在我的名誉受侮辱的时刻的最好的朋友吧！诸位，你们不觉得这是冒犯吗？不觉得是冒犯吗？”

“相反，您这些话说得很好，德米特里·费多罗维奇。”尼古拉·帕尔费诺维奇用郑重和赞成的态度表示同意。

“至于那些琐碎问题，诸位，所有那些故弄玄虚的琐碎问题应该统统抛掉，”米卡兴高采烈地说，“要不然鬼知道会弄出什么事情来，对不对？”

“我愿意完全接受您的有见识的劝告，”检察官忽然插嘴对米卡说，“但是我仍旧不能不提刚才的那个问题。我们认为十分有必要知道，为什么您恰恰需要这个数目，恰恰需要三千。”

“为什么需要？总是为了这个或者那个原因，嗯，为了还债呗。”

“还谁？”

“这个我坚决拒绝回答，诸位！并不是因为我不能说，或是不敢说，或是怕说，因为这本来是小事，完全不相干的事，我不说，是因为这里有个原则问题：这是我的私人的生活，我不许人家干涉我的私生活。这是我的原则。您的问题和案件无关，一切与案件无关的就属于我的私生活范围。我打算还债，打算还名誉担保的债，至于还给谁——我不能说。”

“那就请让我们把这一点记录下来。”检察官说。

“请吧，您就记录说，我就是不能说，就是不能说。诸位请你们写下来吧，我甚至认为说出来是有损名誉的。你们真肯费工夫来记这些事情呀！”

“先生，容我警告您，假如您还不知道，我再提醒您一下，”检察官用极严肃的特别强调的口气说，“您完全有权利不回答现在对您所提出的问题，相反，如果您出于某种原因拒绝作答的话，我们也没有任何权利强迫您回答。这完全根据您自己的想法来决定。但是在逢到发生和现在相类似的情况时，我们有义务对您明白和详细地说明您在拒绝做某一种供词时，将给自己带来多么大的害处。现在请您继续说下去。”

“诸位，我并不生气，我……”米卡嗫嚅地说，被这几句话的强调口气弄得有点心慌了，“你们知道，诸位，我当时去找的那个萨姆索诺夫……”

我们自然用不着把他所讲的那些读者已经知道的事再详细复述一遍。供述人急于想讲得十分仔细，同时又想越快讲完越好。但是因为一面供述，一面要记录下来，所以不得不时常打断他。德米特里·费多罗维奇不满意这办法，但还是服从了，虽然生气，却暂时还保持着好脾气。固然他有时嚷着：“诸位，这连上帝也会发疯的。”或是：“诸位，你们知不知道，你们这完全是无缘无故招我生气？”但是嘴里尽管这样嚷，却暂时仍没有改变他那友好热烈的心情。因此，他供述了萨姆索诺夫前天怎样“愚弄”他（现在他已经完全意识到他受了愚弄）。关于把表卖了六个卢布做路费的事，是检察官和预审推事完全不知道的，这立刻引起了他们特别的注意，却使米卡感到无比生气，因为他们竟认为必须把这一点详细记录下来，作为一项附带的旁证，证明他头天晚上就几乎一个钱也没有了。米卡渐渐变得阴郁了。接着，在描述了他去找“猎狗”的那次旅行，和在烟熏的农舍里度过的那一夜之后，又一直说到了他怎样回城，说到这里，他并没有特别经别人请求，就详细说起他为格鲁申卡吃醋的苦恼感情来。大家沉静而全神贯注地听他说着，特别注意地弄清了这样一件事，那就是他在费多尔·巴夫洛维奇宅后，玛丽亚·孔德拉奇耶芙娜家里，早就设置了一个监视格鲁申卡的瞭望哨，还有斯麦尔佳科夫替他传消息；这事他们非常注意，并且记录了下来。他热烈而且全面地讲到他的醋意；虽然他把自己极隐秘的情感暴露出来“被大家耻笑”，内心里不免感到羞惭，但是为了做到真实不欺，显然在尽量克制这种羞惭。预审推事，特别是检察官在他供述时一直紧盯着他的目光中那种冷淡的严肃态度，最后弄得他心里很不舒服。“这个小孩子尼古拉·帕尔费诺维奇，我和他几天以前还谈论关于女人的傻话，还有那个痨病鬼检察官，都不值得我对他们讲这些事，”他的脑子里忧郁地这样想，“真可耻！”“忍着吧！驯顺下去，沉默下去吧！”他用这样一句诗作为结束，不再想下去。但他仍旧再次振作精神，以便继续讲下去。当他改换话题开始讲霍赫拉柯娃太太的事的时候，甚至重又愉快起来，甚至想特别讲讲新近有关于这位太太的一件与本案无关的小趣闻，但是预审推事止住了他，客气地请他转到“比较重要的话题”上去。最后，在描述了他大失所望的心情，讲到他从霍赫拉柯娃家中出来，甚至想“就是杀个什么人也要弄到三千卢布”的时候，人家又把他止住，记录了他“想杀人”的话。米卡一声不吭地听任他们记录。后来他讲到他忽然知道格鲁申卡骗他，他送她到萨姆索诺夫家去，她虽然亲口说她在老人家中要坐到半夜，却立刻离开了那里，说到这儿他忽然迸出一句：“诸位，我当时没有杀死那个费尼娅，只是因为我没有工夫。”这句话也被仔仔细细记录了下来。米卡阴郁地接着说下去，刚开始讲他怎样跑进父亲的花园，预审推事忽然止住他，打开放在沙发上面他身旁的大公事皮包，从里面掏出铜杵来。

“您认识这个东西吗？”他给米卡看。

“啊，是的！”他阴郁地苦笑了一下，“怎么不认识呢？让我看一看……见鬼，不用了！”

“您忘了提到它了。”预审推事说。

“见鬼！我不应该瞒你们，想不提它是不成的，您大概在这样想吧？其实只不过是偶尔忘记罢了。”

“劳您驾仔细讲一讲，您是怎么用它做武器的。”

“好吧，诸位，我可以劳驾。”

于是米卡讲他怎样取了铜杵跑开。

“可是您准备这家伙有什么目的？”

“什么目的？一点目的也没有！抓住就跑了。”

“既然没有目的，那拿它干什么？”

米卡心里气往上冲。他盯了这“小孩”一眼，阴郁而又恨恨地苦笑了一声，——他对他刚才这样诚恳而自愿地对“这种人”讲述他的吃醋的经过，越来越感到羞愧了。

“这倒霉的铜杵！”他突然迸出这句话来。

“但到底拿它干什么？”

“为了防狗才拿它的。夜里很黑，防备发生万一的事情。”

“您那么害怕黑暗，以前夜里出门的时候，也带着什么武器吗？”

“唉，真是见鬼！诸位，我简直没法子跟你们说话！”米卡恼火到极点地嚷了起来。他转身向着书记，气得满脸通红，带着一种疯狂的口气，迅速地对他说：“你就记录下来，马上记录下来，‘抓起铜杵，预备跑去杀死我的父亲……费多尔·巴夫洛维奇……当头一下’，你们现在满意了吧，诸位？开心了吧？”他用挑衅的神情盯着推事和检察官。

“我们很明白，现在您的供词是在对我们生气并且对我们所提的问题发火的时候说出来的——这类问题您认为极琐碎，实际上是很重要的。”检察官冷冷地回答他。

“哎呀，诸位！是的，我抓了一个铜杵，是的，为什么在发生这类事情的时候手里要抓点什么东西呢？我不知道为什么。抓起就跑了。就是这样子。真丢脸，诸位，就这样[1]，不然我真要起誓不讲下去了！”

---

1 原文为法语：passons.

他用肘支着靠在桌上，手托着头。他斜对着他们坐在那里，眼望着墙，努力抑制心里的恶劣情绪。他确实真想站起身来，宣布他不再说一句话：“哪怕立即被处死也不说。”

“你们瞧，诸位，”他忽然勉强地控制着自己说，“你们瞧，我一面听你们说话，一面好像又做起梦来。你们瞧，我有时睡觉的时候老做一个梦，那样一个梦，我时常做，时常重复，梦见好像有一个人追我，一个我极为惧怕的人，在夜里、黑暗中追赶着，寻找我。我逃避他，躲在门后，或是橱柜后面，不顾有失身份地躲起来。最糟的是他明知道我躲在什么地方，但是故意假装不知道我在什么地方，以便再折磨得我长久些，拿我的恐怖取乐。现在你们就是那样的做法！就像那样！”

“您常做这种梦吗？”检察官问。

“是的，我常做这种梦，您要不要记录下来？”米卡佯笑着说。

“不，不用记录，但是您的梦是很有意思的。”

“可现在已经不是梦！现在是现实，诸位，生活的现实！我是狼，你们是猎人，你们在那里猎狼哩。”

“您打这样的比喻是多余的……”尼古拉·帕尔费诺维奇十分温和地正要说下去。

“并不多余，诸位，并不多余！”米卡又暴躁起来，尽管显然由于突然发泄了一顿怒气，心里好过了一点，语气中逐渐恢复了善意，“你们可以不相信被你们的问题所折磨的犯人或被告，但是对于高尚的人，对于高尚的心灵流露（我要斗胆地这样说！）你们不能不相信，你们甚至没有权利不相信，不过：

沉默吧，心儿，
忍着吧，驯顺下去，沉默下去吧！

“嗯，怎么样？继续说下去吗？”他阴郁地打断了话头。

“自然喽！请吧！”尼古拉·帕尔费诺维奇回答。

五

第三次磨难

米卡虽然供述时说得没精打采，但是显然更加竭力想不忘了也不漏掉自己所讲的事情里任何一个细节。他讲他怎样越过围墙，到父亲的花园里，怎样走到窗前，后来又讲了窗下所发生的一切事情。他确切、明白而口齿清晰地叙述了在花园里那会儿使他心中激动的情绪，当时他渴望着弄清楚：格鲁申卡究竟在不在父亲家里？但奇怪的是，这回检察官和预审推事听着的神气似乎完全不动声色，目光很冷淡，提出的问题也比刚才少得多。米卡从他们脸上什么也瞧不出来。“他们不高兴了，生气了，”他想，“那就随他吧！”在他讲到他怎样决定给父亲一个暗号，表示格鲁申卡来了，让他开窗子的时候，检察官和预审推事简直毫不注意“暗号”两个字，好像完全不明白这两个字具有什么意义，这连米卡也注意到了。最后，他讲到他看见父亲探身出来，他心里不由得涌起了满腔憎恨，从口袋里掏出了铜杵来，说到这里，他忽然似乎故意停住了。他坐在那里瞧着墙壁，心里知道他们的眼光正紧紧地盯在他的身上。

“哎，”预审推事说，“您掏出了武器，以后……以后发生了什么事情呢？”

“以后吗？以后就杀死了……对准他的头顶就是一下子，砸破了他的脑壳，就是这样，照你们说来一定就是这样！”他的眼睛忽然冒起火来。刚熄灭了的全部怒火突然又异常猛烈地在他的心里升了起来。

“照我们说来是这样，”尼古拉·帕尔费诺维奇重复着他说的话，“那么照您说来呢？”

米卡垂下眼皮，沉默了好大工夫。

“照我说来，诸位，照我说来是这样的，”他轻声说，“也不知是由于谁的眼泪呢，还是由于我的母亲在向上帝祷告，或是由于光明的神在这时候吻了我一下，我不知道，但是当时魔鬼被战胜了。我猛然离开窗子，向围墙那边跑去。父亲吓了一跳，这时才看到了我，他叫了一声，急忙从窗前跳开，这是我记得很清楚的。而我这时正穿过花园，奔向围墙，就在我已经骑在围墙上的时候，格里戈里追上了我。”

他终于抬起眼睛来看着听话的人。他们好像正十分专心地注意看着他。米卡的心里又掀起一阵愤激的波澜。

“诸位，你们这时候正在那里笑我哩！”他突然打住了话头。

“为什么您这样想？”

“为什么？就因为你们一句话也不相信我！我明白现在已经谈到了要害问题上：老头子现在躺在那里，脑袋被砸破了，可是我在悲剧般地描写了怎样想杀死他，怎样已经掏出了铜杵来以后，忽然又从窗前跑开了。简直是传奇！简直是作诗！这样一个滑头家伙能凭空口白话相信他吗？哈，哈！诸位，你们都是些喜欢嘲弄的人啊！”

他在椅子上剧烈地转过身去，连椅子都嘎吱吱地响了。

“您有没有注意到，”检察官忽然开口说，似乎根本没有察觉到米卡的激动情绪，“您从窗边跑开的时候有没有注意到：厢房另一头的园门是不是开着？”

“不，没有开。”

“没开吗？”

“正相反，是闩着的，而且谁会去开那扇门呢？对了，那扇门，等一等！”他似乎忽然醒悟过来，几乎哆嗦了一下，“难道你们发现门开着吗？”

“开着。”

“如果你们自己没开，那会是谁开的呢？”米卡忽然感到万分惊奇。

“门是开着的，杀死您的老太爷的凶手一定是从那扇门进去，在行凶之后仍旧从那扇门出来的。”检察官一字一句缓慢清晰地说，“我们看得很清楚。凶手显然是在屋内动手，并不是隔着窗子杀的，这个可以从我们所做的侦查中，从尸体的位置上，从一切情况里清清楚楚地看出来。这事是不会有任何疑问的。”

米卡惊愕得什么似的。

“可这是不可能的，诸位！”他嚷起来，简直完全被弄糊涂了，“我……我没有进去，我可以肯定，确切地告诉你们，我在花园里，直到逃出花园为止的全部时间中，那扇门是关着的。我只是站在窗下，从窗里看见他，仅仅只是这样，只是这样。一直到最后一分钟的情景我也记得的。即使不记得，也一样知道，因为暗号只有我和斯麦尔佳科夫两人知道，还有死者知道，不听见暗号他是不会给世上任何人开门的！”

“暗号？什么暗号？”检察官带着贪婪的，差不多近于神经质的好奇心说，一下子把他那副冷静、威严的姿态全忘掉了。他问话时，显出一副提心吊胆的神气。他嗅到了一个他还不知道的重要事实，立即感到恐慌得要命，生怕米卡也许会不愿意完全说出来。

“你们竟还不知道！”米卡对他挤了挤眼，露出嘲弄的、恶毒的微笑，“那么假如我不说出来，你们怎么办？你们向谁去打听呢？知道暗号的只有死者、我和斯麦尔佳科夫，再没有别人，还有上天知道，可它决不会告诉你们。而这件小事是极有意思的，谁知道在这基础上可以构筑出什么样的鬼玩意儿来呀！哈，哈！你们放心吧，诸位，我会说出来的。你们的脑子里尽是些蠢念头。你们不知道在同谁打交道！你们面前的这个被告是会自己指控自己，自己做出不利于自己的供词的！是的，因为我是捍卫荣誉的骑士，而你们不是！”

检察官默默容忍着这些带刺的话，只是焦急得发抖地一心想要知道新的事实。米卡把有关费多尔·巴夫洛维奇替斯麦尔佳科夫设计的暗号的一切事实，都详尽明确地告诉了他们，讲了每一种敲窗的含义，甚至还在桌上敲出这几种暗号给他们听。尼古拉·帕尔费诺维奇问他，在他敲老人的窗子的时候，是不是敲的正是“格鲁申卡来了”那个暗号，他明确地回答他正是敲的这个暗号。

“现在你们可以在这上面建造高塔了吧！”米卡收住了话头，又带着轻蔑的神气转过去背着他们。

“知道这些暗号的的确只有您的去世的老太爷、您和仆人斯麦尔佳科夫吗？再没有别人了吗？”尼古拉·帕尔费诺维奇又问了一次。

“是的，仆人斯麦尔佳科夫，还有天。把关于天的话也记录下来，记录下来不会是多此一举。连你们自己也会需要上帝的。”

自然记录了下来。但在记录的时候，检察官好像完全是偶然想到了一个新念头似的，突然说道：“既然斯麦尔佳科夫知道这些暗号，而您又根本否认在您的老太爷被害这件事上的一切指控，那么会不会是他敲出了约定的暗号，使您的老太爷给他开门，然后就……干下了这桩罪行？”

米卡用嘲笑而同时又极为憎恨的眼光，深沉地盯着他看。他一声不响地盯了很长时间，检察官的眼睛不由得眨了一眨。

“又捉住了狐狸！”米卡终于说，“踩住了这混账东西的尾巴！哈，哈！我看透了您的想法，检察官！您一定以为我马上就要跳起来，抓住您对我暗示的话，扯开嗓子大喊起来：‘哎呀，准是斯麦尔佳科夫，他就是凶手！’您承认您就是这样想的吧，您承认了，我才继续说下去。”

但是检察官并没有承认。他默不作声，仍旧等待着。

“您弄错了，我不会大喊大叫地指控斯麦尔佳科夫的！”米卡说。

“甚至一点也不怀疑他？”

“您怀疑他吗？”

“也怀疑他。”

米卡垂下眼睛望着地板。

“开玩笑归开玩笑，”他开始阴郁地说，“告诉你们吧：从一开始，差不多还在我刚从帘子后面跑出来的时候，我就有过这个念头：‘是斯麦尔佳科夫！’等我坐在这张桌旁，大声嚷着说我没有犯杀人罪的时候，我心里也一直在想：‘是斯麦尔佳科夫！”他一直没有离开我的脑子。刚刚也忽然又想到了‘斯麦尔佳科夫’，但是只有一秒钟的工夫，就立刻想道：‘不，这不是斯麦尔佳科夫！’这不像是他干的事情，诸位！”

“那么，您还怀疑另外的什么人吗？”尼古拉·帕尔费诺维奇谨慎地问。

“不知道是谁，是什么人，是上天的手，还是撒旦的手，但是……不是斯麦尔佳科夫！”米卡坚决地说。

“但您为什么这样坚决断然地肯定不是他呢？”

“根据信念，根据印象。因为斯麦尔佳科夫这人生性下贱，而且是个胆小鬼。还不单是胆小鬼，而是长着两只脚的世上全部懦怯性的总代表。他生下来就胆小如鼠。他同我说话的时候，每次总打哆嗦，怕我要杀死他，其实我连手都不曾动一动。他对我下跪，哭泣，他的的确确就吻我脚上的靴子，求我‘不要吓唬他’。你们听：‘不要吓唬他’——这简直是什么话呀？我甚至还赏他钱。他是一只有病的小鸡，害着羊癫病，脑子里不健全，八岁小孩都可以揍他一顿。这还说得上有什么性格吗？诸位，这不是斯麦尔佳科夫干的。何况他也不爱钱，从来不肯收我的赏赐。……再说他干吗要杀死老头子？要知道他可能是他的儿子，他的私生子哩，你们知道吧？”

“我们听到过这个传说。但是您不也是您父亲的儿子吗，可您自己还对大家说过，您想杀死他哩。”

“这是朝人家菜园里扔石头！而且是一块卑鄙龌龊的石头！我不怕！唉，诸位，你们当面对我说这样的话未免太卑鄙了！之所以说卑鄙，是因为那是我自己对你们说出来的：我不但想杀，而且也真有可能杀了他，我还自己给自己安上罪名，说我差点把他杀死了！但我到底并没有杀死他，我的护身天使救了我，可是对于这一层你们却毫不考虑。所以你们是卑鄙的，卑鄙的！因为我并没有杀，没有杀，没有杀！检察官，您听着：我没有杀！”

他说得几乎喘不过气来。在整个审讯过程中，他还从来没有这样激动过。

“那么他对你们又是怎么说的呢，诸位，那个斯麦尔佳科夫？”他沉默了一会儿以后，忽然说，“我能问你们这个问题吗？”

“您可以向我们询问一切问题，”检察官用冷淡严肃的态度回答，“一切有关本案事实的问题，至于我们，容我再说一遍，甚至有责任答复您的每一个问题。我们发现您所问的仆人斯麦尔佳科夫躺在床上，失去了知觉，正在发着极厉害的羊癫风，也许已是接连第十次发作。跟我们一块去的医生检查他以后，甚至对我们说他也许活不到早晨。”

“这样说来，是魔鬼杀死了父亲！”米卡忽然脱口说出了这句话。似乎直到此刻他还一直在自忖着：“究竟是不是斯麦尔佳科夫呢？”

“我们以后再谈这件事，”尼古拉·帕尔费诺维奇决定说，“现在请您再继续您的口供好吗？”

米卡请求休息一会儿。他们很客气地允许了他。休息以后，他又继续说下去。但是他显然感到很痛苦。他已经饱受了折磨、屈辱和精神上的打击。而检察官现在又好像故意似的，老是纠缠一些“琐碎事”来惹他生气。米卡刚说到他怎样骑在围墙上头，用铜杵打抓住他的左腿的格里戈里的头，接着又连忙跳下来去看被打倒的人，检察官立刻止住他，请他更详细点说说，他是怎样骑在围墙上的。米卡感到很奇怪。

“就这样坐着，骑着，一只脚在里面，另一只脚在外面。”

“铜杵呢？”

“铜杵在手里。”

“不在口袋里吗？这一点您记得很清楚吗？好吧，那么您抡胳膊的时候用力很猛吗？”

“大概很猛。您这是什么意思？”

“能不能请您就像那时骑在墙上那样地骑在椅子上，而且为了弄清真相，请您给我们当面表演一下，您的胳臂是怎样，朝哪里抡的，往哪个方向？”

“您这不是拿我开心吗？”米卡问，傲慢地望着审讯者，但对方却连眼睛也没有眨一下。米卡猛地转过身子，跨在椅子上，抡了一下手臂。

“就是这样打的！就是这样杀死的！您还要什么？”

“谢谢您。现在请您费神说明一下：您究竟为什么跳下来，抱着什么目的，有什么用意？”

“见鬼，……跳下来看被打倒的人……我也不知道为了什么！”

“这可是在十分惊惶、正想逃走的时候啊？”

“是的，是在十分惊惶、正想逃走的时候。”

“你想救护他吗？”

“什么救护……是的，也许是想救护，我记不清了。”

“当时就头脑不清吗？那就是说，甚至处于一种茫然的状态吗？”

“不，完全不是茫然状态，全都记得的，连一丝一毫的细节都记得。我跳下去看了一看，就用手帕擦他的血。”

“我们看见了您的手帕。您希望让被您打倒的人活过来吗？”

“不知道希望不希望，只是想弄明白他活着没有。”

“哦，只是想弄明白？结果怎么样呢？”

“我不是医生，不能断定。我逃走了，我以为已经把他打死了，但是他竟醒了过来。”

“好极了。”检察官最后说，“谢谢您。我就需要知道这一些。费心再继续下去吧。”

可惜，米卡竟没有想到说出来，虽然他是完全记得的，他的跳下去是出于怜悯心，当他站在被害者跟前时，甚至还说过几句伤心的话：“老头子恰巧碰上了，有什么办法，只好让他躺着吧。”检察官却只得出了一个结论，那就是这个人“在这时候，这样惊惶地”跳下来，只是为了想确切地弄明白：他的犯罪的唯一的证人还活着没有？

照这样说来，这个人甚至在这种时候竟还有这样的魄力、果断、冷静和精细的心思啊……。检察官很满意：“用‘琐碎事’把这病态的人惹上火来，他果然就说漏了嘴。”

米卡痛苦地继续说下去。但这次尼古拉·帕尔费诺维奇又马上打断了他：“您的手上染满了血，后来发现脸上也有，怎么能跑去找费尼娅呢？”

“可我当时并没有注意到我身上有血呀！”米卡回答。

“这也是可能的，常有这样的情形。”检察官对尼古拉·帕尔费诺维奇使了个眼色。

“真是没有注意，您这话说得很对，检察官。”米卡也突然表示起赞许来。但以下接着说到米卡突然决定“自己让路”和“让幸运的人从自己身旁走过去”的这段经过时，他已经怎么也下不了决心再像刚才那样吐露自己的真心，讲他“心灵上的女王”了。他对这些冷漠无情，“像臭虫般叮着他不放”的人感到讨厌。因此对他们反复提出的疑问，他只是用这样几句简单而干脆的话来回复：“我就是决定自杀嘛。还继续活下去干吗？这是自然而然地提出来的问题。她的以前的那位无可争辩的旧情人来了，他曾经错待过她，但是五年以后又带着爱情跑了来，准备以正式结婚来补偿过错。我就明白一切对我来说都已经完了。而背后又有耻辱在威胁着我，再加上这个血，格里戈里的血。再活下去干吗？于是跑去赎出抵押的手枪，装上子弹，预备到黎明就把它打进自己的脑袋。”

“而夜里痛饮一番？”

“夜里痛饮一番。唉，真见鬼，诸位，快些问完吧。我确实打算自杀，就在这村子后面不远的地方，准备在早晨五点钟了结我自己，口袋里已藏好了一张纸条，是在彼尔霍金那里装手枪的时候写的。这张纸条就在这里，你们念一下吧。我的话不是专为骗你们而编的！”他突然轻蔑地补充了一句。他从背心口袋里掏出那张纸条来，朝着他们往桌子上一扔；预审官们好奇地读了一遍，照例把它归了卷。

“您甚至在走进彼尔霍金先生家里去的时候，还不想把手洗洗干净吗？这么说，您并不怕嫌疑？”

“什么嫌疑？有没有嫌疑还不是一样，我反正准备上这儿来，五点钟就自杀，你们什么也来不及干了。如果不是出了父亲的案子，你们一定还什么也不知道，也不会上这里来的。唉，这是魔鬼干的，魔鬼杀死了父亲，你们也一定是靠了魔鬼才那么快就知道的！你们怎么这样快就赶了来？真奇怪，真想不到！”

“彼尔霍金先生告诉我们，您到他家里去的时候，手里攥着……在沾满血的手里攥着……您那些钱，许多钱，一大沓一百卢布的钞票，侍候他的那个小男仆也看见的！”

“是的，诸位，记得是这样的。”

“现在碰到了一个小问题。您能不能告诉我们，”尼古拉·帕尔费诺维奇特别温和地开始说，“您从哪里忽然弄到这许多钱？从案情看，甚至按时间计算，您中间并没有回家去过呀！”

检察官对于这样直率地提出这个问题，略为皱了皱眉头，但是并没有打断尼古拉·帕尔费诺维奇的话。

“对，没有回家。”米卡回答，显然很镇静，但眼睛却盯着地上。

“既然这样，容我再重问一句，”尼古拉·帕尔费诺维奇继续说，好像在小心套出对方的话来，“您从哪里一下子竟弄到这样大的数目？因为根据您自己承认的话，您在那天五点钟的时候还……”

“还为了缺十个卢布，向彼尔霍金抵押了手枪，以后又想向霍赫拉柯娃太太借三千卢布，她没有给，以及如此等等的废话。”米卡不客气地打断，用异常坚决的口气一字一句地说，“不错，诸位，我缺少钱，但是忽然又有了几千卢布，是不是？跟你们说，诸位，你们两人现在正在提心吊胆：万一不肯说从哪里来的，可怎么办呢？恰恰如此：我不肯说，诸位，你们猜对了，你们没法知道的。”

预审官们沉默了一会儿。

“您该明白，卡拉马佐夫先生，这是我们必须知道的。”尼古拉·帕尔费诺维奇温和地轻声说。

“我明白，但尽管这样还是不说。”

检察官又插嘴了，他再度提醒说，被审讯的人如果认为这样对自己最有利，自然也可以不回答提出的问题，但是嫌疑犯将因为沉默使自己蒙受极大的损害，特别是因为问题这么重要。

“怎么长怎么短，怎么长怎么短！够了，我已经听见过这类告诫了！”米卡又打断他说，“我自己也明白案情重大，这又是极要害的情节，但尽管这样我还是不说。”

“这对我们有什么关系？这又不是我们的事，这是您的事，您会自己害了自己的。”尼古拉·帕尔费诺维奇有点沉不住气地说。

“诸位，你们瞧，玩笑归玩笑，”米卡抬起目光直望着他们两人，“我一开始就预感到，我们在这个关节上会顶牛的。但是方才我刚开始提出供词的时候，一切还在遥远的雾里，一切都还模糊不清，我甚至还脑筋简单到一开头先提议‘相互间的信任’。现在我看出根本不会有这种信任，因为我们迟早要碰到这堵该死的墙的！现在果然碰到了！不成，算了吧！但是我并不责备你们，你们自然也不能只凭我的话就相信我，我很理解这一点！”

他阴郁地不作声了。

“您能不能一方面丝毫不违背您对主要情节保持沉默的决心，一方面仍多少给我们一点点暗示：究竟是什么强烈的动机，竟使您在供到与您本身有极大利害关系的一个问题上，竟坚决不肯讲？”

米卡忧郁而似乎有点沉思地笑了一笑。

“我比你们所想的要善良得多，诸位，我可以告诉你们为什么，可以给你们这个暗示，虽然你们并不值得我这样做。诸位，我之所以不肯讲，是因为这是我的耻辱。在‘钱从哪里弄来的’这个问题的答案里，包含着一个对我来说极大的耻辱，甚至即使我果真做了这杀父谋财的事，也不能和这个耻辱相比。这就是我不能说的原因。我是因为耻辱而不能说的。诸位，你们也想把这话记录下来吗？”

“是的，我们要记录下来。”尼古拉·帕尔费诺维奇嘟囔说。

“你们不应该记录关于‘耻辱’的话。我本可以不供的，只是出于好心才对你们供了出来，可以说是给你们的赠礼，可是你们立刻就抓住了。唉，你们写吧，你们随便写吧，”他轻蔑而厌恶地说，“我不怕你们，而且……对你们感到自豪。”

“您能说这是什么样的耻辱吗？”尼古拉·帕尔费诺维奇低声说。

检察官皱紧了眉头。

“不，不，到此为止[1]，你们不必瞎费劲了。不值得弄脏了自己的手。就这样我也已经为了你们弄脏了自己的手了。你们不配，你们也好，别的任何人也好，都不配。够了，诸位，我不再说下去了。”

这些话说得十分决绝。尼古拉·帕尔费诺维奇不再坚持，但是从伊波利特·基里洛维奇的眼神里一下子看出他还没有失去希望。

“至少能不能请您说明一下！您手里拿着那笔钱走进彼尔霍金先生家里的时候，数目有多大？是多少卢布？”

“这我也不能说。”

“您好像对彼尔霍金声明过您那是三千卢布，是从霍赫拉柯娃太太那里拿到的？”

“也许声明过。够了，诸位，我不会告诉你们是多少。”

“既然这样，就请您讲一下，您是怎样到这里来的？来到以后做了些什么？”

“哦，这个你们可以问这里所有的人。但是我也可以说一说。”

他讲了起来，但是我们不再复述他的话了。他讲得很枯燥，很简单。关于他爱情方面的欢欣心情根本就没有讲。却说到因为“发生了新的事实”，他自杀的念头打消了。他在供述中并没有说出理由，并没讲详情细节。预审官们这回也不大去烦扰他。显然，他们也认为现在主要的关键不在这上面。

“这一切我们会加以查核。在讯问证人的时候都还要再提到，那时候您当然也会在场的。”尼古拉·帕尔费诺维奇结束这段审讯时这样说，“现在我对您有一个要求，把您身上所有的东西，主要是您现在还剩下的钱，全都取出来，放在桌子上。”

---

1 原文为法语：c’est fini.

“钱吗，诸位？好的，我明白必须这样。我甚至奇怪，你们早怎么没有注意这点。当然，我一直当众坐在这里，也跑不了。好吧，这是我的钱，请数一数，拿去吧，大概全在这里了。”

他把口袋里的钱全都掏了出来，连背心口袋里的两个二十戈比的钱币也取了出来。数了数，一共八百三十六卢布四十戈比。

“就是这么些吗？”预审推事问。

“就是这些。”

“您刚才供述的时候说，在普洛特尼科夫的小铺里留下了三百卢布。给了彼尔霍金十个卢布，马车夫二十个卢布，在这里输了二百，还有……”

尼古拉·帕尔费诺维奇把全部数目核了一遍。米卡很乐意地帮他计算。每个戈比都记了起来，加在账里。尼古拉·帕尔费诺维奇草草总结了一下。

“加上这八百，您最初大约有一千五，是不是？”

“大概是的。”米卡干巴巴地回答说。

“为什么大家都说还要多得多呢？”

“让他们说去好了。”

“您自己也说过。”

“我自己也说过。”

“这问题我们还可以根据其他尚未查问过的人的旁证来加以核对。您不必担心您的钱。这些钱将会保存在适当的地方，等结束了整个……目前发生的事……以后，如果发现，或者说证明您毫无疑问对这些钱有充分权利的话，就会如数发还给您。嗯，现在呢……”

尼古拉·帕尔费诺维奇忽然站起来，断然地向米卡宣告，他“不得已必须”对他进行一次一丝不苟的详细检查，“既包括您的衣服，也包括其他一切……”

“好吧，诸位，我可以把所有的口袋都翻过来，假使你们愿意。”

他真的开始翻口袋。

“甚至还必须脱下衣服。”

"怎么？脱衣服吗？见鬼！就这样搜查好不好？不能这样吗？"

"无论如何不行，德米特里·费多罗维奇。必须脱下衣服。"

"随你们便吧，"米卡带着阴郁的神情服从了，"不过请不要在这里，到帘子后面去。谁来检查？"

"自然在帘子后面。"尼古拉·帕尔费诺维奇点头表示同意。他那张小小的脸甚至露出特别庄严的样子。

六

检察官捉住了米卡

这是米卡完全意料不到，万分惊异的事。他以前，即使在一分钟以前也决想不到竟有人敢这样对付他，这样对付米卡·卡拉马佐夫！最坏的是这里面有一种使他感到屈辱，而他们却可以“趾高气扬，看不起他”的意味。脱去上衣还没有什么，但是竟请他还要继续脱。而且并不是请他，实际上是命令他；这一点他很明白。出于骄傲和轻蔑的心情，他完全服从，一句话也不说。走进帘子后面来的除掉尼古拉·帕尔费诺维奇以外还有检察官，同时还有几个乡下人在场。“自然是为了实力警戒，”米卡心想，“也许还为了别的什么。”

“怎么样，难道连衬衫也要脱吗？”他没好气地问，但是尼古拉·帕尔费诺维奇没有回答他：他和检察官两人正专心检查上衣、裤子、背心和制帽，显然他们两人对于这次的检查非常感兴趣。“完全不讲礼貌，”米卡心里这样想，“甚至连最起码的礼貌也不顾了。”

“我再一次问你们：衬衫究竟要不要脱？”他更加恼火和不客气地说。

“您不要急，我们会通知您的。”尼古拉·帕尔费诺维奇回答说，甚至带点命令式口气。至少米卡觉得是这样。

这当儿检察官和预审推事两人正在全神贯注地小声商量。上衣上面，特别是在左后背的衣裾上，发现了一大片血迹，又干又硬，还没有怎么揉皱变软。裤子上也有。尼古拉·帕尔费诺维奇当着见证人在场，还亲自用手指头在领子上、袖口上、上衣和裤子的所有接缝上摸索起来，显然在寻找什么，自然是钱。最坏的是他们对米卡并不隐瞒自己的怀疑，疑心他也许把钱缝在衣裳里面了。“这简直是对待贼，不是对待一位军官。”他暗自嘟囔。他们还当着他的面互相交换看法，坦率得出奇。例如，也在帘子后面忙忙碌碌献殷勤的书记提醒尼古拉·帕尔费诺维奇注意那顶已经摸过了的制帽。“您记得那个文书格里坚科吧，”书记说，“夏天去领全体人员的薪俸，回来以后说喝醉了酒遗失了，后来在哪里发现的呢？就在帽边的这类缝脚里，把一百卢布的钞票卷成细圆筒，缝在帽边里。”格里坚科的事检察官和预审推事都记得很清楚，所以就把米卡的帽子也留下来，决定以后连同全部衣裳都要认真地再检查一下。

“请问，”尼古拉·帕尔费诺维奇看见米卡衬衫右手向里卷起的袖口全都染上了血，忽然喊了出来，“请问：这是什么，血吗？”

“血。”米卡干脆地回答。

“可这是什么血呀？为什么又把袖子卷在里面？”

米卡说他在张罗格里戈里的时候玷污了袖口，后来在彼尔霍金家中洗手的时候就把它卷进里面去了。

“您的衬衫也不能不留下，这是很重要的……物证。”米卡听着脸涨得通红，气极了。

“那叫我怎么，光着身子吗？”他喊道。

“您别着急，我们会想法子解决的，现在劳驾脱下袜子来。”

“你们这不是开玩笑吗？难道真的必须这样？”米卡的眼里冒出火来。

“我们没有心思开玩笑。”尼古拉·帕尔费诺维奇严厉地反驳说。

“好吧，既然是必需，那我……”米卡嘟囔说，就坐在床上脱起袜子来。他感到难堪得厉害：大家都穿着衣服，只有他一个人光着身子，而且奇怪的是，他一脱了衣服，就仿佛自己也觉得在他们面前是有罪的，更坏的是他几乎自己也承认自己真的忽然变得比他们大家都卑下，现在他们已经完全有权瞧不起他了。“大家都脱光了衣裳，并不害羞，一个人脱光了让大家瞧着，那可真是耻辱！”他的脑子里反复闪过这个念头，“就好像在梦中似的，我在梦中有时梦见过自己遭到这类的耻辱。”但尤其对于脱袜子他简直感到十分苦恼：他的袜子很不干净，贴身内衣也是的，而现在大家全都看见了。尤其是他自己不喜欢自己的脚，不知为什么，总认为他的两个大脚趾太难看，而右脚上那个不知怎么向下弯的又粗又扁的大指甲更加特别难看，可是他们现在全都看见了。由于忍不住的羞惭，他突然变得更加粗暴了，甚至是故意显得粗暴。他自动扯下了身上的衬衫。

“要不要再在什么地方搜一下，如果你们不害臊的话？”

“不，暂时不必。”

“怎么，就让我这样光着身子？”他气狠狠地说。

“是的，暂时只好这样。暂时劳驾先坐下，可以从床上取一床被子裹一裹，我……我马上都安排好。”

所有的东西全给见证们看过，写下了检查记录，最后尼古拉·帕尔费诺维奇走了出去，衣服也由别人拿着跟了出去。伊波利特·基里洛维奇也出去了。只留下几个乡下人和米卡在一起，默默地站着，目不转睛地盯着他。米卡觉得冷，用被子裹住了身子。他的光脚露在外面，他怎么也没法用被子盖住。尼古拉·帕尔费诺维奇不知为什么许久不回来。“等得使人心烦。他简直把我当一只小狗看待，”米卡咬牙切齿地说，“那个讨厌的检察官也走了，一定由于看不下去才走的，他看到光身的人感到难受了。”米卡一直还认为，他的衣服拿到什么地方检查过以后，一会儿就会送回来的。但使他生气至极的是尼古拉·帕尔费诺维奇忽然回来了，带来了完全另一套衣服，由一个乡下人跟在他后面拿着。

“这是给您的衣服。”他轻松地说，显然很满意自己事情办得很顺利，“这是卡尔干诺夫先生为这次有意思的事件自愿提供的，还给了您一件干净衬衫，这些正巧在他的皮箱里都带着。贴身内衣和袜子您仍旧可以穿自己的。”

米卡几乎气炸了。

“我不要穿别人的衣服！”他恶狠狠地嚷道，“把我的拿来！”

“办不到。”

“把我的拿来。滚卡尔干诺夫的蛋！连他的衣服带他自己都一块儿滚蛋吧！”

大家劝了他好一会儿。好不容易才让他安静下来。他们告诉他，他的衣裳因为沾满了血迹，必须“收作物证”，现在他们“甚至没有权利”还让他穿这些衣服，“因为还不知道这案子将来究竟如何结局”。最后米卡总算有点明白过来。他阴沉地闭口不响了，开始匆忙地穿上衣服。只是在穿的过程中他又说这套衣服比他的那套阔绰，他不愿“占人家的便宜”。而且“瘦得不像话，是不是让我穿好了，扮一个丑角……供你们取乐”？

他们又竭力对他说，他在这一点上也有点夸大了，卡尔干诺夫先生虽然身材比他高，却也只高一点点，只有裤子长些。不过实际上上衣的肩头确实是太窄了。

“见鬼，扣纽子都费劲。”米卡重又嘟囔起来，“劳驾，立刻请你们对卡尔干诺夫先生转达，不是我向他借衣服穿，是人家要把我打扮成丑角模样的。”

“他很理解，而且很惋惜，并不是惋惜他的衣裳，而是特别对这件事情感到惋惜。”尼古拉·帕尔费诺维奇开始喃喃地说。

“谁管他惋惜不惋惜！现在上哪儿去？还是老坐在这里？”

他们又请他到“那间屋子”里去。米卡走了出来，气愤愤地紧绷着脸，尽量谁也不看。他穿了别人的衣裳，感到十分丢脸，甚至在那些乡下人和特里丰·鲍里索维奇面前也是如此，后者不知为什么突然在门口露了露面，又马上不见了。“来看看我化了装的模样的。”米卡想。他仍在原来那张椅子上坐了下来。他有一种荒诞的噩梦般的感觉，觉得自己似乎有点神志不清。

“嗯，现在准备再怎么样，该用鞭子抽我了吧，别的招都已经使尽了！”他咬着牙狠狠地对检察官说，对于尼古拉·帕尔费诺维奇他简直不愿意朝他转过身去，似乎连和他说话都感到不屑，“他把我的袜子检查得也太细致了，这浑蛋还吩咐人把它翻过来，他这是故意让大家看看我的袜子有多么脏！”

“现在该开始讯问证人了。”尼古拉·帕尔费诺维奇说，好像是在回答德米特里·费多罗维奇的问题。

“是的。”检察官沉思地说，似乎也在那里思索什么事情。

“德米特里·费多罗维奇，我们为您的利益着想，能做的都做了。”尼古拉·帕尔费诺维奇继续说，“但是既然您完全拒绝对我们说明您身边那笔钱的来源，现在我们就……”

“您的戒指是用什么镶的？”米卡忽然打岔说，似乎刚从沉思中醒过来，手指指着戴在尼古拉·帕尔费诺维奇右手的三个大戒指中的一个。

“戒指吗？”尼古拉·帕尔费诺维奇惊讶地反问。

“就是那个……中指上的，有花纹的，那是什么宝石？”米卡似乎有点发脾气的样子坚持地问，好像一个固执的孩子。

“那是茶晶，”尼古拉·帕尔费诺维奇微笑着说，“要不要看看，我摘下来……”

“不，不，不用摘！”米卡暴躁地说，忽然醒悟过来，自己恨起自己来了，“您不必摘，不必。见鬼，诸位，你们侮辱了我的灵魂！难道你们以为如果我真的杀了父亲，竟会瞒住你们，装假，撒谎，躲藏吗？不，德米特里·卡拉马佐夫不是这样的人，他受不住这个，假使我有罪，我敢赌咒，我不会像起初打算的那样等到你们来临和太阳出山，我会不等黎明早就自杀的！我现在清楚地知道我一定会这么办。我在这该死的一夜里知道了简直活二十年都学不到的事情！如果我真是个杀父的逆子，今夜，此刻，我跟你们在一起时，难道还会是这副样子，还会这样说话、这样行动、这样看着你们和世界吗？即使是不经意地杀害了格里戈里，也使我整夜不得安宁，并不是因为恐惧，并不是仅仅因为惧怕你们的刑罚！是害怕耻辱！难道你们还要想叫我对像你们这样好嘲弄人的人，什么也看不见，什么也不相信，鼠目寸光，只爱嘲弄人的人，更进一步坦白讲出我的新的卑贱行为、新的可耻的事吗？即使这能挽救我免受你们的判罪也不行。我宁肯去服苦役！杀死我的父亲，偷他的钱的是那个开了父亲的房门，并且从这门里走进去的人。这人是谁，我也正苦思苦想，捉摸不透，但决不是德米特里·卡拉马佐夫，你们记住这一点吧，这就是我所能对你们说的一切。够了，别再纠缠了，随你们判流放也好，处死刑也好，但求不要再惹我生气。我不再说话了。你们叫你们的证人进来好了！”

米卡说了这样一段突如其来的独白，好像下决心从此再不开口。检察官一直观察着他，等他说完以后，突然十分冷淡而平静地仿佛用极其平常的口气说：“说起您刚才提到的那扇敞开的门的事情，我们现在倒正好可以告诉您一段十分有意思，而且对于您，对于我们都极重要的证词，是那个被您所伤害的格里戈里·瓦西里耶维奇所做的。他醒了过来，经我们盘问，明白而且坚持地说，他当时走到台阶上，听见花园里有什么声音，决定从已经敞开着的园门里走进园内，他刚一进去，还没有看见您在黑暗中快步跑开以前，据您自己对我们说，是在窗里看见了您的父亲以后从敞开的窗前跑开的，当时他，格里戈里，朝左右望了望，除了确实望见窗子开着以外，同时还在离开自己近得多的地方，望见那扇门也开着，但是这扇门据您所说在您留在园内的全部时间一直是关着的。我不瞒您说，瓦西里耶维奇坚决地断定，证明您一定是从门里跑出来的，虽然并没有亲眼看见您怎么跑出来，刚一看到您的时候您已经离他较远，在花园中间，朝围墙方向跑去。”

米卡还在他刚说了一半的时候，就已从椅子上跳了起来。

“胡说！”他这时忽然疯狂地喊道，“睁着眼睛说！他不会看见开着的门，因为当时是关着的。他说谎！……”

“我应该对您再说一遍，他的供词是坚决的。他毫不动摇。他坚决地这样认为。我们反复问了他好几次。”

“我的确问过他好几遍！”尼古拉·帕尔费诺维奇热心地证实。

“不对，不对！这不是对我的诬陷，就是疯人的幻觉，”米卡继续嚷道，“这完全是流血受伤以后神志不清，醒过来的时候产生了幻觉，所以他才说胡话。”

“是的，但是他注意到洞开的门，不是在受伤醒过来的时候，而是在这以前他刚从厢房走进花园的时候。”

“不对，不对，这是不会有的！这是他因为恨我，诬陷我的。他不可能看见。我并没有从门里跑出来。”米卡气喘吁吁地说。

检察官转身向尼古拉·帕尔费诺维奇郑重其事地说：“您拿出来。”

“这东西您认识吗？”尼古拉·帕尔费诺维奇忽然拿出一个厚纸的大公文信封放在桌子上，信封上面还看得出三个遗留着的火漆印。信封是空的，一边已被撕破。米卡瞪大眼睛注视着它。

“这是……这一定是父亲的信封，”他喃喃地说。“里面装有三千卢布的那个信封，假使上面有字，让我瞧瞧：‘我的小鸡’……这儿还有：三千卢布，”他叫道，“三千，你们瞧见没有？”

“自然看见的，但是我们已经找不到里面的钞票，它是空的，丢在屏风后面床旁地板上。”

米卡呆立了几秒钟，像挨了一闷棍似的。

“诸位，这是斯麦尔佳科夫！”他忽然拼命喊了起来，“这是他杀死的，他抢的钱！只有他一个人知道老人的信封藏在什么地方。这是他，现在全明白了！”米卡简直喘不过气来了。

“但您不是也知道信封的事，并且也知道它在枕头底下吗？”

“我从来也不知道，而且从来也没有看到过它，现在才第一次看见，以前只不过听斯麦尔佳科夫说过。只有他一个人知道老头子把它藏在什么地方，我并不知道。”米卡简直气都喘不过来了。

“不过您刚才自己供述，信封放在去世的父亲的枕头底下。您确实说了在枕头底下，那么说，您是知道信封放在哪儿的。”

“我们就是这样记录下来的！”尼古拉·帕尔费诺维奇证实说。

“胡说，简直瞎扯！我根本不知道在枕头底下。而且也许根本就不在枕头底下。我是随口说在枕头底下的。斯麦尔佳科夫说什么？你们问过他吗，他说放在哪里？斯麦尔佳科夫怎么说？这是主要的。

我刚才是故意给自己硬编的。我没加考虑就对你们随口瞎说信封在枕头底下，可你们现在竟……你们知道，有时话到了嘴边，就随口说了出来。斯麦尔佳科夫一个人知道，只有他一个人知道，没有别人！他甚至对我也没有说过放在哪里！是他，是他！一定是他杀死的，我现在心里雪亮。”米卡越来越疯狂地叫嚷，不连贯地反复说着，越来越火，越来越愤激，“你们应该明白，赶快逮捕他，赶快。就在我逃走以后，格里戈里昏迷地躺着的时候，他杀死的，现在这很明白了。他敲出了暗号，父亲给他开了门。因为只有他一个人知道暗号，没有暗号父亲是不肯开门的。”

“但是您又忘记了一个事实，”检察官仍旧用审慎的口气说，但却似乎显示了几分得意的神色，“如果当您在那儿，当您在花园里的时候，门就已经开了，那就根本用不着敲暗号了。”

“门呀，门呀，”米卡喃喃地说，不声不响地盯着检察官，然后又无可奈何地倒在椅子上。大家沉默了。

“是的，门！那真是噩梦！上帝在跟我作对！”他茫然地两眼向前面直视着说。

“所以您瞧，”检察官郑重其事地说，“现在您自己想一想吧，德米特里·费多罗维奇，一方面是那一段说您从开着的门里跑出来的供词弄得您和我们都很难办；另一方面，您对于您手头忽然出现的钱，又是那样令人难解地、顽固到近乎冷酷地拒绝说出来源，同时您自己也供称，在这笔款子出现前三个钟头，您还只为了拿到十个卢布而抵押了您的手枪！在这样的情况下，请您自己想一想：我们能相信什么，怎么能拿得定主意？因此不要责备我们，说我们‘冷漠，玩世不恭，好嘲笑人’，不相信您高尚的心灵冲动。您设身处地替我们想想……”

米卡心情紊乱得无法形容，他的脸都发白了。

“好的！”他忽然说，“我可以对你们说出我的秘密，说出从哪里弄来的钱！把我的耻辱暴露出来，以便将来不致责备你们和责备我自己。”

“您应该相信，德米特里·费多罗维奇，”尼古拉·帕尔费诺维奇用一种近于欣喜感动的声音附和说，“您在现在所做的一切诚恳坦白的招供，将来都可能会对您以后的命运产生无比有利的影响，不但对您，甚至对……”

但是检察官在桌子底下轻轻捅了他一下，他赶紧收住了。实际上，米卡也根本没有听见他的话。

七

米卡的重大秘密。别人对他发出嘘声

“诸位，”他还是那样心慌意乱地开始说，“这些钱，我愿意全说出来，这些钱是我的。”

检察官和预审推事的脸都拉长了，他们完全没有料到这句话。

“怎么是您的，”尼古拉·帕尔费诺维奇结结巴巴地说，“既然您自己承认，在下午五点钟的时候……”

“哎，管他那天五点钟怎么样，我自己承认的又怎么样，现在事情不在这上面！这些钱是我的，是我的，我偷来的，应该说，不是我的，是偷来的，我偷来的，一共一千五百卢布，放在我身边，一直就在我身边。”

“可您究竟从哪儿取来的呢？”

“从脖颈儿上面取来的，诸位，从脖颈儿上，就从我的脖颈儿上面……这些钱就在我身上，脖颈儿上，用破布包着缝好，挂在脖颈儿上面，已经很长时间了，从我带着羞愧和耻辱把这钱挂在脖子上，已有一个月了！”

“但是您是从谁那里……挪用的呢？”

“您是想说‘偷来的’吗？现在把话直说出来好了。是的，我认为等于偷来的，如果您愿意，也确实可以说是‘挪用’的。但是照我看还是偷来的。昨天晚上算是完全偷到了。”

“昨天晚上吗？但是您刚才说您是一个月以前……拿到的！”

“是的，但不是从父亲那里，不是从父亲那里，你们别着急，不是从父亲那里，却是从她那里偷来的。让我说出来，不要打断我的话。这是很难堪的。是这样：一个月以前，卡捷琳娜·伊凡诺芙娜·维尔霍夫采娃，我以前的未婚妻，叫我去……你们知道她吗？”

“当然知道啦。”

“我知道你们是知道的。那是极正直的人，正直人中最正直的人，但是早就恨我，早就恨，早就恨了，而且恨得对，恨得有理！”

“卡捷琳娜·伊凡诺芙娜恨你吗？”预审推事惊讶地反问。检察官也瞪大眼睛望着他。

“哦，不要随便提她的名字了！我说出她来，真是该死。是的，我看出她恨我。早就恨，从最初一次起，从那天在我的寓所里……但是够了，够了，你们对这一点甚至都不配知道，这根本不用去说它。要说的是她在一个月以前叫我去，交给我三千卢布，叫我汇到莫斯科，给她的姐姐和另一位女亲戚（仿佛她自己不能汇似的！），而我……那时正是我一生中命中注定的时刻，正当我……一句话，当时我刚爱上了另一个，就是她，现在的那个，此刻你们正让她坐在楼下的格鲁申卡。……我当时把她带到莫克洛叶来，喝了两天的酒，花去这该死的三千卢布里的一半，就是一千五，而把其余的一半留在自己身边。就是我留下来的那个一千五，我一直带在自己的脖子上，当作护身香囊，昨天才拆开来，拿来喝酒行乐。剩下的八百卢布现在就在您尼古拉·帕尔费诺维奇的手里，是昨天的一千五百卢布中剩下的。”

“请问，这是怎么回事，一个月以前您在这里喝酒行乐就花去了三千，而不是一千五，不是大家都知道的吗？”

“谁知道这个？谁点过？我让谁点过？”

“对不起，您自己对大家说，当时您花去了整整三千。”

“不错，是说过，对全城的人都说过，全城的人也都这样说，大家都这样认为，这里和莫克洛叶的人也都以为花了三千。但尽管这样我花的却不是三千，而是一千五，其余的一千五缝在护身香囊里！就是这么回事，诸位，昨天的钱就是从这里来的。”

“这真是奇了。”尼古拉·帕尔费诺维奇嘟囔说。

“请问，”检察官终于说，“您从前有没有对谁说起过这件事？就是一个月以前把一千五百卢布留在自己身边的事？”

“对谁也没有说。”

“这真奇怪。难道真的对任何人也没有说吗？”

“对任何人也没有说。对谁，对任何人也没有说。”

“但是为什么要这样守口如瓶？有什么动机使您做得这样秘密？我来说得确切些：您到底对我们宣布了您的秘密，照您的说法，十分‘可耻’的秘密，虽然实际上，自然只是相对来说，这个行为，挪用，而且无疑地只是临时挪用别人的三千卢布这个行为，至少照我看来只是一种十分轻浮的行为，并不算多么可耻，而且也还应该考虑到您的性格如此。至多可以说它是极失面子的行为，这我承认，但是失面子总还不是耻辱……我的原意是说关于您挥霍了维尔霍夫采娃小姐的三千卢布，最近一个月来有许多人不用您自己承认也猜到了，我自己就曾听到过这个传说……比如，米哈伊尔·马卡罗维奇也听到的。所以说到底，这已经不是传说，而是全城闲谈的话柄。而且如果我没有弄错的话，也有迹象可以证明您自己就曾对人承认过，这钱是维尔霍夫采娃小姐的。所以使我十分奇怪的是您至今，那就是直到此刻，竟把您自己说是留下一千五百卢布来的事情弄成这样异乎寻常的秘密，甚至使这秘密简直带有一种恐怖的意味。实在不可思议，坦白这样的秘密竟会使您这样痛苦，因为您刚才甚至喊着宁愿被流放，也不愿坦白它。”

检察官住口不说了。他发了火。他没有掩饰他的恼怒，甚至愤恨，把积在心里的气全发泄了出来，甚至都不再顾到修辞，说得既不连贯，又有点乱。

“耻辱不在于一千五百卢布本身，而在于我从三千卢布中留下了这笔钱。”米卡坚决地说。

“那又有什么？”检察官恼火地苦笑说，“既然您这样失面子地，或者像您所说的那样，可耻地拿了那三千卢布，那么按自己的打算，从中留下一半来，又有什么可耻的呢？重要的是您挪用了三千，而不是怎样支配它。顺便问一下，您究竟为什么这样支配，要留出一半来？为什么，您这样做有什么目的？您能不能对我们解释一下？”

“唉，诸位，关键就在目的上面！”米卡说，“留出来是出于卑鄙的念头，也就是出于盘算心，因为在这种情形之下，盘算心就是卑鄙的行为。而这卑鄙的行为延续了整整一个月！”

“不明白。”

“我觉得你们真奇怪。但是也许真的不容易明白，让我再解释一下。请你们用心听我的话：我挪用了人家凭了我的名誉托付给我的三千卢布，用来喝酒作乐，全花光了，第二天早上跑到她面前，说：‘卡嘉，我错了，我花光了你的三千卢布。’怎么样，好不好？不，不好，这是软弱和不正派，说明我是畜生，行为不善于自制到了畜生般地步的人，对吗？对吗？但是到底还不是贼吧？总还不是真正的贼，不是的，你们应该同意这点！是浪吃浪用，但不是偷窃！现在再说第二种较好的情况，请你们注意我的话，我也许又说到别处去了，头有点晕。现在说第二种情况：我当时在这儿只花去了三千中的一千五，也就是半数。第二天，我到她那里去，把半数送还说：‘卡嘉，你从我这浑蛋和轻浮的下流坯手里收下这半数吧，免得我再造孽，因为我浪吃浪用掉了一半，也会胡花掉另一半的！’这又怎样呢？随便算是什么东西，野兽也可以，下流坯也可以，却到底不是贼，不完全是贼，因为如果是贼，一定不会送还那剩下的半数，而会全部据为己有的。她马上会明白，既然我这样快地送回了半数，那么其余的钱，已经花去的钱将来也一定会补上的，我会一辈子去寻找，一辈子去工作，但一定会凑够钱数全部还清的。因此尽管是卑鄙的人，却不是贼，不是贼，无论你们怎么说，不是贼！”

“就算是有点区别，”检察官冷淡地笑了一笑说，“但是您在这里面会看出那么致命的区别，到底很奇怪。”

“是的，我是看出有这样致命的区别的！每个人都可以成为卑鄙的人，实际上也可能都是的，但不是每个人都会做贼，只有卑鄙到极点的人才会做。尽管我不会分别这些细致的东西，不过贼比卑鄙的人还卑鄙，这是我深信不疑的。你听着：我整月把钱带在身边，认为明天我一定会下决心交出去，那样我就不是卑鄙的人了，但是我下不了这个决心，虽然每天都想下决心，每天都在催促自己：'下决心吧，下决心吧，卑鄙的人。'可是整整一个月还是下不了决心。就是这么回事！你们以为这好吗？好吗？"

"似乎不很好，这我很明白，我不想来争辩，"检察官审慎地回答，"关于这一切细致的区别的争论，留到以后再说，如果您愿意的话，还是请您先谈正题吧。现在的正题恰恰是，您还没有对我们说明，虽然我们问过您：您一开始就把三千卢布分成两半，一半花掉，一半藏起来，这是为什么？究竟为什么藏起来？您分出一千五百卢布来打算做什么用？我坚持提出这个问题，德米特里·费多罗维奇。"

"哦，的确！"米卡嚷道，敲着自己的脑壳，"对不起，我让你们听得都厌烦了，却没有说出主要的意思，要不然，你们一下子就会明白的，因为可耻就可耻在目的上，就在目的上！你们瞧，这全怨那个老头子，那个死者，他净缠住阿格拉菲娜·阿历山德罗芙娜不放，我当时心里吃着醋，以为她对于选择我还是他正游移不定。我每天都在想，假如她忽然拿定主意，不再折磨我，对我说：'我爱你，不爱他，你把我带到天涯海角去好了。'而我手里却只有两个二十戈比的小硬币；用什么来把她带走呢？那时候叫我怎么办？那才糟糕呢。我当时不知道，也不了解她，以为她需要金钱，她不会饶恕我的贫穷。所以我就狡猾地从三千卢布里数出一半来，不知廉耻地用针缝好，极有心计地把它缝好，在喝酒胡闹以前就缝好，缝好以后，才拿着其余的一半跑去喝酒胡闹！不，这是卑鄙的事！现在明白了吧？"

检察官大笑，预审推事也笑了。

"据我看来，您没有完全花掉，留下一部分，甚至是有见识、有道德的举动，"尼古拉·帕尔费诺维奇吃吃地笑着说，"究竟这里有什么不好呢？"

“就是因为偷了，就是这样！天哪，你们这样不能理解真叫我吃惊！这缝好的一千五百卢布挂在我胸前的时候，我每天、每小时都在对自己说：‘你是贼，你是贼！’我之所以这一个月以来要野蛮，在酒店里打架，还痛殴父亲，就因为感到自己是一个贼！我甚至对弟弟阿辽沙也不能下决心，不敢说出这一千五百卢布的事情，因为我是那么深深地感到我真是卑鄙的人，真是扒手！但是告诉你们，我一面藏着这笔钱，一面又时时刻刻对自己说：‘不，德米特里·费多罗维奇，你也许还不是贼哩。’为什么？就因为你明天就可以跑去，把这一千五百卢布交还给卡嘉。到了昨天，在从费尼娅那里出来，走到彼尔霍金家去的时候，我才决定把我的护身香囊从脖子上摘下来，而在那时以前是一直还下不了决心的；但是这一摘下来，也就立刻成了完全肯定无疑的贼，一辈子成了小偷和不名誉的人了。为什么？因为随着扯下护身香囊，我走到卡嘉面前去说‘我是卑鄙的人而不是贼’的幻想也就一块儿撕碎了！你们现在明白吗？明白了吗？”

“为什么您恰恰在昨天晚上下决心这样做呢？”尼古拉·帕尔费诺维奇打岔问道。

“为什么？问得好笑！因为我自己给自己判决了死刑，在早晨五点钟，黎明时候在这里执行！我想：‘死的时候做一个卑鄙的人或正直的人，反正是一样的了！’可是不对，原来并不是一样的！诸位，你们相信不相信？在这一夜里使我最感痛苦的并不是当我想到自己杀死了老仆，有可能被流放到西伯利亚去的时候，那么是什么时候呢？是正当我的爱情已告成功，头上又重见天日的时候！唉，这真使我痛苦，但这仍旧不是最厉害的，仍旧比不上那个可恶的感觉，就是我到底还是把这些可恶的钱从胸前摘下来挥霍掉了，而正因为这样，我现在也就已成为一个不折不扣的贼了！哦，诸位！我再痛心对你们重复说一句：这一夜里我明白了许多事情！我明白了不仅做一个卑鄙的人活着不行，连作为一个卑鄙的人而死也是不行的。不对，诸位，死也应该死得正直！”

米卡脸色煞白。他的脸上露出憔悴而精疲力竭的神色，虽然他的情绪正极度地兴奋。

“我有点了解您了，德米特里·费多罗维奇，”检察官柔和而且甚至有些同情地慢吞吞说，“但是据我看来，请您恕我直言，这一切只是神经……由于您过度紧张的神经造成的，就是这么回事。譬如说，为了排除压在您心上的这许多痛苦，为什么您几乎整整一个月一直不去把这一千五百卢布交还原来托您办事的小姐？既然您当时的情形是像您所描写的那么可怕，为什么不在对她说明一切以后试一试自然而然会想到的一个谋划？也就是说，为什么不在对她坦白地承认自己的错误以后，试着向她借一笔您所需要的款子？她既然是那样宽宏大量，看见您苦恼的心情，自然不会拒绝您的，何况可以写下正式笔据，或者就以您对商人萨姆索诺夫和霍赫拉柯娃太太所提出的抵押作为保证。您不是现在也还认为这抵押品是有价值的吗？”

米卡忽然脸红了。

“难道您竟把我当作这样卑鄙的人吗？您说这话不会是正经的吧？！”他愤愤地说，直望着检察官的眼睛，似乎不相信这话是从他口里听到的。

“我敢对您保证，这是正经的话。为什么您觉得不是正经的？”检察官也惊讶了。

“啊，那才是卑鄙呢！诸位，你们知道不知道，你们简直在折磨我！既然如此，我就索性对你们全讲出来，我现在把我恶魔般的劣根性全坦白告诉你们，这是为了使你们也感到惭愧，你们自己也会感到吃惊，人类情感欲望所产生的谋划会达到多么卑鄙的程度。对你们说吧，我自己也有过这样的谋划，就是您刚才说的那个谋划，检察官！是的，诸位，在这可恶的一个月里我也有过这样的念头，几乎下决心要到卡嘉那里去，瞧我竟卑鄙到什么样的地步！但是到她那里去，对她宣布我的变心，而为了这种变心，为了履行这种变心，为了需要钱来实现我的变心，竟向她，向卡嘉求借（求借，听到吗，向她求借！），而钱到手后又立刻从她那里出来，和另一个女人逃走，和她的情敌，和那个仇恨她、侮辱她的女人逃走，——算了吧，您简直发疯了，检察官！”

“不管发疯没发疯，我刚才的话的确是随口说出，没有考虑到……关于女人吃醋的一层，假使果真像您所说的那样，会发生这种吃醋的事的话，当然，这也许是有一点的。”检察官失笑了。

“那样做真是太恶劣了，”米卡狠狠地举起拳头敲了下桌子，“那简直仿佛有点发臭，我真不知道该怎么说！而且你们知道吗，她会给我钱的，会给的，一定会给的，为了向我复仇而给，为了体会复仇的滋味，为了鄙视我而给，因为她也是个有着魔鬼般的心灵的、怒气极大的女人！可是我会收下钱，唉，会收下，会收下的，而那样一来，我一辈子……唉，天哪！对不起，诸位，我之所以叫起来，是因为在不久以前，就在前天，我夜里忙着对付猎狗的时候，然后是昨天，是的，昨天，整整一天都在想这个念头，我记得的，甚至在发生这件事情以前还想到的。”

“在发生什么事情以前？”尼古拉·帕尔费诺维奇好奇地追问，但是米卡并没有听见。

“我对你们做了可怕的供认，”他阴郁地说，“你们应该加以重视，诸位。不但重视，不光是重视，还应该加以珍视，如果你们把它当作耳边风，那你们就是根本不尊重我，诸位，我应该对你们这样说，而我就会因为对你们这样的人供认而羞惭得要死！我要自杀！是的，我看出来，我已经看出来你们不相信我！怎么，这话你们也要记录下来吗？”

“您刚才所说的，”尼古拉·帕尔费诺维奇惊讶地瞧着他说，“就是您直到最后的一小时，还想到维尔霍夫采娃小姐那里借这笔钱，您应该相信，这对我们来说是极重要的供词，德米特里·费多罗维奇，我是说对整个这件事情，特别对于您，特别对于您是很重要的。”

“可怜可怜我吧，诸位，”米卡紧合着双手说，“至少这些话就别记录了吧，你们不害臊吗？我在你们面前可以说把心都撕成两片了，而你们竟乘机用手指乱戳起这撕裂的心的伤疤来了，天呀！”

他绝望地用手捂住了脸。

“您不必这样着急，德米特里·费多罗维奇，”检察官说，“现在记录下来的东西您以后听人家念一下，要有不同意的地方，我们可以照您的话加以更改。现在我要第三次对您重复提出一个问题：难道真没有人，的的确确没有人听您说起过缝在护身香囊里这笔钱的事吗？我对您说，这几乎是不可想象的。”

“没有人，没有人，我以前已经说过了，要不然，您就是一点也没有了解我的话！你们让我安静一下吧。”

“好吧，这事情是应该说明白的，再说时间还有的是。现在请您想一想：我们也许有好几十个凭据，证明您自己传播，甚至到处大呼小叫，说您花去了三千，是三千，不是一千五。而现在，在拿出昨天的钱的时候，您也告诉许多人说您又带来了三千。”

“不止几十个，是有几百个凭据在你们的手里，二百个凭据，有二百个人听见，一千个人听见！”米卡嚷着说。

“您瞧，大家都证明是这样的。那么这个大家的话终归有点意义吧。”

“一点意义也没有，是我瞎说，大家跟在我后面瞎说。”

“可您为什么要这样‘瞎说’呢？您怎么解释这一点呢？”

“鬼知道。也许出于夸口，就为了……表示花了这许多钱。也许是为了忘却缝钱的事情，是的，就是为了这个。见鬼，这问题您问了我多少次呀？就这样，撒了谎。自然喽，既然撒了谎，就不愿意再去改正。人有时候撒谎，一定是为了什么原因吗？”

“人为什么撒谎，这是很难判断的，德米特里·费多罗维奇。”检察官加重语气地说，“不过请您告诉我，您所说的那个挂在您脖子上的护身香囊到底大不大？”

“不，不大。”

“大概怎样大小？”

“一百卢布的钞票折成一半，就是这样大小。”

“最好您能把撕开的香囊给我们看一下。它总在您身边吧？”

“唉，见鬼，真胡闹，我不知道把它放到哪儿去了。”

“但是请问您：您在哪里，在什么时候把它从脖子上摘下来的？您自己不是说没有回过家吗？”

“从费尼娅那里出来，到彼尔霍金家去的时候，在路上从脖子上摘下来，掏出钱来的。”

“在黑暗中吗？”

“还要点蜡烛吗？我用手指头一下子就弄好了。”

“不用剪刀，就在街上吗？”

“大概在广场上。为什么用剪刀？一块旧破布，立刻撕开了。”

“以后您把它放到哪里去了？”

“当时就扔了。”

“究竟在哪里？”

“就在广场上，反正出不了广场！谁知道在广场的什么地方。您问它做什么？”

“这是异常重要的，德米特里·费多罗维奇：这是对您有利的物证啊，您怎么老不明白这层？一个月以前谁帮您缝的？”

“没有人帮忙，自己缝的。”

“您会缝吗？”

“兵士都应该会缝，而且缝这个也用不着会。”

“您从哪里取来的材料？就是说，您从哪里取来的缝香囊的布？”

“您当真不是在开玩笑吗？”

“完全不是，我们根本不想开玩笑，德米特里·费多罗维奇！”

“不记得从哪里弄来的破布，总是在什么地方取来的吧。”

“好像连这个也不记得了。”

“真是不记得，也许是撕了一小块旧内衣。”

“这真有意思：明天也许能在您的住宅里找到这件东西，也许可以把您撕去一块的衬衫找到。这块布是什么材料，麻布呢，还是棉布？”

“谁知道是什么材料？等一等，我大概并没有从什么衣服上撕下来。它是细棉布的。我好像是把钱缝在女房东的压发帽里。”

“女房东的压发帽？”

“是的，我从她那里捡来的。”

“怎么捡来的？”

“您瞧，我记得有一次真的曾经从她那儿捡来过一顶压发帽，当作抹布用，也许拿来擦钢笔，我没有说就拿来了，因为那是一块一点用也没有的破布，这些破布在我那儿乱扔着，这次就随手拿来缝了那一千五百卢布。仿佛正是用那块破布缝的。那是块旧细布，洗过一千次了。”

“您记得很清楚吗？”

“我不知道清楚不清楚。好像就是用那顶破压发帽。管他的哩！”

“这么说，您的女房东至少也会记起她丢了这件东西？”

“不会的，她压根儿没去找。那块旧布，我对你们说，那块旧布一个小钱也不值。”

“那么针从什么地方拿来的？还有线？”

“我停止发言，我再也不愿意说了。够了！”米卡终于生起气来。

“说来总有点奇怪，您竟会完全忘记究竟在广场的什么地方扔掉这个……护身香囊的。”

“你们明天可以下命令清扫广场，也许会找得到的。”米卡冷笑了一声说。“够了，诸位，够了。”他用疲惫的声音这样决定说，“我很清楚地看出，你们不相信我！一点点也不相信！这是我的错，不是你们，我根本不必多此一举。我为什么，为什么把我的秘密直说出来，降低自己的身份呢？而你们听了觉得很好笑，这我从你们的眼睛里看出来了。检察官，这全是您逗引我的！现在你们可以高唱凯歌了，只要你们能唱得出。你们这些该死的刑讯者！”

他垂下头去用手捂上了脸。检察官和预审推事默不作声。过了一分钟他抬起头来，似乎茫然地对他们看了一下。他的脸流露出一种彻底的、死心塌地的绝望，他变得不声不响，呆坐在那里，似乎什么都忘了。但是必须赶紧了结案件，立刻开始讯问证人。时间已经是早晨八点钟。蜡烛早就熄灭。米哈伊尔·马卡罗维奇和卡尔干诺夫在审问的时候不断走出走进，这次又从屋里走了出去。检察官和预审推事也露出非常疲乏的神色。早晨是阴雨的天气，乌云密布，下起了倾盆大雨。米卡茫然地望着窗外。

“我可以瞧瞧窗子外面吗？”他忽然问尼古拉·帕尔费诺维奇。

“随您的便吧。”他回答。

米卡站起来，走近窗旁。雨敲着小窗的绿玻璃。窗下看得见肮脏的街道，在雨丝朦胧的远处，黑压压的一片贫穷难看的农舍，由于雨水更显得寒酸阴暗。米卡想起了“金黄卷发的斐勃斯”，想起他打算在旭日初升时就自杀；“在这样的早晨也许更好些”。他苦笑了一下，忽然举手从上向下一挥，转过身来冲着“刑讯者”。

“诸位！”他大声说，“我看出我是完蛋了。但是她呢？请你们把她的事情告诉我，求求你们，难道她也要同我一块儿完蛋吗？她是无罪的，她昨天是在神志不清的情况下嚷什么：‘一切全是我的罪过。’其实她一点也没有罪，一点也没有罪！我同你们坐了一整夜，净在那里发愁。你们能不能，可以不可以告诉我，你们现在要怎样处置她？”

“关于这层您完全可以放心，德米特里·费多罗维奇，”检察官显然是连忙地加以回答，“我们现在没有任何重大理由搅扰您十分关心的那位太太。在以后案件审理过程中，我希望也不至于这样。相反，我们在这方面将尽我们的一切力量。您尽管放心好了。”

“诸位，多谢你们，我也知道不管怎么说，你们毕竟是正直公正的人。你们去掉了我心上的一块石头。好吧，我们现在该干什么？我一切都准备好了。”

“对，该赶紧点办。必须马上讯问证人。这一切应该当您的面前办理，因此……”

“先喝一点茶，好不好？”尼古拉·帕尔费诺维奇插嘴说，“似乎也该享受一下了吧？”

他们决定，假使楼下有预备好的茶（因为米哈伊尔·马卡罗维奇一定已经出去“喝一点”去了），那么不妨每人喝一杯，以后再“连续不停地干”下去。至于真正的茶和“小吃”，准备等到比较从容一点的时候再吃。楼下果然有茶水，立刻被送了上来。尼古拉·帕尔费诺维奇客气地邀请米卡喝一杯，起初他拒绝了，后来又自己要喝，而且喝得极贪婪。总的说来，他的神色显得特别疲惫。以他这样强壮的体力，一夜的酗酒加上尽管是颇为强烈的激动，似乎又算得了什么？但是他自己却感到他勉强才坐得住，有时候一切东西简直好像在他的眼前晃悠和旋转起来。“再等一会儿，也许要说起胡话来了。”他暗自想。

八

证人的供词。婴孩

开始传讯证人。但是我们现在不再讲得像以前那样详细了。因此我们准备略过不提尼古拉·帕尔费诺维奇如何警告每个叫上去的证人，叮嘱他们应该凭良心照实供述，因为将来他们还要宣誓做证，重述他们的供词，后来，他又如何要求每个证人在供词笔录上签名画押，等等。我们只想提一下，审问官的全部注意力主要还是集中在那三千卢布的要害问题上，那就是第一次，一个月以前，德米特里·费多罗维奇在莫克洛叶初次酗酒的时候，花掉了三千呢，还是一千五；昨天德米特里·费多罗维奇第二次酗酒的时候，是三千呢，还是一千五。可惜，一切的证词异口同声都反对米卡，对他不利，有些证词甚至提出了惊人的新事实足以推翻他的供词中的说法。第一个被传讯的是特里丰·鲍里赛奇。他站在审问官面前，没有一点恐惧，反而显出对于被告深恶痛绝的神色，因此无疑使他给人以一种为人可敬和说话极为可靠的印象。他说话少而有节制，等候发问，回答得确切而周到。他明确而毫不含糊地供称，一个月以前米卡花去的钱不会少于三千，此地的乡下人都可以证明他们从德米特里·费多罗维奇自己嘴里听到过关于三千的话：“光是茨冈女人，他就在她们身上白扔了多少钱啊。光为她们大概就花了一千开外。”

“我也许连五百也没有给，”米卡阴郁地说，“只是当时没有数，喝醉酒了，真是可惜。”

米卡这一次侧坐着，背朝帘子，阴郁地听着，带着忧伤和疲乏的神色，似乎说：“唉，随便你们怎么供吧，现在反正是一样了！”

“花了一千以上，德米特里·费多罗维奇，”特里丰·鲍里索维奇坚决地反驳说，“白白地扔掉，让他们捡去了。这类人全是些贼、骗子，他们是偷马贼，他们从这里被赶走了，要不然他们说不定自己也会供出赚了您多少钱。我当时亲自看见您手上的钱，数倒是没有数，您没有交给我数，这是对的，但是我记得，用眼睛估计，比一千五要多得多，岂止一千五！我们也见过钱的，我们估计得出……”

关于昨天的钱，特里丰·鲍里索维奇干脆地说，德米特里·费多罗维奇从马车上刚下来的时候，就自己对他声明带来了三千。

“算了吧，特里丰·鲍里索维奇，”米卡反驳说，“难道我真会明确宣布带来了三千吗？”

“您说过的，德米特里·费多罗维奇。当着安德列的面说过的。现在安德列本人还在这儿，你们叫他来问好了。后来在大厅里款待歌唱队的时候，您更干脆嚷着说，您准备在这里扔下六千卢布，那就是把上次的加在一起算，应该这样解释。斯捷潘和谢明都听见的，彼得·福米奇·卡尔干诺夫当时和您在一块儿站着，他说不定也会记得的。”

审问官非常注意关于六千卢布的供词。他们喜欢新的计算方法：三加三等于六，那么当时是三千，现在又是三千，一共六千，一清二楚。

他们传讯了特里丰·鲍里赛奇提到的乡下人斯捷潘和谢明，马车夫安德列，还有彼得·福米奇·卡尔干诺夫。乡下人和马车夫毫不含糊地完全证实了特里丰·鲍里赛奇的供词。除此以外，还根据安德列所供，记录下了米卡同他在路上的一段谈话：“我，德米特里·费多罗维奇，将落到哪儿去呢：是进天堂还是下地狱？在另一世界里我能不能蒙饶恕？”等等。“心理学家”伊波利特·基里洛维奇一直含着隐约的微笑倾听着这些话，听完以后就主张把德米特里·费多罗维奇将落到哪儿去的这段供词一并“记录在案”。

被传讯的卡尔干诺夫走进来的时候显得不大高兴，持着阴郁和固执的态度，同检察官和尼古拉·帕尔费诺维奇谈话就好像初次相遇似的，尽管实际上早就相识，而且是几乎每天见面的熟人。他一开始就说他“一点也不知道，也不想知道”。但关于六千的话他也听到了，并且承认他当时在旁边站着。依他看来，米卡手里的钱是“不知道有多少”。对于波兰人赌牌搞鬼的事，他明确地加以证实。同时在反复盘问之下，他也说明了在波兰人被赶走以后，米卡和阿格拉菲娜·阿历山德罗芙娜间的事的确好转了，她还自己说了她爱他。他对阿格拉菲娜·阿历山德罗芙娜做了极为慎重而恭敬的评价，仿佛把她看作上等社会里的太太，甚至一次也不肯放肆称她为“格鲁申卡”。不管这青年人多么讨厌供述，伊波利特·基里洛维奇还是讯问了他很长时间，而且只是从他那里才打听出关于米卡这一夜“浪漫史”的全部细节。米卡一次也没有打断过卡尔干诺夫的话。最后他们终于放青年人走了，他退出去的时候露出了掩饰不住的恼怒神情。

波兰人也被传讯了。他们虽然已在自己屋里躺下，却整夜没有睡着，官员们一来他们就赶紧穿好衣服，整理外貌，自己明白一定会被传去问话的。他们带着尊严的神态走进来，虽然不免有点恐惧。那个为首的小个子波兰人原来是个退职的十二级文官，曾在西伯利亚充当兽医官，姓穆夏洛维奇。另一位佛罗勃莱夫斯基原来是自行开业的牙医。他们两人一走进屋内，尽管是由尼古拉·帕尔费诺维奇在发问，却立刻朝站在旁边的米哈伊尔·马卡罗维奇答话，莫名其妙地把他当作这里的主要官员和上峰，口口声声称他：“上校先生。”一直等到米哈伊尔·马卡罗维奇几次加以指示，才知道应该对尼古拉·帕尔费诺维奇回话。原来他们除了有些字还带点口音以外，完全能很正确地讲俄语。穆夏洛维奇开始热烈而骄傲地讲起他和格鲁申卡以前和现在的关系来，使米卡立刻冲冲大怒，嚷着说他不许“这卑鄙的人”当着他的面这样说话。穆夏洛维奇立刻指出“卑鄙的人”这句话，请求把它记进笔录里去。米卡简直气炸了。

“就是卑鄙的人，卑鄙的人！把这记上去，再记上说，尽管要记入笔录，我还是叫他卑鄙的人！”他嚷着说。

尼古拉·帕尔费诺维奇虽然把这事记进了笔录，但是在这不愉快的情况下表现了极可赞扬的办事能力和应变手段。他在对米卡严词告诫以后，立即不再往下询问那些罗曼蒂克的事而赶紧转到实质问题上去。在实质问题上波兰人所供的一段话特别引起了审问官们的好奇，那就是米卡在那间小屋里对穆夏洛维奇进行收买，答应给他三千块钱，七百是现钱，其余的两千三百“明天早晨在城里”交清，并且起誓赌咒地说他在莫克洛叶没有这许多钱，他的钱放在城里。米卡急切中插口说他并没有说过明天在城里一定交钱的话，但是佛罗勃莱夫斯基一口咬定确是这样。而米卡自己想了想，也皱着眉头同意大概情况确实正如波兰人所说，他当时心情急躁，所以的确有可能会这样说。检察官牢牢抓住了这段证词，因为看来似乎已经侦查清楚（以后事实上也就这样下了结论），就是米卡弄到的三千卢布里的半数或一部分确有可能就藏在了城里什么地方，也许甚至就在莫克洛叶什么地方，所以在米卡身上只找到了八百卢布这样一桩在侦查上十分棘手的事实，也就得到解释了。这事实至今尽管只是唯一的而且是极微小的证据，但多少总还算是对米卡有利的一点证据。现在连这唯一对他有利的证据也被推翻了。检察官追问：既然他自己断言只有一千五百卢布，但同时又以名誉向波兰人保证一定付清，那么他将到什么地方去弄到其余的两千三百，以便明天付给波兰人。米卡坚决地回答，他明天想付给“波兰佬”的并不是现钱，而是转让对契尔马什涅合法权利的正式文件，就是他对萨姆索诺夫和霍赫拉柯娃提出过的那项权利。检察官对于这种“遁词的天真幼稚”甚至笑了起来。

“您以为他能答应收下这种‘权利’用来顶两千三百卢布现款吗？”

“一定会答应的，”米卡恳切地回答，“你想一想，这里不止两千，有四千，甚至六千他都可以捞到！他立刻可以雇律师，不是波兰人，便是犹太人，不但三千，就是整个契尔马什涅都可以从老头子手里抢过来。”

穆夏洛维奇的证词自然极其详细地写进了侦讯笔录。然后就放两个波兰人走了。关于赌牌搞鬼的事几乎没有提到；尼古拉·帕尔费诺维奇已经十分感谢他们，不愿再用琐事烦扰，况且这也不算什么，不过是酒后玩牌时愚蠢的争执。这一夜酗酒和胡搞的事情还会少吗？所以那两百卢布就这样留在波兰人的口袋里了。

随后传了小老头子马克西莫夫进来。他迈着小步，畏畏缩缩地走进来，衣冠不整，满面愁容。他一直躲在楼下格鲁申卡的身旁，默然陪她坐着，如米哈伊尔·马卡罗维奇以后所说："一不对劲就为她哭泣起来，用小方格的蓝手绢擦眼睛。"因此反而弄得要她去劝他，安慰他。小老头子一进来就立刻含泪承认自己有错，因为他曾从德米特里·费多罗维奇手里"因为穷而借了十个卢布"，但是准备归还给他。……尼古拉·帕尔费诺维奇直截了当地问他：他看没看见，究竟德米特里·费多罗维奇手里有多少钱，因为他向德米特里·费多罗维奇借钱的时候，可以比谁都离得近地看清他手里的钱。马克西莫夫用极坚决的口气回答，有"两万"卢布。

"您以前曾在什么地方看见过两万卢布吗？"尼古拉·帕尔费诺维奇微笑着问。

"自然看见过的，不过不是两万，而是七千，在我的太太把我的小庄园抵押出去的时候。她远远地给我看了一眼，在我面前夸耀一下。那是很大的一沓钞票，全是一百卢布的。德米特里·费多罗维奇的钱也全是一百卢布的。"

他很快就被放走了。后来轮到格鲁申卡。审问官们显然怕她一来可能会使德米特里·费多罗维奇产生强烈反应。尼古拉·帕尔费诺维奇甚至对他低声劝慰了几句，但是米卡只是以默默地低头作答，表示"不会出乱子的"。米哈伊尔·马卡罗维奇亲自领着格鲁申卡进来。她走进来时，带着严肃阴郁的神色，外表看来几乎很平静，轻轻地坐在给她指定的尼古拉·帕尔费诺维奇对面的椅子上。她脸色惨白，似乎觉得冷，美丽的黑围巾紧紧地裹住身子。当时她的确感到有些轻微的、疟疾般的恶寒，——后来她长期的疾病就是从这一夜开始的。她的严峻的脸色，严肃而直视的目光和安静的神态，给大家留下了极好的印象。尼古拉·帕尔费诺维奇甚至立即有点“着迷”了。他以后谈起来的时候，自己承认从这一次起他才了解这个女人是多么“美丽”，以前虽也见过她，却总是把她当成“小县城的艺伎”一流人物。“她有着最上等社会妇女的姿态。”他有一次在一些太太中间这样赞叹不已地谈到她。但是她们听了他的话非常着恼，立刻骂他“淘气鬼”，而他却感到很得意。格鲁申卡走进屋来的时候，仿佛只是随便望了米卡一眼，米卡正在不安地看她，但是她的样子立刻使他安下心来。尼古拉·帕尔费诺维奇在一开始先提了几个必要的问题和做了必要的告诫以后，虽然有点口吃，却仍旧保持极其客气的样子，问她道：“您和退伍中尉德米特里·费多罗维奇·卡拉马佐夫是什么关系？”格鲁申卡轻声而坚决地说道：“他是我的朋友，在最近一个月里他常以朋友的身份到我家里来。”

对于进一步寻根究底的问题，她完全公开而且直截了当地声明她虽然“有时”喜欢他，但并不爱他，只是出于“我的卑鄙的泄愤心情”勾引他和那个“老头子”。她看出米卡老为了她而吃费多尔·巴夫洛维奇以及其他所有人的醋，但只是觉得有趣。她从来没有想到费多尔·巴夫洛维奇家去，只是和他开玩笑。“在最近这一个月里，我的心思也根本不在他们两人身上；我在等候另一个人，一个在我面前有过过错的人。不过我以为，”她结尾说，“你们不必对这件事情寻根究底，我也没有什么可以回答你们的，因为这完全是我个人的事情。”

尼古拉·帕尔费诺维奇立刻照办；同样也不再去追问那些“罗曼蒂克”的情节，而直接转到正经事情上去，还是追问那个关于三千卢布的要害问题。格鲁申卡证实一个月以前在莫克洛叶的确是花了三千卢布，虽然自己并没有数过钱，但是曾从德米特里·费多罗维奇自己嘴里听到是三千卢布。

“他这话是对您私下里说的，还是当着什么人说的？或是您听见他在您面前同别人说的？”检察官马上问她。

格鲁申卡声称她在众人面前听到过，也听见他同别人说过，也在私下里从他本人嘴里听到过。

“私下里听到一次还是几次呢？”检察官又问，得到的回答是格鲁申卡曾听到过不止一次。

伊波利特·基里洛维奇很满意这个证词。还从以后的问话里了解到，格鲁申卡知道钱的来源，知道它是德米特里·费多罗维奇从卡捷琳娜·伊凡诺芙娜手里拿到的。

“您连一次也没有听见过，一个月以前花去的不是三千，而要少一些，德米特里·费多罗维奇曾替自己留下了一半吗？”

“没有，从来没有听见过这话。”格鲁申卡证明。

接着甚至还进一步发现，米卡在这一个月以来反而时常对她说他身无分文。“他老盼着从他父亲那里拿到点钱。”格鲁申卡说。

“他没有在您面前……或是偶然的，或是在生气的时候，”尼古拉·帕尔费诺维奇忽然问，“说他打算谋害他的父亲吗？”

“唉，说过的！”格鲁申卡叹了口气说。

“一次，还是好几次？”

“好几次讲过，总是在生气的时候。”

“您相信他会实行吗？”

“不，决不相信！”她坚决地回答，“我对于他的正直的秉性是完全信赖的。”

“诸位，请你们允许我，”米卡忽然大声说，“请你们允许我在你们面前对阿格拉菲娜·阿历山德罗芙娜说一句话，只一句。”

“请说吧。”尼古拉·帕尔费诺维奇允许了。

“阿格拉菲娜·阿历山德罗芙娜，”米卡从椅子上站起来，“你可以相信上帝，相信我：对于父亲昨天被害的事情，我是没有罪的！”

米卡说完这话又坐下了。格鲁申卡站了起来，虔诚地朝神像画了个十字。

“感谢你，主呀！”她用热烈而深沉的声音说，还没等坐下，就又接着对尼古拉·帕尔费诺维奇说道，“他现在所说的话，您应该相信他！我知道他：他的嘴遮拦不住，不是为了开玩笑就是出于固执，但是违背良心说瞎话，他是决不会的。他会直截了当说出实话来，你们相信他好了！”

“阿格拉非娜·阿历山德罗芙娜，多谢你鼓舞了我的心！”米卡用颤抖的声音回答。

关于昨天的钱的问题，她说她不知道有多少。但是听见他昨天多次对人说他带来了三千。关于钱是从什么地方弄来的问题，他曾对她一个人说过，是他从卡捷琳娜·伊凡诺芙娜那儿“偷来”的，当时她回答他说，他并没有偷，这笔钱明天就去归还。检察官坚持追问，他说他从卡捷琳娜·伊凡诺芙娜偷来的是哪一笔钱：昨天的那笔呢？还是一个月以前他在这里花去的三千？她说他讲的就是一个月以前的那笔钱，她是这样理解他的话的。

后来他们终于让格鲁申卡走了，而且尼古拉·帕尔费诺维奇连忙告诉她，她可以立刻回城，要是他能够帮忙的话，譬如关于马匹的问题，或者需要伴送的人，那么……他……在他这方面……

“非常感激您，”格鲁申卡对他鞠躬说，“我同那个小老头子一块儿动身，同那个地主，把他送回去。现在我想在楼下等一等，假使您允许的话，看你们对于德米特里·费多罗维奇怎样决定。”

她出去了。米卡很安静，甚至带着十分振作的神情，但是只有短暂的一会儿。他一直感到一种奇怪的肉体上的疲乏，越来越厉害。他的眼睛倦得闭了起来。证人的传讯终于完了，他们着手为笔录定稿。米卡从椅子上站起来，走到帘子后面的角落里，躺在盖着地毯的老板的大箱子上，马上睡熟了。他做了一个奇怪的梦，同此时此地的境况完全不合拍的梦。他仿佛正在很早以前他还在军队里服役时待过的荒原上赶路，坐在一辆两匹马拉的大车上，由一个农民赶着车，雨雪交加。米卡身上觉得有点冷，是十一月初的天气，下着大片的、湿漉漉的雪花，一落在地上，立即融化。农民赶得十分麻利，起劲地挥着鞭子，他的胡须是淡褐色的，很长，有五十岁左右，还并不老，穿着乡下人穿的灰色罩衫。一个村庄离得不远，看得见许多乌黑的农舍，都已烧掉了一半，只剩下些烧焦的木头矗在那里。许多村妇成排地站在村口的路旁，身体瘦弱枯干，脸都成了深褐色。特别是靠边上有一个女人，瘦骨嶙峋，高个子，看来有四十岁，也许只有二十岁，一张又瘦又长的脸，手上抱着一个正在啼哭的婴孩，大概她的乳房是那么干瘪，连一滴奶都没有了。这婴孩哭着，哭着，伸着小手，光光的小手握着小拳头，冻得肤色完全发青了。

“他们为什么哭？他们在哭什么？”在马车飞跑过他们面前的时候，米卡问。

“娃娃，”马车夫回答他，“娃娃哭呢。”

使米卡惊讶的是他照乡下人的口气说着“娃娃”。他很喜欢听这农民说“娃娃”两个字：这样更显得充满着怜惜。

“他为什么哭？”米卡像傻子似的追问不休，“手为什么光光的？为什么不把他裹好？”

“这娃娃身上冷，衣服太凉，暖不过来。”

“为什么这样？为什么？”愚蠢的米卡还是不肯罢休。

“穷呀，遭了火灾，没饭吃，只好求人周济。”

“不，不，”米卡似乎还不明白，“你说，为什么那些遭了火灾的母亲站在那里？为什么人们这么穷？为什么这娃娃这么穷？为什么荒原上一片光秃秃？为什么他们不拥抱接吻？为什么不唱欢乐的歌？为什么他们被黑暗的贫困灾祸弄得这样浑身黧黑？为什么不给娃娃东西吃？”

他自己感到他虽然问得有点发疯，毫无理智，但是他一定要这样问，而且必须这样问。他还感到他的心里涌起一种从来没有过的怜惜之情，他想哭泣，想要对大家做点什么事情，让婴孩再也不哭，让婴孩的干瘦黧黑的母亲再也不哭，让世上从此再也没有人流泪，而且必须立刻去做，不要耽搁，不管任何障碍，带着卡拉马佐夫式的不顾一切的性儿。

“我也要同你一块儿去，我从此再也不离开你，一辈子同你一块儿去。”他的耳旁响起了格鲁申卡那可爱的感情洋溢的话。他的整个的心在燃烧，奔向某种光明，他想生活下去，生活下去，向前走，向前走，走上一条新的大路，走向新的、正在向他召唤的光明，越快越好，越快越好，现在就去，立刻就去！

“什么？到什么地方去？”他喊着，睁开眼睛，在箱子上坐了起来，似乎从昏睡中完全醒来了，快乐地微笑着。尼古拉·帕尔费诺维奇正站在他的面前，请他在听人宣读以后，在笔录上签字。米卡估计他睡了一个多钟头，但是他没有去听尼古拉·帕尔费诺维奇说话。他突然吃惊地发现他的脑袋下面有一个枕头，在他疲惫地倒在箱子上的时候是没有的。

“谁在我头下放了一个枕头？谁这么好心？”他怀着一种欢欣感激的心情用几乎要哭出来似的声音叫了起来，似乎人家赐给了他不知多大的恩惠。这好人后来始终没有找出来，也许是见证人中的什么人，或者是尼古拉·帕尔费诺维奇的书记，出于怜悯心叫人家取一个枕头来给他枕上的，但不管怎样，他的整个心灵似乎由于流泪而战栗了。他走近桌旁，宣布他准备在不管什么东西上签字。

“我做了一个好梦，诸位。”他用有点古怪的口气说，露出一种新的、闪耀着喜悦的脸色。

九

米卡被带走了

笔录签字以后，尼古拉·帕尔费诺维奇郑重地向被告读了“裁决书”，里面说某年某月某日，在某处地方，某区法院预审推事，对被控某罪某罪（一切罪状都详细写了下来）的被告某人（即米卡）进行了审讯，因被告坚不承认所控各罪，但未提出任何证据，以资辩白，而同时某某证人（一一列出），某某事实（一一列举），又足以充分证明其罪状，为此根据刑法某条某条，裁决如下：为预防某人（即米卡）逃避检举与审讯起见，将该被告予以拘押。本裁决书已向被告宣读，抄件一份咨送副检察官查照云云。一句话，他们宣布米卡从即时起已成为罪犯，立即押解进城，送到一个很不愉快的地方去加以监禁。米卡注意地听了以后，只是耸耸肩膀。

“好吧，诸位，我不埋怨你们，我准备好了。我明白你们不能不这样做。”

尼古拉·帕尔费诺维奇柔和地对他说明将由现在恰巧在这村里的区警察所长马弗里基·马弗里基奇立刻押他进城。

“等一等，”米卡忽然打断了他，带着一种抑制不住的感情对所有在屋子里的人说，“诸位，我们大家全是残忍的，我们大家全是恶魔，都在使人们，使母亲们和婴儿们哭泣，但是一切人里面，现在就这样判定吧，一切人里面，我是最卑鄙的恶棍！随他去吧！我一辈子都在每天自己顿足捶胸，决定改过自新，可是每天仍旧做些同样的肮脏事。我现在明白像我这类人需要打击，命运的打击，用套索套住，靠外界的力量把他捆起来。否则我自己是永远不会，永远不会改邪归正的！但是雷声响了。我承受一切背着罪名公开受辱的苦难，我愿意受苦，我将通过受苦来洗净自己！也许我会洗净自己的，对吗，诸位？但是你们最后一次听清楚我的话：我没有犯杀死我父亲的罪！我承受刑罚，并不是因为杀死了他，而是因为想杀死他，也许果真会杀死的。但是尽管这样我还是打算同你们斗争一下，这是要预先告诉你们的。我将同你们斗争到最后的结局为止，在那以后就让上帝来判决好了！再见吧，诸位，我在审讯的时候对你们叫嚷过，请你们不要生气，那时候我还是很愚蠢的。再过一分钟我就要成为罪犯，现在德米特里·卡拉马佐夫作为还是一个自由的人，最后一次对你们伸出他的手来。同你们告别！同大家告别！”

他的声音发抖了，他真的伸出手来，但是站在旁边最近的尼古拉·帕尔费诺维奇忽然近乎抽搐似的，把手往后一缩。米卡立刻看见，哆嗦了一下，伸出去的手顿时垂了下来。

“侦查还没有结束，”尼古拉·帕尔费诺维奇有点不好意思地喃喃说，“我们到城里还要继续下去，自然在我来说是愿意祝您成功，希望证明您无罪的。其实对您德米特里·费多罗维奇，我永远倾向于认为您与其说是有罪的人，不如说是一个不幸的人。要是我能代表大家说话，我们这里大家都准备承认您是一个本性正直的青年，可惜沉湎于某些欲望未免沉湎得有些过分了……”

尼古拉·帕尔费诺维奇在说到最后的时候，他那小小的身形显出一副威严的神气。米卡脑子里忽然闪过一个念头，仿佛这个“小孩”眼看着就会挽住他的胳膊，把他领到另一个角落，再继续谈他们不久前谈过的“姑娘”问题。但也并不奇怪，甚至是被带去处死刑的罪犯，有时也会闪过一些完全和眼前的事情无关的毫不相干的念头的。

“诸位，你们是善良的，你们是人道的，我能不能见她一面，和她最后一次作别？”米卡问。

“当然可以的，但是由于……一句话，现在不能没有人在场……”

“请你们尽管在场好了！”

格鲁申卡被领了进来，但是两人的告别是短暂的，话也极少，使尼古拉·帕尔费诺维奇感到颇不满足。格鲁申卡对米卡深深地鞠了一躬。

“我说过是你的，就一定是你的，不管他们判处你到哪儿，我永远跟着你走。再见吧，平白无故地毁了自己的人！”

她的嘴唇颤抖，眼泪潸然而下。

“原谅我吧，格鲁申卡，原谅我的爱情，原谅为了我的爱情把你也害了。”

米卡还想说什么话，但是忽然打住，走了出来。周围立刻挤满了人，眼光全牢牢盯在他身上。在昨天他坐着安德列的三套马车像响雷般疾驰过来停靠在那里的门廊下面，停着已经预备好的两辆大车。马弗里基·马弗里基奇矮壮结实，满脸起褶，正在不知为出了一件什么意外的乱子而生气，又叫嚷又发火。他带着过分严肃的神情请米卡上车。“以前我在酒店里请他喝酒的时候，这人的脸完全不是这样。”米卡一面想，一面爬进去。特里丰·鲍里索维奇也从台阶上走了下来。大门旁挤了许多人，有农民、村妇、车夫们，大家都盯着看米卡。

“再见吧，信奉上帝的人！”米卡忽然从车上向他们喊了一声。

“再见吧！”响起了两三个人的声音。

“你也再见吧，特里丰·鲍里赛奇！”

但是特里丰·鲍里赛奇甚至头也没回，也许他很忙。他也在那里叫嚷着，张罗着。原来第二辆车，伴随马弗里基·马弗里基奇同行的两名村警所坐的那辆车，还没有预备妥当。那个被派赶第二辆车的农民一面穿罩衫，一面激烈地争辩说不应该他去，应该由阿基姆去。但是阿基姆不在，已经有人跑去找他；农民坚持己见，要求等一等。

“马弗里基·马弗里基奇，我们这里的乡下人全都不要脸！”特里丰·鲍里赛奇嚷道，“阿基姆前天给了你二十五戈比，你喝酒花光了，现在又吵了起来。马弗里基·马弗里基奇，您对待我们这里这些可恶的乡下人这样好，真叫我吃惊，这话我不能不说！”

“为什么要用第二辆车子？”米卡说，“我们可以坐一辆车，马弗里基·马弗里基奇，我决不至于进行抗拒，离开你脱逃的。要护送的人干什么？”

“先生，要是您还不懂得怎样同我说话，请您好好学一学。您不能对我称‘你’，别跟我你呀你呀的。至于您的好意，请您留到下次再说吧。”马弗里基·马弗里基奇突然恶狠狠地对米卡说，好像正好借此发泄一下自己的怒气。

米卡不吭声了，他满面通红。过了一会儿，他忽然觉得身上发冷。雨停了，但是阴沉的天空仍旧遮满着乌云，阵阵寒风直扑到脸上。“我身上发了寒战还是怎么的？”米卡想着，扭动了一下两肩。最后马弗里基·马弗里基奇终于爬到车上，沉重地坐了下去，占了很大地方，好像毫不在意似的，紧紧地挤着米卡。确实，他心里不痛快，对于派到他头上来的这趟差事很不高兴。

“再见吧，特里丰·鲍里赛奇！”米卡又叫了一声，自己感到这次喊叫已不是出于善意，却是怀着恶意，言不由衷地喊出来的。但是特里丰·鲍里赛奇傲慢地倒背手站着，眼睛直盯着米卡，带着严肃和恼怒的神情，一句话也没有回答米卡。

“再见吧，德米特里·费多罗维奇，再见吧！”忽然传来卡尔干诺夫的声音。他不知突然从什么地方跑了出来。他跑到车旁，向米卡伸出手来。他连帽子也没有戴。米卡连忙抓住他的手紧握着。

“再见吧，亲爱的人，我永不忘记你宽厚的心肠！”他热情地说。但是车子动了，他们的手分了开来。铃铛响了，米卡被带走了。

卡尔干诺夫跑进外屋，坐在角落里，低下头，手捂住脸哭了。他这样坐着，哭了许久，哭得就像还是个小孩子，而不是已经二十岁的青年人。唉，他几乎肯定相信米卡是有罪的！“人究竟是怎么回事呀？这以后，还怎么做人呢？”他杂乱无章地感叹着，心情悲苦忧郁到几乎绝望的地步。他在这时候甚至都不想再活在世上。“值得活下去吗？值得活下去吗？”这位痛心的青年人叫嚷着。

第四部

第一卷　男孩子们

一

柯里亚·克拉索特金

十一月初。我们这里的温度已经降到零下十一摄氏度：霜冻来临了。在封冻的田野上，夜间落了一些干雪，“干涩而尖厉”的风把它扬起来，在我们小城里沉寂的街道上刮来刮去，而以市场上刮得最为厉害。早晨天色混混沌沌，但是雪已停住。离市场不远，普洛特尼科夫小铺附近，有一所小小的、里外都很整洁的房子，是官员的寡妻克拉索特金娜的产业。省府秘书克拉索特金早已去世，差不多已有十四年了，但是他的寡妻，这位三十多岁、风韵犹存的太太，却一直住在那所清洁的房子里，靠“自己手头的钱”过着日子，她的生活规矩谨慎，性格温柔而十分乐观。丈夫死的时候，她只有十八岁，同他只同居了一年左右，刚给他生下一个儿子。自从他死以后，她专心致力于教育他的爱子柯里亚。十四年来，她固然爱他爱得忘掉一切，但是为他所受的痛苦恐怕比她所享到的快乐还要多得多，几乎每天战战兢兢，提心吊胆，唯恐他生病，着凉，淘气，爬到椅子上跌下来，等等。在柯里亚入小学接着又升初中的时候，母亲连忙同他一起学各门学科，以便帮他的忙，和他一块准备功课。她又跑去结交教师们和他们的太太，甚至去和柯里亚的同学们亲热，夸奖他们，为的是好让他们不去碰柯里亚，不去嘲弄他，打他。她这样一来，那些男孩子反倒说他是妈妈的宝贝儿子，真的取笑他、捉弄他起来。但是这男孩是会自己保卫自己的。他是一个勇敢的孩子，“力气大得吓人”，这样一种名声在班里传开，很快就确立起来。他举动灵活，性格固执，胆大而富于进取精神。他的功课很好，甚至传说：他的数学和世界史能够压倒教师达尔达涅洛夫。这男孩虽然翘着小鼻子傲视一切人，却和同学们感情很好，并不显得骄横。他虽把同学们对他尊敬看作是理所当然，但对他们仍抱着很友善的态度。特别是他知道分寸，在适当的时候会自行克制，对待师长从不越过某种不可触犯的最后界限，某种行为超越了这种界限，就会变得不能容忍，就变成捣乱、反抗和不法行为了。但他同时又像最坏的孩子那样决不放过一切方便的机会拼命淘气，不仅淘气，还要卖弄点小聪明，做出点古怪行为，给人“吃点苦头”，显一手，露一露脸。主要的是，他非常自尊。他甚至能把自己的妈妈也弄得对自己百依百顺，对待她的态度几乎近于专横。她也肯服从，甚至早就服从了，只有一个念头她无论如何也不能忍受，那就是这小孩“不大爱她”。她总是觉得柯里亚对她“没有感情”，时常神经质地流着眼泪，唠唠叨叨地责备他的冷淡。孩子不爱这个，人家越要求他热情流露，他就越仿佛故意不肯这样。其实这在他说来并不是故意的，而是身不由己的，他就是这样的性格。母亲领会错了，他很爱他的母亲，只是不愿像他用小学生的“行话”所说的那样——表现“牛犊般的温柔肉麻劲儿”罢了。父亲死后留下一个书橱，里面藏了一些书籍；柯里亚爱看书，已经自己拿了几本读过了。母亲并没有感到不安，只不过有时觉得惊讶，为什么一个男孩子不去玩耍，却一连几个钟头待在书橱旁边读一本什么书。因此柯里亚就读了一些在他的年龄本来还不该读的东西。但在最近，虽然他在淘气方面并不想越过一定的界限，却开始做出了一些使母亲吓得非同小可的顽皮行为，这些行为固然还并非下流不道德的，却是胆大包天、不顾死活的。恰好那一年七月放暑假的时候，母子两人动身到七十俄里外的另一个县里一位远亲家中去盘桓了一个星期，这位远亲的丈夫在火车站上任职（就是离我们的城市最近，一个月以后伊凡·费多罗维奇·卡拉马佐夫从那里去莫斯科的那个车站）。柯里亚到那儿后起初是在仔细观看铁路的情况，了解它的各种规矩，预料回家以后可以在本校的同学们中间炫耀一下他的新知识。但恰巧当时那里还有几个男孩，跟他不久就认识了；他们有些住在车站上，有些住在附近地方。这些年纪从十二岁到十五岁的少年，共有六七个人，其中有两个也是从我们的城市去的。这些小孩在一起游戏，淘气。就在到车站做客的第四天，也许是第五天，这群愚蠢的少年中间打了一个很不像话的赌，赌两个卢布的东道。事情是这样的：柯里亚在这伙人里面差不多是最小的一个，因此年长的孩子有点瞧不起他。他出于一种自尊心，或是出于不顾死活地想充好汉，自动提议他可以在夜里十一点钟的火车经过的时候，脸朝下地趴在轨道中间，一动也不动地一直趴到火车开足马力在他头上开过去。固然他事先曾研究过，看出的确可以在轨道中间伸直和平伏着身体趴在那里，火车可以飞越过去，碰不到趴着的人。但尽管这样，哪能真去躺在那里！可柯里亚坚持说他可以躺下去。起初大家笑他，说他是个撒谎鬼、牛皮家，这更激恼了他。主要是那些十五岁的孩子对他太翘尾巴，起初甚至不愿把他引为同伴，把他当作“小家伙”看待，这使他感到难堪到极点。于是决定晚上动身到距离车站一俄里路以外的地方去躺着，因为火车开出站以后到那里已经可以开足马力了。孩子们聚集在一起。这是个没有月亮的夜晚，不仅是暗，简直是漆黑一片。到时间，柯里亚就跑去躺在轨道中间。其余五个打赌的人在路基下面树丛里等候着，起初屏息凝神，后来就感到恐惧而后悔。从站上开出的火车终于远远地响了起来。黑暗中闪出两盏红灯，逐渐驶近的怪物发出轰隆隆的声音。“快跑，快离开轨道！”吓得要死的男孩们从树丛里对柯里亚喊叫起来，但是已经晚了：火车奔驰过来，又飞驰过去了。男孩们跑到柯里亚跟前：他一动也不动地躺在那里。他们开始摇他，扶他起来。他忽然自己站起来，默默地从路基上走了下来。到了下面，他对人们说他躺在那里好像失去了知觉是故意装的，想吓唬他们。其实他是真的失去了知觉，在过了很久以后他自己对他的母亲这样承认了。从此以后他就永远得了个“不顾死活的人”的名声。他走回站上回到家里的时候，脸色白得像纸。第二天，他稍微发了点神经性的寒热，但是精神十分愉快，既高兴又得意。这件事情当时并没有被人发觉，直到回城以后才在中学里传开来，并且传进了学校当局的耳朵里。但这回柯里亚的母亲连忙跑去找学校当局替她的孩子求情，最后连那位德高望重的达尔达涅洛夫老师也出来为他说话，替他求情，事情才算好像什么也没发生似的敷衍过去。这位达尔达涅洛夫是个单身人，还不太老，多年来热烈地爱着克拉索特金娜夫人，一年以前，曾有一次用毕恭毕敬的态度，赔着小心，战战兢兢地冒昧向她提出求婚，但是她一口回绝了，认为答应了就是对不起孩子，虽然也许从某些神秘的迹象上看来，达尔达涅洛夫甚至有理由可以幻想，这位温柔美丽而过于坚贞的小寡妇并不十分讨厌他。柯里亚疯狂的淘气似乎打开了千年的冰河，达尔达涅洛夫的说情竟换来了有希望的暗示。固然希望还是遥远的，但是达尔达涅洛夫本身就是纯洁和体贴的典范，所以仅仅这一点暂时也就足以使他感到十分幸福了。他爱这个孩子，尽管他认为讨孩子好是有失身份的，所以在课堂上对他毫不容情，要求严格。但柯里亚对他也总是保持着相当的距离。他功课预备得很好，成绩是全班里第二名，对达尔达涅洛夫态度冷淡，而且全班同学还坚信柯里亚对世界史一门极为擅长，甚至可以“压倒”达尔达涅洛夫本人。的确，有一次柯里亚问他：“建立特洛伊的是什么人？”达尔达涅洛夫只能泛泛地回答他是什么民族，他们的活动和迁移，又讲到时代的久远和神话传说，等等，而对于建立特洛伊的究竟是什么人，也就是说，究竟具体是谁，却回答不出来，甚至认为这个问题有点无聊而不能成立。但是学生们却深信是达尔达涅洛夫不知道谁建立了特洛伊城。柯里亚是从父亲留下的书橱中保存的斯马拉格多夫的书里读到过关于建立特洛伊的人们的历史的。结果是甚至使全体孩子都产生了兴趣：究竟是谁建立特洛伊的？但是克拉索特金不肯宣布他的秘密，于是博学的名声又不可动摇地落在他身上了。

在铁路上的事件发生以后，柯里亚对母亲的关系有点变化。安娜·费多罗芙娜（克拉索特金的寡妻）得知她儿子那番事迹以后，惊得几乎发疯。她犯了严重的歇斯底里病，连着几天断断续续地发作，这一来把柯里亚吓坏了，他对她发出真心诚意的誓言，保证以后决不再犯这类的淘气行为。他跪在神像面前起誓，而且按克拉索特金娜太太的要求，还向死去的父亲起了誓。而这位“大丈夫气概”的柯里亚也不免“多情善感”而哭得像六岁的小孩。这一天母子两人整天互相拥抱着，哭得浑身打战。第二天柯里亚一觉醒来，照旧“没有感情”，但却变得沉默、谦逊一些，也显得更为严肃而且深沉。固然在一个半月以后，他又干出了一件淘气行为，甚至使本地的调解法官也知道了他的大名，但是这次淘气行为已完全属于另一类，甚至有点可笑而且愚蠢，而且后来查出来，这事也不是他自己做下的，他只是被牵连进去罢了。不过这还是等以后再说吧。母亲继续浑身战栗，满心痛苦，达尔达涅洛夫则随着她的惊慌程度的加深，更加抱有了希望。应该说明的是柯里亚早已看出和猜透了达尔达涅洛夫的这种心思，而且不用说，自然深为他的这种“多情善感”而瞧不起他；以前他甚至还曾在母亲面前不客气地表示过这种轻视的态度，隐约地对她暗示他明白达尔达涅洛夫要达到什么目的。但是在发生了铁路上的事件以后，他对这件事也改变了态度：绝不再做任何暗示，哪怕是极隐约的暗示，在母亲面前谈起达尔达涅洛夫来口气也比较恭敬了，敏感的安娜·费多罗芙娜立刻感到了这一点，而且心中无限地感激，但是只要有一个什么不相干的客人当着柯里亚偶然说一句关于达尔达涅洛夫的话，她就会忽然臊得脸通红，活像一朵玫瑰。遇到这种时候，柯里亚会或者皱紧眉头，望着窗外，或者细看自己的皮靴是不是开了口，或者厉声大叫“彼列兹汪”！这是一只长毛蓬松、满身污秽的大狗，他在一个月以前忽然不知从哪里把它捡来弄到家里，也不知为什么严守秘密，藏在屋内，不让任何同学看。他拼命摆布它，教它学各种本领和把戏，把那只可怜的狗弄得每当他上学去不在家的时候就悲声哀嗥，等他一回家，就又欢欣得尖叫，发疯似的乱蹦乱跳，听他指示，躺在地上装死，等等。一句话，做出一切教会它的花样，而且还不是出于人的命令，而完全是出于它一时勃发的欢欣和感激之情。

顺便说一句：我竟忘了提起，柯里亚·克拉索特金，就是被读者已经熟悉的那个男孩伊留莎用铅笔刀戳中大腿的那个小孩。伊留莎那次戳他是因为小学生们骂他的父亲——退职上尉斯涅吉辽夫为“树皮擦子”而替他父亲复仇。

二

小孩子

且说，在十一月里一个冰天雪地寒风凛冽的早晨，男孩柯里亚·克拉索特金待在家里。那天是星期日，没有功课。已经打了十一点钟，他有“一桩极紧要的事情”必须出门，但是全屋子里只剩他一个人，所有那些年长的住客都为了一桩紧急而古怪的事情出门去了，所以只能由他来看守这所房子。寡妇克拉索特金娜的房子里，除去她自己占用的住所以外，隔着过道还有唯一的一套两个小房间的住所，出租给一位医生太太和她的两个年幼的子女居住。这位医生太太和安娜·费多罗芙娜同岁，是她的要好女友。医生已在一年前离家，起初到奥连堡，以后又到了塔什干的什么地方，已经有半年音信全无，假如不是同克拉索特金太太的友谊稍微冲淡一些这被遗弃的医生太太的忧愁的话，她简直会被这种忧愁弄得整天泡在泪水里。但就好像她还不够倒霉似的，竟又出了一件这样的事，那就是昨天星期六的夜里，医生太太的唯一的女仆卡捷琳娜忽然完全出乎她意料，对她说自己明早就要养小孩子了。怎么事先竟谁也没发觉呢？这对大家来说简直是一桩怪事。惊愕不止的医生太太想最好趁时间还来得及，把卡捷琳娜送到本城一个专接这类生意的助产婆那里去。因为她十分看重她的这个女仆，因此立刻实行这个计划，亲自送了她去，并且还留在她身边。接着到了早晨克拉索特金太太不知怎的也感到必须给予友谊的关心和帮助，以便在这件事上代为求人办事，帮忙做主。这样，两位太太都已出门，克拉索特金太太自家的女仆阿加菲亚又上市场去了，所以柯里亚临时成了没人照管的“小宝宝”的保护人和看守人，这“小宝宝”就是医生太太的儿子和女儿。柯里亚并不怕看家，何况还有彼列兹汪在身边，他吩咐它在前屋的长凳底下趴着，“不许动一动”。柯里亚在屋里踱着步，每次走进前屋的时候，它总要把脑袋抖一抖，讨好地把尾巴朝地板上使劲地甩两下，但可惜总没听到召唤的哨声。柯里亚威吓地朝这可怜的狗看了一眼，它立刻又一动不动地做出听话的僵卧姿势。唯一使柯里亚不安的就是那两个“小宝宝”。他对于卡捷琳娜的意外事自然极为轻视，但是他对这两个失去父亲的小宝宝非常喜爱，已经把一本儿童读物送给他们去看。大一点的女孩娜斯佳已经八岁，会读书；较小的那个小宝宝，七岁的男孩柯斯佳，很爱听娜斯佳给他读书。自然，克拉索特金还可以和他们玩得更有趣些，比如让他们并排站好，同他们做士兵的游戏，或者跟他们满屋子地捉迷藏。这事他以前做过好几次，而且并不感到厌烦，以致有一次连他们班上也纷纷传扬，说是克拉索特金在自己家里和小房客做跑马的游戏，自己扮作一匹帮套的马，歪着脑袋跳跃，但是克拉索特金骄傲地反驳这种责备，表示“在这年代”和年龄相仿的人们，和十三岁的小孩们做跑马的游戏的确丢脸，可是他是为“小宝宝”们做的，因为他爱他们，而对于他的感情谁也不应该加以过问。正因为这样，所以这两个“小宝宝”也很爱他。然而这一次却没有工夫游戏。他有自己的一桩很重要的，甚至显得有点神秘的事情等着去办，但是时间不停地过去，可以把孩子交托给她的那个阿加菲亚竟还不肯从市场回来，他已经好几次穿过过道，推开医生太太家里的门，关心地张望“小宝宝”们。他们正遵照他的吩咐，坐在那里看书，每逢他一开门，就默默地对他张开嘴微笑，希望他走进来，做一点快乐、有趣的事。但是柯里亚心里正乱，没有走进来。最后终于打了十一点钟，他坚决彻底地下了决心，如果再过十分钟，“该死的”阿加菲亚还不回来，他就不再等候，径自出门了，自然先要对“小宝宝”们说好，叫他们在他不在家的时候不要害怕，不要淘气，不要吓得啼哭。他一边想，一边穿上有猫皮领子的冬天的棉大衣，然后把书包挎在肩上。不管他母亲以前怎样屡次恳求，让他在“这么大冷天”出门的时候一定要穿上套鞋，他走过外屋时，还是只轻蔑地看了它一眼，就只穿着皮靴走出去了。彼列兹汪看见他穿好衣裳，就使劲地用尾巴拍打地板，神经质地扭动着整个身躯，甚至发出可怜的嗥叫。但是柯里亚看见狗这样迫不及待，认为哪怕只差一分钟，也是违反纪律的，所以硬要它仍旧待在长椅底下，直到开了通过道的门，这才突然吹了一下口哨。狗像发疯似的跳了起来，兴高采烈地冲出去跑在他前面。柯里亚穿过过道时，开门看了看“小宝宝”们。两人仍旧坐在小桌旁边，但不再看书，却在那里热烈地辩论。这两个小孩时常互相辩论日常生活中各种使人兴奋的问题，每次都是娜斯佳这位比较年长的占了上风；柯斯佳如果不同意她的看法，几乎总是跑到柯里亚·克拉索特金面前去上告，经他一判决，便成为两造绝对的裁决。这一次“小宝宝”们的辩论有点使克拉索特金产生了兴趣，他就站在门前听着。小孩们看见他听着，便更加热烈地继续争辩起来。

“我永远不相信，永远不相信，”娜斯佳热烈地叨唠说，“小孩子是助产妇在菜园子的白菜地里找来的。现在已经是冬天，不会再种白菜。所以助产妇也没法给卡捷琳娜带一个女儿来。”

“嘿！”柯里亚不由得心里暗笑了一声。

“也许是这样：他们是从别的什么地方找来的，不过只带给那些出嫁的女人。”

柯斯佳聚精会神地望着娜斯佳，用心地一边听一边想着。

“娜斯佳，你真是傻瓜，”他终于坚定而不慌不忙地说，“卡捷琳娜既然没有出嫁，怎么会有小孩呢？”

娜斯佳十分激动起来。

“你一点也不明白，”她生气地抢着说，“也许她有丈夫，不过被关在监狱里，所以她生孩子了。”

“她的丈夫难道真被关在监狱里吗？”凡事认真的柯斯佳一本正经地问。

“或许是这样。”娜斯佳急忙打断了他的话，完全抛开并且忘掉了她的第一个假定，“她没有丈夫，这话你说得对，但是她想出嫁，所以开始想起她怎样出嫁的事情来，一直想啊想啊，想来想去，结果没有想出丈夫来，却想出了一个孩子。”

“嗯，也许是这样的，”完全被说服了的柯斯佳同意了，“可是你以前没有说这个，叫我怎么能知道呢。”

“喂，孩子们，”柯里亚一边跨进屋子，一边说，“我看你们真是些危险的人哩！”

“彼列兹汪跟您一块儿来了吗？”柯斯佳咧开嘴笑着，开始弹手指，召唤彼列兹汪。

“小宝宝们，我现在很为难，”克拉索特金郑重地开始说，“你们应该帮我的忙，阿加菲亚准是摔断了腿，因为直到现在还没有来，这是没错的了。可我又必须出门去。你们可以放我走吗？”

孩子们担心地互相看了一眼，咧开嘴笑着的脸上显出了不安。然而他们还不十分明白要求他们的是什么。

“我不在家，你们不淘气吗？会不会爬到橱柜上面，摔折了腿？会不会吓哭了？”

孩子们的脸上显得十分烦恼。

“我可以给你们看一件小玩意儿，一个小铜炮，可以装上真正的火药开炮。”

孩子们的脸立刻开朗了。

“快把小炮拿来看。”满脸喜色的柯斯佳说。

克拉索特金把手伸进书包，掏出一尊小铜炮，放在桌子上。

“‘拿来看’，‘拿来看’！你瞧，还安着轮子哩，”他把玩具在桌子上滚着，“还可以开炮。装上铅子，就放出去。”

“打得死人吗？”

“什么人都打得死，只要瞄准了。”于是克拉索特金给他们说明哪儿装火药，哪儿装铅子，又给他们看像炮门似的小洞，并且说发射的时候炮身还会后坐。小孩们怀着极大的好奇心听着。特别使他们感到难以想象的是炮身竟会后坐。

“您有火药吗？”娜斯佳问。

“有的。”

“那把火药也拿给我们瞧瞧呀。”她带着恳求的微笑说。

克拉索特金又朝书包里摸，掏出一个小瓶，里面果然装着一些真正的火药，在一个纸包里还有一些铅子。他甚至打开小瓶，倒了一点火药在手掌上。

“只是一定要留神火，要不会一下爆炸起来，把我们都炸死的。”克拉索特金为了加强渲染，还特地警告说。

孩子们怀着一种更增强了他们乐趣的敬畏心情细看着火药。不过柯斯佳更喜欢的还是铅子。

“铅子不会烧起来吗？”他问。

“铅子烧不起来。”

“送给我一点铅子吧。”他用哀求的声音说。

“铅子可以送给你一点。拿去吧。不过在我没有回来以前，不许给你妈妈看，要不然她会以为这是火药，吓得要死，把你们抽一顿的。”

“妈妈从来不用鞭子抽我们。”娜斯佳立刻说。

“我知道，我这么说只是为了顺口。你们本来决不应该骗妈妈，但是只有这一次——瞒到我回家以前吧。现在，小宝宝们，我可以出去吗？没有我，不会吓得哭吗？”

“我们——要哭——的。”柯斯佳拉长了声音说，已经快要哭出来了。

“我们要哭的，一定要哭的！”娜斯佳又胆怯地急忙附和着说。

“唉，孩子们，孩子们，你们这个年龄真叫人难办啊！没有法子，小家雀，只好陪着你们不知还要再待多少时候。可时间呀，时间呀！”

“那您吩咐彼列兹汪装死。”柯斯佳请求说。

“真没有法子，只好找彼列兹汪帮忙。来，彼列兹汪！”于是柯里亚开始对狗下命令，它就表演它所会的一切。这是一只长毛狗，和寻常看家狗大小相同。毛色灰中带紫。右眼是斜的，左耳上不知怎么有个刀痕。它尖叫着，蹦跳着，听从指使，用后腿走路，仰翻在地，四脚朝天，一动也不动就像死了过去似的躺着。正在表演最后一手的时候，门开了，阿加菲亚出现在门口，这个克拉索特金太太的女仆胖胖的，四十多岁，一脸麻子，手里拿着满满一篮买来的食品从市场上回来了。她站在那里，左手捧着篮子，瞧起狗来。柯里亚尽管等阿加菲亚等得那么急，却并没有停止表演，仍让彼列兹汪装了一会儿死相，才向它吹了一声口哨：狗跳起身来，因为履行了自己的职责，欢喜蹦跳不止。

“瞧这只狗！”阿加菲亚用教训的口吻说。

“你这女人，为什么回来得这么晚？”克拉索特金严厉地责问。

“女人吗？咦，你这个小东西！”

“小东西吗？”

“就是小东西。我晚了，关你什么事？就算晚了，也是有原因的。”阿加菲亚嘟囔着，在火炉旁边张罗起来，但说话的口气完全没有什么不满意或者生气的意味，相反地倒显得很满意，似乎有机会和快乐的小少爷斗斗嘴感到很高兴。

“你听着，你这轻浮的老太婆，”克拉索特金一边从沙发上站起来，一边说，“你能不能对我赌咒，用世界上一切神圣的东西再加别的不管什么东西的名义对我赌咒，你在我离开的时候一定好生照看这两个小宝宝？我要出门去。”

“我为什么要对你赌咒？”阿加菲亚笑了起来，“本来我也会照看的。”

“不行，必须用你的灵魂永远得救的名义赌咒。要不然我就不出去。”

“那你就不出去好了。这跟我有什么相干。外边冷极啦，你在家里待着吧。”

“小宝宝们，”柯里亚对小孩子们说，“在我回家以前，这女人陪你们在一起，或者只等你们妈妈回来就行，因为按说她早已经该回来了。还有，她会给你们吃早饭的。你能给他们一点东西吃吧，阿加菲亚？”

“这倒行啊。”

“再见吧，小家雀们，我现在可以安心地出门了。至于你呢，大娘，”他走过阿加菲亚身边时，郑重其事地轻声说，“我希望你不要像平常那么老婆子嚼舌似的，对他们瞎说一些关于卡捷琳娜的傻话，你应该顾到小孩子的年龄。来，彼列兹汪！”

“去你的吧，”阿加菲亚真的生气了，立刻反唇相讥说，“你这可笑的孩子！告诉你吧，你说这种话，自己就该先挨一顿揍。”

三

小学生

但是柯里亚没有听见。他终于可以出门了，他走出大门，四面望望，耸了耸肩，说了声：“好冷！”就一直顺大街走去，然后向右拐，走进通市场的胡同。走到离市场最近的倒数第二所房子，他在大门前站住，从口袋里掏出哨子，用力吹了一声，似乎是发出约定的信号。他等候了不到一分钟，大门里忽然跳出一个脸蛋红润的十一岁光景的男孩来，他穿着暖和、清洁，甚至有点漂亮的小大衣。男孩名叫斯穆罗夫，在预备班里读书（柯里亚·克拉索特金当时已经比他高两班了），是个有钱的官员的儿子。他的父母大概因为克拉索特金是出名的胆大包天的淘气鬼，不许斯穆罗夫跟他一起玩，所以他现在显然是偷偷跑出来的。假如读者还没有忘记的话，两个月以前隔着河沟向伊留莎扔石子的那群小孩里就有这个斯穆罗夫，而且当时就是他把伊留莎的事情讲给阿辽沙·卡拉马佐夫听的。

“我已经等您整整一个钟头了，克拉索特金。”斯穆罗夫用坚决的神气说着。两个小孩向广场上走去。

“耽误了一会儿，”克拉索特金回答说，“有点事情。你同我在一块儿，不会挨揍吗？”

“得了吧，我怎么会挨揍？彼列兹汪也带来了吗？”

“带着彼列兹汪！”

“你也把它带到那边去吗？”

“也把它带去。”

“哎，要是茹奇卡就好了。”

“茹奇卡是不可能的。茹奇卡已经不存在了。茹奇卡已经无影无踪不知去向。”

“哦，能不能这样子，”斯穆罗夫突然站住了，“伊留莎不是说，茹奇卡也是长毛的，也是烟灰色的，和彼列兹汪一样。能不能说它就是茹奇卡。也许他会相信的？”

“小同学，应该讨厌说谎，这是第一层；即使做的是好事，也是这样，这是第二层。主要的是，我希望你没把我要去的事情说出去。”

“当然决不能说，这我还不明白？但是彼列兹汪安慰不了他。”斯穆罗夫叹了一口气，“你知道，他的父亲，那个‘树皮擦子’上尉，对我们说今天他要送一只小狗给他，真正的獒犬，黑鼻子；他以为这可以使伊留莎心里痛快些，其实不见得吧？”

“他本人怎样？伊留莎本人怎样？”

“很糟糕，很糟糕！我想，他得的是痨病。他的神志很清楚，只是老喘气，喘得很不好。有一次他要人家给他穿上靴子，带他走一走，刚走了一步，就栽倒了。他说：‘唉，爸爸，我对你说过的，我这双靴子原来就太坏。以前我穿着就不合适。’他以为他是因为那双靴子才栽倒的，其实只是因为身子软弱。他一星期也活不下去了。赫尔岑斯图勃常去看病。现在他们又富了，他们有许多钱。”

“全是些骗子。”

“谁是骗子？”

“就是那些医生，所有那些瞧病的江湖骗子，我说的是一切医生，特别是这个医生。我反对医学。那全是一套毫无用处的东西。让我自己去看看再说。可是你们为什么干出这种多愁善感的举动来？你们大概是全班的人都去了吧？”

“不是全班，每次只有十个人去，每天总是这样。这没有什么。”

“在这件事上使我最奇怪的是阿历克赛·卡拉马佐夫的举动：他

的哥哥明后天就要为了犯那么大的罪受审判了，他反倒有时间同小孩们一起干起这种多愁善感的事情来！”

“这根本说不上什么多愁善感。你自己现在不也要去和伊留莎讲和吗？”

“讲和？可笑的说法。而且我也不许任何人来分析我的行为。”

“可是伊留莎看见你会多么高兴啊！他连想都想不到你会去的。你为什么，为什么那么长时间一直不愿意去呢？”斯穆罗夫突然热烈地大声说。

“亲爱的孩子，这是我的事情，不是你的事情。我是自动去的，因为我自己要去，而你们大家都是阿历克赛·卡拉马佐夫拉去的，这就大不相同了。而且你怎么料得定，也许我根本不是去讲和的呢？真是糊涂的说法。”

“并不见得是卡拉马佐夫，并不是他。完全是我们自己要去，自然最初是同卡拉马佐夫一块儿去的，而且一点也没有什么，一点也没有弄出什么蠢事来。起初一个人去，后来另一个也去了。他父亲十分欢迎我们。你知道，如果伊留莎一死，他简直要发疯。他看出伊留莎会死的。他看见我们同伊留莎讲和，高兴极了。伊留莎时常问起你，却没多说什么话。问一下，就不再说了。他父亲会发疯或者上吊的。他以前就曾疯疯癫癫过。你知道，他是一个正派人，当时是闹了点误会。这全是那个打他的杀父凶手的错处。”

“不过我始终觉得卡拉马佐夫是一个谜。我早就可以和他认识了，但是在有些事情上，我喜欢保持点傲气。而且我对他有一种看法，还需要了解了解，弄弄清楚。”

柯里亚神气活现地沉默不响了，斯穆罗夫也不作声。斯穆罗夫显然很崇拜柯里亚·克拉索特金，和他处于平等的地位是连想也不敢想的。现在他感到极大的兴趣，因为柯里亚说他是“自动去的”，既然这样，那么柯里亚现在，而且偏偏是今天忽然要去，那一定有什么哑谜在里面。他们在市场上走着。这时候那里停着许多外来的大车，还有许多赶来卖的家禽。一些城里的女人在棚里卖面包圈、棉线等物。

在我们的小城里，大家淳朴地管这种星期天的市场叫集市。这种集市每年有很多次。彼列兹汪心情十分愉快地跑着，不断地东嗅嗅西闻闻。它和别的狗相遇时，总是特别高兴按照狗的规矩，浑身上下互相闻个够。

“我喜欢观察现实世界，斯穆罗夫，”柯里亚忽然说，“你注意到没有，狗相遇以后，总要互相闻来闻去！在这件事上它们之间一定有一种共同的自然法则。”

“是的，一种很可笑的法则。”

“并不可笑，你这话说得不对。不管人抱着他们的偏见怎么看法，自然界里是没有一点可笑的地方的。假如狗会议论和批评，那它们一定会觉得在它们的主子——人类——相互的社会关系里有同样多的它们认为可笑的东西，也许更多得多都很难说；我要引用这话，是因为我深信我们的蠢事要多得多。这是拉基金的见解，一个很有意思的见解。我是社会主义者，斯穆罗夫。”

“可社会主义者是什么？”斯穆罗夫问道。

“那就是要大家平等，财产公有，没有婚姻，宗教和一切法律都随大家的便，此外还有别的许多主张。你还没有长大到能够明白这些，你还早。可是好冷呀。”

“是的，零下十二摄氏度。刚才我父亲看过寒暑表。”

“你注意到没有，斯穆罗夫，在深冬季节，虽然到零下十五摄氏度，甚至十八摄氏度，好像也并不很冷，并不比现在初冬的时候，就像现在这样，突然来了霜冻，只有零下十二摄氏度，雪还很少的时候那么冷。这就是说人们还没有习惯。人们在一切事情上都凭习惯，甚至在国家大事和政治方面也都这样。习惯是主要的动力。可是这农民的样子真可笑。”

柯里亚指着一个身材高大、面貌善良、穿着皮袄的农民，正在大车旁边冷得不住拍打戴着无指手套的手。他浅褐色的长须冻得挂上了一层白霜。

“庄稼佬的胡子结冰了！”柯里亚经过他身旁的时候，故意寻事似的大声嚷着。

“胡子结冰的人多着哩。”农民不慌不忙教训他似的回答。

“你别惹他。”斯穆罗夫说。

“不要紧，他不会生气，他是好人。再见吧，马特维。”

“再见。”

“你难道真是马特维吗？”

“马特维。你不知道吗？”

“不知道；我是随便猜的。”

“你瞧你。你是学生吧？”

“学生。”

“老师打你吗？”

“并不经常打，有时也免不了。”

“痛不痛？”

“那还用说。”

“唉，这生活呀！”农民真诚地叹了一口气说。

“再见吧，马特维。”

“再见吧。你真是个可爱的小伙子，跟你说吧。”

两个少年向前走去。

“这是个很好的农民，”柯里亚对斯穆罗夫说，“我爱同乡下人说话，总喜欢对他们抱着公平的态度。”

“为什么你对他撒谎，说我们这里有挨打的事？”斯穆罗夫问。

“该使他安心呀！”

“这怎么会使他安心呢？”

“跟你说，斯穆罗夫，我最不喜欢人家不能一下就明白，老是刨根究底地问。有的人是简直没法给他们讲清楚的。在乡下人的头脑里，学生总是挨打而且应该挨打的。不挨打，那还算什么学生？我要是突然对他说我们并不挨打，他听了就会不痛快的。不过你不会懂得这些事。同乡下人应该会说话。”

“不过请你不要惹火他们，要不然又要出乱子，像上次那只鹅的事情。”

“你怕什么？”

“你不要笑，柯里亚，我真害怕。我父亲很生气。他严禁我和你一块儿出门。”

“你不要担心，这一次不会出什么事情的。你好呀，娜塔莎。”他对棚子里的一个女商贩招呼说。

“我怎么成了娜塔莎，我叫玛丽亚。”女商贩嚷着回答。这是个年纪还不算老的女人。

“你是玛丽亚，那也好，再见吧。”

“哎哟，你这小调皮！脑袋离地还不高哩，就要来这手！”

“我没工夫，我没工夫跟你一块儿聊，下个星期再听你说吧。”柯里亚挥着手，好像不是他去纠缠她，倒是她跟他纠缠似的。

“下个星期我有什么跟你说的？是你自己找上来的，又不是我，你这淘气鬼，”玛丽亚大叫大嚷着，“应该揍你一顿才是哩！是的，你是个有名的捣乱鬼！”

在玛丽亚旁边摊子上做生意的许多女贩中间传出了一阵笑声，忽然从铺子门前的拱廊下冷不防地跳出一个怒气冲冲的人来，有点像铺子里的伙计，但不是城里的商人，而是外来的。他穿着长襟的蓝外褂，戴着鸭舌帽，年纪还轻，一头深褐色的卷发，一张苍白而有麻点的长脸。他带着一种傻里傻气的激动神气，立刻举拳威吓起柯里亚来。

“我知道你的，”他怒冲冲地喊道，“我知道你的！”

柯里亚定睛望了他一会儿。他怎么也记不起来什么时候同这人发生过冲突了。不过他在街上跟人冲突的事还少吗，当然不能全都记得。

“你知道吗？”他讥笑地问小市民。

“我知道你的！我知道你的！”小市民像傻子似的反复说。

“那就更好。我没有工夫，再见吧！”

“你捣什么乱？”小市民嚷道，“你是不是又来捣乱了？我知道你的！是不是又来捣乱了！”

“我捣乱，老兄，也不关你的事。”柯里亚站住了说，继续打量他。

“怎么不是我的事？”

“自然不是你的事。”

“那么是谁的事？谁的事？究竟是谁的事？”

“眼前，老兄，这是特里丰·尼基季奇的事，不是你的事。”

“哪一个特里丰·尼基季奇呀？”那汉子盯着柯里亚，虽然还是那样暴躁，却露出傻子似的惊讶的神情。柯里亚傲慢地上下打量了他一下。

“到升天教堂去过没有？”他忽然用坚决严厉的口气问他。

“到哪个升天教堂？为什么？不，没去过。”那汉子有点弄愣了。

“萨巴涅耶夫你认识吗？”柯里亚继续用更加坚决严厉的口气问。

“你说哪个萨巴涅耶夫？我，我不认识。”

“哦，既然这样，那就去你的吧！”柯里亚突然不客气地说，猛然向右一转身，快步地只管自己往前走去，似乎再也不屑和那个连萨巴涅耶夫都不认识的蠢材说话。

“喂，你站住！什么萨巴涅耶夫？”汉子清醒过来，又变得火气十足。“他说的是什么？”他突然转向女商贩们说，傻呵呵地望着她们。

女商贩哈哈大笑起来了。

“真是个古怪孩子。”有一个女人说。

“他说的是什么，什么萨巴涅耶夫？”汉子还是气冲冲挥着右手反复地问。

“这想来是说在库兹米乔夫那里干活儿的那个萨巴涅耶夫，想来大概就是说他。”一个女人突然猜想道。

汉子迷惑不解地瞪着她。

“库兹米乔夫那里吗？”另一个女人重复了一句，“他怎么叫特里丰？他叫库兹马，不叫特里丰。那个小伙子说的是特里丰·尼基季奇，看来，并不是说他。”

“他不叫特里丰，他不是姓萨巴涅耶夫，他是姓齐若夫。”第三个女人忽然接口说，她原来一直一声不响，一本正经地在听他们说话，“他的名字叫阿历克赛·伊凡诺维奇。阿历克赛·伊凡诺维奇·齐若夫。”

“他是姓齐若夫。”第四个女人坚决地证明说。

弄得莫名其妙的汉子一会儿瞧瞧这个女人，一会儿瞧瞧那个女人。

“可他为什么这样问，他问这话干吗，请问诸位好心人！”他几乎绝望地喊着，“‘萨巴涅耶夫你认识吗？’鬼知道萨巴涅耶夫是个什么人！”

“你这缺心眼的，对你说不是萨巴涅耶夫，是齐若夫，阿历克赛。伊凡诺维奇·齐若夫。”一个女贩向他大声呵斥道。

“什么齐若夫？什么人？你既然知道他，你快说。”

“高高个子，流鼻涕的，夏天常坐在市场上。”

“可你那齐若夫跟我有什么关系，好人们？”

“我怎么知道齐若夫跟你有什么关系。”

“谁知道他跟你有什么关系，”另一个女人接口说，“既然你这么瞎嚷嚷，你自己总该知道你想要拿他干吗。他是对你说的，不是对我们说，你这傻瓜。你真的不知道吗？”

“谁啊？”

“齐若夫。

“让鬼把齐若夫和你都抓去吧！我要揍他一顿！他要笑我！”

“你想揍齐若夫吗？也许他会来揍你哩！你是一个傻子，告诉你吧！”

“不是齐若夫，不是齐若夫，你这没安好心的坏女人，我要揍那个小孩！把他抓来，把他抓来，他要笑我哩！”

女人们哈哈大笑起来。但是柯里亚脸上已经带着胜利的神情走得很远了。斯穆罗夫在他身旁走着，不住回头瞧着远处这群正在吵吵嚷嚷的人。他也觉得很快乐，虽然心里还在担心，不要跟着柯里亚闹出乱子来。

“你问他哪一个萨巴涅耶夫？”他问柯里亚，其实他已经猜得出他会回答什么。

“我哪里知道是哪一个？现在他们会在一块吵嚷到晚上了。我喜欢把社会上各个阶层里的傻子们撩得吵嚷起来。这里还站着一个傻瓜，就是这个庄稼佬。你要知道，人家说‘再没有比愚蠢的法国人更蠢的了’，但是俄国人的脸上也常常露出蠢相来。瞧这个庄稼佬脸上不也充分显露出他是一个傻子吗？”

“放过他吧，柯里亚，我们走我们的得了。”

“我怎么也不愿意放过去，我现在就干。喂，你好呀，乡下人。”

一个身强力壮的农民正慢吞吞地走过来，生着一张朴实的圆脸，胡须斑白，大概已经喝了点酒。他抬起头来，看了小伙子一眼。

“你好，你不是开玩笑吧！”他不慌不忙地回答。

“要是开玩笑又怎么样呢？”柯里亚笑了起来。

“要是开玩笑那就开吧，上帝保佑你。不要紧，这是可以的。开开玩笑总是有的。”

“对不起，老兄，我确实是在开玩笑。”

“上帝会饶恕你的。”

“你自己饶恕吗？”

“我完全饶恕。你走吧。”

“你瞧，你呀，你大概是个聪明的乡下人。”

“比你聪明些。”农民出乎意料地、一本正经地回答。

“不见得吧。”柯里亚有点愕然了。

“我说得很对。”

“也许是这样。”

“是的，老弟。”

“再见吧，乡下人。”

“再见吧。”

“乡下人也有各种各样的，”柯里亚沉默了一会儿以后，对斯穆罗夫说，“我哪里知道会碰上聪明人。我总是高兴承认乡下人的聪明的。”

远处教堂的钟打了十一点半。男孩们加紧了脚步。到斯涅吉辽夫上尉家剩下的很长一截路他们走得很快，差不多话也不说。来到离那所房子有二十步远时，柯里亚站住了，吩咐斯穆罗夫先进去，叫卡拉马佐夫出来。

“应该先嗅一下。”他对斯穆罗夫说。

“为什么叫他出来，”斯穆罗夫不以为然地说，“你就这样进去，他们会非常非常欢迎你的。干吗要在冰天雪地里认识新朋友呢？”

“我为什么要叫他到这外面雪地里来我自然知道。”柯里亚用专制的口气断然地说（他最喜欢这样对付这些“小孩”），斯穆罗夫便连忙跑去执行命令。

四

茹奇卡

柯里亚脸上一本正经，斜靠在围墙上面，等候阿辽沙出来。是的，他早就想同阿辽沙相见了。他听那些男孩子说过不少关于阿辽沙的话，但直到现在为止，在人家向他讲起阿辽沙的时候，他总是表面显出一副冷淡轻视的神色，甚至在听完别人所讲的那些事情后，还对阿辽沙“批评”一番。但是心底里他却非常非常想和阿辽沙结识，因为在他所听到的关于阿辽沙的一切情况里，都有某种令人产生好感的吸引人的东西。因此，现在的时刻是极为重要的：首先应该不丢面子，显示出有独立性；“要不然他觉得我只有十三岁，会把我和这些小孩一样看待的。他跟这些孩子在一块混有什么意思？等我和他熟悉以后我要问他。可是气人的是我的个子这么矮。图济科夫比我岁数小，但是高半个脑袋。不过我的脸看起来是聪明的；我不漂亮，我知道我的脸难看，但是聪明。另外，也应该不过分真情流露，假如一下子就和他拥抱起来，他要以为……假使被他看不起，那是多丢人！”

柯里亚的心里很慌乱，努力做出潇洒独立的姿态。特别使他烦恼的是他的矮小的身材，与其说是他那“难看”的脸，不如说是他的身材。他在家里墙角落上，从去年起就用铅笔画好了一道表示他的身高的线，从此以后，每隔两个月就带着忐忑不安的心情去比量一下，看长了多少。但是实在令人悲叹！他长得太慢，有时简直使他感到绝望。至于脸，其实并不太“难看”，相反，还相当招人喜欢，白净，秀气，有点雀斑。不大而极机灵的灰眼珠勇敢地看人，时常显得很富于情感。颧骨宽宽的，小嘴的嘴唇不很厚，却很红，鼻子很小，明显是翘起的："我是翘鼻子，完全是个翘鼻子！"柯里亚照镜子时总是这样嘟嘟囔囔，带着懊恼的心情离开镜子。"脸也不见得聪明吧？"他有时甚至对于这层也疑惑起来。但是不要以为对于面貌和身材的关心会占据他整个心灵。相反，他在照镜子的时候无论怎样心里发狠难熬，但却很快就会忘记，甚至很长时间都不再记得，他对自己的事业下断语说："要把自己完全献给理想和实际生活。"

阿辽沙很快就出来了，急忙地向柯里亚跟前走来。还在几步以外，柯里亚就看出阿辽沙似乎一脸高兴的神色。"难道真是喜欢我吗？"柯里亚愉快地想着。说到这里我们要顺便提一提，阿辽沙自从前文我们把他搁下的时候起已经改变得很多：他脱下了修道服，现在常穿着一身裁制得很好的常礼服，戴一顶细软的圆盆帽，头发也剪得短短的。这一切把他修饰得十分漂亮，显得完全是一个美男子。他的俊秀的脸总带着快乐的神气，但是这快乐是温柔而恬静的。使柯里亚惊讶的是阿辽沙就穿着坐在屋里时的衣服出来见他，没有戴帽子，显然是急忙跑来的。他一见面就马上向着柯里亚伸出手来。

"您到底来了，我们大家多么盼着您来呀。"

"有一点原因，您立刻就会知道的。不管怎么说，我很喜欢同您认识。我早就在等候机会，还听到许多关于您的话。"柯里亚喃喃地说，呼吸有点急促。

"就算不是这样，我同您也早就该互相认识了，我也听到过许多关于您的话，但是您一直迟迟不到这里来。"

"请您说一说，这里的情形怎么样？"

"伊留莎的病很不好，他一定快要死了。"

"您说什么？卡拉马佐夫，您必须同意，医学是卑鄙的东西！"柯里亚激烈地叫了起来。

"伊留莎时常提起您，时常提起的，您知道，他甚至在梦中说胡话的时候还提起您。可见过去您在他心目中是很宝贵的，很宝贵的，在那件事情……动刀子的事情以前。这里还有另外一个原因。请问，这是您的狗吗？”

“是我的。名叫彼列兹汪。”

“不是茹奇卡吗？”阿辽沙同情地看着柯里亚的眼睛，“那只狗从此就失踪了？”

“我知道你们大家都想找到茹奇卡，我都听说了。”柯里亚神秘地笑了一笑。“您听着，卡拉马佐夫，我要把一切情况对您说说明白，我主要是为这事而来的，也就是为了这件事情叫您出来，在走进去以前，预先对您说明这件事情的前前后后。”他兴奋地开始说，“您知道，卡拉马佐夫，伊留莎在春天进了预备班。大家都知道，我们学校的预备班净是些小孩子。他们立刻欺侮起伊留莎来。我比他高两级，所以自然只站在旁边远远地看着他们。我看出这孩子很小很弱，但却决不肯服输，甚至还敢同他们打架，气昂昂地，小眼珠冒着火。我喜欢人们这样。但是他们却为了这个更加欺侮他。主要的是因为他穿的大衣很坏，裤子短得吊起着，皮靴上全裂了口。他们就因为这个侮辱他。这是我最不喜欢的，于是立刻出头帮他忙，好好教训了他们一顿。我虽然揍他们，但是他们崇拜我，您知道不知道，卡拉马佐夫？”柯里亚带着炫耀的神气夸口说，“我一向是爱小孩的。眼下我家里就有两只小‘家雀’骑在我的脖子上，甚至今天还耽误了我许多时间。就这样，伊留莎后来就归我保护，没人再打他了。我知道，他是一个骄傲的小孩，这一点我可以对您说，他是骄傲的，但是结果竟像奴隶般对我忠心，执行我的一切命令，像服从上帝似的听从我的话，还模仿起我来。在课间休息时立刻来找我，我同他一块儿走来走去。星期日也是这样。我们的中学里每逢有年纪大的学生同小孩要好的时候，大家会加以嘲笑，但这是偏见。我高兴这样做，管他干吗，不对吗？我教他读书，启发他的脑筋，请问：既然我喜欢他，为什么我不能教导他呢？卡拉马佐夫，您不是也同这些小家伙很要好吗？那就是说您想感化少年，教导他们，做些对他们有帮助的事情，对不对？说实话，我听到您有这样一种性格，特别引起了我的兴趣。不过还是讲正事吧：我看出这孩子身上越来越滋长出一种温情脉脉、多愁善感的脾气，可是您知道，我却跟那种牛犊般的温柔劲势不两立，从我生下来就是这样。此外还有矛盾：他很骄傲，却奴隶般对我忠诚，但尽管奴隶般忠诚，却会忽然瞪起眼睛，甚至不愿赞成我的话，争论不休，火冒三丈。我有时说出各种想法，他并不是不赞成，看得出，他是对我本身反抗，因为我用冷淡对待他的温柔。为了锻炼他，他越温柔，我越冷淡，故意这样做，这是我的信念。我的用意是要训练他的性格，弄得坚强一些，把他培养成一个人，……就是这个样子，您大概一听就会明白我的意思的。突然间，我看出他一连三天心里苦恼，快快不乐，但已经不是为了渴望温柔，而是为了另外的什么更高、更强烈的东西。我心想，出了什么悲剧吧？我竭力盘问他，才知道其中的原因：他不知怎么和当时还活着的已故令尊大人的仆人斯麦尔佳科夫认识了，那家伙给这傻子出了一个坏主意，一个野蛮的主意，卑鄙的主意，就是拿一块软心的面包，里面插上一个大头针，扔给看家狗吃，而且要扔给那饿得连嚼也不嚼就吞下去的狗吃，以后看它会怎么样。他们当时预备好了这么一块东西，就扔给了现在大家都在议论的那只长毛狗茹奇卡吃。它是一家院里的看院狗，那一家根本没人喂它，它只好整天迎风嗥叫。（您喜欢听这种愚蠢的狗叫吗，卡拉马佐夫？我简直受不了。）它当时跑过来，一口吞了下去，就身子打转，狂叫起来，接着就拼命地跑了，一边跑，一边叫，从此就失踪了——这是伊留莎亲自对我讲的。他一面对我坦白，一面不停地哭着，拥抱我，全身哆嗦着反复地说着这样一句话：‘一边跑，一边叫；一边跑，一边叫。’那种景象真把他吓坏了。我看出，他的良心受了谴责。我把这事看得很严重。尤其是为了以前的种种事情我早就想教训教训他了，所以说实话，我当时耍了个狡猾的手腕，假装比实际更加生气似的。我说：‘你做了一桩下流事，你是个坏蛋，我自然不会给你说出去，但是我要暂时同你断绝关系。等我好好考虑过后，再叫斯穆罗夫（就是今天同我一块儿来的那个孩子，他永远是对我十分忠实的）来通知你，是继续同你做朋友呢，还是永远抛弃你，把你当作浑蛋看待。’这使他十分震惊。说实话，我当时就感到也许对他太严厉了，但是有什么办法，当时我是这样想的。过了一天，我派斯穆罗夫转告他，我以后跟他‘不再说话’，我们这里两个同学绝交的时候，总是这样说的。实际上我心里只是想用这个来考验他几天，等看到他忏悔了，再向他伸出手去。这是我打好了的主意。但是结果您猜怎么着？他听到斯穆罗夫的话，忽然瞪起眼睛，嚷道：‘请你转告克拉索特金，我现在要把带针的面包扔给所有的狗吃，所有的，所有的！’我心想：‘居然犯起性子来了，应该想法清除它。’我就对他表示彻底的轻蔑，每逢碰见的时候不是扭身不理，就是嘲讽的冷笑。不久忽然又发生了他父亲的那件事，就是那个‘树皮擦子’，您记得吗？您要知道，他就这样已经眼看要大发脾气了，因为孩子们看见我和他绝交，就攻击他，‘树皮擦子呀，树皮擦子呀’地直逗他。这样他们之间不久就开了仗，我对这事感到十分遗憾，因为他有一次大概被揍得很厉害。有一回，大家刚下课出来，他在院子里一个人向大家扑去，我恰巧站在十步以外看着他。我可以赌咒，我不记得我当时笑过他，正相反，我当时十分、十分地可怜他起来，眼看再过一会儿就要跑过去帮他的忙了，这时他突然遇到我的眼光，我不知道他究竟产生了什么错觉，但是他竟摸出一把铅笔刀朝我扑来，一刀戳在我的大腿上，就戳在这儿，右腿上。我动也不动，说实话，我有时是很勇敢的，卡拉马佐夫，我只是露出轻蔑的神色，眼光中似乎在对他说：‘为了报答我对你的友谊，你还要再戳一下吗？我可以使你满足。’但是他并没扎第二下，他受不住，自己害怕了，把刀子扔掉，哭出声来，跑了。我自然没去告发他，叫大家也不要作声，免得传到学校当局那里，甚至对母亲也在伤好以后才说出来，再说那伤也算不了什么，只擦破了一点皮。以后我听说就在那一天，他乱扔石块，还把您的手指咬伤了。但是您要明白，他当时是处在一种什么境况啊！有什么办法，我做了极愚蠢的事：他有病的时候，我没有前去饶恕他，就是说，去和他和解，现在真感到后悔。但是我另有目的。这件事整个前前后后就是这样，只不过我的行为大概很愚蠢……”

“啊，真可惜，”阿辽沙激动地喊道，“我以前不知道您同他有这种关系，要不然我早就会到您那里去，求您同我一起去看他。您相信不相信，他在病中，发烧说胡话的时候还老念叨您的名字。我竟不知道他这样重视您的友谊。难道说，难道说，您竟没有找到茹奇卡吗？他的父亲和所有的孩子找遍了全城。您相信不相信，他生病的时候有三次当我的面含着眼泪对他父亲反复地说：‘爸爸，我生病是因为我弄死了茹奇卡，这是上帝惩罚我。’无论如何也扭转不了他这个念头！假如现在能把这只茹奇卡找到，给他看一看，它并没有死，还活着，大概他会高兴得复活过来的。我们大家都对您抱着希望哩。”

“请问：你们为什么希望我能找到茹奇卡，为什么偏偏我能找到呢？”柯里亚问，露出非常好奇的样子，“为什么你们偏偏指望我，而不指望别人呢？”

“听说你可以找到它，而且一找到就会送到这里来。斯穆罗夫就说过这类话。主要的是，我们尽力使他相信茹奇卡还活着，有人在什么地方看见过它。孩子们不知从哪里给他弄来了一只活兔，他刚看了一眼，微笑了一下，就请他们把它放到野外去。我们就照他的意思做了。方才他父亲刚回来，给他带来一只小獒犬，不知从哪里弄来的，想借此使他得到安慰，可是结果好像更坏。”

“再请问您一件事，卡拉马佐夫：他的父亲到底是什么样的人？我知道他，但是据您的判断，他是什么样的人？小丑？装疯卖傻？”

“哦，不是的，有一种人有着很深的感情，但是却因为某种原因受到了压抑。他们的小丑行为就仿佛是对人们的狠狠的嘲讽，因为他们对这些人长期低声下气，不敢当面说实话。克拉索特金，您要相信，这类的小丑行为有时是很可悲的。他现在把一切，把世上所有的一切，全寄托在伊留莎身上了。伊留莎一死，他不是伤心得发疯，就是自杀。我现在看着他，几乎深信这一点！”

“我明白您的意思，卡拉马佐夫，我看出您是懂得人心的。”柯里亚热诚地补充说。

“我一看见您带了狗来，还以为您是把那只茹奇卡领来了哩。”

“别忙，卡拉马佐夫，也许我们真会找到它的。不过这只狗是彼列兹汪。我现在放它进屋去，也许会使伊留莎比看到小獒犬高兴些。您等一等，卡拉马佐夫，您立刻会看出一点什么来的。哎，真是要命，我为什么老把您拖住在这儿呀！”柯里亚忽然着急地喊了起来，“天这样冷，您光穿着一件便服站在外面，我还老拖住您；您瞧，您瞧，我真是自私的人！我们全是些自私的人，卡拉马佐夫！”

“您不要着急，天虽然冷，我是不大会着凉的。不过我们还是进去吧。顺便请问大名，我知道您叫柯里亚，但是全名叫什么呢？”

“叫尼古拉，叫尼古拉·伊凡诺维奇·克拉索特金，或者像人们打着官腔称呼那样，是克拉索特金少爷。”柯里亚不知为什么笑了一下，忽然补充说：

“我当然恨我的‘尼古拉’这个名字。”

“为什么？”

“俗气，还有官气。”

“您今年十三岁吗？”阿辽沙问。

“十三岁多了，过两星期就是十四岁，很快的。我先向您坦白一个弱点，卡拉马佐夫，这是只在您的面前说，好让您在初次跟我结识时就马上看出我的整个天性来：我最恨人家问我的岁数，恨得最厉害，还有……比方说，有人糟蹋我，说我在上星期同预备班的学生们做强盗的游戏。我做游戏是不假，但是说我为自己而游戏，为了自己找愉快，这根本就是糟蹋人。我有理由认为这话已经传到您的耳朵里去了，但是我做游戏并不是为了自己，我是为那些小孩才做游戏的，因为他们没有我就什么也想不出来。我们这里总是传播一些无聊的话。我可以对您说，这是一个造谣的城市。”

“即使是为了自己找快乐而做游戏，又有什么关系呢？”

“嗯，为了自己……可是您总不至于做跑马的游戏吧？”

“您应该这样想一下，”阿辽沙微笑着说，“比方说，大人们常上戏院里去，但是在戏院里演出的也都是各种英雄的冒险故事，有时也有强盗和战争，难道这不是只不过方式不同，实质却一样的吗？学生们在课间休息时做战争的游戏，或者做强盗的游戏，这也正是萌芽状态的艺术，是年轻的心灵中正在开始诞生的对艺术的需要，这类游戏有时编得甚至比戏院里的表演还好些，只有一点区别，就是人们上戏院去看演员表演，而在这里，少年人自己就是演员。不过，这恰恰只显得自然。”

“您以为这样吗？这是您深信不疑的看法吗？”柯里亚凝视着他，用诚挚而热情洋溢的口气说，“您知道，您说出了一个十分有意思的看法；我要回家去，把这个问题好好琢磨一下。说实话，我早就估计到我能从您这里学到一点什么。我是来跟您学习的，卡拉马佐夫。”

“我也跟您学习。”阿辽沙微笑着说，紧紧地握握他的手。

柯里亚很满意阿辽沙。使他惊奇的是阿辽沙完全平等待他，和他说话像和“真正的大人”说话一样。

“我现在要给您表演一出戏，卡拉马佐夫，也是一场舞台表演，”他神经质地笑着说，“我是为这件事来的。”

“先到左边房东那里去，你的同学们都把大衣放在那里，因为屋里又挤，又热。”

“哦，我只待一会儿，我可以穿着大衣进去坐一下。叫彼列兹汪先留在过道里装死不许动：‘嘘，彼列兹汪，你躺下，死过去！’您瞧，它就装着死过去了。我先走进去，观察一下情况，然后，到了必要的时候，就打个口哨：‘嘘，彼列兹汪’您瞧，它会立刻像疯子似的飞跑进来。只有一件，斯穆罗夫可不要忘记到时候开开门。让我来布置一下，您就可以看到一出好戏啦。”

五

在伊留莎床边

在住着我们所知道的退伍上尉斯涅吉辽夫一家的那间我们已经熟悉的屋子里，这时因为人很多，又闷又挤。有几个男孩子坐在伊留莎床边，他们虽然也都像斯穆罗夫一样，会极口否认是阿辽沙把他们领来和伊留莎言归于好的，但是事实却是这样。他对于这件事情的全部艺术就在于他把他们一个个陆续领来和伊留莎和解，毫不渲染那套“牛犊般的温情”，却似乎完全不是有意这样做，而是出于偶然的。这大大地缓和了伊留莎的悲哀。他看见所有这些以前都是他的死对头的男孩，对他显示那样近乎温柔的友谊和同情，很为感动。只有克拉索特金一人没有来。这像一块大石头似的压在他的心上。在伊留莎的痛心的回忆里，如果说有什么最痛心的事，那就是和他原来唯一的知己和保护人克拉索特金闹翻，竟用刀子刺了他这件事。首先来和伊留莎和解的聪明的男孩斯穆罗夫也是这样想的。但当他婉转地告诉克拉索特金，说阿辽沙“有一件事”想要来找他的时候，克拉索特金立刻打断并且堵住了他的口，叫他马上去转告“卡拉马佐夫”，说他自己知道应该怎么办，不想听任何人的劝告，如果想去见病人，那么自己知道在什么时候前去，因为他“自有打算”。这还是这个星期日以前两星期的事。因此阿辽沙没有按原来的想法自动前去。但他一方面虽在等候，一方面仍旧曾两次打发斯穆罗夫到克拉索特金那里去。可是克拉索特金两次都以极不耐烦的、断然的拒绝作答，叫斯穆罗夫向阿辽沙转达，如果阿辽沙自己前来，那他决定永远不去见伊留莎，请他不要再来麻烦了。甚至直到最后一天，斯穆罗夫也不知道柯里亚决定要在今天早晨到伊留莎家去，只在头一天晚上，柯里亚和斯穆罗夫作别的时候，才突如其来地断然告诉斯穆罗夫，让斯穆罗夫明天早晨在家里等他，因为他要同斯穆罗夫一起去斯涅吉辽夫家，但是不许斯穆罗夫把这消息通知任何人，因为他想出人不意地前去。斯穆罗夫听从了他的话。至于斯穆罗夫之所以产生克拉索特金会把失踪的茹奇卡带来的幻想，那是根据克拉索特金无意中说出的一句话，他说："他们全是笨驴，既然那只狗还活着，怎么会找不到它。"但当斯穆罗夫找个机会畏怯地暗示了一下自己关于狗的猜想时，他突然大发脾气地说："我自己有我的彼列兹汪，还要到全城去找别人家的狗，难道疯了吗？而且一只狗吃了大头针，还能幻想它活在世上吗？那是牛犊的温情，没有别的！"

伊留莎那时已有两星期没有下过他在屋角上神像旁的那张小床了。就从他和阿辽沙相遇，咬了他的手指头以后，他就没有去上过课。他从那天起就得了病，不过头一个月里还能偶然起床，在屋里和过道上稍稍走几步。后来就完全没有力气了，没有父亲的帮助竟不能动一动。父亲为他胆战心惊，甚至滴酒不喝了，生怕他的孩子会死了，担忧得几乎发狂。他时常，尤其在搀扶着孩子在屋里走几步重又把他放在床上以后，会忽然跑到过道上的暗角落里，头顶着墙，呜咽出声，浑身战栗地痛哭起来，尽力压低声音，不让伊留莎听见。

回到屋里后，通常他总要想点什么出来，给他的宝贝孩子消遣解闷，给他讲童话，可笑的故事，或者表演他所遇见的各种可笑的人的样子，甚至模仿动物怎样可笑地嗥叫。但是伊留莎很不喜欢他的父亲出洋相，装小丑。这孩子虽然竭力不显出不愉快的神色，却总是痛心地意识到他的父亲在社会上受人轻视的地位，永远忘不了"树皮擦子"的外号和那个"可怕的日子"的情景。安静而温顺的尼娜，伊留莎那个瘸腿的姐姐，也不喜欢父亲出洋相。瓦尔瓦拉·尼古拉耶芙娜早已动身到彼得堡继续上大学去了。只有半痴呆的母亲很开心，每逢她丈夫扮演着什么，或是做出某种可笑的姿势来的时候，竟会从心底里笑出声来。只有这事能稍微使她散散心，其余的时间她不断地嘟囔，哭泣，说现在大家不睬她，没有人尊重她，大家给她气受等等的话。但是在最近的几天里，连她也仿佛突然之间完全变了。她开始不断望向角落里的伊留莎，沉思默想起来。她变得沉静多了，也不大闹了，即使哭也是轻轻的，不使人家听见。上尉看出她的这种变化，感到既忧愁又不解。对于孩子们的到来，她起初非但不喜欢，而且生气，但是逐渐地孩子们快乐的大呼小叫和谈谈说说使她感到有趣，到后来甚至十分喜欢，如果这些孩子不上门来，她反而觉得非常烦闷。孩子们讲述些什么，或是做什么游戏的时候，她总是拍手笑着。她还把几个孩子叫到身边来，吻吻他们。她尤其喜欢男孩斯穆罗夫。至于上尉，孩子们到他家来给伊留莎解闷的事一开始就使他满心喜欢，甚至希望伊留莎从此将不再烦闷，也许因此会很快地好起来。他虽然为伊留莎万分担忧，但直到最后，他也从来不怀疑他的男孩一定会突然痊愈。他带着崇敬的心情迎接小客人们，在他们身边转来转去，侍候他们，非常乐意把他们背在身上，甚至当真会背他们，但是伊留莎不喜欢这种游戏，所以没有实行。他给他们买糖果、饼干、胡桃等吃食，预备茶水、夹心面包。应当说明的是这些时候他的钱没有断过。卡捷琳娜·伊凡诺芙娜当时那笔两百卢布的款子，他真是一丝不差地照阿辽沙推测的那样收下了。卡捷琳娜·伊凡诺芙娜后来进一步弄清了他们的境况和伊留莎的病情之后，亲自到他们家来，和全体家属见面，甚至使那个癫狂的上尉夫人也着了迷。从此以后，她的手头从来没有吝啬过钱，上尉因为被孩子快要死去的念头吓坏了，忘掉了以前的骄傲，驯顺地接受了别人的周济。这一段时间以来，赫尔岑斯图勃医生受卡捷琳娜·伊凡诺芙娜的约请，经常按时来诊视病人，隔一天一次，不过他的诊视效果很小，而给他开的药却多得吓人。但是这一天，也就是在这个星期日的早晨，上尉家里正在等候着一位新从莫斯科来，在莫斯科十分有名的医生，他是卡捷琳娜·伊凡诺芙娜花了很多钱特地写信从莫斯科把他请来的。这倒不是为了伊留莎，而是为了另一个对象，这在下文适当的时候再说，但是既然来了，就请他也去给伊留莎瞧一下，这件事上尉事前就得到了通知。关于柯里亚·克拉索特金的到来，他却完全没料到，虽然早就盼望这个使伊留莎朝夕苦苦思念的男孩赶快来到。在克拉索特金开门出现的当儿，上尉和男孩们都正围在病人的小床旁边看那只刚刚拿来的小獒犬，它昨天才生下来，但是上尉早在一星期以前就已定好，想要来给伊留莎消愁解闷，因为他一直念念不忘那只早已失踪而且自然已经死掉了的茹奇卡。伊留莎在三天以前就听说了要送给他一只小狗，并且还不是寻常的小狗，而是一只真正的獒犬（这自然是很重要的），但尽管他出于细致的体谅心情，表示对于这礼物十分喜欢，他父亲也好，孩子们也好，仍都明显地看出，这只新狗也许反而会更加强烈地在他那小心眼儿中引起对被他折磨的那只不幸的茹奇卡的回忆。小狗躺在他身旁蠕动着。他露出病恹恹的微笑，用他细瘦、苍白而干枯的小手抚弄着它，甚至看得出他很喜欢这条狗，但是……茹奇卡到底没有找到，这到底总不是茹奇卡，如果茹奇卡也能和小狗在一起，那才能感到完满的幸福！

“克拉索特金！”有一个孩子首先瞥见柯里亚走了进来，忽然喊了一声。大家显然顿时激动起来，孩子们让开了路，分站在小床的两头，这样就使伊留莎的全身突然呈现了出来。上尉急忙跑上前去迎接柯里亚。

“请进，请进，真是贵客！”他含糊不清地对柯里亚喃喃说着，“伊留莎，克拉索特金先生看你来了。”

但是克拉索特金匆匆地和他握了握手，马上就显出他是十分熟悉上流社会的礼节的。他立刻最先转身面向坐在安乐椅上的上尉太太（她这时候正满心不高兴，唠唠叨叨地说男孩们遮住了伊留莎的床，以致她看不到那条新来的小狗），在她面前非常客气地两足一并，立正行礼，随后转向另一位女士尼娜，同样有礼地朝她鞠了一躬。他这种客气的举动给有病的太太留下了特别愉快的印象。

“立刻可以看出，这是受过很好的教育的青年人，”她摊开两手大声说，“至于别的客人是一个骑着一个进来的。”

“孩子他妈，什么叫作一个骑着一个，这是什么意思？”上尉嘟囔着，虽然口气和蔼，却有点担心她乱说。

“就是骑着进来的。在过道里一个人骑在另一个人的肩上，就这样走进高贵的家庭里来。这是什么客人？”

“谁？谁？孩子他妈，谁骑着进来的？谁呢？”

“就是这个男孩，今天骑在那个男孩身上走进来的，还有这一个，骑在那一个……”

但这时柯里亚已经站在伊留莎的床旁。病人显然脸色发白了。他在床上欠起身子，目不转睛地凝视着柯里亚。柯里亚已经有两个月没有见过他以前的小朋友，现在来到他面前，一下子完全惊呆了：他简直想象不到会看到这么一张黄瘦的脸庞，在疟疾般的高烧中变得这么通红而且似乎大得可怕的眼睛，这样精瘦的小手。他又悲伤又诧异地注意到伊留莎是那么深沉而急促地呼吸着，伊留莎的嘴唇是那么干裂。他向伊留莎跨近一步，伸出手来，几乎完全张皇失措地说道：

“怎么样，老头儿，你好吗？”

但是他的声音哽住了，实在再装不出潇洒自如的神气，脸似乎忽然扭曲了，嘴唇也有点哆嗦起来。伊留莎满脸病容地朝他微笑了一下，还没有力气说话。柯里亚忽然举起一只手，不知怎的用手掌抚摸起伊留莎的头发来。

“不——要——紧的！”他对伊留莎轻声说，也许是鼓励伊留莎，也许连自己也不知道为什么说这话。双方又沉默了一会儿。

“怎么，你有了一只新的小狗吗？”柯里亚忽然用毫不经意的口气问。

“是——的！”伊留莎拖长声调轻得像耳语似的回答，喘着气。

“黑鼻子，一定厉害，得用链子拴着。”柯里亚一本正经郑重地说，似乎当前唯一的大事就是这条小狗和它的黑鼻子了。但其实主要的是他还在那里努力克制自己的情感，不要像“小孩子”般地哭出来，却还始终有点克制不住。“长大以后，必须用锁链拴结实，这我是知道的。”

“它会长得很大！”那群小孩中的一个喊着。

“獒犬自然是大的，有这样大，像一头小牛。”突然好几个人七嘴八舌地说了起来。

“像小牛，像真正的小牛，”上尉连忙凑上来说，“我特意找的这种狗，最厉害的。它的父母也是极大极厉害的，离地有这么高。您请坐下来，就坐在伊留莎小床上，或者坐在长凳上也好。请坐，请坐，贵客，盼您好久了。同阿历克赛·费多罗维奇一块儿来的吗？”

克拉索特金坐在床上，伊留莎的脚边。他也许在路上就预备好怎样潇洒自如地开始谈话，但是现在却连话头都想不起来了。

“不……我是带着彼列兹汪一块儿来的。现在我有一只狗，名叫彼列兹汪。一个斯拉夫的名字。它在外面等着，我一打口哨，它就会飞跑进来。我也有狗，”他忽然朝伊留莎说，“老头儿，你记得茹奇卡吗？”他突然把这问题向伊留莎提了出来。

伊留莎的脸扭曲了。他带着痛苦不堪的神色看了柯里亚一眼。站在门边的阿辽沙皱紧眉头，偷偷地对柯里亚摇头，叫他不要提起茹奇卡，但是柯里亚没看见，也许是故意装作看不见。

“茹奇卡……在哪儿？”伊留莎用嘶哑的嗓音问。

“老弟，你的茹奇卡——已经完了！你的茹奇卡早完蛋了！”

伊留莎不作声了，但又定睛望了柯里亚一眼。阿辽沙遇到柯里亚的目光，又尽力对他摇头，但是他又移开眼睛，装作仍然没有注意。

“跑到什么地方，就完蛋了。吃了这样一顿好东西还能不完吗？”柯里亚毫不容情地说着，自己不知为什么也仿佛有点呼吸紧迫起来，“但是我有彼列兹汪。斯拉夫的名字。我给你送来了。”

“我不要！”伊留莎忽然说。

“不，不，你要的，你一定要看一看。你会感到有趣的。我特地领来，也是毛茸茸的，和那条狗一样。夫人，您允许叫进我的狗来吗？”他突然朝斯涅吉辽夫太太说，露出一种完全不可理解的激动神色。

“不要，不要！”伊留莎声音凄楚地叫道。他的眼睛里显出了责备的神气。

“您最好……”上尉从墙边原来坐的箱子上突然跳了起来说，“您最好……下一次再说。”他喃喃地说，但是柯里亚抑制不住自己似的什么也不听，突然匆匆忙忙地对斯穆罗夫喊道：“斯穆罗夫，开门！”门刚一开，他就吹了一声哨子。彼列兹汪立刻飞也似的奔进屋来。

“站起来呀，彼列兹汪！拜拜！拜拜！”柯里亚从座位上跳起来，大声喊着，那条狗用后脚支地，在伊留莎的床前笔直地站了起来。出现了谁也料不到的情景：伊留莎哆嗦了一下，忽然全身用力朝前挺起，俯身就着彼列兹汪，好像丢了魂似的望着它。

“这是……茹奇卡啊！”他忽然用悲喜交集的战栗声音喊道。

“不是它是谁呀？”克拉索特金放开嗓门响亮而快乐地大声嚷着，接着弯下身去抱住那条狗，举到伊留莎的面前。

“你瞧，老头儿，瞧见吗，眼睛是斜的，左耳被割破过，和你对我讲的特征一模一样。我就是按这特征找到它的！当时不久就找到了。它是没有主的，没有主！”他解释着，迅速地转身望望上尉、上尉夫人、阿辽沙，后来又向着伊留莎，“它常待在费多托夫家后院里，就在那儿做窝了，可是他们并不喂它，它是逃来的，从乡下逃来的。我就把它找到了。你瞧，老头儿，它当时并没有咽下你的那块面包。假如咽下，自然要死的，那是当然的！它既然现在还活着，那就一定已经吐了出来。不过你没有看到它吐。它吐了出来，但舌头还是被扎了一下，因此汪汪地叫唤起来。一边跑，一边叫，你却以为它完全咽了下去。它大概叫唤得非常厉害，因为狗嘴里的皮肉是很嫩的……比人嫩，嫩得多！”柯里亚狂热地大声说着，两颊通红，满脸放光。

伊留莎连话也说不出来了。他用一双瞪得似乎可怕地鼓了出来的大眼睛望着柯里亚，嘴张开着，脸白得像纸。克拉索特金一点也没有觉察，假如他知道这样一个时刻会对病人的健康发生多么痛苦而致命的影响，那他是无论如何也不敢做出现在这种把戏来的。然而在屋里懂得这一点的也许只有阿辽沙一个人。至于上尉，他简直好像完全变成了一个小孩子。

“茹奇卡！它就是茹奇卡吗？”他乐呵呵地大声喊着，“伊留莎，这就是茹奇卡，你的茹奇卡！孩子他妈，这就是茹奇卡啊！”他几乎要哭出来。

“可我竟会没有猜到！”斯穆罗夫难过地说，“克拉索特金真行！我说他会找到茹奇卡的。真的找到了！”

“真的找到了！”另外一个孩子喜悦地应声说。

“克拉索特金是好汉！”第三个声音说。

“好汉，好汉！”孩子们全大声喊着，拍起手来。

“你们别忙，你们别忙，”克拉索特金努力用压过大家的声音说，“我来对你们讲这是怎么回事，要紧的是怎么回事，而不是别的什么！我把它找到以后，带回家去，立刻藏了起来，锁上房门，不给任何人看，直到最后一天。只有斯穆罗夫一个人在两星期以前知道这事，但是我告诉他这是彼列兹汪，他并没有猜出来。就在这期间，我教会了茹奇卡各种玩意儿，你们可以看看，可以看看，它学会多少玩意儿！我教它，就预备等把它养肥、养懂事以后送给你，对你说：‘老头儿，瞧你的茹奇卡现在成了这样的了！’你们这里有没有一小块牛肉，它立刻可以做出一个把戏，会使你们笑死的。牛肉，只要一小块，你们有没有？”

上尉连忙穿过过道，向房东住的屋子跑去。上尉家也在那里做饭。柯里亚为了不空耽误宝贵的时间，迫不及待地忙对彼列兹汪叫道：“死呀！”那只狗突然翻身躺下，四脚朝天，一动也不动地“死”了过去。男孩们笑了，伊留莎仍旧用他那种带着痛苦的微笑瞧着，但最高兴看到彼列兹汪表演死过去的是“孩子他妈”。她朝那只狗哈哈大笑，还弹着手指唤着：

“彼列兹汪！彼列兹汪！”

“它怎么也不会起来的，怎么也不会起来的，”柯里亚显出应有的骄傲，得意扬扬地说，“即使全世界的人叫它也没有用。只要我一喊，它就会立刻跳起来！嘘，彼列兹汪！”

狗马上一跃而起，欢蹦乱跳，高兴得尖叫。上尉拿了一块煮熟的牛肉跑了进来。

“不烫吗？”柯里亚接过那块肉的时候，匆忙而且郑重其事地问，“不，不烫，狗是不爱烫的。大家都看好！伊留莎，你看呀，你看呀，老头儿，你为什么不看？我领了来，你反而不看！”

新的玩意儿是叫那条狗一动也不动地站着，伸长它的脖子，把那块好吃的牛肉放在它的鼻子上面。可怜的狗必须泥塑木雕般站在那里，鼻子上放着那块牛肉，听候主人的吩咐要站多久就站多久，动也不许动一动，哪怕有半小时也不许动。但这次彼列兹汪只被考验了短短的一分钟。

“接着！”柯里亚喊了一声，那块肉顿时从鼻子上飞进了彼列兹汪的嘴里去了。观众们自然都大为赞叹。

“难道，难道您就是为了训练这条狗才一直不来的吗？”阿辽沙不由自主地带着责备的口气问。

“就是为了这个，”柯里亚毫不在意地大声说，“我想把它教练得非常出色再带来给大家看。”

“彼列兹汪！彼列兹汪！”伊留莎忽然弹着精瘦的手指召唤着狗。

“你用不着这样，让它自己跳到你床上来好了。嘘，彼列兹汪！”柯里亚用手拍拍床，彼列兹汪立刻像箭似的跳到了伊留莎的身边。伊留莎连忙用两手抱住它的头，彼列兹汪立刻舔他的脸，伊留莎紧紧偎着它，在床上躺平了，把脸藏在它长长的毛里，不给大家看见。

“主啊，主啊！”上尉感叹了起来。

柯里亚又在伊留莎的床上坐了下来。

“伊留莎，我还要给你看一个玩意儿。我给你把小炮带来了。你记得，我那时候就曾对你谈起过这尊小炮，你说：‘唉，我也真想看一看它！’瞧，现在我就把它带来了。”

柯里亚说着连忙从书包里掏出那尊铜炮来。他之所以那么匆忙，是因为他自己也感到十分高兴。换了别的时候他一定会再等一等，让彼列兹汪所引起的效果完全过去了以后再说，但是他现在性急得连一分钟也不愿耽误了。“既然这样高兴，那就再让你们更加高兴一点！”他自己也十分陶醉了。

“我早就在官员莫罗佐夫那里看上了这东西，为了你，老头儿，为了你。这玩意儿是他的哥哥送给他的，在他那里白白地放着，我用爸爸书柜里一本叫作《穆罕默德的亲戚或开心的笑话》的书和他交换。这部胡扯八道的书是一百年前在莫斯科出版的，那时还没有书刊检查制度。莫罗佐夫最喜欢这类东西，还向我道谢哩。”

柯里亚举起小炮来向着大家，以便谁都可以看见它，欣赏欣赏。伊留莎微微欠起身子，右手继续抱住彼列兹汪，高兴地仔细打量着这个玩具。柯里亚宣布他有火药，立刻可以射击，“如果这不会吓了太太们的话”。当时的轰动简直达到了最高潮。“孩子他妈”马上要求给她拿近一点仔细看看这个玩具。这要求当时就照办了。她极喜欢这尊装着小轮子的铜炮，开始放在膝上滚来滚去。关于要求她允许射击的事，她满口答应，但却并不明白请求的是什么。柯里亚取出火药和铅子。上尉过去是军人，所以就亲自动手装火药，只装了极小一撮，并且请求把铅子留到下一次再说。炮放在地板上，炮口朝着空的地方，把三小粒火药塞进炮门里，用火柴点着，发出了极像样的轰鸣声。孩子妈吓得一哆嗦，但立刻高兴地笑了起来。孩子们露出无言的狂喜神色，而最为快乐的是看着伊留莎的上尉。柯里亚举起炮来，立刻就同铅子和火药一起送给伊留莎。

“这是给你的，给你的，我早就为你准备下了。”他反复地说，感到十分幸福。

“哎，送给我吧！不，最好还是把那尊炮送给我！”“孩子他妈”忽然像小孩似的请求起来。她满脸流露出担心不完的神色，生怕人家不肯送给她。柯里亚感到很尴尬。上尉惊惶激动起来。

“孩子他妈，孩子他妈！”他赶忙跑到她面前说，“那尊炮是你的，你的，但是让它放在伊留莎那里吧，因为那是赠送给他的，那也跟是你的一样。伊留莎随时会给你玩玩的，它算是你们公共的，你们公共的……”

“不，我不要公共的，我要完全是我的，不是伊留莎的。”“孩子他妈”继续说，简直要哭出来了。

“妈妈，你拿去吧，你拿去吧！”伊留莎忽然喊道，“克拉索特金，我可以不可以把这炮送给妈妈？”他忽然用哀求的样子问克拉索特金，似乎怕克拉索特金怪他把礼物转送给别人。

“完全可以！”克拉索特金立刻同意了，并且从伊留莎的手里取了小炮，自己交给这位太太，还极客气地鞠了一躬。她感动得甚至哭了起来。

“伊留莎，亲爱的，这才真是爱他的妈妈哩！”她快乐地说，又立即在膝头上滚起炮来。

“孩子他妈，让我吻吻你的手。”丈夫一下子跳到她面前，而且立即按他所说的做了。

“要说还有谁是最可爱的小伙子，那就是这个孩子！”感激不尽的太太手指着克拉索特金说。

“伊留莎，我以后可以不断地给你送火药来，要多少都行。我们现在自己会制造火药。博罗维科夫知道它的成分：二十四份的硝，十份硫黄，六份桦木炭，一块儿捣碎，加上水，搅成一团，放在鼓皮里研磨过，就成了火药。”

“斯穆罗夫对我讲过你的火药，但是爸爸说这不是真正的火药。”伊留莎应声说。

“怎么不是真正的？”柯里亚脸红了，“我们的火药能着。不过我也不大懂……”

“不，我没有说什么，”上尉忽然跳了过来，露出做错了事的样子，“我的确说过真正的火药并不是这样做的，但是这没有什么，也可以这样。”

“我不大懂这个，您更懂一些。我们在装发蜡的石头瓶里点着过，烧得很好，全都烧尽了，只剩下极小一点灰。但这是说那块软团，如果在鼓皮里研磨过，那就更加……不过您知道得清楚些，我不大懂。布尔金就为了弄我们的火药，还挨了他父亲一顿打，你听说了没有？”他忽然对伊留莎说。

“我听说了。”伊留莎回答。他带着无穷的兴趣和愉快听柯里亚说话。

“我们做了一整瓶的火药，他把火药就藏在床底下。他父亲看见了，说是会炸的，当时就打了他一顿，想到中学里来告我。现在他被禁止同我来往，现在已经谁都被禁止和我来往了。斯穆罗夫家里也不放他和我来往。我出了名。大家说我是‘不顾死活的人’。”柯里亚轻蔑地笑了一笑，“这全是从铁路的事件引起的。”

“哦，我们听说过您的那一次冒险！”上尉嚷着说，“你是怎么敢躺着的？你躺在火车底下的时候，难道完全不害怕吗？你觉得可怕吗？”

上尉在柯里亚面前做出一副阿谀逢迎的样子。

“并不特别可怕！”柯里亚漫不经心地回答，“倒是那只可恶的鹅把我的名誉糟蹋得最厉害了。”他又对伊留莎说。他说话的时候尽管一直装作随随便便的样子，但总是有点把握不住自己，似乎说着说着就走了调似的。

“哦，关于鹅的事情我也听说过了！”伊留莎笑了起来，满脸发出光彩，“人家对我讲过，可我总没有弄明白，难道法庭真审判过你吗？”

“最琐碎无聊的傻事，在我们这里都照例会被编成了一桩大事情。”柯里亚用毫不在意的口气说，“有一天我在市场上走过，恰巧有一群鹅赶了来。我停下来在那里看鹅。忽然本地的一个小伙子，现下在普洛特尼科夫的铺子里当送货员的维什尼亚科夫看我一眼，说道：‘你瞧着鹅干吗？’我一看他有二十多岁，圆圆的脑袋，傻呵呵的，你知道，我是从来不嫌弃平民老百姓的。我爱同老百姓在一起。我们比老百姓落后了，这是定论，你好像在笑，卡拉马佐夫？”

“不，哪能这样，我正专心在听您说话。”阿辽沙用极坦白的神气应声说。敏感的柯里亚一听，就马上又提起精神来了。

“卡拉马佐夫，我的学说是简单明了的，”他立刻又很快乐地忙着说下去，“我相信老百姓，永远愿意公平对待他们，但也绝对不去娇惯他们，这是先决条件[1]。不错，我讲的是关于鹅的事情。我当时对这傻子说：‘我正琢磨着，鹅在想些什么。’他痴痴地瞧着我，说：‘那鹅到底在想什么呢？’我说：‘你瞧，一辆载着大麦的车子停在那里。大麦从麻袋里撒出来，一只鹅正伸长脖子到车轮底下去啄麦粒吃，——你瞧见了没有？’他说：‘我看得很清楚。’我说：‘那么，如果现在那辆车稍微往前挪动一下，车轮会不会压折鹅脖子呢？’他说：‘那准会压折的。’说着就已经咧嘴笑起来，非常开心。我说：‘小伙子，那么我们来试一下。’他说：‘来吧。’我们用不着费多大脑筋：他已经不知不觉地站在马笼头旁边，我站在侧面引那只鹅。刚好这时候那个乡下人全神贯注和旁人讲话去了，所以我也完全用不着去引，那只鹅已经自动把脖子伸到车轮底下去吃起麦粒来，我对那小伙子使了个眼色，他牵了一下笼头，咔嚓一声，把鹅脖子压成两截！恰巧这时候旁边的乡下人全看见了我们，大家一下子全喊了起来：‘你是故意的！’‘不，不是故意的。’‘是故意的！’大家嚷着说，‘上调解法官那儿去！’他们把我也抓住了。‘你站在这里，从中帮忙，整个市场的人都知道你！’不知道为什么，的确是整个市场都知道我。”柯里亚自负地加了一句，“我们大家全拥到调解法官那里，那只鹅也拿了去。我一看，我的那位小伙子吓哭了，真的，哭得像女人一样。贩鹅的人叫道：‘用这种方法会把所有的鹅全压死的！’自然还有证人在场，调解法官三言两语就了结了这件案子：赔一个卢布给贩鹅的人，那只鹅就由小伙子带回去。以后不准再闹出这种玩笑来。那个小伙子继续像女人似的哭着，还指着我说：‘这不是我，这是他教我干的。’我十分冷静地回答，我并没有教他，我只是说出了基本的想法，只是出了个主意罢了。调解法官涅费多夫笑了，但又立刻为此生起自己的气来，对我说：‘我要立刻通知你们学校当局，以后不许你

1 原文为拉丁语：sine qua.

再不读书，不做功课，却来出这类主意。’他后来并没有通知学校，那是说着玩的，但是事情倒真的传扬了出去，传到学校当局的耳朵里：我们这里人的耳朵是很长的！那个古文教师柯尔巴斯尼科夫特别嚷得凶，但达尔达涅洛夫又出来替我辩护。现在柯尔巴斯尼科夫对我们大家全气呼呼的，就像一头犟驴似的。伊留莎，你大概听见过，他结了婚，得到了米哈伊洛夫家三千卢布的陪嫁，但是新娘子是天下第一的丑婆娘。三年级学生立刻编了一首打油诗：

三年级学生听到了惊人的新闻，
邋遢汉柯尔巴斯尼科夫结了婚。

“往下更加可笑。我以后把这首诗拿来给你看。我对于达尔达涅洛夫没有话可说：他是个有知识的，的确有真才实学的人。我尊重那类人，这倒不是因为他出头为我辩护。”

“但是关于什么人建立了特洛伊那个问题，你可把他难倒了！”斯穆罗夫忽然插嘴说，他很喜欢那个关于鹅的故事，这时候十分为克拉索特金感到自豪。

“真的难倒了吗？”上尉讨好地附和说，“是关于什么人建立了特洛伊的事吗？这事我们听说过，真把他难倒了。伊留莎当时就讲给我听过。”

“爸爸，他什么都知道，在我们这些人里，他比谁都知道得多！”伊留莎也接口说，“他只是假装成这样，其实他在学校里各门功课全考第一。”

伊留莎带着无限幸福的神色望着柯里亚。

“关于特洛伊的问题只是无聊的瞎说八道。我自己认为这个问题是不重要的。”柯里亚用得意的谦逊姿态说。他已经完全恢复了自如的神气，虽然心里还是有点不安：他感到自己过于兴奋，例如关于鹅的故事，他讲得有点太热心了，况且阿辽沙在他讲的时候一言不发，态度十分严肃。这个自负的少年开始渐渐地心绪不宁起来：“他之所以沉默，是不是因为看不起我，以为我在这里等他夸奖？假使他敢这样想，那我……”

“我一直认为这问题是不重要的。”他又傲然地说。

“我知道什么人建立的特洛伊。”一个以前几乎没有说过话的男孩完全出人意外地忽然开了口。他生性沉静，显然露出腼腆的样子，面貌很好看，有十一岁，姓卡尔塔绍夫。他坐在紧靠门的地方。柯里亚带着傲慢惊异的样子瞧了他一眼。原来，“什么人建立了特洛伊”的问题在各班都成了一种秘密，谁要想探明这秘密，就必须读斯马拉格多夫的书，但是斯马拉格多夫的书除了柯里亚以外谁也没有。有一天，在柯里亚转过身去的时候，卡尔塔绍夫匆忙中偷偷翻开插在许多书中间的斯马拉格多夫的著作，恰好翻到了讲述特洛伊城建立者的地方。这已经是好久以前的事了，但是他总感到有点心虚，不敢公然宣布他也知道谁建立了特洛伊，恐怕出什么乱子，受柯里亚的羞辱。他现在不知为什么忽然忍不住，竟说了出来，但实际上他也早就想说了。

“哦，什么人建立的？”柯里亚用高傲的神气转身问他，一看脸色就猜到他的确知道，所以当然立刻就做好了一切思想准备。这时，在大家的情绪中突然产生了一种所谓的不协调。

“建立特洛伊的是丘克尔、达尔丹、伊留斯和特罗斯。”男孩一口气说了出来，小脸一下子涨得通红，红得看着可怜。但是孩子们全盯着他，看了整整一分钟，随后所有这些盯着他的眼睛一下子忽然又都转到了柯里亚身上。柯里亚露出轻蔑而又冷淡的神情，继续用眼睛打量着那个不逊的孩子。

“怎么是他们建立的？”他终于开口说，“而且一般地说，建立一个城市或国家，到底是什么意思呢？是不是他们跑了来，每人砌上一块砖头，是不是？”

人群中传出了笑声。做错了事的小孩的脸色从玫瑰色变成了血红。他一声不响，眼看就要哭出来。柯里亚让他这样继续被折磨了一分钟。

“议论这样的历史事件，比如一个民族的建立等等，首先必须弄清这是什么意思。”他一字一句用教训口气说，忽然不经意地朝着在座的全体又补充了这么一句，“不过我对于这一类娘儿们的神话一向不大重视，而且一般说，我压根儿就不很尊重世界史。”

“不尊重世界史吗？”上尉似乎突然吃了一惊似的问。

“是的，世界史。那只是研究人类干的许多蠢事，别的什么也不是。我尊重的只有数学和自然科学。”柯里亚夸夸其谈地说，一边悄悄朝阿辽沙瞧了一眼：他在这里只害怕阿辽沙一个人的意见。但是阿辽沙还是沉默着，照旧露出严肃的态度。假使现在阿辽沙说上一句什么，事情或许也就到此为止了，但是阿辽沙沉默着，而“沉默也许就是表示瞧不起”，于是柯里亚实在忍不住火了。

“现在我们那些古典文学也是的：完全是发疯，其他什么也不是。您好像又不赞成我的话吧，卡拉马佐夫？”

“我不赞成。”阿辽沙含蓄地微笑着说。

“要是您问我对于这些古典文学的根本看法的话，我要说，那简直就是一种警察手段，只是为了这个用意才设下这些课程的。”柯里亚忽然又渐渐地呼吸急促起来，“设这些学科就是为了使人沉闷，为了消磨人的才能。本来已够沉闷，还尽量想法怎样弄得更加沉闷些？本来已经够蠢笨，还想法怎样弄得人更加蠢笨些？于是就想出了古典文学。这是我对它们的根本看法，我希望我永不会改变这种看法。”柯里亚断然地说出他最后的结论，两颊上露出块块红晕。

“这是对的。”专心倾听着的斯穆罗夫忽然用响亮而且坚信的声调表示赞成。

“可他自己还是在拉丁文上考第一！”那群男孩中的一个忽然嚷了一句。

“是的，爸爸，他这样说，可他自己的拉丁文在我们全班里考第一。”伊留莎也附和说。

“那有什么？”柯里亚认为不能不自卫了，虽然他对于这些夸奖的话也感到很高兴，“我背熟拉丁文，因为必须去背熟，因为我答应母亲读完这门课，而我一向主张既然动手做一件事，就必须把它做好，但是我心里却深深厌恶古文课和所有这一类卑鄙的玩意儿。您不赞成吗，卡拉马佐夫？”

“何必说是‘卑鄙玩意儿’呢？”阿辽沙还是笑着说。

“要知道，所有的古典文学都已经译成了各种文字，所以说，他们设拉丁文课并不是为了研究古典文学的需要，仅仅是一种警察手段，为了消磨学生的才能。既然这样，怎么不是卑鄙的呢？”

“哦？这一切是谁教您的？”阿辽沙大声说，终于惊讶起来。

“第一，我自己也能了解，不用人家教；第二，您要知道，关于我刚刚对您讲的古典文学已经翻译出来这一层，那是教师柯尔巴斯尼科夫自己对三年级全班学生说过的。”

“医生来了！”一直沉默着的尼娜突然喊道。

果真有一辆属于霍赫拉柯娃太太的马车驶近大门来。一早晨都在等候医生的上尉拼命向大门口跑去迎接他。孩子他妈也振作起精神来，做出庄严的样子。阿辽沙走到伊留莎跟前，给他整理枕头。尼娜在安乐椅上不安地注意他怎样整理床铺。孩子们匆忙地告别，有几个人答应晚上再来。柯里亚朝彼列兹汪喊了一声，它从床上跳了下来。

“我不走，我不走！”柯里亚忙着对伊留莎说，“我在过道等着，等医生走后，再进来，带着彼列兹汪进来。”

但是医生已经走了进来，他样子很神气，穿着熊皮大衣，留着深色长髯，下颏却刮得挺光滑。他跨过门槛，突然站住，似乎简直惊呆了；他一定觉得他是走错了门。“这是怎么回事？我到了哪儿？”他喃喃地说，既没脱皮大衣，也没摘下他那顶带帽檐儿的海狗皮帽子。一大群人，房间陈设的简陋，角落里绳上晾着的衣服，把他弄糊涂了。上尉在他面前深深地鞠了个躬。

“就是这里，就是这里，”他谄媚地嘟囔说，“您就是到这里，到我家里，到舍下来……”

“斯涅——吉——辽夫吗？”医生傲慢地大声说，“斯涅吉辽夫先生就是您吗？”

“就是我。”

“啊！”

医生嫌脏似的又朝屋里扫视了一下，把皮大衣脱下。脖子上挂着的威严的勋章亮晶晶地射进众人的眼里。上尉赶紧接过皮大衣，医生又把帽子摘了下来。

“病人在哪儿？”他大声而且坚决地问。

六

早熟

“您以为这医生会对他说什么？”柯里亚急促地说，“可是那副嘴脸真讨厌，对不对？我最讨厌医学！”

“伊留莎快死了。我觉得这已经没有疑问了。”阿辽沙忧郁地回答。

“骗子！医学全是骗人的！不过我很高兴认识了您，卡拉马佐夫。我早就想认识您了。只可惜我们是在这样凄惨的景况里见面的。”

柯里亚很想说得再热烈些，再感情洋溢些，但是似乎有点难于出口。阿辽沙看出了这一点，微笑着握握他的手。

“我早就知道了应当尊重您，把您看作一位稀有的人物。”柯里亚又喃喃地说，越说越乱，“我听说您是神秘论者，进过修道院。我知道您是神秘论者，但是……这并没有引起我反感。接触了现实以后，您就会摆脱那些的。像您这样的人常常是这样。”

“您叫我神秘论者是什么意思？我要摆脱什么？”阿辽沙有点惊讶了。

“就是上帝等等的玩意儿。”

“怎么，难道您不信上帝吗？”

“正相反，我并不反对上帝。自然上帝只是一种假设，但是……我承认他是需要的，为了秩序，为了世界的秩序，等等，如果上帝不存在，也应该把它造出来。”柯里亚补充了这句话，有点脸红起来。他忽然觉得，阿辽沙马上会认为他是想要卖弄知识，装“大人”。“可我根本不想在他面前卖弄我的知识。”柯里亚不高兴地想。他突然感到十分恼恨。

“说实话，我最不高兴参加所有这类的辩论，”他说，“不相信上帝同样可以爱人，您以为怎样？伏尔泰不信仰上帝，却爱人类，不是吗？”（他心里想：“又来了，又来了！”）

“伏尔泰是信仰上帝的，但似乎信仰得不多，不过他对人类好像也爱得不多。”阿辽沙平静、含蓄而又十分自然地说，似乎是在和自己同年龄的人，或者甚至同年长于自己的人谈话。最使柯里亚惊愕的是阿辽沙似乎并不太确信他自己对于伏尔泰的看法，仿佛要把这问题交给他小柯里亚来解决似的。

“您难道读过伏尔泰的书吗？”阿辽沙最后又问他说。

“不，不能说读过。不过我读过俄文翻译的《赣第德》……蹩脚可笑的旧译本。”（“又来了，又来了！”）

“您懂吗？”

“是的，全懂的，那就是说……可为什么您以为我会不懂呢？自然，有许多淫秽的地方。但我自然能够懂得，这是一部哲学小说，为了宣传理想而写的。”柯里亚简直不知所云了，“我是社会主义者，卡拉马佐夫，我是个死也不回头的社会主义者。”他说了这么一句，突然没头没脑地住了口。

“社会主义者？”阿辽沙笑了，“您怎么来得及成为一个社会主义者？您似乎还只有十三岁哩！”柯里亚的身子有点蜷缩起来。

“第一，我不是十三岁，是十四岁，过两个星期就是十四岁；”他涨红了脸说，“第二，我完全不明白，这跟年岁有什么关系？问题在于我有什么信念，而不在于我有多大岁数，不对吗？”

“等您年纪大些，您自己就会明白年龄对于信念有多大的影响。还觉得，您说的不是自己的话。”阿辽沙平静而谦逊地回答，但是柯里亚激烈地打断了他。

“得了吧，您就喜欢斋戒修行和神秘主义。您总该承认，比如说，基督的教义只是为有钱有势的人服务，以便继续奴役下等阶级的，对不对？”

“唉，我知道您这是从哪儿读来的，而且一定有人教您的！”阿辽沙叫了起来。

“您算了吧，为什么一定是读来的？也根本没有人教我。我自己也能够……而且您要知道，我并不反对基督。他是一位极讲人道的人物，他如果活在现代，简直会参加革命党，也许还会起显著的作用，这是一定的。”

“哎呀，您是从哪儿、从哪儿学来这一套的？您同哪一个傻子来往？”阿辽沙大声说。

“得啦，真相是瞒不住人的。我自然为了一件事情，时常和拉基金先生谈谈，但是……听说别林斯基[1]老人也说过这句话。”

“别林斯基吗？我不记得。他无论在哪儿也没有写过这样的话。”

“即使没有写过，听说他还是说过的。有一个人告诉我……但是管他哩！”

“您读过别林斯基的著作吗？”

“您瞧……没有……我没怎么读过，但是……关于塔季雅娜的一段，为什么她不跟奥涅金[2]走的一段，我是读过的。”

“为什么不跟奥涅金走？难道这您已经……懂得了吗？”

“得啦，您好像把我当成是那个小孩斯穆罗夫了。”柯里亚生气地强笑着说。“但是请您不要以为我是激烈的革命派。我的意见时常和拉基金先生不合。即使我谈到塔季雅娜，我也并不主张妇女解放。我承认女人是应该服从人的东西，应该听人家的话。像拿破仑说的，女人应该搞编织[3]。”柯里亚不知为什么笑了一下，“至少在这句话上

---

1 别林斯基（1811—1848），俄国革命民主主义者、文学评论家。

2 普希金创作的长篇诗体小说《叶甫盖尼·奥涅金》中的男女主人公：奥涅金和塔季雅娜。

3 原文为法语：Les femmes tricottent.

我完全赞成这个虚假的大人物的见解。另外我还认为，比方说，离开祖国到美国去是卑鄙，比卑鄙还坏，是愚蠢。既然在国内也可以做许多有利人类的事业，为什么要到美国去？现在正有一大堆积极的工作等人去做呀。我就是这样回答的。”

“怎么回答？回答谁？难道已经有人请您到美国去吗？”

“说实话，有人鼓动我，但是我拒绝了。这事自然只能您我知道，卡拉马佐夫，您不要对任何人透露一个字。这事我只对您说。我并不愿意落进第三厅[1]的手里，在链桥旁边学功课。

您应该记得，链桥旁的大厦！

“您记得吗？妙极了！您笑什么？您以为我是在对您瞎编吗？”（“要是他知道我父亲的书柜里只有一期《钟声》[2]，此外的我全没有读过，那可怎么办呢？”柯里亚头脑里尽管一闪即逝但却心惊胆战地想。）

“哦，不，我并没笑，也并没有想到您在对我瞎编。问题正在于我不会那么想，因为可叹得很，这一切全是千真万确的事实！请问，普希金的著作您读过没有？《叶甫盖尼·奥涅金》读过没有？您刚才不是提过塔季雅娜吗？”

“不，我还没有读，但是想读一读。我是没有成见的，卡拉马佐夫。我愿意听听这一方面，也听听那一方面。您为什么问这话？”

“没有什么。”

“请问，卡拉马佐夫，您很看不起我吗？”柯里亚突然说，全身在阿辽沙面前挺得很直，好像摆好了架势一样，“请您直说，不要拐弯抹角。”

“看不起您吗？”阿辽沙惊异地瞧了他一眼，“这是为什么？我发愁的只是像您这样优秀的天性，还没有开始生活，就已经被所有这些浅薄的胡说八道引诱坏了。”

---

1 又称公共安全与秩序保卫局，是俄国沙皇尼古拉一世于1826年设立的特种间谍机构。
2 俄国革命报纸，1857至1867年由赫尔岑和奥加辽夫合办。

“关于我的天性您不必担心，”柯里亚用有几分自负的口气打断他说，“我这人多疑倒是真的。我多疑到愚蠢浅薄的地步。您方才笑了一下，我就觉得您似乎……”

“哎呀，我笑的是完全另外的事情。你猜我笑什么：我新近读到一个在俄国住过的德国侨民批评我们现在的青年学生的文章。他写道：‘你拿一张星图给俄国学生看，即使他以前对这种图是怎么回事都不知道，第二天他也会把它修改过以后才交还给你。’无知无识而又狂妄自负，这就是那个德国人批评俄国学生的这段话中所含的意思。”

“哎呀，这话可完全说得对啊！”柯里亚突然哈哈大笑起来，“简直对极了，一点也不错！德国人真是行！可是这德国佬没有看到好的一方面。您以为怎样？自负就自负吧。这是由于年轻，只要需要纠正，是可以纠正的，但正因为这样，也就几乎从小就富于独立的精神，在思想和信念上有大胆的精神，而不是像柯尔巴斯尼科夫式的崇拜权威的精神。不过尽管这样这德国人还是说得很好！德国人真行，虽然德国人是该杀的，他们的科学虽然好，但是到底必须掐死他们。”

“为什么要掐死他们？”阿辽沙微笑着问。

“也许我在信口开河，我承认。我有时真是要命的孩子气。在有什么高兴事的时候，我就忍不住要信口开河胡说八道起来。不过我说，我同您两人在这里闲聊，那个医生不知怎么在那儿待了那么长时间。哦，也许他在那里就便也给‘孩子他妈’和那个瘸腿的尼娜瞧瞧。您知道，我很喜欢这个尼娜。我走出来的时候，她忽然对我悄悄地说：‘您为什么早没有来？’说时还带着责备的口气！我觉得，她是非常善良而且又很可怜的。”

“是的，是的！以后您常来，就会看出她是怎样的一个人。这类人物您多认识几个很有益处，借此可以学到怎样珍视别的许多事物，因为这些事物是只有在和这类人物交往中才能发现的。”阿辽沙热心地说，“这会把您改造得更好些。”

“唉，我没有早来，真是觉得可惜，只好自己骂自己！”柯里亚难过地感叹说。

“是的，很可惜。您自己看到了，您给这个可怜的孩子带来了多么喜悦的心情！他在渴望您来的时候，心里是多么焦急！”

“您快别这样说了！您这样更叫我心里难受。但这也是我应得的报复：我不来是由于自负，一种利己主义的自负和卑鄙的倔强任性，这是我一辈子也改不了的脾气，虽然一辈子都在竭力想要改正。我现在看出了，我在许多方面是卑鄙的，卡拉马佐夫！”

“不，您的天性是优秀的，尽管有点被引坏了。因此我很能理解，为什么您能在这个正直的、有着病态的敏感的男孩身上发生这样大的影响！”阿辽沙热烈地回答。

“您竟这样夸奖我！”柯里亚嚷着说，“可您一定想象不到，我心里还以为——已经有好几次，而且现在在这里还以为——您看不起我！您要知道我是多么重视您的意见啊！”

“以您这样的年龄，难道真的这样多疑吗？您知道，正是当您在屋里谈话的时候，我看着您，心里想到您大概是十分多疑的人。”

“已经这样想过了吗？您瞧，您瞧，您的眼力多厉害！我可以打赌，这准是在我讲鹅的故事的时候。我恰巧也就是在这个当儿怀疑您心里在十分看不起我，因为我急于要装好汉，这时我甚至突然因此恨起您来，这才说出一篇傻话。以后，刚才在这里当我说到‘如果上帝不存在，也应该把它造出来’的时候，我就想我过于忙着卖弄自己的学问了，何况这句话是我在书本上读来的。但是我敢对您赌咒，我的急于表现自己，并不是由于虚荣，而是不知不觉，自己也不知为什么。是由于快乐吧，的确，似乎是由于快乐，尽管一个人因为快乐就搂住不管谁的脖子，那是一种十分可耻的脾气。这我知道。但是我现在深信，您并没有看不起我，这一切是我自己凭空想象的。唉，卡拉马佐夫，我太不幸了。我有时不知道为什么心里总以为大家在那里笑我，全世界在那里笑我，在那种时候，我简直准备摧毁世上的一切常规。”

“同时还折磨周围的人。”阿辽沙微笑。

“还折磨周围的人，尤其是母亲。卡拉马佐夫，您说，我现在是不是很可笑？”

“别去想这种事情，完全别去想它！”阿辽沙说，“再说什么叫可笑？一个人有时显得可笑，或者似乎显得可笑，这有什么稀奇呢？现在差不多所有有才干的人都怕成为可笑的，因此才感到不幸。我只是惊讶您这样年轻就感到这个，虽然我早已注意到这点，而且也不止在您一个人身上注意到。现在甚至所有的孩子都开始犯这个毛病。这几乎成为一种疯狂的潮流。魔鬼化身为自负，钻到了所有这一代人的身上。一定是魔鬼。”阿辽沙一点也没有笑，像目不转睛盯着他的柯里亚所料想的那样。“您和大家一样，”阿辽沙最后说，“也就是说，跟很多很多的人一样，但要紧的正是不该跟大家一样。”

“甚至不管大家全是这样吗？”

“是的，尽管大家全是这样，您自己也可以成为不是这样的。实际上，您就已经并不和大家一样了：您现在并不害臊，肯自己说出坏的甚至可笑的地方来。现在谁能这样承认呢？一个也没有。甚至对自我谴责也没有人觉得有什么必要了。但愿您别跟大家一样；即使只有您一个人，也不要变得那样。”

“妙极了！我没有看错您。您是会安慰人的。唉，我是多么想奔到您的面前来呀，卡拉马佐夫，我早就在寻找和您见面的机会了！难道您也想过我吗？刚才您说，您也想过我的。”

“是的，我听见过您的事情，也想过您的，您现在问这句话，即使有一部分出于自负心，那也是不要紧的。”

“您知道，卡拉马佐夫，我们的互相交心真有点像表白爱情了。”柯里亚用一种微弱而羞怯的语调说，“这不可笑吗，不可笑吗？”

“一点也不可笑，即使可笑，也不要紧，因为这样很好。”阿辽沙爽朗地微笑着说。

“您知道，卡拉马佐夫，您应该承认，现在您自己跟我在一起也显得有点害羞。我从眼睛里看得出来。”柯里亚带着有点狡狯，但却几乎是充满幸福的神情笑了。

“有什么可羞的呀？”

“那么您为什么脸红呢？”

“这是您弄得我脸红的！”阿辽沙笑着说，果真满脸全红了，“是的，有点害羞，天知道为什么，真不知道为什么。”他喃喃地说，几乎感到很窘。

“哦，这会儿我真爱您，珍视您，正因为您也跟我在一起感到有点害羞！因为您也正跟我一样！”柯里亚满心欢喜地嚷着说。他的两颊绯红，双眼放光。

“顺便说，柯里亚，您同时也会终身是个很不幸的人。”阿辽沙不知为什么突然这样说。

“我知道，我知道。您怎么预先都会看得出来的？”柯里亚立即同意他的话。

“但是在大体上您还是会赞美生活的。”

“就是这样！乌拉！您是先知！卡拉马佐夫，我们会合得来的。您知道，最使我喜欢的是您对我完全以平等相待。但是我们不是平等的，不，我们不是平等的，您高得多！不过我们会合得来的。您知道，我在最近一个月以来老是对自己说：‘我不是和他一下子成为永远的知己朋友，就是立即分手，成为仇敌，直到进棺材为止！’”

“您这样说，自然已经爱我了！”阿辽沙快乐地笑着说。

“爱的，爱极了，爱您，也想您！您怎么预先都会看得出来的？噢，医生出来了。天哪，他会说些什么呀！您瞧他脸上那副神气！”

七

伊留莎

医生从小屋里出来的时候，已经重新身上裹着皮大衣，头上戴着皮帽。他的脸上表情几乎是生气的，厌恶的，似乎他总怕被什么东西弄脏了。他向过道瞧了一眼，严厉地望了阿辽沙和柯里亚一下。阿辽沙朝门外的马车招了招手，载医生来的马车就赶到大门口来了。上尉慌忙地跟在医生后面跳出来，躬身哈腰，几乎像是在他面前哀哀求告似的，拦着请他再说最后的一句话。这不幸的人脸上满是愁容，眼神带着惊惶。

“阁下，阁下，难道是真的吗？”他刚开口说了一句，就说不下去了，只是绝望地紧紧合着双手，尽管脸上还带着最后的哀求的神情望着医生，好像只要医生现在说一句话，还可以改变对这个可怜的孩子的判决。

“有什么法子？我又不是上帝。”医生漫不经心，但却仍旧带着已成习惯的威严语调回答说。

“大夫，阁下，已经快了吗，快了吗？”

“你就——做好——一切准备吧。”医生毫不含糊，一字一顿地说，接着就垂下眼睛，准备跨出门口，向马车走去了。

“阁下，看在基督的分上！”上尉又惊慌地拦住他说，“阁下！那么难道一点也没有，难道竟一点也没有，现在一点也没有法子救他了吗？”

“现在我是无能为力了，”医生不耐烦地说。“但是，嗯——”他突然停了一下，“如果您能，比如说……把您的病人……送到……立刻就送，一点也不耽误（“立刻就送，一点也不耽误”这句话，医生说得不仅严厉，几乎是怒气冲冲的，竟使上尉打了个哆嗦），送到叙——拉——古——扎去，那么……由于新的、适宜的气候条件……也许可以发生……”

“到叙拉古去！”上尉叫道，似乎还一点也没听懂是怎么回事。

“叙拉古在西西里岛。”柯里亚忽然大声说明。医生看了他一眼。

“到西西里去！老爷子，阁下，”上尉弄得不知所措了，“您不是看见了吗？”他用手朝周围一扫，指着自己所处的环境：“还有孩子妈呢？一家人呢？”

“不，家里人不要到西西里去，您的家属应该在早春的时候上高加索去，把令爱送到高加索去，至于您的太太……因为她有风湿病，也要到高加索去进行矿泉水治疗，然后再立即送到巴黎的精神病医生列彼尔季耶的医院里去，我可以写一封信给他，那样……也许会发生……”

“大夫！大夫！您不是看见的吗！”上尉忽然又挥着双手，绝望地指指过道两侧光秃秃的圆木垒成的墙。

“哦，这就不是我的事情了，”医生笑笑说，“您问还有什么最后的办法，我只是说出了科学所能提供的答案，至于其他，十分遗憾……”

“您别担心，郎中，我的狗不会咬您的。”柯里亚看到医生正有点担心地望着站在门口的彼列兹汪，就不客气地大声说。他的语气里露出怒意。他不说“医生”而叫“郎中”，是故意的，后来他自己对人讲，是“为了侮辱他才这样说的”。

“这是怎么回事？”医生抬起头来，惊讶地盯着柯里亚说，“他是谁？”他忽然问阿辽沙，似乎要他给说明一下。

“我是彼列兹汪的主人，郎中，至于我是什么人您就不必操心了。”柯里亚又毫不含糊地说。

“什么兹汪？”医生反问，不明白彼列兹汪是什么。

“他简直摸不着头脑了。再见吧，郎中，我们到叙拉古见面吧。”

“他是什么人？什么人？什么人？”医生突然大发脾气。

“他是这里的一个学生，大夫，他是个顽皮孩子，您别在意。”阿辽沙皱着眉头，很快地说，然后又对克拉索特金喊了一声，“柯里亚，不要再说啦！”他有点不耐烦的样子又重复了一句：“不必在意，大夫。”

“揍他，应该揍他一顿，揍他一顿！”医生不知为什么气得简直要发狂似的顿起脚来了。

“您知道，郎中，我这只彼列兹汪也说不定会咬人的哩！”柯里亚脸色煞白，眼睛冒火，用颤抖的声音说，“嘘，彼列兹汪！”

“柯里亚，您要是再说出一句话，我就和您从此绝交！”阿辽沙威严地喝道。

“郎中，全世界只有一个人可以命令尼古拉·克拉索特金，那就是这个人，”柯里亚指着阿辽沙说，“我服从他，再见吧！”

他马上离开原地，打开房门，快步走进屋里。彼列兹汪也紧随着他跑了进去。医生望着阿辽沙，呆若木鸡地又站了五秒钟光景，然后突然啐了一口，迅速走到马车前面去，反复地大声喊着：“这个，这个，这个，我不知道这叫个什么！”上尉跑过去扶他上马车。阿辽沙跟着柯里亚走进屋里。柯里亚已经站在伊留莎床旁。伊留莎正握住他的手，呼唤父亲。过了一分钟，上尉也回来了。

“爸爸，爸爸，您到这里来，我们……”伊留莎异常兴奋地喃喃说着，但是显然无力继续说下去，突然把两只干瘦的小手朝前一伸，尽他的力量把柯里亚和爸爸两人一起紧紧抱住，把他们连在一起，自己也紧贴在他们身上。上尉忽然浑身颤抖，无声地呜咽着，柯里亚的嘴唇和下颌哆嗦了起来。

“爸爸，爸爸！我真可怜你，爸爸！”伊留莎悲苦地呻吟着。

“伊留莎，亲爱的，医生说……你的病会好的，我们会幸福的，医生……”上尉开始说。

“唉，爸爸！我知道新来的医生关于我对你讲了些什么，我全看见啦！”伊留莎喊着，又用尽所有的力量，紧紧地抱住他们俩，把自己的脸偎在爸爸的肩头上。

“爸爸，你不要哭，等我死了，你可以再另外弄一个很好的男孩子，你可以从所有的男孩子中间，亲自挑选一个好的，管他叫伊留莎，像爱我一样爱他。”

“住嘴吧，老头子，你会好起来的！”克拉索特金仿佛生气了似的，突然喊道。

“可是，爸爸，你永远别忘了我，永远别忘了我呀，”伊留莎继续说，“你要常到我的坟上来，爸爸，咱们俩不是常到一块大石头那里去玩吗？你就把我埋葬在那块大石头旁边吧，傍晚的时候，你要跟克拉索特金常到那里去看我，还要带着彼列兹汪。我要等着你们去。爸爸，爸爸！”

他的话音中断了，三个人拥抱在一起，大家都默默无言。尼娜坐在安乐椅上悄悄地哭泣；母亲看到大家都在哭，也突然流下泪来了。

“伊留莎！伊留莎！”她喊道。

克拉索特金突然从伊留莎的拥抱中脱出身来。

“再见吧，老头子，我妈等我吃饭哩。”他很快地说，“真可惜，我没有预先通知她！她一定会很惦念的。但是，吃过饭以后，我马上到你这儿来，待一整天，待一整晚上，我有好多、好多事要讲给你听啊！我现在把彼列兹汪带走，来的时候再把它带来，因为我不在，它就会嗥叫起来，妨碍你休息。再见吧！”

说罢，他就往过道里跑去了。他不愿意哭出来，但一到过道里，他还是哇的一声哭起来了。阿辽沙正撞见了他这种情况。

“柯里亚，你一定要说话算话，千万要来。要不然，他心里会非常难过的。”阿辽沙正色地说。

“我一定来！唉，我真恨我自己为什么没有早来。”柯里亚哭着嘟囔说，他已经不为哭而觉得难为情了。正在这时候，上尉忽然好像逃也似的从屋子里跑了出来，马上掩上了门。他显出满脸发呆的神情，嘴唇颤抖着。他站在两个少年的面前，把两只手向上一举。

“我不想要好的男孩！我不想要另外的男孩！”他咬着牙，发狂似的低声嘟囔道，“如果我忘掉了你，耶路撒冷，让我的舌头……”

他没有说完，好像连气都接不上来了，接着就浑身瘫软似的跪倒在木头板凳前面。他两手紧紧抱着自己的脑袋，号啕痛哭起来，夹着发狂似的尖叫，不过，他还是竭力克制着自己，不让屋里听见他的声音。柯里亚冲出了大门。

“再见吧，卡拉马佐夫！您也来吗？”他对阿辽沙生气似的厉声喊道。

“我晚上一定来。”

“他讲的耶路撒冷是什么意思。这又是什么花样？”

“这是《圣经》上的话：‘如果我忘掉了你，耶路撒冷’，意思就是说如果我为了别的什么而忘掉了我最宝贵的东西，那就惩罚我吧。”

“行啦，我明白了！您可要来呀！嘘，彼列兹汪！”他用简直有点暴躁的口气对狗大声吆喝着，迈开大步，很快地回家去了。

第二卷　伊凡·费多罗维奇哥哥

一

在格鲁申卡家里

阿辽沙到教堂广场商人的寡妇莫罗佐娃家去见格鲁申卡。她一清早就打发费尼娅到他那里，坚请他来一趟。阿辽沙问起费尼娅，才知道小姐从昨天起就显得极为惊惶不宁，不同往常。米卡被捕后两个月以来，阿辽沙时常到莫罗佐娃家去。有时出于自动，有时是受了米卡的委托。米卡被捕后第三天，格鲁申卡病得很厉害，躺了几乎有五个星期，其中有一个星期简直人事不知。她虽然已经下地差不多有两个星期，可以出门了，脸色却变了很多，焦黄精瘦。但是据阿辽沙的眼光看来，她的脸似乎更加动人了，而且每当他走进去的时候，很高兴看到她的目光。她的目光中似乎有了一种坚定的、明白事理的神情，显示出了一种精神上的变化，有了某种随时随刻温顺恬静但又善良而坚定不移的决心。额上两眉间出现了一条垂直的细细的皱纹，给她可爱的脸添上了一种专心沉思的表情，乍看起来，甚至显得有几分严厉。以前的轻浮一类神色一点痕迹也不剩了。阿辽沙还觉得奇怪的是，虽然这可怜的女人是一个男子的未婚妻，而他正当成为她的未婚夫的时候，由于可怕的罪行而被捕，她遭到了巨大的不幸，虽然她以后害了病，现在又面临着法庭即将宣布的几乎不可避免的判决，但她却仍旧没有丧失过去那种青春的快乐。她以前骄傲的眼睛里，现在闪烁着一种宁静的光彩，尽管……尽管当她一想到那个非但没有在她心里沉寂下去，反而越发滋长起来的烦恼念头时，她的眼里偶然还要射出一种不祥的凶光。这种烦恼的对象仍旧是卡捷琳娜·伊凡诺芙娜，甚至当格鲁申卡卧病在床的时候，她在说胡话的时候还曾提起过她。阿辽沙明白她是为了米卡和她吃醋，为了囚犯米卡，尽管卡捷琳娜·伊凡诺芙娜一次也没有到监牢里去看过他，而她本来是随时都可以办得到的。这一切对阿辽沙成了一个难题，因为格鲁申卡只对他一个人表露心事，不断地和他商量；而他有时却完全无力对她提出什么忠告。

他忧心忡忡地走进了她的寓所。她从牢里探望米卡回来已经半小时，从她在桌旁安乐椅上跳起来迎接他的那种迅速动作上，他断定她正在急不可待地等候他。桌上放着纸牌，看来刚发了牌在玩“捉傻瓜”。在桌子另一边的皮沙发上搭了一张临时铺，马克西莫夫正穿着晨服，戴着棉织的小帽，斜靠在上面。他虽然甜甜地微笑着，却显然有病，身体十分衰弱。这个无家可归的小老头儿，在两个月以前同格鲁申卡从莫克洛叶回来以后，就在她身边留了下来，而且从此一直住在她家里，一步也没离开过。他当时和她一块儿冒雨进城，浑身淋得精湿，又受了惊吓，坐在沙发上，带着畏缩而哀恳的微笑一直默默地盯着她。格鲁申卡正在非常忧伤的时候，而且已经开始发寒热，进城后最初半小时里由于各种忙乱的事情，几乎忘掉了他，最后才突然偶尔注意地看了他一眼：他露出可怜而慌乱的样子，看着她嘻嘻地笑了一声。她叫费尼娅拿点东西给他吃。他在那里坐了整整一天，几乎动也不动。天色已黑，关上百叶窗的时候，费尼娅问女主人：

“小姐，难道他宿在这里吗？”

“是的，给他在长沙发上铺上被褥。”格鲁申卡回答说。

格鲁申卡详细盘问他，才知道他现在果真完全没有栖身之处，“我的恩人卡尔干诺夫先生赏了我五个卢布，干脆对我说，以后不再收留我了”。“好吧，上帝保佑你，那你就留在这里吧。”格鲁申卡烦恼地决定，用怜悯的神色朝他微笑了一下。她这一笑一直透进了老人的心。他的嘴唇哆嗦着，感激得哭了起来。从此以后这个流浪的食客就留在她家里。甚至在她闹病时，他也没有离开。费尼娅和她的母亲——格鲁申卡的厨妇——并没有驱逐他，继续给他东西吃，替他在长沙发上铺床。以后格鲁申卡竟跟他混熟了。她病刚好，甚至没有等到复原就去看米卡，从他那里回家以后，为了排遣愁闷，常坐下来和“马克西穆什卡”谈谈各种空话，免得去想自己的伤心事。原来这小老头儿有时倒也很善于讲点什么，所以到后来他甚至成了她一个必不可少的人了。除阿辽沙以外，格鲁申卡几乎任何人也不接待，而阿辽沙也不每天来，来了以后又永远不久坐。她的老商人这时病已很重，像城里人们议论的那样，“要归天了”。后来果然在审判米卡的案子后不过一星期就死了。死前三星期，他感到自己死期已近，把自己的儿子、媳妇和孙儿们唤上楼来，吩咐他们不要再离开他。从那个时候起，他严嘱仆人们不许放格鲁申卡进来，如果上门来，就对她说：“他盼您长命百岁，快快活活，把他忘掉了吧。”但是格鲁申卡还是几乎每天打发人去问他的健康。

“可盼来了！”她把牌一扔，叫了一声，高兴地招呼着阿辽沙，“马克西穆什卡尽吓唬我，说你也许不会来。我真需要你！你坐到桌子跟前来吧；要什么，要咖啡吗？”

“也好，”阿辽沙在桌旁坐下说，“饿极了。”

“真是的；费尼娅，费尼娅，拿咖啡来！”格鲁申卡喊着，“咖啡早已煮好，等候着你呢。费尼娅，把烤馅饼也拿来，要热的。你听着，阿辽沙，为了馅饼今天又闹得天翻地覆。我给他送到监狱里去，你信不信，他竟扔还给我，怎么也不肯吃。他还把一个馅饼扔到地板上，踩得稀烂。我说：‘我把它留在看守那里，要是你到晚上还不吃，那么你的心也就太狠了！’我就这样走了。你信不信，我们又拌嘴了。一见面就拌嘴。”

格鲁申卡很激动地把这一大堆话一股脑儿全说了出来。马克西莫夫立刻胆怯地赔笑，垂下了眼皮。

“这一次为什么事拌嘴呢？”阿辽沙问。

“我完全料不到！你想一想，他竟为了‘以前那位’吃醋，意思是说：‘你为什么要养活他？你又开始供养起他来啦？’他老在吃醋，整天老为我吃醋！连睡觉吃饭的时候也在吃醋。上星期有一次甚至还为了库兹马吃醋。”

“他不是知道‘以前那位’的事情吗？”

“可不是吗？他从一开始直到今天一直都是知道的，可今天一觉醒来，忽然就骂起来了。他讲的那些话，说出来都让人害臊。傻瓜！我出来的时候，拉基金到他那里去了。说不定正是拉基金在那儿挑唆呢？你以为怎么样？”她似乎心不在焉地随口说。

“那说明他爱你，十分爱你。现在又正是特别烦恼的时候。”

“明天要开审，还能不烦恼吗？我去就是为跟他说说关于明天的事情，因为，阿辽沙，明天会发生什么样的情况，我连想着都觉得害怕。你刚才说他烦恼，可不知道我有多烦恼哩！但他却净讲波兰人的事情！真是傻瓜！也许他只对马克西穆什卡才不会吃醋。”

“可我太太也净为了我吃醋哩。”马克西莫夫插了这么一句。

“哦，为了你！”格鲁申卡不大乐意地笑了起来，“为了你，和谁吃醋呢？”

“和娘姨们。”

“哎，住口吧，马克西穆什卡，我现在没有心思说笑话，我正满腔怒火哩。你不要紧盯着馅饼，我不能给你吃，这对你是有害的。烧酒也不能给你喝。我还要来看护他；仿佛我家开了养老院，真的。”她说着笑了。

“我是不配享受您的恩惠的，我是个卑贱的人，”马克西莫夫仿佛要哭出来似的说，“您不如把您的恩惠施给比我有用些的人。”

“唉，每个人都是有用的，马克西穆什卡，谁知道谁比谁有用些呢。阿辽沙呀，就是根本没有这个波兰人，他今天也心血来潮，突然要犯病了。我也到那个人那儿去过。我现在还要故意送馅饼给他。我本来没送过，但是米卡硬说我送过，所以现在偏要故意送去，故意的！哦，费尼娅拿着一封信进来了！一点不错，准又是波兰人写来的，又是来要钱！”

莫夏洛维奇先生果真送来了一封长得出奇，而又照例极富于辞令的信，向她告贷三个卢布。信里还附了一张收据，写着三个月内归还的话；佛鲁勃莱夫斯基也在上面签了名。同样性质的而且同样附着这类收据的信，格鲁申卡已经从她的“以前那位”那里收到了许多。最初是从两星期以前格鲁申卡病愈的时候起开始来信的。但她又听说两个波兰人在她生病期间就已经常来探问她的病情。格鲁申卡收到的第一封信是很长的，写在大张的信纸上，盖着很大的一个家族印章，写得含义晦涩，充满滔滔辞令，格鲁申卡只读了一半就丢开了，一点也没有明白是什么意思。加以她当时也没有心思看信。接着这第一封信，第二天马上又来了第二封。在这封信上莫夏洛维奇先生向她借两千卢布，答应短期内归还。格鲁申卡对这封信也没有搭理。以后就一封接一封地来了一大批信，每天一封，全是那么一本正经，富于辞令，但所借的数目逐步地降低，直降到一百卢布，二十五卢布，十卢布，后来格鲁申卡突然接到一封信，两位波兰先生只向她借一个卢布，还附了两人共同签字的收据。格鲁申卡当时忽然可怜起他们来，就在薄暮时分自己到他们那里去跑了一趟。她发现这两个波兰人落到赤贫的境地，几乎一贫如洗，没有饭吃，没有柴烧，没有烟抽，欠了女房东许多房钱。他们在莫克洛叶从米卡那里赢来的二百卢布很快就花光了。使格鲁申卡惊讶的是两位波兰先生见到她时还是一副傲慢自大、神气十足的样子，而且烦琐多礼，夸夸其谈。格鲁申卡忍不住大笑起来，给了她的“以前那位”十个卢布。她当时就把这事情笑着告诉了米卡，他也没显出吃醋的样子。但是从那时起，两个波兰人就抓住了格鲁申卡，每天用借钱的信向她进攻，她也每次总是应付他们一点。可是今天米卡却竟突然大大地吃起醋来。

“我这傻子，今天到米卡那里去的时候，也曾到他那里去了一下，只去了一分钟，因为我以前的那位，他也病了。”格鲁申卡又用匆忙零乱的口气讲了起来，“我一边笑，一边对米卡说，我那个波兰人居然想到弹起吉他琴对我唱起以前的山歌来，以为我会大受感动而决定嫁给他。但是，米卡竟跳脚大骂起来。……不行，我非把馅饼送给波兰人去吃不可，费尼娅，他们是不是打发那个小姑娘来的？你给她三个卢布，用纸包好十个馅饼送给他们。你呢，阿辽沙，你一定给我去告诉米卡说，我把肉包子送给他们吃了。”

“我无论如何不会去说的。”阿辽沙微笑着说。

“唉，你以为他心里难过吗？其实他是故意装作吃醋，实际上他是无所谓的。”格鲁申卡伤心地说。

“怎么是故意装的？”阿辽沙问。

“你真傻，阿辽沙。告诉你吧，尽管你很有头脑，你对这些事一点也不懂。他为我这样一个女人吃醋，我并不生气；假使根本不吃醋，那才使我生气哩。我就是这样的脾气。我决不为吃醋生气。我自己的心也是残酷的，我自己也爱吃醋。使我生气的是他并不爱我，现在是故意在那里装吃醋，就是这么回事。难道我是瞎子，看不出来吗？他现在忽然老对我说起卡捷琳娜来，说她这样，说她那样，说她从莫斯科特地给他请来一个医生，打算救他，还请来了最有学问的第一流的律师。他既然当我的面夸奖她，瞪着他那双十分无耻的眼睛夸她，那就说明他是爱她的！他自己在我面前犯了过错，所以缠住我，说我先对他有错，然后好把一切事情推到我一个人身上，意思是说：‘你在我以前就和波兰人有关系，所以我也可以同卡捷琳娜来一手。’就是这么回事！他想把一切错处推到我一个人身上。他故意纠缠我，故意这样。我对你说，可是我……”

格鲁申卡没有说完她将怎么样，就用手帕捂上眼睛，号啕痛哭起来。

“他并不爱卡捷琳娜·伊凡诺芙娜。”阿辽沙肯定地说。

“哼，爱不爱，我自己很快会知道的。”格鲁申卡带着威吓的语调说，把手帕从眼睛上拿了下来。她的脸变了样。阿辽沙悲苦地看出，她的脸忽然从温顺恬静，一下变成了阴郁而恶狠狠的神气。

“不必再谈这些傻事了！”她忽然说，“我叫你来并不是为了这个。阿辽沙，好人儿，明天，明天会发生什么事情呢？这才是最折磨我的事！只折磨我一个人！我看大家谁也没有想这件事，任何人都认为这事与自己无关。你究竟想不想这事呢？明天就要开庭了！你对我说说，他们会怎样裁判他？这是那个仆人，仆人杀死的，那个仆人！主啊！难道他要替那个仆人受刑罚，竟没有人替他出头说话吗？他们一点也没去打搅那个仆人，是不是？”

“他受了严厉的审讯，”阿辽沙忧郁地说，“但是大家断定不是他。现在他病得很厉害。就从那个时候起病倒的，就从发了羊癫风起的。他确实是病了。”

“主啊，你最好自己到那个律师那里去一趟，当面跟他谈谈这件事的前因后果。不是听说他是从彼得堡花了三千卢布请来的吗？”

“我们三个人花了三千，我、伊凡哥哥，还有卡捷琳娜·伊凡诺芙娜；至于那个医生是她自己花两千卢布从莫斯科请来的。费丘科维奇律师本来要的报酬还要多，但是因为这案子已经轰动全俄，各种报章杂志上都在谈论，已经很出名了，费丘科维奇多半是为了挣名声，所以答应前来的。我昨天已经见过他了。”

“怎么样？你对他说了吗？”格鲁申卡急忙问道。

“他听了半天，一句话也没有说。他说他已经有了一定的看法。但是答应把我的话加以考虑。”

“什么叫作考虑！唉，他们真是骗子！他们要害死他的！但是那个医生，她请那个医生来做什么？”

“那是个专家。他们想断定哥哥是发了疯，在神志错乱中杀了人，自己也不知道干了什么，”阿辽沙微微笑了一下，“不过哥哥不赞成。”

“唉，假使是他杀死的，这话倒说对了！”格鲁申卡叫道，“他当时确实是神志错乱，完全神志错乱了，而那是我，我这个卑鄙的女人造成的！只是他并没有杀死人，他没有杀！大家全以为是他杀死的，全城的人都这样说。甚至那个费尼娅，连她的供词也好像证明是他杀死的。还有小铺，还有那个官员，还有以前酒店里的人，都听他说过要杀人！大家，大家全吵吵嚷嚷，全指控他。”

“是的，供词积累了许多。”阿辽沙阴郁地说。

“还有那个格里戈里，格里戈里·瓦西里耶维奇，咬定说门是敞开的，死死地说他亲眼看见的，简直没有法子说动他。我到他那里去过，亲自同他谈过。他还骂人哩。”

“是的，这也许是对哥哥最厉害的一个证词。”阿辽沙说。

“至于说到米卡是疯子，那么他现在也真是这样了，”格鲁申卡忽然用一种特别忧虑而神秘的神色说，“你知道，阿辽沙，我早就想对你说这句话了，因为我每天跑去看他时，简直感到惊奇。你说说，你是怎么看的：他现在说的全是些什么话？他说呀说的，我可是一点也不明白，我还以为他是在说什么聪明话，我心想，好吧，我很傻，当然听不明白；但是他忽然又对我说起小孩的事情来，说的是某一个小孩。‘为什么娃娃这样穷？’‘现在我就是为了这娃娃到西伯利亚去，我并没有杀人，但是我应该到西伯利亚去！’这是什么话？什么娃娃？我真是一丁点也不明白。不过他说话的时候我总要哭起来，因为他说得非常好，自己也哭着，所以我也哭了，他还突然吻我一下，举手画着十字。这是怎么回事，阿辽沙？你告诉我，那是什么‘娃娃’？”

“这大概是因为拉基金不知为什么忽然常到他那里去的缘故，”阿辽沙微笑着说，“不过……这不像是从拉基金方面来的。我昨天没看见他，今天要去一趟。”

“不，这不是拉基特卡，这是他的弟弟伊凡·费多罗维奇在搅乱他的脑子，是因为伊凡去见过他的缘故，肯定是这样。”格鲁申卡说了这几句，忽然止住了口。阿辽沙两眼瞪着她，有点惊呆了。

“伊凡去过吗？伊凡难道到他那里去过吗？米卡亲口对我说，伊凡一次也没有去过。”

“哦……哦……瞧我这个人，竟说漏了嘴！”格鲁申卡忽然满脸通红，发窘地说，“你等等，阿辽沙，你先别吵，我既然漏了出来，也就随他去，我把实话全说出来吧。他曾见过他两次，第一次在他刚刚回来以后，从莫斯科赶回来以后，我那时还没有病得躺倒，第二次是一个星期以前去的。他不让米卡对你说起这事，一定不让说，而且不让对任何人说，他是秘密地去的。”

阿辽沙坐在那里，深深地沉思着，考虑着什么。这消息显然使他吃了一惊。

“伊凡哥哥没有同我谈过米卡的案子，”他慢吞吞地说，“在这两个月里，他简直同我很少说话，我去见他，他总是不大高兴，所以我有三个星期没有到他那里去了。哦……要是他一星期以前去过，那么……在这一星期里米卡的确发生了一点变化。”

“有变化的，有变化的！”格鲁申卡马上接口说，“他们中间有秘密，他们中间有秘密！米卡自己对我说是秘密，而且你知道，还是那么重要的秘密，竟使得米卡简直坐立不安。以前他是很快乐的，就连现在也还是快乐的，但是你知道，他只要那么摇摇头，在屋里来回一走，用右手指搓鬓角的头发，我就知道他的心里有什么心事了，我知道！可以前他是快乐的；其实今天也还是快乐的！”

“你刚才不是说，他在生闷气吗？”

“他是在生闷气，但同时也很快乐。他常常烦恼，可只是一会儿，过一会儿就又快活了，然后忽然又烦恼起来。你知道，阿辽沙，我一直看着他真觉得奇怪：眼前有那么可怕的事，他却有时还为了一点小事情哈哈大笑，简直就像一个小孩。”

“他真是不让你对我讲伊凡的事情吗？明确地说了不许讲吗？”

“是说了不许讲出来。主要的是他，米卡，很怕你。因为这里有秘密，他自己说是秘密。阿辽沙，好人儿，你去一趟，探听一下，他们有什么秘密，再来告诉我。”格鲁申卡忽然大声哀求着，“你让我这不幸的人安一安心，让我知道知道我自己可诅咒的命运！我就为了这件事叫你来的。”

“你以为这是跟你有关的事情吗？要是那样，他就不会在你面前提到这个秘密了。”

“我不知道。也许他想对我说出来，但又不敢说。所以预先警告一下，说有一个秘密，至于是什么秘密，他可不说出来。”

“你自己怎样看？”

“我怎么看？我的末路到了，这就是我的看法。我的末路是他们三个人一起准备的，因为有卡嘉在里面。这全是卡嘉，全是她搞出来的事。他总说‘她怎样，她那样’，那么说，我就不怎么样了。这话他是在预先说给我听，预先警告我。他想把我抛弃，这就是全部秘密！他们，米卡、卡嘉和伊凡·费多罗维奇三个人想出了这个主意。阿辽沙，我早就想问你：一星期以前他忽然告诉我伊凡爱上了卡嘉，因为他常到她那里去。他这是实话吗？你凭良心说，尽管照实说吧！”

“我不会对你撒谎。伊凡并不爱卡捷琳娜·伊凡诺芙娜，我是这样看的。”

“我当时也是这样想的！他是在对我说谎，这不要脸的东西，就是这么回事！他现在对我发醋劲，预备以后好把什么事都推到我头上。但是他是一个傻瓜，连装假都装不像，他是个直筒子。不过我一定要给他点厉害瞧瞧，给他点厉害瞧瞧！他说：‘你相信我杀了人。’他竟对我说这样的话，说这样的话，用这样的话来责备我！愿上帝保佑他吧！等着瞧，在法庭上我要给卡嘉苦头吃的！我要说出一句话来，我一定要在法庭上全说出来！”

她又痛哭了起来。

“我可以对你坚决说这样的话，格鲁申卡，”阿辽沙一面站起来，一面说，“首先，他爱你，爱你甚于世上的一切，只爱你一个人，这你应该相信我。我是知道的。我肯定知道的。其次，我要对你说，我不愿意向他探听秘密，但如果他今天自己要对我说出来，那我就要直截了当告诉他，我是答应了一定照实把话告诉你的。而且我今天就会跑来，说给你听。不过……我觉得……这里面和卡捷琳娜·伊凡诺芙娜无关，一定是另外的什么秘密。一定是这样的。完全不像是跟卡捷琳娜·伊凡诺芙娜有关的事情，我这样想。现在再见吧！”

阿辽沙握了握她的手。格鲁申卡还在那里哭泣。他看出她不大相信他安慰她的话，但是她把她的忧愁倾吐了出来，说出了心里话，这样她至少会觉得痛快些。他很不忍在目前这样的情况下离开她，但是他很忙。他还有许多事情等着要做。

二

病足

第一件事是到霍赫拉柯娃太太家里去。他匆匆走着，预备赶紧办完事，就到米卡那里去，不要耽误。霍赫拉柯娃太太身体不适已经有三个星期，她的腿不知怎么肿了，虽然没有卧床不起，但是白天穿着漂亮而极得体的睡衣，斜躺在自己的起居室里的长沙发上。阿辽沙有一次注意到霍赫拉柯娃太太虽然生病，却几乎精心打扮起来，用了些发带、丝结、小罩衣之类，不由得露出了无邪的笑容。他也揣摩到她为什么这样，虽然把这念头当作无聊的事情，马上从心上赶走了。在最近的两个月里，除了其他客人之外，那个年轻人彼尔霍金也开始常常前来拜访霍赫拉柯娃太太。阿辽沙已有四天没来，今天一进门，就忙着一直去找丽萨，因为他原是来找她的：丽萨昨天就打发小丫头到他家去，坚持请他立即去一趟，说是有“极要紧的事情”，而由于某些原因，阿辽沙对这个情况也产生了一点兴趣。但是在小丫头走进去向丽萨通报的时候，霍赫拉柯娃太太已经不知从什么人那里知道他来了，赶紧打发人来请他到她那里去“一小会儿”。阿辽沙斟酌了一下，认为还是先顺应母亲的要求好，否则在他坐在丽萨那里的时候，她会不断地派人来催请的。霍赫拉柯娃太太躺在长沙发上，仿佛过节似的打扮得特别漂亮，显然处于过分的神经质的兴奋状态中。她兴高采烈地嚷着迎接阿辽沙。

“许多世纪，许多世纪，简直有许多世纪没有看见您了！大概有整整的一个星期吧，哦，不，四天以前您还来过的，在星期三那天。您是来看丽萨的，我相信您一定打算踮着脚，一直到她那里去，不让我听见。亲爱的，亲爱的阿历克赛·费多罗维奇，您真不知道她是多么叫我操心啊！但是这个以后再说。这固然是极重要的事情，但是放在以后吧。亲爱的阿历克赛·费多罗维奇，我把我的丽萨完全托付给您了。在佐西马长老死后，愿上帝安慰他的灵魂！”她画了个十字，“我把您当作一位继他之后的苦行修士看待，虽然您穿着这套新装漂亮极了。您在这里哪儿找来这样好的裁缝？可是不，不，这不是主要的，这等以后再说吧。请原谅，我有时干脆就叫您阿辽沙，我是老太婆了，别人怎么也不会见怪的。”她甜甜地笑了一笑：“不过这也以后再说。主要的事，我不应该忘记主要的事。劳驾，请您主动提醒我一下，每逢我话说离了题的时候您就说：‘可主要的事情呢？’唉，不过我怎么知道现在什么是主要的事情啊！那一次丽萨向您收回了她的诺言，一种孩子气的诺言，阿历克赛·费多罗维奇，就是说要跟您结婚，您自然明白，这只是一个久坐在椅子上的有病的女孩子好玩的幻想。现在幸而她已经能走路了。那个卡嘉新从莫斯科请来的医生，来瞧您不幸的令兄的，他明天就要……哎，何必提明天的事！我一想到明天的事就要急死！主要的是由于好奇。一句话，这位医生昨天到我们这里来，给丽萨瞧过了。我付了五十卢布的诊费。不过这都是不相干的事，又说到不相干的事情上去了。您瞧，我现在完全弄糊涂了。我老是很忙。忙什么呢？我说不清。我现在真是什么也说不清。我脑子里什么都搅成一团了。我真怕您会听得心烦，一下子跳起来逃开我，可我还刚刚见着您哩。哎呀，我的天！我们为什么光这么坐着，首先该来一杯咖啡，尤里亚，格拉菲拉，拿咖啡来！”

阿辽沙连忙道谢，并且说明他喝了咖啡还不久。

“在谁家喝的？”

“在阿格拉菲娜·阿历山德罗芙娜那里。”

“这么说……是在这个女人家里！哎，就是她把大家害了的。不过我弄不清楚，听说她变成了圣人，虽然晚了一点。最好早些，那时还有用，现在可有什么益处呢？不要说，您先别说话，阿历克赛·费多罗维奇，因为我要对您说很多很多的话，可是好像一句也说不清了似的。那可怕的审判……我一定要去，我准备好了，叫人用椅子抬我进去，我能坐得住，会有人照顾我的，而且您知道，我还是证人哩。我要怎样发言，怎样发言呢！我不知道我要说些什么。是不是还必须宣誓，对不对？”

“对的，但是我看您不见得能去。”

“我能坐得住的。唉，您尽打岔！这次审判，这桩野蛮的罪行，以后这帮人要到西伯利亚去，有的人还要结婚，这一切都会很快、很快地过去，万物都在变，最后是四大皆空，大家都老了，眼睁睁等着进棺材。随他去吧。我也瞧够了。这是卡嘉，这位可爱的姑娘[1]，是她打破了我的一切希望：现在她要追随您的一位哥哥到西伯利亚去，您的另一位哥哥就追在她后面，住在邻近的城市里，大家你折磨我，我折磨你，这真叫我急得发疯，最坏的是弄得沸沸扬扬，彼得堡，莫斯科，所有的报纸上都成千上万遍写这件事。哦，您想想看，连我也被他们写上了，说我是令兄的‘腻友’，这种难听的话我真不愿说出口。您想想看，您想想看！”

“这简直不能想象！登在哪儿？是怎么说的？”

“我立刻给您看。是昨天收到，昨天刚读到的。就登在这张彼得堡的《流言》报上。这种《流言》报是从今年起开始出版的，我很爱听流言，所以订了一份。现在弄到自己头上来了：这才知道那都是些什么样的流言。就在这一张上，这个地方，您念一念。”

她把一张放在她的枕头下面的报纸递给阿辽沙。

她不仅是心烦意乱，简直弄得似乎有些丧魂落魄似的，也许她的脑子里果真搅成一团了。报上这段报道写得很有特色，而且无疑是会使她颇受刺痛的，但也许对她说来十分幸运，她这时候简直不能注意力集中在一件事情上，说不定过了一分钟甚至会忘记那张报纸，完全

1 原文为法语：Cette charmante personne.

跳到别的事上去。至于这个可怕的案件名声已经传遍全俄这一点，阿辽沙是早就知道的，而且天哪，这两个月以来，除了一些忠实的报道外，他读到了多少关于他哥哥，关于卡拉马佐夫一家，甚至关于他自己的耸人听闻的新闻和通讯啊。有一张报上甚至说，他在他哥哥犯罪以后，吓得接受了苦行戒律，闭门隐修去了；另一张则加以否认，反而登载他和他的佐西马长老结伙砸开修道院的钱箱，“从修道院逃之夭夭”了。现在这张《流言》报上的新闻标题是：《斯科托普里贡斯克（唉，这就是我们这个小城的名字[1]，我把它隐瞒了好久没说）特讯：关于卡拉马佐夫案件》。那段新闻是很短的，没有直接提到霍赫拉柯娃太太的名字，而且所有提到的人都是隐名的。只是报道说，现在就要开审的、轰动一时的要案罪犯是个退伍陆军上尉，无赖成性，好吃懒做，顽固拥护农奴制，喜欢做偷香窃玉的勾当，对某些“孤寂难挨的太太”有着特别的吸引力。有这么一位“独守空房的寡妇太太”，虽然女儿已经成人，却还人老心不老，竟被他牢牢迷住，在罪案发生前两小时，还答应给他三千卢布，要他立即和她一同逃奔到金矿上去。但是这恶徒妄想能逃脱法网，宁愿杀死父亲，抢劫他父亲的恰恰也是三千卢布，也不愿守着这位孤寂的太太那四十岁妇人的徐娘风韵，老远地跑到西伯利亚去。这篇游戏文章照例以对于弑父的暴行和以前的农奴制表示高尚的愤慨作为结束。阿辽沙好奇地读完以后，把报纸折好，还给了霍赫拉柯娃太太。

“怎么不是我呢？”她又嘟囔说，“正是我，正是我在差不多一小时以前曾提议他上金矿，可现在忽然给我来了一句‘四十岁妇人的徐娘风韵’！难道我是为了这个吗？这是他故意这样说的！愿永恒的裁判官饶恕他那句‘四十岁妇人的徐娘风韵’的话，那么我也饶恕他，但要知道这是……您知道这是谁干的事？这是您的朋友拉基金。”

“也许，”阿辽沙说，“虽然我还一点也没有听说过。”

---

1 这个虚构的地名隐含有“畜栏”的意思。

“是他，是他，用不着什么也许！我把他赶了出去，您知道这一段经过吗？”

“我知道您请他不要再上您的门，但是究竟为什么，这个我……至少从您这里没有听说过。”

“这么说，您从他那里听说过了！他怎么说，骂我吗，拼命骂我吗？”

“是的，他骂您，但他本来对所有的人都常常在骂的。至于为什么您拒绝他上门，这一点我却并没听他说起过。而且我现在也根本很少和他见面。我们不是好朋友。”

“既然这样，我就把一切事情都讲出来。没有法子，我应该承认错误，因为这中间有一个过节，也许应该责备我。只有一个小小的、小小的过节，极小极小，所以也许根本算不上一回事。您瞧，好人儿，”霍赫拉柯娃太太突然做出一副顽皮的神色，嘴角挂上可爱而有点神秘的微笑，“您瞧，我有点疑心……您原谅我，阿辽沙，我像母亲一般待您，哦，不，不，正相反，现在我对您就像面对我的父亲那样，因为在这件事上说母亲是完全不合适的。对，我就像向佐西马长老忏悔似的，这样说最正确，这话很合适：我刚才不是就把您叫作苦行修士了吗？就是这个可怜的年轻人，您的好朋友拉基金（主啊，我简直没法对他生气！我是生气而且愤恨的，但是不怎么厉害），一句话，您简直想象不到，这个轻浮的年轻人忽然心血来潮，好像恋上了我。我是以后，以后才忽然注意到的，但一开头，也就是打从一个月以前，他就已经开始常到我这里来了，几乎每天来，以前我们虽也认识，却并不是这样的。我一点也不知道，忽然我仿佛灵机一动，竟开始吃惊地注意到了。您知道，我在两个月以前开始招待一个谦逊可爱而又正直规矩的青年，彼得·伊里奇·彼尔霍金，他是此地的一个官员。您也见过他许多次。他是一个严肃正派的人，是不是？他每隔三天来一次，并不是每天来（尽管即使每天来也没关系），永远穿得极整齐，而我，阿辽沙，总是喜爱有才能而又谦逊的、就像您这样的青年的。他几乎有政治家的头脑，又那么会说话，我一定，一定要替他向别人推荐推荐。他是未来的外交家。他在那天那个可怕的日子，深夜到我家里，简直把我从死里救了出来。可是您那位好友拉基金走进来的时候却老是穿着那双长筒靴，横在地毯上面，……总而言之，他甚至开始对我有所暗示，忽然有一次，临走的时候，他还拼命紧紧地握了握我的手。就打他握我的手开始，我的腿就忽然痛起来了。他以前也在我家里遇到彼得·伊里奇，您信不信，他总对彼得·伊里奇冷嘲热讽，老是冷嘲热讽，一直为着点什么对彼得·伊里奇恶声恶气的。我看着他们两人相遇的情形，心里直笑。后来突然有一天，我正一个人坐在那里，不对，我当时已经躺倒了，我正一个人躺在那里，米哈伊尔·伊凡诺维奇来了，而且您想想看，还带来他写的一首小诗，很短，是写我的痛脚的，那就是用诗句描写我的痛脚。您等等，它是怎么说的？

纤足，纤足，
痛得可恶。

“还有什么句子，诗我老是怎么也记不住的，就在我那儿，我以后再给您看。不过写得很有趣，很有趣，而且您知道，那不单是谈脚的，还有道德教诲、美妙的理想，不过我忘记了。一句话，简直可以收进诗集里去的。我自然向他道谢，他也显得很得意。我还没来得及说完道谢的话，彼得·伊里奇忽然走了进来，米哈伊尔·伊凡诺维奇就一下子脸色阴沉得什么似的。我看出彼得·伊里奇有点妨碍了他，因为我已经预感到，拉基金一定有什么话想在献诗之后就向我说的，偏巧彼得·伊里奇走了进来。我忽然把这首诗拿给彼得·伊里奇看，并没有说是谁作的。但是我深信，我深信，他当时已经猜到，虽然至今还没有承认，一直还说是没有猜到；但这是他故意的。彼得·伊里奇当时立刻哈哈大笑，批评起来。他说这是一首极坏的歪诗，大概是哪个教会中学的学生写的，而且您知道，说得那么起劲，那么起劲！这时您那位好朋友非但没有采取笑笑就算了的态度，反而发疯似的狂怒起来。……天哪，我以为他们要打架了。他说：‘这是我写的。我本来是写着玩的，因为我认为写诗是下流的事情。不过我的诗是很好的。你们那位普希金写诗赞美女人的脚，有人还想给他立碑，我的诗却是有寓意的。您自己是农奴制的拥护者；您没有人道的观念，您没有任何现代的、文明的情感，您还一点没有受进步潮流的影响，您是个官僚，只知道贪污受贿！’我听到这里就喊了起来，求他们不要吵闹。这时，您知道，彼得·伊里奇并不是胆小的角色，却忽然做出极体面的姿态：嘲笑地望着他，一面听着，一面道歉说，‘我不知道。我假如知道，就不会说了，我还会夸奖的。诗人们全爱生气’。一句话，在极体面的态度之下，表达出嘲笑的意思。他自己以后对我解释，这几句话都是嘲笑，我还以为他是真的。不过我躺在那里，就像现在在您的面前一样，心里突然想到：假如我因为米哈伊尔·伊凡诺维奇在我家里对我的客人这样不客气地吼叫，突然把他赶走，这究竟对不对呢？您信不信？我躺在那里，闭上眼睛，心里想：这是对呢，还是不对？却始终不能决定，翻来覆去，苦恼不堪，弄得心都怦怦直跳，心想：我嚷起来呢？还是不嚷？一个声音说：‘你嚷吧。’另一个声音说：‘不，别嚷！’可是这另一个声音刚说完，我就突然嚷了起来，接着就晕倒了。嗯，不用说，自然产生了一场忙乱。我忽然站起身来，对米哈伊尔·伊凡诺维奇说：我向您说这话觉得很难过，但是我不愿意再在我的家里接待您了。我就这样把他轰了出去。唉，阿历克赛·费多罗维奇呀！我自己知道我做得很糟，我口不应心，其实我并不生他的气，主要的是我忽然觉得这样很好，弄出这样一个场面来。不过您信不信，这场面总算还很自然，因为我甚至还痛哭了一场，以后又哭了好几天，但后来有一天下午，突然之间又把它全忘了。他现在已有两个星期没到这里来，我心想：难道他真会从此不登门吗？这还是昨天的事，晚上忽然收到了这份《流言》报。我读了以后，不由得惊叫了一声。这是谁写的，当然是他写的，他当时回家以后，就坐下来，写了这篇东西，寄了出去，人家就给登了出来。前后恰巧有两个星期。但是阿辽沙，我是不是在一味胡说，尽说些不该说的话。唉，这都是自然而然地冒出来的。”

“我今天特别急着要及时赶到哥哥那里去。”阿辽沙支支吾吾说。

“对，对！您正好提醒了我！请问：什么是精神错乱？”

“什么是精神错乱？”阿辽沙惊讶了。

“司法上的所谓精神错乱。只要是精神错乱，就一切罪都可以赦免。无论您做出什么事情，立刻会赦免您的。”

“您说这个是指什么事？”

“是这样的：那个卡嘉……唉，她真是个可爱的、可爱的人，不过我怎么也摸不准她爱谁。前不久她在我家里，我一点口风也探不出来。加以她现在只跟我保持泛泛的关系，一句话，只问候问候我的健康，别的什么也不谈，甚至还用那么一副腔调。我就对自己说，随您的便吧，愿上帝保佑您。哦，对了，现在再讲那个精神错乱：那位医生来了。您知道不知道，来了一位医生？您怎么能不知道？就是那个会诊治疯子的，本来是您请来的，哦，不是您，是卡嘉！全是卡嘉干的事！您看：一个人坐在那里，并不发疯，却忽然发生了精神错乱。他也有记性，也知道正在做什么事，但是他精神错乱。德米特里·费多罗维奇一定也是得了精神错乱的病。自从设立了新法院，立刻就弄明白了所谓精神错乱问题。这是新式法院的德政。这位医生到这里来过，盘问我那天晚上的情形，就是关于金矿的事情：意思是说那时候他是什么样子？既然一来就喊：钱呀，钱呀，三千卢布呀，拿三千卢布来，然后就忽然跑去杀了人，这怎么还不是精神错乱？他说，我不打算杀人，我并不打算杀人，却又忽然杀了人。就根据这种情况也会把他赦免的，就根据他本不想杀，却竟杀了人。”

“但是他并没有杀人呀。”阿辽沙多少有点不客气地插嘴说。他的心情越来越变得不安和不耐烦了。

“我知道，是那个老头子格里戈里杀的。”

“怎么是格里戈里！”阿辽沙叫了起来。

“是他，是他，就是格里戈里，德米特里·费多罗维奇刚打了他，他躺倒了，可以后又爬起来，看见门敞开着，就跑进去，杀死了费多尔·巴夫洛维奇。”

“可是为什么？为什么呢？”

“就因为得了精神错乱。德米特里·费多罗维奇打破了他的脑袋，他醒过来，就精神错乱了，跑去杀了人。他自己说没有杀，他也许不记得了。不过你瞧：最好是德米特里·费多罗维奇杀的，那样要好得多。我虽然说是格里戈里，但是实际上是德米特里·费多罗维奇杀的，一定是他，这样要好得多，好得多！我倒不是说儿子杀父亲是好事，我并不赞成；相反，孩子应该尊重父母，但是假使是他，到底好些。那时您也不必哭，因为他的杀人是自己也不明白的，或者说全都明白，可是说不清怎么会发生这样的事。是的，他们应该饶恕他。这是合乎人道的，还可以借这事让人看到新式法院的德政。我本来不知道，其实听说早已经在实行了。等我昨天一知道，不由得大吃一惊，想立刻打发人来请您。哦，要是他被赦免了，可以一直从法庭把他带到我这里来吃饭，我再去邀请些朋友，我们一同喝几杯酒，庆祝新式法院。我并不担心他会闹事，何况那时我要请来许多客人，要是他干出什么事情来，随时都能把他弄出去的。以后他可以在别的城里充任地方调解法官，或是别的什么职位，因为一个人自己遭受过不幸，就会比别人裁判得好些。主要的是现在有谁不是精神错乱呢？您呀，我呀，大家全有精神错乱症，要举例子有的是：一个人坐在那里唱小曲，忽然有点不高兴，就拿起手枪，把遇到的随便什么人杀死了，但是以后大家全宽恕了他。这事我刚刚从书报上读到过，所有的医生都证实了。现在医生们会证实的，他们会证实一切。您看，我的丽萨就得了精神错乱症，我昨天还为了她哭了一场，前天也哭过，今天才猜到她不过是犯了精神错乱症。唉，丽萨真使我生气！我以为她完全发疯了。她叫您来有什么事情？是她叫您来的，还是您自己来找她的？”

“对，是她叫我来的，我现在就要去见她。”阿辽沙坚决地站起身来。

“哎，亲爱的，亲爱的阿历克赛·费多罗维奇，也许最主要的问题就在这里。”霍赫拉柯娃太太大声说，忽然哭了，“上帝证明，我是诚心诚意把丽萨托付给您的。她瞒着母亲叫您来，这也没有什么。但是对不起，我可不能把我的女儿那么轻易地托付给您的哥哥伊凡·费多罗维奇，虽然我仍旧认为他是最有骑士风度的青年人。可是您想想看，他忽然跑来见丽萨，我竟一点也不知道。”

“怎么？怎么回事？什么时候？”阿辽沙十分惊讶。他不再坐下，站在那里听着。

“我来告诉您，也许我就是为这事请您来的，因为我已经不知道究竟为什么请您来的了。事情是这样的：伊凡·费多罗维奇从莫斯科回来以后一共到我家里来了两次，第一次是朋友拜访的性质，第二次是最近，卡嘉坐在我这里，他知道她正在我这里，就来了。我明知他现在事情本来很忙，您明白，这件案子，加上令尊可怕的被杀，[1]自然并不要求他常来拜访。但是现在忽然听说他又来过一次，不过没有到我这里，却到丽萨那里。这已经是六天前的事了，他到这里坐了五分钟，就走了。过了三天以后我才从格拉菲拉那里得知这件事，这简直是给了我当头一棒。我立刻把丽萨叫来。她一直笑着。她说，他以为您已经睡下了，所以到我这里来问候您的健康。自然，事情是这样的，不过丽萨，丽萨，天哪，她真让我生气！您想一想，忽然有一天夜里，那是四天以前，就在您最后一次来过那天，忽然夜里她发起病来，又喊又叫，犯了歇斯底里病。为什么我永远不发歇斯底里病呢？以后第二天又发，第三天又发，到了昨天，到了昨天就犯精神错乱症了。她忽然对我说：‘我恨伊凡·费多罗维奇，我要求您以后不接待他，不许他再登我家的门！’我被这突如其来的事情弄得愣住了，就反驳她说：‘这样正派的青年，这样有知识，还遭到了这样的不幸，我怎么能不接待他呢？’我说不幸，因为这一切到底是不幸，而不是幸福，对吧？她听了我的话，忽然哈哈大笑，您知道，笑得真是可气。但是我很高兴，心想我到底把她逗笑了，这回不会再发病了。

1 原文为法语：Vaus comprenez, cette affaire et la mort terrible de Votre papa.

正好我自己也想不再接待伊凡·费多罗维奇了，因为他没得到我的允许，私自做古怪的访问，我还想要向他提出责问哩。可是今天早晨丽萨醒来，忽然对尤里亚大发脾气，竟打了她一下嘴巴。这未免太不像话了，我对于我的女仆永远是客客气气的。可是过了一小时以后，她忽然又抱住尤里亚，吻她的脚。她还打发人来对我说，她不愿到我这里来，以后也永远不再和我相见了。但是等我自己跑去找她时，她又迎上来吻我，还哭了起来，吻完以后，就一句话也不说，把我推出屋外，因此我始终也闹不清究竟是怎么回事。亲爱的阿历克赛·费多罗维奇，现在我的一切希望都寄托在您的身上，不用说，我的一生的命运也都攥在您的手里了。我只请您到丽萨那里去，向她打听明白这一切，这事只有您一个人才办得到，然后再请您来对我，对我这个做母亲的说一说，因为您要明白，要是照这样下去，我活不了啦，我简直要死，不然就只好逃出这个家。我再也受不了啦。我本来有耐心，但是我会耐不下去的，那时候……那时候真是可怕。唉，我的天哪，彼得·伊里奇您可来了！”霍赫拉柯娃太太一看见彼得·伊里奇·彼尔霍金走进来，就突然满脸放光地喊了起来，“您迟到了，您迟到了！好吧，请坐。您说吧，解开我的心病吧。这律师到底怎么说？您到哪儿去，阿历克赛·费多罗维奇？”

“我去找丽萨。”

“啊，对！您可不要忘记，不要忘记我拜托您的事情。这是关系命运，关系命运的！”

“我自然不会忘记，只要有可能……可是我确实已经晚了。”阿辽沙喃喃地说，急忙想要脱身。

“不行，一定要来的，不要说‘只要有可能’，要不然我会死的！”霍赫拉柯娃太太朝他的背后大声嚷叫，但是阿辽沙已经走出屋子了。

三

小魔鬼

他走进丽萨屋里，看见她正斜躺在以前还不能走路时用来推她的那张轮椅上。她并没起身相迎，但是锐利的眼神却紧紧盯着他。她的目光炽烈，脸色发黄。阿辽沙吃惊的是她在这三天中变了许多，甚至人也瘦了。她没有向他伸出手来。他自己伸手碰了碰她那静静地搁在身上的修长纤细的手指——随后默默地面对着她坐了下来。

“我知道您忙着要到监狱里去，”丽萨厉声说，“可母亲拖住了您两个钟头，刚才还对您讲我和尤里亚的事情。”

“您怎么会知道的？”阿辽沙问。

“我偷听的。您为什么盯着我？我想偷听就去偷听，没有什么坏的地方。我不会请求原谅的。”

“您心里有点不痛快吗？”

“正相反，我很快乐。只不过我刚才心里又在盘算，已经盘算了三十遍了：我拒绝您，不肯做您的妻子是多么幸运。您不能当丈夫：如果我嫁给您以后，忽然交给您一封信，让您送给一个我婚后又爱上的人；您也会收下来，替我送去，甚至还一定会把回信也带回来。您就是到四十岁，还会替我送这种信的。”

她突然笑了。

“您这副神气仿佛既愤恨，又坦率。”阿辽沙对她微笑着说。

“所谓坦率，那就是我对您不害臊。其实不但不害臊，而且还不愿意害臊，正是在您的面前，对您，我不觉得害臊。阿辽沙，为什么我不尊重您呢？我很爱您，但是我不尊重您。如果尊重，和您谈话就不会这样一点也不害臊了。是不是？”

“是的。”

“您相信我对您不觉得害臊吗？”

“不，我不相信。”

丽萨又神经质地笑了；她说得又快，又急。

“我送了点糖果到监狱里去给您哥哥德米特里·费多罗维奇。阿辽沙，您知道，您真是美极了！我因为您这样快地允许我不爱您，反而更加爱您了。”

“您今天叫我来有什么事吗，丽萨？”

“我想把我的一个愿望告诉您。我愿意有人折磨我，娶了我去，然后就折磨我，骗我，离开我，抛弃我。我不愿意成为有幸福的人！”

“您爱混乱的生活吗？”

“是的，我盼望混乱。我净想放火烧房子。我老想象着我怎样走过去，偷偷地点着它，一定要偷偷点着。人们在忙着灭火，而房子还在那儿燃烧。我心里知道，却一句也不说。唉，全是胡说！可真是无聊啊！”

她厌烦地挥着手。

“您过的生活太富裕。”阿辽沙轻声说。

“那么，还是做穷人好些？”

“要好些。”

“这全是您那去世的教士给您灌的。这话不对。即使我有钱，大家全贫穷，我也仍旧吃我的糖果、奶油，谁也不给一点。唉，您别说，一句话也别说，”其实阿辽沙并没有张嘴，她还是不住摆手，“这一套您以前已经全对我说过，我都能背得出来了。真是无聊。要是我穷，我一定会杀死什么人，即使有钱，说不定也会杀人的！干吗闲坐着！您知道，我真想去割庄稼，割黑麦。我嫁给您以后，您做一个农民，真正的农民！我们要养一匹小马，好不好？您认识卡尔干诺夫吗？”

“认识的。”

“他净跑来跑去，不停地幻想。他说：干吗要过真实的生活，还不如幻想的好。可以幻想出极快乐的事情来，而现实生活却是沉闷的。可他不久却就要结婚了，他还对我表示过爱情哩。您会转陀螺吗？”

“会的。”

“他就像陀螺一样：你得把他转一下，放到地上，狠狠地抽，抽，用鞭子抽。我如果嫁给他，就要一辈子像抽陀螺似的抽得他转。您跟我这样的人在一起，不觉得害臊吗？”

“不。”

“我不讲神圣的事情，您一定气得要命。我不愿意做圣人。犯了滔天大罪，到了另一世界会怎样处置？您大概知道得很清楚吧。”

“上帝会责罚的。”阿辽沙盯着她。

“我就盼望这样。我一到那里，人家责罚我，我突然当面对他们大笑起来。我真想点着房子，阿辽沙，点着我们家的房子。您还是不相信我吗？”

“为什么不相信？甚至有十二岁左右的孩子，非常想烧着什么东西，竟真的会点起火来。这是一种病。”

“不对，不对，不管小孩怎么样，但是我说的跟那个不一样。”

“您把坏事当作好事，这是一种精神上暂时的危机，也许这是您以前的病留下的后果。”

“您真是看不起我！我就是不想做好事，我只想做坏事，这跟病根本没什么关系。”

“为什么要做坏事呢？”

“就为的是希望什么都不剩下。唉，要是能什么都不剩下，那才好呢！您知道，阿辽沙，我有时想干出许许多多坏事和最不像话的事情来，长期偷偷地干下去，最后又突然被大家发现了。大家把我团团围住，用手指点着我，但是我却瞪眼看着大家。这是非常愉快的事。为什么这样愉快，阿辽沙？”

“就是这样。产生一种渴望，想破坏一些好的东西，或是像您所说的，用火点着它。这也是常有的事。”

“我不但是说说，我还要做。”

“我相信。”

“唉，就为您肯说出‘我相信’这句话来，我是多么爱您呀。您一点，一点也没有撒谎吧。也说不定您以为我是在故意说这些话，是逗着您玩的？”

“不，我并不认为那样，尽管说不定你也确实有点这种渴望。”

“有一点的。我决不对您撒谎。”她两眼闪烁发光地说。

最使阿辽沙惊愕的是她那严肃的态度：她这会儿脸上没有丝毫嘲弄和玩笑的意味，尽管以前就是在她最“严肃”的时候也总少不了带点快乐和玩笑的神气。

“人有些时候是爱犯罪的。”阿辽沙沉思地说。

“对呀，对呀！您说出了我的意思，爱的，大家都爱，什么时候都爱，并不是‘有些时候’。告诉您，大家就仿佛什么时候约定好了说谎，于是从那时候起大家就都说起谎来。大家全说他们憎恶坏事，暗地里却都爱它。”

“您还在读坏书吗？”

“读的，妈妈读这类书，藏在枕头底下，我就偷来看。”

“您这样毁您自己，不感到惭愧吗？”

“我愿意毁我自己。此地有一个小孩，他躺在轨道上面，让火车从上面开过。真是幸运儿！跟您说吧，现在令兄因为杀死了父亲受审判，大家就都因为他杀了父亲而爱他了。”

“因为他杀了父亲而爱他？”

“是的，大家全爱他！大家嘴上说可怕，但是私下里都非常爱他。我首先爱。”

“在您讲到大家的话里也确实有几分实情。”阿辽沙轻声说。

“您居然有这样的想法！”丽萨高兴地尖叫起来，“教士也有这类思想！您没法想象，我是多么尊重您，阿辽沙，因为您永远不说谎话。嗳，让我只对您一个人讲讲我的那个可笑的梦吧：我有时梦见小鬼，仿佛我在黑夜里拿着蜡烛正待在屋里，忽然四处都是小鬼，四个屋角和桌子底下全有，它们还把门打开了，门外也站着一大群，想进来抓我。眼看已经走过来了，就要抓住我了。我忽然画了个十字，它们全惧怕起来，往后退走，但是并不完全走开，站在门旁和角落里，等候着。我忽然很想出声骂上帝，刚骂出口，它们忽然又成群拥到我的面前，欢天喜地，眼看又要抓住我，我忽然又画了个十字，它们又走了。这真让人痛快，痛快得透不过气来。”

“我也常做这个梦，完全一样。”阿辽沙忽然说。

“真的吗？”丽萨惊讶地嚷道，“您听着，阿辽沙，您不要笑，这是极重要的：难道两个不同的人会做一样的梦吗？”

“大概会的。”

“阿辽沙，我对您说，这事非常重要，”丽萨带着一种大惊小怪的神气继续说，“重要的不是梦的本身，而是您能够做和我一样的梦。您永远不会对我说谎，现在也不要说谎：这是真的吗？您不是笑我吗？”

“是真的。”

丽萨好像几乎惊呆了，有半分钟没吭声。

“阿辽沙，要常来，常到我这里来。”她忽然用哀恳的声音说。

“我一辈子都要常来的。”阿辽沙坚定地回答说。

“我只对您一个人说，”丽萨又开口了，“我对自己说，还对您说。整个世界只对您一个人说。对您说比对自己说还高兴。我在您面前完全不感到害臊。阿辽沙，为什么我在您面前完全不害臊，一点也不害臊呢？阿辽沙，听说犹太人在复活节的时候偷人家的小孩宰杀，真的吗？”

“不知道。”

“我有一本书，我在里面读到讲什么地方一次审判的情形，说有一个犹太人把四岁小孩两只手上的指头先剁了下来，然后把他钉在墙上，用钉子钉住，钉死了。他以后在法庭上说小孩死得很快，过了四小时就死了。真是快！他说：孩子呻吟着，不住地呻吟着，他却站在那里欣赏。真是好！”

“好吗？”

“好的。我有时甚至想象是我自己在动手钉他。他悬挂在那里，呻吟着，而我坐在他的对面，吃蜜饯菠萝。我最爱吃蜜饯菠萝。您爱吗？”

阿辽沙默不作声，望着她。她的焦黄的脸突然变了样，眼睛闪着光。

“您知道，我刚一读到这个犹太人的故事，整夜流着眼泪浑身哆嗦。我想象着这个小孩怎样哭喊呻吟，四岁的小孩已经懂事了，同时我老是摆脱不掉关于蜜饯菠萝的念头。到了早晨我给一个人写了一封信去，请他务必到我这里来一趟。他来了，我忽然对他讲述关于男孩和蜜饯菠萝的故事，全都说了，全都说了，还说：‘这真好。’他忽然笑了起来，说的确很好，说完站起来就走了。只坐了五分钟。他看不起我，是不是看不起我？您说，您说，阿辽沙，他是不是看不起我？”她在椅子上挺直身子，眼睛闪烁着。

“请问，”阿辽沙激动地说，“您自己叫他来的，叫这个人来的吗？”

“我自己。”

“送了一封信给他吗？”

“一封信。”

“就是问这件事情，问小孩的事情吗？”

“不，并不是为这件事情，完全不是。可是他一进来。我立刻问起他这件事情来。他回答以后，笑了一笑，站起来就走了。”

“这个人对您的态度很诚实。”阿辽沙轻声说。

“他是瞧不起我吗？笑我吗？”

“不，因为他自己说不定也相信蜜饯菠萝。他现在也病得很厉害，丽萨。”

“是的，他相信的！”丽萨的两眼放光。

“他并不是瞧不起什么人，”阿辽沙继续说，“他只是不相信任何人。既然不相信，自然也就瞧不起了。”

“这么说，也瞧不起我吗？瞧不起我吗？”

“也瞧不起您。”

“这很好，”丽萨咬着牙说，“他走了出去，笑了一声，我就感到被人瞧不起也是好的。被剁下手指的小孩是好的，被人瞧不起也是好的。”

她看着阿辽沙的眼睛，似乎既恼恨又激动地笑了起来。

“您知道，阿辽沙，您知道，我想……阿辽沙，您救救我吧。”她忽然从椅上跳起来，跑到他面前，紧紧地用两手抱住他。“救救我吧，”她几乎像呻吟似的说，“我对您说的一切话，难道我会对世上任何人说吗？我说的是实话，实话，实话！我要自杀，因为我觉得一切都是讨厌的。我不愿意再活下去了，因为我觉得一切都可憎！我觉得一切都讨厌，一切都讨厌！阿辽沙，您为什么一点也不爱我，不爱我啊！”她发狂地说。

“不，我爱的！”阿辽沙热烈地回答。

“您会不会哭我，会不会？”

“会的。”

“不是哭我不愿意做您的妻子，而是单纯地哭我，哭我。”

“我会哭的。”

“谢谢！我只需要您的眼泪。至于其余的一切人，让他们尽管惩罚我，用脚践踏我吧，所有、所有的人，没有一个例外！因为我不爱任何人。您听见了吗，我不爱任何人！相反地，我恨他们！您走吧，阿辽沙，您该到哥哥那里去了！”她突然离开了他身边。

“但是怎么能让您就这样一个人待着呢？”阿辽沙几乎是心惊胆战地说。

“您到哥哥那里去吧。监狱快要关门了，快去，这是您的帽子！

替我吻米卡，快去，快去！”

她几乎强迫似的推阿辽沙出门。他带着苦恼惊疑的神情望着她，忽然感到她塞了一封信在他的右手里，一张小小的信纸，叠得整整齐齐，而且封上了火漆。他一眼就看到了地址：“伊凡·费多罗维奇·卡拉马佐夫先生收启。”他迅速地看了丽萨一眼。她的脸上几乎显出威胁的神色。

“转交给他，一定要转交给他！”她疯狂地命令说，全身颤抖着，“今天就送去，马上就去！要不然我就服毒自杀！我叫您来就是为了这件事情！”

她说着迅速地关上了门。铁门闩响了一下。阿辽沙把信放进口袋里，一直走下楼梯，并没有到霍赫拉柯娃太太那里去，甚至都忘记了她。丽萨在阿辽沙刚走后，立即拨开铁门闩，开了一点缝，把手指伸进门缝里，关上门，拼命用力夹它。十秒钟以后，她才抽回手，悄悄地慢慢走到她那张轮椅跟前，挺直着身体坐下来，她瞪眼望着发黑的指头和从指甲里挤出来的血。她的嘴唇哆嗦着，急促地低声自言自语说：

“下贱女人，下贱女人，下贱女人，下贱女人！”

四

赞美诗和秘密

十一月的天是不长的，时间已经很晚了，阿辽沙才去敲监狱的门。天色甚至已黑了下来，但是阿辽沙知道会顺利地放他进去见米卡的。我们城里的情况，也和别的地方完全一样。当然起初，在侦查刚全部结束以后，亲戚和另外的一些人要获准探望米卡，还需要办好各种必要的手续，可是到了后来，倒也不是手续放松了，但至少对于常到米卡那里去的某些人，似乎自然而然形成了某些例外。有时甚至到了可以在指定的屋里和米卡单独会晤的地步。但是这类人不是很多：只有格鲁申卡、阿辽沙和拉基金三人。警察局长米哈伊尔·马卡罗维奇对于格鲁申卡特别优待。这老头儿一直记得，他在莫克洛叶曾对她怒叱了一顿。等到弄明白了全部真相以后，他就完全改变了对她的看法。奇怪的是虽然他深信米卡是罪人，但是自从他被监禁以来，他对他的态度显得越来越温和："也许原本是个心肠不坏的人，只是由于好酒和胡闹，就像个可怜虫似的完了！"在他心里，以前的恐怖换成了怜惜的情感。至于阿辽沙，警察局长很爱他，早就和他相识，而最近老是来探望的拉基金，则是"局长小姐们"——像他称她们的那样——的最亲近的朋友，他每天都在她们家里鬼混。看守所长忠于职守，却也是一个善良的老人。拉基金曾在他家里教过功课。阿辽沙也是看守所长特别要好的老友，他爱和阿辽沙海阔天空地谈论各种"高深的哲理"。对于伊凡·费多罗维奇这样的人，看守所长就不光是尊敬了，他对伊凡，主要是对伊凡的意见，甚至有点敬畏，尽管他自己也是个很大的哲学家，自然是“无师自通”的哲学家。但是他对于阿辽沙却有一种强烈的好感。最近一年来，老人正在着手研究福音书，时时把自己的感想告诉他这位年轻朋友。以前甚至还到修道院找他，同他和司祭们一谈就是好几个钟头。一句话，阿辽沙即使在很晚的时刻到监狱来，他只要去找一下看守所长，事情永远可以顺利解决的。此外，监狱里所有的狱卒都和阿辽沙熟悉了。门岗呢，只要上级准许，自然也不会来多加留难。米卡在有人叫他的时候，总是下楼来，到指定接见的地方去。阿辽沙进屋的时候，恰巧和拉基金相遇，他正从米卡那里离开。他们两人大声说话。米卡一面送他，一面不知为什么笑得很厉害，拉基金却似乎在嘟嘟囔囔。拉基金特别是最近以来，很不愿意见到阿辽沙，几乎不和他说话，甚至点头打招呼也是很勉强的。他现在看见阿辽沙走过来，特别皱紧眉头，眼睛望着别处，似乎只顾扣他那件又大又厚的皮领大衣的纽子。后来又马上去找他的阳伞。

“可别忘了自己的东西。”他喃喃地说着，只是为了找句话说说。

“你也别忘了别人的东西呀！”米卡开玩笑，立刻对自己的俏皮话哈哈大笑起来。拉基金顿时发急了。

“你这句话可以去对你们卡拉马佐夫家这些农奴主崽子说，不必对我拉基金说！”他忽然大声嚷着，气得浑身战栗。

“您怎么啦？我只是说着玩的！”米卡叫了起来，“呸，真见鬼！他们全是这样的。”他朝迅速走出去的拉基金摆了摆头，对阿辽沙说：“一会儿坐在那里发笑，很高兴；一会儿忽然发起脾气来！甚至对你头也不点一下，你们是不是拌嘴了？你为什么来得这样晚？我等了你整整一早晨，渴望你来。哎，不要紧！我们可以现在补转来。”

“他为什么老来看你？你和他很要好了吗？”阿辽沙问，也朝拉基金走出去的门摆了摆头。

“和米哈伊尔要好吗？不，还不至于，他简直是一只猪！他以为我是个……恶棍。他们连开玩笑也不懂，这是他们最糟糕的地方。从来不懂得玩笑。他们的心是干巴巴的，平直而干巴，就像我刚走进监狱时看到的牢墙的样子一样。不过他是个聪明人，聪明。唉，阿历克赛，现在我好像把自己的头脑都弄丢了！”

他在长椅上坐下来，让阿辽沙坐在自己身边。

“对了，明天就要开审了。难道你完全不抱希望了吗，哥哥？”阿辽沙带着胆怯的心情说。

“你在说什么？”米卡似乎有点茫然地看了他一眼，“啊，你说的是开审！见鬼！直到今天我和你净谈些无聊的话，净讲开审的事，却没有跟你讲到最主要的问题。是的，明天就要开审，不过我说我的头脑弄丢了，并不是指开审的事。头脑并没有丢失，而是在头脑里装着的东西遗失了。你为什么露出那么不以为然的神气瞧着我？”

“你说的是什么，米卡？”

“思想，思想，就是说这个！伦理学。你知道伦理学是什么吗？”

“伦理学吗？”阿辽沙惊异地说。

“是的，那是不是一种科学？”

“是的，有这样一门科学，不过……说实话，我没法对你解释清楚那是什么科学。”

“拉基金知道的。拉基金知道得很多，见他的鬼！他不想做教士。他准备到彼得堡去。他说，他要加入评论界，不过是要搞高尚正派的评论。好吧，他也许可以做出点有益的事，自己也名利双收。唉，他们这些人全是追求名利的能手！去它的伦理学吧！我算是完了，阿历克赛，我算是完了，你这个虔诚的人！在所有的人当中我最爱你。瞧着你，我的心都会跳起来。卡尔·伯纳德是谁？”

“卡尔·伯纳德？”阿辽沙又惊讶起来。

“不，不是卡尔，等一等，我说错了，是克劳德·伯纳德。他是谁？是化学家吗？”

“大概是一个学者，”阿辽沙回答，“不过说实话，关于他的情况，我也说不出多少。只听说他是学者，至于什么学者，我就不知道了。”

“见他的鬼去吧，我也不知道，”米卡骂起来了，“大概总是个浑蛋，十有八九是的。这帮人全是些浑蛋。但是拉基金是会爬上去的，拉基金会钻缝子，也会成个伯纳德的。哎哟，这些伯纳德！他们现在到处都是！”

“你到底是在说些什么？”阿辽沙坚决地问。

“他打算写一篇关于我和我的案子的文章，借此在文坛上初露头角。他就为了这件事跑来跟我说明一切。他想写得有点道德寓意，意思是说‘他不可能不杀人，他是被环境所毒害的’等等，他对我这样解释过。他说他要带点社会主义的色彩。见他的鬼去吧！带色彩就带色彩，我反正是一样。他不爱伊凡，他恨伊凡，对你也没好话。我不赶走他：因为他是个聪明人。但是他的态度十分傲慢。我刚才对他说：‘我们卡拉马佐夫一家不是卑鄙的人，却是哲学家，因为所有真正的俄国人全是哲学家。你虽然读过书，却并不是哲学家。你是个俗人。’他笑了，一副怀恨在心的样子。我对他说：‘思想问题是没法辩论的，’[1]这句俏皮话妙不妙？至少我也冒充了一下古典派。”米卡忽然哈哈大笑起来。

“为什么你的头脑丢失了，像你刚才所说的那样？”阿辽沙插嘴问道。

“为什么我的头脑丢失了？嗯！实际上……总的说来，是因为惋惜上帝，就为了这个！”

“怎么惋惜上帝？”

“你想一想：在神经里，头脑里，那就是在脑子中的那些神经里（真见它的鬼！）……有那样一些小尾巴，神经上的小尾巴，只要它们一哆嗦，也就是说，我抬眼望一望什么东西，就这样望一望，那些小尾巴就哆嗦起来，而哆嗦起来，就出现了一个形象，不是立刻出现，是等一刹那，等那么一秒钟，就仿佛出现了那么一个契机。哦，不是契机，去它的契机，是形象，那就是说一个物体，或者一项事

1 原文为拉丁语：de ideabus non est disputandum.

件，咳，真见鬼！这就是为什么我能看，还能想的缘故，是因为有那些尾巴，而并不是因为我有灵魂，我就是那种形象和模型，那全是蠢话。兄弟，这是米哈伊尔昨天对我讲的，当时我好像被火烫了似的。阿辽沙，科学真是伟大！一种新的人就要出现了，这我明白。但是到底惋惜上帝！”

“但这也很好嘛。”阿辽沙说。

“你是说惋惜上帝吗？化学，弟弟，化学！那是没有办法的，教士大人，请你稍为靠边挪一挪，化学来了！拉基金不爱上帝，完全不爱！这是他们大家最要害的心病！但是他们隐瞒着不说，他们撒谎，他们装假。我问：‘怎么样，你会把这种想法带进评论界去吗？’他说，‘自然不会让我这么公开说的。’说着笑了。我问他：‘不过这样一来，既没有上帝，也没有来生，人将会变成什么样呢？那么说，现在不是什么都可以容许，什么都可以做了吗？’他说：‘你还不知道吗？’他又笑了。他说：‘聪明的人是什么都可以做的。聪明的人也知道该怎么做，可是瞧瞧你杀了人，却陷了进去，在监狱里烂掉！’这话是他对我说的。真是头臭猪！以前我会把这样的人撵出去的，现在却只是听着他说。他说的许多话都很有道理。写得也不错。他一星期前曾对我读过一篇文章，我当时特地抄下了三行，等一等，就在这儿。”

米卡匆匆忙忙地从背心口袋里掏出一张纸来，念道：

“‘欲解决此问题，须先将自己的人格与自己的现实处境分开。’你明白不明白？”

“不，我不明白。”阿辽沙说。

他好奇地一面偷偷瞧着米卡，一面听他说话。

“我也不明白，又含混，又不清楚，却很聪明。他说：‘现在大家都这样写，因为潮流风气就是这样。’他们害怕潮流。这浑蛋，他还会写诗，赞美霍赫拉柯娃太太的纤足，哈，哈，哈！”

“我听说过了。”阿辽沙说。

“你听说过吗？听过那首诗吗？”

“没有。”

“我这里有，让我念给你听。你不知道；我还没有对你讲过，这里有整整一大段故事。真是个浑蛋！他三星期以前忽然揶揄起我来，说：‘你为了三千卢布，像傻瓜似的陷了进来，但是我却可以捞到十五万，娶一个寡妇，到彼得堡去买一所石头大厦。’他对我讲他怎样追求霍赫拉柯娃太太，她在年轻的时候就不聪明，四十岁上简直就变得疯疯傻傻。他说：‘而且她还很多情，我就要利用这点把她弄到手。我娶了她以后，就把她带到彼得堡去，在那里办一份报纸。’他说时嘴唇上竟还带着下流的、贪婪的涎水，他的涎水并不是为霍赫拉柯娃流的，却是为了这十五万。他自吹自擂，向我夸口。他老上我这里来，每天都来，对我说：她上钩了。脸上一脸的喜色。谁料到他会突然被赶了出去；彼得·伊里奇·彼尔霍金占了上风，真是好样的！为了她把他赶了出去，我真想要好好吻吻这位傻太太！当时他到我这里来，编了这首诗。他说：‘我是生平第一次弄脏我的手写起诗来，为了奉承，也就是为了做有益的事。我把钱从一个傻女人手里抢过来，以后可以造福社会。’所有一切卑鄙龌龊的事情他们都可以找到这种造福社会的借口的！他说：‘无论如何，我总比你的普希金写得好些，因为我能在一首滑稽的小诗里也塞些忧国忧民的公民感进去。’他是在指普希金的什么——这我明白。假使他果真是有才华的人倒也罢了，可他却只会描写女人的小脚！他还对他那些打油诗很自负哩！他们这种人的自尊心，自尊心啊！他想出了这么一个题目：《祝我意中人的病足早日痊愈》。他真是个滑稽角色。

纤足生来真美好，
肿得实在不大妙！
请位医生来诊治，
越包越扎越糟糕。

纤足并非我所好，

普希金才写这一套。
我所爱的是头脑，
只愁它不大爱思考。

刚刚有些开了窍，
又被足疾来打搅！
为使头脑能清明，
但愿脚痛早点好。

“下流坯，真是下流坯！但是这坏蛋做得倒很巧妙！果真塞了些‘公民感’进去。在他被撵走时候，可一定气坏了。简直咬牙切齿了吧！”

“他已经报了仇，”阿辽沙说，“他写了一篇通讯造霍赫拉柯娃的谣。”

于是阿辽沙匆匆地把在《流言》报上刊出那篇通讯的事讲给他听。

“那是他，是他！”米卡皱着眉肯定地说，“那一定是他！这类通讯……我是知道的，已经写了不少这种下流的东西，譬如讲格鲁申卡的事情的！还有讲她……讲卡嘉的。哼！”

他烦恼地在屋子里踱来踱去。

“哥哥，我不能在这里久留，”阿辽沙沉默了一会儿以后说，“明天对于你是一个可怕的、重大的日子：上帝的裁判临到你头上了，可我真奇怪，你踱来踱去，不谈正事，不知道说些什么……”

“你不必惊讶，”米卡急躁地打断他的话说，“难道还叫我谈那只臭狗，谈那个凶手吗？你和我已经谈得够多了。我不愿意再谈论这臭人，臭丽萨维塔的儿子！上帝会杀死他的，你往后瞧吧！你别响！”

他带着激动的心情走到阿辽沙面前，忽然吻了他一下。他的眼睛闪着光。

“拉基金不会懂得这个的，”他开始说，似乎兴高采烈起来，

“至于你，你却全都明白。所以我渴望你来。你瞧，我早就想在这里，在这剥落的牢墙里面，对你倾吐许多话，但是却还一直闭口没谈最主要的一件事：时间似乎还没有到。现在总算等到了最后的时刻，好对你吐露我的心里话了。兄弟，我在最近这两个月里感到自己身上产生了一个新人。一个新人在我身上复活了！他原来就藏在我的心里，但是如果没有这次这一声晴天霹雳，他是永远也不会出现的。真可怕！说到我今后会到矿山里去用铁锤挖二十年的矿，那有什么，我并不怕这个，我现在害怕的是另一件事：我就怕那个复活的人又离开了我！就在那里，矿山里，地底下，自己的身边，在同样的囚犯和凶手的身上，也可以找到一颗人类的心，和它融合无间的。因为在那边也可以生活，也可以爱和悲伤！可以使囚犯身上僵化了的心复活起来，可以花费许多年的光阴来照顾他，最后终于从黑暗的深渊中培育出高尚的心灵，慈悲的胸怀，让天使再生，使英雄复活！他们这类人很多，有成百上千，我们这些人都是对不起他们的！我在那样一个时刻梦见了‘娃娃’，‘娃娃为什么这样穷？’那是什么意思呢？这是在那样一个时刻对我昭示的预言！我要为着‘娃娃’而去流放。因为大家都应当为一切人承担罪责。为一切的‘娃娃’，因为既有小的孩子，也有大的孩子。大家全都是孩子。而我将要为大家而去，因为必须有人为大家而去。我没有杀死父亲，但是我应该去。我甘愿接受！我是在这里才想到了这一切的，就在这剥落的牢墙里。他们是很多的，那里有成百上千这样的人，在地底下，手持着铁锤。是的，我们将身戴锁链，没有自由，但是那时，在我们巨大的忧伤中，我们将重新复活过来，体味到快乐，没有它，人不能生活下去，上帝也不能存在，因为它就是上帝给予的，这是他的特权，伟大的特权。上帝啊，人应该在祈祷里忘记自己！我到了地底下，如果没有上帝，那怎么能行呢？拉基金是在胡说八道。如果人们真要把上帝从地上赶走，那我们会在地底下迎接他！罪犯是少不了上帝的，甚至比非罪犯更少不了他！那时候，我们这些地底下的人将在地层里对上帝唱悲哀的赞美诗，对给予快乐的上帝唱！上帝和他的快乐万岁！我爱他！”

米卡讲完这一番古怪的话，几乎气都喘不过来。他的脸色苍白，嘴唇颤抖，眼里滚出泪水。

“不，生命是无所不在的，生命在地底下也有！”他又开始说，“阿辽沙，你想象不出我现在是多么想生活下去，就在这剥落的牢墙里，我心中产生了对于生存和感觉的多么强烈的渴望！拉基金不明白这个，他只想盖房子和出租。但是我等候着你。痛苦算什么？我不怕它，尽管它多得不计其数。以前我怕，现在我不怕。你知道，也许我在法庭上连问题都不愿回答。我觉得现在我身上力量多么充沛，我可以克服一切，克服任何的悲哀，只要能随时对自己说：‘我存在着！’在千万种苦难中——我存在着，尽管在苦刑下浑身抽搐——但我存在着！尽管坐在一根柱子顶上苦修，但是我存在着，我看得见太阳，即使看不见，也知道有它。知道有太阳——那就是整个的生命。阿辽沙，我的智慧天使，我真被各种各样的哲学害苦了，真是见鬼！伊凡弟弟……”

“伊凡哥哥怎么样？”阿辽沙连忙问，但是米卡没有听见。

“你瞧，我以前从来不曾产生过这一类怀疑，但它们其实一直隐藏在我的心里。也许就因为有这些不自觉的念头在我的心里翻腾，所以我才酗酒，打架，发狂。我的打架就为的是平复它们，把它们消除，压灭。伊凡弟弟不是拉基金，他把思想隐藏在心底里。伊凡弟弟是狮身人面的怪物，他默不作声，永远默不作声。但是我却被上帝问题折磨着。老是被它折磨着。假如没有上帝，那可怎么办？假使拉基金说它是人类凭空想出来的。假使他的话是对的，那该怎么样呢？要是没有上帝，人就成了地上的主宰，宇宙间的主宰。妙极了！但是如果没有上帝，他还能有善吗？问题就在这里！我一直想着这个。因为那时候叫他——人——去爱谁呢？叫他去感谢谁？对谁唱赞美诗呢？拉基金笑了。他说，没有上帝也可以爱人类。只有流鼻涕的傻子才能这样说，我是简直没法理解。生活对拉基金来说是很轻松的。他今天对我说：‘你还是去鼓吹扩大人权，或是主张牛肉不得涨价好，这些哲学造福于人类更简单些，更直接些。’我信口回敬他说：‘而你呢，如果没有了上帝，你自己就会胡乱抬高牛肉的价钱，只要对你有利，你会拿一个戈比去赚一千卢布。’他生气了。归根结底道德是什么？你说说，阿历克赛。我有我的道德，中国人自有中国人的道德。可见这都是相对的。对不对？不是相对的吗？这真是叫人挠头的问题！我要是对你说，我为这个问题两夜没睡着，你不要笑！现在我奇怪的只是人们在那里生活着，却一点也不去想它。真是无谓空忙！伊凡没有上帝。他有思想。我比不上。但是他不作声。我以为他是共济会员。我问过他——他也默不作声。我想在他的泉水里喝一口水——可他默不作声。只有一次说了一句话。”

“说什么？”阿辽沙连忙追问。

“我对他说：‘既然这样，是不是什么都可以干了呢？’他皱着眉头，说道：‘我们的父亲，费多尔·巴夫洛维奇是只猪猡，但是他的想法是正确的。’这是他信口说的话。只说了这一句话。这简直比拉基金更彻底了。”

“是的。”阿辽沙难过地承认，“他什么时候来看你的？”

“这话以后再说，现在先说别的事。我直到现在差不多还一点也没有对你谈起过伊凡。我要等到最后再说。等到我这里事情了结，做了判决以后，我有些话要对你说，全对你说出来。这里有一件极可怕的事情，在这件事情上你将是我的裁判官。现在你先别提起，一声也别响。你方才说起明天的事情，开审的事情，你信不信，我一点也不知道。”

“你同那个律师谈过吗？”

“律师有什么用！我对他全说了。他是一个外貌温和的光棍，京城里的滑头，伯纳德。他一点也不相信我。他深信父亲是我杀死的，你想想看！这我是看得出来的。我问：‘既然这样，您为什么跑来替我辩护呢？’这种人真是该死。又去请医生来，想证明我是疯子。我不答应！卡捷琳娜·伊凡诺芙娜打算把‘自己的责任’尽到底。真是费了大劲！”米卡苦笑了笑，“猫！残忍的心！她知道了我在莫克洛叶曾说过她是一个‘火气极大’的女人！有人转告了她。是的，证词简直像海滩上的沙子那么越积越多了！格里戈里一口咬定他的说法，格里戈里是诚实人，但却是一个傻瓜。有许多人之所以诚实，就因为他们是傻瓜。这是拉基金的想法。格里戈里是我的对头。有些人做你的对头比做朋友对你来说还更好些。我这是指卡捷琳娜·伊凡诺芙娜。唉，我真怕，我真怕她在法庭上说出借了四千五百卢布以后跪下来叩头的事情。她是要还清人情，一文不欠。我不愿意她这样自我牺牲！这样会使我在法庭上无地自容！我又不能不想法忍受。阿辽沙，你到她那里去一趟，求她在法庭上不要说出这件事来。能不能？不过见鬼，随他去吧。我总可以忍受下来的！我并不可惜她。她自己甘愿这样。自作自受。阿历克赛，我也会有我的话要说。”他又苦笑了笑。“不过……格鲁申卡，格鲁申卡，天哪！她现在为什么要忍受这种苦刑呢？”他忽然含着眼泪叫了起来，“格鲁申卡真要我的命。一想起她来，就真要了我的命，要了我的命！她刚到这里来过……”

“她对我说了。她今天对你很生气。”

“我知道。我的脾气真是要命。我竟大发起醋劲来！她走的时候，我后悔了，吻了她。却没有请求饶恕。”

“为什么不请求？”阿辽沙惊诧地说。

米卡忽然几乎是快乐地笑了起来。

“上帝保佑你吧，可爱的小孩子，你可任何时候都千万别向心爱的女人请求饶恕自己的错处！特别是向心爱的女人，无论你怎样对她有错！因为女人，弟弟，鬼才知道究竟是怎么回事，不过我对她们至少是懂得一点的！只要一开始在她面前认错，说：‘对不起，我错了，请你原谅。’那么责备的话立刻就会像大雨似的倾盆而下！她决不肯直截了当、干干脆脆地轻易饶恕你，一定要把你糟蹋得一文不值，连从来没有过的事情都会数落出来，什么都会想起来，什么都不会忘记，还要添枝加叶，一定要这样，最后才会饶恕你。这还是她们中间最好、最好的哩！她会搜出种种鸡毛蒜皮的事情来，统统都往你的头上扣。我对你说，她们生着一副活剥人皮的性子，她们全都是这样的，这些天使，可是没有她们，我们却活不下去！好弟弟，我对你直截了当地老实说吧：每个体面的男人都应该怕一个女人。这是我的信念，哦，不是信念，是感觉。男人应该宽宏大量，这是不会使男人丢脸的。甚至也不会使一位英雄丢脸，使恺撒丢脸的！但尽管这样，还是不要请求饶恕，永远不要，无论如何也不要。你要记住这个规矩，这是你的哥哥米卡，为女人而毁了一生的米卡教给你的。不行，我不去请求饶恕，我要对格鲁申卡做点对得起她的事情。我崇拜她，阿历克赛，我崇拜她！但她却看不见这一点，她永远嫌我爱她爱得不够。她折磨我，用爱情来折磨我。以前算得了什么！以前折磨我的只是那魔鬼般的肉体曲线，现在我是整个拿她的心当作了我自己的心，并且靠了她，我自己也成为一个真正的人了！他们会许我们结婚吗？如果不结婚，我会嫉妒得要死的。我每天做梦都在疑神疑鬼。她对你说我什么了？”

阿辽沙重述了格鲁申卡刚才所说的那番话。米卡仔细听着，反复地问了几次，很满意。

“这么说，我吃醋，她倒并不生气。”他感叹说，“真是个女人！‘我自己的心也是残酷的。’唉，我倒是爱这类残酷的人，不过如果他们对我怀疑吃醋，我是不能忍受的，不能忍受的！我们会时常打架。但是我仍旧会无限地爱她。他们会许我们结婚吗？流放犯可以结婚吗？这是个问题。可没有她，我简直活不下去。”

米卡皱紧眉头，在屋里来回地走。屋里几乎全黑了。他突然露出十分焦虑的样子。

“她说其中有秘密，是不是？我们三人合谋反对她，连卡嘉也搅在里面吗？不对，好格鲁申卡，不是这么回事。你这是瞎想了，是用你那种傻女人的心思瞎想了！唉，我的好阿辽沙，管他哩！我就把我们的秘密对你讲出来吧！”

他四下里张望了一番，迅速地凑近站在他面前的阿辽沙，用神秘的神气对他悄声说起来，虽然实际上没有人能够听见他们说话：那个看守的老头儿正在角落里长凳上打盹，站岗的兵士是完全听不见的。

“我对你讲出我们的全部秘密来！”米卡匆忙地低声说，“我本来以后也要讲的，因为没有你，我能做出什么决定来呢？你是我的一切。我虽然说伊凡高出我们之上，但你是我的智慧天使。唯有你的决定才能算数。也许最高的人是你，而不是伊凡。你瞧，这事牵涉到良心，最高的良心，这个秘密那么事关重大，我自己无法决定，一直搁着想等你来解决。但现在做出决定的时间还早，因为应该等候判决：等到判决一下，你就来决定我的命运吧。现在你不必做什么决定。我对你说。你听着，但不必做什么决定。你站在那里，静静听着。我不全对你讲。我只对你讲讲总的想法，不讲细节，你别作声。别提出问题，别做出什么举动，你同意吗？不过，天哪，叫我拿你的眼睛怎么办呢？我就怕你的眼睛会说出你的决定来，尽管你并不作声。哎，我真怕呀！阿辽沙，你听着：伊凡弟弟建议我越狱逃走。详细情节我不必说，一切都想到了，一切都可以事先安排好。你别作声，暂时先别决定。同格鲁申卡一起到美国去。要知道我没有格鲁申卡是活不下去的！要是他们不让她跟我一起去流放可怎么办呢？流放犯能结婚吗？伊凡弟弟说是不能的。没有格鲁申卡叫我还怎么拿着铁锤到地底下去？我只好用那铁锤敲碎自己的脑袋！可是另一方面，良心上又怎么办呢？那样就等于逃避苦难！本来已经有了良心的指示，却把指示拒绝了。有一条赎罪的大道，却拐弯走上了别的路。伊凡说，在美国，只要有‘善意’，比在地底下能做更多有益的事。但是我们那地底下的赞美诗又上哪儿去唱呢？美国有什么！在美国也仍旧不过是无谓空忙！我想蒙哄欺诈的事情美国也不少。我不过是逃避了上十字架！阿历克赛，我对你说，除了你以外，没有人能理解这个。我对你所讲关于赞美诗的话，在别人看来全是蠢话，胡闹。别人会说，你不是发疯，就是傻子。可我既没发疯，也不是傻子。伊凡也理解关于赞美诗的话，唉，他理解，可只是不回答，一声不响。他不相信赞美诗。你别说，别说。我看出你的眼里的神气：你已经决定了！别决定，可怜可怜我吧，我没有格鲁申卡是活不下去的。你等到审判以后吧！”

米卡像疯子似的说完了这段话。他两手抓住阿辽沙的肩膀，用炽烈的、如饥似渴的目光紧紧盯着阿辽沙的眼睛。

“流放犯能结婚吗？”他用哀恳的声音，第三次重复问道。

阿辽沙异常吃惊地听着，受了很大震动。

“我只问你一句话，”他说，“伊凡是不是坚决这样主张？这究竟是谁先想出来的？”

“是他，是他想出来的，他坚决主张这样做！他一直不来见我，一星期以前忽然到这里来，开口就谈起这件事情。他非常坚决地主张这样。他不是请求我，而是命令我。虽然我把所有的心里话都对他倒了出来，像对你似的，并且也讲起了赞美诗，他却仍旧毫不疑惑我会听他的话。他对我讲了应该怎样安排，还探问清楚了一切情况，但这话以后再说。他渴望这样做，甚至到了歇斯底里的程度。主要问题是钱。他说，需要有一万卢布做越狱的费用，两万卢布做到美国去的路费。他说，有一万卢布我们可以安排一次极出色的越狱行动。”

“他绝对不许你转告我吗？”阿辽沙又问。

“绝对不许我转告任何人。尤其是你：无论怎样也不能告诉你！他一定是怕你成为仿佛是我的良心，使我不肯那样做。你不要对他说我转告了你。唉，千万不能说！”

“你说得对，”阿辽沙断定说，“在法庭判决以前是不可能做出决定的。审判以后你自己就会做出决定，那时候你一定会在自己身上发现一个新人，他会做出决定的。”

“新人也好，伯纳德也好，他反正会做出伯纳德式的决定来的！因为看起来似乎我自己就是卑鄙的伯纳德！”米卡露牙苦笑着说。

“可是哥哥，哥哥，难道你竟对宣告无罪完全不抱希望了吗？”

米卡痉挛似的耸了耸肩，表示否定地摇摇头。

“阿辽沙，好人儿，你该走了！”他突然着忙起来，“看守所长在院子里叫呢，立刻就要走进来了。太晚了，违反了规章。你快点拥抱我，吻吻我，给我画个十字，好人儿，为明天的考验画十字。”

他们拥抱着接吻。

“伊凡还提议逃走，”米卡忽然说，“尽管他深信是我杀的哩！”

他的唇上露出了一丝伤心的苦笑。

“你问过他相信不相信吗？”阿辽沙问。

“不，没有问。我想问，可是不敢问，没有勇气。但问不问都一样，我从眼睛上就能看出来的。哦，再见吧！”

他们又匆匆地吻了一下，阿辽沙已经要走出去了，米卡突然又喊住了他：

“你站在我的面前，就这样。”

他又紧紧地用两手抓住阿辽沙的肩膀。他的脸突然变得煞白，连在黑暗中也看得很清楚。他的嘴唇扭歪了，两眼紧紧盯着阿辽沙。

“阿辽沙，你对我完全说实话，就像在上帝面前那样：你相信不相信是我杀死的？你，就说你自己，究竟相信不相信？完全讲实话，不要撒谎！”他发狂似的对他喊着。

阿辽沙觉得似乎眼前的东西一阵摇晃。他感到仿佛有一把尖刀猛地在他的心上扎了一下。

“算了吧，你这又是何苦。”他喃喃地说，不知怎么办才好似的。

“全部实话，全说出来，不要撒谎！”米卡重复着说。

“我从来连一分钟也没有相信过你是凶手。”阿辽沙用颤抖的声音发自肺腑地突然迸出了这样一句话，同时举起了右手，似乎是请上帝来做这句话的证人。米卡立刻满脸现出了幸福的光辉。

“多谢你！”他拉长着声音说，好像在昏晕苏醒过来以后发出的一声长叹，“现在你使我再生了。你相信吗？我直到今天一直不敢问你，因为问的是你，问的是你啊！好了，你去吧，你去吧！你使得我明天有了力量，愿上帝赐福给你！好，你去吧，你要爱伊凡呀！”米卡最后又突然说了这样一句话。

阿辽沙走出来时泪流满面。米卡会疑惑到这种程度，甚至对他，对阿辽沙也会不敢相信到这种程度，这一切忽然使阿辽沙看清了他不幸的哥哥心灵里那种毫无出路的深沉忧伤和无比绝望，这是他以前所从来没有想到的。他心中霎时充满了无限的深深哀怜之情，使得他万分痛苦。他的被刺穿的心痛得厉害。“你要爱伊凡！”他忽然想起米卡刚才所说的话来。他现在正是要去找伊凡。他在早晨就很想见一见伊凡。伊凡的事折磨他本来不亚于米卡，现在，和米卡见面以后，更加厉害了。

五

不是你！不是你！

他到伊凡那儿去，路上经过卡捷琳娜·伊凡诺芙娜所住的房子。窗里有亮光。他突然站住，决定走进去。他本来已经有一个多星期没有看见卡捷琳娜·伊凡诺芙娜了。但是他现在想到的是，伊凡也许会在她家里，特别是在这样一个要紧日子的前夕。他按铃以后，走上有一盏中国式挂灯暗淡地照亮着的楼梯，看见一个人从楼上下来，走近以后，才知道正是他哥哥。这么说，他已经访问过卡捷琳娜·伊凡诺芙娜，要走了。

“哦，原来是你呀，”伊凡·费多罗维奇冷淡地说，“好，再见吧。你找她吗？”

“是的。”

“我不劝你进去，她心里正乱，你会使她更加烦恼的。”

“不，不！”楼上突然从一下子打开的房门里传来了喊声，“阿历克赛·费多罗维奇，您从他那里来吗？”

“是的，我刚到他那里去过。”

“有话带给我吗？您进来吧，阿辽沙。您也进来，伊凡·费多罗维奇，一定要回来，一定要回来。您听见了吗？”

卡嘉的声音里露出那么强烈的命令口气，以致伊凡·费多罗维奇尽管迟疑了一会儿，最后仍旧决定同阿辽沙一起重新上楼。

“还偷听哩！”他生气地低声自言自语着，但是阿辽沙听到了。

“请允许我穿着大衣待一会儿。”伊凡·费多罗维奇走进客厅的时候说，“我也不坐下了。我留在这里不超过一分钟。”

“请坐，阿历克赛·费多罗维奇。”卡捷琳娜·伊凡诺芙娜说，自己却还站在那里。这些日子以来她的面容并没有多大改变，但是她的乌黑的眼睛里却闪着不祥的光芒。阿辽沙事后记得，他觉得她这时候显得特别美丽。

“他让您转达什么话？”

“只有一句话，”阿辽沙直率地望着她说，“请您怜惜一下自己，不要在法庭上供出任何……”他有点踌躇地说：“你们中间的事情，在你们初次相识的时候，在那个城里。”

“哦，是指为了那笔钱叩头的事！”她接过话头说，发出一阵苦笑，“怎么样，他是替自己害怕，还是替我害怕？他说让我怜惜一下，怜惜谁？他呢，还是我自己？您说呀，阿历克赛·费多罗维奇。”

阿辽沙盯着她，竭力想弄清她的意思。

“既包括您自己，也包括他。”他轻声说。

“可不是。”她恨恨地说，忽然脸涨得通红。“您还不了解我，阿历克赛·费多罗维奇，”她恶狠狠地说，“连我也不大了解我自己。也许您在明天审判以后，会气得想用脚来踹我的。”

“您会诚实地做证的，”阿辽沙说，“需要的也就是这一点。”

“女人时常是不诚实的，”她咬着牙说，“我在一小时以前还觉得自己简直很怕去碰这个恶人，像怕碰毒蛇一样，可其实不是，他在我心目中还仍旧是一个人。再说究竟是他杀的吗？杀人的真是他吗？”她突然迅速地转向伊凡·费多罗维奇，歇斯底里地叫喊起来。

阿辽沙立刻明白这个问题她已经对伊凡·费多罗维奇提出过，也许就在他刚到以前的一分钟，而且不是第一次，已经成百次了。结果是两人发生了口角。

“我自己也到斯麦尔佳科夫那里去过的。可是你，你却竭力让我相信他是杀父凶手。我只相信了你！”她仍旧对伊凡·费多罗维奇说着。伊凡·费多罗维奇似乎勉强地笑了笑。阿辽沙听到她说“你”字，打了一个寒战。他从来没有想到他们间会有这样亲密的关系。

“但是够了，”伊凡断然说，“我走了。明天再来。”他立刻转身走出屋子，一直走向楼梯。卡捷琳娜·伊凡诺芙娜忽然用一种命令的姿势抓住阿辽沙的两手。

“您快跟他去！追上他！一分钟也不要让他一个人待在那里，”她急促地低声说，“他疯了。您不知道他发疯了吗？他发烧，神经性的发烧！医生对我说的。您快去，快跑，追上他……”

阿辽沙连忙跳起来，跑去追赶伊凡·费多罗维奇，当时他还没有走出五十步远。

“你干吗？”他看见阿辽沙追他，突然回身问道。“她吩咐你来追我，因为我发了疯。这一套我全都背得出来了。”他又气恼地补充说。

“她自然有点误会，但是她说你有病是对的。”阿辽沙说，“我刚才在她那里看见你的脸。你的脸色很不好，很不好，伊凡！”

伊凡不停步地走着。阿辽沙跟着他。

“阿历克赛·费多罗维奇，你知道人是怎么发疯的吗？”伊凡·费多罗维奇忽然平静地问，口气中已完全没有气恼的意味，却突然显出极坦白的好奇心。

“不，我不知道；我想，发疯大概有许多种。”

“能自己觉察到自己要发疯吗？”

“我想在这种情况下自己是不能明白看清自己的。”阿辽沙惊异地回答。伊凡沉默了半分钟。

“假如你想同我说什么，你尽管转换话题好了。”他忽然说。

“有一封信先给你吧，免得忘记。”阿辽沙有点胆怯地说，从口袋里掏出丽萨的信来，递给他。他们恰巧走到街灯下边。伊凡立刻认出了笔迹。

“这是那个小鬼的信！”他恼恨地笑了起来，连信封也没有拆开，就突然把它撕成几片，迎风抛去，碎片飞散了。

“好像十六岁还没有到，却已经要献身给人家了！”他轻蔑地说，继续沿着大街走去。

“献身给人家是什么意思？”阿辽沙惊诧地说。

“自然就像那些淫荡的女人献出肉体一样。”

“你怎么啦，伊凡，你怎么啦？”阿辽沙苦恼而又激烈地辩护起来，“她还是孩子，你是在侮辱一个孩子！她有病，她病得很重，她也许也要发疯了。我不能不把她的信转交给你，甚至还想听听你有什么话要告诉我，好救救她。”

“我没什么话要告诉你。就算她是一个孩子，我也不能做她的保姆。你不要作声，阿历克赛。别再谈这件事了。我甚至想都不愿去想它。”

他们又沉默了一会儿。

“她现在要整夜祈祷圣母，求她指示明天在法庭上该怎么办才好了。”他忽然又尖酸而恼恨地开口说。

“你……你说的是卡捷琳娜·伊凡诺芙娜吗？”

“是的。不知她究竟是米卡的救星呢，还是灾星？她现在要为这个去祈祷，求上天给她启示了。你瞧，她自己还不知道，还没有拿定主意。她也把我当作保姆，希望我哄哄她！”

“卡捷琳娜·伊凡诺芙娜是爱你的，哥哥。”阿辽沙很难过地说。

“也许。不过我对她并不感兴趣。”

“她很痛苦。为什么你对她说出……有时你说出……那类使她抱希望的话呢？”阿辽沙用有点畏怯的责备口气继续说，“我知道是你给她这种希望的。请你原谅我这样说。”他又补充了一句。

“我不能随自己的意思做，我不能立刻决裂，对她直说出来啊！”伊凡气恼地说，“必须等一等，等到对这凶手的判决下来以后。假如我现在和她决裂，她为了对我报复，明天就会在法庭上毁了这个坏蛋的，因为她恨他，并且明白自己恨他。这些事全是虚伪，虚伪又虚伪！现在呢，只要我还没有和她决裂，她还抱着指望，就不会害这个坏蛋，因为她知道我多么想把他从灾难里救出来。就不知这可恶的判决什么时候才能下来呀！”

“凶手”和“坏蛋”这类话使得阿辽沙的心里十分刺痛。

“可她有什么手段能毁了米卡哥哥呢？”他一面问，一面沉思着伊凡所说的话，“她能供出什么话来，可以直接毁了米卡呢？”

“你还不知道这个。她的手里有一个凭据，是米卡亲笔写的，像数学公式那么清楚地证明是他杀死了费多尔·巴夫洛维奇。”

“这是不可能的！”阿辽沙叫道。

“怎么不可能？我自己读到的。”

“这样的凭据是不可能有的！”阿辽沙激烈地重复说，“不可能有的，因为凶手不是他。不是他杀死父亲的，不是他。”

伊凡·费多罗维奇突然站住。

“那么照您看来，谁是凶手呢？”他用显然是冷冰冰的口气问，在这问话里甚至含有一种傲慢的声调。

“你自己知道是谁。”阿辽沙低声而深沉地说。

“谁？你讲的是关于那个羊癫风的白痴的神话，是不是？讲的是斯麦尔佳科夫是不是？”

阿辽沙突然感到浑身发抖。

“你自己知道是谁。”他喘着气，无力地迸出这句话来。

“谁？谁？”伊凡突然失掉了一切自制，几乎是凶蛮地喊了起来。

“我只知道一点，”阿辽沙还是近乎耳语似的说，“杀死父亲的不是你。”

“‘不是你’？‘不是你’是什么意思？”伊凡愣住了。

“不是你杀死父亲的，不是你。”阿辽沙坚定地重复着。

沉默了大概有半分钟光景。

“我自己也知道不是我，你说的是什么胡话？”伊凡黯然地强笑了一下。他似乎两眼紧盯着阿辽沙。两人又在一盏街灯下站住了。

“不，伊凡，你有好几次自己对自己说，凶手是你。”

“我什么时候说的？我在莫斯科。我什么时候说的？”伊凡完全不知所措地喃喃说。

“你已经对自己说了许多次，在这可怕的两个月里，你只剩自己一个人的时候，”阿辽沙仍然轻声而明确地说，但他说时好像是不由自主的，仿佛并不是出于自己的意志，而是服从着某一种不可抗拒的命令，“你责备自己，并且自行承认凶手就是你自己。其实杀人的不是你，你弄错了，凶手不是你。你听见我的话了吗，不是你！上帝让我来对你说这句话的。”

两人全沉默了。这沉默整整持续了长长的一分钟。两人站在那里，彼此直望着对方的眼睛。两人的脸色全是惨白的。伊凡忽然浑身颤抖，紧紧抓住了阿辽沙的肩膀。

“你到我那儿去过！”他咬着牙低声说，“夜里他来的时候，你也在我那里。你照直说出来吧，你看见他了吗，看见了吗？”

“你说的是谁？说的是米卡吗？”阿辽沙困惑不解地问。

“不是他，跟这坏蛋有屁关系！”伊凡疯狂地喊着，“难道你知道他到我那里来吗？你怎么知道的，你说吧。”

“他是谁？我不知道你说的是谁。”阿辽沙吃惊地嘟囔。

“不，你知道的，要不然你怎么能……你不会不知道的……”

但是忽然他似乎控制住了自己。他站在那里，好像有所思索。一个奇怪的苦笑把他的嘴唇都扭歪了。

“哥哥，”阿辽沙又用颤抖的声音说，“我对你说这话，是因为你会相信我的话的，我知道这个。我可以一劳永逸地告诉你这句话：不是你！你听见了吗，我可以一劳永逸地告诉你这句话。是上帝指示我对你说这句话的，哪怕你从此永远恨我也不要紧。”

然而伊凡显然已经完全掌握住自己了。

“阿历克赛·费多罗维奇，”他微微冷笑说，“我不能忍受那些预言家和疯癫病人，尤其不能忍受什么上帝的使者，您是很知道的。从现在起我和您断绝关系，而且大概是永远的。请您就在这十字路口立刻离开我。况且您回自己的住处去也应该走这条路。尤其请您小心今天别上我那里去！您听见了吗？”

他转身迈开坚定的脚步，头也不回地径自走去。

“哥哥，”阿辽沙在他后面喊着，“要是今天你发生什么事情，首先请你要想到我呀！”

但是伊凡没有回答。阿辽沙站在十字路口的街灯下，直到伊凡在黑暗里完全消失为止。他转过身子，慢吞吞地顺小胡同回家。他和伊凡·费多罗维奇都单独住在外面，各有各的寓所，两人谁也不想住在费多尔·巴夫洛维奇空下来的房子里。阿辽沙在一个小市民家里租了一个带家具的房间。伊凡·费多罗维奇住得离他很远，在一位官员富孀的漂亮住宅里，租下了宽敞而颇为舒适的厢房作为住所。但在整个厢房里伺候他的只有一个又聋又哑的小老太婆。她全身筋骨痛，晚上六点钟睡下，早晨六点钟起身。伊凡·费多罗维奇这两个月以来生活上变得出奇地随和，很喜欢一人独处。连他所住的那一间屋子也由他自己收拾，至于其余的房间甚至连脚都很少踏进去。他走到自己的家门口，已经想拉铃，忽然又止住了。他感到全身还在气得发抖。他突然不去拉铃，啐了一口，掉过头来又快步向城里完全相反的另一头，离自己的寓所约有两俄里远的一座倾斜欲倒的小木头房子走去。玛丽亚·孔德拉奇耶芙娜住在这里。她是费多尔·巴夫洛维奇以前的邻居，常到他的厨房里要汤吃，斯麦尔佳科夫当时还曾弹着吉他对她唱过歌。她把以前的那所小屋子卖掉了，现在和母亲住在几乎像农舍似的屋子里。病得快死的斯麦尔佳科夫从费多尔·巴夫洛维奇一死就搬到她们那儿去住了。现在伊凡·费多罗维奇被一个突如其来的不可克制的念头所驱使，就是动身去找他的。

六

跟斯麦尔佳科夫的第一次晤面

伊凡·费多罗维奇从莫斯科回来，跑去和斯麦尔佳科夫谈话，这已经是第三次了。在惨剧发生以后，他回来的当天就第一次和他见了面并且谈了话，过了两星期，又去看了他一次。但是第二次以后，他就不再同斯麦尔佳科夫会面，所以现在已有一个多月没有见到他，几乎一点也没有听到他的消息。伊凡·费多罗维奇直到父亲死后第五天才从莫斯科回来，恰巧在他回来的前一天已举行了殡葬，因此连灵柩也没有看到。他迟到的原因是阿辽沙对他在莫斯科的地址不大清楚，为了打电报给他，就跑去找卡捷琳娜·伊凡诺芙娜，但她也不知道确实的住址，就发电报给她的姐姐和姨母，以为伊凡·费多罗维奇一到莫斯科，总会马上到她们家去的。但是他在到后第四天才去。一读到电报，他自然心急火燎立即赶回来了。到了这里以后，他首先遇见阿辽沙。但谈了一会儿以后，他很惊讶，因为阿辽沙对于米卡甚至连疑惑也不疑惑，却直截了当指责斯麦尔佳科夫是凶手，这和我们城里其他人的意见完全不同。在见到警察局长和检察官，了解到被控和被捕的一切详细情节之后，他对于阿辽沙更加觉得奇怪起来，认为他之所以抱这样的看法完全是出于他对米卡无比强烈的手足之情和同情心，伊凡知道阿辽沙是很爱米卡的。这里，我们顺便只用两句话来说明一下伊凡对于兄长德米特里·费多罗维奇的感情吧：他根本不爱米卡，有时曾对米卡十分同情，但也掺杂着几乎近于憎恶的极大的轻蔑。他对于米卡整个人，甚至对于他的外表都感到极不愉快。对于卡捷琳娜·伊凡诺芙娜爱米卡这一点，他更特别感到愤懑。不过他在回来后的当天，倒也立刻就去和犯罪受审的米卡见了面。这次见面不但没有减弱他对于米卡有罪的看法，倒反而更加加强了。他看到他的兄长正处在痛苦不安和病态的激动心情中。米卡当时说话很多，但却显得心不在焉，东拉西扯。他说出很尖刻的话，指控斯麦尔佳科夫，但是说得非常混乱，尽说那三千卢布，说这是死者从他手里“偷走”的。“钱是我的，那是我的，”米卡反复地说，“即使我偷了，也是有理的。”对于一切反对他的证据，几乎不想加以分辩，即使从对自己有利的角度来说明事实的时候，也说得乱七八糟，荒诞离奇，总之，似乎根本不愿在伊凡或任何人面前为自己辩白，相反，只是生气，对于被控告的罪名傲然不屑一顾，一味发火、谩骂，对于格里戈里所供门是敞开着的话，只是发出轻蔑的一笑，说这是“鬼开的门”，而对于这桩事实却不能提出任何有头有尾的解释。在第一次见面的时候，他甚至还侮辱了伊凡·费多罗维奇，毫不客气地说，那些主张“什么都可以做”的人根本就不该来怀疑他和盘问他。一句话，他这一次对伊凡·费多罗维奇采取了极不友好的态度。就在这次晤见米卡以后，伊凡·费多罗维奇立刻去找了斯麦尔佳科夫。

还在从莫斯科回来的火车上，他就已经一直在想斯麦尔佳科夫在他临走前夕对他的最后一次谈话了。有许多事情使他不安，有许多迹象他觉得可疑。但是伊凡·费多罗维奇向预审推事做证时，暂时没有讲到那次谈话。他要等到和斯麦尔佳科夫晤面以后再说。斯麦尔佳科夫当时在市立医院里。赫尔岑斯图勃医生和伊凡·费多罗维奇在医院里见到的医生瓦尔文斯基，经伊凡·费多罗维奇的坚决询问，都断然回答，斯麦尔佳科夫的羊癫风是无可怀疑的，对于他提出的“他会不会在出事的那天是假装发病”这个问题甚至十分惊讶。他们对他说，这次的发作甚至和寻常不同，反复地连发了几天，因此病人曾有生命危险，现在用尽了种种方法，才能肯定地说，病人还可以活下去，但是赫尔岑斯图勃医生补充说，也许他的理智将有部分失常，“即使不是一辈子，也会持续一个很长的时间”。伊凡·费多罗维奇不耐烦地问：“那么，他现在是不是疯了？”医生回答说：“还不完全是，但是可以看出某些失常的地方。”伊凡·费多罗维奇决定自己去看看他究竟失常在哪里。医院里立刻让他进去会晤。斯麦尔佳科夫躺在隔离病房的床上。在他旁边还有一张病床，躺着一个衰弱的本城的小市民。他得了水肿病，浑身发肿，显然明后天就要死去。他是不会妨碍他们谈话的。斯麦尔佳科夫看见了伊凡·费多罗维奇，不信任地咧嘴笑笑，在最初的一刹那，似乎甚至露出了胆怯的神气。至少伊凡·费多罗维奇心里是这样感觉的。但是这只是一刹那的工夫，相反，在其余的时间里，斯麦尔佳科夫那种镇静的态度几乎使他十分吃惊。第一眼看见他，伊凡·费多罗维奇就无疑相信他的确是病得很重的：他十分衰弱，说话迟缓，似乎转动舌头都很困难；他的脸也焦黄精瘦，在二十分钟的会晤时间内，他一直在抱怨头痛，四肢酸疼。他的太监似的干瘪的脸似乎变得那么小了，鬓发蓬乱，原来额头的卷发只剩了细细的一绺在那里翘着。但是那只眯缝的、似乎有所暗示的左眼，显出他依然还是以前的那个斯麦尔佳科夫。伊凡·费多罗维奇立刻想起了“同聪明人谈谈是有好处的”那句话。他坐在斯麦尔佳科夫的脚旁的凳子上。斯麦尔佳科夫在床上非常吃力地挪了挪身子，却沉默着，并不首先开口，而且显得仿佛不大关心的样子。

“可以同我谈一谈吗？”伊凡·费多罗维奇问，“我不会让你感到疲乏的。”

“当然可以。”斯麦尔佳科夫用微弱的声音说，“您早就来了吗？”他又宽容地补充了一句，就像是在鼓励感到有点不好意思的来客似的。

“今天才到，来对付你们这里这堆乱七八糟的事。”

斯麦尔佳科夫叹了口气。

“你叹什么气？你不是料到了吗？”伊凡·费多罗维奇直截了当地说了出来。

斯麦尔佳科夫庄严地沉默了一会儿。

“怎么没料到呢？早就明摆着的了。但是谁能想到竟会闹成这样呢？”

“闹成这样？你别吞吞吐吐的！你不是预言过，你一爬进地窖，立刻就会发作羊癫风吗？你恰恰提到了那个地窖。”

“您在侦讯中已经供出这句话来了吗？”斯麦尔佳科夫淡然地露出好奇的神气问道。

伊凡·费多罗维奇忽然生气了。

“不，还没有供出，但是一定要供的。你呀，老弟，现在应该立刻对我说明许多问题，而且告诉你，我是不允许别人同我开玩笑的！”

“我为什么要跟您开玩笑，我是把一切指望都寄托在您身上，就像指望上帝似的！”斯麦尔佳科夫说，还是那样毫不着急的样子，只是稍微闭了一会儿眼睛。

“首先，”伊凡·费多罗维奇开始说，“我知道羊癫风是不能预先知道的。我问过别人，你别想支吾过去。日期和时刻决不可能预测的。怎么你当时竟会预先说出日期和时刻，还知道是在地窖里呢？假使你不是故意假装发病，你怎么会预先知道你一定会发起病来，掉进地窖里去？”

“地窖是时常要去的，甚至一天去好几次。”斯麦尔佳科夫不慌不忙慢吞吞地说，“一年以前我也这样从阁楼上跌下来过。自然羊癫风不能预先知道日期和时刻，但是预感总是会有的。”

“但是你预先指出了日期和时刻！”

“关于我的羊癫风病，先生，您最好去问问这里的医生：我的病究竟是真的呢，还是假的？别的我也没什么跟您说的了。”

“地窖呢？地窖你怎么会预先知道的？”

“您竟死咬住那个地窖！我当时一钻进地窖里去，心里就又害怕又嘀咕；最怕的是您走了以后，我在整个世界上就再得不到任何人的保护了。我当时爬进地窖，心想：‘它马上就要来了，会不会突然发病，摔了下去呢？’就因为这一嘀咕，那种老是逃避不开的抽筋就突然发作，就像一下掐住了我的脖子，我就失足掉了下去。所有这一切事情，还有前次和您的谈话，就是头一天晚上，在大门旁，我对您说出我的恐怖，又讲起那个地窖，这一切我都已经详细报告过赫尔岑斯图勃医生和预审推事尼古拉·帕尔费诺维奇，他们全部记录在案了。这里的医生瓦尔文斯基先生在他们大家面前坚决认为，这都是因为思虑而起的，都因为心里嘀咕着‘会不会掉下去’。这样一想这病果然就发作了。因此他们就记载下来说，这一定就是那么回事，纯粹是因为我的害怕才发生的。”

斯麦尔佳科夫说完后，似乎累着了，深深地舒了一口气。

“这些你在证词里都已经说了吗？”有点愣住了的伊凡·费多罗维奇问。他本来想用宣布他们中间的谈话来吓他一下，结果是他已经自己全都讲了出来。

“我怕什么？让他们把全部事实真相记下来好了。”斯麦尔佳科夫坚定地说。

“关于我和你在大门旁的谈话，你也一字不漏地讲了吗？”

“不，并没有一字不漏地说出来。”

“你当时对我夸口，说你会假装发羊癫风，也说了吗？”

“不，这个也没有说。”

“现在你对我说，你当时为什么劝我到契尔马什涅去？”

“我怕您到莫斯科去，契尔马什涅到底近一些。”

“你胡说，是你自己劝我动身的。你说：您走开吧，离开罪孽远些。”

“我当时说这话，完全是出于我对您的好意，出于我的一片忠心，预感到家里就要发生灾祸，有点怜惜您。但是我怜惜您总比怜惜自己更多些。所以我就说：您应该离开罪孽远些。为的是使您明白家里就要出事，因此就会留下来保护您的父亲。”

“那你应该说得直率一些呀，傻瓜！”伊凡·费多罗维奇突然涨红了脸。

“我当时怎么能说得更直率呢？我不过是心里有些担心，而且直说您也会生气的。当然，我或许有点怕德米特里·费多罗维奇会闹出乱子来，把那笔钱拿走，因为他一直把这笔钱认为是自己的；可是谁想到结果会弄到杀人呢？我原以为他只会偷去放在被褥底下用信封装好的三千卢布，料不到他竟杀死了人。就是您也怎么能猜到呢？”

“既然你自己也说猜不到，那么叫我怎么能猜到，还留下来呢？你干吗尽说些前后矛盾的话？”伊凡·费多罗维奇沉思地说。

“您从我劝您到契尔马什涅去，而不让您到莫斯科去，就可以猜到的。”

“那怎么猜得到呢？”

斯麦尔佳科夫好像很疲乏，又沉默了一会儿。

“您本来可以猜到，我既然劝您别到莫斯科去，而到契尔马什涅去，那就是说莫斯科太远了，我希望您留在尽可能近些的地方，德米特里·费多罗维奇知道您离得不远，就不至于那样胆壮了。再说如果发生了什么事情，您也能赶快回来保护我，因为我当时也告诉了您格里戈里·瓦西里耶维奇有病，还说明我怕会发羊癫风。我又对您说过那些敲门的暗号。凭着这些暗号可以走进死者的屋里去，可是我已经把这些暗号透露给德米特里·费多罗维奇了。我以为您自己当时就可以猜到他一定会干出点什么勾当来的，因此您不但不会到契尔马什涅去，反而会根本留下不走。”

“他说话很有条理，”伊凡·费多罗维奇想，“尽管有些含糊其词。哪有一点赫尔岑斯图勃医生所说的智能失常的迹象啊？”

“你和我耍滑头，你这鬼东西！”他生气地嚷道。

“说实话，我当时以为您已经完全猜到了。”斯麦尔佳科夫用显得十分坦率的样子辩护说。

“假使猜到，我会留下来的！”伊凡·费多罗维奇说，又发起火来。

“我可以为您是猜到了一切，所以才赶紧动身，躲开罪孽，连忙跑到什么地方去，在惊惶中只求拯救您自己的。”

“你以为别人也和你一样，都是胆小鬼吗？”

“对不起，我以为您也是和我一样的。”

“当然，本来应该能猜到，”伊凡心烦意乱地说，“而且我也的确曾经猜想你会做出什么卑劣的举动来的。”他忽然想起一件事情，喊了出来：“不过你那句话又是撒谎，又是撒谎，你记得，你当时走到马车前面，对我说‘同聪明人谈谈总是有好处的’。你既然夸奖我，那么，一定是高兴我离开了，对不对？”

斯麦尔佳科夫又连着叹了两口气。他的脸上似乎露出红润。

“就算我高兴，”他有点喘息地说，“那也是因为您不到莫斯科去，而答应到契尔马什涅去。这到底近些；不过我那句话并不是夸奖您，却是有责备的意思。您没有弄清楚这一点。”

“责备什么呢？”

“那就是您预先感到就要发生灾祸，竟会抛下自己的父亲，也不愿意保护我们，要知道人家为这三千卢布会把我拉进去，说是我偷的。”

“你这鬼东西！”伊凡又骂了起来，“你等一等，你已经把这些暗号，敲门的暗号，全都告诉预审推事和检察官了吗？”

“全都告诉了。”

伊凡·费多罗维奇心里又感到暗暗吃惊。

“如果当时我想到了什么，”他又开始说，“那也只是想到你会做出什么卑鄙举动来。德米特里可能会杀人，但说他会偷钱——我当时是不相信的。相反地我以为你是什么卑鄙举动都会做得出来的。你自己就对我说过，你会假装发羊癫风，你为什么要说这话呢？”

“那纯粹是因为我天真无知。其实我一辈子从来没有故意假装发羊癫风过，也就为了在您面前夸一夸口，才这样说的。这只是傻气。我当时心里很敬爱您，所以才随便和您说说。”

“哥哥却直截了当说是你杀了人，你偷了东西。”

“他不这么说还能说什么呢？”斯麦尔佳科夫咧嘴冷笑说，“有了这许多证据，能相信他吗？格里戈里·瓦西里耶维奇看见门敞开着的，那还有什么话说。随他说去吧！他正急着要救自己哩。”

他静静地沉默了下来，忽然似乎又想到了什么，补充说：

“还有一层：他想把一切都推到我身上，说这像是我干的勾当，这话我已经听说了。就拿我会假装发羊癫风来说吧：假使当时我果真有意谋杀您的父亲，我会预先对您说我会假装吗？假使我果真有意谋杀，哪里有这样的傻子，会预先把不利于自己的凭据说出来，还是对被害者亲儿子说的呢？能有这样的事吗？正相反，永远不会有这样的事的！就像现在我俩的这番谈话吧，除去上帝以外，没有人会听见的，但要是你去对检察官和尼古拉·帕尔费诺维奇说了，那也正好等于彻底替我做了辩护：因为一个人既然预先这样坦白，那怎么可能是凶手呢？他们是一定会这样判断的。”

“你听着。”伊凡·费多罗维奇从座位上站起来，他被斯麦尔佳科夫提出来的最后的理由堵得没话说，不想再谈下去了，“我并不怀疑你，甚至认为对你提出指控是可笑的，相反，我很感谢你，因为你使我安了心，现在我走了，但下次还要来。再见吧，希望你早日恢复健康。你不需要什么东西吗？”

“真是感谢得很。玛尔法·伊格纳奇耶芙娜没有忘记我。我需要什么，她仍旧那么好心，总是竭力办到。一些好心的人每天都来看望我。”

“再见吧。关于你会装假的话，我可以不说出来，我劝你也不必供认。”伊凡忽然不知道为什么这样说。

“我很明白。您既然不供出来，那么当时我们在大门旁的谈话，我也不说。”

当时伊凡·费多罗维奇突然走了出来，顺着走廊已经走了十来步，才忽然觉得斯麦尔佳科夫的最后那句话里包含着一种侮辱的意思。他几乎想再转回去，但这念头只是一闪而过，他说了声：“无聊！”就赶紧从医院里走了出去。主要的是他觉得确实感到了心安，而原因恰恰是由于有罪的不是斯麦尔佳科夫，而是他的兄长米卡，虽然照理似乎应该反过来才对。为什么这样？他当时不愿意加以分析，甚至十分厌恶去深入追究自己的感情。他似乎想赶紧忘却一点什么。在以后的几天里，当他把所有不利于米卡的证据进一步仔细而切实地研究过一番以后，他更是完全相信米卡有罪了。有些供词是最无关紧要的人做的，但却简直令人触目惊心，例如费尼娅和她的母亲的供词；至于彼尔霍金、小酒馆和普洛特尼科夫小铺里的人，以至于莫克洛叶的证人们，那就更不必说了。最致命的是某些细节。秘密“敲门”暗号的透露，几乎也跟格里戈里所供门是开着的话同样使检察官和预审推事吃惊。格里戈里的妻子，玛尔法·伊格纳奇耶芙娜，直截了当地回答伊凡·费多罗维奇的盘问说，斯麦尔佳科夫整夜就躺在他们屋里的隔板后面，“离我们的床不到三步远”，她自己虽然睡得很熟，但是醒了许多次，都听见他在那里呻吟，“一直在呻吟，不断地呻吟”。他又和赫尔岑斯图勃医生谈了话，对他说自己疑惑斯麦尔佳科夫并不像发了疯，只是身体软弱罢了。他这话只是引起了老人的微笑。“你知道他目前在专心干什么吗？”他问伊凡·费多罗维奇，“他在那里背法文单字，枕头底下放着一个本子，不知谁替他用俄文字母把法文单字拼了出来，嘻，嘻，嘻！”伊凡·费多罗维奇终于放弃了所有的疑惑。他一想到兄长德米特里就不由得不憎恶。不过终究有一件事十分奇怪，那就是阿辽沙继续坚持认为杀人的不是德米特里，而“十分可能”是斯麦尔佳科夫。伊凡一向觉得阿辽沙的意见对自己来说是很宝贵的，因此现在心里十分困惑不解。同样感到奇怪的是阿辽沙并不找机会来同他谈米卡，自己永远不先开口，只是回答伊凡的问题。这也引起伊凡·费多罗维奇深切的注意。然而那时候他正被一桩完全与此无关的事弄得着了迷：他从莫斯科回来后，头几天里就全副身心、死心塌地地疯狂热恋上了卡捷琳娜·伊凡诺芙娜。伊凡·费多罗维奇的这次新的热恋，以后将影响到他的整个余生，这里没有时间去细说它，它完全可以作为另一个故事，另一部长篇小说的基础，然而我不知道还会不会有一天着手去写它。但尽管如此，我在这里也不能不提一下，如前面所说，当伊凡·费多罗维奇夜里同阿辽沙离开卡捷琳娜·伊凡诺芙娜家在街上走着，对他弟弟说“我对她并不感兴趣”的时候，他完全是撒谎：他疯狂地爱着她，虽然有的时候的确也恨她到甚至可以杀死她的地步。这种情况是由许多原因凑合而成的：她因米卡的事件受到极大的震动以后，把重新回到她身边来的伊凡·费多罗维奇仿佛看作了自己的一个救星。她在情感上曾受到了一次委屈、伤害和凌辱。现在重又出现了她心中明知过去就已经深深在爱着她的那个人，这个人的智慧和心地，她从来就认为是远远超越于自己之上的。但这位严肃认真的女郎并没有毫无保留地献身给他，不管她这位爱人的愿望是多么富于卡拉马佐夫式的不顾一切的狂热，具有怎样使她迷恋的魔力。同时她因为对米卡变心，不断地受着悔恨的折磨，每逢和伊凡发生可怕的口角的时候（这种口角又是很多的），甚至把这话对他直说出来。他和阿辽沙谈话的时候说到的“虚伪又虚伪”，所指的就是这个。自然这里的确有许多虚伪，这是最使伊凡·费多罗维奇气恼的地方。但是这一切以后再说。总而言之，他有一段时间几乎忘却了斯麦尔佳科夫。但是在他第一次会晤以后，过了两星期，过去那些同样的古怪思想又开始折磨他。简单地说就是，他不断地自己问自己：为什么他当时在临出门的前夕，在费多尔·巴夫洛维奇的屋子里，像小偷一般，轻轻地走下楼梯，倾听父亲在那里做什么事情？以后为什么又厌恶地念念不忘这个情景？为什么第二天早晨在路上忽然那样烦恼，而当到达莫斯科的时候，又对自己说：“我是个卑鄙的人！”最近他有一次曾想到，由于所有这些痛苦的念头，他说不定甚至准备把卡捷琳娜·伊凡诺芙娜也完全忘掉，因为这些念头实在是过于强烈地突然又牢牢占据了他的心头！有一次他正想到这里的时候，恰巧在街上遇见了阿辽沙。他立刻拦住阿辽沙，突然对阿辽沙提出下面的问题：

“你记得，那次饭后，德米特里闯进屋来，揍了父亲一顿，我随后在院子里曾对你说，我给自己保留‘希望的权利’。你说说，你当时想没想过，我是希望父亲死去！”

“我想过的。”阿辽沙轻声回答。

“当时确是这样的，连猜都用不着费心去猜。可是你当时是不是也想过，我恰恰是在希望‘一条毒蛇咬另一条毒蛇’，那就是希望德米特里杀死父亲，越快越好，甚至我自己也不惜加以促成呢？”

阿辽沙脸色变得有些苍白，默默地望着哥哥的眼睛。

“你说呀！”伊凡说，“我迫切想知道你当时想的是什么。我一定要知道；你讲真话，讲真话！”他沉重地出了一口气，已经预先带着恶意地望着阿辽沙。

“请您原谅我，我当时也想到这个了。”阿辽沙轻声说罢，就默不作声了，连一句“缓和语气的话”都没有加。

“谢谢！”伊凡说完就扔下阿辽沙，迅速地径自走开了。从那时候起，阿辽沙就觉察到，伊凡哥哥似乎开始决然地疏远他，甚至厌恶他起来，所以后来他自己也不再到伊凡那里去了。但这一次，当伊凡·费多罗维奇和阿辽沙相遇以后，他并没有回家，忽然，又动身到斯麦尔佳科夫那里去了。

七

再访斯麦尔佳科夫

斯麦尔佳科夫那时候已经出了医院。伊凡·费多罗维奇知道他的新住处：就在那所歪斜的小木头房里，房子里面一明两暗共三间。玛丽亚·孔德拉奇耶芙娜和母亲住一间，斯麦尔佳科夫单独住在另一间。谁也不知道他凭什么住在她们家里，是白住呢还是出租金？以后人家猜想：他是以玛丽亚·孔德拉奇耶芙娜的未婚夫的身份住在她们家里，而且是白住的。母女俩都很敬重他，把他看作是比她们自己高一头的人。伊凡·费多罗维奇敲开门后走进外屋，依照玛丽亚·孔德拉奇耶芙娜的指示，一直走进左面斯麦尔佳科夫所住的“上房”里去。屋子里有一个瓷砖砌成的火炉，烧得很旺。墙上糊着淡蓝色的花纸，都已破碎，有许多壁虫在花纸底下的裂缝里爬，不住发出沙沙的声音。家具是很简陋的：两面靠墙各有一条长凳，桌旁放着两把椅子。桌子虽然是白木头的，但是铺着一块玫瑰色的花桌布。两个小窗台上各放着一盆天竺葵。角落里有一个神像龛。桌上摆着一个撞得坑坑洼洼的小铜茶炊，还有一个盘子，里面有两个茶杯。但是斯麦尔佳科夫已经喝完了茶，茶炊已熄灭了。他正靠着桌子坐在长凳上，一面看着一个本子，一面用钢笔画着什么。旁边放着墨水瓶和一只低矮的生铁蜡烛台，但上面却插着一根洋蜡。伊凡·费多罗维奇从斯麦尔佳科夫的脸上立刻看出，他的病已经完全复原。他脸色好得多了，也胖了些，额头卷发高耸，鬓角也梳得光光的。他穿着花花绿绿的晨衣，但已经穿得很旧，而且破得不像样了。他鼻子上架着眼镜，是伊凡·费多罗维奇以前没有看见过的。这件无所谓的小事却似乎凭空使伊凡·费多罗维奇怒气倍增：“这样一个畜生，居然还戴眼镜！”斯麦尔佳科夫慢吞吞地抬起头来，隔着眼镜打量走进来的人；然后轻轻摘下眼镜，从长凳上站起来，但是似乎并不十分恭敬，甚至是懒洋洋的，单只是为了遵守最起码的、几乎是必不可少的一点礼貌。这一切在刹那间都落在伊凡的眼里，他毫无遗漏地全注意到了，尤其是斯麦尔佳科夫的眼神，完全是恶狠狠、不愉快，甚至是傲慢的，好像在说：“你为什么又来了？那次已经全都谈好，又来干什么呢？”伊凡·费多罗维奇勉强控制住自己。

“你这里真热。”他说着，还站在那里，把大衣的纽扣解开。

“脱了吧。”斯麦尔佳科夫表示允许地说。

伊凡·费多罗维奇脱下大衣，扔在长凳上，用发抖的手抓过一把椅子，迅速地把它推近桌边，坐了下来。斯麦尔佳科夫还比他先坐到凳子上。

“先说说，我们是不是单独在这里？”伊凡·费多罗维奇严肃而急促地问，“没有人听得见我们说话吗？”

“没有人听得见。您自己看见了：隔着一间外屋。”

“你听着，老弟：上次我在医院里离开你的时候，你曾胡说什么假如我不说你会假装发羊癫风，那么你也不对检察官供出我们两人在大门旁的全部谈话，这到底是什么意思？什么叫全部？这究竟指的是什么？你是威吓我吗？意思是我和你结成了某种同盟吗？我是在怕你吗？”

伊凡·费多罗维奇怒火冲天地说了这一堆话，显然故意让对方知道他根本不屑于拐弯抹角耍什么手腕，而要把一切全都亮到桌面上。斯麦尔佳科夫的眼睛恶狠狠地闪着光，他眯了一下左眼，尽管照例还是带着从容镇定的样子，但仿佛是立刻针锋相对地做了回答，意思是说：“你要打开窗子说亮话，就给你打开窗子说亮话吧。”

“我当时之所以说这话，以及话中所含的意思，就是指您预先知道您的亲生的父亲将被谋杀，竟听凭他牺牲；而我为了不让别人知道这些情况后，断定您有什么不好的心思，甚至想到别的更坏的事情上去，所以当时答应不向司法当局报告。”

斯麦尔佳科夫说这话时，虽然不慌不忙，而且显然很能自制，但是在他的嗓音里还是能听出一种坚定果断、恶毒而又傲慢挑战的意味。他桀骜不驯地两眼紧盯着伊凡·费多罗维奇，后者一时简直气得两眼发花：

“怎么？这是什么意思？你的脑子正常吗？”

“完全正常。”

“难道我当时知道会发生谋杀案吗？”伊凡·费多罗维奇终于喊了起来，用拳头猛敲着桌子，“‘别的更坏的事情’是什么意思？你说，你这下流坯！”

斯麦尔佳科夫沉默着，继续以傲慢的眼光打量着伊凡·费多罗维奇。

“你说，你这臭娘养的，别的事情是什么？”伊凡·费多罗维奇咆哮着。

“我刚才说的别的事情，就是指您在当时大概也非常希望令尊大人死去。”

伊凡·费多罗维奇跳起来，用全力朝他的肩膀揍了一拳，竟使他猛地仰倒在墙上。斯麦尔佳科夫顿时泪流满面，说了一句：“打一个软弱的人是可耻的，先生。”就忽然用一块很脏的蓝格布手绢捂着眼睛，轻轻地哭了起来。过了一会儿。

“够了！别哭了！”伊凡·费多罗维奇终于厉声命令，又坐到椅子上，“不要让我失去最后的耐性！”

斯麦尔佳科夫把那块手绢从眼睛上挪开。他的皱皱巴巴的脸上每一小道线条都表现出刚刚受到的侮辱。

“那么你这下流坯当时竟以为我想串通德米特里杀死父亲吗？”

“我不知道您当时心里有什么念头，”斯麦尔佳科夫气愤愤地说，“我当时在您走进大门的时候，之所以拦住您，就是要用这问题试探您。”

“试探什么？什么？”

“就是这样一件事：您到底愿意不愿意您的父亲早日被杀？”

最使伊凡·费多罗维奇生气的是斯麦尔佳科夫老是不肯放弃的那种傲慢不逊的语气。

“就是你杀死他的？”他突然叫道。

斯麦尔佳科夫轻蔑地冷笑了笑。

“您自己明明知道不是我杀死的。我以为对聪明人来说，这话简直是用不着多说的了。”

“但是为什么，为什么你当时对我有了这样的疑心呢？”

“您也知道，这完全是因为担心害怕。因为我当时的心情是害怕得心惊胆战，所以对大家都起疑心。我决定也来试探您一下，因为我心想，假使您也和您的哥哥怀着一样的念头，那么事情就算完了，我自己也会像苍蝇一般完蛋的。”

“你听着，你两星期以前不是这样说的。”

“我在医院里和您说的话，也含有这样的意思，不过我以为，不用对您多说，您也会明白的。您既然是极聪明的人，自己也不愿意谈得太露骨的。”

“真想得出来！但是你给我回答，你给我回答，我一定要你说：究竟是怎么回事？我究竟有什么会在你这下贱的心里引起对我这样卑鄙的疑心！”

“要说杀人，您自己是无论如何不会，也不想去干的，至于说愿意让别的人动手去杀，那您确实是愿意的。”

“瞧他说得多满不在乎，多满不在乎！可是为什么我愿意？有什么根据说我愿意？”

“怎么叫作有什么根据？遗产呢？”斯麦尔佳科夫恶毒地，甚至仿佛报复似的马上接口说，“您的父亲死后你们三弟兄每人将近可以得到四万卢布，也许还要多，但要是费多尔·巴夫洛维奇娶了那位太太——阿格拉菲娜·阿历山德罗芙娜，那么结婚以后她立刻会把全部资产转到自己的名下，因为她不是一个傻子，那样一来你们三弟兄在父亲死后恐怕连两个卢布也得不到了。那时候离结婚还有多远呢？只差一根头发丝罢了。只要那位小姐用小指头在他面前招一招，他立刻就会耷拉着舌头，跑着跟在她后面上教堂去的。”

伊凡·费多罗维奇痛苦地勉强控制住自己。

“好极了，”他终于说，“你瞧，我不跳起来，不揍你，不杀死你。你再说：据你看来，我正是等着德米特里哥哥去做这事，指望他动手？”

“您怎么能不指望呢？他如果杀了人，就会把他的各种贵族权利、身份和财产都剥夺，流放到远方去。那时候父亲遗产中他应得的一份可以由阿历克赛·费多罗维奇和您两人平分，那时候每人可以得到的已经不止四万，是六万了。您当时一定是在这样指望着德米特里·费多罗维奇的！”

“我真拼命忍着才能不揍你！你听着，你这浑蛋：假使我当时真指望什么人去动手，自然是指望你，而不会去指望德米特里。我可以赌咒，我甚至预感你会干出点什么卑鄙勾当来的，那时候……我还记得我的印象！”

“我当时也想到过这个，想过很短的一会儿，想到您的确也在指望我去做，”斯麦尔佳科夫咧嘴嘲笑地说，“这更使我当时看清了您的心思，因为既然您事先已怀疑到我，同时自己却又动身离开了，那就等于您已借此告诉了我：你可以杀死父亲，我并不阻拦。”

“下流坯！你竟这样理解吗？”

“这全是因为契尔马什涅而起的。对不起！您准备到莫斯科去，您的父亲一再请您到契尔马什涅去一趟，您都坚决拒绝！但只凭我说了一句傻话，您却忽然竟答应了！可您为什么当时要答应到契尔马什涅去？您既然不到莫斯科去，却只由于我说了一句话，就无缘无故地到契尔马什涅去，那么可见您自然是希望我干出点什么事情来的。”

“不，我赌咒，不是的！”伊凡气得咬牙切齿地叫了起来。

“怎么不呢？如果不是这样，您既是您父亲的儿子，听了我当时所说的那些话，应该首先把我送警察局，揍一顿，至少当场打我一个耳光，但对不起，您正相反，非但一点也不生气，还立刻好心地完全照我十分愚蠢的傻话做，当时就动身走了。这是十分荒诞的事，因为您本应该留在这里，保护您父亲的生命的。根据这些，我怎么能不下这样的断语呢？”

伊凡皱眉蹙额地坐在那里，两手痉挛地握着拳紧抵着膝头。

“可惜当时没有打你的耳光。”他苦笑着说，“当时我不能把你送警察局：因为没有人能相信我，再说叫我告你什么罪名呢？但是耳光是可以打的，可惜我没有想到。虽然打耳光已被禁止，但是我一定要把你的狗脸打得稀烂。”

斯麦尔佳科夫几乎愉快地看着他。

“在生活中一般的情况下，”他用一种自以为是的学究口气说，有一次他在费多尔·巴夫洛维奇的饭桌旁伺候，同格里戈里·瓦西里耶维奇辩论起信仰的问题来，逗得他生气的时候，也是用的这种口气，“在生活中一般的情况下，打耳光现在的确被法律禁止了，大家不再打人。但是在特殊的情况下，不但是我们这里，就是在全世界，连最地道的法兰西共和国，也还是照样在打人，和亚当夏娃的时代一样，而且将来也永远不会停止。可是，您竟连在当时那样特殊的情况下也不敢。”

“你为什么在学法文单字？”伊凡朝放在桌上的练习本扬一下头。

“为什么我不能学学这个，来增进我的学问呢？将来有一天也许我也可以到欧洲那些令人快乐的地方去去的。”

“你听着，你这坏蛋，”伊凡两眼冒火，全身发抖，“我不怕你告发，随便你怎样招供去好了。我现在不把你揍死，只是因为我疑心这次罪案是你犯的，一定要把你送上法庭。我早晚会把你揭露出来的！”

“我觉得您还是闭嘴不说好。因为我完全清白无罪，您能告我什么？谁能相信您？您只要一开口，我就全说出来，我干吗不为自己辩护呢？”

“你以为我现在怕你吗？”

“即使我刚才对您说的话法院不相信，可是大家会相信，会使您没脸见人。”

“这又是‘同聪明人谈谈是有好处的’吗？”伊凡咬牙切齿地说。

“您说得正对。您还是做个聪明人吧。”

伊凡·费多罗维奇站起身来，气得浑身打着战，穿上大衣，再也不搭理斯麦尔佳科夫，甚至看也不看他，很快就走出了木屋。晚上的新鲜空气使他感到精神一爽。这是个月明之夜。恐怖的噩梦般的念头和感触在他心里沸腾。“现在就去告发斯麦尔佳科夫吗？但是有什么可告发的呢？他弄到最后还会是无罪的。相反，他可以反控我。真的，我当时为什么答应到契尔马什涅去？为什么？为什么？”伊凡·费多罗维奇问，“是的，我自然在等待发生什么事情，他的话是对的。”他又再一次想起了他在父亲家中最后一夜在楼梯上偷听的情景，这样想起来已经有无数次了，但这一次却感到心情特别痛苦，甚至使他像被刀扎了一下似的猛一下站住了：“是的，我当时确在期待这样的事，这是真的！我希望，我确实是在希望发生谋杀！我真的是希望发生谋杀吗？应该把斯麦尔佳科夫干掉！假如我现在不敢干掉斯麦尔佳科夫，就简直不配再活下去！”伊凡·费多罗维奇没有回家，却径直奔到了卡捷琳娜·伊凡诺芙娜的家里。他的出现使她吓了一跳，因为他的神气简直像发了疯。他把他和斯麦尔佳科夫谈话的情形告诉了她，完全说了出来，连小过节也不漏。无论她怎样劝他，他也不能平静下来，不住地在屋里走，断断续续地说着一些古怪的话。最后他终于坐了下来，胳膊肘支在桌子上，两手撑着头，说出这样几句奇怪的警句来：

“如果杀人的不是德米特里，而是斯麦尔佳科夫，那么我当时自然是和他同谋的，因为是我唆使他去做这件事的。是不是我唆使的，我还不知道。但是假使是他杀死的，而不是德米特里，那么我自然也是凶手。”

卡捷琳娜·伊凡诺芙娜听了这句话，默默地站起身来，走到书桌旁边，打开放在桌上的小盒，掏出一张纸来，放在伊凡面前。这张纸就是后来伊凡·费多罗维奇对阿辽沙宣布确认德米特里杀死父亲的“像数学公式那么清楚的证据”。那是米卡醉后写给卡捷琳娜·伊凡诺芙娜的一封信，是阿辽沙在卡捷琳娜家看到格鲁申卡侮辱卡捷琳娜·伊凡诺芙娜的情景以后，回修道院去，在田野里和米卡相遇的那个晚上写的。当时米卡和阿辽沙分了手，就急忙跑到格鲁申卡那里去；谁也不知道他见到她没有，但是夜里他竟出现在“京都”酒店里，喝了不少的酒。醉后他要了纸笔，涂写了一张对于自己很重要的文件。这是一封疯狂的、话很多却又前言不搭后语的信，完全是一封“醉书”。好像是一个醉鬼回家后，特别激烈地对妻子和家里的什么人讲述他刚才怎样被人侮辱，侮辱他的是个多么卑鄙的人，他自己相反的是多么好，他一定要给那个卑鄙的人一点厉害瞧瞧，这一套话总是又长又不连贯的，说得满腔激动，不住用拳头敲桌子，流着醉泪。酒店里拿给他的纸是张破烂肮脏的普通的信笺，质地恶劣，反面还写了一篇账目。显然这张纸容纳不下醉人的一大堆唠叨。米卡不但把上下所有空白的地方写满，最后的几行甚至还交叉重叠着写在已经写过的字句上。那封信的内容如下：

> 我的要命的卡嘉！明天我就设法弄到钱，把你的三千卢布还你，从此就再见吧，火气极大的女人！再见吧！我的爱情！我们从此一刀两断！明天我将从所有的人手里弄钱，假如在别人手里弄不到，我敢对你起誓，我要到父亲那里去，砸破他的脑袋，从他的枕头底下拿到手，不过但愿伊凡离开了。我宁愿去服苦役，也一定要把三千卢布还给你。请原谅吧。我要对你长跪叩头，因为我在你面前是个卑鄙的人。你饶恕我吧。不，还是不必饶恕好，这样你我都轻松些！我宁愿被判苦役，不愿接受你的爱情，因为我爱着别人，你今天已经深深地认识她了，那么你怎么还能饶恕我呢？我要杀死偷我东西的贼！我要离开你们大家，到东方去，好让别人都

不认识我。我也要把她遗忘，因为不但是你一个人，连她也是折磨我的人。再见吧！

再启：我虽写的是诅咒的话，但是十分崇拜你！我听得出我胸中的声音还留着一根弦儿，在铮铮地发响。最好把心切成两半！我将自杀，但首先一定要杀死那条狗。从他那里抢下三千，扔给你。虽然我在你面前是一个卑鄙的人，但绝不是贼！你等候着那三千卢布吧。在那条狗的被褥底下，玫瑰色的丝带。我不是贼，而是要杀死偷我东西的贼。卡嘉，你不要轻蔑地看我：德米特里不是贼，却是杀人的凶手！为了站住脚跟，不看你的傲慢的颜色，我杀死父亲，毁了我自己。为了不爱你。

三启：我吻你的脚，再见吧！

四启：卡嘉，你祷告上帝，使人们能拿出钱来。我可以不至于流血。如弄不出钱，就要流血了！你杀死我吧！

你的奴隶和仇人

德·卡拉马佐夫

伊凡读了这个“文件”，立刻完全相信了。这么说，杀人的是哥哥，不是斯麦尔佳科夫。既不是斯麦尔佳科夫，也就不是他伊凡。这封信在他的眼里突然具有数学公式般的意义。他对于米卡的有罪，再也不会有任何怀疑了。此外，伊凡从来没有怀疑米卡会串通斯麦尔佳科夫一起干，那样和事实也不符。伊凡完全安心了。第二天早晨，他想起斯麦尔佳科夫和他的嘲笑时，心里只是感到轻蔑。过了几天，竟奇怪自己怎么会因为他的疑心而感到那样苦恼屈辱。他决定不去理会他，把他忘掉。这样过了一个月。他不再向任何人打听斯麦尔佳科夫的事，但是有两次偶然听到他病得很厉害，而且神志不大正常。“早晚会发疯的。”年轻的医生瓦尔文斯基有一次这样谈到他。伊凡当时很注意这句话。在这个月的最后一周里，伊凡自己也开始感到不很舒服。卡捷琳娜·伊凡诺芙娜请来的医生在开审不久前从莫斯科来到，他曾去请那位医生诊视过。就在这时候，他和卡捷琳娜·伊凡诺芙娜的关系紧张到了极点。这是两个互相爱恋着的仇人。卡捷琳娜·伊凡诺芙娜对于米卡的那种尽管短暂但却强烈的恋旧心情，把伊凡激得完全狂怒了。我们前面曾描写过阿辽沙从米卡那儿到卡捷琳娜·伊凡诺芙娜家里去的时候所遇到的最后那一场戏，奇怪的是，在这场戏发生之前，整整的一个月里，伊凡一次也没有听到她对米卡的犯罪有过什么怀疑，尽管她不时对米卡产生那种使他最为愤恨的恋旧之情。同时还值得注意的是，他虽感到自己对米卡的憎恨日益加深，但心里却明白他的恨米卡，并不是为了卡嘉对米卡恋旧，却是因为米卡杀死了父亲！他完全自己觉察到而且意识到这一层。虽然如此，他在开审的前十天，还是到米卡那里去，对他提出了一个逃走的计划，这计划显然是他早就想好了的。在这件事上，除了促使他采取这一步骤的主要原因以外，还有一个他心中没有平复的创痕也起了作用，这就是斯麦尔佳科夫所说的那句闲话，仿佛米卡被控是对伊凡有利的，因为那样一来他和阿辽沙两人应得的亡父遗产，数目将从四万增加到六万。他决定自己一人就拿出三万来，作为设法使米卡逃走的费用。当时他从米卡那里回来，心里感到十分烦闷而且惭愧：他忽然开始觉得，他希望米卡逃走，不但为了牺牲三万卢布以平复他心上的创痕，还由于别种原因。他自己问自己："是不是因为我在心灵上同样是凶手？"有一种隐约但却炙人的东西在刺痛他的心。尤其是在整整的这一个月内，他的骄傲受到重大挫伤，但是这话以后再说。……伊凡·费多罗维奇在和阿辽沙谈话以后，已经准备拉自己住所的门铃，突然又决定要到斯麦尔佳科夫那里去，这时候他是受到一种在他胸中突然沸腾起来的特别愤恨的情感的支配。他忽然想起卡捷琳娜·伊凡诺芙娜刚才当着阿辽沙喊道："可是你，你竭力让我相信他（米卡）是凶手！"伊凡想起这句话，甚至愣住了：他从来也没有让她相信米卡是凶手过，正相反，当他从斯麦尔佳科夫那里回来的时候，他还曾在她面前怀疑过自己哩。相反，正是她，是她取出那张"文件"给他看，来证明他哥哥有罪的！可现在她忽然说起："我自己也到斯麦尔佳科夫那里去过的！”什么时候去的？伊凡一点也不知道。这么说来，她并不十分相信米卡有罪！斯麦尔佳科夫会对她说些什么？他究竟对她说了些什么？可怕的怒火在他的心里燃烧。他真不明白他怎么会在半小时以前把这句话放了过去，不当时就嚷起来。他不再去拉门铃，拔脚就向斯麦尔佳科夫那里跑去。“这一次我也许要杀死他。”他在路上想。

八

跟斯麦尔佳科夫的第三次也是最后一次晤面

走到半路上，刮起了和那天清早一样的尖厉而干涩的风，撒下厚厚一层细碎而干燥的雪。雪落在地上并不粘住，风一卷，马上成了十足的暴风雪。我们城里斯麦尔佳科夫所住的那一带几乎连路灯也没有。伊凡·费多罗维奇摸黑走着，不去理会大风雪，本能地辨认着道路。他感到头疼，太阳穴拼命跳着，自己感觉得到手腕直抽筋。离玛丽亚·孔德拉奇耶芙娜的小屋不远的地方，伊凡·费多罗维奇忽然遇到一个孤独的醉鬼，这是个小个子农民，穿着打补丁的外套，一溜歪斜地走着，口中喃喃地骂人。他忽然停止了辱骂，用嘶哑的醉汉的声音唱起小曲来了：

> 唉，万卡上了彼得堡，
> 我不能再等他了！

但他每唱到第二句上就突然打住了，重又骂起人来，接着又忽然唱起这个老调子。伊凡·费多罗维奇在脑子根本还没有转到他身上去的时候，心里就已经产生了一股无名的怒火，这时突然又注意到了他，立刻忍不住要想一拳把这家伙打倒。恰巧在这一刹那他们走到了一起，农民的身体摇晃得厉害，忽然沉重地一头正撞在伊凡的身上。伊凡狂怒地猛推了他一下。农民立即两脚离地，像块木头似的扑通一下摔在冻土地上，只是痛苦地叫了一声：“啊——啊！”就不出声了。伊凡走到他跟前。他仰面躺着，一动不动，失去了知觉。“会冻死的！”伊凡这样想了一下，就大步向斯麦尔佳科夫家走去了。

拿着蜡烛跑出来开门的玛丽亚·孔德拉奇耶芙娜还在外屋里就对他悄声说，巴维尔·费多罗维奇（那就是指斯麦尔佳科夫）病得很厉害，不但卧床不起，几乎好像神志也失了常，甚至吩咐把茶也拿走，不想喝。

“怎么，他还动蛮吗？”伊凡·费多罗维奇粗暴地问。

“哪里，正相反，完全安安静静的，不过您不要和他谈得太久呀。”玛丽亚·孔德拉奇耶芙娜请求说。

伊凡·费多罗维奇推开门，走进小屋里。

像上次一样，炉火烧得正旺，但是看得出屋里有了一点变化：旁边的一条长凳搬了出去，在原地摆了很大的一张假红木的旧皮沙发。沙发上铺好被褥，上面放着十分干净的枕头。斯麦尔佳科夫坐在沙发上，还穿着那件晨衣。桌子挪到了沙发前面，所以屋子里显得很挤。桌上放着一本黄皮面的厚书，但是斯麦尔佳科夫并没有读它，看来坐在那里，什么也没干。他用长时间沉默的注视迎着伊凡·费多罗维奇，对于他的到来显然并不惊讶。他的脸色变得很厉害，又黄又瘦，眼睛塌陷进去，下眼皮发青。

“你真的病了吗？”伊凡·费多罗维奇站住了，“我在你这里不多坐，甚至大衣也不用脱。什么地方可以坐一坐？”

他从桌子的另一头走过去，搬一把椅子到桌子跟前，坐了下来。

“你为什么瞧着我一声不吭？我只有一个问题。我对你起誓，我得不到你的回答决不走开。那位小姐，卡捷琳娜·伊凡诺芙娜，到你这里来过没有？”

斯麦尔佳科夫长时间沉默着，依旧静静地看着伊凡，但是忽然挥了一下手，把脸扭开不看他了。

“你怎么啦？”伊凡问。

“没有什么。”

“什么叫没有什么？”

“她来过了。这与您有什么相干？您让我安静会儿吧。”

“不，不能让你安静！你说，她什么时候来的？”

“我早忘记她了。”斯麦尔佳科夫轻蔑地冷笑了一声，忽然又转脸向着伊凡，重新用一种恨得发狂的眼神盯着他，和一月以前那次会晤时盯着他的眼神一模一样。

“您自己好像也有病，两腮陷了进去，简直脸无人色。”他对伊凡说。

“你不要管我的健康，回答问你的话。”

“为什么您的眼睛发黄，眼白全黄了？您心里感到很苦恼吗？”

他轻蔑地笑笑，忽然完全纵声笑了出来。

“你听着，我已经说了，我得不到你的回答决不走开！”伊凡怒气冲天地嚷着。

“您为什么总纠缠我？您为什么折磨我？”斯麦尔佳科夫苦恼地说。

“哼，魔鬼！我不管你怎么样。你回答了问题，我立刻就走。”

“我没有什么可以回答您的！”斯麦尔佳科夫垂下了眼皮。

“告诉你吧，我能叫你回答！”

“您为什么这样着急！”斯麦尔佳科夫突然瞧着他说，但是眼神中的轻蔑已经几乎变成了厌恶，“是因为明天法院要开审吗？不会有您什么事情的，放心好了！您回家去，安安静静地躺下睡觉，一点也不用担忧。”

“我不明白你的意思……明天我怕什么？”伊凡奇怪地说，忽然果真有一种恐惧像冷风似的吹进他的心里去。斯麦尔佳科夫的眼睛溜了他一下。

“您不——明——白吗？”他拉长声音，带着责备的口气说，“聪明的人何必装出这种演喜剧的样子来呢？”

伊凡默默地瞧着他。单单他以前的这个仆人现在对他说话时所用的这种意料不到的口气，傲慢得简直难以想象的口气，就显得有些不同寻常了，甚至上次也没有过这样的口气。

“我对您说，您不必害怕。我决不告发您，没有佐证。您瞧，手都发抖了。您的手指干吗直动弹？您回家去吧。不是您杀死的。”

伊凡打了个哆嗦。他想起阿辽沙来。

“我知道，不是我……”他喃喃地说。

“您——知——道吗？”斯麦尔佳科夫又接口说。

伊凡跳起身来，一把抓住他的肩膀。

“你全说出来，你这毒蛇！全说出来！”

斯麦尔佳科夫一点也不惧怕。他只是用疯狂的仇恨目光紧紧盯着伊凡：

“要说，就是您杀死的。”他愤恨地低声说。

伊凡仿佛想到了什么事情，颓然坐到椅子上。他恨恨地苦笑了一下。

“你还是指那天所说的事？上次所说的事吗？”

“上一次您在我面前就全都明白了，现在您也是明白的。”

“我只明白你是疯子。”

“一个人怎么会这么不怕啰唆？我们干吗要面对面地坐着，互相捉迷藏，演滑稽戏呢？您是不是还想把一切全推到我一个人身上，当面推给我？是您杀死的，您就是主犯，我只不过是您的走卒。我做了您的忠实的利卡斯，是依照您的话做了这件事的。”

“‘做了’？那么难道真是你杀的？”伊凡觉得浑身一阵冰冷。

他的脑子里似乎有什么东西崩溃了，他浑身哆哆嗦嗦地打着寒战。这下斯麦尔佳科夫倒望着他奇怪起来：大概是伊凡那毫不做作的张皇失措，终于使他吃惊了。

“难道您果真一点不知道吗？”他不信任地嘟囔说，强笑着直望着他的眼睛。

伊凡一直瞪着他，他的舌头好像被拔掉了。

万卡上了彼得堡，

我不能再等他了。

那支歌忽然在他脑子里回响。

“你知道吗？我怕你是一个梦，你是坐在我面前的一个幻影。”他喃喃地说。

“这儿什么幻影也没有，只有您我两个，此外还有一位第三者。这第三个人，他现在显然就在我们两人中间。”

“他是谁？谁在这里？第三个人是谁？”伊凡·费多罗维奇惊惶地问道，环视着四周，眼睛匆促地向四个角落里搜寻什么人。

“第三个人就是上帝，天神，他现在就在我们身边，不过不必找他，您找不到的。”

“你说是你杀的，那是撒谎！”伊凡疯狂地喊了起来，“你不是疯了，就是拿我开心，像上次一样！”

斯麦尔佳科夫仍像刚才那样，一点也不慌张，只是紧紧地盯着他看。他怎么也无法消除伊凡的不信任，他总以为伊凡“全都知道”，只是装腔作势，要“当着他的面，把一切推到他一个人身上”。

“您等一等。”他终于用微弱的声音说，忽然从桌子下面抽出左腿，把裤腿往上捋起。他的脚上穿着高腰白袜和拖鞋。斯麦尔佳科夫不慌不忙地摘下吊袜带，手指深深地伸进袜筒里去。伊凡·费多罗维奇望着他，忽然全身颤抖，感到一阵剧烈的恐怖。

“疯子！”他大喊一声，迅速地从座位上跳起，往后倒退，背撞在墙上，全身紧张得挺得笔直，就像粘牢在墙上似的。他怀着疯狂的恐怖，瞪着斯麦尔佳科夫。斯麦尔佳科夫一点也不在乎他的惊慌，继续在袜子里面搜寻，似乎竭力想用手指在里面抓住什么东西，把它拉出来，最后终于抓住，开始往外拉。伊凡·费多罗维奇看见那是一些纸，或是一沓纸。斯麦尔佳科夫把它们拉了出来，放在桌子上。

“这不是吗？”他轻声说。

“什么？”伊凡颤抖着问。

“请您瞧瞧吧。”斯麦尔佳科夫还是轻声地说。

伊凡走近桌旁，拿起那一沓东西，动手打开来，但是忽然把手一缩，好像是碰到了一条憎恶可怕的毒蛇。

“您的手指不住哆嗦，抽筋似的。”斯麦尔佳科夫说，自己不慌不忙地打开纸包，原来纸包里面是三沓一百卢布的、花花绿绿的钞票。

“全在这里，三千卢布，您用不着点，收下来吧。”他用头向钞票扬一扬，请伊凡收下。伊凡一屁股坐在椅子上，脸白得像一张纸。

“你掏袜筒的时候……把我吓住了。”他说了一句，古怪地笑了笑。

“难道说，难道说您始终不知道吗？”斯麦尔佳科夫又问。

“不，我不知道。我一直以为是德米特里。唉，哥哥呀，哥哥！”他突然两手捧住了自己的头，“你对我说：是你一个人杀的吗？哥哥不在内？还是和哥哥一起干的？”

“只是同您在一起，同您在一起杀的，德米特里·费多罗维奇是清白无辜的。”

“好的，好的……关于我以后再说。为什么我老是哆嗦……话都说不出来？”

“当时您多勇敢，您说‘什么都可以做’，但是现在竟吓成这样！”斯麦尔佳科夫诧异地嘟囔，“您要不要喝点柠檬水？我这就叫他们拿来。它很能振作精神的。不过这些东西得先遮盖一下。”

他又点头指指那一沓钞票。他想站起来朝门外喊玛丽亚·孔德拉奇耶芙娜，让她弄一点柠檬水进来，但先想找点什么东西盖住钱不让她看见，他先掏出手帕来，但因为它实在太脏，就只好拿起桌上唯一的那本黄皮书，就是伊凡走进来时看到的那本书，压在钞票上面。这本书的名称是《圣父伊萨克·西林语录》。伊凡·费多罗维奇下意识地读了一下这个书名。

“我不要喝柠檬水。”他说，“关于我以后再说。你坐下来说说：你是怎么做这件事情的？你全说出来。”

“您最好把大衣脱下来，要不然您会出一身汗的。”

伊凡·费多罗维奇似乎现在才想起来，他没有离开椅子，脱下大衣，就扔在长凳上。

“你说呀，请你说呀！”

他似乎平静下来了。他蛮有把握地等着，相信斯麦尔佳科夫现在一定会把一切情况全都说出来。

“您问我是怎样干的吗？”斯麦尔佳科夫叹了口气说，“用最自然的方式干的，照您的话……”

“关于我的话以后再说。”伊凡又打断他，但是已经不像以前那样大喊小叫了，他说话的语气很坚定，似乎已完全恢复了自制，“不过你一定要详细讲一讲，你是怎样干的。按顺序全说出来，一点也不要遗漏。细节，最要紧的是细节。我请求你。”

“您动身以后，我当时就掉进了地窖里。”

“发了羊癫风还是假装的呢？”

“自然是假装的。一切都是假装的。我安安静静地沿着阶梯下来，一直走到下面，安安静静地躺下，就立刻叫喊起来。并且哆嗦挣扎着，直到人家抬我出去。”

“你等一等，以后，直到进了医院，也全是假装的吗？”

“完全不是。第二天一早，还没进医院，一次真正的、多年没见过有那么厉害的羊癫风就发作了。整整两天完全失去了知觉。”

“好的，好的。接着说下去吧。”

“人家让我躺在铺板上面，我就知道是在隔板后面，因为玛尔法·伊格纳奇耶芙娜每逢我生病的时候，总是把我放在他们自己的房间的隔板后面。他们从我生下来的时候起，总是对我很亲切的。夜里我呻吟着，只是声音很轻。我一直在等着德米特里·费多罗维奇。”

“等什么？等候他到你那里去吗？”

“干吗到我那里去？我等候他到宅里来，因为我毫不怀疑他当夜准会来的。因为他见不到我，得不到任何消息，就一定会自己爬墙进来的，他会这样做，而且准会干出点什么事情来。”

“要是不来呢？”

“那就什么事也不会有了。他不来我是不敢的。”

“好，好……你说得明白些，不要忙，最要紧的是什么也不要遗漏！”

“我等着他杀死费多尔·巴夫洛维奇，这是准会发生的。因为我已经使他有了这样的思想准备，在最近的几天以来，主要的是他已经知道那些暗号。以他的疑心病和这几天来攒的一肚子气，他一定会用这些暗号闯进屋里去的。这准毫无疑义。我就是指望着他这样干的。”

“等一等，”伊凡插嘴说，“假使他杀死了父亲，他就会自己拿了钱逃走。你一定会想到这一点吧？这样你还能得到什么呢？我不明白。”

“他绝不会找到钱。钱放在被褥底下的话，是我告诉他的。但是这话不确实。以前钱是在一只小匣里，是放在那里的。但以后我，费多尔·巴夫洛维奇在世上只相信我，劝他把这钱包挪到角落里神像后面去，因为放在那里是完全没有人会猜到的，特别在匆忙地进来的时候。因此这钱就被放在他房间角落里神像的后面了。放在被褥底下本来是很可笑的，放在小匣里至少还能锁上。可这里这会儿大家都相信仿佛钱的确是放在被褥底下。真是愚蠢的见识。所以，要是德米特里·费多罗维奇真的杀了人，在找不到什么以后，他不是唯恐弄出什么响动来，因此匆忙地逃走——凶手永远是这样的，就是被人抓住。那么我完全可以在第二天，甚至在当天夜里，随时伸手到神像后面把钱拿走，而一切事情都可以推到德米特里·费多罗维奇的身上。这是我万无一失准可以这样指望的。”

“但是假如他没有杀，只是揍一顿，又怎样呢？”

“假如没有杀，我自然不敢取钱，那就什么都白操心了。但也还有那样一种估计，就是打得昏了过去，那样的话，我也有机会把钱拿走，以后再报告费多尔·巴夫洛维奇说，是德米特里·费多罗维奇在殴打了他以后把钱偷走的。”

“慢着，我弄糊涂了。这么说，到底还是德米特里杀死的，你只是取了钱，对不对？”

“不，不是他杀死的。我现在本来还可以对您说，他是凶手。但是我不愿意在您面前撒谎，因为……因为即使您果真一直不明白，并不是在我面前假装，想把自己的明显的罪行瞪着眼睛往我身上推，那也得由您对一切过错负责，因为您心里知道这次谋杀，并且交给我去干，自己却明明知道而仍旧离开了此地。所以我今天晚上要当面向您证明，您才是这个案子里的唯一的元凶，我只不过是个小小的从犯，虽然是我杀死人的。您正是那个法律上的凶手！”

“为什么？为什么我是凶手？唉，我的天哪！”伊凡终于忍不住，忘记把自己的一切放到最后再说的话，“还是指去契尔马什涅的事吗？等一等，你说说，就算你把我到契尔马什涅去的事看作表示同意，但你究竟又为什么需要我的同意呢？这你现在怎么解释？”

“我相信既然得了您的同意，我就知道您回来以后，对于丢失的这三千卢布，即使官厅方面为了什么原因不怀疑德米特里·费多罗维奇，而怀疑我，或者疑惑我和德米特里·费多罗维奇同谋，您也决不致叫嚷出来；相反，是会替我向别人辩护的。您在拿到遗产以后，会给我奖赏，一辈子会给我，因为您毕竟由于我才拿到遗产，如果他娶了阿格拉菲娜·阿历山德罗芙娜，您会落得一场空的。”

“啊！你打算以后一辈子折磨我！”伊凡咬牙切齿地说，“假如我当时不离开，反而把你告发，可怎么办呢？”

“当时您能告发什么呢？说我唆使您到契尔马什涅去吗？那是废话。再说在我们谈话以后，您不是离开，就是留下。假使您留了下来，就什么事也不会出，我就知道您不高兴出这种事，我也就会干脆什么都不去做了。假使您离开，那就等于告诉我您绝不敢向法院告发我，对于这三千卢布也会不予追究。而且您以后也根本不能来追究我，因为那样的话，我会在法庭上全盘说出来，并不说我偷钱或杀人的事情，这个我是不说的，却说您自己唆使我偷钱，杀人，而我没有答应。所以说，我当时需要您的同意，就是为了使您不能逼我，因为没有证据在您手里，而我却永远有法子逼您，因为我发现了您渴望父亲去世，老实告诉您，社会上大家都会相信的，那样您就一辈子没脸见人。”

“我有，我真是有这样的渴望吗？”伊凡又咬起牙来。

“您当然有的，而且您表示了同意，也就等于您当时默许了我去干这件事。”斯麦尔佳科夫坚决地看了伊凡一眼。他的身体很衰弱，说得又轻又无力，但是有某种内在的、隐秘的东西在支持着他，他心里显然怀有着某种目的。伊凡预感到了这一点。

“继续说下去，”他对斯麦尔佳科夫说，“接着说那天夜里的事情。”

“往下有什么可说的！我躺在那里，听见主人似乎喊了一声。在这以前格里戈里·瓦西里耶维奇已经忽然起床走了出去，他突然大喊一声，以后就又一切静寂，一片漆黑。我躺在那里等候着，心跳得厉害，实在忍不住了。最后终于站起身来，走了出去，我看见他房间左面朝花园的窗户开着，就又朝左拐了几步，悄悄地听他是不是还活着，我听见主人踱来踱去，连连叹气，这么说是活着的。我心里叹了一声：‘唉！’就走到窗前，向主人喊了一声：‘这是我呀。’他对我说：‘来过了，来过了，又跑走了！’那就是说德米特里·费多罗维奇来过了。‘他把格里戈里杀死了！’我低声问：‘在哪儿？’他也低声回答：‘在那边角落里。’我说：‘您等一等。’我就跑到角落里去寻找，就在墙边碰到了那个躺着的格里戈里·瓦西里耶维奇。他躺在那里，浑身是血，失去了知觉。这么说，德米特里·费多罗维奇来过的话是确实的，我脑子里立刻闪过一个念头，而且当时就决定，干脆把这件事情了结了吧，因为格里戈里·瓦西里耶维奇即使还活着，也失去了知觉，完全不会看见。只有一个危险，那就是玛尔法·伊格纳奇耶芙娜会突然醒过来。这一点我当时是能感到的，但是那种渴望当时控制了我的全身，使我的呼吸都紧了。我又走到主人的窗前，说道：‘她在这里，她来了，阿格拉菲娜·阿历山德罗芙娜来了，她要见您。’他像个孩子似的全身一哆嗦，说：‘在哪儿？在哪儿？’他一直在那里喘气，却还不信。我说：‘她就在那儿，您开门吧！’他从窗里看了我一眼，半信半疑，还是不敢开门，我心想，他连我都怕了。说来可笑：我当时突然想到把表示格鲁申卡来到的那种暗号，就当着他的面，在窗框上敲了起来；他对我的话似乎还不大相信，但一听到我敲出了暗号，就立即跑出来开门。门开了，我刚要走进去，可是他站在那里用身子挡住不放我进去。‘她在哪儿？她在哪儿？’他不住哆嗦着，瞧着我。我心想：既然这样怕我，事情可不妙！这时我甚至两腿都有点发软，生怕他不放我进屋，或者嚷了起来，或者玛尔法·伊格纳奇耶芙娜会跑了来，或者说不定还会生出什么别的事情来。我现在已经不大记得，大概当时我站在那里，脸色煞白。我对他低声说：‘她就在那里，就在窗外，您怎么没有看见？’他说：‘你领她进来，你领她进来！’我说：‘她怕，刚才的喊声吓坏了她，她躲到树丛里去了。您从书房里叫她一声就好了。’他跑到窗前，把一支蜡烛放在窗台上，叫道：‘格鲁申卡！格鲁申卡！你来了吗？’他叫时还不敢探身窗外，眼睛不敢离开我，他已吓得心惊胆战，因此对我也很害怕，不敢不留神提防着我。我走近窗前，自己把身子探了出去，说道：‘那不是她吗？她在树丛里对您发笑哩，您看见没有？’他忽然相信了，竟浑身哆嗦起来，他实在爱得她太厉害了。他当时也就把整个身子探出窗外。我立刻拿起那个铁镇纸，您记得不记得，这镇纸就放在他的桌子上，总有三磅重，我从身后用棱角对准他的脑袋就给了他一下。他甚至喊也没有喊一声，只是突然坐了下去，我又来一下，又来了第三下。在第三下上感到把他的脑壳砸破了。他忽然直挺挺地仰面倒了下去，脸上全是血。我检查了一下：我身上没有血，没有溅上。我就把镇纸擦干净，仍旧放在桌子上，走到神像那里，从信封里把钱掏出来，把信封扔在地板上，玫瑰色的绸带也扔在旁边。我走进园里去，全身哆嗦着。一直走到有窟窿的苹果树那里，那个树窟窿您是知道的，我早就察看好了，在里面早就预备下了旧布和纸张；把那笔款子用纸包好，然后再用布包上，深深地塞了进去。那笔钱就在那里面整整放了两个多星期，我从医院里出来以后才去掏出来。我回到自己床上，躺了下去，担心地寻思：‘要是格里戈里·瓦西里耶维奇真的死了，那事情一定会变得很糟；要是没有死，苏醒过来就好了，因为他可以做证人，证明德米特里·费多罗维奇来过，那么准是他杀了人，还抢了钱。’我当时感到疑惑不定，急不可待，就呻吟起来，以便快点吵醒玛尔法·伊格纳奇耶芙娜。后来她终于起了床，先跑到我这里来，忽然发觉格里戈里·瓦西里耶维奇不在那儿，就跑了出去，接着听见她在花园里喊了一声。往下就闹了一夜，我是完全安心了。”

他讲到这里停住了。伊凡一直在屏息静气地听他说话，身子动也不动，眼睛直勾勾地望着他。斯麦尔佳科夫讲述的时候，只是偶尔瞧他一眼，大多数时间是斜着眼朝旁边看。他讲完以后显然自己感到心神激动，深深地喘着气。他的脸上沁出了汗珠。但却猜不出他所感到的究竟是不是忏悔。

“你等一等，”伊凡沉思地接口说，“门呢？假使他只给你开了门，那么格里戈里怎么会在你以前看见门敞开着呢？格里戈里不是在你以前看见的吗？”

值得注意的是伊凡问的时候声调非常平和，甚至好像完全换了一种口气，完全不是恶狠狠的口气，假使现在有人开了门，从门口看看他们，一定会断定他们是坐在那里和和气气地谈论一个有趣而平常的问题。

“关于那扇门，格里戈里·瓦西里耶维奇好像看见它敞开着，那全是他的幻觉。”斯麦尔佳科夫撇着嘴笑道，“我对您说，他这人不是人，简直就是头犟驴子：他没有看见，但是他觉得他看见了，就无论如何也不能动摇他了。他想出了这一套来，那是你我的运气，因为这样一来，最后就一定会归到德米特里·费多罗维奇的头上去。”

“你听着，”伊凡·费多罗维奇说，好像心里又惶乱起来，努力在那里盘算着，“你听着，我还想问你许多话，但是想不起来了。我老是记性不好，颠三倒四的。对了！比如说，你告诉我：你为什么把信封拆开，扔在地板上？为什么不干脆就连着信封拿走？你刚才讲述的时候，我觉得你谈到这个信封，好像就应该这么办似的，可为什么这样，我不懂。”

“我这样做自有道理。因为假使是一个深知内幕、熟悉一切的人，就像我这样的，事先看见过这笔钱，也许就是自己把钱装进信封，亲眼看见把信封封好，题上字的，那么这个人假使杀了人，在杀完人以后，就是不看也明知钱一定在信封里面，他在那样匆忙的时候，又何必要拆开信封呢？假使我就是偷钱的人，一定会把那信封一点也不拆开，顺手塞进口袋里面，赶快逃走的。可德米特里·费多罗维奇就不同了：那个信封的事他只是听人家这样说，并没有看见过原物，所以比如说，假如他从被褥下面找到了它，就一定会连忙当时拆开，查看一下里面是不是真的有那笔钱，而信封就一定会随手扔在那里，没工夫去想到它会留下来成为他的一个罪证，因为他是个不熟练的小偷，以前显然从来没有偷过东西，他是世袭的贵族，即使现在决定偷窃，那也仿佛不是偷窃，只是来取回他自己的财产，因为这事他事前早就通报了全城，甚至还预先在大家面前公开夸过口，说他要跑去向费多尔·巴夫洛维奇索回自己的财产。这意思我在审讯的时候并没有向检察官明白地说出，只是用暗示引到那上面去，装出自己并不明白，是他自己想到这里，而不是我对他提示的样子，检察官听了我这个暗示甚至涎水都流出来了。”

“难道，难道这一切都是你当时在现场想出来的吗？”伊凡·费多罗维奇叫了起来，诧异得不知说什么好。他又惊惧地看了斯麦尔佳科夫一眼。

“哪里，怎么能在那样匆忙之中想得这么周全呢？这都是预先想好的。”

“那么，那么这全是鬼帮你的忙！”伊凡·费多罗维奇又惊叹了一声，“不，你并不傻，你比我所料想的聪明得多。”

他站起身来，显然想在屋内走动走动。他这时心中十分烦恼。但是因为桌子挡住路，在墙壁和桌子中间很难走得过去，他只好转了一圈，又坐下了。他也许由于无法走动，忽然生了气，所以几乎又像刚才那样狂怒起来，突然叫道：

“你听着，你这倒霉的下贱东西！难道你不明白，我到现在还没有杀死你，只是想留你到明天的法庭上去招供吗？”伊凡举起手说：

“上帝明鉴，也许我是有罪的，也许我果真怀着难以见人的愿望，希望……父亲死去，但是我可以对你起誓，我并不像你所想象的那样有罪，也许我也并没有唆使你！不，不，我确实并没有唆使你！但是不管怎样，我要把自己供出来，明天，在法庭上供出来，我已经决定了！我要完全说出来，完全说出来。但我要同你一起自首！你在法庭上无论说我什么话，无论你怎样做证，我都准备接受，不怕你，我自己全承认！但是你也必须在法庭前自首！必须，必须这样，我们一块儿去！就是这样办！”

伊凡用郑重而坚决的态度说出这些话来，单从他那冒着怒火的目光里就可以看出，事情确实是要这样办了。

“我看您有病，病得很厉害。您的眼睛全黄了。”斯麦尔佳科夫说，但是完全没有嘲笑的意思，甚至似乎有点怜惜。

“我们一块儿去！”伊凡又重说一遍，“你不去，我也会独自供出来的。”

斯麦尔佳科夫沉默了一会儿，似乎在那里沉思。

“这样的事一点也不会发生，您也不会去的。”他终于断然地说。

“你不了解我！”伊凡带着责备的口气说。

“您如果一切照直供认出来，您会感到太丢脸的。而且这也没有好处，完全没有好处，因为我会直截了当地说，我从来没有对您说过这类的话，您不是有了病，这也实在有点像，就是为了怜惜您的哥哥而牺牲自己，至于您搬出我来，那是因为您一辈子始终把我只当一只苍蝇，而不当作人看。谁能相信您？您哪儿拿得出一个证据？”

“你听着，你现在把这些钱拿出来给我看，自然是为了使我相信。”

斯麦尔佳科夫把伊萨克·西林的书从那沓钞票上挪开，放在一旁。

“这些钱你带了走，拿了去吧。”斯麦尔佳科夫叹了一口气。

“自然我要带走的！但是你既然为了它杀人，干吗要给我呢？”伊凡怀着极大的惊异看着他。

“我并不需要这个。”斯麦尔佳科夫用战栗的声音说，还摇了摇手，“我以前倒有一个念头，就是带着这些钱到莫斯科或者甚至到外国去谋生，确有过这样的理想，特别是因为‘什么都可以做’那句话。这的确是您教我的，因为您当时对我说了许多这类的话：既然没有永恒的上帝，就无所谓道德，也就根本不需要道德。这话您说得很对。我就是这样看的。”

“你是靠自己的智慧理解到的吗？”伊凡做了一个强笑。

“靠您的指导。”

“现在你把钱交还，一定信仰上帝了吧？”

“不，不信。”斯麦尔佳科夫轻声说。

“那么你为什么还呢？”

“算了，不必提了！”斯麦尔佳科夫又挥了挥手，“您当时一直说，什么都可以做，但是现在为什么自己又这么惊慌呢？甚至打算去自首，不过这是不会有的事情！您不会去自首！”斯麦尔佳科夫又坚决而且确信地说。

“你看着吧！”伊凡说。

“不会有这事的。您很聪明。您爱钱，这是我知道的，您也爱荣誉，因为您很骄傲，您过分地爱女人的美貌，尤其爱平静舒适地过生活，对任何人都不必低头，这一点最重要。您决不愿在法庭上遭受这样的耻辱，毁了您的一生。您最像费多尔·巴夫洛维奇，在他的几个孩子里面您最像他，和他是一个心眼的。”

“你不傻。”伊凡说，似乎吃了一惊，血涌到脸上来，“我以前以为你傻。你现在是极严肃的！”他说，似乎忽然用新的眼光瞧了斯麦尔佳科夫一眼。

“您因为自高自大才以为我是愚蠢的。您把钱收下来吧。”

伊凡拿起三沓钞票全都塞进口袋，完全不用什么东西包裹。

“明天交到法庭上去。”他说。

“谁也不会相信您，您现在有的是钱，从小匣里拿了出来，就交上去了。”

伊凡站起身来。

“我对你再说一遍，我现在不杀死你，仅仅是因为明天我用得着你，你应该记住这层，不要忘记！”

“那有什么，您杀就是了。现在就杀。”斯麦尔佳科夫忽然古怪地说，用古怪的神气看着伊凡。“您连这也不敢，”他说着，讥刺地笑了一笑，“您什么也不敢做的，您这以前的勇士！”

“明天见！”伊凡说，想动身走了。

“您等一等，再给我看一眼。”

伊凡掏出钞票来，给他看。斯麦尔佳科夫端详了它十秒钟。

“嗯，您去吧。”他说着，挥了挥手。“伊凡·费多罗维奇！”他忽然在伊凡身后喊道。

“你有什么事？”伊凡一面走，一面回头说。

“告别了吧。”

“明天见！”伊凡又说了一声，从木屋里走了出去。

暴风雪还在继续猖獗。最初几步他走得很猛，但是忽然似乎有点踉跄起来。“这是身体疲乏的关系。”他心里想，笑了笑。这时仿佛有一种快乐心情涌现在他的心头。他自己感到无比坚定：近来把他折磨得异常痛苦的动摇心情已经结束！已经做出了决定，“再也不会变更的了。”他高兴地想。就在这时他忽然绊在一个什么东西上面，几乎摔倒。他站住了，辨认出自己脚下横着的就是被他摔倒的那个农民，他还是躺在原来的地方，人事不知，动也不动。雪落了他一脸。伊凡忽然抓住他，拖着他走。他看见右面小屋子里有灯光，就走过去敲窗板。小屋的主人，一个小市民，应声出来。他请他帮忙把农民抬到警察局去，答应给他三个卢布。小市民穿好衣服出来了。我不再详细描写伊凡·费多罗维奇怎样达到目的，把农民安顿在警察局，还安排好马上请医生来给他瞧，而且又一点也不吝惜地花钱“打点”。我要说的是这件事情差不多花去了一小时的工夫。但是伊凡·费多罗维奇感到很满意。他头脑里漫不经心地想着，突然愉快地想道：“要是我没有对明天的行动下了坚定的决心，我是决不会去耽搁整整一小时的工夫来照管这个农民的，一定会从他身边走过，才不管他冻死不冻死哩。不过话说回来，我是多么有力量观察自己呀！”他同时以更愉快的心情想道：“可他们还认为我发了疯哩！”他走到自己家附近的时候，忽然站住，产生了一个突如其来的问题：“要不要现在就去见检察官，告发一切？”接着又回身向门口走去，心里决定：“明天一起解决吧！”他暗自低语说，奇怪的是所有的快乐、所有的自满情绪一刹那间几乎全都没有了。他走进屋里时，心里忽然产生一种冰冷的感觉，似乎是回忆到，说得正确些，似乎是提醒他，在这屋里有某种痛苦的、讨厌的东西，现在正存在着，而且以前也存在过。他疲乏地倒在沙发上。老妇人送来茶炊，他沏了茶，但是没有动一动；把老妇人打发走了，让她明天再来。他坐在沙发上，感到头昏脑胀。他觉得不舒服而且无力。他似乎要睡过去，但又马上不安地站起身来，在屋里踱步，以赶走睡魔。他有的时候感到自己正在陷入梦魇。但他最关心的却不是生病；他又坐下来，不时向周围环顾一下，似乎在察看什么东西。这样看了几次。后来他的眼光聚精会神地落在一点上。伊凡笑了一笑，但是脸上却布满了怒气。他久久地坐在那里，两手紧紧地捧着脑袋，眼睛仍旧溜着原先的那一点，朝着靠在对面墙上的沙发斜看着。显然好像那儿有什么招他生气，有什么东西使他不安，折磨着他。

九

魔鬼。伊凡·费多罗维奇的梦魇

我不是医生，但是我觉得已经到了必须对读者交代一下伊凡·费多罗维奇的病的时候了。我在这里只想事先说明一点：他今天晚上恰巧处于发作脑炎的前夜。他的身上早已种了病根，不过一直还在顽强抵抗着，现在终于完全被疾病压倒了。我对于医学完全外行，只能冒昧地推测，也许他借着非常的意志力，的确曾暂时挡住了病魔，并想完全战胜它。他知道他身体不舒服，但是在这时候，在一生中将要来临的这个性命交关的时刻，正当必须亲自出头，勇敢而且坚定地说出自己的话，并且“在自己面前证明自己无罪”的时候，他特别厌恶生病。但他还是到莫斯科新来的医生那里去了一次，这医生是卡捷琳娜·伊凡诺芙娜为了想实现她的一个幻想特地请来的，这在上面已经提到过。医生听了他的叙述，并经过检查，断定他的脑子甚至好像有点失常，对于他怀着厌恶心情承认出来的一些话一点也不惊讶。“在您的情况下，产生幻觉是完全可能的，”医生肯定地说，“虽然必须加以验证。总而言之，必须开始认真治疗，一分钟也不能耽误，要不然一定会有严重的后果。”但伊凡·费多罗维奇从他那里走出来以后，没有按他的明智的劝告做，不肯躺下来就医：“我还可以走路，暂时还有力气，如果倒下来，那就是另一回事了，到那时再让人家爱怎么治疗就怎么治疗去吧。”他摆了摆手就这么决定了。他现在坐着，几乎自己觉得自己正在陷入梦魇，像上边已经说过的那样，目不转睛地注视着对墙沙发上面的什么东西。忽然发现那里坐着一个人，谁知道是怎么进来的，因为伊凡·费多罗维奇从斯麦尔佳科夫那里回来进屋的时候，那人还没有在屋里。那是一位老爷，或者不如说是俄国的某一类绅士，年纪已经不轻，正如法国人所说的那样，“年将半百”[1]，深色的，还显得又长又密的头发里，以及修剪过的小尖胡子里都夹着不多的几缕银丝。他穿一件褐色上衣，显然是上等裁缝做的，但是穿破了，大概是两年前做的，已经完全不合时髦，这类衣裳在富裕的上流社会里已有两年没人穿了。衬衣和像围巾似的长领带，全和一般漂亮的绅士一模一样，可是如果近看一下，就可以看出衬衣是肮脏的，宽阔的围巾是十分破旧的。客人的那条带格的裤子很合身，但也是颜色太浅，又似乎太瘦，现在已经没有人穿了，就像那顶柔软的白绒帽一样，这位客人现在还戴着这么顶帽子未免太不合时令了。一句话，那是在囊中羞涩情况下维持的体面外表。这绅士很像在农奴制时代曾兴旺得意的那种游手好闲的地主。他显然见过世面和上等社会，曾经有过广阔的交游，也许至今还保持着，但是在度过了青年时代无忧无虑的生活以后，再加上农奴制新近被废除，渐渐变得贫穷，似乎变成了一位高等食客，经常出入于一些好心的老朋友家里，人家之所以乐意接待他，是因为他性格随和，易于相处，也因为他总还算是个体面人，甚至不管到谁那儿，总还可以占一席地，不过自然是只能敬陪末座。这类性格随和的上流食客善于讲闲话，陪打牌，却绝不喜欢别人硬要托他们去办任何事情。他们通常是孤身一人，或是光棍，或是鳏夫，也许有子女，但总是在远地的某婶婶、姨母处抚养着，对于他们，这位绅士几乎从来不在上流社会里提起，仿佛是有点为这样的亲戚害臊。他们逐渐地和子女们完全隔阂了，只是偶尔在过生日和圣诞节的时候得到他们的贺信，有时甚至也回答一两封。这位不速之客的面容不仅温厚而且随和，按照情况需要，随时准备做出种种亲切有礼的脸色来。他身上没有表，但是戴着系在黑色绸带上的玳

---

1 原文为法语：qui frisait la cinquantaine.

瑁边夹鼻眼镜。右手的中指上赫然戴着一只厚重的金戒指，上面镶着块不太贵重的蛋白石。伊凡·费多罗维奇不高兴地沉默着，不愿意开口说话。客人等候着，坐在那里，正像一个食客，刚从楼上专门腾给他住的房间里走下来，和主人做伴，但因为主人正心里有事，皱眉想着什么，所以只是安分守己地沉默着，但是只要主人一开口，就随时准备做各种亲切的闲谈。忽然，他的脸上似乎露出一种关心的神气。

“喂，”他开始对伊凡·费多罗维奇说，“请别见怪，我只是想提醒你一句：你到斯麦尔佳科夫那里去，是为了打听关于卡捷琳娜·伊凡诺芙娜的事情，但是你却一点也没有打听出什么就回来了，一定是忘了。”

“啊，是的！”伊凡忽然脱口说，脸色变得焦虑而阴沉，“是的，我忘记了。但是现在反正一样了，一切到明天再说吧。”他自己嘟囔着说。“至于你，”他生气地对客人说，“这是我自己马上会想起来的，因为我正是为这事烦恼！你现在闯了进来，难道我就会相信你，说这是你提醒的，不是我自己想起来的吗？”

“那你就别相信好了。”绅士和气地笑笑说，“强制信仰算什么？而且在信仰上是任何证据也不起作用的，特别是物质上的证据。多马之所以相信，并不是因为他看见了复活的基督，而是因为他原来就想这样相信[1]。例如那些迷信招魂术的人，我很喜欢他们，你想一想，他们以为他们是起了维护信仰的作用，因为他们看见魔鬼从另一世界里向他们露出了尖角。他们说：‘这可以说就是物质的证据，足以证明另一世界是存在的。’既是另一世界，又是物质证据，唉，这些人的脑子啊！再说即使证明了有鬼，也还不知道是否就证明着也有上帝？我真想加入唯心主义者学会，在他们里面和他们作对，跟他们说‘我是现实主义者，却不是唯物主义者’，哈哈！”

“你听着，”伊凡·费多罗维奇忽然从桌边站起来，“我现在

1 多马，《圣经》中记载的耶稣十二门徒之一，他对主耶稣的复活持着“非见不信”的态度，被称作“多疑的多马”。

好像是在发梦呓，自然是在发梦呓，你尽管胡说好了，我都无所谓！你不会再像上次那样引得我狂怒了。我只是有点惭愧。我想在屋里走一走。我有时不像上次那样看得见你，甚至听不到你的声音，但是永远猜得到你乱嚼的是什么，因为这是我，我自己在那里说话，而不是你！我只是不知道，我上次是睡熟的时候还是醒着的时候见到你的。我现在一用冷水浸湿手巾，敷在头上，你也许就要无影无踪了。”

伊凡·费多罗维奇走到角落里，拿起手巾，照他说的做了，于是头上缠上了湿手巾，在屋里踱来踱去。

“我很高兴，你我彼此直接用‘你’来称呼了。”客人开口说。

“傻瓜，”伊凡笑着说，“我还会和你用‘您’来称呼吗？我现在很高兴，只不过太阳穴很痛，后脑勺也痛，但我请你别像上次那样讲哲学。你要是不能走开，就该聊些快乐的事情。你可以瞎编一点人家的闲话，你本来就是食客，可以谈一谈东家长西家短。唉，这梦魇真烦人！但是我不怕你。我会战胜你，不至于被送进疯人院去的！”

“食客，妙极了[1]。是的，我就是这类人。在这世上我不是食客又是谁呀？顺便说说，我听你讲话，觉得有点奇怪：说实话，你仿佛渐渐地有点把我当作了什么真实的东西，而不像上次那样坚持着只把我当作你的幻想了。”

“我从来也没把你当作真实的东西。”伊凡近乎狂怒地喊了起来，“你是谎言，你是我的一种疾病，你是幻影。我只是不知道怎样才能把你消除，明白我必须忍受你一个时期。你是我的幻觉。你是我的化身，但只是我某一方面的……思想和情感的化身，而且是最卑劣最愚蠢的一个方面。从这一点来讲，你甚至对我来说是很有意思的，只要我有工夫和你混。”

“等一等，等一等，让我来戳破你：刚才在路灯下边，你朝着阿辽沙大喊‘你是从他那里知道的！你怎么会知道他到我这里来呢？’的时候，你是想起了我吧。这么说，有短短一会儿你是相信的，你相

1 原文为法语：C’est charmant.

信我是实在有的。”绅士温和地笑着说。

“是的，这是天性的弱点，但是我不能相信你。我不知道我上次睡着还是醒着。我也许当时仅仅在梦里见到你，并不是在清醒的时候。”

“你刚才为什么对他，对阿辽沙那样严厉？他是可爱的；我在佐西马长老的事情上，是对他有错处的。”

“你不许提阿辽沙！你居然敢这样说，你这奴才！”伊凡又笑了。

“你一边骂，一边笑，这是好兆头。其实，你今天对我比上次客气多了，我明白为什么缘故：因为那个重大的决定。”

“不许你提那个决定！”伊凡蛮横地嚷着。

“我明白，我明白，这很高尚，很好[1]，你明天又要去替哥哥辩护，牺牲自己，这是骑士风度[2]。”

“住嘴，不然我要给你一下子！”

“从某一点说来，我会很高兴，因为那样我的目的就算达到了：既然给了我一下子，那就是说你承认我是真实的，因为对于幻影根本就没法给他一下子。好，说正经的吧，我是无所谓的，你要骂就骂，不过最好能稍微客气一点，甚至同我也应该客气一点。要不然，傻瓜呀，奴才呀，像什么话！”

“骂你就是骂我自己！”伊凡又笑了，“你就是我，就是我自己，不过面孔不同罢了。你所说的话都是我心里想的，你根本不可能对我说出什么新鲜话来！”

“假如我的思想和你一样，这只会使我感到荣幸。”绅士严肃而有礼貌地说。

“不过你净拾取我的坏思想，主要的是愚蠢的念头。你愚蠢而且庸俗。你愚蠢极了。不，我简直受不了你！叫我怎么办呢？叫我怎么办呢？”伊凡咬着牙说。

---

1 原文为法语：C’est noble, C’est charmant.

2 原文为法语：C’est chevaleresque.

“我的好朋友，不管怎样我还是想做一个绅士，而且希望人家也这样看待我。”客人开始说，做出一副纯粹食客式的、温和而预先留有退路的自尊神气，“我穷，但是……我不说我很诚实，但是……社会上普遍公认我是个堕落的天使，这已成为不言而喻的事了。说实话，我真想不到，我什么时候曾经是个天使。即使曾经做过，也已经很久，不妨把它忘掉了。现在我只珍重一个体面人的名誉，凑凑合合地生活着，努力做个讨人喜欢的人。我诚恳地爱别人，唉，人家有许多话是糟蹋我的！我有时寄住在你们这里，我的生活就过得仿佛实际了些，这是最使我喜欢的。我自己和你一样，也苦于不切实际的幻想，所以我爱你们地上的现实主义。你们这里一切都清清楚楚，明明白白，全是定理，全是几何学，可是我们却全是些不定方程式！我在这里走来走去，一味幻想。我爱幻想。而且在地上我变得迷信了，请你不要笑我：我最喜欢迷信。我在这里接受你们的一切习惯：我爱上商界澡堂，你想得到吗？爱和商人和神父们一块儿洗蒸汽浴。我的幻想就是化身为一个七普特重的肥胖的商人太太，并且相信她所相信的一切，这幻想是能实现的，不过但愿它能一劳永逸地彻底实现。我的理想就是走进教堂，诚心诚意地插上一支蜡烛，说实话真是这样。那时候我受苦就到头了。我也爱在你们那里治病：春天天花流行时，我跑到育婴堂去给自己种了牛痘，你要知道，那一天我是多么心满意足，因为我给斯拉夫兄弟会捐了十个卢布！……哦，你没有在听我说话。你知道，你今天样子很不自在。”绅士沉默了一会儿：“我知道，你昨天到那位医生那里去过了，你的健康怎样？医生说什么？”

“傻瓜！”伊凡喝道。

“你真聪明。你又骂人了吗？我说这话，并不是表示同情你，只是随便说说罢了。你尽可以不必回答。现在风湿病又流行了。”

“傻瓜。”伊凡又说了一句。

“你净说这些话！我去年得了一场风湿病，至今还心有余悸哩。”

“鬼也得风湿病吗？”

“既然我有时化身为人，怎么会没有呢？我化了身，就得承受它的结果。撒旦说，我是人，关于人的一切我没有不熟悉的[1]。”

“什么？什么？撒旦说，人的一切……一个鬼能引用这话，倒真不算蠢！”

“我很高兴，我到底博得你的喜欢了。”

“你这话不是从我这里学去的，”伊凡忽然停住，像惊呆了一般，“我的脑筋里从来没有想到这层，这真奇怪……”

“这很新鲜，不是吗？[2]这一次我要诚恳待人，我可以对你解释一下。你好好听着。在睡梦中，特别在发梦魇的时候，由于肠胃的失调或其他什么原因，有时人会做极曲折离奇的梦，梦见那么丰富多彩的现实情景，那么重大的事件，甚至一连串的事件，而且编排成那么巧妙的情节，有种种意想不到的细节，从你最高尚的行为表现一直到衬领上的最后一个纽子，我敢赌咒，这是连列夫·托尔斯泰也编不出来的。而且做这梦的有时并不是文学家，却是最普通的人，如官员、小品文作者、神父们。这甚至完全成了一个谜：有一位大臣甚至亲自对我承认，他的一切好见解都是在他睡着的时候得到的。此刻也就是这样。我虽然是你的幻觉，但是就像在发梦魇的时候一样，我说的净是些你脑子里还没有出现过的新奇的念头，所以我并不是重复你的思想。我只是你的梦魇，并不是别的。”

“你撒谎。你的目的就是让我相信你是独立存在的，并不是我的梦魇，可你现在又自己断言你是个梦了。”

“我的好朋友，我今天采取了一种特别的方法，我以后再对你解释。慢着，我刚才说到什么地方？是的，我当时着了凉，不过不是在你这里，还在那边……”

“那边是什么地方？你说，你是不是要在我这儿待很久？你不准备走开吗？”伊凡几乎绝望地喊了出来。

他不再踱步，坐在沙发上，胳膊肘支在桌子上，两手紧按着脑

1 原文为拉丁文谚语：sum et nihil humanum a me alienum puto.

2 原文为法语：C'est du nouveau, n'est ce pas?

袋。他把湿手巾从自己头上摘下，懊恼地把它扔在一边：它显然没有什么用处。

“你的精神失常了。”绅士说，带着随随便便、漫不经心但却十分亲切的神色，“你甚至只因为我也会着凉而生我的气，但实际上这次着凉是发生得极自然的。我当时忙着赴一个彼得堡的高级贵夫人的外交晚会，她正在笼络那些大臣。不用说，得穿晚礼服、白衬衫，戴手套等等，但我当时还不知道在什么地方，为了到你们大地上来，还必须飞过一大段广阔的空间，自然这只是一会儿的事，但要知道光线从太阳射来也要走整整的八分钟时间，你想想看，我要穿上晚礼服和敞口的背心。鬼灵是不会着凉的，但是在化了身以后，那就……一句话，我一时大意，就动了身，在辽阔的空间，在以太里，在穹苍上面的水中，非常冷，……那种冷简直不能光叫作冷了，你想想看：竟到零下一百五十摄氏度！大家知道，乡下姑娘有一种恶作剧：在零下三十摄氏度的天气下叫一个不知好歹的人舔斧子。舌头一下子就冻住了，结果那上当的人被血淋淋地粘去了一层皮；但这还只是零下三十摄氏度，如果到零下一百五十摄氏度，我想只要把手指往斧子上面一放，那只手指就会没有了，只要……那儿有斧子的话。”

“那么那儿会有斧子吗？”伊凡·费多罗维奇突然心不在焉而憎厌地插嘴说。他拼命抗拒着不去相信自己的梦呓，以免最后完全陷入疯狂里去。

“斧子吗？”客人惊讶地反问。

“是的，斧子在那里会变成什么样的？”伊凡·费多罗维奇忽然用一种蛮横而一味固执的态度喊了起来。

“斧子在辽阔的空间将成为什么样的？这是什么念头呀[1]！它假使落得远些，我以为它会绕着地球转，自己也不知道为什么，成了一个卫星。天文学家们将计算斧子在地平线出没的时间，高德左格将把它记进历书里，就是这些。”

---

1 原文为法语：Quelle idée!

“你真是愚蠢，你真愚蠢透顶！”伊凡脾气暴躁地说，“你瞎扯也该扯得巧妙些，不然我不愿意再听下去。你想用现实主义来制伏我，让我相信你是存在的，但是我不愿意相信你存在着！我不能相信！”

“我根本不是瞎扯，全是实话；可惜实话几乎永远是不聪明的。我看你是一心指望在我身上看到什么伟大的，也许是出色的东西。这很可惜，因为我只能做我力所能及的……”

“不要玩弄哲学，驴子！”

“玩弄什么哲学？当时我的整个右半边身子都麻木了，我在那里痛苦呻吟。我到各种医生那里都去过：他们很会辨明病情，像扳着手指头那样把你所有的病症都对你历数出来，但是却不知道怎么治好你的病。还遇到这么个热心的医学生。他说：‘即使您会死，但那样一来您总会清楚地知道，您是得什么病死的了！’他们还有一个习气，就是把病人推到专家那里去，他们会说：‘我们只是诊断，您可以到某某专家那里去，他一定会治愈你的。’我对你说，以前那种能治百病的医生完全绝迹了，现在只有一些专家，而且大家全在报上大登广告。你的鼻子有了病，会把你介绍到巴黎去：那里有欧洲的专家专治鼻子。于是你到了巴黎，他诊察了你的鼻子，说道：‘我只能给你治右鼻孔，因为我不治左鼻孔，这不是我的专业，您以后可以到维也纳去，那里有一位特别的专家可以治好你的左鼻孔。’有什么法子？我只好去找土法偏方来治疗，有一位德国医生劝我在澡堂的蒸架上面用盐掺在蜜里遍擦全身。我就抱着反正只是多上一趟澡堂罢了的心情去到了澡堂，把全身弄得一塌糊涂，但是一点好处也没有。我无法可想，只好给米兰的马迭伯爵写信。他寄了一本书和药水来，愿上帝保佑他！但是你想得到吗？结果却是霍夫的麦芽精发生了效力！我偶然买到，喝了一瓶半，一下就药到病除了，起来跳舞都可以。我动了感激之情，决定登报向他‘鸣谢’。但是你想得到吗？这立刻又招来了另外的麻烦：无论哪一家报馆都不肯刊载！他们劝我说：‘这太开倒车了，谁也不会相信的，现在已经没有魔鬼了[1]，你最好匿名登报吧。’既然匿名，那还‘鸣’什么‘谢’。我和报馆的办事员笑着说：‘在现在这个时代信仰上帝是开倒车，我是魔鬼，相信我总可以吧。’他们说：‘我们很明白。谁不相信魔鬼呢？但到底不能这样办，这会有碍于报纸的方针的。作为笑话来登怎么样？’我心想，得了，作为笑话可并不怎么可笑。于是就没有登出来。你信不信，这事甚至老使我耿耿于怀。我的最好的情感，比方说，感激心，竟单单因为我的社会地位而横遭禁阻。”

“又谈起哲学来了！”伊凡憎恨地从牙缝里说。

“哪能这样？但有时候可实在叫人不能不抱怨。我这人已经被人家糟蹋够了。你就不住地说我愚蠢。一看就知道是青年人。我的好朋友，事情不在于聪明不聪明。我的天性就是良善和快乐的，‘我也曾写过各种小喜剧’。你好像完全把我当作白了头的赫列斯塔可夫[2]了。但是我的命运严肃得多。自从开天辟地以来，就给我加上了一种我一直不能理解的使命，让我专门去‘否定’，但实际上我秉性善良，完全不擅长否定。‘不，你一定要去否定。无否定即无批评。如无“批评栏”，还能成为杂志吗？没有批评，就只剩了“和散那”了。但是对于生活来说，单单赞美是不够的，赞美必须经过怀疑的熔炉的考验。’如此等等。然而我本来并没插手这些事，不是我创造的，不应该归我负责。可他们却选了我做替罪羊，硬要我去写那种批评栏的文章，这样就凑成了生活。我们是懂得这出喜剧的。例如说，我直截了当地要求消灭自己。他们说：‘不行，你应该活下去，因为没有你将一无所有。假使地上一切都合情合理，那就什么事情也不会发生了。没有你就不会有任何事件，但地上是必须有事件的。’这样，我就只好违心地服务，使世上产生事件，奉命干出些荒唐的事情来。人们尽管有无可否认的智慧，他们却把这出喜剧当成了什么严肃的东西。他

---

1 原文为法语：le diable n’existe point.

2 果戈理代表作《钦差大臣》中的主人公，故事描写纨绔子弟赫列斯塔可夫在穷困潦倒之时被误认为“钦差大臣”而闹出一系列笑话。

们的悲剧就在这上面。自然也受痛苦，但是……到底大家全生活着，现实地，而不是幻想地生活着；因为痛苦也就是生活。没有痛苦，生活里还有什么愉快？那就会完全变成没完没了的祈祷仪式，这固然神圣，但未免有点无聊。至于我呢？我受痛苦，却始终没有活过。我是不定方程式的X。我是某种生命的幻影，已经没有任何开端和结尾，甚至自己也忘了应该叫自己什么。你笑……不，你并不笑，你又生气了。你永远生气，你只需要智慧，但是我还要对你重复一句：我可以放弃整个天上的生活、一切职位和荣誉，只求能化身为那个七普特重的商人太太的灵魂，在上帝的神座前插上蜡烛。”

“连你也不信上帝吗？”伊凡憎恨地笑了笑。

“叫我怎么对你说呢，假如你这是认真的……”

“到底有没有上帝？”伊凡又带着蛮横的固执态度嚷着。

“那么你是认真的吗？我的好人，老实说我真是不知道，瞧，我这是说了句非同小可的话。”

“你不知道，可你不是看见过上帝吗？不，你不是独立的，你是我，你就是我，别的什么也不是！你是无聊的东西，你是我的幻想！”

“换句话也可以说，我和你信奉的是同一种哲学，这倒是真话。我思故我在[1]，这我很知道，其余在我周围的一切，这整个世界、上帝，甚至撒旦本身，这一切在我看来都还未经证实，它们究竟是不是独立地存在着，或者只是我的分出物，是从来就单独存在着的‘自我’的逻辑的发展。一句话，我得赶快停止，你好像马上要跳起来跟我打架似的。”

“你最好还是说点故事！”伊凡痛苦地说。

“故事倒有一个，而且恰巧跟我们的话题有关。其实并不是故事，而是一段神话。你责备我没有信仰：‘你看见了却不信。’但是我的好朋友，不是我一个人这样，我们现在大家都弄糊涂了，这全是由

---

1 原文为法国哲学家笛卡儿（1596—1650）的名句：Je pense, donc je suis.

于你们的科学造成的。当还只有原子、五种感觉、四大元素的时候，万物总还算能够勉强凑合在一起。因为原子是在古代就有的。但是我们一听说你们那里已经发现了‘化学分子’和‘原生质’以及其他鬼知道还有什么东西的时候，当时就耷拉下了尾巴。简直什么都被弄得混乱动摇了。尤其是迷信和谣言；我们这里的谣言和你们那里一样多，甚至还要稍微多一些。此外还有告密，我们那里也有一个机关，收集某种‘情报’。现在我要说的这个荒唐的神话还是属于我们的中世纪的，是我们的中世纪，不是你们的。现在甚至我们那里也没有人相信这神话了，只除了七普特重的商人老婆以外，这也不是指你们的，而是指我们的商人老婆。你们所有的一切我们也有，我这是由于友谊才对你透露我们的秘密，虽然这是被禁止的。这是个关于天堂的神话。说的是在你们地上有那么一个思想家和哲学家，他‘否定了一切，包括法律、良心、信仰’，尤其是否定了来世的生活。他死了，以为自己准会直接进入黑暗和死亡里去，但不料来世的生活竟出现在他的面前。他惊讶而且愤慨了。他说：‘这不合我的信念。’他就因此受到处罚，你瞧，你应该原谅我，我只是转述我听到的一切，这只是一个神话，你瞧，他被判处在黑暗里走亿万兆公里的路，我们那里现在也改用公里了，在走完亿万兆公里以后，就会为他打开乐园的大门，宽恕他的一切。”

“在你们的世界里，除了亿万兆公里以外还有什么苦刑？”伊凡显出一种奇怪的兴奋心情插嘴说。

“什么苦刑吗？唉，你简直不必再问：以前是种类齐全，现在却越来越讲起道德的刑罚来了，所谓‘良心的谴责’呀，以及诸如此类的胡说八道。这也是从你们这里学去的，因为‘你们的风俗规矩变得软些了’。但是谁占了便宜？得便宜的只是一些没良心的人，因为他们既然没有良心，还谈得到什么良心的谴责呢？倒霉的是一些还剩有良心和名誉感的正派人。那些在不成熟的基础上实行的，而且还是从别人的体制中抄袭来的政策，只能产生害处，还不如古代的火好些。当时那个被判决走亿万兆公里路的人站了一会儿，看了看，就在道路当中躺下了，说道：‘我不愿意走，根据原则我不能走！’你把俄国一个有教养的无神派的灵魂，和在鲸鱼的肚子里生了三天三夜闷气的预言者约拿的灵魂掺和在一起，就成了这个躺在道路上的思想家的性格。”

“他究竟安心躺在什么上面呢？”

“总能安心躺在什么上面的吧。你不是在发笑吗？”

“真是好汉！”伊凡嚷着说，仍旧显出那种奇怪的兴奋心情。现在他是怀着一种意想不到的好奇心在听下去了：“怎么样？现在还躺着吗？”

“问题就在于他不躺了。他躺了几乎一千年，以后就站起来走了。”

“真是笨驴！”伊凡嚷道，神经质地哈哈大笑起来，似乎一直在那里用心思考着什么，“永世躺着，或是走亿万兆公里的路，还不都是一样？这总得要走十亿年吧？”

“甚至还要多得多，可惜没有纸笔，要不然可以计算一下。但是他早就走到了，故事就是从这里开始的。”

“怎么？走到了？他哪里来的这十亿年？”

“你只要想想我们现在的大地。现在大地的本身也许就重复过十亿次了，衰亡，冷却，破裂，粉碎，分化为构成它的各个元素，然后又是‘穹苍上面的水’，又是彗星，又是太阳，以后又从太阳化出大地，这种发展也许已经重复了无数次，而且老是一个样子，分毫不爽。真是难堪到极点的乏味事。”

“得了，得了，他走到以后，又出了什么事呢？”

“天堂的门为他打开，他刚进去以后，还没有过两秒钟，这是照钟表的时间，照钟表的时间（虽然据我看来，他口袋里的表早就应该在路上化为元素了），还没有过两秒钟，他就感叹道，为了这两秒钟，不但值得走亿万兆公里，甚至可以走亿万兆的亿万兆公里，再乘上亿万兆次方！总而言之，他不但唱了‘赞美’诗，甚至还添油加醋，所以有些思想方式比较正直的人，起初甚至连手也不愿意和他握，觉得他摇身一变成了保守派，也变得太快了。这全是俄国人的脾气。我重说一句：这是一个神话。怎样贩来的就怎样卖出去。你瞧我们那里如今对于这类问题还抱着什么样的见解。”

“这回我把你抓住了！”伊凡叫道，甚至带着一种孩子气的欢乐，似乎他终于完全想起来了，“这个亿万兆年的故事是我自己编出来的！我那时是十七岁，在中学读书，这个故事我当时编好，讲给一个姓柯罗夫金的同学听，这还是在莫斯科的时候。这段故事十分特别，我绝不会是从任何地方引用来的。我几乎已经忘记它，但是现在无意中想起来了，一定是我自己想起来的，不是你讲的！有成千上万桩事情有时是无意中想起来的，甚至是在被绑赴刑场的时候，在梦里想起来的。你就是这样一个梦。你是梦，实际是不存在的！”

“从你否认我时这副激动的神气看来，”绅士笑着说，“我确信你总还是相信我的。”

“一点也不！连百分之一都不信！”

“但总还有千分之一的相信，‘顺势疗法’医派的极微剂量也许是最强烈的。你应该老实承认你是相信的，即使是一万分之一的相信。”

“决不！”伊凡愤恨地叫道。“不过，我倒是很愿意相信你的！”他忽然又奇怪地补充了一句。

“哎！这才是老实的承认！不过我是心善的，在这问题上也愿意帮你的忙。你听着：是我把你抓住了，不是你把我抓住！我是故意把你自己已经忘了的故事讲给你听，好让你彻底不相信我。”

“你这是胡说！你出现的目的就是要我相信你是存在的。”

“就是呀。但是游移、不安，信仰和不信仰间的斗争，有时成为像你这样有良心的人的一种磨难，简直到了宁可上吊的地步。我正因为知道你有一点相信我，所以讲出这个故事，让你根本不相信我。我轮流地一会儿把你引向信仰，一会儿引向不信仰，我这样自有我的目的。这是一种新的方法。如果你真完全不信我了，你就一定会立刻当面向我保证说我不是梦，是实有其人。我知道你的。这样我就能达到目的了，我的目的是正直的。我只要把一小粒的信仰撒到你身上，就会长出一棵橡树，而且是那么大一棵橡树，你坐在它上面，就会想充当起‘沙漠的苦修者和神圣的贞女’来，因为你内心深处非常非常想当这个。你将靠吃蝗虫为生，千辛万苦到沙漠里去苦修以拯救自己的灵魂！”

“那么你这浑蛋，是在竭力拯救我的灵魂吗？”

“有时候总得做些好事呀。你又生气了，我看出你又生气了！”

“小丑！你曾经引诱过那些靠食蝗虫为生，在不毛的沙漠里祈祷十七年，身上长满了苔藓的人吗？”

“我的好人，我正是一直在做这种事情。你会忘记整个世界和一切世界，而恋恋不舍这样一个人，因为他是一颗无价的宝石，这样的一个灵魂有时抵得上整个星座，我们自有我们的数学。胜利是宝贵的！他们中间有些人学识实在不比你差，尽管你不会相信。他们能够同时一眼看穿信仰和不信仰的奥秘，弄得人有时似乎简直只差一点点就会‘摔个倒栽葱’，像演员戈尔布诺夫所说的那样。”

“怎么样？碰了一鼻子灰走的吗？”

“我的好朋友，”客人意味深长地说，“碰一鼻子灰，有时总比完全没有鼻子好，新近有一个害病的侯爵（大概是专门医生治疗的），对他那位耶稣会士的忏悔神父忏悔时就这样说过。我当时也在场，那真是妙透了。他说：‘请您还我的鼻子吧！’他捶胸顿足地说。‘我的儿子，’神父搪塞说，‘一切事情都会按照不可测的天命发展，看得见的不幸有时会带来尽管是看不见的，但却是不寻常的好处。如果说严峻的命运使你丧失了鼻子，那么您的好处就是您这一生再没有人敢对您说您碰了一鼻子灰。’‘神父，这并不能给我安慰！’那个绝望的人叫道，‘相反，我高兴一辈子每天碰一鼻子灰，只要它能待在我脸上原来的地方！’神父叹了一口气说：‘我的儿子，美满的幸福是不能一下子求到的。您这已经是对于天道的一种抱怨了，可是就这样它也没有忘掉您，因为既然您像现在这样大声哭喊，说您情愿一辈子碰一鼻子灰，那么您的愿望等于已经间接地达到了：

因为您丧失了鼻子这件事也就是碰一鼻子灰。’”

“呸，真是蠢话！”伊凡嚷道。

“我的好朋友，我只想逗你笑一笑罢了。但是我敢赌咒，这是真正的耶稣会士式的诡辩；我敢赌咒，这件事一字不差就像我对你所叙述的那样。它发生得不久，给我找了不少麻烦。这不幸的青年人回家后当夜就用手枪自杀了；这以前我一直寸步不离地待在他跟前，直到最后的一刻。至于那些耶稣会士的忏悔室，那真是我在发愁时最有趣的解闷的地方。还有一件事情，完全是最近发生的。有一个诺尔曼女人，一个二十岁的金发女郎，跑到老神父那里。她的美貌、身段、性格，都简直会使你流涎水。她弯下身子，朝着小洞对神父悄声说出了自己的罪孽。‘怎么？我的女儿，你怎么又堕落了？’神父说，‘哦，圣母马利亚[1]，我听到的是什么话呀？这一次又不是那个男人了。这还要继续多久呢？你怎么不害臊呢！’‘唉，我的神父[2]，’女罪人满脸流着忏悔的泪水回答说，‘这能给他许多快乐，却只费我很少的力气[3]。’你想想看，竟会有这样的回答！当时连我都倒退了一步：这是自然本身的呼喊，这可以说比最纯洁的清白还好！我当时就赦免了她的罪，正要转身走开，但是立刻又不能不回过身来，因为我听到神父在小洞里和她约好了在晚上相会。这个老头子像燧石一般坚硬，却竟一下子就堕落了！自然，自然的本性终于得了势！怎么？你又转过脸去？又生气了吗？我真不知道怎样才能博得你的欢心。”

“你离开我吧。你在我的脑子里纠缠得就像无法摆脱的梦魇似的，”伊凡痛苦地呻吟着，在自己的幻影面前束手无策，“我同你一起感到乏味，厌烦，痛苦极了！只要能把你赶出去，我愿意付出任何代价！”

“我重复一句：只要你别要求太多，别向我要求‘一切伟大、出色的东西’，你就可以看到你我会亲密地相处下去的。”绅士强调

1 原文为拉丁文：O, Sancta Maria.

2 原文为法语：Ah, mon père.

3 原文为法语：Ca luisait tant de plaisir et à moi si peu de peine!

说，“你对我生气，其实是因为我不在红光中出现，不带‘雷鸣和闪电’，也没有烧焦了的翅膀，却是一副寒碜相。你首先是在审美感上觉得受了屈辱，其次是在自豪感上，意思是说，这样庸俗的鬼怎么能去见那样伟大的人物？你的心里总不免有早被别林斯基狠狠讥笑过的浪漫主义的气息。有什么法子，青年人。我动身来见你的时候，想开开玩笑，扮成一个曾在高加索服务过的退职的四级参议官，晚礼服上挂着‘狮子与太阳’的宝星勋章，但是我很担心你会揍我一顿，就因为我胆敢在礼服上仅仅挂‘狮子与太阳’，而不是至少挂一颗‘北斗星’或‘天狼星’勋章。你净说我愚蠢。但是我的天哪，我并不想和你比较智力。靡非斯特菲勒士到浮士德那里去，证明自己希望作恶，而行的却总是善事。但是这随他去好了，我是完全相信的。我也许是整个宇宙间唯一爱真理而且诚恳地希望行善的人。当在十字架上死去的‘人子’怀中带着被钉死的悔悟的强盗的灵魂升到天上的时候，我正在那里。我听见小天使们欢欣呼喊，唱着和喊着‘和散那’。还有上级天使们雷动的欢呼声，使天地和整个宇宙都为之震动。我可以用一切神圣的事物的名义赌咒，我想加入这合唱队，和大家一起高喊‘和散那’，话音眼看就要出口，眼看就要发自肺腑，你知道，我是易动情感，并且富于艺术感受力的。但是常识——我的天性中最不幸的本质——却在这种情况下也仍旧使我保持着分寸，于是我就错过了时机！我当时心里想：在我喊出了‘和散那’以后，将得到什么结果呢？世界上的一切会立即消失，再也不会发生任何事件。因此单单由于职责，并且根据我的社会地位，我也不能不压下自己心里善良的因素，仍旧为非作歹。别人把善良的荣誉全都抢走，留给我干的全是坏事。但是我并不羡慕靠欺诈为生的荣誉，我不是好名的。为什么世界上一切生物中间只有我一个人注定要受所有正派人的咒骂，甚至挨他们的皮靴踢呢？因为每当我化为人形时，就时常不能不承受这样的后果。我知道其中大有秘密，但是他们无论如何不肯把这秘密对我公开，因为一旦我猜到怎么回事，也许就会大声喊出‘和散那’来，那个必要的负数就将马上消灭，明智就将在全世界出现。不用说，随之而来的也就是一切的完结，甚至连报章杂志也在内，因为那时候谁还会去订阅它们呢？我也知道，我最后总会安静下去的，我也会走完我的亿万兆公里的路，我知道这个秘密的。但是在这一切以前，我会做出乖戾的举动，违反本意，执行我的任务：毁掉千千万万人，使一人得救。比方说，必须毁灭多少灵魂，糟蹋多少诚实的名誉，才能树起一个正义的约伯来，为了他，在古时候他们曾怎样嘲弄过我啊！不，在没有揭开秘密以前，对于我存在着两种真理：一种是他们的，我暂时毫不理解的，另一种就是我的。现在还不知道到底哪一种干净些哩。你睡着了吗？”

“那还用说吗！”伊凡恨恨地呻吟着，“我的天性里一切愚蠢的东西，早就在我的头脑里反复体味、琢磨过，而且像死尸一样扔弃了的，你又给我端上来，当作新鲜东西！”

“又不合你的胃口！我还一心想用我的文学叙述拍你的马屁哩。真的，我那段关于天上的‘和散那’的故事不算坏吧？现在干吗又用起那种海涅式的嘲讽语调来？”

“不，我从来没有做过这种奴才！为什么我的心灵会生出像你这样的奴才来呢？”

“我的好朋友，我认识一个非常可爱而迷人的俄国年轻绅士，青年思想家，文学和艺术的极大爱好者，一篇极有希望的史诗的作者，史诗的题目是《大宗教法官》……我指的正是他呀！”

“我不许你提起《大宗教法官》。”伊凡叫道，羞愧得满脸通红。

“还有《地质学上的激变》呢？你记得吗？这该算是一首小史诗了！”

“住嘴，不然我要杀死你！”

“你说要杀死我吗？不，对不起，让我说出来吧。我来到这里，就为了使我自己享受这种快乐。我真是爱我的那些年轻、热烈、渴求生活的朋友的幻想！‘那里有新的人物，’你在去年春天动身到这里来的时候，曾这样断定说，‘他们打算毁灭一切，从吃人肉做起。傻瓜，他们竟不问我一下！据我看来，什么也不必毁灭，只要毁灭人类关于上帝的观念就行了，人们正应该从这一点着手去干！只应该从这一点、从这一点着手，你们这些一点也不懂事的盲人呀！只要人类全都否认上帝（我相信这个和地质时代类似的时代是会来到的），那么不必吃人肉，所有旧的世界观都将自然而然地覆灭，尤其是一切旧道德将全部覆灭，而各种崭新的事物就将到来。人们将联合起来，从生活中汲取可能的一切，但必须是纯粹为了谋取他们在现实世界上的幸福和快乐。人由于神和泰坦[1]式的骄傲精神而显得伟大，成为人神。人借自己的意志和科学的力量，无限制地不断战胜自然，因而不断感到高度的愉快，以至在他心目中，这种愉快终于完全取代了过去一切关于天国的愉快的向往。每个人都知道他总难免一死，不再复活，于是对于死抱着骄傲和平静的态度，像神一样。他由于骄傲，就会认识到他不必抱怨生命短暂，而会去爱他的弟兄，而不指望任何的报酬。爱只能满足短暂的生命，但正因为意识到它的短暂，就更能使它的火焰显得旺盛，而以前它却总是无声无臭地消耗在对于身后的永恒的爱的向往之中。’还有许多许多诸如此类的话。真是妙极了！”

伊凡用手捂着耳朵坐在那里，眼睛望着地下，但却浑身打起哆嗦来。那话音仍接着说下去：

“我的年轻的思想家又想道：现在的问题在于这种时代究竟会不会来到？假使会来到，那就一切都解决了，人类就会彻底走上了轨道。但由于人类根深蒂固的愚蠢，也许再有一千年还上不了轨道，所以对于每个目前已经认识真理的人，可以允许他完全随他的意思用新的原则来安排自己的生活。在这意义上，他是‘什么都可以做的’。不但这样：即使这个时代永不来到，但既然上帝和灵魂不死总是没有的事，所以新人是可以被容许成为人神的，甚至整个世界上只有他一个人也可以，而且不用说，他凭着他这种新的身份，在必要的时候，可以毫不在乎地越过以前作为奴隶的人所必须遵守的一切旧道德的界限。法律对于神是不存在的！神站在哪儿，哪儿就是神圣的地方！我

1 希腊神话中曾统治世界的古老的神族，后被以宙斯为首的奥林匹斯神族推翻并取代。

站立的所在，立刻就成为显赫的所在，‘什么都可以做’，这就完了！这一套说法很有趣。但是既然你想骗人，又何必要真理批准呢？我们现代的俄罗斯人就是这个样子：不经批准是连骗人的勾当都不敢干的。爱真理竟到了如此地步。”

客人说着话，显然对自己的辩才感到得意，越来越提高嗓音，嘲笑地瞧着主人！但是他没有说完，伊凡忽然从桌子上抄起一个杯子，举手向雄辩家身上砸去。

“唉，这才是愚蠢哩！[1]”客人嚷道，从沙发上跳起来，用手指拂去身上的茶渍，“想起路德的墨水瓶来了！他自己把我当作一个梦，却用茶杯朝梦扔去！这是女人的行为！我早就疑心，你只是装出捂住耳朵的样子，其实是在听着。”

突然传来有人从院子里用力坚决地敲窗框的声音。伊凡·费多罗维奇从沙发上跳了起来。

“听见了吗，你最好开门去吧，”客人嚷道，“这是你的兄弟阿辽沙，他一定有最出人意外的有趣消息，我对你说！”

“闭嘴，骗子，我比你先知道这是阿辽沙，我早就预感到是他，而且他自然不会无缘无故地来的，自然有‘消息’！”伊凡狂怒地叫嚷。

“开门呀，给他开呀。外面有暴风雪，他又是你的兄弟，先生，你知道不知道，天气多坏？好主人是不会放狗上街的[2]……”

敲窗声继续响着。伊凡想跑到窗前去，但突然似乎有什么东西捆住了他的手脚。他就好像拼命想挣脱镣铐似的，但是办不到。敲窗的声音越来越紧，越来越响。镣铐终于忽然断了，伊凡·费多罗维奇从沙发上跳了起来。他狂乱地向四周望望。两支蜡烛几乎燃尽了，刚才扔在他的客人身上的茶杯还摆在他面前的桌子上，对面沙发上什么人也没有。敲窗框的声音虽然仍持续不停，但是并不像他在梦中感到的那样响，相反倒是很轻的。

---

1 原文为法语：Ah, mais c’est bête enfin!

2 原文为法语：Monsieur, sait–il le temps Qu’il fait? c’est à ne pas mettre un chien dehors!

"这不是梦！不，我敢赌咒，这不是梦，这刚刚真的都发生过！"伊凡·费多罗维奇大声说，奔到窗前，打开了小气窗。

"阿辽沙，我说过不许你来了！"他对兄弟蛮横地嚷道，"只许三言两语，你有什么事？只许三言两语，听见没有？"

"一小时以前，斯麦尔佳科夫上吊死了。"阿辽沙在院子里回答。

"你到门廊上去，我马上给你开门。"伊凡说着，跑去给阿辽沙开门。

十

“这是他说的！”

阿辽沙走进来以后，告诉伊凡·费多罗维奇一个多小时以前玛丽亚·孔德拉奇耶芙娜跑到他的寓所去，报知斯麦尔佳科夫已经自杀：“我走进他屋里去收拾茶炊，见他吊死在墙上的铁钉上面。”阿辽沙问她：“向官厅呈报过没有？”她回答说哪儿也没有去呈报：“首先就跑来找您，一路上拼命地跑。”据阿辽沙说她简直像个疯子一样，浑身哆嗦得像一片树叶似的。阿辽沙和她一块儿跑到她们的木屋里去，看见斯麦尔佳科夫还吊在那里。桌上放着一张字条：“我自觉自愿地消灭自己的生命，与他人一概无涉。”阿辽沙仍旧把字条留在桌上，自己径直到警察局长那里去报告一切。“以后就从那里直接上你这儿来了。”阿辽沙最后说，两眼紧盯着伊凡的脸。他在讲的时候，眼睛一直没有离开他的身上，似乎对他脸上的神色十分吃惊。

“哥哥，”他忽然叫了起来，“你一定病得很厉害！你看着我，却好像不明白我在说什么。”

“你来了很好，”伊凡似乎沉思地说，好像完全没有听见阿辽沙的喊声似的，“不过我已经知道他上吊了。”

“谁告诉你的？”

“不知道是谁。但是我知道。我真知道吗？是的，他对我说了。是刚才对我说的。”

伊凡站在屋子中央，一直那样出神地说着话，眼睛瞧着地上。

“他是谁？”阿辽沙问，不由得向四周看了一下。

“他溜走了。”

伊凡抬起头来轻轻地笑了笑。

“他怕你，怕你这鸽子。你是‘纯洁的小天使’。德米特里管你叫小天使。小天使。六翼天使们雷动的欢呼声！六翼天使是什么？也许是整个星座的名字。也许整个星座全是某种化学分子。有狮子与太阳星座，你知道不知道？”

“哥哥，坐下来！”阿辽沙惊慌地说，“看在上帝的分上，你坐到沙发上。你在那里说胡话。你靠在枕头上。就这样。要不要用湿手巾敷敷头？也许会好一些。”

“你把手巾拿来。就在椅子上面。我刚才扔在那儿的。”

“这里没有手巾。你别管了，我知道手巾放在哪里。那不是吗！”阿辽沙说，在屋子另一头伊凡的梳洗桌上找到了一块叠得方方正正还没有用过的干净手巾。伊凡奇怪地看了手巾一眼：好像一下子恢复了记忆。

“等一等，”他从沙发上欠身起来，“刚才，一小时以前，我从那里拿过这块手巾，用水浸湿。我把它按在头上，以后又扔在这里，怎么会是干的？我没有第二块手巾啊！”

“你曾把这块手巾按在头上吗？”阿辽沙问。

“是的，我还在屋里踱步，一小时以前。为什么蜡烛都点完了？现在几点钟？”

“快十二点了。”

“不，不，不！”伊凡忽然叫起来，“这不是梦！他到这里来过，他坐在这里，就在那张沙发上。你敲窗以前，我朝他扔茶杯，就是这个茶杯。等一等，我刚才是睡熟了，但是这个梦不是梦。以前也发生过这类事。阿辽沙，我现在常做梦，但是那并不是梦，清清醒醒的：我走路，说话，还看得见，可是却睡着在那里。不过他确实坐在这里过，他来过的，就坐在这张沙发上面。他很愚蠢，阿辽沙，愚蠢极了。”伊凡忽然笑了，开始在屋里踱步。

“谁愚蠢？你说的是谁？哥哥！”阿辽沙又烦恼地问。

“魔鬼！他竟上门来访问我。来过两次，甚至有三次。他逗我，说我对他生气只因为他是一个普通的鬼，而不是烧焦了翅膀，从雷声和闪电中出现的撒旦。可是他不是撒旦，他这是撒谎。他是冒充的家伙。他只是一个鬼，不值钱的小鬼。他常上澡堂。假使脱去他的衣裳，一定可以找到一条尾巴，长长的，光滑的，像丹麦的狗似的，有一俄尺长，黄棕色。阿辽沙，你冻僵了，你刚才在雪地里走路。要不要喝茶？怎么？冷的吗？要不要吩咐他们生火？好主人是不会放狗上街的[1]。”

阿辽沙快速地跑到脸盆那里，把手巾浸湿，劝伊凡重新坐下来，用湿手巾给他敷在头上。他自己坐在伊凡身边。

“你前不久对我讲起丽萨，是什么意思？”伊凡又开始说，他变得极爱说话了，“我喜欢丽萨。我当你面说了她几句坏话。我那是撒谎。我是喜欢她的。我为明天的卡嘉担心，这是我最担心的事。为未来担心。明天她将抛弃我，用脚践踏我。她以为我为了吃醋陷害米卡！是的，她这样想！但其实并不是这么回事！明天是十字架，却不是绞刑架。不，我决不上吊。你知道不知道，我是永远不肯自杀的，阿辽沙！这是因为我生性卑鄙吗？我不是胆小鬼！我是为了渴望生活！我怎么知道斯麦尔佳科夫上吊？是的，这是他对我说的……”

“你深信有人坐在这里吗？”阿辽沙问。

“就在角落里的沙发上面。要是你就会把他赶走的。其实你已经把他赶走了：你一出现，他就消失了。我爱你的脸，阿辽沙。你知道不知道，我爱你的脸！他就是我，阿辽沙，就是我自己。我身上全部下流的东西，全部卑鄙、下贱的东西！是的，我是‘浪漫主义者’，他看出来了，虽然这也是毁谤。他愚蠢极了，但这反使他得到好处，他狡猾，像野兽般狡猾，他知道怎样激怒我。他老戏弄我，说我心里相信他，并借此使我听他说话。他像哄小孩似的骗我。但是他对我说的许多关于我的话却是实在的。这些话我对自己是决不会说的。你知

1 原文为法语：c’est à ne pas mettre un chien dehors.

道，阿辽沙，你知道，”伊凡用极其认真，而且好像是推心置腹的态度补充说，“我很希望他确实就是他，而不是我！”

“他把你折磨苦了！”阿辽沙说，用怜惜的眼光望着兄长。

“他逗我！你知道，他逗得很巧妙，很巧妙：‘良心！什么是良心！良心是我自己做的。我干吗要受它折磨？那全是由于习惯。由于七千年来全世界人类的习惯。所以只要去掉这习惯，就能变神了。’这是他说的，这是他说的！”

“不是你吗？不是你吗？”阿辽沙坦率地看着兄长，忍不住喊了出来，“不过别去管他了。把他丢开，忘了他吧！让他把你现在所诅咒的一切统统带走，永远不要再来！”

“是的，但是他很恶毒。他取笑我。他十分无礼，阿辽沙。”伊凡气得发抖地说，“但是他毁谤我，说许多毁谤我的话。他当着我的面造我的谣言。‘你就要去干一桩了不起的善行，供认是你杀死了父亲，仆人是受了你的唆使把父亲杀死的。’”

“哥哥，”阿辽沙打断他说，“你应该自加检点，不是你杀死的。这是不确实的话！”

“这是他说的，他说的，他知道这个。‘你要去干一桩了不起的善行，可是你却并不相信善，正是这个缘故，才使你烦恼，使你生气，使你这样怒气冲天。’这是他当我面讲我的话，但他讲这话是胸有成竹的。”

“这是你说的话，不是他说的！”阿辽沙痛心地感叹说，“而且你是在病中说的，你是在那里说胡话，折磨你自己！”

“不，他讲这话是胸有成竹的。他说，你将要由于骄傲而挺身而出，你将站起来，说道：‘是我杀死他的，为什么你们吓得缩成一团。你们是在那里胡说！我才不在乎你们的看法，不在乎你们的大惊小怪。’他这是指着我说的。他忽然又说：‘你知道吗？你希望人家夸奖你：一个罪犯，一个凶手，竟有这样慷慨的感情，打算救他的哥哥，自己坦率招认了！’阿辽沙，这才是造谣呢！”伊凡忽然两眼冒火地大声说，“我不要那些坏蛋夸奖我！这是撒谎，阿辽沙，他这是撒谎，我可以对你赌咒！就为这，我用茶杯向他身上砸去了，在他的狗脸上砸得粉碎。”

“哥哥，你安静些，别说了吧！”阿辽沙恳求他。

“不，他是会折磨人的，他是残忍的，”伊凡不听劝，继续说下去，“我一开始就预感到，他是为了什么来的。他说：‘即使你由于骄傲而前去自首，但是总还抱有希望，就是最终总会揭穿斯麦尔佳科夫有罪，把他判处流放，米卡被宣告无罪，而你只得到道义上的谴责。’他说到这里，竟笑了！‘还因此会受到别人夸奖。但是斯麦尔佳科夫死了，上吊死了，现在法庭上有谁会相信你一个人的话呢？但是你会去的，你会去的。你仍旧会去的。你已经决定前去。事情已经这样，你还要前去，那是为了什么呢？’这真可怕，阿辽沙，我不能忍受这样的问题。谁敢对我提出这样的问题！”

“哥哥，”阿辽沙抢过话头说，恐怖到心惊胆战的地步，但仍竭力希望使伊凡清醒过来，“他在我没有来之前，怎么能对你说关于斯麦尔佳科夫自杀的事呢？那时候谁都还不知道这件事，谁都还来不及知道这事！”

“他说过的，”伊凡毫不容人怀疑地坚决说，“甚至可以说他一直就是在说这个。他说：‘如果你真相信道德，那是很好的，不管人家怎样不信你去自首是为了维护你的原则。但是你是一只小猪，和费多尔·巴夫洛维奇一样，你管什么道德不道德？假使你的牺牲对什么都没有好处，你为什么还要瞎冲上去呢？这正是因为你连自己也不知道为什么要去！唉，你真情愿付出很大的代价，只求知道自己为什么要去哩！你以为你决定了吗？你还没有决定！你将整夜坐在那里，考虑你去还是不去。但是你到底会去，并且知道自己会去，你知道无论自己怎样决定，这决定其实也是不由自主的。你会去，就因为你不敢不去。为什么不敢，这由你自己去猜，这是给你打的一个哑谜！’他站起来走了。你来了，他就走了。他把我叫作胆小鬼，阿辽沙！谜底[1]就

---

1 原文为法语：Le mot de l’enigme.

是我是胆小鬼！‘这类的鹰是不配在地上翱翔的！’他补充了这样一句，这是他最后补充的话！斯麦尔佳科夫也说过这样的话。应该杀死他！卡嘉看不起我，我已经看出这一点有一个月，连丽萨也开始有点看不起我！‘你要去，就为了使人家夸奖你’，这是卑鄙的造谣！你也看不起我，阿辽沙。现在我又恨起你来了！我也恨那个浑蛋，恨那个浑蛋！我不愿意救这浑蛋，让他葬身在流放地吧！他唱起赞美诗来了！明天我要去，站在他们面前，当他们的面啐他们！”

他疯狂地跳起来，扔掉头上的手巾，重又开始在屋里踱起步来。阿辽沙想起他刚才的话来：“我好像睁着眼睛做梦似的，我走路，说话，看得见，可是睡着了。”现在似乎正是这个情景。阿辽沙一步也不离开他的身边。他忽然想到，应该跑去请医生来诊治，但是又怕留他哥哥一个人在这里：没有别的人可托。伊凡终于渐渐地完全丧失了知觉。他一直继续说话，不停地说话，却说得完全没有条理。甚至吐字也不清楚了，身子忽然使劲摇晃了一下，幸好阿辽沙及时扶住了他。伊凡听任阿辽沙把他架到床旁，阿辽沙胡乱地给他脱了衣裳，服侍他躺下。阿辽沙又陪在他旁边坐了两个钟头。病人睡得很沉，动也不动一下，静静地、均匀地呼吸着。阿辽沙拿了个枕头，和衣躺在沙发上。临入睡的时候，他为米卡和伊凡祈祷了一会儿。伊凡的病情他有点了解了：“做出高傲的决定的痛苦，深刻的良心谴责！”他所不信仰的上帝和他的真理，把还在倔强不驯的心制服了。“是的，”已经躺在枕头上的阿辽沙心里想着，“是的，斯麦尔佳科夫一死，就没有人相信伊凡的供词了；但是他会前去自首的！”阿辽沙静静地微笑了一下。“上帝总会战胜的！”他心想，“他不是在真理的光明下站起来，就是……为自己曾献身于自己所失掉信仰的东西而对人对己进行报复，最终在仇恨中毁灭了自己。”阿辽沙继续难过地想着，又为伊凡祈祷起来。

第三卷　错判的案子

一

致命的一天

在我上文所述的事件发生后的第二天，早晨十点，我们的区法院开庭审理德米特里·卡拉马佐夫一案。

我要预先郑重地声明：我并不认为自己能把法庭上所发生的一切传达得十分完满，甚至也无法传达得很有条理。我总觉得假使全都记述下来，再加上必要的解释，那要写整整一本书，甚至是一大部书。因此请大家不要责备我只介绍使我本人吃惊，并且特别牢牢记住的那一切。我也许会把次要的当作了首要，甚至会把最必要的显著特点完全忽略了。但是我看大可不必道歉。我将尽我所能的做法，读者自己会明白我只能做我所能做的。

首先，在我们走进法庭大厅以前，我要提一提这一天使我特别惊异的那些事情。惊异的并不单只我一人，以后发觉，原来大家都十分惊异。大家知道，这案子引起了很多人的注意，大家都急不可待地等候着开庭，我们当地的社会里有许多人谈论、惊叹和幻想了整整两个月。大家也知道这案子在全俄出了名，但是到底不曾想到它会使所有的人震惊到如此深重、如此激动的程度，而且不仅是我们这里的人，还包括各处的人，像在这一天的法庭上所表现出的那样。在这一天赶到我们这里来的人里不但有从本省省城来的，还有从俄国其他城市来的，也有从莫斯科和彼得堡来的。来了一些律师，甚至来了几个要人，还有贵夫人。旁听券全部发完，甚至非同寻常地把法官坐的桌子后面那块地方腾了出来给特别体面高贵的男宾们坐。在那里出现了整排的安乐椅，坐着各方面的重要人物。这种情形是以前我们这里从来不许有的。妇女特别多：有本城的，有外来的。我想至少占全体旁听者的半数。单单从各处赶来的律师就多得不知道往哪里安插，因为所有的旁听券都已发完，被人硬讨软求地要光了。我亲自看见在大厅的头上，讲台后面，临时匆忙地安了一个特别的栅栏，把所有赶来的律师放了进去，而他们还认为能站在那里听也是幸运的事，因为为了多腾些地方出来，预先把椅子从这栅栏里完全挪走了，于是聚在里面的一堆人就挤成了紧紧一团，摩肩接踵地一直站在那里听完了这件“案子”。有些太太，特别是外地来的，打扮得特别讲究地出现在大厅的楼座上，但是大多数的太太简直都顾不得服饰了。在她们的脸上可以看出歇斯底里的、贪婪的，甚至病态的好奇心。在所有聚在大厅里的社会人士中间，有一个重要特点是必须加以指出的，那就是后来从许多方面可以证明，几乎全体妇女，至少是绝大多数的人都站在米卡的一边，希望他能被判无罪。这也许主要的是因为他享有善于征服女人的心的名声。大家知道将有两位女情敌出现。其中的一位，卡捷琳娜·伊凡诺芙娜，特别引起大家的注意，因为已经流传了许多关于她的不平凡的事情，说她如何热爱米卡，甚至尽管他犯了罪也在所不顾，还流传了许多奇怪的故事。特别提到她的骄傲，她差不多没有拜访过我们城里的任何人家，还提到她的“贵族亲友关系”。有人说她打算请求政府准许她跟罪人一起上流放的地方去，在矿井下面成婚。大家也怀着同样激动的心情等待卡捷琳娜·伊凡诺芙娜的情敌——格鲁申卡在法庭上出现。大家带着无法忍耐的好奇心等候两个情敌在法庭前相遇，一个是贵族派的、骄傲的女郎，一个是“高等娼妓”。但是我们的太太们，对于格鲁申卡还比对卡捷琳娜·伊凡诺芙娜熟悉些。这个“害了费多尔·巴夫洛维奇和他不幸的儿子的女人”，我们的太太们以前就曾见过，而且几乎异口同声地全感到惊讶，为什么这样一个“极平常的，甚至完全不漂亮的俄国市井妇女”会使父子两个热恋到如此程度。一句话，议论是很多的。我确切地知道，在我们城里为了米卡甚至还发生了几起严重的家庭口角。许多太太因为对于这件可怕案件见解的不同，和她们的丈夫激烈地吵了起来，不消说，这样一来所有这些太太的丈夫来到法院大厅的时候，不但对于被告没有好感，甚至还切齿痛恨他。总之，可以肯定地说，正和妇女们相反，所有男性旁听者都是怀着反对被告的情绪的。看得到一些严肃而皱眉蹙额的脸，有些还简直是恶狠狠的，而且大多数人都是如此。这里面有不少人，米卡自到我们城里以来都已亲身得罪过，这也是实际情况。自然，旁听者中间有些人甚至很快乐，对于米卡的命运根本不关心，但对于这桩在审理中的案件本身却并不如此。大家都关注它的结果，大多数的男子迫切希望罪人得到惩罚，也许只除了那些律师以外，他们所关心的倒并不是案件的道德方面的因素，而是关心所谓现代法律精神。使大家骚动的是著名的费丘科维奇的光临。他的才能已经到处闻名。他到外省辩护大刑事案件也不是初次了。经他所辩护过的这一类案件永远是闻名全俄，使大家长久牢记不忘。还有几个笑话是关于我们的检察官和法院首席法官的。大家说我们的检察官一想到他要碰到费丘科维奇就浑身打战，说他们是早在彼得堡开始干这一行时就已结下的旧仇人。我们极其自负的伊波利特·基里洛维奇从彼得堡的时候起，就认为自己总是受到别人的委屈，因为他的才能没能得到人们应有的重视，现在他正振作起全副精神来对付卡拉马佐夫的案子，甚至满心想借这桩案子重振他已趋没落的前途，而唯一使他害怕的就是费丘科维奇。但是关于在费丘科维奇面前感到发抖的说法是不十分公正的。我们的检察官生来绝不是那种在危险面前泄气的性格，相反，他是那种危险越大自负心越强的人。总之，应该指出的是我们的检察官性子太暴躁，富于病态的敏感性。他时常把自己整个心灵放在某一件案子上，好像他的全部身家性命都系在这案子的最后裁决上似的。司法界有些人拿他这一点当作笑柄，因为我们的检察官正是靠着这种性格甚至博得了一些名气，虽然并不是到处闻名，但是以他在我们的法院里那种卑微的地位来说，这实在已经是出人意外了。大家特别笑他对于心理分析的偏爱。据我看来，大家都是不对的：按我们的检察官的为人和性格来说，我看，他比许多人所想的要严肃得多。但是这个病态的人，还在刚开始干这一行的时候起，从最初一开步就那么不善于想法子出人头地，而在以后的一生中也仍旧毫无起色。

至于讲到法院的首席法官，只能说他是个有教养、近人情，具有办事经验和极富于现代思想的人。他自视甚高，但不很关心自己的前途。他生活的主要目的在于做一个进步的人士。但同时他也有财产，有有势力的亲友。事后表明，他对卡拉马佐夫一案是看得很重的，但仅仅只是从一般意义上来说。他感兴趣的只是本案的现象和它的类别，把它作为我们的社会基础的产物，作为俄国人性格的典型写照应该怎样加以看待，等等。至于对案件中个人的性格、它的悲剧，以及被告和所有有关的人的个性，他都抱着抽象而漠不关心的态度，也许这是最适宜的。

在法官们没有出现以前，大厅上已挤满了人。我们法院的大厅是城里最好的，宽敞，高大，音响也好。法官席设在一个稍稍高起的平台上，在他们右首预备了一张桌子和两排供陪审员坐的椅子。左面是被告席和辩护律师座。大厅中央，靠近法官席，有一张放“物证”的桌子。桌上放着费多尔·巴夫洛维奇的染血的白绸睡衣，那用来进行假定凶杀的、倒霉的铜杵，米卡的袖上被血玷污的衬衫，他那当时因为把一条渗透了血的手帕塞进口袋里去，因而在后面近口袋处全是血渍的上衣，这块满染血污、现在已经完全发黄变硬了的手帕，米卡为自杀用，在彼尔霍金家里装上了子弹，而在莫克洛叶被特里丰·鲍里索维奇偷偷取走的手枪，那个用来装给格鲁申卡预备的三千卢布的、题着字的信封，那根系过信封的玫瑰色丝带，还有其他许多东西，我不准备一一列举了。稍稍隔开一段距离，在大厅的深处就是旁听席。但在栏杆的前面还放着几把椅子，是为证人们供述后继续留在大厅时坐的。十点整法官们出场了，三人中一位是首席法官，一位是法官，另一位是名誉调解法官。检察官自然也立即出现。首席法官是身躯短小粗胖的人，比普通中等身材矮些，有五十岁左右，一副灰黄色的面孔，深黑中夹着银丝的、剪得极短的头发，挂着红绶带，不记得戴的是哪一种勋章了。我觉得，不仅是我，大家都觉得，检察官的脸色煞白，简直近于发绿，似乎不知为什么也许是在一夜之间突然消瘦了下去，因为前天我还看见过他，气色完全正常。他一开始先问法庭执达吏：陪审官们是否已经全到齐了？然而我看我不能继续照这样讲下去，至少是因为有许多事我根本没有听清楚，有的事没去太注意，还有的事是忘了提起，但主要是因为我在前面已经说过，如果把所说的、所发生的一切全记下来，我的时间和篇幅一定是不够的。我只知道辩护律师和检察官两方面对陪审员资格提出异议的不很多。这十二位陪审员我倒还记得：有四个是我们城里的官员，两个商人，六个是本城的农民和小市民。我记得，社会上，特别是太太们，还在开庭前许久就有人颇为惊异地询问："难道这样微妙、复杂，牵涉到心理学问题的案件可以交给一些官员，甚至农民去做出生死攸关的决定吗？这些官员，尤其是农民，能懂得些什么呢？"这四个被选为陪审员的官员果真全是低级小官吏，头发都斑白了，只有一个稍年轻些，这些人在我们的社会上默默无闻，他们靠微薄的薪俸度日，多半有上不了场面的老妻，还有一大堆说不定甚至是赤着脚的子女，在公余闲暇的时候总是以到什么人家打小牌为消遣，自然从来没有读过一本书。两个商人虽然样子体面，但却有点沉默和呆板得出奇：内中一个剃光了胡须，穿着德国式的服装；另一个蓄着灰白的胡须，脖子上挂着红绸带，系着一个不知什么奖章。至于那几个小市民和农民更没有什么可说的。我们城里的小市民几乎和农民一样，甚至也有种地的。其中两个也穿着德国式的服装，也许因此比其他几个更显得肮脏而且不顺眼。因此真会产生一个念头，就是我在刚刚见到他们的时候，也生出这样的念头："这类的人怎么能够理解这个案件呢？"然而他们的脸却给人一种出奇地显赫而且近乎威严的印象；他们都满脸严肃，皱紧眉头。

首席法官终于宣布审理退职九等文官费多尔·巴夫洛维奇·卡拉马佐夫被杀案，他当时的原话我记不全了。吩咐执达吏把被告带进来，于是米卡出现了。大厅里肃静无声，苍蝇飞都可以听得见。我不知道对于别人怎样，米卡的样子给我一个极不愉快的印象。主要的是他打扮成一个十足的纨绔子弟，穿着刚裁制好的新服装，我后来知道，这套新装是他特地为这一天到莫斯科去定制来的，是向一直还保存着他的衣裳尺寸的熟悉裁缝定做的。他戴一双新的黑漆皮手套，穿着讲究的衬衣。他迈着他那一俄尺长的大步走进来，一眼不眨地直视着前面，显出毫不畏惧的神色走到自己座位前落了座。同时那位名律师费丘科维奇也紧接着出现了，大厅里似乎立刻传遍了一阵压低着的叽喳声。他是个身材瘦长的人，长着两条又细又长的腿，苍白而纤细的手指，刮光脸没留胡须，头发十分短，梳得极朴素，薄薄的嘴唇偶尔扭曲着，露出一种又像嘲弄又像是微笑的神色。他看样子有四十岁，一张脸本来可以算是好看的，可惜他那双眼睛本身既不大，也没有表情，却又互相距离得出奇近，中间只隔着一条细长的鼻子上的细细的鼻梁骨。一句话，这张脸带有一种触目的鸟儿般的神气，使人看了有点惊奇。他穿着晚礼服，系着白领结。我记得首席法官首先讯问米卡的话，是关于他的姓名等等。米卡厉声回答，但声音大得有点出人意外，甚至使首席法官的脑袋一哆嗦，几乎惊异地看着他。以后又读了一张以证人和专家身份被召唤到庭的人的名单。名单很长，证人中有四个未到：米乌索夫现在已经到巴黎去了，但是他的证词还在预审时就录过了；霍赫拉柯娃太太和地主马克西莫夫因病不到；还有斯麦尔佳科夫已经暴卒，有警察方面出具证明。关于斯麦尔佳科夫的死信引起了大厅里强烈的骚动和窃窃私语。自然，旁听的群众里有许多人还不知道这个突然自杀的情况，但是特别使人惊愕的是米卡的举动：刚一宣布了斯麦尔佳科夫的事，他忽然从自己的座位上向整个大厅叫喊道：

"狗就该像狗那样地死！"

我还记得，他的律师怎样急忙跑到他身边去，首席法官如何威吓说如果再发生这类举动要严厉处置。米卡点着头，却似乎并不忏悔，只是断断续续地好几次对律师反复低声说：

"我不啦！我不啦！这是脱口而出的！再也不啦！"

自然，这个短短的插曲在陪审员和旁听的观众中产生的印象是于他不利的。米卡的性格显示了出来，自己暴露了自己。就在这样的印象之下，书记宣读了公诉书。

这公诉书十分简短，但却颇为切实。只陈述了一些主要的理由，说明为什么应拘捕某人，为什么应该把他交付法庭审判，等等。但是这文件给了我强烈的印象。书记读得清晰准确，声调铿锵。全部的悲剧似乎重新出现在大家面前，那样突出，那样凝聚，带着那样致命的、无可挽回的色彩。我清楚地记得首席法官在宣读终了以后怎样大声而庄严地问米卡：

“被告，你承认自己有罪吗？”

米卡忽然从座位上站起来说：

“在酗酒和放荡方面，我承认自己有罪，”他还是用那种有点出人意外的、近乎发狂的声音嚷着，“在懒惰和胡闹方面是有罪的。正当我立志永远做一个诚实的人的时候，却突然遭到了命运的打击！可是对于老人的死，我的仇人和父亲的死——是没有罪的！关于抢去他的财产这件事，不，不，我是没有罪的，也不可能会有罪：因为德米特里·卡拉马佐夫是卑鄙的人，却不是贼！”

他喊完了这几句话，坐了下来，显然在浑身打战。首席法官重又对他发出简短而带有训斥口气的警告，要他只回答问题，不许毫不相干地乱发一些疯狂的感叹。他接着下令开始进行审讯。证人们全体被叫进来宣誓，我当时就一下子全看见了他们。但是被告的兄弟们被准许出庭做证，无须宣誓。经过神父和首席法官一番训谕之后，证人们又被引走，尽可能把他们彼此隔离开。随后就开始一个个陆续传唤他们上来。

二

危险的证人

我不知道首席法官是不是已把检察官和辩护律师双方的证人分成两摊，并且规定了召唤他们的程序。大概这一切是有的。我只知道他首先召唤的是检察官方面的证人。我要重复一句，我不打算一步步依次描写全部的审问过程。何况那样我的描述一部分会是重复多余的，因为在检察官和律师辩论时的演词里，所有提供和听取的证词的整个情况及其全部含意，将会仿佛都集中到一点上，加以鲜明而突出地说明的，这两段出色的演词我至少在许多部分都做了完整的记录，到时候自会向读者转述；此外还有一桩完全意料不到的非常事件我也记了下来，这事还是在法庭的辩论开始以前突然发生的，对于这次审判的可怕而不祥的结局无疑发生了影响。我唯一要指出的是，这个案件有一种异常的特点，从开庭后最初的几分钟就鲜明地显示出来并被大家所觉察到了，那就是公诉方面的力量比起辩护方面所拥有的手段来，简直要强大得多。这一点，当各种事实在威严的法庭上集中聚拢起来，全部的恐怖和血腥渐渐地鲜明呈露出来的时候，大家一下子就感觉到了。也许仅仅只进行了最初的几步，大家就已开始明白，这简直是完全无可争辩的事情，这里面毫无疑义，实际上根本不必进行什么辩论，辩论只是走走形式，罪人是有罪的，显然有罪，完全有罪的。我甚至以为就连那些太太，尽管全体一致迫不及待地渴望着这个有趣的被告被宣告无罪，但同时却也完全深信他确实有罪。不但如此，我觉得，如果他的有罪不得到如此确切的证实，她们甚至要表示愤慨的，因为那样一来最后就不会有有罪的人被宣告无罪那样强烈的效果了。至于他将被宣告无罪这一点，奇怪的是所有的太太，几乎直到最后一分钟还一直是完全深信不疑的，理由是："他有罪，但是出于人道的动机，按照现在流行的新思想、新感情，他是会被宣告无罪的。"就因为这个，她们才那么急不可待地纷纷聚集在这里。男子们最感兴趣的却是检察官和鼎鼎大名的费丘科维奇之间的斗争。大家奇怪，而且暗地问自己：对这样一件无望的案子，这样一个空蛋壳，即使费丘科维奇再有才干，还能干出什么来呢？因此他们全神贯注一步不漏地密切注视着他如何干这样一件大事。但是费丘科维奇直到最后起来发表他的那篇演词以前，在大家眼中始终显得像一个谜。有经验的人们预感到他自有一套，他已经拟订了什么计划，他眼前抱有一个目的，不过到底是什么样的目的，却简直无法猜到。但他的自信和自恃却是一目了然的。此外，大家立刻愉快地看出，他在逗留我们城里的极短时间内，也许只有三天工夫，竟能使人惊奇地把这案件弄得清清楚楚，并且"做了细致入微的研究"。例如，以后大家愉快地谈论，他怎样把所有检察官方面的证人及时地引"上钩"，尽可能地把他们窘住，主要的是给他们的道德名誉抹黑，这样自然也就给他们的证词抹了黑。不过大家以为，他这样做，大半是为了游戏，可以说是为了维持某种法律场面，表示丝毫也没有疏忽任何律师惯用的辩护手法，因为大家相信，用这类"抹黑"的办法并不能得到某种决定性的重大好处，这一点大概他自己比谁都明白，其实他一定心里还暗藏着某种想法，某种暂时还隐藏不露的辩护手段，只等时机一到，就会忽然把它拿出来。尽管这样，但由于他感到自己胸有成竹，所以暂时始终仿佛在那里游戏，闹着玩似的。所以，举例来说，当审问费多尔·巴夫洛维奇的贴身仆人格里戈里·瓦西里耶维奇，在他做关于"通花园的门是开着的"这一最有分量的证词的时候，一轮到律师发问，他就紧紧抓住不肯放松。应该指出的是格里戈里·瓦西里耶维奇一来到审判厅，并不因法庭庄严，旁听人数众多而露出一点点惊慌，他显出一副安然而且近乎庄重的神态。他做证时口气那么自信，简直好像是在同玛尔法·伊格纳奇耶芙娜私下里谈话，只是稍微恭敬些。把他难住是不可能的。检察官先长时间盘问他卡拉马佐夫家的详细情况。一幅家庭的图画鲜明地摆了出来。听得出，也看得出，证人是直率而没有偏心的。尽管他对他去世的主人极为尊敬，但却仍然声称，比如说，主人对待米卡颇不公平，而且“不大关心教养儿子。这小孩如果没有我，会被虱子咬死的”，他在讲到米卡的儿童时代这样补充说：“父亲在母亲遗下来的祖传财产上欺瞒儿子，这也是不应该的。”检察官问他有什么根据，可以证明费多尔·巴夫洛维奇在账目方面欺骗了儿子，使大家惊讶的是格里戈里·瓦西里耶维奇并没有提出任何切实的证据，但却坚持说，他和儿子所算的账是“不公平”的，他“应该补出几千卢布来”。顺便说一下，这个问题，就是费多尔·巴夫洛维奇是否真的没付清米卡款项的问题，检察官以后曾特别孜孜不倦地向所有可能知道的证人提了出来，连阿辽沙和伊凡·费多罗维奇也在内，但是没有从任何一个证人那里取得一点点确切的回答。大家全证实这事实，但没有人能提出一点点明显的证据。当格里戈里描述了正在吃饭的时候德米特里·费多罗维奇闯进来揍了父亲一顿，还威吓说要回来杀死他的那幕活剧时，全场的人都普遍产生了一种极坏的印象，尤其因为老仆人讲的口气平静，没有废话，用语别致，结果却显得极有说服力。至于米卡对他的冒犯，当时揍他的脸，把他打倒在地，他说他并不生气，早就原谅他了。对于去世的斯麦尔佳科夫，他一面画十字，一面表示他是一个能干的小伙子，只是傻里傻气，遭受病魔的折磨，尤其更坏的是，他是无神派，这是费多尔·巴夫洛维奇和他的大儿子教的。但对斯麦尔佳科夫的诚实不欺，他却几乎热烈地加以证实，立刻讲到，斯麦尔佳科夫有一次捡到主人掉下的钱，并没有藏起来，却交还给主人，主人因此“赏给他一个金币”，而且以后什么事情都很信任他了。关于通花园的门是开着的这一层，他用十分坚持的态度予以证实。他们盘问他的事情太多，我也不能全都记清楚了。最后由律师发问。他一开口就询问信封的事情，就是“据信”费多尔·巴夫洛维奇曾把三千卢布藏在里面预备给“某一位太太”的那个信封。“您这个多年在您主人身边伺候的人，究竟亲眼看见过它没有？”格里戈里回答他没有看见，而且“直到大家纷纷谈论起它来之前”，也从没有听谁说起过关于这笔钱的话，关于信封的问题费丘科维奇也对证人中凡是可以询问的人都不断地提出来，就像检察官提出分产问题来一样，而从大家那里得到的也只有同样的回答，就是谁也没有看见过信封，尽管有许多人都听说过它。律师对于这个问题的坚持探询大家从一开始就看出来了。

“现在我能不能对您提出一个问题，假使您容许的话，”费丘科维奇突然完全出人意外地问道，“从预审上查明，您在那天晚上临睡以前，曾用一种镇痛剂，或者说药酒，擦您发痛的腰，希望用它治病，那东西是用什么做的？”

格里戈里莫名其妙地看了看发问者，沉默了一会儿，喃喃地说：

“里面有番红花。”

“只有番红花吗？您不记得还有别的什么东西吗？”

“还有车前草。”

“是不是还有胡椒？”费丘科维奇好奇地问。

“也有胡椒。”

“以及其他等等的东西，全泡在烧酒里吗？”

“泡在酒精里。”

大厅里轻轻传出了一阵笑声。

“您瞧，还泡在酒精里。您擦完了腰，一边由您太太念着只有她知道的虔诚的祷词，一边就把瓶里剩下的一点喝掉了，对吗？”

“喝掉了。”

“喝得多吗？大概多少？有一两酒盅吗？”

“总有一玻璃杯。”

“甚至有一玻璃杯。也许有一杯半吗？”

格里戈里不作声。他似乎有点明白了。

“一杯半纯酒精，那倒真不坏，您以为怎样？连‘天堂的门敞开着’都会看得见，不用说通花园的门了，对不对？”

格里戈里还是不作声。大厅里又传出一阵轻轻的笑声。首席法官挪动了一下身子。

“您是不是可以肯定，”费丘科维奇愈加追得紧了，“您看见通花园的门是开着的时候，到底是醒着还是在睡着？”

“我两脚站在地上。”

“这还不能证明您不是在睡着。”大厅里又一再发出轻笑声，“如果在那个时候有人问您什么话，比方说，今年是哪一年，您能够清楚地回答吗？”

“这我不知道。”

“那么今年究竟是哪一年，基督降生后哪一年，您知道吗？”

格里戈里茫然失措地站在那里，两眼呆呆地盯着自己的折磨者。说来叫人奇怪，显然他好像果真不知道今年是哪一年。

“大概您总还知道，您的手上有几只指头吧？”

“我是奴才，”格里戈里忽然大声而且清楚地说，“既然官长想取笑我，我也只好忍受下去。”

这似乎使费丘科维奇有点愕然，这时首席法官也过问了，他用警告的口气提醒律师，应该提出比较合适的问题。费丘科维奇听了以后，庄严地鞠了一躬，声明他的发问完了。自然，这样一来旁听者和陪审员们心里都可能留下了一点小小的疑窦，怀疑这个在进行某种治疗的状态下甚至会“看见天堂的门”，而且连今年是基督降生后多少年都不知道的人，他的供词到底是否属实；因此律师所抱的目的毕竟还是达到了。然而在格里戈里退席之前发生了一个插曲。首席法官向被告询问：对方才提出的证词他有没有话说？

“除去门以外，他说的全是实话。”米卡大声说，“为了他替我逮虱子，我感谢他。为了他原谅我打他的事，我感谢他。老头子一辈子诚实可靠，对我父亲忠心耿耿，就像七百条巴儿狗那样。”

“被告，你说话要加检点。”首席法官严厉地说。

“我可不是巴儿狗。”格里戈里也嘟囔了起来。

“那么我是巴儿狗，我是！”米卡大声说，“既然这话是侮辱人的，那就由我自己来承受，并且请求他原谅：我是畜生，过去对他太狠了！我对伊索也太狠了。”

“对什么伊索？”首席法官又厉声问。

“哦，对小丑皮埃洛……对父亲，对费多尔·巴夫洛维奇。”

首席法官重又一再庄重而且更加严厉地对米卡说，请他出言吐语要谨慎些。

“您这样是自己在损害审判您的人对您的看法。”

律师向证人拉基金发问的时候也弄得十分巧妙。我这里要说明，拉基金是最重要的证人之一，无疑是极为检察官所倚重的。原来他什么都知道，知道的事出奇地多，他到所有的人那里去过，看见过一切，同一切人说过话，清楚地知道费多尔·巴夫洛维奇和卡拉马佐夫三兄弟的履历。诚然，关于装着三千卢布的那只信封的事，他也只是从米卡口里听说过。但是他详细描述了米卡在“京都”酒店里所干的好事，包括所有不利于后者的言语和举动，还讲了斯涅吉辽夫上尉被唤作“树皮擦子”的那段故事。但是关于那特殊的一点，费多尔·巴夫洛维奇在地产账目上是不是还欠米卡钱，甚至连拉基金也说不出什么来，只能用一些泛泛的轻蔑之词搪塞过去：“以卡拉马佐夫一家那种谁也说不清弄不明的一团糟状态，谁还能辨得清楚他俩究竟谁对谁不对，谁欠谁呢？”他把目前正在审理的这桩罪案的全部悲剧，说成是农奴制的旧习俗，和俄国因缺乏适当的体制而陷于无秩序状态的产物。一句话，他被容许发表了一点意见。拉基金先生在这讼案上初露头角，被人家所注意。检察官知道证人正在为杂志写一篇关于现代犯罪问题的论文，他在我们下文可以读到的演词中，就曾引用了这篇论文中的某些意见，因此可以证明他是看过这篇论文的。证人口中所描绘出来的这幅图画显得阴暗而且阴恶，这有力地加强了“公诉”的分量。总的说来，拉基金这番话由于它见解的独立不羁和罕见的深远高尚，使旁听者都为之倾倒。甚至还听到了两三次突然爆发的掌声，这正是在当他讲到农奴制，讲到俄国正陷于无秩序状况的时候。但拉基金到底还年轻，犯了一个小小的错误，立刻被律师巧妙地利用上了。他在回答关于格鲁申卡的某些问题的时候，由于被他无疑自己也意识到了的成功，以及他心中一时激起的那种高尚无比的心情所陶醉，竟冒失地用有几分轻蔑的语调，把阿格拉菲娜·阿历山德罗芙娜说成是“商人萨姆索诺夫所豢养的情妇”。他事后情愿付出极高的代价来赎回这句话，因为费丘科维奇立刻在这句话上抓住了他。这是因为拉基金完全料不到律师会在这样短短的时间内把案件弄得这样熟悉，竟会知道这样隐秘的细节。

“请问一下，”轮到律师提问的时候，他带着极为客气甚至恭敬的微笑开始说，“您自然就是那位拉基金先生，写过一本曾由教区当局发表的小册子，叫作《已故长老佐西马的隐修生活》，里面充满深刻的宗教思想。书上还有呈献给主教的虔诚而出色的题词，我新近曾经愉快地读了一遍。”

“我写这个东西，并不想发表……以后他们给印了出来。”拉基金嗫嚅地说，似乎突然不知为什么有点慌乱甚至羞愧起来。

“哦，写得好极了！以您这样的思想家，大概而且甚至必定对于一切的社会现象抱着十分宽大的态度。您那本有益的小册子，由于主教的赞助，得以畅行，而且产生了相当的好影响。……但是我现在主要想好奇地问您一声：您刚才声明，您和斯维特洛娃小姐是相当熟识的，是不是？”（按[1]：格鲁申卡的姓原来是“斯维特洛娃”，这我是直到这一天在审案的过程中才初次知道的。）

“我不能对我的一切交往负责。我还是个青年人，而且谁还能对一切他所交往的人负责呢？”拉基金的脸涨得通红。

“我明白，我很明白！”费丘科维奇说，好像自己也感到惭愧，连忙道歉似的，“您也和其他任何人一样，对于和一个年轻貌美的妇女相结识感到极为有趣，而且这妇女也乐于接待本城的优秀青年，但是……我只想探问一下：我听说斯维特洛娃在两个月以前极想和最小

1 原文为拉丁文：Nota bene.

的卡拉马佐夫·阿历克赛·费多罗维奇相识，叫您就在他当时还穿着修道服的时候把他带到她家里去，她答应只要您把他带到，就给您二十五个卢布。后来知道，这件事正好就在构成本案的那件惨剧发生的那天晚上实现了。您把阿历克赛·卡拉马佐夫领到了斯维特洛娃小姐的家里，是不是当时就从斯维特洛娃手里领到了这二十五个卢布的奖赏，我想要向您打听的就是这件事。”

“这是开玩笑。我看不出，为什么这件事情会引起您的注意来。我收下这钱只是为了开开玩笑，准备以后再归还……”

“这么说，您确是收下了。但是您至今还没有归还呀，或者已经交还了吗？”

“这太无聊了……”拉基金嘟囔说，“我不能回答这类问题。我自然要归还的。”

首席法官开始干涉，然而律师宣称，他对拉基金先生的询问已经结束。拉基金先生离场的时候，多少有点被抹黑了。他那番高尚无比的话所博得的印象到底被摧毁了，费丘科维奇目送着他下去，似乎在指着他对观众说：“瞧吧，你们这些正直的控诉者到底是些什么样的人！”我记得，这一次米卡也还是免不了引起了一段插曲：他被拉基金形容格鲁申卡时所用的口气气疯了，突然从座位上大喊了一声：“伯纳德！”当问完拉基金以后，首席法官问被告有没有话要说的时候，米卡响亮地喊道：

“他在我被控犯罪以后还向我借过钱哩！他是个卑鄙的伯纳德和名利熏心的家伙，不信上帝，哄骗主教！”

米卡自然又因为说话鲁莽，受了一番训诫，但是拉基金先生却到底是彻底完蛋了。斯涅吉辽夫上尉的做证也不大顺当，但完全是由于另一个原因。他出场时浑身褴褛，穿着肮脏的衣裳、肮脏的皮靴；尽管采取了一切预防措施，还事先经过“专门检查”，还是突然发现，他完全喝醉了。关于米卡对他的侮辱的问题，他忽然拒绝回答。

“不必提它了。伊留莎不许。上帝会补偿我的。”

“谁不许您说？您指的是哪一个人？”

“伊留莎，我的小儿子，他坐在大石头上时说过：‘爸爸，爸爸，我亲爱的爸爸，他真是侮辱你呀！’现在快要死了。”

上尉忽然号啕痛哭起来，一下扑倒在首席法官的脚下。在观众的笑声之下，连忙把他带下去了。检察官事先指望的效果完全没有实现。

律师却继续利用一切手段。他对于案情之熟悉使大家越来越感到惊奇。例如，特里丰·鲍里索维奇的供词本可以引起极强烈的印象，自然对于米卡来说是极为不利的。他几乎扳着指头计算出，米卡在发生惨剧的前一月第一次来到莫克洛叶的时候，所花的钱不会在三千以下，或者“只是稍为少一些。单单在那些茨冈女人身上就花了不知多少！赏给我们那些身上长虱子的农民并不是每人‘随手扔给半卢布’，起码是二十五卢布一张的钞票，再少是不会给的。何况当时还公然从他手里偷去多少钱啊！那些偷的人，是不会留下收据的。既然是他自己随随便便地抛掷，哪里还能抓住贼呢！我们的乡下人全是强盗，谁也不讲良心的。至于姑娘们，落到我们那些乡下姑娘手里的又有多少啊！我们那儿的那些人竟从此发了财，一点都不假，可原来都够穷的”。一句话，他把全部用费都一一报了出来，仿佛开了一笔清单似的。这样一来，关于只花去一千五百卢布，而把其余的款子留在护身香囊里的那种说法就显得毫不可信了。“我亲自看见的，目睹他手里拿着三千卢布，就好像看见他只拿着一个戈比那么清清楚楚，我们这些人还会不识数吗？”特里丰·鲍里索维奇大声说，竭力想讨好“官长”们。但是轮到律师问的时候，他几乎一点也不想去驳倒证词，却忽然讲起，米卡在被捕的前一月，初次酗酒的时候，马车夫季莫费依和另一个农民阿基姆曾在莫克洛叶客栈过道的地板上，捡到过米卡喝醉酒掉下的一百卢布，交给了特里丰·鲍里索维奇，他当时赏给他们每人一个卢布。“这一百卢布您当时还给卡拉马佐夫先生没有？”特里丰·鲍里索维奇无论怎样支吾，经过盘问乡下人，也只好承认发现一百卢布的事，但是他说当时就把原款交还给德米特里·费多罗维奇了：“老老实实地交了给他，不过他当时自己完全喝醉了酒，不见得会记得的。”因为他在传唤乡下人做证以前一直否认找到一百卢布的事，所以关于他还款给喝醉了的米卡的供词自然也极为可疑。因此检察官方面推出来的一个危险的证人退场的时候也蒙了嫌疑，名誉上遭到很大污损。波兰人也出了同样的事情。他们上堂的时候十分骄傲而且神色自如。他们大声说，第一层，两人“曾为皇室服务”，“米卡先生”对他们提议，想用三千卢布收买他们的名誉，他们是曾经看见他手里有过许多钱的。穆夏洛维奇说话时夹杂了许许多多的波兰话，他看见这反能在首席法官和检察官的眼里抬高他的身份，就精神大振，最后完全用波兰话说起来。但是费丘科维奇也把他们抓进网里了：无论重新又传唤上来的特里丰·鲍里索维奇怎样闪避，最后也不能不承认他的一副纸牌确被佛鲁勃莱夫斯基偷换了，而穆夏洛维奇坐庄的时候，曾不住偷牌。这一点在当时卡尔干诺夫提供的证词中就曾加以证实，于是两位波兰老爷甚至在观众的哄笑之下相当丢脸地退走了。

随后所有那些最危险的证人几乎全发生了这类情况。费丘科维奇使每个人都在道德上遭到了抹黑，把他们弄得灰溜溜的才放他们下场。那些法律专家和精通此道的人都很欣赏，只是仍旧感到不解，这一切究竟能产生什么重大的根本效果，因为我重说一句，大家全觉得那可悲的变得越来越强有力的指控实在太无懈可击了。但是大家从那位“伟大的魔术家”的自信上看得出他是心安理得的，因此大家都期待着，因为“这样的人”不会从彼得堡白来一趟的，这人是不会毫无所得而回去的。

三

医生鉴定和胡桃一磅

医生的鉴定同样没有帮被告什么忙。以后看得出来，费丘科维奇自己对它大概也不抱多大希望。这事其实只是由于卡捷琳娜·伊凡诺芙娜的坚持主张才进行的，她特地为此从莫斯科请来了一位著名的医生。辩护自然决不会因此而遭到什么损失，碰巧了也许还可以得到一点好处。但结果却竟发生了几乎有几分滑稽的情况，那就是几个医生的意见有点不一致。这些专家里面有别处来的著名大夫，有我们城里的医生赫尔岑斯图勃，还有年轻的医生瓦尔文斯基。后面两位也列在由检察官传唤的普通证人之列。首先以专家身份被传问的是赫尔岑斯图勃医生。他是七十岁的老人，头发雪白，已经秃顶，中等的身材，体格还很健壮。我们城里大家都很重视他，尊敬他。他是一位正直的医生，是个很好、很虔信的人，是位“赫恩胡特”派或“莫拉维亚兄弟”派的教徒，我知道得不太清楚。他住在我们这里已经很久了，平时神态特别庄严。他为人良善，爱人如己，免费医治穷人和农民，亲自到他们的破房或木屋中去，留下钱买药，但是脾气固执得像一头驴。他的脑袋里要是抱定了一个念头，你要加以推翻是不可能的。顺便说一句，城里大家几乎都已经听说，这位外来的著名医生到这里才两三天，就对赫尔岑斯图勃医生的才干说了几句十分不敬的评语。事情是因为这位莫斯科的医生虽然出诊费至少需二十五卢布，但是我们城里有些人仍乐于趁他到这里来的机会，不惜金钱，趋之若鹜地去请他诊治。在他没有来以前，这些病人自然都是由赫尔岑斯图勃医生治疗的，于是这位名医生就到处苛刻地批评他的治疗方法。以后甚至一到病人家，就干脆问："嗯，原来是谁在这儿胡搞的？是赫尔岑斯图勃吗？哈，哈，哈！"这一切情况自然全都传到了赫尔岑斯图勃医生耳朵里。现在这三位医生先后上堂来做证。赫尔岑斯图勃医生直截了当地声明："被告智力的失常是显而易见的。"他接着提出的一些看法，我在这里略去不提了。最后他又补充说，这种失常不但主要可以从被告以前许多行为上看到，就是现在，甚至眼前也可以看出。等到人家请他解释现在、眼前可以看出些什么来时，这老医生用坦白直率的态度指出，被告在走进大厅时，"有着一副对于周围环境很不寻常的古怪态度，一直大步向前走着，像兵士一般，眼睛直勾勾地瞧着前面，其实他本应该朝左边看，那边旁听席上坐着一些太太，因为他是女性的极大爱好者，必然会念念不忘太太们现在会说他一些什么的"。小老头儿最后用这么一番很特别的话来作为结束。这里还应当补充说明一句，他常说俄国话，而且很喜欢说，但不知怎么他的每句话都带着德国调子，但他却还永远毫不在乎，因为他一辈子有那么个毛病，就是认为自己的俄国话是标准的，"甚至比俄国人还好"，他还常爱用俄国的谚语，老是告诉人家，俄国的谚语是世界上所有谚语中最好、最有表现力的。还要指出，不知是由于精神不集中还是什么原因，他在谈话中时常忘记极平常的、他完全知道却忽然不知为什么从脑子里逃走的词儿。不过他在说德国话的时候也常有这种情形，而且每当这时他总在自己的面前挥舞着手，仿佛想找到并捉住丢失了的字眼似的，而在他还没有找到丢失的词儿以前，谁也不能强迫他把已经开了头的话继续谈下去。他说被告走进来的时候，应该瞧着太太们，这句话引起了旁听者中间嬉笑的低语。我们这里的太太们很爱这小老头儿，也知道他打了一辈子光棍，是虔信而行为端正的人，把女人看作高尚的、理想的人物。因此他这番出乎意外的话使大家觉得非常奇怪。

莫斯科的医生在上堂问话时断然而不客气地表示他认为被告的脑

子是不正常的，“甚至已达到极严重的程度”。他巧妙地说了许多关于“精神错乱”和“癫狂”的话，并且得出结论说照所有收集到的证据看来，被告在被捕前好几天，无疑就已处于病态的精神错乱状态之下，尽管犯了罪，即使也有感觉，却几乎是身不由己的，完全没有力量克服当时控制着他的病态的精神冲动。但在精神错乱以外，医生还看出了癫狂，据他说，这预示着将来进一步会直接发展到完全疯狂的地步（按：我这里是用自己的话传达医生的话，至于他当时却是用极为科学的专门术语来加以解释的）。“他的一切行动是同常识和逻辑相反的，”他继续说，“姑且不说我没有看见的一切，也就是作案本身和整个惨剧的前前后后，即使在前天和我谈话的时候，他的眼光也是那样莫名其妙地呆板。在完全不该笑的时候，发出意外的笑声。常常没来由地发火，说一些奇怪的话，如‘伯纳德’‘伦理学’，以及诸如此类不必要的话。”不过医生认为最能说明这种癫狂状态的是，被告一提起他认为自己受了欺骗的那三千卢布，就不由得要爆发出某种不寻常的火气来，而对自己所有其他的失败和屈辱的事情，说起来和想起来都显得十分平淡。此外，事后还查明，在这以前，每逢一提到这三千卢布，他也总是会弄到几乎要发狂的地步，可是别人都证明，他这人是并无利欲心，也并不贪婪的。“至于说到我那位学术上的同行的意见，”莫斯科的医生在结束发言的时候，嘲讽地说，“被告上堂的时候，应该目视女人，而不应直瞪着前面，我只能说这样的意见除了含有开玩笑的性质以外，还是根本错误的；因为尽管我十分赞成被告走进决定他的命运的法庭大厅的时候，不应该这样呆板地直瞪着前面，这的确可以认作是他在这时精神不正常的征象，但同时我要肯定地说，他不应该朝左边看太太们，相反，应该向右边看，用眼睛寻找他的律师，因为他的全部希望都寄托在律师的帮助上，他的全部命运现在都要依靠他的辩护。”医生陈述自己这个意见时语气断然，十分坚决。但最后被传唤的瓦尔文斯基医生的出人意料的结论，给两位有学问的专家之间的不同论调增添了特别滑稽的意味。据他的看法，被告在现在和以前的精神状态都是完全正常的，虽然在被捕以前他的确显出了神经质的、过度兴奋的心情，但是这可能是由许多极明显的原因引起的，譬如嫉妒、愤怒、不断地喝醉酒等。但是这种神经质的状态绝不会含有刚才所说的任何特殊的“精神错乱”成分。至于说到被告走进大厅的时候应该向左看还是向右看这一点，“据他的鄙见”，被告正应该在走进大厅的时候向前直视，像他实际所做的那样，因为首席法官和法官们正坐在他的前面，他的命运完全握在他们的手中，“所以他向前直视，恰恰足以证明这时候他的脑子是处于正常状态”。这位年轻医生最后带着几分激烈的情绪结束了他自称为“鄙见”的供词。

“妙极了，郎中！”米卡从座位上嚷着，“就是这样！”

自然人家把米卡拦住了。但是年轻医生的意见对于法官和旁听的人们都起了极大的影响，因为随后表明，大家全都赞成他的话。然而赫尔岑斯图勃医生又以证人的资格被传讯，却忽然完全出人意料地说了于米卡有利的话。他是这城里的老居民，早就知道卡拉马佐夫家的情形，在提出了几种对于“公诉”很有意义的证词以后，忽然似乎想起了什么，又补充说：

“但是这个可怜的青年人本可以得到比现在好得多的命运的，因为无论在儿童时代还是在以后，他的心肠一直都很好，这我是知道的。不过俄国谚语说：‘如果一个人有一个头脑，那很好，如果还有一个聪明的人到他家里来做客，那就更好，因为那时就有两个头脑，不止一个……’”

“‘一人多智好，两人多智就更妙’。”检察官不耐烦地帮着他说清楚，他早就知道老头儿有说话说得又慢又长的习惯，一点不在乎他的话给人的印象如何，也不在乎人家等得多么着急，正相反，他还很重视他那迟钝、平淡无奇而又永远自鸣得意的德国式俏皮话。小老头儿是爱说些俏皮话的。

“哦，对，对，我说的正是这句话，”他固执地马上接口说，“一个头脑好，两个头脑就更加更加好。但是另一个有头脑的人没上他那儿来，他却把自己的脑子又放出去……这话是怎么说的，放到哪儿去了？那个词儿——他把自己的脑子放到哪儿去，我忘记是怎么说的了。”他用手在自己的眼前比画着继续说：“哦，是的，去游荡[1]。”

“游荡吗？”

“是的，游荡，我说的就是这句话。他的脑子跑出去游荡，跑得太远，迷了路了。但是他是一个知道好歹的、敏感的小伙子，我清楚记得他还很小的时候，被抛弃在父亲的后院里，光着脚在地上跑着，小裤上只有一个纽扣……”

这个正直的小老头儿的话里突然出现了一种多愁善感、深深激动的音调。费丘科维奇浑身哆嗦了一下，似乎有所预感，马上紧紧抓住不放过去。

“是的，我当时自己还是一个青年人，我……不错，我当时只有四十五岁，刚刚来到这里。我当时很可怜这男孩，心中暗地问自己，为什么我不能给他买一磅……是的，一磅什么？我忘记它叫什么啦，一磅小孩子们很爱吃的，那叫什么？那叫什么？”医生又比画起手来，“树上结的，有人摘下来，大家都拿它送人。”

“是苹果吗？”

“不，不！一磅，一磅，苹果是十个十个算的，不论磅。不，这东西很多，全是小的，放在嘴里，喀拉一响……”

“是胡桃吗？”

“不错，就是胡桃，我说的就是这个，”医生不动声色地证实说，好像根本没有想不起词儿似的，“我送给他一磅胡桃，因为从来还没有人送给这孩子一磅胡桃过。我举起了一只手指，对他说：‘孩子！圣父[2]。’他笑了，也说：‘圣子[3]。’接着他又笑了，又口齿不清地说：‘圣灵[4]。’随后他又笑了，尽量学着说：‘圣灵。’我就走了。

---

1 原文为德语：Spagiren.

2 原文为德语：Gott der Vater.

3 原文为德语：Gott der Vater, Gott der Sohn.

4 原文为德语：Gott der Sohn, Gott der heilige Geist.

第三天走过那里，他主动朝我喊道‘叔叔，圣父，圣子’，单只忘了‘圣灵’，但我一提醒他就记得了，我的心里又十分怜惜他起来。但是他后来被带走了，我再也看不见他。这事已经过了二十三年，我的头发全白了，有一天早晨我正坐在我的诊疗室里，忽然走进一个像一朵鲜花似的青年人，我怎么也认不出他来，但是他举起手指，笑着说：‘圣子和圣灵！我刚刚回来，特地来谢谢您送给我一磅胡桃，因为当时从来没有人给我买过一磅胡桃，只有您一个人给我买了一磅胡桃。’于是我想起了我幸福的青春时代和没有靴子穿、在院子里跑的可怜的小孩，我的心感动了。我就说：‘你是一个很识好歹的青年人，因为你一辈子记着我在你的儿童时代送给你的一磅胡桃。’我抱住他，为他祝福。我竟哭了。他笑着，笑着，也哭了，因为俄国人是时常在应该哭的地方发笑的。但是他竟哭了，我看到的。可是现在，唉，真是可叹！”

“我现在也在这里哭，德国人，现在也在这里哭，您这圣者！”米卡忽然从自己的座位上嚷道。

无论如何，这段小故事使听众产生了一点于米卡有利的印象。但是对米卡有利的主要印象却是由下文就要讲到的卡捷琳娜·伊凡诺芙娜的证词引起的。而且总的说来，在为被告辩护的[1]证人，也就是由律师方面传唤的证人开始上堂的时候，命运似乎突然地，甚至是明显地朝米卡微笑了，而且最有意思的是这甚至都出于律师的意料。不过，在卡捷琳娜·伊凡诺芙娜之前，阿辽沙先被传上去。他忽然想起了一件事实，看来甚至是对于公诉方面一个重要论点显然不利的明证。

1 原文为法语：à décharge.

四

幸福对米卡微笑

这在阿辽沙本人也是完全出于偶然的。他被传唤做证，免予宣誓。我记得从询问的开头几句话上，各方面就对他异常温和而且同情。显然事先关于他就传扬着极好的名声。阿辽沙的证词十分谦虚而且拘谨，但是其中明显地流露出对于他不幸的哥哥的热烈同情。在回答一个问题时，他形容哥哥的性格也许是暴躁而耽于情欲的，但同时却是正直、骄傲、宽容的人，只要有需要，甚至会乐意自我牺牲。他承认他的哥哥在最近的日子里，因为对于格鲁申卡的迷恋，因为和父亲吃醋争风，处于难堪的状态之下。但是他气愤地断然否定那样一种推断，就是说他的哥哥会为了图财而害命，固然他也承认这三千卢布几乎成了使米卡发狂的一块心病，因为他认为这是父亲用欺骗的方法没有给够他的遗产，他本来对于钱财并不贪婪，然而一提起这三千卢布来，却总要暴怒得发狂。对于两位“女太太”（如检察官所称的），那就是格鲁申卡和卡嘉之间争风吃醋的事情，他回答得含糊躲闪，对于其中一两个问题甚至完全不愿回答。

“不管怎样，您的哥哥曾对您说起过他想杀死他的父亲没有？”检察官问。“您可以不回答，假如您认为必要的话。”他补充了这句话。

“没有直接说。”阿辽沙回答。

“怎么？是间接的吗？”

“他有一次对我说过他对父亲有一种切身的憎恨，并且害怕……

怕……在极端的情况下……在感到极端憎恶的时候，也许有可能杀死他。”

“您听到以后，相信他的话吗？”

“我怕说出我是相信的。但是我永远深信有一种高尚的情感总会在致命的时刻挽救他的，实际上也真的挽救了他，因为杀死我父亲的不是他。”阿辽沙用洪亮得使全场都听得见的声音坚定地结束了他的话。

检察官哆嗦了一下，像一匹战马听到了军号声。

“请您相信，我完全相信您的想法是十分诚恳的，并不把它归因于您对您不幸的哥哥的感情，或者把它们混为一谈。您对于自己家庭里酿成的这整个悲剧抱有独特的看法，这是我们从预审中就知道的。不瞒您说，这种看法十分特别，而且和检察方面所得到的其他各种证词大相矛盾，因此认为有必要切实地请问您：您究竟是以什么事实作为依据，使您彻底深信您的哥哥并没犯罪，而是别人犯的罪？像您在预审时直率地指出来的那样。”

“在预审的时候我只是回答问题罢了，”阿辽沙平静而轻声地说，“我并没有对斯麦尔佳科夫提出指控。”

“但是您到底指出了他。”

“我是由于德米特里哥哥的话才这样说的。我在被传唤以前就已听人说到他被捕时所发生的一切情形，还讲起他自己当时曾指出斯麦尔佳科夫来。我完全相信哥哥是无罪的。假使不是他杀死的，那么……”

“那么就是斯麦尔佳科夫吗？为什么一定是斯麦尔佳科夫？为什么您这样坚决地相信您的哥哥没有犯罪呢？”

“我不能不相信我的哥哥。我明白他不会对我撒谎的。我从他的脸上看得出他没有对我撒谎。”

“仅仅是从脸上看出来的吗？您的证据仅仅只是这个吗？”

“我再也没有别的证据了。”

“关于斯麦尔佳科夫的犯罪，除了您哥哥说的话和他的脸色以外，您也没有任何一点点别的证明作为根据，是不是？”

“是的，我没有别的证据。”

检察官停止了讯问。阿辽沙的回答使旁听的群众感到极为失望。在开庭以前，我们这里就已经有人谈到斯麦尔佳科夫，有人听到什么风声，还有人指出某种事实来。有人说，阿辽沙已搜集到一些对于他哥哥有利并且可以证明那个仆人有罪的非同寻常的证据，但结果是什么也没有，除去一些道德上的信念以外没有任何证据，从他是被告的同胞弟兄的关系上看来，这信念是很自然的。

但费丘科维奇也开始讯问了。他问什么时候被告对阿辽沙说他憎恨父亲，有可能会杀死他，是不是在惨剧前最后一次会晤的时候听到他说这句话的。阿辽沙在回答的时候，忽然似乎哆嗦了一下，好像现在刚想起并且注意到一件什么事情。

“我现在记起一件事情来，是连我自己也已完全忘记了的，当时我对这件事不大明白，现在却……”

阿辽沙显然现在才猛然想起。他兴奋地讲起他和米卡最后一次会晤，在晚上去修道院的路上，一株树下面，米卡捶着自己的胸，“捶着胸脯的上部”，对他反复地说了几次，他有恢复他的名誉的手段，这手段就在这里，这地方，在他的胸脯上。“我当时以为他捶自己胸脯是指自己的心，”阿辽沙继续说，“说他可以在自己的心里找到力量，以避免一桩什么可怕的耻辱，这耻辱正临到他的头上，他甚至对我也不敢讲出来。说老实话，我当时以为他讲的是父亲，他一想到他要到父亲那里去，做出什么野蛮的举动来，就感到羞耻得发抖。可实际上他当时就似乎指的是胸前的一件什么东西，我记得我的脑子里当时曾闪过一个念头，觉得心根本不在胸脯的那个部位，而是在下面，他捶的地方太高，就在颈子的下面，他一直指着这个地方。我当时觉得我的念头是愚蠢的，可是也许他当时就是指的那个里面缝着一千五百卢布的护身香囊！”

“就是的！”米卡忽然从座位上嚷道，“就是这样，阿辽沙，就是这样的，我当时就是用拳头捶在那上面。”

费丘科维奇急忙跑到他跟前，恳求他安静一点，接着就立刻紧紧盯住了阿辽沙不放。阿辽沙自己也沉浸在自己的回忆之中，热烈地说出了他的猜想，他以为这所谓耻辱，很可能就是指米卡身上既带有一千五百卢布，本可以还掉他欠卡捷琳娜·伊凡诺芙娜的债务的一半，但却仍然决定不还，而把它用在别的上面，也就是作为带走格鲁申卡的用费，假使她答应的话。

“就是这样，准是这样，”阿辽沙带着突如其来的兴奋叫道，“我哥哥当时正是对我这样说，他本可以把一半、一半的耻辱（他当时几次说出‘一半’两个字！）立刻从自己身上卸下去，但不幸他的性格是那样软弱，竟办不到，他预先知道他不会这样办，也没有力量这样办！”

“你坚定而且清楚地记得他捶的就是胸脯的那个部位吗？”费丘科维奇急切地问。

“清楚而且坚定，因为我当时就想到心的部位极低，为什么他捶得那么高，我当时还觉得我的念头是愚蠢的，我记得我觉得自己是愚蠢的，我的脑子里当时这样想了一下。因此我现在立刻想起来了。我怎么会一直没想起来呢？他说他有办法，但他不肯交还这一千五百卢布，指的就是这个护身香囊！我知道，别人转告我说：他在莫克洛叶被捕的时候，曾经大声说，他认为自己终身莫大的耻辱就是本来有方法可以把一半的债务（正是一半！）还给卡捷琳娜·伊凡诺芙娜，在她面前洗去贼名，然而他却到底没有能下决心去还，宁可在她的眼里成为小偷，也不愿放弃钱！可他为了这笔债务心里曾感到多么痛苦，多么痛苦啊！”阿辽沙最后感叹万分地说。

检察官自然也出面干预了。他请阿辽沙从头叙述一下这事的前后情况，还好几次坚持地问：被告捶胸脯的时候，是否真的仿佛确有所指？或许是单纯地用拳头捶捶自己的胸脯？

“并不是用拳头！”阿辽沙说，“恰恰是用指头指着，指着这个很高的地方。我怎么会一直没想起来呢！”

首席法官问米卡，他对于这个证词有什么话要说？米卡证实这事就是这样的，他正是在他胸前指着，就在脖子底下的一千五百卢布，自然这是一个耻辱。“无法否认的耻辱，是我一辈子最耻辱的行为！”米卡大声说，“我能还而不还。宁愿在她的眼里做一个小偷，却不肯还钱。而且最主要的耻辱就在于预先知道自己不肯还钱！阿辽沙说得很对！谢谢你，阿辽沙！”

阿辽沙的传讯结束了。重要而且值得注意的是总算找到了一桩事实，总算有了一件证据，尽管只是一件小小的证据，几乎只是对于证据的一点暗示，但它总还是可以稍稍地证明这个护身香囊是的确存在的，里面有一千五百卢布，被告在莫克洛叶预审的时候声称这一千五百卢布是“我的”，他并没有撒谎。阿辽沙很高兴，他涨红了脸，走到给他指定的座位上去。他许久还不住自己对自己说：“我怎么会忘记了！我怎么会忘记了！怎么现在才突然想了起来！”

开始传讯卡捷琳娜·伊凡诺芙娜。她刚一出现，大厅里就显出了某种不寻常的气氛。太太们拿起带柄眼镜和望远镜，男子们挪动着身子，有人从座位上站起来，想看得清楚些。以后大家全证实说，她刚走进来，米卡的脸就忽然惨白得“像一张纸”。她穿一身黑衣裳，十分谦恭，几乎近于畏怯地走到指给她的那个位置上去。从她的脸上看不出她有心神纷乱的样子，倒是有一种果断的神气在她阴郁的黑眼睛里流露出来。应该指出的是以后许多人说她在这时候的容貌特别美丽。她说话声音很低，但字句清晰，整个大厅都听得见。她的口气异常平静，或者至少努力显得平静。首席法官开始谨慎而且特别有礼地发问，似乎生怕触及“某些心弦”，并对重大的不幸表示体谅的样子。但卡捷琳娜·伊凡诺芙娜自己一开口回答人家所提出的问话，就坚定地宣称她是被告正式订过婚的未婚妻。“直到他自己抛弃我为止。”她轻声补充说。在人家问她关于她托米卡把三千卢布汇给她的亲戚那件事的时候，她坚定地说：“我给他这笔钱，并不让他马上汇出去。我当时已感到他正迫切需要钱，在当时那个时候，我给他这三千卢布，以他在一个月内汇出去为条件。之后他本犯不着为这笔债务白白折磨自己的。”

我不想转述所有的问题和她详细的回答，只准备传达她证词中主要的意思。

“我坚信他早晚会汇出这三千卢布的，只要他从父亲那里一拿到款子。”她继续回答问题说，“我始终相信他的不贪婪和他的诚实，高度的诚实，在银钱一方面。他深信可以从父亲那里拿到三千卢布，这一点他对我说过好几次。我知道他和父亲不和睦。我永远相信，而且至今还相信他是受了父亲的委屈。我不记得他对父亲有什么威胁的话。至少他在我面前一句话也没有说，任何威胁的话也没说过。假使他当时到我这里来，我立刻会平息他为了亏空我那笔不幸的三千卢布而感到的不安的，但是他没再到我那里去，而我自己……正陷于那么一种处境，不便去叫他来。何况我也没有任何权利为了这笔债务对他认真计较。”她忽然补充说，话音里流露出一种坚决的口气：“有一次我自己也从他手里借过一笔钱，比这三千还多些，我拿了这笔钱，尽管当时简直无法想象什么时候才能归还这笔债。”

在她的语调里似乎有一种挑战的意味。就在这时候，该费丘科维奇发问了。

“这事不在这里，是在你们开始认识的时候，是不是？”费丘科维奇当时就预感到这里面有某种有利的情况，便谨慎地绕着弯子接口说。这里应该附带说明一下，尽管他部分地可说是卡捷琳娜·伊凡诺芙娜从彼得堡聘请来的，但却一点也不知道当初米卡在另一个城里借给她五千卢布和“跪地叩头”这一段事情，她隐瞒着，没有对他说！这是很奇怪的。完全可以猜想，连她自己在最后一刹那以前也拿不定主意，到底要不要在法庭上讲出这段故事，只好到时候由灵感来决定。

唉，我永远也不能忘记这个时刻！她开始讲述起来，把米卡对阿辽沙讲过的故事全都讲了，既包括“下跪”，也包括事情的起因，讲到她的父亲，也讲到她到米卡家里去的情形，但却没有一句话、一个暗示，提到米卡通过她的姐姐，提议“打发卡捷琳娜·伊凡诺芙娜到他家去取钱”的事。她慷慨地隐瞒了这一点，竟不惜把事情说得好像是她，是她自己当时凭着一时的冲动，抱着某种指望，跑到一位年轻的军官那里去，希望……从他手里借钱。这真是使人震惊。我听着，身上发冷、打战，整个大厅的人全屏住呼吸，不放过每一句话。她说的这种事是少有的，因此即使以她这样敢作敢为、傲视一切的女郎，人们也几乎不敢想象她会做出这样极端坦率的供词，这样勇于献身，自我牺牲。而这又为了什么？为了什么？完全是为了拯救一个对她变心并且侮辱了她的人，引起于他有利的良好的印象，以便能哪怕稍稍帮一点忙，有助于使他得救！的确，一个青年军官，把他最后的五千卢布，他在世上仅有的一切拿出来给人，并且恭恭敬敬地对一个天真无邪的小姐鞠了一躬，这形象是很令人同情，引人好感的，但是……我的心却难过得发痛了！我感到以后会发生谣言的！（而以后也果真发生了，发生了！）后来，全城的人都带着恶意的讪笑流传说，她所讲的故事，在讲到那个军官把女郎放走时，“好像只朝她恭恭敬敬地鞠了一躬”的地方，也许并不十分确实。大家暗示，在这地方有一点事实被“遗漏”了。“即使没有遗漏，即使全是实事，”甚至我们最可敬的太太们也这样说，“一个小姐就算是为了救她的父亲而做出这样的事来，也很难说是极为正当的！”难道说，以卡捷琳娜·伊凡诺芙娜的那种聪明，那种病态的敏锐感觉，会预先想不到人们会这样议论吗？一定是预先想到，却还是下决心全说了出来！自然，对于所讲情况是否实在的这一切下流的怀疑是以后才开始的，而在最初的一刹那间大家全都受了感动。至于那几位法官，更是带着一种虔敬的，甚至可以说是惭愧的沉默倾听着卡捷琳娜·伊凡诺芙娜的话。检察官在这个问题上没有敢做任何进一步的盘问。费丘科维奇深深地向她鞠了一躬。哦，他甚至露出了几分胜利的神色。收获是很多的：一个人基于高尚的热情能把自己最后的五千卢布拿出来给人，以后却会为了三千卢布深夜里去杀死自己的父亲，这两件事简直是有点难以相容的。至少，费丘科维奇现在可以把抢劫的一层撇开了。“案子”仿佛突然给人以一种新的印象。弥漫开了某种对于米卡有利的同情气氛。至于他呢，人家说他在卡捷琳娜·伊凡诺芙娜做证的时候一再从座位上跳起来，然后又倒在长凳上，双手捂住了脸。但在她说完的时候他忽然把两手朝她伸出来，用呜咽的声音说道：

“卡嘉，你干吗毁了我？”

说着就用全场都听得见的声音失声痛哭了起来。但接着马上又自己忍住了，大声喊道：

“我现在是永劫不复了！”

随后，他就似乎呆呆地僵化在那儿，咬着牙，两手交叉紧按在胸前。卡捷琳娜·伊凡诺芙娜在大厅里留了下来，坐在给她指定的椅子上。她坐在那里，脸色苍白，低垂着头。坐在她旁边的人们后来说她全身哆嗦了半天，像发疟疾似的。这时格鲁申卡来接受传讯了。

我现在就快要写到那桩也许确实毁了米卡的突如其来的灾难性事件了。因为我相信，所有的律师们后来也说，如果不发生这段插曲，罪人是至少可以得到从宽处理的。不过这话以后再说。现在先说两句关于格鲁申卡的事情。

她上堂的时候也穿着一身黑，肩上罩着她那块美丽的黑色围巾。她从容地迈着她那轻柔无声的脚步，微微地摆着身子，就像有时一些丰满的女人走路时常有的那样。她走近栏杆，凝视着首席法官，一次也不左顾右盼。据我看来，她这时显得非常美丽，脸色并不惨白，像一些太太以后硬说的那样。她们还说她脸上一副专心致志的、恶毒的神色。我以为她不过是十分气恼，她由于那些渴望瞧热闹的旁听的群众把轻蔑好奇的眼光盯着她而感到难堪。她具有骄傲的性格，不能忍受人们的蔑视。她这种人只要疑心到有人对她轻视，就会立刻爆发怒火，渴望报复。自然还带着畏怯和暗中为这畏怯而感到的羞惭，因此她说起话来不免有点喜怒无常：一会儿愤恨，一会儿轻蔑而又特别粗鲁，一会儿又忽然露出真心诚意、自怨自艾的口气。她有时说话就好像怀着破釜沉舟的心情似的：“无论出什么乱子，反正一样，我一定要说……”关于和费多尔·巴夫洛维奇来往的一层，她厉声说：“这全是不相干的事。他硬要缠住我，难道是我的错处吗？”可一会儿以后又说：“这全是我的错，我拿他们两人开心，既取笑老头子，又取笑这一位，把他们两人弄到这种地步。都因为我弄出这些事来。”说话中不知怎么又提到了萨姆索诺夫。“这跟人家有什么相干？”她立刻用一种蛮横的挑战口气反驳起来，“他是我的恩人，当我家里把我赶了出来的时候，是他把我这个光着脚的人收留下来的。”首席法官还十分客气地对她说，应该直接回答问题，不要扯到无关的细节上去。可格鲁申卡却脸涨得通红，眼睛冒出火来。

她没有看见装钞票的信封，只从“坏蛋”嘴里听说费多尔·巴夫洛维奇有一个信封，里面装着三千卢布。“不过这全是蠢事，我笑得要死，怎么也不会到他那里去的。”

“您刚才说的‘坏蛋’是谁？”检察官问。

“就是那个仆人，斯麦尔佳科夫，他杀死了他的主人，昨天又自己吊死了的。”

人家自然马上问她：她有什么根据这样坚决地指控？但是她也同样没有任何根据。

“德米特里·费多罗维奇自己对我说的，你们相信他就是了。那个拆散别人的女人害了他，一点也不错，她一个人是这一切祸事的根源，一点也不错。”格鲁申卡又加了这么一句，愤恨得似乎浑身哆嗦，嗓音里流露出恶狠的声调。

人家问她这指的又是谁。

“就指的是那位小姐，那个卡捷琳娜·伊凡诺芙娜。她当时叫我到她家去，给我吃巧克力糖，想拉拢我。她这人很少有真正的廉耻心，就是这话。”

这次首席法官严厉地阻止了她，请她检点自己的话。但是一个发了醋劲的女人已经满心火冒，甘心破釜沉舟，什么也不顾了。

“在莫克洛叶村里执行拘捕的时候，”检察官回忆起来，问，“大家看见，而且听见您从另一间屋子里跑出来，嚷着说：‘一切都怨我，我们一块儿去服苦役！’这么说，那时候您已经相信他是杀父的凶手，不是吗？”

“我不记得当时我的心情是怎样的，”格鲁申卡回答，“当时大家叫嚷他杀死了父亲，所以我才感到这是我的错处，他是为我而行凶的。等到他说他没有犯罪，我就立刻相信他，现在还相信，而且将来也永远相信，他不是那种撒谎的人。”

轮到费丘科维奇发问。除了其他事情外，我记得他问起了拉基金和二十五个卢布的事情：“为了他把阿历克赛·费多罗维奇·卡拉马佐夫领到您那里来。”

“他拿我的钱，有什么奇怪的？”格鲁申卡轻蔑地冷笑说，“他常到我这里来要钱，每月总要拿走三十卢布，差不多全是用在寻欢作乐上，他的吃喝是不用我帮助的。”

“为什么您要对拉基金先生这样大方呢？”费丘科维奇不管首席法官怎样做出不耐烦的姿势，抢着问道。

“他是我的表弟呀。我母亲和他的母亲是嫡亲姊妹。不过他总央求我不要对这里的任何人说，怕为了我丢人。”

这个新的事实对于大家来说都是完全意料不到的，全城，甚至修道院里，至今也没有人知道他的情况，连米卡也不知道。有人说拉基金当时坐在椅子上羞惭得满脸通红。格鲁申卡不知怎么还在走进大厅以前就已知道他做了反对米卡的供词，所以生起气来。这一下拉基金先生刚才的整个那一番宏论，其中的全部高尚义愤，他关于农奴制、关于俄国人散漫混乱的大胆论调在公众的印象中都彻底完蛋，全部破产。费丘科维奇很高兴：上帝又意外开恩了。整个说来，格鲁申卡被传讯的时间不很长，她自然也不能说出什么特别新鲜的事情来。她给旁听的观众留下了极不愉快的印象。在她做证完毕，在大厅里离卡捷琳娜·伊凡诺芙娜很远的地方坐下时，几百双轻蔑的眼睛集中在她身上。她被传讯的全部时间内，米卡一声也不响，好像变成了僵硬的化石似的，垂眼瞧着地上。

证人伊凡·费多罗维奇出现了。

五

突如其来的灾难

需要说明一下，他本来应该在阿辽沙之前被传讯的。但是法庭执达吏向首席法官报告，证人由于身体不适或者疾病发作，目前不能到庭，只要一见痊愈，就准备随时应召做证。但这话不知怎么当时没有人听见，到以后才知道。他的出现起初几乎没有引起人们的注意。主要的证人们，特别是两位女情敌已经被传讯过了，好奇心暂时得到了满足。旁听的群众甚至感到了疲乏，但是还要听几个证人的供词。鉴于前面讲过的事情已经不少，估计他们大概也讲不出什么特别的事情来。时间已经晚了。伊凡·费多罗维奇进场时仿佛走得特别慢，对谁也不看一眼，甚至低着头，似乎正在皱眉思索什么事情。他穿得整整齐齐，但是他的脸至少使我感到好像是有病：看起来仿佛面有土色，有点像垂死的人的脸。他的眼光是蒙眬的；他抬眼慢吞吞地朝厅上扫视了一下。阿辽沙忽然从椅子上跳起身来，痛苦地喊了一声："哎呀！"我记得这情景。但是这也很少有人注意到。

首席法官一开始先对他说，他是免予宣誓的证人，他可以做证，也可以沉默不答，但是凡是所供的自然都应该按照良心，以及其他等等。伊凡·费多罗维奇听着，茫然地瞧着他，但是忽然他慢慢地展颜微笑起来，首席法官惊讶地看着他，刚把话说完，他忽然笑出了声来。

"还有什么？"他大声问。

大厅里完全静寂了，似乎产生了某种预感。首席法官不安起来。

“您……也许还不大健康吗？”他说，眼睛寻觅着执达吏。

“您不要着急，阁下，我十分健康，可以对您讲一点有意思的事情。”伊凡·费多罗维奇忽然完全平静而且恭敬地回答。

“您有什么特别的情况要提出来吗？”首席法官继续说，还是带着不放心的样子。

伊凡·费多罗维奇低下头，迟疑了几秒钟，重又抬起头来，有点结结巴巴地回答：

“不，我没有。没有什么特别的。”

开始对他提出问题。他似乎很不乐意回答，说得特别简短，甚至越来越显出厌烦，但毕竟还是回答得有条有理。他对许多事情都回答说不知道。关于父亲和德米特里·费多罗维奇之间的账目他一点也不清楚。“我不注意这类事情。”他说。关于威胁要杀死父亲的话，他从被告那里听到过。关于信封里的钱，他听斯麦尔佳科夫说起过。

“全是老一套的话，”他忽然带着疲乏的神色打断了话头，“我没有什么特别的话要对法庭说。”

“我看您身体不大好，我也理解您的感情。”首席法官开始说。

他正想向检察官和律师两方面说，请他们提出他们认为必要的问题，忽然伊凡·费多罗维奇用疲惫不堪的声音请求道：

“请放我走吧，阁下，我感到身体很不舒服。”

他说完这句话，不等允许，忽然自己扭头就向大厅外走去。但是走了四步就站住了，似乎忽然想起一些事情，轻轻笑了一下，又回到原来的地方。

“阁下，我就像那个乡下姑娘，您知道，她说：‘我愿意，就站起来；不愿意，就不起来。’人家拿着长袍和绸裙，让她站起来，预备打扮好了送到教堂去结婚。她却说：‘我愿意，就站起来；不愿意，就不起来。’这仿佛已成了我们的一种民族性。”

“您说这话是指什么？”首席法官严厉地问。

“就指这个，”伊凡·费多罗维奇忽然掏出了一沓钞票，“这是钱，就是原来放在那个信封里的。”他把头朝放物证的桌子点了点："父亲就是为了它被杀死的。放在哪里？执达吏先生，请您交上去。"

执达吏收下那沓钞票，交给了首席法官。

"这笔钱怎么会到您手里的，假如这果真就是那笔钱的话？"首席法官惊异地说。

"昨天从斯麦尔佳科夫那个凶手那里拿到的。在他上吊以前，我到他家里去过。杀死父亲的是他，不是我哥哥。是他杀死的，但是我叫他杀的。谁不希望父亲死呢？"

"您的头脑清醒吗？"首席法官不由得脱口说。

"问题就在于头脑是清醒的，而且是卑鄙的头脑，和你们一样，和你们这副……嘴脸一模一样！"他忽然转身向旁听的观众们说，"我的父亲被人杀死，大家装得像吓坏了的样子。"他带着愤恨而轻蔑的神色咬牙切齿地说："大家互相装腔作势。全是些假惺惺的人！大家都希望我父亲死。一条毒蛇总想咬死另一条毒蛇。要是不出这凶杀案，大家会怒气冲冲，恨恨地走散的。一出好看的戏！'面包和马戏'[1]！可是我也够瞧的！你们有水没有？让我喝一点水，看在基督的分上！"他忽然捧住自己的头。

执达吏立刻走到他跟前去。阿辽沙忽然跳起来，嚷道："他有病，不要相信他。他害了脑炎！"卡捷琳娜·伊凡诺芙娜一下从椅子上站起，吓得一动不动，呆望着伊凡·费多罗维奇。米卡站起来，脸上挂着一抹古怪的苦笑急切地望着兄弟，听着他说话。

"你们安心吧，我不是疯子，我只是凶手！"伊凡又开始说。"要求凶手说得头头是道是不可能的。"不知为什么，他忽然又加上一句，做了一个苦笑。

检察官显然带着纷乱的心情向首席法官凑拢过去。几位法官互相忙乱地耳语。费丘科维奇留心地侧耳倾听着。全场怀着期待的心情，一片寂静。首席法官忽然仿佛醒悟了过来。

---

1 出自古罗马讽刺诗人尤维纳利斯的诗，比喻专制统治对罗马民众的愚民和腐蚀作用。

“证人，您的话不好理解，这是不能成立的。请您尽量安静一下。假如果真有什么话要说，请您再讲下去。假如您说的不是胡话，您用什么来证实这种供词呢？”

“问题就在没有证人。斯麦尔佳科夫那条狗是不会从另一世界把供词寄给你们的，装在信封里。你们脑子里想的就是信封，只要有一个就满意了。我没有证人。或许除去那一个以外。”他沉思地笑了笑说。

“谁是您的证人？”

“带尾巴的，阁下，有点不合规格！魔鬼并不存在[1]！别去管他！他是个一文不值的小鬼，”他补充说，忽然不再发笑，说得似乎十分机密，“他一定在这里的什么地方，就在那张陈列物证的桌子底下。他不待在那儿能待在什么地方呢？您要知道：我对他说过我不愿意沉默，但是他却讲起地质学上的大变动来，真是蠢透了！你们把这坏蛋释放了吧，他还唱过赞美诗哩，那是因为他感到轻松！这就像那个醉鬼扯开嗓门唱‘万卡上了彼得堡’一样，可我却宁愿付出亿万兆年，但求能取得两秒钟的快乐。你们不了解我！唉，你们这些人怎么全那么愚蠢！得啦，你们放了他，把我逮捕起来吧！我跑来总不是无缘无故的。为什么，为什么一切都这样地愚蠢！”

他又慢吞吞地、若有所思地向大厅环视。但是全场都骚动了。阿辽沙想从自己的座位那里跑到他跟前去，但是执达吏已经攥住伊凡·费多罗维奇的手。

“这又是怎么回事？”伊凡·费多罗维奇叫道，盯着执达吏的脸，突然抓住他的肩膀，愤恨地把他打倒在地。卫兵们赶上前来，把他抓住。他立刻发出疯狂的尖叫。在人家把他带出去的时候，他尖叫着，喊出一些不连贯的话。

全场都乱成了一片。我无法顺次记住一切，我自己也心情紊乱，不能留心观察。我只知道，在一切都已平静下来，大家明白了怎么回事以后，执达吏受到了申斥，虽然他很有理由对上司解释，证人一直

---

1 原文为法语：Le diable n’existe point!

很健康，在一小时以前他身上感到轻微的不舒适的时候，医生曾去诊察过。他在未走进大厅以前，说话一直是有条有理的。因此不可能想到会出什么事。而且正相反，他自己也坚持一定要来做证。然而在大家稍微安静一下并清醒过来以前，紧接着这一幕戏立刻又发生了另一幕戏：卡捷琳娜·伊凡诺芙娜的歇斯底里发作了。她大声尖叫，呜咽地痛哭，但是挣持着不肯离开，求人家不要把她拉走，接着她突然对首席法官叫道：

“我还有一个供词应该说出来，马上……马上就说！这里有一张纸，是封信，请您拿去快念一念，快念一念！这封信是这个坏蛋写的，就是这个人，这个坏蛋！”她指着米卡：“是他杀死了他的父亲。您立刻看得出来。他写信告诉我要杀他的父亲！至于那个病人，那个病人，他发了脑炎！我看出他发了脑炎已经有三天了！”

她忘乎所以地这样喊着。执达吏接过了她递给首席法官的那张纸。她倒在椅子上，手捂住脸，开始抽风似的无声地呜咽着，全身颤抖，拼命压制着呻吟，生怕人家把她赶出大厅去。她交出来的那张纸就是米卡从“京都”酒店里寄给她的那封信，伊凡·费多罗维奇曾把它称作有“数学公式般”重要意义的证件。可惜大家也果真认为它有这种数学公式般的意义。没有这封信，米卡也许还不会完蛋，或者至少不会完结得那么惨！我要重说一句，要巨细无遗地留心到全部详情细节是很难的。这一切我现在还觉得是那样凌乱。首席法官大概当时就把这新的证件拿给法官、检察官、律师和陪审员们看了。我只记得随后开始对女证人进行质询。首席法官温和地问她，现在她感到平静下来没有。卡捷琳娜·伊凡诺芙娜急忙嚷道：

“我准备好了，我准备好了！我完全能够回答您的问话。”她又加了一句，显然还唯恐人家为了什么原因不肯听她说。人家请她较详细地解释一下：这是封什么样的信？她是在什么情形之下接到这封信的？

“我就在凶杀案的前一天接到了这封信，他是再前一天在酒店里写的，那就是说，在他犯凶杀案的前两天。您瞧，这封信写在一张账单上面！”她气都喘不过来似的喊着，“他当时恨我，因为他自己做了下流事，追在这贱货的后面，又因为他欠我那三千卢布。他出于自己的卑鄙心胸，为了这三千卢布感到没脸！这三千卢布是这样的，我请您，我恳求您听完我的话。还在他杀死父亲的三个星期以前，他一天早晨到我这里来。我知道他需要款项，还知道是做什么用的，就为了引诱这贱货，把她带走。我当时就知道他对我变了心，想抛弃我，所以我自己把这钱交给他，装作自动请他代汇给莫斯科的姐姐，在交出款子的时候，看着他的脸，告诉他随便什么时候汇出去都可以，'哪怕过一个月也行'。他怎么能不明白，怎么能不明白我简直仿佛在那里当面对他直说：'你需要钱来和你的贱货私姘，偷偷地对我变心。现在我给你这笔钱，我自己交给你。你拿去吧，如果你竟不要脸到愿意收下来！'我想揭破他的真面目，结果怎样呢？他竟收下了，收下来，拿走了，并且一夜之间和这贱货两人就把这笔钱在那儿全花光了。但是他明白，他明白我全都知道。他当时就明白，我交给他这笔钱，只是试探他：他会不会这样不要脸，拿我的钱？我直看着他的眼睛，他也看着我的眼睛，心里完全明白，完全明白，但还是拿了，拿了我的钱，带走了！"

"说得对，卡嘉！"米卡忽然大声嚷道，"我看着你的眼睛，明白你想让我丢脸，但到底还是拿了你的钱！你们对于卑鄙的人尽管看不起好了，尽管看不起好了。我是罪有应得的！"

"被告，"首席法官大声喝道，"再说一句话，我就吩咐他们把你撵出去。"

"这笔钱使他感到痛苦，"卡嘉性急慌忙地继续说下去，"他想归还我，想还，这是实在的，但是他也需要钱来供给这个贱货。因此他才杀死了父亲，可还是没有还我钱，却同她一块儿到乡下去，就在那里被捕了。他在那儿又花掉了从被他杀死的父亲那里偷来的钱。就在杀死他父亲的前一天，他给我写了这封信，喝醉了酒写的！我当时立即看出，是为了泄愤而写的，并且知道，肯定知道，即使他杀了人我也不会把这封信拿出来给任何人看。要不然他是不会写的！他知道，我不愿意对他报仇，毁了他！但是请您读一下，细心读一下，请细心一些，您就可以看出他在信里一切都写了出来，预先全都写到了，怎样杀死父亲，他的钱在哪儿放着。您瞧，请不要忽略过去，信里有一句话：‘只要伊凡一离开这里，我就杀死他。’这就是说，他预先想好了怎样杀人。”卡捷琳娜·伊凡诺芙娜用恶毒而幸灾乐祸的口气向法庭上指了出来。可见她是多么精细地反复阅读过这封不幸的信，研究过里面每一个字的意义。“他不喝醉不会给我写的，但是您瞧，信里面全都预先写了出来，和以后他杀人的情形一模一样，简直是一份计划！”

她忘乎所以地喊叫着，显然已不顾一切可能对她自己产生的影响，尽管这也许还在一个月以前她就早已预见到了，因为说不定她当时就已愤恨得浑身哆嗦，心里一直在想：“要不要在法庭上读出来？”现在好像一块石头滚下山坡，再也收拦不住了。我似乎记得，就是在这时，书记把这封信当堂朗诵了出来，引起了使人震惊的印象。堂上问米卡：他是否承认这封信？

“是我写的信，我写的信！”米卡大声说，“不喝醉是不会写的！我们两人为许多事情互相仇恨，卡嘉，但是可以赌咒，我可以赌咒，我尽管恨你却也爱你，可是你却一点也不爱我！”

他颓然倒在他的座位上，绝望地拧着双手。检察官和律师开始提出质询，主要的意思是：“什么原因促使您刚才隐瞒这个文件，而做出完全不同倾向和语调的证词？”

“是的，是的，我刚才是撒谎，完全撒谎，违背名誉和良心，但是我刚才是想救他，因为他是那样恨我，看不起我！”卡嘉像疯子似的嚷着，“啊，他太看不起我，一直看不起我，您知道，您知道，他从我当时为了那笔钱对他下跪的时候起，就看不起我。我看出了这一点。我当时就立刻感到了这一点，但是我很长时间不相信自己。我多少次在他的眼睛里看到：‘无论怎么说，你当时总是自己跑到我这里来的。’唉，他不明白，他一点也不明白，我当时究竟为了什么跑去，他是只会猜疑到卑鄙的行为上去的！他以己度人，他以为大家全和他一样。”卡嘉愤恨地咬着牙说，仿佛完全疯了的样子：“他之所以想娶我，只是因为我得到了遗产，就因为这个，就因为这个！我永远疑心是为了这个！啊，他是一个畜生！他一辈子相信我因为当时上他那里去，会终身在他面前羞愧得发抖，他可以永远为这件事情而看不起我，并且因此占着上风，他就因为这个才想娶我！就是这样，完全是这样！我曾试想用我的爱情，用无限的爱情扭转他，甚至想忍受他的变心，但是他一点也不理解，一点也不理解。其实他能理解什么！他是一个坏蛋！这封信我在第二天晚上才接到，酒店里给我送来的，可是就在早晨，就在那天的早晨，我还想原谅他的一切、一切，甚至他的变心！”

当然，首席法官和检察官竭力让她平静下来。我相信他们也许连自己都觉得利用她的疯狂状态听取这样的口供，实在有点不好意思。我记得，我听见他们对她说：“我们明白您多么痛苦，请您相信，我们是能够体会得到的。”以及诸如此类的话，但却毕竟还是从那个发歇斯底里病的疯狂女人那里套出了供词。最后，尽管处在那样激动的心情状态下，她却仍能尽管短暂，但却时常地用异常鲜明生动的口吻，形容伊凡·费多罗维奇怎样在这两个月以来，为救那个“浑蛋和凶手”哥哥而急得几乎发疯。

“他自己折磨自己，”她大声感叹说，“他一直想减轻哥哥的罪，对我承认他自己也不爱他父亲，说不定自己也希望他死。这是一个深沉的、深沉的良心！他用良心折磨自己！他全都对我说了出来，全都说了出来，他每天到我这里来，和我说话，就像和他唯一的朋友说话那样。我为做了他的唯一的朋友，感到荣幸！”她忽然大声说，好像挑战似的，眼睛闪着光：“他到斯麦尔佳科夫那里去过两次。有一次他跑来对我说：如果杀人的不是他的哥哥，却是斯麦尔佳科夫（因为这里大家都在传播着斯麦尔佳科夫杀人的谣言），那么也许我也有罪，因为斯麦尔佳科夫知道我不爱父亲，也许会以为我希望父亲身死。我当时掏出这封信给他看，他这才完全相信，是他的哥哥杀的。这使他受了很深的打击。他对于他的亲哥哥成了杀父凶手，感到不能忍受！还在一星期以前我就看出他为这事生了病。在最近几天，他坐在我那里，说着胡话。我看出他精神错乱了。他一边走，一边说胡话，有人看见他在路上也这样。前天我请一位外地来的医生给他看病。医生说他快得脑炎了。完全是因为他，完全是因为这坏蛋！昨天他听说斯麦尔佳科夫死了，这使他受惊得发了疯，这全是为了这坏蛋，全是为了想救这坏蛋！”

唉，自然，这样说话，这样坦白供述，一生中只会有一次，例如，在走上断头台临死的时候。但是卡嘉的性格就是这样，也正遇到这样的时刻。这就是那个当时为救父亲居然跑到一个青年浪子那里去的急躁的卡嘉；这就是那个刚才当着众人露出骄傲和纯洁的样子自我牺牲，不顾处女脸面讲叙“米卡的高尚行为”以求稍微减轻他的噩运的卡嘉。现在她又同样做出了自我牺牲，但却已经是为了另一个人，也许直到现在，直到这个时刻，才初次感到而且完全明白这另一个人对于她是多么珍贵！她是因为替他担忧而牺牲自己的，因为她忽然想到他供出杀人的是他，而不是米卡，那就是害了自己，因此她决定牺牲自己来救他，救他的名誉！不过这时人们心里会闪出一个可怕的念头：她说到过去她对米卡的态度的时候，是否说了谎，这是一个疑问。不，不，在她说出米卡因为她下跪而轻视她的时候，她并不是有意捏造！她自己确实相信是这样，她深信，也许从下跪的时候起就深信，那个直率的、当时还崇拜她的米卡已经在那里笑她，看不起她。她只是出于自尊，竭力用一种歇斯底里的、强做出来的爱情来把自己和他维系在一起。这全是出于一种受伤的自尊心，因而这爱情并不像爱情，倒像是复仇。唉，这种强做出来的爱情说不定有朝一日也会成为真正的爱情，也许卡嘉所希望的也就是这个，但是米卡的变心实在伤透了她的心，使她从心底里再也无法饶恕。复仇的时刻出乎意料地来到了，于是在这被侮辱的女人的心胸里痛苦而长期地郁积着的一切，一下子出乎意料地爆发了出来。她背叛了米卡，也背叛了自己！因此难怪她刚刚把话说完，兴奋的心情一下松弛，她就感到了满心羞愧。歇斯底里又发作了。她倒了下来，一边哭，一边喊。人们把她抬了出去。正当人们抬她出去的时候，格鲁申卡从座位上哭喊着扑到米卡跟前，甚至阻拦她都来不及。

“米卡！”她大声喊着，“你的那条蛇把你害了！瞧，她对你们现出原形来了！”她气得浑身发抖地又向法官们大喊。在首席法官的指挥之下，人们把她抓住，从大厅里带出去。她不服，拼命挣脱身子要跑回米卡身边去。米卡也大喊着想奔到她面前来。人家把他按住了。

是的，我猜想我们那班看热闹的太太总该满足了，因为这出戏真十分热闹。接着，我记得那位新来的莫斯科医生出场了。首席法官似乎事前就打发执达吏出去，以便照顾伊凡·费多罗维奇。医生报告堂上，病人发作了严重的脑炎症，必须立刻把他送走。他回答检察官和律师的问话，证实病人前天曾亲自到他那里去过，他当时就警告说快发作脑炎了，但是他不愿接受治疗。“他的脑子完全不正常，自己对我承认说他醒着就看到各种幻影，在街上遇见一些已死的人，魔鬼每晚到他家里访问。”医生最后这样说。这位名医做证以后，就退了出去。卡捷琳娜·伊凡诺芙娜交出的信件放在物证一起。法官们在商议以后决定继续审讯，把两项意外的证词——卡捷琳娜·伊凡诺芙娜和伊凡·费多罗维奇的证词——记录在案。

下面开庭的情形我不再叙述了。其余的证人的供词不过是重复和证实以前的话，虽然也各具特色。但是我要重复一句，这一切都将归纳在下面就要开始叙述的检察官的演词内。大家都十分兴奋，都触电似的受了最后急转直下的局面的刺激，急不可待地一心只希望赶快看到结局，听两方面的演词和判决。费丘科维奇显然被卡捷琳娜·伊凡诺芙娜的供词所震撼。检察官却非常得意。在听取完证人的口供以后，宣布休息，这次休息将近延续了一小时。最后首席法官终于宣布重新开庭。当我们的检察官伊波利特·基里洛维奇开始公诉人演说时，大概是下午整八点。

六

检察官的演说。性格分析

伊波利特·基里洛维奇开始公诉人演说的时候，浑身神经质地颤抖起来，额头和两鬓间冒出病态的冷汗，全身感到忽冷忽热。这一点他自己以后也对人说过。他自认为这篇演说是他的杰作[1]，一生的杰作，是他的天鹅之歌。在九个月以后，他真的得了急性肺痨病死了，因此，假如他当时真的预感到自己末日将临的话，他倒的确有资格把自己同那死前唱出最后的歌来的天鹅相比。他在这篇演词中倾注了他的全部心血，竭尽了他所有的全部智慧，出乎意料地表明，至少在我们这位可怜的伊波利特·基里洛维奇的头脑所能容纳的限度内，在他的心底里是既有公民的感情，也不乏对那些人类“永恒”问题的思考的。他的话主要是以诚恳取胜。他诚恳地相信被告有罪，对后者提出公诉并不仅只是等因奉此，履行职务。他主张“报复”的时候，的确是满怀着“挽救社会”的愿望。甚至那些归根结底对伊波利特·基里洛维奇是抱着敌视心理的女听众，也承认他的话产生了强烈的影响。他开始说话时声音断续嘶哑。但以后他的声音很快就坚定起来，响彻了整个大厅，而且一直维持到结束。可是他刚一说完，就差一点要昏晕过去。

“诸位陪审员，”公诉人开始说，“本案已经轰动全俄。但看

1 原文为法语：chef d’oeuvre.

来似乎有什么可惊异的，有什么特别可怕的地方呢！尤其是对我们来说，对我们来说！我们都是对这一切已经见怪不怪的人了！可怕的地方正在于这种阴森森的案件对我们来说几乎已经不再是可怕的了！可怕的正是这个，正是我们这种见怪不怪，而不是这个人或那个人个别的恶行。我们这种漠不关心的原因在哪里？我们对于这类案件，对于这类向我们预示着不值得欣羡的未来的时代特征，为什么没有多大热情？这原因是不是在于我们的犬儒主义，在于这个未老先衰的社会里智慧和想象力的过早的衰颓？是不是在于我们的道德原则已连根动摇？或者也许根本就没有？我不能解答这些问题，但是它们是极痛苦的，每个公民不但应该，而且必须为它们感到痛苦。但是我们刚刚初创的，还有些胆怯的报纸已经对于社会有所贡献，因为要不是它们，我们就决不可能较完全地知道关于任性胡行和道德败坏的种种恐怖情形，这些情形报纸正不断地在自己的版面上对大众进行报道，使不仅是常到目前当局所颁行的新式公开法庭来旁听的人才能知道。那么我们几乎每天都能读到些什么呢？唉，我们经常读到甚至会使现在这个案件都为之减色的东西，而且它们几乎成了家常便饭。但最主要的是许多俄国的和我们民族的刑事案件，恰恰标志着某种普遍的东西、某种普遍的灾难，它已经在我们身上生了根，而且就像一种无所不在的恶势力那样，已经很难加以克服。比如说，有一个上流社会出身的年轻有为的军官，刚踏上生活和事业的前程，就卑鄙地、毫无任何良心责备地悄悄谋杀了一个某种程度上还是他以前的恩人的小官员，以及这个官员的女仆，以便偷走自己所写的借据，顺便也窃取了官员的银钱，‘作为我在上等社会上享乐和将来进行钻营的费用’。他杀死了两个人，临走还在两个死尸的头底下垫上了枕头。还有一个青年英雄，由于勇敢领过十字勋章，却像强盗似的在大路上把他的上司和恩人的母亲残杀了，在劝同伴一起下手的时候竟说：‘她爱他如亲生的儿子，所以会听从他的一切劝告，不做任何戒备的。’他固然是恶徒，但是我现在已经不敢说他只是个别的恶徒了。别的人即使不杀人，但是思想感情却正和他一样，心术卑鄙也和他一样。他在暗地里和自己的良心独处的时候，说不定还会问自己：‘名誉算什么？流血岂不是小事？’有人也许会叫起来反对我，说我是病态的、神经质的人，在那里耸人听闻地恶意造谣，满口胡说，任意夸大。随他们说去吧！随他们说去吧！天哪，其实我是第一个但愿如此！哎，你们可以不相信我，把我当作病人，但是尽管这样仍旧请你们记住我的话：如果在我这番话里有十分之一、二十分之一的真实，也就够可怕的了！你们瞧，诸位，你们瞧，我们的青年人是怎样轻易自杀，而毫无哈姆雷特式的问题：‘到了那里是怎样的？’连这类问题的影子也没有，好像关于我们的精神和死后的一切在他们心目中早就被一笔抹去，安葬入土。你们再瞧一瞧我们的荒淫无耻，瞧瞧那些色鬼。本案中不幸的牺牲者费多尔·巴夫洛维奇，比起他们中的某些人来几乎还可以算作是天真无邪的赤子。而他怎么样我们大家都是知道的，‘他曾生活在我们中间’。是的，我们的和欧洲的第一流思想家将来也许会研究俄国人犯罪的心理，因为这题目是值得研究的。但是这种研究要到以后从容一点的时候才会进行，那时候离我们这时代的悲剧性的混乱状态已经较远，一定可以研究得比像我这样的人更加聪明而且公正无私一些。现在呢，我们不是震骇，就是假装震骇，一方面自己却在看热闹，就像一般爱好强烈而又稀奇的刺激的人们那样，因为这些刺激可以撩动一下我们厚颜无耻、闲暇懒散的心情，要不然就像小孩一样，用手驱赶可怕的幻象，在可怕的幻象消散以前，把头藏在枕头底下，但随后却立刻就在游戏作乐之中把它忘得一干二净。但总有一天我们也该开始清醒而深思熟虑地生活了，我们也应该用看待社会的眼光来看待我们自己，我们也应该对我们的社会境况有所了解，或者开始有所了解。前一个时代的一位伟大作家在他毕生杰作的结尾中，把全俄罗斯比作一辆向着未知的目的地勇猛疾驰的俄罗斯三套马车，他赞叹道：‘嘿，三套马车呀，像鸟儿似的三套马车呀，是谁把你想出来的！’随后带着自豪的喜悦心情补充说，全民族都对低头猛驰的三套马车恭敬地让路。诸位，这随他们去吧，随他们去恭敬地或者不恭敬地让路，但是据我的罪孽眼光看来，这位天才的艺术家之所以这样结束他的全书，不是出于孩子般天真的乐观，而是干脆只因为害怕当时的图书审查制度。因为如果他的三套马车上只套着他那些英雄，如梭巴开维支、罗士特来夫和乞乞科夫之流[1]，那么无论让谁去充当马车夫，这样的马也是拉不到任何有意义的地方去的！而这还是以前的马，比现在的还差得远，我们现在的更简直是……”

伊波利特·基里洛维奇讲到这里，被掌声所打断了。这种对俄罗斯三套马车所做的嘲弄形容受到了欢迎。固然，掌声只有两三下，所以连首席法官都认为用不着对观众做“离开法庭”的威吓，只是严厉地朝鼓掌人的方向瞪了一眼。但是伊波利特·基里洛维奇仍然受到了鼓舞，因为以前从来没有人对他鼓过掌！一个多少年来谁也不爱听的人，现在竟突然有了使全俄侧耳倾听的机会！

“其实，”他接着说，“这卡拉马佐夫一家究竟是怎么回事，居然会值得突然间这样悲惨地名闻全国？也许我太夸大，但是我以为在这个家庭的画面里似乎现出了我们现代知识社会的一些共同的基本因素，倒并不是所有的因素，而且只是极小的一点实例，像‘一滴水中见太阳’似的，但总是反映出了一点什么，显露出了一点什么。你们看这个不幸的、放浪淫荡的老人，这个‘一家之主’，那样悲惨地结束了他的生命。一个世袭的贵族，以穷食客起家，偶然通过意料不及的婚姻关系，抓到了一笔不大的嫁资。他本是一个小骗子，会拍马的丑角，有着从娘胎里带来的，并不见得太薄弱的智力，而且更主要的还是一个放高利贷的人。随着岁月的逝去，随着资本的增加，胆子也越大了。低声下气和逢迎拍马的性格不见了，留下来的只有好嘲笑的、恶毒的犬儒主义和色情狂。精神方面的一切已经消磨殆尽，但是对于生活享受的渴望却十分强烈。结果是除了情欲的享乐以外，他看不见其他生活的目的，并且也这样教导他的儿子们。他没有一点做父亲应有的道义责任。他笑他们，从小把自己的孩子放在后院里教养，高兴有人带走他们。他甚至完全忘记了他们。老人的全部道德原

1 果戈理小说《死魂灵》中的三个人物。

则就是在我死后，随他陆沉也罢[1]，这和公民责任的概念正巧相反，完全和社会脱离甚至仇视社会：‘哪怕全世界着了火，只要我一个人好就行。’他感到极好，他十分满意，他渴望再这样活上二三十年。他欺骗亲生的儿子，始终扣住儿子的钱，儿子的母亲的遗产，就用这钱夺他的儿子的情妇。不，我不愿把替被告辩护的责任让给那位从彼得堡来的多才多艺的律师。我自己也要说出实话，我自己也明白他在他儿子的心里酿成的一团怒火。但是够了，关于这不幸的老人的事情说得够了，他已经得到了惩罚。但是我们要记住，他是父亲，现代的父亲之中的一个。我说他是许多现代的父亲中的一个，会不会使社会感到侮辱？哼，要知道，现代的父亲中许多人只是不像这个人那样公开说出一些无耻的话，因为他们受过比较良好的教育，比较文明，而其实他们的哲学几乎是和他一样的。就算我是悲观主义者，就算是这样吧。我们已经预先说好，你们会原谅我的。我们预先约好：你们可以不相信我，可以不相信我。我说我的话，你们不必相信。但是你们一定要让我说出我的话来，无论如何，其中的某些话你们是不会忘记的。现在你们看这个老人，这位一家之主的孩子们：其中有一个正在被告席上面对着你们，关于他，要说的话还在后面。至于别的孩子，我只是顺便说两句。另两个孩子，年长的是那些现代青年中的一个，受过极好的教育，有着极聪明的头脑，但却对一切都没有信仰，否定和抹杀世间许许多多事物，正和他的父亲一样。我们大家都听过他的言论，他在我们的社会里受到友好的接待。他并不隐瞒自己的意见，甚至正相反，完全相反，正因为这样，才使我此刻有勇气多少坦率地谈一谈他的事情，自然不是把他作为个人，而只是把他当作卡拉马佐夫家庭中的一员来看。昨天有一个和本案极有关系的人，一个有病的白痴，在城郊自杀身死。他是费多尔·巴夫洛维奇的仆人，也许还是私生子。他姓斯麦尔佳科夫。他在预审的时候神经质地流着眼泪对我说，这个年轻的卡拉马佐夫，伊凡·费多罗维奇，那种精神上的

1 原文为法王路易十五的话：aprés moi le dèluge.

放荡不羁如何使他感到害怕：‘据他看来，世上无论什么事情都可以做，将来什么都不应加以禁止，他尽教我这一套。’这白痴大概就是受了他所教的那种学说的熏染，以致完全发了疯，尽管不用说，他的羊癫风和家里爆发的可怕的灾难也可能促成了他的精神失常。然而这个白痴曾说过一句非常非常有意思的话，这样的话本该出于比他更聪明些的观察者之口，因此我才在这里提起它来。他对我说：‘如果儿子中间有谁性格上最像费多尔·巴夫洛维奇的话，那就是伊凡·费多罗维奇！’我对他的性格分析，就说到这里为止，再说下去就太不客气了。哎，我并不想再下进一步的结论，像乌鸦似的对一个年轻人的命运呱呱地一味预报不祥。我们今天在这法庭上看到，真理的直接的力量还活在他的年轻的心里，家庭间的亲人手足之情还没有被他的无信仰和道德上的犬儒主义所淹没，那些东西多半是遗传而来的，不见得是真正的思想斗争的结果。现在还有一个儿子，他还年轻，他虔信上帝，性格温顺，和他哥哥的阴沉而有腐化作用的世界观相反。他在寻找道路，以便附和所谓‘人民的理想’，换言之也就是我们那些有思想的知识阶层的理论界人士用这个聪明的名词所称呼的一切。你们瞧，他投奔了修道院。他几乎当了修士。我觉得，他的心里似乎是无意识的，而且那样早期地表现出一种胆怯的绝望。我们可怜的社会里现在有许多人因为怕犬儒主义和它的腐化作用，把一切罪恶都错误地归咎于欧洲文明，于是就抱着这样的绝望心情，投到所谓‘家乡的土壤’上去，投到所谓家乡土地的慈母怀抱中去，像受了幻影惊吓的小孩一般，但求在衰弱的母亲干瘪的胸前安安静静地睡一觉，甚至睡一辈子，只要能看不见那些吓唬他们的可怕的东西就好。就我来说，我希望这位善良而有才能的青年前途无限，希望他的年轻人的乐观和对于人民理想的渴慕，以后不要在精神上变为蒙昧的神秘主义，在政治上变为顽固的沙文主义，像事实上时常发生的那样。神秘主义和沙文主义这两种东西对于民族的流毒，也许比盲目抄袭和歪曲误解欧洲文明而迅速产生的腐化作用更加厉害，他的哥哥正是中了这种腐化的害。”

说到沙文主义和神秘主义的时候，又传出了两三下掌声。伊波利特·基里洛维奇显然也说得忘了情，说的话几乎都与本案无关，而且还说得十分不着边际，但是这个痨病型的、愤激的人太想发表意见了，哪怕一生只有一次发表的机会也好。以后有人说，他这样分析伊凡·费多罗维奇的性格，甚至是出于一种不体面的动机，因为伊凡曾有一两次在辩论的时候当众给过他难堪，伊波利特·基里洛维奇记住了这个仇，现在想乘机报复，但是我不知道能不能下这样的结论。总而言之，这一切还只是一个引子，以后才较直接地接触到案子的本身。

“但现在还是来讲这个现代家庭的家长的另一个儿子吧，”伊波利特·基里洛维奇继续说，“他坐在被告席上，他就在我们的面前。他的成就、他的一生和他的事业，也都摆在我们的面前，时间一到，一切就都抖搂出来，都暴露无遗了。他同他两个兄弟的‘欧化’和‘人民的理想’相反，似乎代表着地道的俄罗斯，噢，不是全部的俄罗斯，假使是全部的，那才糟糕哩！但是现在摆在面前的就是我们亲爱的俄罗斯——我们的母亲，完全是她的声音、她的气息。哎，我们是毫不作假的，我们是善与恶的奇妙的交织体。我们爱启蒙和席勒，同时也在酒店里酗酒，揪断我们醉鬼酒友的胡须。哎，我们有时也性情优良，行为正直，但是只在别人也对我们性情优良行为正直的时候。我们的胸膛里甚至还汹涌着——正是汹涌着——高尚的理想，但是以这些理想自行从天而降为条件，主要的是必须不付代价，唾手而得。我们最不爱付出代价，却极爱取得，而且在每件事情上都是这样。哦，只要把各式各样的人生幸福都给我们（一定要各式各样的，打点折扣都不行），特别是一点也不要违拗我们的脾气，那我们也可以显示出，我们是能够性情优良行为端正的。我们并不贪婪，决不，只要你们给我们钱，多多地给，越多越好，你们就会看到我们是多么豪爽大方，对于傥来之物怎样毫不在乎，一夜之间就能在狂饮无度中把它挥霍殆尽。但如果不给我们，我们就会显示出，在我们十分需要钱的时候是如何善于弄到它。不过这一层以后再说，我们要按部就班地来讲。最初出现在我们面前的是一个不幸的、被遗弃的男孩，‘被扔在后院，没有鞋穿’，我们的尊贵而受敬重的同胞——可惜是外国出生的——刚才这样形容过！我还要重复一遍，我是不肯把为被告辩护的事让给任何人的！我是公诉人，我也是辩护人。是的，我们也是人；我们也能估量童年时代和家庭间的最初印象会对性格发生怎样的影响。但以后这个男孩已一步步成为少年，成为青年，成为军官，由于他的狂暴的举动和跟人家决斗，被流放到我们美好的俄罗斯的某一个边远的小城。他在那里服役，他在那里酗酒。自然，船大吃水也深，他需要金钱，首先是金钱，于是他同他父亲在经过了长期的争论以后，决定最后拿六千卢布清账。这款子当时寄给他了。请你们注意，他立了一张字据。他写过一封信，其中实际上声明他不再要求其他款项，就以这六千卢布彻底了结他和父亲间关于遗产的争端。当时他和那位性格高尚、才智超群的年轻小姐相遇。哦，我不想再冒昧详细复述，你们刚才已经听到了。这里有荣誉，这里有自我牺牲，我没有话可说。一个轻浮荒唐，但在真正的高尚情操和崇高思想之前低首下心的青年人的形象，在我们的面前一时显得是非凡地可爱可敬。但是忽然在这以后，就在这个法庭上，完全出乎意料地又突然来了个大翻个。我还是不敢冒昧地随意乱加猜度，不想去分析其中的原因。但是为什么会这样？其中总是有原因的。就是这位小姐，脸上流着久久隐藏于心中的愤恨的眼泪，对我们宣布，是他，正是他首先因为她做出了那次也许流于轻率急躁，但总不失为高尚慷慨的冲动行为而看不起她。但是正是他，正是这位小姐的未婚夫，首先现出嘲讽的冷笑，这冷笑偏偏从他的脸上发出来，是使她受不了的。她知道他已经变心，他一面变心，一面还深信她非得忍受他的一切行为，甚至包括他的变心不可，她知道这个，却故意给他三千卢布，并且明显地，十分明显地对他暗示，她给他这钱恰恰是供他做变心之用的。‘看你会不会收下来！看你是不是那样无赖！’她用裁判官似的、试探的眼神默默地对他说。他看着她，完全了解她的意思（他刚在大家面前承认过他是完全了解的），但他却毫不游移地揣起这三千卢布，两天的工夫就和他的新宠一块儿把它挥霍光了！究竟应该相信什么？是相信最初的传说，相信把最后的活命之资拿出来，在美德之前低首下心的那种高尚正直的激情举动，还是相信事情的背面，那样令人厌恶的另一方面？人生一般总是在两种互相矛盾的真理之间寻找中庸，在这件事情上这样却不见得行得通。大概在第一件事情上他是真实不欺地高尚正直，而在第二件事情上也是真实不欺地无耻卑鄙。为什么？正就是因为我们具有那种宽阔的、卡拉马佐夫式的性格，我说话的本意就在这里，能够兼容并蓄各式各样的矛盾，同时体味两个深渊，一个在我们头顶上，是高尚的理想的深渊，一个在我们脚底下，是极为卑鄙丑恶的堕落的深渊。你们可以回想一下一位青年观察者，对卡拉马佐夫一家曾做过深刻而切近的考察的拉基金先生不久前刚谈过的一个极精彩的思想：'对这类放荡不羁的天性来说，堕落受辱的感觉和高尚正直的感觉一样，都是他们所需要的。这是实在话：他们正是时常而且不断地需要这种不自然的混合。两个深渊，诸位，同时体味两个深渊，没有这个，我们是不幸的，也是不满足的，我们的生存是不完美的。我们的天性宽大，和我们的母亲俄罗斯一样，无所不包，同一切都能相安！诸位陪审员，我要顺便说一句：我们刚刚提到了那三千卢布，让我稍微提前一点来说说吧。你们想一想，他，这位人物，在刚刚收下了这笔钱，而且是在怎样一种情况下收下来的，受到那样的羞辱，在最严重的屈辱下收了下来，可是你们想一想，据说他居然能在当天分出一半来，缝在护身香囊里，而且有决心把它挂在脖子上整月不动，不顾一切的诱惑和极度的急需！并且不管是在酒店里酗酒的时候，还是在他不得不赶出城去，向不知什么人设法张罗他极需要的钱，以便把他的情人带走，脱离他的情敌和父亲的诱惑的时候，他都没有勇气去动一动这个护身香囊。即使单只为了不使他的情人受他所嫉妒的老人诱惑，他也应该拆开护身香囊，留在家里，寸步不离地看守他的情人，等候她一说'我是你的'，就立刻和她远走高飞，离开现在这个不幸的环境。但是不，他并没碰他的圣物，他的理由是什么呢？我们说过，首先第一个理由就是在人家对他说'我是你的，你可以把我带到随便什么地方去'的时候，他可以有现钱把她带走。但是根据被告自己的说法，这第一个理由显然远远不如第二个理由。据他说：在我身上怀着这笔钱的时候，‘我是卑鄙的人，却不是贼’，因为我永远可以走到被我侮辱的未婚妻面前，把从她那里骗来的那笔款子的一半交给她，永远可以对她说：‘你瞧，我花掉了你的款项的半数，因此证明我是理智薄弱、不讲道德的人，如果你愿意这样说，还是一个卑鄙的人（我用被告自己说的话），但是虽然我是卑鄙的人，却并不是贼，因为假使我是贼，就决不会把留下来的一半钱交还给你，一定会和前一半一样，把它吞没花光。’这真是对事实的一种奇怪的解释！这个疯狂而脆弱的人，不能拒绝在如此耻辱的情况下收下三千卢布的诱惑，竟忽然会在自己身上出现这样坚决的自制，脖子上挂着几千卢布，却不敢动它一动！这和我们所分析的性格有一点符合的地方吗？不，所以我要大胆对你们讲讲真正的德米特里·卡拉马佐夫，假如他真的曾经决定把钱缝在护身香囊里的话，他在这种情况下将会做出怎样的行动？在他已经把这笔钱的半数同他的情人两人花光了以后，只要一遇到诱惑，哪怕就是为了博他的新宠的欢心，他也一定会解开他的护身香囊，从里面分出——嗯，第一次就算只分出一百卢布好了，因为何必一定要交还半数——一千五百卢布呢，有一千四百也就够了；因为事情仍旧是一样的，也就是说：‘我是卑鄙的人，却不是贼，因为到底把一千四百卢布交了回来，贼是要全部拿走，不会交还的。’然后过一些时候，他又会解开护身香囊，又会拿出第二个一百卢布，以后再取一百，再取一百，不到月底便取出了倒数第二个一百，他会说，即使只交还一百，事情也还是一样，我到底‘只是一个卑鄙的人，而不是贼。花去了两千九百，到底交还了一百，贼是连这也不会还的’。最后，在花掉了倒数第二个一百卢布以后，看了看最后的一百，会对自己说：‘干脆连这一百也不必还了，把它也花掉了吧！’我们所知道的，真正的德米特里·卡拉马佐夫是会这样做的！至于关于护身香囊的说法，那简直再没有更比它和现实相矛盾的了。其他一切都可以设想，却没法设想这样的事情。但这我们留到以后再说吧。”

在依次阐明法庭侦讯所调查到的关于父子间财产争执和家庭关系的一切详情，一再做出推论说，根据已知的事实，在遗产分配问题上丝毫无法判定谁欺骗了谁、谁欠了谁之后，伊波利特·基里洛维奇在谈到像强迫观念似的、牢据在米卡的脑子里的那三千卢布时，又讲起了医生的鉴定。

七

历史的观察

“医生的鉴定竭力向我们证明，被告脑子错乱，是一个狂人。我以为他的脑子是健全的，但是这样更坏，因为假使脑筋果真错乱，也许还要聪明些。至于说他是狂人，我还可以同意，但是只限于一点——医生鉴定时指明的一点，那就是被告对于这三千卢布的看法，把它认作父亲没有付清给他的款子。不过也许还可以找到一种比说他有疯狂的倾向更接近事实的看法，以解释被告对于这笔钱为什么总是露出疯狂的态度。我十分赞成那位青年医生主张被告现在拥有而且以前也拥有完全正常的智力，只是处于激动愤慨之中的意见。原因是被告时常表现狂怒，起因并不在于三千卢布，并不在于这笔款子的本身，却在于其中有引起他愤怒的特殊原因。这原因就是嫉妒！”

伊波利特·基里洛维奇说到这里，广泛地描绘了被告对格鲁申卡所产生的那种不幸的热恋。他首先说起被告到这“年轻的女士”家里去“揍她”，据伊波利特·基里洛维奇解释，这用的是被告自己的说法：“然而不但没有动手，反而拜倒在她的脚下了，这就是爱情的开端。恰恰这时，被告的老父亲看上了那位女士，这是一个奇怪的、注定的巧合，因为虽然以前两人都认识而且也常见这位女士，却偏在这时两颗心才忽然同时燃烧起来。同时燃烧起完全抑止不住的、卡拉马佐夫式的热情来。现在我们再看她自己供认的话。她说：‘我同时取笑他们两人。’是呀，她也忽然想同时取笑起他们两人来；以前并没有想，这时却忽然心血来潮起了这个念头，结果是两人都被她征服了。那一向视财如命的老人，这时立刻预备下三千卢布，只求她到他家里来一趟，不久以后，甚至更进一步，只要她肯做他的正式妻子，就情愿把他的名誉和他的全部财产都呈献在她的脚下，并把这当作无上幸福。对于这层，我们有确实的证据。至于说到被告，他的悲剧是明显的，完全摆在我们面前。但这位年轻女士正是要这样'耍着玩'。这位迷人精甚至不肯给不幸的青年人一点点希望，因为那希望，最后的希望，是直到他跪在他的折磨者的脚下，朝她伸出那双杀死父亲兼情敌的血手来的最后时刻才得到的：他就在这种情形下被捕了。'让我，让我也同他一块儿流放去吧，是我把他弄到这个地步的，我是最大的罪人！'这就是这个女人在他被捕时怀着真心的悔恨自己喊出来的话。我已经提过的天才青年拉基金先生着手描写这个案件时，曾用简单扼要的几句话形容了这个女主人公的性格：'早年的失望，早年的受骗和堕落，引诱她的未婚夫的变心和遗弃，再加上贫穷，遭到诚实家庭的咒骂，最后受一个她直到现在仍把他看作恩人的富翁的保护，这一切使一个也许曾含有许多优点的少女的心里，过早地就积蓄起了愤怒，养成了贪钱财而好计算的性格，养成了好嘲笑和对于社会复仇的性格。'听了这样的性格分析之后，就可以明白她能单单为了游戏，为了恶作剧而同时取笑两个人。被告在这一个月内，除了毫无指望的爱情，道德上的堕落，对未婚妻的变心，侵吞人家托付给他的钱财之外，还由于不断的嫉妒，而且还是对自己父亲吃醋，几乎已达到了暴怒和疯狂的地步！特别是那个发痴的老头子竟蛊惑勾引起他的意中人来，而且用的就是那三千卢布，就是被告认为是母亲遗留下来，他责备父亲扣留不给的那笔款子。是的，我同意，这是难以忍受的！这是甚至会激得人发狂的。问题不在金钱，而在于别人就用这笔钱，那样下流无耻地打破了他的幸福！"伊波利特·基里洛维奇接着进而分析被告心里怎样渐渐产生了杀父的念头，并据事实来加以层层剖析。

"起初我们只是在酒店里叫嚷，嚷了整整一个月。哎，我们是爱生活在人们中间的，并且喜欢把一切事情，甚至是最恶毒可怕的念头向人家和盘托出，我们爱跟别人推心置腹，而且不知为什么，立刻就要求别人对我们马上报以完全的同情，关心我们所焦虑和担心的一切，随声附和我们，毫不违拗我们的性子。不然，我们就要勃然大怒，把整个酒店都掀翻。”这里，接着就讲了讲关于斯涅吉辽夫上尉的故事。“在这个月看见过被告、听见过他说话的人终于感到这里面也许已不仅是对于父亲的叫嚷和威吓了，看他那疯狂的样子，威胁也许真会变成事实。”这时检察官描写了修道院里那次家庭聚会和阿辽沙的谈话，还有被告饭后闯进父亲家里动武的那一幕丑剧。“我不想强言断定，”伊波利特·基里洛维奇继续说，“被告在演出这幕丑剧之前，就已经周密而有意识地决定把父亲杀死了事。但是这念头已经有好几次横亘在他的心头，他曾经详细地审察过，这我们有事实、证人和他自己的供词为证。”“说实话，诸位陪审员，”伊波利特·基里洛维奇补充说，“我甚至在今天以前还犹豫不定被告是否确实完全有意识地蓄谋犯了指控他的罪名。我深信他的心里已多次想见未来这个不幸的时刻，但只是想见，只是心里想到了这种可能性，还没有决定实行的日期和在什么情况下实行。然而，我只是在今天以前，在维尔霍夫采娃小姐今天向法庭呈出那张决定性的文件之前，才一直犹豫不定。诸位，你们亲耳听见了她的喊声：‘这是计划，这是谋杀的计划！’这就是她对于这位不幸的被告那封不幸的醉后来信所下的定义。真的，这封信也确实具有计划和预谋的含义。它是在犯罪前两天写下的，因此我们现在确切地知道，在实行这个可怕的谋划的两昼夜前，被告曾罚神赌咒地宣称，假使他明天弄不到钱，就要把父亲杀死，抢走他枕头底下的钱，‘装在系着红绸带的信封里’，‘只要伊凡离开了这里’。你们注意‘只要伊凡离开了这里’，由此可见，一切都已谋划好，一切情况都已考虑到，而且果然，以后也都照所写的实行了！预谋和经过深思熟虑是完全可以肯定的，犯罪就是为了谋财，这是坦率宣告，形诸文字，而且签字署名的。被告并没有否认他的签字。有人会说：这是他在醉后写的。但是这一点丝毫不能减轻问题的严重性，却反而更显得重要，因为他在醉后写了清醒时所谋划的一切。清醒时没有谋划，就不会在醉后写出来。也许有人会说：他何必在酒店里把他的计划信口乱说出来呢？一个人如果预谋干这种事，一定会秘而不宣，放在心里的。这话不错，但他叫嚷的时候还没有计划和预谋好，只有一个愿望摆在那儿，还只是形成了一个意向。以后他就叫嚷得少些了。在写这封信的那个晚上，他在'京都'酒店里喝得烂醉，一反往常地沉默不言，不打弹子，坐在一旁，不同人说话，只把此地商家的一个伙计从座位上赶了开去，但这几乎是无意识的，出于好吵嘴的习惯，他一进酒店就不可能不吵嘴。不错，在下最后的决心的时候，被告的脑子里应该会产生一个顾虑，就是他在城里预先叫嚷得太多了，在他实行计划以后，很可能会成为他受到揭发和指控的佐证。但是有什么办法？公开宣扬的傻事已经做了，就没法收回，再说，他以前曾靠运气混了过去，现在也可能混过去。诸位，我们是相信我们的照命星宿的！我应该承认，他做了许多事情，企图逃避那不幸的时刻，他尽了很大的力量来避免造成流血局面。'我明天要去向所有的人告借三千卢布，'他曾用他那种别致的言语写道，'如果借不到钱，只好流血。'这也是在喝醉的时候写的，同样也是在清醒的时候照计施行了！"

伊波利特·基里洛维奇说到这里，开始详细描述米卡怎样努力弄钱，以图避免犯罪。他讲出米卡在萨姆索诺夫家里的行动和去找猎狗的那次旅行，一切全有文件为证。"他挨饥受累，饱受嘲笑，还卖掉了钟来支付这趟外出的用费。（但据说身上还带着一千五百卢布，据说！）最后，怀着留在城里的意中人可能趁他不在那里时跑到费多尔·巴夫洛维奇家里去的担心嫉妒，终于回到城里来了。谢天谢地！她竟没有到费多尔·巴夫洛维奇家去。他亲自送她到她的保护人萨姆索诺夫那里。（奇怪的是他对萨姆索诺夫并不嫉妒，这是这件案子里十分突出的心理特点！）接着他就跑到'后门'的监视岗哨上去。到了那里，才知道斯麦尔佳科夫发了羊癫风，另一个仆人也生了病。时机正好，'暗号'又已经掌握在他手里，这是多么引诱人呀！然而他到底还在那里抵抗。他到受大家尊敬的、此地的临时住户霍赫拉柯娃夫人那里去。这位太太早就对他的命运发生同情，向他提出一个极有益的劝告，就是戒除酗酒的习惯，放弃胡闹的爱情，不再到酒店里闲坐，白白浪费青春的精力，而动身到西伯利亚找金矿去：‘那是您那旺盛的精力，您渴望奇遇的浪漫性格的一条出路。’”接着在描述了谈话的结局和被告忽然得知格鲁申卡并没有在萨姆索诺夫家里时的情景，又描述了这个满腹醋意、被神经过敏所折磨的不幸的人一想到她居然欺骗他，现在已经到了费多尔·巴夫洛维奇那里时，怎样顿时气得发狂之后，伊波利特·基里洛维奇又请大家注意一个偶然情况所起的致命影响：“如果女仆当时来得及对他说，他的爱人正在莫克洛叶，和‘以前的’‘无可争议的’那一位在一起，那就什么事情也不会有了。但是她竟吓得愣住了，开始发誓赌咒，被告当时不杀死她，只是因为他正急如星火地要去追他的负心的女人。不过请注意：他无论怎样气愤，到底还把一个铜杵抄在手里。为什么偏偏要抄这个铜杵，为什么不拿别的什么凶器呢？假如我们已整整一个月经常默想到这幅图画，心里已有所准备，那么我们只要看见有什么像凶器的东西在眼前闪过，就一定会马上抓起来当凶器使用的。至于哪一类东西可以当凶器用，我们已经设想了整整一个月了。正因这样，所以才这么一刹那间就毫不犹豫看出它可以当作凶器！所以他在拿起这个倒霉的铜杵时，毕竟并不是无意识的，并不是随便拿的。于是，他到了父亲的花园里，时机正巧，在深沉的夜中，没有一个证人，只有黑暗和嫉妒。他疑心她在这里，正在他的情敌的怀抱里，也许这时候还在笑他，这使他喘不过气来。何况这已不仅是疑惑，现在还有什么疑惑，欺骗是明白而且显然的事：她就在这里，就在这间有灯光的屋子里，就在他的屏风后面。这时候人们想让我们相信：这个不幸的人踮着脚走近窗旁，恭敬地朝里面窥看，善良地低声下气，懂事地走开，连忙远离这是非之地，不使危险而不道德的事情发生。但是我们知道被告的性格，而且根据种种事实，了解他正处在什么心理状态，最主要的是他已经知道那立刻可以叫开门进去的暗号！”说到“暗号”一层，伊波利特·基里洛维奇暂时搁下他对被告的指控，认为必须就斯麦尔佳科夫的事情做一个详细说明，把关于斯麦尔佳科夫有杀人嫌疑的一段插曲完全分析透辟，以便彻底撇开这种想法。他说得十分详尽，因此大家都明白，尽管他口头表示那种猜想不值一驳，但毕竟还是认为它十分重要。

八

对于斯麦尔佳科夫的研究

“首先，这种怀疑是怎么来的？”伊波利特·基里洛维奇一开始先从这个问题入手，“首先嚷嚷说斯麦尔佳科夫杀人的是被告自己，就在他被捕的时候。但是从他嚷出第一声，一直到目前法院开审为止，没有提出一件事实来证实他的指控，不但事实，甚至连多少符合人类理性的对某种事实的暗示都提不出。在这以后，支持这项指控的只有三个人：被告的两个兄弟和斯维特洛娃小姐。但被告的二弟直到今天，在病中，在发作了无可置疑的疯狂和脑炎的时候，才说出这个怀疑来，以前整整两个月内，我们清楚地知道，他完全赞同他的哥哥有罪的看法，甚至根本不试图找理由来辩驳。不过这一点，我们以后还要再专门谈它。同时，被告的三弟刚才也自己对我们说过，他并没有任何一点点事实可以证明他认为斯麦尔佳科夫犯罪的想法，这只是从被告自己的话里，‘从他的脸色上’加以判断。是的，这个惊人的证据刚才从他的兄弟嘴里说出了两次。也许，斯维特洛娃的说法甚至更加惊人：‘被告对你们说什么话，你们相信他好了，他不是撒谎的人。’这三个跟被告的命运密切相关的人用来指控斯麦尔佳科夫的事实证据，不过如此。但尽管这样，对于斯麦尔佳科夫的指控却还是广为流传，以前有人赞成，现在也还赞成，可是对这种指控能够相信吗？能够想象吗？”

说到这里，伊波利特·基里洛维奇认为必须把已故的、“疯病发作时结束了自己生命的”斯麦尔佳科夫的性格稍稍介绍一下。他描绘他是个智力贫乏的人，有一点模糊的知识，但被那些他的头脑所无法理解的哲学思想弄得迷迷糊糊，并且为一些关于责任和义务的现代学说所唬住了，这学说是他在现实生活里从去世的主人，也许还是他的父亲费多尔·巴夫洛维奇的不规则的生活上学来的，至于理论方面则从他主人的次子伊凡·费多罗维奇和他所做的各种奇怪的哲学谈话里得来。伊凡·费多罗维奇很乐意做这种消遣，大概是由于烦闷，或者是由于想要嘲笑而又找不到适当的对象。“他自己对我谈到过他在主人家里最后几天的精神状态，”伊波利特·基里洛维奇解释说，“别人也做出同样的证词：如被告本人，他的兄弟，甚至仆人格里戈里，全是照理很熟悉他情况的人。此外，斯麦尔佳科夫受着羊癫风的折磨，‘胆小得像只母鸡’。‘他对我下跪，吻我的脚。’被告自己这样向我们说，那时候他还没有感到他这样声明对于自己多少有点不利。他用他那种特别的话形容说：‘他是一只害羊癫风的母鸡。’被告自己供出，他就是挑了这样一个人来做自己的心腹，把他威吓得只好答应做他的侦探和送信人。他充任这种埋伏在家里的暗探，背叛他的主人，把他有一包钞票的事，和怎样闯进主人屋里的暗号，统统都告诉了被告。不过他又怎么能不告诉呢？‘他会杀人的，我完全看得出，他会杀死我的。’斯麦尔佳科夫在预审的时候说，甚至当那时吓唬他的折磨者自己早已被捕，不能跑来惩罚他的时候，他在我们面前还是怕得浑身发抖。‘他随时都在疑心我，而我自己在满心害怕和战战兢兢的情况下，为了不让他生气，只好连忙把所有的秘密全告诉他，使他看出我在他面前是多么忠实，好让我活下去。’‘他有时朝我一吼，我当时就在他面前跪下来了。’这是他亲口说的话，我记录下来，记住了。显然，作为一位本来天性十分诚实，并因此获得了主人信任的年轻人，主人在他交还失落的钞票那件事情上看出他的诚实来了，不幸的斯麦尔佳科夫的心里不免感到万分痛苦，懊悔不该背叛了自己尊作恩人的主人。根据有经验的精神病医生的证明，害严重羊癫风的人总是有不断的、自然是病态的自怨自艾的倾向。他们时常为了在什么人面前，为了什么事情‘犯了错处’而感到痛苦，受到良心的煎熬，老是凭空夸大，甚至没来由地给自己想出各种的错处和罪名。而现在这样一个人果真出于害怕，又因为受人家的恐吓，犯了罪，做了错事。此外，他还深深地预感到，从正在他面前出现的情势看来，也真可能会发生什么祸事。费多尔·巴夫洛维奇的次子伊凡·费多罗维奇恰在灾祸发生以前动身到莫斯科去的时候，斯麦尔佳科夫哀求他留下来，但是由于他胆怯的习惯，不敢用坚决明确的方式对伊凡表示自己的全部担心。他只能做一点暗示，但是人家没有了解他的暗示，应该注意的是他把伊凡·费多罗维奇看作他的保护人，似乎是只要他在家，就可以有保障，不会发生灾祸。你们记得德米特里·卡拉马佐夫的醉后来信里的词句：‘我要杀死老头子，只要伊凡离开了这里。’由此可见，伊凡·费多罗维奇的在家似乎对大家来说都是家里平静无事的保障。现在他走了，斯麦尔佳科夫差不多在小主人走后只一小时，就立即发作了羊癫风。但这是完全可以理解的。这里应该说明的是斯麦尔佳科夫受到恐惧和某种绝望心情的折磨，在最近几天里特别感到自己有马上发作羊癫风的可能，因为这病以前也总是在他精神上紧张和震惊的时候发作的。发作的日子和时刻自然无法预测，但是每个羊癫风病人都有可能预先感到发作的倾向。医学上是这样说的。伊凡·费多罗维奇刚坐车离开院子，斯麦尔佳科夫在所谓孤立无援的感觉之下，为家务事下地窖去，一边走下台阶，一边心想：‘我会不会发病？如果现在一发作，可怎么办呢？’就是由于这种情绪，由于疑虑，由于上面这样的问题，喉咙里突然痉挛起来，这是羊癫风的先兆，接着他就一下子跌到地窖底上，丧失了知觉。而现在有人竟想在这极自然的事情上挖空心思找出一点疑窦，一点迹象，一点暗示来，说他是故意装病！但假如是故意的，那么立刻会发生一个问题：为什么？抱着什么打算？出于什么用意？关于医学方面我暂且不讲，人家要说，科学是难以为凭的，科学常有错误，医生不能辨明真实和假装，好吧，好吧，但是请你们回答一个问题：他为什么要假装？是为了他预谋杀人，所以偏要用发作羊癫风来尽早预先引起家里人的注意吗？诸位陪审员，你们注意到没有，在发生犯罪的那个夜里，在费多尔·巴夫洛维奇的家里，前后一共有过五个人：第一个是费多尔·巴夫洛维奇自己，但他总不会自己杀死自己，这是很明显的事；第二个是他的仆人格里戈里，但是他自己就几乎被杀死了；第三个是格里戈里的妻子——女仆玛尔法·伊格纳奇耶芙娜，但说她是她主人的凶手简直是可耻的。这样说来，就只剩下两个人——被告和斯麦尔佳科夫了。但既然被告竭力说他没有杀，那么不用说，一定是斯麦尔佳科夫杀的，再没有其他出路，因为再找不到别的任何人，举不出任何别的凶手来了。显然，对于这个不幸的、昨天自杀的白痴所做的那种'巧妙'的、惊人的指控，就是这么来的！恰恰就只是因为没有别人可以检举！只要对于任何别人，对于第六个某人，有一点嫌疑的影子，我相信连被告自己也会认为指控斯麦尔佳科夫是可耻的事，必定要指出那第六个人来的，因为指控斯麦尔佳科夫杀人实在是太荒唐了。"

"诸位，我们抛开心理学，抛开医学，甚至抛开逻辑，只研究事实，单单只研究事实吧，我们可以看看事实对我们说什么？假定是斯麦尔佳科夫杀的，可是怎样杀的呢？是自己一个人，还是和被告同谋？我们先看看第一种情况，就是说是斯麦尔佳科夫一个人杀的。自然，既然杀了人，总得为了点什么，为了某种利益。但是既然像被告所有的那些谋杀的动机，如仇恨、吃醋等等，斯麦尔佳科夫是连一点影子都没有，那么毫无疑问，他只能是为了钱财而杀人，为了劫取他亲眼看见主人装在信封里的那三千卢布。可是他既然起意谋杀，却还对别人，而且偏偏是像被告那样有切身利害关系的人，说出关于银钱和暗号的一切情况：信封放在什么地方，信封上写了些什么，用什么包扎的，而且特别是，特别是关于进主人屋里去的'暗号'。难道说，他这样做，是故意为了把自己暴露出来？或者是为了给自己找一个竞争者，让对方也想进去取得那个信封吗？是的，有人会说：他之所以告诉别人，是因为害怕。可是那是怎么回事？一个能不眨眼地做出这种肆无忌惮的野蛮罪行的计划，以后并予以实行的人，竟会把世上只有他一个人知道，只要他不提起便决没有人会猜得到的情况告诉别人吗？不会的，一个人无论怎样胆怯，只要起意要做这样的事，决不会对任何人说出这类的话，至少是不会说出关于信封和暗号来的，因为这等于预先把自己出卖。即使人家死逼他说出情况来，他也会设法想出些别的什么，撒一两句谎，而把这类的话瞒住不说的！反过来说，我还要重复一下，只要他不暴露关于银钱的事，那么杀人劫财以后，整个地球上就决没有人会指控他，至少没有人会指控他为谋财而杀人，因为除他以外谁也没有看见过这笔钱，谁也不知道家里会有这样一笔钱。即使有人指控他，也一定会认为他是出于别的什么动机而行凶的。但既然事先谁也看不出他怀有这样的动机，却反而看出他被主人所宠爱，为主人所信任，因此不用说，别人最不容易怀疑到他，而最容易怀疑到那些具有这样的动机，自己也嚷嚷有这样的动机，而且毫不隐瞒地向众人诉说这些动机的人。一句话，会怀疑被害者的儿子德米特里·费多罗维奇。这样，斯麦尔佳科夫杀了人，劫了财，而死者的儿子被指控，这对于杀人的斯麦尔佳科夫来说不是正得其所吗？可现在斯麦尔佳科夫在起意杀人以后，却竟事先会把关于银钱、信封和暗号的事情偏偏都去告诉德米特里，这合乎逻辑吗？这能叫人弄得明白吗？

"斯麦尔佳科夫预谋杀人的日子到了，可他却假装发羊癫风，摔了跤，为了什么？莫非首先是为了好让本来打算自己治病的仆人格里戈里看见没人看守，只好延期治疗，亲自来看守？其次是为了好让主人自己看见没有人保护他，生怕儿子进来（这点他并不隐瞒），因此加深疑惧，更加强戒备？最后，尤其是为了好让人家立刻把为羊癫风所苦的他，斯麦尔佳科夫，从他一向远离别人独身居住，并且另有出入口的厨房，搬到厢房的另一头，格里戈里卧室里的隔板后面，离他们两人的床只三步远的地方吗？因为每当他犯了羊癫风，出于主人的吩咐和玛尔法·伊格纳奇耶芙娜的慈悲心肠，老早以来就一直是这样做的。他躺在隔板后面，为了装病装得像些，自然多半要不住呻吟，弄得他们俩整夜醒着（据格里戈里和他的妻子所供实际上也正是这样），而这一切，这一切莫非会更便于他突然从床上起来，跑出去杀死主人吗？

“但有人会对我说，他之所以装病，也许正是为了使人家把他当作病人，不想到他头上来。而他把关于银钱和暗号的事告诉被告，也正是为了好让被告忍不住自己跑来杀人，而等到他杀人劫财，逃之夭夭，也许还弄得沸反盈天，吵醒证人之后，那时候斯麦尔佳科夫就好起身离床，走了出去。嗯，出去做什么呢？就是走出去再把主人杀死一次，再去取已经被拿走的银钱！诸位，你们觉得好笑吗？我自己也不好意思做这样的假设，但是你们能想象得到吗，被告所咬定的却正是这话。他说：‘在我已经从屋里走出来，把格里戈里打倒，闹了乱子以后，他起床走出去，杀了人，劫了财。’我也不必说斯麦尔佳科夫怎么能预先全都算到，全都未卜先知，对一切都了如指掌，而且恰恰算到这个恼火得发狂的儿子跑来以后，会单单只为了恭恭敬敬地向窗内张望一下，尽管知道暗号，却仍退了出去，却把到口的食物全留给了斯麦尔佳科夫！诸位，我现在严肃地提出一个问题：斯麦尔佳科夫究竟是在什么时候作的案？请你们指出这个时间来，因为不这样就不能指控他。

“‘也许羊癫风是真的。病人忽然醒了过来，听见了喊声，就走了出去。’嗯，那又怎样呢？是不是他看了一下，就对自己说，让我去杀死主人？但是他怎么会知道里面所发生的情形，既然他在那时以前还一直躺在那里，人事不知？诸位，你们知道，幻想也总得有个限度！

“‘也许是这样，’细心的人会说，‘但要是他们两人同谋，一块儿杀人分赃，那又怎样呢？’

“是的，这的确是个很有分量的问题，而且首先，马上就可以拿出支持这个疑问的极大的佐证：一个动手杀人，承担一切，另一个同谋者蜷卧在床，假装发羊癫风，就是为了预先引起大家的疑惑，使主人、格里戈里提心吊胆。有趣的是这两个同谋者到底出于什么动机会想出这样疯狂的计划来呢？但是，也许这共谋在斯麦尔佳科夫来说并不是主动的，而可以说是被动的，不得已的。也许受了恐吓的斯麦尔佳科夫只答应对于谋杀不阻挡，但因为预感到人家会指控他纵容谋杀主人，不呼喊，不抗拒，所以预先请求德米特里·卡拉马佐夫允许他到时假装羊癫风发作，躺在那里。‘你尽管去杀你的罢，与我不相干。’但即使果真如此，那也同样因为羊癫风一发，家里一定会引起慌乱，德米特里·卡拉马佐夫预先见到这一层，也是无论如何不会同意这个主意的。不过我可以暂且让步，就算他能同意；但是结果仍是一样的，德米特里·卡拉马佐夫终归是凶手，直接的凶手，是他起意杀人，而斯麦尔佳科夫只是被动的参与者，甚至还不是参与者，而只是由于惧怕才违背自己的意旨加以纵容。法庭是一定会区别对待的。但是摆在我们面前的情况是怎样的呢？被告刚一被捕，就一下子把一切都推到斯麦尔佳科夫一人身上，只对他提出指控。并不指控他和自己同谋，却只指控他一个人，说这是他一个人做的事，他杀人越货，是他一手干的！既然两人立刻互相对咬，那又算是什么同谋呢？这是永远不会有的事。而且你们应该注意，这在卡拉马佐夫是极冒险的事：他明明是主谋，而斯麦尔佳科夫却不是，只是纵容者，作案时正躺在隔板后面，而他竟想把一切推在一个躺倒的人身上！那个躺着的人一生气，单单为了自卫也很可能会马上把事实真相说了出来。他会说，这是两个人都参与干的，不过我没有杀人，只是因为害怕才准许和纵容了他。因为斯麦尔佳科夫会明白，法庭一定会马上辨清他的犯罪的程度，因此他可以指望即使自己受到惩罚，也一定会比打算把一切推到他身上的主犯所得的刑罚要轻得多。但要是果真这样，他不用说，是一定会直接供出来的。然而我们并没有看见这种情形。斯麦尔佳科夫一点也没有露出同谋的话，尽管凶手曾坚决地把他指控出来，一直指控他是唯一的凶手。不但如此，斯麦尔佳科夫在预审的时候反而坦白说，是他自己把关于装钱的信封和暗号告诉被告的，要是没有他，被告将毫无所知。假使他们果真同谋犯罪，他会不会在预审的时候这样轻易地说出这话，说一切都是他自己告诉被告的呢？相反，他必然会一味抵赖，把事实加以歪曲和缩小。但是他既没有歪曲，也没有缩小。只有无罪的人，不怕人家指控他同谋的人，才能这样做。现在他由于羊癫风和不久前爆发的这桩祸事，害起了病态的忧郁症，竟在昨天上吊自杀了。死后留下了用他那种特别的文体写的一张纸条：‘我出于自觉自愿，消灭了自己的生命，与他人无涉。’是的，最好他在纸条上再添上一句：凶手是我，不是卡拉马佐夫。但是他并没有添上。他的良心对一件事情敢做，而对于另一件事情却不敢吗？

“可怎么回事呢？刚才又有三千卢布缴到了法庭上，据说，‘这就是原来装在物证桌上放着的那只信封里的钱，是昨天从斯麦尔佳科夫手里拿到的’。但是诸位陪审官，你们自己也记得刚才那幅悲惨的图画。详细情形我不再复述，但我要挑选其中两三个最不重要的情节来说一说我的看法，正因为它们不重要，所以不是每个人想得到，而且是容易忽略的。第一，还是那套话：斯麦尔佳科夫由于受良心谴责，昨天把钱缴回，自己悬梁自尽了（因为没有良心的谴责，他是不会交出钱来的）。而且不用说，他自然是在昨天晚上才第一次对伊凡·卡拉马佐夫承认他的犯罪，就像伊凡·卡拉马佐夫自己宣称的那样，要不然后者为什么一直缄口不言呢？那么说，他确实是做了坦白，但我又要重复一句，既然这样，既然他明知明天就将对无辜的被告进行可怕的审讯，那他又为什么不在他临死的那张字条里向我们宣布出全部的事实呢？光是钞票不能算作证据。比方说，我和在这大厅里的另外两个人，就在一星期以前完全偶然地得知一桩事实，那就是伊凡·费多罗维奇·卡拉马佐夫曾把两张年息五厘的五千票面的库券，一共一万卢布，寄到省城里去兑现。我说这话的意思是钱在一个时期内是大家都可能有的，缴出三千卢布，并不能完全证明它就是那笔钱，就是从某个抽屉或信封里拿出来的钱。还有，伊凡·费多罗维奇在昨天从真正的凶手那里得到那样重要的消息，却竟会抱着若无其事的态度！为什么他不立刻告发呢？为什么他要拖延到第二天早晨呢？我以为我有权这样猜测：一星期来他的健康失调，曾对医生和他的亲近的人承认他常看见幻影，遇到已亡故的人们，他当时已处于发作脑炎的前夜，而今天果真发作了。他在这种情况下出其不意地听到斯麦尔佳科夫自杀的消息，便突然产生了这样一种想法：‘人已经死了，可以把事情推到他身上来拯救兄长。钱我有，只要拿出一沓来，说这是斯麦尔佳科夫临死时交给我的就行了。’你们会说，这是不光明的事；虽然诬赖的是死人，撒谎总是不光明的，即使是为了救兄长也一样。这话也对，但如果他的撒谎是无意识的呢？可能他自己就这样认为，因为他由于仆人暴卒的消息已完全丧失了理智。你们刚才看见过那种情景，看见过这人处在什么状态下。他站在那里说话，但是他的理性在哪里？就在这脑炎病人的供述以后，出现了一个文件——被告给维尔霍夫采娃小姐的信，是他在犯罪前两天所写，把犯罪的详细计划都预先说了。这样，我们为什么还要去寻找另一个计划和它的编制者呢？事情是完完全全照着计划实行的，而实行的人就是它的编制者，决不是别人。是的，诸位陪审员，‘完全照所写的那样实行了’！他根本没有恭敬而小心地从父亲房间的窗户那里跑开，尤其是因为他深信他的情人就在房里。是的，说他走开了是荒诞不经的，他确实走了进去，把事情了结了。他大概刚一看见他不共戴天的情敌，就怒火中烧，在激怒中杀了他，他也许是一下子，一挥手，用铜杵杀的。但杀了之后，经过详细的搜查，虽明白了她并不在那里，却仍旧不忘记把手伸进枕头底下，拿出装钱的信封，它的撕碎了的空套现在就和其他物证一起放在桌子上。我说这话的意思是让大家注意到据我看来极具特征的一桩事实。假使他是有经验的凶手，蓄意劫财的凶手，他会把空信封留在地上，像在尸首附近发现时的那个样子吗？假使这是斯麦尔佳科夫为了劫财而谋杀的，他一定会直截了当把信封带走，不必费事站在尸首旁边把它拆开来，因为他早就知道信封里是钱，那本来是当着他的面装进去封好的，假如他把信封完全带走，那就谁也不会知道是不是发生过劫财的事了。我问你们，诸位陪审员，斯麦尔佳科夫会不会这样做？他会不会把信封留在地板上呢？不，会这样做的正是一个已经失了理性的发狂的凶手，这凶手不是贼，在这以前从来没有偷过东西，现在从床垫下抢走钱时也并不像在偷东西，而只是在向偷东西的贼那里拿回自己的东西，因为德米特里·卡拉马佐夫对于这三千卢布恰恰是这样想的，这种想法使他达到了疯狂的程度。所以现在他抓到了他以前从来没有看见过的信封时，就撕了开来，看看里面有没有钱，然后就把钱朝口袋里一揣，跑了出去，甚至想也没有想到他在地板上给自己留下了极大的罪证，就是那个撕碎了的空信封。原因全在于那是卡拉马佐夫，而不是斯麦尔佳科夫，所以才会没有想到，没有考虑到。他哪里还顾得到这些！他跑了出去，他听到追他的仆人的呼喊，仆人抓到他，阻拦他，但被铜杵打倒了。被告出于怜悯的情感跳下来看他。请想想看，他竟忽然告诉我们他当时跳下来是出于怜悯，出于一种同情心，为的是看一看能不能救护他。请问，那是表现这种同情心的合适时刻吗？不，他之所以跳下来，就是为了弄明白：他的罪行的唯一的证人是不是还活着？一切别的情感、一切别的动机都是不自然的！你们要注意，他在格里戈里身边忙了好一会儿，用手帕擦拭他的头，在确信他已经死了以后，才像丧魂失魄似的，带着满身血污，又跑到他的情人家里去。他怎么会不考虑到自己满身血污，会立刻被人发觉呢？但是被告自己告诉我们，他甚至丝毫没有注意到自己满身血污。这是可以相信的，这是十分可能的，在这种时候犯罪的人总是这样。一方面精明得像魔鬼，另一方面又毫无头脑。在这时候他念念不忘的只是她在哪里。他必须赶快知道她在哪里，因此他跑到她家去，才知道了一个对他来说是突如其来的惊人的消息：她到莫克洛叶去会她‘以前的’‘无可争议的’那一位去了！”

九

种种心理分析。飞驰的三套马车。检察官演词的终结

伊波利特·基里洛维奇的演词显然一直采取了严格的历史叙述的方式，所有神经质的演说家都极爱用这个方式，他们故意设下严格限定的范围，以克制自己那种忘乎所以的狂热。他说到这里以后，对于这位“以前的”“无可争议的”人物特别多提了几句，抒发了几点特别有趣的想法。“本来醋劲极大的卡拉马佐夫仿佛突然一下子在这位‘以前的’‘无可争议的’人物面前丧胆落魄、销声匿迹了。最奇怪的是他以前几乎完全没有注意到一个突如其来的情敌对自己的新威胁。他老以为这还离得很远，而卡拉马佐夫是永远只生活在目前的。他大概甚至还认为他是虚构的东西。在他怀着痛苦的心情一下子明白了，这女人之所以把这个新的情敌隐瞒不提，一直欺哄他，也许正因为这个新情敌对于她并不是幻想，也不是虚构，却是她一生的希望，他在突然明白了以后，顿时变得心平气和了。是啊，诸位陪审员，我不能抹杀被告身上这种出人意料的心灵特点。乍一看，被告似乎怎么也不会表现出这样的特点，可是现在他突然之间热切地坚持真理，尊重妇女，承认她有爱情的权利了。而且是在什么时候？就在他为了她而双手沾满父亲鲜血的时候！老实说，这时候那杀人所流的血已经在索取代价了，因为他既然葬送了自己的心灵和在世上的前途，便不由得会立时感到，而且扪心自问：‘现在他对于她，对于这个他爱得甚

于自己的灵魂的人来说，还能有什么价值？他怎么还能和这个“以前的”“无可争议的”人相比？这个人已经心里感到忏悔，带着新的爱情、诚实的提议，和对于再生的、幸福生活的誓约回到他曾经陷害过的女人这里。而不幸的他，现在还能给她点什么？还能向她做什么提议？’卡拉马佐夫明白了这一切，明白他的犯罪堵塞了他的一切前途，他只是一个被判死刑的囚犯，而不再是个还值得活下去的人！这念头把他压倒，把他摧毁了。他一下子选择了一个疯狂的计划。依照卡拉马佐夫的性格，他不能不把这个计划看作是解脱他的可怕处境的一条唯一的、注定的出路。这条出路就是自杀。他跑去赎取抵押给官员彼尔霍金的手枪，一边在路上从口袋里掏出所有的钱，为了这笔钱竟使他用父亲的血玷污了自己的手。唉！钱是他现在最需要的；卡拉马佐夫将要死去，卡拉马佐夫将要自杀，但总得让人记住这一点！要知道，我们总不愧是个诗人，曾像两头都点着的蜡烛一般烧尽了自己的一生。‘我要到她那儿去，到她那儿去，我要在那里高张盛宴，空前的盛宴，让人们永远记住，永远讲不完。在粗野的喧嚷、茨冈人疯狂的歌舞之中，我要举起酒杯，庆祝我所深爱的女子，祝她享受新的幸福，然后，就在她的脚下，砸碎我的脑袋，了结我的一生！她以后会想起米卡·卡拉马佐夫，明白米卡是怎样爱她，会怜惜米卡的！’这里面有许多矫揉造作、许多浪漫的疯劲以及野蛮的卡拉马佐夫式的多情善感和放纵任性。此外，诸位陪审员，还有一些什么别的，充塞灵魂，萦回脑际，把他的心都揉碎了的东西，这种东西就是良心，诸位陪审员，就是良心的裁判，良心的可怕谴责！但是手枪将了结一切，手枪是唯一的出路，别的出路是没有的。至于死后呢？我不知道卡拉马佐夫在那一刻想没想过‘死后将怎样’的问题。而且也不知道，卡拉马佐夫究竟能不能照哈姆雷特的样子想到死后的情形。不，诸位陪审官，他们有哈姆雷特，而我们目前还只有卡拉马佐夫！”

说到这里，伊波利特·基里洛维奇详细描述了米卡准备出行的情景，在彼尔霍金家的一幕，在小铺里，以及和马车夫谈话的情节。他引证了许许多多经证人确认的语句、言辞和神情姿势，而他所描绘的这幅图景对听众的信念产生了极其强烈的影响。特别是各种事实的总和使人产生了强烈的印象。这发狂般任性胡行，不再珍惜自身的人的有罪，显得再也没法否认。“他已经不值得再珍惜自己了，”伊波利特·基里洛维奇说，“他几乎有两三次完全坦白承认了这一点，几乎已经点明，只是没有完全说出罢了。”（说到这里引述了几个证人的供词。）“他甚至在路上对车夫说：‘你知道不知道，你载的是一个凶手！’但是他毕竟还不能完全说出来，他必须先到莫克洛叶村去，做完他的文章。但谁料到那儿有什么在等待着这个不幸的人呢？原来他到了莫克洛叶的最初几分钟内就看出，而且不久就完全明白，他那‘无可争议’的情敌也许并不见得那么无可争议，人家并不希望也不想接受他的祝贺。但是诸位陪审员，你们已经从法庭侦讯中知道一切事实。卡拉马佐夫无疑地占了他的情敌的上风，他的心灵中开始了一个全新的阶段，这甚至是他的心灵过去、未来曾经经历和可能经历的一个最可怕的阶段！诸位陪审员，我们可以肯定地说，”伊波利特·基里洛维奇大声感叹道，“遭到玷污的天性和犯罪的心灵会对自己进行报复，比任何人间的制裁都更为彻底！不但如此：法庭的制裁和人世间的刑罚甚至会减轻天性的惩罚，在那样的时刻，罪人的心甚至正需要它们，以便把它从绝望中挽救出来，因为我简直不能设想，当卡拉马佐夫知道了她爱他，她为了他拒绝了她‘以前的’‘无可争议的’旧情人，她召唤他——‘米卡’一块儿去过新的生活，允许给他幸福的时候，他是怎样恐怖，精神上又是多么痛苦。而这正巧是在什么时候？正巧是在他一切都已幻灭，什么都已经谈不上的时候！这里，我还要顺便指出对于我们来说十分重要的一点，以说明被告当时的处境的真相。这个女人，他热恋的对象，直到最后的一分钟以前，甚至直到他被捕的一刹那以前，对他来说还始终是个可望而不可即的人物。那么为什么，为什么他并没有当时就自杀，却放弃了已下的决心，甚至忘记了他的手枪放在哪儿了呢？原来正是那种强烈的爱的饥渴和立刻就可以满足这种饥渴的希望拦阻了他。在狂饮烂醉的时刻，他紧紧黏在他爱人的身边，她和他一同喝酒，在他眼里显得比任何时候都更妩媚动人。他一步也离不开她，欣赏着她，在她面前忘记了自己。这种强烈的饥渴在一个短时间里甚至不仅能压下他对被捕的恐惧，而且足以抑制他良心的谴责。一个短时间里！唉，只是在一个短时间里！我设想当时罪人的心情是正处在完全把他压倒的以下几种因素的绝对支配之下。首先是泥醉的状态，喧哗吵闹，舞姿杂沓，歌声刺耳，而她，醉颜绯红的她，一面唱，一面跳，醉眼惺忪地向着他笑！其次，是一种使他振奋的、隐约的幻想，觉得注定的结局还离得很远，至少不近，也许明天早晨才会来逮捕他。这就是说，还有几小时，这已经很多，简直太多了！在几小时内可以想出许多办法。我设想他当时的情形有点像一个罪犯被领到断头台上去处死刑：还须走一条长长的街道，而且是一步步地，从成千上万的人群面前走过，以后再折到另一条街，在另一条街的末端才是那个可怕的广场！我总觉得，被判处死刑的人在行刑队伍出发的时候，坐在囚车上面，的确会感到在他的面前还有着无限长的生命。房屋往后倒退，马车一直向前走，但这不要紧，离拐上第二条街的转角还远得很，他还在那里精神抖擞地左顾右盼，朝成千上万带着冷酷的好奇心瞧着他的人们看着，还觉得他是和他们一样的人。现在拐到另一条街上去了。这不要紧，不要紧，还有整整一条街。无论走过多少房屋，他总是想：'还剩下许多房屋哩。'这样一直到走完为止，一直到广场为止。我觉得卡拉马佐夫当时也是这个情形。他心想：'他们还来不及赶到，还可以找找出路，还有时间想出抵御的计划，而现在，现在，现在她是多么美丽！'他的心里感到模糊的害怕，但是他还能从容地把那笔钱的半数留起来，藏在什么地方，要不然，我就不明白，他刚从父亲的枕头底下拿来的三千卢布的一半会消失到哪里去了。他到莫克洛叶去已不是初次，他已经在那里喝过了两昼夜的酒。这所多年的大木房有许多堆房和围廊，是他所熟悉的。我总以为一部分钱在那时候，在被捕前不久的时候就藏起来了，而且一定在这所房子里，在地板缝、墙缝里，在某块地板底下，或者某个角落，顶棚下面。为什么？怎么为什么？灾祸立刻就会发生的，当然我还没有想好对策，我没有工夫，我的脑袋里直嗡嗡，我的心还黏在她的身上，但是钱呢，钱在任何情形下都是必要的！人有了钱，到处可以做人。也许你们觉得这时候还会有这样的精明算计是不自然的吧？但是他自己也说过，在一个月以前，在一个对于他也是十分惊惶而不幸的时刻，他曾把三千卢布分出了一半，缝在一个护身香囊里，尽管这话自然是不实在的，我们下面马上就要加以证明，但是这样的念头总是卡拉马佐夫常想的，是他考虑过的。不仅如此，当他以后对检察官说，他曾把一千五百卢布分出来，放在护身香囊里的时候（其实并没有这样一件东西），也许他临时想出这个托词来，正是因为他在两小时以前灵机一动，为了避免保存在身边，曾把一半的钱藏在莫克洛叶的什么地方了，以防明天早晨发生意外。两个深渊，诸位陪审员，你们要记得，卡拉马佐夫会一下子同时洞察两个深渊！我们在那所房子里找过了，却没有找到。也许这笔钱还在那里，也许第二天就失踪了，现在还在被告那里。总而言之，他在她的身边被捕，当时他正跪在她面前，她躺在床上，他的两手伸向她，他在那时候忘记了一切，竟没有听见逮捕他的人已走到了跟前。他的脑子里没有工夫准备回答的话。他和他的脑子一块儿出其不意地被抓住了。

“诸位陪审员，他现在站在裁判官面前，站在决定他的命运的人们面前。诸位陪审员，有的时候，在执行任务的时候，我们自己会在别人面前几乎感到害怕，替他害怕！这就是当一个犯人看见大势已去，但还在那里挣扎，还打算和你们抗争时，我们看到了他那兽性的恐怖的时刻。在这种时刻，他发挥了自己身上一切自卫的本能，为了拯救自己，用怀疑的、悲哀的、锐利的眼光望着你们，琢磨和研究你们，注意你们的脸庞、你们的思想，猜测你们将要从哪一方面进行打击，在惊惶的脑子里闪电似的构想着几千种对付的计划，但总怕说话，怕说错了话！这种人类心灵卑下的时刻，这种心灵的痛苦折磨，这种兽性的拯救自己的渴望，那是多么可怕！有时甚至会打动预审推事，使他产生对于罪犯的同情心！而这正是我们当时所曾经目睹的。他起初吓昏了头，在恐怖中漏出几句对他大为不利的话来：‘血呀！

我真罪有应得！’但是他很快就控制住了自己。说些什么，怎样回答，这一切他还没有准备好，但却准备好了一味矢口否认：‘我对于父亲的死并没有犯罪！’这是暂时先垒起的一道围墙，以后也许还可以在围墙里面再筑起一座壁垒。为防我们进一步追问，他对最初漏出的几句对自己不利的话急忙解释，说他承认自己有罪，只是指打死仆人格里戈里而言。‘我对于这人的血是有罪的，但是诸位，谁杀死父亲的？谁杀死的？如果不是我，谁能杀死他呢？’你们听听：他反倒来问我们，问特地跑来向他提出这个问题的我们。你们听到他这句预先说上前的话没有——‘如果不是我’，注意到这种野兽般的狡猾、这种幼稚的语气、这种卡拉马佐夫式的迫不及待的心情没有？不是我杀的，你们连想都不应该想是我杀的。‘我想杀，诸位，我曾经想杀。’他连忙承认（他说得那么匆忙，实在太匆忙了！），‘但是我到底没有犯罪，不是我杀的！’他说他想杀，是对我们的让步。他的意思是说，你们自己看见，我是多么诚实，所以你们更应该赶快相信不是我杀死的。唉，罪人在这种场合下有时真会变得难以置信地轻率和轻信。当时，预审的法官们好像完全不经意似的，突然单刀直入地提出一个问题：‘是不是斯麦尔佳科夫杀死的？’这一来就发生了正好是我们预料中的情形：他非常恼火，因为人家抢到了他头里，在他还没有准备好，还没有选好和抓到最适当的时机引出斯麦尔佳科夫来的时候，就出其不意地打中了他的要害。出于他的本性，他立刻走到了另一个极端，自己竭力对我们解释起来，说斯麦尔佳科夫决不会杀人，没有杀人的能力。但是你们不要相信他，这只是他的狡猾手段：他根本没有撇开斯麦尔佳科夫，正相反，他还要把他抛出来的，因为不把他抛出来就没有别人可抛，不过他想找另一个时间，因为眼前这个机会暂时被破坏了。他也许要到明天，或者甚至过几天以后才把他抛出来，他会选好一个时机自动向我们嚷起来：‘你们瞧，我自己曾比你们更坚决否认斯麦尔佳科夫有罪，你们自己应该记得，但是现在连我也相信了：这是他杀的，不是他又是谁！’可是在他正阴沉而气恼地否认的时候，一种恼怒和不耐烦的心情却促使他做出了一个极其笨拙而不可信的解释，说他如何朝父亲的窗内张望了一下，又如何恭恭敬敬地离开了那个窗子。这主要是因为他还不了解，不知道苏醒过来的格里戈里已做出了怎样的证词。我们着手搜查他的身体。搜查使他发怒，却也使他壮了胆：没有找到全部三千卢布，只找到一千五百。而且不用说，正是在他恼怒地沉默和否认的时候，他的脑子里才第一次产生了关于护身香囊的念头。毫无疑问，他自己也感到这种虚构是多么难以令人相信，所以他费尽心机，拼命费尽心机地想使它显得可信些，把它编成一套像煞有介事的神话。预审的法官们遇到这类情况，最要紧的一件事，最主要的一项任务就是不让他有所准备，出其不意地进行突然袭击，使罪犯把他隐秘的念头十分天真、荒诞而且矛盾地吐露出来。只能用一种方法使罪犯开口，那就是出其不意而且似乎毫不经意地告诉他一桩新的事实，一桩意义重大，但他一直毫未料到，而且怎么也不可能想到的事实。这样的事实就在我们手头，早就在我们手头预备好了：那就是仆人格里戈里清醒过来以后所供被告从里面跑出来的那扇敞开着的门的事。关于这扇门他完全忘记了。至于格里戈里会看见它开着，更是完全没有料到。发生的效果大极了。他跳起身来，忽然对我们嚷道：'是斯麦尔佳科夫杀死的，是斯麦尔佳科夫！'这样他就泄露了他这个主要的隐秘的念头，而且是在最荒唐不可信的方式下泄露的，因为斯麦尔佳科夫只有在他把格里戈里打倒在地抽身逃走以后才可能杀人。当我们告诉他，格里戈里在倒下以前就看见房门敞开着，而他走出卧室的时候，还听见斯麦尔佳科夫在隔板后面呻吟，卡拉马佐夫听了真像是挨了一闷棍。我的同事，我们聪明可敬的尼古拉·帕尔费诺维奇以后对我说，他在那时候心里可怜起他来，简直想掉眼泪。就在这时候，为了想挽回局势，被告才连忙把所谓护身香囊的事情告诉了我们，仿佛在说：好吧，那你们就听这个故事吧！诸位陪审员，我已经向你们表示过我的意见，为什么我认为一个月以前把钱装在护身香囊里的那套话不但荒诞，而且是极不可信的，因为这种虚构只是在这种情形下才想出来的。即使有人打赌想说出和想出最不可信的故事来，他也想不出比这再坏的东西了。主要的是，别人可以用一些细节来把这种得意非凡的故事家逼入困境，压得粉碎，现实生活是永远不乏这种细节的，但那些不幸的、身不由己的编谎人却总是把它们当作似乎完全没有意义、没有用处的小玩意儿而加以忽视，甚至连想都不去想它。是的，他们在这种时候顾不到这些，他们的脑筋只在那里创造庞然大物，谁敢请他们注意这类琐碎的东西！但是恰恰就在这上面他们被抓住了！人家问被告：‘您缝护身香囊的材料是从哪里拿到的？谁给您缝的？’‘我自己缝的。’‘但是那块布是从哪里拿到的？’被告生气了，他认为这简直是故意找他麻烦的小事情，而且你们信不信，他确实是真的生了气，真的生了气！他们这类人都是这样的。‘那是我从衬衫上撕下来的。’‘好极了。这么说，我们明天就会在您的衬衣裤中找到这件撕掉了一块布的衬衫。’你们可以想象，诸位陪审员，如果真有这件衬衫，那在他的皮箱或衣柜里是不会找不到的，而只要我们果真找到了那件衬衫，那就成为一个事实，一个具体事实，证明他的供词的正确！但他是不可能这样想的。‘我不记得了，也许不是从衬衫上撕下来的，我是用女房东的压发帽缝的。’‘什么压发帽？’‘我从她那里拿来的，就在她那里乱放着，一顶旧的布帽子。’‘您记得很清楚吗？’‘不，我记得不大清楚。’他当时那种生气的样子，真是不得了，但是你们想一想：怎么会不记得呢？在一个人最可怕的时刻，例如在被押去处刑的时候，会记清的恰恰是这些琐碎的事情。他会忘却一切，但是对于他在路上偶然看到的某所楼房的绿色的屋顶、十字架上的乌鸦，却记得清清楚楚。他在缝护身香囊的时候，是背着屋里的人的，他应该记得：他手拿针线的时候，怎样感到屈辱，害怕得要命，生怕有人进来撞见；怎样在敲门的时候跳起身来，跑到隔板后面去，他房间里有这样的隔板。可是诸位陪审员，我为什么要把这一切，所有这一切详情细节告诉你们呢？”伊波利特·基里洛维奇忽然把声音提高说，“就是因为被告一直到现在为止，还坚持着他这一套荒唐的说法！在这两个月里，从他最不幸的那个夜晚以来，他没有做一个字的说明，没有在以前杜撰出来的供词上增添一桩现实的、能够说明问题的事实。他的意思是说这一切全是鸡毛蒜皮，你们相信我的名誉担保好了！我们愿意相信，我们急于要相信，即使相信你的名誉担保也行！我们难道是喝人血的狼吗？请你们哪怕指出一件对于被告有利的事实来也好，我们非常欢迎，但必须是具体的、实在的事实，而不是他的亲兄弟从被告的脸色上得到的推论，也不是指出他敲胸脯，就一定应该是指着那个护身香囊，而且还是在黑暗之中。我们很乐于得到新的事实，我们可以首先放弃我们的控诉，我们可以立刻放弃。可是眼前呢？公道在那里要求伸张，我们只能坚持我们的主张，我们什么也不能放弃。”说到这里伊波利特·基里洛维奇转入了演词的结尾。他好像得了疟疾，他大声疾呼地要求为所流的血复仇，为被儿子“以卑鄙的劫财的动机”而杀死的父亲的血复仇。他坚决地指出了各种悲惨而罪恶的事实的总和。“无论你们将要从才能卓著的被告律师那里听到什么话，”伊波利特·基里洛维奇忍不住了，“无论这里将会发出什么样雄辩感人的言辞来打动你们的心，你们总应该想到，此刻你们是正站在正义的庙堂之上。要想到，你们是我们的真理的维护者，我们神圣的俄罗斯的维护者，它的基础、它的家庭、它的一切神圣的事物的维护者！是的，你们眼前是正在这里代表着俄罗斯，你们的判决不仅将在这间大厅里回响，还将传遍整个俄罗斯，整个俄罗斯，整个俄罗斯将倾听你们，把你们看作他们的维护者和裁判者：你们的判决对他们不是鼓舞，就是挫折。不要辜负俄罗斯和它的期待吧，我们的不幸的三套马车正向前飞驰，也许会奔向灭亡。全俄罗斯都早已在伸出手来，要求制止这疯狂而不顾死活的狂奔。如果说别的民族暂时还在躲闪这辆没命奔驰的三套马车，那也许并不是出于尊敬，像诗人所希望的那样，却完全是由于恐怖。你们要注意这一点。由于恐怖，也许甚至是由于轻视它，而且单单躲闪还算是好的，只恐怕说不定竟会突然不再躲闪，而会像一堵墙似的坚决挡在这狂奔的噩梦面前，自己挺身来阻止我们这种无法无天的、疯狂的奔跑，以便拯救自己，拯救教育和文明！我们已经听到这种从欧洲传来的惊惶的呼声。这声音已经开始传播了。千万不要挑拨他们，不要做出为亲子杀父开脱罪名的判决，来加剧他们那愈来愈增长的愤恨！”

总之，尽管伊波利特·基里洛维奇还十分醉心于滔滔雄辩，但终于还是以动人的辞令结束了他的演说，而事实上，他的演说词所产生的印象也确实是很强烈的。他本人一说完之后，就连忙离开大厅到另一个房间去，而且，我再说一句，几乎在那里昏了过去。听众没有鼓掌，但是一帮正经的人都很满意。只有太太们不大满意，不过也很喜欢听他的巧妙的辩才，况且她们并不担心后果，因为她们一心指望费丘科维奇能左右一切，“只要他一开口，自然会驳倒所有的人”！大家瞧着米卡。他在检察官说话的时候一直默默地坐着，捏紧拳头，咬紧牙关，低下头，只是偶尔抬起头来，倾听一下。特别是在提到格鲁申卡的时候。当检察官引述拉基金议论她的话的时候，他的脸上表现出轻蔑的、恶狠狠的冷笑，并且相当响亮地说了一句："伯纳德！"在伊波利特·基里洛维奇叙述他怎样在莫克洛叶审问他、折磨他的时候，米卡带着十分好奇的神情抬头倾听。说到某一段话时，他甚至仿佛想跳起来，嚷出几句什么话来，但到底勉强控制住了自己，只是轻蔑地耸了耸肩膀。至于演说词的末段，就是关于检察官在莫克洛叶审问罪犯时的业绩，事后我们社会上曾加以议论，还嘲笑伊波利特·基里洛维奇说："这个人到底忍不住要夸一夸自己的能干。"

法庭暂停审理，但只休息了很短的时间，有一刻钟，至多二十分钟。旁听的群众里面传出一阵谈话声和感叹声。我记下了一些来：

“一篇有分量的演说！”在一堆人中有一位先生皱着眉头说。

“加上了许多心理分析。”另一个声音说。

“这全是事实，驳不倒的真理！”

“是的，这方面他是个能手。”

“他还下了结论。”

“他也给我们做了结论，”第三个声音接口说，“记得吗？在演说开头的时候，他说大家全跟费多尔·巴夫洛维奇一模一样。”

“结尾的时候也是这样。不过他这话全是信口胡说。”

“而且有些地方说得含含糊糊。”

“有点说走了嘴。”

“不很公平，不很公平。”

“但到底还巧妙。这个人盼了好久，现在总算有了说一说的机会，哈哈！”

“且看辩护律师怎么说？”

在另一堆人里：

“他刚才把彼得堡的律师挖苦了一句，那又何必呢？你们不记得他所说‘打动人心’的话吗？”

“是的，他这话说得有点蠢。”

“太沉不住气了。”

“神经质的人。”

“我们在这儿说说笑笑，可是被告是什么感觉呢？”

“是的，米卡怎么样呢？”

“且看律师怎么说吧！”

在第三堆人里：

“那位拿着长柄眼镜的太太，胖胖的，坐在边上，她是谁呀？”

“那是将军夫人独自一个人，已经离了婚的，我认识她。”

“怪不得，还拿着副长柄眼镜哩。”

“一个臭女人。”

“不，长得挺妖艳。”

“在她旁边隔两个座位，坐着一个金发女人，比她还漂亮些。”

“他们当时在莫克洛叶抓住他的时候，干得挺漂亮，对吗？”

“干得倒是很漂亮。可他又大讲特讲起来。这事他在这儿挨家讲了有多少遍了。”

“今天也仍旧忍不住。虚荣心。”

“他是个郁郁不得志的人，嘿嘿！”

“也是个好生气的人。过分讲究词藻，句子长得厉害。”

“而且尽吓人，你们注意到了吗？尽吓人。记得关于三套马车的话吗？‘他们有哈姆雷特，而我们目前还只有卡拉马佐夫！’他这句话说得很巧妙。”

“他这是拍自由派的马屁。他怕他们！”

“还怕律师。”

“是啊，费丘科维奇先生不知会说些什么呢？”

“不管他说什么，也不会把我们这些乡下人说服的！”

“您这样认为吗？”

在第四堆人里：

“他那一段关于三套马车的话，就是关于别的民族那套话，倒说得很好。”

“他说的是实话，你记得他说别的民族不会等待的那句话吗？”

“怎么样呢？”

“上星期在英国议会里有一位议员为了虚无党问题起来质问政府：现在是不是应该对野蛮民族实行干涉，加以教化了。伊波利特指的就是他，我知道就是指他。他在上星期谈到过这件事情。”

“这不是傻瓜们容易做到的事。”

“什么傻瓜？为什么不容易做到？”

“我们会把喀琅斯塔特封锁住，不运粮食给他们。他们到哪里去弄粮食呢？”

“不能到美国去弄吗？他们现在已经到美国去弄了。”

“这是胡说。”

但是铃响了，大家全跑回座位。费丘科维奇走上了讲台。

十

律师的演说。两头伤人的大棒

著名的演说家刚一开口说出头几句话，全场就肃然无声了。整个大厅的人全都盯着他。他一开始就说得异常直率而随便，口气很自信，但却没有一点自大的神色。他完全不想施展辩才，也不用慷慨激昂的语调，以及感情洋溢的语句。他就像在一小群抱着同情态度的熟悉朋友中间讲话似的。他的嗓音美妙、洪亮，而且悦耳，他的声音里就仿佛带着一种诚恳、坦白的味道。但是大家很快就明白，这位演说家是善于突然之间变得十分慷慨激昂起来，并且“用一种神秘莫测的力量打动人们的心弦”的。他的语言也许不像伊波利特·基里洛维奇那样合乎规则，但是他不用长句子，却表达得更为准确。只有一件事情是太太们不喜欢的：他似乎一直弯着腰，尤其在演讲开始的时候更是这样，并不是在鞠躬，却好像是竭力向前冲着身子想要朝听众扑过去似的，而且几乎就像把他那长长的脊背的一半弯了下来，在他的细长的腰上安装了一个铰链，使它简直差不多可以弯成九十度的直角。他开始说得仿佛有点散，似乎不大有系统，分别一件件地就事论事，但最后却连成了一个整体。他的演说可以分成两部：前半部是对于公诉的批评和辩驳，有时带着恶毒和嘲弄的口气。讲到后半部，他仿佛突然改变了语调，甚至连说话方式也变了，一下子变得慷慨激昂。会场的听众似乎正等候着这个，高兴得战栗起来。他一开始就直接进入正题，起头先说他虽在彼得堡履行律师职务，但到俄国各城市为被告辩护已不是初次，但他所辩护的总是那种他自己深信他们无罪，或预感到他们是无罪的人。“这一次我所遇到的情况也是如此。”他解释说，“从读最初报上的通讯，我就异常吃惊地觉察到了一点对被告有利的情况。简单地说，首先引起我注意的是某种法律事实，这样的事实在司法的实例中虽然屡见不鲜，但我觉得从来没有像在本案中那样完整而且富有特色。这事实我本来应该等我快要说完话的时候，在结尾部分再加以概括的，但现在我却想一开始就先把我的想法说出来，因为我有一个弱点，就是喜欢开门见山，不想故弄玄虚，拖延不说，以求制造效果和惊人的印象。这在我来说也许是缺乏计算，但也恰恰说明，这是诚恳的。我的想法、我的论点是这样的：尽管大量事实的总和确实于被告不利，但如果一件件单独地加以分析，却没有一桩事实可以经得住批评！我越往下注意报纸的记载和各项传闻，就对于我的意见越加确信。这时，我忽然从被告的亲属方面接到了替他辩护的邀请。我连忙立即赶到了这里，而来到这里以后，我就更加完全地确信了。我现在承担为这个案件辩护，就是为了要击破这个可怕的事实的总和，证明据以指控的每个单独的事实是多么没有根据，而且荒诞不经。”

律师这样开了个头，然后突然宣布道：

“诸位陪审员，我在这里是新来的人。我获得的一切印象都丝毫不带成见。性格暴躁、放浪不羁的被告并没有在事前冒犯过我，像他也许曾经冒犯过成百个住在本城的人那样，就为了这个原因有许多人预先对他怀有成见。自然我也承认，此地社会上激起了道德义愤是理所应当的，因为被告生性确实暴躁而又放浪。但尽管如此，此地的社会却仍旧接待他，甚至在才干卓越的公诉人的家里，他也受到了优渥的招待。（按[1]：他说出这句话来时，听众中发出了两三声笑声，虽然连忙收住，但是大家都听到了。我们大家都知道检察官接待米卡并不是出于自愿，完全是因为检察官太太不知为什么把他当作是十分有趣

---

1 原文为拉丁文：Nota bene.

的人。她是一位极有道德的、可尊敬的太太，但是好发幻想，性格执拗，喜欢在某种情况下，特别在琐碎的事情上和她的丈夫作对。不过米卡并不常到他们家里去。）”“但话虽如此，”律师继续讲下去，“我敢斗胆地说，即使像我的对手那样具有独立头脑和正直性格的人，也会对我的不幸的委托人抱有一些错误的成见。这是很自然的，因为按这个不幸的人所作所为，人家即使对他抱成见也是他太罪有应得了。受了侮辱的道德感，尤其是受了侮辱的审美感，有时是残酷地渴望报复的。自然，在检察官的才华横溢的演说词里，对于被告的性格和行为有严格的分析，对于案件也抱着严格的、批判的态度，而主要的是在说明案件要点时表现了难得的心理深度，一个人如果对于被告的态度多少具有故意的、恶毒的成见，是不会达到这样的深度的。但是要知道，在某种情况下，有些东西是会比最恶意、最抱有成见的态度还要更加糟糕、更加坏事的。比方说，如果我们醉心于某种所谓艺术游戏，产生了诸如编写小说之类艺术创作的兴趣，尤其是在上帝赋予我们丰富的心理研究的才能的时候。我在彼得堡临动身到这里以前，有人警告我，就是没有警告，我自己也知道，我在这里将遇到一位堪称是深刻精明的心理学家的对手，这位对手凭他的这种特长，早已在我们年轻的法律界里博得了一种特别的声誉。可是诸位，心理学虽然是很深刻的东西，却到底像是一根能两头伤人的大棒（听众里发出了笑声）。啊，当然啦，你们是会原谅我做这粗俗的比喻的；我不是十分巧言善辩的能手。但我可以从检察官的演说里，随便引用一段作为例子。被告深夜在园中跳墙潜逃，用铜杵把拉住他腿的仆人打倒。然后又立刻跳回园中，在被打倒的人跟前忙碌了整整五分钟，竭力想弄清楚他是不是被打死了。检察官怎么也不肯相信被告所供的话是实在的，不相信他跳下来看格里戈里是出于怜悯。‘不，在这种时刻，还会有这样多情善感的心理吗？这是不自然的。他之所以跳下来，就为了想弄明白：他的罪行的唯一的证人是还活着，还是已被杀死。他这种行动恰巧可以证明，他确已犯下了罪行，因为决不会为了别的理由、别的动机或情感而再跳进花园里去的。’这就是心理学。

但如果我们就把这同样的心理学拿来，应用到案件上去，只是从另一种角度来看，结果也同样是言之成理的。凶手跳下墙来，是出于小心警惕的意思，想弄明白证人是否还活着，而同时根据检察官自己的证明，凶手却竟把一个极大的物证遗留在被他杀死的父亲的书房里，那就是被撕破的信封，上面注明内有三千卢布。‘只要把这信封拿走，全世界就没有人会知道有这个信封，里面还有钱，那笔钱一定是被告劫走的。’这是检察官自己的话。现在瞧吧，一个人对于一桩事情毫无戒备，又慌张又害怕，匆忙地逃走，把物证遗留在地板上，而过了两分钟，打死了另一个人以后，却正如我们心愿似的，立刻产生了全无心肝、极有计算的戒备心。可是管他哩，心理学的奥妙处就在于在前一种情势下，我像高加索的兀鹰一般，嗜血成性、目光如剑，而在随后的一分钟里，却又麻木不仁、胆小如鼠。但既然我这样杀人不眨眼，既残忍又精明，杀人以后，还要跳下来，看证人活着没有，那么为什么还要在我的新的牺牲品旁边忙碌五分钟之久，何况还冒着可能会引出新证人来的危险呢？为什么要用手帕去擦被打倒的人头上的血，弄污手帕，以后使它成为不利于我的有力证据呢？不，既然我具有这样的计算心和硬心肠，那么跳下来以后，何不干脆就用原来的铜杵，一连再朝仆人的头上狠砸它几下，索性把他完全杀死，以便消灭证人，去掉自己的一切心病呢？再说，要说我跳下来，是为了查明证人是不是还活着，为什么同时又在小径上遗留下另一个证人，就是那根铜杵？要知道，这是我从两个女人那里抢来的，以后她们两人永远会辨认出这铜杵是自己的东西，并且可以证明是我从她们那里抢来的。而且我还并不是把铜杵遗失在路旁，由于心慌意乱而无心掉在那里的。不，我恰恰是有意扔掉我的武器的，因为它被发现时，是在离格里戈里被打倒处的十五步以外。试问：我这样做是为了什么？我这样做，是因为我杀了一个人，杀了老仆而感到痛苦，因此在懊恼中，怀着诅咒把作为杀人武器的铜杵扔掉，只能是这样，要不然为什么把它那么使劲扔出去呢？但既然会因为杀了人而感到痛苦和怜悯，那么自然我并不曾杀死父亲。因为如果已杀了父亲，就决不会由于怜悯的心情而跳到另一个被打倒的人身旁去，那时便会有另一种情感，那时就会顾不得怜悯，只顾到自救，那是毫无疑义的。恰恰相反，我要再重说一句，我一定会完全砸破他的脑袋，而不会去在他身上花费五分钟之久。所以能有怜悯和善良情感容身的余地，就因为他本来是问心无愧的。因此，这又是另一种心理学。诸位陪审员，我自己现在故意也来援用心理学，就为的是要明白地指出，从这里是可以随心所欲地推出任何结论来的。问题全在于它落在什么人手里。心理学甚至可以诱使最严肃的人也去想入非非，而且会完全身不由己。我说的是过分迷恋心理学，诸位陪审员，我说的是对于心理学的某种滥用。”

这时观众里又传出赞成的笑声，全是针对检察官而发的。我不打算详尽引述这位律师的全部演说，只想择出其中主要的几段，几个最主要的论点来说一说。

十一

既没有钱。也没有抢劫的事

律师的演说中有一个论点，使大家都大吃一惊，那就是完全否认这倒霉的三千卢布的存在，因此也就没有抢劫的可能。

“诸位陪审员，”律师开始说，“在这个案子里有一个极为突出的特点最使一切刚来的、没有成见的人觉得惊愕，那就是控诉抢劫，同时却完全不能在事实上指出：所劫的是什么？据说，所劫的是钱，就是那三千卢布，但是谁也不知道，这笔钱究竟是否实际存在。你们想一想：第一，我们怎么知道有这三千卢布？谁看见的？只有仆人斯麦尔佳科夫一个人看见过，而且指出这钱是放在信封里，还注有几行字。也是他，在灾难发生以前，就把这事告诉了被告和他的兄弟伊凡·费多罗维奇，也曾通知过斯维特洛娃小姐。但是这三个人自己都并没有看见过这笔钱，看见过的还是只有斯麦尔佳科夫一个人。这里自然而然产生了一个问题：假使果真有这笔钱，斯麦尔佳科夫果真看到过，那么他最后一次是在什么时候看到的？如果主人把这笔钱从床上拿走，又放在小钱箱里，没有对他说，又怎样呢？你们要注意，据斯麦尔佳科夫说，钱放在床上被褥底下；被告应该从被褥底下摸出来，但是床铺一点也没有弄皱，对于这层，笔录里记载得清清楚楚。被告怎么会一点也不弄皱床铺？还有他染满了血的手，怎么竟没有弄脏特地铺上的干净而细致的床单？有人会说：地板上那个信封怎么说呢？关于这信封，倒正值得我们好好谈一下。我刚才甚至感觉有点惊讶：才智高超的检察官在提到信封以后，就在他指出关于斯麦尔佳科夫杀人的这种怀疑十分荒诞的时候，曾突然自己说明，诸位听清楚，他是自己声明的：'假如没有这个信封，要是它不留在地板上成为一个物证，要是抢劫的人把它带走了，那么全世界没有人会知道有这个信封，信封里面有钱，从而知道那钱是被告抢走了。'因此，甚至检察官自己也承认，只有这一块上面写着字的破纸，是控告被告抢劫的根据，'要不然，谁也不知道抢去了钱，也许根本就不知道有这笔钱'。但是难道仅仅因为有一块破纸留在地板上就能算作里面曾放过钱，而且这钱已被抢走的证据吗？有人会回答：'可是斯麦尔佳科夫看见过这信封里有钱的。'但是他在什么时候，最后一次是在什么时候看见的？我现在要问的就是这句话。我同斯麦尔佳科夫谈过，他对我说，他在灾祸发生的前两天看见过这笔钱！但是为什么，比方说，我不能做以下的设想呢，那就是费多尔·巴夫洛维奇这老头子独自关在屋里，在不耐烦地、歇斯底里地期待着他的情人来到时，由于无事可做，突然把信封拿出来，拆开封口说：'要信封干吗，也许她还不会相信哩，如果把三十张一百卢布的钞票摆在一堆给她看，也许会印象更强烈，引得她流出口水来。'于是他撕破信封掏出钞票以后，作为主人，自然有权把信封随手扔在地板上，不会担心什么物证不物证。诸位陪审员，请问，还有比这种设想、这种情况可能性更大的吗？这有什么不可能呢？但要是类似这种情况有可能发生的话，那么关于抢劫的指控就不攻自破了：既没有钱，自然也不会有抢劫的事。如果那个信封留在地板上，就是里面有钱的证据，那为什么我不能提出相反的说法，就说信封之所以落在地板上，正是因为里面已经没有钱，那笔钱已由他的主人事先取了出来呢？'不错，照这样说，这笔钱在费多尔·巴夫洛维奇自己从信封里取了出来以后，既然家里进行搜查的时候并没有发现，那么它究竟到哪里去了呢？'第一，在他的小钱箱里发现了一部分钱；第二，他在早晨的时候，甚至还在头一天，就可能把钱取了出来，另做处置，付给别人，寄出去，或者变更主意，根本改变了他的行动计划，而在这样做时根本不认为事先必须要报告给斯麦尔佳科夫知道。只要哪怕有这样设想的可能存在，就怎么可以这样坚决、这样肯定地指控被告为抢劫而杀了人，而且确实有抢劫的事情发生呢？要是这样，就等于是侵入了小说的领域。既然肯定某种物件被劫，就该指出这东西来，或者至少确切证明它是存在的。但是竟没有一个人看到过它。在彼得堡，最近有一个做小贩的青年人，只有十八岁，还几乎是个小孩，在大白天拿斧子闯进一家钱铺，用不寻常的、典型的大胆举动杀死了老板，抢走一千五百卢布。五小时以后他被捕，从他身上抄出除了他已经用去的十五卢布以外的全部款项。此外，一个伙计在凶手走后回到铺子里，不但把被抢去的钱数报告了警察，还说出这笔款子是什么样的钱，有多少张花钞票，多少张蓝色，多少张红色的，多少个金币，是什么样的，而在被捕的凶手身上发现的恰巧就是这样的钱和金币，不但如此，接着凶手还完全坦白地承认了他杀人，并且抢走的正是这样一笔钱。诸位陪审员，我认为这才叫物证！因为在这里我知道、看见而且摸到了这笔钱，决无法说没有钱，或者以前根本就没有过这笔钱。本案的情况是这样吗？要知道这事关系到一个人的生死、一个人的命运。人家要说：'这话对，不过他在那天夜里酗酒胡闹，乱花银钱，在他身上发现了一千五百卢布，他是从哪里弄来的呢？'但是正因为发现的只有一千五百卢布，而另外一半无论如何也找不到，发现不出；因此恰恰证明这也许并不是那笔钱，也根本从来没有装在任何信封里过。经过时间推算（而且非常严密），预审中已经查明并且证实被告从女仆那里跑到官员彼尔霍金那里去的时候，并没有回家，也没有到任何别的地方去，以后一直在众人面前，所以不可能从三千卢布里分出一半来，藏在城里。正是因为这一点，检察官才猜测钱藏在莫克洛叶村中的地板缝里。诸位，是不是藏在乌道尔夫城堡[1]的地窖里了？这个猜测是不是太富于幻想和浪漫色彩了呢？大家注意，只要这一个猜测，就是藏在莫克洛叶的猜

1 英国小说家安·拉德克利夫所著小说《奥多芙的神秘》中，女主人公被困的一座黑暗城堡。

测，一被打消，关于抢劫的指控就完全成了泡影，因为要是那样，这一千五百卢布究竟在哪里，究竟跑到哪儿去了呢？既然已经证明被告没有到任何地方去过，那么究竟是什么奇迹竟会使这笔钱变得无影无踪了？我们竟准备用这样的传奇小说断送一个人的生命！有人会说：‘无论如何他始终说不出他身上那一千五百卢布是哪里来的，大家又都知道在这夜里以前他并没有钱。’但是谁知道呢？被告自己却清楚而坚定地交代过钱是哪里来的，而且可以说，诸位陪审员，可以说，再没有也不可能有比这供词更可信，而且同被告的性格和心灵更符合的了。检察官喜欢他自己的传奇小说：一个意志薄弱的人，决定蒙着耻辱拿他的未婚妻给他的三千卢布，是不会分出一半来缝到护身香囊里的；反过来说，即使果真缝了，也会每两天一拆，一百一百地掏出来用，在一个月内把它全数花光。别忘了，这一切全是用毫不容人反驳的口气说出来的。但假如事情根本不是这样又怎么办呢？假如你们编了一部传奇小说，可是小说里描写的完全是另外一个人物，又怎么办呢？而事实上你们恰恰是创作了另外一个人物！有人也许要驳：‘有证人可以证明他在灾祸发生以前的一个月，在莫克洛叶村里已经把从维尔霍夫采娃小姐那里拿来的三千卢布挥霍干净，像花一个戈比那样随便，因此是不可能分出一半来的！’但那是些什么证人呀？这类证人可靠的程度已在法庭上暴露无遗了。再说，别人手里的面包看起来总是显得大些的。何况这些证人里面谁也没有数过这笔钱，只不过用眼睛估量了一下。证人马克西莫夫不是曾经供述过，说被告手里有两万卢布吗？你们瞧，诸位，既然心理学是两头的，那就容许我也利用一下另一头，再看看结果是否一样。”

“祸事发生前的一个月，维尔霍夫采娃小姐曾给被告三千卢布，托他代汇出去，但问题是，托付这笔钱时竟是这样丢脸，这样屈辱，像刚才宣布的那样，这到底是否真实？在维尔霍夫采娃小姐对于这问题最初的供词里并没这样说，完全没这样说；而在第二次的供述中，我们只听到怨恨、复仇的叫嚷，长期积愤的叫嚷。单单从女证人曾在最初的供词里做不正确的供述这一层，就使我们有权利下结论说，第二次供述也有可能不正确。照检察官的话说，他‘不愿意，也不敢’接触这段浪漫史。随他去吧，我也不去接触它，但只想说，假使像可尊敬的维尔霍夫采娃小姐那样一位毫无疑问是心地纯洁、道德高尚的人，像这样一位女士，也竟会忽然在法庭上怀着陷害被告的明显动机突然翻供，那十分明白，她做这个供词时显然既不是不偏不倚，也并非平心静气的。难道我们没有权利断定复仇的女人会言过其实吗？很明显，她正是过分夸大了她交钱给他时的那种轻侮和凌辱。恰恰相反，她交托这笔钱时，一定是还能够令人接受的，尤其是对于像我们的被告那样一个轻率且不加思索的人来说。特别是因为，他当时可以指望从他的父亲那里很快地拿到账上欠他的三千卢布。这是轻率的，但正是由于轻率的缘故，他深信父亲会付他这笔钱，他会拿到它，因此早晚能把维尔霍夫采娃小姐交付给他的钱从邮局里汇寄出去，还清他的债务。但是检察官无论如何不愿意承认，他会在当天，在刚受过她指责的那一天，从到手的钱里分出一半来，缝进护身香囊。‘他不是这样的性格，不会有这样的情感。’但是他自己却又说，卡拉马佐夫天性广阔，他自己大声宣扬过卡拉马佐夫能同时体察两个正巧相反的深渊。卡拉马佐夫就具有这种两方面的、横跨两个深渊的天性。他即使在感到难忍的酗酒的需要时，如果有什么东西从另一方面打动了他，他也会顿时止步回头的。这另一方面就是爱情，就是恰恰在那时候像火药一般燃烧起来的新的爱情。为了这爱情，他需要金钱，甚至比起和他的这位爱人一起酗酒的需要来还要迫切得多，哎，还要远为迫切得多！一旦她向他说：‘我是你的，我不要费多尔·巴夫洛维奇。’他就要马上抓住她，把她带走，到那时候他必须有钱才办得到。这比酗酒还重要。卡拉马佐夫不懂得这一点吗？其实他正是在为这件事情操心，为这件事烦恼，因此他把钱分出一半，藏匿起来，以备万一的需要，还有什么不可能呢？但是时间一天天地过去，费多尔·巴夫洛维奇一直不曾把三千卢布交给被告，却听说反而要把这笔款子用来引诱他的情人。他想道：‘假使费多尔·巴夫洛维奇不肯付款，我在卡捷琳娜·伊凡诺芙娜面前岂不是将成为一个小偷吗？’于是他产生了一个念头，就是他要走到维尔霍夫采娃小姐面前，把他一直藏在护身香囊里的一千五百卢布交出来，对她说：‘我是卑鄙的人，但不是贼。’这才是他把一千五百卢布宝藏着，决不会拆开护身香囊一百一百地掏出来花的双重原因。你们根据什么不承认被告会有名誉感呢？不对，他是有名誉感的，也许是不正确，也许时常有错误，然而这种情感是有的，还十分激烈，而且他已证明了这一点。但是事情复杂起来了，吃醋的痛苦达到了高峰，在被告的发热的头脑里越来越痛苦地呈现出那两个老问题。‘我把钱还给卡捷琳娜·伊凡诺芙娜，可叫我拿什么钱来把格鲁申卡带走呢？’他在这一个月内不住发狂，暴饮，在酒店里闹事，也许就因为他心中悲苦，简直无法忍受。这两个矛盾问题最后终于尖锐到了使他绝望的地步。他刚打发三弟去代他最后一次向父亲索取这三千卢布，但没等到回音，就竟自己闯进家里去，结果弄到当着证人们的面揍了老人一顿。这样一来就再也不可能从任何人手里得到款子了，挨了打的父亲是不肯给钱的。就在那天晚上他捶着自己前胸的上部，藏着护身香囊的地方，还对兄弟起誓，他有办法不做卑鄙的人，但毕竟还是会成为卑鄙的人，因为他预感到自己是不会去利用那个办法的，他的意志力不够，性格不坚强。为什么公诉人不相信阿历克赛·费多罗维奇那样纯洁、诚恳、不假装、可信服的供词呢？为什么反而要让我去相信钱藏在地板缝里、乌道尔夫城堡的地窖里呢？在同一天晚上，被告和兄弟谈话以后，写了那封倒霉的信，而这封信就成了被告抢劫的最主要、最大的证据！‘我要向所有的人借钱，别人不肯借，我便杀死父亲，从床褥底下拿走他装在系着玫瑰色绸带的信封里的钱，只要伊凡离开了这里。’据说，这简直是完整的谋杀计划，所以杀人的一定是他！‘完全照所写的实行了！’公诉人这样说。但是首先，这是醉后气恼中所写的信；其次，他讲关于信封的事根据的还是斯麦尔佳科夫的话，因为他自己并没有见过信封；而第三点，写是写了，但究竟是否确已照所写的实行，凭什么来证明呢？被告是不是从枕头底下拿到了信封？找到了钱没有？究竟这钱存在不存在？再说被告究竟是不是跑去抢钱的？请你们好好想一想，好好想一想！他不顾一切地跑去，并不是去抢劫，而只是想知道她在哪里，这个伤透了他的心的女人到底在哪里。这就是说，他并不是为了实行计划，实行他所写的话才跑去的，也就是说，并不是为了实行预谋的抢劫，而是突然地、偶然地，怀着疯狂的醋意跑去的！大家要说：‘话是对的，但不管怎样，他毕竟跑去杀了人，把钱抢走了。’对啊，最后就正是要问，他究竟杀人了没有？对于抢劫的指控我愤慨地断然予以否认，因为既然不能确切指出究竟抢了什么东西，就不能控告人家抢劫，这是不言而喻的道理！但是他到底杀了没有，没有抢劫而杀了人没有？已经得到了证明吗？不会也是传奇小说吗？”

十二

也没有谋杀

“诸位陪审员，这事关系到一个人的生命，必须谨慎从事。我们已经听见，公诉人自己也承认，他直到最后一天以前，直到今天开审以前，对于指控被告完全蓄意杀人一层，还抱着犹豫不决的态度，一直到今天那封致命的醉后来信呈交给法庭以前，还在游移不决。‘完全照所写的实行了！’但是我还是要重复一句：他跑去是找她，追踪她的，只是为了去打听她在哪儿。这是无可置辩的事实。假使她在家，他不会跑到任何地方去，而会留在她身边，也就不会履行信里所说的话。他跑出去是突然的，出于偶然的，对于自己那封醉后所写的信当时也许已经忘得一干二净了。有人会说：‘他抓了一根铜杵在手。’你们都应该记得，就从这根铜杵上还给我们发挥了一整套的心理学：为什么他要把这铜杵当凶器，把它当作凶器一般抓在手里，等等，等等。我的脑子里立刻产生出一个极寻常的念头：假如这铜杵不放在眼前，并不在架子上，被告是从架子上抓走的，而放在橱柜里，那时候它就不会让被告看见，他就会不带凶器，空着两手跑去，这样当时也许就不会杀死任何人了。因此我怎么能断定铜杵是预谋杀人的证据呢？不错，他在酒店里嚷着要杀死父亲，而两天以前，写那封‘醉’信的那天晚上，他十分安静，在酒店里只和一个商店伙计吵了一下嘴，‘因为卡拉马佐夫是不可能不吵嘴的。’我要回答的是假使他有意谋杀，还要按照计划，按照所写的办法去实行，那他一定不会和伙计吵嘴，也许根本就不会去进酒店，因为一个人起意要干这样的事以后，总是会竭力安静退缩，力求不抛头露面，不让人家看见他，听见他‘最好忘掉了我’，不过这并不全是出于心计，而是出于本能。诸位陪审员，心理学是两头的，我们也懂一点心理学。至于说到整整一个月以来在酒店里叫嚷的话，那么一帮孩子，或者那些从酒店里走出来互相吵吵闹闹的醉鬼还嚷得少吗：‘我要杀死你！’可实际上并没有杀。那封不幸的信——不也是醉后的气话，不也和从酒店里出来的人嚷嚷‘我要把你们统统杀死’的话一样吗？为什么不是这样？为什么不会是这样？为什么这封信一定是致命的，恰恰相反，为什么它不是可笑的？就因为发现了被杀死的父亲的尸首，因为有一个证人看见被告在园里手拿武器逃跑，而且自己被他打倒，因此就必定是完全照所写的计划实行了，因此这封信就不是可笑的，而是致命的了。谢天谢地，我们总算讲到了要害问题：‘既然在花园里，那就一定是他杀的。’一切全包括在‘既然在那里，就一定是他’这两句话里了。全部控诉就建筑在‘既然在那里，就一定是他’的上面。但假如他虽在那里，而并不就一定是他，又怎样呢？哎，我同意，事实的总和，事实的偶合实在是十分雄辩的。但是你们不妨试试别为这些事实的总和所慑服，先做一下个别的观察。例如说，被告供述他从父亲的窗子跟前跑开的话，为什么检察官无论如何也不肯承认它是真实的呢？你们会记得，公诉人说到这里还大事嘲弄起来，说凶手的心里竟突然会涌出尊敬的、‘虔诚’的感情来了。但假如果真发生了类似的情形，虽然不是尊敬的情感，却是虔诚的情感，那又怎样呢？‘大概那时母亲在那里替我祈祷。’被告在预审中供述说，因此他刚一弄清楚斯维特洛娃不在父亲家里，就立刻跑开了。而起诉人却对我们反驳说：‘但是他隔着窗子是不会弄清楚的。’为什么不会呢？窗子是被告发了暗号以后打开的，这时费多尔·巴夫洛维奇很可能会说出一句什么话来，会发出一声什么喊声来，使被告突然确信斯维特洛娃没有在那里。为什么我们一定要照我们所想象的，照我们愿意想象的那样去加以猜测呢？现实生活中会出现成千桩事情，就连最精细的小说家也可能会加以忽略。‘是的，格里戈里看见门开着，因此被告曾经一定进过屋子，因此也一定是他杀死的。’诸位陪审员，关于这个门……你们要知道，关于门开着的话，只有一个人可以证明，而这人当时本身也处在那种情形之下。好吧，就算门开着，就算被告坚决不承认，是基于一种自卫的心情而撒了谎，这种心情在他的地位上是很容易理解的，就算他闯进了屋子，到屋里去过，那又怎样？为什么只要去过就一定是杀了人呢？他可能闯进去，到各屋跑一遭，也可能推搡父亲，甚至打了父亲，但是一弄清楚斯维特洛娃不在家，就跑了出来，因为她不在那里，又因为他没有杀死父亲就跑了出来，而感到庆幸。一会儿以后他之所以会从围墙上跳下来，跑到被他因一时情急而打倒的格里戈里跟前，可能也正因为他能够产生纯洁的情感，产生同情和怜悯的情感，因为他摆脱了杀死父亲的诱惑，因为他自己正为没有杀死父亲而感到问心无愧，衷心庆幸。公诉人用惊人的雄辩对我们描绘了被告在莫克洛叶村时的可怕心情，因为正当爱情又重新展现在他面前，召唤他踏进新的生活的时候，他已经不能再爱，因为在他的后面有他父亲的鲜血淋淋的尸首，而在尸首后面就是死刑。但尽管这样，公诉人到底还承认爱情，不过是用他的心理学来加以解释：‘酒醉的状态，罪人被带去处死刑，还期待着无限长的时间。’等等，等等。可是我又要问：检察官先生，您是不是创造了另一个人？被告是不是竟那样粗蠢，那样没有心肝，当在他身上果真沾有父亲的血的时候，还能在那种时候想着爱情和在法庭上怎样狡辩吗？不，不，绝对不！假使在他身后果真躺着父亲的尸首的话，那么只要一发现她爱他，召唤他，授予他新的幸福，我敢发誓，他当时一定更会感到双重的、三重的自杀的愿望，而且一定会自杀的！哦，不，他决不至于忘记了他的手枪放在哪里！我知道被告：公诉人所加于他的那种野蛮粗鲁的残忍无情是和他的性格不相符的。他会自杀，这是一定的；他之所以不自杀，正是因为‘母亲为他做了祈祷’，他对于父亲的被杀是问心无愧的。那天夜里他在莫克洛叶感到伤心痛苦，完全是为了被他打倒的老人格里戈里，他暗自祷告上帝，但愿老人能够清醒过来，重新站起来，但愿他的打击不是致命的，因而也免得自己为他受到刑罚。为什么不能接受对于事件的这种解释呢？我们有什么坚不可移的证据，证明被告说谎呢？有人立刻又要说，那么父亲的尸首怎么办呢？他跑了出去，他没有杀死，那么究竟是谁杀死的呢？

“我再重说一句，公诉方面的全部逻辑就在这上面：不是他，又是谁杀的呢？除了他，就找不出别的人来。诸位陪审员，真是这样吗？是不是果真完全找不出别的人了？我们听见公诉人把那天夜里所有在这所房子里和到过那里的人全都屈指数过了，总共有五个人。我同意，其中三个人完全没有关系，那就是被害人自己、老人格里戈里和他的妻子。自然，剩下的就是被告和斯麦尔佳科夫了，公诉人因此慷慨激昂地叫嚷说，被告之所以指控斯麦尔佳科夫，是因为他指不出别人来，只要有第六个人，甚至是第六个人的影子，被告为了感到惭愧，也立刻会放弃对斯麦尔佳科夫的控诉，而指控这第六个人的。但是，诸位陪审官，我为什么不能做出完全相反的结论？现在有两个人在这里：被告和斯麦尔佳科夫。为什么我不能说，你们之所以指控我的委托人，完全是因为你们没有人可指控呢？而之所以没有人可指控，完全是因为你们怀着先入之见，预先把斯麦尔佳科夫排除在一切嫌疑之外。是的，指出斯麦尔佳科夫来的只有被告本人、他的两个兄弟和斯维特洛娃几个人。但是也还有一些别的人在提出指控：那就是社会上隐约流传着的某种疑问、某种怀疑。听得见一种隐约的传闻，感觉得到存在着某种期待。此外，可以作为佐证的也还有一些极有意思的事实对照，尽管我承认，我还有点不是太有把握：首先是恰巧在祸事发生的那天发作了羊癫风，公诉人不知为什么感到必须为这次发作竭力进行解释和辩护。其次是斯麦尔佳科夫出人意料地在开庭的前一夜自杀。随后是被告的二弟今天在法庭上做出了同样出人意料的供词，他在这以前一直深信他哥哥有罪，今天却忽然交出钱来，同样也宣称斯麦尔佳科夫是凶手！哦，我也跟法庭和检察官一样，深信伊凡·卡拉马佐夫有病，并且发着寒热，他的供词也许确乎是在昏迷中想出来的一个可怕的尝试，就是想搭救兄长，把罪名推到死人身上。

但是斯麦尔佳科夫的名字到底说了出来，又似乎使人感到其中有一种使人迷惑不解的东西。诸位陪审员，他的话似乎没有说尽，还不算完。也许将来还会说出来的。不过关于这一层暂且放下，以后再说。法庭刚才决定继续审理，但眼下在大家还在等待结论的时候，我还要就公诉人那样细致而且极有才华地对去世的斯麦尔佳科夫的性格所做的描绘表示一点意见。我一方面固然对他的才华深表惊异，但另一方面对这种性格描写的实质却未敢完全同意。我到斯麦尔佳科夫那里去过，我见过他，和他谈过话，他给我的印象完全不同。他的身体很衰弱，这是事实，但在性格和心地方面，那他绝不是非常脆弱的人，像公诉人所断定的那样。在他身上我尤其找不出胆怯来，找不出公诉人突出描写的那种胆怯来。他根本没有坦率的心情。相反，我发现了隐藏在天真里面的严重不信任和能够洞察许多事情的心思。哦，公诉人把他当作头脑痴呆的人未免太老实了。他给了我一个完全明确的印象：我离开他的时候深信这人是十分狠毒，异常虚荣，复仇心盛，妒忌心极重的。我收集了一些情况：他最恨自己的出身，对它感到羞愧，咬牙切齿地经常记得‘他是臭丽萨维塔养出来的’。他对于他童年时代的恩人仆人格里戈里和他的妻子并不尊敬。他咒骂俄罗斯，嘲笑它。他幻想到法国去，成为法国人。他以前就时常说，他缺少钱来实现这件事。我觉得，他除了自己以外不爱任何人，自尊自大得出奇。他的文化表现在讲究的衣裳、清洁的胸衣和刷得锃亮的皮靴上。他自认为是费多尔·巴夫洛维奇的私生子（这一点也确有事实根据），把自己的地位和他主人的嫡子们相比而生出怨恨心，心想：他们应有尽有，而他一无所有；他们有一切的权利和遗产，而他只是一个厨子。他告诉我，是他自己同费多尔·巴夫洛维奇一块儿把钱装进信封里的。这笔款子的用途自然是他所愤恨的，因为他如果有这些钱，就可以成家立业了。再加上他看见了这三千卢布全是花花绿绿的一百卢布新钞票（这一点我有意问过他）。唉，你们永远不要把一大笔款子一下子给一个有妒忌心的、自私的人看见，而他恰恰是第一次看见在一个人的手里有这许多钞票。眼见一大沓花花绿绿的钞票，会在他的头脑中引起不健康的想象力，尽管起初还没有立即引起什么后果。才华横溢的检察官对有可能指控斯麦尔佳科夫杀人的设想，特别精细地对大家列举了支持和反对的理由，而且特别质问：他假装发作羊癫风究竟有什么必要？是的，但是要知道，他也可能完全不是假装，羊癫风会完全自然而然地发作，但同时它也会完全自然而然地停止，病人是会醒过来的。也许还没有完全痊愈，但却总有醒过来的时候，这是羊癫风常见的情形。公诉人问：斯麦尔佳科夫是在什么时候作的案？其实指出时间来是极容易的。他可能会从沉睡中醒过来（因为他只不过是熟睡罢了：在发作羊癫风以后，总是会沉沉地熟睡的），正当老格里戈里在逃走的被告跳上围墙时抓住他的脚，声震四邻地拼命喊'杀父凶手！'的时候。在沉寂和黑暗中，这不寻常的喊声会把斯麦尔佳科夫惊醒，因为他在那时候也许已经睡得不很熟，也许在一小时以前已自然而然地开始醒了过来。他从床上起来，几乎会不自觉地、毫无用意地走到外面去看看出了什么事情。他的脑子还病得迷迷糊糊，神志还不太清醒，但是他已经到了花园里，走到有亮光的窗户跟前。主人一看见他，自然很高兴，把这可怕的消息告诉了他。他的神志一下子立刻清醒了。他从惊慌的主人口中知道了一切的细节。渐渐地，在他那有病的、混乱的脑子里产生了一个念头，一个可怕然而诱人的、完全合乎逻辑的念头：杀人，把三千块钱取走，然后把一切推到小主人身上。既然一切证据俱全，小主人到那里去过，不指控他还指控谁呢？对于金钱、赃物的可怕的贪婪，连同可以不受惩罚的念头，可能使他激动得连气都喘不过来了。唉，这类突如其来的、不可抗拒的激情经常是在遇着机会时才突然发作出来的，对那种在一分钟以前还不曾想到动手杀人的凶手来说，情况就常常是这样！所以当时斯麦尔佳科夫很可能会走进主人的房间里，实行了他的计划。用什么凶器？就用他在花园里随手拾到的一块石头也行。但是为了什么？怀着什么动机？要知道三千卢布是成家立业的一笔好资本。哦，我并不是自相矛盾：钱也许是有的。甚至也许只有斯麦尔佳科夫一个人知道在哪里可以找到它，知道钱放在主人屋里什么地方。'但是装钱的封套呢？地板上撕碎的空信封呢？’刚才公诉人在讲到这信封的时候，曾表示了一个十分精明的看法，说生贼才会把信封留在地板上，这只能是卡拉马佐夫这样的人，而决不会是斯麦尔佳科夫，因为他是决不肯把这样的物证留下来的。诸位陪审员，我刚才听到这里的时候，忽然觉得这话十分耳熟。你们想得到吗？就在两天以前，我从斯麦尔佳科夫本人口里也正好听见过这种想法，关于卡拉马佐夫会怎样处置这个信封的想法，这甚至使我十分吃惊：我当时确实觉得他是在那里伪装天真，预先把话说在前头，预先把这种想法暗示给我，使我自己也产生同样的看法。他似乎在那里对我讽示。是不是他也把这想法讽示给侦查的官吏了？是不是他也给了多才多艺的检察官这样的暗示？有人会说：对格里戈里的老妻怎么解释呢？她不是曾听见病人在她身边呻吟了一夜吗？是的，她是听见的。但这印象十分靠不住。我认识一位太太，不住诉苦说有一只小狗在院里吵了一夜，弄得她睡不着觉。但是后来知道，这可怜的小狗明明在整夜里只不过叫了两三声。这是很自然的。一个人睡在那里，忽然听见呻吟声，醒了过来，感到很恼恨，但是转眼间重又睡熟了。两小时以后又起了呻吟，又醒了，又睡着了；以后又过了两小时，又来了一次呻吟，一夜之间一共只有三次。到了早晨，睡觉的人起来诉苦说，有人整夜呻吟，不断地把他吵醒。不过他也必然会这样感觉的。在每两小时中间他睡熟的时间，醒来时就不记得了，只记得睡醒的几分钟，所以他以为吵醒了他一夜。公诉人会大叫道：但是为什么斯麦尔佳科夫不在临终遗书上承认出来呢？‘在一件事情上有良心，而在另一件事情上又会没有良心？’但是要知道：良心就是忏悔，而自杀的人也许没有忏悔，只有绝望。忏悔和绝望是两件完全不同的事情。绝望常常会是恶毒的，不易驯顺的，自杀的人在动手自杀的那一瞬间会加倍仇恨他一辈子妒忌的人。诸位陪审员，你们应该小心防止一次错判！我刚才对你们提出和描述的一切有什么地方，什么地方显得不真实？请你们找出我叙述中的错误，找出它的不可能和荒诞的地方来！但如果在我的设想里哪怕有一点可能的影子，哪怕有一点真实的影子，你们也应该慢下判决。何况这里面难道仅仅只有一点影子吗？我用一切神圣的名义起誓，我完全相信我刚才对你们提出来的关于凶案的解释。而最使我，最使我感到不安和愤慨的始终是那样一个想法，就是公诉人大量归到被告头上的许多事实没有一件是多少有些确凿而无可辩驳的，而这不幸的人却要纯粹由于这些事实的总和而遭到身败名裂。是的，这总和确实非常可怕：这鲜血，这从手指上淌下来的血，染血的衬衫，为‘杀父凶手！’的狂喊声所打破的黑沉沉的夜，一面喊，一面被砸破了脑袋倒下来的老人，再加上许多片言只语、证词、手势、叫喊——哎，这一切会多么有力地影响看法，博得轻信。但是你们，诸位陪审员，你们可以让别人博得自己的轻信吗？你们要记得，你们具有限制和批准的无限权力。但是权力越大，运用它的后果就越是可怕！我一点也不放弃我刚才说过的话，但是管他哩，就算这样吧，就算我暂时可以同意公诉方面的意见，认定被告确曾杀死了他的父亲。这只是一个假设，我要重复一句，我一点也不疑惑他的无罪，但是就算这样，就假定我的被告确是犯了杀父的罪，可是即使如此，即使我也承认了这样的假设，还是请你们听一听我的话吧。我心上还横亘着一点东西，想要对你们说出来，因为我预感到你们的心里和脑子里也正发生着极大的斗争。诸位陪审员，我提到关于你们的心和脑子的话，请你们原谅。但是我愿意真诚坦率到底。让我们大家都保持真诚吧！”

说到这里，一阵十分热烈的掌声打断了律师的话。他的最后的话确实说得十分诚恳，使大家感到也许他果真有什么话要说，他马上要说出来的话是极为重要的。但是首席法官听到掌声以后，大声威胁说，如果再重复“这类情况”，就要下令把大家“驱逐”出去了。大家全静了下来，费丘科维奇开始用一种崭新的、感情洋溢、完全与刚才不同的声音，继续说了下去。

十三

诲淫诲盗的论客

“诸位陪审员，毁了我的委托人的不仅是各种事实的总和，”他大声说，“不，实际上，毁了我的委托人的只是一件事实，那就是他的老父亲的尸首！如果这是一桩普通的凶杀案，那么由于它的微不足道、无从证实和各项事实的荒诞不经，如果不是总和地，而是个别地对这些事实进行单独考察的话，你们一定会批驳这项指控，至少会下不了手，只凭对一个人的成见而毁掉他的一生的，尽管可叹的是对他有这种成见实在是他罪有应得。但是这不是普通的命案，而是一件杀父案！这就会使人悚然动容，以致使据以提出指控的各项事实即使再微不足道和不足为凭，也会显得并不那么微不足道和不足为凭，而这甚至在毫无成见的头脑里也常常如此。对于这样的被告怎么能宣判无罪呢？既然他杀了父亲，怎么还能让他逍遥法外！这是每个人的心里几乎不由自主地、本能地产生的心情。是的，流亲生父亲的血实在是太可怕了，这是生我、爱我的人的血，这人为了我不惜自己的生命，从小把我的疾病当作自己的疾病，一辈子为我的幸福吃苦，以我的快乐、我的成功作为自己唯一的生活乐趣！唉，杀死这样的父亲，那真是无法相信、难以想象的事！诸位陪审员，父亲，什么是真正的父亲？这是多么伟大的一个名称！在这个名称里包含着多么伟大的含义！我们刚才还只不过是约略地指出了，一位真正的父亲是什么，应该是什么。然而我们大家现在正在为它操心、为它痛苦的这个案件里的父亲，去世的费多尔·巴夫洛维奇·卡拉马佐夫，却同我们方才心中所想的那种父亲的概念是完全格格不入的。这真是灾难。的确，有些父亲实在也简直就像是一种灾难。那么现在就让我们把这样一种灾难比较真切地观察一下吧，诸位陪审员，鉴于我们即将做出的决定的重要性，我们不应当害怕面对任何事实。我们现在尤其不应该害怕，照多才多艺的检察官方才那种精彩的说法，在某一种想法之前畏缩退避，就像小孩子或胆小的女人那样。但是我的可尊敬的对手（而且还在我开口说话以前已经就是对手了），在他的激烈的演说词中曾几次高喊：'不，我不愿把为被告辩护的权利让给任何人，我不愿把为他辩护的事让给从彼得堡来的律师，我是检察官，我也是辩护士！'这是他喊过好几次的话，但他却竟忘了提起，如果可怕的被告在整整二十三年中，单只为了从他孩子时代在父亲家里唯一曾给予爱抚的人那里得到一磅胡桃，就生出如此感恩图报的心思，那么反过来，这样的人在这二十三年以来不会不记得，他如何赤着双脚，在父亲的后院乱跑，照仁慈爱人的赫尔岑斯图勃医生的说法：'光着脚在地方跑着，小裤上只有一个纽扣。'哦，诸位陪审员，我们为什么要对这种'灾难'进行比较真切的观察，重复大家已经知道的事情呢？我的委托人在回到父亲那里来以后，碰到的究竟是什么遭遇？为什么，为什么要把我的委托人描写成无情而自私的怪物？他缺少克制，他性格暴躁、粗野，我们现在就为了这个而裁判他。但是他遭到这种命运，究竟是谁的错呢？以他原来良好的气质，正直而敏感的心肠，竟受到了那样荒唐的教养，究竟谁应该负责任呢？有人教过他理性没有？在科学方面是不是受到过相当的教育？在童年时代有人多少爱过他没有？我的委托人是在上帝的庇佑下长大的，正和野兽一样。在多年的离别之后，他也许渴想见一见他的父亲，在此以前，也许曾千百次地像在梦中一般想起他的儿童时代，竭力驱除他当时所见的种种可憎的噩梦，衷心渴望拥抱他的父亲，并且加以宽恕。但是怎样呢？他遇到的只是厚颜无耻的讪笑，为银钱争执而引起的猜疑和狡诈手段；他只是每天听到一些在'喝白兰地酒'时说出的无聊话和处世经验，最后，又看见他的父亲竟用他儿子的钱，夺走儿子的情妇。唉，诸位陪审员，这是多么可憎和残忍！可是这老人却竟对大家埋怨他儿子如何不孝和残忍，竭力在大庭广众中糟蹋他，损他，造他的谣言，收买他的借据，预备把他送进牢监里去！诸位陪审员，像我的委托人那样外表上残忍粗暴、放肆胡行的人，有时候，而且常常是这样，实际上是怀着十分温柔的心肠，只是没表示出来罢了。你们不要笑，不要笑我的这个想法！多才多艺的检察官刚才毫不容情地笑我的委托人，说他爱席勒，爱'美好高尚的一切'。我处在他的地位上，处在检察官的地位上，是不会笑的！让我来替这类人不易被人了解，而且还常被曲解的天性辩护一下吧。是的，这类人的天性时常似乎正好同自己，同自己的狂暴和残忍相反，渴求温柔、美好和合理的事物，这种渴求尽管是不自觉的，但确实是在渴求着。他们虽表面上激烈、残忍，但却能刻骨铭心地爱，例如爱某一个女人，而且一定是高尚的精神上的爱。请你们还是不要笑，这类天性确实时常是这样的！不过，他们不善于隐藏他们那有时甚至是很粗暴的热情（人家吃惊的就是这一点，人家注意到的也就是这一点，而对他们的内心却完全看不见）；相反，他们会很快耗尽他们的热情。然而，在正直高尚的人的身旁，这个外表上粗暴而残忍的人也会努力争取重生，争取改过自新，做一个高尚诚实的人，变得'高尚美好'，尽管这句话是多么受人嘲笑！我刚才说我不敢触及我的委托人和维尔霍夫采娃小姐间的浪漫史。但是一言半语还是可以说的：我们刚才听到的简直不是供词，而只是一个疯狂而想报复的女人的叫喊，她不能责备人家的变心，因为她自己就变了心！假使她有时间想一想，就不会做出这样的证词！你们不要相信她，我的委托人绝不像她所说的是'浑蛋'！那位被人钉在十字架上的仁爱者在走上十字架的时候，曾这样说过：'我是好牧人。好牧人愿为羊群舍命，只求不毁掉一只羊。'我们也不应该毁掉一个人的心灵！我刚才问：父亲是什么？并曾说过，父亲是个伟大的名称，宝贵的名称。但是诸位审判员，名称是应该老老实实地应用的，因此我要斗胆地用一项事物本来的名称、应有的名称来称呼这项事物：像被害的老人卡拉马佐夫那样的父亲不能也不配称作父亲。爱一个不值得爱的父亲是荒唐的，不可能的。不能无中生有地去制造爱，唯有上帝才能从虚无中创造。使徒以满腔热爱的心写道：‘父亲们，不要伤了你们孩子们的心。’我现在引用这句神圣的话并不是为了我的委托人，而是为了提醒所有做父亲的人。谁给了我教训为人父者的权利？谁也没有。但是我以人和公民的资格发出呼吁——我召唤生者[1]（席勒的诗句）！我们活在人世并不长，而且还常做许多错事，说许多坏话。因此我们更应当随时不放过机会相互交心，以便彼此也能尽量说一些好话。我也是这样：趁我站在这里时，我应该利用我的机会。这个讲坛由最高的权力赐给我们，并不是随随便便的，整个俄罗斯都在倾听我们。我现在并不单只是在对这里的父亲们说话，我是在向世上所有的父亲大声疾呼：‘父亲们，不要伤了你们孩子们的心！’是的，我们应该自己首先履行基督的教训，然后才能管教我们的孩子！要不然我们不是我们孩子们的父亲，却是他们的仇敌；他们也不是我们的孩子，而是我们的仇敌，而且这是我们自己使他们成为我们的仇敌的。‘你们用什么量器量给人，也必用什么量器量给你们。’这话不是我说的，那是福音书给我们的教训：应该用人家量给你的量器去量给别人。如果孩子们用我们的量器照样量还给我们，我们怎么能责备他们呢？新近在芬兰有一个姑娘，在别人家充当女仆。人家疑惑她私生了孩子。开始暗中侦查她，结果在阁楼一角的砖头后面发现了她的一口谁也不知道的箱子，打开来一看，里面有一个已被她弄死的新生的婴儿，还在那个箱子里发现了她以前生下来，产后就被她杀死的两个婴孩的骨骸。她当时全供认了。诸位陪审员，她能算是她的孩子们的母亲吗？是的，她生了他们出来。但她是不是他们的母亲？我们中间谁敢给她加上母亲这个神圣的称号？我们应该有勇气。诸位陪审员，我们甚至应该大胆，在现在这种时候我们更几乎必须这样，不要害怕某些思想和某些话，像那般莫斯科的女商人那样，连听到‘枪炮’呀、‘老虎’呀等

1 原文为拉丁文：vivos voco!

几个字眼都要害怕[1]。相反，我们证明近年来时代的进步也触及了我们自身的进步，可以直截了当地说：光是生出来还不是父亲，生出来而尽到责任的才是父亲。哦，父亲这个名称自然也还有别种含义，别种解释，也有人主张，只要我的父亲生下我来，虽然他是浑蛋，虽然他对孩子们是恶棍，却到底还应该算是我的父亲。但是这个含义就有点神秘了，是我用理智所无法理解的，只能用信仰去接受，或者说得正确些，是靠了信仰去接受，好比许多别的事情，我并不理解，可是宗教命令我们去信仰它。但在这种情况下，只能把它划在现实生活的领域以外。至于现实生活，它不但具有应享的权利，而且本身也给我们加上了极大的责任，在这个领域内，如果我们想要富于人情，或者归根到底来说，合于基督徒的精神，我们就应该而且必须仅仅只按照经过理智和经验证实，并且由分析的洪炉所考验过的信念来行事，一句话，必须做出有理性的行动，而不能像在梦中和呓语中那样做出无理性的行动，以便不给人造成危害，不折磨人，不伤害人。这才是真正的基督教的事业，而不是神秘的，这才是合乎理性的，真正爱人的事业！”

说到这里，从大厅的许多角落里发出了热烈的掌声，但费丘科维奇却甚至连连地摆着手，似乎恳求大家不要打断话头，让他说完。全场立刻寂静下来。演说家继续说下去：

“诸位陪审员，你们以为我们的孩子们，就是在已成为青年，开始懂得思考的时候，也还会不去想这类问题吗？不，这是决不可能的，我们也不应该要求他们做这种不可能的克制！眼前摆着一个不值得敬重的父亲，特别在和别个年岁相同的孩子们的值得敬重的父亲相比较的时候，自然而然会在这个青年人的头脑里引起种种痛苦的疑问。对于这些疑问，人家打着官腔回答他：‘他生了你，你是他的亲骨血，因此你就应该爱他。’青年不免会寻思起来：‘难道他生我的时候爱过我吗？’他一边问着，一边心里越来越感到奇怪：‘难道是为我

1 出自奥斯特罗夫斯基的讽刺喜剧《艰难时世》。

而生我的吗？他在那个时刻，也许是在被酒刺激得欲火如焚的时刻，他并不知道我，甚至也不知道我是男是女，最多只是把好酒的癖性传给了我，这就是他的全部恩德。为什么单只因为他生下了我，但以后一辈子却并不爱我，我就应该爱他呢？’你们也许觉得这些问题是粗暴的、残酷的，但是你不能给青年人的头脑加上办不到的限制，因为‘即使你把自然赶出门去，它也会从窗户里飞进来的’。而且主要的是，主要的是我们不必害怕那些‘枪炮’呀、‘老虎’呀之类，应该按照理智和仁爱的要求来解决问题，而不应按照神秘的观念。怎样解决呢？应该这样办：让儿子站在父亲面前，明明白白地问他：‘父亲，请告诉我，我为什么应该爱你？父亲，请你拿出我应该爱你的根据来！’如果这位父亲有力量，能够回答得出，向他提出根据来，那就是真正的、正常的家庭，不只是建筑在神秘的偏见上，而是建立在理智的、负责的、严格合乎人性的基础上。反过来，如果父亲提不出根据，那么这个家庭就立刻完结了。他不成其为父亲，儿子此后也就有充分的自由和权利，可以把父亲看作是陌路人，甚至是仇敌。诸位陪审员，我们的讲坛应该成为真理和健全思想的学校！”

说到这里，演说家的话被一阵抑止不住的、近乎疯狂的掌声所打断了。固然，并不是全场都鼓掌，但是到底有半数的人。父亲们和母亲们全鼓起掌来。从太太们坐着的楼上发出了尖叫和呼喊。有人摇晃起手帕来。首席法官拼命摇铃。他显然对旁听席上的行动生气，但却又断然不敢像刚才所威胁的那样，真把听众“逐出场外”。因为连坐在法官席后面的特座上的大员们，一些大礼服上挂着勋章的老头子都向演说家又是鼓掌又是摇手帕。因此，等到喧闹的声音寂静下去以后，首席法官也只能仍限于说说以前那句严厉的、“逐出场外”的威胁话。得意扬扬、精神抖擞的费丘科维奇又继续他的演说：

“诸位陪审员，你们还记得在那可怕的一夜里，那一夜的情形今天讲得很多了，一个儿子越墙闯进他父亲的屋里，结果跟生出他来的那个仇人和侮辱者狭路相逢。我还要竭力主张，他那时跑进去绝不是为了金钱，因为指控他抢劫简直是离奇的，这我早已说过了。他闯进去也绝不是想谋杀他；如果他事先有这种打算，至少会预备下一个凶器，至于那个铜杵是他莫名其妙地本能地随手抓来的。即使他用暗号欺哄父亲，即使他闯进了屋里，我已经说过，我决不信这段神话，但是随他去吧，就算是这样，让我们暂且做这样的假设！诸位陪审员，我可以用一切神圣的名义发誓，如果他不是他的父亲，只是一个不相干的情敌，那么在跑遍各屋，弄清楚这女人并不在这所房子里以后，他一定会赶快离开，对他的情敌不加任何危害，最多打他一下，推他一下，也就完了，因为他顾不得，他没有时间，他迫切要知道的是她在哪里。但是父亲，父亲，纯粹是因为一眼看见了父亲，才促成了这一切，这父亲从他小的时候起就恨他，成为他的仇人，现在又变成了丑恶的情敌！仇恨的情感自然而然无法控制地支配了他，没有考虑的余地：一下子全都爆发了！这是疯狂和失掉理智的冲动，但也是自然的冲动，无节制地，无意识地，为它被违反了永恒的法则实行报复，自然界里的一切也都是这样。但即使这样凶手也并没有杀人，我要肯定地这样说，我要大声疾呼地这样说，不，他只是在憎恶的怒火中挥了一下铜杵，并不想杀人，也没想到会杀人。他的手里如果没有那个倒霉的铜杵，他至多也许会打他的父亲一顿，但不会杀他的。他跑走的时候，并不知道被他打倒的老人死了没有。这样的杀人不是谋杀。这样的杀人案也不是逆伦的杀父案。不，杀死这样的父亲并不能称为逆伦的杀父案。这样的杀人案之所以被列入逆伦的杀父案，只是由于偏见的缘故！但是事实上究竟杀没杀，这是我要一而再、再而三地从我的心灵深处向你们提出呼吁的！诸位陪审员，我们现在给他定了罪，他会对自己说：‘这些人并没有为我的命运、修养、教育做一点事情，以便使我变得好一些，使我成为一个人。这些人并不曾施给我一口饭，一口水，也从不曾到四壁空空的牢监里来探望过我，可现在他们却狠狠地把我判处流放去做苦工。现在我已经还清欠债，从此再不欠他们的债，永远不欠任何人的债了。他们恶狠，我也恶狠。他们残忍，我也残忍。’他将要说这样的话，诸位陪审员！我敢发誓：你们的控诉只能使他感到轻松，使他的良心释去重负，他将诅咒他所犯下的血案，却并不感到遗憾。同时你们也在他身上扼杀了还能做一个人的可能性，因为他将从此一辈子成为狠毒而且盲目的人。你们是不是想要狠狠地严惩他，使用人们所能想象得到的最可怕的刑罚，目的只是想使他的灵魂永远得到拯救和重生？如果是这样的话，那么你们还是用慈悲来降服他吧！你们会看到，你们会听到，他的心灵将怎样战栗震惊。他将会高喊：‘叫我怎么承受这样的恩惠、这样的爱？我是不配的呀！’我知道，诸位陪审员，我知道这颗心，这粗野而又正直的心。它会在你们高贵的行动面前低头膜拜，它渴求伟大的爱的行为，它会炽热起来，永远地得到重生。有些心灵由于本性的狭窄而怨天尤人，但只要一旦用慈悲降服了它，给予它爱，它就将诅咒它的所作所为，因为它里面有着许多善良的因素。心胸会宽阔起来，会看出上帝是慈悲的，人们是善良公正的。忏悔和他今后应尽的无数责任将使他震惊，使他感到沉重。那时候他不会再说：‘我的债还清了。’而将说：“我对不起所有的人，我不如所有的人。’他会流出忏悔和痛切的悲哀感动之泪，喊道：‘人们比我好，因为他们不想害我，却想拯救我！’是的，你们能够轻而易举地做到这件事，做出这种仁慈的举动，因为在缺乏一切多少带有几分真实性的物证的情况下，你们会实在难于狠心地说出‘是的，被告有罪’这样一句话来。宁可释放十个有罪的人，也不可惩罚一个无辜。你们听见没有？你们听见上世纪我们光荣的历史里这样一个伟大的声音没有？以我这样微不足道的人还用得着对你们提醒，俄罗斯的法庭不仅只关心刑罚，而且也致力于拯救失足的人吗？让别的国家去净讲求条文和刑罚吧，我们这里应该讲求精神和意义，关心失足者的得救和重生。果真如此，俄罗斯和它的法庭果真如此，它就尽管勇往直前吧。你们不必用所谓疯狂的、使别的民族厌恶地退避三舍的三套马车来吓唬我们！完全不是疯狂的三套马车，而是壮丽的俄罗斯高车大马，将会庄严而平静地驶到它的目的地。我的委托人的命运掌握在你们手里，我们俄罗斯的真理的命运也掌握在你们手里。你们可以拯救它，你们可以维护它，你们可以证明，有人在捍卫着它，它处在可靠的人的手里！”

十四

乡下人不为所动

费丘科维奇就这样结束了他的辩护词。这一次听众们爆发出来的欢呼就像暴风雨般地势不可当，要阻止它简直是不可能的：女人们，还有许多男人都哭泣起来，两位大员也流着眼泪。首席法官只好退让，过了半天才摇铃，因为“对这样的热诚横加干涉等于是亵渎神明”，我们的太太们后来这样叫嚷说。演说家自己也真诚地感动了。就在这样的时刻，我们的伊波利特·基里洛维奇竟再次站起来重新抗辩。大家怀着憎恨的目光望着他。“怎么？这是什么意思？他还敢抗辩吗？”太太们嘟囔着。但是此时此刻，即使全世界的太太都嘟囔起来，而且由检察官夫人，伊波利特·基里洛维奇的太太亲自带头，也是无法拦住他的。他脸色惨白，激动得浑身哆嗦；他最初所说的话，最初的几个句子，别人甚至都无法听懂。他气喘吁吁，口齿不清，前言不搭后语。不过不久就恢复了常态。但他的这第二篇演词我只想引出其中的几段。

“……人家责备我编小说。可是律师的话不是小说里的小说吗？缺少的只有诗句了。费多尔·巴夫洛维奇一面静候情人的光临，一面撕碎信封，扔在地板上面。甚至引出他在这种奇怪的情况下所说的话。难道这不是写诗吗？他掏出钱来的凭据在哪里？谁听见过他所说的话？愚笨的白痴斯麦尔佳科夫竟成了拜伦式的英雄，为他的私生子的地位而向社会复仇，难道这不是拜伦式的史诗吗？至于那个闯进父亲屋里杀死他，而同时又没有杀死他的儿子，那甚至不是小说，不是诗，而简直是提出一些自己也无法解答的谜来的狮身人面像了。既然杀了，就是杀了，怎么会杀死了又没有杀死，谁能弄得懂这个？他又宣告，我们的讲坛是真理和健全思想的讲坛，可是从这‘健全思想’的讲坛上却赌咒发誓地说出一个不证自明的公理，就是说把杀死父亲称作逆伦的杀父案是出于成见。但如果说杀父只是成见，如果每个孩子都质问起他的父亲来：‘父亲，为什么我应该爱你？’那我们这里会弄成什么样子？还会有什么社会基础？还成个什么家庭？瞧吧，杀父案据说只不过是莫斯科女商人嘴里的‘老虎’。但求达到目的，开脱不应开脱的罪名，竟不惜对有关俄国法院的使命和前途的种种最神圣宝贵的信条，加以歪曲、轻浮的解释。辩护人大声疾呼说：‘你们还是用慈悲来降服他吧，这正是罪人求之不得的，明天就可以看到他将怎样被降服！’辩护人只要求宣布被告无罪，不是太谦虚了吗？为什么不要求设立杀父者奖学金，以使他为后代和青年人所建立的丰功伟绩永垂不朽呢？福音书和宗教都被做了修正，据说：这全是神秘主义，唯有我们掌握的才是真正的基督教精神，是经过理智和健全思想分析过的。这简直是给我们树立了一个冒牌的基督形象。‘你们用什么量器量给人，也必用什么量器量给你们’，辩护人这样喊着，接着就立刻下结论，说基督教训世人应该照样用别人量给你的量器量给别人，这话是从真理和健全思想的讲坛上发出来的！我们刚刚在讲演的前一天，朝福音书上溜了一眼，以便炫耀一下我们对于这部新奇的著作毕竟还是相当熟悉，这一点在必要的时候（一切都是为了必要！），准会有点用处，博得一些效果的！可是，基督恰巧吩咐我们不要这样做，切记不要这样做，因为唯有罪恶的世界才会这样做，我们却应该宽恕一切，把另一面脸送上去，不要用我们的侮辱者量给我们的量器去照样量给别人。我们的上帝教训我们的正是这个，而并没有教训我们说，禁止孩子们杀死父亲是一种偏见。我们不应该在真理和健全思想的讲坛上修正上帝的福音书。辩护人竟把他仅仅称为‘被钉在十字架上的仁爱者’，这和向他呼吁‘你是我们的上帝’的全体俄罗斯正教徒是恰恰相反的。”

这时首席法官进行了干预，制止这位说得忘情的人，请他不要过分夸大，保持适当的分寸，等等，总之，说了一般首席法官遇到这类情形时通常应说的一套话。同时旁听席上也变得不大安定。群众开始乱了起来，甚至有人发出了愤懑的喊声。费丘科维奇简直没有怎么进行答辩，只是站到台上，手抚着心口，用受了冒犯的口气十分庄严地说了几句。他不过嘲笑地重新又稍稍提了提“小说”和“心理学”的话，在一个地方还顺口插了句：“朱庇特，你发怒，可见你无理[1]。”这句话在观众中引起了许多人赞美的笑声，因为伊波利特·基里洛维奇实在太不像朱庇特了。对于责备他纵容青年人杀父的话，费丘科维奇带着异常庄严的态度说他简直都不屑加以反驳。关于“冒牌的基督形象”和他不肯尊基督为上帝，只称他是被钉在十字架上的仁爱者，“违背了正教教义，不应在真理和健全思想的讲坛上说出来”之类的话，费丘科维奇表示这是一种“毁谤”，说他动身到这里来的时候，至少指望这里的讲坛上总还不至于发生会“危及我本人作为国民和忠实臣民的名誉”的事。但是他刚一说出这几句话，首席法官也把他制止了，于是他鞠了一躬，结束了他的答词，听众间随之普遍发出了一片赞美的低语声。据我们的太太的意见，伊波利特·基里洛维奇是“被压垮得永世不得翻身了”。

接着让被告本人发言。米卡站了起来，但是只说了不多几句话。他在身心两方面都已疲乏到了极点。早晨他在法庭上出现时那种坚强和昂然的神气几乎一点也不剩了。他在这一天似乎经历了某种终身难忘的体验，使他学到和意识到了一些他以前所不明白的极其重要的东西。他的嗓音变得衰弱无力了，已不再像刚才似的大喊大叫。他的话里显出了一种新的、驯服的、俯首帖耳的意味。

“我有什么话可说的，诸位陪审员！我受裁判的时间到了。我感

1 古希腊神话中，普罗米修斯对宙斯说：“朱庇特，你发怒，可见你无理。”后世用这句话代指在论战中发怒，实际上是自认理亏的表现。

到上帝惩罚的手已经降临在我的身上。一个荒唐的人走到了末路！但是我要像在上帝面前忏悔那样地也对你们说：‘我对父亲的血是没有罪的！’我最后一次重复说：‘不是我杀死的！’我固然过的是荒唐生活，但也羡慕美德。我时时刻刻都在向往改过自新，但所过的生活还是像野兽一样。我很感谢检察官，他告诉了许多关于我的连我自己也不知道的事情，但是他说我杀死了父亲，那是不实在的。是检察官弄错了！我也感谢辩护律师，听他说着，我不由得哭了，但是说我杀死了父亲，那是不实在的，就是假设也是不应该的！至于医生的话你们不必信，我脑子很健全，不过我的心里十分难受。你们如果赦免我，如能释放我，我将为你们祈祷。我要努力做一个好一些的人，我可以起誓，在上帝面前起誓。你们如果定罪判刑，我也将自己折断佩剑，并且亲吻那断剑的碎片！但是请你们赦免我，不要把我的上帝夺去。我知道我自己：我将来是会反抗的！诸位，我的心灵是多么痛苦……请你们赦免我吧！”

他几乎倒在了他的座位上。他的声音哽住了，最后一句是勉强说出来的。随后，法官们开始提问，请两造发表最后的意见。我不再详细写了。陪审员们终于起身离座，退出去开会。首席法官很疲乏，因此十分无力地对他们说了几句临判嘱辞：“你们应该公正无私，不要为各种滔滔的辩词所影响。但是你们应该反复衡量，时刻记住你们身上负着巨大的责任。”等等。陪审员们退出以后，法庭宣告休息。可以站起来走一走，交谈一下各自的印象，在餐室里吃点东西。时间已经很晚，已经将近半夜一点钟，却没有人肯散去。大家的情绪都十分紧张，顾不得休息。大家都心头沉重，屏息等待着。但不是所有的人都能这样。太太们只是歇斯底里地不耐烦，心里却很安然，认为“反正会宣告无罪的”。她们大家都一心期待着那个皆大欢喜的动人时刻。说实话，男听众中也有许多人深信宣告无罪是肯定无疑的。有些人高兴，另一些人皱眉，还有些人则拉长了脸：他们不愿意听到被告宣告无罪！费丘科维奇自己也深信事情一定会圆满成功。他被团团围住，受到大家的祝贺，许多人对他竭力奉承。

据以后传述，他曾在一堆人里面说："有那种无形的线把辩护人和陪审员们的心连在一起。这条线已经连上了，在演说的时候就感到了。我感到它，它是存在着的。这件案子我们是赢定了，你们放心吧。"

"不知我们那帮乡下人会怎么说呢？"一个城外的地主，满脸麻点的胖子走到一堆正在谈话的人跟前，皱着眉头这样说。

"并不全是乡下人。里面有四个官员。"

"是的，有官员。"一位地方自治会委员边说着，边走过来。

"你认识普罗霍尔·伊凡诺维奇·纳扎里耶夫吗？就是那个陪审员，佩着勋章的商人。"

"怎么样？"

"他是有脑子的人。"

"可他老是默不作声。"

"不作声倒是不作声，但这样更好。他用不着彼得堡来的人教训他，他自己倒可以教训全彼得堡的人。他有十二个孩子，你们想一想！"

"对不起，他们真的会不肯宣告无罪吗？"一个年轻的官员在另外一堆人里大声嚷着说。

"一定会宣告无罪的。"传出一个坚决的声音。

"不赦免他的罪简直是可羞可耻的！"一位官员高声说，"即使是他杀的，但是那个父亲，那个父亲是什么样的人呀！再说他当时处在疯狂的心情中。……他也许真的只是挥了一下铜杵，那一个当时就倒下了。只是把那个仆人牵连在里面，可真有点不大对头。这简直是开玩笑。我要是辩护律师，会老实说：他杀是杀了，但是没有罪，滚你们的蛋吧！"

"他是这样做的，只是没有说'滚你们的蛋'罢了。"

"不，米哈伊尔·谢苗内奇，他几乎也说了。"第三个声音插进来说。

"对不起，诸位，有一个女戏子割断了她情人的老婆的喉咙，在四旬斋的时候不是也宣告无罪了吗？”

“但是她最后并没有割断。”

“那也一样，那也一样，反正她总割了。”

“关于孩子们的话他是怎么说的？说得真妙！”

“妙极了。”

“还有关于迷信，关于神秘主义的话他是怎么说的？”

“得啦，您不必讲什么神秘主义了，”另外一个人嚷着说，“您替伊波利特设身处地想一想，想想他往后的日子吧！他那位检察官夫人明天会为了米钦卡把他的眼珠子都挖出来的。”

“她也来了吗？”

“怎么会来了？她要是来了，当场就会挖出他的眼珠子来了。她待在家里，闹牙痛哩。嘻，嘻，嘻！”

“嘻，嘻，嘻！”

在第三堆人里。

“米卡也许真会被宣告无罪的。”

“有什么好处，他明天准会把‘京都’酒店闹翻了天，喝它十天十夜。”

“真见鬼！”

“鬼总是鬼，没有它插一手还成吗？它不上这儿来插一手，又叫它上哪儿？”

“诸位，尽管他说得头头是道，但总不能用秤杆什么的砸碎父亲的脑袋呀。要不然我们会落到什么地步？”

“高车大马，高车大马，您记得吗？”

“是的，大车一下子变成了高车大马。”

“明天再由高车大马变成大车，‘在必要的时候，一切都是为了必要’。”

“现在这帮人真机灵。可诸位，我们俄罗斯究竟有没有真理？还是根本就没有？”

但是铃声响了。陪审员们不多不少，整整讨论了一小时。旁听的群众刚坐好，全场就马上一片寂静。我现在还记得陪审员们怎样走进大厅里来。终于来了！我不想把各项问题依次叙述一遍，况且我也记不全了。我只记住对于首席法官第一个主要问题的答复，这问题是：“有没有预谋抢劫杀人情事？”（原话却记不清了。）大家都屏住呼吸。首席陪审员，就是比别人年轻的那个官员，在全场死一般的寂静中，洪亮而清晰地宣告：

“是的，被告有罪！”

随后对所有列举的各点都一一做了同样的回答：被告有罪，是的，被告有罪，而且竟丝毫没有可以酌情从轻处罪的话！这真是出乎任何人的意料，至少对于从轻处罪一层是几乎大家都曾经深信不疑的。全场继续一片死寂，大家简直全像石头似的僵住了，希望定罪和希望宣布无罪的人们都是一样。但这只是最初几分钟的事情。接着就掀起了一片可怕的骚乱。男旁听群众里有许多人十分满意，有的人甚至搓着手，毫不隐瞒他的喜悦。不满意的人们似乎露出垂头丧气的神色，耸肩，唠叨，但仿佛还没有完全弄清是怎么回事。至于我们的太太们，天哪，真不知道该怎么说才好！我简直以为她们要造反了。她们起初好像还不相信她们的耳朵。接着突然从全场各处发出了一片喊声：“这是怎么回事？怎么还会有这样的事？”她们纷纷从座位上跳起来。她们准以为这一切是还会马上发生变化，重新改正的。这时候米卡突然站了起来，向前伸出双手，用一种令人心碎的凄惨声音喊道：

“我用上帝和他可怕的裁判的名义发誓，我对于父亲的血是无辜的！卡嘉，我现在饶恕你！兄弟们，朋友们，请你们可怜可怜另一个女人！”

他没有说完就放声痛哭起来，这是一种新的，仿佛不是他自己的，完全出于意料的不知突然从哪儿发出来的声音。从楼上旁听席最后的角落里传来一声尖厉的女人的悲号：那是格鲁申卡。她是刚才央求别人在法庭辩论开始前又重新把她放进来的。米卡被带走了。宣判延期到了明天。全场的人都忙乱地站了起来。但我已不再等下去，也不想去再听大家说话了。只记得走到门前台阶上的时候听见了几个人的感叹声。

“这回他要尝尝罚做二十年开矿苦工的滋味了。”

“不会再少了。”

“是的，我们的乡下人没有被说动。”

“把我们的米卡给干掉了！”

尾声

一

营救米卡的计划

米卡受审后的第五天，天还很早，也就是上午九点钟光景，阿辽沙到卡捷琳娜·伊凡诺芙娜家里去，以便最后决定某件于他们两人都极为重要的事情。此外，还有一桩受委托的事情要和她相商。她就坐在曾经接待格鲁申卡的那间屋子里和他谈话。伊凡·费多罗维奇躺在隔壁房间里，发着寒热，神志昏迷。卡捷琳娜·伊凡诺芙娜在闹出了法庭上那一幕以后，立刻吩咐把发病而且丧失知觉的伊凡·费多罗维奇抬到自己家中，完全不顾以后社会上一切难免的议论和责备。和她同住的两个女亲戚，有一个在出了法庭上的丑事以后立刻就回了莫斯科，另一个留了下来。但即使她们两个都离开，卡捷琳娜·伊凡诺芙娜也不会改变她的决心，仍旧会侍候病人，日夜守护他的。瓦尔文斯基和赫尔岑斯图勃在为他治病。莫斯科来的那位医生当时就已回了莫斯科，拒绝就病情发展的可能后果发表他的看法。那两位医生尽管竭力安卡捷琳娜·伊凡诺芙娜和阿辽沙的心，但是显然他们还不敢坚决让他们抱着病一定会痊愈的希望。阿辽沙每天两次前来看望得病的哥哥。但是这一次他是有一件极为麻烦的特殊事情，而且预感到这件事十分难于启齿，但他偏偏又很忙：他今天上午在另外一个地方还有另一件不能耽搁的事情要办，必须赶紧。此刻他们已经谈了一刻钟。卡捷琳娜·伊凡诺芙娜脸色苍白，十分疲倦，但同时又处在一种病态的特别兴奋的状态之中：她已经预感到阿辽沙现在到她这里来是为了什么。

“关于他的决心您不必顾虑，”她用坚决而断然的口气对阿辽沙说，“无论如何，他终归要走这条路的：他应该逃走！这个不幸的、有名誉和良心的英雄，我不是说德米特里·费多罗维奇，而是说正躺在那间屋里为了哥哥牺牲自己的那个。”卡捷琳娜用发亮的眼神补充了一句：“他早就把全部潜逃的计划告诉了我。您知道，他已经找到了门路……这我已经告诉过您一点了。您瞧，这事大概要在遣送第三批流放到西伯利亚去的犯人时进行，离现在还远哩。伊凡·费多罗维奇已经到第三批犯人的押送官那里去过。只是还不知道到时谁当流放队的队长，这是没法太早打听到的。也许明天我可以把详细计划拿给您看，那是伊凡·费多罗维奇在开庭的前一天为防万一留在我这里的，就是那一次，您记得吗？您在晚上遇到我们在这里拌嘴：他刚要走下楼梯，我一看见您，又把他叫了回来，您记得吗？您知道，我们当时为什么发生口角的？”

“不，我不知道。”阿辽沙说。

“自然，当时他还瞒着您，那就是这个逃跑计划。他在三天以前就对我透露了计划的全部要点，当时我们就顶起嘴来，从那以后吵了三天嘴。我们吵嘴的原因是这样的：他对我说，如果一旦定罪，德米特里·费多罗维奇可以同那个贱货一块儿逃到外国去，我一听就生起气来。我没法对您说为什么，自己也不知道为什么，哦，当时我自然是为那个女人，为那个贱货而生气，为了她也竟要和德米特里一块儿逃到国外去！”卡捷琳娜·伊凡诺芙娜忽然提高了嗓音，气得嘴唇都哆嗦了，“伊凡·费多罗维奇一看见我为这贱货而生气，立刻想到我是在为了德米特里和她吃醋，因此我一定还在继续爱着德米特里。这就引起了第一次口角。我不想做什么解释，也不愿意请求原谅；使我感到难受的是这样的人竟会怀疑我仍旧爱着那个……何况在那以前，我自己早就老实告诉过他，我不爱德米特里，只爱他一个人！我单是为了恨这女人，才生德米特里的气的！过了三天，就在您到我家来的那个晚上，他拿来一个封好的信封交给我收下，让我在他发生什么事情的时候，立刻拆开来看。唉，他已经预感到他要生病！他对我说，信封里有关于逃跑的详细计划，假使他死了，或者得了危险的病，就让我一个人营救米卡。他当时还把钱留给我，差不多有一万卢布，这就是检察官不知从哪里打听到他派人去兑换现钞，在演说词中提到过的那笔钱。使我当时突然感到十分惊讶的是伊凡·费多罗维奇尽管始终还深信我爱着米卡而十分嫉妒，却仍旧不放弃救他哥哥的念头，而且还把这桩营救他的事情偏偏都托给了我！唉，这真是牺牲！不，阿历克赛·费多罗维奇，这样一种自我牺牲的全部含义您是怎么也不会了解的！我真想跪到他的脚下，向他膜拜，但是忽然想到他可能会以为我完全是为了有人救米卡而感到高兴（而且他是一定会这样想的！），因此我对于他竟能生出这种不公平的念头，不由得心里十分气恼，结果不但不去吻他的脚，反而又对他吵闹起来！唉，我真是个不幸的人！我的性格就是这样的，真是可怕的、不幸的性格！唉，您可以看到：我早晚会弄得使他抛弃我，去爱上另外一个比较容易相处的女人，像德米特里一样，但是到了那个时候……不，那时候我一定会无法忍受下去，我会自杀的！当时您一来，我一面招呼您，一面吩咐他回来；他跟着您走进来时，忽然朝我射来一瞥憎恨而轻蔑的眼光，顿时使我涌上一股怒气。您记得吗？我忽然对您嚷道：这是他，是他一个人使我相信他哥哥德米特里是凶手的！我这是故意造谣，为了再气他一下，其实他从来没有对我说过他的哥哥是凶手，反而是我对他这样说的！唉，一切，一切祸根全是由于我的疯狂！法庭上那个该诅咒的场面，那是我，都是我给他造成的！他想向我证明他是正直的，尽管我爱他的哥哥，他仍旧不会为了报复和嫉妒而陷害他。因此他才到法庭上去了。我是祸根，全是我一个人的错！”

卡捷琳娜还从来没有对阿辽沙说过这类坦白的话。他感到她现在一定正处于那样悲痛难忍的境地，在这种时候，即使是最骄傲的心也会忍痛地粉碎它的骄傲，而完全被哀愁所压倒。唉，阿辽沙还知道使她现在这样痛苦的另一个可怕的原因，在米卡被判决以后的这些天里她无论怎样竭力对他隐瞒也隐瞒不住。不过不知为什么，如果她真决心自暴自弃到在此时此刻就自动向他说出这个原因来，他会更替她感到难过。她是为她自己在法庭上的“变心”而痛苦。阿辽沙预感到良心会促使她到他面前，正是要到阿辽沙面前来认错，痛哭流涕，捶胸顿足，呼天抢地，歇斯底里发作。但他很怕这种时刻，巴不得饶恕了这痛苦的女人。因此，他带来的使命就更加显得难于启齿。他又把话头引到了米卡身上。

“不要紧，不要紧，您不必替他担心！”卡捷琳娜重又固执而且严厉地说了起来，“这些事在他都只是一会儿的事，我知道他，我十分了解他的心。您可以放心，他会答应逃走的。尤其这又不是现在。他还有时间去下这个决心。到了那个时候，伊凡·费多罗维奇病好了，自己会去安排一切，所以不需要我做什么事情。您不要着急，他会答应逃走的。其实他也已经答应了，因为难道他肯抛开他那个畜生吗？人家不会放她到流放地去的，他不逃走又怎么办呢？主要的，他是怕您，怕您从道德方面着眼不赞成逃走的计划。但是既然您的批准是这样重要，您就应该宽宏大量地准许他去做。”卡捷琳娜尖刻地又加了这么一句。

她沉默了一会儿，笑了笑。

“他在那里说什么赞美诗，”她又说了起来，“又说什么他应该背负十字架，又讲什么责任，我记得，当时伊凡·费多罗维奇告诉过我许多许多。您知道他是怎样讲的！”卡捷琳娜忽然带着抑止不住的感情大声说：“您真想象不到，他在谈到这不幸的人的时候，是多么爱他，同时说不定又多么恨他！可我呢？唉，我当时带着一脸瞧不起的讥笑神情听着他的述说，看着他的眼泪！畜生！我才真是畜生！是我害得他得了这脑炎！至于那个被判刑的人，难道他会愿意受苦吗？”卡捷琳娜最后气冲冲地说：“这样的人能受苦吗？像他这样的人是永远不会受苦的！”

在这几句话里，流露出一种憎恨和轻蔑厌恶的情绪。但实际上却是她背叛了他。“也许这只是因为她痛感到自己对他做了错事，因此偶尔不免恨起他来。”阿辽沙心里想。他希望这只是“偶尔”的。在卡捷琳娜的最后那句话里，他听出了挑战的意思，但是没有去搭理它。

“我今天叫您来，就是希望您答应我劝他一下。或许照您看来，逃走也是不名誉的，不光明的，或者是所谓……不合基督教义的，是不是？”卡捷琳娜更加带着挑战的意味说。

“不，没有什么。我会对他说明一切的。”阿辽沙喃喃地说，“他今天叫您到他那里去。”他忽然顺口迸出这句话来，同时坚决地望着她的眼睛。她浑身哆嗦了一下，身子在沙发上微微地退避，离开他远些。

“我？难道这是可能的吗？”她嘟囔说，脸色发白。

“这是可能的，而且应该的！”阿辽沙坚决地说，一下子变得劲头十足了，“他很需要您，尤其是现在。如果没有必要，我不会说起这件事情，使您无故受痛苦。他有病，他像疯子一样，他一直要求见您。他并不想请您前去和他和解，他只要您能去一下，在门口露一露面。打从那天以后他身上发生了许多变化。他明白了自己在您面前做了无数的错事。他并不希望您饶恕。他自己就这样说：‘我是无法饶恕的。’他只希望您在门口露一面。”

“您这真是太突然了，”卡捷琳娜喃喃地说，“这几天我一直预感到您会为这事到这里来的。我早知道他会来叫我！这是办不到的！”

“即使是办不到，也请您做一下。请您想想，这是他第一次为侮辱了您而感到震惊，有生以来第一次，他以前从来没有这样完全地理解过这一点！他说：假使她拒绝到我这里来，我‘今后会终身成为不幸的人’。您听听：一个判了二十年徒刑的犯人还想做个有幸福的人，难道这不可怜吗？您想一想：您是要去探望一个无辜遭到毁灭的人。”阿辽沙带着挑战的口气冲口说出这样一句话来，“他的手是干净的，他的手上没有血！为了他未来的无限苦难，您现在去见他一面吧！您应该去，在他动身踏进黑暗之前去送一送他，只要在门槛上站一站就行，您应该，您应该这样做！”阿辽沙说到最后一句时，用无比有力的口气着重说出了“应该”这两个字。

“应该，但是……我做不到，”卡捷琳娜仿佛呻吟似的说，“他会瞧着我，我做不到。”

“你们的眼睛是应该相遇的。假使您现在下不了决心，您以后一辈子还怎样生活下去呢？”

“不如一辈子忍受痛苦。”

“您应该去，您应该去。”阿辽沙又一次毫不怜悯地强调说。

“但是为什么要今天，为什么要在现在？我不能离开病人……”

“离开一会儿是可以的，这只是一会儿工夫。如果您不去，今天夜里他会得脑炎的。我不会撒谎，您可怜可怜吧！”

“您也应该可怜可怜我。”卡捷琳娜凄恻地责备着，哭了。

“这么说来，您会去的。”阿辽沙看见了她的眼泪以后，坚决地说，“我去对他说，您立刻就去。”

“不，您无论如何不要说。”卡捷琳娜惊惶地叫道，“我去，但是您不要预先对他说，因为我尽管去，但说不定到了那儿又不走进去。我还不知道……”

她的嗓音哽住了。她困难地呼吸着。阿辽沙站起来准备走了。

“要是我碰见了什么人可怎么办？”她忽然轻轻地说，脸上一下子又变得煞白了。

“所以必须现在就去，这样您就不会遇见什么人。一个人也没有，我说的是实话。我们等着您。”他坚决地说完这句话，就走了出去。

二

谎话一时成为真实

他忙着到米卡现在正住着的医院里去。法庭判决后第二天，他发作了神经性的寒热，被送到市立医院囚犯科去。不过瓦尔文斯基医生听了阿辽沙和其他许多人（如霍赫拉柯娃、丽萨等）的请求，没有把米卡与狱囚们放在一起，而另外找了一个单间，就在斯麦尔佳科夫以前住过的那间小房间里。尽管走廊尽头有一名警卫，窗上安有铁栅栏，所以瓦尔文斯基对于他的不很合法的纵容举动可以很放心，但他毕竟还是个善良仁慈的青年人，他明白像米卡这样的人忽然走进一伙杀人犯和骗子中间是多么痛苦，这必须慢慢习惯才行。至于亲友的探问，医生，看守所长，甚至警察局长，都曾非正式地允许了。不过这些天来也只有阿辽沙和格鲁申卡来探问米卡。拉基金曾有两次企图和他会见，但是米卡坚决请求瓦尔文斯基不要放他进来。

阿辽沙进去的时候，他正坐在病床上，穿着病院的睡衣，有点发烧，头上包着用水和醋浸湿的毛巾。他用一种茫然的目光望着走进来的阿辽沙，但这种目光里仍然似乎显出一点惊惧的神色。

本来，他打从开庭审判之后就变得十分沉郁。有时一愣就是半个钟头，好像在那里紧张而痛苦地沉思着什么事情，忘了身边的一切。即使从沉郁中清醒过来，开始说话，也总是说得没头没脑，而且一定不是他实际上想说的话。有时他满脸痛苦地望着他的兄弟。他和格鲁申卡在一起，似乎比和阿辽沙在一起感到轻松些。尽管他几乎并不跟她说什么话，但只要她一进来，他的脸上就闪出了快乐的神色。阿辽沙默默地在他的床边上坐了下来。这一次他不安地等待着阿辽沙开口，但又不敢问一句话。他认为卡嘉答应到这里来是不可想象的，但同时又感到如果她真的不来，那以后简直不知道该怎么办。阿辽沙懂得他这种心情。

“听人说，”米卡慌忙说了起来，“特里丰·鲍里赛奇把他的整个客店都拆平了：挖起地板，掀开木头，把围廊全拆成了碎片，一直在那儿挖宝，寻找那一千五百卢布，就是检察官说我藏起来的那笔钱。听说他一回家，立刻就疯狂地干起来了。这坏蛋真是活该！这是这里的那个警卫昨天对我说的，他是那儿的人。”

“你听着，”阿辽沙说，“她会来的，但是不知道在什么时候，也许今天，也许过几天，我不知道，但是她会来的，她会来的，这是一定的。”

米卡全身一震，想说什么话，但是没有说。这消息对他产生了可怕的影响。显然他极想知道谈话的详情，但是仍旧不敢立刻发问，因为如果卡嘉说了什么残忍和蔑视的话，在这时对于他真和刀戳一样。

“她还叫我一定要想法子让你对潜逃的事感到安心。即使伊凡到那时候还没痊愈，她也会亲自来办这件事的。”

“这件事情你已经对我说过了。”米卡沉思地说。

“你已经转告给格鲁申卡听了吧。”阿辽沙说。

“是的。”米卡承认，“她今天早晨不会来的。”他怯生生地瞧着兄弟说：“她要晚上才来。我昨天一对她说卡嘉在那里想办法，她就不作声了，只是撇了撇嘴。她只轻声说：‘让她去做吧！’她明白这是重要的事。我不敢再往下试探。她大概已经明白卡嘉爱的不是我，而是伊凡了吗？”

“是这样吗？”阿辽沙脱口说了出来。

“也许不是这样。不过她今天早晨不会来的，”米卡又忙着说，“我请她替我办一件事情。你听着，伊凡弟弟会比我们大家都有出息。应该活下去的是他，而不是我们。他会痊愈的。”

“你知道吗，卡嘉虽然为他担心，但却几乎毫不怀疑他会痊愈。”阿辽沙说。

“要是这样，她一定深信他要死的。她是由于恐惧才确信他会好起来。”

“伊凡哥哥体格强壮。我也抱着很大的指望，相信他会好起来。”阿辽沙不安地说。

“是的，他会好起来的。但是她相信他会死去。她愁肠太多了。”

两人沉默着。米卡心里有什么十分重要的事情在折磨着他。

“阿辽沙，我真是爱格鲁申卡呀！”他忽然用一种含泪的颤抖声音说。

“她不会获准跟你上那儿去的。”阿辽沙立刻接口说。

“我还要告诉你一句话，”米卡用一种突然变得十分刚强的声音接着说，“假使在路上，或者到了那里，有人打我，我决不顺从，我会杀人，然后人家就会枪毙我。这是整整二十年时间呀！在这里人家已经开始对我用‘你’来称呼了。那些看守就称我‘你’。我昨天整夜躺在那里，检讨着自己：我还没有这个准备！我还接受不了这些！我想唱‘赞美诗’，但是对于看守们的‘你’却还是不能忍受！可是为了格鲁申卡，我可以忍受一切，只有挨打除外。但是人家却不许她到那里去。”

阿辽沙温和地笑了笑。

“我直截了当地对你说吧，哥哥，”他说，“我对于这件事是这样看的。你知道我不会对你撒谎。你听我说：你还没有准备，这样的十字架不是你能够背的。何况，像你这样一个没有准备的人也并不需要去背那种沉重的殉难者的十字架。要是你杀死了父亲，那么如果你拒绝背十字架，我会感到遗憾。但是你没有罪，这样的十字架对你是太重了。你想通过承受苦难使你自己成为另一个人，照我看来，不管你逃到哪儿去，只要今后终身都能记住这另一个人，对你来说，那也就够了。至于你没有去承受背负十字架的大苦难，那么这也恰恰只会使你感到你自身负有更大的责任，而你今后一辈子不断地感到这一点，就能更促使你去努力追求新生，也许比你到那里去还要更加有效。因为到了那里，你可能会忍受不下去，产生怨艾，结果也许果真会说：‘我还清了债务了。’律师在这一点上说得很对。这样沉重的负担不是每个人都能胜任的，对于有些人来说简直是无法承受的。假使你真想知道，这就是我的看法。假使你的潜逃会要连累军官和士兵等别的人，我是会‘不许’你逃走的。”阿辽沙微笑说：“但是他们担保说，那位押解长官自己对伊凡说的，只要做得巧妙，不至于有重大的处罚，很容易含混过去。自然，行贿是不名誉的事，即使在这件事情上也一样，不过我无论如何也不想来担任裁判官，因为如果伊凡和卡嘉委托我代你去进行这件事情，我知道，我也照样会去行贿的。这我应该完全对你说老实话。所以你自己怎么办，我不能评断。但是你要知道，我决不会责备你。而且说来也奇怪，在这件事情上我怎么能做你的裁判官呢？好吧，现在我好像已经各方面都做了分析了。”

“但是我却要责备我自己！”米卡嚷着说，“我要逃走，这一点没有你也已经决定了：米卡·卡拉马佐夫还会不逃走吗？但是我还是要自我谴责，我将终身为我的罪行祈祷！耶稣会士们总是这样说的，对吗？我们现在就正是在这样做，不是吗？”

“是的。”阿辽沙平静地笑着说。

“我爱你就因为你永远完全说实话，一点也不隐藏！”米卡嚷着，高兴地笑了，“那么说，我发现我的阿辽沙是个耶稣会士了！为了这，应该痛快地吻你一下。现在你听着其余的话，我要把另外的半个心也袒露给你看。以下是我想到而且决定的：即使我逃走了，身边还带着钱和护照，甚至逃到了美国，但总还有一个念头可以安慰我，那就是我逃走并不是去寻快乐找幸福，而确确实实是去服另一种苦役，也许和这苦役一样坏！一样坏，阿历克赛，我这是真话，一样坏！这倒霉的美国，见它的鬼，我现在就已经十分痛恨了。尽管格鲁申卡也和我在一块儿，但是你看一看她：她像个美国女人吗？她是一个俄罗斯人，全身直到骨髓里都是个地道的俄罗斯人，她会苦苦想念她的祖国，而我随时都会想到，她是为了我而忍受苦闷，为我而背起这样的十字架的，可是她犯了什么罪呢？至于我，难道能看得惯那儿的那些家伙吗？尽管也许他们每一个人全都比我还好些。我现在已经恨起美国来了！虽然他们一个个全是了不起的技师或者别的什么，但见他们的鬼，他们总不是和我们一样的人，和我们有一样的心！我爱俄罗斯，阿历克赛，我爱俄罗斯的上帝，虽然我自己是卑鄙的人！我会在那儿送命的！”他两眼闪光，突然大声嚷起来。他的声音哆嗦着，泪水流了下来。

“所以我拿定了这样的主意，阿历克赛，你听着！”他抑制住激动，又开始说，“我同格鲁申卡一块儿到那里去，一到就找一处离人远一些的偏僻地方，立刻开始耕地，做工，和野熊在一起。那里也能够找到一个离人远些的偏僻地方的呀！听说那边还有红种人，在天边上，那么我们就上那儿去，到最后的莫希干人所住的地方去。我和格鲁申卡两人立刻开始学习文法。做工和学文法，这样干上三年。在这三年里我们会把英文学得就跟美国人一样。一学会，就——再见吧，美国！我们要以美国公民身份跑回这里，跑回俄国来。别担心，我们决不会回到这小城里来。我们要躲得远些，往北方或南方去。到了那时我的相貌变了，她在美国也会变的，医生会给我在脸上弄一个假疣子的，他们本来全是能干的技师嘛。或者我可以弄瞎一只眼睛，留起一俄尺长的胡须，雪白的胡须（因为想念俄罗斯想得胡须全白了），人家也许不再认得，即使认了出来，就让他们判我流放好了，反正一样，命该如此！我们回到这里以后，也要住在一个僻静的地方，种地度日，我将一辈子装作一个美国人。我们究竟可以死在家乡的土地上。这就是我的计划，一定不移的计划。你赞成吗？”

“我赞成。”阿辽沙说，不想去反对他。

米卡沉默了一会儿，忽然说道：

“审判时他们搞得多周密？真周密啊！”

“即使不周密，也照样会判你的罪的。”阿辽沙叹了一口气说。

“是的，这里的人极讨厌我了！随他们去吧，不过这很叫人难受！”米卡痛苦地叹息说。

两人又沉默了一会儿。

“阿辽沙，你干脆要了我的命吧！”他忽然喊道，“告诉我，她现在究竟来不来呀？她到底说了些什么？怎么说的？”

“她说她会来的，但是我不知道是不是今天。她是很为难的！”阿辽沙不安地看了哥哥一眼。

“那还用说，还会不为难吗？阿辽沙，我会为这件事发疯的。格鲁申卡老是看我。她心里明白。主啊，上帝，愿你让我的心安静下来吧！我究竟要的是什么？我要卡嘉！我究竟明白我要的是什么吗？这全是放肆任性的卡拉马佐夫式的罪恶性格！不，我受不了苦！我是卑鄙的人，就是这句话！”

“她来了！”阿辽沙喊道。

卡嘉突然出现在门口。有很短的一刹那她站定在那儿，用慌乱的目光注视着米卡。米卡一下子跳了起来，他的脸色煞白，露出惊惶的神色，但很快唇边就出现了一抹畏怯的、恳求似的微笑，接着就突然克制不住地向卡嘉伸出了双手。她一看见以后，急急地向他扑过来。她抓住他的两手，几乎用强力按住他叫他坐在床上，自己也在他身边坐下来，一直紧紧地、痉挛般地捏住他的手不放。有好几次两人都竭力想要开口说点什么，但是每次都止住了，又默默地用凝聚的，似乎彼此盯紧着不放的眼神，带着奇怪的微笑对看着。这样足足过了两三分钟。

“你饶恕我了吗？”米卡终于喃喃地说。接着立即转向阿辽沙，脸上因喜极而变了形，大声对他喊道：

“听见了吗，我问的是什么话，听见了吗？”

“我过去之所以爱你，就因为你有宽宏的心肠！”卡嘉突然冲口说出了这句话，“你根本不需要我的饶恕，我也不需要你的饶恕。你饶恕不饶恕反正都是一样，你将一辈子成为我心上的一个伤痕，我也同样将是你心上的一个伤痕，而这也是理所应该的。”她停了一停，舒了一口气。

“你知道我到这里是干什么来了吗？”她又疯狂地急急忙忙说起来，“是要拥抱你的脚，捏紧你的手，捏得生痛，你记不记得，就像在莫斯科时那样捏你，又一次对你说，你是我的上帝，我的心上人，对你说，我疯狂地爱你！”她似乎痛苦地呻吟了一声，突然贪婪地把嘴唇紧贴在他的手上。泪水从她的眼里泉涌般地滚了下来。阿辽沙站在那里一言不发，感到尴尬；他怎么也没料到他会看见这种情景。

“爱情是过去了，米卡！”卡嘉又开始说，“但是过去的一切对我来说简直宝贵得使我心疼。这一点你要永远记住。但现在，这一会儿，就让本来可以出现的事仿佛暂时地出现一下吧。”她苦笑着嘟囔说，又快乐地看着他的眼睛：“你现在爱另一个人，我也爱另一个人。但是尽管这样我还是会永远爱你，你也会永远爱我，你知道不知道？你听着，你应该爱我，一辈子爱我！”她大声说，声音里带着近乎威吓的战栗。

“我会爱你的……你知道，卡嘉，”米卡开口说，几乎每一个字都喘着气，“你知道，我在五天以前，那个晚上……当你倒下地来，人家把你抬出去的时候，也是爱你的。一辈子爱你！一定会这样，永远会这样。”

他们两人就这样互相说着一些无意义的、疯狂的，也许甚至是不真实的话，但是在眼前这时刻一切都是真实的，他们两人心里也都相信自己的话。

“卡嘉，”米卡忽然嚷道，“你相信是我杀的吗？我知道你现在不相信，但在那个时候……做证的时候……难道，难道你真相信吗？”

“在那时候也不相信！从来就没相信过！我是因为恨你，所以突然强迫自己相信，就在那一刹那间……做证的时候……强迫自己相信，自己也就相信了……等到说完了证词，立刻又不相信了。现在我都告诉你吧。哦，我忘记我是来惩罚自己的了！”她忽然完全换了另外一种表情说，一点也不像刚才说着喁喁情话时的那种口气了。

“你的心里真是痛苦呀，女人！”米卡仿佛忍不住地脱口说出了这样一句话。

“你放我走，”她低声说，“我还要来。现在我感到痛苦！”

她刚从座位上站了起来，但是忽然大喊一声，往后直退。格鲁申卡突然悄悄地走进了屋来。谁也料不到她会来的。卡嘉急急忙忙朝门口走去，但在走到格鲁申卡身边时，忽然站住了，脸白得像纸一样，痛苦地用低得近乎耳语似的声音对她说：

“请您饶恕我吧！”

格鲁申卡凝神紧盯着她，等了一会儿，用恶毒而浸透了怨恨的口气回答说：

“你我两人都恨得要命，互相恨得要命！你跟我，还谈得上什么饶恕？只要你能救他，我就一辈子为你祈祷。”

“你竟不愿意饶恕吗？”米卡带着气极了的责备口气朝格鲁申卡嚷着。

“你放心吧，我会给你救他出来的！”卡嘉迅速地嘟囔了一句，就从屋里跑了出去。

“在她自己先对你说了‘请你饶恕’以后你还竟会不肯饶恕她！”米卡又痛心地嚷了起来。

“米卡，你不应该责备她，你没有权利！”阿辽沙用激烈的口气对他的哥哥大声说。

“是她的骄傲的嘴在那里说话，而不是那颗心。”格鲁申卡带着鄙夷的神气说，“她救了你，我就会饶恕一切。”

她住嘴不说了，似乎把心里的什么东西硬压了下去。她还没有定下心来。以后才知道，她走进来是完全偶然的，丝毫没有疑心到什么，也完全没想到会遇见她所看到的事。

“阿辽沙，你快追上去！”米卡急忙对兄弟说，“你对她说……我并没料到，不要让她就这样走！”

“我晚上以前再到你这里来！”阿辽沙嚷着，就连忙跑去追卡嘉。他在医院的围墙外面才追上了她。她走得又急又快，但阿辽沙刚追上她，她就急促地对他说起来：

“不行，我在这女人面前不能惩罚自己！我对她说‘你饶恕我吧’，是因为我要惩罚自己惩罚到底。可是她竟不肯饶恕，为了这，我倒爱她！”卡嘉用变了样的声音说，她的眼睛里显出气得发疯的神情。

“哥哥完全没有料到，”阿辽沙喃喃地说，“他深信她不会来的……”

“这毫无疑问。我们把这事抛开吧。”她打断他说，“听我说，我现在不能同您一块儿去参加葬礼了。我已经派人送了花去，放在棺前。他们好像还有钱。如果必要的话，您可以对他们说，将来我永远不会把他们撇下不管的。好了，现在请您离开我，让我一个人吧。您已经误了时间。晚祷的钟声已经响了。请您离开我吧！”

三

伊留莎的殡葬。石头旁边的演词

他真是去晚了。大家久等着他，甚至已决定不再等他到，就要把那口饰满鲜花的漂亮的小棺材抬到教堂里去了。那是可怜的男孩伊留莎的棺材。他是在米卡的判决下来后第三天死的。阿辽沙刚走到大门外就有伊留莎的一群同学向他欢呼。他们正急不可待地等着他，看见他终于来了，都十分高兴。他们一共来了十二个人，大家都是肩上背着各式各样的书包直接来的。"爸爸要哭的，你们常来看看他呀。"伊留莎临死时这样嘱咐他们，他们都记住了。为首的是柯里亚·克拉索特金。

"您来了，卡拉马佐夫！我真喜欢！"他大声说，向阿辽沙伸出手来，"这里真可怕。说实在话，看着真是难受。斯涅吉辽夫没有喝醉，我们清楚地知道他今天一滴酒也没有喝，但是却好像喝醉了。我一向很刚强，可是这种情景实在是太可怕了。卡拉马佐夫，如果不耽搁您的话，在您走进去以前，我只有一个问题想对您提出来。"

"什么事，柯里亚？"阿辽沙站住说。

"您的哥哥到底有罪没有罪？是他杀死父亲，还是那个仆人杀的？您怎么说，真情就一定是这样。我琢磨这事有四夜没睡好觉了。"

"杀人的是仆人，我的哥哥没有罪。"阿辽沙回答。

"我也是这么说！"男孩斯穆罗夫突然嚷了起来。

"那么他将为真理无辜牺牲啦？"柯里亚大声说，"他虽然牺牲，但是他是幸福的！我要羡慕他！”

“你这是什么意思？怎么能这样说？为什么呢？”阿辽沙惊讶地叫了起来。

“哎，但愿我在什么时候也能为真理牺牲，那才好呢！”柯里亚热烈地说。

“但是不能为了这种事情，不能忍受这样的耻辱，这样可怕的情境！”阿辽沙说。

“自然……我希望为全人类而死。至于耻辱，那有什么，我们的姓名总是要消灭的。我很尊重你的哥哥。”

“我也尊重！”一个小孩突然从人群里完全出人意外地喊了出来。这就是那个曾经说他知道特洛伊是什么人建造的孩子。他一喊出来，就像上次一样，满脸通红，像一朵牡丹，一直红到耳根。

阿辽沙走进屋里。伊留莎交叉着两手，阖上眼睛，躺在蓝底白边的棺材里。他消瘦的脸庞完全没有变，奇怪的是尸身几乎没有发出一点气味。脸部的表情是严肃的，而且有点沉思的样子。交叉着的双手特别好看，好像大理石雕成的一般。他手里放着花，而且整个棺材里里外外也全都铺满鲜花，是丽萨·霍赫拉柯娃天刚亮就叫人送来的。但卡捷琳娜·伊凡诺芙娜也送了花来，阿辽沙开门的时候，上尉正在用不住哆嗦的手握着一把花，再次将它撒在他钟爱的孩子身上。他几乎没有朝走进来的阿辽沙看，而且也不想看任何人，甚至没有看他正在哭泣的发疯的妻子，他的“孩子他妈”。她这时正不断地努力想支着她的病腿站起来，好更靠近一些瞧瞧她死去的孩子。孩子们把尼娜连椅子一块儿抬起来，放在棺材旁边。她头紧紧贴着棺材，大概也在那里轻声地哭泣。斯涅吉辽夫的脸上带着兴奋的神气，但是好像既慌乱而又冷酷。在他的举动里，他冲口说出来的一言半语里有点发痴的样子。“小老爷子，亲爱的小老爷子！”他瞧着伊留莎，不时地呼喊着。还在伊留莎活着的时候，他就惯于亲昵地称他为“小老爷子，亲爱的小老爷子”。

“老头子，也给我一点花，从他的手里拿出来，就是那朵白花。

你给我呀！”疯癫的“孩子他妈”一面抽抽噎噎，一面恳求他。她不知是特别喜欢伊留莎手里的那朵小白玫瑰，还是想从他手里取一朵花来做纪念，但她一直全身不停地折腾着，伸着手想取那朵花。

“我谁都不给，一朵也不能给！”斯涅吉辽夫忍心地叫着，“这是他的花，不是你的。全是他的，没有你的！”

“爸爸，给妈妈一朵花吧！”尼娜忽然抬起泪水纵横的脸说。

“我一朵也不能给，尤其不能给她！她不爱他。她那时争夺他的小炮，他就送给了她。”上尉一想起伊留莎把小炮让给母亲的情形，忽然失声痛哭了起来。可怜的疯女人则用手捂住脸，不停地轻声呜咽着。孩子们看见这位父亲一直把住棺材不肯放手，可是抬出去的时间已到，就一下子把棺材紧紧地围住，开始往起抬。

“我不愿意把他葬在教堂的院子里！”斯涅吉辽夫忽然叫道，“我要把他葬在石头旁边，我们的石头旁边！伊留莎吩咐过的。我不让抬！”

他在过去整整的三天中就一直在说要葬在石头旁边了。但这会儿阿辽沙、克拉索特金、女房东、女房东的姊妹，还有男孩们，全说了话。

“瞧他想出了什么主意，在不圣洁的石头旁边下葬，好像葬吊死鬼似的。”房东老太婆严厉地说，“教堂的院子里全是十字架。有人为他祈祷。听得见教堂里唱赞美诗的声音，教堂执事读经又那么清楚明白，每次都会传到那里，就跟在他的坟上读经一样。”

上尉最后只好挥了挥手，仿佛说：“随你们抬到哪儿去吧！”孩子们抬起棺材，从母亲身旁走过，在她面前停了一会儿，把棺材放低，好让她能和伊留莎告别一下。但她因为在这三天里一直只能隔着一段距离看到，现在忽然如此逼近地看见了这个亲爱的脸庞，就突然全身颤抖，她那白发的头开始俯在棺材上面，歇斯底里地前仰后合抽搐起来。

“妈妈，你画十字，祝福他，吻他吧！”尼娜对她喊着。但是母亲像自动机器似的，一直抽搐着脑袋，一声不出，带着由于刺心的悲痛都变得扭歪了的脸容，突然举拳捶起自己的胸脯来。棺材抬过去了。在棺材抬到尼娜身旁的时候，她最后一次把嘴唇贴在死去的兄弟的嘴上。阿辽沙走出屋外，央求女房东照顾留在家里的人们，但是她不等他说完就说道：

“这是当然的事，我会留在他们身边的，我们也是基督徒呀。”老太婆说着哭了。

到教堂去的路并不远，不过三百步光景。那是一个明朗而宁静的日子。有点冰冻，但不厉害。教堂的钟声还在响。斯涅吉辽夫忙乱而慌张地在棺材后面跑着，穿着破旧短小，几乎是夏季穿的夹大衣，光着头，一顶破旧的宽边软帽握在手里。他不停地忙乱操心，一会儿忽然伸手扶棺材的头部，但却只是妨碍了那些抬棺材的人；一会儿在旁边跑着，寻找可以插一插手的地方。一朵花落在雪地上，他慌忙跑去捡起来，似乎丢一朵花是件了不起的大事似的。

“但是那块面包皮呢？竟把那块面包皮给忘记了。”他忽然十分惊惶地喊了起来。可是孩子们立刻提醒他说，那块面包皮他刚才已经拿来放在口袋里了。他马上把它从口袋里掏了出来，验明以后才安了心。

“伊留莎嘱咐过的，伊留莎，”他立刻对阿辽沙解释，“他夜里躺在那儿，我坐在旁边，他忽然说：‘爸爸，在我的小坟填好土以后，你在坟上掰碎一些面包皮，好让喜鹊飞来，我一听见它们飞来，感到不是孤零零地躺着，就会快乐的。”

“这很好，”阿辽沙说，“应该时常送点去。”

“每天送，每天送！”上尉喃喃地说，似乎浑身添了精神。

终于来到了教堂，把棺材放在教堂中央。小孩们全体把它团团围住，规规矩矩地一直站到礼拜完了。这教堂已经破旧，一副穷相，有许多神像完全没有缘饰，但是在这样的教堂里做祈祷似乎反而更好些。在弥撒进行的时候斯涅吉辽夫似乎平静了一点，虽然有时还总要流露出那种莫名其妙的无意识的忙乱：他一会儿走到棺材前面，把棺罩和花圈整理一下，一会儿当蜡台上的一根蜡烛落下来的时候，突然急忙跑过去把它插好，而且摆弄了许多时候。然后才平静下来，呆呆地显出一副担心而又似乎有点疑惑不解的脸色，驯服地站在棺材头前。读完使徒书以后，他忽然悄悄地对站在他身边的阿辽沙说，使徒书诵读得不大对，却并没有把他的意见说明白。在唱小天使颂诗的时候，他跟着唱了几句，但是没有唱完，就跪下来，把额头贴在教堂的石板地上，趴了许久许久。终于举行葬仪。分发蜡烛了。发狂似的父亲又忙乱起来，但是动人肺腑的墓前赞美诗的歌声把他的心灵惊醒而且震撼了。他似乎忽然全身紧缩，开始频繁而且急促地失声呜咽，起初压着嗓音，后来竟放声啜泣起来。在告别和盖棺的时候，他两手把住棺材，不让人家把伊留莎盖起来，贪婪地不断吻着他那已经死去的孩子的嘴。最后大家总算劝住他，拉他离开台阶，他忽然急忙伸出手来，从棺材里抓起了几朵花。他望着这几朵花，心里似乎产生了一个新的念头，使他好像暂时忘却了主要的事情。他仿佛渐渐地陷入了一种沉思的心情，当人家抬起棺材到坟上去的时候，他再也不加阻拦。坟在教堂旁边院里不远的地方。那是一个很阔绰的坟，是由卡捷琳娜·伊凡诺芙娜出的钱。在例行仪式举行过后，掘墓的人把棺材放了下去。斯涅吉辽夫手握着几朵花，朝敞开的墓穴里俯下身去，把身子弯得那么深，小孩们吓得连忙抓住他的大衣，拼命拉开他。但他好像并不明白到底发生了什么事。在开始填土的时候，他忽然不安地指点着撒下去的泥土，还开口说起什么话来，可是谁也听不清楚他说些什么。他自己也忽然住口不说了。这时有人提醒他，该把面包皮掰碎了，他马上十分慌乱起来，抓起面包皮，把它弄碎，一块块朝坟上乱扔：“飞来吧，鸟儿，飞来吧，喜鹊！”他急切地喃喃说着。孩子中间有人对他说，他手里握着花，掰起面包皮来未免不大方便，暂时可以把花交给别人拿一拿。但是他不肯给，甚至忽然担心起自己的花来，生怕有人从他手中夺去。随后他看了看坟墓，在确信一切都已办妥，面包皮已经撒完以后，忽然出人不意地，甚至完全神色泰然地转身走回家去了。但是他的步伐越来越急，越走越快，非常匆忙，几乎跑了起来。小孩们和阿辽沙一步也不离开他的身旁。

“花儿送给孩子他妈，花儿送给孩子他妈！孩子他妈受了委屈啦！”他忽然开始大声喊嚷。有人叫他，让他戴上帽子，现在很冷，但是他一听反倒似乎生了气，把帽子朝雪地上一扔说：“我不要帽子，我不要帽子！”小孩斯穆罗夫捡了起来，拿着帽子跟在他后面走。小孩们全都哭了，柯里亚和那个发现特洛伊秘密的小孩哭得最厉害。斯穆罗夫把上尉的帽子拿在手里，虽然也哭得很伤心，但还有工夫一面跑，一面抓起一小块在雪路上显出红色的砖头，朝飞得很快的一群喜鹊扔去。自然没有击中，他就仍旧继续边哭边跑着。走到半路，斯涅吉辽夫突然停了下来，站了半分钟，似乎被什么惊醒了，突然转身向着教堂，拔脚向被大家遗弃的小坟跑去。但是孩子们一下子追到他前面，从四面八方抓住了他。这时他就像被人打倒了似的，无力地倒在雪地里，一面哭喊一面抽搐着身子，嘴里喊着：“小老爷子，伊留莎，亲爱的小老爷子！”阿辽沙和柯里亚扶起他来，竭力安慰他：

“上尉，算了吧！男子汉大丈夫是应该能忍耐的。”柯里亚喃喃地说。

“您会把花儿弄坏的，”阿辽沙说，“‘孩子他妈’正等候着，刚才你不肯把伊留莎手里的花拿来给她，她正坐在那里哭哩。伊留莎的小床还放在那里……”

“是的，是的，到孩子妈那里去！”斯涅吉辽夫忽然又想起来了，“小床会被他们拆走的！小床会被他们拆走的！”他惊惶地补充说，似乎真的怕被人家拆走，连忙爬起来又跑着回家去了。但离家也不太远，大家都同时跑到了。斯涅吉辽夫急急地推开门，对刚才和他忍心地相骂的妻子喊道：

“孩子他妈，亲爱的，伊留莎让我把花给你送来了，你这双可怜的病腿呀！”他嚷着，一面将手里的花递给她，那把花在他刚才倒在雪地里乱挣的时候已经揉皱，而且冻坏了。但是正在这一刹那间，他在角落里伊留莎的小床前，看见了伊留莎的小靴子，两只并排放着，是女房东刚收拾好的。那是一双破旧褪色的小皮靴，皮子已经发硬，打满了补丁。他一看见，就举起了两手跑到那双小皮靴跟前，跪下来，抓起一只皮靴，把嘴唇贴在上面，贪婪地吻起它来，一边喊着：“小老爷子，伊留莎，亲爱的小老爷子，你的脚到哪儿去了？”

“你把他抬到哪里去了？你把他抬到哪里去了？”疯子用凄厉的声音喊着。尼娜也立刻哭了起来。柯里亚从屋里跑了出去，孩子们也跟着走了出去。阿辽沙最后也跟在他们后面走出了屋子。

“让他们哭个畅吧，”他对柯里亚说，“这时候安慰他们自然是没有用的。我们等一会儿再回来。”

“是的，是没有用的，这真可怕。”柯里亚说，“您知道，卡拉马佐夫，”他忽然放低声音，不让任何人听见：“我非常难受，要是能使他复活，我情愿放弃世上的一切！”

“唉，我也是这样。”阿辽沙说。

“卡拉马佐夫，您说怎么样，今天晚上我们到这里来不来？他会喝起酒来的。”

“也许会喝酒的。只我们两个人来就够了，同他们坐上一个钟头，同母亲和尼娜。假使我们大家都来，又会使他们全都想起来的。”阿辽沙提议说。

“现在女房东在那里铺桌子，大概是摆追悼宴，神父会来的。我们要回到那里去吗，卡拉马佐夫？”

“当然。”阿辽沙说。

“这真是奇怪，卡拉马佐夫，在这样悲伤的时候，忽然煎些饼来吃，我们的宗教礼仪真是太不自然了！”

“他们那里还有鲑鱼。”发现特洛伊秘密的那个男孩忽然大声说。

“卡尔塔绍夫，我严肃地请求你不要再乱插嘴，说你的那些傻话，尤其在人家没有和你说话，甚至不愿意知道有你这个人在世上的时候！”柯里亚气冲冲地朝他嚷道。男孩的脸涨得通红，但是一句也不敢顶撞。当时大家静静地在小路上走着，斯穆罗夫忽然喊道：

“这就是伊留莎的那块石头，就是想把他埋葬在这里的。”

大家默默地站在大石头旁边。阿辽沙看了一下，不久前斯涅吉辽夫说到伊留莎怎样拥抱着父亲，一面哭，一面喊“爸爸，爸爸，他多么欺侮你呀”的全部情景，一下子又完全重新呈现在他的脑海里。有什么东西仿佛在他的心灵里剧烈地震动着。他带着严肃庄重的神色，环视了一下伊留莎的同学们那些明朗可爱的脸，忽然对他们说道：

“诸位，我想在这里，就在这个地方对你们说几句话。”

孩子们围住他，立刻用专注和期待的目光紧紧地盯着他。

“诸位，我们快要分手了。我现在暂时还要照顾两个哥哥，其中一个就要去流放，另一个病得快死。但是不久我就将离开这个城市，也许长久地离开。诸位，我们快要分离了。现在让我们在伊留莎的石头旁边互相约定，第一，永不忘记伊留莎；第二，永不互相遗忘。以后我们一生中无论发生什么事，即使有二十年不见面，我们也仍旧要记住，我们是怎样殡葬一个可怜的男孩，他曾在桥头被我们用石头扔过，你们记得吗？但以后我们大家又怎样爱起他来。他是个可爱的孩子，善良、勇敢的孩子，感到父亲名誉上所受的痛心的侮辱，因此要起来反抗。所以首先，我们要一辈子记住他。即使以后我们忙于办重要的大事，有了显赫的地位，或者陷入了某种巨大的不幸，你们也无论如何不要忘记，我们曾经在这里感到多么美好，我们大家同心协力，由一种美好善良的情感联系在一起，这种情感在我们爱那个可怜的小孩的时候，或许会使我们也能变成一个比目前实际的我们更好一些的人。我的小鸽子们，请你们允许我叫你们小鸽子吧，因为你们全很像鸽子，很像那些美丽的蓝灰色的小鸟儿，现在，在我看着你们善良、可爱的脸庞的时候，我的可爱的小朋友们，也许你们还不了解我对你们所说的话，因为我的话往往说得很不清楚，但是你们一定会记住，而且将来总有一天会赞同我的话的。你们要知道，一个好的回忆，特别是儿童时代，从父母家里留下来的回忆，是世上最高尚、最强烈、最健康，而且对未来的生活最为有益的东西。人们对你们讲了许多教育你们的话，但是从儿童时代保存下来的美好、神圣的回忆也许是最好的回忆。如果一个人能把许多这类的回忆带到生活里去，他就会一辈子得救。甚至即使只有一个好的回忆留在我们的心里，也许在什么时候它也能成为拯救我们的一个手段。我们以后也许会成为恶人，甚至无力克制自己去做坏事，嘲笑人们所流的眼泪，取笑那些像柯里亚刚才那样喊出‘我要为全人类受苦’的话的人们，也许我们要恶毒地嘲弄这些人。但是无论如何，无论我们怎样坏，只要一想到我们怎样殡葬伊留莎，在他一生最后的几天里我们怎样爱他，我们怎样一块儿亲密地在这块石头旁边谈话，那么就是我们中间最残酷、最好嘲笑的人，假使我们将来会成为这样的人的话，也总不敢在内心里对于他在此刻曾经是那么善良这一点暗自加以嘲笑！不但如此，也许正是这一个回忆，会阻止他做出最大的坏事，使他沉思一下，说道：‘是的，当时我是善良的，勇敢的，诚实的。’即使他要嘲笑自己，这也不要紧，人是时常取笑善良和美好的东西的；这只是因为轻浮浅薄；但是我要告诉你们，诸位，他刚一嘲笑，心里就立刻会说：‘不，我这样嘲笑是很坏的，因为这是不能嘲笑的呀！’”

“一定会这样，卡拉马佐夫，我明白你的意思，卡拉马佐夫！”柯里亚两眼放光地大声喊起来。孩子们都很激动，也想说点什么，但是忍住了，友爱地瞧着这位演说家。

“我说这话，是害怕我们将来会成为坏人。”阿辽沙继续说，“但是为什么我们一定会成为坏人呢，诸位？最要紧的是，我们首先应该善良，其次要诚实，再其次是以后永远不要互相遗忘。这话我还要重复一下。诸位，我要对你们发誓，我不会忘记你们中间的任何一个；现在瞧着我的每一张脸我都要记住，哪怕过三十年以后也这样。柯里亚刚才对卡尔塔绍夫说，我们似乎不愿意知道：‘世上有没有他这个人！’难道我会忘记，世上曾有卡尔塔绍夫这个人吗？他现在已不会像那次发现特洛伊的秘密时那样脸红，他睁大着可爱的、善良而快乐的眼睛望着我。诸位，可爱的诸位，我们大家应该宽厚而且勇敢，像伊留莎一样；聪明，勇敢，而且宽厚，像柯里亚一样，他长大以后，还会更聪明的，我们还要像卡尔塔绍夫一样怕羞但却聪明而且可爱。我又何必只说他们两人。诸位，从此以后你们大家对于我都是可爱的，我会把你们大家保留在我的心里，我请求你们也把我保留在你们的心里！谁把我们联结在这善良的情感之中，使我们现在一辈子记住它，而且乐意想起它的呢？正是那个伊留莎！正是那个善良的孩子，亲爱的孩子，我们一辈子感到宝贵的孩子！我们永远不要忘记他，对于他的永恒的、美好的纪念，从今以后将永远永远地留在我们的心里！”

“是的，是的，永远的，永远的！”所有的孩子全显出感动的脸色，用响亮的嗓音喊了起来。

“我们要记住他的相貌，他的衣裳，他的可怜的小靴子，他的小棺材，他的不幸的、有罪的父亲，我们要记住他为了父亲怎样独自勇敢地反抗全班的人！”

“我们要记住！我们要记住！”男孩们又喊起来，“他是勇敢的，他是善良的人！”

“我多么爱他！”柯里亚叫道。

“孩子们，亲爱的小朋友们，你们不要惧怕生活！在你做了一点好事、正直的事的时候，生活是多么美好啊！”

“是的，是的。”孩子们欢欣地附和着。

“卡拉马佐夫，我们爱你！”一个声音，好像是卡尔塔绍夫的声音忍不住喊了出来。

“我们爱你，我们爱你。”大家也都齐声应和说。有许多人的眼睛里闪着晶莹的泪光。

“乌拉，卡拉马佐夫！”柯里亚兴奋地欢呼说。

“永恒地纪念死去的孩子！”阿辽沙满腔深情地接了一句。

“永恒地纪念！”孩子们又齐声说。

“卡拉马佐夫！”柯里亚说，“宗教告诉人们，我们大家死后会重新复活，互相见面，一切人和伊留莎都可以见到，这是真的吗？”

“我们一定会复活的，我们会快乐地相见，互相欢欢喜喜地诉说过去的一切。”阿辽沙半玩笑半兴奋地回答说。

“这可真好！”柯里亚脱口说了出来。

“现在我们结束我们的谈话吧，该去赴他的追悼宴了。你们不要为吃煎饼而生气。这是古代留下的老习惯，这里面也有使人感到美好的东西。”阿辽沙笑着说，“我们去吧，现在我们手拉着手一起前去。”

“永远这样，一辈子手拉着手！乌拉，卡拉马佐夫！”柯里亚又欢呼起来，所有的孩子也都再次地齐声喊了起来。

附录：信件往来
——陀思妥耶夫斯基致家人与好友[1]

1849年4月23日，陀思妥耶夫斯基因牵涉反对沙皇的革命活动而被捕，被判执行死刑。在行刑之前的一刻才改判成了流放西伯利亚。

这封信是陀思妥耶夫斯基在拘禁期间写给他兄弟的，描述了他被执行死刑那一情形。

致哥哥米哈伊尔
彼得保罗要塞，1849年12月22日

今天，12月22日，我们被押送到谢苗诺夫校场。当场对我们宣读了死刑判决，让我们吻过十字架后，在我们头上折断了佩剑，并让我们套上殓衣（白衬衣）。我们三个犯人并排站在刑柱前等待行刑。我是第六个，因为每次叫三个人的名字，所以我在第二批，只有不到一分钟可活了。我想到了你，我的哥哥，还有你的家人；最后那一刻，我唯一想的就是你，我第一次发觉我是多么爱你，我挚爱的哥哥！我拥抱了站在我身边的普列谢耶夫和杜罗夫，和他们诀别。最后，停刑的信号响了，绑在刑柱上的犯人又被带回原处，接着对我们宣读了皇帝陛下的宽恕令。之后又宣布了最终判决。只有帕利姆得到赦免，按原军衔回到部队[2]。

费·陀思妥耶夫斯基

1854年，陀思妥耶夫斯基结束四年拘禁，开始西伯利亚服刑生活。1849—1859年这十年时间的拘禁与流放生活是他人生重要的转折点，他开始反省自己，笃信宗教。

在这一年（1854）给哥哥的信中，刚开始流放的陀氏已有思想转变的苗头。以下内容为信件节选。

致哥哥米哈伊尔

鄂木斯克，1854年2月22日

至于这四年里我的灵魂、信仰、思想和内心发生了多少变化，我还是不和你诉说了。说来话长。总之，我借助自省来逃避痛苦现实的这一办法结出了果实。如今我抱有许多新的渴求和希望，都是昔日从未想过的。

费·陀思妥耶夫斯基

1867年，陀思妥耶夫斯基在给好友迈科夫的信中，抨击了屠格涅夫的无神论调，表达了自己相信基督是人类永恒追求的观点，充分证明了陀思妥耶夫斯基对宗教的虔诚。

以下内容为信件节选。

致阿波隆·尼古拉耶维奇·迈科夫[3]

日内瓦，1867年8月16日

坦白说，我无论如何也想不到竟会有人像屠格涅夫那样，如此天真又笨拙地展示受伤的虚荣心；这些人还到处吹嘘自己是无神论者。他对我说过他是坚定不移的无神论者。上帝啊！正是自然神论为我们带来了救世主，创造了这样一个高尚的人格，不怀有敬畏之心就无法理解它，它代表人类不朽的理想，这一点也不容置疑。

费·陀思妥耶夫斯基

陀思妥耶夫斯基在向好友评论他人文章时，表达了自己认为东正教是俄罗斯的正统信仰、俄罗斯的未来在于对它的坚定信仰上的观点。

以下内容为信件节选。

致尼古拉·尼古拉耶维奇·斯特拉霍夫[4]

佛罗伦萨，1869年3月18日

我不大肯定丹尼列夫斯基[5]会充分地强调俄罗斯民族的根本实质和最终使命，俄罗斯必须向世界展示俄罗斯的基督，世人尚不知道他，但他根植于我们土生土长的正教信仰。我相信，我们即将对文明做出的巨大贡献的实质就在于此，我们将由此唤醒欧洲人民；我国热烈而伟大的未来最根本的核心也在于此。

陀思妥耶夫斯基在与其追随者的书信中，探讨了人类生命永恒性的问题，体现了他在晚年时期对上帝存在、人类的灵魂与救赎关系的思考。

以下内容为信件节选。

致尼·卢·奥兹米多夫[6]

彼得堡，1878年2月

亲爱的、善良的尼古拉·卢基奇：

首先要请您原谅，因为生病和种种琐事，我拖到现在才回信。其次，要我怎么回答这个人类永恒的大问题呢？能用区区一封信来解答吗？要是能和您畅谈几个小时，那就不同了，可即便那样，我也未必能说出所以然。用言语和说理让一个没有信仰的人皈依尤其困难。也许更好的办法是您尽量认真地阅读保罗的书信。其中有许多对信仰的阐述，而且说得再好不过了。我建议您通读《圣经》俄文译本，您一定会赞叹不已。譬如，您会从此坚信人类没有也不会有其他书籍能与之媲美，不论您是否信教。我无意暗示什么。我只说这一点：地球上的每一种有机体都是为了生存，而不是消灭自己。对此科学说得一清二楚，并且为这一真理确立了准确的法则。人类整体而言当然也不过是一种有机体。这种有机体自然也有其存在的条件和规律。人的理性可以理解这些规律。好了，假设没有上帝，没有灵魂不朽（灵魂不朽和上帝是一回事、同一个概念），那么请回答我：如果我死后一了百了，那我为何要本分地活着，要做善事？如果无所谓不朽，我只需要过完这一生，其余全不理会。

假如确实是这样（又假如我有本事逍遥法外），那我何不去杀人、抢劫、偷窃，去做损人利己的事？毕竟只要我一死，别的也一起死掉，不复存在！以此类推，最终的结论就是普遍规律不适用于人这种有机体，人活着是为了自我毁灭，而不是生存下去。

您的仆人和真诚的朋友，

费·陀思妥耶夫斯基

陀思妥耶夫斯基在一封写给大学生的信中提到，如今的青年思想正在“欧化”，虽有理想抱负，却与俄国人民大众渐行渐远。他呼吁青年应该深入人民生活，向人民学习。这表现了陀式对人民大众、社会的关切与责任感，也说明了当时的社会新兴思想和传统主义的碰撞。

以下内容为信件节选。

致几名莫斯科大学生[7]

彼得堡，1878年4月18日

青年渴求真理，可天知道他们跑到哪里去找了！找遍了各种各样的地方（这一点也类似产生他们的腐朽的欧化俄罗斯社会），唯独不到人民中间，不到他们出生的土地。结果就是，在这个生死关头，无论社会还是青年都不了解人民。这些年轻人根本不了解人民，极其蔑视人民的根本宗旨，例如信仰等，可他们非但不和人民同甘共苦，反而高高在上，指手画脚，纡尊降贵，十足的贵族习气！人民称他们是“少爷”，恰如其分。说来奇怪，普天之下，民主人士一向站在人民一边，唯独在我们这儿，民主派知识分子和贵族沆瀣一气，反对人民；他们到人民中间“为他们好”，却蔑视人民所有的风俗和理想。蔑视他们，就不可能热爱他们！

你们忠实的

费·陀思妥耶夫斯基

陀思妥耶夫斯基在给编辑伊·谢·阿克萨科夫的回信中表示，《卡拉马佐夫兄弟》是他珍视的重要作品，作品中蕴含着他自己。

以下内容为信件节选。

致伊·谢·阿克萨科夫[8]

旧鲁萨，1880年8月18日

我在给“卡拉马佐夫”收尾，也就是对整部作品进行总结，这部作品我个人非常珍视，因为其中包含了我许多的感情。我工作的时候总是非常焦躁，还要忍受身体的痛苦和灵魂的煎熬。我写作时总要生病。现在我要把这三年来的所思、所见、所写总结起来。我不惜任何代价，一定要把这部作品写好，至少要尽力而为。

您忠诚的

费·陀思妥耶夫斯基

王林园[9] 译

---

1 本附录中的信件均节选自《费奥多尔·米哈伊洛维奇·陀思妥耶夫斯基致家人与朋友信件》（*Letters of Fyodor Mikhailovich Dostoyevsky to His Family and Friends*），转译自英译本，译者王林园。——编者注

2 阿·尼·普列谢耶夫（1825—1893），诗人，彼得拉舍夫斯基小组成员，改判流放乌拉尔斯克十年。谢·杜罗夫（1815—1869），诗人、翻译家，彼得拉舍夫斯基小组成员，同陀氏一同改判四年苦役。亚·帕利姆（1822—1885），作家，彼得拉舍夫斯基小组成员。——译者注（若无特别说明，本附录注释均为译者注）

3 阿·尼·迈科夫（1821—1897），诗人，纯艺术派代表人物。

4 尼·尼·斯特拉霍夫（1828—1896），文学批评家。

5 尼·雅·丹尼列夫斯基（1822—1885），自然科学家、哲学家，主要著作《俄国与欧洲》。

6 奥兹米多夫（1844—1908），莫斯科附近的一位农场主，崇拜陀思妥耶夫斯基，后又追随托尔斯泰。

7 1878年4月3日，莫斯科各大学的学生示威游行，遭到攻击，事后五名大学生致信陀氏。

8 伊·谢·阿克萨科夫（1823—1886），文学家，斯拉夫派代表人物。

9 王林园，毕业于澳大利亚昆士兰大学，CATTI一级笔译。

欢迎您从《卡拉马佐夫兄弟》走进读客三个圈经典文库

亲爱的读者，感谢您选择读客三个圈经典文库。

我们的封面统一使用“三个圈”的设计，读者可以凭借封面上形式各异的“三个圈”找到我们，走进经典的世界。

你想成为什么样的人？

对你来说什么是重要的？

这个世界应该是什么样子？

我们在生命中遇到的这些问题，或许可以在浩如烟海的文学经典中找到答案。

跟随读客三个圈经典文库，认识世界、塑造自我，成为更好的人！

《漫长的告别》

《西西弗神话》

《人间失格》

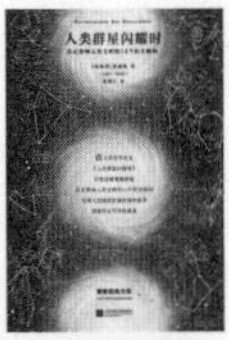

《人类群星闪耀时》

《鼠疫》

《小王子三部曲》

《局外人》

《月亮与六便士》

《基督山伯爵》

《罗生门》

读客三个圈经典文库

精神成长树

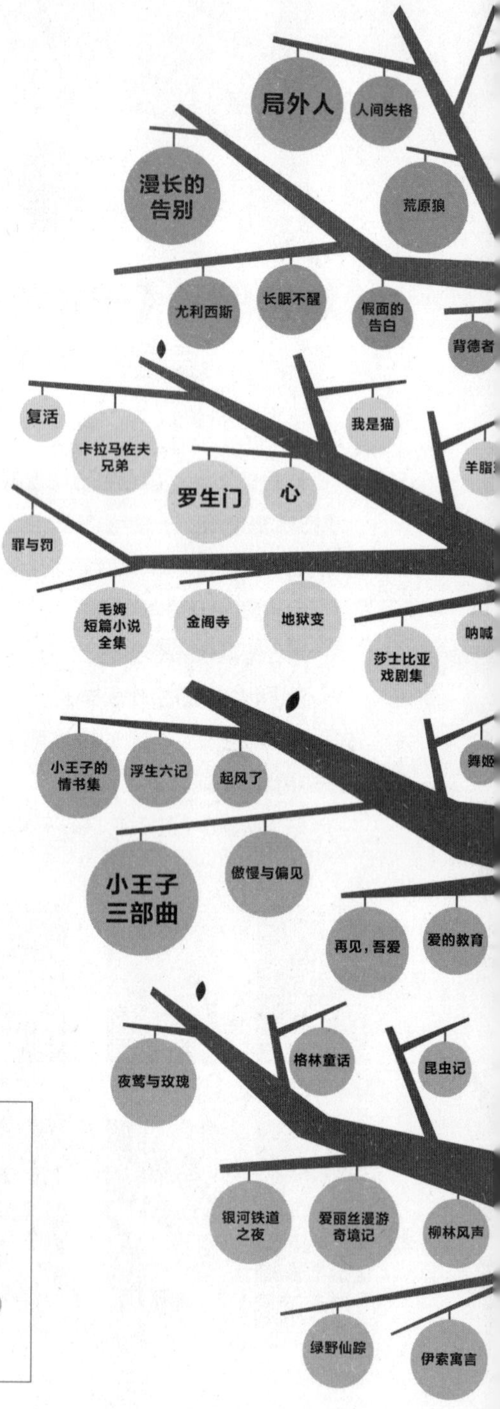

你想成为什么样的人？
对你来说什么是重要的？
这个世界应该是什么样子？

我们在生命中遇到的问题，每个时空的人都经历过，一些伟大的人留下一些伟大作品，流传下来，就成了经典。正是这些经典，共同塑造并丰富着人类的精神世界。

我们重新梳理了浩若烟海的文学经典，为您制作了精神成长树。跟随读客三个圈经典文库，汲取大师与巨匠淬炼的精神力量，完成你自己的精神成长！

树干：

不同的精神成长主题，您可以挑选任意感兴趣的主题进行深入阅读

例如：
寻找人生意义
探索自己的内心
拥有强大意志力
理解复杂的人性
…………

枝丫上的果实：

我们为您精选的经典文学作品

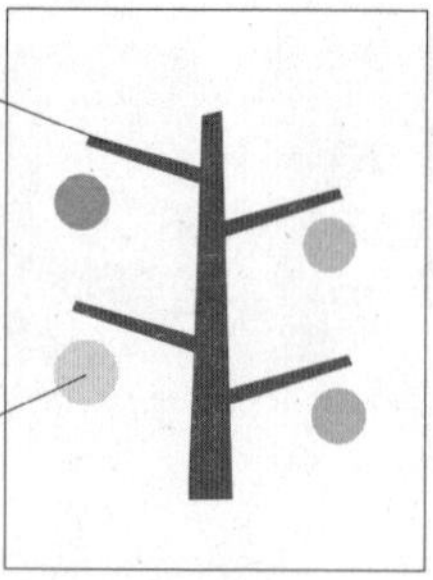

精神成长树示意图

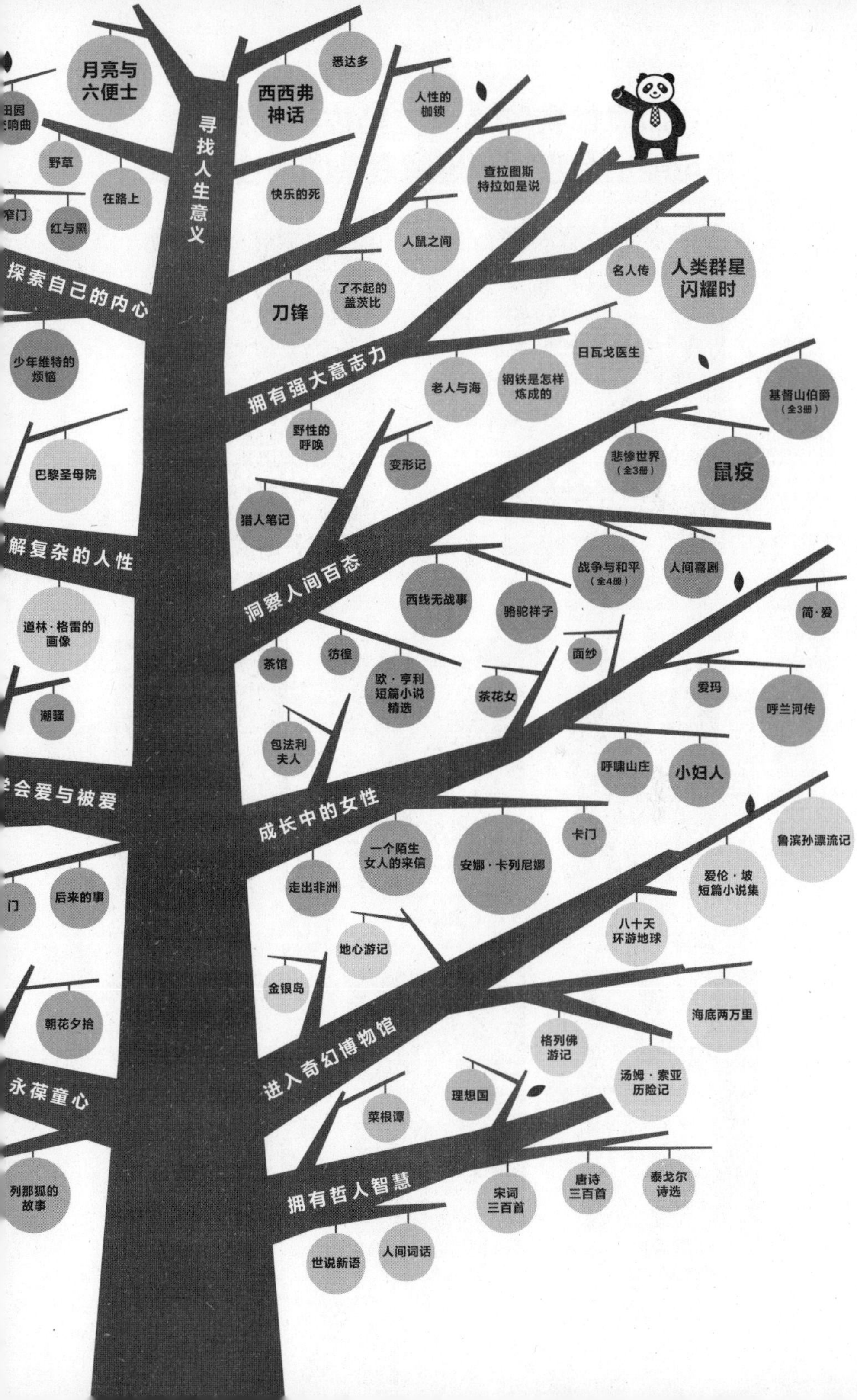
寻找人生意义
月亮与六便士
西西弗神话
悉达多
人性的枷锁
野草
在路上
快乐的死
查拉图斯特拉如是说
窄门
红与黑
人鼠之间
名人传
人类群星闪耀时
探索自己的内心
刀锋
了不起的盖茨比
日瓦戈医生
拥有强大意志力
少年维特的烦恼
老人与海
钢铁是怎样炼成的
基督山伯爵（全3册）
野性的呼唤
巴黎圣母院
变形记
悲惨世界（全3册）
鼠疫
猎人笔记
解复杂的人性
战争与和平（全4册）
人间喜剧
洞察人间百态
西线无战事
骆驼祥子
道林·格雷的画像
简·爱
茶馆
彷徨
欧·亨利短篇小说精选
面纱
茶花女
爱玛
呼兰河传
潮骚
包法利夫人
呼啸山庄
小妇人
会爱与被爱
成长中的女性
一个陌生女人的来信
安娜·卡列尼娜
卡门
鲁滨孙漂流记
走出非洲
爱伦·坡短篇小说集
后来的事
八十天环游地球
地心游记
金银岛
朝花夕拾
海底两万里
进入奇幻博物馆
格列佛游记
永葆童心
理想国
汤姆·索亚历险记
菜根谭
列那狐的故事
拥有哲人智慧
宋词三百首
唐诗三百首
泰戈尔诗选
世说新语
人间词话

如果你喜欢《卡拉马佐夫兄弟》
你可能也会喜欢“理解复杂的人性”书单

《罗生门》
文库编号：023

《罪与罚》
文库编号：111

《心》
文库编号：156

《金阁寺》
文库编号：163

《我是猫》
文库编号：072

《复活》
文库编号：061

《卡拉马佐夫兄弟》
文库编号：138

《巴黎圣母院》
文库编号：036

读客

激发个人成长

多年以来，千千万万有经验的读者，都会定期查看熊猫君家的最新书目，挑选满足自己成长需求的新书。

读客图书以“激发个人成长”为使命，在以下三个方面为您精选优质图书：

1. 精神成长

熊猫君家精彩绝伦的小说文库和人文类图书，帮助你成为永远充满梦想、勇气和爱的人！

2. 知识结构成长

熊猫君家的历史类、社科类图书，帮助你了解从宇宙诞生、文明演变直至今日世界之形成的方方面面。

3. 工作技能成长

熊猫君家的经管类、家教类图书，指引你更好地工作、更有效率地生活，减少人生中的烦恼。

每一本读客图书都轻松好读，精彩绝伦，充满无穷阅读乐趣！